हैरी पॉटर

और मौत के तोहफ़े

मंजुल पब्लिशिंग हाउस द्वारा हिन्दी में प्रकाशित

जे. के. रोलिंग की अन्य पुस्तकें

हैरी पॉटर और पारस पत्थर

हॉगवर्ट्स में पहला वर्ष

हैरी पॉटर और रहस्यमयी तहख़ाना

हॉगवर्ट्स में दूसरा वर्ष

हैरी पॉटर और अज़्काबान का क़ैदी

हॉगवर्ट्स में तीसरा वर्ष

हैरी पॉटर और आग का प्याला

हॉगवर्ट्स में चौथा वर्ष

हैरी पॉटर और मायापंछी का समूह

हॉगवर्ट्स में पाँचवाँ वर्ष

हैरी पॉटर और हाफ़-ब्लड प्रिंस

हॉगवर्ट्स में छठा वर्ष

हैरी पॉटर

और मौत के तोहफ़े

जे.के. रोलिंग

अनुवाद : डॉ. सुधीर दीक्षित

MANJUL
मंजुल पब्लिशिंग हाउस

MANJUL

मंजुल पब्लिशिंग हाउस

कॉरपोरेट एवं संपादकीय कार्यालय

• द्वितीय तल, उषा प्रीत कॉम्प्लेक्स, 42 मालवीय नगर, भोपाल-462 003

विक्रय एवं विपणन कार्यालय

• सी-16, सेक्टर 3, नोएडा, उत्तर प्रदेश, 201301

वेबसाइट : www.manjulindia.com

वितरण केन्द्र

अहमदाबाद, बेंगलुरू, कोच्चि, कोलकाता, चेन्नई,
हैदराबाद, मुम्बई, नई दिल्ली, पुणे

जे.के. रोलिंग द्वारा लिखित मूल अंग्रेजी पुस्तक
हैरी पॉटर ऐंड द डेथली हॉलोस का हिन्दी अनुवाद

Harry Potter and the Deathly Hallows by J. K. Rowling – Hindi edition

यह हिन्दी संस्करण 2008 में पहली बार प्रकाशित
9वीं आवृत्ति 2025

ISBN 978-81-8322-093-4

अनुवाद : डॉ. सुधीर दीक्षित

मुद्रण व जिल्दसाज़ी : थॉमसन प्रेस (इंडिया) लिमिटेड

इस पुस्तक का समर्पण
सात लोगों
के नाम
बँटा हुआ है :
नील को
जेसिका को,
डेविड को,
केंज़ी को,
डी को,
एन को,
और आपको,
जो बिलकुल
आख़िर तक
हैरी के
साथ रहे।

ओह, दौड़ में उपजा तनाव
मौत की दाँत पीसती चीख़
और रगों में लगता झटका,
ऐसा घाव जो भर नहीं सकता, दुख,
शाप जो कोई इंसान सहन नहीं कर सकता।

लेकिन घर में इलाज है,
बाहर नहीं है,
दूसरों से नहीं, बल्कि *उनसे* है,
उनके ख़ूनी संघर्ष से। हम तुमसे प्रार्थना करते हैं,
धरती के नीचे के काले देवताओं।

अब सुनो, भूमिगत परम शक्तियों –
हमारी प्रार्थना का जवाब दो, मदद भेजो।
बच्चों को वरदान दो, उन्हें विजय दिलाओ।

एस्कीलस, *द लाइबेशन बियरर्स*

मौत दुनिया को पार करना भर है, जिस तरह दोस्त लोग समुद्र पार जाते हैं। इसके बावजूद वे एक-दूसरे में ज़िंदा रहते हैं, क्योंकि वे प्रेम में रहते हैं और उसमें जीते हैं, जो सर्वव्यापी है। इस दैवी आईने में हम स्पष्टता से देखते हैं और उनकी बातचीत मुक्त और शुद्ध होती है। यह दोस्तों की तसल्ली है कि हालाँकि वे मरे हुए समझे जाते हैं, लेकिन उनकी दोस्ती और साथ सबसे अच्छे मायनों में हमेशा मौजूद होता है, क्योंकि यह अमर होता है।

विलियम पेन, *मोर फ़्रूट्स ऑफ़ सॉलिट्यूड*

अध्याय एक

शैतानी शहंशाह की योजना

चाँदनी से नहाई सँकरी गली में दो आदमी अचानक एक-दूसरे से कुछ गज़ दूर हवा में से प्रकट हुए। कुछ पल के लिए वे अपनी-अपनी छड़ी एक-दूसरे के सीने की तरफ़ तानकर स्थिर खड़े रहे। फिर दोनों ने एक-दूसरे को पहचान लिया और अपनी छड़ियाँ चोगे में रखकर तेज़ी से एक ही दिशा में चलने लगे।

दोनों में से ज़्यादा लंबे आदमी ने पूछा, 'कोई ख़बर ?'

सीवियरस स्नेप ने जवाब दिया, 'बहुत ही अच्छी।'

गली की बाईं तरफ़ काँटेदार झाड़ियाँ थीं। दाईं ओर तराशी हुई ऊँची हेज थी। चलते समय दोनों आदमियों के लंबे चोगे टखनों के चारों ओर लहरा रहे थे।

'मुझे लग रहा था, कहीं मुझे देर न हो गई हो,' याक्सले ने कहा और उसका चपटा चेहरा पेड़ों की शाखाओं से छनकर आती चाँदनी में कभी दिखता, कभी ओझल होता रहा। 'काम उम्मीद से ज़्यादा मुश्किल था। मेरी ख़बर सुनकर वे ख़ुश हो जाएँगे। क्या तुम्हारी ख़बर भी इतनी ही अच्छी है ?'

स्नेप ने हाँ में सिर हिलाया, लेकिन कुछ कहा नहीं। दाईं ओर एक चौड़ा ड्राइववे दिखा और वे उसी तरफ़ मुड़ गए। ऊँची हेज भी उनके साथ मुड़ गई। सामने लोहे का ऊँचा गेट उन दोनों का रास्ता रोके था, लेकिन उन्होंने अपनी चाल धीमी नहीं की, बल्कि सलाम की मुद्रा में अपना बायाँ हाथ उठाकर सीधे गेट के पार ऐसे निकल गए, जैसे वह काली धातु के बजाय काले धुएँ से बना हो।

सदाबहार की ऊँची हेज के कारण उनके क़दमों की आहट दब गई। बहरहाल, उन्हें दाईं तरफ़ सरसराहट सुनाई दी। याक्सले ने अपनी छड़ी दोबारा निकालकर स्नेप के सिर के ऊपर से तान दी। सरसराहट की आवाज़ एक सफ़ेद मोर के कारण हुई थी, जो हेज के ऊपर बैठा-बैठा शान से इठला रहा था।

'लूसियस का महल भी आलीशान है। *मोर पाल रखे हैं ...'* याक्सले ने हँसकर अपनी छड़ी चोगे के अंदर रखते हुए कहा।

सीधे ड्राइव के अंत में सुंदर जागीर पर बना हवेलीनुमा घर अँधेरे में दिखाई देने लगा। नीचे की मंज़िल की चौकोर खिड़कियों में रोशनी दिख रही थी। हेज के पार अँधेरे बगीचे में कहीं पर फव्वारा चलने की आवाज़ आ रही थी। जब स्नेप और याक्सले सामने वाले दरवाज़े की तरफ़ तेज़ी से आगे बढ़े, तो उनके पैरों तले गिट्टी चरमराने लगी। उनके पास पहुँचते ही दरवाज़ा अंदर की तरफ़ खुल गया, हालाँकि इसे खोलने वाला नज़र नहीं आ रहा था।

बड़े से गलियारे में हल्की रोशनी और बहुत बढ़िया सजावट थी। फ़र्श का ज़्यादातर हिस्सा एक शानदार गलीचे से ढँका था। दीवारों पर लगी तस्वीरों के पीले चेहरों की नज़रें उनका पीछा करती रहीं। वे दोनों लकड़ी के एक भारी दरवाज़े के सामने रुक गए। पल भर झिझकने के बाद स्नेप ने काँसे का हैंडल घुमा दिया।

ड्राइंग रूम में बहुत से ख़ामोश लोग एक लंबी और नक़्क़ाशीदार टेबल के पास लगी कुर्सियों पर बैठे थे। कमरे का बाक़ी फ़र्नीचर बेतरतीब ढंग से दीवारों के पास पहुँचा दिया गया था। संगमरमर के सुंदर मैंटलपीस के नीचे आग जल रही थी, जिसका प्रतिबिंब मैंटलपीस के दर्पण में दिख रहा था। कमरे में सिर्फ़ आग की रोशनी थी, इसलिए वहाँ थोड़ा अँधेरा था। स्नेप और याक्सले एक पल के लिए चौखट पर ही ठहर गए। जब उनकी आँखें कम रोशनी की अभ्यस्त हो गईं, तो उन्हें सामने एक अजीब दृश्य दिखा : टेबल के ऊपर एक बेहोश औरत उल्टी लटकी हुई थी और धीरे-धीरे घूम रही थी, जैसे किसी ने इसे अदृश्य रस्सी से लटका रखा हो। दर्पण और टेबल की चमकदार सतह पर उसका प्रतिबिंब दिख रहा था। टेबल पर बैठा कोई भी व्यक्ति उस औरत की तरफ़ नहीं देख रहा था, सिर्फ़ एक पीले किशोर को छोड़कर, जो लगभग इसके ठीक नीचे बैठा था। वह बार-बार ऊपर की तरफ़ देखने से ख़ुद को रोक नहीं पा रहा था।

‘याक्सले, स्नेप,’ टेबल के सिरे से एक तीखी, तेज़ आवाज़ आई। ‘तुम्हें देर हो गई।’

यह बात कहने वाला अँगीठी के ठीक सामने बैठा था, इसलिए अभी-अभी कमरे में आए लोगों के लिए उसकी स्याह आकृति को ठीक से पहचान पाना मुश्किल था। बहरहाल, क़रीब आने पर उन्हें अँधेरे में चमकता उसका चेहरा दिखा। गंजा, साँप जैसा चेहरा, नथुनों की जगह छेद और चमकती हुई लाल आँखें, जिनकी पुतलियाँ लंबी थीं। वह इतना पीला था कि उसमें से मोती जैसी पीली चमक निकलती लग रही थी।

‘सीवियरस, यहाँ बैठो,’ वोल्डेमॉर्ट ने अपनी दाहिनी तरफ़ वाली कुर्सी की ओर इशारा करते हुए कहा। ‘याक्सले – तुम डोलोहोव के पास बैठ जाओ।’

दोनों बताई हुई जगह पर बैठ गए। टेबल के चारों तरफ़ बैठे ज़्यादातर लोगों की निगाहें स्नेप पर टिकी थीं और वोल्डेमॉर्ट ने सबसे पहले उसी से बात की।

‘तो ?’

‘मालिक, मायापंछी का समूह अगले शनिवार को शाम के धुँधलके में हैरी पॉटर को वर्तमान सुरक्षित जगह से हटाने वाला है।’

टेबल के चारों ओर बैठे लोगों की दिलचस्पी बढ़ गई : कुछ लोगों का शरीर तन गया, कुछ अपनी कुर्सी पर कसमसाए। सभी स्नेप और वोल्डेमॉर्ट को टकटकी लगाकर देख रहे थे।

‘शनिवार को ... शाम के धुँधलके में,’ वोल्डेमॉर्ट ने दोहराया। उसकी लाल आँखें स्नेप की काली आँखों पर इतनी देर तक टिकी रहीं कि कुछ लोग दूर देखने लगे, जैसे डर रहे हों कि उस ख़ूँख़ार निगाह से जल जाएँगे। बहरहाल, स्नेप शांति से वोल्डेमॉर्ट के चेहरे की ओर देखता रहा और एक-दो पल बाद वोल्डेमॉर्ट के होंठविहीन मुँह पर मुस्कान दिखाई दी।

‘अच्छा। बहुत अच्छा। और यह जानकारी किसने दी –’

‘उसी सूत्र ने, जिसके बारे में हमने चर्चा की थी,’ स्नेप ने कहा।

‘मालिक।’

याक्सले वोल्डेमॉर्ट और स्नेप की ओर देखने के लिए लंबी टेबल पर आगे झुकते हुए बोला। सभी चेहरे उसकी तरफ़ मुड़ गए।

‘मालिक, मैंने तो कुछ और सुना है।’

याक्सले ने इंतज़ार किया, लेकिन जब वोल्डेमॉर्ट कुछ नहीं बोला, तो उसने आगे कहा, 'मैंने डॉलिश नाम के ऑरर के मुँह से यह उगलवा लिया है कि पॉटर को सत्रह साल का होने तक यानी तीस तारीख़ की रात से पहले नहीं हटाया जाएगा।'

स्नेप मुस्करा दिया।

'मेरे सूत्र ने मुझे बताया था कि वे ग़लत जानकारी फैलाने वाले हैं। ज़ाहिर है, उसका इशारा इसी तरफ़ होगा। निश्चित रूप से डॉलिश पर विभ्रम सम्मोहन किया गया होगा ... और उसके साथ ऐसा पहली बार नहीं होगा। वह इस मामले में बहुत कच्चा है।'

'मालिक, मैं दावे से कहता हूँ, डॉलिश को पूरा भरोसा था,' याक्सले ने कहा।

'अगर उस पर विभ्रम सम्मोहन किया गया है, तो ज़ाहिर है उसे पूरा भरोसा होगा,' स्नेप ने कहा। 'याक्सले, मैं *तुम्हें* आश्वस्त करता हूँ, हैरी पॉटर की सुरक्षा में अब ऑरर कार्यालय कोई भूमिका नहीं निभाएगा। मायापंछी के समूह को लगता है कि हम मंत्रालय में काफ़ी घुसपैठ कर चुके हैं।'

'चलो, मायापंछी के समूह ने एक चीज़ तो सही सोची, है ना?' याक्सले से थोड़ी दूर बैठे एक मोटे आदमी ने कहा। उसने घरघराहट भरा ठहाका मारा, जिसे सुनकर टेबल पर बैठे कई लोग हँसने लगे।

लेकिन वोल्डेमॉर्ट नहीं हँसा। उसकी निगाह ऊपर धीरे-धीरे घूमने वाले शरीर पर टिक गई। वह विचारों में खोया हुआ दिख रहा था।

याक्सले ने आगे कहा, 'मालिक, डॉलिश को यक़ीन है कि बहुत से ऑरर्स लड़के को ले जाने वाले हैं –'

वोल्डेमॉर्ट ने अपना सफ़ेद हाथ उठाया और याक्सले तत्काल चुप हो गया, हालाँकि उसके चेहरे पर चिढ़ के भाव आ गए, जब वोल्डेमॉर्ट स्नेप से बोला।

'वे लोग लड़के को अब कहाँ छिपाने वाले हैं?'

'मायापंछी के समूह के किसी सदस्य के घर पर,' स्नेप ने कहा। 'सूत्र के मुताबिक़ उस घर पर मायापंछी के समूह और मंत्रालय ने सुरक्षा के सारे इंतज़ाम कर दिए हैं। मालिक, मुझे लगता है कि उसके वहाँ पहुँच जाने के बाद उसके पकड़ में आने की संभावना बहुत कम है, जब तक कि हम अगले

शनिवार से पहले ही मंत्रालय पर क़ब्ज़ा न कर लें। अगर क़ब्ज़ा हो जाता है, तो हम मंत्रालय के मंत्रों और सम्मोहनों का पता लगाकर उन्हें तोड़ सकते हैं और मायापंछी के समूह के मंत्रों तथा सम्मोहनों को तो हम ख़ुद तोड़ लेंगे।'

'याक्सले?' वोल्डेमॉर्ट ने याक्सले की तरफ़ देखा और उसकी लाल आँखों में आग की रोशनी अजीब तरीक़े से चमकने लगी। '*क्या* अगले शनिवार तक मंत्रालय पर हमारा क़ब्ज़ा हो जाएगा?'

एक बार फिर सारे सिर घूम गए। याक्सले ने अपने कंधे तान लिए।

'मालिक, मेरे पास इस बारे में अच्छी ख़बर है। काफ़ी मुश्किलों और कोशिशों के बाद मैंने पायस थिकनेस को सम्मोहन शाप से वश में कर लिया है।'

याक्सले के आस-पास बैठे कई लोग प्रभावित नज़र आने लगे। याक्सले के ठीक पास बैठे लंबे, विकृत चेहरे वाले डोलोहोव ने उसकी पीठ थपथपाई।

'यह तो सिर्फ़ शुरुआत है,' वोल्डेमॉर्ट ने कहा। 'थिकनेस मंत्रालय का सिर्फ़ एक आदमी है। मेरे काम करने के लिए ज़रूरी है कि स्क्रिमग्योर हमारे आदमियों से घिर जाए। अगर मंत्री की हत्या की कोशिश एक बार भी नाकामयाब हो गई, तो मेरी योजनाएँ काफ़ी पिछड़ जाएँगी।'

'मालिक, यह सच है – लेकिन आप जानते ही हैं, थिकनेस जादुई क़ानून पालन विभाग का प्रमुख है। इसलिए वह न सिर्फ़ मंत्री के साथ, बल्कि मंत्रालय के अन्य विभागों के प्रमुखों के भी नियमित संपर्क में रहता है। मुझे लगता है कि इतने बड़े अधिकारी को अपने वश में करने के बाद अब हम बाक़ी अधिकारियों को भी वश में कर सकते हैं। हमारा काम अब आसान हो जाएगा, क्योंकि वे सभी मिलकर स्क्रिमग्योर को हटाने के लिए काम कर सकते हैं।'

वोल्डेमॉर्ट ने कहा, 'बशर्ते दूसरों को वश में करने से पहले ही हमारे दोस्त थिकनेस की पोल न खुल जाए। कुल मिलाकर, ऐसा लगता है कि अगले शनिवार से पहले मंत्रालय पर हमारा क़ब्ज़ा नहीं हो पाएगा। अगर हम लड़के को उसकी मंज़िल पर पहुँचने के बाद नहीं छू सकते, तो हमें यह काम उसकी यात्रा के दौरान करना होगा।'

'हम यह काम आसानी से कर सकते हैं, मालिक,' याक्सले ने कहा,

जो वोल्डेमॉर्ट से तारीफ़ भरे शब्द सुनने के लिए लालायित दिख रहा था। 'जादुई यातायात विभाग में हमारे कई लोग घुसपैठ कर चुके हैं। अगर पॉटर अंतर्ध्यान होता है या छू नेटवर्क का इस्तेमाल करता है, तो हमें तत्काल पता चल जाएगा।'

'वह इन दोनों का ही इस्तेमाल नहीं करेगा,' स्नेप ने कहा। 'मायापंछी का समूह मंत्रालय के नियंत्रण वाले किसी भी यातायात साधन का इस्तेमाल नहीं करेगा। उन्हें मंत्रालय से जुड़ी किसी भी चीज़ पर भरोसा नहीं है।'

'यह तो और भी अच्छा है,' वोल्डेमॉर्ट ने कहा। 'तब तो वह खुले में यात्रा करेगा और उसे पकड़ना ज़्यादा आसान होगा।'

एक बार फिर वोल्डेमॉर्ट ने ऊपर धीरे-धीरे घूमते शरीर की तरफ़ देखा और बोला, 'मैं ख़ुद उस लड़के का काम तमाम करूँगा। हैरी पॉटर के मामले में बहुत सारी ग़लतियाँ हुई हैं। उनमें से कुछ मेरी भी हैं। पॉटर अपनी क़ाबिलियत के कारण नहीं, मेरी ग़लतियों के कारण ज़िंदा है।'

टेबल पर बैठे लोगों ने वोल्डेमॉर्ट को सहमकर देखा। सभी के चेहरे पर यह डर साफ़ झलक रहा था कि हैरी पॉटर के ज़िंदा रहने के लिए उन्हें दोष दिया जा सकता है। बहरहाल, ऐसा लग रहा था, जैसे वोल्डेमॉर्ट किसी और से नहीं, बल्कि ख़ुद से बात कर रहा था, क्योंकि वह अब भी ऊपर घूमती बेहोश आकृति की तरफ़ देखकर बोल रहा था।

'अब तक मैं अपनी लापरवाही, क़िस्मत और संयोग के कारण हारा हूँ, जिनके कारण सर्वश्रेष्ठ योजना को छोड़कर बाक़ी सभी योजनाएँ गड़बड़ा जाती हैं। लेकिन अब मैं पहले से ज़्यादा जानता हूँ। अब मैं उन चीज़ों को समझ गया हूँ, जिन्हें पहले नहीं समझता था। हैरी पॉटर मेरे ही हाथों मरेगा और उसे मैं ही मारूँगा।'

तभी दर्द और दुख भरी एक लंबी चीख़ सुनाई दी, जैसे इन्हीं शब्दों को सुनकर निकली हो। टेबल पर बैठे कई लोगों ने हैरानी से नीचे की तरफ़ देखा, क्योंकि आवाज़ उनके पैरों के नीचे से आती लग रही थी।

'वर्मटेल,' वोल्डेमॉर्ट ने कहा, हालाँकि उसकी धीमी, खोई-खोई आवाज़ में ज़रा भी बदलाव नहीं हुआ और उसने ऊपर घूमते शरीर पर से नज़रें नहीं हटाईं, 'मैंने तुमसे कहा था ना, क़ैदी को चुप रखना।'

'हाँ - मालिक,' टेबल पर आधी दूर बैठे एक नाटे आदमी ने हाँफते हुए कहा, जो अपनी कुर्सी पर इतना झुककर बैठा था कि पहली नज़र में तो

कुर्सी ख़ाली दिख रही थी। वह अपनी कुर्सी से उतरकर इतनी फ़ुर्ती से कमरे के बाहर निकला कि बस उसके हाथ की चाँदी जैसी झलक ही नज़र आई।

वोल्डेमॉर्ट एक बार फिर अपने अनुयायियों के तनावपूर्ण चेहरों की तरफ़ देखते हुए बोला, 'जैसा कि मैं कह रहा था, अब मैं पहले से ज़्यादा समझ चुका हूँ। जैसे यह बात कि पॉटर को मारने के लिए मुझे तुममें से किसी की छड़ी उधार लेनी पड़ेगी।'

सबके चेहरों पर सदमे का भाव आ गया। ऐसा लग रहा था, जैसे वोल्डेमॉर्ट ने उनका दायाँ हाथ उधार माँग लिया हो।

'कोई अपनी इच्छा से आगे नहीं आ रहा है?' वोल्डेमॉर्ट ने कहा। 'चलो देखते हैं ... लूसियस, मुझे ऐसा कोई कारण नज़र नहीं आता है कि तुम्हें अब छड़ी की ज़रूरत हो।'

लूसियस मैल्फ़ॉय ने ऊपर देखा। उसकी चमड़ी आग की रोशनी में पीली और मोम जैसी नज़र आ रही थी। उसकी आँखें धँसी हुई थीं तथा उनके आस-पास काले घेरे नज़र आ रहे थे। वह भर्राई आवाज़ में बोला।

'मालिक?'

'तुम्हारी छड़ी, लूसियस। मुझे तुम्हारी छड़ी चाहिए।'

'मैं ...'

मैल्फ़ॉय ने कनखियों से अपनी पत्नी को देखा। वह सामने की तरफ़ एकटक देख रही थी। उसका चेहरा भी उसके पति जितना ही पीला था। उसके लंबे, सुनहरे बाल पीठ पर झूल रहे थे, लेकिन टेबल के नीचे उसकी पतली उँगलियाँ पति की कलाई पर हल्के से जकड़ गईं। उसके स्पर्श पर मैल्फ़ॉय ने दुशाले में से छड़ी निकालकर वोल्डेमॉर्ट की ओर बढ़ा दी, जो छड़ी को अपनी लाल आँखों के सामने रखकर ग़ौर से देखने लगा।

'कौन सी लकड़ी की है?'

'एल्म की, मालिक,' मैल्फ़ॉय ने फुसफुसाकर कहा।

'और इसके अंदर क्या है?'

'ड्रैगन - ड्रैगन के दिल का रेशा।'

'अच्छी बात है,' वोल्डेमॉर्ट ने कहा। उसने अपनी छड़ी निकाली और दोनों छड़ियों की लंबाई की तुलना की।

लूसियस मैल्फ़ॉय ने अनजाने में अपना हाथ बढ़ा दिया। एक पल के

लिए तो ऐसा लगा, जैसे उसे उम्मीद हो कि वोल्डेमॉर्ट बदले में उसे अपनी छड़ी दे देगा। वोल्डेमॉर्ट ने यह देख लिया और उसकी आँखें दुर्भावना से फैल गईं।

'तुम्हें मेरी छड़ी दे दूँ, लूसियस ? *मेरी* छड़ी ?'

कुछ लोग खी-खी करने लगे।

'लूसियस, मैंने तुम्हें आज़ादी दे दी है, क्या यही तुम्हारे लिए काफ़ी नहीं है ? लेकिन मैं देख रहा हूँ कि तुम और तुम्हारा परिवार कुछ समय से ख़ुश नहीं है ... मैं तुम्हारे घर ठहरा हूँ, इस बात से तुम ख़ुश क्यों नहीं हो, लूसियस ?'

'बिलकुल नहीं - बिलकुल नहीं, मालिक!'

'झूठ मत बोलो, लूसियस...'

जब उसके क्रूर मुँह ने बोलना बंद कर दिया, तब भी हिस्स की धीमी आवाज़ आती रही। जब यह आवाज़ थोड़ी तेज़ हुई, तो एक-दो जादूगर बमुश्किल अपनी कँपकँपी रोक पाए। टेबल के नीचे फ़र्श पर किसी भारी चीज़ के सरसराने की आवाज़ सुनाई दे रही थी।

नागिनी वोल्डेमॉर्ट की कुर्सी पर धीरे-धीरे चढ़ी। वह लगातार चढ़ती रही और वोल्डेमॉर्ट के कंधों पर जाकर ठहर गई। उसकी गर्दन इंसान की जाँघ जितनी मोटी थी। उसकी आँखों में पुतलियों की जगह पर लंबे छेद थे और वे झपक नहीं रही थीं। वोल्डेमॉर्ट ने अपनी लंबी, पतली उँगलियों से उसे सहलाया, लेकिन नज़रें लूसियस मैल्फ़ॉय पर ही टिकाए रखीं।

'पूरा मैल्फ़ॉय परिवार इतना नाख़ुश क्यों दिखता है ? क्या मेरी वापसी से, मेरे शक्तिशाली बनने से, जिसकी चाहत वे इतने सालों से ज़ाहिर कर रहे थे ?'

'निश्चित रूप से, मेरे मालिक,' लूसियस मैल्फ़ॉय ने काँपते हाथ से अपने ऊपरी होंठ का पसीना पोंछते हुए कहा, 'मेरे मालिक, हमारी यही चाहत थी - अब भी है।'

मैल्फ़ॉय की बाईं तरफ़ उसकी पत्नी ने अजीब अंदाज़ में सिर हिलाया और अपनी नज़रें वोल्डेमॉर्ट तथा नागिनी से दूर हटा लीं। उसकी दाईं तरफ़ उसका बेटा ड्रेको ऊपर लटकी आकृति को घूर रहा था। उसने जल्दी से वोल्डेमॉर्ट को देखा और फ़ौरन दूर देखने लगा, जैसे नज़रें मिलाने

से डर रहा हो।

'मालिक,' टेबल पर आधी दूर बैठी एक साँवली औरत भावना से भरी आवाज़ में बोली, 'हमारे पुश्तैनी मकान में आपका ठहरना हमारे लिए बहुत सम्मान की बात है। इससे बड़ी ख़ुशी हमें किसी बात से नहीं मिल सकती थी।'

वह अपनी बहन नार्सिसा के पास बैठी थी। दोनों एक-दूसरे से बहुत अलग थीं। बेलाट्रिक्स के बाल काले और पलकें भारी थीं। उसके हाव-भाव भी अलग थे। नार्सिसा सख़्त और निष्क्रिय थी, जबकि बेलाट्रिक्स वोल्डेमॉर्ट की तरफ़ झुकी हुई थी, जैसे क़रीब आने की उसकी हसरत सिर्फ़ शब्दों से ज़ाहिर नहीं हो सकती हो।

'इससे बड़ी ख़ुशी नहीं मिल सकती थी,' वोल्डेमॉर्ट ने अपना सिर थोड़ा सा झुकाकर बेलाट्रिक्स को ग़ौर से देखते हुए कहा। 'बेलाट्रिक्स, तुम्हारे मुँह से यह सुनना बहुत बड़ी बात है।'

बेलाट्रिक्स के चेहरे पर जैसे रंग की बाढ़ आ गई। उसकी आँखों में ख़ुशी के आँसू भर आए।

'मालिक जानते हैं कि मैं हमेशा सच बोलती हूँ।'

'इससे बड़ी ख़ुशी नहीं मिल सकती थी ... उस सुखद घटना से भी बड़ी, जो मैंने सुना है तुम्हारे परिवार में इस सप्ताह हुई है?'

बेलाट्रिक्स का मुँह खुला रह गया, जैसे इसका मतलब न समझ पाई हो।

'मैं समझी नहीं, मालिक।'

'मैं तुम्हारी भांजी के बारे में बात कर रहा हूँ, बेलाट्रिक्स। और तुम्हारी भी, लूसियस और नार्सिसा। उसने अभी-अभी रीमस ल्यूपिन नामक नरभेड़िए से शादी की है। इस पर तो तुम्हें बहुत गर्व होना चाहिए।'

टेबल पर चारों ओर व्यंग्यपूर्ण हँसी का विस्फोट हो गया। कई लोग एक-दूसरे की तरफ़ देखने के लिए आगे झुक गए। कइयों ने टेबल पर मुक्के मारे। विशाल नागिनी को यह हलचल पसंद नहीं आई और वह अपना मुँह फाड़कर ग़ुस्से से फुफकारने लगी, लेकिन प्राणभक्षियों को उसकी फुफकार सुनाई नहीं दी। वे तो बेलाट्रिक्स और मैल्फ़ॉय दंपति के अपमान पर मज़े लेने में मशगूल थे। बेलाट्रिक्स का चेहरा, जो पल भर पहले ख़ुशी से चमक रहा था, वह इस वक़्त बदसूरत और भदरंगा लाल हो

गया था।

'वह हमारी भांजी नहीं है, मालिक,' वह ख़ुशी भरी आवाज़ों के बीच चिल्लाई। 'जब से हमारी बहन ने टेड नाम के बदज़ात से शादी की है, तब से नार्सिसा और मैंने उसकी शक्ल तक नहीं देखी है। उसकी कमबख़्त औलाद या उस औलाद से शादी करने वाले जानवर से हम दोनों का कोई रिश्ता नहीं है।'

'तुम क्या कहते हो, ड्रेको ?' वोल्डेमॉर्ट ने धीमी आवाज़ में कहा, जो सीटियों और खिल्ली उड़ाती आवाज़ों के बावजूद साफ़ सुनाई दे रही थी। 'क्या तुम उसके पिल्लों को खिलाओगे ?'

खिलखिलाहट और बढ़ गई। ड्रेको मैल्फ़ॉय ने दहशत से अपने पिता की तरफ़ देखा, जो अपने पैरों की तरफ़ देख रहा था। फिर उसने अपनी माँ से नज़रें मिलाईं। उसकी माँ ने अपना सिर बहुत हल्के से ना में हिलाया, फिर सूनी निगाह से सामने वाली दीवार को घूरने लगी।

'बहुत हो गया,' वोल्डेमॉर्ट ने नाराज़ नागिन को सहलाते हुए कहा। 'बहुत हो गया।'

हँसी एकदम रुक गई।

'हमारे कई पुराने ख़ानदानों के वंशवृक्ष समय के साथ थोड़े बीमार हो चले हैं,' उसने कहा, जब बेलाट्रिक्स साँस रोके याचना भरी निगाहों से उसे निहार रही थी। 'इनकी सेहत के लिए तुम्हें इन्हें काटना-छाँटना चाहिए, नहीं क्या ? उन हिस्सों को काटकर अलग कर दो, जो बाक़ी पेड़ की सेहत के लिए ख़तरा बन सकते हों।'

'हाँ, मेरे मालिक,' बेलाट्रिक्स ने फुसफुसाकर कहा और उसकी आँखें एक बार फिर कृतज्ञता के आँसुओं से भर गईं। 'पहला मौक़ा मिलते ही!'

'तुम्हें मौक़ा ज़रूर मिलेगा,' वोल्डेमॉर्ट ने कहा। 'और जैसा तुम्हारे परिवार में है, वैसा ही बाक़ी दुनिया में भी होगा ... हम उस दूषित हिस्से को काटकर फेंक देंगे, जो हमें प्रदूषित करता है, जब तक कि दुनिया में शुद्ध ख़ून वालों के अलावा कोई भी बाक़ी न रहे ...'

वोल्डेमॉर्ट ने लूसियस मैल्फ़ॉय की छड़ी उठाकर टेबल के ऊपर धीरे-धीरे घूमती आकृति की ओर तानी और हल्के से हिलाई। आकृति एक कराह के साथ हिलने लगी और अदृश्य बंधनों से जूझने लगी।

'सीवियरस, क्या तुमने हमारी मेहमान को पहचान लिया?' वोल्डेमॉर्ट ने पूछा।

स्नेप ने अपनी निगाह उल्टे लटके चेहरे की तरफ़ उठाई। सभी प्राणभक्षी अब लटकी हुई आकृति को देख रहे थे, जैसे उन्हें जिज्ञासा दिखाने की अनुमति मिल गई हो। जब घूमती हुई आकृति आग की रोशनी में आई, तो एक औरत की थरथराती और दहशत भरी आवाज़ आई, 'सीवियरस! मदद करो!'

'ओह हाँ,' स्नेप ने कहा, जब उस औरत का चेहरा धीरे-धीरे फिर से दूर चला गया।

'और तुमने, ड्रेको?' वोल्डेमॉर्ट ने पूछा और उस हाथ से नागिन के फ़न को सहलाया, जिसमें छड़ी नहीं थी। ड्रेको ने अपना सिर इंकार में हिलाया। उस औरत के होश में आने के बाद जैसे वह उसकी तरफ़ देखना गवारा नहीं कर पा रहा था।

'लेकिन तुम उसकी क्लास में नहीं पढ़े होगे,' वोल्डेमॉर्ट ने कहा। 'जो लोग नहीं जानते हैं, उनकी जानकारी के लिए बता दूँ कि यह चैरिटी बरबेज है, जो कुछ समय पहले तक हॉगवर्ट्स जादूगरी और तंत्र विद्यालय में पढ़ाती थी।'

टेबल के चारों ओर से समझ की धीमी-धीमी आवाज़ें आने लगीं। झुके कंधों तथा नुकीले दाँतों वाली एक मोटी औरत ने किलकारी भरी।

'हाँ ... प्रोफ़ेसर बरबेज जादूगरनियों और जादूगरों के बच्चों को मगलुओं के बारे में पढ़ाती थी ... वह सिखाती थी कि वे हमारे जैसे ही होते हैं ...'

यह सुनकर एक प्राणभक्षी ने फ़र्श पर थूक दिया। चैरिटी बरबेज का चेहरा एक बार फिर घूमकर स्नेप के सामने आ गया।

'सीवियरस ... प्लीज़ ... प्लीज़ ...'

'ख़ामोश,' वोल्डेमॉर्ट ने कहा और लूसियस मैल्फ़ॉय की छड़ी के एक झटके से चैरिटी इस तरह ख़ामोश हो गई, जैसे उसके मुँह में कपड़ा ठूँस दिया गया हो। 'जादूगरों के बच्चों के दिमाग़ को गंदा और दूषित करने से जब प्रोफ़ेसर बरबेज को तसल्ली नहीं मिली, तो उसने *दैनिक जादूगर* में बदज़ातों के समर्थन में भावनात्मक लेख लिख दिया। इसमें उसने लिखा कि हमें अपने ज्ञान और जादू के इन चोरों को स्वीकार कर लेना चाहिए। प्रोफ़ेसर बरबेज ने लिखा था कि शुद्ध ख़ून वाले जादूगरों की संख्या कम

होना बहुत अच्छी बात है ... वह चाहती है कि हम सब मगलुओं से शादी कर लें ... या फिर नरभेड़ियों से ...'

इस बार कोई नहीं हँसा : वोल्डेमॉर्ट के ग़ुस्से और हिकारत को समझने में कोई ग़लती नहीं हो सकती थी। तीसरी बार, चैरिटी बरबेज घूमती हुई स्नेप के सामने आई। उसकी आँखों से आँसू गिरकर उसके बालों में जा रहे थे। जब वह घूमकर एक बार फिर दूर चली गई, तो स्नेप ने अविचलित भाव से उसे देखा।

'मृत्युदंशम्!'

हरी रोशनी की चमक पूरे कमरे में भर गई। चैरिटी ज़ोरदार धमाके के साथ टेबल पर गिरी, जो हिलने और चरमराने लगी। कुछ प्राणभक्षी उछलकर अपनी कुर्सी पर पीछे हो गए। ड्रेको उछलकर फ़र्श पर गिर गया।

'नागिनी, तुम्हारा डिनर,' वोल्डेमॉर्ट ने धीरे से कहा और बड़ी नागिनी लहराती हुई उसके कंधों से नीचे फिसली तथा लकड़ी के चमकदार फ़र्श पर रेंगने लगी।

अध्याय दो

याद में

हैरी के हाथ से ख़ून निकल रहा था। अपने दाएँ हाथ को बाएँ हाथ में पकड़कर मन ही मन गालियाँ देते हुए उसने कंधे से धक्का देकर अपने बेडरूम का दरवाज़ा खोला। चीनी मिट्टी की किसी चीज़ के टूटने की आवाज़ आई : उसका पैर ठंडी चाय के कप पर पड़ गया था, जो उसके बेडरूम के दरवाज़े के बाहर फ़र्श पर रखा था।

'लानत है – ?'

उसने इधर-उधर देखा। प्रिविट ड्राइव के मकान नंबर चार की सीढ़ियाँ वीरान थीं। शायद डडली ने उसके मज़े लेने के इरादे से दरवाज़े के ठीक सामने चाय का कप रख दिया होगा। हैरी ने ख़ून बहते हाथ को ऊपर उठाया और दूसरे हाथ से कप के टुकड़े बटोरकर लबालब भरे कूड़ेदान में डाल दिए, जो उसके बेडरूम के दरवाज़े के भीतर दिख भर रहा था। फिर वह अपनी उँगली नल के पानी के नीचे धोने के लिए बाथरूम की तरफ़ भागा।

उसे यह बात मूर्खतापूर्ण, निरर्थक, बहुत चिढ़ाने वाली लग रही थी कि वह अब भी चार दिन तक जादू नहीं कर सकता ... लेकिन उसे यह स्वीकार करना पड़ा कि उसकी उँगली में हुआ घाव उसकी योजना गड़बड़ा सकता था और उसे जादू से घाव ठीक करना नहीं आता था। उसे एहसास हुआ कि उसकी जादुई शिक्षा में यह एक गंभीर कमी थी, ख़ास तौर पर उसकी भावी योजनाओं के संदर्भ में। उसने फ़ैसला किया कि वह हर्माइनी से इसका तरीक़ा ज़रूर पूछेगा। फिर उसने टॉयलेट पेपर का एक बड़ा टुकड़ा लिया और उससे फैली हुई चाय जैसे-तैसे साफ़ कर दी। इसके बाद अपने बेडरूम में लौटकर उसने ज़ोर से दरवाज़ा लगा लिया।

हैरी ने सुबह अपने स्कूल के संदूक को छह साल बाद पहली बार

पूरा ख़ाली किया था। अब तक तो हर साल स्कूल शुरू होते समय वह इसमें ऊपर रखे तीन-चौथाई सामान को बाहर निकालकर उसमें से कुछ चीज़ों को बदल देता था, हटा देता था या नई चीज़ें रख लेता था। नीचे का सामान - पुरानी क़लमें, बीटल की सूखी आँखें, छोटे पड़ गए मोज़े - ज्यों का त्यों संदूक में ही पड़ा रहता था। कुछ मिनट पहले हैरी ने इसी ढेर में अपना हाथ डाला था। फ़ौरन उसके दाहिने हाथ की चौथी उँगली में तेज़ दर्द हुआ और जब उसने उँगली बाहर निकाली, तो यह ख़ून में लथपथ थी।

अब वह थोड़ी ज़्यादा सावधानी से यह काम करने लगा। उसने एक बार फिर घुटनों के बल बैठकर संदूक की तलहटी टटोली। उसमें से एक पुराना बैज निकला, जिस पर ***सेडरिक डिगोरी हीरो है*** लिखा था, जो बीच-बीच में ***पॉटर ज़ीरो है*** में बदल रहा था। तलहटी में हैरी को एक टूटा हुआ और घिसा-पिटा मुख़बिर यंत्र भी मिला। इसके अलावा **'आर.ए.बी.'** नामक जादूगर के संदेश वाला सुनहरा लॉकेट भी था और आख़िरकार उसे वह नुकीली चीज़ मिल ही गई, जिससे उसकी उँगली कटी थी। वह उसे देखते ही फ़ौरन पहचान गया। यह उस जादुई आईने का दो इंच लंबा टुकड़ा था, जो उसके मृत गॉडफ़ादर सिरियस ने उसे दिया था। हैरी ने उसे एक तरफ़ रखकर सावधानी से बाक़ी का संदूक टटोला, लेकिन संदूक में सबसे नीचे चमकती धूल की तरह पड़े काँच के चूरे को छोड़कर सिरियस के आख़िरी तोहफ़े का और कोई अवशेष नहीं था।

हैरी ठीक से बैठकर उस नुकीले टुकड़े की जाँच करने लगा, जिससे उसकी उँगली पर घाव हुआ था। उसे उसमें अपनी चमकती हरी आँखों के प्रतिबिंब के सिवाय और कुछ नज़र नहीं आया। फिर उसने उस टुकड़े को सुबह के *दैनिक जादूगर* के ऊपर रख दिया, जो पलंग पर बिना खुला पड़ा था। उसने कटु यादों के अचानक आए तूफ़ान को रोकने की कोशिश की। टूटे आईने की यादों और अफ़सोस की टीसों को दबाने के लिए उसने संदूक में भरे बाक़ी अटाले पर हमला कर दिया।

संदूक को पूरी तरह ख़ाली करने और उसमें रखी बेकार चीज़ें हटाने में उसे एक घंटा और लग गया। बचे हुए सामान को उसने दो ढेरों में जमा दिया। एक ढेर में वह सामान था, जिसकी उसे आगे ज़रूरत थी। दूसरे में वह सामान था, जिसकी अब उसे आगे ज़रूरत नहीं पड़ेगी। स्कूल और क्विडिच के दुशाले, कड़ाही, चर्मपत्र, क़लमें तथा उसकी ज़्यादातर पुस्तकें, जिन्हें वह यहीं छोड़कर जाने वाला था, एक कोने में पहुँच गईं। उसने सोचा कि उसके अंकल-आंटी इन चीज़ों के साथ जाने क्या सलूक करेंगे। शायद

रात के अँधेरे में उन्हें जला देंगे, जैसे वे किसी भयंकर अपराध का सबूत हों। उसने अपने मगलू कपड़े, अदृश्य चोगा, काढ़ा बनाने का सामान, कुछ ख़ास पुस्तकें, हैग्रिड का दिया एलबम, कुछ चिट्ठियाँ और छड़ी एक पुराने बैग में जमा लीं। बैग के सामने वाली जेब में हॉगवर्ट्स का नक़्शा और **'आर.ए.बी.'** वाला लॉकेट था। लॉकेट को यह सम्मानित जगह इसके क़ीमती होने के कारण नहीं दी गई थी – यह बिलकुल मूल्यहीन था – बल्कि इसलिए दी गई थी, क्योंकि इसे हासिल करने की बहुत बड़ी क़ीमत चुकाई गई थी।

सामने हैरी की डेस्क पर अख़बारों का काफ़ी बड़ा ढेर रखा था, जिसके पास उसकी सफ़ेद उल्लू हेडविग बैठी थी। ये अख़बार तभी से प्रतिदिन इकट्ठे हो रहे थे, जब से हैरी गर्मियों में प्रिविट ड्राइव में रहने आया था।

उसने खड़े होकर अँगड़ाई ली और डेस्क तक गया। जब वह अख़बारों को सरसरी तौर पर देखकर एक-एक करके कचरे के ढेर में फेंकने लगा, तो हेडविग ने कोई हलचल नहीं की। हेडविग या तो सो रही थी या फिर सोने का नाटक कर रही थी। वह हैरी से नाराज़ थी, क्योंकि वह इन दिनों उसे पिंजरे से बहुत कम समय बाहर रहने दे रहा था।

अख़बारों के ढेर के अंत में पहुँचने के बाद हैरी ने अपनी रफ़्तार कम कर ली। उसे एक ख़ास अख़बार की तलाश थी, जो उसके प्रिविट ड्राइव में रहने आने के कुछ समय बाद ही आया था। उसे याद था कि उसके पहले पन्ने पर हॉगवर्ट्स में मगलू अध्ययन विषय की टीचर चैरिटी बरबेज़ के इस्तीफ़े की छोटी सी ख़बर थी। आख़िरकार उसे वह अख़बार मिल गया। पेज नंबर दस को पलटते हुए वह कुर्सी पर बैठकर उस लेख को दोबारा पढ़ने लगा, जिसकी उसे तलाश थी।

एल्बस डम्बलडोर की याद

एल्फ़ियस डोज

मैं ग्यारह साल की उम्र में एल्बस डम्बलडोर से पहली बार मिला था, तब हम दोनों पहली बार हॉगवर्ट्स जा रहे थे। हम एक-दूसरे की ओर तत्काल आकर्षित हो गए, क्योंकि उस वक़्त हम दोनों ही ख़ुद को बाहरी मान रहे थे। स्कूल आने से कुछ समय पहले ही मुझे ड्रैगन पॉक्स हो गई थी। हालाँकि हॉगवर्ट्स पहुँचने तक संक्रमण का ख़तरा नहीं बचा था, लेकिन

मेरे चेहरे पर मौजूद दानों के निशानों और हरी रंगत के कारण ज़्यादातर लोग मेरे पास आने में झिझक रहे थे। उधर एल्बस अनचाही कुख्याति के बोझ के साथ हॉगवर्ट्स गए थे। बमुश्किल एक साल पहले उनके पिता पर्सिवल ने तीन मगलू बच्चों पर ख़ूँख़ार हमला कर दिया था और इस अपराध के लिए उन्हें सज़ा सुनाई गई थी।

एल्बस ने कभी इस बात से इंकार करने की कोशिश नहीं की कि उनके पिता (जिन्होंने बाद में अज़्काबान में दम तोड़ दिया था) ने वह अपराध किया था। जब मैंने हिम्मत करके उनसे इस बारे में पूछा, तो उन्होंने मुझे बताया कि उनके पिता यक़ीनन अपराधी थे। उसके बाद डम्बलडोर ने उस दुखद घटना के बारे में कभी बात नहीं की, हालाँकि उनसे ऐसा करवाने की काफ़ी कोशिशें की गईं। दरअसल, कुछ लोग तो उनके पिता के काम को प्रशंसा भरी नज़रों से देखते थे और यह सोचते थे कि एल्बस भी मगलू-विरोधी होंगे। उन लोगों की सोच बिलकुल ग़लत थी। जैसा एल्बस को जानने वाला कोई भी व्यक्ति गवाही दे सकता है, उन्होंने जीवन में कभी भी मगलू-विरोधी नज़रिया नहीं दिखाया। सच तो यह है कि मगलुओं के अधिकारों की प्रबल हिमायत की वजह से बाद के वर्षों में कई लोग उनके दुश्मन बन गए।

बहरहाल, कुछ ही महीनों में एल्बस की ख्याति उनके पिता की कुख्याति से आगे निकल गई। फ़र्स्ट ईयर ख़त्म होते-होते वे मगलू-विरोधी जादूगर के बेटे के रूप में नहीं, बल्कि स्कूल के अब तक के सबसे होनहार विद्यार्थी के रूप में मशहूर हो गए। उनका दोस्त बनना हमारी ख़ुशक़िस्मती थी, क्योंकि उनकी मिसाल से हमें लाभ हुआ। साथ ही उनकी मदद और प्रोत्साहन से भी, जो वे हमेशा उदारता से देते थे। स्कूल से निकलने के बाद उन्होंने मुझे बताया कि उस वक़्त भी उन्हें एहसास था कि सिखाने में उन्हें सबसे ज़्यादा ख़ुशी मिलती है।

उन्होंने स्कूल का हर पुरस्कार ही नहीं जीता, बल्कि जल्दी ही उस दौर के उल्लेखनीय जादूगरों के साथ नियमित पत्राचार भी करने लगे, जिनमें मशहूर कीमियागर निकोलस फ़्लामेल, चर्चित इतिहासकार बाथिल्डा बैगशॉट और जादुई सिद्धांतकार

एडलबर्ट वैफ़लिंग शामिल थे। रूपांतरण आज, सम्मोहन की चुनौतियाँ और व्यावहारिक काढ़ा–निर्माता जैसे महत्वपूर्ण प्रकाशनों में उनके कई शोधपत्र छपे। डम्बलडोर का कैरियर बेहद उज्ज्वल नज़र आ रहा था और इकलौता सवाल यही था कि वे कब जादू मंत्री बनेंगे। हालाँकि बाद के वर्षों में भी अक्सर उनके मंत्री बनने की अटकलें लगाई गईं, लेकिन उनके मन में मंत्री बनने की महत्वाकांक्षा कभी थी ही नहीं।

हॉगवर्ट्स में हमारे पढ़ाई शुरू करने के तीन साल बाद एल्बस का भाई एबरफ़ोर्थ भी वहाँ आ गया। उन दोनों में ज़मीन–आसमान का फ़र्क़ था। एबरफ़ोर्थ की पढ़ाई में ख़ास दिलचस्पी नहीं थी। वह एल्बस की तरह तर्कपूर्ण बातचीत से नहीं, बल्कि कुश्ती लड़कर मतभेद सुलझाना ज़्यादा पसंद करता था। बहरहाल, यह कहना बिलकुल ग़लत है, जैसा कइयों ने कहा है कि दोनों भाइयों में दोस्ती नहीं थी। उनके आपसी संबंध अच्छे थे, जितने कि दो इतने अलग क़िस्म के भाइयों के हो सकते थे। एबरफ़ोर्थ के नज़रिए से देखें, तो एल्बस की छाया में रहना कोई आरामदेह अनुभव नहीं था। हर क्षेत्र में एल्बस से पीछे रहना उनके आपस में दोस्त बनने के बीच स्पष्ट जोखिम था और भाई के रूप में भी यह ज़्यादा आनंददायक नहीं हो सकता था।

हॉगवर्ट्स से निकलने के बाद एल्बस और मैं एक साथ दुनिया का पारंपरिक भ्रमण करना चाहते थे। अपना कैरियर शुरू करने से पहले हम विदेशी जादूगरों से मिलना–जुलना चाहते थे। बहरहाल, क़िस्मत को यह मंज़ूर नहीं था। हमारी यात्रा शुरू होने के एक दिन पहले ही एल्बस की माँ केंड्रा की मौत हो गई और एल्बस परिवार के मुखिया बन गए। केंड्रा की अंत्येष्टि में शामिल होने और श्रद्धांजलि देने के लिए मैंने अपनी यात्रा कुछ दिनों के लिए टाल दी और इसके बाद मैं अकेले ही दुनिया की सैर करने चल दिया। एल्बस को अपने छोटे भाई और बहन की देखभाल करनी थी; इसके अलावा पैसों की तंगी भी थी, इसलिए एल्बस के मेरे साथ जाने का सवाल ही नहीं था।

यह हमारे जीवन का ऐसा दौर था, जिसमें हमारे बीच बहुत

कम संपर्क रहा। मैं एल्बस को पत्र लिखता रहा और शायद थोड़ी असंवेदनशीलता से अपनी यात्रा के रोचक प्रसंग बताता रहा, जिनमें ग्रीस में दैत्यों से बाल-बाल बचने से लेकर मिस्र के कीमियागरों के प्रयोगों तक के वर्णन शामिल थे। उनके पत्रों से मुझे उनकी दिनचर्या के बारे में बहुत कम जानकारी मिली, हालाँकि मुझे अंदाज़ा था कि इतने प्रतिभाशाली जादूगर को घरेलू ज़िंदगी कितनी कुंठाजनक और बोझिल लग रही होगी। मैं दुनिया की सैर का लुत्फ़ उठा रहा था। बहरहाल, एक साल लंबी यात्रा के अंत में मुझे यह दहशत भरी ख़बर मिली कि डम्बलडोर परिवार में एक और हादसा हो गया था। डम्बलडोर की बहन एरियाना भी चल बसी थी।

हालाँकि एरियाना काफ़ी समय से बीमार थी, लेकिन माँ के बाद उसके भी दुनिया से चले जाने से दोनों भाइयों पर गहरा प्रभाव पड़ा। एल्बस के सबसे क़रीबी लोग - और मैं ख़ुद को उन ख़ुशनसीब लोगों में गिनता हूँ - सहमत हैं कि एरियाना की मौत और इस बारे में एल्बस के व्यक्तिगत ज़िम्मेदारी के एहसास (हालाँकि ज़ाहिर है, इसमें उनकी कोई ग़लती नहीं थी) ने उन पर अमिट छाप छोड़ी।

लौटने पर मुझे एक ऐसा युवक दिखा, जो अपनी उम्र से कहीं ज़्यादा दुख झेल चुका था। एल्बस पहले से ज़्यादा गंभीर हो गए थे। उनकी बातों से हँसी-मज़ाक़ ग़ायब हो चुका था। उनका दुख इस बात से और भी बढ़ गया कि एरियाना की मौत से दोनों भाइयों के संबंध प्रगाढ़ होने के बजाय टूट गए। (आगे चलकर यह दरार भर गई - बाद के वर्षों में उनका रिश्ता दोबारा ठीक हो गया। हालाँकि इसे प्रगाढ़ तो नहीं कहा जा सकता, लेकिन निश्चित रूप से यह सामंजस्यपूर्ण तो था ही।) बहरहाल, उसके बाद डम्बलडोर अपने माता-पिता या एरियाना के बारे में बहुत कम बातें करते थे और उनके दोस्तों ने भी उनके परिवार का ज़िक्र करना छोड़ दिया।

इसके बाद के वर्षों की विजय यात्रा के वर्णन का काम मैं दूसरे लोगों पर छोड़ता हूँ। जादूगरों के ज्ञान के क्षेत्र में डम्बलडोर के असंख्य योगदान भावी पीढ़ियों को लाभ पहुँचाएँगे, जिनमें ड्रैगन के ख़ून के बारह प्रयोगों की उनकी खोज शामिल

है। इसके अलावा जादूगर न्यायसभा के प्रमुख वारलॉक के रूप में उन्होंने अपने कई निर्णयों में असाधारण ज्ञान का परिचय दिया। आज भी लोग यह मानते हैं कि 1945 में डम्बलडोर और ग्रिन्डेलवाल्ड के बीच हुआ द्वंद्वयुद्ध अतुलनीय है। इसे देखने वालों ने लिखा है कि इन दोनों असाधारण जादूगरों को युद्ध करते देखकर उन्हें दहशत और आश्चर्यमिश्रित श्रद्धा का मिला-जुला एहसास हुआ। डम्बलडोर की विजय और जादूगरों की दुनिया पर पड़े इसके परिणामों को जादूगरों के इतिहास का एक महत्वपूर्ण मोड़ माना जाता है - गोपनीयता के राष्ट्रीय अधिनियम या तुम-जानते-हो-कौन के पतन की ही तरह।

एल्बस डम्बलडोर कभी घमंडी या बड़बोले नहीं रहे। वे हर व्यक्ति में अच्छे गुण खोज सकते थे, चाहे वह कितना ही महत्वहीन या दीन-हीन दिख रहा हो। मेरा मानना है कि शुरुआती झटकों के कारण वे बहुत मानवीय और सहानुभूतिपूर्ण बन गए थे। मुझे उनकी कमी कितनी खलेगी, यह मैं शब्दों में बयान नहीं कर सकता, लेकिन मेरी क्षति जादूगर संसार को हुई क्षति की तुलना में कुछ भी नहीं है। इस बारे में कोई सवाल ही नहीं किया जा सकता कि वे हॉगवर्ट्स के सबसे प्रेरक और लोकप्रिय हेडमास्टर थे। वे उसी तरह मरे, जिस तरह वे हमेशा जिए थे : बहुसंख्यक लोगों की भलाई करते हुए। आख़िरी समय तक वे दीन-दुखियों की तरफ़ मदद का हाथ बढ़ाने के उतने ही इच्छुक थे, जितना मुझसे पहली मुलाक़ात वाले दिन वे ड्रैगन पॉक्स के शिकार छोटे बच्चे की ओर हाथ बढ़ाने के इच्छुक थे।

हैरी ने पढ़ना ख़त्म कर दिया, लेकिन श्रद्धांजलि के साथ छपी तस्वीर को निहारता रहा। डम्बलडोर के चेहरे पर जानी-पहचानी, प्यारी मुस्कान थी, लेकिन जब वे अपने आधे चाँद के आकार के चश्मे के ऊपर से झाँके, तो हैरी को लगा, जैसे वे उसका एक्स-रे कर रहे हों।

हैरी को लगता था कि वह डम्बलडोर को बहुत अच्छी तरह जानता है, लेकिन इस श्रद्धांजलि को पढ़ने के बाद उसे यह मानना पड़ा कि वह उन्हें बिलकुल भी नहीं जानता था। एक बार भी उसने बच्चे या जवान डम्बलडोर की कल्पना नहीं की थी। उसे लगता था, वे हमेशा ऐसे ही रहे

होंगे – सफ़ेद बालों वाले, सम्मानजनक और बूढ़े। किशोर डम्बलडोर की कल्पना करना उतना ही अजीब था, जितना मूर्ख हर्माइनी या दोस्ताना विस्फोटक अग्निडंक की कल्पना करना।

उसके मन में कभी डम्बलडोर से उनके अतीत के बारे में पूछने का ख़्याल ही नहीं आया था। बेशक उसका पूछना अजीब और उद्दंडतापूर्ण लगता, लेकिन आख़िर सभी जानते थे कि डम्बलडोर ने ऐतिहासिक द्वंद्वयुद्ध में ग्रिन्डेलवाल्ड को हराया था, फिर भी हैरी ने डम्बलडोर से इसके बारे में कभी कुछ नहीं पूछा था। उसने उनके बाक़ी मशहूर कारनामों के बारे में भी कभी सवाल नहीं किया था। नहीं, डम्बलडोर और हैरी ने तो हमेशा हैरी, हैरी के अतीत, हैरी के भविष्य, हैरी की योजनाओं के बारे में बातचीत की थी ... तथा अब हैरी को ऐसा लग रहा था कि उसके भविष्य के इतने ख़तरनाक तथा अनिश्चित होने के बावजूद वह कई ऐसे अवसर चूक गया था, जब वह डम्बलडोर से उनके बारे में ज़्यादा जानकारी हासिल कर सकता था। उसने अपने हेडमास्टर से ज़िंदगी में सिर्फ़ एक ही व्यक्तिगत सवाल पूछा था और उसका अंदाज़ा था कि डम्बलडोर ने उसका जवाब ईमानदारी से नहीं दिया था :

'जब आप दर्पण में देखते हैं, तो आपको क्या दिखता है ?'

'मुझे ? मैं देखता हूँ कि मेरे हाथ में मोटे ऊनी मोज़े हैं।'

कुछ पलों तक ख़्यालों में खोए रहने के बाद हैरी ने *दैनिक जादूगर* में छपी उस श्रद्धांजलि को काटकर सावधानी से तह किया और उसे *व्यावहारिक सुरक्षात्मक जादू और गुप्त कलाओं के विरुद्ध उसके प्रयोग* पुस्तक में रख लिया। फिर उसने बाक़ी बचा अख़बार कचरे के ढेर में फेंक दिया और कमरे की तरफ़ देखने लगा। अब यह काफ़ी साफ़ दिख रहा था। सिर्फ़ दो ही चीज़ें क़रीने से नहीं जमी थीं – आज का *दैनिक जादूगर*, जो अब भी पलंग पर पड़ा था और उसके ऊपर रखा टूटे आईने का टुकड़ा।

हैरी ने पलंग के पास जाकर आईने के टुकड़े को अख़बार पर से हटाकर *अख़बार* खोला। सुबह उल्लू से अख़बार लेते समय उसने सिर्फ़ हेडलाइन देखकर ही अख़बार एक तरफ़ फेंक दिया था, क्योंकि हेडलाइन में वोल्डेमॉर्ट के बारे में कुछ नहीं छपा था। हैरी को पूरा यक़ीन था कि मंत्रालय वोल्डेमॉर्ट की ख़बरें न छापने के लिए *दैनिक जादूगर* पर दबाव डाल रहा होगा। यही वजह थी कि वह इस ख़बर को नहीं देख पाया था।

पहले पेज के नीचे वाले आधे हिस्से में डम्बलडोर की तस्वीर थी।

डम्बलडोर थोड़ी उलझन में दिख रहे थे और तस्वीर के ऊपर हेडलाइन थी :
डम्बलडोर – आख़िर सच्चाई पता चल ही गई ?

अगले सप्ताह उस दोषपूर्ण जादूगर की सनसनीख़ेज़ कहानी प्रकाशित हो रही है, जिसे कई लोग उनकी पीढ़ी का महानतम जादूगर मानते हैं। इस जीवनी में रीटा स्कीटर डम्बलडोर की शांत, सौम्य बुद्धिमत्ता वाली लोकप्रिय छवि की बखिया उधेड़कर उनके उथल-पुथल भरे बचपन, दिग्भ्रमित युवावस्था, द्वेषों और स्याह रहस्यों का ख़ुलासा करती हैं। जब वे जादू मंत्री बन सकते थे, तो फिर वे सिर्फ़ हेडमास्टर बनकर ही ***क्यों*** *संतुष्ट रहे ? मायापंछी का समूह नाम के ख़ुफ़िया संगठन का असली मक़सद* ***क्या*** *था ? डम्बलडोर की मौत की हक़ीक़त* ***क्या*** *थी ?*

इन जैसे बहुत से सवालों के जवाब आपको इस नई हंगामाख़ेज़ जीवनी में मिलेंगे, जिसका शीर्षक है एल्बस डम्बलडोर का जीवन और झूठ का सिलसिला। *इस जीवनी की लेखिका रीटा स्कीटर से बेट्टी ब्रेथवेट का एक्सक्लूसिव इंटरव्यू, पेज 13 पर।*

हैरी ने अख़बार के पन्ने तेज़ी से पलटे और पेज 13 पर पहुँच गया। लेख में ऊपर एक और जानी-पहचानी तस्वीर थी : एक महिला, जो रत्नजड़ित चश्मा पहने थी, जिसके बाल घुँघराले तथा सुनहरे थे, जिसके दाँत दिख रहे थे और जो विजयी अंदाज़ में मुस्कराती हुई उँगलियों से उसकी ओर इशारा कर रही थी। इस भयानक छवि को नज़रअंदाज़ करने की पूरी कोशिश करते हुए हैरी पढ़ने लगा।

रीटा स्कीटर का व्यक्तित्व बहुत ही भावुक और दयालु है, जो भंडाफोड़ करने वाली उनकी मशहूर छवि से मेल नहीं खाता है। अपने आरामदेह घर के हॉल में मेरा स्वागत करते हुए वे मुझे एक कप चाय, केक और नवीनतम गपशप के लिए सीधे किचन में ले गईं।

रीटा स्कीटर ने कहा, 'ज़ाहिर है, डम्बलडोर हर जीवनी-लेखक के लिए वरदान हैं। इतना लंबा और घटनापूर्ण जीवन! मुझे पूरा यक़ीन है कि मेरी पुस्तक के बाद भी उनकी बहुत सी जीवनियाँ प्रकाशित होंगी।'

स्कीटर ने निश्चित रूप से यह काम बहुत फ़ुर्ती से किया है। डम्बलडोर की जून में हुई रहस्यमयी मौत के सिर्फ़ चार हफ़्ते बाद ही उनकी नौ सौ पेज की पुस्तक पूरी हो गई। मैंने स्कीटर से पूछा कि उन्होंने यह काम इतनी तेज़ी से कैसे कर लिया।

'ओह, अगर आप इतने लंबे समय से पत्रकार हों, जितनी कि मैं हूँ, तो डेडलाइन पर काम पूरा करना आदत बन जाता है। मैं जानती थी कि जादूगर दुनिया डम्बलडोर की पूरी कहानी जानने के लिए बेताब है और मैं इस आवश्यकता को पूरी करने वाली पहली लेखिका बनना चाहती थी।'

इस पर मैंने जादूगर न्यायसभा के विशेष सलाहकार और एल्बस डम्बलडोर के पुराने मित्र एल्फ़ियस डोज की बहुप्रचारित टिप्पणी का ज़िक्र किया, जिसमें उन्होंने इस जीवनी के बारे में कहा है, 'स्कीटर की पुस्तक में चॉकलेट मेंढक कार्ड से भी कम सच्चाई है।'

स्कीटर सिर झटककर हँस दीं।

'बेचारा डॉजी! मुझे याद है कि कुछ साल पहले मैंने जलमानुषों के हक़ों के बारे में उसका इंटरव्यू लिया था। वह सठिया चुका है। उसे लग रहा था कि हम विंडरमियर झील की तलहटी में बैठे थे। मुझे बार-बार ट्राउट से सावधान करता रहा।'

एल्फ़ियस डोज जैसी बात कई और लोगों ने भी कही है कि इस पुस्तक में ज़्यादा दम नहीं है। क्या स्कीटर को यह नहीं लगता कि डम्बलडोर के लंबे और असाधारण जीवन की पूरी तस्वीर हासिल करने के लिए सिर्फ़ चार हफ़्ते का समय बहुत कम है?

स्कीटर मुस्कराते हुए और प्यार से अपनी उँगलियाँ टेबल पर बजाते हुए कहती हैं, 'देखिए, आप और मैं दोनों ही अच्छी तरह जानते हैं कि गैलियनों से भरे मोटे थैले, "नहीं" शब्द को सुनने की अनिच्छा और अच्छी तीव्र-कथन क़लम के इस्तेमाल से लोगों से कितनी ज़्यादा जानकारी उगलवाई जा सकती है! वैसे लोग डम्बलडोर पर कीचड़ उछालने के लिए लाइन लगाए खड़े थे। जानते हैं, हर कोई उन्हें महान नहीं मानता है - उन्होंने

बहुत से महत्वपूर्ण लोगों को अपना दुश्मन बना लिया था। लेकिन डोज को हवाई–गरुड़अश्व से नीचे उतर आना चाहिए, क्योंकि मैंने एक ऐसे सूत्र से जानकारी उगलवा ली है, जिसके लिए ज़्यादातर पत्रकार अपनी छड़ी देने तक को तैयार हो जाएँगे। इस सूत्र ने पहले कभी सार्वजनिक बयान नहीं दिया है, हालाँकि वह डम्बलडोर की युवावस्था के सबसे उथल–पुथल भरे और गड़बड़झाले वाले दौर में उनके क़रीब रही थी।'

स्कीटर की जीवनी के पूर्व–प्रचार से यह स्पष्ट है कि जो लोग डम्बलडोर के जीवन को बेदाग़ मानते हैं, उन्हें इसमें बहुत सी सदमे भरी ख़बरें मिलने वाली हैं। मैंने उनसे पूछा कि इस जीवनी में सबसे आश्चर्यजनक भंडाफोड़ कौन से हैं।

स्कीटर ने हँसते हुए कहा, 'छोड़ो भी बेट्टी, मैं अपनी पुस्तक की सारी बातें नहीं बताने वाली, वरना पुस्तक कौन ख़रीदेगा! लेकिन मैं इतना वादा ज़रूर करती हूँ कि जो लोग डम्बलडोर के जीवन को उनकी दाढ़ी की तरह पाक़–साफ़ मानते हैं, उन्हें नींद से जाग जाना चाहिए! मैं इतना ज़रूर बता देती हूँ, तुम–जानते–हो–कौन के ख़िलाफ़ उनकी जोशीली बातें सुनने वाला कोई व्यक्ति सपने में भी नहीं सोच सकता था कि अपनी जवानी में उन्होंने भी गुप्त कलाओं में हाथ–पैर मारे थे! जिस जादूगर ने बुढ़ापे में सहनशीलता की वकालत की, युवावस्था में उसकी मानसिकता कोई ख़ास उदार नहीं थी! जी हाँ, एल्बस डम्बलडोर का अतीत बहुत दाग़दार था और उनका परिवार बड़ा अजीब था। वैसे इन बातों को छिपाने की उन्होंने काफ़ी कोशिश की थी।'

मैंने पूछा कि क्या स्कीटर का इशारा डम्बलडोर के भाई एबरफ़ोर्थ की तरफ़ था, जिसे न्यायसभा ने पंद्रह साल पहले जादू के दुरुपयोग के लिए सज़ा दी थी और जिससे छुटपुट सनसनी फैली थी।

'ओह, एबरफ़ोर्थ तो गोबर के ढेर का सिर्फ़ ऊपरी हिस्सा है,' स्कीटर ने हँसते हुए कहा। 'नहीं, नहीं, बकरियों पर जादू करने वाले दीवाने भाई से ज़्यादा बुरी बात है, मगलू–विरोधी पिता से भी ज़्यादा बुरी बात है – हालाँकि डम्बलडोर इन दोनों को भी गोपनीय नहीं रख पाए और न्यायसभा ने दोनों को

सज़ा दी। नहीं, मैं तो उनकी माँ और बहन को लेकर उलझन में थी। थोड़ी छानबीन करने पर वहाँ मुझे बुराई का घोंसला मिला – लेकिन, जैसा कि मैंने कहा है, विस्तृत जानकारी के लिए आपको इस पुस्तक के अध्याय नौ से अध्याय बारह तक पढ़ने का इंतज़ार करना होगा। इस वक़्त तो मैं इतना ही कह सकती हूँ कि इस बात में कोई आश्चर्य नहीं कि डम्बलडोर ने कभी यह क्यों नहीं बताया कि उनकी नाक कैसे टूटी।'

परिवार के गड़े-मुर्दे उखाड़ने के अलावा क्या स्कीटर डम्बलडोर की प्रतिभा को नकारती हैं; आख़िर उन्होंने इतनी महत्वपूर्ण जादुई खोजें की हैं ?

'उनमें दिमाग़ तो था,' स्कीटर ने स्वीकार किया, 'हालाँकि कई लोग अब सवाल करते हैं कि क्या उन्हें उनकी तमाम तथाकथित उपलब्धियों का सचमुच पूरा श्रेय मिलना चाहिए। जैसा कि मैंने अध्याय सोलह में ख़ुलासा किया है, आइवर डिलॉन्सबाई का दावा है कि ड्रैगन के ख़ून के आठ उपयोग उसने पहले ही खोज लिए थे और उसकी ग़लती यह थी कि उसने अपना शोधपत्र डम्बलडोर को "पढ़ने को" दे दिया था।'

मैंने कहा, लेकिन डम्बलडोर की कुछ उपलब्धियों के महत्व को नकारा नहीं जा सकता। जैसे, ग्रिन्डेलवाल्ड की मशहूर पराजय ?

स्कीटर ने खुलकर मुस्कराते हुए कहा, 'ओह, मुझे ख़ुशी है कि आपने ग्रिन्डेलवाल्ड का ज़िक्र कर दिया। मुझे डर है कि डम्बलडोर की भव्य विजय पर जिन लोगों की आँखें ख़ुशी से नम हो जाती होंगी, उन्हें बम के धमाके के लिए तैयार हो जाना चाहिए – या शायद गोबर बम के धमाके के लिए। बहुत ही घटिया झमेला था। मैं यहाँ बस इतना ही कहूँगी, दरअसल कोई ज़बर्दस्त द्वंद्वयुद्ध हुआ ही नहीं था। मेरी पुस्तक पढ़ने के बाद लोग इस नतीजे पर पहुँचने के लिए विवश होंगे कि ग्रिन्डेलवाल्ड ने अपनी छड़ी की नोक से एक सफ़ेद रूमाल निकाला था और चुपचाप हार मान ली थी!'

स्कीटर ने इस दिलचस्प विषय पर आगे कुछ भी कहने से इंकार कर दिया। हमने बात उस विषय की ओर मोड़ दी, जो उनके पाठकों को बेशक बाक़ी मुद्दों से ज़्यादा रोचक लगेगा।

स्कीटर ने तेज़ी से सिर हिलाते हुए कहा, 'ओह हाँ, मैंने पॉटर-डम्बलडोर संबंध पर एक पूरा अध्याय लिखा है। बहुत से लोग उनके संबंध को अस्वस्थ, यहाँ तक कि भयानक भी मानते हैं। एक बार फिर, पूरी कहानी जानने के लिए पाठकों को मेरी पुस्तक ख़रीदनी होगी, लेकिन इसमें कोई संदेह नहीं है कि डम्बलडोर ने शुरू से ही पॉटर में अस्वाभाविक रुचि ली। मुद्दे की बात यह है कि क्या यह उस लड़के के हित में था। ज़ाहिर है, हम सभी जानते हैं कि पॉटर ने किशोरावस्था में काफ़ी मुश्किलें झेली हैं।'

मैंने स्कीटर से पूछा कि क्या वे अब भी हैरी पॉटर के संपर्क में हैं, जिसका चर्चित इंटरव्यू उन्होंने पिछले साल लिया था : जिसमें पॉटर ने पहली बार खुलासा किया था कि तुम-जानते-हो-कौन लौट आया है।

'ओह हाँ, हमारे बीच बहुत क़रीबी संबंध है,' स्कीटर कहती हैं। 'बेचारे पॉटर के बहुत कम सच्चे दोस्त रहे हैं और हमारी मुलाक़ात उसके जीवन के सबसे चुनौतीपूर्ण समय में हुई थी - जादूगरी का त्रिकोणीय टूर्नामेंट। मैं शायद उन चुनिंदा जीवित लोगों में से हूँ, जो यह दावा कर सकते हैं कि वे असली हैरी पॉटर को जानते हैं।'

इसके बाद हमने उन अफ़वाहों के बारे में बातें कीं, जो डम्बलडोर के आख़िरी घंटों के बारे में फैली हुई हैं। क्या स्कीटर का मानना है कि डम्बलडोर की मौत के वक़्त पॉटर वहीं था?

'देखिए, मैं ज़्यादा कुछ नहीं कहना चाहती - सब कुछ पुस्तक में बताया गया है - लेकिन हॉगवर्ट्स महल के भीतर के गवाहों ने डम्बलडोर के गिरने, कूदने या धक्का खाने के बाद पॉटर को वहाँ से भागते हुए देखा था। बाद में पॉटर ने सीवियरस स्नेप के ख़िलाफ़ बयान दिया था, जिससे उसकी पुरानी दुश्मनी थी। क्या पॉटर की बात सच है? यह फ़ैसला करना जादूगर समुदाय के हाथ में है - मेरी पुस्तक पढ़ने के बाद।'

इस दिलचस्प मोड़ पर मैंने स्कीटर से विदा ली। इसमें कोई शक नहीं कि उन्होंने एक बेस्टसेलर पुस्तक लिख डाली है। इस वक़्त डम्बलडोर के बड़ी संख्या में मौजूद प्रशंसक यह सोच-सोच

कर काँप रहे होंगे कि इसमें उनके प्रिय हीरो के बारे में जाने क्या भंडाफोड़ होने वाले हैं।

लेख पूरा पढ़ने के बाद भी हैरी सूनी आँखों से अख़बार के पन्ने को घूरता रहा। उसके भीतर हिक़ारत और ग़ुस्सा उबलने लगा। उसने अख़बार को मुट्ठी में मरोड़कर गोल किया और पूरी ताक़त से दीवार पर फेंक दिया, जहाँ यह लबालब भरे कूड़ेदान के बाक़ी कूड़े में शामिल हो गया।

वह अंधों की तरह कमरे में आगे बढ़ा। उसने कई ड्रॉअर खोलकर पुस्तकें निकालीं और वापस वहीं रख दीं। उसे ज़रा भी पता नहीं था कि वह क्या कर रहा है। उसके दिमाग़ में तो बस रीटा के लेख के वाक्य गूँज रहे थे : *पॉटर-डम्बलडोर संबंध पर एक पूरा अध्याय... बहुत से लोग उनके संबंध को अस्वस्थ, यहाँ तक कि भयानक भी मानते हैं ... जवानी में उन्होंने भी गुप्त कलाओं में हाथ-पैर मारे थे ... मैंने एक ऐसे सूत्र से जानकारी उगलवा ली है, जिसके लिए ज़्यादातर पत्रकार अपनी छड़ी देने तक को तैयार हो जाएँगे ...*

'झूठ!' हैरी चिल्लाया और उसने खिड़की से अपने पड़ोसी को देखा, जो अपने लॉनमोअर को दोबारा चालू करने के लिए रुक गया था तथा घबराकर ऊपर देख रहा था।

हैरी धम्म से अपने पलंग पर बैठ गया। आईने का टूटा हुआ टुकड़ा उससे दूर उछल गया। उसने उसे दोबारा उठाया और अपनी उँगलियों में घुमाने लगा। वह डम्बलडोर के बारे में सोच रहा था और उन झूठों के बारे में, जिनसे रीटा स्कीटर उन्हें बदनाम कर रही थी ...

एक नीली झलक। हैरी ठिठक गया और उसकी कटी हुई उँगली एक बार फिर आईने की नुकीली नोक पर फिसली। उसे वहम हुआ होगा, हाँ, ज़रूर यही हुआ होगा। उसने पीछे पलटकर देखा, लेकिन दीवार पेटूनिया आंटी के चुने हुए पीच रंग की थी। वहाँ ऐसी कोई चीज़ नहीं थी, जिससे आईने में नीली झलक दिख सके। उसने आईने के टुकड़े में दोबारा देखा, लेकिन उसे अपनी चमकती हरी आँख के सिवाय कुछ दिखाई नहीं दिया।

उसे ज़रूर वहम हुआ होगा। और कुछ हो ही नहीं सकता। इसलिए वहम ही हुआ होगा, क्योंकि वह अपने मृत हेडमास्टर के बारे में सोच रहा था। अगर यक़ीन के साथ कुछ कहा जा सकता था, तो वह यह था कि एल्बस डम्बलडोर की चमकती नीली आँखें उसे दोबारा कभी नहीं दिखेंगी।

अध्याय तीन

डर्स्ली परिवार की विदाई

घर के सामने वाले दरवाज़े के धाड़ से खुलने की आवाज़ सीढ़ियों के ऊपर तक गूँजी और इसके ठीक बाद कोई चिल्लाया, 'ओए! तुम!'

सोलह साल तक इस तरह बुलाए जाने के बाद हैरी को ज़रा भी शक नहीं था कि उसके अंकल उसे ही आवाज़ लगा रहे हैं। बहरहाल, उसने तत्काल प्रतिक्रिया नहीं की। वह अब भी आईने के उस टुकड़े को घूरे जा रहा था, जिसमें उसके ख़्याल से उसे एक पल के लिए डम्बलडोर की आँख की झलक दिखी थी। हैरी तब तक टस से मस नहीं हुआ, जब तक उसके अंकल ने गरजकर **'लड़के!'** नहीं कहा। फिर वह धीरे से खड़ा हुआ और बेडरूम के दरवाज़े की तरफ़ बढ़ा। बीच में उसने आईने के टुकड़े को उस बैग में रख लिया, जिसे वह ले जाने वाला था।

'काफ़ी देर लगा दी!' वरनॉन डर्स्ली गरजे, जब हैरी सीढ़ियों के ऊपर प्रकट हुआ। 'नीचे आओ, मुझे तुमसे कुछ बात करनी है!'

हैरी धीरे-धीरे नीचे पहुँचा। उसके हाथ जीन्स की जेब में थे। लिविंग रूम में पहुँचने पर उसने देखा कि डर्स्ली परिवार के तीनों सदस्य वहाँ मौजूद थे। उन्होंने सफ़र वाली पोशाक पहन रखी थी : वरनॉन अंकल ऊपर तक ज़िप लगी जैकेट पहने थे, पेटूनिया आंटी ने चमकीले रंग का कोट डाल रखा था और हैरी का विशालकाय, सुनहरे बालों तथा मांसपेशियों वाला मौसेरा भाई डडली लेदर जैकेट पहने हुए था।

'हाँ ?' हैरी ने पूछा।

'बैठ जाओ!' वरनॉन अंकल ने कहा। हैरी ने अपनी भौंहें चढ़ा लीं। 'प्लीज़!' वरनॉन अंकल ने आगे कहा और धीरे से चिहुँके, जैसे निकलते

समय यह शब्द उनके गले में चुभा हो।

हैरी बैठ गया। उसे अंदाज़ा था कि आगे क्या कहा जाएगा। उसके अंकल तेज़ी से चहलक़दमी करने लगे और पेटूनिया आंटी तथा डडली तनाव भरे अंदाज़ में उन्हें देखते रहे। आख़िरकार, वरनॉन अंकल का बड़ा बैंगनी चेहरा एकाग्रता से सिकुड़ गया और वे हैरी के सामने रुक गए।

उन्होंने कहा, 'मैंने अपना इरादा बदल लिया है।'

'कितनी हैरानी की बात है!' हैरी व्यंग्यात्मक अंदाज़ में बोला।

'अपने अंकल से इस तरह बात मत करो –' पेटूनिया आंटी तीखी आवाज़ में बोलने लगीं, लेकिन वरनॉन डर्स्ली ने अपना हाथ उठाकर उन्हें रोक दिया।

'यह सब बकवास है,' वरनॉन अंकल ने सुअर जैसी छोटी आँखों से हैरी को ग़ुस्से से घूरते हुए कहा। 'मैंने तय कर लिया है कि इसके एक शब्द पर भी यक़ीन नहीं करूँगा। हम लोग यहीं रहेंगे, कहीं नहीं जाएँगे।'

हैरी ने अपने अंकल की तरफ़ देखा। उसे चिढ़ भी छूट रही थी और हँसी भी आ रही थी। पिछले चार हफ़्तों से वरनॉन अंकल हर चौबीस घंटे में अपना इरादा बदल रहे थे और इरादा बदलने के साथ ही हर बार सामान कार में रख या निकाल रहे थे। हैरी का प्रिय पल वह था, जब वरनॉन अंकल ने डडली के बैग को झुलाकर डिग्गी में रखने की कोशिश की थी, लेकिन चूँकि उन्हें यह पता नहीं था कि डडली ने उसमें अपने डम्बल्स रख दिए हैं, इसलिए डम्बल्स उनके पैरों पर गिर गए और वे दर्द से चिल्लाते हुए गालियाँ देने लगे थे।

'तुम्हारे मुताबिक़,' वरनॉन डर्स्ली ने कहा और लिविंग रूम में दोबारा चहलक़दमी करने लगे, 'हम – पेटूनिया, डडली और मैं – ख़तरे में हैं ... तुम्हारे जैसे – तुम्हारे जैसे –'

'हाँ, "मेरे जैसे लोगों" से, सही कहा,' हैरी बोला।

'देखो, मुझे इस बात पर भरोसा नहीं है,' वरनॉन अंकल ने हैरी के सामने रुकते हुए कहा। 'मैं आधी रात तक इस सबके बारे में सोचता रहा और मैं इस नतीजे पर पहुँचा हूँ कि यह घर हथियाने की साज़िश है।'

'घर,' हैरी ने दोहराया। 'कौन सा घर ?'

'*यह* घर!' वरनॉन अंकल चीख़े और उनके माथे की नस फड़कने लगी। '*हमारा* घर! इस इलाक़े में मकान की क़ीमतें आसमान छू रही हैं! तुम हमें रास्ते से हटाना चाहते हो, ताकि उल्टी-सीधी हरकतें करके सारी

जायदाद अपने नाम करवा लो और –'

'आपका दिमाग़ तो नहीं सरक गया?' हैरी ने कहा। 'इस मकान को हथियाने की साज़िश? क्या आप सचमुच इतने मूर्ख हैं?'

'तुम्हारी यह ज़ुर्रत –!' पेटूनिया आंटी चिंघाड़ीं, लेकिन वरनॉन अंकल ने एक बार फिर उन्हें चुप करा दिया। उनकी नज़र में उनकी बुद्धि पर होने वाला हमला उस ख़तरे की तुलना में कुछ भी नहीं था, जिसकी ओर उन्होंने इशारा किया था।

'और अगर आप भूल गए हों,' हैरी ने कहा, 'तो मैं आपको बता दूँ कि मेरे पास पहले से ही एक मकान है, जिसे मेरे गॉडफ़ादर ने मेरे नाम छोड़ा है। फिर मैं इस मकान पर क़ब्ज़ा क्यों करना चाहूँगा? सुखद यादों के कारण?'

ख़ामोशी छा गई। हैरी को लगा कि उसके अंकल इस तर्क से प्रभावित हो गए थे।

वरनॉन अंकल ने दोबारा चहलक़दमी शुरू करते हुए कहा, 'तुम्हारा दावा है कि यह लॉर्ड नाम का आदमी –'

'वोल्डेमॉर्ट,' हैरी ने अधीरता से कहा, 'और हम ये बातें पहले भी कम से कम सौ बार कर चुके हैं। यह कोई दावा नहीं है, यह तो सच्चाई है। डम्बलडोर ने पिछले साल आपको यह बात बताई थी और किंग्सले तथा मिस्टर वीज़्ली –'

वरनॉन डर्स्ली ने ग़ुस्से से अपने कंधे झुका लिए। हैरी समझ गया कि उसके अंकल क्या सोच रहे होंगे। गर्मी की छुट्टियाँ शुरू होने के कुछ समय बाद दो वयस्क जादूगर वरनॉन अंकल से मिलने आए थे और अंकल उसी घटना को भुलाने की कोशिश कर रहे होंगे। किंग्सले शैकलबोल्ट और आर्थर वीज़्ली का उनके दरवाज़े की चौखट पर क़दम रखना डर्स्ली दंपति के लिए बहुत ही अप्रिय झटका था। बहरहाल, हैरी को मानना पड़ा कि चूँकि मिस्टर वीज़्ली एक बार आधे लिविंग रूम को तहस-नहस कर चुके थे, इसलिए उन्हें देखकर वरनॉन अंकल के ख़ुश होने की उम्मीद नहीं की जा सकती थी।

'– किंग्सले और मिस्टर वीज़्ली ने इसका बहुत अच्छा उपाय बताया है,' हैरी ने बिना किसी अफ़सोस के आगे कहा। 'जब मैं सत्रह साल का हो जाऊँगा, तो मुझे बचाने वाले सुरक्षात्मक सम्मोहन का असर ख़त्म हो जाएगा और इससे मेरे साथ-साथ आप भी ख़तरे में पड़ जाएँगे। मायापंछी

के समूह को यक़ीन है कि वोल्डेमॉर्ट आपको निशाना बनाएगा। वह या तो आपको यातना देकर मेरा पता-ठिकाना मालूम करने की कोशिश करेगा, या फिर वह आपको यह सोचकर बंधक बना लेगा कि मैं आकर आपको बचाने की कोशिश करूँगा।'

वरनॉन अंकल और हैरी की नज़रें मिलीं। हैरी को यक़ीन था कि उस पल वे दोनों एक ही बात सोच रहे थे। फिर वरनॉन अंकल टहलने लगे और हैरी ने आगे कहा, 'आपको छिपना पड़ेगा और मायापंछी का समूह इस काम में आपकी मदद करना चाहता है। आपको बहुत अच्छी सुरक्षा दी जा रही है, सबसे अच्छी सुरक्षा।'

वरनॉन अंकल कुछ नहीं बोले, बल्कि लगातार चहलक़दमी करते रहे। बाहर प्रिविट ड्राइव की हेजों के ऊपर सूरज नीचे झुक रहा था। पड़ोसी का लॉनमोअर एक बार फिर रुक गया।

वरनॉन डर्स्ली ने अचानक तेज़ी से पूछा, 'तुमने कहा था कि जादू मंत्रालय भी है?'

'हाँ है,' हैरी ने हैरानी से कहा।

'अच्छा, तो फिर मंत्रालय हमारी सुरक्षा क्यों नहीं कर सकता? मुझे लगता है कि निर्दोष होने के नाते हमें सरकारी सुरक्षा मिलनी चाहिए! आख़िर हमारा कसूर सिर्फ़ इतना ही तो है कि हमने एक ऐसे व्यक्ति को अपने घर रखा है, जो निशाने पर है।'

हैरी ख़ुद को रोक नहीं पाया और हँस दिया। उसके अंकल हमेशा सरकार से उम्मीदें लगाते थे, भले ही यह उस दुनिया की सरकार हो, जिससे वे नफ़रत करते थे और जिस पर उन्हें भरोसा नहीं था।

'आपने मिस्टर वीज़्ली और किंग्सले की बातें नहीं सुनीं?' हैरी ने जवाब दिया। 'हमें लगता है कि दुश्मन मंत्रालय में घुसपैठ कर चुका है।'

वरनॉन अंकल अँगीठी तक गए और वहाँ से लौटते समय इतनी गहरी साँस छोड़ी कि उनकी बड़ी-बड़ी, काली मूँछें थरथराने लगीं। उनका चेहरा एकाग्रता के कारण अब भी बैंगनी था।

'ठीक है,' उन्होंने एक बार फिर हैरी के सामने रुकते हुए कहा। 'ठीक है, हम यह सुरक्षा स्वीकार करने के लिए तैयार हैं। लेकिन हमें सुरक्षा के लिए वह किंग्सले नाम का आदमी क्यों नहीं मिल सकता?'

हैरी अपनी आँखें चढ़ाने से ख़ुद को बमुश्किल रोक पाया। वरनॉन अंकल यह सवाल आधा दर्जन बार पूछ चुके थे।

उसने दाँत भींचकर कहा, 'जैसा कि मैं आपको बता चुका हूँ, किंग्सले मगलू – मेरा मतलब है, आपके प्रधानमंत्री की रक्षा कर रहा है।'

'वही तो – वह सबसे अच्छा है!' वरनॉन अंकल ने ख़ाली टेलीविज़न स्क्रीन की तरफ़ इशारा करते हुए कहा। डर्स्ली दंपति ने किंग्सले को न्यूज़ में देखा था। किंग्सले मगलू प्रधानमंत्री के पीछे-पीछे चल रहा था, जब वे एक अस्पताल का दौरा कर रहे थे। इसके अलावा किंग्सले ने मगलुओं जैसे कपड़े पहनने में महारत हासिल कर ली थी और उसकी धीमी, गहरी आवाज़ में आश्वस्त करने वाला भाव था। परिणामस्वरूप डर्स्ली दंपति किंग्सले को इतना पसंद करने लगे, जितना उन्होंने कभी किसी जादूगर को नहीं किया था, हालाँकि यह सच था कि उन्होंने उसे कभी बाली पहने हुए नहीं देखा था।

'देखिए, वह तो मिल नहीं सकता है,' हैरी ने कहा। 'लेकिन हेस्टिया जोन्स और डीडेलस डिगल यह काम बहुत अच्छी तरह कर लेंगे –'

'अगर हमने उनका बायोडाटा देखा होता ...' वरनॉन अंकल ने बोलना शुरू किया, लेकिन हैरी का संयम जवाब दे गया। वह उठकर अपने अंकल के पास गया और टी.वी. सेट की तरफ़ इशारा करते हुए बोला।

'ये दुर्घटनाएँ दरअसल दुर्घटनाएँ नहीं हैं – कारों का टकराना, विस्फोट, ट्रेनों का पटरियों से उतरना और जो तमाम घटनाएँ हमने न्यूज़ में देखी हैं। लोग ग़ायब हो रहे हैं, मर रहे हैं और इस सबके पीछे है – वोल्डेमॉर्ट। मैं आपको यह बात पहले भी कई बार बता चुका हूँ कि उसे मगलुओं को मारने में मज़ा आता है। यहाँ तक कि कोहरा भी दमपिशाचों ने उत्पन्न किया है और अगर आपको वे याद नहीं हों, तो अपने बेटे से पूछ लें!'

डडली ने अपने हाथ मुँह पर रख लिए। फिर अपने माता-पिता और हैरी की निगाह ख़ुद पर टिकी देखकर उसने उन्हें धीरे-धीरे नीचे किया और पूछा, 'वे ... और भी हैं ?'

'और ?' हैरी हँसा। 'तुम्हारा मतलब है, जिन दो दमपिशाचों ने हम पर हमला किया था, उससे ज़्यादा ? ज़ाहिर है, वे बहुत सारे हैं। सैकड़ों की तादाद में हैं, अब तक तो हज़ारों हो गए होंगे, क्योंकि उन्हें डर और निराशा से शक्ति मिलती है –'

'ठीक है, ठीक है,' वरनॉन डर्स्ली ने अक्खड़ लहज़े में कहा। 'तुम्हारी बात में दम लगता है –'

'मुझे भी ऐसा ही लगता है,' हैरी ने कहा, 'क्योंकि जैसे ही मैं सत्रह साल का होता हूँ, वे सभी - प्राणभक्षी, दमपिशाच, यहाँ तक कि सजीव-लाशें भी (यानी वे मुर्दा शरीर, जिन पर शैतानी जादूगर सम्मोहन कर देता है) - आपकी तलाश करेंगे और यक़ीनन आप पर हमला करेंगे। और अगर आपको याद हो कि आख़िरी बार जादूगरों से मुठभेड़ में आप किस तरह हारे थे, तो मुझे लगता है आप भी इस बात से सहमत होंगे कि आपको मदद की ज़रूरत है।'

थोड़ी देर ख़ामोशी छाई रही। इस दौरान वरनॉन अंकल याद कर रहे थे कि किस तरह हैग्रिड ने लकड़ी के सामने वाले दरवाज़े को तोड़ दिया था। पेटूनिया आंटी वरनॉन अंकल को देख रही थीं। डडली हैरी को घूर रहा था। आख़िर वरनॉन अंकल के मुँह से निकला, 'लेकिन मेरे ऑफ़िस का क्या होगा? डडली के स्कूल का क्या होगा? मुझे नहीं लगता कि ये चीज़ें हमलावर जादूगरों के लिए मायने रखती होंगी -'

'आप समझ क्यों नहीं रहे हैं?' हैरी चिल्लाया। *'वे आपको उसी तरह यातना देंगे और मार डालेंगे, जैसा उन्होंने मेरे मम्मी-डैडी के साथ किया था!'*

'डैडी,' डडली ऊँची आवाज़ में बोला, 'डैडी - मैं मायापंछी के समूह की सुरक्षा में जा रहा हूँ।'

'डडली,' हैरी बोला, 'तुमने ज़िंदगी में पहली बार समझदारी की बात कही है।'

वह जानता था कि किला फ़तह हो चुका है। अगर डडली इतना डर चुका है कि मायापंछी के समूह की सुरक्षा में रहना चाहता है, तो उसके माता-पिता भी उसके साथ जाएँगे। लाड़ले डडली से दूर रहने का सवाल ही नहीं उठता था। हैरी ने मैंटलपीस पर रखी घोड़ागाड़ी की डिज़ाइन वाली घड़ी पर निगाह डाली।

'वे लगभग पाँच मिनट में यहाँ आ जाएँगे,' उसने कहा और जब डर्स्ली परिवार के किसी सदस्य ने कोई जवाब नहीं दिया, तो वह कमरे से बाहर निकल गया। अपने अंकल-आंटी और कज़िन से - शायद हमेशा के लिए - विदा लेने के लिए वह ख़ुशी-ख़ुशी तैयार था, लेकिन माहौल काफ़ी अजीब था। सोलह साल की ठोस नापसंदगी के अंत में आप एक-दूसरे से क्या कह सकते हैं?

अपने बेडरूम में लौटने के बाद हैरी यूँ ही अपने बैग से खेलता रहा।

फिर उसने हेडविग के पिंजरे की छड़ों के बीच से कुछ आउल नट्स अंदर डाल दिए। वे हल्की खन्न के साथ तलहटी से टकराए, लेकिन हेडविग ने उनकी तरफ़ ध्यान नहीं दिया।

हैरी ने उसे पुचकारते हुए कहा, 'हम लोग जल्दी, बहुत जल्दी यहाँ से निकल रहे हैं। फिर तुम जी भर कर उड़ लेना।'

दरवाज़े की घंटी बजी। हैरी झिझका, फिर अपने कमरे से बाहर निकलकर नीचे की तरफ़ चल दिया। उसे भरोसा नहीं था कि हेस्टिया और डीडेलस अपने आप डर्स्ली दंपति से निबट पाएँगे।

जिस पल हैरी ने दरवाज़ा खोला, एक रोमांचित आवाज़ आई, 'हैरी पॉटर!' बैंगनी हैट पहने एक नाटे आदमी ने झुककर उसे सलाम किया। 'हमेशा की तरह सम्मान की बात है!'

'धन्यवाद, डीडेलस,' हैरी ने कहा और काले बालों वाली हेस्टिया को हल्के से मुस्कराकर देखा। 'बहुत अच्छी बात है कि आप लोग यह कर रहे हैं ... ये हैं मेरे अंकल-आंटी और कज़िन ...'

'हैरी पॉटर के रिश्तेदारों, आप सभी का दिन शुभ हो,' डीडेलस ने चहकते हुए कहा और लिविंग रूम में पहुँच गया। डर्स्ली दंपति इस संबोधन से ज़रा भी ख़ुश नहीं हुए। हैरी ने सोचा, कहीं उन्होंने अपना इरादा फिर से तो नहीं बदल लिया। जादूगरनी और जादूगर को देखते ही डडली अपनी माँ के पास दुबक गया।

'मुझे दिख रहा है कि आपने सामान पैक कर लिया है और आप बिलकुल तैयार हैं। बहुत बढ़िया! जैसा कि हैरी आपको बता चुका है, योजना एकदम सीधी है,' डीडेलस ने कहा और अपने वेस्टकोट की जेब से एक बड़ी जेबी घड़ी निकालकर देखने लगा। 'हम लोग हैरी के जाने से पहले यहाँ से चल देंगे। आपके घर के भीतर जादू करना ख़तरनाक है, क्योंकि हैरी अब भी नाबालिग़ है, इसलिए इससे मंत्रालय को उसे गिरफ़्तार करने का बहाना मिल जाएगा। इसलिए हम लोग कार से दस-ग्यारह मील दूर पहुँचेंगे और वहाँ से अंतर्ध्यान होकर उस सुरक्षित जगह पहुँच जाएँगे, जो हमने आपके रहने के लिए चुनी है। मुझे लगता है, आप कार चलाना तो जानते होंगे?' उसने वरनॉन अंकल से विनम्रता से पूछा।

'कार चलाना? ज़ाहिर है, बहुत अच्छी तरह जानता हूँ!' वरनॉन अंकल ने थूक उड़ाते हुए कहा।

'सर, आप बहुत समझदार हैं, बहुत ही समझदार। मैं तो इतने सारे

बटनों और डायलों से बिलकुल चकरा जाता,' डीडेलस ने कहा। वह वरनॉन डर्स्ली को ख़ुश करने की कोशिश कर रहा था, लेकिन उसके हर शब्द के साथ वरनॉन डर्स्ली का योजना पर से विश्वास उठता जा रहा था।

'कार तक नहीं चला सकता,' वे बहुत धीमे से बुदबुदाए और उनकी मूँछ आवेश में थरथराई, लेकिन सौभाग्य से डीडेलस या हेस्टिया ने उनकी बात नहीं सुनी।

डीडेलस ने आगे कहा, 'हैरी, तुम यहाँ अपने पहरेदारों का इंतज़ार करना। योजना थोड़ी बदल गई है –'

'आपका क्या मतलब है ?' हैरी ने तुरंत पूछा। 'मैं सोच रहा था कि बावरे-नैन यहाँ आएँगे और मुझे साहचर्य-अंतर्ध्यान करके ले जाएँगे ?'

'ऐसा नहीं कर सकते,' हेस्टिया ने संक्षेप में कहा। 'बावरे-नैन पूरी बात समझा देंगे।'

डर्स्ली दंपति के चेहरे पर नासमझी का स्पष्ट भाव था और वे चौंककर उछल पड़े, जब एक तेज़ आवाज़ आई : *'जल्दी करो!'* हैरी ने कमरे में चारों तरफ़ देखा, तब कहीं जाकर उसे एहसास हुआ कि यह आवाज़ डीडेलस की जेबी घड़ी में से आई थी।

'बिलकुल सही कहा, हमारे पास वक़्त बहुत कम है,' डीडेलस ने अपनी घड़ी की तरफ़ सिर झुकाकर उसे वापस अपने वेस्टकोट में रखते हुए कहा। 'हैरी, हम लोग कोशिश कर रहे हैं कि इस घर से तुम्हारे जाने और तुम्हारे परिवार के अंतर्ध्यान होने का समय एक ही हो, ताकि सम्मोहन तभी टूटे, जब पूरा परिवार सुरक्षित जगह के लिए रवाना हो।' वह डर्स्ली परिवार की ओर मुड़ा। 'तो, चलने के लिए तैयार हैं ?'

किसी ने भी उसकी बात का जवाब नहीं दिया। वरनॉन अंकल अब भी दहशत से डीडेलस के वेस्टकोट की उभरी जेब को घूरे जा रहे थे।

'डीडेलस, शायद हमें हॉल में बाहर इंतज़ार करना चाहिए,' हेस्टिया बुदबुदाई। उसे स्पष्ट रूप से लग रहा था कि जब हैरी डर्स्ली परिवार से प्रेमपूर्ण, शायद आँसू भरी विदा लेगा, तो कमरे में रहना ठीक नहीं है।

'इसकी कोई ज़रूरत नहीं है,' हैरी बोला, लेकिन वरनॉन अंकल ने इस बात को अनावश्यक बनाते हुए ज़ोर से कहा, 'अच्छा, तो अलविदा, लड़के।'

उन्होंने हैरी से हाथ मिलाने के लिए अपना दाहिना हाथ ऊपर उठाया, लेकिन आख़िरी मिनट पर यह काम उनसे नहीं हो पाया, इसलिए

उन्होंने अपनी मुट्ठी बाँध ली और उसे किसी पेंडुलम की तरह आगे-पीछे झुलाने लगे।

'तैयार, डिडी ?' पेटूनिया आंटी ने पूछा और हैरी की तरफ़ देखने से बचने के लिए अपने हैंडबैग के बटन से खेलने लगीं।

डडली ने कोई जवाब नहीं दिया, बल्कि वहीं पर मुँह खोले खड़ा रहा। हैरी को बरबस ग्रॉप नाम के दानव की याद आ गई।

'तो फिर चलो,' वरनॉन अंकल बोले।

डडली लिविंग रूम के दरवाज़े तक पहुँचकर बुदबुदाया, 'मैं समझ नहीं पाया।'

'बेटा, क्या नहीं समझ पाए ?' पेटूनिया आंटी ने अपने बेटे को निहारते हुए पूछा।

डडली ने हैरी की तरफ़ अपना बड़ा, मोटा हाथ उठाया।

'वह हमारे साथ क्यों नहीं चल रहा है ?'

वरनॉन अंकल और पेटूनिया आंटी अपनी जगह पर स्थिर खड़े रह गए और डडली को ऐसे घूरने लगे, जैसे उसने अभी-अभी बैले डांसर बनने की इच्छा ज़ाहिर की हो।

'क्या ?' वरनॉन अंकल ने ज़ोर से पूछा।

'वह हमारे साथ क्यों नहीं चल रहा है ?' डडली ने पूछा।

'देखो, वह – वह नहीं चाहता है,' वरनॉन अंकल ने कहा और हैरी को ग़ुस्से से घूरते हुए पूछा, 'तुम नहीं चाहते हो, है ना ?'

'बिलकुल नहीं,' हैरी ने कहा।

'देखा,' वरनॉन अंकल ने डडली से कहा। 'अब चलो, हमें चलना चाहिए।'

वे तेज़ी से कमरे से बाहर निकल गए। सभी को सामने वाले दरवाज़े के खुलने की आवाज़ आई, लेकिन डडली हिला तक नहीं। कुछ अटकते क़दमों के बाद पेटूनिया आंटी भी रुक गईं।

'अब क्या हुआ ?' वरनॉन अंकल चिल्लाए और दोबारा दरवाज़े पर नज़र आए।

ऐसा लग रहा था कि डडली के मन में ऐसे विचार आ रहे थे, जिन्हें वह शब्दों में नहीं कह पा रहा था। स्पष्ट रूप से मन ही मन कुछ पल

दर्दनाक संघर्ष करने के बाद वह बोला, 'लेकिन वह जा कहाँ रहा है ?'

पेटूनिया आंटी और वरनॉन अंकल ने एक-दूसरे की तरफ़ देखा। यह स्पष्ट था कि डडली की बातों से उन्हें डर लग रहा था। हेस्टिया जोन्स ने ख़ामोशी तोड़ी।

उसने चकराते हुए पूछा, 'लेकिन ... बेशक आप जानते होंगे कि आपका भांजा कहाँ जा रहा है ?'

'बेशक जानते हैं,' वरनॉन डर्स्ली ने कहा। 'वह आप जैसे लोगों के साथ जाएगा, है ना ? ठीक है, डडली, चलो कार में चलते हैं। तुमने उस आदमी की बात सुनी थी ना, हमें जल्दी चलना चाहिए।'

एक बार फिर वरनॉन डर्स्ली सामने वाले दरवाज़े तक गए, लेकिन डडली उनके पीछे-पीछे नहीं गया।

'*हम* जैसे लोगों के साथ ?'

हेस्टिया नाराज़ दिख रही थी। हैरी इस तरह की घटना पहले भी देख चुका था। जादूगर यह देखकर स्तब्ध रह जाते थे कि हैरी के सबसे क़रीबी रिश्तेदार मशहूर हैरी पॉटर में कितनी कम दिलचस्पी लेते हैं।

'ठीक है,' हैरी ने हेस्टिया को आश्वस्त किया। 'इससे सचमुच कोई फ़र्क़ नहीं पड़ता है।'

'कोई फ़र्क़ नहीं पड़ता है ?' हेस्टिया ने दोहराया। उसकी आवाज़ ख़तरनाक तरीक़े से तेज़ होने लगी। 'क्या इन लोगों को एहसास नहीं है कि तुमने कितना कुछ झेला है ? तुम कितने बड़े ख़तरे में हो ? वोल्डेमॉर्ट-विरोधी अभियान में तुम्हारी कितनी बड़ी भूमिका है ?'

'अर – नहीं, वे नहीं जानते हैं,' हैरी ने कहा। 'दरअसल, वे सोचते हैं कि मैं धरती पर बोझ हूँ, लेकिन मुझे इसकी आदत –'

'मैं नहीं सोचता हूँ कि तुम धरती पर बोझ हो।'

अगर हैरी ने डडली के होंठों को हिलते नहीं देखा होता, तो शायद उसे इस पर यक़ीन नहीं होता। ख़ैर, वह कई पल तक डडली को घूरता रहा, तब जाकर उसे तसल्ली हुई कि यह बात उसके कज़िन ने ही कही थी। डडली का चेहरा लाल हो गया था। हैरी ख़ुद हैरानी और उलझन में था।

'अर ... शुक्रिया, डडली।'

एक बार फिर डडली ऐसे विचारों से जूझता नज़र आया, जिन्हें व्यक्त करने में उसे मुश्किल आ रही थी। फिर वह बुदबुदाया, 'तुमने मेरी

जान बचाई थी।'

'ऐसा नहीं था,' हैरी ने कहा। 'दमपिशाच तो सिर्फ़ तुम्हारी आत्मा चूसना चाहते थे ...'

उसने अपने कज़िन को जिज्ञासा से देखा। इस साल और पिछले साल की गर्मियों में उसका डडली से ज़्यादा पाला नहीं पड़ा था, क्योंकि हैरी प्रिविट ड्राइव में बहुत कम समय रहा था और वहाँ रहते समय भी उसने ज़्यादातर वक़्त अपने कमरे में ही गुज़ारा था। बहरहाल, अब हैरी को एहसास हुआ कि ठंडी चाय के जिस कप से वह उस सुबह टकराया था, वह शायद डडली ने उसे फँसाने के लिए नहीं रखा था। यह बात उसके दिल को छू गई, लेकिन उसे यह देखकर राहत मिली कि भावनाएँ व्यक्त करने की डडली की क्षमता अब ख़त्म हो चुकी थी। एक-दो बार फिर अपना मुँह खोलने के बाद डडली लाल चेहरे के साथ ख़ामोश हो गया।

पेटूनिया आंटी रोने लगीं। हेस्टिया जोन्स ने उनकी तरफ़ करुणा के भाव से देखा, जो फ़ौरन ग़ुस्से में बदल गया, जब पेटूनिया आंटी ने आगे बढ़कर हैरी के बजाय डडली को गले लगा लिया।

'बहुत बढ़िया, डडली ...' वे उसके विशाल सीने पर सिर रखकर सुबकने लगीं, 'कितना प्यारा बच्चा है – धन्यवाद दे रहा है ...'

'लेकिन उसने धन्यवाद कहाँ दिया है!' हेस्टिया ने ग़ुस्से में कहा। 'उसने तो सिर्फ़ इतना कहा है कि वह हैरी को धरती पर बोझ नहीं मानता है!'

'हाँ, लेकिन डडली के मुँह से यह बात निकलना भी "मैं तुमसे प्यार करता हूँ" जैसी ही है,' हैरी ने कहा। वह इस बात पर चिढ़ भी रहा था और उसे हँसी भी आ रही थी कि पेटूनिया आंटी डडली को इस तरह जकड़े थीं, जैसे वह अभी-अभी हैरी को जलती हुई इमारत से बचाकर लाया हो।

'हम चल रहे हैं या नहीं ?' वरनॉन अंकल गरजते हुए एक बार फिर लिविंग रूम के दरवाज़े पर आ गए। 'मुझे लगा था कि हमारे पास बहुत कम समय है!'

'हाँ – हाँ, सही कहा,' डीडेलस डिगल ने कहा, जो इस बातचीत को स्तब्ध अंदाज़ में देख रहा था और अब ख़ुद को सँभाल रहा था। 'अच्छा हैरी, अब हमें सचमुच चलना चाहिए –'

वह आगे बढ़ा और उसने अपने दोनों हाथों से हैरी से हाथ मिलाया।

'– शुभकामनाएँ। मुझे उम्मीद है कि हम दोबारा मिलेंगे। जादूगरों

की दुनिया की आशाएँ तुम्हारे कंधों पर टिकी हैं।'

'ओह,' हैरी ने कहा, 'ठीक है। धन्यवाद।'

'अलविदा, हैरी,' हेस्टिया ने भी उसका हाथ थामते हुए कहा। 'हमारी दुआएँ तुम्हारे साथ हैं।'

'मुझे उम्मीद है कि सब कुछ **ठीक** हो जाएगा,' हैरी ने पेटूनिया आंटी और डडली पर निगाह डालते हुए कहा।

'ओह, मुझे यक़ीन है कि हम सबसे अच्छे दोस्त बन जाएँगे,' डिगल ने उत्साह से कहा और कमरे से बाहर निकलते समय अपना हैट लहराया। उसके पीछे हेस्टिया निकल गई।

डडली ने ख़ुद को अपनी माँ के चंगुल से धीरे से छुड़ाया और हैरी की तरफ़ बढ़ा। हैरी ने जादू से उसे डराने की अपनी इच्छा पर क़ाबू किया। फिर डडली ने अपना बड़ा, गुलाबी हाथ आगे बढ़ाया।

'ओह, डडली,' हैरी ने पेटूनिया आंटी की दोबारा शुरू हो गई सिसकियों के ऊपर से कहा, 'क्या दमपिशाचों ने तुम्हारे भीतर नई आत्मा डाल दी?'

'क्या पता,' डडली बुदबुदाया। 'मिलते हैं, हैरी।'

'हाँ ...' हैरी ने डडली से हाथ मिलाते हुए कहा। 'मिलते हैं, डडली दादा, अपना ध्यान रखना।'

डडली हल्के से मुस्कराकर कमरे से बाहर निकल गया। हैरी को गिट्टी भरे ड्राइव में उसके भारी क़दमों और फिर कार के दरवाज़े के धड़ाम से बंद होने की आवाज़ आई।

पेटूनिया आंटी, जिनका चेहरा रूमाल में दफ़न था, उस आवाज़ को सुनकर मुड़ीं। शायद उन्हें यह उम्मीद बिलकुल नहीं थी कि वे हैरी के साथ अकेली रह जाएँगी। अपने गीले रूमाल को जल्दी से अपनी जेब में ठूँसती हुई वे बोलीं, 'अच्छा – तो विदा,' और फिर वे उसकी तरफ़ देखे बिना ही दरवाज़े की तरफ़ चल दीं।

'अलविदा,' हैरी ने कहा।

वे रुकीं और उन्होंने पलटकर पीछे देखा। एक पल के लिए तो हैरी को लगा कि वे उससे कुछ कहना चाहती हैं : उन्होंने उसे अजीब अंदाज़ में देखा और कुछ बोलने के लिए मुँह खोला, लेकिन फिर हल्के से सिर झटककर वे तेज़ी से कमरे से बाहर निकल गईं।

अध्याय चार

सात पॉटर

हैरी तेज़ी से सीढ़ियाँ चढ़कर अपने बेडरूम में घुसा और खिड़की के पास पहुँच गया। उसने डर्स्ली परिवार की कार को ड्राइव से बाहर निकलकर सड़क पर पहुँचते देखा। पीछे वाली सीट पर पेटूनिया आंटी और डडली के बीच में डीडेलस का हैट दिख रहा था। प्रिविट ड्राइव के छोर पर पहुँचकर कार दाईं तरफ़ मुड़ गई। कार की खिड़कियाँ डूबते सूरज की रोशनी में पल भर के लिए लाल नज़र आईं और फिर कार ओझल हो गई।

हैरी ने हेडविग का पिंजरा, फ़ायरबोल्ट और अपना बैग उठाया। उसने अपने अस्वाभाविक रूप से साफ़ बेडरूम पर आख़िरी नज़र डाली और फिर सीढ़ियाँ उतरकर नीचे हॉल की तरफ़ चल दिया। नीचे पहुँचकर सीढ़ियों के मुहाने के पास उसने पिंजरा, झाड़ू और बैग रख दिए। रोशनी अब तेज़ी से कम हो रही थी। शाम की रोशनी में हॉल छायाओं से भर चुका था। यहाँ ख़ामोशी में खड़े रहना बहुत अजीब लग रहा था, ख़ास तौर पर इस एहसास के बाद कि वह इस घर को हमेशा के लिए छोड़कर जाने वाला है। बहुत साल पहले डर्स्ली परिवार जब भी सैर-सपाटे के लिए बाहर जाता था, तो हैरी को घर पर अकेला छोड़ दिया जाता था। अकेलेपन के वे घंटे बहुत दुर्लभ आनंद के होते थे। वह फ़्रिज में से निकालकर कोई स्वादिष्ट चीज़ खाने लगता था, डडली के कंप्यूटर पर गेम खेलने के लिए भागकर ऊपर की मंज़िल पर पहुँच जाता था या फिर टेलीविज़न चलाकर जी भरकर चैनल बदलता था। उन मौक़ों की याद से उसे एक अजीब सा ख़ालीपन महसूस हुआ। यह किसी छोटे भाई को याद करने जैसा था, जो अब इस दुनिया में नहीं हो।

चिढ़ी हुई हेडविग अपना सिर पंखों के नीचे छिपाए थी। हैरी ने

उससे कहा, 'क्या तुम इस जगह को आख़िरी बार नहीं देखना चाहतीं ? अब हम यहाँ फिर कभी नहीं आएँगे। क्या तुम इतने सारे अच्छे लम्हों को याद नहीं करना चाहतीं ? मेरा मतलब है, इस डोरमैट को देखो। इसके साथ कितनी सुखद यादें जुड़ी हैं ... जब मैंने डडली को दमपिशाचों से बचाया था, तो उसने इसी पर उल्टी की थी ... मुझे अभी-अभी पता चला कि डडली मेरा एहसानमंद है। क्या तुम्हें इस पर यक़ीन होता है ? ... और पिछली गर्मियों में डम्बलडोर उस सामने वाले दरवाज़े से आए थे ...'

पल भर के लिए हैरी के दिमाग़ से विचारों का सूत्र खो गया और हेडविग ने उसे याद दिलाने की कोई कोशिश नहीं की, बल्कि पंखों के नीचे सिर छिपाए बैठी रही। हैरी ने सामने वाले दरवाज़े की तरफ़ अपनी पीठ कर ली।

'और हेडविग, यहाँ -' हैरी ने सीढ़ियों के नीचे एक दरवाज़ा खोला '- यहाँ मैं कभी सोता था! तब मैं तुमसे नहीं मिला था - ओह, यह जगह तो बहुत ही छोटी है, मैं तो भूल ही गया था ...'

हैरी ने एक के ऊपर एक रखे जूतों और छातों को देखा तथा याद किया कि किस तरह हर सुबह जागने पर वह सीढ़ियों के निचले हिस्से को ताकता रहता था, जिस पर अक्सर एक-दो मकड़ियाँ घूमती रहती थीं। यह उन दिनों की बात है, जब उसे अपनी असलियत का पता नहीं चला था; जब उसे यह पता नहीं चला था कि उसके मम्मी-डैडी की मौत कैसे हुई थी या उसके आस-पास इतनी अजीब घटनाएँ क्यों होती थीं। लेकिन हैरी अब भी हरी रोशनी की चमक वाले उन दुविधापूर्ण सपनों को याद कर सकता था, जो उसे उन दिनों सताते थे। जब हैरी ने एक बार अपने एक ऐसे ही सपने का ज़िक्र किया था, जिसमें उसे उड़ती हुई मोटरसाइकल दिखी थी, तो वरनॉन अंकल की कार सामने वाली कार से टकराते-टकराते बची थी ...

अचानक पास में कहीं पर कानफोड़ू शोर हुआ। हैरी झटके से खड़ा हो गया, जिससे उसके सिर का ऊपरी हिस्सा दरवाज़े के फ्रेम से धम्म से टकरा गया। कुछ पल तक वरनॉन अंकल से सीखी चुनिंदा गालियाँ देने के बाद वह अपना सिर पकड़कर लड़खड़ाता हुआ किचन में गया और खिड़की से पीछे के बगीचे में देखने लगा।

उसे अँधेरा हिलता हुआ लग रहा था। हवा भी जैसे काँप रही थी। फिर एक-एक करके आकृतियाँ नज़र आने लगीं, जब उनके विभ्रम

सम्मोहन उठने लगे। सबसे बड़ी आकृति हैग्रिड की थी, जो हेलमेट और चश्मा पहने हुए एक विशाल मोटरसाइकल पर बैठा था, जिसमें एक काली साइडकार लगी थी। उसके चारों तरफ़ कई लोग झाड़ुओं से उतर रहे थे और दो लोग तो कंकाल जैसे काले पंखदार घोड़ों से उतर रहे थे।

पीछे वाले दरवाज़े को झटके से खोलकर हैरी तेज़ी से उनके पास पहुँच गया। अभिवादन की आवाज़ें आईं, जब हर्माइनी ने उसके गले में अपनी बाँहें डालीं, रॉन ने उसकी पीठ ठोंकी और हैग्रिड ने कहा, 'सब ठीक है, हैरी ? चलने को तैयार हो ?'

'बेशक,' हैरी ने उन सभी की ओर मुस्कराकर देखते हुए कहा। 'लेकिन मुझे इतने सारे लोगों के आने की उम्मीद नहीं थी!'

'योजना बदल गई है,' बावरे-नैन गुर्राए, जिनके पास दो बड़े-बड़े, पूरी तरह भरे हुए झोले थे। उनकी जादुई आँख स्याह आसमान से मकान और बगीचे के बीच तूफ़ानी रफ़्तार से घूम रही थी। 'गोपनीयता को ध्यान में रखते हुए अंदर चलकर बात करते हैं।'

हैरी उन सभी को किचन में ले गया, जहाँ हँसते और बतियाते हुए वे कुर्सियों पर बैठ गए। कुछ पेटूनिया आंटी के किचन के चमकते हुए पत्थर के स्टैंड पर बैठ गए या उनकी बेदाग़ मशीनों से टिक गए। रॉन पहले जितना ही लंबा और दुबला था। हर्माइनी के झबरीले बाल एक लंबी चोटी में पीछे बँधे थे। फ्रेड और जॉर्ज एक जैसे अंदाज़ में मुस्करा रहे थे। बिल के चेहरे पर घाव के निशान साफ़ दिख रहे थे और उसके बाल अब भी लंबे थे। दयालु चेहरे वाले मिस्टर वीज़्ली गंजे हो रहे थे और उनका चश्मा थोड़ा तिरछा था। युद्ध में घायल, एक पैर वाले बावरे-नैन की चमकती नीली जादुई आँख अपने कोटर में घूमे जा रही थी। टौंक्स के छोटे बाल चमकीले गुलाबी रंग के थे, जो उसका प्रिय रंग था। ल्यूपिन के बाल अब ज़्यादा सफ़ेद दिख रहे थे और उनके चेहरे पर ज़्यादा झुर्रियाँ नज़र आ रही थीं। दुबली और सुंदर फ़्लर के लंबे बाल चाँदी जैसे रंग के थे। गंजे और साँवले किंग्सले के चौड़े कंधे साफ़ नज़र आ रहे थे। खिचड़ी बालों और दाढ़ी वाला हैग्रिड सिर झुकाकर खड़ा था, ताकि उसका सिर छत से न टकरा जाए। और नाटा मंडंगस फ़्लेचर अपनी झुकी हुई आँखों तथा रूखे बालों में गंदा दिख रहा था। उन सभी को देखकर हैरी का दिल ख़ुशी से फूल गया और चेहरे पर चमक आ गई। उसके मन में उन सभी के लिए प्रेम उमड़ने लगा, मंडंगस के लिए भी, जिससे हुई आख़िरी मुलाक़ात में हैरी ने उसका गला घोंटने की कोशिश की थी।

'किंग्सले, मुझे तो लग रहा था कि आप मगलू प्रधानमंत्री की रखवाली कर रहे होंगे?' हैरी ने पूछा।

'एक रात को मेरे बिना उनका काम चल सकता है,' किंग्सले ने कहा। 'तुम ज़्यादा महत्वपूर्ण हो।'

'हैरी, देखो!' वॉशिंग मशीन से टिकी टौंक्स ने कहा और उसकी तरफ़ अपना बायाँ हाथ हिलाया, जिसमें एक अँगूठी चमक रही थी।

'तुम्हारी शादी हो गई?' हैरी कभी उसे, तो कभी ल्यूपिन को देखते हुए चिल्लाया।

'मुझे अफ़सोस है कि हम तुम्हें नहीं बुला पाए, हैरी। यह बहुत सादगी से हुई थी।'

'यह बहुत अच्छा रहा, बधाइयाँ –'

'ठीक है, ठीक है, बधाइयाँ देने के लिए बाद में बहुत वक़्त पड़ा है!' मूडी गरजे और किचन में ख़ामोशी छा गई। अपने झोले अपने पैर के पास रखकर मूडी हैरी की ओर मुड़े। 'जैसा डीडेलस ने शायद तुम्हें बता दिया होगा, हमें अपनी पहली योजना बदलनी पड़ी। पायस थिकनेस दुश्मनों से मिल गया है, जिससे हमारे सामने एक बड़ी समस्या आ गई है। उसने इस घर को छू नेटवर्क से जोड़ने, यहाँ आवागमन कुंजी का इस्तेमाल करने या अंतर्ध्यान होने या प्रकट होने को क़ानूनन अपराध घोषित कर दिया है। यह सारा काम तुम्हारी सुरक्षा के नाम पर किया गया है, ताकि तुम-जानते-हो-कौन तुम तक नहीं पहुँच पाए। बिलकुल ही ग़ैर-ज़रूरी है, क्योंकि तुम्हारी माँ का सम्मोहन पहले से ही यह काम कर रहा है। दरअसल उसने यह इसलिए किया है, ताकि तुम यहाँ से सुरक्षित तरीक़े से बाहर न निकल पाओ।

'दूसरी समस्या : तुम नाबालिग़ हो, जिसका मतलब है कि तुम पर अब भी स्थितिसूचक सम्मोहन है।'

'मैं समझा नहीं –'

'स्थितिसूचक सम्मोहन, स्थितिसूचक सम्मोहन!' बावरे-नैन अधीरता से बोले। 'यह एक सम्मोहन होता है, जो सत्रह साल से कम बच्चों के आस-पास जादुई गतिविधि का पता लगाता है। इसी तरह से मंत्रालय नाबालिग़ जादूगरी का पता लगाता है! अगर तुम या तुम्हारे आस-पास का कोई भी व्यक्ति तुम्हें यहाँ से बाहर निकालने के लिए जादू करता है, तो थिकनेस को इसके बारे में पता चल जाएगा ... और प्राणभक्षियों को भी।

'हम स्थितिसूचक सम्मोहन के ख़त्म होने का इंतज़ार नहीं कर सकते, क्योंकि जिस पल तुम सत्रह साल के हो जाओगे, उसी पल तुम्हारी माँ की दी सारी सुरक्षा ख़त्म हो जाएगी। संक्षेप में, पायस थिकनेस सोचता है कि उसने तुम्हें बहुत अच्छी तरह से फँसा दिया है।'

हैरी अजनबी थिकनेस से सहमत होने के अलावा कुछ नहीं कर सकता था।

'तो हम क्या करने वाले हैं?'

'हम यातायात के उन साधनों का इस्तेमाल करने वाले हैं, जिनका पता स्थितिसूचक सम्मोहन नहीं लगा सकता, क्योंकि उनका प्रयोग करने के लिए हमें मंत्र पढ़ने की ज़रूरत नहीं है : झाड़ू, थेस्ट्रॉल और हैग्रिड की मोटर साइकल।'

हैरी को इस योजना में कई ख़ामियाँ दिख रही थीं। बहरहाल, उसने अपनी ज़बान पर लगाम कसी, ताकि बावरे-नैन को आगे बोलने का मौक़ा मिल सके।

'देखो, तुम्हारी माँ का सम्मोहन सिर्फ़ दो ही स्थितियों में टूटेगा : जब तुम सत्रह साल के हो जाओगे, या –' मूडी ने किचन में चारों तरफ़ देखा '– जब तुम इस जगह को अपना घर नहीं कह सकोगे। तुम और तुम्हारे अंकल-आंटी आज रात को अलग-अलग रास्ते पर जा रहे हो, और तुम सभी यह बात अच्छी तरह जानते हो कि अब तुम लोग कभी एक साथ नहीं रहोगे, ठीक है?'

हैरी ने सिर हिलाया।

'तो इस बार तुम्हारे यहाँ से जाने के बाद वापस लौटने का कोई सवाल नहीं होगा, इसलिए तुम्हारी माँ का सम्मोहन उसी पल टूट जाएगा, जिस पल तुम इस घर के दायरे से बाहर निकलोगे। हमने इसे जल्दी तोड़ने का विकल्प चुना है, क्योंकि अगर हम ऐसा नहीं करते हैं, तो तुम्हारे सत्रह साल के होते ही तुम-जानते-हो-कौन यहाँ आकर तुम्हें दबोच लेगा।

'हमारे पक्ष में एक अच्छी बात यह है कि तुम-जानते-हो-कौन को पता नहीं है कि हम तुम्हें आज रात को यहाँ से ले जा रहे हैं। हमने मंत्रालय में एक झूठी ख़बर उड़ा दी है। वे सोचते हैं कि तुम तीस तारीख़ से पहले यहाँ से नहीं जाओगे। बहरहाल, हमारा सामना तुम-जानते-हो-कौन से है, इसलिए हम सिर्फ़ ग़लत तारीख़ के भरोसे ही नहीं बैठ सकते। उसने यक़ीनन इस इलाक़े के आसमान में कुछ प्राणभक्षियों को निगरानी पर

तैनात किया होगा। इसलिए हमने एक दर्जन अलग-अलग मकानों को चुनकर उन्हें हरसंभव सुरक्षा प्रदान की है। वे सभी मकान ऐसे लगते हैं, जैसे हम तुम्हें वहीं छिपाने जा रहे हैं। उन सभी का मायापंछी के समूह से कोई न कोई संबंध है : मेरा मकान, किंग्सले का मकान, मॉली की मुरियल आंटी का मकान – तुम समझ गए ना?'

'हाँ,' हैरी ने कहा, जो पूरी तरह सच नहीं था, क्योंकि उसे अब भी योजना में एक बड़ी ख़ामी दिख रही थी।

'तुम टौंक्स के माता-पिता के यहाँ जा रहे हो। हमने उनके मकान पर सुरक्षात्मक सम्मोहन कर रखे हैं। हमारे सम्मोहन के दायरे के भीतर पहुँचने के बाद तुम रॉन के घर जाने के लिए आवागमन कुंजी का इस्तेमाल कर सकते हो। कोई सवाल?'

'अर – हाँ,' हैरी ने कहा। 'शायद यहाँ से चलते समय उन्हें यह पता न चले कि मैं बारह सुरक्षित मकानों में से किसकी तरफ़ जा रहा हूँ, लेकिन क्या यह स्पष्ट नहीं हो जाएगा, जब –' उसने तत्काल लोगों की संख्या गिनी '– हम चौदह लोग टौंक्स के माता-पिता के घर की तरफ़ उड़कर जाने लगेंगे?'

'ओह,' मूडी ने कहा, 'मैं ख़ास बात बताना तो भूल ही गया। टौंक्स के माता-पिता के यहाँ हम चौदह लोग नहीं जाएँगे। आज रात को आसमान में सात हैरी पॉटर जाएँगे और उनमें से हर एक के साथ एक पहरेदार होगा। हर हैरी और उसका पहरेदार अलग-अलग सुरक्षित मकान की तरफ़ जाएँगे।'

अब मूडी ने चोगे के नीचे से एक फ़्लास्क निकाला, जिसमें कीचड़ जैसा पदार्थ भरा था। उन्हें कुछ कहने की ज़रूरत नहीं थी। हैरी बाक़ी की योजना तत्काल समझ गया।

'नहीं!' उसने ज़ोर से कहा और उसकी आवाज़ किचन में गूँज गई। 'किसी सूरत में नहीं!'

'मैंने सबसे कह दिया था कि तुम ऐसी ही प्रतिक्रिया करोगे,' हर्माइनी थोड़े घमंड से बोली।

'अगर आप सोचते हैं कि मैं छह लोगों को अपनी जान जोखिम में डालने दूँगा –!'

'– क्योंकि हम सभी ऐसा पहली बार कर रहे हैं,' रॉन बोला।

'यह अलग बात है, मेरा भेस बनाकर –'

'देखो, हममें से कोई भी दरअसल यह काम नहीं करना चाहता है, हैरी,' फ़्रेड ने गंभीरता से कहा। 'ज़रा सोचो, अगर कोई चीज़ गड़बड़ हो गई और हम हमेशा के लिए चश्मे वाले, दुबले-पतले मूर्ख के भेस में रह गए, तो क्या होगा ?'

यह सुनकर भी हैरी नहीं मुस्कराया।

'अगर मैं सहयोग न करूँ, तो आप ऐसा नहीं कर सकते। इसके लिए आपको मेरे कुछ बालों की ज़रूरत होगी।'

'लो, हमारी योजना तो यहीं चौपट हो गई,' जॉर्ज बोला। 'ज़ाहिर है, जब तक तुम सहयोग नहीं करोगे, तब तक हम सब मिलकर तुम्हारे बाल कैसे ले पाएँगे ?'

फ़्रेड ने कहा, 'हाँ, हम तेरह लोग उस अकेले व्यक्ति के ख़िलाफ़ कुछ नहीं कर सकते हैं, जिसे जादू करने की इजाज़त नहीं है। हमारे पास ज़रा भी मौक़ा नहीं है।'

'मज़ेदार है,' हैरी ने कहा। 'सचमुच मज़ेदार।'

'अगर ज़बर्दस्ती करनी पड़ी, तो हम वह भी करेंगे,' मूडी गुर्राए। उनकी जादुई आँख कोटर में हल्के से हिली, जब उन्होंने हैरी को ग़ुस्से से घूरा। 'पॉटर, यहाँ सभी लोग बालिग़ हैं और सभी यह जोखिम लेने के लिए तैयार हैं।'

मंडंगस ने अपने कंधे उचकाए और मुँह बनाया। मूडी की जादुई आँख उनके सिर के एक तरफ़ पहुँचकर उसे ग़ुस्से से घूरने लगी।

'अब बहस छोड़ो। समय निकलता जा रहा है। लड़के, मुझे तुम्हारे कुछ बाल चाहिए, अभी।'

'लेकिन यह पागलपन है, इसकी कोई ज़रूरत नहीं –'

'कोई ज़रूरत नहीं!' मूडी गुर्राए। 'तुम-जानते-हो-कौन आज़ाद है और आधा मंत्रालय उसके साथ है! पॉटर, अगर क़िस्मत अच्छी रही, तो उसने हमारी उड़ाई ग़लत ख़बर पर यक़ीन कर लिया होगा और वह तुम पर तीस तारीख़ को घात लगाने की योजना बना रहा होगा। लेकिन अगर उसने निगरानी के लिए एक-दो प्राणभक्षियों को यहाँ नहीं छोड़ा होगा, तो वह पागल है। मैं होता तो यही करता! हो सकता है, तुम्हारी माँ के सम्मोहन के कारण वे तुम तक या इस घर तक न पहुँच सकें, लेकिन सभी

जानते हैं कि सम्मोहन अब टूटने वाला है और यह घर किस इलाक़े में है। हमारे बचाव की इकलौती संभावना बहुरूपियों का इस्तेमाल करना है। यहाँ तक कि तुम-जानते-हो-कौन भी अपने सात टुकड़े नहीं कर सकता।'

हैरी की नज़रें हर्माइनी से मिलीं, लेकिन वह तत्काल दूसरी तरफ़ देखने लगा।

'तो पॉटर - अपने कुछ बाल दो।'

हैरी ने रॉन को देखा, जिसने उसकी तरफ़ मुस्कराकर इसे-कर-दो वाले अंदाज़ में देखा।

'तुरंत!' मूडी गरजे।

सभी लोगों की निगाहें उस पर टिकी थीं। हैरी ने अपने सिर की तरफ़ हाथ बढ़ाया और बालों के गुच्छे को पकड़कर खींच लिया।

'बहुत बढ़िया,' मूडी ने कहा और लँगड़ाते हुए आगे आकर काढ़े के फ़्लास्क का ढक्कन खोल दिया। 'इसमें डाल दो।'

हैरी ने अपने बाल कीचड़ जैसे द्रव में डाल दिए। जिस पल बाल काढ़े की सतह से टकराए, काढ़ा खदकने और धुआँ उड़ाने लगा, फिर यह तत्काल चमकते सोने जैसे रंग का हो गया।

'ऊऊह, तुम तो क्रैब और गॉइल से ज़्यादा स्वादिष्ट लगते हो, हैरी,' हर्माइनी ने कहा, तभी रॉन की चढ़ी हुई भौंह देखकर वह थोड़ा शरमाकर बोली, 'ओह, मेरा मतलब है - गॉइल का काढ़ा तो लेंडी जैसा था।'

'तो फिर ठीक है, नक़ली पॉटर लाइन बनाकर यहाँ खड़े हो जाएँ,' मूडी ने कहा।

रॉन, हर्माइनी, फ़्रेड, जॉर्ज और फ़्लर पेटूनिया आंटी के चमचमाते सिंक के सामने लाइन में खड़े हो गए।

'एक कम है,' ल्यूपिन ने कहा।

'यह लो,' हैग्रिड ने रूखे स्वर में कहा और उसने मंडंगस का कॉलर पकड़कर उसे उठाया तथा फ़्लर के पास पटक दिया। फ़्लर ने अपनी नाक सिकोड़ी और वहाँ से हटकर फ़्रेड तथा जॉर्ज के बीच खड़ी हो गई।

'मैं अब भी कहता हूँ, मैं पहरेदार बनना ज़्यादा पसंद करूँगा,' मंडंगस बोला।

'चुप रहो,' मूडी गुर्राए। 'कायर कीड़े, जैसा मैं तुम्हें पहले ही बता चुका हूँ, हमारा सामना जिस भी प्राणभक्षी से होगा, वह पॉटर को मारने की

नहीं, पकड़ने की कोशिश करेगा। डम्बलडोर हमेशा कहते थे कि तुम-जानते-हो-कौन पॉटर को ख़ुद मारना चाहता है। पहरेदारों को ज़्यादा ख़तरा है, क्योंकि प्राणभक्षी उनकी जान लेना चाहेंगे।'

यह सुनकर मंडंगस को कोई ख़ास तसल्ली नहीं हुई, लेकिन तब तक मूडी अपने चोगे के भीतर से आधा दर्जन अंडाकार गिलास निकाल रहे थे। सबको एक-एक गिलास थमाकर उन्होंने सबमें थोड़ा-थोड़ा भेसबदल काढ़ा डाल दिया।

'चलो, एक साथ ...'

रॉन, हर्माइनी, फ्रेड, जॉर्ज, फ़्लर और मंडंगस ने काढ़ा पी लिया। जब काढ़ा उनके गले से टकराया, तो सभी ने ऊह-आह की और मुँह बनाया : तत्काल उनके पूरे शरीर में बुलबुले उठने लगे और मांस गर्म मोम की तरह पिघलकर आकार बदलने लगा। हर्माइनी और मंडंगस लंबे हो रहे थे। रॉन, फ्रेड और जॉर्ज छोटे हो रहे थे। उनके बाल काले हो रहे थे। हर्माइनी और फ़्लर के बाल उनकी खोपड़ियों के भीतर जा रहे थे।

मूडी इस तरफ़ ध्यान दिए बिना झुककर अपने बड़े झोलों की रस्सियाँ खोल रहे थे। जब वे दोबारा सीधे खड़े हुए, तो उनके सामने छह हैरी पॉटर हाँफते हुए खड़े थे।

फ्रेड और जॉर्ज ने एक-दूसरे की ओर मुड़कर एक साथ कहा। 'वाह – हम तो एक जैसे हैं!'

'क्या पता, वैसे मुझे लगता है कि मैं अब भी तुमसे ज़्यादा अच्छा दिखता हूँ,' फ्रेड ने केतली में अपना प्रतिबिंब देखते हुए कहा।

'ओह,' फ़्लर माइक्रोवेव ओवन में अपनी शक्ल देखते हुए बोली, 'बिल, मेरी तरफ़ मत देखना – मैं बहुत बुरी दिख रही हूँ।'

'जिनके कपड़े थोड़े ढीले हो गए हों, उनके लिए मेरे पास छोटे कपड़े हैं,' मूडी ने पहले झोले की तरफ़ इशारा किया, 'और जिनके कपड़े तंग हो गए हों, उनके लिए ढीले कपड़े भी हैं। चश्मे मत भूलना। साइड पॉकेट में छह चश्मे हैं। और जब तुम लोग कपड़े बदल लो, तो दूसरे बोरे में रखा सामान उठा लेना।'

असली हैरी ने सोचा कि यह शायद उसके द्वारा देखी गई सबसे विचित्र चीज़ थी, हालाँकि उसने बहुत अजीब चीज़ें देखी थीं। उसने अपने छह हमशक्लों को झोलों में से कपड़े बाहर निकालते, चश्मे लगाते और अपने असली कपड़ों को झोले में ठूँसते देखा। उसका यह कहने का मन हो

रहा था कि वे बेशर्मी से कपड़े न बदलें, बल्कि उसके शरीर के प्रति थोड़ा सम्मान दिखाएँ। यह स्पष्ट था कि अपना शरीर दिखाने में उन्हें शर्म आती, लेकिन हैरी का शरीर दिखाने में उन्हें ज़रा भी संकोच नहीं हो रहा था।

'मैं जानता था कि जिनी ने उस टैटू के बारे में झूठ बोला था,' रॉन ने अपने नंगे सीने की तरफ़ देखते हुए कहा।

'हैरी, तुम्हारी आँखें तो बहुत ही कमज़ोर हैं,' हर्माइनी चश्मा लगाते हुए बोली।

कपड़े बदलने के बाद नक़ली हैरियों ने दूसरे बोरे में से बैग और उल्लू के पिंजरे निकाले, जिनमें से हर एक में रुई से बना सफ़ेद उल्लू था।

'अच्छी बात है,' मूडी ने कहा, जब आख़िरकार सातों हैरी कपड़े पहनकर, चश्मा लगाकर और सामान उठाकर उनके सामने तैयार दिखने लगे। 'जोड़ियाँ इस तरह हैं : मंडंगस मेरे साथ जाएगा, झाड़ू पर –'

'मैं आपके साथ क्यों जाऊँगा ?' पिछले दरवाज़े के सबसे क़रीब खड़े हैरी ने पूछा।

'क्योंकि तुम पर निगरानी की सबसे ज़्यादा ज़रूरत है,' मूडी गुर्राकर बोले और निश्चित रूप से उनकी जादुई आँख मंडंगस पर ही टिकी रही, जब उन्होंने आगे कहा, 'आर्थर और फ़्रेड –'

'मैं जॉर्ज हूँ,' उस जुड़वाँ भाई ने कहा, जिसकी तरफ़ मूडी इशारा कर रहे थे। 'हैरी बनने के बाद भी क्या आप हमें नहीं पहचान सकते हैं ?'

'माफ़ करना, जॉर्ज –'

'मैं तो मज़ाक़ कर रहा था, मैं दरअसल फ़्रेड ही हूँ –'

'मज़ाक़ छोड़ो!' मूडी गुर्राए। 'दूसरे जुड़वाँ भाई, तुम जॉर्ज या फ़्रेड या जो भी हो – तुम रीमस के साथ रहोगे। मिस डेलाकोर –'

'मैं फ़्लर को थेस्ट्रॉल पर लेकर जा रहा हूँ,' बिल ने कहा। 'उसे झाड़ू की सवारी पसंद नहीं है।'

फ़्लर ने बिल के पास वाले स्टैंड तक जाकर उसे याचना और दासता भरे भाव से देखा। हैरी ने पूरे दिल से उम्मीद की कि यह भाव उसके चेहरे पर दोबारा कभी नज़र न आए।

'मिस ग्रेंजर किंग्सले के साथ, थेस्ट्रॉल पर ही –'

हर्माइनी ने आश्वस्त होकर किंग्सले की तरफ़ देखा और मुस्करा दी। हैरी जानता था कि हर्माइनी को भी झाड़ू की सवारी करने में ज़्यादा

आत्मविश्वास नहीं था।

'तो अब तुम और मैं बचते हैं, रॉन!' टौंक्स ने उत्साह से कहा और रॉन की तरफ़ हाथ हिलाते समय एक मग-ट्री गिरा दिया।

रॉन हर्माइनी जितना ख़ुश नहीं दिख रहा था।

'और तुम हमारे साथ रहोगे, हैरी। ठीक है ?' हैग्रिड ने थोड़े तनाव में दिखते हुए कहा। 'हम लोग बाइक पर चलेंगे। देखो, झाड़ू और थेस्ट्रॉल हमारा वज़न नहीं सँभाल सकते। सीट पर हमारे बैठने के बाद तुम्हारे लिए ज़्यादा जगह नहीं बचेगी, इसलिए तुम साइडकार में बैठोगे।'

'यह बहुत बढ़िया है,' हैरी ने कहा, हालाँकि यह पूरी तरह सच नहीं था।

'हमें लगता है कि प्राणभक्षियों को तुम्हारे झाड़ू पर रहने की उम्मीद होगी,' मूडी ने कहा, जिन्हें अंदाज़ा हो गया था कि हैरी कैसा महसूस कर रहा था। 'स्नेप ने अब तक उन्हें तुम्हारे बारे में वह हर बात बता दी होगी, जो पहले नहीं बता पाया होगा। इसलिए मैं शर्त लगाता हूँ कि अगर हम प्राणभक्षियों से टकराते हैं, तो वे उस पॉटर को चुनेंगे, जो झाड़ू पर उड़ने में माहिर दिख रहा होगा। तो फिर ठीक है,' उन्होंने नक़ली पॉटर के कपड़ों वाले बोरे को बाँधते हुए कहा और दरवाज़े तक सबसे आगे गए, 'मैं तीन मिनट का समय देता हूँ। उसके बाद हम यहाँ से चलेंगे। पीछे वाले दरवाज़े पर ताला लगाने से कोई फ़ायदा नहीं है। अगर प्राणभक्षी तलाश करते हुए यहाँ आए, तो ताला उन्हें रोक नहीं पाएगा ... चलो ...'

हैरी अपना बैग, फ़ायरबोल्ट और हेडविग का पिंजरा उठाने के लिए जल्दी से हॉल में गया, ताकि दूसरों के साथ पीछे वाले बगीचे में पहुँच सके। हर तरफ़ झाड़ुएँ निकल रही थीं। हर्माइनी किंग्सले की मदद से एक बड़े, काले थेस्ट्रॉल पर बैठ चुकी थी। दूसरे थेस्ट्रॉल पर फ़्लर बिल के साथ बैठी थी। हैग्रिड चश्मा लगाकर मोटरसाइकल के पास तैयार खड़ा था।

'क्या यही है ? क्या यही सिरियस की बाइक है ?'

'हाँ,' हैग्रिड ने हैरी से मुस्कराते हुए कहा। 'और आख़िरी बार जब तुम इस पर सवार हुए थे, तब हम तुम्हें अपने एक हाथ की मुट्ठी में बंद कर सकते थे!'

साइडकार में बैठते समय हैरी को थोड़े अपमान का एहसास हुआ। वह बाक़ी सबसे कई फ़ुट नीचे था। रॉन उसे साइडकार में बच्चे की तरह बैठा देखकर हँसा। बैग और झाड़ू को अपने पैरों के पास नीचे रखने के बाद

हैरी ने हेडविग का पिंजरा घुटनों के बीच रख लिया। यह बहुत परेशानी भरा था।

'आर्थर ने इसमें थोड़ी छेड़छाड़ की है,' हैग्रिड ने कहा, जिसे हैरी की परेशानी का ज़रा भी एहसास नहीं था। वह मोटरसाइकल पर सवार हो गया, जो थोड़ी चरमराई और कुछ इंच नीचे धँस गई। 'अब इसके हैंडलबार में कुछ नई करामातें आ गई हैं। यह वाला बटन हमारा विचार था।'

उसने अपनी मोटी उँगली से स्पीडोमीटर के पास वाले एक बैंगनी बटन की तरफ़ इशारा किया।

'ज़रा सावधानी से, हैग्रिड,' मिस्टर वीज़्ली ने कहा, जो पास ही अपनी झाड़ू पकड़े खड़े थे। 'मुझे अब भी यक़ीन नहीं है कि ऐसा करना ज़रूरी था। निश्चित रूप से इसका इस्तेमाल सिर्फ़ आपातकालीन परिस्थितियों में ही किया जाना चाहिए।'

'तो फिर ठीक है,' मूडी बोले। 'सभी लोग तैयार हैं ? मैं चाहता हूँ कि हम सब एक ही समय पर चलें, वरना ध्यान भटकाने का लक्ष्य नाकामयाब हो जाएगा।'

सभी तैयार हो गए।

'कसकर पकड़ो, रॉन,' टौंक्स ने कहा और हैरी ने देखा किं टौंक्स की कमर कसकर पकड़ते समय रॉन ल्यूपिन की तरफ़ अपराधी भाव से देख रहा था। हैग्रिड ने किक मारकर मोटरसाइकल स्टार्ट कर दी : यह किसी ड्रैगन की तरह गरजी और साइडकार थरथराने लगी।

'सभी को शुभकामनाएँ,' मूडी चिल्लाए। 'सभी लगभग एक घंटे बाद रॉन के घर मिलते हैं। तीन की गिनती पर। एक ... दो ... **तीन**।'

मोटरसाइकल की भारी गर्जना हुई और हैरी की साइडकार में ज़ोर का झटका लगा। वह तेज़ी से हवा में उठ रहा था। उसकी आँखों में हल्का सा पानी आ रहा था। उसके बाल चेहरे से टकराकर पीछे की तरफ़ उड़ रहे थे। उसके चारों तरफ़ झाड़ुएँ ऊपर उठ रही थीं। एक थेस्ट्रॉल की लंबी, काली पूँछ उसके पास से निकली। हेडविग के पिंजरे और बैग के कारण उसके पैर साइडकार में हिल तक नहीं सकते थे और उनमें अभी से दर्द होने लगा था तथा वे सुन्न होने लगे थे। वह इतने कष्ट में था कि प्रिविट ड्राइव के मकान नंबर चार की आख़िरी झलक देखना तक भूल गया। जब तक उसने साइडकार के कोने से देखा, तब तक देर हो चुकी थी और वह यह नहीं बता सकता था कि यह कौन सा मकान था। वे लोग आसमान में ऊँचे

और ऊँचे उठते चले गए –

और तभी, अचानक हवा में से, शून्य में से कुछ लोग निकले और उन्हें घेर लिया। कम से कम तीस नक़ाबपोश आकृतियों ने बीच हवा में एक बड़ा घेरा बना रखा था, जिनके बीच में मायापंछी का समूह हवा में उठा था, जिसे इस बात का पता नहीं था –

हर तरफ़ चीख़ें सुनाई दे रही थीं और हरी रोशनी के धमाके हो रहे थे। हैग्रिड चीख़ा और मोटरसाइकल उल्टी हो गई। हैरी को ज़रा भी एहसास नहीं रहा कि वे कहाँ थे। उसके सिर के ऊपर स्ट्रीट लाइट्स दिख रही थीं, उसके चारों ओर चीख़ें सुनाई दे रही थीं और वह जान बचाने के लिए साइडकार को कसकर पकड़े था। हेडविग का पिंजरा, फ़ायरबोल्ट और बैग घुटनों के नीचे से फिसलने लगे –

'नहीं – **हेडविग**!'

झाड़ू ज़मीन की तरफ़ गिरने लगी, लेकिन जब मोटरसाइकल लहराकर दोबारा सही स्थिति में आई, तो उसने समय रहते अपने बैग के फीते और पिंजरे के ऊपरी हिस्से को पकड़ लिया। एक सेकंड की राहत ... और फिर हरी रोशनी का एक और धमाका। उल्लू चीख़ी और पिंजरे में नीचे गिर गई।

'नहीं – **नहीं**!'

मोटरसाइकल तेज़ी से आगे बढ़ी। जब हैग्रिड उनके घेरे को धमाके से भेदता हुआ निकला, तो हैरी ने नक़ाबपोश प्राणभक्षियों को तितर-बितर होते देखा।

'हेडविग – *हेडविग* –'

लेकिन उल्लू अपने पिंजरे के फ़र्श पर किसी खिलौने की तरह स्थिर और बेजान पड़ी रही। हैरी उसे अंदर नहीं रख पाया और दूसरों की चिंता में दहशत में आ गया। उसने अपने कंधे के पीछे देखा। वहाँ उसे बहुत से लोग और हरी रोशनियाँ दिख रही थीं। झाड़ुओं पर दो जोड़ी लोग कुछ दूर उड़ रहे थे, लेकिन वह उन्हें पहचान नहीं पाया –

'हैग्रिड, हमें वापस लौटना होगा, वापस लौटना होगा!' इंजन की गरज के ऊपर से चिल्लाते हुए उसने अपनी छड़ी बाहर निकाली, हेडविग के पिंजरे को दोबारा फ़र्श पर रखा और यह मानने से इंकार कर दिया कि वह मर गई है। 'हैग्रिड, **मुड़ो**!'

'हमारा काम तुम्हें सुरक्षित पहुँचाना है, हैरी!' हैग्रिड रफ़्तार बढ़ाते हुए चिंघाड़ा।

'रुको – **रुको**!' हैरी चिल्लाया। लेकिन जैसे ही वह पीछे देखने के लिए मुड़ा, हरी रोशनी की दो लपटें उसके बाएँ कान के पास से गुज़रीं। चार प्राणभक्षी घेरा छोड़कर उनका पीछा करने लगे थे। वे हैग्रिड की चौड़ी पीठ पर निशाना साध रहे थे। हैग्रिड इधर-उधर हटकर बच रहा था, लेकिन प्राणभक्षी बाइक के पीछे-पीछे उड़ रहे थे। उनके मारे शापों से बचने के लिए हैरी को साइडकार में नीचे झुकना पड़ा। जैसे-तैसे ऊपर होकर वह चिल्लाया, *'स्तब्धो!'* उसकी छड़ी से लाल लपट निकली, जिससे बचने के लिए जब पीछा करने वाले चारों प्राणभक्षी इधर-उधर हुए, तो उनके बीच में एक ख़ाली जगह बन गई।

'कसकर पकड़ना, हैरी, इससे काम हो जाएगा!' हैग्रिड गरजा और उसने अपनी मोटी उँगली ईंधन की सुई के पास वाले हरे बटन पर रख दी।

एक्ज़ॉस्ट पाइप में से ईंट की एक ठोस दीवार बाहर निकली। गर्दन घुमाकर हैरी ने इसे बीच हवा में फैलते देखा। तीन प्राणभक्षी दिशा बदलकर इससे बच गए, लेकिन चौथा इतना ख़ुशक़िस्मत नहीं था। वह नज़रों से ओझल हो गया और फिर इसके पीछे किसी चट्टान की तरह गिर गया; उसकी झाड़ू चकनाचूर हो चुकी थी। उसके साथ वाला एक प्राणभक्षी उसे बचाने के लिए धीमा हो गया, लेकिन हवा में उठी दीवार के साथ वे भी अँधेरे में खो गए, जब हैग्रिड हैंडल की तरफ़ नीचे झुका और उसने बाइक की रफ़्तार तेज़ कर दी।

बाक़ी बचे हुए दो प्राणभक्षियों ने जानलेवा शाप मारे, जो हैरी के सिर के पास से उड़ते हुए गुज़र गए। वे हैग्रिड पर निशाना साध रहे थे। हैरी ने इसका जवाब स्तब्धीकरण मंत्रों से दिया : लाल और हरी लपटें बीच हवा में टकराईं, जिससे रंग-बिरंगी चिंगारियाँ निकलीं। हैरी को इससे पटाख़ों की याद आ गई। उसे लग रहा था कि नीचे देखने वाले मगलू भी इन्हें पटाख़े ही मान रहे होंगे और उन्हें अंदाज़ा भी नहीं होगा कि दरअसल क्या हो रहा है।

'लो एक बार फिर करते हैं, हैरी, पकड़े रहना!' हैग्रिड एक और बटन दबाते हुए चिल्लाया। इस बार बाइक के एक्ज़ॉस्ट में से एक बड़ी जाली निकली, लेकिन प्राणभक्षी इसके लिए तैयार थे। वे घूमकर इससे बचने में कामयाब हो गए। उनका जो साथी बेहोश दोस्त को बचाने के लिए

पीछे रुक गया था, वह भी अब अचानक अँधेरे में से निकलकर उनके साथ आ गया। अब तीनों प्राणभक्षी मोटरसाइकल का पीछा कर रहे थे और धड़ाधड़ शाप मारे जा रहे थे।

'इससे काम हो जाएगा, हैरी, कसकर पकड़ना!' हैग्रिड गरजा और हैरी ने देखा कि उसने अपना पूरा हाथ स्पीडोमीटर के पास वाले बैंगनी बटन पर दे मारा।

एक भयंकर गरज के साथ एक्ज़ॉस्ट में से ड्रैगन की सफ़ेद-नीली आग निकली और मोटरसाइकल गोली की रफ़्तार से आगे बढ़ी। हैरी ने देखा कि प्राणभक्षी घातक लपट से बचने के लिए घूमकर ओझल हो गए। उसी समय उसे साइडकार में ख़तरनाक झटका महसूस हुआ। बाइक को साइडकार से जोड़ने वाला धातु का जोड़ अचानक बढ़ी तेज़ गति के झटके के कारण टूट गया था।

'सब ठीक है, हैरी!' हैग्रिड चिल्लाया, जो अचानक बढ़ी गति के कारण मोटरसाइकल पर पीठ के बल लेटा था। अब गाड़ी अपने आप चल रही थी और इसके धुएँ के बीच साइडकार बुरी तरह घूमने लगी थी।

'हम सँभालते हैं, हैरी, चिंता मत करो!' हैग्रिड चिल्लाया और उसने अपनी जैकेट की जेब से फूल वाली गुलाबी छतरी निकाली।

'हैग्रिड! ठहरो! मैं करता हूँ!'

'मरम्मतो!'

एक कानफोड़ू धमाका हुआ और साइडकार बाइक से पूरी तरह अलग हो गई। मोटरसाइकल की तीव्र गति के झटके से हैरी आगे की तरफ़ उछल गया, फिर साइडकार की ऊँचाई कम होने लगी –

हताशा में हैरी ने अपनी छड़ी साइडकार की तरफ़ की और चिल्लाया, *'विंगार्डियम लेवियोसा!'*

साइडकार किसी कॉर्क की तरह उठी। इसे चलाना संभव नहीं था, लेकिन कम से कम यह हवा में तो थी। बहरहाल, यह राहत पल भर की ही थी, क्योंकि तभी बहुत से शाप उसके पास से गुज़रने लगे। तीनों प्राणभक्षी क़रीब आ रहे थे।

'हम आ रहे हैं, हैरी!' हैग्रिड अँधेरे में से चिल्लाया, लेकिन साइडकार दोबारा नीचे हो रही थी : हैरी ने झुककर आने वाली आकृतियों पर छड़ी से निशाना साधा और चिल्लाया, *'बाधितो!'*

मंत्र बीच वाले प्राणभक्षी के सीने पर पड़ा। एक पल के लिए तो वह मूर्खतापूर्ण ढंग से बाज की तरह बीच हवा में तैरता दिखा, जैसे किसी अदृश्य बाधा से टकरा गया हो : उसका एक साथी उससे टकराते-टकराते बचा -

फिर साइडकार तेज़ी से नीचे गिरने लगी और बचे हुए प्राणभक्षी ने हैरी पर इतना क़रीबी शाप मारा कि उसे साइडकार की किनारी के नीचे सिर झुकाना पड़ा, जिससे उसका एक दाँत टूटकर सीट के किनारे पर गिर गया -

'हम आ रहे हैं, हैरी, हम आ रहे हैं!'

एक विशाल हाथ ने हैरी के दुशालों को पीछे से पकड़ा और उसे नीचे गिरती साइडकार से बाहर निकाल लिया। मोटरसाइकल की सीट पर बैठते हुए हैरी ने साइडकार से अपना बैग खींचकर निकाल लिया। उसने पाया कि वह हैग्रिड की पीठ से पीठ टिकाकर बैठा है। जब वे बाक़ी बचे दोनों प्राणभक्षियों से दूर होकर ऊपर की तरफ़ उड़े, तो हैरी ने अपने मुँह से ख़ून थूका और गिरती हुई साइडकार की तरफ़ छड़ी तानकर चिल्लाया, *'अग्नि-विस्फोटम्!'*

जब साइडकार में विस्फोट हुआ, तो उसे हेडविग के लिए भयंकर अफ़सोस हुआ। साइडकार के सबसे पास वाला प्राणभक्षी धमाके के कारण झाड़ू पर से गिर गया और ओझल हो गया। उसका साथी भी पीछे रह गया और नज़र नहीं आ रहा था।

'हैरी, हमें अफ़सोस है, हमें अफ़सोस है,' हैग्रिड कराहा। 'हमें ख़ुद इसकी मरम्मत करने की कोशिश नहीं करनी चाहिए थी - तुम्हारे पास जगह नहीं है -'

'कोई दिक़्क़त नहीं, बस उड़ते रहो!' हैरी चिल्लाया, जब दो और प्राणभक्षी अँधेरे को चीरते हुए क़रीब आने लगे।

जब शाप दोबारा उड़कर उनकी ओर आने लगे, तो हैग्रिड दिशा बदलकर और लहराकर गाड़ी चलाने लगा। हैरी जानता था कि उसके इतने असुरक्षित तरीक़े से बैठे रहने के कारण हैग्रिड दोबारा ड्रैगन की आग वाला बटन दबाने की हिम्मत नहीं कर सकता है। हैरी ने अपना पीछा करने वालों पर स्तब्धीकरण मंत्रों की बौछार करके उन्हें बमुश्किल ख़ुद से दूर रखा। फिर उसने उन पर एक और बाधा मंत्र मारा। सबसे क़रीब वाला प्राणभक्षी इससे बचने के लिए लहराया, जिससे उसका नक़ाब उतर गया

और अगले स्तब्धीकरण मंत्र की लाल लपट में हैरी ने स्टैनले शनपाइक यानी स्टैन का अजीब सा भावहीन चेहरा देखा।

'निरस्त्र भव!' हैरी चिल्लाया।

'यही है, यही है, असली हैरी यही है!'

मोटरसाइकल के इंजन की गरज के बावजूद नक़ाबपोश प्राणभक्षी की चिल्लाहट हैरी तक पहुँच गई। अगले ही पल पीछा करने वाले दोनों प्राणभक्षी नीचे की ओर ओझल हो गए।

'हैरी, क्या हुआ?' हैग्रिड गरजा। 'वे कहाँ चले गए?'

'मुझे नहीं पता!'

लेकिन हैरी को डर लगने लगा था। नक़ाबपोश प्राणभक्षी ने चिल्लाकर कहा था, 'असली हैरी यही है'; उसे कैसे पता चला? उसने अँधेरे में चारों तरफ़ घूरा और अनजान ख़तरे को महसूस किया। प्राणभक्षी कहाँ चले गए थे?

अपनी सीट पर मुश्किल से घूमकर उसने अपना चेहरा आगे की तरफ़ कर लिया और हैग्रिड के जैकेट के पिछले हिस्से को खींचा।

'हैग्रिड, दोबारा ड्रैगन की आग वाला बटन दबा दो। यहाँ से जल्दी चलो!'

'कसकर पकड़ लो, हैरी!'

एक बार फिर एक ज़ोरदार कानफोड़ू गरज हुई और एक्ज़ॉस्ट से सफ़ेद-नीली आग निकली। हैरी सीट पर बहुत कम जगह में बैठा था, इसलिए वह पीछे की तरफ़ फिसलने लगा। हैग्रिड खिसककर पीछे आ गया था और बड़ी मुश्किल से हैंडल को पकड़ पा रहा था –

'हैरी, हमें लगता है कि हम उनसे बच निकले हैं। हमें लगता है कि हमने किला फ़तह कर लिया है!' हैग्रिड चिल्लाया।

लेकिन हैरी को भरोसा नहीं था। पीछा करने वाले प्राणभक्षियों की तलाश में दाएँ-बाएँ देखते समय डर उस पर हावी हो गया। उसे यक़ीन था कि वे ज़रूर आएँगे ... वे पीछे क्यों रह गए? उनमें से एक के पास अब भी छड़ी थी ... जब हैरी ने स्टैन को निरस्त्र करने की कोशिश की थी, तो उसने कहा था ... *असली हैरी यही है...*

'हम बस वहाँ पहुँच ही गए हैं, हैरी, हम बस पहुँच ही गए हैं!' हैग्रिड चिल्लाया।

हैरी को मोटरसाइकल की ऊँचाई कुछ कम होने का एहसास हुआ, हालाँकि ज़मीन की रोशनियाँ अब भी सितारों जितनी दूर दिख रही थीं।

फिर उसके माथे का निशान आग की तरह जलने लगा, जब बाइक के दोनों तरफ़ एक-एक प्राणभक्षी ने मोर्चा सँभाल लिया और पीछे से आए दो मारक शाप हैरी से बस कुछ मिलीमीटर दूर से निकल गए –

और फिर हैरी ने उसे देख लिया। वोल्डेमॉर्ट झाड़ू या थेस्ट्रॉल के बिना हवा में धुएँ की तरह उड़ रहा था। उसका साँप जैसा चेहरा अँधेरे में चमक रहा था, उसकी सफ़ेद उँगलियों में छड़ी दबी थी –

हैग्रिड दहशत में चीख़ा और उसने मोटरसाइकल की दिशा सीधे नीचे की ओर कर दी। जान बचाने के लिए हैरी ने घुमड़ती रात में स्तब्धीकरण मंत्रों की बौछार कर दी। उसने एक शरीर को अपने पास गिरते देखा और वह समझ गया कि एक प्राणभक्षी तो कम हुआ। बहरहाल, तभी उसे एक धमाका सुनाई दिया और इंजन से चिंगारियाँ निकलती दिखीं। मोटरसाइकल हवा में घूम रही थी और पूरी तरह नियंत्रण से बाहर हो चुकी थी –

रोशनी की हरी लपटें उनके पास से फिर निकलीं। हैरी को ज़रा भी पता नहीं था कि आसमान किस तरफ़ था और ज़मीन किस तरफ़। उसका निशान अब भी जल रहा था। उसे लग रहा था कि वह किसी भी पल मर सकता है। झाड़ू पर एक नक़ाबपोश आकृति उससे कुछ फ़ुट दूर थी। हैरी ने उस आकृति को अपनी बाँह उठाते देखा –

'नहीं!'

आवेश भरी चीख़ के साथ हैग्रिड ने बाइक से कूदकर प्राणभक्षी पर छलाँग लगा दी। दहशत में हैरी ने हैग्रिड और प्राणभक्षी को नीचे गिरकर ओझल होते देखा। उन दोनों का बोझ झाड़ू के लिहाज़ से बहुत ज़्यादा था –

गिरती मोटरसाइकल को अपने घुटनों से मुश्किल से पकड़ते समय हैरी ने वोल्डेमॉर्ट की चीख़ सुनी, *'मेरा शिकार!'*

अब खेल ख़त्म हो गया था। वह यह देख या सुन नहीं सकता था कि वोल्डेमॉर्ट कहाँ था। उसे एक और प्राणभक्षी के रास्ते से हटने की झलक दिखाई दी और फिर उसने सुना, *'मृत्यु –'*

जब सिर के निशान के दर्द के कारण हैरी की आँखें बंद हो गईं, तो उसकी छड़ी ने अपने आप हरकत की। उसने महसूस किया कि छड़ी किसी बड़े चुंबक की तरह उसके हाथ को ऊपर कर रही है। उसने आधी मुँदी

पलकों से सुनहरी आग की लपट देखी, एक *तड़ाक* की आवाज़ सुनी और फिर ग़ुस्से भरी चीख़ सुनी। बचा हुआ प्राणभक्षी चिल्लाया। वोल्डेमॉर्ट चीख़ा, *'नहीं!'* हैरी की नाक ड्रैगन की आग वाले बटन से एक इंच दूर थी। उसने अपने छड़ीविहीन हाथ से उस पर मुक्का मार दिया। तत्काल मोटरसाइकल ने हवा में लपटें निकालीं और सीधे ज़मीन की तरफ़ चल दी।

'हैग्रिड!' हैरी मोटरसाइकल को पूरी ताक़त से पकड़ते हुए चिल्लाया, 'हैग्रिड – *आगमनो हैग्रिड!'*

मोटरसाइकल तेज़ी से ज़मीन की तरफ़ चल दी। हैंडल पर चेहरा रखकर हैरी दूर की रोशनियों को क़रीब आते देख सकता था। वह गिरने वाला था, लेकिन कुछ नहीं कर सकता था। उसे पीछे से किसी की चीख़ सुनाई दी –

'तुम्हारी छड़ी, सेल्विन, मुझे अपनी छड़ी दो!'

उसने वोल्डेमॉर्ट को देखने से पहले उसे अपने पीछे महसूस किया। कनखियों से उसने लाल आँखों में घूरा और उसे यक़ीन था कि वह ज़िंदगी में इसके बाद कुछ नहीं देख पाएगा : वोल्डेमॉर्ट उसे एक बार फिर शाप देने की तैयारी कर रहा था –

लेकिन तभी वोल्डेमॉर्ट ओझल हो गया। हैरी ने नीचे देखा : हैग्रिड ज़मीन पर हाथ-पैर फैलाए पसरा पड़ा था। उससे टक्कर न हो जाए, इस कोशिश में हैरी ने हैंडल को कसकर खींचा और ब्रेक की तलाश की, लेकिन ज़मीन को हिलाने वाले कानफोड़ू धमाके के साथ वह कीचड़ भरे पोखर में गिर गया।

अध्याय पाँच

धराशायी योद्धा

'हैग्रिड ?'

हैरी धातु और चमड़े के कबाड़े के बीच पड़ा हुआ था। जब उसने खड़े होने की कोशिश की, तो उसके हाथ कीचड़ वाले पानी में कई इंच धँस गए। वह यह नहीं समझ पाया कि वोल्डेमॉर्ट कहाँ चला गया। उसे लग रहा था कि वोल्डेमॉर्ट किसी भी पल अँधेरे में से निकलकर उस पर हमला कर देगा। कोई गर्म और गीली चीज़ उसके माथे से रिस रही थी और उसकी ठुड्डी से होती हुई नीचे फिसल रही थी। वह रेंगकर पोखर में से बाहर निकला और ज़मीन पर पड़ी हैग्रिड की विशाल, स्याह आकृति की तरफ़ लड़खड़ाते हुए बढ़ा।

'हैग्रिड ? हैग्रिड, कुछ बोलो –'

लेकिन हैग्रिड हिला तक नहीं।

'वहाँ कौन है ? क्या पॉटर है ? क्या तुम हैरी पॉटर हो ?'

हैरी उस आदमी की आवाज़ नहीं पहचान पाया। तभी एक महिला चिल्लाई, 'टेड, उन लोगों के साथ दुर्घटना हो गई है! बगीचे में गिर गए हैं!'

हैरी का सिर घूम रहा था।

'हैग्रिड,' उसने मूर्खतापूर्ण ढंग से दोहराया और उसके घुटने जवाब दे गए।

इसके बाद जब उसे होश आया, तो वह तकियों पर पीठ के बल लेटा हुआ था और उसकी पसलियों तथा दाहिने हाथ में जलन हो रही थी। उसका टूटा हुआ दाँत फिर उग आया था, लेकिन उसके माथे का निशान अब भी टीस मार रहा था।

'हैग्रिड ?'

उसने अपनी आँखें खोलीं। वह लैंप से रोशन एक अनजान सिटिंग रूम में सोफ़े पर लेटा था। उसका गीला और कीचड़ में सना हुआ बैग फ़र्श पर कुछ दूर पड़ा था। सफ़ेद बालों और बड़ी तोंद वाला एक आदमी हैरी को चिंता से देख रहा था।

'हैग्रिड ठीक है, बेटे,' उस आदमी ने कहा, 'मेरी पत्नी इस वक़्त उसकी देखभाल कर रही है। तुम्हें कैसा लग रहा है ? कोई और चीज़ टूटी-फूटी हो, तो बता दो। वैसे मैंने तुम्हारी पसलियों, दाँत और हाथ को ठीक कर दिया है। और हाँ, मैं टेड हूँ, टेड टौंक्स - डोरा का पिता।'

हैरी तत्काल उठकर बैठ गया। उसकी आँखों के सामने सितारे नाचने लगे तथा उसे मतली और चक्कर आने का एहसास हुआ।

'वोल्डेमॉर्ट -'

'आराम से,' टेड टौंक्स ने हैरी के कंधे पर हाथ रखकर उसे दोबारा तकियों पर लिटाते हुए कहा। 'तुम बहुत बुरी तरह गिरे थे। वैसे हुआ क्या था ? क्या मोटरसाइकल में कोई गड़बड़ हो गई थी ? आर्थर वीज़्ली ने मगलुओं की मशीन में ज़रूरत से ज़्यादा छेड़छाड़ कर दी थी ? वो और उसकी अजीबोग़रीब मगलू मशीनें ...'

'नहीं,' हैरी ने कहा, जब उसके निशान में किसी खुले घाव की तरह टीस हुई। 'प्राणभक्षी, बहुत सारे - उन्होंने हमारा पीछा किया -'

'प्राणभक्षी ?' टेड ने तीखी आवाज़ में पूछा। 'तुम्हारा क्या मतलब है, प्राणभक्षी ? मेरे ख़्याल से उन्हें तो पता ही नहीं था कि तुम्हें आज रात को हटाया जा रहा है।'

'उन्हें पता था,' हैरी ने कहा।

टेड टौंक्स ने छत की तरफ़ ऊपर देखा, जैसे वे इसके पार ऊपर के आसमान को देख सकते हों।

'अच्छा, तो इसका मतलब है कि हमारे सुरक्षात्मक सम्मोहन असरदार हैं, है ना ? प्राणभक्षी किसी भी दिशा से इस जगह के सौ गज़ तक के दायरे के भीतर नहीं आ सकते।'

अब हैरी समझ गया कि वोल्डेमॉर्ट क्यों ओझल हो गया था। ऐसा उस वक़्त हुआ था, जब मोटरसाइकल मायापंछी के समूह के सम्मोहनों के दायरे में पहुँच गई थी। वह यही उम्मीद कर सकता था कि ये सम्मोहन आगे

भी काम करते रहेंगे। उसने सोचा कि इस वक़्त, उनके बातचीत करते समय भी, वोल्डेमॉर्ट उनके सौ गज़ ऊपर होगा और उस चीज़ को भेदने का उपाय खोज रहा होगा, जिसकी कल्पना हैरी किसी विशाल, पारदर्शी बुलबुले की तरह कर रहा था।

उसने अपने पैर सोफ़े से नीचे झुलाए। जब तक वह अपनी आँखों से हैग्रिड को देख नहीं लेगा, तब तक वह यह यक़ीन कैसे कर सकता है कि वह ज़िंदा है। बहरहाल, वह अभी मुश्किल से खड़ा ही हुआ था कि तभी एक दरवाज़ा खुला और हैग्रिड उसमें से फँसते-फँसाते जैसे-तैसे अंदर आया। उसका चेहरा कीचड़ तथा ख़ून में लथपथ था और वह थोड़ा लँगड़ा रहा था, लेकिन चमत्कारिक रूप से ज़िंदा था।

'हैरी!'

दो नाज़ुक टेबलों और फूलदार पौधे वाले एक गमले को ठोकर से गिराते हुए उसने दो क़दमों में ही उनके बीच का फ़ासला तय कर लिया और हैरी को इतनी कसकर गले लगाया कि उसकी अभी-अभी ठीक हुई पसलियाँ दोबारा टूटते-टूटते बचीं। 'ओह हैरी, तुम उस झमेले से बाहर कैसे निकले ? हमें तो लगा था कि हम दोनों का ही खेल ख़त्म हो गया।'

'हाँ, मुझे भी ऐसा ही लगा था। मुझे तो यक़ीन ही नहीं हो रहा था -'

हैरी का वाक्य अधूरा ही रह गया। उसका ध्यान अभी-अभी उस महिला की तरफ़ गया था, जो हैग्रिड के पीछे-पीछे कमरे में दाख़िल हुई थी।

'तुम!' वह चिल्लाया और उसने अपना हाथ जेब में डाला, लेकिन वह ख़ाली थी।

'तुम्हारी छड़ी यहाँ है, बेटे,' टेड ने हैरी की बाँह पर छड़ी से थपथपाते हुए कहा। 'यह तुम्हारे पास ही गिरी थी। मैंने इसे उठा लिया था। और जिस पर तुम चिल्ला रहे हो, वह मेरी पत्नी है।'

'ओह, मुझे - मुझे अफ़सोस है।'

जब मिसेज़ टौंक्स कमरे में आगे आईं, तो हैरी ने देखा कि हालाँकि उनकी शक्ल उनकी बहन बेलाट्रिक्स से मिलती थी, लेकिन वे कई मायनों में अलग थीं : उनके बाल थोड़े भूरे थे और उनकी आँखें ज़्यादा चौड़ी तथा दयालु थीं। बहरहाल, हैरी के चिल्लाने से वे थोड़ी चिढ़ी हुई दिख रही थीं।

'हमारी बेटी को क्या हुआ ?' उन्होंने पूछा। 'हैग्रिड बता रहा था कि तुम पर हमला हुआ था। निम्फ़ैडोरा कहाँ है ?'

'मुझे नहीं मालूम,' हैरी ने कहा। 'हमें नहीं पता कि किसी और के साथ क्या हुआ है।'

टेड और उनकी पत्नी ने एक-दूसरे को देखा। उनके चेहरे के भाव देखकर हैरी को डर और अपराधबोध का एहसास हुआ। अगर कोई भी मर जाता है, तो यह उसकी ग़लती होगी, पूरी तरह से उसी की ग़लती। उसने इस योजना पर हामी भरी थी, अपने बाल दिए थे ...

'आवागमन-कुंजी,' उसने अचानक याद करते हुए कहा। 'हमें रॉन के घर जाकर पता लगाना होगा - फिर हम आपको संदेश भेज देंगे, या - या टौंक्स भेज देगी, जब वह -'

'ड्रोमेडा, डोरा ठीक-ठाक होगी,' टेड ने कहा। 'उसे जादू आता है। वह ऑरर्स के साथ पहले भी बहुत सी मुश्किलों का सामना कर चुकी है। आवागमन-कुंजी यहाँ है,' उन्होंने हैरी से कहा। 'यह लगभग तीन मिनट में यहाँ से जाने वाली है, अगर तुम इससे जाना चाहो।'

'हाँ, हम जाना चाहते हैं,' हैरी ने कहा। उसने अपना बैग उठाकर कंधे पर लटका लिया। 'मैं -'

उसने मिसेज़ टौंक्स की तरफ़ देखा। वह माफ़ी माँगना चाहता था कि उसके कारण वे इतना डर गई थीं। इसके लिए वह ख़ुद को ज़िम्मेदार मान रहा था, लेकिन उसके दिमाग़ में तसल्ली देने वाले जितने भी शब्द आए, वे उसे खोखले और निरर्थक लगे।

'मैं टौंक्स - डोरा - से संदेश भेजने को कह दूँगा, जब वह ... हमारी देखभाल करने के लिए धन्यवाद, हर चीज़ के लिए धन्यवाद। मैं -'

वह कमरे से बाहर निकलकर ख़ुश हुआ और टेड टौंक्स के पीछे-पीछे गलियारे में से होता हुआ बेडरूम तक पहुँच गया। हैग्रिड उनके पीछे आ रहा था। वह नीचे झुक गया, ताकि उसका सिर दरवाज़े की चौखट से न टकरा जाए।

'लो बेटे। यह रही आवागमन-कुंजी।'

मि. टौंक्स ने ड्रेसिंग टेबल पर पड़े बालों के एक छोटे, सफ़ेद ब्रश की तरफ़ इशारा किया।

'धन्यवाद,' हैरी ने कहा और उस पर उँगली रखने के लिए हाथ बढ़ाया। वह चलने के लिए तैयार था।

'ज़रा ठहरो,' हैग्रिड ने चारों तरफ़ नज़र डालते हुए कहा। 'हैरी,

हेडविग कहाँ है ?'

'वह ... वह मंत्र का शिकार हो गई,' हैरी ने कहा।

यह एहसास अब उस पर पूरी तेज़ी से हावी हो गया। उसकी आँखों में आँसू आ गए, जिससे उसे थोड़ी शर्म आई। वह उल्लू उसकी साथी थी और डर्स्ली परिवार में रहते समय जादूगरों की दुनिया के साथ उसके संपर्क की एकमात्र महत्वपूर्ण कड़ी थी।

हैग्रिड अपने बड़े हाथ से उसका कंधा थपथपाने लगा, जिससे उसे दर्द होने लगा।

'दुख मत करो,' उसने रूखेपन से कहा। 'दुख मत करो। वह काफ़ी जी चुकी थी –'

'हैग्रिड!' टेड टौंक्स ने चेतावनी देते हुए कहा, जब बालों का ब्रश नीली रोशनी में चमकने लगा। हैग्रिड ऐन वक़्त पर जैसे-तैसे उस पर अपनी एक उँगली रखने में कामयाब हो गया।

हैरी को नाभि के पीछे एक झटका लगा, जैसे कोई अदृश्य हुक और रस्सी उसे आगे की तरफ़ खींच रहे हों। हैरी बेक़ाबू ढंग से घूमता रहा, उसकी उँगली आवागमन-कुंजी से चिपकी हुई थी। वह और हैग्रिड धड़धड़ाते हुए मिस्टर टौंक्स के घर से दूर जाने लगे। कुछ सेकंड बाद हैरी के पैर सख़्त ज़मीन से टकराए और वह हाथ-पैर के बल रॉन के घर के अहाते में गिर गया। उसे चीख़ें सुनाई दीं। अब चमकविहीन हो चुके बालों के ब्रश को एक तरफ़ फेंकते हुए हैरी उठकर खड़ा हुआ और थोड़ा सा लहराया। उसने देखा कि मिसेज़ वीज़्ली और जिनी भागकर पिछले दरवाज़े की सीढ़ियों से नीचे आ रही थीं। उधर उतरते समय गिर गया हैग्रिड मुश्किल से उठकर खड़ा हुआ।

'हैरी ? तुम असली हैरी हो ? क्या हुआ ? बाक़ी लोग कहाँ हैं ?' मिसेज़ वीज़्ली चिल्लाईं।

'क्या मतलब ? क्या बाक़ी लोग अब तक यहाँ नहीं पहुँचे ?' हैरी ने हाँफते हुए पूछा।

जवाब मिसेज़ वीज़्ली के पीले चेहरे पर साफ़ लिखा था।

'प्राणभक्षी हमारा इंतज़ार कर रहे थे,' हैरी ने उन्हें बताया। 'हम लोगों ने जैसे ही उड़ान भरी, उन्होंने हमें घेर लिया – वे जानते थे कि यह काम आज रात को ही होने वाला है – मुझे नहीं पता कि किसी और के

साथ क्या हुआ। चार प्राणभक्षी हमारे पीछे लग गए थे। हम मुश्किल से जान बचाकर निकले और फिर वोल्डेमॉर्ट ने हमें घेर लिया –'

उसे अपनी आवाज़ में ख़ुद को सही साबित करने वाला पुट सुनाई दे रहा था। वह मिसेज़ वीज़्ली को बताना चाहता था कि उसे क्यों नहीं मालूम कि उनके बेटों के साथ क्या हुआ था, लेकिन –

'शुक्र है, तुम सही-सलामत हो,' उन्होंने उसे गले लगाते हुए कहा, हालाँकि हैरी को नहीं लगता था कि वह इसका हक़दार है।

'तुम्हारे पास ब्रांडी होगी, मॉली ?' हैग्रिड ने थोड़ा काँपते हुए पूछा। 'सिर्फ़ दवा की तरह ?'

मिसेज़ वीज़्ली जादू से भी ब्रांडी की बोतल बुला सकती थीं, लेकिन जब वे उसे लेने के लिए जल्दी से घर की तरफ़ गईं, तो हैरी समझ गया कि वे अपना चेहरा छिपाना चाहती थीं। वह जिनी की ओर मुड़ा, जिसने उसके अनपूछे सवाल का जवाब तत्काल दे दिया।

'रॉन और टौंक्स को यहाँ सबसे पहले पहुँचना था, लेकिन वे अपनी आवागमन कुंजी चूक गए और यह उनके बिना ही यहाँ आ गई,' उसने ज़मीन पर पास में ही पड़े ज़ंग लगे तेल के डिब्बे की तरफ़ इशारा किया। 'और वह वाली आवागमन कुंजी,' उसने एक पुराने कैनवास शू की तरफ़ इशारा किया, 'डैडी और फ्रेड की थी, उन्हें दूसरे नंबर पर आना था। तुम और हैग्रिड तीसरे थे और,' उसने अपनी घड़ी देखी, 'अगर वे ऐसा कर पाए, तो जॉर्ज और ल्यूपिन एक मिनट में यहाँ आने वाले होंगे।'

मिसेज़ वीज़्ली ब्रांडी की बोतल लेकर वापस लौटीं और हैग्रिड को दे दी। उसने बोतल खोली और एक ही घूँट में इसे पूरी पी गया।

'मम्मी!' जिनी चिल्लाई और कई फ़ुट दूर इशारा करने लगी।

अँधेरे में एक नीली रोशनी दिखने लगी थी। यह ज़्यादा बड़ी और चमकदार होती गई। ल्यूपिन और जॉर्ज घूमते हुए दिखे और फिर गिर गए। हैरी तत्काल समझ गया कि कुछ गड़बड़ थी। ल्यूपिन बेहोश जॉर्ज को सहारा दे रहे थे, जिसका चेहरा ख़ून में लथपथ था।

हैरी आगे की तरफ़ भागा और उसने जॉर्ज के पैर पकड़ लिए। वह और ल्यूपिन जॉर्ज को उठाकर मकान के अंदर ले गए। किचन से होते हुए वे सिटिंग रूम में पहुँचे, जहाँ उन्होंने जॉर्ज को सोफ़े पर लिटा दिया। जैसे ही लैंप की रोशनी जॉर्ज के सिर पर पड़ी, जिनी की आह निकल गई और हैरी का पेट हिचकोले खाने लगा : जॉर्ज का एक कान ग़ायब था। उसके सिर

और गर्दन का एक तरफ़ का हिस्सा लाल ख़ून में लथपथ था।

जैसे ही मिसेज़ वीज़्ली अपने बेटे के ऊपर झुकीं, ल्यूपिन हैरी की बाँह पकड़कर उसे किचन में ले गए, जहाँ हैग्रिड अब भी अपने भारी-भरकम शरीर को पीछे वाले दरवाज़े से निकालने की कोशिश कर रहा था।

'ओए!' हैग्रिड ने ग़ुस्से से कहा। 'उसे छोड़ दो! हैरी को छोड़ दो!'

ल्यूपिन ने उसकी बात अनसुनी कर दी।

'जब हैरी पॉटर हॉगवर्ट्स में पहली बार मेरे ऑफ़िस में आया था, तो कोने में कौन सा प्राणी था?' उन्होंने हैरी को थोड़ा सा हिलाते हुए पूछा। 'जवाब दो!'

'टैंक में ग्रिंडिलो था, है ना?'

ल्यूपिन ने हैरी को छोड़ दिया और किचन की अलमारी से टिककर खड़े हो गए।

हैग्रिड गरजा, 'यह क्यों किया?'

'हैरी, मुझे अफ़सोस है, लेकिन मुझे जाँच करनी थी,' ल्यूपिन ने सपाट अंदाज़ में कहा। 'हमारे साथ धोखा हुआ है। वोल्डेमॉर्ट को पता था कि तुम्हें आज रात हटाया जा रहा है और उसे यह जानकारी सिर्फ़ योजना में शामिल लोग ही दे सकते थे। तुम बहुरूपिए भी हो सकते थे, इसलिए मुझे जाँच करनी पड़ी।'

'तो फिर हमारी जाँच क्यों नहीं कर रहे हो?' हैग्रिड ने हाँफते हुए कहा, जो अब भी दरवाज़े में से निकलने के लिए जूझ रहा था।

'तुम अर्ध-दानव हो,' ल्यूपिन ने हैग्रिड की तरफ़ देखते हुए कहा। 'भेसबदल काढ़ा सिर्फ़ इंसानों के इस्तेमाल के लिए बनाया गया है।'

'मायापंछी के समूह के किसी भी सदस्य ने वोल्डेमॉर्ट को यह नहीं बताया होगा कि हम आज रात को जाने वाले हैं,' हैरी ने कहा। उसके लिए तो यह सोचना भी भयंकर था। वह उनमें से किसी पर भी शक नहीं कर सकता था। 'वोल्डेमॉर्ट आख़िर में ही मेरे पास आया था। शुरू में वह नहीं जानता था कि असली हैरी मैं ही हूँ। अगर उसे योजना मालूम होती, तो उसे शुरू से ही मालूम होता कि मैं हैग्रिड के साथ हूँ।'

'वोल्डेमॉर्ट ने तुम्हें घेर लिया था?' ल्यूपिन ने तीखी आवाज़ में पूछा। 'क्या हुआ? तुम कैसे बचे?'

हैरी ने संक्षेप में बताया कि उसका पीछा करने वाले प्राणभक्षियों ने

किस तरह उसे पहचान लिया था, किस तरह उन्होंने उसका पीछा छोड़ दिया, किस तरह वे वोल्डेमॉर्ट को बुलाकर ले आए, जो उसके और हैग्रिड के टौंक्स के माता-पिता के घर पहुँचने के ठीक पहले वहाँ आ गया था।

'प्राणभक्षियों ने तुम्हें पहचान लिया? लेकिन कैसे? तुमने क्या किया था?'

'मैंने ...' हैरी ने याद करने की कोशिश की। पूरी यात्रा दहशत और दुविधा के बवंडर जैसी लग रही थी। 'मैंने स्टैन शनपाइक को देखा ... आपको याद है, वह लड़का जो नाइट बस में कंडक्टर था? मैंने उसे स्तब्ध करने के बजाय निरस्त्र करने की कोशिश की - देखिए, वह नहीं जानता था कि वह क्या कर रहा था। वह ज़रूर सम्मोहन शाप के अधीन काम कर रहा होगा!'

ल्यूपिन सदमे में दिखने लगे।

'हैरी, निरस्त्र करने का वक़्त निकल चुका है! वे लोग तुम्हें पकड़ने और मारने की कोशिश कर रहे थे! अगर मारते नहीं, तो कम से कम स्तब्ध तो कर सकते थे!'

'हम ज़मीन से सैकड़ों फ़ुट ऊपर थे! स्टैन अपने होशो-हवास में नहीं था। अगर मैं उसे स्तब्ध कर देता, तो वह ज़मीन पर गिरकर मर जाता, यानी स्तब्ध करने और *मृत्युदंशम्* शाप देने में कोई फ़र्क़ नहीं था! *निरस्त्रीकरण* मंत्र ने दो साल पहले मुझे वोल्डेमॉर्ट से बचाया था,' हैरी ने आवेश में कहा। ल्यूपिन को देखकर उसे मेहनतकश के ज़कारियस स्मिथ का ताना याद आ रहा था, जिसने हैरी की हँसी उड़ाई थी क्योंकि वह डम्बलडोर की सेना को निरस्त्र करना सिखा रहा था।

'हाँ, हैरी,' ल्यूपिन ने दुख भरे संयम से कहा, 'और बहुत से प्राणभक्षियों ने इसे होते देखा था! देखो, मौत के मुँह में निरस्त्रीकरण मंत्र का प्रयोग करना बहुत असामान्य काम था। उसी काम को आज रात उन प्राणभक्षियों के सामने दोहराना लगभग आत्मघाती था, जिन्होंने उस पहले मौक़े को या तो देखा था या उसके बारे में सुना था!'

'तो आपको लगता है कि मुझे स्टैन शनपाइक को मार देना चाहिए था?' हैरी ने ग़ुस्से में पूछा।

'ज़ाहिर है नहीं,' ल्यूपिन ने कहा, 'लेकिन प्राणभक्षी - सच कहूँ, तो ज़्यादातर लोग - ऐसे में तुमसे जवाबी हमले की उम्मीद करते। देखो हैरी, *निरस्त्र भव* एक उपयोगी मंत्र है, लेकिन लगता है, प्राणभक्षी इसे

तुम्हारा ट्रेडमार्क मानने लगे हैं और मैं तुमसे आग्रह करता हूँ कि तुम ऐसा मत होने दो!'

ल्यूपिन की बातों से हैरी को लग रहा था कि उससे मूर्खता हो गई थी, लेकिन इसके बावजूद उसे ग़ुस्सा आ रहा था।

'मैं लोगों को अपने रास्ते से हटाने के लिए उनकी जान नहीं लूँगा,' हैरी ने कहा। 'यह वोल्डेमॉर्ट का काम है।'

ल्यूपिन का जवाब खो गया : आख़िरकार हैग्रिड दरवाज़े में से घुसने में कामयाब हो गया और लड़खड़ाते हुए एक कुर्सी पर बैठ गया। कुर्सी टूट गई। हैग्रिड की गालियों और माफ़ियों को नज़रअंदाज़ करते हुए हैरी ने एक बार फिर ल्यूपिन को संबोधित किया।

'जॉर्ज **ठीक** तो हो जाएगा?'

यह सवाल सुनते ही हैरी के प्रति ल्यूपिन की सारी कुंठा ग़ायब हो गई।

'लगता तो है, वैसे उसके कान के जुड़ने की कोई संभावना नहीं है, क्योंकि इसे शाप से उड़ाया गया है –'

बाहर क़दमों की आवाज़ें आईं। ल्यूपिन पीछे वाले दरवाज़े की तरफ़ भागे। हैरी ने भी हैग्रिड के पैर के ऊपर से छलाँग लगाकर अहाते में दौड़ लगा दी।

अहाते में दो आकृतियाँ प्रकट हुई थीं। उनकी तरफ़ भागते समय हैरी को एहसास हो गया कि वे हर्माइनी और किंग्सले थे, जो एक मुड़े हुए कोट हैंगर को पकड़े थे। हर्माइनी हैरी की बाँहों में झूल गई, लेकिन किंग्सले ने उनमें से किसी को भी देखकर किसी भी तरह की ख़ुशी ज़ाहिर नहीं की। हर्माइनी के कंधे के ऊपर से हैरी ने उसे ल्यूपिन के सीने की तरफ़ छड़ी तानते देखा।

'एल्बस डम्बलडोर ने हम दोनों से जो आख़िरी शब्द कहे थे, वे क्या थे?'

ल्यूपिन धीरे से बोले, *'हैरी ही हमारी सर्वश्रेष्ठ आशा है। उस पर भरोसा रखना।'*

किंग्सले ने अपनी छड़ी हैरी की तरफ़ तानी, लेकिन ल्यूपिन ने कहा, 'हैरी असली है। मैंने जाँच कर ली है!'

'ठीक है, ठीक है!' किंग्सले ने अपनी छड़ी वापस चोगे में रखते हुए

कहा। 'लेकिन किसी ने गद्दारी की है! उन्हें पता था, उन्हें पता था कि हम यह काम आज रात को करने वाले हैं!'

'ऐसा ही लगता है,' ल्यूपिन ने कहा, 'लेकिन ज़ाहिर है, उन्हें यह पता नहीं था कि सात हैरी होंगे।'

'इसमें तसल्ली की क्या बात है?' किंग्सले गुर्राया। 'और कौन लौटा है?'

'सिर्फ़ हैरी, हैग्रिड, जॉर्ज और मैं।'

हर्माइनी अपने हाथ के पीछे से हल्के से कराही।

'तुम लोगों के साथ क्या हुआ?' ल्यूपिन ने किंग्सले से पूछा।

'पाँच दुश्मनों ने पीछा किया, जिनमें से दो को घायल किया, शायद एक को मार डाला,' किंग्सले ने कहा, 'और हमने तुम-जानते-हो-कौन को भी देखा था। आधे रास्ते में वह हमारे पीछे आ गया, लेकिन अचानक बड़ी जल्दी में कहीं चला गया। रीमस, वह -'

'उड़ सकता है,' हैरी ने उसकी बात पूरी की। 'मैंने भी उसे देखा था। वह हैग्रिड और मेरे पीछे आया था।'

'तो इसीलिए वह हमें छोड़कर चला गया था - तुम्हारा पीछा करने के लिए!' किंग्सले ने कहा। 'मुझे समझ में नहीं आया था कि वह ग़ायब क्यों हुआ। लेकिन उसने निशाना क्यों बदल दिया?'

'हैरी ने स्टैन शनपाइक पर थोड़ी ज़्यादा दया दिखा दी थी,' ल्यूपिन ने कहा।

'स्टैन?' हर्माइनी बोली। 'लेकिन मुझे तो लगता था कि वह अज़्काबान में है?'

किंग्सले रूखी हँसी हँसा।

'हर्माइनी, अज़्काबान से क़ैदी बड़ी संख्या में भाग चुके हैं और मंत्रालय ने इस बात को गोपनीय रखा है। मेरे शाप देते समय ट्रैवर्स का नक़ाब गिर गया था। उसे भी अज़्काबान के भीतर होना चाहिए था। लेकिन तुम्हें क्या हुआ, रीमस? जॉर्ज कहाँ है?'

'उसका एक कान चला गया,' ल्यूपिन ने कहा।

'कान?' हर्माइनी ने ऊँची आवाज़ में दोहराया।

'स्नेप का काम था,' ल्यूपिन ने कहा।

'स्नेप ?' हैरी चिल्लाया। 'आपने बताया नहीं –'

'हमारा पीछा करते समय उसका नक़ाब उतर गया था। वैसे भी *सेक्टमसेम्परा* स्नेप का पसंदीदा मंत्र है। काश मैं उसे धूल चटा पाता, लेकिन घायल जॉर्ज को झाड़ू पर बैठाए रखने में बहुत मुश्किल हो रही थी। बहुत तेज़ी से ख़ून बह रहा था।'

उन चारों के बीच ख़ामोशी छा गई, जब उन्होंने आसमान की तरफ़ देखा। किसी तरह की कोई हलचल नहीं दिख रही थी। उदासीन सितारे टिमटिमा रहे थे। सितारों के नीचे उनके उड़ते दोस्त नज़र नहीं आ रहे थे। रॉन कहाँ था? फ़्रेड और मिस्टर वीज़्ली कहाँ थे? बिल, फ़्लर, टौंक्स, बावरे-नैन और मंडंगस कहाँ थे?

'हैरी, अपना हाथ देना!' हैग्रिड ने दरवाज़े से भर्राई आवाज़ में कहा, जिसमें वह एक बार फिर फँस गया था। हैरी को ख़ुशी हुई कि उसे करने के लिए कोई काम मिल गया। हैग्रिड को आज़ाद करके वह ख़ाली किचन से होते हुए सिटिंग रूम में गया, जहाँ मिसेज़ वीज़्ली और जिनी अब भी जॉर्ज की देखभाल कर रही थीं। मिसेज़ वीज़्ली ने अब उसका ख़ून बहना रोक दिया था। लैंप की रोशनी में हैरी ने जॉर्ज के कान की जगह पर साफ़ खुला छेद देखा।

'वह कैसा है?'

मिसेज़ वीज़्ली ने मुड़कर देखा और कहा, 'मैं इसे दोबारा नहीं उगा सकती, क्योंकि इसे शैतानी जादू से काटा गया है। लेकिन इससे भी बुरा हो सकता था ... कम से कम वह ज़िंदा तो है।'

'हाँ,' हैरी ने कहा। 'भगवान का शुक्र है।'

'मुझे अहाते में किसी की आवाज़ सुनाई दी थी,' जिनी ने कहा।

'हर्माइनी और किंग्सले आ चुके हैं,' हैरी ने कहा।

'भगवान का शुक्र है,' जिनी ने फुसफुसाकर कहा। उन्होंने एक-दूसरे की तरफ़ देखा। हैरी जिनी को गले लगाना चाहता था। उसे मिसेज़ वीज़्ली के वहाँ होने की ज़्यादा परवाह नहीं थी, लेकिन इससे पहले कि वह अपने मन में आई इस भावना पर अमल कर पाता, किचन की तरफ़ से ज़ोरदार धमाके की आवाज़ आई।

'किंग्सले, मैं अपनी असलियत साबित कर दूँगा, लेकिन अपने बेटे को देखने के बाद। अब तुम पीछे हट जाओ, वरना तुम्हारे लिए अच्छा नहीं

होगा!'

हैरी ने पहले कभी मिस्टर वीज़्ली को इस तरह चिल्लाते हुए नहीं सुना था। वे लिविंग रूम में धड़धड़ाते हुए आए। उनके गंजे सिर पर पसीना चमक रहा था, उनका चश्मा तिरछा था और फ्रेड उनके ठीक पीछे था। दोनों के ही चेहरे पीले थे, लेकिन वे सही-सलामत थे।

'आर्थर!' मिसेज़ वीज़्ली सुबकीं। 'ओह, भगवान का शुक्र है!'

'वह कैसा है?'

मिस्टर वीज़्ली जॉर्ज के पास घुटनों के बल बैठ गए। हैरी ने पहली बार फ्रेड को शब्दों के लिए संघर्ष करते देखा। उसने सोफ़े के पीछे से अपने जुड़वाँ भाई के घाव को देखा, जैसे उसे अपनी आँखों पर यक़ीन नहीं हो रहा हो।

फ्रेड और मिस्टर वीज़्ली के आने की आवाज़ों से जागकर जॉर्ज थोड़ा हिला।

'कैसा लग रहा है, जॉर्ज?' मिसेज़ वीज़्ली ने फुसफुसाकर पूछा।

जॉर्ज की उँगलियाँ अपने सिर के एक तरफ़ कुछ टटोलने लगीं।

'संत जैसा,' वह बुदबुदाया।

'उसके साथ क्या गड़बड़ है?' फ्रेड ने दहशत में आते हुए पूछा। 'क्या उसके दिमाग़ पर असर हुआ है?'

'संत जैसा,' जॉर्ज ने आँखें खोलकर अपने भाई को देखते हुए कहा। 'देखो ... मैं छिद्रान्वेषी हूँ। *छिद्र*, फ्रेड, समझ गए?'

मिसेज़ वीज़्ली पहले से ज़्यादा तेज़ी से सुबकने लगीं। फ्रेड के पीले चेहरे पर रंगों की बाढ़ आ गई।

'बकवास,' उसने जॉर्ज से कहा। 'बकवास! जब तुम्हारे सामने कान संबंधी हास्य का पूरा भंडार था, तब भी तुमने *छिद्रान्वेषी* को चुना?'

'ओह ठीक है,' जॉर्ज ने अपनी आँसुओं में डूबी माँ से मुस्कराते हुए कहा। 'ख़ैर मम्मी, अब तो आप हम लोगों में फ़र्क़ कर सकेंगी।'

उसने चारों तरफ़ देखा।

'हाय हैरी - तुम हैरी हो, है ना?'

'हाँ,' हैरी ने सोफ़े के क़रीब पहुँचते हुए कहा।

'देखो, कम से कम हम तुम्हें मंज़िल तक सही-सलामत लाने में

कामयाब हो गए,' जॉर्ज ने कहा। 'रॉन और बिल मेरे आस-पास क्यों नहीं हैं ?'

'वे लोग अब तक लौटे नहीं हैं, जॉर्ज,' मिसेज़ वीज़्ली ने कहा। जॉर्ज की मुस्कान ग़ायब हो गई। हैरी ने जिनी की तरफ़ देखा और इशारे से बाहर बुलाया। किचन से गुज़रते समय जिनी धीमी आवाज़ में बोली, 'रॉन और टौंक्स को अब तक आ जाना चाहिए था। उन्हें ज़्यादा लंबी यात्रा नहीं करनी थी। मुरियल आंटी का घर यहाँ से ज़्यादा दूर नहीं है।'

हैरी कुछ नहीं बोला। रॉन के घर पहुँचने के बाद से वह डर को ख़ुद से दूर रखने की कोशिश कर रहा था, लेकिन अब यह उस पर हावी हो गया, उसकी चमड़ी पर रेंगने लगा, उसके सीने में धड़कने लगा, उसके गले को जकड़ने लगा। जब हैरी जिनी के साथ अँधेरे में डूबे अहाते की सीढ़ियाँ उतरने लगा, तो जिनी ने उसका हाथ पकड़ लिया।

किंग्सले इधर से उधर चहलक़दमी कर रहा था और मुड़ते समय हर बार आसमान की तरफ़ देख रहा था। हैरी को लिविंग रूम में वरनॉन अंकल की चहलक़दमी याद आ गई, जो अब जैसे दस लाख साल पहले की बात लग रही थी। हैग्रिड, हर्माइनी और ल्यूपिन ख़ामोशी में ऊपर देख रहे थे। जब उनकी ख़ामोश टोह में हैरी और जिनी शामिल हो गए, तो उनमें से किसी ने भी मुड़कर नहीं देखा।

मिनट खिंचकर जैसे बरसों की तरह लंबे हो गए थे। हवा की हल्की सी सरसराहट सुनकर भी वे सभी उछल पड़ते थे और सरसराती झाड़ी या पेड़ की तरफ़ इस उम्मीद में मुड़ जाते थे कि शायद मायापंछी के समूह का कोई सदस्य उसकी पत्तियों के बीच से कूदकर प्रकट हो सकता है –

और फिर उन्हें ऊपर एक झाड़ू दिखी, जो ज़मीन की तरफ़ आने लगी –

'वही हैं!' हर्माइनी चीख़ी।

टौंक्स ज़मीन पर आने के बाद थोड़ी दूर तक फिसली, जिससे हर तरफ़ धूल और कंकड़ उड़ने लगे।

'रीमस!' टौंक्स चिल्लाई, जब वह झाड़ू से सीधी ल्यूपिन की बाँहों में कूदी। ल्यूपिन का चेहरा सख़्त और सफ़ेद था; ऐसा लग रहा था, जैसे उनकी बोलती बंद हो गई हो। रॉन हैरी और हर्माइनी की तरफ़ अंधों की तरह चलने लगा।

'तुम **ठीक** हो,' वह बुदबुदाया, जब हर्माइनी ने उस पर छलाँग लगा

दी और उसे कसकर गले लगा लिया।

'मुझे लगा था – मुझे लगा था –'

'मैं ठीक हूँ,' रॉन ने उसकी पीठ थपथपाते हुए कहा। 'मैं ठीक हूँ।'

'रॉन ने बढ़िया काम किया,' टौंक्स ने ल्यूपिन को छोड़ते हुए उत्साह से कहा। 'अद्भुत। उसने एक प्राणभक्षी को स्तब्ध कर दिया, सीधे सिर पर मंत्र मारा। झाड़ू पर उड़ने वाले आदमी पर निशाना लगाना बहुत बड़ी बात है –'

'तुमने ऐसा कर दिया?' हर्माइनी ने कहा। वह रॉन के गले में बाँहें डालकर उसे निहार रही थी।

'हमेशा हैरानी का अंदाज़ रहता है,' रॉन ने थोड़ा चिढ़कर कहा और ख़ुद को आज़ाद कर लिया। 'क्या हम सबसे आख़िर में आए हैं?'

'नहीं,' जिनी ने कहा, 'हम लोग अब भी बिल, फ़्लर, बावरे-नैन और मंडंगस का इंतज़ार कर रहे हैं। रॉन, मैं मम्मी-डैडी को बताकर आती हूँ कि तुम सही-सलामत आ गए हो –'

वह भागकर अंदर चली गई।

'तुम कहाँ रह गई थीं? क्या हुआ था?' ल्यूपिन टौंक्स पर लगभग ग़ुस्सा होते हुए बोले।

'बेलाट्रिक्स,' टौंक्स बोली। 'रीमस, वह मुझे भी मारने के लिए उतनी ही बेताब थी, जितनी कि हैरी को। उसने मुझे मारने की बहुत कोशिश की। काश मैं उसे ख़त्म कर पाती, मेरे मन में उसे मारने की हसरत थी। लेकिन हमने निश्चित रूप से रोडोल्फ़स को घायल कर दिया ... फिर हम रॉन की मुरियल आंटी के घर पहुँच गए। हमारी आवागमन कुंजी छूट गई और उन्होंने बड़बड़ करके हमें देर करा दी –'

ल्यूपिन के जबड़े की एक मांसपेशी फड़क रही थी। उन्होंने सिर हिलाया, लेकिन कुछ कहा नहीं।

'तुम लोगों के साथ क्या हुआ?' टौंक्स ने हैरी, हर्माइनी और किंग्सले की ओर मुड़ते हुए पूछा।

उन्होंने अपनी यात्राओं का हाल सुनाया, लेकिन पूरे समय बिल, फ़्लर, बावरे-नैन और मंडंगस की अनुपस्थिति कोहरे की तरह हावी रही। इसकी बर्फ़ीली चुभन इतनी पैनी थी कि इसे नज़रअंदाज़ नहीं किया जा सकता था।

'मुझे डाउनिंग स्ट्रीट लौटना होगा। मुझे एक घंटे पहले ही प्रधानमंत्री के पास पहुँच जाना चाहिए था,' किंग्सले ने आसमान में आख़िरी बार नज़र दौड़ाते हुए कहा। 'उन लोगों के लौटने पर मुझे ख़बर कर देना।'

ल्यूपिन ने सिर हिलाया। बाक़ियों की तरफ़ हाथ हिलाकर किंग्सले अँधेरे में गेट की तरफ़ चल दिया। जब किंग्सले रॉन के घर की सीमा के बाहर निकलकर अंतर्ध्यान हुआ, तो हैरी को *खट्ट* की हल्की सी आवाज़ सुनाई दी।

मिस्टर और मिसेज़ वीज़्ली पीछे की सीढ़ियों से दौड़ते हुए नीचे आए। जिनी उनके पीछे थी। मिस्टर और मिसेज़ वीज़्ली ने रॉन को गले लगाया और फिर ल्यूपिन तथा टौंक्स की ओर मुड़े।

'हमारे बेटों को सही-सलामत लाने के लिए धन्यवाद,' मिसेज़ वीज़्ली बोलीं।

टौंक्स ने तत्काल जवाब दिया, 'बेवकूफ़ों जैसी बातें मत करो, मॉली।'

'जॉर्ज कैसा है ?' ल्यूपिन ने पूछा।

'उसे क्या हुआ है ?' रॉन ने पूछा।

'उसका -'

लेकिन मिसेज़ वीज़्ली का वाक्य शोर में ग़ुम हो गया। एक थेस्ट्रॉल उनसे कुछ फ़ुट दूर उतर गया था। बिल और फ़्लर इसकी पीठ से फिसले। उनके बाल बिखरे हुए थे, लेकिन वे घायल नहीं थे।

'बिल! भगवान का शुक्र है, भगवान का शुक्र है -'

मिसेज़ वीज़्ली आगे की तरफ़ भागीं, लेकिन बिल ने उन्हें बस ज़रा सा गले लगाया, फिर अपने पिता की ओर सीधे देखते हुए बोला, 'बावरे-नैन मारे गए।'

कोई कुछ नहीं बोला, कोई हिला तक नहीं। हैरी को महसूस हुआ कि उसके भीतर कोई चीज़ गिर रही थी, ज़मीन के नीचे जा रही थी, उसे हमेशा के लिए छोड़कर जा रही थी।

'हमने देखा था,' बिल ने कहा। फ़्लर ने सिर हिलाया। किचन की खिड़की से आती रोशनी में उसके गालों पर आँसुओं के निशान साफ़ दिख रहे थे। 'जब हम घेरा तोड़कर बाहर निकले, उसके ठीक बाद ही यह हुआ था : बावरे-नैन और मंडंगस हमारे क़रीब थे। हम भी उत्तर दिशा में जा रहे

थे। वोल्डेमॉर्ट उड़ सकता है। वह सीधे उनकी तरफ़ लपका। मंडंगस दहशत में आ गया। मैंने उसकी चीख़ सुनी। बावरे-नैन ने उसे रोकने की कोशिश की, लेकिन वह अंतर्ध्यान हो गया। वोल्डेमॉर्ट का शाप सीधे बावरे-नैन के चेहरे पर पड़ा। वे अपनी झाड़ू पर से पीछे की तरफ़ गिर गए और - हम कुछ भी नहीं कर सकते थे, कुछ भी नहीं, आधा दर्जन प्राणभक्षी हमारे पीछे पड़े थे -'

बिल की आवाज़ टूट गई।

'ज़ाहिर है, तुम लोग कुछ नहीं कर सकते थे,' ल्यूपिन ने कहा।

वे सभी एक-दूसरे की तरफ़ देखते हुए खड़े रहे। हैरी को यह बात पूरी तरह समझ नहीं आई। बावरे-नैन मर गए; यह नहीं हो सकता ... बावरे-नैन, इतने सख़्तजान, इतने बहादुर, इतने कुशल योद्धा ...

हालाँकि किसी ने यह कहा नहीं, लेकिन आख़िरकार हर एक को समझ में आ गया कि अब अहाते में इंतज़ार करने का कोई मतलब नहीं है। ख़ामोशी से वे मिस्टर और मिसेज वीज़्ली के पीछे-पीछे घर की तरफ़ चल दिए। वे लिविंग रूम में पहुँचे, जहाँ फ़्रेड और जॉर्ज हँस रहे थे।

दाख़िल होते समय उनके चेहरे देखकर फ़्रेड ने पूछा, 'क्या गड़बड़ हो गई ? क्या हुआ ? कौन - ?'

'बावरे-नैन,' मिस्टर वीज़्ली ने कहा। 'मर गए।'

जुड़वाँ भाइयों की मुस्कान सदमे भरी खिसियाहट में बदल गई। किसी को भी पता नहीं था कि क्या करना है। टौंक्स ख़ामोशी से रूमाल में मुँह छिपाकर रो रही थी : हैरी जानता था, वह बावरे-नैन के क़रीब थी, जादू मंत्रालय में उनकी प्रिय शिष्या। हैग्रिड एक कोने में फ़र्श पर बैठा था, जहाँ उसके पास पर्याप्त जगह थी। वह टेबलक्लॉथ जितने बड़े रूमाल से अपनी आँखें पोंछ रहा था।

बिल ने साइडबोर्ड तक जाकर फ़ायरव्हिस्की की बोतल और कुछ गिलास निकाले।

'यह लो,' उसने अपनी छड़ी लहराकर बारह भरे गिलास कमरे में हर एक की तरफ़ उड़ाकर भेजे, फिर तेरहवें गिलास को ख़ुद उठाकर कहा। 'बावरे-नैन के नाम।'

'बावरे-नैन,' उन सबने कहा और पी गए।

'बावरे-नैन,' हैग्रिड ने हिचकी लेते हुए कहा।

फ़ायरव्हिस्की से हैरी का गला जलने लगा। इसकी जलन से वह होश में आ गया और अवास्तविकता का सुन्न एहसास दूर हो गया। उसके भीतर साहस जैसी कोई चीज़ आग की तरह सुलगने लगी।

'तो मंडंगस भाग खड़ा हुआ?' ल्यूपिन ने कहा, जिन्होंने अपना गिलास एक साँस में ख़त्म कर दिया था।

माहौल तत्काल बदल गया। हर कोई तनाव भरे अंदाज़ में ल्यूपिन को देख रहा था। हैरी को लगा कि सभी उनकी बात सुनना तो चाहते थे, लेकिन साथ ही थोड़े डरे हुए भी थे कि वे जाने क्या कहेंगे।

'मैं जानता हूँ, तुम क्या सोच रहे हो,' बिल ने कहा, 'और यहाँ आते समय पूरे रास्ते मैं भी यही बात सोच रहा था। वे हमारी घात में बैठे थे, है ना? लेकिन मंडंगस हमें धोखा नहीं दे सकता था। प्राणभक्षियों को यह मालूम नहीं था कि सात हैरी होंगे। इससे वे दुविधा में पड़ गए थे और मैं आपको याद दिला दूँ कि मंडंगस ने ही सात हैरी वाला सुझाव दिया था। उसने उन्हें यह महत्वपूर्ण बात क्यों नहीं बताई? मुझे लगता है, बात सिर्फ़ यह थी कि मंडंगस दहशत में आ गया था। वह तो इसमें शामिल भी नहीं होना चाहता था, लेकिन बावरे-नैन ने उसे मजबूर किया था और तुम-जानते-हो-कौन सबसे पहले उन्हीं पर लपका था : इससे कोई भी दहशत में आ जाता।'

'तुम-जानते-हो-कौन ने ठीक वही किया, जिसकी बावरे-नैन को उम्मीद थी,' टौंक्स ने कहा। 'बावरे-नैन ने कहा था कि तुम-जानते-हो-कौन को असली हैरी के सबसे अनुभवी, सबसे कुशल ऑरर्स के साथ होने की उम्मीद होगी। उसने सबसे पहले बावरे-नैन का पीछा किया और जब मंडंगस ने भांडा फोड़ दिया, तो वह किंग्सले की तरफ़ लपका ...'

'हाँ, यह बहुत अच्छा हुआ,' फ़्लर ने कहा, 'लेकिन इससे यह पता नहीं चलता है कि उन्हें यह कैसे मालूम था कि हम आज रात को ही हैरी को हटाने वाले हैं, है ना? किसी न किसी से तो लापरवाही हुई है। किसी के मुँह से बाहरी व्यक्ति के सामने तारीख़ निकल गई होगी। इस तरह उन्हें तारीख़ तो पता चल गई, लेकिन पूरी योजना पता नहीं चल पाई।'

उसने उन सभी को ग़ुस्से से घूरा। उसके सुंदर चेहरे पर अब भी आँसुओं के निशान नज़र आ रहे थे। वह इस मुद्रा में थी कि कोई उसकी बात काटकर तो देखे। किसी ने भी ऐसा नहीं किया। ख़ामोशी को तोड़ने वाली इकलौती आवाज़ हैग्रिड की थी, जो अपने रूमाल के पीछे हिचकियाँ

ले रहा था। हैरी ने हैग्रिड की तरफ़ देखा, जिसने हैरी की जान बचाने के लिए अभी-अभी अपनी जान जोखिम में डाली थी – हैग्रिड, जिससे वह प्यार करता था, जिस पर वह भरोसा करता था, जिसे वोल्डेमॉर्ट ने एक बार चकमा देकर ड्रैगन के अंडे के बदले में उससे महत्वपूर्ण जानकारी निकलवा ली थी ...

'नहीं,' हैरी ने ज़ोर से कहा और सभी उसे हैरानी से देखने लगे। लगता था, फ़ायरव्हिस्की पीने के बाद उसकी आवाज़ तेज़ हो गई थी। 'मेरा मतलब है ... अगर किसी से ग़लती हो भी गई हो,' हैरी ने आगे कहा, 'और उसके मुँह से कुछ निकल भी गया हो, तो मैं जानता हूँ कि उसका ऐसा करने का कोई इरादा नहीं था। इसमें उसकी कोई ग़लती नहीं है,' उसने सामान्य से ज़्यादा ऊँची आवाज़ में बोलना जारी रखा। 'हमें एक-दूसरे पर भरोसा करना होगा। मुझे आप सभी पर भरोसा है। मुझे नहीं लगता कि इस कमरे में मौजूद कोई भी व्यक्ति मुझे कभी वोल्डेमॉर्ट को बेचेगा।'

उसके शब्दों से एक बार फिर ख़ामोशी छा गई। सभी उसकी तरफ़ देख रहे थे। हैरी को एक बार फिर गर्मी का एहसास हुआ। सिर्फ़ कुछ करने के लिए उसने थोड़ी फ़ायरव्हिस्की और पी ली। उसे पीते-पीते उसने बावरे-नैन के बारे में सोचा। बावरे-नैन हमेशा डम्बलडोर की लोगों पर भरोसा करने की आदत का मज़ाक़ उड़ाते थे।

'बहुत बढ़िया बात कही, हैरी,' फ़्रेड ने अप्रत्याशित रूप से कहा।

'वाह, वाह,' जॉर्ज ने फ़्रेड की तरफ़ देखते हुए कहा, जिसके मुँह का कोना थिरका।

ल्यूपिन ने अजीब भाव से हैरी की तरफ़ देखा। यह दया से मिलता-जुलता भाव था।

'आपको लगता है, मैं मूर्ख हूँ ?' हैरी ने पूछा।

'नहीं, मुझे लगता है कि तुम जेम्स जैसे हो,' ल्यूपिन ने कहा, 'जिसे अपने दोस्तों पर अविश्वास करना सबसे बड़ा अपमान लगता था।'

हैरी जानता था कि ल्यूपिन क्या कहना चाहते हैं : यही कि उसके पिता के दोस्त पीटर पेटिग्रू ने उनके साथ गद्दारी की थी। जाने क्यों उसे ग़ुस्सा आने लगा। वह बहस करना चाहता था, लेकिन ल्यूपिन मुड़कर उससे दूर चल दिए और अपना गिलास बग़ल वाली टेबल पर रखकर बिल से बोले, 'एक काम करना है। मैं किंग्सले से पूछता हूँ कि क्या –'

'नहीं,' बिल ने तत्काल कहा, 'वह काम मैं करूँगा। मैं साथ चलता हूँ।'

'तुम लोग कहाँ जा रहे हो?' टौंक्स और फ़्लर ने एक साथ पूछा।

'बावरे-नैन की लाश,' ल्यूपिन ने कहा। 'हमें उसे ढूँढ़ना होगा।'

'क्या यह काम – ?' मिसेज़ वीज़्ली ने कहना शुरू किया और बिल को आग्रह भरी नज़रों से देखा।

'बाद में नहीं हो सकता?' बिल ने उनकी बात को पूरा करते हुए कहा। 'नहीं, जब तक कि आप यह न चाहें कि प्राणभक्षी उनकी लाश पर क़ब्ज़ा कर लें?'

कोई कुछ नहीं बोला। ल्यूपिन और बिल चले गए।

बाक़ी सभी अब कुर्सियों पर बैठ गए। सिर्फ़ हैरी खड़ा रहा। अचानक हुई मौत जैसे उनके बीच मौजूद थी।

हैरी ने कहा, 'मुझे भी जाना है।'

दस जोड़ी हैरान आँखें उसे देखने लगीं।

'बेवकूफ़ मत बनो, हैरी,' मिसेज़ वीज़्ली बोलीं। 'तुम यह क्या कह रहे हो?'

'मैं यहाँ नहीं रुक सकता।'

उसने अपना माथा मला। यह दोबारा दुखने लगा था। उसे इतना दर्द एक साल से नहीं हुआ था।

'जब तक मैं यहाँ रहूँगा, आप सभी ख़तरे में रहेंगे। मैं नहीं चाहता –'

'इतने बेवकूफ़ मत बनो!' मिसेज़ वीज़्ली ने कहा। 'आज रात की सारी जद्दोजेहद का मक़सद तुम्हें यहाँ सुरक्षित लाना था और ईश्वर का शुक्र है कि हम इसमें कामयाब हो गए। और फ़्लर भी फ्रांस के बजाय यहीं शादी करने के लिए तैयार हो गई है। हमने सारा इंतज़ाम कर लिया है, ताकि हम सभी एक साथ रह सकें और तुम्हारी देखभाल कर सकें –'

वे समझ नहीं रही थीं। वे इसे बेहतर नहीं, बदतर बना रही थीं।

'अगर वोल्डेमॉर्ट को पता चल गया कि मैं यहाँ हूँ –'

'लेकिन उसे कैसे पता चलेगा?' मिसेज़ वीज़्ली ने पूछा।

'हैरी, इस वक़्त तुम एक दर्जन जगहों में से कहीं पर भी हो सकते हो,' मिस्टर वीज़्ली ने कहा। 'उसे किसी तरह यह पता चल ही नहीं सकता

कि तुम किस सुरक्षित घर में हो।'

'मुझे अपनी चिंता नहीं है!' हैरी ने कहा।

'हम जानते हैं,' मिस्टर वीज़्ली ने धीरे से कहा, 'लेकिन अगर तुम यहाँ से चले गए, तो आज रात के हमारे सारे किए-धरे पर पानी फिर जाएगा।'

'तुम कहीं नहीं जा रहे हो,' हैग्रिड गुर्राया। 'हे भगवान, हैरी, हम सबने तुम्हें यहाँ लाने के लिए इतना कुछ किया, इसके बाद तुम ऐसा सोच भी कैसे सकते हो?'

'हाँ, और मेरे ग़ायब कान का बलिदान?' जॉर्ज ने तकिए से उठते हुए कहा।

'मैं जानता हूँ -'

'बावरे-नैन यह नहीं चाहते -'

'मैं जानता हूँ!' हैरी चिंघाड़ा।

वह बुरी तरह फँसा हुआ महसूस कर रहा था : क्या वह यह नहीं जानता था कि उन्होंने उसके लिए कितना कुछ किया है। क्या ये लोग यह नहीं समझते हैं कि इसी कारण तो वह जाना चाहता था, ताकि उन्हें उसके कारण आगे कष्ट न उठाना पड़े? एक लंबी और अजीब ख़ामोशी छाई रही, जिस दौरान उसका निशान दुखता और टीस मारता रहा। आख़िरकार मिसेज़ वीज़्ली ने ख़ामोशी तोड़ी।

'हैरी, हेडविग कहाँ है?' उन्होंने उसे मनाते हुए पूछा। 'हम उसे पिगविजियन के साथ रख देते हैं और कुछ खाने को दे देते हैं।'

उसके अंदर मरोड़ सी उठने लगी। वह उन्हें सच्चाई नहीं बता सकता था। जवाब देने से बचने के लिए वह अपनी बची हुई फ़ायरव्हिस्की एक ही घूँट में पी गया।

'तब तक ठहरो, जब तक लोगों को यह पता न चल जाए कि तुमने यह काम एक बार फिर कर दिया है, हैरी,' हैग्रिड बोला। 'उससे बच निकले और उससे लड़े, जबकि वह ठीक तुम्हारे ऊपर था!'

'इसमें मेरा कोई कमाल नहीं था,' हैरी ने सपाट अंदाज़ में कहा। 'वह तो मेरी छड़ी का कमाल था। मेरी छड़ी ने अपने आप यह काम किया था।'

कुछ पल बाद हर्माइनी धीरे से बोली, 'लेकिन यह संभव नहीं है,

हैरी। शायद तुम्हारा मतलब यह है कि तुमने अनजाने में जादू कर दिया, तुमने सहज बुद्धि से प्रतिक्रिया की।'

'नहीं,' हैरी ने कहा। 'मोटरसाइकल गिर रही थी। मैं नहीं जानता था कि वोल्डेमॉर्ट कहाँ है, लेकिन मेरी छड़ी मेरे हाथ में घूमी और उसे खोजकर उसकी तरफ़ एक मंत्र मारा और उस मंत्र को तो मैं जानता तक नहीं था। मैंने पहले कभी सुनहरी लपटें नहीं निकाली हैं।'

मिस्टर वीज़्ली बोले, 'अक्सर जब कोई तनावपूर्ण स्थिति में होता है, तो वह बिना जाने ही जादू कर सकता है। छोटे बच्चे अक्सर जादू का प्रशिक्षण मिलने से पहले ऐसा करते रहते हैं -'

'यह बात नहीं थी,' हैरी ने दाँत भींचकर कहा। उसका निशान जल रहा था। वह नाराज़ और कुंठित था। वह उनके इस विचार से चिढ़ रहा था कि उसमें वोल्डेमॉर्ट जितनी शक्ति है।

किसी ने कुछ नहीं कहा। वह जानता था कि उन्हें उसकी बात पर यक़ीन नहीं था। वैसे जब वह इस बारे में सोचने लगा, तो उसने भी कभी किसी छड़ी के बारे में नहीं सुना था, जो अपने आप जादू करती हो।

उसका निशान दर्द से फटने लगा। वह कराहने से बचने के लिए जूझने लगा। ताज़ी हवा के बारे में बुदबुदाते हुए उसने अपना गिलास नीचे रखा और कमरे से बाहर निकल गया।

जब उसने अँधेरे अहाते को पार किया, तो विशाल कंकाल जैसे थेस्ट्रॉल ने ऊपर देखा, अपने विशाल चमगादड़ जैसे पंख हिलाए, फिर दोबारा चरने लगा। हैरी बगीचे के गेट पर जाकर रुक गया और इसके ज़रूरत से ज़्यादा बढ़ चुके पौधों को घूरने लगा। वह अपने टीस मारते माथे को मल रहा था और डम्बलडोर के बारे में सोच रहा था।

वह जानता था कि डम्बलडोर उसकी बात पर ज़रूर भरोसा करते। डम्बलडोर को यह पता होता कि हैरी की छड़ी ने अपने आप क्यों और कैसे काम किया था। डम्बलडोर के पास हमेशा जवाब रहते थे। वे छड़ियों के बारे में जानते थे। उन्होंने हैरी को उसकी और वोल्डेमॉर्ट की छड़ी के बीच के अजीब संबंध के बारे में बताया था ... लेकिन बावरे-नैन, सिरियस, उसके माता-पिता, उसकी उल्लू की तरह ही डम्बलडोर भी वहाँ पहुँच चुके थे, जहाँ हैरी उनसे दोबारा कभी बात नहीं कर सकता था। हैरी को गले में जलन का एहसास हुआ, जिसका फ़ायरव्हिस्की से कोई लेना-देना नहीं था ...

और फिर, अचानक उसके माथे का दर्द बहुत तेज़ हो गया। जब

उसने अपना माथा पकड़ा और आँखें बंद कीं, तो उसके दिमाग़ के भीतर एक आवाज़ चिल्लाई।

'तुमने मुझसे कहा था कि किसी दूसरे की छड़ी के इस्तेमाल से समस्या सुलझ जाएगी!'

उसके दिमाग़ में एक दुबले बूढ़े आदमी की छवि आई, जो पत्थर के फ़र्श पर चिथड़ों में पड़ा था और भयंकर ढंग से चीख़ रहा था, असहनीय दर्द की चीख़ ...

'नहीं! नहीं! मैं दया की भीख माँगता हूँ, मैं दया की भीख माँगता हूँ ...'

'ऑलिवैन्डर, तुमने लॉर्ड वोल्डेमॉर्ट से झूठ बोला!'

'नहीं, मैंने झूठ नहीं बोला था ... क़सम खाता हूँ, मैंने झूठ नहीं बोला था ...'

'तुम पॉटर की मदद करना चाहते थे, तुम उसे मुझसे बचाना चाहते थे!'

'मैं क़सम खाता हूँ, मैं ऐसा नहीं चाहता था ... मुझे यक़ीन था कि दूसरी छड़ी से काम बन जाएगा ...'

'तो बताओ, क्या हुआ। लूसियस की छड़ी टूट क्यों गई?'

'मुझे कुछ समझ में नहीं आ रहा है ... संबंध ... सिर्फ़ ... आप दोनों की छड़ियों के बीच है ...'

'झूठ!'

'मेहरबानी करें ... रहम करें ...'

हैरी ने सफ़ेद हाथ को छड़ी उठाते देखा और वोल्डेमॉर्ट के ग़ुस्से के तूफ़ान को महसूस किया। उसने कमज़ोर बूढ़े आदमी को फ़र्श पर तड़पते हुए देखा –

'हैरी?'

यह जितनी जल्दी शुरू हुआ था, उतनी ही जल्दी ख़त्म हो गया। हैरी अँधेरे में काँपता हुआ बगीचे के गेट को पकड़े रहा। उसका दिल सरपट दौड़ रहा था, उसके माथे के निशान में अब भी चुभन हो रही थी। कुछ पल तक उसे एहसास ही नहीं हुआ कि रॉन और हर्माइनी उसके पास आ चुके थे।

'हैरी, अंदर चलो,' हर्माइनी फुसफुसाकर बोली। 'तुम यहाँ से जाने

के बारे में अब भी तो नहीं सोच रहे हो?'

'देखो दोस्त, तुम्हें रुकना होगा,' रॉन ने हैरी की पीठ थपथपाते हुए कहा।

'तुम ठीक तो हो?' हर्माइनी ने पूछा, जो अब इतनी क़रीब आ गई थी कि हैरी के चेहरे को देख सकती थी। 'तुम भयंकर दिख रहे हो!'

हैरी ने काँपती आवाज़ में कहा, 'मेरी हालत शायद ऑलिवैन्डर से ज़्यादा अच्छी है ...'

जब उसने उन लोगों को बताया कि उसने क्या देखा था, तो रॉन सदमे में और हर्माइनी दहशत में आ गई।

'लेकिन यह तो बंद हो जाना चाहिए था! तुम्हारा निशान - इसे तो अब नहीं दुखना चाहिए था! तुम्हें उस संबंध को दोबारा खुलने नहीं देना चाहिए - डम्बलडोर चाहते थे कि तुम अपना दिमाग़ बंद कर लो!'

जब उसने जवाब नहीं दिया, तो हर्माइनी ने उसकी बाँह थाम ली।

'हैरी, वह मंत्रालय, अख़बारों और आधी जादूगर दुनिया पर क़ब्ज़ा जमा रहा है! उसे अपने दिमाग़ पर क़ब्ज़ा मत जमाने दो!'

अध्याय छह

पाजामे वाला पिशाच

बावरे-नैन की मौत का सदमा आने वाले कई दिनों तक पूरे घर पर छाया रहा। हैरी को अब भी उम्मीद थी कि वे भी ठक-ठक करते हुए उसी तरह पीछे वाले दरवाज़े से चले आएँगे, जिस तरह मायापंछी के समूह के बाक़ी सदस्य ख़बरें देने-लेने आते थे। हैरी को यह एहसास हुआ कि काम के अलावा कोई चीज़ अपराधबोध और दुख की उसकी भावनाओं पर मरहम नहीं लगा सकती। वह जानता था कि उसे अब होरक्रक्स खोजने और उन्हें नष्ट करने के अपने लक्ष्य की ओर जल्दी से जल्दी कूच करना चाहिए।

रॉन ने *होरक्रक्सों* शब्द को बिना आवाज़ किए मुँह से बोलते हुए आगे कहा, '- के बारे में तुम सत्रह साल का होने तक कुछ नहीं कर सकते। तुम्हारे ऊपर अब भी स्थितिसूचक सम्मोहन है। जहाँ तक योजना बनाने का सवाल है, यह जगह भी हमारे लिए किसी दूसरी जगह जितनी ही अच्छी है, है ना?' उसने अपनी आवाज़ फुसफुसाहट में बदल ली, 'या फिर तुम्हें उनका पता-ठिकाना मालूम है?'

'नहीं,' हैरी ने स्वीकार किया।

'मुझे लगता है कि हर्माइनी इस बारे में थोड़ी छानबीन कर रही है,' रॉन बोला। 'उसने कहा था कि वह तुम्हारे यहाँ आने के बाद इस बारे में बताएगी।'

वे नाश्ते की टेबल पर बैठे थे। मिस्टर वीज़्ली और बिल अभी-अभी ऑफ़िस के लिए निकले थे। मिसेज़ वीज़्ली हर्माइनी और जिनी को जगाने के लिए ऊपर की मंज़िल पर गई थीं, जबकि फ़्लर नहा रही थी।

'स्थितिसूचक सम्मोहन इकतीस तारीख़ को ख़त्म होगा,' हैरी ने

कहा। 'इसका मतलब है कि मुझे यहाँ सिर्फ़ चार दिन और रहना पड़ेगा। फिर मैं –'

'पाँच दिन,' रॉन दृढ़ता से उसकी बात काटते हुए बोला। 'हमें शादी के लिए रुकना पड़ेगा। अगर हम उसमें शामिल नहीं हुए, तो वे दोनों हमारी जान ले लेंगी।'

हैरी समझ गया कि 'वे दोनों' से रॉन का मतलब फ़्लर और मिसेज़ वीज़्ली से था।

जब हैरी विद्रोह के मूड में नज़र आया, तो रॉन बोला, 'एक दिन की ही तो बात है।'

'क्या उन्हें यह एहसास नहीं है कि यह कितना महत्वपूर्ण है – ?'

'ज़ाहिर है, उन्हें नहीं है,' रॉन बोला। 'उन्हें ज़रा भी अंदाज़ा नहीं है। और अब जब इस बात का ज़िक्र छिड़ ही गया है, तो मैं तुमसे इस बारे में एक बात कहना चाहता था।'

रॉन ने हॉल के दरवाज़े की तरफ़ देखकर तसल्ली की कि मिसेज़ वीज़्ली लौट तो नहीं रही हैं, फिर वह हैरी के क़रीब झुक गया।

'मम्मी हर्माइनी और मुझसे उगलवाने की कोशिश कर रही थीं। वे जानना चाहती थीं कि हम क्या करने जा रहे हैं। वे तुम पर भी कोशिश करेंगी, इसलिए तैयार रहना। डैडी और ल्यूपिन ने भी पूछा था, लेकिन जब हमने बताया कि डम्बलडोर ने तुम्हें हमारे सिवाय किसी और को बताने से मना किया है, तो उन्होंने कोशिश छोड़ दी। लेकिन मम्मी ऐसी नहीं हैं। वे तो जैसे ज़िद पकड़ चुकी हैं।'

रॉन की भविष्यवाणी कुछ ही घंटों में सच हो गई। लंच के कुछ ही पहले मिसेज़ वीज़्ली ने हैरी को यह कहकर सबसे अलग बुलाया कि वह एक मोज़े को पहचानने में उनकी मदद करे, जो उनके ख़्याल से उसके बैग में से गिरा था। उसे कपड़े धोने की छोटी जगह के पास घेरने के बाद वे शुरू हो गईं।

'रॉन और हर्माइनी कह रहे थे कि तुम तीनों हॉगवर्ट्स की पढ़ाई छोड़ रहे हो,' उन्होंने हल्के, सामान्य अंदाज़ में कहा।

हैरी बोला, 'ओह हाँ, हम पढ़ाई छोड़ रहे हैं।'

मशीन एक कोने में अपने आप घूमी और मिस्टर वीज़्ली की बनियान निचोड़ने लगी।

'क्या मैं तुमसे पूछ सकती हूँ कि तुम पढ़ाई अधूरी *क्यों* छोड़ रहे हो ?' मिसेज़ वीज़्ली ने पूछा।

'देखिए, डम्बलडोर मेरे लिए ... एक काम छोड़कर गए हैं,' हैरी बुदबुदाया। 'रॉन और हर्माइनी भी इसके बारे में जानते हैं और वे भी मेरे साथ आना चाहते हैं।'

'किस तरह का "काम" ?'

'मुझे अफ़सोस है, लेकिन मैं बता नहीं –'

'देखो सच कहूँ, तो मुझे लगता है कि आर्थर और मुझे जानने का हक़ है। और मुझे यक़ीन है कि मिस्टर व मिसेज़ ग्रेंजर भी इस बात से सहमत होंगे!' मिसेज़ वीज़्ली ने कहा। हैरी को 'अभिभावकों' के संयुक्त हमले का अंदेशा था। उसने कोशिश करके मिसेज़ वीज़्ली से नज़रें मिलाईं। उनकी आँखों का रंग भी जिनी की आँखों की तरह भूरा था। इससे कोई मदद नहीं मिली।

'मिसेज़ वीज़्ली, डम्बलडोर नहीं चाहते थे कि किसी और को इस बारे में पता चले। मुझे अफ़सोस है। वैसे रॉन और हर्माइनी को साथ जाने की ज़रूरत नहीं है, यह उनका फ़ैसला है –'

'मुझे तो लगता है कि *तुम्हारे* जाने की भी ज़रूरत नहीं है!' उन्होंने सारा नाटक छोड़ते हुए तपाक से कहा। 'तुम मुश्किल से सत्रह साल के हो, तुम तीनों ही! यह बिलकुल बकवास है। अगर डम्बलडोर को कोई काम करवाना था, तो मायापंछी का पूरा समूह उनके आदेश का पालन करने के लिए तैयार था! हैरी, तुमने उनकी बात ग़लत समझ ली होगी। शायद वे तुमसे यह कह रहे होंगे कि वे कोई काम करवाना *चाहते हैं* और तुमने ग़लती से यह समझ लिया होगा कि वे वह काम *तुमसे* करवाना चाहते हैं –'

'मुझसे समझने में कोई ग़लती नहीं हुई है,' हैरी ने सपाट अंदाज़ में कह दिया। 'यह काम मुझे ही करना है।'

हैरी ने मिसेज़ वीज़्ली को सुनहरे पैटर्न वाला वह मोज़ा थमा दिया, जिसे पहचानने के बहाने से उन्होंने उसे बुलाया था।

'यह मोज़ा मेरा नहीं है। मैं पडलमियर यूनाइटेड का फ़ैन नहीं हूँ।'

'ओह, ज़ाहिर है नहीं है,' मिसेज़ वीज़्ली अचानक एक बार फिर सामान्य होकर बोलीं। 'मुझे यह बात पता होनी चाहिए थी। अच्छा हैरी, तुम्हें बिल और फ़्लर की शादी की तैयारी में मदद करने में तो कोई दिक्क़त

नहीं होगी, है ना? बहुत सारा काम पड़ा है।'

'नहीं - मैं - ज़ाहिर है नहीं,' हैरी ने कहा, जो अचानक विषय बदलने से चकरा गया था।

'तुम कितने अच्छे हो,' मिसेज़ वीज़्ली ने जवाब दिया और वहाँ से जाते समय मुस्कराईं।

उस पल के बाद से मिसेज़ वीज़्ली ने हैरी, रॉन और हर्माइनी को शादी की तैयारियों में इतना व्यस्त रखा कि उन्हें सोचने का समय भी मुश्किल से मिल पाया। इस व्यवहार का सबसे अच्छा स्पष्टीकरण यह हो सकता था कि मिसेज़ वीज़्ली उन सभी का ध्यान बावरे-नैन और उनकी दहशत भरी यात्रा की तरफ़ से हटाना चाहती थीं। जब दो दिन तक बर्तन साफ़ करने, फूल और रिबन सजाने, बगीचे से बौनों का सफ़ाया करने और ढेर सारा भोजन पकाने में मिसेज़ वीज़्ली की मदद करने का सिलसिला लगातार चलता रहा, तो हैरी को शक होने लगा कि शायद मिसेज़ वीज़्ली का असली मक़सद कुछ और था। वे उन्हें ऐसे काम बताती थीं, ताकि वह, रॉन और हर्माइनी एक-दूसरे से दूर रहें। पहली रात के बाद से उन तीनों को मिलने का मौक़ा नहीं मिला था, जब उसने उन्हें बताया था कि वोल्डेमॉर्ट ऑलिवैन्डर को यातना दे रहा है।

'मेरे ख़्याल से मम्मी सोचती हैं कि अगर वे तुम तीनों को मिलने और योजना बनाने का मौक़ा नहीं देंगी, तो तुम लोगों को यहाँ से जाने में देर करा सकती हैं,' जिनी ने हैरी से धीमे स्वर में कहा, जब हैरी के आने के बाद की तीसरी रात को वे दोनों डिनर की टेबल लगा रहे थे।

'और वे क्या सोचती हैं, इसके बाद क्या होगा?' हैरी बुदबुदाया। 'जब वे हमसे यहाँ घरेलू काम कराएँगी, तब क्या कोई और वोल्डेमॉर्ट को मार डालेगा?'

उसने बिना सोचे-समझे बोल दिया था और उसकी बात सुनकर जिनी का चेहरा सफ़ेद पड़ गया।

'तो यह सच है,' उसने कहा। 'तुम यही करने की कोशिश कर रहे हो?'

'मैं - नहीं - मैं तो मज़ाक़ कर रहा था,' हैरी ने बचते हुए कहा।

उन्होंने एक-दूसरे को घूरा। जिनी के चेहरे पर सदमे के अलावा भी कोई भाव था। अचानक हैरी को एहसास हुआ कि हॉगवर्ट्स के मैदान के वीरान कोनों में उन चुराए हुए घंटों के बाद वह पहली बार जिनी के साथ

अकेला है। उसे यक़ीन था कि जिनी भी वही लम्हे याद कर रही थी। दोनों ही उछल पड़े, जब दरवाज़ा खुला और मिस्टर वीज़्ली, किंग्सले तथा बिल अंदर आए।

समूह के बाक़ी सदस्य भी डिनर पर अक्सर वहाँ आते रहते थे, क्योंकि अब बारह, ग्रिमॉल्ड चौक की जगह रॉन का घर मुख्यालय बन गया था। मिस्टर वीज़्ली ने बताया कि रहस्य-रक्षक डम्बलडोर की मौत के बाद ऐसा करना ज़रूरी था, क्योंकि डम्बलडोर ने जितने भी लोगों को ग्रिमॉल्ड चौक के बारे में बताया था, अब वे सभी रहस्य-रक्षक बन गए थे।

'हम बीस लोग हैं, इसलिए रहस्य-रक्षक सम्मोहन की शक्ति काफ़ी कम हो जाती है। प्राणभक्षियों के लिए किसी से रहस्य उगलवाने की बीस गुनी संभावना है। हम इसके ज़्यादा समय तक गोपनीय रहने की उम्मीद नहीं कर सकते।'

'लेकिन वैसे भी स्नेप ने तो अब तक प्राणभक्षियों को उस जगह का पता बता दिया होगा?' हैरी ने पूछा।

'देखो, बावरे-नैन ने स्नेप के ख़िलाफ़ दो-तीन शाप लगाए थे, ताकि उसे दोबारा वहाँ आने से रोक सकें। उम्मीद है कि वे शाप इतने शक्तिशाली होंगे कि उसे बाहर रख सकें और अगर वह उस जगह के बारे में बोलने की कोशिश करे, तो उसकी जीभ बाँध दें, लेकिन हम इस बारे में यक़ीन से कुछ नहीं कह सकते। उस जगह की सुरक्षा अब कमज़ोर लगती है, इसलिए मुख्यालय के रूप में उसका प्रयोग करना पागलपन होगा।'

उस शाम किचन में इतनी भीड़ थी कि छुरी-काँटे का इस्तेमाल करना भी मुश्किल था। हैरी ने ख़ुद को जिनी के पास बैठा पाया। उनके बीच उभरी अनकही बातों के बाद वह चाहता था कि काश उनके बीच कुछ और लोग होते। उसकी बाँह छूने से बचने की वह इतनी ज़्यादा कोशिश कर रहा था कि चिकन काटने में भी मुश्किल हो रही थी।

'बावरे-नैन के बारे में कोई ख़बर?' हैरी ने बिल से पूछा।

'कोई नहीं,' बिल ने जवाब दिया।

वे लोग मूडी की अंत्येष्टि नहीं कर पाए थे, क्योंकि बिल और ल्यूपिन को मूडी की लाश ही नहीं मिली थी। उनके गिरने की जगह का ठीक-ठीक पता नहीं था, क्योंकि उस वक़्त अँधेरा था और युद्ध की दुविधा भी थी।

'*दैनिक जादूगर* में उनकी मौत या लाश मिलने के बारे में एक शब्द

भी नहीं छपा है,' बिल ने कहा। 'लेकिन इसका कोई ख़ास मतलब नहीं है। यह अख़बार आजकल बहुत ख़ामोश है।'

'और उन्होंने उस नाबालिग़ जादू के बारे में भी सुनवाई की ख़बर नहीं दी है, जो मैंने प्राणभक्षियों से बचने के लिए किया था,' हैरी ने टेबल के पार बैठे मिस्टर वीज़्ली से कहा, जिन्होंने अपना सिर हिलाया। 'क्योंकि वे जानते हैं कि मेरे पास कोई विकल्प नहीं था, या इसलिए क्योंकि वे दुनिया को यह पता नहीं चलने देना चाहते हैं कि वोल्डेमॉर्ट ने मुझ पर हमला किया था?'

'मुझे लगता है कि दूसरा अंदाज़ा सही है। दरअसल स्क्रिमग्योर यह स्वीकार नहीं करना चाहते हैं कि तुम-जानते-हो-कौन इतना शक्तिशाली बन गया है। वे यह भी स्वीकार नहीं करना चाहते हैं कि अज़्काबान से क़ैदी सामूहिक रूप से फ़रार हो गए हैं।'

'हाँ, जनता को सच्चाई क्यों बताना?' हैरी ने कहा और अपना चाकू इतनी ज़ोर से भींचा कि उसके दाहिने हाथ के पीछे के हल्के निशान उसकी चमड़ी पर सफ़ेद उभर आए : *मुझे झूठ नहीं बोलना चाहिए।*

'क्या मंत्रालय में कोई उनका विरोध करने को तैयार नहीं है?' रॉन ने ग़ुस्से से कहा।

'ज़ाहिर है, रॉन, हैं। लेकिन लोग दहशत में हैं,' मिस्टर वीज़्ली ने जवाब दिया। 'इस बात पर दहशत में हैं कि अगली बार वे ग़ायब हो जाएँगे या उनके बच्चों पर हमला हो जाएगा! बुरी-बुरी अफ़वाहें फैल रही हैं। जैसे, मुझे तो यक़ीन नहीं है कि हॉगवर्ट्स की मगलू अध्ययन की प्रोफ़ेसर ने इस्तीफ़ा दे दिया है। वे कई हफ़्तों से नज़र नहीं आई हैं। इन दिनों स्क्रिमग्योर सारा दिन अपने ऑफ़िस में बंद रहते हैं : काश वे कोई बेहतरीन योजना बना रहे हों।'

कुछ समय के लिए ख़ामोशी छा गई, जिसमें मिसेज़ वीज़्ली ने जादू से ख़ाली प्लेटें उत्पन्न करके उनमें एप्पल टार्ट परोसा।

जब सबको पुडिंग मिल गई, तो फ़्लर बोली, 'हैरी, हमें यह फ़ैसला करना होगा कि तुम्हारा भेस कैसे बदला जाए।' जब हैरी दुविधा में नज़र आया, तो उसने आगे कहा, 'शादी के लिए! ज़ाहिर है, हम किसी प्राणभक्षी को न्योता नहीं देंगे, लेकिन हम इस बात की गारंटी नहीं दे सकते कि शैंपेन पीने के बाद किसी की ज़बान नहीं फिसलेगी।'

यह सुनकर हैरी ने अंदाज़ा लगा लिया कि उसे अब भी हैग्रिड पर

शक है।

'हाँ, अच्छी बात है,' मिसेज़ वीज़्ली ने टेबल के सिरे से कहा, जहाँ उनका चश्मा उनकी नाक के कोने पर टिका था और वे एक बहुत लंबे चर्मपत्र पर लिखे कामों की लंबी सूची को देख रही थीं। 'रॉन, क्या तुमने अपना कमरा साफ़ कर लिया है?'

'क्यों?' रॉन ने चौंकते हुए कहा। उसने चम्मच नीचे पटककर अपनी मम्मी को ग़ुस्से से देखा। 'मेरे कमरे की सफ़ाई की क्या ज़रूरत है? वह जिस हाल में है, उससे हैरी और मुझे कोई दिक्क़त नहीं है!'

'कुछ दिनों बाद तुम्हारे भाई की शादी होने वाली है, लड़के –'

'क्या उनकी शादी मेरे बेडरूम में होगी?' रॉन ने तैश में आकर पूछा। 'नहीं ना! तो फिर आख़िर मर्लिन की बाईं –'

'अपनी मम्मी से इस तरह बात मत करो,' मिस्टर वीज़्ली ने दृढ़ता से कहा। 'और उन्होंने जो काम बताया है, चुपचाप कर दो।'

रॉन ने अपने माता-पिता को ग़ुस्से से घूरा, फिर अपनी चम्मच उठाकर बचे हुए एप्पल टार्ट पर हमला कर दिया।

'मैं भी मदद करता हूँ, उसमें से कुछ कचरा मेरा है,' हैरी ने रॉन से कहा, लेकिन मिसेज़ वीज़्ली बीच में ही बोल पड़ीं।

'नहीं, हैरी बेटा, मैं चाहती हूँ कि तुम आर्थर के साथ जाकर मुर्गियों के दड़बे की सफ़ाई करो और हर्माइनी, तुम जाकर मिस्टर और मिसेज़ डेलाकोर के लिए चादरें बदल दो। तुम जानती हो वे कल सुबह ग्यारह बजे आ रहे हैं।'

लेकिन जैसा कि पता चला, मुर्गियों के दड़बे में ज़्यादा कुछ नहीं करना था।

'मॉली से इस बात का ज़िक्र करने की ज़रूरत नहीं है,' मिस्टर वीज़्ली ने हैरी को दड़बे से थोड़ी दूर रोकते हुए कहा, 'टेड टौंक्स ने सिरियस की दुर्घटनाग्रस्त मोटरसाइकल मुझे भेज दी है और मैं उसे यहाँ पर छिपा – नहीं, मेरा मतलब है – रख रहा हूँ। बहुत ज़ोरदार चीज़ है। उसमें एग्ज़ॉस्ट गैसकिन भी है, मुझे लगता है शायद उसका यही नाम है। बहुत ही बढ़िया बैटरी है और यह इस बात का पता लगाने का बहुत अच्छा मौक़ा होगा कि ब्रेक किस तरह काम करते हैं। मैं इसे दोबारा जोड़ने की कोशिश करूँगा, जब मॉली यहाँ नहीं – मेरा मतलब है, जब मेरे पास समय होगा।'

जब वे घर में लौटे, तो मिसेज़ वीज़्ली कहीं नहीं दिख रही थीं, इसलिए हैरी चुपचाप रॉन के अटारी वाले बेडरूम में पहुँच गया।

'मैं कर रहा हूँ, कर रहा हूँ! ओह, तुम हो,' रॉन ने राहत के साथ कहा, जब हैरी कमरे में दाख़िल हुआ। रॉन अपने पलंग पर वापस लेट गया, जिससे वह उसी समय उठा था। कमरा उतना ही गंदा था, जितना पूरे हफ़्ते रहा था। इकलौता परिवर्तन यह था कि हर्माइनी इस वक़्त दूर वाले कोने में बैठी थी और उसकी रोएँदार बिल्ली क्रुकशैंक्स उसके पैरों के पास बैठी थी। हर्माइनी कुछ किताबें छाँट रही थी, जिनमें से कुछ हैरी की थीं। वह किताबों को दो बड़े ढेरों में लगा रही थी।

'हाय हैरी,' उसने कहा, जब हैरी अपने पलंग पर बैठा।

'तुम बचकर कैसे आ गईं?'

'ओह, रॉन की मम्मी भूल गई थीं कि उन्होंने कल ही जिनी और मुझसे चादरें बदलवाई थीं,' हर्माइनी बोली। उसने *न्यूमरोलॉजी एंड ग्रैमेटिका* को एक ढेर पर फेंका तथा *गुप्त कलाओं का उत्थान और पतन* को दूसरे ढेर पर।

'हम लोग अभी बावरे-नैन के बारे में बात कर रहे थे,' रॉन ने हैरी से कहा। 'मुझे तो लगता है कि वे बच गए होंगे।'

'लेकिन बिल ने उन पर मारक शाप पड़ते देखा था,' हैरी बोला।

'हाँ, लेकिन बिल पर भी तो हमला हो रहा था,' रॉन ने कहा। 'वह इतने यक़ीन से कैसे कह सकता है कि उसने सही देखा था?'

'अगर मारक शाप चूक भी गया हो, तो भी बावरे-नैन कम से कम हज़ार फ़ुट ऊपर से गिरे होंगे,' हर्माइनी ने कहा, जो अब अपने हाथ में *ब्रिटेन और आयरलैंड की क्विडिच टीमें* पुस्तक को तौल रही थी।

'उन्होंने कवच सम्मोहन का इस्तेमाल कर लिया होगा –'

'फ़्लर ने बताया था कि उनकी छड़ी उनके हाथ से छूट गई थी,' हैरी बोला।

'अच्छा तो ठीक है, अगर तुम यही चाहते हो कि वे मर जाएँ,' रॉन ने चिढ़कर कहा और अपने तकिए पर मुक्का मारकर उसे आरामदेह आकार में किया।

'ज़ाहिर है, हम यह नहीं चाहते हैं कि वे मर जाएँ!' हर्माइनी ने सदमे में आते हुए कहा। 'उनका मरना बहुत दुखद है! लेकिन हमें यथार्थवादी

होना चाहिए!'

हैरी ने पहली बार यह कल्पना की कि बावरे-नैन का शरीर डम्बलडोर जितना ही टूट-फूट गया था, लेकिन उनकी एक आँख अब भी अपने कोटर में घूम रही थी। उसके मन में हिक़ारत के भाव के साथ हँसने की अजीब इच्छा भी हुई।

'प्राणभक्षियों ने शायद उनकी लाश छिपा दी होगी, ताकि वह किसी को मिल न पाए,' रॉन ने समझदारी से कहा।

'हाँ,' हैरी बोला। 'बार्टी क्राउच की तरह, जिसे हड्डी में बदलकर हैग्रिड के सामने वाले बगीचे में दफ़ना दिया गया था। उन्होंने शायद मूडी का रूप-परिवर्तन कर दिया होगा और उन्हें कहीं पर दफ़ना -'

'नहीं!' हर्माइनी चीख़ी। हैरी ने हैरान होकर देखा कि वह *स्पेलमैन्स सिलेबरी* किताब के ऊपर आँसू बहाने लगी थी।

'ओह नहीं,' हैरी ने पुराने पलंग से उठने के लिए जूझते हुए कहा। 'हर्माइनी, मैं तुम्हें रुलाना नहीं चाहता था -'

लेकिन ज़ंग लगे स्प्रिंग की चरमराहट के साथ रॉन ने अपने पलंग से छलाँग लगाई और हर्माइनी के पास पहले पहुँच गया। उसने हर्माइनी के कंधों पर हाथ रखकर अपनी जीन्स की जेब में से एक गंदा सा रूमाल निकाला, जिससे उसने कुछ समय पहले ओवन साफ़ किया था। जल्दी से उसने अपनी छड़ी बाहर निकाली और रूमाल की ओर तानते हुए बोला, *'स्वच्छो।'*

रूमाल का ज़्यादातर कचरा साफ़ हो गया। रॉन ने हल्का सा धुआँ उड़ाता रूमाल हर्माइनी को थमा दिया।

हर्माइनी ने अपनी नाक सुड़की और हिचकी लेते हुए बोली, 'ओह ... धन्यवाद, रॉन ... मुझे अफ़सोस है ... यह बहुत भयंकर है, है ना? डम्बलडोर के ठीक बाद ... मैंने - कभी - कल्पना भी न - नहीं की थी कि बावरे-नैन मर जाएँगे। वे बहुत सख़्तजान लगते थे!'

'हाँ, मैं जानता हूँ,' रॉन ने उसका हाथ दबाते हुए कहा। 'लेकिन तुम जानती हो, अगर वे यहाँ होते, तो हम लोगों से क्या कहते?'

'पू - पूर्ण सावधानी,' हर्माइनी ने अपनी आँखें पोंछते हुए कहा।

'सही कहा,' रॉन ने सिर हिलाते हुए कहा। 'वे हमसे कहते कि हम उनके साथ हुई घटना से कुछ सीखें। और इससे मैंने यह सीखा है कि उस

कायर घटिया मंडंगस पर कभी भरोसा नहीं करना है।'

हर्माइनी ने कँपकँपाती हुई हँसी निकाली और दो पुस्तकें उठाने के लिए आगे झुकी। एक सेकंड बाद रॉन ने उसके कंधों के ऊपर से अपना हाथ हटा लिया। हर्माइनी के हाथ से *भयंकर प्राणियों की भयंकर पुस्तक* छूटकर रॉन के पैरों पर गिर गई। पुस्तक पर बँधा बेल्ट खुल गया और पुस्तक ने रॉन के टखने पर मुँह मारा।

'मुझे अफ़सोस है, मुझे अफ़सोस है!' हर्माइनी चीख़ी, जब हैरी ने पुस्तक रॉन के पैर से दूर खींचकर दोबारा बाँध दी।

'वैसे तुम इतनी सारी पुस्तकों का कर क्या रही हो?' रॉन ने अपने पलंग की ओर लँगड़ाकर जाते हुए पूछा।

हर्माइनी बोली, 'बस यह तय करने की कोशिश कर रही हूँ कि जब हम होरक्रक्सों की तलाश करने जाएँगे, उस वक़्त हमें कौन सी पुस्तकें अपने साथ ले जानी चाहिए।'

'ओह, ज़ाहिर है,' रॉन ने अपने माथे पर हाथ मारते हुए कहा। 'मैं तो भूल ही गया था कि हमें वोल्डेमॉर्ट को चलित लाइब्रेरी में खोजना होगा।'

'हा हा,' हर्माइनी ने *स्पेलमैन्स सिलेबरी* को देखते हुए कहा। 'मैं सोच रही हूँ ... क्या हमें पुरातन लिपियों के अनुवाद की ज़रूरत पड़ेगी? यह संभव है ... मुझे लगता है कि सुरक्षा की दृष्टि से हमें इसे ले चलना चाहिए।'

उसने सिलेबरी पुस्तक बड़े वाले ढेर पर रख दी और *हॉगवर्ट्स : एक इतिहास* पुस्तक उठा ली।

हैरी ने कहा, 'सुनो।'

वह सीधा बैठ गया था। रॉन और हर्माइनी ने उसकी तरफ़ सब्र और अवज्ञा के मिले-जुले भाव से देखा।

'मैं जानता हूँ कि डम्बलडोर की अंत्येष्टि के बाद तुम दोनों ने कहा था कि तुम मेरे साथ चलना चाहते हो,' हैरी ने कहना शुरू किया।

'लो वह शुरू हो गया,' रॉन ने आँखें चढ़ाकर हर्माइनी से कहा।

'जैसा हम जानते थे कि वह करेगा,' हर्माइनी ने आह भरी और दोबारा अपनी पुस्तकों को देखने लगी। 'देखो, मुझे लगता है कि मैं *हॉगवर्ट्स : एक इतिहास* भी रख लूँ। भले ही हम हॉगवर्ट्स नहीं लौट रहे

हों, लेकिन इसे छोड़ना मुझे अच्छा नहीं लगेगा –'

'सुनो!' हैरी ने एक बार फिर कहा।

'नहीं, हैरी, *तुम* सुनो,' हर्माइनी ने कहा। 'हम तुम्हारे साथ चल रहे हैं। यह फ़ैसला महीनों पहले – दरअसल बरसों पहले हो गया था।'

'लेकिन –'

'चुप रहो,' रॉन ने उसे सलाह दी।

'– क्या तुम्हें यक़ीन है, तुमने इस बारे में अच्छी तरह से सोच लिया है ?' हैरी ने कहा।

'देखते हैं,' हर्माइनी ने कहा और *दैत्यों के साथ यात्राएँ* पुस्तक थोड़े ग़ुस्से के साथ नहीं ले जाने वाले ढेर पर पटक दी। 'मैं कई दिनों से सामान पैक करने में जुटी हूँ, ताकि हम किसी भी समय तत्काल चल सकें। तुम्हारी जानकारी के लिए बता दूँ कि इसके लिए मुझे काफ़ी मुश्किल जादू करना पड़ा है। इसके अलावा, हमने रॉन की मम्मी की नाक के नीचे से बावरे-नैन के भेसबदल काढ़े का पूरा स्टॉक भी चुरा लिया है।

'मैंने अपने मम्मी-डैडी की यादों को भी सुधार दिया है। अब उन्हें यह विश्वास हो गया है कि उनके नाम दरअसल वेंडेल और मोनिका विलकिन्स हैं तथा उनके जीवन की महत्वाकांक्षा ऑस्ट्रेलिया में रहने की है, जहाँ वे अब रहने भी लगे हैं। इससे वोल्डेमॉर्ट के लिए उन्हें खोजकर मेरे – या तुम्हारे बारे में पूछना ज़्यादा मुश्किल हो जाएगा, क्योंकि दुर्भाग्य से, मैं उन्हें तुम्हारे बारे में काफ़ी कुछ बता चुकी हूँ।

'अगर मैं होरक्रक्सों की खोज में बच जाती हूँ, तो मम्मी-डैडी को खोजकर जादू हटा दूँगी। अगर मैं नहीं बच पाती हूँ – तो मुझे लगता है, मैंने इतना अच्छा सम्मोहन किया है कि वे सुरक्षित और ख़ुश रहेंगे। जानते हो, वेंडेल और मोनिका विलकिन्स को यह पता ही नहीं है कि उनकी कोई बेटी भी है।'

हर्माइनी की आँखों में एक बार फिर आँसू तैरने लगे। रॉन ने पलंग से उतरकर एक बार फिर उसके कंधे पर हाथ रखा और हैरी को त्योरियाँ चढ़ाकर देखने लगा, जैसे व्यवहारकुशलता की कमी के लिए उसे दोष दे रहा हो। हैरी सोच नहीं पाया कि क्या कहे। इसका एक कारण यह भी था कि रॉन के लिए किसी दूसरे को व्यवहारकुशलता का पाठ पढ़ाना बहुत असाधारण बात थी।

'मैं – हर्माइनी, मुझे अफ़सोस है – मुझे यह –'

'क्या तुम्हें यह एहसास नहीं था कि रॉन और मैं तुम्हारे साथ जाने का अंजाम जानते हैं ? हम जानते हैं। रॉन, हैरी को दिखाओ कि तुमने क्या किया है।'

'नहीं, उसने अभी-अभी खाना खाया है,' रॉन बोला।

'छोड़ो भी, उसे दिखा दो!'

'ओह, ठीक है। हैरी, यहाँ आओ।'

रॉन ने दूसरी बार हर्माइनी के कंधे से अपना हाथ हटाया और दरवाज़े की तरफ़ बढ़ा।

'आओ।'

'क्यों ?' हैरी ने पूछा और रॉन के पीछे-पीछे कमरे से बाहर पहुँच गया।

'अधोगमन,' रॉन अपनी छड़ी नीची छत की तरफ़ करते हुए बुदबुदाया। उनके सिर के ऊपर छत में छोटा सा दरवाज़ा खुल गया और उसमें से एक सीढ़ी निकलकर उनके पैर तक आई। चौकोर छेद में से आधी चूसने, आधी कराहने वाली एक भयंकर आवाज़ आई। इसके साथ ही खुली नाली जैसी बदबू भी आई।

'यह तुम्हारा पिशाच है, है ना ?' हैरी ने पूछा, हालाँकि वह कभी उस प्राणी से नहीं मिला था, जो कई बार रात की ख़ामोशी में खलल डालता था।

'हाँ, वही है,' रॉन ने सीढ़ी चढ़ते हुए कहा। 'आकर देखो।'

हैरी रॉन के पीछे-पीछे कुछ सीढ़ियाँ चढ़ा। छोटी सी अटारी में सिर और कंधे पहुँचने के बाद उसे वह प्राणी दिखा, जो कुछ फ़ुट दूर अँधेरे में गहरी नींद में सो रहा था। उसका बड़ा मुँह खुला हुआ था।

'लेकिन यह तो ... यह तो ... क्या पिशाच आम तौर पर पाजामा पहनते हैं ?'

'नहीं,' रॉन ने कहा। 'आम तौर पर उनके बाल भी लाल नहीं होते हैं और उनके चेहरे पर इतने ज़्यादा मवाद भरे फोड़े भी नहीं होते हैं।'

हैरी ने पिशाच को थोड़ी हिक़ारत से देखा। वह इंसान जैसा दिख रहा था और जब हैरी की आँखें अँधेरे में देखने की आदी हुईं, तो उसे नज़र आया कि वह रॉन का पुराना पाजामा पहने था। उसे यह यक़ीन भी था कि

आम तौर पर पिशाच थोड़े गंदे और गंजे होते हैं, जबकि इस पिशाच के बाल थे और उसका चेहरा बैंगनी फोड़ों से ढँका था।

'वह मैं हूँ, समझे?' रॉन ने कहा।

'नहीं,' हैरी बोला। 'नहीं समझा।'

'कमरे में लौटने के बाद समझाता हूँ। यहाँ की बदबू मुझसे बर्दाश्त नहीं हो रही है,' रॉन बोला। वे सीढ़ी से नीचे उतरे, जिसे रॉन ने दोबारा छत पर पहुँचा दिया। फिर वे हर्माइनी के पास पहुँच गए, जो अब भी पुस्तकें छाँट रही थी।

'हमारे जाने के बाद पिशाच मेरे कमरे में रहेगा,' रॉन ने कहा। 'मुझे लगता है कि वह दरअसल ऐसा करने के लिए बहुत उतावला है - अंदाज़ा लगाना मुश्किल है, क्योंकि वह सिर्फ़ कराह सकता है और लार टपका सकता है - लेकिन इस बात के ज़िक्र पर वह सिर बहुत हिलाता है। चाहे जो हो, वह मेरा रूप रखने वाला है, जिसे स्पैटरग्रॉइट हो गया है। ठीक है, है ना?'

हैरी दुविधा में दिखने लगा।

'यह ठीक है!' रॉन ने कहा, जो स्पष्ट रूप से कुंठित था कि हैरी इस योजना की चतुराई नहीं समझ पाया था। 'देखो, जब हम तीनों दोबारा हॉगवर्ट्स नहीं लौटेंगे, तो हर कोई सोचेगा कि हर्माइनी और मैं तुम्हारे साथ हैं, ठीक है? इसका मतलब है कि प्राणभक्षी सीधे हमारे घर आकर देखेंगे कि क्या परिवार वालों को तुम्हारे पते-ठिकाने की कोई जानकारी है।'

हर्माइनी बोली, 'लेकिन उम्मीद है, उन्हें ऐसा लगेगा कि मैं अपने मम्मी-डैडी के साथ कहीं चली गई हूँ। मगलू परिवार में पैदा हुए बहुत से जादूगर इस वक़्त छिपने की योजनाएँ बना रहे हैं।'

'मेरे परिवार को तो छिपाया नहीं जा सकता। यह बहुत ही संदिग्ध लगेगा और वे अपनी नौकरियाँ नहीं छोड़ सकते,' रॉन बोला। 'इसलिए हम यह कहानी सुनाने वाले हैं कि स्पैटरग्रॉइट बीमारी का शिकार होने के कारण मैं स्कूल नहीं जा सकता। अगर कोई जाँच करने आता है, तो मम्मी या डैडी उन्हें मेरे पलंग पर लेटा पिशाच दिखा देंगे, जिसका चेहरा मवाद भरे फोड़ों से ढँका होगा। स्पैटरग्रॉइट बहुत संक्रामक बीमारी है, इसलिए वे उसके ज़्यादा क़रीब नहीं जाएँगे। इससे कोई फ़र्क़ नहीं पड़ता है कि वह कुछ बोल नहीं सकता है, क्योंकि संक्रमण के गले तक पहुँचने के बाद इस बीमारी में कोई कुछ बोल भी नहीं सकता है।'

'और तुम्हारे मम्मी-डैडी भी इस योजना में शामिल हैं?' हैरी ने पूछा।

'डैडी हैं। उन्होंने पिशाच का रूप बदलने में फ्रेड और जॉर्ज की मदद की है। मम्मी ... देखो, तुम तो जानते ही हो कि वे कैसी हैं। जब तक हम यहाँ से चले ही नहीं जाएँगे, तब तक वे यह मानने को तैयार नहीं होंगी कि हम जा रहे हैं।'

कमरे में ख़ामोशी छा गई, जो सिर्फ़ हल्की धम्म की आवाज़ से ही टूटती थी, जब हर्माइनी पुस्तकों को किसी ढेर पर फेंकती थी। रॉन बैठकर उसे देखता रहा। हैरी कभी एक को, तो कभी दूसरे को देखता रहा, लेकिन उसके मुँह से कोई शब्द नहीं निकला। उन दोनों ने अपने परिवारों को बचाने के लिए जो इंतज़ाम किए थे, उनसे उसे यह एहसास हो गया कि वे सचमुच उसके साथ जा रहे हैं और अच्छी तरह जानते हैं कि यह काम कितना ख़तरनाक है। वह उन्हें बताना चाहता था कि यह उसके लिए बहुत मायने रखता था, लेकिन उसे पर्याप्त सशक्त शब्द नहीं मिल पाए।

ख़ामोशी में चार मंज़िल नीचे से मिसेज़ वीज़्ली के चिल्लाने की दबी आवाज़ सुनाई दी।

'जिनी ने शायद पॉक्सी नैपकिन रिंग पर धूल छोड़ दी है,' रॉन बोला। 'क्या पता, डेलाकोर परिवार शादी के दो दिन पहले से यहाँ क्यों धमक रहा है।'

'फ़्लर की बहन दुल्हन की सखी है। उसे यहाँ रिहर्सल के लिए रहना होगा और वह इतनी छोटी है कि अकेली नहीं आ सकती,' हर्माइनी ने कहा, जब वह *ख़तरनाक परी को भगाना* पुस्तक को अनिश्चित निगाहों से देख रही थी।

'देखो, मेहमानों के आने से मम्मी का तनाव कम तो होगा नहीं,' रॉन बोला।

'हमें यह फ़ैसला करना होगा,' हर्माइनी ने कहा, जब उसने *रक्षात्मक जादुई सिद्धांत* पुस्तक को कूड़ेदान में फेंकते हुए *यूरोप में जादुई शिक्षा का सर्वेक्षण* को उठाया, 'कि यहाँ से निकलने के बाद हम कहाँ जाएँगे। हैरी, तुमने कहा था कि तुम सबसे पहले गॉडरिक्स हॉलो जाना चाहते हो और मैं इसका कारण समझती हूँ, लेकिन ... देखो ... क्या हमें होरक्रक्सों को अपनी पहली प्राथमिकता नहीं बनाना चाहिए?'

'अगर हमें होरक्रक्सों का पता-ठिकाना मालूम होता, तो मैं तुम्हारी

बात से सहमत हो जाता,' हैरी ने कहा, जिसे यक़ीन नहीं था कि हर्माइनी गॉडरिक्स हॉलो जाने की उसकी इच्छा को सचमुच समझ पाई थी। उसके माता-पिता की क़ब्रें तो सिर्फ़ आंशिक आकर्षण थीं। उसके मन में एक प्रबल, हालाँकि अस्पष्ट, भाव था कि उस जगह उसे अपने सवालों के जवाब मिल जाएँगे। शायद ऐसा इसलिए था, क्योंकि वहीं पर वह वोल्डेमॉर्ट के मारक शाप से बचा था। अब हैरी उस कारनामे को दोहराने की तैयारी कर रहा था, इसलिए वह उस जगह के प्रति आकर्षित हुआ, जहाँ यह पहली बार हुआ था।

'तुम्हें नहीं लगता कि वोल्डेमॉर्ट गॉडरिक्स हॉलो पर नज़र रख रहा होगा?' हर्माइनी ने पूछा। 'शायद वह उम्मीद कर रहा होगा कि जब तुम अपनी मनमर्ज़ी से घूमने-फिरने के लिए आज़ाद हो जाओगे, तो तुम अपने माता-पिता की क़ब्र देखने जाओगे!'

यह तो हैरी के दिमाग़ में आया ही नहीं था। जब वह इसके जवाब में तर्क खोज रहा था, तभी रॉन बोला, जो अपने विचारों में ही खोया लग रहा था।

'यह आर.ए.बी. आदमी,' उसने कहा। 'वही, जिसने असली लॉकेट चुराया था?'

हर्माइनी ने सिर हिलाया।

'उसने अपने संदेश में लिखा था कि वह इसे नष्ट करने वाला है, है ना?'

हैरी ने अपने बैग को पास खींचकर वह नक़ली होरक्रक्स बाहर निकाला, जिसमें अब भी आर.ए.बी. की मुड़ी हुई चिट्ठी थी।

'मैंने असली होरक्रक्स चुरा लिया है और मैं इसे जल्दी से जल्दी नष्ट करने का इरादा रखता हूँ,' हैरी ने उसे पढ़ा।

'अगर उस आदमी ने इसे नष्ट *कर दिया होगा*, तो?' रॉन ने कहा।

'या उस औरत ने,' हर्माइनी बीच में बोली।

'चाहे जो हो,' रॉन बोला, 'हमारा एक काम कम हो जाएगा!'

'हाँ, लेकिन फिर भी हमें असली लॉकेट को तो खोजना ही होगा, है ना?' हर्माइनी बोली। 'यह पता लगाने के लिए कि उसे नष्ट किया गया है या नहीं।'

'और होरक्रक्स को खोजने के बाद हम उसे नष्ट कैसे *करेंगे?'* रॉन

ने पूछा।

'देखो,' हर्माइनी बोली, 'मैं इस बारे में छानबीन कर रही हूँ।'

'कैसे?' हैरी ने कहा। 'मुझे नहीं लगता था कि लाइब्रेरी में होरक्रक्सों पर कोई पुस्तक थी?'

'नहीं थी,' हर्माइनी ने कहा, जिसका चेहरा गुलाबी हो गया था। 'डम्बलडोर ने उन सारी पुस्तकों को हटा दिया था, लेकिन उन्होंने - उन्होंने उन पुस्तकों को नष्ट नहीं किया था।'

रॉन तनकर बैठ गया। उसकी आँखें फैल चुकी थीं।

'मर्लिन की दाढ़ी, तुम उन होरक्रक्स वाली पुस्तकों को चुराने में कैसे कामयाब हुईं?'

'यह - यह दरअसल चोरी नहीं थी!' हर्माइनी ने कहा, जो हताशा से कभी हैरी को, तो कभी रॉन को देख रही थी। 'वे लाइब्रेरी की पुस्तकें थीं, भले ही डम्बलडोर ने उन्हें लाइब्रेरी से हटा दिया हो। चाहे जो हो, अगर वे *सचमुच* किसी को उन्हें नहीं पढ़ने देना चाहते, तो मुझे यक़ीन है कि वे मुझे इतनी आसानी से नहीं मिल पातीं -'

'मुद्दे की बात पर आओ!' रॉन बोला।

'देखो ... यह बहुत आसान था,' हर्माइनी ने धीरे से कहा। 'मैंने बस एक आव्हान मंत्र का इस्तेमाल किया - *आगमनो।* और - वे डम्बलडोर की स्टडी की खिड़की से सीधे लड़कियों के कमरे में आ गईं।'

'लेकिन तुमने यह काम किया कब?' हैरी ने पूछा, जो हर्माइनी को प्रशंसा और हैरत के मिले-जुले भाव से देख रहा था।

'उनकी - डम्बलडोर की अंत्येष्टि के ठीक बाद,' हर्माइनी ने और भी धीमी आवाज़ में कहा। 'जब हमने यह फ़ैसला किया था कि हम स्कूल छोड़कर होरक्रक्सों की तलाश करने जाएँगे। जब मैं अपना सामान लाने के लिए ऊपर की मंज़िल पर गई, तो मेरे दिमाग़ में यह ख़्याल आया कि हमें होरक्रक्सों के बारे में जितनी ज़्यादा जानकारी हासिल होगी, उतना ही अच्छा रहेगा ... मैं वहाँ पर अकेली थी ... इसलिए मैंने कोशिश की ... और मेरी कोशिश कामयाब हो गई। वे खुली खिड़की से उड़ती हुई अंदर आ गईं और मैंने - मैंने उन्हें पैक कर लिया।'

उसने थूक निगला और फिर आग्रह करती हुई बोली, 'मुझे नहीं लगता कि डम्बलडोर इससे नाराज़ होते। हम लोग इस जानकारी का

इस्तेमाल होरक्रक्स बनाने के लिए तो कर नहीं रहे हैं, है ना?'

'हम इस बारे में शिकायत थोड़े ही कर रहे हैं,' रॉन ने कहा। 'वैसे वे पुस्तकें हैं कहाँ?'

हर्माइनी ने एक पल के लिए खोजा और फिर ढेर में से एक बड़ी सी पुस्तक निकाली, जिस पर धुँधले हो चुके काले चमड़े की जिल्द चढ़ी थी। हर्माइनी ने मुँह बनाकर उसे इस तरह पकड़ा, जैसे वह कोई ऐसी चीज़ हो, जो हाल ही में मर गई हो।

'यही वह किताब है, जिसमें होरक्रक्स बनाने के बारे में विस्तृत निर्देश दिए गए हैं। *सबसे शैतानी जादू के रहस्य* – यह पुस्तक भयंकर है। इसमें सचमुच बहुत भयानक, बुरा जादू भरा है। मैं सोच रही हूँ कि डम्बलडोर ने इसे लाइब्रेरी से कब हटाया होगा ... अगर उन्होंने हेडमास्टर बनने के बाद इसे हटाया है, तो मैं शर्त लगाती हूँ कि वोल्डेमॉर्ट को इसी में अपनी ज़रूरत के सारे निर्देश मिल गए होंगे।'

रॉन ने पूछा, 'अगर उसने सब कुछ पहले ही पढ़ लिया था, तो फिर उसने स्लगहॉर्न से होरक्रक्स बनाने का तरीक़ा क्यों पूछा?'

'वह तो स्लगहॉर्न के पास सिर्फ़ यह पता लगाने गया था कि आत्मा के सात टुकड़े करने पर क्या होगा?' हैरी ने कहा। 'डम्बलडोर को यक़ीन था कि जब रिडल ने स्लगहॉर्न से होरक्रक्स के बारे में पूछा था, उससे पहले ही वह होरक्रक्स बनाने का तरीक़ा जान चुका था। मुझे लगता है, तुम्हारा कहना सही है, हर्माइनी। उसे इस पुस्तक से सारी जानकारी आसानी से मिल सकती थी।'

'और मैंने उनके बारे में जितना ज़्यादा पढ़ा,' हर्माइनी ने कहा, 'वे मुझे उतने ही ज़्यादा भयंकर लगे और मुझे उतना ही कम यक़ीन हुआ कि उसने दरअसल छह होरक्रक्स बना लिए हैं। इस पुस्तक में चेतावनी दी गई है कि आत्मा के टुकड़े करने के बाद आप बहुत अस्थिर बन सकते हैं और वह भी सिर्फ़ एक होरक्रक्स बनाने के बाद!'

हैरी को याद आया, डम्बलडोर ने कहा था कि वोल्डेमॉर्ट 'सामान्य बुराई' की हद पार कर गया था।

'क्या आत्मा के टुकड़ों को फिर से जोड़ने का कोई तरीक़ा है?' रॉन ने पूछा।

'हाँ,' हर्माइनी ने खोखली मुस्कान से कहा, 'लेकिन यह बहुत ही दर्द भरा होगा।'

'क्यों ? ऐसा कैसे किया जा सकता है ?' हैरी बोला।

'पश्चाताप से,' हर्माइनी बोली। 'आपको सचमुच अपनी ग़लती को महसूस करना होगा। यह फ़ुटनोट में लिखा है। ज़ाहिर है, इसका दर्द आपको नष्ट कर सकता है। वैसे मुझे नहीं लगता कि वोल्डेमॉर्ट पश्चाताप करने की कोशिश करेगा, है ना ?'

'नहीं,' हैरी के जवाब देने से पहले ही रॉन बोल उठा। 'क्या इस पुस्तक में होरक्रक्सों को नष्ट करने का तरीक़ा दिया है ?'

'हाँ,' हर्माइनी ने कहा, जो अब कमज़ोर पन्नों को इस तरह पलट रही थी, जैसे सड़ी हुई आँतों की जाँच कर रही हो, 'क्योंकि यह शैतानी जादूगरों को चेतावनी देती है कि उन्हें होरक्रक्सों पर कितने सशक्त सम्मोहन करने चाहिए। मैंने जितना पढ़ा है, उसके आधार पर हैरी ने रिडल की डायरी के साथ जो किया था, वह होरक्रक्स को नष्ट करने के सबसे अचूक तरीक़ों में से एक था।'

'कालदृष्टि के ज़हरीले दाँतों से वार करना ?' हैरी ने पूछा।

'ओह, अच्छी बात है। कितनी अच्छी क़िस्मत है कि हमारे पास कालदृष्टि के ज़हरीले दाँतों का ढेर सारा स्टॉक है,' रॉन बोला। 'मैं तो सोच रहा था कि हम इतने सारे दाँतों का क्या करेंगे।'

'ज़रूरी नहीं है कि यह कालदृष्टि का ज़हरीला दाँत ही हो,' हर्माइनी ने धैर्यपूर्वक कहा। 'यह कोई भी इतनी विनाशक चीज़ होनी चाहिए, ताकि होरक्रक्स ख़ुद अपनी मरम्मत न कर पाए। कालदृष्टि के ज़हर का सिर्फ़ एक ही इलाज है और वह इतना दुर्लभ है –'

'– मायापंछी के आँसू,' हैरी ने सिर हिलाते हुए कहा।

'बिलकुल,' हर्माइनी बोली। 'हमारी समस्या यह है कि कालदृष्टि के ज़हर जितनी विनाशक चीज़ें बहुत कम हैं और उन्हें साथ रखना ख़तरनाक भी है। हमें इस समस्या को सुलझाना होगा, क्योंकि होरक्रक्स को तोड़ने-फोड़ने या चकनाचूर करने से काम नहीं चलेगा। आपको इसे इस तरह नष्ट करना होता है, ताकि इसकी जादुई मरम्मत न हो पाए।'

'लेकिन अगर हम उस चीज़ को नष्ट कर दें, जिसमें आत्मा का वह टुकड़ा रहता है,' रॉन ने कहा, 'तो वह टुकड़ा किसी और चीज़ में जाकर क्यों नहीं रह सकता ?'

'क्योंकि होरक्रक्स इंसान से बिलकुल विपरीत होता है।'

हैरी और रॉन को पूरी तरह दुविधा में देखकर हर्माइनी ने जल्दी से आगे कहा, 'देखो रॉन, अगर मैं इस समय एक तलवार उठाकर तुम्हारे पार कर दूँ, तो तुम्हारी आत्मा को ज़रा सा भी नुक़सान नहीं होगा।'

'जो मेरे लिए बहुत राहत की बात होगी, मुझे यक़ीन है,' रॉन बोला।

हैरी हँस दिया।

'दरअसल यही होना चाहिए! मेरे कहने का मतलब यह है कि तुम्हारे शरीर को चाहे जो हो, तुम्हारी आत्मा बच जाएगी,' हर्माइनी बोली। 'लेकिन होरक्रक्स के मामले में बात विपरीत है। इसके भीतर की आत्मा का टुकड़ा बचाव के लिए इसके पात्र, यानी सम्मोहित पदार्थ, पर निर्भर है। यह इसके बिना अस्तित्व में नहीं रह सकता।'

'जब मैंने डायरी में ज़हरीला दाँत गड़ाया था, तो यह एक तरह से मर गई थी,' हैरी ने कहा और उसे याद आया कि इसके बाद पन्नों से स्याही ख़ून की तरह बही थी और ग़ायब होते समय वोल्डेमॉर्ट की आत्मा के टुकड़े की चीख़ें सुनाई दी थीं।

'और जब डायरी सही तरह से नष्ट हो गई, तो उसके भीतर बंद आत्मा का टुकड़ा भी नष्ट हो गया। जिनी ने तुमसे पहले डायरी को पानी में बहाकर उससे छुटकारा पाने की कोशिश की थी, लेकिन ज़ाहिर है, वह जैसी की तैसी वापस लौट आई थी।'

'ज़रा ठहरो,' रॉन ने त्योरियाँ चढ़ाते हुए कहा। 'उस डायरी में आत्मा का जो टुकड़ा था, उसने जिनी को अपने वश में कर लिया था, है ना ? यह कैसे हो गया ?'

'उस समय तक जादुई पात्र सही-सलामत था, लेकिन किसी व्यक्ति के ज़्यादा क़रीब पहुँचने पर पात्र के भीतर की आत्मा का टुकड़ा उसके अंदर-बाहर आ-जा सकता था। मेरा मतलब उसे ज़्यादा देर तक पकड़ने से नहीं है। इसका उस वस्तु को छूने से कोई संबंध नहीं है,' हर्माइनी ने रॉन के बोलने से पहले ही कह दिया। 'मेरा मतलब भावनात्मक निकटता से है। जिनी ने उस डायरी में अपना दिल निकालकर रख दिया था। उसने ख़ुद को बहुत कमज़ोर बना दिया था। अगर आप होरक्रक्स को बहुत पसंद करने लगें या उस पर निर्भर हो जाएँ, तो मुश्किल में पड़ सकते हैं।'

'मैं सोच रहा हूँ कि डम्बलडोर ने उस अँगूठी को कैसे नष्ट किया होगा ?' हैरी ने कहा। 'मैंने उनसे यह बात क्यों नहीं पूछी ? मैंने कभी भी ...'

उसकी आवाज़ डूब गई। वह उन सारी चीज़ों के बारे में सोच रहा था, जो उसे डम्बलडोर से पूछनी चाहिए थीं। पता नहीं क्यों, हेडमास्टर की मौत के बाद से हैरी को लग रहा था कि उसने ज़्यादा पता लगाने के बहुत सारे मौक़े गँवा दिए थे ... हर चीज़ का पता लगाने के ...

ख़ामोशी तभी टूटी, जब बेडरूम का दरवाज़ा ज़ोरदार धमाके के साथ खुला, जिससे दीवारें हिल गईं। हर्माइनी की चीख़ निकल गई और उसके हाथ से *सबसे शैतानी जादू के रहस्य* पुस्तक छूट गई। क्रुकशैंक्स छलाँग लगाकर पलंग के नीचे घुस गई और ग़ुस्से से गुर्राने लगी। रॉन पलंग से कूदा और ज़मीन पर पड़ी चॉकलेट मेंढक की पन्नी पर फिसल गया, जिससे उसका सिर सामने वाली दीवार से टकरा गया। हैरी ने अपनी छड़ी की तरफ़ छलाँग लगा दी, लेकिन फिर उसे एहसास हुआ कि सामने मिसेज़ वीज़्ली थीं, जिनके बाल बिखरे हुए थे और चेहरा ग़ुस्से से भिंचा हुआ था।

'इस आरामदेह मीटिंग में ख़लल डालने के लिए माफ़ी चाहती हूँ,' उन्होंने थर्राती आवाज़ में कहा। 'मैं जानती हूँ कि तुम लोगों को आराम की ज़रूरत है ... लेकिन मेरे कमरे में शादी के तोहफ़े भरे पड़े हैं, जिन्हें छाँटना है और तुम लोगों ने मदद करने के लिए हाँ की थी।'

'ओह हाँ,' हर्माइनी ने दहशत में आते हुए कहा और उछलकर खड़ी हो गई, जिससे पुस्तकें हर दिशा में उड़ने लगीं। 'हम आते हैं ... हमें अफ़सोस है ...'

हैरी और रॉन को दुख भरी निगाह से देखने के बाद हर्माइनी जल्दी से मिसेज़ वीज़्ली के पीछे-पीछे कमरे से बाहर निकल गई।

'यह तो घरेलू जिन्न जैसा हाल है,' रॉन ने अपना सिर मलते हुए धीमे स्वर में शिकायत की, जब वह और हैरी पीछे-पीछे गए। 'सिवाय इसके कि इस काम में हमें कोई संतुष्टि नहीं मिलती है। यह शादी जितनी जल्दी निबट जाए, उतना ही अच्छा है।'

'हाँ,' हैरी ने कहा, 'फिर हम लोगों को होरक्रक्स खोजने के अलावा कुछ नहीं करना पड़ेगा ... यह तो पिकनिक मनाने जैसा होगा, है ना?'

रॉन हँसने लगा, लेकिन मिसेज़ वीज़्ली के कमरे में रखे शादी के तोहफ़ों के विशाल ढेर को देखकर उसकी हँसी एकदम रुक गई।

डेलाकोर परिवार अगली सुबह ग्यारह बजे आ गया। हैरी, रॉन, हर्माइनी और जिनी अब तक फ़्लर के परिवार से काफ़ी चिढ़ने लगे थे।

पोशाक के रंग से मिलते-जुलते मोज़े पहनने के लिए रॉन मुँह बनाकर और पैर पटकता हुआ ऊपर की मंज़िल पर गया। हैरी ने अपने बाल जमाने की कोशिश की। तैयार होने के बाद वे डेलाकोर परिवार का स्वागत करने के लिए पीछे के धूप भरे अहाते में पहुँच गए।

हैरी ने पहले कभी उस जगह को इतना साफ़ नहीं देखा था। पीछे के दरवाज़े के पास आम तौर पर ज़ंग लगी कड़ाहियाँ और पुराने वेलिंगटन जूतों के ढेर पड़े रहते थे। अब दरवाज़े के दोनों तरफ़ दो नई कंपायमान झाड़ियाँ बड़े गमलों में खड़ी थीं। हालाँकि हवा बिलकुल नहीं चल रही थी, लेकिन उनकी पत्तियाँ धीरे-धीरे हिल रही थीं और आकर्षक प्रभाव डाल रही थीं। मुर्गियों को दड़बे में बंद कर दिया गया था, अहाते में झाड़ू लगा दी गई थी और पास वाले बगीचे को तराश दिया गया था, काट-छाँट दिया गया था तथा उसकी कायापलट कर दी गई थी। हैरी को बगीचे का पुराना, बिखरा हुआ स्वरूप ही ज़्यादा पसंद था। उसने सोचा कि मँडराते बौनों के आम तौर पर दिखने वाले झुंड के बिना यह थोड़ा सुनसान लग रहा था।

वह नहीं जानता था कि रॉन के मकान पर मायापंछी के समूह और मंत्रालय ने मिलकर कितने सारे सुरक्षात्मक सम्मोहन किए थे। वह तो बस इतना जानता था कि अब किसी के लिए जादू से सीधे यहाँ आना संभव नहीं था। इसलिए मिस्टर वीज़्ली डेलाकोर परिवार को लाने के लिए पास की पहाड़ी तक गए थे, जहाँ वे आवागमन-कुंजी से पहुँचने वाले थे। उनके आने का संकेत एक ज़ोरदार हँसी ने दिया। बाद में पता चला कि यह हँसी मिस्टर वीज़्ली की थी, जो कुछ पल बाद ही गेट पर नज़र आए। वे सामान से लदे थे और सुनहरे बालों वाली एक सुंदर महिला के साथ आ रहे थे। यह महिला पत्तियों जैसे हरे रंग के लंबे दुशाले पहने थी और फ़्लर की माँ ही हो सकती थी।

'मम्मी!' फ़्लर चिल्लाई और उनसे गले मिलने भागी। *'पापा!'*

मिस्टर डेलाकोर अपनी पत्नी जितने आकर्षक नहीं थे। उनकी लंबाई उनकी पत्नी से एक फ़ुट कम होगी। वे काफ़ी मोटे थे और उनकी दाढ़ी छोटी, नुकीली एवं काली थी। बहरहाल, वे हँसमुख स्वभाव वाले दिखते थे। वे ऊँचे हील के जूतों में फुदकते हुए मिसेज़ वीज़्ली की तरफ़ गए और उन्होंने उनके दोनों गाल चूम लिए, जिससे वे शर्मा गईं।

'आपको बहुत दिक्क़त हुई होगी,' मिस्टर डेलाकोर ने गहरी आवाज़ में कहा। 'फ़्लर ने हमें बताया था कि आप बहुत मेहनत कर रही

हैं।'

'ओह, ऐसा कुछ नहीं है, ऐसा कुछ नहीं है!' मिसेज़ वीज़्ली बोलीं। 'कोई दिक़्क़त नहीं!'

रॉन ने अपनी भड़ास निकालने के लिए एक बौने पर लात मारी, जो नई कंपायमान झाड़ी के पीछे से झाँक रहा था।

'प्यारी महिला!' मिस्टर डेलाकोर ने कहा, जो अब भी अपने दोनों मोटे हाथों के बीच मिसेज़ वीज़्ली का हाथ थामे थे और मुस्कराए जा रहे थे। 'हमारे परिवारों के एक होने से हम बहुत गौरवान्वित हैं! आइए, मैं आपका परिचय अपनी पत्नी अपोलाइन से करवाता हूँ।'

मैडम डेलाकोर आगे बढ़ीं और उन्होंने भी झुककर मिसेज़ वीज़्ली को चूम लिया।

'बेहतरीन,' उन्होंने कहा। 'आपके पति हमें बड़ी मज़ेदार कहानियाँ सुना रहे थे!'

मिस्टर वीज़्ली पागलों की तरह हँसे। मिसेज़ वीज़्ली ने उन्हें आँखें तरेरकर देखा, जिस पर वे तत्काल ख़ामोश हो गए। अब उनके चेहरे पर ऐसा भाव आ गया, जैसे वे किसी क़रीबी दोस्त के बीमार होने पर उसे देखने आए हों।

'और, ज़ाहिर है, आप मेरी छोटी बेटी गैब्रील से तो मिल ही चुकी हैं!' मिस्टर डेलाकोर ने कहा। गैब्रील फ़्लर का ही छोटा रूप थी। उसकी उम्र ग्यारह साल थी और उसके कमर तक लंबे बाल चाँदी जैसे सुनहरे थे। उसने मिसेज़ वीज़्ली को प्यारी मुस्कान दी और उनके गले लगी। फिर उसने हैरी की तरफ़ उत्साह से देखकर पलकें झपकाईं। जिनी ज़ोर से खखारकर गला साफ़ करने लगी।

'अच्छा, तो अंदर चलें!' मिसेज़ वीज़्ली ने दमकते हुए कहा और वे डेलाकोर परिवार को घर के अंदर ले गईं, हालाँकि चलते समय 'पहले आप', 'बिलकुल नहीं', 'हाँ, हाँ, क्यों नहीं' जैसे वाक्य बहुत बार बोले गए।

जल्दी ही यह पता चल गया कि डेलाकोर दंपति मदद करने वाले ख़ुशनुमा मेहमान थे। वे हर चीज़ पर ख़ुशी ज़ाहिर करते थे और शादी की तैयारी में मदद करने के लिए उत्सुक थे। मिस्टर डेलाकोर ने बैठक व्यवस्था से लेकर दुल्हन की सखियों की जूतियों तक हर चीज़ को *'बेहतरीन!'* का ख़िताब दे दिया। मैडम डेलाकोर घरेलू मंत्रों में बेहद निपुण थीं और उन्होंने पल भर में ही ओवन को सही तरीक़े से साफ़ कर दिया। गैब्रील अपनी बड़ी

बहन के पीछे-पीछे घूमती थी, हर तरह से उसकी मदद करने को तत्पर रहती थी और फ़र्राटेदार फ्रेंच बोलती रहती थी।

दिक्क़त सिर्फ़ यह थी कि रॉन के घर में इतने सारे लोगों के रहने के लिए जगह नहीं थी। मिस्टर और मिसेज़ वीज़्ली अब सिटिंग रूम में सो रहे थे। मिस्टर और मैडम डेलाकोर इसके लिए राज़ी नहीं हो रहे थे, लेकिन वीज़्ली दंपति ने इस बात पर ज़ोर दिया कि वे उनके बेडरूम में ही सोएँ। गैब्रील फ़्लर के साथ पर्सी के पुराने कमरे में सो रही थी। चार्ली, जो बिल का बेस्ट मैन बनने वाला था, रूमानिया से अब तक नहीं आया था और आने के बाद वह बिल के साथ सोने वाला था। मिलकर अकेले में योजनाएँ बनाने के अवसर अब लगभग ख़त्म हो चुके थे। हताशा में हैरी, रॉन और हर्माइनी ने भीड़ भरे मकान से दूर रहने के लिए मुर्गियों को दाना डालने जाने का प्रस्ताव रखा।

'लेकिन वे *अब भी* हमें अकेला नहीं छोड़ रही हैं!' रॉन गुर्राया, जब अहाते में मीटिंग करने की उनकी दूसरी कोशिश को मिसेज़ वीज़्ली ने नाकाम कर दिया, जो अपने हाथ में कपड़ों की एक बड़ी बाल्टी उठाकर उनकी तरफ़ चली आ रही थीं।

'ओह, अच्छा हुआ, तुमने मुर्गियों को दाना डाल दिया,' वे उनके पास आने पर बोलीं। 'अब अच्छा यही रहेगा कि हम उन्हें दोबारा बंद कर दें, इससे पहले कि कल शादी का तंबू लगाने वाले आएँ,' उन्होंने मुर्गियों के दड़बे से टिकते हुए कहा। वे थकी हुई लग रही थीं। 'मिलामैंट के जादुई तंबू ... वे बहुत अच्छे होते हैं। बिल उन्हें लेकर आएगा ... उन लोगों के आने पर तुम अंदर ही रहना, हैरी। मैं तो यही कहूँगी कि इतने सारे सुरक्षा सम्मोहनों के कारण शादी के आयोजन में बहुत दिक्क़त हो रही है।'

'मुझे अफ़सोस है,' हैरी ने कातरता से कहा।

'ओह, नादानों जैसी बातें मत करो, बेटे!' मिसेज़ वीज़्ली फ़ौरन बोलीं। 'मेरा यह मतलब नहीं था - देखो, तुम्हारी सुरक्षा बहुत ज़्यादा महत्वपूर्ण है! दरअसल हैरी, मैं तुमसे यह पूछना चाहती थी कि तुम अपना जन्मदिन कैसे मनाना चाहते हो। आख़िर सत्रहवाँ जन्मदिन बहुत ख़ास होता है ...'

'मैं कोई ताम-झाम नहीं चाहता,' हैरी ने जल्दी से कहा और यह कल्पना की कि इससे उन सभी पर काम का दबाव बढ़ जाएगा। 'देखिए मिसेज़ वीज़्ली, सामान्य डिनर अच्छा रहेगा ... जन्मदिन के एक दिन बाद

ही तो शादी है ...'

'ओह, ठीक है बेटा, जैसा तुम चाहो। मैं रीमस और टौंक्स को भी बुला लेती हूँ, ठीक है ना? और हैग्रिड को भी?'

'यह बहुत बढ़िया रहेगा,' हैरी ने कहा। 'लेकिन मेहरबानी करके ज़्यादा कष्ट न उठाएँ।'

'बिलकुल नहीं, बिलकुल नहीं... इसमें कष्ट की क्या बात है...'

मिसेज़ वीज़्ली ने लंबी, टटोलती हुई निगाह से उसे देखा, फिर थोड़े दुख से मुस्कराकर दूर चली गईं। हैरी देखता रहा, जब उन्होंने कपड़े सुखाने के तार के पास अपनी छड़ी लहराई और गीले कपड़े सूखने के लिए हवा में अपने आप टँगने लगे। अचानक हैरी के दिल में पश्चाताप की एक बड़ी लहर उठी कि वह उन्हें कितनी असुविधा और दुख दे रहा है।

अध्याय सात

एल्बस डम्बलडोर की वसीयत

वह भोर की ठंडी, नीली रोशनी में एक पहाड़ी सड़क पर जा रहा था। बहुत नीचे एक छोटे क़स्बे की छाया धुंध में लिपटी हुई थी। उसे जिस आदमी की तलाश थी, क्या वह इसी क़स्बे में रहता होगा? उसे उस आदमी की इतनी बुरी तरह ज़रूरत थी कि वह किसी और चीज़ के बारे में सोच भी नहीं सकता था। उस आदमी के पास उसकी समस्या का जवाब था ...

'ओए, जाग जाओ।'

हैरी ने अपनी आँखें खोलीं। वह रॉन के अटारी वाले कमरे में पलंग पर लेटा था। सूरज अभी तक उगा नहीं था और कमरे में अब भी थोड़ा अँधेरा था। पिगविजियन अपने छोटे पंख के नीचे सिर रखकर सो रहा था। हैरी के माथे का निशान टीस मार रहा था।

'तुम नींद में कुछ बड़बड़ा रहे थे।'

'अच्छा?'

'हाँ। "ग्रेगरोविच।" तुम बार-बार "ग्रेगरोविच" कह रहे थे।'

हैरी चश्मा नहीं पहने था, इसलिए उसे रॉन का चेहरा थोड़ा धुँधला नज़र आ रहा था।

'ग्रेगरोविच कौन है?'

'मुझे क्या पता? उसका नाम तो तुम ले रहे थे।'

हैरी ने अपना सिर मला और सोचने लगा। उसे हल्का सा ध्यान आया कि उसने यह नाम पहले कहीं सुना था, लेकिन वह यह नहीं सोच पाया कि कहाँ।

'मुझे लगता है, वोल्डेमॉर्ट उसकी तलाश कर रहा है।'

'बेचारा,' रॉन ने भावुक होकर कहा।

हैरी उठकर बैठ गया। वह अभी भी अपने निशान को मल रहा था, लेकिन अब पूरी तरह जाग चुका था। उसने ठीक-ठीक याद करने की कोशिश की कि उसने सपने में क्या देखा था, लेकिन उसे बस पहाड़ के ऊपर के आसमान और काफ़ी नीचे घाटी में बसे छोटे गाँव की आकृति ही याद आई।

'मुझे लगता है, वह विदेश में है।'

'कौन, ग्रेगरोविच ?'

'नहीं, वोल्डेमॉर्ट। मुझे लगता है, वह किसी दूसरे देश में ग्रेगरोविच की तलाश कर रहा है। वह ब्रिटेन जैसी जगह नहीं लग रही थी।'

'तुम दोबारा उसके दिमाग़ में देख रहे थे ?'

रॉन चिंतित दिख रहा था।

हैरी बोला, 'मेहरबानी करके हर्माइनी को मत बताना। वैसे वह यह उम्मीद कैसे कर सकती है कि मैं नींद में ये चीज़ें न देखूँ ...'

उसने पिगविजियन के पिंजरे को निहारा और सोचने लगा ... 'ग्रेगरोविच' नाम इतना जाना-पहचाना क्यों लग रहा था ?

'मुझे लगता है,' उसने धीरे से कहा, 'उसका क्विडिच से कोई संबंध है। कोई न कोई संबंध है, लेकिन मुझे याद – मुझे याद नहीं आ रहा है कि यह क्या है।'

'क्विडिच ?' रॉन ने कहा। 'कहीं तुम गोर्गोविच के बारे में तो नहीं सोच रहे थे ?'

'कौन ?'

'ड्रेगोमिर गोर्गोविच, धावक, जिसे दो साल पहले रिकॉर्ड फ़ीस में चडले कैनन्स में लिया गया था। किसी सीज़न में सबसे ज़्यादा तूफ़ान गेंद गिराने का रिकॉर्ड उसी के नाम है।'

'नहीं,' हैरी। 'मैं निश्चित रूप से गोर्गोविच के बारे में नहीं सोच रहा था।'

'मैं भी ऐसी ही कोशिश करता हूँ,' रॉन ने कहा। 'ख़ैर, हैप्पी बर्थडे।'

'अरे – मैं तो भूल ही गया था! मैं सत्रह साल का हो गया!'

हैरी ने अपने पलंग के पास रखी छड़ी उठाई, उसे डेस्क की ओर ताना, जहाँ उसने अपना चश्मा उतारा था और बोला, *'आगमनो चश्मा!'* हालाँकि चश्मा सिर्फ़ एक फ़ुट दूर था, लेकिन चश्मे को अपनी तरफ़ उड़कर आते देखने से उसे बहुत संतोष मिला, जब तक कि यह उसकी आँख से नहीं टकरा गया।

'बहुत अच्छे,' रॉन मुस्कराया।

स्थितिसूचक सम्मोहन हटने के जश्न में हैरी रॉन के सामान को पूरे कमरे में उड़ाता रहा। इससे पिगविजियन जाग गया और रोमांचित होकर पिंजरे में पंख फड़फड़ाने लगा। हैरी ने जादू से अपने जूते के लेस भी बाँधने की कोशिश की (इससे लगी गठान को हाथ से खोलने में कई मिनट लग गए) और सिर्फ़ मज़े के लिए रॉन के चडले कैनन्स के पोस्टरों के नारंगी दुशालों को चमकीले नीले दुशालों में बदल दिया।

'वैसे मैं ज़िप हाथ से लगाता,' रॉन ने हँसते हुए हैरी से कहा, जब हैरी ज़िप की जाँच करने के लिए उधर देखने लगा। 'यह रहा तुम्हारा तोहफ़ा। इसे यहीं खोलकर देख लो, मम्मी को नहीं दिखना चाहिए।'

'पुस्तक?' हैरी ने आयताकार पार्सल लेते हुए कहा। 'परंपरा से हटकर है, है ना?'

'यह कोई ऐसी-वैसी पुस्तक नहीं है,' रॉन बोला। 'यह तो अनमोल है : *जादूगरनियों को मोहित करने के बारह अचूक तरीक़े।* इसमें वह हर जानकारी दी गई है, जो हमें लड़कियों के बारे में पता होना चाहिए। अगर यह पिछले साल मेरे पास होती, तो मैं जान जाता कि लैवेंडर से पीछा कैसे छुड़ाना है और मैं यह भी जान जाता कि हर्माइनी के साथ कैसे ... ख़ैर, फ़्रेड और जॉर्ज ने मुझे यह पुस्तक दी थी। मैंने इससे बहुत कुछ सीखा है। तुम तो हैरान रह जाओगे। इसमें सिर्फ़ जादू की तरकीबें ही नहीं हैं।'

किचन में पहुँचकर उन्होंने देखा कि टेबल पर तोहफ़ों का ढेर रखा था। बिल और मिस्टर डेलाकोर अपना नाश्ता ख़त्म कर रहे थे, जबकि मिसेज़ वीज़्ली कड़ाही के पास खड़ी होकर उनसे बात कर रही थीं।

'हैरी, आर्थर कहकर गए हैं कि मैं उनकी तरफ़ से भी तुम्हें सत्रहवें जन्मदिन की शुभकामनाएँ दे दूँ,' मिसेज़ वीज़्ली ने उसकी ओर मुस्कराकर देखते हुए कहा। 'उन्हें जल्दी ऑफ़िस जाना पड़ा, लेकिन वे डिनर के वक़्त तक लौट आएँगे। सबसे ऊपर वाला तोहफ़ा हमारा ही है।'

हैरी बैठ गया और उसने वह चौकोर पार्सल उठा लिया, जिसकी

तरफ़ मिसेज़ वीज़्ली ने इशारा किया था। भीतर एक घड़ी थी। यह वैसी ही थी, जैसी मिस्टर और मिसेज़ वीज़्ली ने रॉन को उसके सत्रहवें जन्मदिन पर दी थी। इस सुनहरी घड़ी में काँटों के बजाय सितारे गोलाई में घूम रहे थे।

'जादूगर के बालिग़ होने पर उसे घड़ी देने का रिवाज़ है,' मिसेज़ वीज़्ली ने कहा और कुकर के पास से उसे चिंता से देखा। 'मुझे अफ़सोस है कि यह रॉन जैसी नई नहीं है। दरअसल यह मेरे भाई फ़ेबियन की है और वह अपने सामान की ठीक से देखभाल नहीं करता था। पीछे की तरफ़ कुछ निशान हैं, लेकिन –'

उनकी बाक़ी बात अधूरी ही रह गई। हैरी ने उठकर उन्हें गले लगा लिया। हैरी ने उस आलिंगन में बहुत सी अनकही बातें भरने की कोशिश की और शायद मिसेज़ वीज़्ली समझ भी गईं, क्योंकि उसे छोड़ते समय उन्होंने उसका गाल थोड़े अटपटे ढंग से थपथपाया। फिर उन्होंने अपनी छड़ी थोड़ी लापरवाही से लहराई, जिससे आधा बेकन कड़ाही से उछलकर फ़र्श पर गिर गया।

'हैप्पी बर्थडे, हैरी!' हर्माइनी ने जल्दी से किचन में आते हुए और तोहफ़ों के ढेर के ऊपर अपना तोहफ़ा रखते हुए कहा। 'कुछ ख़ास नहीं है, लेकिन मुझे उम्मीद है कि तुम्हें पसंद आएगा। तुमने उसे क्या दिया ?' उसने रॉन से पूछा, लेकिन रॉन ने उसकी बात न सुनने का नाटक किया।

'चलो, हर्माइनी का तोहफ़ा खोलकर देखो!' रॉन बोला।

हर्माइनी ने उसे नया मुख़बिर यंत्र दिया था। बिल और फ़्लर ने जादुई रेज़र दिया था ('ओह हाँ, इससे तुम्हारी दाढ़ी बिलकुल चिकनी हो जाएगी,' मिस्टर डेलाकोर ने उसे आश्वस्त किया, 'लेकिन तुम्हें इसे बिलकुल स्पष्टता से बताना होगा कि तुम क्या चाहते हो ... वरना तुम्हारे शरीर पर बहुत कम बाल बचेंगे और तुम्हें परेशानी हो सकती है ...')। डेलाकोर दंपति ने चॉकलेट दी थी और फ़्रेड तथा जॉर्ज ने अपनी दुकान के नवीनतम सामानों से भरा एक बड़ा बॉक्स दिया था।

हैरी, रॉन और हर्माइनी टेबल पर नहीं रुके, क्योंकि मैडम डेलाकोर, फ़्लर और गैब्रील के आ जाने से किचन बहुत भर गया था।

'मैं यह सामान भी पैक कर देती हूँ,' हर्माइनी ने उत्साह से कहा और हैरी के तोहफ़े उसके हाथों से ले लिए, जब वे तीनों ऊपर की मंज़िल की ओर जा रहे थे। 'मेरा काम लगभग पूरा हो गया है। रॉन, अब मैं बस तुम्हारे पैंटों के धुलकर आने का इंतज़ार कर रही हूँ –'

पहली मंज़िल के एक दरवाज़े के खुलने के कारण रॉन जवाब नहीं दे पाया।

'हैरी, क्या तुम एक मिनट के लिए अंदर आओगे?'

यह जिनी थी। रॉन अचानक रुक गया, लेकिन हर्माइनी ने उसकी कोहनी पकड़ी और उसे खींचती हुई सीढ़ियों से ऊपर ले गई। थोड़ा घबराया हुआ हैरी जिनी के पीछे-पीछे उसके कमरे में पहुँच गया।

वह पहले कभी यहाँ नहीं आया था। कमरा छोटा, लेकिन बहुत साफ़ था। एक दीवार पर वीयर्ड सिस्टर्स के बैंड का बड़ा पोस्टर लगा था और दूसरी दीवार पर हॉलीहेड हार्पीज़ नामक जादूगरनियों की क्विडिच टीम की कप्तान ग्वेनॉग जोन्स की तस्वीर थी। खुली खिड़की के सामने एक डेस्क रखी थी, जहाँ से बगीचा दिखता था। इसी बगीचे में हैरी और जिनी कभी रॉन तथा हर्माइनी के साथ दो-दो की टीम बनाकर क्विडिच खेले थे। अब बगीचे में मोती जैसा सफ़ेद बड़ा तंबू लगा था और तंबू के सबसे ऊपर लगा सुनहरा झंडा जिनी की खिड़की जितनी ऊँचाई पर था।

जिनी ने हैरी के चेहरे की तरफ़ देखा और गहरी साँस लेकर बोली, 'सत्रहवें जन्मदिन की शुभकामनाएँ।'

'ओह ... धन्यवाद।'

वह उसकी तरफ़ एकटक देख रही थी। बहरहाल, हैरी उससे नज़रें नहीं मिला पाया। यह चौंधियाती रोशनी की तरफ़ देखने जैसा था।

'अच्छा नज़ारा दिखता है,' हैरी ने खिड़की की तरफ़ इशारा करते हुए कमज़ोरी से कहा।

जिनी ने इस बात को नज़रअंदाज़ कर दिया और वह उसे दोष नहीं दे सकता था।

जिनी ने कहा, 'मैं यह नहीं सोच पाई कि तुम्हें क्या दूँ।'

'तुम्हें मुझे कुछ देने की ज़रूरत भी नहीं है।'

उसने इसे भी नज़रअंदाज़ कर दिया।

'मैं नहीं जानती थी कि क्या उपयोगी होगा। कोई ज़्यादा बड़ी चीज़ तो दे नहीं सकती थी, क्योंकि तुम उसे साथ नहीं ले जा पाते।'

हैरी ने उस पर एक नज़र डाली। उसकी आँखों में आँसू नहीं थे। यह जिनी के बारे में बहुत अच्छी चीज़ थी। वह बहुत कम रोती थी। हैरी ने कई बार सोचा था कि शायद छह भाइयों के होने से वह मज़बूत हो गई होगी।

जिनी एक क़दम बढ़ाकर उसके क़रीब आई।

'फिर मैंने सोचा कि मैं तुम्हें ऐसा कुछ दूँ, जिससे तुम मुझे याद रख सको, अगर तुम अपने काम के सिलसिले में किसी मोहिनी से मिलो।'

'ईमानदारी से कहा जाए, तो उस काम के दौरान डेटिंग की संभावनाएँ बहुत कम हैं।'

'मेरे मन में भी यही सुखद विचार है,' जिनी फुसफुसाई और फिर वह उसे इस तरह चूमने लगी, जिस तरह उसने पहले कभी नहीं चूमा था। हैरी भी उसे चूमने लगा और सब कुछ भूल गया। यह सुखद विस्मृति फ़ायरव्हिस्की से भी ज़्यादा मदहोश करने वाली थी। जिनी ही दुनिया की इकलौती सच्चाई थी, उसका एहसास, उसकी पीठ पर एक हाथ और दूसरा उसके लंबे, ख़ुशबू भरे बालों में –

तभी दरवाज़ा धड़ाम से खुला और वे कूदकर अलग हो गए।

'ओह,' रॉन ने चुभते स्वर में कहा। 'सॉरी।'

'रॉन!' हर्माइनी उसके ठीक पीछे आई। उसकी साँस थोड़ी फूल रही थी। तनाव भरी ख़ामोशी छाई रही, फिर जिनी ने सपाट धीमी आवाज़ में कहा, 'अच्छा, तो हैप्पी बर्थडे, हैरी।'

रॉन के कान लाल थे और हर्माइनी घबराई हुई दिख रही थी। हैरी उन्हें बाहर निकालकर दरवाज़ा धड़ाम से बंद करना चाहता था, लेकिन ऐसा महसूस हुआ, जैसे दरवाज़ा खुलते ही ठंडी हवा का झोंका कमरे में दाख़िल हो गया था और उसकी ख़ुशी का गुब्बारा साबुन के बुलबुले की तरह फूट गया था। जिनी के साथ उसके संबंध ख़त्म करने के सभी कारण, उससे दूर रहने के सभी कारण, रॉन के साथ-साथ कमरे में दाख़िल हो गए थे और सुखद विस्मृति जा चुकी थी।

उसने जिनी की तरफ़ देखा। वह कुछ कहना चाहता था, हालाँकि उसे पता नहीं था कि क्या कहे। बहरहाल, जिनी ने उसकी तरफ़ पीठ कर ली थी। उसने सोचा, शायद जिनी अब आँसुओं में डूबी होगी। वह उसे तसल्ली देने के लिए रॉन के सामने कुछ नहीं कर सकता था।

'बाद में मिलते हैं,' हैरी ने कहा और बाक़ी दोनों के पीछे-पीछे बेडरूम से बाहर निकल गया।

रॉन सीढ़ियाँ उतरने लगा और भीड़ भरे किचन से होता हुआ अहाते में पहुँच गया। हैरी भी उसके साथ क़दम से क़दम मिलाकर तेज़ी से

चलता रहा और हर्माइनी घबराई हुई सी उनके पीछे चलती रही।

ताज़ी कटी लॉन के वीराने में पहुँचकर रॉन हैरी की तरफ़ मुड़ा।

'तुमने तो उसे छोड़ दिया था। फिर अब उसके साथ गड़बड़ क्यों कर रहे हो?'

'मैं कोई गड़बड़ नहीं कर रहा हूँ,' हैरी ने कहा, जब हर्माइनी उनके क़रीब आई।

'रॉन – ' हर्माइनी ने कुछ कहना चाहा।

लेकिन रॉन ने एक हाथ उठाकर उसे ख़ामोश कर दिया।

'तुम्हारे संबंध ख़त्म कर लेने से उसका दिल सचमुच टूट गया था –'

'मेरा भी। तुम जानते ही हो, मैंने इसे क्यों ख़त्म किया था। मैं ऐसा करना नहीं चाहता था।'

'हाँ, लेकिन अब तुम उसे चूम रहे हो। इससे उसकी उम्मीदें फिर बढ़ जाएँगी –'

'वह मूर्ख नहीं है। वह जानती है कि ऐसा नहीं हो सकता। उसे यह उम्मीद नहीं है कि अंत में हमारी शादी हो जाएगी, या –'

यह बात कहते समय हैरी के दिमाग़ में जिनी की स्पष्ट तस्वीर आई, जिसमें वह दुल्हन वाली सफ़ेद पोशाक पहनकर एक लंबे, बिना चेहरे वाले और अप्रिय अजनबी से शादी कर रही थी। पल भर को उभरी इस तस्वीर से उसका दिल छलनी हो गया। जिनी का भविष्य आज़ाद और खुला था, जबकि हैरी ... उसे भविष्य में वोल्डेमॉर्ट के सिवाय कुछ नहीं दिख रहा था।

'अगर तुम मौक़ा मिलते ही उसे गले लगाने लगोगे –'

'यह दोबारा नहीं होगा,' हैरी ने रूखेपन से कहा। आसमान में एक भी बादल नहीं था, लेकिन हैरी को महसूस हुआ, जैसे सूरज ढल गया हो। **'ठीक है?'**

रॉन आधा चिड़चिड़ा, आधा झेंपा दिखने लगा। पल भर के लिए पैरों पर आगे-पीछे झूलकर वह बोला, 'अच्छा तो फिर ठीक है ... हाँ।'

जिनी ने बाक़ी दिन हैरी से अकेले में मिलने की कोई इच्छा ज़ाहिर नहीं की। न ही किसी भाव या मुद्रा से उसने दिखाया कि उसने अपने कमरे में हैरी से विनम्रतापूर्ण बातचीत के अलावा कुछ किया था। बहरहाल, चार्ली के आने से हैरी को राहत मिली। इससे एक सुखद व्यवधान पैदा हो गया, क्योंकि मिसेज़ वीज़्ली ने चार्ली को एक कुर्सी पर जबरन बैठाया और

अपनी छड़ी ख़तरनाक तरीक़े से लहराकर यह घोषणा की कि अब उसके बाल सही तरीक़े से कटने वाले हैं।

हैरी के बर्थडे डिनर से रॉन के घर का किचन ढहने की कगार पर पहुँच जाता। वह भी तब, जब चार्ली, ल्यूपिन, टौंक्स और हैग्रिड नहीं आए थे। इसलिए बगीचे में कई टेबलें जोड़कर लगा दी गईं। फ्रेड और जॉर्ज ने कई बैंगनी लालटेनों पर जादू कर दिया था और उन सभी में '17' का अंक रोशनी दे रहा था। उन्होंने इन लालटेनों को अतिथियों के बैठने की जगह के ऊपर बीच हवा में लटका दिया था। मिसेज़ वीज़्ली की देखभाल के बाद जॉर्ज का घाव अब साफ़ हो चुका था, मगर हैरी को अभी भी उसके सिर के बग़ल में स्याह छेद देखने की आदत नहीं पड़ी थी, हालाँकि जुड़वाँ भाई इसके बारे में अक्सर मज़ाक़ करते रहते थे।

हर्माइनी ने अपनी छड़ी की नोक से बैंगनी और सुनहरी झंडियाँ बनाकर कलात्मक रूप से पेड़ों और झाड़ियों पर लपेट दीं।

'बहुत बढ़िया,' रॉन ने कहा, जब हर्माइनी ने अपनी छड़ी को आख़िरी बार लहराकर क्रैब-एप्पल के पेड़ की पत्तियों को सुनहरा किया। 'तुम तो सचमुच कमाल का सजाती हो।'

'धन्यवाद, रॉन!' हर्माइनी ने कहा। वह ख़ुश और थोड़ी दुविधा में दिख रही थी। हैरी मुस्कराकर उनसे दूर मुड़ गया। उसने सोचा कि जब वह *जादूगरनियों को मोहित करने के बारह अचूक तरीक़े* पुस्तक पढ़ेगा, तो वहाँ उसे प्रशंसा पर एक अध्याय मिलेगा। वह जिनी की तरफ़ देखकर मुस्कराया, लेकिन तभी उसे रॉन से किया वादा याद आ गया और वह जल्दी से मिस्टर डेलाकोर से बातचीत करने चला गया।

'रास्ते से हट जाओ, रास्ते से हट जाओ!' मिसेज़ वीज़्ली ने कहा। वे अपने सामने एक विशाल, बीच-बॉल के आकार की सुनहरी गेंद जैसी चीज़ लेकर आ रही थीं। कुछ सेकंड बाद हैरी को एहसास हुआ कि यह उसका बर्थडे केक था। मिसेज़ वीज़्ली उसे ऊबड़-खाबड़ ज़मीन पर लाने का जोखिम लेने के बजाय अपनी छड़ी से हवा में उठाकर ला रही थीं। जब केक आख़िरकार टेबल के बीच में रख दिया गया, तो हैरी बोला, 'यह तो बहुत बढ़िया दिख रहा है, मिसेज़ वीज़्ली।'

'ओह, कुछ नहीं है, बेटे,' उन्होंने प्यार से कहा। उनके कंधे के पीछे से रॉन ने अँगूठा उठाकर हैरी को दिखाया और बग़ैर कोई शब्द बोले ख़ामोशी से होंठ हिलाकर कहा, *बहुत बढ़िया*।

सात बजे तक सारे मेहमान आ चुके थे। गली के मोड़ पर उनका इंतज़ार कर रहे फ्रेड और जॉर्ज उन्हें घर ला चुके थे। हैग्रिड ने इस मौक़े पर अपना सबसे अच्छा और बालों वाला भयंकर भूरा सूट पहना था। हैरी से हाथ मिलाते समय ल्यूपिन मुस्कराए, लेकिन हैरी को वे थोड़े नाख़ुश लगे। यह बहुत अजीब था। टौंक्स तो बेहद ख़ुश लग रही थी।

'हैप्पी बर्थडे, हैरी,' टौंक्स ने कहा और उसे कसकर गले लगा लिया।

'सत्रह के हो गए!' हैग्रिड ने कहा, जब उसने फ्रेड से बाल्टी के आकार का शराब का गिलास लिया, 'हैरी, छह साल पहले आज ही के दिन हमारी पहली मुलाक़ात हुई थी, तुम्हें याद है?'

'थोड़ा-थोड़ा,' हैरी ने मुस्कराते हुए कहा। 'तुमने सामने वाला दरवाज़ा तोड़ दिया था, डडली में सुअर की पूँछ उगा दी थी और मुझे बताया था कि मैं जादूगर हूँ।'

'हमें पूरी बात याद नहीं है कि क्या-क्या हुआ था,' हैग्रिड ने कहा। 'ठीक हो, रॉन, हर्माइनी?'

'हम अच्छे हैं,' हर्माइनी ने कहा। 'तुम कैसे हो?'

'ओह, बुरे नहीं हैं। बस व्यस्त हैं। हमें कुछ नवजात यूनिकॉर्न मिल गए हैं। तुम लोग जब हॉगवर्ट्स आओगे, तो दिखाएँगे –' हैरी ने रॉन और हर्माइनी से निगाहें नहीं मिलाईं, जब हैग्रिड ने अपनी जेब टटोली। 'यह लो, हैरी – हम सोच नहीं पाए कि तुम्हें क्या दें, लेकिन फिर हमें यह याद आ गया।' उसने एक छोटा, फ़र जैसा पाउच निकाला, जिसमें एक लंबा धागा था। यह गले में लटकाने के लिए था। 'मोकस्किन का है। इसमें कुछ भी छिपा दो, मालिक के सिवा कोई और उसे बाहर नहीं निकाल सकता। ये दुर्लभ होते हैं।'

'हैग्रिड, धन्यवाद!'

'कोई बात नहीं,' हैग्रिड ने कूड़ेदान के ढक्कन जितना बड़ा हाथ लहराते हुए कहा। 'अरे, चार्ली भी आ गया! हमें हमेशा से पसंद है – सुनो! चार्ली!'

चार्ली थोड़े अफ़सोस के साथ अपने बहुत छोटे बालों पर हाथ फेरता हुआ पास आया। वह रॉन से नाटा और तगड़ा था। उसकी मांसपेशियों भरी बाँहों पर जलने और घाव के निशान थे।

'हाय हैग्रिड, क्या चल रहा है?'

'काफ़ी समय से तुम्हें चिट्ठी लिखना चाहते थे। नॉरबर्ट कैसा है?'

'नॉरबर्ट?' चार्ली हँसा। 'नॉर्वे का ड्रैगन? हम अब उसे नॉरबर्टा कहते हैं।'

'क्या – नॉरबर्ट मादा है?'

'ओह हाँ,' चार्ली ने कहा।

'तुम्हें कैसे पता चला?' हर्माइनी ने पूछा।

'वे ज़्यादा दुष्ट होती हैं,' चार्ली ने कहा। उसने अपने कंधे के ऊपर से देखा और उसकी आवाज़ डूब गई। 'काश डैडी जल्दी से आ जाएँ! मम्मी बेचैन हो रही हैं।'

उन सभी ने मिसेज़ वीज़्ली की तरफ़ देखा। वे मैडम डेलाकोर से बातचीत करते समय बार-बार गेट की तरफ़ देखे जा रही थीं।

'मुझे लगता है कि हमें आर्थर के बिना ही शुरू कर देना चाहिए,' उन्होंने एक-दो पल बाद कहा। 'लगता है, वे कहीं अटक गए हैं – ओह!'

सभी ने इसे एक साथ देखा : रोशनी की एक लपट, जो अहाते के पार उड़ती हुई आई और टेबल पर टकराई, जहाँ यह चाँदी जैसे चमकीले रंग के नेवले में बदल गई, जो अपने पिछले पैरों पर खड़ा होकर मिस्टर वीज़्ली की आवाज़ में बोलने लगा।

'मेरे साथ जादू मंत्री भी आ रहे हैं।'

पितृदेव हवा में ग़ायब हो गया। फ़्लर का परिवार आश्चर्य में उस जगह को ताकता रहा, जहाँ यह ग़ायब हुआ था।

'हमें यहाँ नहीं रहना चाहिए,' ल्यूपिन ने तत्काल कहा। 'हैरी – मुझे अफ़सोस है – कारण बाद में बताऊँगा –'

उन्होंने टौंक्स की कलाई पकड़ी और उसे खींचकर ले गए। वे फ़ेंस तक पहुँचे, उसे लाँघकर पार किया और ओझल हो गए। मिसेज़ वीज़्ली हक्की-बक्की दिखने लगीं।

'मंत्रीजी – लेकिन क्यों –? मैं समझ नहीं पाई –'

लेकिन इस बारे में बातचीत करने का वक़्त ही नहीं मिला। एक सेकंड बाद मिस्टर वीज़्ली हवा में से प्रकट होकर गेट पर आ गए थे। उनके साथ रूफ़स स्क्रिमग्योर थे, जो खिचड़ी बालों वाली अयाल से फ़ौरन

पहचान में आ गए।

दोनों आगे वाले अहाते के पार निकलकर बगीचे और लालटेनों से रोशन टेबल की तरफ़ आए, जहाँ बैठा हर व्यक्ति ख़ामोश होकर उन्हें आते हुए देख रहा था। जब स्क्रिमग्योर लालटेन की रोशनी के दायरे में आए, तो हैरी ने देखा कि वे पिछली बार से ज़्यादा बूढ़े दिख रहे थे। इसके अलावा, वे ज़्यादा दुबले और गंभीर भी लग रहे थे।

'बाधा डालने के लिए अफ़सोस है,' स्क्रिमग्योर ने कहा, जब वे टेबल के सामने लँगड़ाते हुए रुक गए। 'ख़ास तौर पर जब मैं देख सकता हूँ कि मैंने एक पार्टी के बीच में ख़लल डाला है।'

उनकी नज़रें पल भर के लिए सुनहरी गेंद के आकार के केक पर ठहरीं।

'जन्मदिन की बहुत-बहुत शुभकामनाएँ।'

'धन्यवाद,' हैरी ने कहा।

'मैं तुम्हारे साथ अकेले में कुछ बातचीत करना चाहता हूँ,' स्क्रिमग्योर ने आगे कहा। 'मि. रोनाल्ड वीज़्ली और मिस हर्माइनी ग्रेंजर के साथ भी।'

'हमसे?' रॉन ने हैरानी भरी आवाज़ में कहा। 'हमसे क्यों?'

'मैं तुम्हें अकेले में बताऊँगा,' स्क्रिमग्योर ने कहा। 'क्या ऐसी कोई जगह है?' उन्होंने मिस्टर वीज़्ली से पूछा।

'हाँ, बिलकुल है,' मिस्टर वीज़्ली ने कहा, जो घबराए हुए दिख रहे थे। 'सिटिंग रूम है, आप उसका इस्तेमाल क्यों नहीं करते?'

'तुम रास्ता दिखाओ,' स्क्रिमग्योर ने रॉन से कहा। 'आर्थर, तुम्हें साथ चलने की ज़रूरत नहीं है।'

हैरी ने देखा कि जब वह, रॉन और हर्माइनी उठकर खड़े हुए, तो मिस्टर और मिसेज़ वीज़्ली चिंता भरी नज़रों से एक-दूसरे को देखने लगे। जब वे ख़ामोशी में घर के अंदर जाने लगे, तो हैरी जानता था कि बाक़ी दोनों के दिमाग़ में भी उसी जैसे विचार आ रहे होंगे। स्क्रिमग्योर को जाने कैसे यह पता चल गया होगा कि वे तीनों हॉगवर्ट्स छोड़ने वाले हैं।

जब वे लोग अस्त-व्यस्त किचन से होते हुए सिटिंग रूम में पहुँचे, तो स्क्रिमग्योर कुछ नहीं बोले। हालाँकि बगीचा शाम की हल्की, सुनहरी रोशनी से भरा था, लेकिन अंदर अँधेरा था। दाख़िल होते समय हैरी ने अपनी छड़ी लालटेनों की तरफ़ लहराई। उनके जलने से अस्त-व्यस्त,

लेकिन आरामदेह कमरे में रोशनी हो गई। स्क्रिमग्योर उस धँसी हुई कुर्सी पर बैठ गए, जिस पर आम तौर पर मिस्टर वीज़्ली बैठते थे। हैरी, रॉन और हर्माइनी सोफ़े पर ठसकर पास-पास बैठ गए। सभी के बैठने के बाद स्क्रिमग्योर ने बोलना शुरू किया।

'मैं तुम तीनों से कुछ सवाल पूछना चाहता हूँ और मुझे लगता है, अच्छा यही रहेगा कि मैं तुम सभी से एक-एक करके अकेले में पूछूँ। अगर तुम दोनों,' उन्होंने हैरी और हर्माइनी की तरफ़ इशारा किया, 'ऊपर की मंज़िल पर इंतज़ार करो, तो मैं रॉन से शुरू करता हूँ।'

'हम लोग कहीं नहीं जा रहे हैं,' हैरी ने कहा, जबकि हर्माइनी ने अपना सिर तेज़ी से हिलाया। 'आप हमसे या तो एक साथ बात करें, वरना न करें।'

स्क्रिमग्योर ने हैरी पर ठंडी, तौलती हुई नज़र डाली। हैरी को लगा, मंत्रीजी सोच रहे होंगे कि क्या इतनी जल्दी दुश्मनी का मोर्चा खोलना ठीक रहेगा।

'तो फिर ठीक है, एक साथ ही कर लेते हैं,' उन्होंने कंधे उचकाते हुए कहा और फिर अपना गला साफ़ किया। 'मुझे यक़ीन है, तुम यह जानते होगे कि मैं यहाँ पर एल्बस डम्बलडोर की वसीयत के कारण आया हूँ।'

हैरी, रॉन और हर्माइनी एक-दूसरे की तरफ़ देखने लगे।

'ज़ाहिर है, तुम लोग यह सुनकर हैरान हो! तो तुम लोगों को पता नहीं था कि डम्बलडोर तुम्हारे लिए कुछ छोड़कर गए हैं?'

'ह – हम सभी के लिए?' रॉन ने कहा। 'मेरे और हर्माइनी के लिए भी?'

'हाँ, तुम सभी के लिए –'

लेकिन हैरी बीच में बोल पड़ा।

'डम्बलडोर की मौत को एक महीना हो चुका है। अगर उन्होंने हमारे लिए कोई चीज़ छोड़ी थी, तो उसे हम तक पहुँचाने में इतना वक़्त क्यों लग गया?'

'क्या यह स्पष्ट नहीं है?' स्क्रिमग्योर के जवाब देने से पहले ही हर्माइनी बोल पड़ी। 'डम्बलडोर हमारे लिए जो भी चीज़ छोड़कर गए थे, ये उसकी जाँच करना चाहते थे। आपको ऐसा करने का कोई हक़ नहीं था!'

उसने हल्की सी काँपती हुई आवाज़ में कहा।

'मुझे पूरा हक़ था,' स्क्रिमग्योर ने उसकी आपत्ति को हवा में उड़ाते हुए कहा। 'वैधानिक ज़ब्ती क़ानून के तहत मंत्रालय के पास यह शक्ति है कि यह वसीयत की सामग्री को ज़ब्त कर सकता है -'

'वह क़ानून इसलिए बनाया गया था, ताकि जादूगर वसीयत में शैतानी चीज़ें न छोड़ें,' हर्माइनी ने कहा, 'और ज़ब्त करने से पहले मंत्रालय के पास इस बात का पर्याप्त सबूत होना चाहिए कि मरने वाले की संपत्ति ग़ैर-क़ानूनी है! क्या आपको यह लगा था कि डम्बलडोर किसी शापित चीज़ को हम तक पहुँचाने की कोशिश कर रहे थे?'

'मिस ग्रेंजर, क्या तुम जादुई क़ानून में कैरियर बनाने वाली हो?' स्क्रिमग्योर ने पूछा।

'नहीं,' हर्माइनी ने कहा। 'मैं दुनिया में कोई भला काम करना चाहती हूँ!'

रॉन हँस दिया। स्क्रिमग्योर की आँखें उसकी तरफ़ पहुँच गईं और एक बार फिर छिटक गईं, जब हैरी बोला।

'तो अब आपने हमें हमारी चीज़ें देने का फ़ैसला क्यों कर लिया? उन्हें रखने का कोई और बहाना नहीं सोच पाए?'

'नहीं, ऐसा तो इसलिए है, क्योंकि इकतीस दिन हो चुके हैं,' हर्माइनी तत्काल बोल उठी। 'वे इससे ज़्यादा समय तक चीज़ों को नहीं रख सकते, जब तक कि वे उन्हें ख़तरनाक साबित न कर सकें। सही है ना?'

स्क्रिमग्योर ने हर्माइनी को नज़रअंदाज़ करते हुए रॉन से पूछा, 'रोनाल्ड, क्या तुम्हें लगता है कि तुम डम्बलडोर के क़रीब थे?' रॉन हैरान था।

'मैं? नहीं - सचमुच नहीं ... हमेशा हैरी ही ...'

रॉन ने घूमकर हैरी और हर्माइनी की तरफ़ देखा। हर्माइनी उसकी तरफ़ *चुप-रहो!* वाली नज़र से देख रही थी, लेकिन तब तक नुक़सान हो चुका था। स्क्रिमग्योर को देखकर लग रहा था, जैसे उन्हें ठीक वही सुनने को मिला था, जिसकी उन्हें उम्मीद थी। वे रॉन के जवाब पर शिकारी पक्षी की तरह झपटे।

'अगर तुम डम्बलडोर के बहुत क़रीब नहीं थे, तो फिर उन्होंने अपनी वसीयत में तुम्हारा नाम क्यों लिया है? उन्होंने बहुत कम व्यक्तिगत

सामान किसी के नाम छोड़ा है। वे अपनी ज़्यादातर चीज़ें - निजी लाइब्रेरी, जादुई यंत्र और अन्य व्यक्तिगत सामान - हॉगवर्ट्स के नाम छोड़कर गए हैं। तुम्हें क्या लगता है, तुम्हें क्यों चुना गया ?'

'मुझे ... नहीं पता,' रॉन ने कहा। 'मैं ... जब मैं कहता हूँ कि हम क़रीब नहीं थे ... मेरा मतलब है, मुझे लगता है कि वे मुझे पसंद करते थे ...'

'इतना शर्मा क्यों रहे हो, रॉन,' हर्माइनी बोली। 'डम्बलडोर तुम्हें बहुत पसंद करते थे।'

यह सच्चाई से बहुत दूर था। जहाँ तक हैरी जानता था, रॉन और डम्बलडोर कभी अकेले में नहीं मिले थे तथा उनके बीच सीधा संपर्क तो न के बराबर था। बहरहाल, ऐसा लग रहा था, जैसे स्क्रिमग्योर सुन ही नहीं रहे थे। उन्होंने अपना हाथ चोगे के भीतर डालकर धागे वाला पर्स निकाला। यह उस पर्स से ज़्यादा बड़ा था, जो हैग्रिड ने हैरी को दिया था। इसमें से उन्होंने एक चर्मपत्र निकाला, उसे सीधा किया और ज़ोर से पढ़ने लगे।

' "एल्बस पर्सिवल वुलफ़्रिक ब्रायन डम्बलडोर की अंतिम वसीयत" ... हाँ, यह रहा ... "रोनाल्ड बिलियस वीज़्ली के नाम मैं अपना बत्तीबंद यंत्र छोड़ रहा हूँ, इस उम्मीद में कि इसका इस्तेमाल करते समय वह मुझे याद करेगा।" '

स्क्रिमग्योर ने अपने पाउच से एक चीज़ निकाली, जिसे हैरी पहले भी देख चुका था : यह चाँदी के सिगरेट लाइटर जैसी दिख रही थी, लेकिन वह जानता था कि इसमें एक क्लिक से किसी भी जगह की सारी रोशनी चूसने और वापस लौटाने की शक्ति थी। स्क्रिमग्योर आगे झुके और रॉन को बत्तीबंद यंत्र दे दिया, जिसने इसे लिया और अपनी उँगलियों में घुमाने लगा। वह स्तब्ध दिख रहा था।

'यह मूल्यवान है,' स्क्रिमग्योर ने रॉन को देखते हुए कहा। 'शायद अनूठा भी। निश्चित रूप से इसे डम्बलडोर ने ख़ुद बनाया है। उन्होंने इतनी दुर्लभ चीज़ तुम्हारे नाम क्यों छोड़ी ?'

रॉन ने अपना सिर हिलाया। वह चकराया हुआ दिख रहा था।

'डम्बलडोर ने हज़ारों विद्यार्थियों को पढ़ाया होगा,' स्क्रिमग्योर ने आगे कहा। 'लेकिन उन्होंने अपनी वसीयत में सिर्फ़ तुम तीनों के नाम चीज़ें छोड़ी हैं। ऐसा क्यों है ? उन्होंने क्या सोचा होगा कि तुम उनके बत्तीबंद यंत्र से क्या करोगे, मि. वीज़्ली ?'

'मुझे लगता है, बत्तियाँ बुझाऊँगा,' रॉन बुदबुदाया। 'इसके अलावा मैं इससे कर भी क्या सकता हूँ?'

ज़ाहिर है, स्क्रिमग्योर के पास इस बारे में कोई सुझाव नहीं था। रॉन को एक-दो पल तक घूरने के बाद वे दोबारा डम्बलडोर की वसीयत की ओर मुड़े।

' "मिस हर्माइनी जीन ग्रेंजर के लिए मैं अपनी बीडल की कहानियाँ *पुस्तक इस आशा में छोड़ रहा हूँ कि उसे यह मनोरंजक और शिक्षाप्रद लगेगी।' "*

स्क्रिमग्योर ने अपने पाउच में से एक छोटी पुस्तक निकाली, जो ऊपर की मंज़िल पर रखी *सबसे शैतानी जादू के रहस्य* जितनी पुरानी दिख रही थी। इसकी जिल्द दाग़दार थी और कई जगहों से उखड़ रही थी। हर्माइनी ने बिना कुछ कहे इसे स्क्रिमग्योर से ले लिया। पुस्तक को अपनी गोद में रखकर वह उसे देखने लगी। हैरी ने देखा कि पुस्तक का शीर्षक पुरातन लिपि में था। उसने कभी इसे पढ़ना नहीं सीखा था। उसके देखते ही देखते उभरे हुए शब्दों पर एक आँसू टपक गया।

'मिस ग्रेंजर, तुम्हें क्या लगता है, यह पुस्तक डम्बलडोर ने तुम्हारे लिए क्यों छोड़ी है?' स्क्रिमग्योर ने पूछा।

'वे ... वे जानते थे कि मुझे पुस्तकें पसंद हैं,' हर्माइनी ने भारी आवाज़ में कहा और आस्तीन से अपनी आँखें पोंछीं।

'लेकिन यही पुस्तक क्यों?'

'मुझे नहीं मालूम। उन्हें लगा होगा कि यह मुझे अच्छी लगेगी।'

'क्या तुम्हारी कभी डम्बलडोर से गुप्त संकेतों या गुप्त संदेश पहुँचाने के तरीक़ों के बारे में बात हुई थी?'

'नहीं, कभी नहीं,' हर्माइनी ने कहा, जो अब भी आस्तीन से अपनी आँखें पोंछ रही थी। 'और अगर मंत्रालय इकतीस दिन में इस पुस्तक में गुप्त संकेत नहीं खोज पाया है, तो मुझे नहीं लगता कि मैं भी खोज पाऊँगी।'

उसने अपनी सुबकी रोकी। वे इतने सटकर बैठे थे कि रॉन को अपनी बाँह निकालकर हर्माइनी के कंधों पर रखने में मुश्किल आई। स्क्रिमग्योर फिर से वसीयत पढ़ने लगे।

' "हैरी जेम्स पॉटर के नाम," ' उन्होंने पढ़ा और हैरी का पेट

अचानक रोमांच में सिकुड़ गया, '*"मैं वह सुनहरी गेंद छोड़े जाता हूँ, जो उसने हॉगवर्ट्स में अपने पहले क्विडिच मैच में पकड़ी थी ... लगन और योग्यता के पुरस्कार की याद के रूप में।"*'

स्क्रिमग्योर ने अखरोट के आकार की छोटी सी सुनहरी गेंद निकाली। इसके चाँदी जैसे पंख थोड़े कमज़ोर अंदाज़ में फड़फड़ाए और हैरी को निराशा का एहसास हुआ।

'डम्बलडोर ने तुम्हारे लिए यह सुनहरी गेंद क्यों छोड़ी है?' स्क्रिमग्योर ने पूछा।

'पता नहीं,' हैरी ने कहा। 'मुझे लगता है, उन्हीं कारणों से छोड़ी होगी, जो आपने अभी पढ़े हैं ... मुझे यह याद दिलाने के लिए कि आप क्या पा सकते हैं, अगर आप में ... लगन और वह चाहे जो हो।'

'तो, तुम्हें लगता है कि यह सिर्फ़ प्रतीकात्मक उपहार है?'

'मुझे ऐसा ही लगता है,' हैरी ने कहा। 'और क्या हो सकता है?'

'सवाल मैं पूछ रहा हूँ,' स्क्रिमग्योर ने कहा और अपनी कुर्सी सोफ़े के थोड़े क़रीब खिसका ली। बाहर अब अँधेरा छाने लगा था। खिड़कियों के पार वाला सफ़ेद तंबू हेज के ऊपर भुतहा नज़र आ रहा था।

'तुम्हारा बर्थडे केक सुनहरी गेंद के आकार का है,' स्क्रिमग्योर ने हैरी से पूछा। 'ऐसा क्यों है?'

हर्माइनी अपमानजनक अंदाज़ में हँस पड़ी।

'ओह, यह इस कारण तो नहीं हो सकता, क्योंकि हैरी क्विडिच का बहुत अच्छा खोजी है। यह बहुत ज़्यादा स्पष्ट है,' उसने कहा। 'आइसिंग में ज़रूर डम्बलडोर का कोई गोपनीय संदेश छिपा होगा!'

'मुझे नहीं लगता कि केक की आइसिंग में कोई चीज़ छिपी होगी,' स्क्रिमग्योर ने कहा, 'लेकिन सुनहरी गेंद किसी छोटी चीज़ को छिपाने की बहुत अच्छी जगह हो सकती है। मुझे यक़ीन है कि तुम्हें इसका कारण मालूम होगा?'

हैरी ने कंधे उचका दिए। बहरहाल, जवाब हर्माइनी ने दिया : हैरी को लगा कि सही जवाब देना उसकी इतनी गहरी और प्रबल आदत बन चुकी थी कि वह इस इच्छा को रोक नहीं सकती थी।

'क्योंकि सुनहरी गेंद में मांस की यादें होती हैं,' वह बोली।

'क्या?' हैरी और रॉन ने एक साथ कहा। दोनों को लगता था कि

हर्माइनी को क्विडिच का ज़रा भी ज्ञान नहीं है।

'सही कहा,' स्क्रिमग्योर ने कहा। 'सुनहरी गेंद को मैच में छोड़े जाने से पहले हाथ से कोई नहीं छूता है। बनाने वाला भी नहीं, क्योंकि वह इसे ग्लव्ज़ पहनकर बनाता है। इस पर एक सम्मोहन होता है, जिससे यह इसे छूने वाले पहले व्यक्ति को पहचान सकती है, ताकि विवाद न हो सके।' उन्होंने छोटी सी सुनहरी गेंद को ऊपर उठाया, 'इस सुनहरी गेंद को तुम्हारा स्पर्श याद होगा, पॉटर। मुझे लगता है कि डम्बलडोर में बाक़ी चाहे जितने दोष हों, लेकिन वे बहुत योग्य जादूगर थे, इसलिए उन्होंने इस गेंद पर ऐसा सम्मोहन कर दिया होगा, ताकि यह सिर्फ़ तुम्हारे लिए ही खुले।'

हैरी का दिल अब बहुत तेज़ी से धड़क रहा था। उसे यक़ीन था कि स्क्रिमग्योर सही कह रहे थे। वह उनसे सुनहरी गेंद अपने हाथ में लेने से कैसे बच सकता था?

'तुमने कुछ कहा नहीं?' स्क्रिमग्योर ने कहा। 'शायद तुम पहले से ही जानते हो कि सुनहरी गेंद के भीतर क्या है?'

'नहीं,' हैरी ने कहा। वह अब भी सोच रहा था कि वह सुनहरी गेंद को छुए बिना उसे लेने का नाटक कैसे कर सकता है। अगर वह गुप्तविद्या जानता, तो हर्माइनी के मन की बात पढ़कर जान सकता था कि उसके दिमाग़ में क्या विचार आ रहा था।

'इसे ले लो,' स्क्रिमग्योर ने धीरे से कहा।

हैरी ने मंत्रीजी की पीली आँखों में देखा। वह जानता था कि उसके पास उनकी बात मानने के अलावा कोई चारा नहीं था। उसने अपना हाथ बढ़ाया। स्क्रिमग्योर ने आगे की तरफ़ झुककर सुनहरी गेंद सावधानी से हैरी की हथेली पर रख दी।

कुछ नहीं हुआ। जब हैरी की उँगलियाँ सुनहरी गेंद पर कस गईं, तो इसके थके हुए पंख फड़फड़ाए और यह स्थिर हो गई। स्क्रिमग्योर, रॉन और हर्माइनी आंशिक रूप से छिपी हुई गेंद को उत्सुकता से लगातार निहारते रहे, जैसे उम्मीद कर रहे हों कि किसी तरह से इसका रूप बदल जाएगा।

'बहुत नाटकीय था,' हैरी ने ठंडेपन से कहा। रॉन और हर्माइनी दोनों हँस पड़े।

'तो फिर इतना ही था, है ना?' हर्माइनी ने पूछा और सोफ़े से उठने की कोशिश की।

'नहीं,' स्क्रिमग्योर ने कहा, जो अब थोड़े चिड़चिड़े दिख रहे थे। 'डम्बलडोर ने तुम्हारे लिए एक और चीज़ छोड़ी है, पॉटर।'

'वह क्या?' हैरी ने कहा और उसका रोमांच दोबारा जाग गया।

स्क्रिमग्योर ने इस बार वसीयत से पढ़ने की ज़हमत नहीं उठाई।

'गौरव गरुड़द्वार की तलवार,' उन्होंने कहा।

हर्माइनी और रॉन दोनों तनकर बैठ गए। हैरी ने चारों तरफ़ माणिक जड़ी मूठ की तलाश की, लेकिन स्क्रिमग्योर ने चमड़े के पाउच में से तलवार नहीं निकाली। वैसे भी पाउच इतना छोटा दिख रहा था कि उसमें तलवार नहीं आ सकती थी।

'तो तलवार कहाँ है?' हैरी ने संदेह से पूछा।

स्क्रिमग्योर ने कहा, 'दुर्भाग्य से वह तलवार डम्बलडोर की व्यक्तिगत संपत्ति नहीं थी, इसलिए वे उसे वसीयत में किसी को नहीं दे सकते थे। गौरव गरुड़द्वार की तलवार एक महत्वपूर्ण ऐतिहासिक वस्तु है और यह -'

'वह हैरी की है!' हर्माइनी ने ग़ुस्से से कहा। 'तलवार ने हैरी को चुना था। यह उसे ही मिली थी। यह बोलती टोपी के भीतर से हैरी के पास आई थी -'

'विश्वसनीय ऐतिहासिक सूत्रों के अनुसार तलवार गरुड़द्वार हाउस के किसी भी क़ाबिल विद्यार्थी के सामने प्रकट हो सकती है,' स्क्रिमग्योर ने कहा। 'इससे यह मि. पॉटर की व्यक्तिगत संपत्ति नहीं बन जाती है, भले ही डम्बलडोर ने कुछ भी फ़ैसला किया हो।' स्क्रिमग्योर ने अपने बुरी तरह दाढ़ी बनाए गाल को खरोंचा और हैरी को ग़ौर से देखा। 'तुम्हें क्या लगता है -?'

'डम्बलडोर मुझे तलवार क्यों देना चाहते थे?' हैरी ने कहा, जो अब अपने संयम को क़ायम रखने के लिए जूझ रहा था। 'शायद उन्हें लगा होगा कि यह मेरी दीवार पर सुंदर लगेगी।'

'यह मज़ाक़ नहीं है, पॉटर!' स्क्रिमग्योर गुर्राए। 'क्या ऐसा इसलिए था, क्योंकि डम्बलडोर को यक़ीन था कि सिर्फ़ गौरव गरुड़द्वार की तलवार ही नागशक्ति के वारिस को हरा सकती है? क्या वे तुम्हें तलवार इसलिए देना चाहते थे, पॉटर, क्योंकि बाक़ी बहुत से लोगों की तरह वे भी मानते थे कि तुम-जानते-हो-कौन को ख़त्म करना तुम्हारी तक़दीर में लिखा है?'

'दिलचस्प अंदाज़ा है,' हैरी ने कहा। 'क्या किसी ने कभी वोल्डेमॉर्ट

के सीने में तलवार उतारने की कोशिश की है? शायद मंत्रालय को बत्तीबंद यंत्रों को खोलने और अज़्काबान के क़ैदियों की सामूहिक फ़रारी को ढँकने के बजाय अपने कुछ आदमी इस काम में लगा देने चाहिए। तो मंत्रीजी, आप अपने ऑफ़िस में बंद होकर यह काम कर रहे थे? सुनहरी गेंद खोलने की कोशिश कर रहे थे? लोग मर रहे हैं। मैं भी मरते-मरते बचा हूँ। वोल्डेमॉर्ट ने तीन काउंटियों तक मेरा पीछा किया है। उसने बावरे-नैन मूडी को मार डाला, लेकिन मंत्रालय ने इसके बारे में एक शब्द भी नहीं कहा, है ना? और इसके बाद भी आप हमसे सहयोग की उम्मीद कर रहे हैं!'

'तुम बहुत आगे जा रहे हो!' स्क्रिमग्योर चिल्लाते हुए खड़े हो गए। हैरी भी उछलकर खड़ा हो गया। स्क्रिमग्योर लँगड़ाते हुए हैरी की तरफ़ बढ़े और अपनी छड़ी की नोक उसके सीने में कसकर चुभा दी। इससे हैरी की टी-शर्ट में जली हुई सिगरेट जैसा छेद हो गया।

'ओए!' रॉन ने कहा, जिसने उछलकर अपनी छड़ी उठा ली, लेकिन हैरी ने कहा, 'नहीं! तुम इन्हें हमें गिरफ़्तार करने का कोई बहाना मत देना!'

'याद आ गया कि तुम स्कूल में नहीं हो, है ना?' स्क्रिमग्योर ने हैरी के चेहरे पर साँस छोड़ते हुए कहा। 'याद आ गया कि मैं डम्बलडोर नहीं हूँ, जो तुम्हारी अवज्ञा और उद्दंडता को माफ़ कर दूँगा? पॉटर, तुम अपने निशान को मुकुट की तरह शौक से पहने रहो, लेकिन मैं किसी सत्रह साल के लड़के के मुँह से यह नहीं सुनना चाहता कि मुझे अपना काम कैसे करना है! अब समय आ गया है कि तुम सम्मान करना सीख लो!'

'अब समय आ गया है कि आप सम्मान लायक़ बनना सीख लें,' हैरी ने कहा।

फ़र्श काँपने लगा और भागते हुए क़दमों की आवाज़ आई। फिर सिटिंग रूम का दरवाज़ा धड़ाम से खुला तथा मिस्टर और मिसेज़ वीज़्ली भागते हुए अंदर आए।

'हमें - हमें लगा कि हमने -' मिस्टर वीज़्ली ने कहना शुरू किया, जो हैरी और मंत्रीजी को लगभग नाक से नाक सटाए देखकर दहशत में आ गए थे।

'- ऊँची आवाज़ें सुनी थीं,' मिसेज़ वीज़्ली ने अपने पति की बात हाँफते हुए पूरी की।

स्क्रिमग्योर हैरी से दो क़दम पीछे हटे और हैरी की टी-शर्ट में हुए छेद को देखा। उन्हें अब अपने ग़ुस्से पर अफ़सोस हो रहा था।

'कुछ – कुछ नहीं हुआ था,' वे गुर्राए। 'मुझे ... तुम्हारे नज़रिए पर अफ़सोस है,' उन्होंने कहा और हैरी के चेहरे को एक बार फिर देखा। 'शायद तुम सोच रहे हो कि मंत्रालय वह नहीं चाहता है, जो तुम – जो डम्बलडोर – चाहते थे। हमें मिलकर काम करना चाहिए।'

'मुझे आपके तरीक़े पसंद नहीं हैं, मंत्रीजी,' हैरी ने कहा। 'याद है ?'

उसने अपनी दाहिनी मुट्ठी ऊपर करके स्क्रिमग्योर को वे निशान दिखाए, जो इसके पीछे की तरफ़ अब भी सफ़ेद चमक रहे थे, *मुझे झूठ नहीं बोलना चाहिए।* स्क्रिमग्योर के चेहरे का भाव सख़्त हो गया। वे चुपचाप मुड़े और लँगड़ाते हुए कमरे से बाहर चले गए। मिसेज़ वीज़्ली तेज़ी से उनके पीछे गईं। हैरी ने मिसेज़ वीज़्ली को पीछे वाले दरवाज़े पर रुकते सुना। एकाध मिनट बाद वे चिल्लाईं, 'वे चले गए!'

'वे क्या चाहते थे ?' मिस्टर वीज़्ली ने हैरी, रॉन और हर्माइनी की तरफ़ देखते हुए पूछा, जब मिसेज़ वीज़्ली तेज़ी से वापस उनके पास आईं।

'हमें वह देने आए थे, जो डम्बलडोर हमारे लिए छोड़ गए थे,' हैरी ने कहा। 'उन्होंने अभी-अभी डम्बलडोर की वसीयत सार्वजनिक की है।'

बाहर बगीचे में डिनर टेबलों पर सभी लोगों ने वे चीज़ें देखीं, जो स्क्रिमग्योर ने उन तीनों को दी थीं। सभी ने बत्तीबंद यंत्र और *बीडल की कहानियाँ* पर आश्चर्य व्यक्त किया। सभी ने इस बात पर अफ़सोस ज़ाहिर किया कि स्क्रिमग्योर ने तलवार नहीं दी। लेकिन उनमें से कोई भी यह नहीं समझ पाया कि डम्बलडोर ने हैरी के नाम पुरानी सुनहरी गेंद क्यों छोड़ी थी। जब मिस्टर वीज़्ली ने बत्तीबंद यंत्र की तीसरी-चौथी बार जाँच की, तो मिसेज़ वीज़्ली धीरे से बोलीं, 'हैरी बेटा, सभी लोग बहुत भूखे हैं। हम तुम्हारे बिना शुरू नहीं करना चाहते थे ... मैं डिनर लगा दूँ ?'

उन सभी ने फटाफट खाया और फिर 'हैप्पी बर्थडे' के जल्दी से गाए गए कोरस और केक को खाने के बाद पार्टी ख़त्म हो गई। हैग्रिड को अगले दिन शादी में आने का आमंत्रण भी मिला था, लेकिन वह इतना भीमकाय था कि रॉन के मकान में नहीं सो सकता था, जहाँ पहले ही बहुत भीड़ थी। वह पड़ोस के मैदान में तंबू लगाने चला गया।

'ऊपर की मंज़िल पर मिलो,' हैरी ने हर्माइनी से फुसफुसाकर कहा, जब उन्होंने बगीचे को सामान्य स्थिति में लाने में मिसेज़ वीज़्ली की मदद की। 'जब सब सोने चले जाएँ।'

अटारी वाले कमरे में रॉन ने अपने बत्तीबंद यंत्र की जाँच की और

हैरी ने हैग्रिड के मोकस्किन पर्स में सोना नहीं, बल्कि वे चीज़ें भरीं, जिन्हें वह सबसे मूल्यवान मानता था, हालाँकि उनमें से कुछ तो बेकार थीं : हॉगवर्ट्स का नक़्शा, सिरियस के जादुई आईने का टुकड़ा और आर.ए.बी. वाला लॉकेट। उसने डोरी को कसकर खींचा और पर्स गले में लटका लिया। इसके बाद वह सुनहरी गेंद को पकड़कर बैठ गया और इसके धीरे-धीरे फड़फड़ाते हुए पंखों को देखता रहा। आख़िरकार, हर्माइनी ने दरवाज़े पर धीमे से दस्तक दी और पंजों के बल चलकर अंदर आ गई।

'ध्वनिदमन,' वह फुसफुसाई और उसने सीढ़ियों की दिशा में अपनी छड़ी लहराई।

'तुम्हें तो यह मंत्र पसंद नहीं था?' रॉन ने कहा।

'समय के साथ पसंद भी बदल जाती है,' हर्माइनी ने कहा। 'अब हमें अपना बत्तीबंद यंत्र दिखाओ।'

रॉन ने तत्काल उसका इस्तेमाल कर दिया। उसे सामने करके उसने क्लिक किया। उन्होंने जो इकलौता लैंप जला रखा था, वह तत्काल बुझ गया।

'बात यह है,' हर्माइनी अँधेरे में बोली, 'कि हम पेरू के तत्काल अंधकार चूर्ण से भी यह काम कर सकते थे।'

एक और *क्लिक* हुई। लैंप की रोशनी की गेंद उड़कर वापस छत पर पहुँच गई और एक बार फिर पहले जैसी रोशनी फेंकने लगी।

'फिर भी यह बहुत अच्छा है,' रॉन ने थोड़े रक्षात्मक अंदाज़ में कहा। 'और उन्होंने कहा था कि डम्बलडोर ने ख़ुद इसका आविष्कार किया है!'

'मैं जानती हूँ, लेकिन निश्चित रूप से उन्होंने तुम्हें अपनी वसीयत में यह इसलिए तो दिया नहीं होगा, ताकि हमें बत्तियाँ बुझाने में मदद मिले!'

'क्या वे जानते होंगे कि मंत्रालय उनकी वसीयत पर क़ब्ज़ा कर लेगा और उनके द्वारा हमारे लिए छोड़ी हर चीज़ की जाँच करेगा?' हैरी ने पूछा।

'यक़ीनन,' हर्माइनी ने कहा। 'वे हमें वसीयत में नहीं बता सकते थे कि वे हमारे लिए ये चीज़ें क्यों छोड़कर जा रहे हैं, लेकिन इसके बावजूद यह स्पष्ट नहीं होता है ...'

'... कि उन्होंने ज़िंदा रहते समय हमें इनके बारे में कुछ क्यों नहीं

बताया ?' रॉन ने कहा।

'बिलकुल,' हर्माइनी ने कहा, जो अब *बीडल की कहानियाँ* उलट-पलट रही थी। 'अगर ये चीज़ें इतनी महत्त्वपूर्ण हैं कि मंत्रालय की नाक के नीचे से हम तक पहुँचाई जा रही हैं, तो उन्हें हमें यह तो बता देना चाहिए था कि क्यों ... जब तक कि उन्होंने यह न सोचा हो कि इनका मतलब बिलकुल स्पष्ट है ?'

'तब तो उन्होंने ग़लत सोचा था, है ना ?' रॉन ने कहा। 'मैं हमेशा कहता था कि वे सरके हुए थे। महान जादूगर थे, लेकिन चटके हुए थे। हैरी के लिए एक पुरानी सुनहरी गेंद छोड़ना - वह किसलिए ?'

'मुझे ज़रा भी अंदाज़ा नहीं है,' हर्माइनी ने कहा। 'हैरी, जब स्क्रिमग्योर ने तुम्हें वह गेंद दी थी, तो मुझे लग रहा था कि कुछ न कुछ तो होगा!'

'हाँ, देखो,' हैरी ने कहा, उसकी नब्ज़ तेज़ चलने लगी, जब उसने सुनहरी गेंद अपनी उँगलियों में उठाई। 'मैं स्क्रिमग्योर के सामने ज़्यादा कोशिश नहीं करने वाला था, है ना ?'

'तुम्हारा क्या मतलब है ?' हर्माइनी ने पूछा।

'मैंने अपने सबसे पहले क्विडिच मैच में जो सुनहरी गेंद पकड़ी थी ?' हैरी ने कहा। 'क्या तुम्हें याद नहीं है ?'

हर्माइनी दुविधा में दिखने लगी। बहरहाल, रॉन ने थूक गटका, हैरी से सुनहरी गेंद तक इशारा किया, जब तक कि उसकी आवाज़ लौट नहीं आई।

'तुमने उसे लगभग निगल लिया था!'

'बिलकुल,' हैरी ने कहा और तेज़ी से धड़कते दिल के साथ उसने सुनहरी गेंद पर अपना मुँह लगाया।

यह नहीं खुली। उसके भीतर कुंठा और कटु निराशा उमड़ने लगी। उसने सुनहरी गेंद नीचे कर ली, लेकिन तभी हर्माइनी चिल्लाई।

'कुछ लिखा है! उस पर कुछ लिखा है, जल्दी से, देखो!'

हैरानी और रोमांच के कारण हैरी के हाथ से सुनहरी गेंद गिरते-गिरते बची। हर्माइनी ने बिलकुल सही कहा था। चिकनी सुनहरी सतह पर कुछ पल पहले कुछ नहीं था, लेकिन अब वहाँ पर पाँच शब्द नज़र आ रहे थे। वे पतली घुमावदार लिखाई में थे। हैरी जानता था कि यह डम्बलडोर की

लिखाई है।

मैं अंत में खुलती हूँ।

उसने इन शब्दों को पढ़ा ही था कि वे ओझल होने लगे।

'*"मैं अंत में खुलती हूँ ..."* इसका क्या मतलब हो सकता है?'

हर्माइनी और रॉन ने अपने सिर हिलाए। उन्हें भी कुछ समझ में नहीं आ रहा था।

'मैं अंत में खुलती हूँ ... *अंत* में .... मैं अंत में खुलती हूँ ...'

उन्होंने ये शब्द कई बार दोहराए, अलग-अलग शब्दों पर ज़ोर देकर दोहराए, लेकिन फिर भी वे उनका कोई मतलब निकालने में कामयाब नहीं हो पाए।

'और तलवार,' आख़िर रॉन बोला, जब उन्होंने सुनहरी गेंद के शब्दों का मतलब खोजने की कोशिश छोड़ दी। 'वे हैरी को तलवार क्यों देना चाहते थे?'

'और उन्होंने मुझे यह बताया क्यों नहीं,' हैरी ने धीरे से कहा। 'यह *वहाँ* हमेशा मौजूद थी! पिछले साल हमारी बातचीत के दौरान यह उनके ऑफ़िस की दीवार पर टँगी रहती थी! अगर वे मुझे तलवार देना ही चाहते थे, तो तभी क्यों नहीं दे दी?'

उसने महसूस किया, जैसे उसके सामने परीक्षा का कोई सवाल हो, जिसका जवाब उसे मालूम होना चाहिए, लेकिन उसका दिमाग़ धीमा चल रहा था और कोई प्रतिक्रिया नहीं कर रहा था। क्या कोई ऐसी चीज़ थी, जो पिछले साल डम्बलडोर के साथ हुई लंबी चर्चाओं में छूट गई थी? क्या उसे इस सबका मतलब पता होना चाहिए था? क्या डम्बलडोर को यह उम्मीद थी कि वह समझ लेगा?

'और जहाँ तक इस पुस्तक,' हर्माइनी ने कहा, '*बीडल की कहानियाँ* का सवाल है ... मैंने इसके बारे में कभी नहीं सुना!'

'तुमने *बीडल की कहानियाँ* के बारे में नहीं सुना?' रॉन ने अविश्वास के साथ पूछा। 'तुम मज़ाक़ कर रही हो, है ना?'

'नहीं, मैं मज़ाक़ नहीं कर रही हूँ!' हर्माइनी ने आश्चर्य के साथ कहा। 'तो तुम इसके बारे में जानते हो?'

'ज़ाहिर है, मैं जानता हूँ!'

हैरी ने भौंहें उठाकर ऊपर देखा। ऐसा पहले कभी नहीं हुआ था कि

रॉन ने कोई पुस्तक पढ़ी हो और हर्माइनी ने न पढ़ी हो। बहरहाल, रॉन उनकी हैरानी देखकर दुविधा में दिख रहा था।

'ओह, छोड़ो भी। बच्चों की सारी पुरानी कहानियाँ बीडल की होती हैं, है ना? *ख़ुशक़िस्मती का फव्वारा ... जादूगर और कूदता मटका ... बैबिटी रैबिटी और ठहाका लगाती छड़ी ...'*

'माफ़ करना?' हर्माइनी ने हँसते हुए पूछा। 'आख़िरी वाली कौन सी थी?'

'छोड़ो भी!' रॉन ने कहा, जो अविश्वास से हैरी और हर्माइनी को देख रहा था। 'तुमने बैबिटी रैबिटी के बारे में ज़रूर सुना होगा –'

'रॉन, तुम अच्छी तरह जानते हो कि हैरी और मुझे मगलुओं ने पाला है!' हर्माइनी ने कहा। 'बचपन में हमने इस तरह की कहानियाँ नहीं सुनी हैं। हमने तो *स्नो व्हाइट और सात बौने* तथा *सिंड्रेला* पढ़ी थीं –'

'सिंड्रेला क्या है, कोई बीमारी?' रॉन ने पूछा।

'तो ये बच्चों की कहानियाँ हैं?' हर्माइनी ने पुरातन लिपियों के शीर्षक पर झुकते हुए पूछा।

'हाँ,' रॉन ने अनिश्चितता से कहा, 'मेरा मतलब है, यह तो कहने की बात है कि ये सारी कहानियाँ बीडल ने लिखी हैं। मैं नहीं जानता कि वे मूल संस्करण में कैसी होंगी।'

'लेकिन हैरानी की बात तो यह है कि डम्बलडोर ने ऐसा क्यों सोचा कि मुझे यह पुस्तक पढ़नी चाहिए?'

नीचे की मंज़िल पर किसी चीज़ के चरमराने की आवाज़ आई।

'शायद चार्ली होगा, जो मम्मी के सो जाने के बाद दबे पाँव अपने बाल दोबारा उगाने जा रहा होगा?' रॉन घबराकर बोला।

'चाहे जो हो, हमें सो जाना चाहिए,' हर्माइनी ने फुसफुसाकर कहा। 'कल देर तक सोना अच्छा नहीं रहेगा।'

'बिलकुल नहीं,' रॉन ने सहमत होते हुए कहा। 'दूल्हे की माँ अगर तीन लोगों की नृशंस हत्या कर देगी, तो पूरी शादी पर पानी फिर जाएगा। मैं बत्ती बुझाता हूँ।'

जब हर्माइनी कमरे से बाहर निकली, तो रॉन ने एक बार फिर बत्तीबंद यंत्र को क्लिक कर दिया।

अध्याय आठ

शादी

अगले दिन दोपहर तीन बजे हैरी, रॉन, फ्रेड और जॉर्ज बगीचे में लगे बड़े सफ़ेद तंबू के बाहर खड़े थे। वे शादी में आने वाले मेहमानों की राह देख रहे थे। हैरी ने बहुत सारा भेसबदल काढ़ा पी लिया था और अब वह स्थानीय ओटरी सेंट कैचपोल गाँव के लाल बालों वाले मगलू लड़के का हमशक्ल बन गया था, जिसके सिर के बाल फ्रेड ने आव्हान मंत्र का प्रयोग करके चुराए थे। योजना यह थी कि हैरी का परिचय 'कज़िन बार्नी' नाम से दिया जाए और उसकी पहचान छिपाने के लिए ढेर सारे वीज़्ली रिश्तेदारों पर भरोसा किया जाए।

उन चारों के हाथ में बैठक व्यवस्था का चार्ट था और उन्हें लोगों को सही जगह पर बैठाना था। सफ़ेद दुशालों वाले वेटर एक घंटे पहले आ गए थे। उनके साथ ही सुनहरे जैकेट वाला बैंड भी आ गया था। ये सभी जादूगर इस वक़्त थोड़ी दूर एक पेड़ के नीचे बैठे थे। हैरी को वहाँ से पाइप के धुएँ की नीली धुंध दिख रही थी।

हैरी के पीछे तंबू के प्रवेश द्वार से गद्दीदार सुनहरी कुर्सियों की क़तारें दिख रही थीं, जो लंबे, बैंगनी गलीचे के दोनों ओर लगी थीं। तंबू को सहारा देने वाले खंभों पर सफ़ेद और सुनहरे फूल लिपटे थे। बिल और फ़्लर कुछ समय बाद जिस जगह पर पति-पत्नी बनने वाले थे, वहाँ पर फ्रेड और जॉर्ज ने हवा में ढेर सारे सुनहरे गुब्बारे लगा दिए थे। बाहर घास और बागड़ के ऊपर तितलियाँ और मधुमक्खियाँ आलस से मँडरा रही थीं। हैरी थोड़ी परेशानी में था। जिस मगलू लड़के का उसने भेस बनाया था, वह उससे थोड़ा मोटा था। इस वजह से गर्मी के धूप भरे दिन में उसे अपने ड्रेस दुशाले तंग महसूस हो रहे थे और गर्मी लग रही थी।

'जब मेरी शादी होगी,' फ्रेड ने अपने दुशालों का कॉलर खींचते हुए कहा, 'तो मैं ऐसी किसी बकवास में नहीं पड़ूँगा। तुम सभी जो चाहो, वह पहन सकते हो; मैं शादी ख़त्म होने तक मम्मी को पूर्ण शरीर-बंधन शाप से बाँध दूँगा।'

'देखा जाए तो वे आज सुबह ज़्यादा बुरी नहीं थीं,' जॉर्ज ने कहा, 'हालाँकि वे इस बात पर थोड़ा रोई थीं कि पर्सी नहीं आया, लेकिन उसे चाहता कौन है ? ओह, ओह, कमर कस लो – वे लोग आ गए, देखो।'

चमकीले रंगों वाली आकृतियाँ एक-एक करके अहाते की दूर वाली सरहद पर हवा में से प्रकट हो रही थीं। कुछ ही मिनटों में एक क़ाफ़िला सा बन गया, जो बगीचे में धीरे-धीरे रेंगता हुआ तंबू की ओर आने लगा। जादूगरनियों के हैट पर अनोखे फूल और फड़फड़ाते हुए सम्मोहित पक्षी थे, जबकि कई जादूगरों की टाई में क़ीमती रत्न चमक रहे थे। रोमांचित गपशप की आवाज़ धीरे-धीरे तेज़ होती जा रही थी और भीड़ के तंबू के पास आने पर मधुमक्खियों की आवाज़ दब गई।

'बहुत बढ़िया। मुझे कुछ फ्रेंच मोहिनियाँ दिख रही हैं,' जॉर्ज ने उन्हें अच्छे से देखने के लिए अपनी गर्दन थोड़ी ऊँची की। 'उन्हें हमारी परंपराओं को समझने में मदद चाहिए होगी। मैं उन्हें सँभालता हूँ ...'

फ्रेड ने कहा, 'इतनी जल्दी नहीं, कनकटे।' फिर वह क़ाफ़िले में सबसे आगे आ रही अधेड़ जादूगरनियों के समूह के पास से भागता हुआ गया और दो सुंदर फ्रेंच लड़कियों से बोला, *'मादाम, मैं आपकी क्या मदद कर सकता हूँ ?'* लड़कियाँ हँसती हुई उसके साथ अंदर चली गईं। जॉर्ज अधेड़ जादूगरनियों को जगह बताने लगा। रॉन ने मिस्टर वीज़्ली के मंत्रालय के पुराने सहकर्मी पर्किन्स को सँभाला, जबकि हैरी के पल्ले थोड़े बहरे बूढ़े दंपति पड़े।

जब हैरी दोबारा तंबू से बाहर निकला, तो उसने एक परिचित आवाज़ सुनी, 'वाह।' टौंक्स और ल्यूपिन क़तार में सबसे आगे थे। इस मौक़े पर टौंक्स ने अपने बाल सुनहरे कर लिए थे। जब हैरी उन्हें उनकी कुर्सी तक ले गया, तो टौंक्स फुसफुसाकर बोली, 'आर्थर ने हमें बताया था कि तुम घुँघराले बालों वाले हो। कल रात के लिए माफ़ करना। इस वक़्त मंत्रालय का रुख़ नरभेड़िया-विरोधी है और हमने सोचा कि हमारा वहाँ रहना तुम्हारे लिए ठीक नहीं होगा।'

'कोई बात नहीं, मैं समझता हूँ,' हैरी ने कहा, हालाँकि उसने यह

बात टौंक्स से कम, ल्यूपिन से ज़्यादा कही थी। ल्यूपिन उसकी तरफ़ देखकर हल्के से मुस्कराए, लेकिन उनके मुड़ते समय हैरी ने देखा कि उनका चेहरा एक बार फिर से दुखी हो गया था। वह इस बात को नहीं समझ पाया, लेकिन अभी इस बारे में सोचने का वक़्त भी नहीं था। हैग्रिड काफ़ी परेशानियाँ खड़ी कर रहा था। फ़्रेड के निर्देश ग़लत समझने के कारण वह पीछे वाली क़तार में रखी जादुई रूप से बड़ी की गई कुर्सी पर नहीं बैठा था, जो ख़ास तौर पर उसके लिए रखी गई थी। इसके बजाय वह पाँच कुर्सियों पर बैठ गया था, जो इस वक़्त पिचककर माचिस की सुनहरी डिब्बियों जैसी दिख रही थीं।

जब मिस्टर वीज़्ली ने कुर्सियों की मरम्मत कर दी और हैग्रिड ने हर सुनने वाले से ऊँचे स्वर में माफ़ी माँग ली, तो हैरी जल्दी से प्रवेशद्वार पर आ गया। वहाँ रॉन एक बहुत अजीब दिखने वाले जादूगर के सामने खड़ा था। यह जादूगर थोड़ा भेंगा था, उसके सफ़ेद बाल कंधे तक लंबे थे, उसकी टोपी का फुँदना उसकी नाक के सामने लटक रहा था। उसके दुशाले का रंग अंडे की जर्दी जैसा पीला था, जिससे आँखों में पानी आ रहा था। उसके गले में एक सुनहरी चेन चमक रही थी, जिस पर त्रिकोणीय आँख जैसा अजीब प्रतीक बना हुआ था।

'ज़ेनोफ़िलियस लवगुड,' उसने हैरी की ओर हाथ बढ़ाते हुए कहा, 'मेरी बेटी और मैं पहाड़ी पर रहते हैं। वीज़्ली परिवार का आमंत्रण पाकर हम सम्मानित हुए। लेकिन मुझे लगता है, तुम मेरी लूना को जानते हो!' उन्होंने रॉन से पूछा।

'हाँ,' रॉन ने कहा। 'क्या वह आपके साथ नहीं आई?'

'वह सुंदर से छोटे बगीचे में बौनों से हैलो कहने के लिए रुक गई है। कितना बढ़िया समूह है! बहुत कम जादूगरों को यह एहसास है कि हम इन समझदार बौनों से कितना कुछ सीख सकते हैं – या, उन्हें उनके सही नाम *जरनुम्बली गार्डनसी* से पुकार सकते हैं।'

'हमारे बौने बहुत बढ़िया गालियाँ जानते हैं,' रॉन ने कहा, 'लेकिन मुझे लगता है कि वे उन्हें फ़्रेड और जॉर्ज ने सिखाई हैं।'

जब रॉन जादूगरों के एक समूह को तंबू के भीतर ले जा रहा था, तो लूना भागती हुई आई।

'हैलो, हैरी!' उसने कहा।

'अर – मेरा नाम बार्नी है,' हैरी ने हैरान होते हुए कहा।

'ओह, तो तुमने नाम भी बदल लिया है?' उसने उत्साह से पूछा।

'तुम्हें कैसे पता चला – ?'

'ओह, तुम्हारे चेहरे के भाव से,' लूना ने कहा।

अपने पिता की तरह लूना भी चमकीले पीले दुशाले पहने थी, जिसके साथ उसने अपने बालों में सूर्यमुखी का बड़ा फूल लगा लिया था। इसकी चमक का आदी होने के बाद सामान्य प्रभाव काफ़ी सुखद था। कम से कम उसके कानों से गाजरें तो नहीं लटक रही थीं।

ज़ेनोफ़िलियस एक परिचित से गहरी चर्चा में डूबे थे, इसलिए उन्होंने लूना और हैरी की बातचीत नहीं सुनी। उस जादूगर से विदा लेने के बाद वे अपनी बेटी की ओर मुड़े। लूना ने अपनी उँगली दिखाते हुए कहा, 'डैडी, देखिए – मुझे एक बौने ने काट लिया!'

'बहुत अच्छा हुआ! बौनों की लार बहुत ज़्यादा फ़ायदेमंद होती है!' मि. लवगुड ने कहा और लूना की उँगली को पकड़कर घाव को देखा। 'लूना, मेरी बच्ची, अगर आज तुम्हें अपने भीतर कोई प्रतिभा ज़ोर मारती महसूस हो – शायद ऑपेरा गाने की अप्रत्याशित इच्छा या जलभाषा में भाषण देने की इच्छा – तो उसे दबाना मत! हो सकता है, *बौनों* ने तुम्हें यह प्रतिभा दी हो!'

उनकी विपरीत दिशा में जा रहा रॉन ज़ोर से हँस दिया।

'रॉन को हँसने दो,' लूना ने शांति से कहा, जब हैरी उसे और ज़ेनोफ़िलियस को उनकी कुर्सियों की ओर ले गया, 'डैडी ने *बौनों* के जादू पर काफ़ी शोध किया है।'

'सचमुच?' हैरी ने कहा, जिसने काफ़ी समय पहले ही यह फ़ैसला कर लिया था कि वह लूना या उसके पिता के अजीब विचारों का विरोध नहीं करेगा। 'क्या तुम्हें यक़ीन है कि तुम इस घाव पर मरहम तो नहीं लगवाना चाहतीं?'

'ओह, यह ठीक है,' लूना ने कहा, जो सपनीले अंदाज़ में अपनी उँगली चूस रही थी और हैरी को ऊपर से नीचे तक देख रही थी। 'तुम जम रहे हो। मैंने डैडी को बताया था कि ज़्यादातर लोग शायद ड्रेस दुशाले पहनेंगे, लेकिन उनका मानना है कि शादी में सूरज के रंग के कपड़े पहनना चाहिए, ख़ुशक़िस्मती के लिए।'

जब वह अपने पिता के पीछे चली गई, तो रॉन दोबारा प्रकट हुआ।

वह एक बूढ़ी जादूगरनी को लेकर जा रहा था, जो उसकी बाँह पकड़े थी। चोंच जैसी नाक, लाल फ्रेम वाले चश्मे और पंखों वाले गुलाबी हैट के कारण वह जादूगरनी किसी बदमिज़ाज फ़्लैमिंगो जैसी दिख रही थी।

'... और तुम्हारे बाल बहुत लंबे हैं, रोनाल्ड। एक पल के लिए तो मैं तुम्हें जिनी समझी थी। मर्लिन की दाढ़ी, ज़ेनोफ़िलियस लवगुड यह क्या पहने है? वह तो ऑमलेट जैसा दिख रहा है। और तुम कौन हो?' उन्होंने हैरी से तेज़ स्वर में पूछा।

'ओह हाँ, मुरियल आंटी, यह हमारा कज़िन बार्नी है।'

'एक और वीज़्ली? तुम लोग तो बौनों की तरह बच्चे पैदा करते हो। हैरी पॉटर नहीं आया? मैं उससे मिलने की उम्मीद कर रही थी। रोनाल्ड, मुझे लगा था कि वह तुम्हारा दोस्त है, या फिर तुम यूँ ही डींगें हाँक रहे थे?'

'नहीं – वह नहीं आ पाया –'

'हूँ। बहाना बना दिया, है ना? उतना बेवकूफ़ नहीं है, जितना अख़बार में छपे फ़ोटो में दिखता है। मैं अभी दुल्हन को बता रही थी कि मेरे मुकुट को सबसे अच्छी तरह कैसे पहनना है,' उन्होंने हैरी से चिल्लाकर कहा। 'जानते हो, पिशाचों का बनाया हुआ है और सदियों से मेरे ख़ानदान में है। दुल्हन सुंदर है, लेकिन फिर भी – *फ़्रांसीसी* है। अच्छा, अच्छा, मेरे लिए कोई अच्छी कुर्सी खोज दो, रोनाल्ड, मैं एक सौ सात साल की हो चुकी हूँ और मुझे ज़्यादा देर तक खड़े नहीं रहना चाहिए।'

रॉन ने जाते-जाते हैरी पर अर्थपूर्ण दृष्टि डाली और कुछ समय तक नहीं लौटा। जब वे अगली बार प्रवेशद्वार पर मिले, तब तक हैरी एक दर्जन लोगों को उनकी जगह दिखा चुका था। तंबू अब अच्छी तरह भर चुका था और पहली बार बाहर लोगों की क़तार नहीं थी।

'मुरियल तो बुरे सपने की तरह हैं,' रॉन ने आस्तीन से माथा पोंछते हुए कहा। 'वे हर साल क्रिसमस पर आ धमकती थीं, लेकिन भगवान का शुक्र है, फिर वे बुरा मान गईं, क्योंकि डिनर पर फ्रेड और जॉर्ज ने उनकी कुर्सी के नीचे गोबरबम फोड़ दिया था। डैडी हमेशा कहते हैं कि वे उन दोनों को अपनी वसीयत में कुछ नहीं देंगी – जैसे उन लोगों को इसकी परवाह हो। वे जिस तरह प्रगति कर रहे हैं, उससे वे जल्दी ही परिवार में सबसे अमीर बन जाएँगे ... वाह,' उसने आगे कहा और पलकें थोड़ी तेज़ झपकाईं, जब हर्माइनी तेज़ी से उनकी तरफ़ आई। 'तुम बहुत बढ़िया दिख

रही हो!'

'हमेशा हैरानी का अंदाज़ रहता है,' हर्माइनी ने कहा, हालाँकि वह मुस्करा दी। उसने गुलाबी-जामुनी रंग की तैरती हुई सी पोशाक पहनी थी, जो उसकी ऊँची जूतियों से मेल खा रही थी। उसके बाल रेशमी और चमकीले थे। 'मुरियल आंटी को ऐसा नहीं लगता है। मैं अभी उनसे ऊपर की मंज़िल पर टकराई थी, जब वे फ़्लर को मुकुट दे रही थीं। मुझे देखकर उन्होंने कहा, "हे भगवान, यह मगलू लड़की है?" और फिर बोलीं, "बुरा हुलिया और पतले टखने"।'

'बुरा मत मानना, वे सबकी बुराई करती रहती हैं,' रॉन ने कहा।

'मुरियल के बारे में बात कर रहे हो?' जॉर्ज ने पूछा, जो फ्रेड के साथ तंबू में से निकलकर आ गया था। 'हाँ, उन्होंने अभी-अभी मुझे बताया है कि मेरे कान तिरछे हैं। बूढ़ी चमगादड़। काश अंकल बिलियस अब भी हमारे साथ होते! वे शादियों में रंग जमा देते थे।'

'क्या ये वही नहीं हैं, जो ग्रिम देखने के चौबीस घंटे के भीतर मर गए थे?' हर्माइनी ने पूछा।

'हाँ वही, वे अंत में थोड़े अजीब हो गए थे,' जॉर्ज ने कहा।

'लेकिन अजीब होने से पहले वे पार्टी की जान थे,' फ्रेड ने कहा। 'वे फ़ायरव्हिस्की की पूरी बोतल ख़त्म कर देते थे, फिर डांस फ़्लोर तक भागकर जाते थे, अपने दुशाले ऊपर कर लेते थे और अंदर से फूलों के गुच्छे निकालने लगते थे –'

'वे बहुत मज़ेदार लगते हैं,' हर्माइनी ने कहा, जबकि हैरी हँसते-हँसते दोहरा हो गया।

'किसी कारण उन्होंने कभी शादी नहीं की,' रॉन बोला।

'बड़ी हैरानी की बात है,' हर्माइनी ने कहा।

वे इतना ज़्यादा हँस रहे थे कि उनमें से किसी ने भी देर से आने वाले एक व्यक्ति पर ध्यान नहीं दिया। मुड़ी हुई बड़ी नाक, मोटी काली भौंहों और काले बालों वाला एक युवक आ गया था। उसने रॉन की तरफ़ अपना आमंत्रण बढ़ाया और हर्माइनी की तरफ़ देखते हुए बोला, 'तुम शानदार दिख रही हो।'

'विक्टर!' हर्माइनी चीख़ी और उसके हाथ से उसका छोटा सा हैंडबैग छूट गया, जिससे धम्म की बहुत तेज़ आवाज़ हुई, जो बैग के

आकार के हिसाब से बहुत ज़्यादा थी। शर्माकर उसे उठाते हुए वह बोली, 'मुझे पता नहीं था कि तुम भी – कितना अच्छा हुआ – तुमसे मिलकर ख़ुशी हुई – कैसे हो?'

रॉन के कान एक बार फिर लाल हो गए। उसने क्रम के आमंत्रण पत्र पर इस तरह निगाह डाली, जैसे उसे इसके एक शब्द पर भी यक़ीन नहीं हो रहा हो। फिर उसने ज़ोर से पूछा, 'तुम यहाँ कैसे?'

'फ़्लर ने मुझे आमंत्रित किया है,' क्रम ने भौंहें उठाकर कहा।

हैरी को क्रम से कोई शिकायत नहीं थी, इसलिए उसने क्रम से हाथ मिलाया। फिर उसने यह महसूस किया कि क्रम को रॉन से दूर रखने में ही समझदारी है, इसलिए वह उसे उसकी कुर्सी दिखाने ले गया।

जब वे अच्छी तरह भर चुके तंबू में दाख़िल हुए, तो क्रम ने कहा, 'तुम्हारा दोस्त मुझे देखकर ख़ुश नहीं हुआ। या फिर वह तुम्हारा रिश्तेदार है?' उसने हैरी के लाल, घुँघराले बालों पर नज़र डालते हुए कहा।

'कज़िन है,' हैरी बुदबुदाया, लेकिन क्रम दरअसल सुन नहीं रहा था। उसके आने से हलचल पैदा हो गई थी, ख़ासकर मोहिनियों में। आख़िर वह मशहूर क्विडिच खिलाड़ी था। जब लोग उसे अच्छे से देखने के लिए अपनी गर्दन ऊँची कर रहे थे, तो रॉन, हर्माइनी, फ़्रेड और जॉर्ज जल्दी से रास्ते से हट गए।

'अब बैठने का समय है,' फ़्रेड ने हैरी से कहा, 'वरना दुल्हन हमें कुचल डालेगी।'

हैरी, रॉन और हर्माइनी फ़्रेड तथा जॉर्ज के पीछे दूसरी क़तार में अपनी कुर्सियों पर बैठ गए। हर्माइनी का चेहरा थोड़ा गुलाबी दिख रहा था और रॉन के कान अब भी लाल थे। कुछ पल बाद उसने हैरी से बुदबुदाकर कहा, 'तुमने देखा, उसने मूर्खतापूर्ण छोटी दाढ़ी रख ली है?'

हैरी ने बग़ैर कुछ कहे हाँ कर दी।

गर्म तंबू में उम्मीद भरा एहसास था। बुदबुदाहट भरी बातचीत के बीच लोगों की हँसी सुनाई दे रही थी। मिस्टर और मिसेज़ वीज़्ली रिश्तेदारों की ओर देखकर मुस्कराते और हाथ हिलाते हुए मंच तक चलकर गए। मिसेज़ वीज़्ली जामुनी रंग के नए दुशाले और इसी रंग का हैट पहने थीं।

एक पल बाद बिल और चार्ली तंबू के सामने खड़े हो गए। दोनों ने

ड्रेस दुशाले पहन रखे थे और उनके बटन के छेद में बड़े, सफ़ेद गुलाब लगे थे। फ्रेड ने सीटी बजाई और मोहिनियाँ हँसने लगीं। फिर जब सुनहरे गुब्बारों से संगीत निकलने लगा, तो भीड़ ख़ामोश हो गई।

हर्माइनी ने अपनी सीट पर मुड़कर प्रवेश द्वार की ओर देखा और बोली, 'ऊऊऊह!'

बैठे हुए जादूगर और जादूगरनियों की आह निकल गई, जब मि. डेलाकोर और फ़्लर मंच पर चढ़े। फ़्लर जैसे हवा में तैरती हुई जा रही थी और मि. डेलाकोर उछलते तथा मुस्कराते हुए जा रहे थे। फ़्लर ने बहुत सादी सफ़ेद पोशाक पहनी थी और उसमें से बहुत तेज़ सफ़ेद चमक निकलती दिख रही थी। हालाँकि आम तौर पर उसकी चमक के आगे सभी लोग फीके दिखते थे, लेकिन आज उसकी चमक से आस-पास वालों की सुंदरता बढ़ रही थी। जिनी और गैब्रील सुनहरी पोशाक पहने थीं और सामान्य से ज़्यादा सुंदर लग रही थीं। जब फ़्लर बिल के पास पहुँच गई, तो बिल को देखकर ऐसा नहीं लग रहा था, जैसे वह कभी फ़ेनरिर ग्रेबैक से मिला हो।

'देवियो और सज्जनो,' एक थोड़ी सुरीली सी आवाज़ आई। हैरी को यह देखकर थोड़ा सदमा लगा कि गुच्छेदार बालों वाले जिस नाटे जादूगर ने डम्बलडोर की अंत्येष्टि कराई थी, वही अब बिल और फ़्लर के सामने खड़ा था। 'आज हम यहाँ दो निष्ठावान आत्माओं के मिलन का जश्न मनाने के लिए एकत्रित हुए हैं ...'

'हाँ, मेरे मुकुट के कारण हर चीज़ बढ़िया हो गई है,' मुरियल आंटी थोड़ी तेज़ आवाज़ में बोलीं। 'लेकिन मैं यह ज़रूर कहूँगी कि जिनी ने काफ़ी नीचे गले वाली ड्रेस पहनी है।'

जिनी ने मुस्कराते हुए पलटकर देखा और हैरी को आँख मारी, लेकिन तुरंत ही सामने की तरफ़ देखने लगी। हैरी का दिमाग़ तंबू से दूर चला गया। वह उन दोपहरों को याद करने लगा, जो उसने जिनी के साथ स्कूल के मैदान के वीरान हिस्सों में बिताई थीं। यह बहुत पुरानी बात लग रही थी। ऐसा लगता था कि वे दिन असली नहीं हो सकते थे, जैसे उसने किसी सामान्य व्यक्ति की ज़िंदगी से कुछ सुनहरे घंटे चुरा लिए थे, जिसके माथे पर बिजली गिरने जैसा निशान नहीं था ...

'विलियम आर्थर, क्या तुम फ़्लर इज़ाबेल को ... ?'

सामने वाली क़तार में मिसेज़ वीज़्ली और मैडम डेलाकोर दोनों ही

चुपचाप लेस लगे रूमालों में सुबक रही थीं। तंबू के पीछे से ट्रम्पेट जैसी आवाज़ें आ रही थीं, जिससे सबको पता चल गया कि हैग्रिड ने अपना टेबलक्लॉथ जितना बड़ा रूमाल निकाल लिया था। हर्माइनी मुड़ी और हैरी की तरफ़ देखकर मुस्कराई। उसकी आँखों में भी आँसू थे।

'... तो मैं तुम्हारे आजीवन बंधन में बँधने की घोषणा करता हूँ।'

गुच्छेदार बालों वाले जादूगर ने अपनी छड़ी बिल और फ़्लर के ऊपर उठाई। उन पर चाँदी जैसे सितारों की बारिश हो गई, जो उनकी जुड़ी हुई आकृतियों के चारों ओर चमकने लगे। फ्रेड और जॉर्ज के तालियाँ बजाते ही ऊपर टँगे सुनहरे गुब्बारे फूट गए। उनमें से सुंदर चिड़ियाँ और छोटी, सुनहरी घंटियाँ उड़ीं। कोलाहल में चिड़ियों के गीत और घंटियों की आवाज़ भी शामिल हो गई।

'देवियो और सज्जनो!' गुच्छेदार बालों वाले जादूगर ने कहा। 'मेहरबानी करके खड़े हो जाएँ!'

वे सभी खड़े हो गए, हालाँकि मुरियल आंटी ज़ोर से बड़बड़ाने लगीं। जादूगर ने अपनी छड़ी लहराई। जिन कुर्सियों पर वे बैठे थे, वे हवा में उठीं और तंबू की कैनवास की दीवारें ओझल हो गईं। अब वे सुनहरे खंभों पर टिके शामियाने के नीचे खड़े थे। धूप से चमकते बगीचे और पास की हरियाली का सुंदर दृश्य दिख रहा था। इसके बाद तंबू के बीच से पिघले सोने का लावा फैलने लगा, जिससे एक चमकता हुआ डांस फ़्लोर बन गया। छोटी, सफ़ेद कपड़ों वाली टेबलों के आस-पास कुर्सियाँ धीरे से तैरती हुई ज़मीन तक आईं और जम गईं। सुनहरे जैकेट वाला बैंड मंच की तरफ़ आ गया।

'बहुत बढ़िया,' रॉन ने तारीफ़ के स्वर में कहा, जब वेटर्स सभी तरफ़ खाने-पीने का सामान सर्व करने लगे। कुछ कद्दू के जूस, बटरबियर और फ़ायरव्हिस्की की चाँदी की ट्रे लिए थे; बाक़ी टार्ट्स और सैंडविच के ढेर लेकर आ रहे थे।

'हमें चलकर उन्हें बधाई देनी चाहिए!' हर्माइनी ने पंजे के बल खड़े होकर उस तरफ़ देखते हुए कहा, जहाँ बिल और फ़्लर बधाइयाँ देने वालों की भीड़ के बीच छिप से गए थे।

'हमें बाद में काफ़ी समय मिलेगा,' रॉन ने कंधे उचकाते हुए कहा और पास से गुज़रती ट्रे से तीन बटरबियर उठाकर एक हैरी को दे दी। 'हर्माइनी, चलकर एक टेबल झपट लेते हैं ... वहाँ नहीं! मुरियल के

आस-पास नहीं –'

रॉन ख़ाली डांस फ़्लोर के पार आगे-आगे चल दिया और चलते वक़्त दाएँ-बाएँ देखता रहा। हैरी को यक़ीन था कि वह क्रम को खोज रहा था। जब तक वे तंबू के दूसरी ओर पहुँचे, ज़्यादातर टेबलें भर चुकी थीं। सबसे ख़ाली वही थी, जिस पर लूना अकेली बैठी थी।

'अगर हम तुम्हारे पास बैठ जाएँ, तो कोई दिक़्क़त तो नहीं है?' रॉन ने पूछा।

'बैठ जाओ,' उसने चहकते हुए कहा। 'डैडी अभी-अभी बिल और फ़्लर को तोहफ़ा देने गए हैं।'

रॉन ने व्यंग्य से कहा, 'तोहफ़ा क्या है, गर्डीरूट्स की ज़िंदगी भर की ख़ुराक?'

हर्माइनी ने टेबल के नीचे से उसे लात मारी, लेकिन ग़लती से वह हैरी के पैर पर पड़ गई। दर्द के कारण हैरी की आँखों में पानी आ गया और वह कुछ पल तक बातचीत नहीं सुन पाया।

बैंड दोबारा बजने लगा। बिल और फ़्लर सबसे पहले डांस फ़्लोर पर पहुँचे, जिस पर काफ़ी तालियाँ बजीं। कुछ समय बाद मिस्टर वीज़्ली मैडम डेलाकोर को डांस फ़्लोर पर ले गए और उसके बाद मिसेज़ वीज़्ली और फ़्लर के डैडी भी डांस करने लगे।

'मुझे यह गाना पसंद है,' लूना ने वाल्ट्ज़ जैसी धुन पर लहराते हुए कहा। कुछ पल बाद वह खड़ी होकर डांस फ़्लोर तक तैरती हुई सी गई और अकेली ही अपनी जगह पर घूमने लगी। उसकी आँखें बंद थीं और हाथ लहरा रहे थे।

'वह ज़ोरदार है, है ना?' रॉन ने प्रशंसा से कहा। 'हमेशा क़ीमत वसूल हो जाती है।'

लेकिन उसके चेहरे की मुस्कान तुरंत ही ग़ायब हो गई। लूना की ख़ाली सीट पर विक्टर क्रम आकर बैठ गया था। हर्माइनी ख़ुशी से बौखलाई दिख रही थी, लेकिन इस बार क्रम उसकी तारीफ़ करने नहीं आया था। उसने ग़ुस्से भरी त्योरी चढ़ाकर पूछा, 'पीले कपड़ों वाला वह आदमी कौन है?'

'वे ज़ेनोफ़िलियस लवगुड हैं। उनकी बेटी हमारी दोस्त है,' रॉन ने कहा। उसके आक्रामक अंदाज़ से यह स्पष्ट था कि वे उसके आग्रह के

बावजूद ज़ेनोफ़िलियस पर हँसेंगे नहीं। फिर उसने हर्माइनी से तत्काल कहा, 'चलो, चलकर डांस करते हैं।'

हर्माइनी हैरान, लेकिन ख़ुश दिखने लगी। वे उठकर खड़े हुए और डांस फ़्लोर पर बढ़ती भीड़ में ग़ायब हो गए।

'आह, वे अब एक साथ घूमने लगे हैं?' क्रम ने पूछा, जो पल भर के लिए विचलित हो गया था।

'अर - एक तरह से,' हैरी ने कहा।

'तुम कौन हो?' क्रम ने पूछा।

'बार्नी वीज़्ली।'

उन्होंने हाथ मिलाया।

'बार्नी, तुम - तुम इस लवगुड को अच्छी तरह से जानते हो?'

'नहीं, मैं उनसे आज ही मिला हूँ। क्यों?'

क्रम ने अपने ड्रिंक के गिलास के ऊपर से ज़ेनोफ़िलियस को ग़ुस्से से घूरा, जो डांस फ़्लोर की दूसरी तरफ़ कुछ जादूगरों से बतिया रहे थे।

क्रम ने कहा, 'अगर वह फ़्लर का मेहमान नहीं होता, तो मैं उसके साथ यहीं पर द्वंद्वयुद्ध करता, क्योंकि उसने सीने पर वह गंदा निशान लटका रखा है।'

'निशान?' हैरी ने भी ज़ेनोफ़िलियस की ओर देखते हुए कहा। उनके सीने पर अजीब सी त्रिकोणीय आँख चमक रही थी। 'क्यों? उसमें क्या बुराई है?'

'ग्रिन्डेलवाल्ड। वह ग्रिन्डेलवाल्ड का निशान है।'

'ग्रिन्डेलवाल्ड ... वह शैतानी जादूगर, जिसे डम्बलडोर ने हराया था?'

'वही।'

क्रम के जबड़े की मांसपेशियाँ इस तरह हिल रही थीं, जैसे वह कुछ चबा रहा हो। फिर वह बोला, 'ग्रिन्डेलवाल्ड ने कई लोगों को मारा था, जिनमें मेरे दादाजी भी शामिल थे। ज़ाहिर है, वह इस देश में कभी ज़्यादा ताक़तवर नहीं बन पाया। लोग कहते थे कि वह डम्बलडोर से डरता था - जो सही भी था, क्योंकि अंत में उन्होंने ही उसे हराया। लेकिन यह -' उसने ज़ेनोफ़िलियस की ओर उँगली उठाते हुए कहा। 'यह उसी का निशान है। मैं इसे एकदम पहचान गया था : जब ग्रिन्डेलवाल्ड डर्मस्ट्रैंग में पढ़ता था, तो

उसने इसे वहाँ की दीवार पर बना दिया था। बाद में कई मूर्खों ने इसे अपनी कॉपियों और कपड़ों पर बना लिया, क्योंकि वे दूसरों को सदमा पहुँचाना चाहते थे और ख़ुद को प्रभावशाली दिखाना चाहते थे - जब तक कि ग्रिन्डेलवाल्ड के शिकार परिवारों ने उन्हें सबक़ नहीं सिखा दिया।'

क्रम ने ख़तरनाक तरीक़े से अपनी उँगलियाँ चटकाईं और ज़ेनोफ़िलियस को ग़ुस्से से घूरने लगा। हैरी उलझन में पड़ गया। यह बहुत ही अविश्वसनीय लगता था कि लूना के डैडी शैतानी जादू के समर्थक हों और तंबू में किसी ने भी उस त्रिकोणीय, पुरातन लिपि जैसे आकार को नहीं पहचाना हो।

'क्या तुम्हें - अर - पक्का यक़ीन है कि यह ग्रिन्डेलवाल्ड का निशान है - ?'

'ग़लती का सवाल ही नहीं है,' क्रम ने ठंडे स्वर में कहा। 'मैं कई साल तक इसके पास से गुज़रा हूँ। मैं इसे अच्छी तरह से पहचानता हूँ।'

'देखो, एक संभावना है,' हैरी ने कहा, 'शायद ज़ेनोफ़िलियस को इस निशान का मतलब पता नहीं होगा। लवगुड परिवार ... थोड़ा असामान्य है। हो सकता है, उन्होंने सोचा हो कि यह क्रंपल-हॉर्न्ड स्नोरकैक के सिर की आकृति या ऐसी ही कोई चीज़ है।'

'किसके सिर की आकृति ?'

'देखो, मुझे नहीं मालूम कि स्नोरकैक क्या बला हैं, लेकिन लवगुड और उनकी बेटी छुट्टियों में उनकी तलाश में जाते हैं ...'

हैरी को महसूस हुआ कि वह लूना और उसके पिता के बारे में ज़्यादा अच्छा स्पष्टीकरण नहीं दे पा रहा है।

'वह उनकी बेटी है,' उसने लूना की ओर इशारा करते हुए कहा, जो अकेली नाच रही थी और अपने सिर के ऊपर अपनी बाँहें लहरा रही थी, जैसे कीड़े-मकोड़ों को भगाने की कोशिश कर रही हो।

'वह ऐसा क्यों कर रही है ?' क्रम ने पूछा।

'शायद चकरघिन्नी कीटों से छुटकारा पाने की कोशिश कर रही है,' हैरी ने कहा, जिसने लक्षण पहचान लिए थे।

क्रम दुविधा में था कि कहीं हैरी उसका मज़ाक़ तो नहीं उड़ा रहा है। उसने दुशाले के भीतर से अपनी छड़ी निकाली और ख़तरनाक तरीक़े से अपनी जाँघ पर ठोंकी। इसके सिरे से चिंगारियाँ उड़ने लगीं।

'ग्रेगरोविच!' हैरी ज़ोर से बोला। क्रम चौंक गया, लेकिन हैरी इतना

रोमांचित था कि उसे परवाह ही नहीं थी। क्रम की छड़ी देखकर उसे याद आ गया था : त्रिकोणीय टूर्नामेंट के पहले ऑलिवैन्डर इसे लेकर इसकी जाँच कर रहा था।

'उसके बारे में क्या ?' क्रम ने संदेह से पूछा।

'वह छड़ी बनाता है!'

'मैं जानता हूँ,' क्रम ने कहा।

'उसने तुम्हारी छड़ी बनाई है! इसीलिए मेरे दिमाग़ में क्विडिच का विचार आया था ...'

क्रम का शक अब गहरा हो गया।

'तुम्हें कैसे पता चला कि ग्रेगरोविच ने मेरी छड़ी बनाई है ?'

'मैंने ... मैंने कहीं पढ़ा था,' हैरी ने कहा। 'प्रशंसकों की कि - किसी मैग्ज़ीन में,' उसने तत्काल झूठ गढ़ा, जिससे क्रम थोड़ा संतुष्ट दिखने लगा।

उसने कहा, 'मुझे याद नहीं है कि मैंने कभी अपने प्रशंसकों को अपनी छड़ी के बारे में बताया है।'

'तो ... अर ... ग्रेगरोविच आजकल कहाँ है ?'

क्रम हैरान दिखने लगा।

'वह कुछ साल पहले रिटायर हो गया है। मैं ग्रेगरोविच से छड़ी ख़रीदने वाले आख़िरी लोगों में से था। वे सबसे अच्छी होती हैं - हालाँकि मैं जानता हूँ, ब्रिटेन के लोग ऑलिवैन्डर को ज़्यादा अच्छा मानते हैं।'

हैरी ने जवाब नहीं दिया। वह भी क्रम की तरह नाचने वालों को देखने का नाटक करने लगा, लेकिन वह तेज़ी से सोच रहा था। तो वोल्डेमॉर्ट मशहूर छड़ीसाज़ की तलाश कर रहा था और इसका कारण खोजने के लिए हैरी को ज़्यादा दूर नहीं जाना पड़ा : निश्चित रूप से वोल्डेमॉर्ट जानना चाहता होगा कि जब उसने उस रात को आसमान में हैरी का पीछा किया था, तो हैरी की छड़ी ने वह अजीब हरकत क्यों की थी। हॉली और मायापंछी के पंख वाली छड़ी उधार की छड़ी से जीत गई थी, जिसकी ऑलिवैन्डर को उम्मीद भी नहीं थी और जिसका वह कारण भी नहीं समझ पाया था। क्या ग्रेगरोविच ऑलिवैन्डर से ज़्यादा जानता होगा ? क्या वह वास्तव में ऑलिवैन्डर से ज़्यादा निपुण होगा ? क्या वह छड़ियों के बारे में ऐसे रहस्य जानता होगा, जो ऑलिवैन्डर नहीं जानता है ?

'वह लड़की बहुत अच्छी दिख रही है,' क्रम ने कहा और हैरी को

माहौल में वापस खींच लिया। क्रम जिनी की ओर इशारा कर रहा था, जो अभी-अभी लूना के पास आई थी। 'क्या वह भी तुम्हारी रिश्तेदार है ?'

'हाँ,' हैरी ने अचानक चिढ़ते हुए कहा, 'और उसका किसी के साथ चक्कर चल रहा है। वह लड़का बहुत ईर्ष्यालु है। लंबा-चौड़ा है। उससे टकराने में समझदारी नहीं है।'

क्रम ने हुंकार भरी।

उसने अपना प्याला ख़ाली किया और खड़े होते हुए कहा, 'अंतर्राष्ट्रीय क्विडिच खिलाड़ी होने का क्या फ़ायदा, अगर सभी अच्छी दिखने वाली लड़कियाँ पहले से ही किसी के साथ घूम रही हों ?'

वह चल दिया। हैरी ने पास से गुज़रते वेटर से एक सैंडविच ले लिया और भीड़ भरे डांस फ़्लोर के किनारे-किनारे चलने लगा। वह रॉन को ग्रेगरोविच के बारे में बताना चाहता था, लेकिन रॉन डांस फ़्लोर के बीचोबीच हर्माइनी के साथ डांस कर रहा था। हैरी एक सुनहरे खंभे से टिककर जिनी को देखता रहा, जो अब फ्रेड और जॉर्ज के दोस्त ली जॉर्डन के साथ डांस कर रही थी। हैरी रॉन से किए वादे के बारे में सोचकर अपनी जलन पर क़ाबू पाने की कोशिश करने लगा।

उसने पहले कभी कोई शादी नहीं देखी थी, इसलिए वह यह फ़ैसला नहीं कर पाया कि शादी के जादूगरों के जश्न और मगलुओं के जश्न में क्या अंतर होता है। वैसे उसे पूरा यक़ीन था कि मगलुओं के जश्न में शादी के केक के ऊपर दो मायापंछी नहीं होते होंगे, जो केक कटते ही उड़ जाते होंगे। उसमें भीड़ के बीच हवा में उड़ती शैंपेन की बोतलें भी नहीं होती होंगी। जब रात क़रीब आने लगी और तैरती सुनहरी लालटेनों से चमकते शामियाने के नीचे पतंगे मँडराने लगे, तो जश्न बेक़ाबू हो गया। फ्रेड और जॉर्ज काफ़ी पहले ही फ़्लर की दो कज़िन्स के साथ अँधेरे में ग़ायब हो चुके थे। चार्ली, हैग्रिड और बैंगनी हैट वाला एक मोटा जादूगर एक कोने में बैठकर 'ओडो द हीरो' वाला गीत गा रहे थे।

हैरी रॉन के नशे में चूर एक अंकल से बचने के लिए भीड़ में से गुज़रा, जो यह तय नहीं कर पा रहे थे कि हैरी उनका बेटा है या नहीं। हैरी ने एक बूढ़े जादूगर को एक टेबल पर अकेला बैठा देखा। सफ़ेद बालों के बादल के कारण वह किसी पुरानी पीली घड़ी जैसा दिख रहा था और सबसे ऊपर दीमक खाया फ़ेल्ट हैट था। हैरी को वह जाना-पहचाना लग रहा था। दिमाग़ पर ज़ोर डालने के बाद हैरी को अचानक याद आया कि ये तो

एल्फ़ियस डोज हैं, जो मायापंछी के समूह के सदस्य हैं और जिन्होंने डम्बलडोर की श्रद्धांजलि लिखी थी।

हैरी उनके क़रीब गया।

'क्या मैं बैठ सकता हूँ?'

'बिलकुल, बिलकुल,' डोज ने कहा। उनकी आवाज़ ऊँचे सुर वाली और घरघराई हुई थी।

हैरी उनकी तरफ़ झुका।

'मि. डोज, मैं हैरी पॉटर हूँ।'

डोज के मुँह से आह निकल गई।

'प्यारे बच्चे! आर्थर ने मुझे बताया था कि तुम यहाँ पर हो और तुमने भेस बदल रखा है ... मैं बहुत ख़ुश, बहुत सम्मानित हुआ!'

ख़ुशी की बौखलाहट में डोज ने हैरी के लिए शैंपेन का एक प्याला भर दिया।

'मैं तुम्हें चिट्ठी लिखने के बारे में सोच रहा था,' वे फुसफुसाकर बोले, 'डम्बलडोर के जाने के बाद ... सदमा ... और तुम्हारे लिए तो यह बहुत बड़ा रहा होगा, मुझे यक़ीन है ...'

डोज की छोटी आँखों में अचानक आँसू भर आए।

'मैंने *दैनिक जादूगर* में आपकी लिखी श्रद्धांजलि पढ़ी थी,' हैरी ने कहा। 'मुझे पता ही नहीं था कि आप प्रोफ़ेसर डम्बलडोर को इतनी अच्छी तरह से जानते थे।'

'सबसे अच्छी तरह से,' डोज ने अपनी आँखें रूमाल से पोंछते हुए कहा। 'निश्चित रूप से मैं उन्हें सबसे लंबे समय से जानता हूँ, अगर तुम एबरफ़ोर्थ को न गिनो – और जाने क्यों लोग एबरफ़ोर्थ को नहीं गिनते हैं।'

'*दैनिक जादूगर* के बारे में ... मैं नहीं जानता कि क्या आपने उसमें देखा, मि. डोज – ?'

'ओह, मुझे एल्फ़ियस कहो, प्यारे बच्चे।'

'एल्फ़ियस, मुझे नहीं पता कि क्या आपने डम्बलडोर के बारे में रीटा स्कीटर का इंटरव्यू पढ़ा था?'

डोज के चेहरे पर ग़ुस्से के रंग आ गए।

'ओह हाँ, हैरी, मैंने उसे देखा था। वह औरत या इससे ज़्यादा सटीक

शब्द होगा, वह गिद्ध मुझे लगातार परेशान करती रही कि मैं उससे बात कर लूँ। मुझे यह कहते हुए शर्म आती है कि मैं थोड़ा असभ्य हो गया और उसे परेशान करने वाली ट्राउट मछली कह दिया, जिसका परिणाम यह हुआ कि उसने मेरी अक्ल को ही शंका के कटघरे में खड़ा कर दिया।'

हैरी ने आगे कहा, 'देखिए, उस इंटरव्यू में रीटा स्कीटर ने यह संकेत दिया था कि प्रोफ़ेसर डम्बलडोर युवावस्था में गुप्त कलाओं के प्रयोग करते थे।'

'उसके एक शब्द पर भी यक़ीन मत करना!' डोज ने तत्काल कहा। 'एक शब्द पर भी नहीं, हैरी! किसी चीज़ को एल्बस डम्बलडोर से जुड़ी अपनी यादों पर कालिख मत मलने देना!'

हैरी ने डोज के गंभीर, दर्द भरे चेहरे को देखा, लेकिन आश्वस्त होने के बजाय वह कुंठित महसूस करने लगा। क्या डोज सचमुच सोचते हैं कि हैरी इतनी आसानी से विश्वास न करने का विकल्प *चुन* सकता था ? क्या डोज यह नहीं समझ पाए कि हैरी पक्का करना चाहता था, *हर चीज़* जानना चाहता था ?

शायद डोज ने हैरी की भावनाओं का अंदाज़ा लगा लिया, क्योंकि वे चिंतित दिखने लगे और जल्दी से आगे बोले, 'हैरी, रीटा स्कीटर एक भयंकर –'

लेकिन एक तीखी हँसी ने बीच में बाधा डाल दी।

'रीटा स्कीटर ? ओह, वह कितना अच्छा लिखती है! मैं तो हमेशा उसके लेख पढ़ती हूँ!'

हैरी और डोज ने ऊपर देखा। वहाँ मुरियल आंटी खड़ी थीं। उनके हैट पर पंख नाच रहे थे और उनके हाथ में शैंपेन का प्याला था। 'पता है, उसने डम्बलडोर पर एक पुस्तक लिखी है!'

'हैलो, मुरियल,' डोज ने कहा। 'हाँ, हम अभी इसी बारे में बात कर रहे थे –'

'सुनो, लड़के! मुझे अपनी कुर्सी दो। मेरी उम्र एक सौ सात साल है!'

लाल बालों वाला एक वीज़्ली कज़िन दहशत में अपनी कुर्सी से उछला। मुरियल आंटी ने आश्चर्यजनक ताक़त से कुर्सी घुमाई और डोज तथा हैरी के बीच में जमकर बैठ गईं।

'हैलो एक बार फिर, बैरी, या तुम्हारा जो भी नाम हो,' उन्होंने हैरी

से कहा। 'तो एल्फ़ियस, तुम रीटा स्कीटर के बारे में क्या कह रहे थे? जानते हो, उसने डम्बलडोर की जीवनी लिखी है? मैं उसे पढ़ने के लिए बेताब हूँ। मुझे याद से फ़्लरिश एंड ब्लॉटस को इसका ऑर्डर देना होगा!'

डोज यह सुनकर सख़्त और गंभीर दिखने लगे, लेकिन मुरियल आंटी ने अपना प्याला ख़ाली कर दिया और गुज़रते हुए एक वेटर को बुलाने के लिए अपनी पतली उँगलियाँ चटकाईं, ताकि वह भरा हुआ प्याला थमा दे। उन्होंने शैंपेन का एक और बड़ा घूँट लिया तथा डकार लेकर बोलीं, 'भरवाँ मेंढक जैसे दिखने की कोई ज़रूरत नहीं है। एल्बस के इतने सम्मानित और सम्मानजनक बनने से पहले उनके बारे में बहुत सारी अजीब अफ़वाहें फैली थीं!'

'अज्ञानियों की आलोचना,' डोज ने कहा, जिनका चेहरा अचानक एक बार फिर गाजर जैसे रंग का हो गया था।

'तुम तो यह कहोगे ही, एल्फ़ियस,' मुरियल आंटी ने कहा। 'मैंने देखा था कि तुम अपनी श्रद्धांजलि में कीचड़ भरे गड्ढों को लाँघकर कैसे निकले थे।'

'मुझे अफ़सोस है कि आप ऐसा सोचती हैं,' डोज ने और भी ठंडे स्वर में कहा। 'मैं आपको आश्वस्त करता हूँ कि मैं दिल से लिख रहा था।'

'ओह, हम सभी जानते हैं कि तुम डम्बलडोर की पूजा करते थे। मैं तो कहूँगी कि तुम तो डम्बलडोर को हमेशा संत मानोगे, भले ही यह पता चल जाए कि उन्होंने अपनी नाकारा बहन की हत्या की थी!'

'मुरियल!' डोज ने आवेश में कहा।

हैरी के सीने में ठंडेपन का एहसास भर गया, जिसका शैंपेन में डली बर्फ़ से कोई लेना-देना नहीं था।

'आपका क्या मतलब है?' उसने मुरियल से पूछा। 'कौन कहता है कि उनकी बहन नाकारा थी? मुझे तो लगता था कि वह बीमार थी?'

'तब तो तुम्हें ग़लत लगता था, है ना बैरी!' मुरियल आंटी ने कहा और उन्हें इस बात में मज़ा आ रहा था कि वे कैसा असर छोड़ रही हैं। 'ख़ैर चाहे जो हो, तुम इसके बारे में क्या जानो? यह सब बरसों पहले हुआ था। तब तो तुम्हारे इस दुनिया में आने की कोई संभावना भी नहीं थी। सच्चाई तो यह है कि हममें से ज़्यादातर लोग भी, जो तब ज़िंदा थे, कभी नहीं जान पाए कि सचमुच क्या हुआ था। इसीलिए तो मैं यह पता लगाने के लिए बेताब हूँ कि स्कीटर ने कौन से गड़े मुर्दे उखाड़े हैं! डम्बलडोर ने अपनी

नाकारा बहन को काफ़ी समय तक क़ैद रखा था!'

'झूठ!' डोज ने घरघराती आवाज़ में कहा। 'सरासर झूठ!'

'उन्होंने मुझे कभी नहीं बताया कि उनकी बहन नाकारा थी,' हैरी बिना सोचे-समझे बोल उठा। उसके भीतर अब भी ठंडक का एहसास भरा हुआ था।

'वे तुम्हें क्यों बताते?' मुरियल ने कहा और हैरी को ठीक से देखने की कोशिश में अपनी सीट पर थोड़ा सा लहराईं।

'एल्बस ने एरियाना के बारे में कभी कुछ इसलिए नहीं कहा,' एल्फ़ियस ने भावना से भरी आवाज़ में कहा, 'क्योंकि मेरे ख़्याल से इसका कारण बिलकुल स्पष्ट था। वे उसकी मौत से इतने टूट गए थे -'

'तो फिर वह लड़की कभी किसी को दिखी क्यों नहीं, एल्फ़ियस?' मुरियल चीख़ती हुई बोलीं। 'हममें से आधे लोगों को उसके ज़िंदा होने का तब तक पता क्यों नहीं चला, जब तक कि उसका कफ़न मकान से बाहर नहीं निकला और उसकी अंत्येष्टि नहीं हुई? तुम्हारे संत एल्बस तब कहाँ थे, जब एरियाना कोठरी में बंद थी? हॉगवर्ट्स में अपनी प्रतिभा दिखा रहे थे और अपने घर में हो रहे घपले पर ध्यान नहीं दे रहे थे!'

'आपका क्या मतलब है, "कोठरी में बंद थी"?' हैरी ने पूछा। 'मामला क्या था?'

डोज दुखी दिख रहे थे। मुरियल आंटी एक बार फिर हँसीं और हैरी की बात का जवाब देने लगीं।

'डम्बलडोर की माँ भयंकर औरत थी, सचमुच भयंकर। मगलू घर में पैदा हुई थी, हालाँकि मैंने सुना है कि वह शुद्ध ख़ून का नाटक करती थी -'

'उन्होंने इस तरह का कभी कोई नाटक नहीं किया! केंड्रा बहुत भली महिला थीं,' डोज ने दुखी स्वर में फुसफुसाकर कहा, लेकिन मुरियल आंटी ने उनकी बात को नज़रअंदाज़ कर दिया।

'- घमंडी और बहुत दबंग। ऐसी जादूगरनी, जो नाकारा बच्ची पैदा होने पर दहशत में आ गई -'

'एरियाना नाकारा नहीं थी!' डोज ने घरघराती आवाज़ में कहा।

'वह तो तुम कहोगे ही, एल्फ़ियस, लेकिन यह तो बताओ कि फिर वह कभी हॉगवर्ट्स में पढ़ने क्यों नहीं गई!' मुरियल आंटी ने कहा। वे हैरी की ओर मुड़ीं। 'हमारे ज़माने में नाकारा लोगों को अक्सर छिपाकर रखा

जाता था। हालाँकि किसी छोटी लड़की को घर में क़ैद करना और यह नाटक करना कि वह ज़िंदा ही नहीं है, काफ़ी ज़्यादतीपूर्ण था –'

'मैं कहे देता हूँ, ऐसा नहीं हुआ था!' डोज ने कहा, लेकिन मुरियल आंटी बुलडोज़र की तरह आगे चलती रहीं और अब भी हैरी को संबोधित करती रहीं।

'नाकारा लोगों को आम तौर पर मगलू स्कूलों में भेजा जाता था और मगलू समुदाय में घुलने-मिलने के लिए प्रोत्साहित किया जाता था ... यह जादूगरों की दुनिया में भेजने से ज़्यादा दयालुतापूर्ण था, जहाँ वे हमेशा दूसरे दर्ज़े के ही रहते। लेकिन ज़ाहिर है, केंड्रा डम्बलडोर अपनी बेटी को किसी मगलू स्कूल में भेजने की बात तो सपने में भी नहीं सोच सकती थी –'

'एरियाना की हालत बहुत नाज़ुक थी!' डोज ने हताशा में कहा। 'उसकी सेहत हमेशा ख़राब रहती थी, जिसकी वजह से वह –'

'घर से बाहर नहीं निकल सकती थी?' मुरियल आंटी ने ठहाका मारते हुए कहा। 'लेकिन फिर भी उसे कभी सेंट मंगोज़ अस्पताल नहीं ले जाया गया या उसे देखने के लिए किसी उपचारक को घर नहीं बुलाया गया!'

'सचमुच, मुरियल, आपको यह कैसे पता चल सकता है कि –'

'तुम्हारी जानकारी के लिए बता दूँ, एल्फ़ियस, मेरा कज़िन लैंसलॉट उस वक़्त सेंट मंगोज़ में उपचारक था और उसने मेरे परिवार को विश्वास में लेकर यह रहस्य बताया था कि एरियाना को वहाँ कभी नहीं ले जाया गया था। लैंसलॉट को यह बहुत संदिग्ध लगा था!'

डोज आँसुओं की कगार पर दिख रहे थे। लग रहा था, मुरियल आंटी को बड़ा मज़ा आ रहा था। और शैंपेन बुलवाने के लिए उन्होंने अपनी उँगलियाँ चटकाईं। हैरी ने सोचा कि डर्स्ली परिवार ने उसे किस तरह एक बार क़ैद करके ताले में बंद रखा था, सबसे छिपाकर रखा था, सिर्फ़ जादूगर होने के अपराध के लिए। क्या डम्बलडोर की बहन को यही सब विपरीत कारण से झेलना पड़ा था : जादू न आने के कारण? और क्या डम्बलडोर सचमुच अपनी बहन को उसके हाल पर छोड़कर अपनी प्रतिभा तथा योग्यता साबित करने हॉगवर्ट्स चले गए थे?

'देखो, अगर केंड्रा पहले नहीं मरी होती,' मुरियल ने आगे कहा, 'तो मैं तो यही कहती कि उसी ने एरियाना को मारा होगा –'

'आप ऐसा कैसे कह सकती हैं, मुरियल ?' डोज ने दर्द भरी आवाज़ में कहा। 'कोई माँ अपनी बेटी को कैसे मार सकती है ? ज़रा सोचिए तो सही, आप कह क्या रही हैं!'

'अगर वह माँ अपनी बेटी को बरसों तक क़ैद रख सकती है, तो क्यों नहीं,' मुरियल आंटी ने कंधे उचकाते हुए कहा। 'लेकिन जैसा मैं कह रही हूँ, यह जमता नहीं है, क्योंकि केंड्रा एरियाना से पहले मर गई थी – ज़ाहिर है, किसी को भी पक्का पता नहीं है –'

'ओह, कोई शक नहीं कि एरियाना ने उनकी हत्या की होगी,' डोज ने व्यंग्य की साहसिक कोशिश करते हुए कहा। 'है ना ?'

'हाँ, एरियाना ने आज़ाद होने की कोशिश की होगी और इस संघर्ष में केंड्रा को मार डाला होगा,' मुरियल आंटी ने सोचते हुए कहा। 'अपना सिर चाहे जितना हिलाओ, एल्फ़ियस! तुम एरियाना की अंत्येष्टि में गए थे, है ना ?'

'हाँ, मैं गया था,' डोज ने काँपते हुए होंठों से कहा। 'और इससे ज़्यादा दुखद अवसर मुझे याद नहीं है। एल्बस का दिल टूट गया था –'

'सिर्फ़ दिल ही नहीं टूटा था। क्या एबरफ़ोर्थ ने अंत्येष्टि के दौरान एल्बस की नाक नहीं तोड़ी थी ?'

अगर डोज पहले दहशत में दिख रहे थे, तो यह उसकी तुलना में कुछ नहीं था, जैसे वे अब दिख रहे थे। ऐसा लग रहा था, जैसे मुरियल ने उनके सीने में छुरा भोंक दिया हो। मुरियल ने ज़ोर से ठहाका मारा और शैंपेन का एक घूँट लिया, जो उनकी ठुड्डी पर बहने लगा।

'आप कैसे – ?' डोज ने टूटी आवाज़ में कहा।

'मेरी माँ बाथिल्डा बैगशॉट की पुरानी सहेली थीं,' मुरियल आंटी ने चहकते हुए कहा। 'बाथिल्डा ने माँ को पूरी बात बताई। उस वक़्त मैं दरवाज़े पर कान लगाकर सुन रही थी। कफ़न के पास झगड़ा! बाथिल्डा ने बताया कि एबरफ़ोर्थ ने चिल्ला-चिल्लाकर कहा था कि एल्बस की ग़लती के कारण ही एरियाना की मौत हुई है और फिर उसने एल्बस की नाक पर मुक्का जमा दिया था। बाथिल्डा के अनुसार एल्बस ने ख़ुद को बचाने की कोशिश भी नहीं की थी और यह अपने आप में अजीब बात है। एल्बस एबरफ़ोर्थ को द्वंद्वयुद्ध में बड़ी आसानी से हरा सकता था, दोनों हाथ पीठ के पीछे बँधे होने के बाद भी।'

मुरियल ने और शैंपेन पी। इन पुराने स्कैंडलों के बारे में बात करने

से वे उतनी ही ख़ुश दिख रही थीं, जितने कि डोज दहशत में दिख रहे थे। हैरी नहीं जानता था कि क्या सोचे या किसकी बात पर यक़ीन करे। वह तो सच्चाई जानना चाहता था, लेकिन डोज बस चुपचाप बैठे थे और कमज़ोर ढंग से यही राग अलापे जा रहे थे कि एरियाना बीमार थी। हैरी को इस बात पर यक़ीन करने में मुश्किल हो रही थी कि अपने घर में इस तरह की क्रूरता के बावजूद डम्बलडोर ने हस्तक्षेप नहीं किया होगा, लेकिन फिर भी कहानी में कोई अजीब बात तो थी।

'मैं तुम्हें एक और बात बता दूँ,' मुरियल ने हिचकी लेकर अपना प्याला नीचे करते हुए कहा। 'मुझे लगता है कि बाथिल्डा ने रीटा स्कीटर के सामने डम्बलडोर का भांडा फोड़ दिया है। स्कीटर के इंटरव्यू में डम्बलडोर परिवार के एक क़रीबी महत्वपूर्ण सूत्र के बारे में बहुत सारे संकेत हैं – बाथिल्डा एरियाना वाले मामले में पूरे समय वहीं थी और यह सटीक बैठता है!'

'बाथिल्डा रीटा स्कीटर से कभी बात नहीं करेगी!' डोज ने फुसफुसाकर कहा।

'बाथिल्डा बैगशॉट ?' हैरी ने कहा। '*जादू का इतिहास* की लेखिका ?'

यह शीर्षक हैरी की एक पुस्तक पर छपा था, हालाँकि सच तो यह था कि उसने पुस्तक को एक बार भी ध्यान से नहीं पढ़ा था।

'हाँ,' डोज ने कहा और हैरी के सवाल को ठीक उसी तरह पकड़ लिया, जिस तरह कोई डूबता हुआ आदमी लाइफ़बेल्ट को पकड़ता है। 'एक बहुत ही योग्य जादू इतिहासकार और एल्बस की पुरानी मित्र।'

'मैंने सुना है, इन दिनों उसका दिमाग़ चल गया है,' मुरियल आंटी ने चहकते हुए कहा।

डोज बोले, 'अगर ऐसा है, तो स्कीटर ने इसका फ़ायदा उठाकर बहुत ग़लत किया है और तब हमें बाथिल्डा की बातों पर ज़रा भी भरोसा नहीं करना चाहिए!'

'ओह, यादें लौटाने के तरीक़े हैं और मुझे पूरा यक़ीन है कि रीटा स्कीटर उन सबके बारे में जानती है,' मुरियल आंटी ने कहा। 'लेकिन अगर बाथिल्डा पूरी तरह सठिया भी गई हो, तो भी मुझे यक़ीन है कि उसके पास पुरानी तस्वीरें होंगी, शायद चिट्ठियाँ भी होंगी। वह डम्बलडोर परिवार को बरसों से जानती थी ... मुझे तो लगता है कि रीटा की गॉडरिक हॉलो की यात्रा सार्थक रही होगी।'

हैरी के गले में बटरबियर का घूँट अटक गया और वह खाँसने लगा। डोज ने उसकी पीठ पर हाथ मारा। हैरी ने पानी भरी आँखों से मुरियल आंटी को देखा। आवाज़ लौटने पर उसने पूछा, 'बाथिल्डा बैगशॉट गॉडरिक्स हॉलो में रहती हैं?'

'ओह हाँ, वह शुरू से वहीं रहती है! पर्सिवल के क़ैद होने के बाद डम्बलडोर परिवार भी उसके पड़ोस में रहने लगा था।'

'डम्बलडोर परिवार गॉडरिक्स हॉलो में रहता था?'

'हाँ, बैरी, मैंने अभी-अभी बताया तो था,' मुरियल आंटी चिढ़कर बोलीं।

हैरी सन्न रह गया। छह साल में एक बार भी डम्बलडोर ने हैरी को यह नहीं बताया था कि वे दोनों गॉडरिक्स हॉलो में रह चुके थे और वहाँ अपने प्रियजनों को खो चुके थे। क्यों? क्या लिली और जेम्स डम्बलडोर की माँ तथा बहन के पास दफ़न थे? क्या डम्बलडोर उनकी क़ब्रों की यात्रा करते समय लिली और जेम्स की क़ब्रों के पास से चलकर जाते होंगे? और उन्होंने हैरी को एक बार भी नहीं बताया था ... कभी बताने की ज़हमत नहीं उठाई थी ...

यह इतना महत्वपूर्ण क्यों था, हैरी यह स्पष्ट नहीं कर सकता था, ख़ुद अपने आपसे भी नहीं! बहरहाल, उसे महसूस हुआ कि इस बात को छिपाना लगभग झूठ के समान था कि उनके बीच वह जगह और वे अनुभव साझे थे। हैरी शून्य में ताक रहा था। उसका ध्यान इस तरफ़ गया ही नहीं कि उसके आस-पास क्या हो रहा है। उसे यह एहसास ही नहीं था कि हर्माइनी भीड़ में से निकलकर आ गई थी, जब तक कि उसने उसके पास एक कुर्सी नहीं खींच ली।

'मैं अब बिलकुल भी डांस नहीं कर सकती,' उसने हाँफते हुए कहा और अपनी जूती उतारकर अपने पैर के तलवे मलने लगी। 'रॉन बटरबियर लेने गया है। बड़ी अजीब बात है, मैंने विक्टर को लूना के डैडी के पास से ग़ुस्से में जाते देखा था। ऐसा लग रहा था, जैसे वे बहस कर रहे थे -' उसने अपनी आवाज़ नीची कर ली और उसकी तरफ़ घूरकर देखा। 'हैरी, तुम **ठीक** तो हो?'

हैरी नहीं जानता था कि बात कहाँ से शुरू करे, लेकिन इससे कोई फ़र्क़ नहीं पड़ा। उसी पल, कोई बड़ी और चाँदी जैसे रंग की चीज़ शामियाने से डांस फ़्लोर पर गिरी। एक चमकता हुआ वनबिलाव हैरान नाचने वालों

के बीच में हल्के से उतरा। इसके सबसे क़रीब के लोग नाचते-नाचते एकदम रुक गए। फिर पितृदेव का मुँह खुला और किंग्सले शैकलबोल्ट की तेज़, गहरी, धीमी आवाज़ आई।

'मंत्रालय पर क़ब्ज़ा हो गया है। स्क्रिमग्योर मारे गए हैं। प्राणभक्षी आ रहे हैं।'

अध्याय नौ

छिपने की जगह

हर चीज़ धुँधली और धीमी लग रही थी। हैरी और हर्माइनी उछलकर खड़े हो गए। उन्होंने अपनी छड़ियाँ निकाल लीं। कई लोगों को अब जाकर यह एहसास हो रहा था कि कोई अजीब चीज़ हो गई है। लोगों के सिर चाँदी जैसे सफ़ेद वनबिलाव के ओझल होते समय भी उसकी ओर घूम रहे थे। जहाँ पितृदेव उतरा था, वहाँ से ख़ामोशी ठंडी लहरों में फैलने लगी। फिर कोई चीख़ा।

हैरी और हर्माइनी तेज़ी से दहशतज़दा भीड़ में शामिल हो गए। मेहमान सभी दिशाओं में भाग रहे थे। कई अंतर्ध्यान हो रहे थे। रॉन के घर पर लगे सुरक्षात्मक सम्मोहन टूट चुके थे।

'रॉन!' हर्माइनी चिल्लाई। 'रॉन, तुम कहाँ हो?'

जब उन्होंने धक्का मारकर डांस फ़्लोर की तरफ़ रास्ता बनाया, तो हैरी ने भीड़ में चोगे वाली नक़ाबपोश आकृतियों को प्रकट होते देखा। फिर उसने ल्यूपिन और टौंक्स को छड़ी उठाकर *'रक्षाकवच'* चिल्लाते सुना। यह आवाज़ सभी तरफ़ गूँज गई -

'रॉन! रॉन!' हर्माइनी ने कहा और वह थोड़ी सुबकने लगी, जब आतंकित मेहमानों ने उसे और हैरी को धक्का मारकर दबा दिया। अलग होने से बचने के लिए हैरी ने उसका हाथ कसकर पकड़ लिया, जब उनके सिर के ऊपर से एक रोशनी की लकीर घर्र करती हुई निकली। वह नहीं जानता था कि यह सुरक्षात्मक सम्मोहन था या कोई बुरी चीज़ थी -

और तभी रॉन वहाँ आ गया। उसने हर्माइनी का ख़ाली हाथ पकड़ लिया। हैरी ने महसूस किया कि हर्माइनी उसी जगह पर घूम गई। आवाज़ें

थम गईं और सब कुछ अँधेरे में डूब गया। वह सिर्फ़ हर्माइनी के हाथ को महसूस कर सकता था, जब वह स्थान और समय के भँवर में घूमता हुआ रॉन के घर से दूर जाने लगा, उतरते प्राणभक्षियों से दूर, शायद वोल्डेमॉर्ट से भी दूर ...

'हम कहाँ हैं?' रॉन की आवाज़ आई।

हैरी ने आँखें खोलीं। एक पल के लिए तो उसने सोचा कि वे शादी वाली जगह पर ही थे। अभी भी उनके आस-पास बहुत सारे लोग थे।

'टोटेनहैम कोर्ट रोड,' हर्माइनी हाँफते हुए बोली। 'चलते रहो, बस चलते रहो। हमें कोई ऐसी जगह खोजनी होगी, जहाँ तुम कपड़े बदल सको।'

हैरी ने उसकी बात मान ली। वे उस चौड़ी अँधेरी सड़क पर आधे चले, आधे भागे। वहाँ पर देर रात को मौज-मस्ती करने वाले लोगों की भीड़ थी और दोनों तरफ़ की दुकानें बंद हो चुकी थीं। उनके ऊपर सितारे टिमटिमा रहे थे। एक डबल-डेकर बस क़रीब से निकल गई और शराबख़ाने जाने वाले लोगों के समूह ने उनकी तरफ़ घूरा, जब वे पास से निकले। हैरी और रॉन अब भी ड्रेस दुशाले पहने थे।

'हर्माइनी, हमारे पास बदलने के लिए कपड़े नहीं हैं,' रॉन ने उससे कहा, जब एक युवती उसे देखकर ज़ोर-ज़ोर से हँसने लगी।

'मैंने अपने पास अदृश्य चोगा क्यों नहीं रखा?' हैरी ने कहा और अपनी मूर्खता पर मन ही मन ख़ुद को कोसने लगा। 'पिछले साल मैं हर वक़्त उसे अपने साथ रखता था और -'

'चिंता की कोई बात नहीं है, मेरे पास चोगा है, मेरे पास तुम दोनों के कपड़े हैं,' हर्माइनी ने कहा। 'बस सहज बनने का नाटक करो, जब तक कि - हाँ यह ठीक रहेगा।'

वह उन्हें एक बग़ल वाली सड़क पर ले गई, जहाँ से वे एक अँधेरी गली में पहुँच गए।

'जब तुम कहती हो कि तुम्हारे पास चोगा और कपड़े हैं ...' हैरी ने कहा और हर्माइनी को त्योरियाँ चढ़ाकर देखा, जिसके पास उसके छोटे हैंडबैग के सिवाय कुछ नहीं था, जिसके अंदर वह इस समय टटोल रही थी।

'हाँ, ये रहे,' हर्माइनी ने कहा। हैरी और रॉन दंग रह गए, जब उसने उस बैग में से जीन्स, शर्ट, कुछ गहरे लाल रंग के मोज़े और आख़िरकार

चाँदी जैसा अदृश्य चोगा बाहर निकाला।

'आख़िर तुमने कैसे – ?'

'अटूट विस्तार सम्मोहन,' हर्माइनी ने कहा। 'मुश्किल है, लेकिन मुझे लगता है कि मैंने इसे **ठीक** तरह से किया है। ख़ैर, मैंने इसमें ज़रूरत की हर चीज़ रख ली है।' उसने नाज़ुक से दिखने वाले बैग को थोड़ा हिलाया। अंदर बहुत सी भारी चीज़ों के टकराने की आवाज़ गूँजी। 'ओह, ये पुस्तकें होंगी,' उसने इसके अंदर झाँकते हुए कहा, 'और मैंने उन सभी को विषय के हिसाब से जमाया था ... ओह ठीक है ... हैरी, बेहतर होगा कि तुम अदृश्य चोगा ओढ़ लो। रॉन, जल्दी करो, कपड़े बदल लो ...'

'तुमने यह सब काम कब किया?' हैरी ने पूछा, जब रॉन ने अपने दुशाले उतारे।

'मैंने तुम्हें रॉन के घर बताया तो था। जानते हो, मैंने कई दिनों से ज़रूरत का सामान पैक कर रखा था, ताकि अगर हमें तत्काल भागना पड़े, तो काम आए। हैरी, मैंने आज सुबह ही तुम्हारे कपड़े बदलने के बाद तुम्हारा बैग पैक करके इसमें रख लिया था ... न जाने क्यों मुझे लगा था ...'

'तुम कमाल की हो, सचमुच,' रॉन ने उसे अपने दुशाले थमाते हुए कहा।

'धन्यवाद,' हर्माइनी ने हल्के से मुस्कराते हुए दुशालों को बैग में रख लिया। 'हैरी, चोगा ओढ़ लो!'

हैरी ने अदृश्य चोगे को अपने कंधों पर डाल लिया और उसे सिर के ऊपर तक खींचकर ओझल हो गया। वह अभी-अभी यह समझना शुरू कर रहा था कि क्या हुआ था।

'बाक़ी लोग – शादी में मौजूद लोग –'

'हम अभी उनके बारे में चिंता नहीं कर सकते,' हर्माइनी ने फुसफुसाते हुए कहा। 'हैरी, प्राणभक्षी तुम्हारे पीछे पड़े हैं और अगर हम वहाँ लौटकर गए, तो उन सबको और भी ज़्यादा ख़तरे में डाल देंगे।'

'वह सही कह रही है,' रॉन ने कहा, जिसे हैरी का चेहरा नहीं दिख रहा था, लेकिन वह जानता था कि हैरी बहस करने वाला होगा। 'मायापंछी के समूह के ज़्यादातर लोग वहाँ थे। वे सब सँभाल लेंगे।'

हैरी ने सिर हिलाया, लेकिन तभी उसे याद आया कि वे उसे देख नहीं सकते हैं, इसलिए उसने कह दिया, 'हाँ।' लेकिन फिर उसने जिनी के

बारे में सोचा और डर उसके पेट में एसिड की तरह बुलबुले उठाने लगा।

हर्माइनी ने कहा, 'आगे बढ़ो, मुझे लगता है कि हमें चलते रहना चाहिए।'

वे बग़ल वाली सड़क से होकर एक बार फिर मुख्य सड़क पर पहुँच गए, जहाँ दूसरी तरफ़ फ़ुटपाथ के पार कुछ आदमी गा रहे थे और मस्ती कर रहे थे।

रॉन ने हर्माइनी से पूछा, 'मैं सिर्फ़ दिलचस्पी की ख़ातिर पूछ रहा हूँ, तुमने टोटेनहैम कोर्ट रोड को ही क्यों चुना?'

'मुझे नहीं पता। यह जगह तो बस यूँ ही मेरे दिमाग़ में आ गई थी, लेकिन मुझे यक़ीन था कि हम मगलू दुनिया में ज़्यादा सुरक्षित रहेंगे। उन्हें हमारे यहाँ होने की उम्मीद नहीं होगी।'

'सच कहा,' रॉन ने चारों तरफ़ देखते हुए कहा, 'लेकिन क्या तुम्हें यह नहीं लगता कि हम यहाँ थोड़े खुले में हैं?'

'हमारे पास जाने के लिए और जगह ही कौन सी है?' हर्माइनी ने कहा और चिहुँक गई, जब सड़क के दूसरी तरफ़ के लोग उसे देखकर सीटी बजाने लगे। 'हम रिसती कड़ाही में तो कमरा ले नहीं सकते हैं, है ना? और ग्रिमॉल्ड चौक का तो सवाल ही नहीं उठता है, क्योंकि स्नेप वहाँ घुस सकता है ... मुझे लगता है कि हम मेरे माता-पिता के घर में रहने की कोशिश कर सकते हैं, हालाँकि इस बात की संभावना है कि वे वहाँ भी जाँच कर सकते हैं ... ओह, काश वे लोग चुप हो जाते!'

'सुनो, डार्लिंग?' दूसरी तरफ़ के फ़ुटपाथ पर सबसे ज़्यादा मदमस्त आदमी चिल्ला रहा था। 'एक गिलास लोगी? लाल बाल वाले को छोड़ दो और हमारे पास आकर मज़े करो!'

'चलो चलकर कहीं बैठते हैं,' हर्माइनी ने जल्दी से कहा, जब रॉन ने उस आदमी को जवाब देने के लिए अपना मुँह खोला। 'देखो, यह ठीक रहेगा। इसके अंदर चलते हैं!'

यह एक छोटा और गंदा सा दिखने वाला कैफ़े था, जो रात भर खुला रहता था। सभी टेबलों पर तेल की हल्की परत थी, लेकिन कम से कम कैफ़े ख़ाली था। हैरी सबसे पहले एक केबिन में घुसा और रॉन उसके पास हर्माइनी के सामने बैठ गया। कैफ़े के दरवाज़े की तरफ़ हर्माइनी की पीठ थी और उसे यह बात पसंद नहीं आई। वह इतनी जल्दी-जल्दी मुड़कर पीछे देख रही थी, जैसे उसे कोई तकलीफ़ हो। हैरी को स्थिर रहना पसंद

नहीं आया। चलने से यह भ्रम तो था कि उनके पास कोई लक्ष्य है। चोगे के अंदर उसे महसूस हुआ कि भेसबदल काढ़े के आख़िरी अवशेष ख़त्म हो रहे हैं। उसके हाथों की लंबाई और आकार सामान्य होने लगा। उसने अपनी जेब में से चश्मा निकालकर पहन लिया।

एक-दो मिनट बाद रॉन बोला, 'जानते हो, हम *रिसती कड़ाही* से ज़्यादा दूर नहीं हैं। चेअरिंग क्रॉस में ही तो है –'

'रॉन, हम ऐसा नहीं कर सकते!' हर्माइनी ने तत्काल कहा।

'वहाँ ठहरने के लिए नहीं, बल्कि यह पता लगाने के लिए कि क्या हो रहा है!'

'हम जानते हैं कि क्या हो रहा है! वोल्डेमॉर्ट ने मंत्रालय पर क़ब्ज़ा कर लिया है। इसके अलावा हमें और जानना भी क्या है?'

'ठीक है, ठीक है, मैं तो बस सोच रहा था!'

उनके बीच एक अटपटी ख़ामोशी छा गई। च्युइंगम चबाती हुई एक वेट्रेस आई और हर्माइनी ने उसे दो कॉफ़ी का ऑर्डर दे दिया। चूँकि हैरी अदृश्य था, इसलिए तीसरी कॉफ़ी का ऑर्डर देना अजीब लगता। तभी दो हट्टे-कट्टे मज़दूर कैफ़े में आकर अगले केबिन में बैठ गए। हर्माइनी ने अपनी आवाज़ फुसफुसाहट में बदल ली।

'मैं कहती हूँ कि हमें अंतर्ध्यान होकर देहाती इलाक़े में चलने के लिए किसी शांत जगह की ज़रूरत है। वहाँ पहुँचने के बाद हम मायापंछी के समूह को संदेश भेज सकते हैं।'

'तो, क्या तुम बोलने वाला पितृदेव उत्पन्न कर सकती हो?' रॉन ने पूछा।

'मैंने इसका अभ्यास किया है और मुझे लगता है कि मैं कर सकती हूँ,' हर्माइनी ने कहा।

'अच्छा, बशर्ते इसके कारण वे मुश्किल में न पड़ जाएँ। हालाँकि हो सकता है कि अब तक उन्हें गिरफ़्तार कर लिया गया हो। हे भगवान, यह कॉफ़ी तो बहुत बुरी है,' रॉन ने आगे कहा, जब उसने झागदार, भूरी कॉफ़ी का एक घूँट पिया। वेट्रेस ने रॉन की बात सुन ली और नए ग्राहकों का ऑर्डर लेने जाते समय उसकी तरफ़ बुरी निगाह से देखा। सुनहरे बालों वाले विशालकाय मज़दूर ने हाथ हिलाकर वेट्रेस को दूर भगा दिया। वह बुरा मान गई और घूरने लगी।

'चलो, चलते हैं। मैं इस गटर के पानी को नहीं पीना चाहता,' रॉन ने कहा। 'हर्माइनी, तुम्हारे पास मगलुओं के पैसे हैं?'

'हाँ, तुम्हारे घर आने से पहले मैंने अपनी बिल्डिंग सोसायटी की बचत में से पैसे निकाल लिए थे। मैं शर्त लगाती हूँ कि सारी चिल्लर नीचे होगी,' हर्माइनी ने आह भरकर कहा और अपने बैग की तरफ़ हाथ बढ़ाया।

दोनों मज़दूरों ने भी उसी जैसी हरकत की और हैरी ने बिना कुछ सोचे-समझे उनकी नक़ल की। तीनों की छड़ियाँ बाहर निकल आईं। रॉन को यह समझने में कुछ सेकंड लग गए कि क्या हो रहा था। उसने टेबल के पार हाथ बढ़ाकर हर्माइनी को उसकी बेंच पर एक तरफ़ कर दिया। प्राणभक्षियों के मंत्रों की शक्ति से टाइल वाली दीवार उसी जगह पर तड़क गई, जहाँ कुछ समय पहले रॉन का सिर था। हैरी अदृश्य रहते हुए चिल्लाया, *'स्तब्धो!'*

लाल रोशनी की लहर सुनहरे बालों वाले विशालकाय प्राणभक्षी के चेहरे पर पड़ी। वह बेहोश होकर एक तरफ़ गिर गया। उसके साथी को पता नहीं था कि मंत्र किसने मारा है। उसने रॉन पर एक और मंत्र मारा। उसकी छड़ी की नोक से चमकती काली रस्सियाँ उड़ीं, जिन्होंने रॉन को सिर से पैर तक बाँध दिया - वेट्रेस चीख़ती हुई दरवाज़े की तरफ़ भागी। हैरी ने रॉन को बाँधने वाले प्राणभक्षी पर स्तब्धीकरण मंत्र मारा, लेकिन मंत्र चूक गया और खिड़की से टकराकर वेट्रेस पर पड़ा, जो दरवाज़े के सामने ढेर हो गई।

'निष्कासितो!' प्राणभक्षी गरजा और जिस टेबल के पीछे हैरी खड़ा था, वह टूट गई। विस्फोट की शक्ति से हैरी दीवार से टकरा गया। उसकी छड़ी उसके हाथ से छूट गई और चोगा फिसल गया।

'पूर्ण शरीर-बंधन!' हर्माइनी चीख़ी और प्राणभक्षी किसी मूर्ति की तरह ज़मीन पर कप-प्लेट, टेबल और कॉफ़ी के मलबे पर धम्म से गिर गया। हर्माइनी बेंच के नीचे से रेंगकर बाहर निकली। उसने अपने बालों से एशट्रे के काँच के टुकड़े हिलाकर हटाए। वह बुरी तरह काँप रही थी।

'वि - विभक्तो,' उसने रॉन की तरफ़ छड़ी तानते हुए कहा। रॉन दर्द से बुरी तरह चिंघाड़ा, जब उसकी जीन्स के घुटने पर गहरा घाव हो गया। 'ओह, मुझे बहुत अफ़सोस है, रॉन, मेरा हाथ हिल रहा था! *विभक्तो!'*

रस्सियाँ टूटकर गिर गईं। रॉन उठकर खड़ा हो गया और अपनी बाँहें हिलाईं, ताकि उनके एहसास को लौटाया जा सके। हैरी ने अपनी छड़ी उठा ली और मलबे को लाँघता हुआ वहाँ पहुँचा, जहाँ सुनहरे बालों वाला विशालकाय प्राणभक्षी बेंच पर पसरा हुआ था।

उसने कहा, 'मुझे उसे पहचान जाना चाहिए था। वह डम्बलडोर की मौत वाली रात को वहीं था।' फिर उसने साँवले प्राणभक्षी को पैर से ठोकर मारकर उसका चेहरा ऊपर किया। उस आदमी की आँखें तेज़ी से हैरी, रॉन और हर्माइनी के बीच घूमीं।

'यह डोलोहोव है,' रॉन ने कहा। 'मैंने उसका चेहरा उन पोस्टरों में देखा था, जो अज़्काबान से उनके फ़रार होने पर लगे थे। मुझे लगता है कि बड़ा वाला प्राणभक्षी थोरफ़िन राउल है।'

'उनके नाम को छोड़ो!' हर्माइनी ने बौखलाकर कहा। 'उन्हें हमारा पता कैसे चला ? अब हम क्या करेंगे ?'

न जाने क्यों हर्माइनी को दहशत में देखकर हैरी का दिमाग़ काम करने लगा।

'दरवाज़ा लॉक कर दो,' उसने हर्माइनी से कहा, 'और रॉन, बत्तियाँ बंद कर दो।'

उसने अवाक डोलोहोव की तरफ़ देखा और तेज़ी से सोचने लगा, जब लॉक में क्लिक की आवाज़ आई और रॉन ने बत्तीबंद यंत्र का इस्तेमाल करके कैफ़े को अँधेरे में डुबा दिया। हैरी उन आदमियों की आवाज़ सुन सकता था, जिन्होंने कुछ समय पहले हर्माइनी को छेड़ा था और इस वक़्त चिल्लाकर किसी दूसरी लड़की को छेड़ रहे थे।

'हम इन दोनों का क्या करें ?' रॉन ने अँधेरे में हैरी से फुसफुसाकर पूछा। फिर उसने ज़्यादा शांति से आगे कहा, 'मार डालें ? वे हमें मार देते। उन्होंने अभी-अभी इसकी कोशिश भी की थी।'

हर्माइनी काँपकर एक क़दम पीछे हट गई। हैरी ने अपना सिर हिलाया।

'हमें बस उनकी यादें मिटा देनी चाहिए,' हैरी ने कहा। 'यह ज़्यादा अच्छा रहेगा। इससे उन लोगों को पता नहीं चल पाएगा। अगर हम इन्हें मार डालते हैं, तो यह स्पष्ट हो जाएगा कि हम यहाँ पर थे।'

'जैसा तुम कहो,' रॉन ने गंभीरता से राहत में कहा। 'लेकिन मैंने

कभी विस्मृति सम्मोहन नहीं किया है।'

'मैंने भी नहीं,' हर्माइनी ने कहा। 'लेकिन मैं इसका तरीक़ा जानती हूँ।'

उसने एक गहरी, शांत करने वाली साँस ली, फिर अपनी छड़ी डोलोहोव के सिर की तरफ़ करके बोली, *'विस्मृतो!'*

तत्काल डोलोहोव की आँखें भेंगी और सपनीली हो गईं।

'बहुत बढ़िया!' हैरी ने उसकी पीठ थपथपाते हुए कहा। 'दूसरे प्राणभक्षी और वेट्रेस के साथ भी यही करो, तब तक रॉन और मैं सब कुछ दोबारा जमा देते हैं।'

'जमा देते हैं?' रॉन ने आंशिक रूप से ध्वस्त कैफ़े को देखते हुए कहा। 'क्यों?'

'क्या तुम्हें नहीं लगता कि जागने पर वे ख़ुद को ऐसी जगह पर देखकर हैरान होंगे, जिसे देखकर लगता है कि यहाँ कोई बम गिरा होगा!'

'ओह हाँ, ठीक है ...'

रॉन को जेब से छड़ी निकालने के लिए एक पल तक संघर्ष करना पड़ा।

'हर्माइनी, कोई हैरानी नहीं कि मैं इसे बाहर नहीं निकाल सकता। तुमने मेरी पुरानी जीन्स पैक कर ली है। यह कस गई है।'

'ओह, मुझे अफ़सोस है,' हर्माइनी ने ग़ुस्से से फुफकारते हुए कहा और जब वह वेट्रेस को खिड़कियों से दूर ले जा रही थी, तो हैरी ने उसे बड़बड़ाते हुए सुना। वह रॉन को सुझाव दे रही थी कि रॉन को अपनी छड़ी जेब के बजाय कहाँ घुसा लेनी चाहिए थी।

जब कैफ़े पुरानी हालत में आ गया, तो उन्होंने प्राणभक्षियों को उनके केबिन तक खींचा और एक-दूसरे के सामने बैठा दिया।

'लेकिन उन्हें हमारा पता कैसे लगा?' हर्माइनी ने उनकी ओर देखते हुए पूछा। 'उन्हें कैसे पता चला कि हम यहाँ हैं?'

वह हैरी की ओर मुड़ी।

'तुम्हें - तुम्हें यह तो नहीं लगता कि तुम पर अब भी स्थितिसूचक सम्मोहन है, हैरी?'

'हो ही नहीं सकता,' रॉन ने कहा। 'स्थितिसूचक सम्मोहन सत्रह

साल की उम्र में टूट जाता है। यह जादूगरों का नियम है। इसे बालिग़ लोगों पर नहीं किया जा सकता।'

'जहाँ तक तुम्हें मालूम है,' हर्माइनी ने कहा। 'हो सकता है कि प्राणभक्षियों ने इसे सत्रह साल के बालिग़ लड़के पर करने का तरीक़ा खोज लिया हो। अगर ऐसा हुआ तो ?'

'लेकिन हैरी पिछले चौबीस घंटों में एक भी प्राणभक्षी के पास नहीं गया है। उस पर स्थितिसूचक सम्मोहन दोबारा कौन कर सकता है ?'

हर्माइनी ने जवाब नहीं दिया। हैरी को प्रदूषित, संक्रमित होने का एहसास हो रहा था। क्या प्राणभक्षियों ने सचमुच उन्हें इसी तरह खोजा था ?

'अगर स्थितिसूचक सम्मोहन के कारण दुश्मनों को मालूम पड़े बिना मैं जादू का इस्तेमाल नहीं कर सकता, और तुम भी मेरे आस-पास जादू का इस्तेमाल नहीं कर सकते ...' उसने शुरू किया।

'हम अलग-अलग नहीं हो रहे हैं!' हर्माइनी दृढ़ता से बोली।

'हमें छिपने की सुरक्षित जगह की ज़रूरत है,' रॉन ने कहा। 'इससे हमें स्थिति के बारे में सोचने का समय मिलेगा।'

'ग्रिमॉल्ड चौक,' हैरी ने कहा।

बाक़ी दोनों की आह निकल गई।

'नादान मत बनो, हैरी! स्नेप वहाँ आ सकता है!'

'रॉन के डैडी ने कहा था कि उसके ख़िलाफ़ मंत्र लगा दिए गए हैं – और अगर मंत्रों ने काम नहीं भी किया,' उसने आगे कहा, जब हर्माइनी बहस करने के लिए आतुर दिखी, 'तो उससे क्या ? मैं क़सम खाता हूँ, मुझे स्नेप से मिलकर बहुत ख़ुशी होगी!'

'लेकिन –'

'हर्माइनी, हम और कहाँ जा सकते हैं ? हमारे लिए वह सबसे अच्छी जगह है। वहाँ सिर्फ़ एक प्राणभक्षी यानी स्नेप आ सकता है। लेकिन अगर मुझ पर अब भी स्थितिसूचक सम्मोहन हुआ, तो हम ग्रिमॉल्ड चौक के अलावा चाहे जहाँ चले जाएँ, प्राणभक्षियों की पूरी फ़ौज हमारे पीछे आ जाएगी।'

हर्माइनी बहस नहीं कर सकती थी, हालाँकि साफ़ दिख रहा था कि वह करना चाहती थी। जब उसने कैफ़े के दरवाज़े का लॉक खोला, तो रॉन

ने बत्तीबंद यंत्र क्लिक करके कैफ़े की लाइट लौटा दी। फिर हैरी के तीन गिनते ही उन्होंने अपने तीनों शिकारों पर से मंत्र हटा लिए। इससे पहले कि प्राणभक्षी या वेट्रेस हिलने से ज़्यादा कुछ कर पाते, हैरी, रॉन और हर्माइनी अपनी जगह पर घूमे तथा एक बार फिर दमघोंटू अँधेरे में ओझल हो गए।

कुछ सेकंड बाद हैरी के फेफड़े कृतज्ञता से फैल गए और उसने अपनी आँखें खोल लीं : वे अब एक जाने-पहचाने छोटे और गंदे चौक के बीचोबीच खड़े थे। हर तरफ़ ऊँचे, जर्जर मकान नज़र आ रहे थे। उन्हें मकान नंबर बारह भी नज़र आ रहा था, क्योंकि इसके रहस्य-रक्षक डम्बलडोर ने उन्हें इसके बारे में बताया था। वे इसकी ओर भागे। हर कुछ गज़ दूर जाने के बाद वे रुककर यह जाँच कर लेते थे कि कोई उनका पीछा तो नहीं कर रहा है या देख तो नहीं रहा है। वे पत्थर की सीढ़ियों पर भागे और हैरी ने सामने वाले दरवाज़े पर छड़ी से दस्तक दी। उन्हें क्लिक की आवाज़ और ज़ंजीर की खड़-खड़ सुनाई दी। फिर दरवाज़ा चर्र की आवाज़ के साथ खुल गया और वे चौखट लाँघकर तेज़ी से अंदर चले गए।

जब हैरी ने दरवाज़ा बंद कर दिया, तो पुराने ज़माने की गैस बत्तियाँ जल उठीं और हॉल की ओर जाने वाले रास्ते में काँपती रोशनी फेंकने लगीं। सब कुछ वैसा ही था, जैसा हैरी को याद था : अजीब सा, जालों भरा। दीवार पर घरेलू जिन्नों के सिरों की आकृतियाँ थीं, जो सीढ़ियों पर अजीब सी छायाएँ फेंक रही थीं। लंबे, गहरे रंग के पर्दे सिरियस की माँ की तस्वीर को छिपाए थे। सिर्फ़ एक ही चीज़ जगह पर नहीं थी और वह था दैत्य के पैर वाला छाता स्टैंड, जो एक तरफ़ पड़ा था, जैसे टौंक्स ने उसे अभी-अभी गिराया हो।

'मुझे लगता है कि कोई यहाँ पर आया था,' हर्माइनी ने उसकी ओर इशारा करते हुए फुसफुसाकर कहा।

'यह मायापंछी के समूह के जाने के बाद हुआ होगा,' रॉन ने बुदबुदाकर कहा।

'स्नेप के ख़िलाफ़ लगाए गए मंत्र कहाँ हैं?' हैरी ने पूछा।

'शायद वे उसके आने पर ही सक्रिय होते होंगे?' रॉन ने सुझाव दिया।

बहरहाल, मकान के ज़्यादा अंदर जाने में वे घबरा रहे थे, इसलिए वे दरवाज़े की तरफ़ पीठ करके डोरमैट पर ही खड़े रहे।

हैरी ने एक क़दम आगे बढ़ाते हुए कहा, 'देखो, हम यहाँ हमेशा तो खड़े नहीं रह सकते।'

'सीवियरस स्नेप ?'

बावरे-नैन मूडी की आवाज़ अँधेरे में फुसफुसाती हुई आई, जिससे वे तीनों डर के मारे पीछे उछल पड़े। 'हम स्नेप नहीं हैं!' हैरी चिल्लाया, लेकिन तभी कोई चीज़ ठंडी हवा के झोंके की तरह आई और उसकी जीभ पीछे की तरफ़ घूम गई, जिससे उसके लिए बोलना असंभव हो गया। इससे पहले कि उसे अपने मुँह के भीतर महसूस करने का समय मिल पाता, उसकी जीभ दोबारा सामान्य हो गई।

लगता था, बाक़ी दोनों को भी यही अप्रिय अनुभूति हुई थी। रॉन अजीब सी आवाज़ें निकाल रहा था। हर्माइनी ने हकलाते हुए कहा, 'यह व – वही जी – जीभ-बंधन शाप होगा – जो बावरे-नैन ने स्नेप के लिए लगाया था!'

हैरी ने झिझकते हुए एक और क़दम आगे बढ़ाया। हॉल के सिरे पर अँधेरे में कोई चीज़ हिली और इससे पहले कि उनमें से कोई भी कुछ बोल पाए, एक आकृति दरी पर से उठी : ऊँची, धूल के रंग की और भयंकर। हर्माइनी चीख़ उठी और मिसेज़ ब्लैक भी, क्योंकि अब पर्दे खुल गए थे। भूरी आकृति तेज़ी से उनकी तरफ़ आ रही थी। उसके कमर तक लंबे बाल और दाढ़ी पीछे लहरा रही थी। उसका चेहरा धँसा हुआ और मांसविहीन था। आँखों में पुतलियाँ नहीं थीं। बहुत जाना-पहचाना, लेकिन भयंकर रूप से बदला हुआ चेहरा। उसने एक पतली बाँह उठाई और हैरी की तरफ़ इशारा किया।

'नहीं!' हैरी चिल्लाया और हालाँकि उसने अपनी छड़ी उठा ली थी, लेकिन उसके दिमाग़ में कोई मंत्र नहीं आया। 'नहीं! यह हमने नहीं किया था! हमने आपको नहीं मारा था –'

'मारा' शब्द पर आकृति में विस्फोट हुआ और यह धूल के बादल में बदल गई। हैरी खाँस रहा था और उसकी आँखों में पानी आ रहा था। उसने देखा कि हर्माइनी दरवाज़े के पास फ़र्श पर घुटनों के बल बैठ गई थी और उसने अपने हाथ सिर के ऊपर रख लिए थे। रॉन सिर से पैर तक काँप रहा था और अजीब तरीक़े से हर्माइनी का कंधा थपथपाकर कह रहा था, 'सब कुछ ठी – ठीक है ... आकृति चली गई है ...'

गैसबत्ती की नीली रोशनी में धूल हैरी के चारों तरफ़ धुंध की तरह

घुमड़ती रही, जबकि मिसेज़ ब्लैक चीख़ती रही :

'बदजातो, कीचड़ के कीड़ो, अपमान के धब्बो, मेरे पुरखों के मकान पर शर्म की कालिख़ –'

'चुप रहो!' हैरी गरजा और उसने अपनी छड़ी उस ओर कर दी। धमाके और लाल चिंगारियों के विस्फोट के बाद पर्दे दोबारा लग गए, जिससे मिसेज़ ब्लैक का मुँह बंद हो गया।

'यह ... यह तो ...' हर्माइनी ने सुबकते हुए कहा, जब रॉन ने उसे उठाकर खड़ा किया।

'हाँ,' हैरी ने कहा, 'लेकिन ये असली डम्बलडोर नहीं थे, है ना? यह तो बस स्नेप को डराने के लिए था।'

हैरी सोच रहा था कि क्या यह इंतज़ाम सफल हुआ होगा या फिर स्नेप ने इस भयंकर आकृति को भी विस्फोट करके उसी तरह हटा दिया होगा, जिस तरह उसने असली डम्बलडोर को मार डाला था? जब वह बाक़ी दोनों के साथ हॉल में पहुँचा, तब भी उसके शरीर में सनसनी हो रही थी। उसे लग रहा था कि शायद अब कोई नई डरावनी चीज़ आएगी, लेकिन एक चूहे के अलावा कुछ नहीं दिखा, जो एक कोने में भाग रहा था।

'मुझे लगता है कि आगे जाने से पहले हमें जाँच कर लेनी चाहिए,' हर्माइनी फुसफुसाई और अपनी छड़ी उठाकर बोली, *'मानव-प्रकटो।'*

कुछ नहीं हुआ।

'देखो, तुम्हें बहुत सदमा लगा है,' रॉन ने दयालुता से कहा। 'वैसे इससे क्या होना चाहिए था?'

'इससे वही हुआ, जो मैं करवाना चाहती थी!' हर्माइनी ने थोड़ी चिढ़ के साथ कहा। 'यह मानव उपस्थिति को प्रकट करने वाला मंत्र था और यहाँ हमारे सिवाय कोई नहीं है!'

'धूल की उस आकृति के सिवाय,' रॉन ने दरी के उस टुकड़े की ओर देखते हुए कहा, जहाँ से लाश जैसी आकृति प्रकट हुई थी।

हर्माइनी ने पुरानी गैस बत्तियों को जलाने के लिए अपनी छड़ी लहराई। फिर उस ठंडे कमरे में थोड़ा काँपते हुए वह सोफ़े पर बैठ गई। उसने अपने हाथ कसकर सीने पर बाँध लिए। रॉन खिड़की के पास गया और मख़मल के भारी पर्दे को एक इंच सरका दिया।

'बाहर कोई नहीं दिख रहा है,' उसने कहा। 'अगर हैरी पर अब भी

स्थितिसूचक सम्मोहन होता, तो वे हमारे पीछे यहाँ तक आ गए होते। मैं जानता हूँ कि वे घर के अंदर नहीं आ सकते हैं, लेकिन – क्या हुआ हैरी ?'

हैरी के मुँह से दर्द भरी चीख़ निकल गई थी। उसका निशान एक बार फिर जलने लगा था। कोई चीज़ उसके दिमाग़ में कौंधी, जिस तरह पानी पर चमकीली रोशनी कौंधती है। उसने एक बड़ी छाया देखी और आवेश महसूस किया, जो उसका नहीं था। यह आवेश किसी बिजली के झटके की तरह उसके शरीर में होता हुआ चला गया।

'तुमने क्या देखा ?' रॉन ने हैरी के पास आते हुए पूछा। 'क्या तुमने उसे हमारे घर में देखा ?'

'नहीं, मैंने बस ग़ुस्सा महसूस किया – वह सचमुच बहुत नाराज़ है –'

'लेकिन वह तो मेरे घर में भी हो सकता है,' रॉन ने ज़ोर से कहा। 'और कहाँ होगा ? तुमने कुछ देखा नहीं ? क्या वह किसी को शाप दे रहा था ?'

'नहीं, मैंने बस ग़ुस्सा महसूस किया – मैं कुछ नहीं बता सकता –'

हैरी दुविधा में था और परेशान महसूस कर रहा था। हर्माइनी ने कोई मदद नहीं की, जब उसने थोड़ी डरी आवाज़ में कहा, 'एक बार फिर, तुम्हारा निशान ? लेकिन हो क्या रहा है ? मुझे तो लगा था कि वह संबंध ख़त्म हो गया था!'

'यह ख़त्म हो गया था, लेकिन सिर्फ़ कुछ समय के लिए,' हैरी बुदबुदाया। उसका निशान अब भी दर्द कर रहा था, जिससे उसे एकाग्रता क़ायम रखने में मुश्किल आई। 'मैं – मैं सोचता हूँ कि जब भी वह नियंत्रण खोता है, तो यह संबंध जुड़ जाता है, जैसा पहले होता था –'

'तब तो तुम्हें अपने दिमाग़ को बंद कर लेना चाहिए!' हर्माइनी ने तीखी आवाज़ में कहा। 'हैरी, डम्बलडोर नहीं चाहते थे कि तुम उस संबंध का इस्तेमाल करो। वे चाहते थे कि तुम इसे बंद कर दो, इसीलिए उन्होंने तुम्हें गुप्त-विद्या सिखवाई थी! वरना वोल्डेमॉर्ट तुम्हारे दिमाग़ में झूठी छवियाँ डाल सकता है, याद है –'

'हाँ, मुझे याद है, धन्यवाद,' हैरी ने दाँत भींचते हुए कहा। उसे हर्माइनी के बताने की ज़रूरत नहीं थी कि वोल्डेमॉर्ट ने उनके बीच के इसी संबंध का इस्तेमाल करके एक बार हैरी को जाल में फँसाया था, न ही यह कि इसी वजह से सिरियस की मौत हुई थी। उसकी इच्छा हुई कि काश उसने उन्हें यह नहीं बताया होता कि उसने क्या देखा और महसूस किया

था। इससे तो वोल्डेमॉर्ट और भी ख़तरनाक लगने लगता था, जैसे वह कमरे की खिड़की पर ही चेहरा सटाए हो। उसके निशान का दर्द बढ़ रहा था और वह इससे संघर्ष कर रहा था। यह उल्टी करने की इच्छा रोकने जैसा था।

उसने रॉन और हर्माइनी की ओर पीठ घुमा ली तथा दीवार पर ब्लैक वंशवृक्ष की पुरानी दीवारदरी को देखने का नाटक करने लगा। तभी हर्माइनी चीख़ उठी। हैरी ने दोबारा अपनी छड़ी निकाली और घूम गया। उसने देखा कि ड्रॉइंग रूम की खिड़की से चाँदी जैसे रंग का पितृदेव अंदर आया और उनके बीच में फ़र्श पर उतर गया, जहाँ यह नेवले में बदल गया और रॉन के पिता की आवाज़ में बोला।

'परिवार सुरक्षित है, जवाब मत देना, हमारी निगरानी हो रही है।'

पितृदेव हवा में घुल गया। रॉन ने सुबकी और कराह के बीच की आवाज़ निकाली तथा गुर्राते हुए सोफ़े पर गिर गया। हर्माइनी भी उसके पास पहुँच गई और उसका हाथ कसकर पकड़ लिया।

'वे सब ठीक हैं, वे सब ठीक हैं!' हर्माइनी ने फुसफुसाकर कहा। रॉन थोड़ा हँसा और उसे गले लगा लिया।

'हैरी,' उसने हर्माइनी के कंधे के ऊपर से कहा, 'मैं –'

'कोई दिक्क़त नहीं है,' हैरी ने कहा, हालाँकि सिर के दर्द से उसे मतली जैसी आ रही थी। 'ज़ाहिर है, तुम्हें अपने परिवार की चिंता होनी ही चाहिए। मुझे भी ऐसा ही महसूस होता।' उसने जिनी के बारे में सोचा। 'मुझे भी ऐसा ही महसूस *हो रहा है*।'

उसके निशान का दर्द चरम सीमा पर पहुँच रहा था और उतनी ही बुरी तरह जल रहा था, जितनी बुरी तरह रॉन के घर के बगीचे में जला था। उसने हर्माइनी को अस्पष्टता से कहते सुना, 'मैं अब अकेली नहीं रहना चाहती। क्या हम अपने स्लीपिंग बैग्स में आज रात को यहीं सो सकते हैं ?'

उसने रॉन को हाँ कहते सुना। हैरी अब दर्द से ज़्यादा देर तक नहीं जूझ सकता था। उसे हार माननी ही पड़ी।

'बाथरूम,' उसने बुदबुदाकर कहा और भागे बिना जितनी तेज़ी से हो सकता था, कमरे से बाहर चल दिया।

उसने मुश्किल से यह काम किया। उसने काँपते हाथों से अपने पीछे दरवाज़े की साँकल लगाई। फिर अपने दुखते हुए सिर को पकड़कर वह

फ़र्श पर गिर गया। इसके बाद दर्द के विस्फोट में उसने उस ग़ुस्से को महसूस किया, जो उसका नहीं था, लेकिन फिर भी उसकी आत्मा पर हावी था। उसने एक लंबा कमरा देखा, जिसमें सिर्फ़ आग की रोशनी थी और फ़र्श पर बड़ा, सुनहरे बालों वाला प्राणभक्षी पड़ा-पड़ा चीख़ और तड़प रहा था। उसके पास एक दुबली आकृति खड़ी थी। उसने छड़ी उठाई और हैरी तीखी, ठंडी, बेरहम आवाज़ में बोला।

'राउल, और करें या फिर हम इसे ख़त्म कर दें और तुम्हें नागिनी को खिला दें ? लॉर्ड वोल्डेमॉर्ट को यक़ीन नहीं है कि वे तुम्हें इस बार माफ़ करेंगे ... तुमने मुझे इसके लिए बुलाया, यह बताने के लिए कि हैरी पॉटर एक बार फिर बच निकला है ? ड्रेको, राउल को हमारी अप्रसन्नता का स्वाद चखाओ ... करो, वरना तुम ख़ुद मेरे ग़ुस्से का शिकार बन जाओगे!'

आग में एक लट्ठा गिरा : लपटें ऊँची हो गईं। उनकी रोशनी एक दहशतज़दा, नुकीले सफ़ेद चेहरे पर पड़ी। गहरे पानी से निकलने के एहसास के साथ हैरी ने कँपकँपाती साँस ली और अपनी आँखें खोलीं।

वह काले संगमरमर के ठंडे फ़र्श पर पड़ा हुआ था। उसकी नाक चाँदी के साँप की पूँछ से कुछ इंच दूर थी, जो बड़े बाथटब को सहारा दे रही थी। वह बैठ गया। मैल्फ़ॉय का दुबला-पतला, दहशत भरा चेहरा उसकी आँखों के अंदर जैसे जम सा गया था। हैरी ने जो देखा था, उससे उसे मतली आने लगी। वोल्डेमॉर्ट ड्रेको का किस तरह इस्तेमाल कर रहा था!

दरवाज़े पर एक तीखी दस्तक हुई और हैरी उछल पड़ा, जब हर्माइनी की आवाज़ आई।

'हैरी, तुम्हें अपना टूथब्रश चाहिए ? मैं उसे लेकर आई हूँ।'

'हाँ, बहुत बढ़िया, धन्यवाद,' उसने अपनी आवाज़ को सामान्य बनाने के लिए संघर्ष करते हुए कहा और साँकल खोलने के लिए खड़ा हो गया।

अध्याय दस

क्रीचर की दास्तान

अगली सुबह हैरी जल्दी जाग गया। वह ड्रॉइंग रूम के फ़र्श पर एक स्लीपिंग बैग में सो रहा था। भारी पर्दों के बीच की दरार से उसे थोड़ा सा आसमान दिख रहा था, जो पानी मिली स्याही जैसा साफ़ नीला था। भोर का वक़्त लग रहा था और रॉन तथा हर्माइनी की धीमी, गहरी साँसों के सिवाय सब कुछ शांत था। हैरी ने उन लोगों की स्याह आकृतियों पर नज़र डाली, जो उसके पास ही फ़र्श पर लेटी थीं। रॉन के मन में अचानक प्यार का तूफ़ान उठा था और उसने हर्माइनी को सोफ़े की गद्दियों पर सुलवा दिया था, जिससे हर्माइनी की आकृति रॉन से ऊँची दिख रही थी। हर्माइनी का हाथ फ़र्श पर लटका हुआ था और उसकी उँगलियाँ रॉन की उँगलियों से कुछ इंच दूर थीं। हैरी ने सोचा कि शायद वे हाथ पकड़कर सोए होंगे। यह सोचकर वह और अकेलापन महसूस करने लगा।

उसने स्याह छत के फ़ानूस की तरफ़ देखा, जिस पर मकड़ी का जाला लगा था। चौबीस घंटे से भी कम समय पहले वह शामियाने के प्रवेश द्वार पर धूप में खड़ा था और शादी में आने वाले मेहमानों को बैठने की जगह दिखा रहा था। अब यह कई साल पुरानी बात लग रही थी। अब क्या हो रहा होगा ? वह फ़र्श पर लेटा-लेटा सोचता रहा, होरक्रक्सों के बारे में, उस जोखिम भरे जटिल अभियान के बारे में, जो डम्बलडोर उसे सौंपकर गए थे ... डम्बलडोर ...

डम्बलडोर की मौत के बाद से जो दुख उस पर हावी था, वह अब थोड़ा बदल गया था। शादी में उसने मुरियल के जो आरोप सुने थे, वे उसके दिमाग़ में बीमार चीज़ों की तरह घोंसला बना चुके थे और उस जादूगर की यादों को संक्रमित कर चुके थे, जिनकी वह पूजा करता था। क्या डम्बलडोर

ऐसी चीज़ें होने दे सकते थे? या फिर वे भी डडली जैसे ही थे, जो ग़लत कामों और ग़लत व्यवहार के बारे में तब तक चुप रहते थे, जब तक कि इससे वे ख़ुद प्रभावित न हों? क्या उन्होंने अपनी बहन की तरफ़ पीठ फेर ली थी, जिसे क़ैद किया गया था और छिपाकर रखा गया था?

हैरी ने गॉडरिक्स हॉलो और वहाँ की क़ब्रों के बारे में सोचा, जिनका डम्बलडोर ने कभी ज़िक्र नहीं किया था। उसने उन रहस्यमयी चीज़ों के बारे में भी सोचा, जो डम्बलडोर ने अपनी वसीयत में बिना किसी स्पष्टीकरण के छोड़ी थीं। अँधेरे में उसके दिल में ग़ुस्सा उबलने लगा। डम्बलडोर ने उसे बताया क्यों नहीं? उन्होंने सब कुछ स्पष्ट क्यों नहीं किया? क्या डम्बलडोर को सचमुच हैरी की परवाह थी? या फिर वह सिर्फ़ एक मोहरा था, जिसे तैयार करना था, लेकिन उस पर भरोसा नहीं करना था, कुछ बताना नहीं था?

कटु विचारों के साथ लेटे रहना उसे बर्दाश्त नहीं हुआ। अपना ध्यान भटकाने के लिए वह कुछ करने को उतावला हो रहा था। वह अपने स्लीपिंग बैग में से बाहर निकला और अपनी छड़ी उठाकर चुपचाप कमरे से बाहर निकल गया। बाहर निकलकर वह फुसफुसाया, *'प्रकाशित भव,'* और छड़ी की रोशनी में सीढ़ियाँ चढ़ने लगा।

दूसरी मंज़िल पर वह बेडरूम था, जिसमें वह और रॉन पिछली बार सोए थे। उसने उसके भीतर नज़र डाली। अलमारी के दरवाज़े खुले थे और बिस्तर की चादरें अस्त-व्यस्त थीं। हैरी को नीचे की मंज़िल पर लुढ़की हुई दैत्य की टाँग याद आ गई। मायापंछी के समूह के जाने के बाद किसी ने घर की तलाशी ली थी। स्नेप ने? या शायद मंडंगस ने, जिसने सिरियस की मौत के पहले और बाद में मकान से काफ़ी कुछ चुराया था? हैरी की निगाह उस तस्वीर की तरफ़ गई, जिसमें कई बार सिरियस के पर-परदादा फ़िनीज़ नाइजेलस ब्लैक की छवि दिखती थी, लेकिन इस वक़्त यह ख़ाली थी और इसमें कीचड़ के रंग वाले कैनवास के सिवाय कुछ नहीं दिख रहा था। ज़ाहिर था कि फ़िनीज़ नाइजेलस हॉगवर्ट्स में हेडमास्टर की स्टडी में रात गुज़ार रहा था।

हैरी सीढ़ियों पर ऊपर चढ़ता गया, जब तक कि वह सबसे ऊपर वाले कमरों तक नहीं पहुँच गया, जहाँ सिर्फ़ दो दरवाज़े थे। ठीक सामने वाले दरवाज़े पर सिरियस के नाम की तख़्ती लगी थी। हैरी पहले कभी अपने गॉडफ़ादर के बेडरूम के भीतर नहीं गया था। उसने धक्का मारकर दरवाज़ा खोला और अपनी छड़ी ऊपर उठाकर ज़्यादा से ज़्यादा जगह पर

रोशनी पहुँचाने की कोशिश की।

कमरा काफ़ी लंबा-चौड़ा था। कभी यह सचमुच सुंदर दिखता होगा। एक बड़ा पलंग था, जिस पर लकड़ी का नक़्क़ाशीदार सिरहाना था। ऊँची खिड़की पर मख़मल के लंबे पर्दे लगे थे। फ़ानूस पर धूल की मोटी परत जमी थी। फ़ानूस के खाँचों में मोमबत्तियों के ठूँठ थे, जिन पर ठोस मोम ओस की तरह जमी थी। दीवारों पर लगी तस्वीरों और पलंग के सिरहाने पर धूल की हल्की सी परत थी। मकड़ी का एक जाला फ़ानूस और लकड़ी की बड़ी अलमारी के बीच लगा था। जब हैरी कमरे में घुसा, तो उसे चूहों के इधर-उधर भागने की आवाज़ सुनाई दी।

किशोर सिरियस ने दीवारों पर इतने सारे पोस्टर और तस्वीरें लगाई थीं कि दीवारों का चाँदी सा भूरा रेशमी रंग बहुत कम दिख रहा था। सिरियस के माता-पिता शायद उस स्थायी चिपकू सम्मोहन को नहीं हटा पाए थे, जिससे ये तस्वीरें दीवार पर चिपकी थीं। हैरी को यक़ीन था कि उन्हें अपने बड़े लड़के की सजावट पसंद नहीं आई होगी। सिरियस अपने माता-पिता को चिढ़ाने की कोशिश में कुछ ज़्यादा ही आगे निकल गया था। वहाँ पर गरुड़द्वार के बहुत से बड़े बैनर लगे थे, जो लाल और सुनहरे रंग के थे। इनके कारण नागशक्ति वाले बाक़ी परिवार से उसका अंतर स्पष्ट रूप से रेखांकित हो रहा था। वहाँ पर कई मगलू मोटरसाइकलों की तस्वीरें थीं। इसके अलावा बिकिनी वाली मगलू लड़कियों के कई पोस्टर थे (हैरी सिरियस की हिम्मत पर दाद देने लगा)। हैरी जानता था कि वे लड़कियाँ मगलू हैं, क्योंकि वे अपनी तस्वीरों में बिलकुल स्थिर थीं और उनकी मुस्कानें तथा चमकती आँखें काग़ज़ पर जमी हुई थीं। यह दीवार पर लगी जादूगरों की इकलौती तस्वीर के बिलकुल विपरीत था, जिसमें हॉगवर्ट्स के चार विद्यार्थी कैमरे के सामने हाथों में हाथ डाले खड़े थे और हँस रहे थे।

हैरी ने फ़ोटो में अपने डैडी को पहचान लिया और ख़ुश हो गया। हैरी की तरह ही उनके बिखरे हुए काले बाल भी पीछे खड़े रहते थे और वे भी चश्मा पहनते थे। उनके पास सिरियस खड़ा था, जो लापरवाही से तैयार होने के बावजूद आकर्षक लग रहा था। उसका थोड़ा दंभी चेहरा इतना युवा और ख़ुश दिख रहा था, जितना हैरी ने उसे पहले कभी नहीं देखा था। सिरियस के दाईं ओर पेटिग्रू खड़ा था, जो उसके कंधे तक आ रहा था। मोटा और पानीदार आँखों वाला पेटिग्रू शायद इस बात पर ख़ुश था कि वह इतने शानदार गैंग में शामिल है और जेम्स तथा सिरियस जैसे

प्रशंसित विद्रोहियों के साथ रहता है। जेम्स के बाईं ओर ल्यूपिन खड़े थे, जिनका हुलिया तब भी थोड़ा ख़राब दिख रहा था। बहरहाल, उनके चेहरे पर भी सुखद हैरानी झलक रही थी कि उन्हें इस गैंग में पसंद और शामिल किया जा रहा है ... या फिर हैरी को ऐसा इसलिए लग रहा था, क्योंकि वह ये बातें जानता था? उसने दीवार से तस्वीर उतारने की कोशिश की, आख़िर अब वह इसका मालिक था - सिरियस ने अपनी हर चीज़ उसके नाम छोड़ी थी - लेकिन तस्वीर हिली तक नहीं। सिरियस ने कमरे से सामान हटाने के मामले में अपने माता-पिता के ख़िलाफ़ बड़ा ही पुख़्ता इंतज़ाम किया था और कोई कसर नहीं छोड़ी थी।

हैरी ने फ़र्श पर चारों तरफ़ नज़र डाली। बाहर आसमान में उजाला होने लगा था : रोशनी की एक लकीर में उसे काग़ज़ों के टुकड़े, पुस्तकें और छोटी-छोटी चीज़ें गलीचे पर बिखरी पड़ी दिखीं। साफ़ लग रहा था कि सिरियस के बेडरूम की भी तलाशी ली गई थी, हालाँकि यहाँ कोई ख़ास क़ीमती सामान मिलने की संभावना कम ही थी। कुछ पुस्तकों को इतनी बुरी तरह हिलाया गया था कि उनके कवर उखड़ गए थे और कई पन्ने फ़र्श पर बिखर गए थे।

हैरी नीचे झुका और उसने कुछ काग़ज़ उठा लिए। उनमें से एक बाथिल्डा बैगशॉट की *जादू का इतिहास* पुस्तक का पन्ना था। दूसरा काग़ज़ *मोटरसाइकल मेंटेनेन्स मैन्युअल* का था। तीसरा हाथ से लिखा हुआ था। उसने उस मुड़े-तुड़े काग़ज़ को सीधा किया।

प्रिय पैडफ़ुट,

धन्यवाद! हैरी के जन्मदिन के तोहफ़े के लिए बहुत-बहुत धन्यवाद! यह उसका अब तक का सबसे प्रिय तोहफ़ा है। एक साल की उम्र में ही वह खिलौना झाड़ू पर उड़ने लगा है। वह बहुत ख़ुश हुआ। तुम इसे अपनी आँखों से देख सको, इसलिए मैं एक तस्वीर भेज रही हूँ। तुम तो जानते ही हो, यह झाड़ू ज़मीन से सिर्फ़ दो फ़ुट ऊपर ही उठती है, लेकिन उसके कारण बिल्ली मरते-मरते बची और उसने वह भयंकर गमला भी तोड़ दिया, जो पेटूनिया ने मुझे क्रिसमस पर भेजा

था (उस बारे में कोई शिकायत नहीं है)। ज़ाहिर है, जेम्स यह देखकर बड़ा ख़ुश हुआ। वह कहता है कि हैरी महान क्विडिच खिलाड़ी बनेगा, लेकिन हमें अपनी सारी क़ीमती चीज़ें हटानी पड़ीं और हमने यह फ़ैसला किया है कि जब भी वह झाड़ू पर सवारी करेगा, तो हम उस पर से अपनी नज़रें नहीं हटाएँगे।

हमने बर्थडे पार्टी का आयोजन बड़ी सादगी से किया था : सिर्फ़ हम लोग और बाथिल्डा थे। बाथिल्डा ने हमेशा हमारी मदद की है और हैरी पर तो वह जान छिड़कती है। हमें अफ़सोस है कि तुम नहीं आ पाए, लेकिन मायापंछी के समूह का काम पहले स्थान पर आना चाहिए और वैसे भी हैरी अभी इतना बड़ा नहीं हुआ है कि यह समझ पाए कि आज उसका जन्मदिन है। जेम्स यहाँ बंद रहते-रहते उकता गया है। वह कुछ कहता नहीं है, लेकिन मैं जानती हूँ। इसके अलावा, उसका अदृश्य चोगा अब भी डम्बलडोर के पास है, इसलिए वह छिपकर भी नहीं घूम सकता। तुम्हारे आने से वह बहुत ख़ुश हो जाता। वर्मी पिछले वीकएंड पर यहाँ आया था। मुझे वह थोड़ा परेशान दिख रहा था, लेकिन शायद ऐसा मैकिनॉन्स की ख़बर के कारण होगा। जब मैंने सुना था, तो मैं रात भर रोई थी।

बाथिल्डा अक्सर हमारे घर आती रहती है। बहुत ही दिलचस्प बूढ़ी औरत है। डम्बलडोर के बारे में बड़ी मज़ेदार कहानियाँ सुनाती है। वैसे मुझे यक़ीन नहीं है कि यह जानकर वे ख़ुश होंगे। मुझे नहीं मालूम कि इन बातों में कितनी सच्चाई है, क्योंकि विश्वास नहीं होता कि डम्बलडोर

हैरी की बाहरी इंद्रियाँ जैसे सुन्न हो गईं। उस चमत्कारी काग़ज़ को अपनी बेजान उँगलियों में पकड़कर वह बिलकुल स्थिर खड़ा रहा। उसके भीतर एक तरह का शांत ज्वालामुखी उसकी रगों में कभी ख़ुशी, तो कभी दुख भेजता रहा। वह लड़खड़ाते क़दमों से पलंग तक गया और बैठ गया।

उसने चिट्ठी दोबारा पढ़ी, लेकिन इसके बावजूद उसे उतना ही समझ में आया, जितना पहली बार में आया था। वह तो बस लिखावट को घूरे जा रहा था। उसकी मम्मी भी 'जी' अक्षर उसी की तरह लिखती थीं। वह पूरी चिट्ठी में 'जी' अक्षर खोजने लगा। हर अक्षर पर्दे के पीछे से हिलते किसी दोस्ताना हाथ की तरह लग रहा था। यह चिट्ठी एक अविश्वसनीय ख़ज़ाना थी। यह इस बात का सबूत थी कि लिली पॉटर कभी ज़िंदा थी, सचमुच ज़िंदा थी, कि उसका गर्म हाथ कभी इस चर्मपत्र पर चला था, कि उसने ये अक्षर स्याही से लिखे थे और अपने बेटे हैरी के बारे में लिखे थे।

अधीरता से अपनी आँखों के आँसू पोंछते हुए उसने एक बार फिर चिट्ठी पढ़ी और इस बार अर्थ पर ध्यान केंद्रित किया। यह किसी थोड़ी भूली आवाज़ को सुनने जैसा था।

उनके पास एक बिल्ली थी ... शायद वह भी उसके मम्मी-डैडी की तरह ही गॉडरिक्स हॉलो में मारी गई होगी ... या फिर जब उसे खिलाने-पिलाने के लिए कोई नहीं बचा होगा, तो भागकर कहीं और चली गई होगी ... सिरियस ने उसे पहली झाड़ू ख़रीदकर दी थी ... उसके मम्मी-डैडी बाथिल्डा बैगशॉट को जानते थे। क्या डम्बलडोर ने ही उनका परिचय कराया था? *अदृश्य चोगा अब भी डम्बलडोर के पास है* ... यह बड़ी अजीब बात थी ...

हैरी ठहरा और अपनी माँ के शब्दों पर विचार करने लगा। डम्बलडोर ने जेम्स से अदृश्य चोगा क्यों लिया था? हैरी को अपने हेडमास्टर द्वारा बरसों पहले कही बात अच्छी तरह याद थी, *'मुझे अदृश्य होने के लिए अदृश्य चोगे की ज़रूरत नहीं है।'* शायद डम्बलडोर को यह चोगा मायापंछी के समूह के किसी कम सक्षम व्यक्ति के लिए चाहिए होगा और उन्होंने सिर्फ़ उस तक चोगा पहुँचाने का काम किया होगा? हैरी आगे पढ़ने लगा ...

वर्मी यहाँ आया था ... गद्दार पेटिग्रू 'परेशान' दिख रहा था। क्या सचमुच? क्या वह जानता था कि वह जेम्स और लिली को आख़िरी बार ज़िंदा देख रहा है?

और आख़िरकार बाथिल्डा, जिसने डम्बलडोर के बारे में अविश्वसनीय कहानियाँ सुनाई थीं : *विश्वास नहीं होता कि डम्बलडोर* –

डम्बलडोर क्या? डम्बलडोर के बारे में बहुत सी बातों पर विश्वास नहीं हो सकता था, जैसे यह कि उन्हें एक बार रूपांतरण के टेस्ट में सबसे कम नंबर मिले थे, या फिर एबरफ़ोर्थ की तरह ही वे भी बकरियों पर सम्मोहन करने लगे थे ...

हैरी उठकर खड़ा हुआ और ग़ौर से फ़र्श को देखने लगा : शायद बाक़ी की चिट्ठी भी यहीं कहीं होगी। वह बिखरे हुए काग़ज़ों को उलटने-पलटने लगा। अपनी उत्सुकता में उसने भी उनकी उतनी ही कम परवाह की, जितनी कि पहली बार तलाशी लेने वाले ने की थी। उसने ड्रॉअर खोले, पुस्तकें हिलाकर देखीं, कुर्सी पर खड़े होकर अलमारी के ऊपर हाथ फेरा, यहाँ तक कि पलंग और कुर्सी के नीचे झुककर भी देखा।

आख़िरकार फ़र्श पर लेटकर चेहरा नीचा करने पर उसे एक चीज़ दिख गई। अलमारी के नीचे काग़ज़ का एक फटा हुआ टुकड़ा नज़र आ रहा था। उसने इसे बाहर निकाल लिया। यह काग़ज़ नहीं, बल्कि वह फटी हुई तस्वीर थी, जिसका ज़िक्र लिली ने अपनी चिट्ठी में किया था। तस्वीर में काले बालों वाला एक खिलखिलाता हुआ लड़का एक छोटी झाड़ू पर तस्वीर से अंदर-बाहर हो रहा था। उसके पीछे दो पैर दिख रहे थे, जो जेम्स के होंगे। हैरी ने तस्वीर को लिली की चिट्ठी के साथ अपनी जेब में रख लिया और दूसरे काग़ज़ की तलाश करने लगा।

बहरहाल, पंद्रह मिनट बाद वह मन मारकर इस नतीजे पर पहुँचा कि उसकी माँ की बाक़ी की चिट्ठी चली गई थी। क्या यह बीच के सोलह सालों में कहीं खो गई थी या फिर कमरे की तलाशी लेने वाला व्यक्ति इसे उठाकर ले गया था? हैरी ने चिट्ठी के पहले पन्ने को एक बार फिर पढ़ा। इस बार वह इस सुराग़ की तलाश में था कि दूसरा पन्ना इतना क़ीमती क्यों हो सकता था। उसकी खिलौना झाड़ू में प्राणभक्षियों को भला क्या दिलचस्पी हो सकती थी ... इकलौती उपयोगी जानकारी डम्बलडोर के बारे में ही हो सकती थी। *विश्वास नहीं होता कि डम्बलडोर* – क्या?

'हैरी? हैरी! *हैरी!*'

'मैं यहाँ हूँ!' उसने चिल्लाकर कहा। 'क्या हुआ?'

दरवाज़े के बाहर क़दमों की आवाज़ सुनाई दी और हर्माइनी तेज़ी से अंदर आई।

'जागने पर हम सोचने लगे कि तुम जाने कहाँ चले गए!' उसने हाँफते हुए कहा। वह मुड़ी और चिल्लाकर बोली, 'रॉन! वह मुझे मिल गया है!'

रॉन की चिढ़ी हुई आवाज़ कुछ मंज़िल नीचे से गूँजी।

'अच्छा! उससे मेरी तरफ़ से कह दो कि वह महामूर्ख है!'

'हैरी, प्लीज़, इस तरह बिना बताए कहीं मत जाया करो। हम दहशत में आ गए थे! वैसे तुम यहाँ ऊपर क्यों आए थे?' उसने अस्त-व्यस्त कमरे की तरफ़ देखा। 'तुम कर क्या रहे थे?'

'देखो तो सही, मुझे क्या मिला है।'

उसने अपनी माँ की चिट्ठी निकाली। हैरी हर्माइनी को चिट्ठी पढ़ते हुए देखता रहा। पन्ने के आख़िर में पहुँचने पर उसने हैरी की तरफ़ देखा।

'ओह, हैरी ...'

'और यह भी देखो।'

उसने फटी हुई तस्वीर बढ़ाई और हर्माइनी खिलौना झाड़ू पर अंदर-बाहर होते बच्चे को देखकर मुस्कराई।

हैरी ने कहा, 'मैं बाक़ी की चिट्ठी खोज रहा था, लेकिन वह कहीं नहीं मिली।'

हर्माइनी ने चारों तरफ़ देखा।

'इतना बुरा हाल तुमने किया है या फिर तुम्हारे आने से पहले ही यह इतना बेहाल था?'

'मुझसे पहले किसी और ने भी तलाशी ली थी,' हैरी ने कहा।

'मुझे भी यही लग रहा था। ऊपर आते समय मैंने हर कमरे में झाँककर देखा था और हर कमरा अस्त-व्यस्त था। वैसे तुम्हें क्या लगता है, वे लोग किस चीज़ की तलाश में होंगे?'

'अगर स्नेप हुआ, तो मायापंछी के समूह की जानकारी की तलाश में होगा।'

'लेकिन ज़रा सोचो, उसके पास तो पहले से ही सारी जानकारी होगी। मेरा मतलब है, वह तो समूह में था, है ना?'

अपने अंदाज़े पर बातचीत करने के लिए उत्सुक हैरी बोला, 'तो

फिर डम्बलडोर के बारे में जानकारी की तलाश में होगा? उदाहरण के लिए, इस चिट्ठी का दूसरा पेज। तुम जानती हो, मेरी मम्मी ने जिस बाथिल्डा का ज़िक्र किया है, वे कौन थीं?'

'कौन?'

'बाथिल्डा बैगशॉट -'

'*जादू का इतिहास* की लेखिका,' हर्माइनी ने दिलचस्पी लेते हुए कहा। 'तो तुम्हारे माता-पिता उन्हें जानते थे? वे कमाल की जादुई इतिहासकार थीं।'

'वे अब भी ज़िंदा हैं,' हैरी ने कहा, 'और गॉडरिक्स हॉलो में रहती हैं। रॉन की मुरियल आंटी शादी में उनके बारे में बात कर रही थीं। बाथिल्डा डम्बलडोर के परिवार को भी जानती थीं। उनसे बात करना बहुत दिलचस्प रहेगा, है ना?'

हर्माइनी ने हैरी की तरफ़ मुस्कराकर देखा। उसके चेहरे पर समझ का ऐसा भाव था, जो हैरी को पसंद नहीं आया। उसने चिट्ठी और तस्वीर को दोबारा अपने गले में लटके पाउच के भीतर रख लिया, ताकि उसे हर्माइनी की तरफ़ देखना न पड़े और उसका भाँडा न फूटे।

'मैं समझ सकती हूँ कि तुम उनसे अपने मम्मी-डैडी और डम्बलडोर के बारे में बात करना क्यों पसंद करोगे,' हर्माइनी ने कहा। 'लेकिन इससे होरक्रक्सों की खोज में कोई मदद नहीं मिलेगी, है ना?' हैरी ने कोई जवाब नहीं दिया और वह आगे बोलती रही, 'हैरी, मैं जानती हूँ कि तुम सचमुच गॉडरिक्स हॉलो जाना चाहते हो, लेकिन मुझे डर लग रहा है ... उन प्राणभक्षियों ने कल हमें जितनी आसानी से खोज लिया था, उससे मैं डर गई हूँ। अब मुझे पहले से ज़्यादा लगता है कि हमें उस जगह से दूर रहना चाहिए, जहाँ तुम्हारे मम्मी-डैडी दफ़न हैं। मुझे यक़ीन है कि प्राणभक्षी तुम्हारे वहाँ जाने की उम्मीद कर रहे होंगे।'

'बात सिर्फ़ यही नहीं है,' हैरी ने कहा, जो अब भी हर्माइनी से नज़रें नहीं मिला रहा था। 'मुरियल ने शादी में डम्बलडोर के बारे में बहुत कुछ कहा था। मैं सच्चाई जानना चाहता हूँ ...'

उसने हर्माइनी को मुरियल की कही हर बात बता दी। उसकी पूरी बात सुनने के बाद हर्माइनी बोली, 'ज़ाहिर है, मैं समझ सकती हूँ कि इससे तुम विचलित क्यों हुए, हैरी -'

'- मैं विचलित नहीं हुआ हूँ,' उसने झूठ बोल दिया, 'मैं तो बस यह

जानना चाहता हूँ कि इन बातों में सच्चाई है या नहीं –'

'हैरी, क्या तुम सचमुच सोचते हो कि तुम्हें मुरियल जैसी दुष्ट स्वभाव वाली औरत से सच्चाई का पता लग सकता है, या फिर रीटा स्कीटर से ? तुम उन पर यक़ीन कैसे कर सकते हो ? तुम तो डम्बलडोर को जानते थे!'

'मुझे लगता था कि मैं जानता हूँ,' वह बुदबुदाया।

'लेकिन यह तो तुम जानते ही हो कि रीटा स्कीटर ने तुम्हारे बारे में जितनी भी बातें लिखी थीं, उनमें कितनी सच्चाई थी! डोज ने सही कहा था, तुम इन लोगों के कारण डम्बलडोर की छवि को धूमिल मत होने देना।'

वह दूर देखने लगा। उसने कोशिश की कि उसके भीतर का द्वेष उसके चेहरे पर न झलके। एक बार फिर वही सवाल आ गया था : उसे यह चुनना था कि वह किस चीज़ पर यक़ीन करे। वह सच्चाई जानना चाहता था। हर व्यक्ति इस बात पर क्यों तुला था कि उसे सच्चाई मालूम न चले ?

'किचन में चलें ?' हर्माइनी ने थोड़ी देर रुकने के बाद कहा। 'नाश्ते के लिए कुछ खोजें ?'

वह मन मसोसकर राज़ी हो गया और हर्माइनी के पीछे-पीछे दरवाज़े से बाहर निकलकर सीढ़ियों के सिरे तक पहुँच गया। वह दूसरे दरवाज़े के पास से गुज़रा। अँधेरे के कारण उसने वहाँ लगे छोटे साइनबोर्ड पर पहले ध्यान नहीं दिया था, लेकिन अब उसने देखा कि उसके नीचे गहरी खरोंचों के निशान थे। वह उसे पढ़ने के लिए वहीं ठहर गया। इस छोटे से साइनबोर्ड को हाथ से बनाया गया था। यह पर्सी वीज़्ली जैसा काम लगता था :

बिना अनुमति प्रवेश निषेध है

रेग्युलस आर्कटरस ब्लैक

हैरी अचानक बहुत रोमांचित हो गया, हालाँकि उसे तत्काल इसका कारण समझ में नहीं आया। उसने दोबारा इस इबारत को पढ़ा। तब तक हर्माइनी एक मंज़िल नीचे पहुँच चुकी थी।

'हर्माइनी,' हैरी ने कहा और वह इस बात पर हैरान था कि उसकी आवाज़ इतनी शांत थी। 'ज़रा यहाँ आना।'

'क्या हुआ ?'

'मुझे लगता है कि **आर.ए.बी.** मिल गया है।'

आह की आवाज़ के साथ हर्माइनी सीढ़ियों पर भागती हुई ऊपर आई।

'तुम्हारी मम्मी की चिट्ठी में? लेकिन मुझे तो ऐसा कुछ नहीं दिखा –'

हैरी ने अपना सिर हिलाकर रेग्युलस के साइनबोर्ड की तरफ़ इशारा किया। हर्माइनी ने इसे पढ़ा, फिर हैरी की बाँह इतनी कसकर जकड़ ली कि वह कराह उठा।

हर्माइनी ने फुसफुसाकर पूछा, 'सिरियस का भाई?'

'वह प्राणभक्षी था,' हैरी ने कहा, 'सिरियस ने मुझे उसके बारे में बताया था। वह बहुत कम उम्र में ही प्राणभक्षियों के दल में शामिल हो गया था, लेकिन कुछ समय बाद उसके हाथ-पैर फूल गए और उसने उनके दल से निकलने की कोशिश की – इसलिए उन्होंने उसे मार डाला।'

'यह सही लगता है!' हर्माइनी ने कहा। 'अगर वह प्राणभक्षी था, तो वोल्डेमॉर्ट तक पहुँच सकता था और अगर वह उनके दल से निकलना चाहता होगा, तो ज़रूर वोल्डेमॉर्ट को ख़त्म करना चाहता होगा!'

उसने हैरी की बाँह छोड़ दी और सीढ़ियों की तरफ़ झुककर चिल्लाई, 'रॉन! **रॉन!** ऊपर आओ, जल्दी!'

एक मिनट बाद रॉन हाँफता हुआ ऊपर आ गया। उसकी छड़ी तनी हुई थी।

'क्या हुआ? अगर बड़ी मकड़ियाँ हों, तो मैं नाश्ता करने के बाद ही कुछ करूँगा –'

फिर उसने रेग्युलस के दरवाज़े पर लगे साइनबोर्ड को घूरकर देखा, जिसकी तरफ़ हर्माइनी ख़ामोशी से इशारा कर रही थी।

'क्या? वह सिरियस का भाई था, है ना? रेग्युलस आर्कटरस ... रेग्युलस ... ***आर.ए.बी.!*** लॉकेट – कहीं तुम्हारा यह मतलब तो नहीं है – ?'

'अभी पता चल जाएगा,' हैरी ने कहा। उसने दरवाज़े को धक्का दिया। उस पर ताला लगा था। हर्माइनी हैंडल की तरफ़ छड़ी करके बोली, *'अलोहोमोरा।'* क्लिक की आवाज़ के साथ दरवाज़ा खुलकर झूल गया।

वे लोग एक साथ चौखट लाँघकर अंदर गए और चारों तरफ़ देखने लगे। रेग्युलस का बेडरूम सिरियस के बेडरूम से थोड़ा छोटा था, हालाँकि यह भी उतना ही भव्य था। सिरियस ने बाक़ी परिवार से अपनी दूरी का

प्रचार करने की कोशिश की थी, लेकिन रेगयुलस की कोशिश इसके विपरीत थी। नागशक्ति के हरे और चाँदी जैसे रंग हर तरफ़ थे - पलंग की चादरों पर, दीवारों पर, खिड़कियों पर। पलंग के ऊपर ब्लैक परिवार की मोहर अंकित थी और इसका सूत्रवाक्य 'सदैव शुद्ध' भी लिखा था। इसके नीचे अख़बार की पीली पड़ चुकी कतरनों का संग्रह था, जिन्हें चिपकाकर एक तरह का कोलाज़ बना दिया गया था। हर्माइनी उन्हें देखने के लिए कमरे के पार गई।

'ये सब वोल्डेमॉर्ट के बारे में हैं,' उसने कहा। 'लगता है, प्राणभक्षी बनने के कई साल पहले से रेग्युलस उसका प्रशंसक था ...'

जब हर्माइनी कतरनों को पढ़ने के लिए पलंग पर बैठी, तो चादर से धूल का हल्का सा गुबार उठा। इस दौरान हैरी को एक और तस्वीर दिख गई थी। हॉगवर्ट्स की क्विडिच टीम मुस्कराकर हाथ हिला रही थी। वह क़रीब गया और उसने उनके सीनों पर चित्रित साँप देखे : नागशक्ति। स्कूली छात्र के रूप में भी रेग्युलस तत्काल पहचान में आ गया। वह आगे वाली क़तार में बीचोबीच बैठा था। सिरियस की तरह ही उसके बाल भी काले थे और चेहरे पर थोड़ा दंभी भाव था, हालाँकि वह अपने भाई से थोड़ा कम लंबा, दुबला तथा कम आकर्षक था।

'वह खोजी था,' हैरी ने कहा।

'क्या ?' हर्माइनी ने बग़ैर ध्यान दिए पूछा। वह अब भी वोल्डेमॉर्ट संबंधी कतरनों को देख रही थी।

'वह आगे वाली क़तार के बीचोबीच बैठा है, जहाँ आम तौर पर खोजी बैठता है ... ख़ैर छोड़ो,' हैरी ने कहा, जब उसे एहसास हुआ कि कोई उसकी बात नहीं सुन रहा था। रॉन हाथों और घुटनों के बल झुककर अलमारी के नीचे देख रहा था। हैरी ने कमरे में चारों तरफ़ देखा कि सामान कहाँ छिपाया जा सकता है। फिर वह डेस्क के पास गया। एक बार फिर उसे यह एहसास हुआ कि उनके पहले कोई और वहाँ की तलाशी ले चुका था। ड्रॉअर्स का सामान हाल ही में उलट-पुलट हुआ लगता था, जो धूल की सतह के असमान होने से समझ में आ रहा था। बहरहाल, वहाँ कोई क़ीमती चीज़ नहीं थी : पुरानी क़लमें, पुरानी पाठ्यपुस्तकें, जिन पर स्पष्ट निशान थे कि उनके साथ बेदर्दी से सलूक किया गया था, हाल ही में टूटी स्याही की दवात, जिसके चिपचिपे अवशेष ड्रॉअर के सामान पर दिख रहे थे।

जब हैरी ने अपनी उँगलियों पर लगी स्याही जीन्स पर पोंछी, तो हर्माइनी बोली, 'एक ज़्यादा आसान तरीक़ा है।' फिर वह अपनी छड़ी उठाकर बोली, *'आगमनो लॉकेट!'*

कुछ नहीं हुआ। रंग उड़े पर्दों के बीच तलाशी ले रहा रॉन निराश दिखने लगा।

'तो इसका मतलब साफ़ है! वह यहाँ नहीं है?'

'ओह, यहाँ हो भी सकता है, लेकिन उस पर मंत्र या सम्मोहन होगा,' हर्माइनी ने कहा। 'उस पर ऐसे सम्मोहन होंगे कि उसे जादू से नहीं बुलाया जा सकता होगा।'

हैरी को याद आया कि वह गुफा में नक़ली लॉकेट को आव्हान मंत्र से नहीं बुला पाया था और वह बोला, 'जैसा वोल्डेमॉर्ट ने गुफा में पत्थर के पात्र पर किया था।'

'तो फिर वह हमें मिलेगा कैसे?' रॉन ने कहा।

'हमें बग़ैर जादू के उसकी खोज करनी होगी,' हर्माइनी ने जवाब दिया।

'बड़ा अच्छा विचार है,' रॉन ने अपनी आँखें गोल-गोल घुमाते हुए कहा और दोबारा पर्दों की जाँच करने लगा।

उन्होंने एक घंटे से ज़्यादा समय तक कमरे का चप्पा-चप्पा छान मारा, लेकिन आख़िरकार वे इस नतीजे पर पहुँचे कि लॉकेट वहाँ नहीं था।

सूरज अब उग चुका था। इसकी रोशनी गंदी खिड़कियों के बावजूद उनकी आँखें चौंधिया रही थी।

'यह घर में कहीं और भी हो सकता है,' नीचे उतरते समय हर्माइनी ने उत्साह बढ़ाने वाले स्वर में कहा। हैरी और रॉन जितने ज़्यादा हताश दिख रहे थे, वह उतनी ही ज़्यादा संकल्पवान दिख रही थी। 'उसने इसे नष्ट किया हो या न किया हो, वह इसे वोल्डेमॉर्ट से ज़रूर छिपाना चाहेगा, है ना? याद करो, पिछली बार यहाँ रहते समय हमारा पाला कितनी भयंकर चीज़ों से पड़ा था? हर किसी पर वार करने वाली घड़ी और वे पुराने दुशाले, जिन्होंने रॉन का गला घोंटने की कोशिश की थी। रेग्युलस ने लॉकेट को सुरक्षित रखने के लिए उन चीज़ों को वहाँ रख दिया होगा, भले ही हमें उस वक़्त ... उस वक़्त ...'

हैरी और रॉन ने उसकी तरफ़ देखा। उसका एक पैर हवा में ही रुक

गया था और उसके चेहरे पर सदमे का ऐसा भाव था, जैसे उसे अभी-अभी विस्मृत किया गया हो। उसकी आँखें भेंगी हो गई थीं।

'... एहसास न हुआ हो,' उसने फुसफुसाहट भरे स्वर में अपनी बात पूरी की।

'कोई गड़बड़ ?' रॉन ने पूछा।

'एक लॉकेट था।'

'क्या ?' हैरी और रॉन ने एक साथ पूछा।

'ड्रॉइंग रूम की अलमारी में। कोई भी उसे नहीं खोल पाया था। और हमने ... हमने ...'

हैरी को ऐसा महसूस हुआ, जैसे कोई ईंट उसके सीने से फिसलती हुई पेट तक पहुँच गई हो। उसे याद आ गया था : सभी बारी-बारी से उस लॉकेट को खोलने की कोशिश कर रहे थे और उसने भी कोशिश की थी। आख़िरकार उसे वार्टकैप पाउडर की सुँघनीदानी और म्यूज़िक बॉक्स के साथ कचरे के बोरे में डाल दिया गया था, जिसकी वजह से सभी को नींद आने लगी थी ...

हैरी ने कहा, 'क्रीचर हमारा बहुत सारा सामान उठाकर ले गया था।' यह इकलौती संभावना थी, इकलौती क्मज़ोर आशा थी, और वह इसे तब तक नहीं छोड़ना चाहता था, जब तक कि यह भी नाकाम न हो जाए। 'उसने अपनी किचन की अलमारी में बहुत सा सामान भर लिया था। चलो।'

वह एक बार में दो-दो सीढ़ियाँ उतरा। बाक़ी दोनों उसके पीछे धम-धम करते हुए उतरने लगे। हॉल से गुज़रते समय उन्होंने इतनी ज़्यादा आवाज़ की कि सिरियस की माँ की तस्वीर जाग गई।

'गंदगी! बदज़ातो! नासमिटो!' वह उनके पीछे चीख़ी, जब वे भागते हुए किचन में घुसे और दरवाज़ा बंद कर लिया।

तेज़ी से दौड़ता हैरी क्रीचर की अलमारी के दरवाज़े पर फिसलता हुआ रुका और उसे झटके से खोल दिया। वहाँ गंदे, पुराने कंबलों का बिस्तर था, जिस पर घरेलू जिन्न कभी सोता था। बहरहाल, वहाँ उन सजावटी आभूषणों की चमक नहीं दिखी, जो क्रीचर बचाकर लाया था। वहाँ पर सिर्फ़ एक पुरानी पुस्तक पड़ी थी – *अभिजात्य वर्ग : जादूगरों की वंशावली*। अपनी आँखों पर यक़ीन करने से इंकार करते हुए हैरी ने

झपटकर कंबल हिलाए। उनमें से एक मरा हुआ चूहा फ़र्श पर गिरा। रॉन कराहते हुए किचन की एक कुर्सी पर बैठ गया। हर्माइनी ने अपनी आँखें बंद कर लीं।

'यह अभी ख़त्म नहीं हुआ है,' हैरी ने कहा और ऊँची आवाज़ में चिल्लाया, *'क्रीचर!'*

खट्ट की तेज़ आवाज़ हुई। जो घरेलू जिन्न सिरियस ने अनिच्छुक हैरी के लिए विरासत में छोड़ा था, वह हवा में से निकलकर ठंडी और ख़ाली अँगीठी के सामने प्रकट हो गया। क्रीचर नाटा और सामान्य इंसान से आधे आकार का था। उसकी पीली चमड़ी झुर्रियों में लटक रही थी और उसके चमगादड़ जैसे कानों से बहुत सारे सफ़ेद बाल उग रहे थे। वह अब भी वही गंदा चिथड़ा पहने था, जिसमें उन्होंने उसे हमेशा देखा था। उसने हैरी को जिस हिक़ारत से देखा, उससे यह साफ़ ज़ाहिर हो गया कि कपड़ों की तरह ही अपने मालिक के प्रति भी उसका नज़रिया नहीं बदला था।

'मालिक,' क्रीचर अपनी मेंढक जैसी आवाज़ में टर्राया और बहुत नीचे सिर झुकाकर घुटनों के पास बुदबुदाया, 'मेरी मालकिन के पुश्तैनी मकान में दोबारा ख़ून के गद्दार वीज़्ली और बदज़ात लड़की के साथ –'

'दोबारा किसी को "ख़ून का गद्दार" या "बदज़ात" मत कहना,' हैरी गुर्राया। अगर क्रीचर ने सिरियस को वोल्डेमॉर्ट के हवाले नहीं भी किया होता, तब भी उसकी थूथन जैसी नाक और ख़ून जैसी लाल आँखें हैरी को बहुत ही अप्रिय लगतीं।

'मैं तुमसे एक सवाल पूछना चाहता हूँ,' हैरी ने कहा और घरेलू जिन्न की तरफ़ देखते समय उसका दिल तेज़ी से धड़कने लगा, 'और मैं तुम्हें आदेश देता हूँ कि तुम इसका सच-सच जवाब देना। समझ गए?'

'हाँ, मालिक,' क्रीचर ने दोबारा सिर झुकाते हुए कहा। हैरी ने देखा कि उसके होंठ बिना आवाज़ किए हिल रहे थे। इसमें कोई शक नहीं था कि वह उन अपमानजनक बातों को बुदबुदा रहा था, जिन्हें ज़ोर से बोलने के लिए हैरी ने मना किया था।

हैरी का दिल उसकी पसलियों से टकरा रहा था, जब उसने कहा, 'दो साल पहले ड्रॉइंग रूम में ऊपर वाली मंज़िल पर सोने का एक बड़ा लॉकेट था। हमने उसे फेंक दिया था। क्या तुमने उसे चुराया था?'

पल भर के लिए ख़ामोशी छा गई, जिस दौरान क्रीचर तनकर खड़ा हुआ और उसने हैरी से नज़रें मिलाईं। फिर वह बोला, 'हाँ।'

'वह इस वक़्त कहाँ है?' हैरी ने ख़ुशी से पूछा। रॉन और हर्माइनी भी ख़ुश दिख रहे थे।

क्रीचर ने अपनी आँखें बंद कर लीं, जैसे वह अपने अगले शब्दों पर उनकी प्रतिक्रियाओं को देखना बर्दाश्त नहीं कर सकता हो।

'चला गया।'

'चला गया?' हैरी ने दोहराया और उसकी ख़ुशी उड़नछू हो गई। 'चला गया से तुम्हारा क्या मतलब है?'

घरेलू जिन्न काँपने और लहराने लगा।

'क्रीचर,' हैरी ने आवेश में कहा, 'मैं तुम्हें आदेश देता हूँ –'

'मंडंगस फ़्लेचर,' घरेलू जिन्न टर्राया और उसकी आँखें अब भी कसकर बंद थीं। 'मंडंगस फ़्लेचर ने सारी चीज़ें चुरा लीं : मिस बेला और मिस सिसी की तस्वीरें, मेरी मालकिन के ग्लव्ज़, ऑर्डर ऑफ़ मर्लिन, फ़र्स्ट क्लास, ख़ानदान की मोहर वाले प्याले, और, और –'

क्रीचर साँस लेने के लिए हाँफ रहा था : उसका सपाट सीना तेज़ी से ऊपर-नीचे हो रहा था, फिर उसकी आँखें खुल गईं और उसने दिल दहला देने वाली चीख़ निकाली।

'– और वह लॉकेट, मास्टर रेग्युलस का लॉकेट! क्रीचर ने ग़लत काम किया, क्रीचर उनके आदेश का पालन नहीं कर पाया!'

हैरी ने सहज अनुभूति से प्रतिक्रिया की : जब क्रीचर ने अँगीठी के पास रखे आग कुरेदने वाले पोकर की तरफ़ छलाँग लगाई, तो उसने घरेलू जिन्न पर कूदकर उसे ज़मीन पर सीधा लिटा दिया। क्रीचर के साथ ही हर्माइनी की चीख़ भी सुनाई दी, लेकिन हैरी उन दोनों की चीख़ों से ज़्यादा तेज़ी से गरजा : 'क्रीचर, मैं तुम्हें बिलकुल स्थिर लेटे रहने का आदेश देता हूँ!'

जब उसे लगा कि घरेलू जिन्न बिलकुल स्थिर हो गया है, तो उसने उसे छोड़ दिया। क्रीचर पत्थर के ठंडे फ़र्श पर बिलकुल चुपचाप पड़ा रहा और उसकी आँखों से आँसू बहने लगे।

'हैरी, उससे उठने को कहो!' हर्माइनी फुसफुसाई।

'ताकि वह पोकर से ख़ुद को घायल कर ले?' हैरी घरघराती आवाज़ में बोला और घरेलू जिन्न के पास घुटनों के बल बैठ गया। 'मैं ऐसा नहीं चाहता हूँ। देखो क्रीचर, मैं सच्चाई जानना चाहता हूँ : तुम्हें कैसे

पता चला कि मंडंगस फ़्लेचर ने लॉकेट चुराया है?'

'क्रीचर ने उसे देखा था!' घरेलू जिन्न ने सुबकते हुए कहा, जब आँसू उसकी थूथन और उसके पीले दाँतों पर गिरे। 'क्रीचर ने उसे क्रीचर की अलमारी में से निकलते देखा था, जब उसके दोनों हाथों में क्रीचर के क़ीमती सामान भरे थे। क्रीचर ने चोर से रुकने को कहा, लेकिन मंडंगस फ़्लेचर हँसा और भा - भाग ...'

'तुमने लॉकेट को "मास्टर रेग्युलस का" कहा था,' हैरी ने कहा। 'क्यों? वह लॉकेट कहाँ से आया था? रेग्युलस का उससे क्या संबंध था? क्रीचर, बैठ जाओ! मुझे वह हर चीज़ बताओ, जो तुम लॉकेट के बारे में जानते हो और इस बारे में भी कि रेग्युलस का इससे क्या संबंध था!'

घरेलू जिन्न सिमटकर, गुड़ी-मुड़ी होकर गेंद के आकार में बैठ गया और अपना गीला चेहरा घुटनों के बीच रखकर आगे-पीछे हिलने लगा। जब वह बोला, तो उसकी आवाज़ दबी हुई थी, लेकिन ख़ामोश, गूँजते किचन में बिलकुल साफ़ सुनाई दे रही थी।

'मास्टर सिरियस घर छोड़कर चले गए थे। अच्छा ही हुआ, क्योंकि वे गंदे लड़के थे और अपनी आवारा हरकतों से उन्होंने मेरी मालकिन का दिल तोड़ दिया था। लेकिन मास्टर रेग्युलस में ख़ानदानी गर्व था। वे जानते थे कि ब्लैक ख़ानदान की इज्ज़त क्या है और शुद्ध ख़ून की गरिमा क्या है। बरसों तक वे शैतानी शहंशाह का गुणगान करते रहे, जो चाहते थे कि शुद्ध ख़ून वाले जादूगर सामने आकर मगलुओं और मगलू परिवारों में पैदा हुए जादूगरों पर शासन करें ... और सोलह साल के होते ही मास्टर रेग्युलस शैतानी शहंशाह के दल में शामिल हो गए। शैतानी शहंशाह की सेवा करने पर वे बहुत ख़ुश थे, उन्हें बहुत गर्व था ...

'शैतानी शहंशाह के दल में शामिल होने के एक साल बाद एक दिन मास्टर रेग्युलस किचन में क्रीचर से मिलने आए। मास्टर रेग्युलस क्रीचर को हमेशा पसंद करते थे। और मास्टर रेग्युलस ने कहा ... उन्होंने कहा ...'

बूढ़ा जिन्न पहले से कहीं ज़्यादा तेज़ी से झूलने लगा।

'... उन्होंने कहा कि शैतानी शहंशाह को एक घरेलू जिन्न की ज़रूरत थी।'

'वोल्डेमॉर्ट को *घरेलू जिन्न* की ज़रूरत थी?' हैरी ने दोहराया और मुड़कर रॉन तथा हर्माइनी को देखने लगा। वे भी उसी की तरह चकराए हुए दिख रहे थे।

'ओह हाँ,' क्रीचर ने कराहते हुए कहा। 'और मास्टर रेग्युलस ने स्वेच्छा से क्रीचर का नाम सुझा दिया था। मास्टर रेग्युलस ने कहा कि यह बड़े सम्मान की बात थी, उनके लिए भी और क्रीचर के लिए भी। उन्होंने क्रीचर से कहा कि शैतानी शहंशाह उससे जो भी काम करवाना चाहें, वह कर दे ... और फिर घर लौट आए।'

क्रीचर अब पहले से ज़्यादा तेज़ी से झूलने लगा और उसकी साँस सुबकियों में आने लगी।

'तो क्रीचर शैतानी शहंशाह के पास गया। शैतानी शहंशाह ने क्रीचर को यह नहीं बताया कि वे क्या करने वाले थे, लेकिन वे क्रीचर को अपने साथ समुद्र के पास वाली एक गुफा में ले गए। और गुफा के पार एक कंदरा थी और कंदरा में एक बड़ी, काली झील थी ...'

हैरी की गर्दन के बाल खड़े हो गए। क्रीचर की टूटती आवाज़ अँधेरे पानी के पार से आती महसूस हुई। उसे उस घटना की तस्वीर इतनी स्पष्टता से दिख रही थी, जैसे वह ख़ुद उस मौक़े पर मौजूद रहा हो।

'... एक नाव थी ...'

ज़ाहिर है, वहाँ एक नाव थी। हैरी उस नाव को जानता था, भुतहा हरी और छोटी सी नाव, जिस पर इस तरह जादू किया गया था, ताकि यह सिर्फ़ एक जादूगर और एक शिकार को बीच के टापू तक ले जाए। तो इस तरीक़े से वोल्डेमॉर्ट ने होरक्रक्स की सुरक्षा व्यवस्था की जाँच की थी : एक घरेलू जिन्न उधार लेकर, जिसकी मौत से उसे कोई फ़र्क़ नहीं पड़ता था ...

'वहाँ टापू पर काढ़े से भरा एक पा - पात्र था। शै - शैतानी शहंशाह ने क्रीचर से इसे पीने को कहा ...'

घरेलू जिन्न सिर से पैर तक काँप गया।

'क्रीचर ने काढ़ा पिया और उसे पीते समय उसे भयंकर चीज़ें दिखीं ... क्रीचर का पेट जलने लगा ... क्रीचर ने मास्टर रेग्युलस से चिल्लाकर कहा कि वे उसे बचा लें, उसने अपनी मालकिन ब्लैक को पुकारा, लेकिन शैतानी शहंशाह बस हँस दिए ... उन्होंने क्रीचर को पूरा काढ़ा पिलाया ... फिर उन्होंने ख़ाली पात्र में एक लॉकेट डाल दिया ... इसके बाद उन्होंने उसमें और काढ़ा भर दिया।

'फिर शैतानी शहंशाह नाव में बैठकर चले गए और क्रीचर को टापू पर ही छोड़ गए ...'

हैरी इसे होते हुए देख सकता था। उसने वोल्डेमॉर्ट के सफ़ेद, साँप जैसे चेहरे को अँधेरे में ग़ुम होते देखा। उसकी लाल, बेरहम आँखें उस छटपटाते घरेलू जिन्न पर जमी थीं, जो कुछ मिनट में ही मर जाएगा, जब वह काढ़े से उत्पन्न होने वाली बेतहाशा प्यास का शिकार बनेगा ... लेकिन हैरी की कल्पना इससे आगे तक नहीं जा पाई, क्योंकि वह यह नहीं समझ पाया कि क्रीचर कैसे बचा होगा।

'क्रीचर को ज़ोर की प्यास लगी थी, इसलिए वह रेंगकर टापू के कोने तक गया और काली झील से पानी पीने लगा ... लेकिन तभी मुर्दा हाथ पानी से बाहर निकले और क्रीचर को खींचकर पानी के नीचे ले गए ...'

'तुम वहाँ से लौटे कैसे?' हैरी ने पूछा। उसे इस बात से हैरानी नहीं हुई कि वह फुसफुसा रहा था।

क्रीचर ने अपना बदसूरत सिर उठाया और बड़ी-बड़ी, लाल आँखों से हैरी को देखा।

वह बोला, 'मास्टर रेग्युलस ने क्रीचर से घर लौटने को कहा था।'

'मैं जानता हूँ - लेकिन तुम सजीव-लाशों से बचे कैसे?'

ऐसा लगा कि क्रीचर को उसका सवाल समझ में नहीं आया था।

उसने दोहराया, 'मास्टर रेग्युलस ने क्रीचर से घर लौटने को कहा था।'

'मैं जानता हूँ, लेकिन -'

'देखो हैरी, यह स्पष्ट है,' रॉन ने कहा। 'वह अंतर्ध्यान होकर आया था!'

'लेकिन ... उस गुफा में कोई अंतर्ध्यान होकर न तो आ सकता है, न जा सकता है,' हैरी ने कहा, 'वरना डम्बलडोर -'

'घरेलू जिन्नों और जादूगरों की शक्ति में अंतर होता है,' रॉन बोला। 'मेरा मतलब है, घरेलू जिन्न हॉगवर्ट्स में अंतर्ध्यान होकर आ-जा सकते हैं, जबकि हम ऐसा नहीं कर सकते।'

ख़ामोशी छाई रही, जब हैरी ने यह बात पचाई। वोल्डेमॉर्ट इतनी बड़ी ग़लती कैसे कर सकता था, लेकिन जब वह इस बारे में सोच रहा था, तो हर्माइनी बर्फ़ जितनी ठंडी आवाज़ में बोली।

'ज़ाहिर है, वोल्डेमॉर्ट घरेलू जिन्नों को बहुत घटिया मानता था। तुमने देखा ही होगा, सभी शुद्ध ख़ून वाले जादूगर उनके साथ जानवरों

जैसा बर्ताव करते हैं ... उसे यह कभी लगा ही नहीं होगा कि जिन्नों में ऐसी जादुई शक्तियाँ हो सकती हैं, जो ख़ुद उसमें नहीं हैं।'

'मालिक का आदेश मानना घरेलू जिन्नों का सबसे बड़ा क़ानून है,' क्रीचर ने कहा। 'मालिक ने क्रीचर से घर लौटने को कहा था, इसलिए क्रीचर घर लौट आया ...'

'तो तुमने वह किया, जो तुमसे कहा गया था, है ना?' हर्माइनी ने दयालुता से कहा। 'तुमने आदेश की ज़रा भी अवहेलना नहीं की!'

क्रीचर ने अपना सिर हिलाया और पहले जितनी तेज़ी से झूलता रहा।

'तो तुम्हारे लौटने के बाद क्या हुआ?' हैरी ने पूछा। 'जब तुमने रेग्युलस को सारी बात बताई, तो उसने क्या कहा?'

'मास्टर रेग्युलस बहुत चिंतित हो गए, बहुत ही चिंतित,' क्रीचर टर्राया। 'मास्टर रेग्युलस ने क्रीचर से छिपे रहने और घर से बाहर नहीं निकलने को कहा। और फिर ... उसके कुछ समय बाद ... एक रात को मास्टर रेग्युलस क्रीचर के पास उसकी अलमारी में आए। मास्टर रेग्युलस अजीब दिख रहे थे, सामान्य हालत में नहीं थे। क्रीचर जानता था कि उनका दिमाग़ विचलित है ... उन्होंने क्रीचर से कहा कि वह उन्हें उस गुफा में ले जाए, जिसमें क्रीचर शैतानी शहंशाह के साथ गया था ...'

और वे चल पड़े। हैरी इसकी बिलकुल स्पष्ट कल्पना कर सकता था। सिरियस से मिलता-जुलता एक दुबला-पतला खोजी और एक डरा हुआ जिन्न उस कंदरा में जा रहे थे। क्रीचर भूमिगत कंदरा के छिपे हुए प्रवेश द्वार को खोलने का तरीक़ा जानता था। वह छोटी सी नाव को बुलाने का तरीक़ा जानता था। इस बार उसके साथ उसका प्रिय रेग्युलस नाव में बैठकर टापू तक जा रहा था, जहाँ ज़हर भरा पात्र रखा था ...'

'और उसने तुम्हें काढ़ा पिलवा दिया,' हैरी ने हिक़ारत से कहा।

लेकिन क्रीचर अपना सिर हिलाकर रोने लगा। हर्माइनी के हाथ उछलकर उसके मुँह पर पहुँच गए। वह कुछ समझ गई थी।

'मा – मास्टर रेग्युलस ने अपनी जेब से शैतानी शहंशाह के लॉकेट जैसा लॉकेट निकाला,' क्रीचर ने कहा और अब उसकी थूथन जैसी नाक के दोनों तरफ़ से आँसू गिर रहे थे। 'और उसे क्रीचर को देते हुए बोले कि पात्र ख़ाली हो जाने पर वह लॉकेट की अदला-बदली कर दे ...'

क्रीचर की सुबकियाँ अब तेज़ हो रही थीं। उसकी बात सुनने के लिए हैरी को अपनी पूरी एकाग्रता का इस्तेमाल करना पड़ रहा था।

'और उन्होंने आदेश दिया कि क्रीचर उन्हें वहीं छोड़कर घर चला जाए – और कभी मालकिन को न बताए – कि उसने क्या किया था – लेकिन पहले वाले लॉकेट को नष्ट कर दे। फिर उन्होंने सारा काढ़ा पी लिया – क्रीचर ने लॉकेट बदल दिए – और देखता रहा ... जब मास्टर रेग्युलस को ... घसीटकर पानी के नीचे ले जाया गया ... और ...'

'ओह, क्रीचर!' हर्माइनी ने कहा, जो रोने लगी थी। वह घरेलू जिन्न के पास घुटनों के बल बैठ गई और उसे गले लगाने की कोशिश करने लगी। क्रीचर तत्काल उछलकर उससे दूर खड़ा हो गया। यह स्पष्ट था कि उसे हर्माइनी से नफ़रत थी।

'बदज़ात ने क्रीचर को छुआ। वह ऐसा नहीं होने देगा। उसकी मालकिन क्या कहेंगी?'

'मैंने तुमसे कहा था ना कि उसे "बदज़ात" मत कहना!' हैरी गुर्राया, लेकिन इससे पहले ही घरेलू जिन्न ख़ुद को सज़ा देने लगा था। वह लेटकर फ़र्श पर माथा पटकने लगा।

'उसे रोको – उसे रोको!' हर्माइनी चीख़ी। 'ओह, तुम्हें समझ में क्यों नहीं आता है कि यह कितना बुरा है, कि उन्हें हमेशा आदेश मानना पड़ता है?'

'क्रीचर – रुक जाओ, रुक जाओ!' हैरी चिल्लाया।

हाँफता-काँपता घरेलू जिन्न फ़र्श पर लेटा रहा। उसके नथुने के चारों ओर हरा लिसलिसा पदार्थ चमक रहा था। ज़मीन पर सिर पटकने के कारण उसके पीले माथे पर एक गूमड़ उठने लगा था। उसकी आँखें सूजी हुई और लाल थीं तथा उनमें आँसू तैर रहे थे। हैरी ने कभी इतना करुण दृश्य नहीं देखा था।

'तो तुम लॉकेट को घर ले आए,' वह निर्ममता से आगे बोलता रहा, क्योंकि वह पूरी कहानी जानना चाहता था। 'और तुमने उसे नष्ट करने की कोशिश की?'

'क्रीचर की किसी कोशिश से कोई फ़ायदा नहीं हुआ,' जिन्न ने कराहते हुए कहा। 'क्रीचर ने हर चीज़ आज़माकर देखी, लेकिन किसी चीज़ से, किसी चीज़ से कोई फ़ायदा नहीं हुआ ... उस पर बहुत सारे सशक्त मंत्र थे। क्रीचर को यक़ीन था कि उसे नष्ट करने के लिए उसके भीतर पहुँचना

होगा, लेकिन वह खुला ही नहीं ... क्रीचर ने ख़ुद को सज़ा दी, उसने दोबारा कोशिश की, उसने ख़ुद को बार-बार सज़ा दी, बार-बार कोशिश की। क्रीचर आदेश का पालन नहीं कर पाया। क्रीचर लॉकेट को नष्ट नहीं कर पाया! मास्टर रेग्युलस के ग़ायब होने पर मालकिन दुख से पागल थीं, लेकिन क्रीचर उन्हें यह नहीं बता सकता था कि क्या हुआ था, क्योंकि मास्टर रेग्युलस ने उसे स्पष्ट आदेश दिया था कि परिवार को गुफा वाली बात नहीं बतानी है ...'

क्रीचर अब इतनी जमकर सुबकने लगा कि उसके आगे के शब्द समझ में नहीं आ रहे थे। क्रीचर को देखते समय हर्माइनी के गालों पर आँसू बहने लगे, लेकिन उसने उसे दोबारा छूने की हिम्मत नहीं की। यहाँ तक कि रॉन भी, जो क्रीचर का कोई प्रशंसक नहीं था, परेशान दिख रहा था। हैरी वापस अपने पंजों के बल बैठ गया और अपना सिर हिलाने लगा, जैसे उसे साफ़ करने की कोशिश कर रहा हो।

'मैं तुम्हें नहीं समझ पाया, क्रीचर,' उसने आख़िरकार कहा। 'वोल्डेमॉर्ट ने तुम्हें मारने की कोशिश की, रेग्युलस ने वोल्डेमॉर्ट को ख़त्म करने की कोशिश में अपनी जान दी, लेकिन इसके बावजूद तुमने ख़ुशी-ख़ुशी सिरियस को वोल्डेमॉर्ट के पास धोखे से भेज दिया? तुम ख़ुशी-ख़ुशी नार्सिसा और बेलाट्रिक्स के पास गए तथा उनके ज़रिए वोल्डेमॉर्ट तक जानकारी भिजवाई ...'

'हैरी, क्रीचर इस तरह नहीं सोचता है,' हर्माइनी ने अपने हाथ के पिछले हिस्से से आँखें पोंछते हुए कहा। 'वह ग़ुलाम है। घरेलू जिन्न बुरे, यहाँ तक कि क्रूर बर्ताव के आदी होते हैं। वोल्डेमॉर्ट ने क्रीचर के साथ जो किया था, वह सामान्य से अलग नहीं था। जादूगरों के युद्धों से क्रीचर जैसे घरेलू जिन्न को क्या मतलब था? वह तो उन लोगों के प्रति वफ़ादार था, जो उसके साथ दयालुतापूर्ण व्यवहार करते थे। मिसेज़ ब्लैक उसके प्रति दयालु होंगी और रेग्युलस निश्चित रूप से था, इसलिए क्रीचर ने इच्छा से उनकी सेवा की और उनके विचारों को अपना लिया। मैं जानती हूँ कि तुम क्या कहने वाले हो,' उसने आगे कहा, जब हैरी ने विरोध करने के लिए अपना मुँह खोला, 'कि रेग्युलस ने अपना दिमाग़ बदल लिया था ... लेकिन उसने यह बात क्रीचर को नहीं बताई थी, है ना? मैं अंदाज़ा लगा सकती हूँ कि उसने ऐसा क्यों किया। शुद्ध ख़ून वाली पुरानी परंपरा पर चलने से क्रीचर और रेग्युलस का परिवार ज़्यादा सुरक्षित थे। रेग्युलस उन सबकी रक्षा करने की कोशिश कर रहा था।'

'सिरियस –'

'सिरियस ने क्रीचर के साथ भयंकर व्यवहार किया था, हैरी, और इस तरह देखने से कोई फ़ायदा नहीं है। तुम जानते हो कि यह सच है। जब सिरियस यहाँ रहने आया, तो क्रीचर काफ़ी लंबे समय से अकेला था और शायद थोड़े से प्यार का भूखा था। मुझे यक़ीन है कि जब भी क्रीचर "मिस सिसी" और "मिस बेला" के पास जाता होगा, तो वे उसके साथ बहुत अच्छा व्यवहार करती होंगी, इसलिए उसने उन्हें हर वह बात बता दी, जो वे जानना चाहती थीं। मैंने हमेशा कहा है कि जादूगरों को घरेलू जिन्नों से दुर्व्यवहार करने की क़ीमत चुकानी पड़ेगी। वोल्डेमॉर्ट ने यह क़ीमत चुकाई ... और सिरियस ने भी।'

हैरी ने जवाब में कोई व्यंग्यात्मक टिप्पणी नहीं की। क्रीचर को फ़र्श पर सुबकते देखकर उसे डम्बलडोर की वह बात याद आ गई, जो उन्होंने सिरियस की मौत के चंद घंटे बाद उससे कही थी : *सिरियस तो उसे एक ऐसा दास मानता था, जिसमें ज़्यादा दिलचस्पी लेने या जिसकी तरफ़ ध्यान देने की ज़रूरत नहीं थी ...*

'क्रीचर,' हैरी कुछ समय बाद बोला, 'जब तुम्हारा उठने का मन हो ... तो उठ जाना।'

कई मिनट बाद जाकर क्रीचर की हिचकियाँ बंद हुईं। फिर वह दोबारा बैठने की मुद्रा में आ गया और किसी छोटे बच्चे की तरह अपनी उँगलियों के पिछले हिस्से से आँखें मलने लगा।

हैरी ने कहा, 'क्रीचर, मैं तुमसे कुछ करने को कहने वाला हूँ।' उसने मदद के लिए हर्माइनी की तरफ़ देखा। वह इस आदेश को दयालुता से देना चाहता था, लेकिन यह नाटक भी नहीं कर सकता था कि यह आदेश नहीं है। बहरहाल, उसके बदले हुए अंदाज़ को हर्माइनी ने मुस्कराकर सहमति दे दी।

'क्रीचर, मैं चाहता हूँ कि तुम जाकर मंडंगस फ़्लेचर को खोजो। हमें यह पता लगाना है कि वह लॉकेट कहाँ है – मास्टर रेग्युलस का लॉकेट कहाँ है। यह सचमुच महत्वपूर्ण है। हम उस काम को पूरा करना चाहते हैं, जो मास्टर रेग्युलस ने शुरू किया था। हम यह सु – सुनिश्चित करना चाहते हैं कि उनकी मौत बेकार न जाए।'

क्रीचर के हाथ लटक गए और उसने हैरी की तरफ़ देखा।

'मंडंगस फ़्लेचर को खोजूँ ?' वह टर्राती आवाज़ में बोला।

'और उसे यहाँ, इस मकान में ले आओ,' हैरी ने कहा। 'क्या तुम्हें लगता है कि तुम यह काम कर सकते हो?'

जब क्रीचर ने हाँ में सिर हिलाया और उठकर खड़ा हुआ, तो हैरी के मन में अचानक एक प्रेरणा जागी। उसने हैग्रिड का पर्स खोलकर उसमें से नक़ली होरक्रक्स बाहर निकाला - वह नक़ली लॉकेट, जिसमें रेग्युलस ने वोल्डेमॉर्ट के नाम चिट्‌ठी छोड़ी थी।

'क्रीचर, मैं चाहता हूँ कि अब तुम इसे अपने पास रखो,' उसने लॉकेट घरेलू जिन्न के हाथ में दबाते हुए कहा। 'यह रेग्युलस का था और मुझे यक़ीन है कि वह इसे कृतज्ञता की निशानी के रूप में तुम्हें देना चाहता -'

'कुछ ज़्यादा ही हो गया, दोस्त,' रॉन ने कहा, जब घरेलू जिन्न ने लॉकेट को एक नज़र देखकर सदमे और दुख भरी चीख़ निकाली तथा ज़मीन पर गिर गया।

क्रीचर को शांत करने में लगभग आधा घंटा लग गया। वह ब्लैक ख़ानदान की निशानी के तोहफ़े से इतना भावविह्वल हो गया था कि उसके घुटने कमज़ोर हो गए थे और वह सही तरीक़े से खड़ा नहीं हो पा रहा था। जब आख़िरकार वह डगमगाकर कुछ क़दम चलने की स्थिति में आ गया, तो वे उसे उसकी अलमारी तक ले गए। क्रीचर ने लॉकेट को सुरक्षित तरीक़े से अपने गंदे कंबलों के बीच रख दिया। तीनों ने उसे आश्वासन दिया कि उसके वहाँ से जाने के बाद वे लॉकेट की पूरी सुरक्षा करेंगे। जाते समय उसने हैरी और रॉन को झुककर दो सलाम किए। फिर उसने हर्माइनी की दिशा में भी अजीब तरीक़े से सिर हिलाया, जिसे सम्मानजनक सलाम की कोशिश माना जा सकता था। फिर वह हमेशा की तरह ज़ोरदार *खट्‌ट* की आवाज़ के साथ अंतर्ध्यान हो गया।

अध्याय ग्यारह

रिश्वत

हैरी को विश्वास था कि अगर क्रीचर सजीव-लाशों से भरी झील से बचकर आ सकता है, तो मंडंगस को पकड़ने में उसे ज़्यादा से ज़्यादा कुछ घंटे लगेंगे। यही वजह थी कि वह सारी सुबह मकान में बड़ी उम्मीद और रोमांच की स्थिति में मँडराता रहा। बहरहाल, क्रीचर सुबह तो क्या, शाम तक भी नहीं लौटा। रात होने तक हैरी हताश और चिंतित होने लगा। डिनर में फफूँद लगी ब्रेड थी, जिस पर हर्माइनी ने अलग-अलग तरह के रूपांतरण करने की कोशिश की थी, लेकिन उनसे कोई मदद नहीं मिली थी।

क्रीचर अगले दिन भी नहीं लौटा और उससे अगले दिन भी नहीं। बहरहाल, बारह नंबर मकान के बाहर चौक में चोगे वाले दो आदमी आकर खड़े हो गए थे और वे रात भर वहीं रहे। वे उस मकान की दिशा में देख रहे थे, जो उन्हें नज़र नहीं आ सकता था।

'निश्चित रूप से प्राणभक्षी होंगे,' रॉन ने कहा, जब उसने, हैरी और हर्माइनी ने ड्रॉइंग रूम की खिड़कियों में से बाहर देखा। 'लगता है उन्हें पता होगा कि हम यहाँ हैं ?'

'मुझे तो ऐसा नहीं लगता,' हर्माइनी ने कहा, हालाँकि वह डरी हुई दिख रही थी, 'वरना उन्होंने हमें पकड़ने के लिए स्नेप को यहाँ भेज दिया होता, है ना ?'

'क्या तुम्हें लगता है कि वह हमारे आने से पहले यहाँ आया होगा और मूडी के शाप से उसकी जीभ बँध गई होगी ?' रॉन ने पूछा।

'हाँ,' हर्माइनी ने कहा, 'वरना वह प्राणभक्षियों को अंदर घुसने का तरीक़ा बता देता, है ना ? लेकिन वे शायद हमारे आने की राह देख रहे हैं।

आख़िर उन्हें पता चल गया होगा कि हैरी इस मकान का मालिक है।'

'उन्हें कैसे पता - ?' हैरी ने कहना शुरू किया।

'मंत्रालय जादूगरों की वसीयतों की जाँच करता है, याद है ? वे जान गए होंगे कि सिरियस ने यह मकान तुम्हारे नाम छोड़ा है।'

बाहर प्राणभक्षियों की मौजूदगी से बारह नंबर मकान के भीतर निराशा बढ़ गई। मिस्टर वीज़्ली के पितृदेव के आने के बाद से उन्हें बाहर की दुनिया की कोई ख़बर नहीं मिली थी और इसका तनाव अब उन पर हावी होने लगा था। बेचैन और चिड़चिड़ा रॉन अपनी जेब में रखे बत्तीबंद यंत्र के साथ बार-बार खेलने लगता था : इससे ख़ास तौर पर हर्माइनी आग-बबूला हो जाती थी, जो क्रीचर के आने का इंतज़ार करते समय *बीडल की कहानियाँ* पढ़ रही थी और उसे रोशनी का बार-बार जलना-बुझना अच्छा नहीं लग रहा था।

'ऐसा मत करो!' क्रीचर के जाने की तीसरी शाम को हर्माइनी चिल्लाई, जब सारी रोशनी एक बार फिर ड्रॉइंग रूम में से खींच ली गई।

'माफ़ करना, माफ़ करना!' रॉन ने बत्तीबंद यंत्र को क्लिक करके रोशनियाँ लौटाते हुए कहा। 'मुझे पता नहीं था कि मैं यह कर रहा था!'

'देखो, क्या तुम ख़ुद को व्यस्त रखने के लिए कोई ढंग का काम नहीं कर सकते ?'

'क्या, जैसे बच्चों की कहानियाँ पढ़ना ?'

'डम्बलडोर ने मेरे लिए यह पुस्तक छोड़ी थी, रॉन -'

'- और उन्होंने मेरे लिए बत्तीबंद यंत्र छोड़ा था, इसलिए शायद मुझे इसका उपयोग करना चाहिए!'

हैरी उनकी नोक-झोंक झेलने के मूड में नहीं था, इसलिए वह उस कमरे से खिसक गया और बाक़ी दोनों का ध्यान इस तरफ़ नहीं गया। वह नीचे किचन की तरफ़ चल दिया, जहाँ वह आजकल बार-बार जाता रहता था। उसे यक़ीन था कि क्रीचर वहीं प्रकट होगा। बहरहाल, हॉल की आधी सीढ़ियाँ उतरने पर उसने सामने वाले दरवाज़े पर एक दस्तक सुनी। फिर ताले के क्लिक होने और ज़ंजीर सरकने की आवाज़ आई।

उसके शरीर की हर रग सख़्त हो गई। उसने अपनी छड़ी बाहर निकाली और घरेलू जिन्नों के कटे हुए सिरों की छाया में खिसककर इंतज़ार करने लगा। दरवाज़ा खुल गया और उसे बाहर बत्तियों से रोशन

चौक की झलक दिखाई दी। फिर एक चोगे वाली आकृति हॉल में आई और उसने दरवाज़ा बंद कर लिया। आने वाले ने एक क़दम आगे बढ़ाया। मूडी की आवाज़ ने पूछा, *'सीवियरस स्नेप ?'* फिर धूल भरी आकृति हॉल के सिरे से उठी और अपना हाथ ऊपर उठाकर आगे बढ़ी।

'मैंने तुम्हें नहीं मारा, एल्बस,' एक धीमी आवाज़ आई।

सम्मोहन टूट गया : धूल भरी आकृति में विस्फोट हो गया। आकृति गहरा भूरा बादल छोड़ गई थी, इस वजह से आगंतुक को पहचानना असंभव था।

हैरी ने इस दौरान अपनी छड़ी तान ली।

'हिलना मत!'

वह मिसेज़ ब्लैक की तस्वीर को भूल गया था : उसके चिल्लाने की आवाज़ सुनकर मिसेज़ ब्लैक के सामने के पर्दे उड़कर खुल गए और वह चीख़ने लगी, *'बदज़ात और घटिया लोग मेरे मकान को गंदा कर रहे हैं –'*

रॉन और हर्माइनी सीढ़ियों पर धड़धड़ाते हुए हैरी के पीछे आए। हैरी की तरह ही उनकी छड़ियाँ भी अनजान व्यक्ति की तरफ़ तनी थीं, जिसने अब अपने हाथ उठा दिए थे।

'कुछ मत करना, मैं रीमस हूँ!'

'ओह, भगवान का शुक्र है,' हर्माइनी ने कमज़ोर अंदाज़ में कहा और अपनी छड़ी मिसेज़ ब्लैक की तरफ़ तान दी। एक धमाके के साथ पर्दे बंद हो गए और ख़ामोशी छा गई। रॉन ने भी छड़ी नीचे कर ली, लेकिन हैरी ने नहीं की।

'अपनी पहचान बताओ!' उसने चिल्लाकर कहा।

ल्यूपिन लैंप की रोशनी में आगे आए और उनके हाथ अब भी समर्पण की मुद्रा में ऊँचे उठे थे।

'मैं रीमस जॉन ल्यूपिन, नरभेड़िया हूँ, जिसे कई बार मूनी नाम से बुलाया जाता है। मैं हॉगवर्ट्स के नक़्शे के चार निर्माताओं में से एक हूँ, निम्फ़ैडोरा का पति हूँ, जिसे आम तौर पर टौंक्स नाम से जाना जाता है और मैंने ही तुम्हें पितृदेव उत्पन्न करना सिखाया है, जो मृग का रूप लेता है।'

'ओह, ठीक है,' हैरी ने अपनी छड़ी नीचे करते हुए कहा, 'लेकिन मुझे जाँच तो करनी थी, है ना ?'

'गुप्त कलाओं से रक्षा का तुम्हारा पूर्व शिक्षक होने के नाते मैं पूरी तरह सहमत हूँ कि तुम्हें जाँच करनी चाहिए। रॉन, हर्माइनी, तुम्हें अपनी छड़ी इतनी जल्दी नीचे नहीं करनी चाहिए थी।'

वे सीढ़ियों से उनकी ओर भागे। ल्यूपिन मोटा, काला यात्री चोगा पहने थे। वे थके हुए नज़र आ रहे थे, लेकिन उन लोगों को देखकर ख़ुश लग रहे थे।

'तो सीवियरस का कोई नामोनिशान नहीं है?' उन्होंने पूछा।

'नहीं,' हैरी ने कहा। 'क्या हो रहा है? सब लोग **ठीक** हैं?'

'हाँ,' ल्यूपिन ने कहा, 'लेकिन हम सभी पर नज़र रखी जा रही है। बाहर चौक में दो प्राणभक्षी खड़े हैं –'

'– हम जानते हैं –'

'– मुझे दरवाज़े के बाहर सबसे ऊपर वाली सीढ़ी पर बहुत सटीकता से प्रकट होना पड़ा, ताकि वे मुझे देख न लें। उन्हें मालूम नहीं है कि तुम यहाँ हो, वरना वे और लोगों को यहाँ बुला लेते। हैरी, वे लोग तुमसे जुड़ी हर जगह पर पहरा दे रहे हैं। आओ नीचे की मंज़िल पर चलते हैं, मुझे तुम लोगों को बहुत सी बातें बतानी हैं और मैं यह भी जानना चाहता हूँ कि शादी वाले दिन के बाद तुम्हारे साथ क्या-क्या हुआ।'

वे नीचे किचन में पहुँच गए, जहाँ हर्माइनी ने अँगीठी की तरफ़ अपनी छड़ी तानी। तत्काल आग जल उठी। इस वजह से पत्थर की दीवारें आरामदेह दिखने लगीं। आग की रोशनी लकड़ी की लंबी टेबल पर चमकने लगी। ल्यूपिन ने यात्री चोगे के भीतर से कुछ बटरबियर निकालीं और वे सभी बैठ गए।

'मैं यहाँ तीन दिन पहले ही आ जाता, लेकिन एक प्राणभक्षी मेरे पीछे लगा था और मुझे उसे चकमा देना था,' ल्यूपिन ने कहा। 'तो तुम लोग शादी के बाद सीधे यहीं आ गए थे?'

'नहीं,' हैरी ने कहा, 'टोटेनहैम कोर्ट रोड के एक कैफ़े में दो प्राणभक्षियों ने हमें घेर लिया था। उनसे पीछा छुड़ाने के बाद ही हम यहाँ आए।'

ल्यूपिन की ज़्यादातर बटरबियर उनके चोगे के सामने वाले हिस्से पर छलक गई।

'क्या?'

उन्होंने विस्तार से पूरी घटना सुनाई, जिसे सुनकर ल्यूपिन स्तब्ध रह गए।

'लेकिन उन लोगों ने तुम्हें इतनी जल्दी कैसे खोज लिया? किसी अंतर्ध्यान होने वाले का पता लगाना असंभव होता है, जब तक कि उसके ग़ायब होते समय ही कोई उसे पकड़ न ले!'

'और यह संभव नहीं लगता है कि वे उस वक़्त टोटेनहैम कोर्ट रोड पर यूँ ही टहल रहे होंगे, है ना?' हैरी ने कहा।

हर्माइनी बोली, 'हम सोच रहे थे कि कहीं हैरी पर अब भी स्थितिसूचक सम्मोहन तो नहीं है?'

'असंभव,' ल्यूपिन ने कहा। रॉन के चेहरे पर थोड़ा घमंड दिखने लगा और हैरी को बड़ी राहत महसूस हुई। 'बाक़ी चीज़ों के अलावा, अगर उस पर अब भी स्थितिसूचक सम्मोहन होता, तो उन्हें निश्चित रूप से पता चल जाता कि हैरी यहाँ है, है ना? लेकिन मेरी समझ में नहीं आ रहा है कि उन्होंने तुम्हें टोटेनहैम कोर्ट रोड पर खोज कैसे लिया। यह चिंता की बात है, सचमुच चिंता की बात है।'

वे विचलित दिख रहे थे, लेकिन जहाँ तक हैरी का सवाल था, उसके लिए यह सवाल अब उतना महत्वपूर्ण नहीं था।

'हमें बताएँ कि हमारे आने के बाद क्या-क्या हुआ। रॉन के डैडी ने परिवार के सुरक्षित रहने की ख़बर भिजवाई थी, लेकिन उसके बाद से हमें कोई ख़बर नहीं मिली है।'

'देखो, किंग्सले ने हमें बचा लिया,' ल्यूपिन ने कहा। 'उसकी चेतावनी के कारण शादी में आए ज़्यादातर मेहमान उन लोगों के आने से पहले ही अंतर्ध्यान हो गए थे।'

'वे प्राणभक्षी थे या मंत्रालय के लोग?' हर्माइनी ने बीच में पूछा।

'दोनों थे, लेकिन अब उनमें कोई फ़र्क़ नहीं बचा है,' ल्यूपिन ने कहा। 'वे लगभग एक दर्जन थे, लेकिन हैरी, उन लोगों को पता नहीं था कि तुम वहाँ हो। आर्थर ने एक अफ़वाह सुनी है कि उन्होंने स्क्रिमग्योर को मारने से पहले उसे यातना देकर तुम्हारा पता-ठिकाना पूछने की कोशिश की थी। अगर यह सच है, तो उसने तुम्हारा रहस्य नहीं उगला।'

हैरी ने रॉन और हर्माइनी की तरफ़ देखा। उसके मन में सदमे और कृतज्ञता का जो भाव था, वही उनके चेहरे पर भी दिख रहा था। उसे

स्क्रिमग्योर कभी ज़्यादा पसंद नहीं थे, लेकिन अगर ल्यूपिन की बात सच थी, तो उस आदमी ने मरते-मरते भी हैरी की जान बचाने की कोशिश की थी।

'प्राणभक्षियों ने रॉन के घर को ऊपर से नीचे तक छान मारा,' ल्यूपिन ने आगे कहा। 'उन्हें पिशाच मिल गया, लेकिन वे उसके ज़्यादा क़रीब नहीं गए - और उसके बाद जो मेहमान रह गए थे, उनसे घंटों पूछताछ की। वे तुम्हारे बारे में जानकारी लेने की कोशिश कर रहे थे, हैरी, लेकिन, ज़ाहिर है, मायापंछी के समूह के अलावा किसी को भी नहीं पता था कि तुम वहाँ थे।

'जब वे शादी को तहस-नहस कर रहे थे, तभी दूसरे प्राणभक्षी देश भर में मायापंछी के समूह से संबंधित हर घर में घुस रहे थे। किसी की मौत नहीं हुई है,' उन्होंने जल्दी से कह दिया, ताकि कोई यह सवाल न पूछ ले, 'लेकिन उन्होंने ताक़त का भरपूर दुरुपयोग किया। उन्होंने डीडेलस डिगल के मकान को जला डाला, लेकिन जैसा कि तुम जानते हो, वह वहाँ नहीं था। इसके अलावा उन्होंने टौंक्स के परिवार पर पीड़ीकृत शाप का इस्तेमाल किया। एक बार फिर, वे यह पता लगाने की कोशिश कर रहे थे कि वहाँ से तुम कहाँ गए थे। टौंक्स का परिवार बिलकुल ठीक है - ज़ाहिर है, वे लोग सदमे में हैं, लेकिन **ठीक** हैं।'

'प्राणभक्षियों ने इतने सारे रक्षात्मक सम्मोहनों को पार कर लिया,' हैरी ने पूछा, क्योंकि उसे याद आ गया था कि जिस रात वह टौंक्स के मम्मी-डैडी के बगीचे में दुर्घटनाग्रस्त हुआ था, उस रात को सम्मोहन कितने असरदार थे।

'हैरी, तुम्हें यह याद रखना होगा कि अब प्राणभक्षियों के पीछे मंत्रालय की पूरी शक्ति है,' ल्यूपिन बोले। 'उनके पास क्रूर सम्मोहन करने की शक्ति है और पहचाने जाने या गिरफ़्तार होने का डर नहीं है। वे हमारे हर रक्षात्मक सम्मोहन में घुसपैठ करने में कामयाब हो गए और एक बार भीतर आ जाने के बाद उन्होंने खुलकर बता दिया कि वे क्यों आए थे।'

'वैसे वे लोगों को यातना देकर हैरी का पता-ठिकाना उगलवाने के लिए क्या बहाना बना रहे हैं?' हर्माइनी ने कहा और उसकी आवाज़ में थोड़ी चिढ़ साफ़ झलक रही थी।

'देखो,' ल्यूपिन ने कहा। वे झिझके और फिर उन्होंने एक मुड़ा हुआ *दैनिक जादूगर* बाहर निकाला।

'यह लो,' उन्होंने इसे टेबल के पार हैरी की तरफ़ बढ़ाते हुए कहा, 'तुम्हें वैसे भी देर-सबेर पता चल ही जाएगा। तुम्हारे पीछे पड़ने के लिए वे यह बहाना बना रहे हैं।'

हैरी ने अख़बार को सीधा किया। सामने वाले पेज पर उसकी एक बड़ी तस्वीर छपी थी। इसके नीचे हेडलाइन थी :

तलाश है
एल्बस डम्बलडोर की मौत के सिलसिले में
पूछताछ के लिए

रॉन और हर्माइनी ने विद्रोह में आवाज़ें निकालीं, लेकिन हैरी कुछ नहीं बोला। उसने अख़बार को दूर सरका दिया। वह पूरा लेख नहीं पढ़ना चाहता था। वह जानता था कि उसमें क्या लिखा होगा। डम्बलडोर की मौत के वक़्त मीनार के ऊपर मौजूद लोग ही जानते थे कि उन्हें सचमुच किसने मारा था और जैसा रीटा स्कीटर पहले ही जादूगर समुदाय को बता चुकी थी, डम्बलडोर के गिरने के कुछ पल बाद ही हैरी को वहाँ से भागते हुए देखा गया था।

'मुझे अफ़सोस है, हैरी,' ल्यूपिन ने कहा।

'तो प्राणभक्षियों ने *दैनिक जादूगर* पर भी क़ब्ज़ा कर लिया है?' हर्माइनी ने ग़ुस्से में पूछा।

ल्यूपिन ने सहमति में सिर हिलाया।

'लेकिन निश्चित रूप से लोगों को एहसास होगा कि क्या हो रहा है?'

'तख़्तापलट बहुत अच्छे ढंग से और बिलकुल चुपचाप हुआ है,' ल्यूपिन बोले। 'स्क्रिमग्योर की हत्या का आधिकारिक बयान यह है कि उसने इस्तीफ़ा दे दिया है। उसकी जगह पर पायस थिकनेस को नियुक्त किया गया है, जो सम्मोहन शाप के वश में काम कर रहा है।'

'वोल्डेमॉर्ट ने ख़ुद को जादू मंत्री घोषित क्यों नहीं किया?' रॉन ने पूछा।

ल्यूपिन हँस दिए।

'उसे ऐसा करने की ज़रूरत नहीं है, रॉन। असली मंत्री तो वही है, लेकिन वह मंत्रालय में एक डेस्क के पीछे क्यों बैठे? उसकी कठपुतली यानी

थिकनेस रोज़मर्रा के काम सँभाल रहा है, ताकि वोल्डेमॉर्ट को मंत्रालय के बाहर अपनी शक्ति बढ़ाने का मौक़ा मिल सके।

'ज़ाहिर है, कई लोगों ने अंदाज़ा लगा लिया है कि क्या हुआ है। पिछले कुछ दिनों में मंत्रालय की नीति में इतना ज़बर्दस्त बदलाव हुआ है और कुछ लोग कानाफूसी कर रहे हैं कि ज़रूर इसके पीछे वोल्डेमॉर्ट का हाथ होगा। बहरहाल, यही मुद्दे की बात है : वे बस कानाफूसी कर रहे हैं। उनमें इतनी हिम्मत नहीं है कि एक-दूसरे पर भरोसा करके दिल की बात कह सकें, क्योंकि वे यह नहीं जानते हैं कि किस पर भरोसा किया जाए। वे इतने डरे हुए हैं कि मुँह नहीं खोल पा रहे हैं। उन्हें लगता है कि अगर उनका शक सही हुआ, तो उनके परिवारों को निशाना बनाया जाएगा। हाँ, वोल्डेमॉर्ट बहुत चतुराई भरा खेल खेल रहा है। वह ख़ुद को मंत्री घोषित कर देता, तो बग़ावत हो सकती थी। छिपे रहने से भ्रम, अनिश्चितता और डर पैदा हो गया है।'

हैरी ने कहा, 'और मंत्रालय की नीति में ज़बर्दस्त बदलाव यह हुआ है कि यह जादूगर दुनिया को वोल्डेमॉर्ट के बजाय मेरे ख़िलाफ़ चेतावनी देने लगा है?'

'यह निश्चित रूप से इसका एक हिस्सा है,' ल्यूपिन ने कहा, 'और यह बहुत बढ़िया चाल है। अब जब डम्बलडोर मर चुके हैं, तो तुम - वह लड़का जो ज़िंदा बच गया - निश्चित रूप से वोल्डेमॉर्ट विरोधी किसी भी मुहिम के प्रतीक और मुखिया बन जाते। लेकिन डम्बलडोर की मौत में तुम्हारा हाथ होने की अफ़वाह उड़ाकर वोल्डेमॉर्ट ने न सिर्फ़ तुम पर इनाम रखवा दिया है, बल्कि तुम्हारा साथ देने वाले बहुत से लोगों के मन में शंका और डर के बीज भी बो दिए हैं।

'इस दौरान मंत्रालय ने मगलू परिवारों के जादूगरों के ख़िलाफ़ अभियान शुरू कर दिया है।'

ल्यूपिन ने *दैनिक जादूगर* की ओर इशारा किया।

'पृष्ठ दो पर देखो।'

हर्माइनी ने लगभग उतनी ही हिक़ारत से पन्ने पलटे, जितनी हिक़ारत से *सबसे शैतानी जादू के रहस्य* पुस्तक के पलटे थे।

'मगलू जादूगर-जन्मपंजी,' उन्होंने ज़ोर से कहा। *'जादू मंत्रालय यह पता लगाने के लिए तथाकथित "मगलू परिवारों के जादूगरों" का सर्वेक्षण करा रहा है कि उन्हें जादुई रहस्यों की जानकारी कैसे हुई।*

'रहस्य विभाग के एक ताज़ा शोध में यह निष्कर्ष निकाला गया है कि जादू अगली पीढ़ी तक सिर्फ़ तभी पहुँच सकता है, जब जादूगर संतान पैदा करें। इसका मतलब यह है कि अगर कोई शुद्ध ख़ून का जादूगर आपका वंशज नहीं है, तो यह माना जाएगा कि तथाकथित मगलू परिवार में पैदा जादूगर ने चोरी या बलप्रयोग से जादुई शक्ति हासिल की है।

'मंत्रालय जादुई शक्ति के ऐसे घुसपैठियों का समूल विनाश करने के लिए कृतसंकल्प है। इसी उद्देश्य से इसने तथाकथित मगलू परिवार के हर जादूगर को नवनियुक्त मगलू जादूगर जन्म-पंजीकरण आयोग के सामने उपस्थित होने का निर्देश दिया है।'

'लोग ऐसा नहीं होने देंगे,' रॉन ने कहा।

'ऐसा हो रहा है, रॉन,' ल्यूपिन बोले। 'जब हम यहाँ बातें कर रहे हैं, इस समय भी मगलू परिवार में पैदा जादूगरों की धरपकड़ चल रही है।'

'लेकिन कोई जादू "चुरा" कैसे सकता है?' रॉन ने कहा। 'यह तो पागलपन है! अगर जादू को चुराया जा सकता, तो कोई नाकारा होता ही नहीं, है ना?'

'मैं जानता हूँ,' ल्यूपिन ने कहा। 'बहरहाल, जब तक कोई यह साबित न कर सके कि उसका कम से कम एक क़रीबी जादूगर रिश्तेदार है, तब तक यह माना जाएगा कि उसने अपनी जादुई शक्ति ग़ैर-क़ानूनी ढंग से हासिल की है और उसे सज़ा भुगतनी होगी।'

रॉन ने हर्माइनी पर नज़र डालकर कहा, 'अगर शुद्ध ख़ून वाले और संकर ख़ून वाले जादूगर क़सम खाएँ कि मगलू परिवार में पैदा जादूगर उनके परिवार का हिस्सा है, तो क्या होगा? मैं सबके सामने कहूँगा कि हर्माइनी मेरी कज़िन है -'

हर्माइनी ने रॉन के हाथ पर हाथ रखकर उसे दबा दिया।

'शुक्रिया रॉन, लेकिन मैं तुम्हें ऐसा नहीं करने दूँगी -'

'तुम्हारे पास कोई विकल्प नहीं है,' रॉन ने आवेश में कहा और उसका हाथ दबा दिया। 'मैं तुम्हें अपना वंशवृक्ष रटा दूँगा, ताकि तुम इससे संबंधित किसी भी सवाल का जवाब दे सको।'

हर्माइनी ने कँपकँपाती हँसी निकाली।

'रॉन, जब हम हैरी पॉटर के साथ भाग रहे हैं, जिसकी पूरे देश में ज़ोर-शोर से तलाश हो रही है, तो इस बात से कोई फ़र्क़ नहीं पड़ता है।

अगर मैं स्कूल लौट रही होती, तो मामला अलग होता। वोल्डेमॉर्ट हॉगवर्ट्स के लिए क्या योजना बना रहा है?' उसने ल्यूपिन से पूछा।

'अब हर जादूगर और जादूगरनी के लिए हॉगवर्ट्स में पढ़ना अनिवार्य कर दिया गया है,' उन्होंने जवाब दिया। 'यह घोषणा कल ही हुई है। यह एक महत्वपूर्ण परिवर्तन है, क्योंकि ऐसा करना पहले कभी अनिवार्य नहीं था। ज़ाहिर है, ब्रिटेन का लगभग हर जादूगर और जादूगरनी हॉगवर्ट्स में ही पढ़ा है, लेकिन अब तक उनके माता-पिता को यह हक़ था कि अगर वे चाहें, तो अपने बच्चों को विदेश में पढ़वा सकते थे। इस तरह हर जादूगर बहुत कम उम्र से ही वोल्डेमॉर्ट की नज़रों में रहेगा। इसके अलावा, यह मगलू परिवारों में पैदा जादूगरों को बाहर रखने का एक और तरीक़ा है, क्योंकि दाख़िले के समय विद्यार्थियों को ख़ून का दर्ज़ा दिया जाएगा - जिसका मतलब यह है कि इन विद्यार्थियों ने मंत्रालय के सामने साबित कर दिया है कि वे जादूगर परिवार के हैं।'

हैरी निराश और नाराज़ महसूस करने लगा। इस पल ग्यारह साल के रोमांचित लड़के-लड़कियाँ जादू की नई ख़रीदी ढेरों पुस्तकें पढ़ रहे होंगे और उन्हें यह एहसास भी नहीं होगा कि वे हॉगवर्ट्स को कभी नहीं देख पाएँगे, शायद अपने परिवारों को भी दोबारा नहीं देख पाएँगे।

'यह तो ... यह तो ...' वह बुदबुदाया और ऐसे शब्द खोजने की कोशिश करने लगा, जो उसके विचारों की दहशत को सही तरह से व्यक्त कर सकें, लेकिन ल्यूपिन धीरे से बोले, 'मैं जानता हूँ।'

ल्यूपिन झिझके।

'हैरी, अगर तुम इस बात की पुष्टि न भी कर सको, तो भी मैं समझ जाऊँगा, लेकिन मायापंछी के समूह को लगता है कि डम्बलडोर तुम्हें कोई काम सौंपकर गए हैं।'

'हाँ,' हैरी ने जवाब दिया, 'रॉन और हर्माइनी भी इसमें शामिल हैं और वे मेरे साथ जा रहे हैं।'

'क्या तुम मुझे बता सकते हो कि वह काम क्या है?'

हैरी ने असमय झुर्रीदार हो गए चेहरे और सफ़ेद बालों को देखा। उसने सोचा कि काश वह कोई और जवाब दे पाता।

'रीमस, मुझे अफ़सोस है, लेकिन मैं नहीं बता सकता। अगर डम्बलडोर ने आपको नहीं बताया है, तो मुझे नहीं लगता कि मुझे भी बताना चाहिए।'

'मुझे लग रहा था कि तुम यही कहोगे,' ल्यूपिन निराश होकर बोले। 'लेकिन इसके बावजूद मैं तुम्हारी मदद कर सकता हूँ। तुम जानते हो कि मैं क्या हूँ और क्या कर सकता हूँ। मैं सुरक्षा देने के लिए तुम्हारे साथ चल सकता हूँ। तुम मुझे यह मत बताना कि तुम क्या करने वाले हो।'

हैरी झिझका। यह बहुत लुभावना प्रस्ताव था, हालाँकि वह यह कल्पना नहीं कर पाया कि अगर ल्यूपिन सारे समय साथ रहेंगे, तो वे अपने गुप्त अभियान को उनसे कैसे छिपा पाएँगे।

बहरहाल, हर्माइनी हैरान दिखने लगी।

उसने पूछा, 'लेकिन टौंक्स का क्या होगा?'

'उसका क्या होना है?' ल्यूपिन ने कहा।

'देखिए,' हर्माइनी त्योरी चढ़ाकर बोली, 'आप शादी-शुदा हैं! अगर आप हमारे साथ चले गए, तो उसे कैसा लगेगा?'

'टौंक्स बिलकुल सुरक्षित रहेगी,' ल्यूपिन ने कहा। 'वह अपने माता-पिता के घर रहेगी।'

ल्यूपिन की आवाज़ में कुछ अजीब था। लगभग ठंडापन। टौंक्स का उसके माता-पिता के घर पर छिपे रहने का विचार भी थोड़ा अजीब था। आख़िरकार, वह मायापंछी के समूह की सदस्य थी, और जहाँ तक हैरी जानता था, ख़तरों से जूझना पसंद करती थी।

'रीमस,' हर्माइनी ने कहा, 'क्या सब कुछ ठीक है ... मेरा मतलब है ... आपके और टौंक्स के बीच –'

'सब कुछ ठीक है, धन्यवाद,' ल्यूपिन ने चिढ़कर कहा।

हर्माइनी का चेहरा गुलाबी हो गया। एक बार फिर ख़ामोशी छा गई, थोड़ी अजीब और संकोच भरी! इसके बाद ल्यूपिन इस तरह बोले, जैसे कोई बुरी बात बता रहे हों, 'टौंक्स को बच्चा होने वाला है।'

'ओह, कितनी बढ़िया बात है!' हर्माइनी ने कहा।

रॉन उत्साह से बोला, 'बहुत बढ़िया!'

'बधाइयाँ,' हैरी ने कहा।

ल्यूपिन के चेहरे पर नक़ली मुस्कान आ गई, हालाँकि यह दर्द भरी लग रही थी, फिर वे बोले, 'तो ... क्या तुम्हें मेरा प्रस्ताव मंजूर है? क्या हम तीन से चार हो जाएँगे? मुझे लगता है कि डम्बलडोर को यह अच्छा लगता। आख़िर उन्होंने ही तो मुझे तुम्हारा गुप्त कलाओं से रक्षा का

टीचर नियुक्त किया था। इसके अलावा मैं तुम्हें यह भी बता दूँ, मुझे यक़ीन है कि हम ऐसे जादू का सामना कर रहे हैं, जिससे हममें से ज़्यादातर लोगों का न तो आज तक सामना हुआ है, न ही हमने उसकी कल्पना की है।'

रॉन और हर्माइनी दोनों ने ही हैरी को देखा।

'बस - बस ज़रा समझ लूँ,' उसने कहा। 'आप टौंक्स को उसके माता-पिता के घर छोड़कर हमारे साथ चलना चाहते हैं?'

'वह वहाँ बिलकुल सुरक्षित रहेगी, वे उसकी देखभाल करेंगे,' ल्यूपिन बोले। वे उदासीनता के साथ जैसे अंतिम फ़ैसला सुना रहे थे। 'हैरी, मुझे यक़ीन है, जेम्स भी यही चाहता कि मैं तुम्हारे साथ रहूँ।'

'देखिए,' हैरी ने धीरे से कहा, 'मुझे इतना यक़ीन नहीं है। मुझे पूरा भरोसा है कि मेरे डैडी यह जानना चाहते कि आप दरअसल अपने बेटे के साथ क्यों नहीं रहना चाहते हैं।'

ल्यूपिन के चेहरे का रंग उड़ गया। किचन का पारा जैसे दस डिग्री कम हो गया था। रॉन ने कमरे में चारों तरफ़ घूरा, जैसे उसे वहाँ रखी सारी चीज़ों के नाम याद करने को कहा गया है। हर्माइनी की निगाह कभी हैरी, तो कभी ल्यूपिन की तरफ़ होती रही।

'तुम समझते नहीं हो,' ल्यूपिन ने आख़िरकार कहा।

'तो फिर समझा दें,' हैरी ने कहा।

ल्यूपिन ने थूक गटका।

'मैंने - मैंने टौंक्स से शादी करके बहुत बड़ी ग़लती कर दी है। मैं इसके परिणाम जानता था और तब से ही मुझे इस बात का बहुत अफ़सोस है।'

'अब समझ में आया,' हैरी ने कहा। 'तो आप उससे और बच्चे से पीछा छुड़ाकर हमारे साथ भागना चाहते हैं?'

ल्यूपिन तेज़ी से खड़े हो गए। उनकी कुर्सी पीछे की तरफ़ उलट गई और उन्होंने इतने ख़ूँख़ार अंदाज़ में उसे घूरा कि हैरी को पहली बार उनके इंसानी चेहरे पर भेड़िए की झलक दिखी।

'क्या तुम यह नहीं समझते हो कि मैंने अपनी पत्नी और अपने अजन्मे बच्चे के साथ क्या किया है? मुझे उससे कभी शादी नहीं करनी चाहिए थी, मैंने उसे अछूत बना दिया है!'

ल्यूपिन ने उस कुर्सी को लात मारकर एक तरफ़ हटाया, जिसे

उन्होंने अभी-अभी गिराया था।

'तुमने मुझे हमेशा सिर्फ़ मायापंछी के समूह में या फिर हॉगवर्ट्स में डम्बलडोर के संरक्षण में देखा है! तुम जानते भी नहीं हो कि ज़्यादातर जादूगर मेरे जैसे प्राणियों को किस तरह देखते हैं! जब उन्हें मेरे बारे में पता चलता है, तो वे मुझसे बात भी नहीं करना चाहते हैं! क्या तुम्हें नज़र नहीं आ रहा है कि मैंने क्या किया है? यहाँ तक कि उसका परिवार भी हमारी शादी से चिढ़ा हुआ है। कौन माता-पिता चाहेंगे कि उनकी इकलौती बेटी किसी नरभेड़िए से शादी करे? और बच्चा – बच्चा –'

ल्यूपिन ने अपने बाल पकड़ लिए। वे बिलकुल पागल लग रहे थे।

'मेरे जैसे लोगों को आम तौर पर बच्चे नहीं होते हैं! मुझे यक़ीन है कि वह बच्चा मेरे जैसा ही होगा – मैं ख़ुद को कैसे माफ़ कर सकता हूँ, जब मैंने जानते-बूझते हुए एक मासूम बच्चे को नरभेड़िया बनाने का जोखिम लिया? और अगर किसी चमत्कार से वह मेरे जैसा न हुआ, तब भी कोई ख़ुशी की बात नहीं है। उसे ऐसे पिता पर हमेशा शर्म आएगी। इससे सौ गुना अच्छा तो यह होता कि उसका कोई पिता ही नहीं होता!'

'रीमस!' हर्माइनी फुसफुसाकर बोली और उसकी आँखों में आँसू थे। 'ऐसा मत कहो – किस बच्चे को तुम पर शर्म आ सकती है?'

'ओह, मैं नहीं जानता, हर्माइनी,' हैरी ने कहा। 'मुझे तो इन पर बहुत शर्म आती।'

हैरी नहीं जानता था कि उसे ग़ुस्सा क्यों आ रहा था, लेकिन इसके कारण अब वह भी खड़ा हो गया। ल्यूपिन ऐसे दिख रहे थे, जैसे हैरी ने उन्हें मार दिया हो।

हैरी ने कहा, 'अगर नई सरकार मगलू परिवारों के जादूगरों को बुरा मानती है, तो यह उस अर्ध-नरभेड़िए के साथ क्या करेगी, जिसका पिता मायापंछी के समूह में हो? मेरे डैडी ने मेरी मम्मी और मेरी रक्षा करने की कोशिश में अपनी जान दी थी। आपको क्या लगता है, वे आपको यह सलाह देते कि आप अपने बच्चे को छोड़कर हमारे साथ रोमांचक अभियान पर जाएँ?'

'तुम्हारी – तुम्हारी हिम्मत कैसे हुई?' ल्यूपिन ने कहा। 'यह जोखिम या व्यक्तिगत शोहरत की – हसरत नहीं है – इस तरह की बात कहने की तुम्हारी हिम्मत कैसे हुई –'

'मुझे लगता है कि आप थोड़ा ज़्यादा ही जोखिम लेने के मूड में हैं,'

हैरी ने कहा। 'आप सिरियस की तरह का क़दम उठाना चाहते हैं –'

'हैरी, नहीं!' हर्माइनी ने उससे विनती की, लेकिन वह ल्यूपिन के आगबबूला चेहरे को घूरता रहा।

'मुझे इस बात पर कभी यक़ीन नहीं होता,' हैरी ने कहा। 'जिस आदमी ने मुझे दमपिशाचों से लड़ना सिखाया था – वह बुज़दिल है।'

ल्यूपिन ने इतनी तेज़ी से छड़ी निकाली कि हैरी का हाथ मुश्किल से अपनी छड़ी तक पहुँच पाया। एक ज़ोरदार धमाका हुआ और वह पीछे की तरफ़ उड़ने लगा, जैसे उसे जमकर मुक्का मारा गया हो। वह धड़ाम से किचन की दीवार से टकराया और फ़र्श पर गिर गया। उसने ल्यूपिन के चोगे की आख़िरी झलक को दरवाज़े के पार ओझल होते देखा।

'रीमस, रीमस, लौट आओ!' हर्माइनी चिल्लाई, लेकिन ल्यूपिन ने कोई प्रतिक्रिया नहीं की। एक पल बाद उन्हें सामने वाले दरवाज़े के धड़ाम से बंद होने की आवाज़ सुनाई दी।

'हैरी!' हर्माइनी ने सुबकते हुए कहा। 'तुमने ऐसा क्यों किया?'

'यह आसान था,' हैरी ने कहा। वह उठकर खड़ा हो गया। जहाँ उसका सिर दीवार से टकराया था, वहाँ गूमड़ उठने लगा था। वह अब भी ग़ुस्से के मारे काँप रहा था।

'मेरी तरफ़ इस तरह मत देखो!' उसने हर्माइनी को झिड़कते हुए कहा।

'अब तुम उस पर शुरू मत होना!' रॉन गुर्राया।

'नहीं – नहीं – हमें लड़ना नहीं चाहिए!' हर्माइनी ने उन दोनों के बीच में आते हुए कहा।

'तुम्हें ल्यूपिन से यह नहीं कहना चाहिए था,' रॉन ने हैरी से कहा।

'वे इसी लायक़ थे,' हैरी ने कहा। टूटी छवियाँ उसके दिमाग़ में सरपट भाग रही थीं : सिरियस पर्दे में से गिर रहा था; डम्बलडोर बीच हवा में लटके हुए थे; हरी रोशनी की एक चमक और उसकी माँ की रहम की भीख माँगती आवाज़ ...

हैरी ने कहा, 'माता-पिताओं को अपने बच्चों को तब तक नहीं छोड़ना चाहिए, जब तक – जब तक कि उन्हें ऐसा करना ही न पड़े।'

'हैरी –' हर्माइनी ने सांत्वना देने के लिए हाथ आगे बढ़ाते हुए कहा, लेकिन वह उसे झटककर दूर चला गया। उसकी आँखें हर्माइनी की जलाई

आग पर टिकी थीं। उसने एक बार इसी अँगीठी में से ल्यूपिन से बातचीत की थी। उस वक़्त वह जेम्स के बारे में तसल्ली चाहता था और ल्यूपिन ने उसे तसल्ली दी थी। अब ल्यूपिन का यातना भरा, सफ़ेद चेहरा उसकी आँखों के सामने तैरने लगा। उसे पछतावा होने लगा। रॉन या हर्माइनी कुछ नहीं बोले, लेकिन हैरी को यक़ीन था कि उसकी पीठ के पीछे वे एक-दूसरे की तरफ़ देख रहे होंगे और ख़ामोशी से इशारों-इशारों में बातें कर रहे होंगे।

वह मुड़ा और उसने देखा कि वे दोनों जल्दी से एक-दूसरे पर से अपनी नज़रें हटा रहे थे।

'मैं जानता हूँ कि मुझे उन्हें बुज़दिल नहीं कहना चाहिए था।'

'हाँ, तुम्हें नहीं कहना चाहिए था,' रॉन ने तत्काल कहा।

'लेकिन वे बुज़दिल जैसी हरकत कर रहे थे।'

'फिर भी ...' हर्माइनी ने कहा।

'मैं जानता हूँ,' हैरी ने कहा। 'लेकिन अगर इसकी वजह से वे टौंक्स के पास वापस लौट जाते हैं, तो यह अच्छा ही होगा, है ना?'

वह चाहते हुए भी अपनी आवाज़ से आग्रह के अंदाज़ को हटा नहीं पाया। हर्माइनी सहानुभूतिपूर्ण दिख रही थी और रॉन अनिश्चित। हैरी अपने पैरों की तरफ़ देखते हुए अपने डैडी के बारे में सोचने लगा। क्या जेम्स हैरी का पक्ष लेते कि उसने ल्यूपिन से सही कहा था या फिर वे इस बात पर ग़ुस्सा होते कि उनके बेटे ने उनके पुराने दोस्त के साथ बहुत ग़लत व्यवहार किया था?

ख़ामोश किचन में कुछ समय पहले के वाक़ये का सदमा और रॉन तथा हर्माइनी के अनबोले ताने गूँज रहे थे। ल्यूपिन का लाया *दैनिक जादूगर* अब भी टेबल पर पड़ा था और सामने वाले पन्ने से हैरी का चेहरा फ़र्श को ताक रहा था। वह उसकी ओर चलकर गया और बैठ गया। उसने यूँ ही अख़बार के पन्ने खोले और उसे पढ़ने का नाटक करने लगा। वह शब्दों को समझ नहीं पाया। उसका दिमाग़ अब भी ल्यूपिन के साथ हुई मुठभेड़ को याद कर रहा था। उसे यक़ीन था कि *दैनिक जादूगर* के दूसरी ओर रॉन और हर्माइनी फिर से इशारों-इशारों में बातें कर रहे होंगे। उसने एक पन्ने को ज़ोर से पलटा। तत्काल डम्बलडोर का नाम उसकी आँखों के सामने आ गया। एक-दो पल बाद उसे उस तस्वीर का मतलब समझ में आया, जिसमें एक परिवार दिख रहा था। फ़ोटो के नीचे ये शब्द थे :

डम्बलडोर परिवार : बाएँ से दाएँ, एल्बस, नवजात एरियाना को थामे पर्सिवल, केंड्रा और एबरफ़ोर्थ।

हैरी ने फ़ोटो को ग़ौर से देखा। डम्बलडोर के पिता पर्सिवल अच्छे दिखते थे और उनकी आँखें इतने पुराने फ़ोटो में भी चमक रही थीं। बच्ची एरियाना ब्रेड से कुछ ही बड़ी दिख रही थी और उसके बारे में ज़्यादा कुछ नहीं कहा जा सकता था। माँ केंड्रा के बिलकुल काले बाल ऊँचे जूड़े में बँधे थे। उनका चेहरा जैसे साँचे में ढला था। हालाँकि उन्होंने ऊँचे गले वाला रेशमी गाउन पहन रखा था, लेकिन हैरी ने जब उन काली आँखों, गाल की उभरी हड्डियों और सीधी नाक को देखा, तो उसे अमेरिका के मूल निवासियों की याद आ गई। एल्बस और एबरफ़ोर्थ जालीदार कॉलर वाली एक जैसी जैकेट पहने थे। उन दोनों की हेयरस्टाइल एक सी थी और उनके बाल कंधे तक लंबे थे। एल्बस कुछ साल बड़े थे, लेकिन इसके अलावा दोनों लड़के काफ़ी हद तक एक से दिख रहे थे। यह तब की बात थी, जब एल्बस की नाक नहीं टूटी थी और उन्होंने चश्मा पहनना शुरू नहीं किया था।

परिवार काफ़ी ख़ुश और सामान्य दिख रहा था तथा अख़बार में शांतिपूर्ण ढंग से मुस्करा रहा था। बच्ची एरियाना शॉल में से हाथ हिला रही थी। हैरी ने तस्वीर के ऊपर देखा। वहाँ पर यह हेडलाइन थी :

एल्बस डम्बलडोर की शीघ्र प्रकाशित होने वाली जीवनी के अंश

लेखिका रीटा स्कीटर

हैरी ने सोचा कि उसे इस वक़्त जितना बुरा लग रहा है, उससे ज़्यादा बुरा किसी बात से नहीं लग सकता, इसलिए वह इसे पढ़ने लगा :

अपने पति पर्सिवल की चर्चित गिरफ़्तारी और अज़्काबान में क़ैद के बाद घमंडी और गर्वीली केंड्रा डम्बलडोर मोल्ड-ऑन-द-वोल्ड में रहना गवारा नहीं कर पाई। इसलिए उसने परिवार की जड़ें उखाड़कर उन्हें गॉडरिक्स हॉलो में जमाने का फ़ैसला किया। यह वही गाँव था, जो बाद में तुम-जानते-हो-कौन के हाथों हैरी पॉटर के बचने के कारण मशहूर हुआ।

मोल्ड-ऑन-द-वोल्ड की तरह ही गॉडरिक्स हॉलो में भी बहुत से जादूगर परिवार रहते थे। केंड्रा उनमें से किसी को नहीं जानती थी, इसलिए उसने सोचा कि यहाँ उसे अपने पति के

अपराध के बारे में लोगों की जिज्ञासा नहीं झेलनी पड़ेगी, जिसका सामना उसने अपने पुराने गाँव में किया था। यही वजह थी कि उसने अपने नए जादूगर पड़ोसियों के दोस्ती के आग्रह ठुकरा दिए और अपने परिवार को सबसे अलग-थलग रखा।

'जब मैं घर पर बने कड़ाही केक लेकर नए परिवार का स्वागत करने गई, तो उसने मेरे चेहरे पर दरवाज़ा बंद कर दिया,' बाथिल्डा बैगशॉट कहती हैं। 'पहले साल मुझे सिर्फ़ दोनों लड़के ही दिखे। अगर मैं जाड़े की आधी रात में चाँदनी में जड़ी-बूटी तोड़ने नहीं गई होती, तो मुझे कभी पता ही नहीं चलता कि उनके घर में एक बेटी भी थी। उस वक़्त मैंने देखा कि केंड्रा पीछे वाले बगीचे में एरियाना को घुमा रही थी। कसकर हाथ पकड़कर उसने उसे लॉन का एक चक्कर लगवाया और फिर दोबारा भीतर ले गई। मुझे इसका कोई कारण समझ में नहीं आया।'

ऐसा लगता है कि केंड्रा के हिसाब से गॉडरिक्स हॉलो आने का क़दम एरियाना को हमेशा-हमेशा के लिए छिपाने का आदर्श अवसर था, जिसकी वह शायद बरसों से योजना बना रही थी। इसकी टाइमिंग बहुत महत्वपूर्ण थी। एरियाना को तब छिपाया गया, जब उसकी उम्र बमुश्किल सात बरस थी। ज़्यादातर विशेषज्ञों का मानना है कि अगर किसी में जादू होता है, तो यह सात साल की उम्र में ही प्रकट होने लगता है। किसी को भी याद नहीं है कि एरियाना ने कभी जादुई योग्यता का हल्का सा भी चिन्ह दिखाया हो। इसलिए यह स्पष्ट है कि केंड्रा ने अपनी बेटी के अस्तित्व को छिपाने का निर्णय लिया, क्योंकि अगर लोगों को यह पता चल जाता कि उसने एक नाकारा को जन्म दिया है, तो उसे बहुत शर्मिंदा होना पड़ता। ज़ाहिर है, एरियाना को जानने वाले दोस्तों और पड़ोसियों से दूर पहुँचने पर उसे क़ैद करके रखना ज़्यादा आसान हो गया। केंड्रा को भरोसा था कि एरियाना को जानने वाले मुट्ठी भर लोग इस रहस्य को क़ायम रखेंगे, जिनमें उसके दोनों भाई शामिल थे। ये दोनों भाई किसी भी तरह के अजीब सवाल के जवाब में अपनी माँ की सिखाई बात दोहरा देते थे : 'मेरी बहन इतनी कमज़ोर

है कि स्कूल नहीं जा सकती।'

अगले सप्ताह : एल्बस डम्बलडोर हॉगवर्ट्स में – पुरस्कार और नाटक।

हैरी ने ग़लत सोचा था। उसने जो पढ़ा था, उससे वह दरअसल पहले से भी ज़्यादा बुरा महसूस करने लगा। उसने ख़ुशहाल परिवार की तस्वीर देखी। क्या यह सच था ? वह कैसे पता लगाए ? वह गॉडरिक्स हॉलो जाना चाहता था, भले ही बाथिल्डा उससे बात करने की हालत में न हो। वह उस जगह जाना चाहता था, जहाँ उसने और डम्बलडोर ने अपने प्रियजनों को खोया था। वह अख़बार नीचे करके रॉन और हर्माइनी की राय पूछना चाहता था, तभी किचन में ज़ोरदार *खट्ट* की आवाज़ गूँजी।

तीन दिनों में पहली बार हैरी क्रीचर के बारे में बिलकुल भूल गया था। उसका पहला विचार यह था कि शायद ल्यूपिन कमरे में दोबारा आ गए थे और एक पल के लिए वह गुत्थमगुत्था अंगों को नहीं पहचान पाया, जो हवा में से सीधे उसकी कुर्सी के पास प्रकट हो गए थे। हैरी जल्दी से खड़ा हो गया, जब क्रीचर ने ख़ुद को पकड़ से छुड़ाया और हैरी को सलाम करके टर्राती आवाज़ में बोला, 'मालिक, क्रीचर चोर मंडंगस फ़्लेचर को ले आया है।'

मंडंगस ने उठकर अपनी छड़ी निकाल ली। बहरहाल, हर्माइनी उससे ज़्यादा तेज़ निकली।

'निरस्त्र भव!'

मंडंगस की छड़ी हवा में उड़ी और हर्माइनी ने उसे पकड़ लिया। आँखें फाड़कर मंडंगस ने सीढ़ियों की तरफ़ छलाँग लगा दी। रॉन ने टाँग अड़ाकर उसे गिरा दिया और मंडंगस धड़ाम की ज़ोरदार आवाज़ के साथ पत्थर के फ़र्श पर गिर गया।

'क्या ?' वह बिलबिलाया और रॉन की पकड़ से छूटने की कोशिश में कसमसाया। 'मैंने किया क्या है ? इस घटिया घरेलू जिन्न को मेरे पीछे क्यों लगाया है ? तुम लोग क्या कर रहे हो ? मैंने किया क्या है, मुझे जाने दो, मुझे जाने दो, वरना –'

'तुम धमकियाँ देने की स्थिति में नहीं हो,' हैरी ने कहा। उसने अख़बार एक तरफ़ फेंक दिया, कुछ ही क़दमों में किचन को पार किया और मंडंगस के पास घुटनों के बल बैठ गया, जिसने जूझना छोड़ दिया और

आतंकित दिखने लगा। रॉन हाँफता हुआ उठकर खड़ा हो गया और उसे देखने लगा, जब हैरी ने अपनी छड़ी जान-बूझकर मंडंगस की नाक पर तानी। मंडंगस के पास से पसीने और तंबाकू के धुएँ की बदबू आ रही थी। उसके बाल गंदे और दुशाले दाग़दार थे।

'मालिक, इस चोर को लाने में हुई देरी के लिए क्रीचर माफ़ी चाहता है,' जिन्न बोला। 'फ़्लेचर बचने में माहिर है। उसके छिपने के कई ठिकाने और साथी हैं। बहरहाल, क्रीचर ने आख़िरकार चोर को पकड़ ही लिया।'

'तुमने सचमुच बहुत अच्छा किया, क्रीचर,' हैरी ने कहा और जिन्न ने सलाम किया।

'देखो, हमें तुमसे कुछ सवाल पूछने हैं,' हैरी ने मंडंगस से कहा, जो तत्काल चिल्लाया : 'मैं दहशत में आ गया था, **ठीक** है? मैं कभी भी साथ नहीं आना चाहता था। बुरा मत मानना, दोस्त, लेकिन मैंने कभी तुम्हारे लिए जान देने के लिए हाँ नहीं की थी। तुम-जानते-हो-कौन मेरी तरफ़ उड़कर आ रहा था। ऐसे में कोई भी वहाँ से भाग जाता! मैंने हमेशा कहा था कि मैं यह काम नहीं करना चाहता -'

'तुम्हारी जानकारी के लिए बता दें कि हममें से कोई और अंतर्ध्यान नहीं हुआ था,' हर्माइनी बोली।

'देखो, तुम लोग तो हीरो हो, है ना? लेकिन मैंने कभी नाटक नहीं किया था कि मैं अपनी जान देने के लिए तैयार हूँ -'

'इस बात में हमारी कोई दिलचस्पी नहीं है कि तुमने बावरे-नैन का साथ क्यों छोड़ दिया,' हैरी ने अपनी छड़ी मंडंगस की फूली, लाल आँखों के ज़्यादा क़रीब लाते हुए कहा। 'हम पहले से ही जानते हैं कि तुम अविश्वसनीय घटिया आदमी हो।'

'तो फिर घरेलू जिन्न को मेरे पीछे क्यों लगाया? कहीं उन प्यालों के कारण तो नहीं? मेरे पास अब एक भी नहीं बचा है, वरना मैं तुम्हें लौटा देता -'

'यह प्यालों के बारे में भी नहीं है, हालाँकि तुम मुद्‌दे के क़रीब आ रहे हो,' हैरी ने कहा। 'चुप रहो और सुनो।'

उसे ऐसा काम करना अद्‌भुत लग रहा था, जिससे वह थोड़ी सी सच्चाई जानने की कोशिश कर सके। हैरी की छड़ी अब मंडंगस की नाक के जोड़ के इतनी क़रीब थी कि मंडंगस को इसकी तरफ़ देखने के लिए भेंगा होना पड़ रहा था।

'जब तुमने इस घर की हर क़ीमती चीज़ बटोर ली,' हैरी ने कहना शुरू किया, लेकिन मंडंगस ने बीच में ही उसकी बात काट दी।

'सिरियस को इस कचरे की ज़रा भी परवाह नहीं थी –'

भागते क़दमों की आवाज़ आई, चमकते ताँबे की झलक दिखी, धम्म की आवाज़ गूँजी और दर्द भरी चीख़ निकली : क्रीचर भागकर मंडंगस के पास आ गया था और उसने मंडंगस के सिर पर एक पतीला दे मारा था।

'उसे हटा लो, उसे हटा लो, उसे तो ताले में बंद रखना चाहिए!' मंडंगस चीख़ा और झुक गया, जब क्रीचर ने भारी तली वाला बर्तन दोबारा उठाया।

'क्रीचर, मत करो!' हैरी चिल्लाया।

क्रीचर की दुबली बाँहें बर्तन के वज़न से काँपीं, जिसे उसने अब भी हवा में उठा रखा था।

'बस एक बार और, मालिक, ख़ुशक़िस्मती के लिए ?'

रॉन हँसने लगा।

हैरी बोला, 'हमें उसे होश में रखना है, क्रीचर, लेकिन अगर उसका मुँह खुलवाने के लिए ज़रूरत पड़ी, तो तुम एक बार फिर यह काम कर सकते हो।'

'बहुत बहुत धन्यवाद, मालिक,' क्रीचर ने सलाम करते हुए कहा और थोड़ा पीछे हट गया। उसकी बड़ी-बड़ी पीली आँखें अब भी हिक़ारत से मंडंगस पर जमी थीं।

'जब तुमने इस घर की हर क़ीमती चीज़ बटोर ली,' हैरी एक बार फिर बोलने लगा, 'तब तुमने किचन की अलमारी से बहुत सा सामान उठाया था। वहाँ एक लॉकेट था।' हैरी का मुँह अचानक सूख गया : उसे रॉन और हर्माइनी के तनाव व रोमांच का भी एहसास था। 'तुमने उसका क्या किया ?'

'क्यों ?' मंडंगस ने पूछा। 'क्या वह क़ीमती था ?'

'तुम्हारे पास वह अब भी है!' हर्माइनी चिल्लाई।

'नहीं, इसके पास नहीं है,' रॉन ने समझदारी से कहा। 'यह सोच रहा है कि क्या इसे उसके ज़्यादा पैसे माँगने चाहिए थे।'

'ज़्यादा ?' मंडंगस ने कहा। 'सवाल ही नहीं उठता ... उसे मुफ़्त में

देना पड़ा, है ना? कोई रास्ता ही नहीं था।'

'तुम्हारा क्या मतलब है?'

'मैं छूमंतर गली में सामान बेच रहा था। तभी एक औरत ने मेरे पास आकर पूछा कि क्या मेरे पास जादुई सामान बेचने का लाइसेंस है। जासूस कहीं की! वह मुझ पर ज़ुर्माना करने वाली थी, लेकिन लॉकेट पर उसका दिल आ गया। उसने मुझसे कहा कि वह उसे लेकर मुझे छोड़ देगी और मुझे ख़ुद को ख़ुशक़िस्मत समझना चाहिए।'

'वह औरत कौन थी?' हैरी ने पूछा।

'मुझे नहीं पता, कोई मंत्रालय की खूसट औरत थी।'

मंडंगस ने एक पल के लिए सोचा, उसकी भौंह सिकुड़ गई।

'नाटी थी। उसके सिर के ऊपर एक बो लगा था।'

उसने त्योरी चढ़ाकर आगे कहा, 'मेंढकी जैसी दिखती थी।'

हैरी के हाथ से छड़ी छूट गई और मंडंगस की नाक से टकराई। लाल चिंगारियाँ निकलने से मंडंगस की भौंहों में आग लग गई।

'जलधारा!' हर्माइनी चीख़ी। उसकी छड़ी से पानी की धारा निकली, जिसने थूक उड़ाते और पानी गटकते मंडंगस को तरबतर कर दिया।

हैरी ने नज़रें उठाकर देखा। उसकी ही तरह रॉन और हर्माइनी के चेहरों पर भी सदमा दिख रहा था। उसके दाएँ हाथ के पीछे के निशान में एक बार फिर से सुरसुरी होने लगी थी।

अध्याय बारह

जादू ही शक्ति है

जब अगस्त का महीना ख़त्म होने लगा, तो ग्रिमॉल्ड चौक की घास सूरज की धूप में कुम्हलाकर कमज़ोर और भूरी हो गई। आस-पास के मकानों के लोगों ने बारह नंबर मकान या उसमें रहने वालों को कभी नहीं देखा था। वहाँ रहने वाले मगलू काफ़ी समय से मकान नंबरों की इस मज़ेदार ग़लती को स्वीकार कर चुके थे, जिस कारण ग्यारह और तेरह नंबर के मकान बिलकुल पास-पास थे।

बहरहाल, चौक में अब ऐसे आगंतुक आ रहे थे, जिन्हें यह ग़लती बड़ी दिलचस्प लग रही थी। शायद ही कोई दिन ऐसा गुज़रता था, जब ग्रिमॉल्ड चौक में एक-दो नए लोग आकर मँडराने नहीं लगते थे। वे बस ग्यारह और तेरह नंबर के मकानों के सामने की रेलिंग पर टिककर दोनों मकानों के बीच की जगह को ताकते रहते थे। ये लोग हर दिन बदल जाते थे, हालाँकि ऐसा लगता था कि उनमें से किसी को भी सामान्य कपड़े पसंद नहीं थे। उनके पास से गुज़रने वाले ज़्यादातर लंदनवासी अजीब पोशाकों के आदी थे और अमूमन उन पर ध्यान नहीं देते थे, हालाँकि कभी-कभार कोई व्यक्ति पीछे मुड़कर देखता था और सोचता था कि इतनी गर्मी में ये लोग इतने लंबे चोगे क्यों पहने हैं।

देखने वालों को पहरेदारी में बहुत कम संतुष्टि मिल रही थी। कभी-कभार उनमें से कोई रोमांचित होकर आगे बढ़ता था, जैसे उसे आख़िरकार कोई दिलचस्प चीज़ दिख गई हो, लेकिन फिर अगले ही पल निराश होकर दोबारा अपनी जगह पहुँच जाता था।

पहली सितंबर को चौक में सामान्य से ज़्यादा लोग मँडरा रहे थे। लंबे चोगे वाले आधा दर्जन लोग ख़ामोशी से पहरा दे रहे थे, ग्यारह और

तेरह नंबर के मकानों को हमेशा की तरह घूर रहे थे, लेकिन जिस चीज़ का उन्हें इंतज़ार था, वह अब भी उन्हें चकमा दे रही थी। जब शाम को कई सप्ताह बाद पहली बार ठंडी बारिश का अप्रत्याशित झोंका आया, तो एक पल के लिए उन्हें लगा कि कोई दिलचस्प चीज़ दिखी थी। विकृत चेहरे वाला आदमी और उसका सबसे क़रीबी गोलमटोल व पीले चेहरे वाला साथी उत्सुकता से आगे बढ़े, लेकिन अगले ही पल कुंठित और निराश दिखते हुए पहले जैसी निष्क्रिय अवस्था में आ गए।

इसी दौरान बारह नंबर के मकान के भीतर हैरी ने अभी-अभी हॉल में प्रवेश किया था। वह सामने वाले दरवाज़े के ठीक बाहर ऊपर वाली सीढ़ी पर प्रकट हुआ था, लेकिन उसका संतुलन डगमगा गया था और उसे लगा था कि प्राणभक्षियों को पल भर के लिए उसकी खुली कोहनी की झलक दिख गई होगी। सामने वाले दरवाज़े को सावधानी से बंद करके उसने अदृश्य चोगा उतारकर अपनी बाँह पर डाल लिया। फिर वह अँधेरे गलियारे से बेसमेंट की ओर जाने वाले दरवाज़े की तरफ़ बढ़ा। उसके हाथ में *दैनिक जादूगर* की एक चुराई हुई प्रति थी।

'सीवियरस स्नेप ?' एक सामान्य धीमी फुसफुसाहट ने उसका स्वागत किया, ठंडी हवा का झोंका उस पर पड़ा और उसकी जीभ एक पल के लिए उलट गई।

'मैंने आपको नहीं मारा,' उसने कहा, जब जीभ एक बार फिर अपनी जगह पर आ गई। धूल भरी आकृति में विस्फोट हुआ और हैरी ने अपनी साँस रोक ली। वह तब तक चुप रहा, जब तक कि मिसेज़ ब्लैक और धूल के बादल से दूर नहीं पहुँच गया। आधी सीढ़ियाँ उतरकर किचन के पास पहुँचने के बाद वह चिल्लाया, 'एक बुरी ख़बर है। तुम्हें यह पसंद नहीं आएगी।'

किचन का हुलिया बदल चुका था और अब यह पहचान में नहीं आ रहा था। हर चीज़ अब चमक रही थी : ताँबे के बर्तन गुलाबी हो गए थे, लकड़ी की टेबल का ऊपरी हिस्सा चमक रहा था और डिनर के लिए लगी प्लेटें अँगीठी में जल रही आग में चमक रही थीं, जिस पर एक कड़ाही गर्म हो रही थी। बहरहाल, कमरे की किसी और चीज़ का उतना कायापलट नहीं हुआ था, जितना कि घरेलू जिन्न का, जो इस वक़्त हैरी की तरफ़ तेज़ी से आ रहा था। वह बर्फ़ जैसा सफ़ेद टॉवेल पहने था, उसके कान के बाल कपास की तरह साफ़ व रोएँदार थे और उसके मरियल सीने पर रेग्युलस का लॉकेट लटक रहा था।

'मास्टर हैरी, जूते उतार दें और डिनर से पहले हाथ धो लें,' क्रीचर अदृश्य चोगा लेते हुए बोला। फिर वह चोगे को दीवार के एक हुक पर टाँगने चला गया, जहाँ हाल ही में धुले कई पुराने दुशाले लटक रहे थे।

'क्या हुआ ?' रॉन ने सहमकर पूछा। यह साफ़ था कि हैरी के आने से पहले वह और हर्माइनी लिखे हुए नोट्स के पुलिंदे तथा हाथ से बनाए नक़्शे देख रहे थे, जो लंबी किचन टेबल के सिरे पर रखे थे। बहरहाल, इस वक़्त वे हैरी को देख रहे थे, जो उनकी तरफ़ धड़धड़ाता हुआ आया और उसने उनके चर्मपत्र के ऊपर अख़बार फेंक दिया।

हुक जैसी नाक और काले बालों वाले आदमी की एक बड़ी जानी-पहचानी तस्वीर उन्हें घूरने लगी। इसके नीचे हेडलाइन थी : ***सीवियरस स्नेप हॉगवर्ट्स के हेडमास्टर नियुक्त।***

'नहीं!' रॉन और हर्माइनी ज़ोर से बोले।

हर्माइनी ने ज़्यादा फ़ुर्ती दिखाई। वह अख़बार पकड़कर ख़बर को ज़ोर से पढ़ने लगी।

'"*हॉगवर्ट्स जादूगरी और तंत्र विद्यालय में काफ़ी लंबे अरसे से जादुई काढ़ों के टीचर सीवियरस स्नेप को आज इस प्राचीन स्कूल का हेडमास्टर नियुक्त कर दिया गया है। इसके अलावा स्टाफ़ में कई महत्वपूर्ण परिवर्तन भी हुए हैं। मगलू अध्ययन की पुरानी टीचर के इस्तीफ़े के बाद अलेक्टो कैरो को इस विषय का टीचर नियुक्त किया गया है, जबकि उनके भाई एमिकस कैरो गुप्त कलाओं से रक्षा के नए प्रोफ़ेसर होंगे।*

'"*हमारी सर्वश्रेष्ठ जादूगर परंपराओं और मूल्यों को संरक्षित रखने के इस अवसर का मैं स्वागत करता हूँ –*"' जैसे, हत्या करना और लोगों के कान काटना, है ना! स्नेप, हेडमास्टर! स्नेप डम्बलडोर की स्टडी में – मर्लिन का पैंट!' वह चीख़ी, जिससे हैरी और रॉन दोनों ही उछल पड़े। वह उछलकर तेज़ी से खड़ी हुई और धड़धड़ाती हुई कमरे से बाहर निकल गई। जाते-जाते वह चिल्लाई, 'एक मिनट में आती हूँ!'

'"मर्लिन का पैंट ?'" रॉन ने दिलचस्पी से दोहराया। 'वह सचमुच परेशान होगी।' उसने अख़बार अपनी तरफ़ खींचा और स्नेप की ख़बर पढ़ी।

'बाक़ी टीचर्स इसे बर्दाश्त नहीं करेंगे। मैक्गॉनेगल, फ़्लिटविक और स्प्राउट सच्चाई जानते हैं। वे जानते हैं कि डम्बलडोर की मौत कैसे हुई थी। वे स्नेप को हेडमास्टर के रूप में स्वीकार नहीं करेंगे। और ये कैरो

भाई-बहन कौन हैं?'

'प्राणभक्षी हैं,' हैरी ने कहा। 'उनकी तस्वीरें भीतर हैं। जब स्नेप ने डम्बलडोर को मारा था, तब वे मीनार पर ही थे। इस तरह अब सारे दोस्त एक जगह पहुँच चुके हैं। और,' हैरी ने एक कुर्सी खींचते हुए कटुतापूर्वक कहा, 'मुझे नहीं लगता कि बाक़ी टीचर्स के पास रुके रहने के अलावा और कोई विकल्प है। अगर मंत्रालय और वोल्डेमॉर्ट स्नेप के साथ हैं, तो फिर टीचर्स को रुककर पढ़ाना ही होगा, वरना अज़्काबान में कुछ साल की सज़ा काटनी होगी – और वह भी तब, जब वे ख़ुशक़िस्मत हों। मुझे लगता है कि वे सभी रुककर विद्यार्थियों की रक्षा करने की कोशिश करेंगे।'

क्रीचर तेज़ी से टेबल की तरफ़ आया। उसके हाथों में एक बड़ा पतीला था, जिसमें से उसने सूप निकालकर चमचमाते कटोरों में डाल दिया। ऐसा करते समय वह अपने दाँतों के बीच से सीटी बजा रहा था।

'धन्यवाद क्रीचर,' हैरी ने कहा और *दैनिक जादूगर* को पलट दिया, ताकि स्नेप का चेहरा न देखना पड़े। 'अच्छा, कम से कम अब हम यह तो जान चुके हैं कि स्नेप कहाँ है।'

वह सूप को चम्मच से मुँह में डालने लगा। जब से क्रीचर को रेग्युलस का लॉकेट दिया गया था, उसकी पाककला में नाटकीय सुधार हुआ था : आज का फ़्रेंच ओनियन इतना स्वादिष्ट था, जितना कि हैरी ने पहले कभी नहीं चखा था।

'बहुत से प्राणभक्षी अब भी मकान की पहरेदारी कर रहे हैं,' उसने रॉन से कहा, 'हमेशा से कहीं ज़्यादा। उन्हें शायद यह उम्मीद होगी कि हम लोग अपने स्कूल वाले संदूक उठाकर बाहर निकलेंगे और हॉगवर्ट्स एक्सप्रेस पकड़ने के लिए चल देंगे।'

रॉन ने अपनी घड़ी देखी।

'मैं भी दिन भर से यही सोच रहा हूँ। ट्रेन तो लगभग छह घंटे पहले निकल गई होगी। इस पर सवार न होना अजीब है, है ना?'

हैरी को पुरानी याद आ गई। एक बार वह और रॉन कार में उड़ते हुए इसके पीछे गए थे। तब भाप वाला लाल इंजन खेतों और पहाड़ियों के बीच चमकती हुई लाल इल्ली जैसा दिख रहा था। उसे यक़ीन था कि इस पल हॉगवर्ट्स एक्सप्रेस में जिनी, नेविल और लूना एक साथ बैठे होंगे। शायद वे सोच रहे होंगे कि वह, रॉन और हर्माइनी कहाँ होंगे या इस बारे में बहस कर रहे होंगे कि हेडमास्टर स्नेप को परेशान करने का सबसे अच्छा

तरीक़ा कौन सा होगा।

'लौटते समय अभी-अभी उन्होंने मेरी झलक देख ली थी,' हैरी ने कहा। 'मैं सबसे ऊपर वाली सीढ़ी पर ठीक से नहीं कूद पाया था और चोगा सरक गया था।'

'मुझसे तो ऐसा हर बार हो जाता है। ओह, लो वह आ गई,' रॉन ने कहा और अपनी गर्दन घुमाकर हर्माइनी को दोबारा किचन में आते हुए देखने लगा। 'और मर्लिन के सबसे बड़े पैंट की क़सम, क्या हो गया था?'

'मुझे इसकी याद आ गई थी,' हर्माइनी ने हाँफते हुए कहा।

वह फ्रेम वाली एक बड़ी तस्वीर उठाए थी, जिसे अब उसने फ़र्श पर नीचे रख दिया। फिर वह किचन के ड्रेसर से अपना छोटा बैग उठाकर लाई। उसे खोलकर वह तस्वीर को उसके भीतर रखने लगी। हालाँकि तस्वीर बैग से बहुत बड़ी थी, लेकिन कुछ ही पलों में यह भी बहुत सारी चीज़ों की तरह बैग की गहराई में ओझल हो गई।

'फ़िनीज़ नाइजेलस,' हर्माइनी ने स्पष्ट किया, जब उसने बैग को किचन की टेबल पर फेंका, जिससे आम तौर पर होने वाली ज़ोरदार खन्न की आवाज़ हुई।

'मैं समझा नहीं?' रॉन ने कहा, लेकिन हैरी समझ गया। फ़िनीज़ नाइजेलस ब्लैक ग्रिमॉल्ड चौक की अपनी तस्वीर और हॉगवर्ट्स में हेडमास्टर के ऑफ़िस में टँगी अपनी तस्वीर में इच्छानुसार आ-जा सकता था। निश्चित रूप से इस वक़्त स्नेप डम्बलडोर की गोलाकार स्टडी में बैठा होगा। यक़ीनन स्नेप डम्बलडोर के चाँदी के नाज़ुक जादुई यंत्रों, पत्थर के स्मृति पात्र, बोलती टोपी और जब तक कि उसे हटाकर कहीं और न रख दिया हो, गौरव गरुड़द्वार की तलवार का मालिक बनने पर विजय के उल्लास में झूम रहा होगा।

'स्नेप फ़िनीज़ नाइजेलस को ख़बर मालूम करने के लिए यहाँ भेज सकता है,' हर्माइनी ने अपनी कुर्सी पर बैठते हुए रॉन को बताया। 'लेकिन अब उसे कोशिश करने दो। फ़िनीज़ नाइजेलस अब सिर्फ़ मेरे हैंडबैग के भीतरी हिस्से को ही देख पाएगा।'

'बहुत बढ़िया सोचा!' रॉन ने कहा, वह प्रभावित दिख रहा था।

'धन्यवाद,' हर्माइनी मुस्कराई और सूप को अपनी तरफ़ खींचा। 'तो हैरी, आज और क्या हुआ?'

'कुछ नहीं,' हैरी ने कहा। 'सात घंटे तक मंत्रालय के प्रवेश द्वार पर नज़र रखी। वह नहीं दिखी। वैसे रॉन, तुम्हारे डैडी ज़रूर दिखे थे। वे अच्छे दिख रहे थे।'

रॉन ने इस ख़बर पर सिर हिलाया। वे फ़ैसला कर चुके थे कि मंत्रालय आते-जाते समय मिस्टर वीज़्ली से संपर्क करने की कोशिश बहुत ख़तरनाक थी, क्योंकि मंत्रालय के दूसरे कर्मचारी उन्हें हमेशा घेरे रहते थे। बहरहाल, यह आश्वस्त करने वाला था कि उन्हें उनकी झलक दिखती रहती थी, भले ही वे बहुत तनावग्रस्त दिखते हों।

'डैडी हमेशा कहते थे कि मंत्रालय के ज़्यादातर लोग ऑफ़िस आने के लिए छू नेटवर्क का इस्तेमाल करते हैं,' रॉन ने कहा। 'इसीलिए हमें अंबरिज नहीं दिख पाई है। वह कभी पैदल नहीं चलेगी। वह ख़ुद को बहुत ज़्यादा महत्वपूर्ण मानती है।'

'और वह अजीब बूढ़ी जादूगरनी तथा नैवी ब्लू दुशालों वाला नाटा जादूगर?' हर्माइनी ने पूछा।

'ओह हाँ, जादुई मरम्मत विभाग का आदमी,' रॉन ने कहा।

'तुम्हें कैसे पता कि वह जादुई मरम्मत विभाग में काम करता है,' हर्माइनी ने पूछा। उसके सूप की चम्मच हवा में झूल रही थी।

'डैडी ने बताया था कि जादुई मरम्मत विभाग का हर कर्मचारी नैवी ब्लू रंग के दुशाले पहनता है।'

'लेकिन तुमने यह बात तो हमें कभी बताई नहीं!'

हर्माइनी ने अपनी चम्मच नीचे रखकर उन नोट्स और नक़्शों को अपनी तरफ़ खींचा, जिन्हें वह और रॉन हैरी के आने से पहले देख रहे थे।

'नैवी ब्लू रंग के दुशालों के बारे में तो यहाँ कुछ नहीं लिखा है, कुछ भी नहीं!' उसने पन्नों को तेज़ी से पलटते हुए कहा।

'इससे क्या फ़र्क़ पड़ता है?'

'रॉन, *हर चीज़* से फ़र्क़ पड़ता है! अगर हम मंत्रालय में घुसने जा रहे हैं और उनकी पकड़ में नहीं आना चाहते हैं, जब वे *शर्तिया तौर पर* घुसपैठियों के प्रति सतर्क होंगे, तो हर छोटी-छोटी बात महत्वपूर्ण होती है! हम लोग बार-बार यह क्यों दोहरा रहे हैं? मेरा मतलब है, याद ताज़ा करने वाली इन सारी यात्राओं से क्या फ़ायदा है, अगर तुम हमें यह बताने की ज़हमत नहीं उठा रहे हो -'

'ओह, छोड़ो भी, हर्माइनी, मैं तो बस एक छोटी सी बात भूल गया था –'

'तुम्हें एहसास है, है ना, कि इस वक़्त हमारे लिए जादू मंत्रालय से ज़्यादा ख़तरनाक जगह दुनिया में कोई और नहीं है –'

'मुझे लगता है कि हमें यह काम कल ही कर देना चाहिए,' हैरी ने कहा।

हर्माइनी एकदम चुप हो गई और उसका मुँह लटक गया। रॉन का सूप उसके गले में अटक गया।

'कल?' हर्माइनी ने दोहराया। 'तुम मज़ाक़ तो नहीं कर रहे हो, हैरी?'

'मैं गंभीर हूँ,' हैरी ने कहा। 'मुझे नहीं लगता कि हम इस वक़्त जितने तैयार हैं, एक महीने तक मंत्रालय के प्रवेश द्वार के पास खड़े रहने के बाद भी उससे ज़्यादा अच्छी तरह तैयार हो पाएँगे। हम इस काम में जितनी देर करेंगे, वह लॉकेट उतनी ही दूर पहुँच सकता है। इस बात की काफ़ी संभावना है कि अंबरिज ने उसे पहले ही फेंक दिया होगा। वह खुलता ही नहीं है।'

रॉन ने कहा, 'हो सकता है, उसने उसे खोलने का कोई तरीक़ा खोज लिया हो और अब वोल्डेमॉर्ट की आत्मा ने उस पर क़ब्ज़ा जमा लिया हो।'

'इससे कोई फ़र्क़ नहीं पड़ेगा! वह पहले ही बहुत बुरी है,' हैरी ने कंधे उचकाए।

गहरे विचार में डूबी हर्माइनी अपना होंठ काट रही थी।

'हम हर महत्वपूर्ण बात जानते हैं,' हैरी ने हर्माइनी से कहा। 'हम जानते हैं कि उन्होंने मंत्रालय में अंतर्ध्यान या प्रकट होने पर पाबंदी लगा दी है। हम जानते हैं कि अब मंत्रालय के सबसे वरिष्ठ सदस्यों को ही अपने घरों को छू नेटवर्क से जोड़ने की इजाज़त है, क्योंकि रॉन ने दो चुप्पों को इस बारे में शिकायत करते सुना था। और हम थोड़ा-बहुत जानते हैं कि अंबरिज का ऑफ़िस कहाँ है, क्योंकि तुमने उस दाढ़ी वाले आदमी की बात सुनी थी, जो उसने अपने साथी से कही थी –'

'मुझे पहले वाले गलियारे में जाना है। डोलोरेस ने बुलाया है,' हर्माइनी ने तत्काल कहा।

'बिलकुल,' हैरी ने कहा। 'और हम जानते हैं कि अंदर घुसने के

लिए एक अजीब से सिक्के या टोकन की ज़रूरत पड़ती है, क्योंकि मैंने एक जादूगरनी को अपनी सहेली से एक टोकन उधार लेते देखा था –'

'लेकिन हमारे पास तो एक भी नहीं है!'

'अगर योजना सफल हो जाती है, तो हमारे पास आ जाएँगे,' हैरी धीरे से बोला।

'मैं नहीं जानती, हैरी, मैं नहीं जानती ... बहुत सी चीज़ें गड़बड़ा सकती हैं। सब कुछ क़िस्मत पर निर्भर है ...'

'अगर हम तैयारी में तीन महीने और लगा दें, तब भी तो यही हालत रहेगी,' हैरी ने कहा। 'अब काम करने का वक़्त आ चुका है।'

रॉन और हर्माइनी के चेहरों को देखकर वह समझ गया कि वे डर रहे थे। उसे भी ज़्यादा आत्मविश्वास नहीं था, बहरहाल उसे यक़ीन था कि अब योजना को हक़ीक़त में बदलने का समय आ चुका है।

वे पिछले चार हफ़्तों से बारी-बारी से अदृश्य चोगा पहनकर मंत्रालय के आधिकारिक प्रवेशद्वार की जासूसी कर रहे थे। मिस्टर वीज़्ली के कारण रॉन को बचपन से ही असली प्रवेशद्वार मालूम था। उन्होंने ऑफ़िस के अंदर जाते मंत्रालय के कर्मचारियों का पीछा करके उनकी बातचीत सुनी थी और इस बात पर ग़ौर किया था कि उनमें से कौन-कौन हर दिन एक ही समय पर अकेले आते हैं। इस दौरान उन्हें कभी-कभार किसी के ब्रीफ़केस से *दैनिक जादूगर* चुराने का मौक़ा भी मिल जाता था। धीरे-धीरे उन्होंने शुरुआती नक़्शे और नोट्स बना लिए, जो इस वक़्त हर्माइनी के सामने रखे थे।

'ठीक है,' रॉन ने धीरे से कहा, 'मान लेते हैं कि हम इस काम के लिए कल जाते हैं ... लेकिन मुझे लगता है कि सिर्फ़ मैं और हैरी ही जाएँ।'

'ओह, दोबारा वही मुद्दा शुरू मत करो!' हर्माइनी ने आह भरते हुए कहा। 'मुझे लगा था कि हम यह बात पहले ही तय कर चुके हैं।'

'मंत्रालय के प्रवेश द्वार पर चोगे में जासूसी करना एक बात है, लेकिन यह अलग है, हर्माइनी।' रॉन ने दस दिन पहले के *दैनिक जादूगर* की तरफ़ उँगली दिखाई। 'तुम्हारा नाम मगलू परिवार में पैदा उन जादूगरों की सूची में है, जो सुनवाई में नहीं गए थे!'

'और उनके हिसाब से तुम तो इस वक़्त अपने घर पर स्पैटरग्रॉइट से मर रहे हो! अगर किसी को नहीं जाना चाहिए, तो वह हैरी है। उसके

सिर पर तो दस हज़ार गैलियन का इनाम है –'

'तो फिर ठीक है, मैं यहीं रुका रहूँगा,' हैरी ने कहा। 'अगर तुम वोल्डेमॉर्ट को हरा दो, तो मुझे बता देना, ठीक है?'

रॉन और हर्माइनी हँसने लगे। तभी हैरी के माथे के निशान में दर्द की लहर दौड़ गई। उसका हाथ फ़ौरन वहाँ पहुँच गया। उसने हर्माइनी की आँखों को सिकुड़ते देखा और अपनी आँखों पर से बाल हटाने का नाटक किया।

'अच्छा, अगर हम तीनों को ही जाना है, तो हमें अलग-अलग अंतर्ध्यान होना पड़ेगा,' रॉन कह रहा था। 'अब हम तीनों एक साथ चोगे में नहीं समा सकते।'

हैरी के निशान का दर्द अब बढ़ता जा रहा था। वह खड़ा हो गया। क्रीचर तेज़ी से उसकी तरफ़ आया।

'मालिक ने सूप ख़त्म नहीं किया है। क्या मालिक ज़ायक़ेदार स्टू पसंद करेंगे या फिर ट्रिकल टार्ट, जो मालिक की पसंदीदा डिश है?'

'धन्यवाद क्रीचर, लेकिन मैं एक मिनट में आता हूँ - अर - बाथरूम।'

हैरी जानता था कि हर्माइनी उसे शंका से देख रही थी, इसलिए वह जल्दी से हॉल की सीढ़ियाँ चढ़ा। पहली मंज़िल पर पहुँचकर वह तेज़ी से बाथरूम में घुसा और दरवाज़े की साँकल लगा ली। दर्द से कराहते हुए वह काले वॉश-बेसिन पर झुक गया, जिसके नल साँप के खुले मुँह जैसे थे। फिर उसने अपनी आँखें बंद कर लीं ...

वह शाम के धुँधलके में एक सड़क पर जा रहा था। दोनों तरफ़ के भड़कीले मकानों की ऊँची-ऊँची छतें दिख रही थीं।

वह उनमें से एक मकान के पास गया और दरवाज़े पर अपनी लंबी उँगलियों वाला सफ़ेद हाथ रखा। उसने दरवाज़ा खटखटाया। उसके भीतर रोमांच बढ़ रहा था ...

एक हँसती हुई औरत ने दरवाज़ा खोला। लेकिन हैरी को देखते ही उसका चेहरा उतर गया। हँसी अब दहशत में बदल गई थी ...

'ग्रेगरोविच?' एक ऊँची, ठंडी आवाज़ आई।

महिला ने अपना सिर हिलाया। वह दरवाज़ा बंद करने की कोशिश कर रही थी। एक सफ़ेद हाथ दरवाज़े को पकड़े था और उसे दरवाज़ा बंद

करने से रोक रहा था ...

'मुझे ग्रेगरोविच चाहिए।'

'वह यहाँ नहीं रहता!' औरत सिर हिलाते हुए चिल्लाई। 'वह अब यहाँ नहीं रहता है! वह यहाँ नहीं रहता है! मैं उसे नहीं जानती हूँ!'

दरवाज़ा बंद करने की कोशिश छोड़कर अब वह अँधेरे हॉल में पीछे हटने लगी। हैरी उसके पीछे-पीछे गया और लंबी उँगलियों वाले हाथ से छड़ी निकाल ली।

'वह कहाँ है?'

'क्या पता कहाँ है! वह कहीं और रहने लगा है! मुझे नहीं मालूम, मुझे नहीं मालूम!'

उसने छड़ी उठाई। औरत चीख़ उठी। दो छोटे बच्चे भागते हुए हॉल में आए। औरत ने अपने हाथ फैलाकर उन्हें बचाने की कोशिश की। हरी रोशनी की एक चमक हुई –

'हैरी! **हैरी!'**

उसने अपनी आँखें खोलीं। वह फ़र्श पर गिर गया था। हर्माइनी दरवाज़े पर एक बार फिर मुक्के बरसा रही थी।

'हैरी, दरवाज़ा खोलो!'

वह जानता था कि वह चिल्ला पड़ा था। उसने उठकर दरवाज़े की साँकल खोली। हर्माइनी तत्काल लड़खड़ाती हुई भीतर आ गई। उसने अपना संतुलन ठीक किया और संदेह से चारों तरफ़ देखा। रॉन उसके ठीक पीछे था और थोड़ा घबराया हुआ दिख रहा था, जब उसने अपनी छड़ी ठंडे बाथरूम के कोनों की ओर तानी।

'तुम क्या कर रहे थे?' हर्माइनी ने कठोर लहज़े में पूछा।

'तुम्हें क्या लगता है, मैं क्या कर रहा था?' हैरी ने बहादुरी दिखाने की कमज़ोर कोशिश करते हुए पूछा।

'तुम बुरी तरह चिल्ला रहे थे!' रॉन ने कहा।

'ओह हाँ ... शायद मेरी झपकी लग गई थी या –'

'हैरी, हमारी बुद्धि का अपमान मत करो,' हर्माइनी ने गहरी साँसें लेते हुए कहा। 'हम जानते हैं कि नीचे तुम्हारे निशान में दर्द हुआ था और इस वक़्त तुम्हारा चेहरा बर्फ़ जितना सफ़ेद है।'

हैरी बाथ के कोने पर बैठ गया।

'ठीक है। मैंने अभी-अभी वोल्डेमॉर्ट को एक औरत की हत्या करते देखा है। अब तक शायद उसने उस औरत के पूरे परिवार को मार डाला होगा, जबकि उसे ऐसा करने की ज़रूरत नहीं थी। यह तो एक बार फिर सेडरिक जैसा था। उन लोगों की ग़लती बस इतनी थी कि वे *वहाँ* पर थे ...'

'हैरी, तुम्हें अपने साथ अब यह सिलसिला नहीं चलने देना चाहिए!' हर्माइनी चिल्लाई और उसकी आवाज़ बाथरूम में गूँजने लगी। 'डम्बलडोर चाहते थे कि तुम गुप्तविद्या का इस्तेमाल करो! उन्हें लगता था कि यह आपसी संबंध ख़तरनाक है – वोल्डेमॉर्ट इसका *इस्तेमाल* कर सकता है, हैरी! उसे किसी को मारते या यातना देते देखने से क्या फ़ायदा है? इससे क्या मदद मिल सकती है?'

'इससे मुझे पता चल जाता है कि वह क्या कर रहा है,' हैरी ने कहा।

'तो तुम उसे अपने दिमाग़ से बाहर रखने की *कोशिश* भी नहीं करोगे?'

'हर्माइनी, मैं नहीं कर सकता। तुम तो जानती ही हो कि मैं गुप्तविद्या में बहुत कमज़ोर हूँ। मुझे यह कभी समझ में ही नहीं आई।'

'तुमने दरअसल कभी कोशिश ही नहीं की!' वह तैश में बोली। 'मैं यह नहीं समझ पाई, हैरी – क्या तुम्हें यह ख़ास संपर्क या संबंध *पसंद* है –'

वह हैरी के चेहरे के भाव देखकर बीच में ही रुक गई, जब वह उठकर खड़ा हुआ।

'पसंद है?' उसने धीरे से कहा। 'क्या यह *तुम्हें* पसंद आता?'

'मैं – नहीं – मुझे अफ़सोस है, हैरी, मेरा यह मतलब नहीं था –'

'मैं इससे नफ़रत करता हूँ। मैं इस बात से नफ़रत करता हूँ कि वह मेरे भीतर पहुँच सकता है, कि मुझे उसे उसके सबसे ख़तरनाक रूप में देखना पड़ता है। लेकिन मैं इसका इस्तेमाल करूँगा।'

'डम्बलडोर –'

'डम्बलडोर को भूल जाओ। यह किसी और का नहीं, मेरा फ़ैसला है। मैं जानना चाहता हूँ कि वह ग्रेगरोविच के पीछे क्यों पड़ा है।'

'किसके?'

'एक विदेशी छड़ीसाज़ है,' हैरी ने कहा। 'उसने क्रम की छड़ी बनाई

थी और क्रम का मानना है कि वह बेजोड़ छड़ीसाज़ है।'

रॉन ने कहा, 'लेकिन तुम्हारे मुताबिक़ वोल्डेमॉर्ट ने ऑलिवैन्डर को कहीं क़ैद कर रखा है। अगर उसके पास पहले से ही एक छड़ी बनाने वाला है, तो फिर उसे दूसरे की क्या ज़रूरत है?'

'शायद वह भी क्रम की तरह ही सोचता है। शायद उसे भी लगता है कि ग्रेगरोविच बेहतर है ... या फिर वह सोचता है कि ग्रेगरोविच उसे बता देगा कि मुझ पर हमला करते वक़्त मेरी छड़ी ने जो किया था, वह क्यों किया था, क्योंकि ऑलिवैन्डर को तो इसका कारण समझ में नहीं आया था।'

हैरी ने चटके हुए, धूल भरे आईने में देखा। उसे दिखा कि रॉन और हर्माइनी उसकी पीठ पीछे संदेह भरी निगाहों से एक-दूसरे को देख रहे थे।

'हैरी, तुम बार-बार यह क्यों कहते हो कि तुम्हारी छड़ी ने कुछ किया था,' हर्माइनी ने कहा, 'वह तो *तुमने* किया था! तुम अपनी शक्ति की ज़िम्मेदारी क्यों नहीं लेते हो?'

'क्योंकि मैं जानता हूँ कि वह काम मैंने नहीं किया था! और वोल्डेमॉर्ट भी जानता है, हर्माइनी! हम दोनों ही जानते हैं कि वास्तव में क्या हुआ था!'

उन्होंने एक-दूसरे को ग़ुस्से से देखा। हैरी जानता था कि वह हर्माइनी को यक़ीन नहीं दिला पाया था और वह विरोध में तर्क खोज रही थी। दोनों ही चीज़ों के बारे में – उसकी छड़ी के बारे में भी और इस बारे में भी कि वह वोल्डेमॉर्ट के दिमाग़ में देखने की कोशिश क्यों कर रहा था। उसे राहत मिली, जब रॉन ने बीच में हस्तक्षेप किया।

'रहने दो,' उसने हर्माइनी को सलाह दी। 'यह उस पर है। और अगर हमें कल मंत्रालय जाना है, तो क्या तुम्हें नहीं लगता कि हमें उसकी योजना के बारे में बातें करनी चाहिए?'

हर्माइनी ने मन मारकर अपनी बात वहीं छोड़ दी, हालाँकि हैरी को यक़ीन था कि वह पहला मौक़ा मिलते ही दोबारा हमला करेगी। वे नीचे किचन में पहुँचे, जहाँ क्रीचर ने उन सभी को स्टू और ट्रिकल टार्ट परोसा।

वे उस रात देर से सोने गए, क्योंकि वे अपनी योजना पर तब तक घंटों बातें करते रहे, जब तक कि उन्होंने उसे पूरा याद करके एक-दूसरे के सामने बिना ग़लती किए दोहरा नहीं दिया। हैरी अब सिरियस के कमरे में सोने लगा था। उसने अपनी छड़ी की रोशनी अपने डैडी, सिरियस, ल्यूपिन

और पेटिग्रू के फ़ोटो पर केंद्रित की। वह दस मिनट तक योजना के बारे में बुदबुदाता रहा। बहरहाल, जब उसने अपनी छड़ी की रोशनी बुझाई, तो वह भेसबदल काढ़े या वमनकारी टॉफ़ी या जादुई मरम्मत विभाग के नैवी ब्लू दुशालों के बारे में नहीं सोच रहा था। वह ग्रेगरोविच नामक छड़ीसाज़ के बारे में सोच रहा था और यह भी कि ग्रेगरोविच कब तक छिपा रह पाएगा, जब वोल्डेमॉर्ट इतने दृढ़ संकल्प के साथ उसका पीछा कर रहा था।

ऐसा लगा, जैसे आधी रात के बाद भोर का उजाला बहुत जल्दी हो गया।

'तुम भयंकर दिख रहे हो,' रॉन ने पहला वाक्य कहा, जब वह हैरी को जगाने के लिए कमरे में आया।

'ज़्यादा समय तक नहीं,' हैरी ने जम्हाई लेते हुए कहा।

उन्हें हर्माइनी नीचे किचन में मिली। क्रीचर ने उसे कॉफ़ी और हॉट रोल परोस दिए थे। हैरी को हर्माइनी थोड़ी बौराई हुई दिखी - वैसी ही, जैसी परीक्षाओं में रिवीज़न करते वक़्त दिखती थी।

'दुशाले,' हर्माइनी ने धीरे से कहा। फिर उन्हें देखने के बाद उसने घबराकर अपना सिर हिलाया और अपने बैग में तलाश करने लगी, 'भेसबदल काढ़ा ... अदृश्य चोगा ... विस्फोटक-ध्यानभंग ... तुम दोनों को भी ये दो-दो रख लेना चाहिए, ताकि वक़्त-ज़रूरत काम आएँ ... वमनकारी टॉफ़ी, नासिका रक्तप्रवाह टॉफ़ी, विस्तारित कान ...'

नाश्ता करने के बाद वे ऊपर की मंज़िल पर पहुँच गए। क्रीचर ने उन्हें झुककर सलाम करके किचन से विदा किया और यह वादा किया कि उनके लौटकर आने तक वह स्टीक और किडनी पाई तैयार रखेगा।

'भगवान उसका भला करे,' रॉन ने प्यार से कहा, 'और मैं सोचता था कि उसका सिर काटकर दीवार पर लटका देना चाहिए।'

वे बहुत सावधानी से सामने वाली सीढ़ी तक गए। उन्हें सूजी आँखों वाले दो प्राणभक्षी दिख रहे थे, जो धुंध भरे चौक में खड़े होकर घर की निगरानी कर रहे थे। हर्माइनी पहले रॉन के साथ अंतर्ध्यान हुई, फिर हैरी को लेने आई।

अँधेरे और दम घुटने के सामान्य संक्षिप्त अंतराल के बाद हैरी उस छोटे रास्ते पर पहुँच गया, जहाँ उनकी योजना शुरू होने वाली थी। रास्ता इस वक़्त वीरान था। वहाँ सिर्फ़ दो बड़े कूड़ेदान थे। मंत्रालय में सबसे पहले आने वाले कर्मचारी आम तौर पर आठ बजे तक यहाँ प्रकट नहीं होते थे।

'तो फिर ठीक है,' हर्माइनी ने अपनी घड़ी देखते हुए कहा। 'वह औरत यहाँ लगभग पाँच मिनट में आ जाएगी। जब मैं उसे स्तब्ध कर दूँ –'

'हर्माइनी, हम जानते हैं,' रॉन ने सख़्ती से कहा। 'और मेरे ख़्याल से उसके यहाँ आने से पहले हमें दरवाज़ा खोल लेना चाहिए था?'

हर्माइनी चीख़ी।

'मैं तो भूल ही गई थी! पीछे हटो –'

उसने अपनी छड़ी ताला लगे और पोस्टरों से ढँके आपातकालीन दरवाज़े की तरफ़ की, जो धमाके के साथ खुल गया। पहरेदारी के दौरान उन्हें यह मालूम पड़ चुका था कि इसके पीछे का अँधेरा गलियारा एक ख़ाली थिएटर की तरफ़ जाता था। हर्माइनी ने दरवाज़े को अपनी तरफ़ खींचा, ताकि यह बंद ही नज़र आए।

'और अब,' उसने बाक़ी दोनों की ओर मुड़ते हुए कहा, 'हम दोबारा चोगा ओढ़ लेते हैं –'

'– और इंतज़ार करते हैं,' रॉन ने बात पूरी की और चोगे को हर्माइनी के सिर के ऊपर फेंक दिया तथा हैरी की तरफ़ आँखें मटकाकर देखा।

लगभग एक मिनट बाद *खट्ट* की हल्की सी आवाज़ हुई और मंत्रालय की सफ़ेद बालों वाली एक महिला कर्मचारी उनसे कुछ फ़ुट दूर प्रकट हुई। धूप की एकाएक चमक से उसकी आँखें थोड़ी झपकीं, क्योंकि सूरज अभी-अभी बादल के पीछे से निकला था। बहरहाल, अप्रत्याशित गर्मी का आनंद लेने का उसे समय ही नहीं मिला, क्योंकि हर्माइनी का ख़ामोश स्तब्धीकरण मंत्र उसके सीने पर पड़ा और वह गिर गई।

'बहुत बढ़िया, हर्माइनी,' रॉन ने थिएटर के दरवाज़े के पास वाले कूड़ेदान के पीछे से निकलते हुए कहा, जब हैरी ने अदृश्य चोगा उतार दिया। वे उस नाटी जादूगरनी को अँधेरे गलियारे में ले गए, जो मंच के पीछे जाता था। हर्माइनी ने जादूगरनी के सिर के कुछ बाल उखाड़कर कीचड़ जैसे भेसबदल काढ़े के फ़्लास्क में डाल लिए, जिसे उसने अपने बैग में से बाहर निकाल लिया था। रॉन नाटी जादूगरनी के हैंडबैग में टटोल रहा था।

'इसका नाम माफ़ाल्डा हॉपकर्क है,' रॉन ने एक छोटे कार्ड को पढ़ते हुए कहा, जिससे यह पता चला कि उनकी शिकार अनुचित जादुई प्रयोग कार्यालय में असिस्टेंट थी। 'हर्माइनी, तुम इसे रख लो और ये रहे टोकन।'

उसने जादूगरनी के पर्स में से कुछ छोटे सुनहरे सिक्के निकालकर हर्माइनी को दे दिए, जिन सभी पर **एम.ओ.एम.** लिखा था।

हर्माइनी ने भेसबदल काढ़ा पी लिया, जो अब सूर्यमुखी जैसे रंग का हो गया था। कुछ ही सेकंड बाद उनके सामने माफ़ाल्डा हॉपकर्क की हमशक्ल खड़ी थी। जब वह माफ़ाल्डा का चश्मा उतारकर लगा रही थी, तो हैरी ने अपनी घड़ी देखी।

'हमें देर हो रही है। जादुई मरम्मत विभाग का कर्मचारी किसी भी पल यहाँ आ सकता है।'

उन्होंने जल्दी से असली माफ़ाल्डा को बंद करके दरवाज़ा लगा दिया। हैरी और रॉन ने अपने ऊपर अदृश्य चोगा डाल लिया, लेकिन हर्माइनी सामने रहकर इंतज़ार करती रही। कुछ पल बाद *खट्ट* की एक और आवाज़ आई। इस बार उनके सामने एक नाटा जादूगर प्रकट हुआ।

'ओह, हैलो माफ़ाल्डा।'

'हैलो!' हर्माइनी ने थोड़ी काँपती आवाज़ में कहा। 'तुम आज कैसे हो ?'

'ज़्यादा अच्छा नहीं हूँ,' नाटे जादूगर ने जवाब दिया, जो काफ़ी उदास दिख रहा था।

जब हर्माइनी और जादूगर मुख्य सड़क की ओर बढ़े, तो हैरी और रॉन उनके पीछे चलने लगे।

'मुझे यह सुनकर अफ़सोस हुआ कि तुम अच्छा महसूस नहीं कर रहे हो,' हर्माइनी ने सख़्त लहज़े में कहा, जब जादूगर ने अपनी समस्याओं को विस्तार से बताने की कोशिश की। उसे सड़क तक पहुँचने से पहले रोकना अनिवार्य था। 'यह लो, टॉफ़ी खाओ।'

'अह ? ओह नहीं, धन्यवाद -'

'एक तो लेनी ही पड़ेगी!' हर्माइनी ने आक्रामक अंदाज़ में कहा और अपनी वमनकारी टॉफ़ियों का बैग उसके चेहरे के सामने लहराया। थोड़ी दहशत में आते हुए नाटे जादूगर ने एक टॉफ़ी खा ली।

प्रभाव तत्काल हुआ। जिस पल जीभ से वमनकारी टॉफ़ी का संपर्क हुआ, नाटा जादूगर इतनी ज़ोर से उल्टी करने लगा कि उसे यह पता भी नहीं चला कि हर्माइनी ने उसके सिर के कुछ बाल उखाड़ लिए थे।

'हे भगवान!' वह बोली, जब जादूगर पूरी गली में उल्टी करता

रहा। 'शायद तुम्हें आज की छुट्टी ले लेनी चाहिए!'

'नहीं – नहीं!' उसने रुँधे गले से कहा और एक बार फिर उल्टी कर दी। हालाँकि वह सीधा खड़ा भी नहीं हो सकता था, लेकिन इसके बावजूद आगे चलने की कोशिश कर रहा था। 'आज नहीं। आज के दिन तो – मुझे जाना ही होगा –'

'लेकिन यह तो पागलपन है!' हर्माइनी ने दहशत में आते हुए कहा। 'तुम इस हालत में ऑफ़िस नहीं जा सकते – मुझे लगता है कि तुम्हें सेंट मंगोज़ अस्पताल जाना चाहिए। वे तुम्हें ठीक कर देंगे!'

जादूगर अब गिर गया था। लेकिन इसके बावजूद वह अब भी हाथों के बल मुख्य सड़क की ओर रेंगने की कोशिश कर रहा था।

'तुम इस तरह ऑफ़िस नहीं जा सकते!' हर्माइनी चीख़ी।

आख़िरकार जादूगर को उसकी बात में दम नज़र आया। हर्माइनी का सहारा लेकर वह खड़ा हुआ और अपनी जगह घूमकर अंतर्ध्यान हो गया। अपने पीछे वह उल्टी के कुछ अंश छोड़ गया और वह बैग भी, जो उसके अंतर्ध्यान होते समय रॉन ने उसके हाथ से छुड़ा लिया था।

'ओह,' हर्माइनी ने उल्टी के अंशों से बचने के लिए अपने दुशाले को थोड़ा ऊपर उठा लिया था। 'उसे भी स्तब्ध कर देते, तो इतनी झंझट नहीं होती।'

रॉन अदृश्य चोगे के नीचे से जादूगर का बैग लेकर निकला और बोला, 'लेकिन मुझे अब भी लगता है कि बहुत से लोगों को बेहोश कर देने से लोगों का ध्यान जा सकता था। वैसे उसे अपने काम से बड़ा प्रेम है, है ना? बाल और काढ़ा निकालो।'

दो मिनट में रॉन उनके सामने खड़ा था। वह बीमार जादूगर जितना ही नाटा हो गया था और बैग में रखे नैवी ब्लू दुशाले पहने था।

'अजीब बात है कि वह आज इन्हें पहनकर नहीं आया, है ना? हालाँकि वह काम पर जाने के लिए बड़ा उतावला दिख रहा था? चाहे जो हो, पीछे लिखे लेबल के अनुसार मेरा नाम रेग कैटरमोल है।'

'अब यहीं इंतज़ार करो,' हर्माइनी ने हैरी से कहा, जो अब भी अदृश्य चोगे के नीचे था, 'हम तुम्हारे लिए कुछ बाल लेकर आते हैं।'

हैरी को दस मिनट तक इंतज़ार करना पड़ा, हालाँकि उल्टी से नहाई गली में स्तब्ध माफ़ाल्डा को छिपाने वाले दरवाज़े के पास अकेले खड़े-खड़े

उसे यह समय ज़्यादा लंबा लगा। आख़िरकार, रॉन और हर्माइनी दोबारा आ गए।

'हम नहीं जानते कि वह कौन है,' हर्माइनी ने हैरी की तरफ़ कुछ घुँघराले, काले बाल बढ़ाते हुए कहा, 'लेकिन वह नाक से ख़ून बहाता हुआ घर गया है! यह लो, वह काफ़ी लंबा है, तुम्हें ज़्यादा बड़े दुशालों की ज़रूरत पड़ेगी ...'

उसने पुराने दुशाले निकाले, जो क्रीचर ने उनके लिए धोए थे। हैरी काढ़ा लेकर अपना रूप बदलने चला गया।

जब दर्द भरा रूपांतरण पूरा हुआ, तो वह छह फ़ुट से भी ज़्यादा लंबा था। अपनी मांसपेशियों भरी बाँह से उसे पता चल गया कि उसमें काफ़ी शक्ति थी। उसकी दाढ़ी भी थी। अदृश्य चोगे और चश्मे को अपने नए दुशाले के भीतर ठूँसने के बाद वह बाक़ी दोनों के पास पहुँच गया।

'ओह, तुम तो डरावने दिख रहे हो,' रॉन ने हैरी को देखते ही कहा, जो अब उससे बहुत लंबा था।

'माफ़ाल्डा का एक टोकन ले लो,' हर्माइनी ने हैरी से कहा। 'अब हम चलते हैं। लगभग नौ बज गए हैं।'

वे लोग एक साथ गली से बाहर निकले और पचास गज़ तक भीड़ भरे फ़ुटपाथ पर चलते रहे। सामने दो सीढ़ियाँ थीं, जिनके बीच में काली रेलिंग लगी थी। एक तरफ़ लिखा था *पुरुष* और दूसरी तरफ़ लिखा था *महिलाएँ*।

'एक मिनट में मिलते हैं,' हर्माइनी ने घबराते हुए कहा और वह महिलाओं वाली सीढ़ियों की तरफ़ चल दी। हैरी और रॉन कुछ अजीब पोशाक वाले आदमियों के बीच पहुँच गए। वे लोग एक अंडरग्राउंड पब्लिक टॉयलेट में दाख़िल हो रहे थे, जिस पर गंदे से काले और सफ़ेद टाइल्स लगे थे।

'मॉर्निंग, रेग!' नैवी ब्लू दुशाले पहने दूसरे जादूगर ने कहा, जब वह दरवाज़े के छेद में अपना सुनहरा टोकन डालकर टॉयलेट में पहुँच गया। 'यह ख़ामख़्वाह की झंझट है, है ना? हम सबको इस तरह अंदर जाने के लिए मजबूर किया जा रहा है! वे लोग किसके आने का इंतज़ार कर रहे हैं, हैरी पॉटर के आने का?'

जादूगर अपने ही मज़ाक़ पर जमकर हँसा। रॉन भी मजबूरी में मुस्कराया।

'हाँ,' उसने कहा, 'यह मूर्खतापूर्ण है, है ना?'

वह और हैरी पास-पास वाले टॉयलेट्स में दाख़िल हो गए।

हैरी के दाईं और बाईं तरफ़ से फ़्लश होने की आवाज़ आई। वह नीचे झुका और उसने दोनों टॉयलेट्स के नीचे की खुली जगह में से देखा। उसने देखा कि जूते पहने दो पैर उठकर बग़ल वाली टॉयलेट सीट में जा रहे थे। उसने बाईं ओर देखा। रॉन उसकी तरफ़ देखकर पलकें झपका रहा था।

उसने फुसफुसाकर पूछा, 'हमें ख़ुद को फ़्लश करना होगा?'

'ऐसा ही लगता है,' हैरी ने फुसफुसाकर जवाब दिया। उसकी आवाज़ गहरी और गंभीर थी।

वे दोनों खड़े हो गए। बहुत ही मूर्ख महसूस करते हुए हैरी टॉयलेट सीट के अंदर गया।

वह तत्काल जान गया कि उसने सही काम किया था। पानी में खड़े होने के बावजूद उसके जूते, पैर और दुशाले बिलकुल सूखे रहे। उसने हाथ उठाकर चेन खींची और अगले ही पल वह एक छोटे पाइप में से होता हुआ जादू मंत्रालय की एक अँगीठी से बाहर निकला।

वह अजीब तरीक़े से उठा। उसका शरीर अब सामान्य से ज़्यादा लंबा-चौड़ा था। हैरी जब पहले मंत्रालय में आया था, तो उसे एट्रियम में इतना अँधेरा कभी नहीं मिला था। पहले हॉल के बीच में एक सुनहरा कुंड था, जिससे चमकदार लकड़ी के फ़र्श और दीवारों पर रोशनी होती थी। अब वहाँ काले पत्थर की एक विशालकाय प्रतिमा थी, जो थोड़ी भयावह थी। इसमें एक जादूगरनी और जादूगर नक़्क़ाशीदार सिंहासनों पर बैठे थे और नीचे अँगीठियों से बाहर निकलते मंत्रालय के कर्मचारियों को देख रहे थे। मूर्ति के नीचे की तरफ़ एक फ़ुट ऊँचे अक्षरों में ये शब्द लिखे थे : **जादू ही शक्ति है।**

हैरी के पैरों के पिछले हिस्से से कोई ज़ोर से टकराया। एक और जादूगर उसके पीछे वाली अँगीठी से अभी-अभी बाहर निकला था।

'दूर क्यों नहीं हटते, क्या तुम्हारी आँखें - ओह, माफ़ करना, रनकॉर्न!'

अधगंजा जादूगर स्पष्ट रूप से डर गया था और जल्दी से वहाँ से चला गया। यह स्पष्ट था कि हैरी जिस रनकॉर्न के वेश में था, वह दबंग था।

'श्श्श!' एक आवाज़ आई। हैरी ने पलटकर चारों तरफ़ देखा। एक बूढ़ी जादूगरनी और जादुई मरम्मत विभाग का नाटा जादूगर मूर्ति के पास से इशारा करके उसे बुला रहे थे। हैरी जल्दी से उनके पास पहुँच गया।

'तो तुम ठीक-ठाक पहुँच गए?' हर्माइनी ने हैरी से फुसफुसाकर पूछा।

'नहीं, वह अब भी टॉयलेट में फँसा हुआ है,' रॉन ने कहा।

'ओह, तुमने भी कितना ज़ोरदार मज़ाक़ किया है ... यह भयंकर है, है ना?' उसने हैरी से कहा, जो मूर्ति की तरफ़ घूर रहा था। 'क्या तुमने देखा, वे किस पर बैठे हैं?'

हैरी ने ग़ौर से देखा। अब जाकर उसे एहसास हुआ कि वह जिन्हें सजावटी नक़्क़ाशीदार सिंहासन समझ रहा था, वे दरअसल इंसान थे : नंगे शरीर वाले सैकड़ों पुरुष, महिलाएँ और बच्चे, जिन सभी के चेहरे मूर्खतापूर्ण, बदसूरत और विकृत थे। आकर्षक दुशाले वाले जादूगरों का वज़न उठाने के लिए वे सभी सटकर खड़े थे।

'मगलू,' हर्माइनी ने फुसफुसाकर कहा। 'अपनी सही जगह पर। चलो, अब हमें चलना चाहिए।'

वे जादूगरों और जादूगरनियों की भीड़ में शामिल हो गए, जो हॉल के अंतिम छोर पर लगे सुनहरे दरवाज़ों की तरफ़ बढ़ रही थी। उन्होंने चुपके से चारों तरफ़ देखा, लेकिन कहीं पर भी डोलोरेस अंबरिज नज़र नहीं आई। वे गेट में से होते हुए एक छोटे हॉल में पहुँच गए, जहाँ बीस सुनहरी लिफ़्टों के सामने लोगों की लाइनें लगी थीं। वे अभी सबसे पास वाली लिफ़्ट तक पहुँचे ही थे कि तभी एक आवाज़ आई, 'कैटरमोल!'

उन्होंने पलटकर देखा : हैरी के पेट में तूफ़ान आ गया। डम्बलडोर की मौत के समय मौजूद एक प्राणभक्षी उनकी तरफ़ धड़धड़ाता हुआ आ रहा था। आस-पास के मंत्रालय के कर्मचारी सहमकर ख़ामोश हो गए और उन्होंने नज़रें झुका लीं। हैरी को लगा, जैसे वे डर की लहरें महसूस कर रहे थे। उस आदमी का त्योरी चढ़ा, थोड़ा बेरहम चेहरा उसके शानदार दुशालों के तालमेल में नहीं दिख रहा था, जिन पर सोने के धागों की कढ़ाई थी। लिफ़्टों के चारों ओर जमा भीड़ में से एक जादूगर चापलूसी भरे अंदाज़ में चिल्लाया, 'मॉर्निंग, याक्सले!' याक्सले ने उसकी बात अनसुनी कर दी।

'कैटरमोल, मैंने जादुई मरम्मत विभाग में किसी को मेरा ऑफ़िस ठीक करने को कहा था। वहाँ अब भी बारिश हो रही है।'

रॉन ने मुड़कर देखा, जैसे उम्मीद कर रहा हो कि कोई दूसरा जवाब देगा, लेकिन कोई नहीं बोला।

'बारिश हो रही है ... आपके ऑफ़िस में ? यह तो – यह तो अच्छा नहीं है, है ना ?'

रॉन घबराकर हँस दिया। याक्सले की आँखें फैल गईं।

'कैटरमोल, तुम्हें यह मज़ेदार बात लगती है, है ना ?'

दो जादूगरनियाँ लिफ़्ट के सामने लगी क़तार से निकलकर दूर चल दीं।

'नहीं,' रॉन ने कहा, 'नहीं, ज़ाहिर है –'

'कैटरमोल, क्या तुम जानते हो कि मैं तुम्हारी पत्नी से पूछताछ करने के लिए नीचे जा रहा हूँ ? दरअसल मुझे बहुत हैरानी है कि जब वह वहाँ इंतज़ार कर रही है, तो तुम उसका हाथ क्यों नहीं थामे हो। लगता है, तुमने पहले ही हार मान ली है, है ना ? शायद समझदारी भरा फ़ैसला है। अब अगली बार किसी शुद्ध ख़ून वाली जादूगरनी से शादी करना।'

दहशत में हर्माइनी की चीख़ निकल गई। याक्सले ने उसकी तरफ़ देखा। वह हल्के से खाँसी और मुड़ गई।

'मैं – मैं –' रॉन हकलाते हुए बोला।

'लेकिन अगर *मेरी* पत्नी पर बदज़ात होने का आरोप लगा होता,' याक्सले ने कहा, '– वैसे मैं कभी इतनी घटिया औरत से शादी करूँगा ही नहीं – और जादुई क़ानून पालन विभाग का प्रमुख मुझसे कोई काम करवाना चाहता, तो मैं उस काम को सबसे ऊपर रखता, कैटरमोल। तुम मेरी बात समझ गए ?'

'हाँ,' रॉन ने फुसफुसाकर कहा।

'तो फिर जाकर वह काम करो, कैटरमोल, और अगर मेरा ऑफ़िस एक घंटे के भीतर पूरी तरह नहीं सूखा, तो तुम्हारी पत्नी का ख़ून का दर्जा पहले से भी ज़्यादा गंभीर शंका में होगा।'

उनके सामने की सुनहरी लिफ़्ट की ग्रिल खड़खड़ाकर खुल गई। हैरी की तरफ़ सिर हिलाकर और अप्रिय ढंग से मुस्कराकर याक्सले दूसरी लिफ़्ट की ओर चला गया। ऐसा लग रहा था कि याक्सले को हैरी से उम्मीद थी कि वह कैटरमोल के साथ हुए व्यवहार पर ख़ुश होगा। हैरी, रॉन और हर्माइनी अपने सामने वाली लिफ़्ट में दाख़िल हुए। उनके पीछे

कोई नहीं आया। ऐसा लग रहा था, जैसे लोग उन्हें संक्रामक समझ रहे थे। ग्रिल धड़ाम के साथ बंद हुई और लिफ़्ट ऊपर जाने लगी।

'अब मैं क्या करूँ?' रॉन ने बाक़ी दोनों से तत्काल पूछा। वह सदमे में दिख रहा था। 'अगर मैं वहाँ नहीं गया, तो मेरी पत्नी – मेरा मतलब है, कैटरमोल की पत्नी –'

'हम तुम्हारे साथ चलते हैं। हमें एक साथ रहना चाहिए –' हैरी ने कहना शुरू किया, लेकिन रॉन ने तेज़ी से अपना सिर हिलाया।

'यह पागलपन है। हमारे पास ज़्यादा वक़्त नहीं है। तुम दोनों जाकर अंबरिज को खोजो। मैं जाकर याक्सले के ऑफ़िस को ठीक करता हूँ – लेकिन मैं बारिश रोकूँगा कैसे?'

'इसका मंत्र है *मंत्रप्रभाव समाप्तम्*,' हर्माइनी ने तत्काल कहा, 'अगर कोई शाप या बुरा मंत्र होगा, तो इससे बारिश रुक जाएगी। अगर न रुके, तो वायुमंडलीय सम्मोहन में कोई गड़बड़ी हुई होगी, जिसे ठीक करना ज़्यादा मुश्किल होगा। हाल-फ़िलहाल तुम उसके सामान को सुरक्षित रखने के लिए *अप्रभावितो सम्मोहन* का प्रयोग कर देना –'

'इसे दोबारा कहना, ज़रा धीरे –' रॉन ने कहा और हड़बड़ी में अपनी जेब में क़लम खोजने लगा, लेकिन उसी पल लिफ़्ट रुक गई। एक महिला की आवाज़ आई, 'चौथा गलियारा, जादुई प्राणी नियमन एवं नियंत्रण विभाग, जिसमें जानवर, प्राणी और भूत-प्रेत प्रभाग, पिशाच संपर्क कार्यालय और पीड़क जंतु परामर्श कार्यालय हैं।' ग्रिल दोबारा खुल गई। कुछ जादूगर अंदर आए और पीले बैंगनी काग़ज़ के कुछ हवाई जहाज़ भी, जो लिफ़्ट की छत में लगे लैंप के पास मँडराने लगे।

'मॉर्निंग, अल्बर्ट,' भरी मूँछों वाले आदमी ने हैरी से मुस्कराते हुए कहा। उसने रॉन और हर्माइनी पर नज़र डाली, जब लिफ़्ट एक बार फिर ऊपर की तरफ़ चल दी। हर्माइनी अब फुसफुसाकर रॉन को तेज़ी से निर्देश दे रही थी। जादूगर हैरी की ओर झुका और मुस्कराते हुए बुदबुदाया, 'डर्क क्रेसवेल, हैं? पिशाच संपर्क कार्यालय में? बहुत बढ़िया, अल्बर्ट। मुझे पूरा विश्वास है कि अब मुझे उसका पद मिल जाएगा!'

उसने आँख मारी। हैरी जवाब में मुस्कराया और उम्मीद की कि इससे काम चल जाएगा। लिफ़्ट रुक गई और ग्रिल एक बार फिर खुल गई।

जादूगरनी की आवाज़ आई, 'दूसरा गलियारा, जादुई क़ानून पालन

विभाग, जिसमें अनुचित जादुई प्रयोग विभाग, ऑरर मुख्यालय और जादूगर न्यायसभा प्रशासनिक सेवाएँ हैं।'

हैरी ने देखा कि हर्माइनी ने रॉन को हल्का धक्का दिया और वह लिफ़्ट में से तेज़ी से बाहर निकल गया। उसके पीछे-पीछे दूसरे जादूगर भी निकल गए। अब हैरी और हर्माइनी अकेले रह गए थे। जिस पल सुनहरी ग्रिल बंद हुई, हर्माइनी बहुत तेज़ी से बोली, 'हैरी, मुझे लगता है कि मैं भी उसके साथ जाती, तो ज़्यादा अच्छा होता। मुझे नहीं लगता कि उसे ज़रा भी अंदाज़ा है कि उसे क्या करना है और अगर वह पकड़ा गया, तो पूरी योजना –'

'पहला गलियारा, जादू मंत्री और सहायक स्टाफ़।'

सुनहरी ग्रिल एक बार फिर खुल गई और हर्माइनी के मुँह से आह निकल गई। उनके सामने चार लोग खड़े थे, जिनमें से दो गहरी बातचीत में डूबे थे : लंबे बालों वाला एक जादूगर शानदार काले और सुनहरे दुशाले पहने था। उसके पास मेंढकी जैसी दिखने वाली एक मोटी जादूगरनी खड़ी थी, जिसने अपने छोटे बालों में मख़मल का बो लगा रखा था और अपने सीने पर क्लिपबोर्ड को जकड़ रखा था।

अध्याय तेरह

मगलू जादूगर जन्म-पंजीकरण आयोग

'ओह, माफ़ाल्डा!' अंबरिज हर्माइनी को देखते ही बोली। 'ट्रैवर्स ने तुम्हें भेजा है, है ना?'

'ह – हाँ,' हर्माइनी बोली।

'अच्छा हुआ, अब काम हो जाएगा,' अंबरिज ने काले और सुनहरे दुशाले वाले जादूगर से कहा। 'तो समस्या सुलझ गई, मंत्रीजी। अगर माफ़ाल्डा रिकॉर्ड रखने के लिए आ गई है, तो हम सीधे काम शुरू कर सकते हैं।' उसने अपने क्लिपबोर्ड की तरफ़ देखा। 'आज दस लोग हैं और उनमें से एक मंत्रालय के कर्मचारी की पत्नी है! चचच ... यहाँ भी, मंत्रालय में भी!' वह लिफ़्ट में हर्माइनी के पास पहुँच गई। मंत्रीजी से अंबरिज की बातचीत सुन रहे दोनों जादूगर भी लिफ़्ट में चढ़ गए। 'हम सीधे नीचे चलते हैं, माफ़ाल्डा। तुम्हें जिन चीज़ों की ज़रूरत होगी, वे सब अदालत में मिल जाएँगी। गुड मॉर्निंग, अल्बर्ट, क्या तुम्हें बाहर नहीं निकलना है?'

'हाँ, ज़ाहिर है,' हैरी ने रनकॉर्न की गहरी आवाज़ में कहा।

हैरी लिफ़्ट से बाहर निकल आया। सुनहरी ग्रिल उसके पीछे बंद हो गई। हैरी ने सिर घुमाकर देखा कि हर्माइनी का तनावपूर्ण चेहरा नीचे ओझल हो रहा है। हर्माइनी के दोनों तरफ़ एक-एक ऊँचा जादूगर खड़ा था और अंबरिज के बालों पर लगा मख़मली बो हर्माइनी के कंधे की ऊँचाई तक आ रहा था।

'तुम यहाँ कैसे, रनकॉर्न?' नए जादू मंत्री ने पूछा। उनके लंबे, काले बालों और दाढ़ी में सफ़ेद लकीरें थीं। माथे से लटकती झुर्रियों की वजह से उनकी चमकती आँखें दब गई थीं, जिससे हैरी के दिमाग़ में यह तस्वीर आई

जैसे कोई केकड़ा चट्टान के नीचे से देख रहा हो।

'मुझे किसी से बात करनी थी,' हैरी एक पल झिझकने के बाद बोला, 'आर्थर वीज़्ली से। किसी ने मुझे बताया था कि वह पहले गलियारे में है।'

'अच्छा,' पायस थिकनेस ने कहा। 'क्या उसे किसी अवांछित व्यक्ति से संपर्क करते पकड़ा गया है?'

'नहीं,' हैरी ने कहा और उसका गला सूख गया। 'नहीं, ऐसी कोई बात नहीं है।'

'ओह! यह तो सिर्फ़ वक़्त की बात है,' थिकनेस ने कहा। 'अगर मुझसे पूछा जाए, तो ख़ून के गद्दार भी बदज़ातों जितने ही बुरे हैं। गुड डे, रनकॉर्न।'

'गुड डे, मंत्रीजी।'

हैरी ने थिकनेस को मोटे गलीचे वाले गलियारे में धड़धड़ाकर जाते हुए देखा। जिस पल मंत्रीजी ओझल हुए, हैरी ने अपने भारी, काले चोगे में से अदृश्य चोगा निकालकर ख़ुद पर डाल लिया और विपरीत दिशा के गलियारे में चल दिया। रनकॉर्न इतना लंबा था कि हैरी को अपने बड़े पैर छिपाने के लिए झुकना पड़ रहा था।

दहशत के कारण उसके पेट में गुड़गुड़ होने लगी। एक के बाद एक लकड़ी के चमचमाते दरवाज़ों के पास से गुज़रते वक़्त उसने देखा कि हर दरवाज़े पर एक छोटी नेमप्लेट लगी थी, जिस पर कमरे में बैठने वाले का नाम और पद लिखा था। मंत्रालय इतना बड़ा, जटिल और रहस्यमय था कि अब जाकर उसे एहसास हुआ कि उसने रॉन और हर्माइनी के साथ पिछले चार सप्ताहों से सावधानीपूर्वक जो योजना बनाई थी, वह बहुत बचकानी थी। उनका पूरा ध्यान बिना पकड़ में आए अंदर घुसने पर केंद्रित था। उन्होंने एक पल के लिए भी नहीं सोचा था कि अगर उन्हें मजबूरन अलग होना पड़ा, तो वे क्या करेंगे। अब हर्माइनी अदालत की कार्यवाही में उलझी थी, जो निश्चित रूप से घंटों तक चलेगी। हैरी को यक़ीन था कि रॉन जो जादू करने गया था, वह उसके बस की बात नहीं थी, हालाँकि उसके काम पर शायद एक औरत की आज़ादी निर्भर थी। हैरी ख़ुद पहली मंज़िल के गलियारे में भटक रहा था, जबकि वह बहुत अच्छी तरह जानता था कि जिस औरत की उसे तलाश थी, वह अभी-अभी लिफ़्ट से नीचे गई थी।

उसने चलना छोड़ दिया और एक दीवार से टिककर यह फ़ैसला करने की कोशिश करने लगा कि आगे क्या करना है। आस-पास की ख़ामोशी उस पर हावी हो गई। यहाँ कोई दौड़-धूप या बातचीत या तेज़ क़दमों की आहट नहीं थी। बैंगनी गलीचे वाले गलियारे ख़ामोश थे, जैसे पूरी जगह पर *ध्वनिदमन* सम्मोहन कर दिया गया हो।

हैरी ने सोचा, *अंबरिज का ऑफ़िस यहीं कहीं पर होगा।*

इस बात की ज़्यादा संभावना नहीं थी कि अंबरिज अपने गहने अपने ऑफ़िस में रखती होगी, लेकिन दूसरी तरफ़ यह भी मूर्खतापूर्ण लगता था कि मौक़ा मिलने पर इसकी तलाशी न ली जाए। इसलिए वह एक बार फिर गलियारे में आगे चल दिया। रास्ते में उसे बस एक परेशानहाल जादूगर दिखा, जो फुसफुसाकर एक क़लम को निर्देश दे रहा था और वह क़लम उसके आगे तैरती हुई एक चर्मपत्र पर अपने आप लिखती जा रही थी।

दरवाज़ों पर लिखे नामों पर ध्यान देते हुए हैरी एक मोड़ पर मुड़ गया। अगले गलियारे में आधे रास्ते पर उसे एक चौड़ी, खुली जगह दिखी, जहाँ एक दर्जन जादूगरनियाँ और जादूगर छोटी डेस्कों पर क़तारों में बैठे थे। ये स्कूल की डेस्कों जैसी लग रही थीं, हालाँकि वे उनसे ज़्यादा चमकदार थीं और उन पर पेन से गोदा-गादी नहीं की गई थी। हैरी वहाँ का नज़ारा देखने के लिए ठहर गया, क्योंकि प्रभाव बहुत मंत्रमुग्ध करने वाला था। वे सभी एक साथ अपनी छड़ियाँ उठाकर लहरा रहे थे और रंगीन चौकोर काग़ज़ छोटी गुलाबी पतंगों की तरह हर दिशा में उड़ रहे थे। कुछ सेकंड बाद हैरी को एहसास हुआ कि यह काम एक लय में हो रहा था और सभी काग़ज़ एक जैसे थे। इसके कुछ सेकंड बाद उसे एहसास हुआ कि वहाँ पैंफ़लेट तैयार हो रहे थे। चौकोर पन्ने जादू से तैयार होकर और मुड़कर हर जादूगर या जादूगरनी के पास वाले ढेर में पहुँच जाते थे।

हैरी बहुत धीरे-धीरे क़रीब गया, हालाँकि कर्मचारी अपने काम में इतने तल्लीन थे कि गलीचे पर दबी हुई आहट नहीं सुन पाते। क़रीब पहुँचने पर हैरी ने एक युवा जादूगरनी के पास लगे ढेर से एक पैंफ़लेट उठा लिया और अदृश्य चोगे के नीचे इसे पढ़ने लगा। इसके गुलाबी कवर पर सुनहरा शीर्षक चमक रहा था :

बदज़ात

शांतिप्रिय शुद्ध-ख़ून वाले समाज के लिए ख़तरा हैं

शीर्षक के नीचे एक लाल गुलाब की तस्वीर बनी थी, जिसकी पँखुड़ियों के बीच में एक मुस्कराता चेहरा दिख रहा था। उसके ठीक पास नुकीले दाँतों वाले एक हरे काँटेदार पौधे की तस्वीर भी थी, जिसके बीच में त्योरी चढ़ा चेहरा दिख रहा था। काँटेदार पौधा गुलाब की तस्वीर वाले चेहरे का गला घोंट रहा था। पैंफ़लेट पर किसी लेखक का नाम नहीं था, लेकिन इसे दोबारा देखते समय उसके दाहिने हाथ के निशान में सुरसुरी होने लगी। फिर उसके पास वाली युवा जादूगरनी ने उसकी शंका की पुष्टि कर दी, जब उसने छड़ी लहराते हुए पूछा, 'क्या वह बूढ़ी खूसट दिन भर बदज़ातों से पूछताछ करेगी ? किसी को मालूम है ?'

'ज़रा सँभलकर बोलो,' उसके पास वाले जादूगर ने घबराकर चारों तरफ़ देखते हुए कहा, जिसके कारण उसका एक पन्ना फ़र्श पर गिर गया।

'क्यों ? क्या आँख के साथ-साथ उसके पास जादुई कान भी हैं ?'

जादूगरनी ने पीछे वाले चमकते दरवाज़े की तरफ़ देखा। हैरी ने भी उस तरफ़ देखा और उसके भीतर ग़ुस्से ने साँप की तरह सिर उठा लिया। जहाँ मगलुओं के दरवाज़े में बाहर झाँकने के लिए गोल काँच लगा होता है, वहाँ इस दरवाज़े में चमकती नीली पुतली वाली एक बड़ी, गोल आँख लगी थी। अलैस्टर मूडी को जानने वाला हर व्यक्ति इस आँख को पहचानता था।

एक पल के लिए तो हैरी भूल गया कि वह कहाँ था और क्या कर रहा था। यहाँ तक कि वह यह भी भूल गया कि वह अदृश्य था। वह आँख को ग़ौर से देखने के लिए धड़धड़ाता हुआ सीधे दरवाज़े के पास गया। यह हिल नहीं रही थी, बल्कि सूनेपन से ऊपर की तरफ़ निहार रही थी। इसके नीचे लगी पट्टी पर लिखा था :

डोलोरेस अंबरिज

मंत्री की सीनियर अंडरसेक्रेटरी

इसके नीचे एक थोड़ी नई पट्टी लगी थी :

मगलू जादूगर जन्म-पंजीकरण आयोग की प्रमुख

हैरी ने दर्जन भर पैंफ़लेट बनाने वालों को देखा। हालाँकि वे लोग अपने काम में तल्लीन थे, लेकिन हैरी को लगा कि अगर उनके सामने ख़ाली

ऑफ़िस का दरवाज़ा खुलेगा, तो वे ज़रूर देख लेंगे। इसलिए उसने अपनी अंदर की जेब से एक अजीब सी चीज़ बाहर निकाली, जिसके छोटे पैर थे और शरीर की जगह पर रबर का उभरा हुआ सींग था। चोगे में नीचे झुकते हुए उसने विस्फोटक-ध्यानभंग को ज़मीन पर रख दिया।

विस्फोटक-ध्यानभंग सामने के जादूगरनियों और जादूगरों के पैरों के बीच तेज़ी से भागने लगा। हैरी अपना हाथ दरवाज़े के हैंडल पर रखकर कुछ पल तक इंतज़ार करता रहा। फिर एक ज़ोरदार धमाका हुआ और एक कोने से बहुत सा कसैला, काला धुआँ बाहर निकला। सामने वाली क़तार की युवा जादूगरनी चीख़ी। गुलाबी पन्ने हर तरफ़ उड़ने लगे, जब वह और उसके साथी उछलकर धमाके वाली चीज़ की तलाश करने लगे। हैरी हैंडल घुमाकर अंबरिज के ऑफ़िस में घुस गया और दरवाज़ा बंद कर लिया।

उसे महसूस हुआ, जैसे वह अतीत में पहुँच गया हो। यह कमरा अंबरिज के हॉगवर्ट्स वाले ऑफ़िस जैसा ही था : जालीदार पर्दे, छोटे नैपकिन और सूखे फूलों ने हर ख़ाली जगह ढँक रखी थी। दीवारों पर वही सजावटी प्लेटें लगी थीं, जिनमें से हर एक पर बहुत रंगीन, रिबन लगा बिल्ली का बच्चा था, जो इधर-उधर उछल-कूद रहा था। डेस्क पर एक सजावटी फूलदार कपड़ा ढँका था। बावरे-नैन की आँख के पीछे एक टेलीस्कोप लगा था, जिससे अंबरिज दरवाज़े के दूसरी ओर काम कर रहे कर्मचारियों की जासूसी कर सकती थी। हैरी ने इसमें से निगाह डालकर देखा कि वे लोग अब भी विस्फोटक-ध्यानभंग के चारों ओर जमा थे। उसने दरवाज़े से टेलीस्कोप खींचकर उसके पीछे लगी जादुई आँख बाहर निकाली और अपनी जेब में रख ली। फिर वह दोबारा कमरे की ओर मुड़ा और अपनी छड़ी उठाकर बुदबुदाया, *'आगमनो लॉकेट।'*

कुछ नहीं हुआ, लेकिन उसे कुछ होने की उम्मीद भी नहीं थी। बेशक अंबरिज सुरक्षात्मक सम्मोहनों और मंत्रों के बारे में जानती थी। वह जल्दी से डेस्क के पीछे गया और ड्रॉअर खोलने लगा। उसे क़लमें, नोटबुक और स्पेलोटेप दिखा। सम्मोहित पेपर क्लिप्स साँप की तरह ड्रॉअर से निकलीं और हैरी को हाथ मारकर उन्हें दोबारा अंदर करना पड़ा। वहाँ छोटा सा जालीदार बॉक्स भी था, जिसमें बालों पर लगाने वाली अतिरिक्त बो और क्लिप्स भरी थीं, लेकिन लॉकेट का नामोनिशान नहीं था।

डेस्क के पीछे फ़ाइलों की अलमारी थी। हैरी इसकी छानबीन करने लगा। हॉगवर्ट्स में फ़िल्च की अलमारी की तरह ही इसमें भी फ़ोल्डर भरे

थे और हर फ़ोल्डर पर एक नाम लिखा था। सबसे नीचे वाले ड्रॉअर तक पहुँचने के बाद हैरी ने एक चीज़ देखी, जिससे उसकी खोज में व्यवधान पड़ गया : मिस्टर वीज़्ली की फ़ाइल।

उसने इसे बाहर निकालकर खोला।

आर्थर वीज़्ली

ख़ून का दर्जा :	*शुद्ध-ख़ून, लेकिन मगलू-समर्थक रुख़, जो स्वीकार्य नहीं है।* *मायापंछी के समूह का ज्ञात सदस्य*
परिवार :	*पत्नी (शुद्ध-ख़ून), सात बच्चे, सबसे छोटे दो बच्चे हॉगवर्ट्स में पढ़ते हैं।* *विशेष : सबसे छोटा लड़का इस वक़्त घर पर गंभीर रूप से बीमार है। मंत्रालय के निरीक्षकों ने इसकी पुष्टि कर दी है।*
सुरक्षा दर्जा :	***पीछा किया जा रहा है।*** *सारी गतिविधियों की निगरानी की जा रही है। प्रबल संभावना है कि अवांछित क्रमांक एक इससे संपर्क करेगा (पहले वीज़्ली परिवार में ठहर चुका है)।*

'अवांछित क्रमांक एक,' हैरी धीरे से बुदबुदाया, जब उसने मिस्टर वीज़्ली का फ़ोल्डर रखकर ड्रॉअर बंद किया। उसे समझ में आ गया था कि यह 'अवांछित क्रमांक एक' कौन होगा। जब उसने खड़े होकर ऑफ़िस में छिपाने की और जगहों की तलाश में इधर-उधर देखा, तो उसे दीवार पर लगा एक पोस्टर दिखा, जिसमें उसकी तस्वीर थी और उसके सीने पर **अवांछित क्रमांक एक** लिखा था। उस पर एक छोटा गुलाबी नोट चिपका था, जिसके कोने में बिल्ली के बच्चे की तस्वीर थी। हैरी उस नोट को पढ़ने के लिए पास गया और उसने देखा कि अंबरिज ने उस पर लिखा था, *'सज़ा देना है'*।

पहले से कहीं ज़्यादा ग़ुस्से में वह फूलदानों और सूखे फूलों की डलियों में झाँकने लगा, लेकिन वहाँ लॉकेट नहीं मिलने से उसे ज़रा भी हैरानी नहीं हुई। उसने ऑफ़िस पर एक आख़िरी उड़ती नज़र डाली और

उसका दिल धक्क रह गया। डम्बलडोर डेस्क के पास वाले बुककेस पर रखे एक छोटे, आयताकार आईने में से उसे घूर रहे थे।

हैरी तेज़ी से कमरा पार करके आईने के पास पहुँचा, लेकिन उसे छूते ही उसे तत्काल एहसास हो गया कि यह आईना नहीं था। डम्बलडोर का चेहरा एक चमचमाती पुस्तक के कवर पर था और मुस्करा रहा था। उनके हैट पर लिखी घुँघराली, हरी लिखावट पर हैरी का ध्यान तत्काल नहीं गया : *एल्बस डम्बलडोर का जीवन और झूठ का सिलसिला।* न ही उनके सीने पर लिखी थोड़ी छोटी लिखाई पर ध्यान गया : *अरमान्डो डिपेट : जादूगर या मूर्ख ?* की बेस्टसेलिंग लेखिका **रीटा स्कीटर**।

हैरी ने यूँ ही पुस्तक को बीच में से खोला। उसे दो किशोरों का पूरे पेज का फ़ोटो दिखा। दोनों ही एक-दूसरे के कंधे पर हाथ रखकर बेतहाशा हँस रहे थे। डम्बलडोर के बाल कोहनी जितने लंबे थे। उन्होंने क्रम जैसी छोटी दाढ़ी भी रखी हुई थी, जिसे देखकर रॉन इतना चिढ़ गया था। डम्बलडोर के पास खड़े खिलखिलाते लड़के के चेहरे पर आनंद का वहशी भाव था। उसके कंधों तक झूलते सुनहरे बाल घुँघराले थे। हैरी ने सोचा कि कहीं यह युवा डोज तो नहीं हैं, लेकिन वह इसके नीचे लिखे कैप्शन को पढ़ पाता, उससे पहले ही ऑफ़िस का दरवाज़ा खुल गया।

अगर कमरे में दाख़िल होते समय थिकनेस कंधे के पीछे नहीं देख रहे होते, तो हैरी को अदृश्य चोगा ओढ़ने का समय नहीं मिलता। बहरहाल, चूँकि वे पीछे देख रहे थे, इसलिए हैरी को लगा कि थिकनेस को बस किसी गतिविधि की झलक ही दिखी होगी, क्योंकि एक-दो पल के लिए वे बिलकुल स्थिर खड़े रहे और अजीब तरीक़े से उस जगह को घूरते रहे, जहाँ हैरी अभी-अभी ओझल हुआ था। शायद वे इस नतीजे पर पहुँचे होंगे कि उन्होंने पुस्तक के कवर पर डम्बलडोर को अपनी नाक खुजाते देखा होगा, क्योंकि हैरी ने इसे जल्दी से शेल्फ़ पर रख दिया था। थिकनेस आख़िरकार डेस्क तक आए और अपनी छड़ी उस क़लम की ओर की, जो दवात में तैयार खड़ी थी। क़लम उछलकर बाहर निकली और अंबरिज को एक चिट्ठी लिखने लगी। बहुत धीरे-धीरे, मुश्किल से साँस लेने की हिम्मत करते हुए हैरी ऑफ़िस से बाहर निकलकर खुले इलाक़े में पहुँच गया।

पैंफ़लेट बनाने वाले अब भी विस्फोटक-ध्यानभंग के अवशेषों के चारों तरफ़ खड़े थे, जो धीमी-धीमी आवाज़ें करने के साथ ही धुआँ भी उड़ा रहा था। जब हैरी जल्दी से गलियारे में आगे बढ़ा, तो युवा जादूगरनी

बोली, 'मैं शर्त लगाती हूँ कि यह प्रायोगिक सम्मोहन विभाग से आया होगा। वे लोग इतने लापरवाह हैं कि मत पूछो! वह ज़हरीली बतख़ याद है?'

लिफ़्ट की तरफ़ तेज़ी से बढ़ते हुए हैरी अपने विकल्पों पर ग़ौर करने लगा। इस बात की ज़रा भी संभावना नहीं थी कि लॉकेट यहाँ मंत्रालय में होगा। अंबरिज से जादू से इसका ठिकाना उगलवाने की भी कोई उम्मीद नहीं थी, क्योंकि वह भीड़ भरी अदालत में बैठी थी। अब तो वे सबसे अच्छा काम यही कर सकते थे कि भाँडा फूटने से पहले मंत्रालय से निकल जाएँ और किसी दूसरे दिन कोशिश करें। इसके लिए सबसे पहले रॉन को खोजना था और फिर हर्माइनी को अदालत से निकालने का कोई रास्ता सोचना था।

जब लिफ़्ट आई, तो वह ख़ाली थी। हैरी अंदर घुस गया और जब लिफ़्ट नीचे जाने लगी, तो उसने अदृश्य चोगा उतार दिया। दूसरे गलियारे में लिफ़्ट रुकने पर उसे बहुत राहत मिली, जब उसने घबराई आँखों वाले गीले रॉन को अंदर आते देखा।

जब लिफ़्ट दोबारा चलने लगी, तो रॉन ने हकलाकर हैरी से कहा, 'मॉ – मॉर्निंग!'

'रॉन, मैं हूँ, हैरी!'

'हैरी! ओह, मैं तो भूल ही गया था कि तुम कैसे दिखते हो – हर्माइनी तुम्हारे साथ क्यों नहीं है?'

'उसे अदालत में अंबरिज के साथ जाना पड़ा, वह मना नहीं कर पाई और –'

लेकिन हैरी की बात पूरी होने से पहले ही लिफ़्ट एक बार फिर रुक गई। दरवाज़ा खुला और मिस्टर वीज़्ली अंदर आ गए। वे एक बूढ़ी जादूगरनी से बात कर रहे थे, जिसने अपने सुनहरे बाल जादू से इतने ऊपर कर रखे थे कि वे चींटियों की बाँबी जैसे लग रहे थे।

'... मैं अच्छी तरह समझता हूँ कि तुम क्या कह रही हो, वाकांडा, लेकिन मुझे डर है कि मैं इस तरह की चीज़ में शामिल नहीं हो –'

हैरी को देखते ही मिस्टर वीज़्ली ने अपना वाक्य अधूरा छोड़ दिया। उसे बहुत अजीब लग रहा था कि मिस्टर वीज़्ली उसे इतनी नापसंदगी से देख रहे थे। लिफ़्ट के दरवाज़े बंद हो गए और वे चारों लिफ़्ट में नीचे जाने लगे।

'ओह हैलो, रेग,' मिस्टर वीज़्ली ने रॉन के दुशालों से पानी टपकने की आवाज़ सुनकर मुड़ते हुए कहा। 'क्या तुम्हारी पत्नी आज पूछताछ के लिए नहीं आई ? अर – तुम्हें क्या हुआ ? तुम इतने गीले क्यों हो ?'

'याक्सले के ऑफ़िस में पानी गिर रहा है,' रॉन ने कहा। वह मिस्टर वीज़्ली के कंधे को देखकर बोल रहा था। हैरी समझ गया कि रॉन डर रहा होगा कि अगर उसने अपने पिता से आँख मिलाई, तो वे उसे पहचान लेंगे। 'मैं उसे नहीं रोक पाया, इसलिए उन्होंने मुझे बर्नी – पिल्सवर्थ को बुलाने भेजा है –'

'हाँ, इन दिनों बहुत से ऑफ़िसों में बारिश हो रही है,' मिस्टर वीज़्ली ने कहा। 'क्या तुमने *वायुमंडल पूर्ववत् मंत्र* को आज़माकर देखा ? इससे ब्लेचली के यहाँ बारिश रुक गई थी।'

'वायुमंडल पूर्ववत् ?' रॉन फुसफुसाया। 'नहीं, मैंने इसे नहीं आज़माया था। शुक्रिया, डै – मेरा मतलब है, शुक्रिया, आर्थर।'

लिफ़्ट के दरवाज़े खुल गए। बाँबी जैसे बालों वाली बूढ़ी जादूगरनी चली गई और रॉन भी उसके पास से तेज़ी से निकल गया। हैरी उसके पीछे निकलने को हुआ, लेकिन वह पर्सी वीज़्ली के आने के कारण नहीं निकल पाया, जो धड़धड़ाता हुआ लिफ़्ट में घुस रहा था। उसकी नाक कुछ क़ागज़ों में दफ़न थी, जिन्हें वह पढ़ रहा था।

जब तक कि दरवाज़े बंद नहीं हो गए, तब तक पर्सी को यह एहसास नहीं हुआ कि वह लिफ़्ट में अपने डैडी के साथ था। उसने नज़र उठाकर मिस्टर वीज़्ली को देखा। उसका चेहरा गाजर की तरह लाल हो गया और जैसे ही लिफ़्ट का दरवाज़ा दोबारा खुला, वह फ़ौरन बाहर निकल गया। हैरी ने दूसरी बार बाहर निकलने की कोशिश की, लेकिन इस बार मिस्टर वीज़्ली ने हाथ बढ़ाकर उसका रास्ता रोक दिया।

'एक मिनट, रनकॉर्न।'

लिफ़्ट का दरवाज़ा बंद हो गया। जब वे एक और मंज़िल नीचे उतरने लगे, तो मिस्टर वीज़्ली बोले, 'मैंने सुना है कि तुमने डर्क क्रेसवेल के बारे में जानकारी दी है।'

हैरी को लगा कि पर्सी के आ जाने से मिस्टर वीज़्ली का पारा और चढ़ गया था। उसने फ़ैसला किया कि सबसे अच्छा काम मूर्खता का नाटक करना है।

'क्या कहा ?' उसने कहा।

'नाटक मत करो, रनकॉर्न,' मिस्टर वीज़्ली आवेश में बोले। 'तुमने ही यह जानकारी दी थी कि उसने अपने वंशवृक्ष में गड़बड़ की है, है ना?'

'मैंने - अगर मैंने दी है, तो क्या?' हैरी ने कहा।

'देखो, डर्क क्रेसवेल तुमसे दस गुना अच्छा जादूगर है,' मिस्टर वीज़्ली ने धीरे से कहा, जब लिफ़्ट और नीचे उतरने लगी। 'अगर वह अज़्काबान से ज़िंदा लौट आता है, तो तुम्हें उसे जवाब देना होगा, उसकी पत्नी, बेटों और दोस्तों को भी -'

'आर्थर,' हैरी बीच में बोल पड़ा, 'तुम्हें पता है, तुम पर नज़र रखी जा रही है?'

'क्या धमकी दे रहे हो, रनकॉर्न?' मिस्टर वीज़्ली ने ज़ोर से कहा।

'नहीं,' हैरी ने कहा, 'सच्चाई बता रहा हूँ! तुम्हारे हर क़दम पर नज़र रखी जा रही है -'

लिफ़्ट का दरवाज़ा खुल गया। वे एट्रियम में पहुँच चुके थे। हैरी पर क़हर ढाती नज़र डालकर मिस्टर वीज़्ली तेज़ी से लिफ़्ट से बाहर निकल गए। हैरी वहीं काँपता हुआ खड़ा रहा। वह सोच रहा था कि काश वह रनकॉर्न के बजाय किसी और के वेश में होता ... लिफ़्ट का दरवाज़ा बंद हो गया।

हैरी ने अपना अदृश्य चोगा निकालकर फिर ओढ़ लिया। जब तक रॉन बारिश वाले ऑफ़िस से निबट रहा है, तब तक वह हर्माइनी को अपने दम पर बाहर निकालने की कोशिश करेगा। लिफ़्ट का दरवाज़ा खुलने पर वह मशालों से रोशन पत्थर के गलियारे में निकला, जो ऊपर के लकड़ी के पटियों वाले और गलीचेदार गलियारों से काफ़ी अलग था। जब लिफ़्ट खड़खड़ाती हुई दोबारा चली गई, तो हैरी ने थोड़ा काँपते हुए दूर वाले उस काले दरवाज़े को देखा, जो रहस्य विभाग का प्रवेश द्वार था।

वह आगे बढ़ गया। काला दरवाज़ा उसकी मंज़िल नहीं थी। उसे तो बाएँ हाथ वाले दरवाज़े की तरफ़ जाना था, जो अदालत की तरफ़ जाने वाली सीढ़ियों पर खुलता था। सीढ़ियाँ उतरते समय उसके दिमाग़ में कई संभावनाएँ आईं। उसके पास अब भी दो विस्फोटक-ध्यानभंग बचे थे, लेकिन शायद सबसे अच्छा यही रहेगा कि वह अदालत के दरवाज़े पर दस्तक दे, रनकॉर्न के रूप में दाख़िल हो और माफ़ाल्डा को थोड़ी देर के लिए बाहर बुला ले! ज़ाहिर है, उसे पता नहीं था कि क्या रनकॉर्न इतना महत्त्वपूर्ण है कि यह काम कर सकता है। और मान लो, वह यह काम कर

भी ले, तो यह भी तो हो सकता है कि उनके मंत्रालय से बाहर निकलने से पहले ही हर्माइनी की खोज शुरू हो जाए ...

विचारों में खोए होने के कारण उसे तत्काल उस अस्वाभाविक ठंडक का एहसास नहीं हुआ, जो उस पर इस तरह हावी हो रही थी, जैसे वह कोहरे में उतर रहा हो। उसके हर क़दम के साथ ठंडक बढ़ती जा रही थी। यह ठंडक सीधे उसके गले में उतर गई और इसने उसके फेफड़ों को जकड़ लिया। फिर उसे महसूस हुआ कि निराशा, हताशा उसके भीतर भर रही थी, फैल रही थी ...

उसने सोचा, *दमपिशाच।*

जब वह सीढ़ियों के नीचे पहुँचकर दाईं तरफ़ मुड़ा, तो उसे एक भयंकर दृश्य दिखा। अदालत के बाहर वाले अँधेरे गलियारे में ऊँची काली नक़ाबपोश आकृतियाँ भरी थीं। उनके चेहरे पूरी तरह छिपे थे। वहाँ पर उनकी खड़खड़ाहट जैसी साँस के अलावा कोई आवाज़ नहीं आ रही थी। मगलू परिवार में पैदा हुए जिन जादूगरों को पूछताछ के लिए वहाँ लाया गया था, वे दहशत में लकड़ी की सख़्त बेंचों पर सिकुड़कर बैठे थे और काँप रहे थे। उनमें से ज़्यादातर ने अपने चेहरे को हाथों से छिपा रखा था, जैसे वे दमपिशाचों के लोभी मुँह से बचने की कोशिश कर रहे हों। कुछ के साथ परिवार वाले थे, जबकि बाक़ी अकेले बैठे थे। दमपिशाच उनके सामने इधर से उधर मँडरा रहे थे। वहाँ की ठंड, निराशा और हताशा हैरी को शाप जैसी लगीं ...

उसने ख़ुद से कहा, *इनसे जूझो।* बहरहाल, वह जानता था कि अगर वह यहाँ पितृदेव उत्पन्न करेगा, तो उसका भेद तत्काल खुल जाएगा। इसलिए वह जितनी ख़ामोशी से चल सकता था, उतनी ख़ामोशी से चलते हुए आगे बढ़ा। हर क़दम के साथ उसका दिमाग़ सुन्न होता चला गया, लेकिन उसने ख़ुद को हर्माइनी और रॉन के बारे में सोचने के लिए मजबूर किया, जिन्हें उसकी ज़रूरत थी।

ऊँची, काली आकृतियों की तरफ़ चलना दहशत भरा था। उसके गुज़रते समय उनके नक़ाब के नीचे छिपे आँखविहीन चेहरे मुड़े। हैरी जानता था कि उन्हें उसके आने का एहसास हो गया था, एक इंसान के आने का, जिसके मन में अब भी कुछ आशा थी, कुछ संघर्ष था ...

और फिर, स्तब्ध ख़ामोशी के बीच अचानक गलियारे के बाईं ओर के तहख़ाने का दरवाज़ा खुला और उसमें से चीख़ें सुनाई दीं।

'नहीं, नहीं, मैं मिश्रित ख़ून वाला जादूगर हूँ, मैं संकर जादूगर हूँ, मैं आपको बता रहा हूँ! मेरे पिता जादूगर थे, सचमुच *थे*, आप देख लीजिए, अर्की एल्डरटन! वे झाड़ू के बहुत अच्छे डिज़ाइनर थे, उनका नाम देखिए, मैं आपको बता रहा हूँ - मेरे हाथ खोल दें, मेरे हाथ खोल दें -'

'मैं तुम्हें आख़िरी चेतावनी देती हूँ,' अंबरिज की धीमी आवाज़ आई, जिसे जादुई ढंग से ऊँचा किया गया था, ताकि यह उस आदमी की हताश चीख़ों के ऊपर स्पष्टता से सुनाई दे सके। 'अब अगर तुमने संघर्ष किया, तो तुम्हें दमपिशाच का चुंबन दिलवा दिया जाएगा।'

उस आदमी की चीख़ें रुक गईं, लेकिन सुबकियाँ गलियारे में गूँजती रहीं।

'इसे ले जाओ,' अंबरिज ने कहा।

दो दमपिशाच अदालत के दरवाज़े पर प्रकट हो गए। उनके सड़े-गले हाथों ने उस जादूगर की ऊपरी बाँहें पकड़ लीं, जो बेहोश होता लग रहा था। वे उसे साथ लेकर गलियारे में गए और अँधेरे में खो गए।

'अगली - मैरी कैटरमोल,' अंबरिज ने कहा।

एक नाटी औरत उठकर खड़ी हुई। वह सिर से पैर तक काँप रही थी। उसके काले बाल जूड़े में बँधे थे और वह लंबे, सादे दुशाले पहने हुए थी। उसका चेहरा बिलकुल सफ़ेद था, जैसे उसमें ज़रा सा भी ख़ून न हो। जब वह दमपिशाचों के पास से निकली, तो हैरी ने उसे काँपते हुए देखा।

उसने यह अपने आप, बिना किसी योजना के कर दिया, क्योंकि उसे यह देखना अच्छा नहीं लगा कि वह अकेली तहख़ाने में जाए। जब दरवाज़ा बंद होने लगा, तो वह उसके पीछे-पीछे अंदर घुस गया।

यह वह कमरा नहीं था, जिसमें जादू के अनुचित प्रयोग के लिए उससे पूछताछ हुई थी। यह उससे काफ़ी छोटा था, हालाँकि इसकी छत भी उतनी ही ऊँची थी। इससे ऐसा दमघोंटू एहसास हो रहा था, जैसे वह किसी गहरे कुएँ की तलहटी में हो।

यहाँ अंदर भी दमपिशाच थे, जो पूरी जगह पर अपना ठंडा प्रभाव डाल रहे थे। वे ऊपर उठे हुए मंच से सबसे दूर वाले कोनों में बिना चेहरे के संतरियों की तरह खड़े थे। मंच पर एक कटघरे के पीछे अंबरिज बैठी थी। उसके एक तरफ़ याक्सले था और दूसरी तरफ़ हर्माइनी, जिसका चेहरा भी मिसेज़ कैटरमोल जितना ही सफ़ेद दिख रहा था। मंच के नीचे की तरफ़ चाँदी जैसे रंग की लंबे बालों वाली एक चमकदार बिल्ली मँडरा रही थी।

हैरी समझ गया कि यह वहाँ पर इसलिए थी, ताकि अंबरिज और उसके साथियों को दमपिशाचों के कारण उत्पन्न होने वाली हताशा से सुरक्षित रख सके : हताशा आरोपियों को महसूस करनी थी, आरोप लगाने वालों को नहीं।

'बैठ जाओ,' अंबरिज ने अपनी धीमी, रेशमी आवाज़ में कहा।

मिसेज़ कैटरमोल ऊपर उठे मंच के नीचे फ़र्श पर बीचोबीच रखी इकलौती कुर्सी पर बैठ गई। जैसे ही वह बैठी, कुर्सी के हत्थों की ज़ंजीरें खड़खड़ाईं और उसके हाथ पर लिपट गईं।

'तुम मैरी एलिज़ाबेथ कैटरमोल हो?' अंबरिज ने पूछा।

मिसेज़ कैटरमोल ने हाँ भरते हुए सिर हिलाया।

'जादुई मरम्मत विभाग का रेजिनाल्ड कैटरमोल तुम्हारा पति है?'

मिसेज़ कैटरमोल की आँखों से आँसू बहने लगे।

'मैं नहीं जानती कि वह कहाँ है। वह मुझसे यहाँ मिलने वाला था!'

अंबरिज ने उसकी बात को नज़रअंदाज़ कर दिया।

'मैसी, एली और अल्फ़्रेड कैटरमोल की माँ?'

मिसेज़ कैटरमोल पहले से ज़्यादा तेज़ी से सुबकने लगी।

'वे डरे हुए हैं। उन्हें लगता है कि मैं घर नहीं लौट पाऊँगी –'

याक्सले ग़ुस्से से बोला, 'यह नाटक रहने दो। बदज़ातों के पिल्लों के लिए हमारे दिल में कोई हमदर्दी नहीं है।'

मिसेज़ कैटरमोल की सुबकियों के कारण हैरी के क़दमों की आहट सुनाई नहीं दी, जब वह उठे हुए मंच की सीढ़ियों की तरफ़ सावधानी से गया। जिस पल वह पहरा देने वाली पितृदेव बिल्ली के पास से गुज़रा, उसे तापमान में बदलाव महसूस हुआ। यहाँ गर्म और आरामदेह माहौल था। उसे यक़ीन था कि पितृदेव अंबरिज का था और इतना इसलिए चमक रहा था, क्योंकि वह वहाँ पर बहुत ख़ुश थी और उन बेहूदा क़ानूनों का पालन करवा रही थी, जिन्हें शायद उसने ही बनाया था। धीरे-धीरे और बहुत सावधानी से वह मंच पर अंबरिज, याक्सले और हर्माइनी के पीछे पहुँचा तथा हर्माइनी के पीछे वाली कुर्सी पर बैठ गया। उसे इस बात की चिंता थी कि हर्माइनी कहीं उछल न पड़े। उसने अंबरिज और याक्सले पर *ध्वनिदमन* सम्मोहन करने के बारे में भी सोचा, लेकिन यह शब्द बुदबुदाने से भी हर्माइनी दहशत में आ सकती थी। फिर अंबरिज मिसेज़ कैटरमोल से ऊँची

आवाज़ में बोली और हैरी ने इस मौक़े का लाभ उठा लिया।

वह हर्माइनी के कान में फुसफुसाया, 'मैं तुम्हारे पीछे हूँ।'

जैसी कि हैरी को उम्मीद थी, हर्माइनी ज़ोर से उछली। इस चक्कर में वह स्याही की दवात गिरते-गिरते बची, जिससे वह सवाल-जवाब लिखने वाली थी, लेकिन अंबरिज और याक्सले दोनों का ही ध्यान मिसेज़ कैटरमोल पर था, इसलिए कोई गड़बड़ नहीं हुई।

'आज मंत्रालय आने पर तुमसे एक छड़ी ली गई है, मिसेज़ कैटरमोल,' अंबरिज कह रही थी। 'पौने नौ इंच, चेरी, इसमें यूनिकॉर्न का बाल है। क्या तुम इस वर्णन को पहचानती हो?'

मिसेज़ कैटरमोल ने सिर हिलाया और अपनी आँखें आस्तीन पर पोंछीं।

'क्या तुम हमें बताओगी कि तुमने किस जादूगर या जादूगरनी की छड़ी ली है?'

'ली - ली है?' मिसेज़ कैटरमोल सुबकने लगी। 'मैंने किसी - से नहीं ली। मैंने इसे ख़ - ख़रीदा था, जब मैं ग्यारह साल की थी। इसने - इसने - इसने मुझे *चुना था।*

वह पहले से ज़्यादा तेज़ी से रोने लगी।

अंबरिज ने धीमी, लड़कियों जैसी हँसी निकाली, जिसे सुनकर हैरी के मन में उस पर हमला करने की इच्छा होने लगी। अपने शिकार को अच्छी तरह देखने के लिए अंबरिज बैरियर की तरफ़ आगे झुकी। उसके साथ ही एक सुनहरी चीज़ भी आगे की तरफ़ झूल गई और ख़ाली जगह पर लटकने लगी : लॉकेट।

हर्माइनी ने भी इसे देख लिया था। उसने हल्की सी चीख़ निकाली, लेकिन अंबरिज और याक्सले दोनों ही अपने शिकार पर आँख-कान जमाए थे, इसलिए उन्हें कुछ सुनाई नहीं दिया।

'नहीं,' अंबरिज ने कहा, 'नहीं, मुझे ऐसा नहीं लगता, मिसेज़ कैटरमोल। छड़ियाँ सिर्फ़ जादूगरों या जादूगरनियों को ही चुनती हैं। तुम जादूगरनी नहीं हो। मेरे पास तुम्हें भेजी गई प्रश्नावली के तुम्हारे द्वारा दिए गए जवाब हैं - माफ़ाल्डा, ज़रा जवाब तो देना।'

अंबरिज ने अपना छोटा हाथ आगे बढ़ाया। इस पल वह इतनी ज़्यादा मेंढकी जैसी लग रही थी कि हैरी को बहुत हैरानी हुई कि उसकी

गाँठदार उँगलियों के बीच में जाली नहीं थी। हर्माइनी के हाथ सदमे से काँप रहे थे। वह अपने पास वाली कुर्सी पर रखे दस्तावेज़ों के ढेर को उलट-पलट करने लगी। आख़िरकार उसने चर्मपत्रों का एक ढेर निकाला, जिस पर मिसेज़ कैटरमोल का नाम लिखा था।

'यह - यह बहुत सुंदर है, डोलोरेस,' उसने अंबरिज के ब्लाउज के मुड़े हुए कोनों में चमकते लॉकेट की तरफ़ इशारा किया।

'क्या?' अंबरिज ने नीचे देखते हुए कहा। 'ओह हाँ - पुराना पारिवारिक गहना है,' उसने अपनी बड़ी छाती पर पड़े लॉकेट को थपथपाते हुए कहा। 'इस पर लिखे "एस" का मतलब सेल्विन है ... मैं सेल्विन परिवार की नज़दीकी रिश्तेदार हूँ ... दरअसल, बहुत कम शुद्ध-ख़ून वाले परिवार हैं, जो मेरे रिश्तेदार नहीं हैं ... बहुत अफ़सोस की बात है,' उसने आगे और ज़्यादा तेज़ आवाज़ में कहा, जब वह मिसेज़ कैटरमोल की प्रश्नावली पर नज़र दौड़ाने लगी, 'कि यह तुम्हारे बारे में नहीं कहा जा सकता। माता-पिता का व्यवसाय : सब्ज़ी बेचना।'

याक्सले व्यंग्यात्मक लहज़े में हँसने लगा। नीचे रोएँदार बिल्ली पहरा देती रही और दमपिशाच कोनों में खड़े-खड़े इंतज़ार करते रहे।

अंबरिज के झूठ को सुनकर हैरी के दिमाग़ में ग़ुस्से का दौरा पड़ गया और उसने सारी सावधानी छोड़ दी। अंबरिज ने एक घटिया अपराधी से रिश्वत में जो लॉकेट लिया था, उसका इस्तेमाल वह अपने शुद्ध-ख़ून के दर्जे को बढ़ाने के लिए कर रही थी। हैरी ने अपनी छड़ी उठाई और उसे अदृश्य चोगे के नीचे छिपाए रखने का कष्ट किए बिना बोला, *'स्तब्धो!'*

लाल रोशनी की चमक हुई। अंबरिज स्तब्ध हो गई और उसका माथा कटघरे के कोने से टकराया। मिसेज़ कैटरमोल के काग़ज़ उसकी गोद से फ़र्श पर गिर गए। नीचे चाँदी जैसे रंग की मँडराती बिल्ली ग़ायब हो गई। बर्फ़ जैसी ठंडी हवा आँधी की तरह उनसे टकराई। याक्सले ने मुश्किल के स्रोत की तलाश में चारों तरफ़ उलझन में देखा। उसे हैरी का सिर्फ़ हाथ दिखाई दिया, जिसकी छड़ी उसकी ओर तनी थी। उसने भी अपनी छड़ी निकालने की कोशिश की, लेकिन तब तक बहुत देर हो चुकी थी।

'स्तब्धो!'

याक्सले फ़र्श पर गिर गया।

'हैरी!'

'हर्माइनी, अगर तुम्हें लगता है कि मैं यहाँ बैठकर उसे नाटक करने देता –'

'हैरी, मिसेज़ कैटरमोल!'

हैरी घूमा और उसने अपना अदृश्य चोगा उतार दिया। नीचे दमपिशाच अपने कोनों से निकल आए थे। वे कुर्सी पर ज़ंजीर से बँधी औरत की तरफ़ बढ़ रहे थे। शायद इसलिए, क्योंकि पितृदेव ग़ायब हो गया था या फिर उन्हें यह एहसास हो गया था कि उनके मालिक अब नियंत्रण में नहीं हैं। कारण चाहे जो हो, उन्होंने संयम छोड़ दिया था। मिसेज़ कैटरमोल ने डर भरी भयंकर चीख़ निकाली, जब एक गंदे, गले हुए हाथ ने उसकी ठुड्डी पकड़कर चेहरे को पीछे कर दिया।

'पितृदेव संरक्षणम्!'

हैरी की छड़ी की नोक से एक सफ़ेद मृग निकला और उसने दमपिशाचों की तरफ़ छलाँग लगा दी, जो पीछे हटकर दोबारा अँधेरी छायाओं में खो गए। मृग की रोशनी बिल्ली के संरक्षण से ज़्यादा सशक्त और गर्माहट देने वाली थी। जब यह कमरे में चारों तरफ़ घूमने लगा, तो पूरा तहख़ाना रोशन और गर्म हो गया।

'होरक्रक्स निकाल लो,' हैरी ने हर्माइनी से कहा।

वह सीढ़ियों से नीचे भागा और अदृश्य चोगे को दोबारा अपने बैग में ठूँसता हुआ मिसेज़ कैटरमोल के पास पहुँचा।

'तुम ?' मिसेज़ कैटरमोल ने उसके चेहरे को देखते हुए कहा। 'लेकिन – लेकिन रेग ने तो बताया था कि तुम्हीं ने मेरा नाम पूछताछ के लिए दिया था!'

'अच्छा, मैंने दिया था ?' हैरी उसके हाथ बाँधने वाली ज़ंजीरों को खींचते हुए बुदबुदाया। 'तो अब मेरा हृदय परिवर्तन हो गया है। *विभक्तो!*' कुछ नहीं हुआ। 'हर्माइनी, मैं इन ज़ंजीरों को कैसे खोलूँ ?'

'ज़रा ठहरो, मैं यहाँ कुछ करने की कोशिश कर रही हूँ –'

'हर्माइनी, हम दमपिशाचों से घिरे हैं!'

'मैं जानती हूँ हैरी, लेकिन जागने पर उसे पता चल जाएगा कि उसका लॉकेट चला गया है – मुझे इसकी हूबहू नक़ल बनानी होगी ... *मिथुनो!* यह लो ... इससे वह मूर्ख बन जाएगी ...'

हर्माइनी सीढ़ियों पर भागती हुई नीचे आई।

'अच्छा देखते हैं ... *पृथको!*'

ज़ंजीरें खनखनाईं और खुलकर वापस कुर्सी के हत्थों पर पहुँच गईं। मिसेज़ कैटरमोल पहले जितनी ही डरी दिख रही थी।

'मैं समझ नहीं पाई,' वह फुसफुसाई।

'तुम यहाँ से हमारे साथ चलो,' हैरी उसे अपने पैरों पर खड़ा करते हुए बोला। 'घर जाओ और अपने बच्चों को लेकर कहीं बाहर चली जाओ। हो सके, तो देश के बाहर चली जाओ। वेश बदल लो और भाग जाओ। तुमने देख लिया है कि यह कैसा है। यहाँ सुनवाई में तुम्हें कभी न्याय नहीं मिल सकता।'

'हैरी,' हर्माइनी ने कहा, 'हम लोग यहाँ से बाहर कैसे निकलेंगे? दरवाज़े के बाहर बहुत सारे दमपिशाच हैं!'

'पितृदेव की मदद से,' हैरी ने अपनी छड़ी से अपने पितृदेव की ओर इशारा किया। मृग धीमा हुआ और तेज़ी से चमकता हुआ दरवाज़े की तरफ़ बढ़ा। 'हमें ज़्यादा से ज़्यादा पितृदेव उत्पन्न कर लेना चाहिए। तुम भी अपना पितृदेव उत्पन्न कर लो, हर्माइनी।'

'*पितृ – पितृदेव संरक्षणम्,*' हर्माइनी बोली। कुछ नहीं हुआ।

'उसे बस इसी मंत्र में दिक्क़त आती है,' हैरी ने पूरी तरह चकराई हुई मिसेज़ कैटरमोल से कहा। 'थोड़ा दुर्भाग्यपूर्ण है ... एक बार फिर, हर्माइनी ...'

'*पितृदेव संरक्षणम्!*'

हर्माइनी की छड़ी के सिरे से सफ़ेद ऊदबिलाव निकला और हवा में शालीनता से तैरता हुआ मृग के पास जाने लगा।

'चलो,' हैरी ने हर्माइनी और मिसेज़ कैटरमोल को दरवाज़े की तरफ़ ले जाते हुए कहा।

जब पितृदेव उड़ते हुए तहख़ाने से बाहर निकले, तो बाहर इंतज़ार कर रहे लोग सदमे में चीख़ने लगे। हैरी ने चारों तरफ़ देखा। सफ़ेद प्राणियों को देखकर दमपिशाच उनके दोनों तरफ़ पीछे हट रहे थे, अँधेरे में ग़ुम हो रहे थे और तितर-बितर हो रहे थे।

'यह फ़ैसला किया गया है कि तुम सभी लोग घर जाओ और अपने परिवारों के साथ छिप जाओ,' हैरी ने मगलू परिवार में जन्मे जादूगरों से कहा, जिनकी आँखें पितृदेवों की रोशनी से चकाचौंध हो गई थीं और जो

थोड़े घबराकर पीछे हट रहे थे। 'अगर जा सकते हो, तो देश से बाहर चले जाओ। बस मंत्रालय से दूर रहो। यह – अर – नई आधिकारिक स्थिति है। अब, पितृदेवों के पीछे-पीछे चलकर तुम लोग एट्रियम से निकल सकते हो।'

वे लोग बिना किसी बाधा के सीढ़ियों के ऊपर पहुँचने में कामयाब हो गए, लेकिन जब वे लिफ़्ट के पास पहुँचने लगे, तो हैरी के मन में शंकाएँ उठने लगीं। अगर वे सफ़ेद मृग और ऊदबिलाव के साथ एट्रियम में निकले, जिनके साथ मगलू परिवारों में पैदा होने वाले लगभग बीस आरोपी भी थे, तो शायद इससे लोगों को शक हो जाएगा। वह अभी इस अप्रिय नतीजे पर पहुँचा ही था कि तभी उनके सामने एक लिफ़्ट खड़खड़ाती हुई रुक गई।

'रेग!' मिसेज़ कैटरमोल चीख़ी और तेज़ी से रॉन की बाँहों में समा गई। 'रनकॉर्न ने मुझे छुड़ा लिया। उसने अंबरिज और याक्सले पर हमला कर दिया। उसने हम सबसे देश छोड़ने को कहा है। मुझे लगता है कि हमें यह काम कर देना चाहिए, रेग। मैं सचमुच ऐसा सोचती हूँ। चलो जल्दी से घर चलते हैं, बच्चों को लेते हैं और – तुम इतने गीले क्यों हो?'

'पानी,' रॉन ख़ुद को छुड़ाते हुए बुदबुदाया। 'हैरी, वे जानते हैं कि मंत्रालय के भीतर घुसपैठिए घुस आए हैं। शायद अंबरिज के ऑफ़िस के दरवाज़े में हुए किसी छेद से उन्हें पता चला है। मुझे लगता है कि हमारे पास पाँच मिनट का समय होगा, अगर –'

हर्माइनी का पितृदेव *खट्ट* के साथ ग़ायब हो गया, जब वह दहशत भरा चेहरा लेकर हैरी की तरफ़ मुड़ी।

'हैरी, अगर हम यहाँ फँस गए तो –!'

'अगर हम तेज़ी से चलें, तो ऐसा नहीं होगा,' हैरी ने कहा। उसने अपने पीछे के ख़ामोश समूह को संबोधित किया, जो उसकी तरफ़ मुँह फाड़े देख रहे थे।

'छड़ियाँ किस-किस के पास हैं?'

उनमें से आधों ने अपने हाथ खड़े कर दिए।

'ठीक है, जिनके पास छड़ियाँ नहीं हैं, उन्हें छड़ी वाले लोगों के साथ चलना चाहिए। हमें तेज़ी से काम करना होगा – किसी के रोकने से पहले। चलो।'

वे लोग दो लिफ़्टों में जैसे-तैसे समा गए। लिफ़्टों के ऊपर उठते

समय भी हैरी का पितृदेव संतरी की तरह सुनहरी ग्रिलों के सामने खड़ा रहा।

'आठवाँ गलियारा,' जादूगरनी की ठंडी आवाज़ आई, 'एट्रियम।'

हैरी तत्काल जान गया कि वे संकट में थे। एट्रियम में बहुत सारे जादूगर एक अँगीठी से दूसरी अँगीठी तक जाकर उन्हें सील कर रहे थे।

'हैरी!' हर्माइनी चीख़ी। 'अब हम लोग क्या करेंगे – ?'

'रुको!' हैरी गरजा और रनकॉर्न की सशक्त आवाज़ एट्रियम में गूँज गई। अँगीठियों को सील करने में जुटे जादूगर जम से गए। 'मेरे पीछे आओ,' उसने दहशतज़दा मगलू परिवारों के जादूगरों से फुसफुसाकर कहा, जो रॉन और हर्माइनी के बीच में एक साथ आगे बढ़ गए।

'क्या हुआ, अल्बर्ट ?' उसी अधगंजे जादूगर ने कहा, जो कुछ समय पहले अँगीठी में से हैरी के पीछे निकला था। वह घबराया हुआ दिख रहा था।

'बाहर निकलने के रास्ते बंद करने से पहले इन लोगों को यहाँ से निकालना है,' हैरी ने कहा और अपनी आवाज़ जितनी आदेश भरी बना सकता था, उतनी बना दी।

सामने वाले जादूगरों ने एक-दूसरे की तरफ़ देखा।

'हमसे बाहर निकलने के सारे रास्ते सील करने को कहा गया था और यह भी कि किसी को भी बाहर –'

'तो तुम मेरी बात काट रहे हो ?' हैरी ने रौबीले अंदाज़ में कहा। 'क्या तुम यह चाहते हो कि मैं तुम्हारे वंशवृक्ष की भी जाँच करूँ, जिस तरह मैंने डर्क क्रेसवेल की जाँच की थी ?'

'माफ़ करना!' अधगंजे जादूगर ने आह भरकर पीछे हटते हुए कहा। 'मेरा यह मतलब नहीं था, अल्बर्ट, लेकिन मैंने सोचा ... मैंने सोचा कि इन्हें यहाँ पूछताछ के लिए बुलाया गया था और ...'

'इनका ख़ून शुद्ध है,' हैरी ने कहा और उसकी गहरी आवाज़ हॉल में प्रभावशाली ढंग से गूँजी। 'तुममें से कई लोगों से ज़्यादा शुद्ध है। अब तुम लोग जाओ,' उसने मगलू परिवारों के जादूगरों से कहा, जो तेज़ी से अँगीठियों में आगे गए और दो-दो करके ओझल होने लगे। मंत्रालय के जादूगर रुककर पीछे खड़े रहे। उनमें से कुछ दुविधा में दिख रहे थे, बाक़ी डरे हुए और चिड़चिड़े थे। फिर –

'मैरी!'

मिसेज़ कैटरमोल ने पलटकर पीछे देखा। असली रेग कैटरमोल - जिसकी उल्टी अब बंद हो गई थी, लेकिन चेहरा अब भी पीला और मुरझाया हुआ दिख रहा था - अभी-अभी एक लिफ़्ट में से भागता हुआ बाहर निकला था।

'रे - रेग ?'

उसने अपने पति से रॉन की तरफ़ देखा, जिसने ज़ोर से गाली दी।

अधगंजा जादूगर आँखें फाड़कर देखता रहा। उसका सिर बेवकूफ़ीपूर्ण ढंग से एक रेग कैटरमोल से दूसरे रेग कैटरमोल की तरफ़ मुड़ता रहा।

'अरे - यह क्या हो रहा है ? यह क्या है ?'

'रास्ते बंद करो! **बंद करो!**'

याक्सले एक और लिफ़्ट से धड़धड़ाता हुआ निकल आया था और अँगीठियों के पास वाले समूह की ओर भागता हुआ जा रहा था, जिसमें मगलू परिवारों में पैदा सभी जादूगर जा चुके थे। सिर्फ़ मिसेज़ कैटरमोल बची थी। जब अधगंजे जादूगर ने अपनी छड़ी उठाई, तो हैरी ने अपनी विशाल मुट्ठी उठाकर उसे मुक्का मार दिया, जिससे वह हवा में उड़ता हुआ दूर जा गिरा।

'याक्सले, वह मगलू परिवार के लोगों को भगा रहा है!' हैरी चिल्लाया।

अधगंजे जादूगर के साथी कोहराम मचाने लगे, जिसका फ़ायदा उठाकर रॉन ने मिसेज़ कैटरमोल को पकड़ा, उसे खुली अँगीठी की तरफ़ खींचा और ओझल हो गया। दुविधा में याक्सले ने कभी हैरी को, तो कभी अधगंजे जादूगर को देखा, जबकि असली रेग कैटरमोल चिल्लाया, 'मेरी पत्नी! मेरी पत्नी के साथ वह कौन था ? यह क्या हो रहा है ?'

हैरी ने याक्सले के सिर को मुड़ते देखा। उसके बेरहम चेहरे पर सच्चाई पता चलने की झलक थी।

'चलो!' हैरी ने हर्माइनी से चिल्लाकर कहा। उसने उसका हाथ पकड़ा और दोनों ने एक साथ अँगीठी में छलाँग लगा दी, जब याक्सले का शाप हैरी के सिर के ऊपर से तैरता हुआ निकला। वे कुछ सेकंड तक घूमे और फिर एक टॉयलेट सीट से बाहर निकले। हैरी ने लपककर दरवाज़ा खोला। रॉन सिंक के पास खड़ा था और अब भी मिसेज़ कैटरमोल के साथ

कुश्ती कर रहा था।

'रेग, मैं यह नहीं समझ पाई –'

'मुझे छोड़ दो, मैं तुम्हारा पति नहीं हूँ। तुम्हें अपने घर जाना होगा!'

उनके पीछे टॉयलेट में एक आवाज़ आई। हैरी ने पलटकर देखा। याक्सले अभी-अभी प्रकट हुआ था।

'चलो!' हैरी चिल्लाया। उसने हर्माइनी का हाथ और रॉन की बाँह पकड़ी तथा उसी जगह पर घूम गया।

अँधेरे ने उन्हें घेर लिया और इसके साथ जकड़न की अनुभूति हुई, लेकिन कुछ गड़बड़ थी ... हर्माइनी का हाथ उसकी पकड़ से फिसल रहा था ...

वह सोच रहा था कि कहीं उसका दम तो नहीं घुट जाएगा। वह साँस नहीं ले सकता था, देख नहीं सकता था और दुनिया में इकलौती ठोस चीज़ें रॉन की बाँह और हर्माइनी की उँगलियाँ थीं, जो धीरे-धीरे फिसलती जा रही थीं ...

और फिर उसे बारह नंबर, ग्रिमॉल्ड चौक का दरवाज़ा दिखाई दिया ... इसकी साँप वाली साँकल भी, लेकिन इससे पहले कि वह साँस ले पाए, एक चीख़ सुनाई दी और बैंगनी रोशनी दिखाई दी। हर्माइनी का हाथ अचानक उसके हाथ पर जकड़ गया और एक बार फिर अँधेरा छा गया।

अध्याय चौदह

चोर

हैरी ने अपनी आँखें खोलीं और सुनहरी तथा हरी चकाचौंध महसूस की। उसे पता ही नहीं था कि क्या हुआ था। वह तो बस इतना जानता था कि वह पत्तियों और टहनियों पर लेटा हुआ था। उसने अपने पिचके हुए फेफड़ों में तेज़ी से हवा भरी। उसने पलकें झपकाईं और महसूस किया कि धूप के कारण उसकी आँखें चौंधिया गई थीं, जो पत्तियों की काफ़ी ऊँची चादर से छनकर आ रही थी। फिर उसे अपने चेहरे के पास एक चीज़ दिखाई दी। वह घुटनों और हाथ के बल उठकर किसी छोटे, ख़ूँख़ार प्राणी का सामना करने के लिए तैयार हो गया, लेकिन उसने देखा कि यह तो रॉन का पैर था। हैरी ने आस-पास देखा। वे तीनों जंगल में ज़मीन पर पड़े थे और बिलकुल अकेले दिख रहे थे।

हैरी के मन में पहला विचार यह आया कि वे अँधेरे जंगल में पहुँच गए हैं। हालाँकि वह जानता था कि हॉगवर्ट्स में उनका पहुँचना कितना मूर्खतापूर्ण और ख़तरनाक था, लेकिन एक पल के लिए तो उसका दिल उछल पड़ा, जब उसने सोचा कि वे लोग पेड़ों के बीच से होते हुए हैग्रिड की झोपड़ी तक चोरी से जा सकते हैं। बहरहाल, कुछ पलों में रॉन हल्के से कराहा और जब हैरी उसकी तरफ़ रेंगने लगा, तो उसे एहसास हो गया कि यह अँधेरा जंगल नहीं था। यहाँ के पेड़ ज़्यादा छोटे लग रहे थे, उनके बीच में काफ़ी जगह थी और ज़मीन ज़्यादा साफ़ थी।

उसने देखा, हर्माइनी रॉन के सिर के पास अपने घुटनों और हाथों के बल बैठी थी। जिस पल हैरी की निगाह रॉन पर पड़ी, बाक़ी सारी चिंताएँ उसके दिमाग़ से निकल गईं। रॉन के शरीर का पूरा बायाँ हिस्सा ख़ून में लथपथ था। उसका चेहरा पत्तियों से भरी धरती पर सफ़ेद दिख रहा था।

भेसबदल काढ़े का प्रभाव अब ख़त्म हो रहा था। रॉन कैटरमोल और अपने असली रूप के बीच में था, उसके बाल लाल होते जा रहे थे और उसके चेहरे का बचा-खुचा रंग भी उड़ता जा रहा था।

'उसे क्या हुआ ?'

'विभक्त हो गया है,' हर्माइनी ने कहा। उसकी उँगलियाँ रॉन की आस्तीन पर कुछ कर रही थीं, जहाँ ख़ून सबसे गीला और काला था।

जब रॉन की शर्ट खुली, तो हैरी दहशत में आ गया। वह विभक्त होने यानी अंतर्ध्यान होते समय शरीर का हिस्सा पीछे छूटने को हमेशा मज़ेदार मानता आया था, लेकिन यह ... उसके भीतरी हिस्से अप्रिय रूप से कुलबुलाने लगे, जब हर्माइनी ने रॉन की ऊपरी बाँह पकड़ी, जहाँ का बहुत सा मांस ग़ायब था। हर्माइनी ने उसे इस तरह साफ़ कर दिया, जैसे चाकू से साफ़ कर रही हो।

'हैरी, जल्दी से मेरा बैग लाओ। उसमें एक छोटी शीशी रखी है, जिस पर लिखा है *डिटैनी का सार* –'

'बैग – ठीक है –'

हैरी जल्दी से उस जगह गया, जहाँ हर्माइनी उतरी थी। उसने वहाँ पड़े छोटे हैंडबैग को उठाया और उसके भीतर हाथ डाला। उसका हाथ एक के बाद एक कई चीज़ों से टकराया। उसने पुस्तकों के चमड़े के कवर, स्वेटरों की ऊन वाली आस्तीनों, जूतों की हील को महसूस किया –

'जल्दी!'

उसने ज़मीन से अपनी छड़ी उठाई और जादुई बैग की गहराई में तान दी।

'आगमनो डिटैनी!'

एक छोटी भूरी शीशी बैग में से उड़कर बाहर निकली। वह इसे पकड़कर जल्दी से हर्माइनी तथा रॉन के पास पहुँच गया। रॉन की आँखें अब आधी बंद थीं और उसकी पलकों के बीच से सिर्फ़ सफ़ेद हिस्से ही दिख रहे थे।

'वह बेहोश हो गया है,' हर्माइनी ने कहा, जो ख़ुद भी थोड़ी पीली दिख रही थी। अब वह माफ़ाल्डा जैसी नहीं दिख रही थी, हालाँकि उसके बाल अब भी कहीं-कहीं सफ़ेद थे। 'इसे खोलो, हैरी, मेरे हाथ काँप रहे हैं।'

हैरी ने छोटी शीशी का कॉर्क खोल दिया। हर्माइनी ने ख़ून निकलते

घाव पर उसकी तीन बूँदें डाल दीं। हरा धुआँ उठा और इसके साफ़ होने पर हैरी ने देखा कि ख़ून बहना बंद हो गया था। घाव अब कई दिन पुराना दिख रहा था। अभी तक जहाँ खुला मांस था, वहाँ अब नई चमड़ी आने लगी थी।

'वाह,' हैरी ने कहा।

'मुझे लगता है, मैं सुरक्षित तरीक़े से इतना ही कर सकती हूँ,' हर्माइनी ने काँपते हुए कहा। 'कुछ मंत्र हैं, जो उसे बिलकुल ठीक कर सकते हैं, लेकिन मैं उनका जोखिम नहीं उठाऊँगी। क्या पता मुझसे गड़बड़ हो जाए और ज़्यादा नुक़सान हो जाए ... पहले ही उसका बहुत ख़ून बह चुका है ...'

'वह घायल कैसे हुआ ? मेरा मतलब है,' हैरी ने अपना सिर हिलाया और अभी-अभी जो हुआ था, उसका मतलब समझने की कोशिश की, 'हम लोग यहाँ क्यों हैं ? मुझे तो लगा था कि हम ग्रिमॉल्ड चौक जा रहे थे ?'

हर्माइनी ने एक गहरी साँस ली। उसकी आँखें भर आईं।

'हैरी, मुझे नहीं लगता कि हम दोबारा वहाँ जा पाएँगे।'

'तुम क्या कह – ?'

'जब हम अंतर्ध्यान हुए, तो याक्सले ने मुझे पकड़ लिया और मैं उससे हाथ नहीं छुड़ा पाई, वह बहुत ताक़तवर था। जब हम ग्रिमॉल्ड चौक पहुँचे, तब भी वह मेरा हाथ पकड़े हुए था, और फिर – देखो, मुझे लगता है कि उसने दरवाज़ा ज़रूर देख लिया होगा और सोचा होगा कि हम वहाँ रुकने वाले हैं, इसलिए उसने अपनी पकड़ ढीली कर दी और मैं उससे हाथ छुड़ाने में कामयाब हो गई। इसके बाद मैं तुम लोगों को यहाँ ले आई!'

'लेकिन फिर वह कहाँ है ? छोड़ो ... तुम्हारा यह मतलब तो नहीं है कि वह ग्रिमॉल्ड चौक में है ? वह अंदर कैसे घुस सकता है ?'

हर्माइनी की आँखें उन आँसुओं से चमकने लगीं, जो बहे नहीं थे। उसने अपना सिर हिलाया।

'हैरी, मुझे लगता है कि वह अंदर घुस सकता है। मैंने – मैंने विकर्षण मंत्र से उससे हाथ छुड़ा लिया, लेकिन तब तक मैं उसे गुप्त-रक्षक सम्मोहन के भीतर ले चुकी थी। डम्बलडोर की मौत के बाद हम लोग रहस्य-रक्षक हैं और मैंने उसे रहस्य बता दिया है, है ना ?'

वह नाटक नहीं कर रही थी। हैरी को यक़ीन था कि वह सही कह

रही है। यह एक ज़बर्दस्त झटका था। अगर याक्सले अब घर के भीतर घुस सकता है, तो उनके लौटने का सवाल ही नहीं उठता था। हो सकता है कि वह इसी वक़्त अंतर्ध्यान होकर अन्य प्राणभक्षियों को वहाँ ला रहा हो। हालाँकि मकान में अँधेरा और निराशा भरी थी, लेकिन यह उनके रहने की इकलौती सुरक्षित जगह थी। क्रीचर के ख़ुश और दोस्ताना होने के बाद तो यह एक तरह से घर ही बन गया था। अफ़सोस के एक झोंके के साथ, जिसका भोजन से कोई लेना-देना नहीं था, हैरी ने कल्पना की कि घरेलू जिन्न स्टीक और किडनी पाई बनाने में व्यस्त होगा, जिसे हैरी, रॉन और हर्माइनी कभी नहीं खा पाएँगे।

'हैरी, मुझे अफ़सोस है, मुझे बहुत अफ़सोस है!'

'मूर्खों जैसी बातें मत करो। इसमें तुम्हारी कोई ग़लती नहीं है! अगर किसी की ग़लती है, तो मेरी है ...'

हैरी ने जेब में हाथ डालकर बावरे-नैन की आँख बाहर निकाली। हर्माइनी दहशत में पीछे हट गई।

'अंबरिज ने लोगों की जासूसी करने के लिए इसे अपने ऑफ़िस के दरवाज़े पर लगा दिया था। मैं इसे वहाँ छोड़कर तो नहीं आ सकता था ... इसी कारण उन्हें मालूम चला कि मंत्रालय में घुसपैठिए आ गए हैं।'

हर्माइनी के जवाब देने से पहले ही रॉन कराहा और उसने अपनी आँखें खोलीं। उसका चेहरा अब भी सफ़ेद था और उस पर पसीने की बूँदें चमक रही थीं।

'तुम्हें कैसा लग रहा है?' हर्माइनी ने फुसफुसाकर पूछा।

'बहुत बुरा,' रॉन बोला और अपनी घायल बाँह को छूकर मुँह बनाने लगा। 'हम कहाँ हैं?'

'उस जंगल में, जहाँ क्विडिच वर्ल्ड कप हुआ था,' हर्माइनी ने कहा। 'मैं कोई बंद जगह चाहती थी और यह -'

'- वह पहली जगह थी, जिसका ख़्याल तुम्हारे दिमाग़ में आया था,' हैरी ने वीरान जंगल पर नज़र डालते हुए उसकी बात पूरी की। उसे बरबस ही याद आ गया कि जब हर्माइनी पहली बार उन्हें अंतर्ध्यान करके अपनी मनचाही जगह पर ले गई थी, तब क्या हुआ था। उस वक़्त प्राणभक्षियों ने कुछ मिनटों के भीतर ही उन्हें खोज लिया था। क्या यह गुप्तविद्या थी? क्या वोल्डेमॉर्ट या उसके जासूस इस बार भी जानते होंगे कि हर्माइनी उन्हें कहाँ ले आई थी?

'तुम्हें क्या लगता है, हमें यहाँ से चलना चाहिए?' रॉन ने हैरी से पूछा। रॉन के चेहरे को देखते ही हैरी समझ गया कि वह भी वही बात सोच रहा था।

'पता नहीं।'

रॉन का चेहरा अब पीला और चिपचिपा दिख रहा था। उसने उठकर बैठने की कोई कोशिश नहीं की और ऐसा लग रहा था कि कमज़ोरी के कारण वह ऐसा कर भी नहीं सकता था। उसे कहीं और ले जाने का विचार ही डरावना था।

हैरी ने कहा, 'हाल-फ़िलहाल तो हम यहीं रुकते हैं।'

राहत महसूस करते हुए हर्माइनी खड़ी हो गई।

'तुम कहाँ जा रही हो?' रॉन ने पूछा।

'अगर हम यहीं रुक रहे हैं, तो हमें इस जगह के चारों तरफ़ कुछ सुरक्षात्मक सम्मोहन कर देने चाहिए,' उसने जवाब दिया। फिर उसने अपनी छड़ी उठाई और मंत्र पढ़ते हुए हैरी तथा रॉन के चारों ओर एक चौड़े घेरे में चलने लगी। हैरी को तत्काल आस-पास की हवा में बदलाव महसूस हुआ। ऐसा लग रहा था, जैसे हर्माइनी ने उनके आस-पास गर्मी की धुंध बना दी हो।

'*शापमुक्तो ... पूर्ण रक्षाकवच ... मगलू-विकर्षणो ... ध्वनिदमन ...* तुम टेंट निकाल लो, हैरी ...'

'टेंट?'

'बैग में!'

'ज़ाहिर है, बैग में ही होगा,' हैरी ने कहा।

उसने इस बार अंदर टटोलने की जहमत नहीं उठाई, बल्कि एक बार फिर आव्हान सम्मोहन का प्रयोग किया। टेंट कैनवास के ढेर के रूप में रस्सी और खंभों सहित निकला। हैरी इसे पहचान गया, कुछ हद तक इसकी बिल्ली जैसी ख़ुशबू के कारण। यह वही टेंट था, जिसमें वे क्विडिच वर्ल्ड कप वाली रात को सोए थे।

'मुझे लगता था कि यह मंत्रालय में काम करने वाले पर्किन्स का है?' उसने पूछा और टेंट के खूँटों को अलग करने लगा।

'वह इसे वापस नहीं चाहता था, क्योंकि उसकी कमर का हाल बहुत बुरा है,' हर्माइनी ने कहा, जो अब अपनी छड़ी से आठ की जटिल आकृति

बना रही थी, 'इसलिए रॉन के डैडी ने यह मुझे उधार दे दिया। उच्चो!' उसने गुड़ी-मुड़ी कैनवास की ओर छड़ी तानते हुए कहा। इससे टेंट एक झटके से हवा में उठा और हैरी के सामने ज़मीन पर लग गया। हैरी के हैरान हाथों से एक खूँटा उड़ा और धम्म के साथ एक रस्सी के अंत में जा गिरा।

'गुफा रक्षितो,' हर्माइनी ने आसमान की तरफ़ छड़ी लहराकर काम ख़त्म किया। 'मैं इतना ही कर सकती हूँ। कम से कम हमें किसी के आने का पता चल जाएगा। मैं यह गारंटी तो नहीं दे सकती कि इससे हम उसे बाहर रख सकते हैं, वोल्-'

'नाम मत लो!' रॉन ने रूखी आवाज़ में उसकी बात काट दी।

हैरी और हर्माइनी ने एक-दूसरे की तरफ़ देखा।

'माफ़ करना,' रॉन ने थोड़ा कराहते हुए कहा, जब उनकी तरफ़ देखने के लिए वह थोड़ा उठा, 'लेकिन यह किसी बुरे शाप जैसा लगता है। क्या हम उसे तुम-जानते-हो-कौन कहकर नहीं पुकार सकते - प्लीज़?'

'डम्बलडोर ने कहा था कि नाम का डर -' हैरी ने बोलना शुरू किया।

'दोस्त, अगर तुमने ध्यान दिया हो, तो तुम-जानते-हो-कौन का नाम लेने से डम्बलडोर को अंत में ज़्यादा फ़ायदा नहीं हुआ,' रॉन ने उसकी बात काटते हुए कहा। 'बस - बस तुम-जानते-हो-कौन के प्रति थोड़ा सम्मान दिखाओ, ठीक है?'

'सम्मान?' हैरी ने दोहराया, लेकिन हर्माइनी ने उसे चेतावनी भरी नज़रों से देखा। स्पष्ट रूप से जब रॉन इतनी कमज़ोर हालत में था, तो हैरी को उसके साथ बहस नहीं करनी चाहिए।

हैरी और हर्माइनी रॉन को आधा उठाकर और आधा घसीटकर टेंट के दरवाज़े में से अंदर ले गए। टेंट के अंदर का हुलिया ठीक वैसा ही था, जैसा हैरी को याद था : एक छोटा फ़्लैट, जिसमें बाथरूम और छोटा सा किचन था। उसने एक पुरानी कुर्सी एक तरफ़ धकाकर रॉन को बंक बेड की नीचे वाली बर्थ पर सावधानी से लिटा दिया। इस बहुत छोटी यात्रा में ही रॉन का चेहरा और सफ़ेद हो गया। लेटने के बाद रॉन ने अपनी आँखें एक बार फिर बंद कर लीं और थोड़ी देर तक कुछ नहीं बोला।

'मैं थोड़ी चाय बना लाती हूँ,' हर्माइनी ने हाँफते हुए कहा और अपने बैग से केतली व मग निकालकर किचन की तरफ़ चल दी।

हैरी को यह गर्म पेय उतना ही अच्छा लगा, जितनी कि बावरे-नैन की मौत वाली रात को फ़ायरव्हिस्की लगी थी। लगता था, इससे उसके सीने में मँडराता डर थोड़ा सा जल गया। एक-दो मिनट बाद रॉन ने ख़ामोशी तोड़ी।

'तुम्हें क्या लगता है, कैटरमोल दंपति का क्या हुआ होगा ?'

'अगर उनकी क़िस्मत अच्छी रही होगी, तो वे भाग गए होंगे,' हर्माइनी ने कहा और राहत के लिए अपने गर्म मग को पकड़ा। 'अगर रेग कैटरमोल का दिमाग़ सही-सलामत काम कर रहा होगा, तो वह मिसेज़ कैटरमोल को साहचर्य-अंतर्ध्यान करके ले गया होगा और वे इस समय अपने बच्चों के साथ इस देश से भाग रहे होंगे। हैरी ने उससे यही करने को कहा था।'

'भगवान करे, वे भाग गए हों,' रॉन ने तकियों पर टिकते हुए कहा। लगता था, चाय से उसे फ़ायदा हुआ था और उसके चेहरे की कुछ रंगत लौट आई थी। 'मुझे नहीं लगता कि रेग कैटरमोल में ज़्यादा दिमाग़ है, क्योंकि जब मैं उसके भेस में था, तो हर व्यक्ति मुझसे इस तरह बात कर रहा था, जैसे उसमें दिमाग़ की कमी हो। भगवान करे, वे लोग भाग गए हों ... अगर वे दोनों हमारी वजह से अज़्काबान पहुँच गए ...'

हैरी ने हर्माइनी को देखा और जो सवाल वह पूछने वाला था - कि मिसेज़ कैटरमोल के पास छड़ी न होने के कारण वह अपने पति के साथ अंतर्ध्यान नहीं हो पाएगी - उसके गले में ही अटका रह गया। हर्माइनी रॉन को कैटरमोल दंपति के भाग्य पर चिंता करते देख रही थी। उसके भाव में इतनी कोमलता थी कि हैरी को महसूस हुआ, जैसे उसने उसे रॉन को चूमते देख लिया हो।

'तो तुमने वह चीज़ निकाल ली थी ?' हैरी ने उससे पूछा, कुछ हद तक उसे याद दिलाने के लिए कि वह भी वहाँ मौजूद था।

'क्या - कौन सी चीज़ ?' हर्माइनी ने थोड़ा चौंकते हुए पूछा।

'जिसके लिए हमने इतनी सारी मशक्कत की थी ? लॉकेट! लॉकेट कहाँ है ?'

'तुम्हें वह मिल गया ?' रॉन चिल्लाया और अपने तकियों पर थोड़ा ऊपर हुआ। 'कोई मुझे कुछ भी नहीं बताता है! भगवान के लिए, तुम लोग कम से कम इसका ज़िक्र तो कर सकते थे!'

'देखो, हम लोग उस वक़्त प्राणभक्षियों से जान बचाकर भाग रहे

थे, है ना?' हर्माइनी ने कहा। 'यह रहा।'

उसने अपने दुशाले की जेब से लॉकेट बाहर निकालकर रॉन को थमा दिया।

यह मुर्गी के अंडे जितना बड़ा था। इस पर सजावटी अक्षर 'एस' लिखा था। इसमें कई छोटे हरे पत्थर लगे थे और यह टेंट के कैनवास की छत से छनकर आती रोशनी में हल्का चमक रहा था।

'क्या इसकी संभावना है कि क्रीचर के हाथ से निकलने के बाद किसी ने इसे नष्ट कर दिया हो?' रॉन ने आशा से कहा। 'मेरा मतलब है, हम यक़ीन से कैसे कह सकते हैं कि यह अब भी होरक्रक्स है?'

'मुझे लगता है कि यह अब भी है,' हर्माइनी ने उसे रॉन के हाथ से लेकर ग़ौर से देखते हुए कहा। 'अगर इसे जादू से नष्ट किया गया होता, तो नुक़सान का कोई न कोई निशान तो दिखता।'

उसने इसे हैरी की तरफ़ बढ़ा दिया, जिसने इसे अपनी उँगलियों में उलट-पलटकर देखा। यह बहुत अच्छी हालत में और अक्षत दिख रहा था। उसे डायरी के लहूलुहान अवशेष याद आए और यह भी कि जब डम्बलडोर ने होरक्रक्स वाली अँगूठी को नष्ट किया था, तो उसका पत्थर चटक गया था।

'मुझे लगता है, क्रीचर ने सही कहा था,' हैरी ने कहा। 'इसे नष्ट करने के लिए पहले हमें यह पता लगाना होगा कि इसे खोला कैसे जाए।'

अचानक हैरी को यह एहसास हुआ कि वह क्या थामे था और उन सुनहरे छोटे दरवाज़ों के पीछे क्या है। इसे खोजने की उनकी तमाम कोशिशों के बावजूद उसके मन में लॉकेट दूर फेंकने की प्रबल इच्छा हुई। ख़ुद पर दोबारा क़ाबू करते हुए उसने लॉकेट को अपनी उँगलियों से खोलने की कोशिश की। फिर उसने वह सम्मोहन आज़माया, जिसका प्रयोग हर्माइनी ने रेग्युलस के बेडरूम के दरवाज़े पर किया था। किसी से काम नहीं बना। उसने लॉकेट रॉन और हर्माइनी को दे दिया। उन दोनों ने भी काफ़ी कोशिश की, लेकिन कोई भी इसे खोलने में कामयाब नहीं हो पाया।

'वैसे, क्या तुम इसे महसूस कर सकते हो?' रॉन ने दबी आवाज़ में कहा, जब उसने इसे अपनी बंद मुट्ठी में कसकर पकड़ा।

'तुम्हारा क्या मतलब है?'

रॉन ने होरक्रक्स हैरी की ओर बढ़ाया। एक-दो पल बाद हैरी रॉन

का मतलब समझ गया। क्या यह उसका अपना ख़ून था, जो उसकी रगों में धड़क रहा था या फिर लॉकेट के भीतर कोई चीज़ धातु के छोटे दिल की तरह धड़क रही थी?

'हम इसका क्या करेंगे?' हर्माइनी ने पूछा।

'हम इसे तब तक सुरक्षित रखेंगे, जब तक यह पता न लगा लें कि इसे कैसे नष्ट करना है,' हैरी ने जवाब दिया और न चाहते हुए भी चेन अपने गले में लटका ली। लॉकेट उसके दुशालों के नीचे पहुँच गया, जहाँ यह हैग्रिड के दिए पाउच के साथ उसके सीने पर टिक गया।

'मुझे लगता है कि हमें टेंट के बाहर बारी-बारी से पहरा देना चाहिए,' हैरी ने खड़े होते हुए और हाथ सीधे करते हुए हर्माइनी से कहा। 'और हमें भोजन के बारे में भी सोचना होगा। तुम यहीं रुके रहो,' उसने तेज़ी से कहा, जब रॉन ने उठने की कोशिश की, जिससे उसका चेहरा हरा हो गया।

हर्माइनी ने हैरी को उसके जन्मदिन पर जो मुख़बिर यंत्र दिया था, उसे टेंट में टेबल पर सावधानी से रखने के बाद हैरी और हर्माइनी ने दिन भर बारी-बारी से पहरा दिया। बहरहाल, मुख़बिर यंत्र पूरे दिन ख़ामोश रहा और उसकी सुई स्थिर रही। हर्माइनी ने उनके चारों तरफ़ सुरक्षात्मक सम्मोहन और मगलू-विकर्षक सम्मोहन किए थे। या तो उनके कारण या फिर इस कारण कि लोग इस तरफ़ कम ही आते थे, कुछ पक्षियों और गिलहरियों के सिवाय उनकी तरफ़ कोई नहीं आया। शाम को भी कोई बदलाव नहीं हुआ। हैरी ने अपनी छड़ी को रोशन कर लिया, जब उसने दस बजे हर्माइनी के साथ जगह बदली और एक वीरान दृश्य देखा। ऊपर दिखते तारों भरे आसमान के नीचे चमगादड़ उड़ रहे थे।

उसे अब भूख लग रही थी और उसका दिमाग़ थोड़ा घूम रहा था। हर्माइनी ने अपने जादुई बैग में खाना पैक नहीं किया था, क्योंकि उसे लग रहा था कि वे उस रात तक ग्रिमॉल्ड चौक पहुँच जाएँगे। उन्हें खाने के लिए जंगली मशरूमों के सिवाय कुछ नहीं मिला, जिन्हें हर्माइनी सबसे पास वाले पेड़ों के बीच से इकट्ठा करके लाई थी और उन्हें एक पतीले में पकाया था। दो निवाले खाने के बाद रॉन ने अपनी प्लेट खिसका दी। ऐसा लग रहा था, जैसे उसे उबकाई आ रही हो। हैरी सिर्फ़ इसलिए खाता रहा, क्योंकि वह हर्माइनी की भावनाओं को ठेस नहीं पहुँचाना चाहता था।

आस-पास की ख़ामोशी अजीब सी सरसराहट और टहनियों के

चरमराने की आवाज़ों से ही टूट रही थी। हैरी ने सोचा कि ये आवाज़ें इंसानों के बजाय जानवरों की होंगी। बहरहाल, उसकी छड़ी तैयार थी। उसके पेट में गुड़गुड़ हो रही थी, क्योंकि उसने रबड़ जैसे मशरूम ही खाए थे, और वह भी बहुत कम।

उसने सोचा कि होरक्रक्स को पाने के बाद तो उसे बहुत ख़ुश होना चाहिए था, लेकिन न जाने क्यों वह ख़ुश नहीं था। जब वह अँधेरे में बैठा-बैठा देखता रहा, जिसके सिर्फ़ एक बहुत छोटे हिस्से को उसकी छड़ी रोशन कर रही थी, तो उसे बस यही चिंता हो रही थी कि आगे जाने क्या होगा। ऐसा लग रहा था, जैसे वह कई हफ़्तों, महीनों, शायद बरसों से इस बिंदु की तरफ़ चला आ रहा था, लेकिन अब वह अचानक रुक गया था, राह से दूर हो गया था।

कहीं पर बाक़ी होरक्रक्स भी थे, लेकिन उसे ज़रा भी अंदाज़ा नहीं था कि वे कहाँ हो सकते हैं। वह तो यह भी नहीं जानता था कि वोल्डेमॉर्ट ने किन चीज़ों को होरक्रक्स बनाया होगा। और तो और, उसे तो यह भी पता नहीं था कि उन्हें जो इकलौता होरक्रक्स मिला था और जो इस वक़्त उसके सीने पर टिका था, उसे नष्ट कैसे करना है। अजीब बात यह थी कि इसने उसके शरीर की गर्मी नहीं ली थी, बल्कि बहुत ठंडा लग रहा था, जैसे अभी-अभी बर्फ़ीले पानी से बाहर निकला हो। समय-समय पर हैरी को लगा या शायद उसने कल्पना की कि उसे अपनी धड़कन के अलावा भी एक हल्की सी धड़कन सुनाई दे रही है।

अँधेरे में बैठे-बैठे उस पर अनजान बुरी कल्पनाएँ हावी होने लगीं। उसने उनका प्रतिरोध करने, उन्हें दूर भगाने की कोशिश की, लेकिन वे बेरहमी से उसके पास आती रहीं। *एक के ज़िंदा रहते दूसरा ज़िंदा नहीं रह सकता।* रॉन और हर्माइनी, जो इस समय उसके पीछे टेंट में धीरे-धीरे बातें कर रहे थे, अगर चाहें तो इससे दूर जा सकते थे : वह नहीं जा सकता था। जब वह वहाँ पर बैठा-बैठा अपने डर और थकान को जीतने की कोशिश कर रहा था, तब उसे लगा कि उसके सीने पर टिका होरक्रक्स उसके पास बचे समय को टिक-टिक करके काट रहा था ... उसने सोचा, *मूर्खतापूर्ण विचार है, इस बारे में मत सोचो ...*

उसका निशान दोबारा दुखने लगा था। उसे डर था कि ऐसा उसके विचारों के कारण हो रहा था। इसलिए उसने अपने विचारों को किसी दूसरी दिशा में मोड़ने की कोशिश की। उसने बेचारे क्रीचर के बारे में सोचा, जो उनके घर लौटने की उम्मीद कर रहा होगा, लेकिन उसे याक्सले को

झेलना पड़ा होगा। क्या घरेलू जिन्न ख़ामोश रहेगा या फिर वह प्राणभक्षी को हर वह बात बता देगा, जो वह जानता था? हैरी यक़ीन करना चाहता था कि पिछले महीने में क्रीचर बदल गया था, अब वह उसके प्रति वफ़ादार बन गया था, लेकिन कौन जाने क्या होगा? अगर प्राणभक्षी घरेलू जिन्न को यातना देंगे, तो क्या होगा? हैरी के दिमाग़ में बुरी सी तस्वीरें भरने लगीं और उसने उन्हें भी दूर हटाने की कोशिश की, क्योंकि वह क्रीचर के लिए कुछ नहीं कर सकता था। वह और हर्माइनी उसे नहीं बुलाने का फ़ैसला पहले ही कर चुके थे। उन्हें डर था कि मंत्रालय का कोई कर्मचारी भी उसके साथ न चला आए। उन्हें मालूम नहीं था कि घरेलू जिन्न के अंतर्ध्यान होने में भी उस तरह की दिक्क़त नहीं आएगी, जिस तरह हर्माइनी की आस्तीन पकड़कर याक्सले ग्रिमॉल्ड चौक पहुँच गया था।

हैरी का निशान अब जल रहा था। उसने सोचा कि वे बहुत कुछ नहीं जानते थे। ल्यूपिन ने सही कहा था। उन्होंने इस तरह के जादू का कभी सामना नहीं किया था या कल्पना भी नहीं की थी। डम्बलडोर ने और ज़्यादा स्पष्ट क्यों नहीं किया? क्या उन्होंने यह सोचा था कि इसके लिए समय रहेगा, कि वे बरसों तक या शायद अपने दोस्त निकोलस फ़्लामेल की तरह सदियों तक जिएँगे? अगर ऐसा था, तो वे ग़लत थे ... स्नेप ने उनका हिसाब चुकता कर दिया था ... स्नेप, सोया हुआ साँप, जिसने मीनार के ऊपर डँसा था ...

और डम्बलडोर गिर गए थे ... गिर गए थे ...

'वह मुझे दे दो, ग्रेगरोविच।'

हैरी की आवाज़ ऊँची, स्पष्ट और ठंडी थी। उसने अपनी छड़ी लंबी उँगलियों वाले एक हाथ में सामने पकड़ रखी थी। जिसकी तरफ़ वह छड़ी ताने था, वह व्यक्ति हवा में उल्टा लटक रहा था, हालाँकि रस्सियाँ कहीं नज़र नहीं आ रही थीं। वह व्यक्ति अदृश्य और अजीब तरीक़े से बँधा हुआ झूल रहा था। उसके अंग उसके आस-पास लिपटे हुए थे। उसका दहशत भरा चेहरा हैरी के चेहरे के सामने था और लाल दिख रहा था, क्योंकि पूरे शरीर का ख़ून उसके सिर में आ गया था। उसके बाल सफ़ेद और दाढ़ी मोटी, घनी थी : वह सांता क्लॉज़ जैसा दिख रहा था।

'यह मेरे पास नहीं है, अब यह मेरे पास नहीं है! बरसों पहले कोई चुराकर ले गया था!'

'लॉर्ड वोल्डेमॉर्ट से झूठ मत बोलो, ग्रेगरोविच। वे जानते हैं ... वे

हमेशा जानते हैं।'

झूलते आदमी की पुतलियाँ चौड़ी हो गईं और डर के मारे फैल गईं। वे लगातार फूलने और बड़ी होने लगीं, जब तक कि उनके कालेपन ने हैरी को समूचा नहीं निगल लिया –

अब हैरी एक अँधेरे गलियारे में नाटे, मोटे ग्रेगरोविच के पीछे जल्दी-जल्दी चल रहा था, जिसने मशाल उठा रखी थी। ग्रेगरोविच गलियारे के आख़िरी वाले कमरे में तेज़ी से घुसा। उसकी लालटेन की रोशनी में एक वर्कशॉप जैसी जगह नज़र आई। लकड़ी के छिलके और सुनहरी चीज़ें रोशनी के झूलते समुद्र में चमक रही थीं। खिड़की की मुँडेर पर सुनहरे बालों वाला एक युवक किसी विशाल पक्षी की तरह बैठा था। एक पल के लिए लालटेन की रोशनी उस पर पड़ी। हैरी ने उसके आकर्षक चेहरे पर आनंद का भाव देखा। फिर उस युवक ने अपनी छड़ी से ग्रेगरोविच पर स्तब्धीकरण मंत्र मारा और हँसता हुआ खिड़की से पीछे की तरफ़ कूद गया।

अब हैरी उन चौड़ी, सुरंग जैसी पुतलियों में से वापस लौट रहा था और ग्रेगरोविच के चेहरे पर दहशत का भाव था।

'वह चोर कौन था, ग्रेगरोविच?' ऊँची, ठंडी आवाज़ आई।

'मैं नहीं जानता, मुझे कभी मालूम नहीं चला, एक युवक – नहीं – प्लीज़ – ***प्लीज़!'***

एक चीख़ गूँजी, जो गूँजती रही और फिर हरी रोशनी का एक धमाका हुआ –

'हैरी!'

उसने अपनी आँखें खोलीं। वह हाँफ रहा था और उसका माथा फड़क रहा था। वह टेंट के किनारे पर बेहोश हो गया था। वह कैनवास पर तिरछा फिसल गया था और ज़मीन पर पसरा हुआ था। उसने हर्माइनी की तरफ़ देखा, जिसके झबरीले बालों की वजह से ऊपर की अँधेरी शाखाओं के बीच से दिखने वाला आसमान का छोटा सा टुकड़ा अब दिखना बंद हो गया था।

'सपना,' उसने तेज़ी से बैठते हुए कहा और हर्माइनी की ग़ुस्से भरी नज़र के सामने मासूम दिखने की कोशिश की। 'शायद आँख लग गई होगी, माफ़ करना।'

'मैं जानती हूँ, यह तुम्हारा निशान था! मैं तुम्हारे चेहरे के भाव से समझ सकती हूँ! तुम उसके बारे में देख रहे थे, वोल् –'

'उसका नाम मत लो!' टेंट के भीतर से रॉन की ग़ुस्से भरी आवाज़ आई।

'ठीक है,' हर्माइनी ने कहा। 'तो, *तुम-जानते-हो-कौन के* दिमाग़ में देख रहे थे!'

'मैं ऐसा करना नहीं चाहता था!' हैरी ने कहा। 'यह एक सपना था! हर्माइनी, क्या *तुम* इस बात पर क़ाबू कर सकती हो कि तुम्हें किस बारे में सपने आते हैं?'

'अगर तुम गुप्तविद्या में निपुण हो जाते –'

लेकिन हैरी को यह बताने की ज़रूरत नहीं थी, न ही उसकी इसमें दिलचस्पी थी। वह तो उस बारे में बातचीत करना चाहता था, जो उसने अभी-अभी देखा था।

'हर्माइनी, उसे ग्रेगरोविच मिल गया है। और मुझे लगता है कि उसने उसे मार डाला है, लेकिन उसे मारने से पहले उसने ग्रेगरोविच के दिमाग़ को पढ़ा था और मैंने देखा –'

'मुझे लगता है कि अगर तुम थकान के कारण सो रहे हो, तो निगरानी मैं करती हूँ,' हर्माइनी ने ठंडेपन से कहा।

'मैं पूरी निगरानी कर सकता हूँ!'

'नहीं, साफ़ दिख रहा है कि तुम थक चुके हो। जाओ, जाकर सो जाओ।'

वह टेंट के प्रवेशद्वार के सामने दृढ़ता से बैठ गई। हैरी नाराज़ था, लेकिन बहस नहीं करना चाहता था, इसलिए वह झुककर अंदर चला गया।

नीचे वाले बंक बेड से रॉन का पीला चेहरा झाँक रहा था। हैरी उसके ऊपर वाली बर्थ पर चढ़ गया और लेटकर स्याह कैनवास की छत को देखने लगा। कुछ पल बाद रॉन ने इतनी धीमी आवाज़ में पूछा, ताकि उसकी आवाज़ प्रवेशद्वार पर बैठी हर्माइनी तक न पहुँच पाए।

'तुम-जानते-हो-कौन क्या कर रहा है?'

हैरी ने अच्छी तरह याद करने की कोशिश में अपनी आँखें सिकोड़ीं और फिर अँधेरे में फुसफुसाया।

'उसने ग्रेगरोविच को खोज लिया। वह उसे बाँधकर यातना दे रहा

था।'

'अगर उसने ग्रेगरोविच को बाँध दिया है, तो वह उसके लिए नई छड़ी कैसे बनाएगा?'

'मुझे नहीं मालूम ... यह अजीब है, है ना?'

हैरी ने अपनी आँखें बंद कर लीं और उन सभी चीज़ों के बारे में सोचने लगा, जो उसने देखी-सुनी थीं। उसे जितना याद आया, उसका मतलब उतना ही कम समझ में आया ... वोल्डेमॉर्ट ने हैरी की छड़ी या मायापंछी के जुड़वाँ पंखों के बारे में तो कुछ कहा ही नहीं था। उसने इस बारे में भी कुछ नहीं कहा था कि ग्रेगरोविच हैरी की छड़ी को हराने के लिए नई और ज़्यादा ताक़तवर छड़ी बना दे ...

'वह ग्रेगरोविच से कुछ चाहता था,' हैरी ने कहा, उसकी आँखें अब भी कसकर बंद थीं। 'वोल्डेमॉर्ट ने उससे कहा कि वह उसे वो चीज़ दे दे, लेकिन ग्रेगरोविच ने कहा कि वो चोरी हो गई थी ... और फिर ... फिर ...'

उसे याद आया कि किस तरह उसने, वोल्डेमॉर्ट के रूप में, ग्रेगरोविच की आँखों में, उसकी यादों में झाँककर देखा था ...

'उसने ग्रेगरोविच का दिमाग़ पढ़ा और मैंने देखा कि एक युवक खिड़की की मुँडेर पर बैठा था। वह ग्रेगरोविच पर शाप मारकर भाग गया। उसने वह चीज़ चुरा ली, जिसके पीछे तुम-जानते-हो-कौन है। और मुझे ... मुझे लगता है कि मैंने उसे कहीं देखा है ...'

हैरी सोच रहा था कि काश वह हँसते हुए लड़के के चेहरे की एक और झलक देख पाता। ग्रेगरोविच के अनुसार चोरी कई साल पहले हुई थी। युवा चोर इतना जाना-पहचाना क्यों लग रहा था?

आस-पास के जंगल की आवाज़ें टेंट के अंदर दबी हुई थीं। हैरी को सिर्फ़ रॉन की साँसों की आवाज़ सुनाई दे रही थी। कुछ समय बाद रॉन फुसफुसाया, 'क्या तुम यह नहीं देख पाए कि चोर के हाथ में क्या था?'

'नहीं ... वह ज़रूर कोई बहुत छोटी चीज़ होगी।'

'हैरी?'

रॉन की बर्थ के लकड़ी के पटिए चरमराए, जब उसने बंक बेड पर अपनी स्थिति बदली।

'हैरी, तुम्हें यह तो नहीं लगता है कि तुम-जानते-हो-कौन किसी ऐसी चीज़ की तलाश में है, जिसे वह होरक्रक्स में बदल सके?'

'मैं नहीं जानता,' हैरी ने धीरे से कहा। 'शायद हो भी सकता है। लेकिन क्या एक और होरक्रक्स बनाना उसके लिए ख़तरनाक नहीं होगा? क्या हर्माइनी ने यह नहीं कहा था कि वह पहले ही अपनी आत्मा की आख़िरी सीमा तक पहुँच चुका है?'

'हाँ, लेकिन शायद उसे यह बात मालूम नहीं होगी।'

'हाँ ... शायद,' हैरी ने कहा।

उसे यक़ीन था कि वोल्डेमॉर्ट मायापंछी के जुड़वाँ पंख की समस्या का समाधान खोज रहा था, उसे यक़ीन था कि वोल्डेमॉर्ट बूढ़े छड़ीसाज़ से अपनी समस्या का समाधान चाहता था ... लेकिन इसके बावजूद उसने छड़ियों के बारे में एक भी सवाल पूछे बिना उसे मार डाला।

वोल्डेमॉर्ट क्या खोजने की कोशिश कर रहा था? जादू मंत्रालय और जादूगर समुदाय उसके क़दमों में था, लेकिन इसके बावजूद वह इतनी दूर क्यों था? और वह उस चीज़ की तलाश में क्यों भटक रहा था, जिसका कभी ग्रेगरोविच मालिक था, और जिसे किसी अनजान चोर ने चुरा लिया था?

हैरी अब भी सुनहरे बालों वाले युवक के चेहरे को याद कर सकता था, जिस पर आनंद का वहशी भाव था। उस पर फ्रेड और जॉर्ज जैसा विजयी चालबाज़ी का भाव था। वह खिड़की की मुँडेर से किसी पक्षी की तरह उड़ा था और हैरी उसे पहले भी देख चुका था, लेकिन उसे याद नहीं आ रहा था कि कहाँ ...

ग्रेगरोविच के मरने के बाद अब यह खुश चेहरे वाला चोर ख़तरे में था। अब हैरी के विचार उसी चोर पर केंद्रित हो गए, जब रॉन के खर्राटे नीचे वाले बंक बेड से गूँजने लगे और हैरी ख़ुद धीरे-धीरे नींद के आगोश में चला गया।

अध्याय पंद्रह

पिशाच का प्रतिशोध

अगली सुबह बाक़ी दोनों के जागने से पहले ही हैरी टेंट से निकलकर जंगल में गया। वह सबसे पुराने, गाँठदार और लचीले दिखने वाले पेड़ की तलाश में था। उसके नीचे उसने बावरे-नैन मूडी की आँख ज़मीन में गाड़ दी और छड़ी से उसके तने पर एक छोटा सा क्रॉस भी बना दिया। यह ज़्यादा सम्मानजनक तो नहीं था, लेकिन हैरी को लगा कि बावरे-नैन अपनी आँख के डोलोरेस अंबरिज के दरवाज़े में फँसे होने के बजाय इसे ज़्यादा पसंद करते। फिर वह टेंट में लौटकर बाक़ी दोनों के जागने का इंतज़ार करने लगा, ताकि आगे की रणनीति बनाई जा सके।

हैरी और हर्माइनी का विचार था कि किसी भी जगह ज़्यादा देर तक रुकना अच्छा नहीं है। रॉन भी इससे सहमत हो गया, बस उसकी इकलौती शर्त यह थी कि अगला पड़ाव ऐसी जगह होना चाहिए, जहाँ बेकन सैंडविच मिल जाए। हर्माइनी ने उस जगह के चारों ओर लगाए सम्मोहन हटा दिए, जबकि हैरी और रॉन ने ज़मीन से सारे ऐसे निशान मिटाए, जिनसे यह पता चल सकता था कि उन्होंने वहाँ डेरा डाला था। फिर वे अंतर्ध्यान होकर बाज़ार वाले एक छोटे शहर के बाहरी इलाक़े में पहुँच गए।

जब उन्होंने पेड़ों के एक छोटे झुरमुट के नीचे टेंट लगाकर उसके चारों तरफ़ नए रक्षात्मक सम्मोहन लगा दिए, तो हैरी अदृश्य चोगा ओढ़कर भोजन की तलाश में चल दिया। बहरहाल, सब कुछ योजना के अनुरूप नहीं हुआ। वह अभी शहर में दाख़िल ही हुआ था कि तभी अचानक अस्वाभाविक ठंडक, गहरी धुंध और आसमान में अँधेरा होने से वह जहाँ खड़ा था, वहीं जम गया।

'लेकिन तुम तो बहुत बढ़िया पितृदेव उत्पन्न कर सकते हो!' रॉन ने

एकदम कहा, जब हैरी टेंट में ख़ाली हाथ हाँफता हुआ लौटा और उसके मुँह से सिर्फ़ एक ही शब्द निकला, 'दमपिशाच'।

'मैं पितृदेव ... उत्पन्न नहीं कर पाया,' उसने हाँफते हुए कहा और अपने सीने को पकड़ लिया। 'हुआ ही नहीं।'

उन दोनों के चेहरों पर आए स्तब्धता और निराशा के भाव देखकर हैरी को शर्म आने लगी। यह किसी बुरे सपने जैसा अनुभव था। वह दमपिशाचों को धुंध में दूर तैरता हुआ देख रहा था, सुन्न करने वाली ठंडक उसके फेफड़ों में भर रही थी और दूर से आती चीख़ उसके कानों में आ रही थी, लेकिन वह ख़ुद की रक्षा करने में असमर्थ था। उस जगह से हिलने और भागने के लिए हैरी को अपनी पूरी इच्छाशक्ति का इस्तेमाल करना पड़ा। उसने अंधे दमपिशाचों को मगलुओं के बीच उड़ता छोड़ दिया, जो उन्हें देख तो नहीं सकते थे, लेकिन निश्चित रूप से उनके द्वारा फैलाई निराशा को महसूस कर सकते थे।

'तो खाने के लिए कुछ नहीं मिला।'

'चुप रहो, रॉन,' हर्माइनी ने डपटते हुए कहा। 'हैरी, क्या हुआ था ? तुम्हें क्या लगता है, तुम पितृदेव उत्पन्न क्यों नहीं कर पाए ? तुमने कल तो आसानी से पितृदेव उत्पन्न कर लिया था!'

'मुझे नहीं मालूम।'

वह पर्किन्स की एक पुरानी कुर्सी पर बैठ गया और अपमानित महसूस करने लगा। उसे डर था कि उसके भीतर कुछ गड़बड़ हो गई है। गुज़रा हुआ कल बीते वक़्त की बात लग रहा था। आज वह ख़ुद को एक बार फिर तेरह साल का महसूस कर रहा था, जब हॉगवर्ट्स एक्सप्रेस में सिर्फ़ वही बेहोश हुआ था।

रॉन ने कुर्सी के एक पाए पर लात मारी।

'क्या ?' वह हर्माइनी पर गुर्राया। 'मैं भूख से मरा जा रहा हूँ! जब से मेरे शरीर का आधा ख़ून बहा है, तब से मैंने सिर्फ़ दो टोडस्टूल खाए हैं!'

'तो जाओ और ख़ुद दमपिशाचों से लड़ो,' हैरी ने आहत होकर कहा।

'मैं ऐसा ज़रूर करता, लेकिन अगर तुमने ध्यान दिया हो, तो मेरे हाथ पर पट्टी बँधी है!'

'बड़ा अच्छा बहाना है।'

'क्या मतलब – ?'

'अब समझ में आया!' हर्माइनी चिल्लाई और अपने माथे पर हाथ ठोंका, जिससे दोनों चौंककर ख़ामोश हो गए। 'हैरी, लॉकेट तो दो! लाओ,' उसने अधीरता से कहा और जब हैरी ने कुछ नहीं किया, तो उसने अपनी उँगलियाँ चटकाईं, 'हैरी, तुम अब भी होरक्रक्स पहने हो!'

उसने अपने हाथ बढ़ाए और हैरी ने सुनहरी चेन को अपने सिर के ऊपर उठाया। जिस पल हैरी की चमड़ी से इसका संपर्क टूटा, वह आज़ाद और अजीब तरीक़े से हल्का महसूस करने लगा। उसे तो यह एहसास भी नहीं हुआ था कि वह पसीना-पसीना हो रहा था या उसे सीने पर एक भारी बोझ महसूस हो रहा था, जब तक कि दोनों का एहसास ख़त्म नहीं हो गया।

'अब अच्छा लग रहा है ?' हर्माइनी ने पूछा।

'हाँ, बहुत अच्छा!'

'हैरी,' हर्माइनी उसके सामने उकड़ूँ बैठते हुए ऐसे लहज़े में बोली, जिसका इस्तेमाल बहुत बीमार व्यक्ति से बात करते समय किया जाता है, 'तुम्हें ऐसा तो नहीं लगता है कि किसी ने तुम्हारी आत्मा पर क़ब्ज़ा कर लिया था ?'

'क्या ? नहीं तो!' उसने रक्षात्मक अंदाज़ में कहा। 'इसे पहनने के बाद हुई हर चीज़ मुझे याद है। अगर कोई मेरी आत्मा पर क़ब्ज़ा कर लेता, तो मुझे यह याद नहीं रहता कि मैंने क्या किया है। जिनी ने मुझे बताया था कि कुछ दौर ऐसे थे, जिनके बारे में उसे कुछ भी याद नहीं था।'

'हूँ,' हर्माइनी ने भारी लॉकेट को देखते हुए कहा। 'देखो, शायद हमें इसे पहनना नहीं चाहिए। हम इसे टेंट में रख देते हैं।'

'हम होरक्रक्स को यूँ ही पड़ा नहीं छोड़ सकते,' हैरी ने दृढ़ता से कहा। 'अगर यह खो गया, अगर यह चोरी हो गया –'

'ओह, ठीक है, ठीक है,' हर्माइनी ने कहा और इसे अपने गले में डालकर शर्ट के नीचे कर लिया। 'लेकिन हम इसे बारी-बारी से पहनेंगे, ताकि कोई इसे ज़्यादा देर तक न पहने।'

'बहुत बढ़िया,' रॉन ने चिढ़ते हुए कहा, 'और अब जब हमने इस मामले को सुलझा लिया है, तो क्या हमें थोड़ा खाना मिल सकता है ?'

'ठीक है, लेकिन हमें खाने की तलाश करने के लिए कहीं और जाना होगा,' हर्माइनी ने हैरी पर उड़ती नज़र डालते हुए कहा। 'ऐसी जगह रुकने

का कोई मतलब नहीं है, जहाँ दमपिशाच मँडरा रहे हों।'

अंत में उन्होंने दूर-दराज़ के वीरान खेत में रात गुज़ारी। उन्हें पास के फ़ार्म हाउस से कुछ अंडे और ब्रेड हासिल करने में कामयाबी मिल गई।

'यह चोरी तो नहीं है, है ना?' हर्माइनी ने परेशान आवाज़ में कहा, जब वे अंडों को भूनकर टोस्ट के साथ खा रहे थे। 'मैंने मुर्गियों के दड़बे में पैसे रख दिए हैं।'

रॉन ने अपनी आँखें गोल-गोल घुमाईं और भरे हुए मुँह से बोला, 'अर-माइ-नी, तुम चिंता बहुत करती हो। आराम से बैठो!'

सचमुच, भरपेट खाने के बाद आराम से बैठना ज़्यादा आसान था। दमपिशाचों के बारे में हुई बहस उस रात को हँसी में भुला दी गई। हैरी ख़ुश, यहाँ तक कि आशावादी मानसिकता से रात की तीन पालियों में से पहली पाली में पहरा देने गया।

उन्हें पहली बार पता चला कि भरे पेट का मतलब अच्छा स्वभाव होता है, जबकि ख़ाली पेट का मतलब होता है विवाद और निराशा। हैरी को यह सच्चाई जानकर सबसे कम हैरानी हुई, क्योंकि वह डर्स्ली परिवार में कई बार भूखा रह चुका था। हर्माइनी भी उन रातों को ठीक-ठाक सहन कर लेती थी, जब उन्हें जंगली फलों या पुराने बिस्कुटों के अलावा कुछ खाने को नहीं मिलता था। अलबत्ता ऐसी स्थिति में हर्माइनी का स्वभाव सामान्य से थोड़ा ज़्यादा चिड़चिड़ा रहता था और वह ज़्यादा ख़ामोश भी रहती थी। बहरहाल, रॉन को दिन में तीन बार ज़ायक़ेदार भोजन करने की आदत थी, जो उसकी माँ या हॉगवर्ट्स के घरेलू जिन्न बनाते थे। इस वजह से उससे भूख सहन नहीं होती थी और वह अतार्किक तथा चिड़चिड़ा हो जाता था। जब भी भोजन की कमी के साथ ही रॉन होरक्रक्स पहनता था, तो उसका स्वभाव बहुत बुरा हो जाता था।

'तो अब आगे कहाँ?' वह रट लगाए रहता था। वह इस बारे में ख़ुद कभी सुझाव नहीं देता था। वह तो बस भोजन की कमी का रोना रोता रहता था और हैरी तथा हर्माइनी से योजनाएँ बनाने की उम्मीद करता था। हैरी और हर्माइनी ने इस बारे में घंटों तक निरर्थक बातचीत की कि वे बाक़ी होरक्रक्स कहाँ खोज सकते हैं और जो होरक्रक्स उन्हें मिल गया है, उसे कैसे नष्ट कर सकते हैं। चूँकि उनके पास कोई नई जानकारी नहीं थी, इसलिए वे हर चर्चा में वही बातें बार-बार दोहरा रहे थे।

डम्बलडोर ने हैरी को बताया था कि वोल्डेमॉर्ट ने शायद होरक्रक्स

ऐसी जगह छिपाए होंगे, जो उसके लिए महत्वपूर्ण होंगी। इसलिए वे बार-बार उन जगहों के नाम दोहराते रहे, जहाँ वोल्डेमॉर्ट रहा या गया था। वह अनाथालय, जहाँ वह पैदा और बड़ा हुआ था। हॉगवर्ट्स, जहाँ उसकी शिक्षा हुई थी। बोर्गिन एंड बर्क्स दुकान, जहाँ उसने स्कूल छोड़ने के बाद नौकरी की थी। फिर अल्बानिया, जहाँ वह कई साल तक छिपकर रहा था। यही उनके अनुमानों का आधार था।

'हाँ, चलो अल्बानिया चलते हैं। पूरे देश की तलाशी में एक दोपहर से ज़्यादा समय नहीं लगना चाहिए,' रॉन ने ताना मारते हुए कहा।

'वहाँ कुछ नहीं हो सकता। छिपने जाने से पहले वह पाँच होरक्रक्स बना चुका था और डम्बलडोर को यक़ीन था कि नागिनी छठी होरक्रक्स है,' हर्माइनी ने कहा। 'हम जानते हैं कि नागिनी अल्बानिया में नहीं है। वह आम तौर पर उसी के साथ रहती है, वोल् -'

'मैंने तुमसे कहा था ना कि उसका नाम मत लो?'

'ठीक है! नागिनी आम तौर पर *तुम-जानते-हो-कौन* के साथ रहती है - अब तो *ख़ुश?'*

'कोई ख़ास नहीं।'

'मुझे नहीं लगता कि वह बोर्गिन एंड बर्क्स दुकान में कुछ छिपाएगा,' हैरी ने कहा, जो यह बात पहले भी कई बार कह चुका था, लेकिन सिर्फ़ भयंकर ख़ामोशी को तोड़ने के लिए उसने इसे एक बार फिर कह दिया। 'बोर्गिन और बर्क काले जादू की वस्तुओं के विशेषज्ञ हैं। वे होरक्रक्स को देखते ही पहचान लेंगे।'

रॉन ने ज़ोर से जम्हाई लेने का नाटक किया। उस पर कोई चीज़ फेंकने की प्रबल इच्छा पर क़ाबू करते हुए हैरी आगे बोला, 'मुझे अब भी लगता है कि उसने हॉगवर्ट्स में कोई चीज़ छिपाई होगी।'

हर्माइनी ने आह भरी।

'लेकिन हैरी, ऐसा होता, तो डम्बलडोर उसे खोज लेते!'

हैरी ने वह तर्क दिया, जो वह इस सिद्धांत के समर्थन में बार-बार देता रहता था।

'डम्बलडोर ने मेरे सामने कहा था कि वे हॉगवर्ट्स के सारे रहस्य नहीं जानते थे। मैं तुम्हें बता रहा हूँ, अगर कोई ऐसी जगह थी, जहाँ वोल् -'

'ओए!'

'तुम-जानते-हो-कौन!' हैरी चिल्लाया और अब उसकी सहनशक्ति जवाब दे गई थी। 'अगर कोई ऐसी जगह थी, जो तुम-जानते-हो-कौन के लिए सचमुच महत्वपूर्ण थी, तो यह हॉगवर्ट्स थी!'

'ओह, छोड़ो भी,' रॉन ने नाक-भौं सिकोड़ी। 'उसका *स्कूल ?'*

'हाँ, उसका स्कूल! उसका पहला असली घर, जहाँ उसे एहसास हुआ था कि वह ख़ास था। वह जगह उसके लिए बेहद महत्त्वपूर्ण थी और वहाँ से जाने के बाद भी –'

'हम तुम्हारे बारे में नहीं, तुम-जानते-हो-कौन के बारे में बात कर रहे हैं, है ना ?' रॉन ने कहते हुए अपने गले में लटकी होरक्रक्स की चेन को झटका दिया। हैरी का मन हुआ कि वह उसी चेन से उसका गला दबा दे।

'तुमने हमें बताया था कि हॉगवर्ट्स से निकलने के बाद तुम-जानते-हो-कौन ने डम्बलडोर से नौकरी माँगी थी,' हर्माइनी ने कहा।

'बिलकुल,' हैरी बोला।

'और डम्बलडोर को लगता था कि वह वहाँ सिर्फ़ किसी अन्य संस्थापक की वस्तु खोजने आना चाहता था, ताकि उसे होरक्रक्स बना सके ?'

'हाँ,' हैरी ने कहा।

'लेकिन उसे नौकरी नहीं मिली, है ना ?' हर्माइनी ने कहा। 'इसका मतलब यह है कि उसे हॉगवर्ट्स में किसी संस्थापक की वस्तु खोजने और उसे स्कूल में छिपाने का मौक़ा ही नहीं मिला!'

'ठीक है,' हैरी ने हार मानते हुए कहा। 'हॉगवर्ट्स को रहने दो।'

अन्य कोई सुराग़ न होने के कारण उन्होंने अदृश्य चोगे के नीचे छिपकर लंदन तक यात्रा की और उस अनाथालय को खोजा, जहाँ वोल्डेमॉर्ट पला-बढ़ा था। हर्माइनी ने एक लाइब्रेरी के रिकॉर्ड से पता लगाया कि वह अनाथालय भवन कई साल पहले तोड़ दिया गया था। उस जगह पर उन्हें ऑफ़िसों की एक ऊँची इमारत मिली।

'हम नींव खोदने की कोशिश करें ?' हर्माइनी ने आधे-अधूरे मन से सुझाव दिया।

'वह यहाँ होरक्रक्स कभी नहीं छिपाएगा,' हैरी ने कहा। वह यह बात हमेशा से जानता था : अनाथालय ऐसी जगह थी, जहाँ से पीछा छुड़ाने के लिए वोल्डेमॉर्ट कृतसंकल्प था। वह अपनी आत्मा का टुकड़ा वहाँ कभी नहीं

छिपाएगा। डम्बलडोर ने हैरी को बताया था कि वोल्डेमॉर्ट सिर्फ़ भव्य या रहस्यमयी जगहों पर ही होरक्रक्स छिपाता था। हॉगवर्ट्स या मंत्रालय या सुनहरे दरवाज़ों व संगमरमर के फ़र्श वाले जादूगरों के बैंक ग्रिनगॉट से लंदन का यह अँधेरा कोना बहुत अलग था।

एहतियात के तौर पर वे हर रात अलग जगह टेंट लगाते रहे। बहरहाल, कई जगहें बदलने के बाद भी उनके मन में कोई नया विचार नहीं आया। हर सुबह वे अपनी उपस्थिति के सारे सुराग़ हटा लेते थे और फिर किसी दूसरी वीरान तथा सुनसान जगह की ओर चल देते थे। वे अंतर्ध्यान होकर यात्रा करते थे और उन्होंने जंगलों, चट्टानों की छायादार गुफाओं, भूरी बंजर ज़मीन, पेड़ों और झाड़ियों से ढँके पहाड़ों तथा एक बार तो पत्थरों से भरी छोटी खाड़ी में डेरा डाला। हर बारह घंटे बाद वे बदल-बदलकर होरक्रक्स पहनते थे, जैसे वे पार्सल बदलने का कोई घिनौना, धीमी गति का खेल खेल रहे हों, जहाँ उन्हें संगीत बंद होने का डर सताता था, क्योंकि इससे उन्हें बारह घंटे के डर और चिंता का पुरस्कार मिलता था।

हैरी का निशान टीस मारता रहा। उसने ध्यान दिया कि होरक्रक्स पहनते समय ऐसा ज़्यादा होता था। कई बार तो दर्द के मारे उसकी आह निकल जाती थी।

जब रॉन हैरी को निशान के दर्द से छटपटाते देखता था, तो पूछने लगता था, 'क्या हुआ ? तुमने क्या देखा ?'

'एक चेहरा,' हैरी हर बार बुदबुदाता था। 'वही चेहरा। वह चोर, जिसने ग्रेगरोविच का सामान चुराया था।'

रॉन मुड़ जाता था और अपनी निराशा छिपाने की कोई कोशिश नहीं करता था। हैरी जानता था कि रॉन अपने परिवार या मायापंछी के समूह के सदस्यों की ख़बर सुनना चाहता है, लेकिन आख़िरकार हैरी कोई टेलीविज़न एंटीना तो था नहीं। वह तो सिर्फ़ वही देख सकता था, जिसके बारे में वोल्डेमॉर्ट उस समय सोच रहा हो। हैरी अपनी मनमर्ज़ी या इच्छा से उसके विचारों में सेंध नहीं लगा सकता था। स्पष्ट रूप से वोल्डेमॉर्ट उस खिलखिलाते हुए अनजान युवक के बारे में लगातार सोच रहा था, जिसका नाम-पता हैरी की तरह ही उसे भी मालूम नहीं था। जब हैरी का निशान बार-बार टीस मारता रहा और सुनहरे बालों वाले खिलखिलाते लड़के का चेहरा उसके सामने उभरता रहा, तो उसने दर्द या कष्ट के संकेतों को दबाना सीख लिया, क्योंकि चोर के ज़िक्र पर रॉन और हर्माइनी अधीरता

प्रकट करने लगते थे। वह उन्हें ज़्यादा दोष नहीं दे सकता था, क्योंकि वे होरक्रक्सों की जानकारी हासिल करने के लिए बहुत व्यग्र थे।

जब दिन हफ़्तों में बदल गए, तो हैरी को शक होने लगा कि रॉन और हर्माइनी उसकी पीठ पीछे बातें करने लगे हैं, और वह भी उसके बारे में। कई बार जब हैरी टेंट में दाख़िल हुआ, तो वे बात करते-करते एकदम चुप हो गए। दो बार तो उनके क़रीब पहुँचने पर उसने देखा कि वे कुछ दूर सिर सटाकर तेज़ी से बातें कर रहे थे, लेकिन उसके क़रीब पहुँचते ही दोनों ख़ामोश हो गए और लकड़ी या पानी लाने का नाटक करने लगे।

हैरी को लगा, शायद वे यह सोच रहे होंगे कि उन्होंने ख़ामख़्वाह इस निरर्थक और भटकने वाली यात्रा के लिए हाँ कर दी है। शायद पहले उन्होंने सोचा होगा कि हैरी के पास कोई ख़ुफ़िया योजना होगी, जो उन्हें सही समय आने पर पता चलेगी। रॉन अपने बुरे मूड को छिपाने की कोई कोशिश नहीं कर रहा था और हैरी सोचने लगा कि हर्माइनी भी उसके कमज़ोर नेतृत्व से निराश होगी। हताशा में उसने होरक्रक्स की अन्य संभावित जगहों के बारे में सोचने की कोशिश की, लेकिन उसके मन में बार-बार हॉगवर्ट्स का ही विचार आ रहा था। बहरहाल, उसने इसका सुझाव इसलिए नहीं दिया, क्योंकि बाक़ी दोनों के हिसाब से होरक्रक्स वहाँ हो ही नहीं सकता था।

जंगल में शरद ऋतु आ गई थी। वे अब गिरी हुई पत्तियों पर टेंट लगाने लगे। दमपिशाचों द्वारा उत्पन्न धुंध के साथ अब प्रकृति की धुंध भी मिल गई। हवा और बारिश के कारण उनकी परेशानियाँ बढ़ रही थीं। हर्माइनी अब खाने योग्य मशरूमों को पहचानने में निपुण होती जा रही थी, बहरहाल इससे उनकी चिंताएँ कम नहीं हुई थीं। लगातार अकेले रहना, दूसरे लोगों से दूर रहना उन्हें खल रहा था। और तो और, उन्हें यह भी पता नहीं चल पा रहा था कि वोल्डेमॉर्ट के ख़िलाफ़ संघर्ष में क्या हो रहा था।

जब वे एक रात वेल्स में नदी किनारे टेंट लगाकर उसमें बैठे थे, तो रॉन अचानक बोला, 'मेरी मम्मी हवा में से स्वादिष्ट खाना उत्पन्न कर सकती हैं।'

उसने अपनी प्लेट में रखी जली, भूरी मछली के टुकड़ों को कुरेदा। हैरी की नज़रें बरबस रॉन की गर्दन पर पहुँच गईं। जैसी उसे उम्मीद थी, वहाँ पर होरक्रक्स की सुनहरी चेन चमक रही थी। वह रॉन पर चिल्लाना

चाहता था, लेकिन उसने अपनी इस इच्छा पर क़ाबू किया। वह जानता था कि लॉकेट उतारने के बाद रॉन का नज़रिया ठीक-ठाक हो जाएगा।

'तुम्हारी मम्मी हवा में से भोजन उत्पन्न नहीं कर सकतीं,' हर्माइनी बोली। 'कोई भी नहीं कर सकता। गैंप के मूलभूत रूपांतरण के नियम के पाँच प्रमुख अपवाद हैं, जिनमें भोजन प्रथम है –'

'ओह, मुझे समझ आए, ऐसी भाषा बोलो,' रॉन ने अपने दाँतों के बीच से एक काँटा निकालते हुए कहा।

'हवा में से भोजन उत्पन्न करना असंभव है। अलबत्ता अगर आप जानते हैं कि भोजन कहाँ है, तो आप इसका आव्हान ज़रूर कर सकते हैं। इसके अलावा आप इसका रूपांतरण भी कर सकते हैं और अपने पास मौजूद भोजन की मात्रा को बढ़ा सकते हैं –'

'– देखो, इसे बढ़ाने की तकलीफ़ मत करना, इसका स्वाद बहुत बुरा है,' रॉन मुँह बनाकर बोला।

'हैरी मछली पकड़कर लाया है और मैंने इसे अच्छे से पकाने की पूरी-पूरी कोशिश की है! वैसे हमेशा खाना मैं ही क्यों बनाती हूँ ? शायद इसलिए, क्योंकि मैं *लड़की* हूँ!'

रॉन ने पलटकर तेज़ स्वर में जवाब दिया, 'नहीं, क्योंकि तुम जादू में सबसे माहिर मानी जाती हो!'

हर्माइनी उछलकर खड़ी हुई और उसकी प्लेट से भुनी मछली के टुकड़े फ़र्श पर गिर गए।

'कल खाना *तुम* पकाना, रॉन। *तुम* मशरूम खोजना और उन्हें स्वादिष्ट पकवान में बदलने के लिए सम्मोहित करना। फिर मैं यहाँ बैठकर मुँह बनाऊँगी, आहें भरूँगी और तुम देखना कि तुम –'

'चुप रहो!' हैरी ने उछलकर अपने दोनों हाथ उठाते हुए कहा। '*अब* चुप भी रहो!'

हर्माइनी आहत दिखने लगी।

'तुम उसका पक्ष कैसे ले सकते हो ? वह कभी खाना पकाता ही नहीं है –'

'हर्माइनी चुप रहो, मुझे आवाज़ें आ रही हैं!'

वह पूरा ध्यान लगाकर सुन रहा था। उसके हाथ अब भी उठे हुए थे और वह उन्हें चुप रहने की चेतावनी दे रहा था। फिर उनके टेंट के पास

बहती नदी की कलकल के ऊपर उसे दोबारा आवाज़ें सुनाई दीं। उसने मुख़बिर यंत्र की तरफ़ देखा। यह नहीं हिल रहा था।

उसने हर्माइनी से फुसफुसाकर पूछा, 'तुमने हमारे आस-पास *ध्वनिदमन* सम्मोहन तो कर दिया था, है ना?'

'मैंने हर चीज़ कर दी थी,' उसने भी फुसफुसाकर जवाब दिया, '*ध्वनिदमन*, मगलू-विकर्षक और विभ्रम सम्मोहन - सब कुछ। चाहे वे जो भी हों, वे हमें देख या सुन नहीं पाएँगे।'

घिसटने और फिसलने की आवाज़ों के साथ ही पत्थरों के उखड़ने और टहनियों के चरमराने की आवाज़ से वे जान गए कि कई लोग पेड़ों के बीच के ढलवाँ उतार पर नीचे आ रहे थे, जो उस सँकरे किनारे तक आता था, जहाँ उनका टेंट लगा था। वे अपनी छड़ियाँ तानकर इंतज़ार करने लगे। उन्होंने सोचा कि चारों तरफ़ लगे सुरक्षात्मक सम्मोहनों के कारण वे मगलुओं और जादूगरों को नज़र नहीं आएँगे। अगर वे प्राणभक्षी होंगे, तो उनके रक्षात्मक उपायों की पहली बार सही जाँच होगी।

जब आने वाले नदी के किनारे पर पहुँच गए, तो उन लोगों की आवाज़ें ज़्यादा तेज़ हो गईं, लेकिन साफ़ समझ में नहीं आईं। हैरी के अंदाज़े से आगंतुक उनसे बीस फ़ुट से भी कम दूर थे। बहरहाल, बहती नदी के शोर के कारण यक़ीन के साथ कुछ भी कहना मुश्किल था। हर्माइनी अपना बैग उठाकर उसमें कुछ खोजने लगी। पल भर बाद उसने तीन विस्तारित कान निकाले और एक-एक हैरी तथा रॉन की ओर बढ़ा दिए। उन्होंने जल्दी से मांस के रंग के धागों को कान में लगाया और दूसरे सिरे के धागों को टेंट के दरवाज़े से बाहर उछाल दिया।

कुछ ही पलों में हैरी को एक पुरुष की थकी हुई आवाज़ सुनाई दी।

'यहाँ पर साल्मन मछली होना चाहिए। या फिर तुम्हें क्या लगता है, अभी उनका मौसम शुरू नहीं हुआ होगा? *आगमनो साल्मन!*'

छपाक की कई आवाज़ें सुनाई दीं और फिर हथेली पर मछली के टकराने की आवाज़ आई। किसी ने प्रशंसा की हुंकार भरी। हैरी ने विस्तारित कान को अपने कान में और गहरा घुसा लिया। नदी की कलकल के ऊपर उसे दो और आवाज़ें सुनाई दे रही थीं, लेकिन वे अँग्रेजी या कोई जानी-पहचानी इंसानी भाषा नहीं बोल रही थीं। यह कोई कर्कश और कानों में चुभती भाषा लग रही थी। दो लोग इस भाषा में कुछ बोल रहे थे, जिनमें से एक ज़्यादा धीमी आवाज़ में और ज़्यादा धीरे बोल रहा

था।

टेंट के दूसरी तरफ़ आग जलने लगी और टेंट पर आगंतुकों की बड़ी परछाइयाँ दिखने लगीं। साल्मन मछली के पकने की ज़ायक़ेदार, ललचाती हुई ख़ुशबू उनकी ओर आने लगी। फिर प्लेटों पर छुरी-काँटों की खनक सुनाई दी और पहला आदमी दोबारा बोला।

'यहाँ, ग्रिपहुक, गोरनक।'

पिशाच! हर्माइनी ने बिना आवाज़ के मुँह हैरी की ओर गोल-गोल घुमाते हुए कहा, जिसने सिर हिला दिया।

'धन्यवाद,' पिशाचों ने एक साथ अँग्रेजी में कहा।

'तुम तीनों कितने समय से भाग रहे हो?' एक नई सुखद और परिपक्व आवाज़ आई। यह आवाज़ हैरी को जानी-पहचानी लग रही थी और उसके मन में किसी तोंद वाले ख़ुशनुमा चेहरे वाले पुरुष की तस्वीर उभर आई।

'छह सप्ताह ... सात ... ठीक से याद नहीं है,' थके हुए आदमी ने कहा। 'कुछ ही दिन बाद ग्रिपहुक मिल गया और उसके कुछ समय बाद ही गोरनक भी मिल गया। साथ होना अच्छा लगता है।' कुछ पल ख़ामोशी छाई रही, जब चाकू प्लेटों से टकराए और टिन के मग ज़मीन पर दोबारा रखे गए। फिर उसी आदमी ने आगे पूछा, 'टेड, तुम क्यों भागे थे?'

'मैं जानता था कि वे मुझे पकड़ने आ रहे हैं,' परिपक्व आवाज़ वाले टेड ने जवाब दिया और हैरी अचानक उसे पहचान गया - टौंक्स के पिता। 'मैंने सुना कि प्राणभक्षी एक हफ़्ते पहले हमारे इलाक़े में घूम रहे थे और मैंने फ़ैसला किया कि भागना ही बेहतर रहेगा। मैंने मगलू परिवार में पैदा होने का पंजीयन कराने से सिद्धांततः इंकार कर दिया था, इसलिए जानता था कि यह तो वक़्त की बात है, जानता था कि अंत में मुझे छिपना पड़ेगा। मेरी पत्नी **सुरक्षित** रहेगी। वह शुद्ध-ख़ून की है। और फिर कुछ दिन पहले मुझे डीन मिल गया, है ना बेटा?'

'हाँ,' एक और आवाज़ आई। हैरी, रॉन और हर्माइनी एक-दूसरे को एकटक देखने लगे। वे ख़ामोश, लेकिन रोमांचित थे। उन्होंने अपने गरुड़द्वार के सहपाठी डीन थॉमस की आवाज़ पहचान ली थी।

'मगलू परिवार में पैदा हुए हो, हैं?' पहले आदमी ने पूछा।

'पक्का पता नहीं है,' डीन ने कहा। 'मेरे डैडी ने मम्मी को तभी छोड़

दिया था, जब मैं बच्चा था। हालाँकि मेरे पास कोई सबूत नहीं है कि वे जादूगर थे।'

कुछ समय तक ख़ामोशी छाई रही। सिर्फ़ मछली चबाने की आवाज़ें आती रहीं। फिर टेड दोबारा बोला।

'मुझे कहना होगा, डर्क, कि तुमसे मिलकर हैरानी हुई। ख़ुश हूँ, लेकिन हैरान हूँ। सुना था कि तुम्हें पकड़ लिया गया था।'

'हाँ, सही सुना था,' डर्क ने कहा। 'मैं अज़्काबान तक की आधी दूरी तय कर चुका था, जब मैंने भागने के लिए संघर्ष किया। डॉलिश को स्तब्ध कर दिया और उसकी झाड़ू चुरा ली। तुम जितना सोचते हो, यह काम उससे ज़्यादा आसान था। मुझे नहीं लगता कि वह बहुत अच्छी हालत में था। शायद उसे चकरघिन्नी कर दिया गया था। अगर ऐसा है, तो मैं उस जादूगर या जादूगरनी से हाथ मिलाना चाहूँगा, जिसने ऐसा किया था। शायद उसने मेरी ज़िंदगी बचा ली।'

एक बार फिर ख़ामोशी छा गई, जिसमें आग तड़कने और नदी के कलकल बहने की आवाज़ें आती रहीं। फिर टेड बोला, 'और तुम दोनों कैसे आए? मुझे तो लग रहा था कि पिशाच तुम-जानते-हो-कौन का साथ दे रहे हैं।'

'तुम्हें ग़लत लगा था,' ज़्यादा तीखी आवाज़ वाले पिशाच ने जवाब दिया। 'हम किसी के साथ नहीं हैं। यह जादूगरों का युद्ध है।'

'तो फिर तुम छिप क्यों रहे हो?'

'मुझे इसी में समझदारी लगी,' गहरी आवाज़ वाला पिशाच बोला। 'मैंने एक अनुचित आग्रह मानने से इंकार कर दिया था और मुझे समझ में आ गया कि इसके बाद मैं ख़तरे में पड़ जाऊँगा।'

'उन्होंने तुमसे क्या करने को कहा था?' टेड ने पूछा।

'ऐसे काम, जो मेरी जाति की गरिमा के अनुकूल नहीं थे,' पिशाच ने कहा और यह कहते समय उसकी आवाज़ कम मानवीय तथा ज़्यादा कर्कश थी। 'मैं कोई घरेलू जिन्न नहीं हूँ।'

'और तुम, ग्रिपहुक?'

'इसी कारण,' ज़्यादा तीखी आवाज़ वाला पिशाच बोला। 'अब ग्रिनगॉट बैंक पर सिर्फ़ मेरी जाति का नियंत्रण नहीं है। मैं किसी जादूगर मालिक को नहीं पहचानता हूँ।'

उसने अपनी साँस के नीचे पिशाचभाषा में कुछ जोड़ दिया, जिसे सुनकर गोरनक हँसने लगा।

'इसमें हँसी की क्या बात है?' डीन ने पूछा।

डर्क ने जवाब दिया, 'वह कह रहा है कि जादूगर भी कुछ चीज़ें नहीं पहचान पाते हैं।'

कुछ पल ख़ामोशी छाई रही।

'मैं समझा नहीं,' डीन ने कहा।

'वहाँ से आने से पहले मैंने अपना छोटा सा प्रतिशोध ले लिया,' ग्रिपहुक बोला।

'तुम अच्छे आदमी हो – मेरा मतलब है, अच्छे पिशाच हो,' टेड ने जल्दी से अपनी बात सुधारते हुए कहा। 'कहीं तुम किसी पुरानी उच्च सुरक्षा वाली तिजोरी में किसी प्राणभक्षी को तो बंद नहीं कर आए?'

ग्रिपहुक ने जवाब दिया, 'अगर मैं उसे बंद कर देता, तब भी वह तलवार से ताला नहीं खोल पाता।' गोरनक एक बार फिर हँस दिया और डर्क ने भी सूखी हँसी निकाली।

'डीन और मैं कुछ समझ नहीं पा रहे हैं,' टेड ने कहा।

'सीवियरस स्नेप भी नहीं समझ पाया, हालाँकि उसे यह बात मालूम नहीं है,' ग्रिपहुक ने कहा और दोनों पिशाच दुर्भावनापूर्ण हँसी हँसने लगे।

टेंट के भीतर हैरी की साँस रोमांच से फूल रही थी। उसने और हर्माइनी ने एक-दूसरे को घूरा तथा पूरा ज़ोर लगाकर सुनने लगे।

'क्या तुमने वह ख़बर नहीं सुनी, टेड?' डर्क ने पूछा। 'उन बच्चों के बारे में, जिन्होंने हॉगवर्ट्स में स्नेप के ऑफ़िस से गरुड़द्वार की तलवार चुराने की कोशिश की थी?'

हैरी को जैसे बिजली का करंट लगा और उसकी हर नस हिल गई, जब वह उसी जगह पर बुत बनकर खड़ा रह गया।

'इस बारे में एक भी शब्द नहीं सुना,' टेड ने कहा। '*दैनिक जादूगर* में छपा था क्या?'

'बिलकुल नहीं,' डर्क ने कहा। 'ग्रिपहुक ने मुझे बताया था। उसने यह बात बैंक के कर्मचारी बिल वीज़्ली से सुनी थी। जिन बच्चों ने तलवार चुराने की कोशिश की थी, उनमें बिल की छोटी बहन भी थी।'

हैरी ने हर्माइनी और रॉन की तरफ़ देखा, जो अपने विस्तारित कान इस तरह पकड़े थे, जैसे उनकी ज़िंदगी दाँव पर लगी हो।

'उसने और उसके दो साथियों ने स्नेप के ऑफ़िस में घुसकर काँच का वह केस तोड़ डाला, जिसमें तलवार रखी थी। जब वे उसे सीढ़ियों के नीचे ले जाने की कोशिश कर रहे थे, तो स्नेप ने उन्हें पकड़ लिया।'

'ओह, ईश्वर उनकी रक्षा करे,' टेड ने कहा। 'क्या पता उनके इरादे क्या थे? क्या वे तुम-जानते-हो-कौन पर उस तलवार का इस्तेमाल करना चाहते थे? या फिर ख़ुद स्नेप पर?'

'देखो, इस बारे में उनके इरादे जो भी हों, स्नेप ने यह फ़ैसला किया कि तलवार हॉगवर्ट्स में सुरक्षित नहीं है,' डर्क ने कहा। 'दो दिन बाद, जिस दौरान शायद उसने तुम-जानते-हो-कौन से इजाज़त ली होगी, उसने इसे ग्रिनगॉट बैंक में रखने के लिए लंदन भेज दिया।'

पिशाच दोबारा हँसने लगे।

'मुझे अब भी समझ में नहीं आया कि इसमें हँसने की क्या बात है,' टेड ने कहा।

'तलवार नक़ली है,' ग्रिपहुक बोला।

'गरुड़द्वार की तलवार!'

'ओह हाँ। यह नक़ल है - हालाँकि बहुत अच्छी नक़ल है - लेकिन जादूगरों के हाथ की बनी है। असली तलवार सदियों पहले पिशाचों ने बनाई थी और उसमें कुछ ऐसी ख़ूबियाँ हैं, जो सिर्फ़ पिशाचों के बनाए हथियारों में होती हैं। गरुड़द्वार की असली तलवार चाहे जहाँ भी हो, ग्रिनगॉट बैंक की तिजोरी में तो नहीं है।'

टेड ने कहा, 'अच्छा, और मुझे लगता है तुमने इस बारे में प्राणभक्षियों को बताने का कष्ट तो नहीं किया होगा?'

'मुझे यह जानकारी देकर उन्हें परेशान करने का कोई कारण नज़र नहीं आया,' ग्रिपहुक ने थोड़े घमंड से कहा। अब गोरनक और डर्क के साथ-साथ टेड और डीन भी हँसने लगे।

टेंट के भीतर हैरी ने अपनी आँखें बंद कर लीं। वह सोच रहा था कि काश कोई वह सवाल पूछ ले, जिसका जवाब वह सुनना चाहता था। एक मिनट बाद, जो दस मिनट जितना लंबा लगा, डीन ने वह सवाल पूछ ही लिया। हैरी को झटके के साथ याद आया कि डीन जिनी का पुराना

बॉयफ्रेंड था।

'जिनी और बाक़ी लोगों का क्या हुआ? जिन्होंने तलवार चुराने की कोशिश की थी?'

'ओह, उन्हें सज़ा मिली - भयंकर सज़ा,' ग्रिपहुक ने उदासीनता से कहा।

'वे **ठीक** तो हैं?' टेड ने तुरंत पूछा। 'मेरा मतलब है, वीज़्ली परिवार के किसी और बच्चे को घायल नहीं होना चाहिए, है ना?'

ग्रिपहुक बोला, 'जहाँ तक मुझे पता है, उन्हें कोई गंभीर चोट नहीं पहुँची है।'

'उनकी क़िस्मत अच्छी रही,' टेड ने कहा। 'स्नेप के पिछले रिकॉर्ड को देखते हुए हमें तो इसी बात पर ख़ुश होना चाहिए कि वे अब तक ज़िंदा हैं।'

'क्या तुम्हें उस कहानी पर यक़ीन है, टेड?' डर्क ने पूछा। 'तुम्हें लगता है कि स्नेप ने ही डम्बलडोर को मारा है?'

'ज़ाहिर है, मुझे यक़ीन है,' टेड ने कहा। 'तुम कहीं यह तो नहीं कहना चाहते कि इसमें पॉटर का हाथ है?'

डर्क बुदबुदाया, 'आजकल तो समझ में ही नहीं आता है कि किस बात पर यक़ीन किया जाए।'

'मैं हैरी पॉटर को जानता हूँ,' डीन ने कहा। 'और मैं मानता हूँ कि वही असली चीज़ है - चुनिंदा जादूगर है, या आजकल लोग उसे जो भी कहते हों।'

'हाँ, बहुत से लोग ऐसा ही सोचना चाहेंगे बेटे,' डर्क ने कहा, 'जिनमें मैं भी शामिल हूँ। लेकिन वह है कहाँ? लगता है, भाग गया है। अगर उसे कोई ऐसी चीज़ मालूम होती, जो हमें नहीं मालूम या अगर उसमें कोई ख़ास बात होती, तो वह छिपने के बजाय उनका मुक़ाबला करता और विद्रोहियों का नेता बन जाता। *दैनिक जादूगर* ने उसके ख़िलाफ़ लगे आरोप को और पुख़्ता कर दिया है -'

'*दैनिक जादूगर*?' टेड ने नाक-भौं सिकोड़ी। 'डर्क, अगर तुम अब भी उस कचरे को पढ़ रहे हो, तो तुम इसी क़ाबिल हो कि तुम्हें झूठी जानकारी दी जाए। अगर सच्चाई जानना चाहते हो, तो *क्विबलर* को पढ़कर देखो।'

अचानक गले में अटकने और खाँसने की आवाज़ आई। फिर पीठ ठोंकने की आवाज़ आई। ऐसा लग रहा था, जैसे डर्क के गले में मछली की हड्डी अटक गई थी। आख़िरकार उसने कहा, *'क्विबलर ?* ज़ेनो लवगुड की वह पागलपन से भरी पत्रिका ?'

'यह इन दिनों उतनी पागलपन भरी नहीं है,' टेड ने कहा। 'तुम इस पर एक नज़र डालकर तो देखो। ज़ेनो वे सारी ख़बरें छाप रहा है, जिन्हें *दैनिक जादूगर* नज़रअंदाज़ कर रहा है। पिछले अंक में क्रंपल-हॉर्न्ड स्नोरकैक्स का ज़िक्र तक नहीं है। वैसे मुझे नहीं मालूम कि वे लोग उसे कब तक ऐसा करने देंगे ? बहरहाल, ज़ेनो हर अंक के पहले पन्ने पर कहता है कि जो भी जादूगर तुम-जानते-हो-कौन के ख़िलाफ़ है, उसकी पहली प्राथमिकता हैरी पॉटर की मदद करना होना चाहिए।'

डर्क बोला, 'ऐसे लड़के की मदद करना मुश्किल है, जो धरती से जैसे ग़ायब ही हो गया है।'

'देखो, वे उसे अब तक नहीं पकड़ पाए हैं, यह भी कोई कम बड़ी उपलब्धि नहीं है,' टेड ने कहा। 'मैं उससे ख़ुशी-ख़ुशी इसका तरीक़ा जानना चाहूँगा। हम भी तो यही करने की कोशिश कर रहे हैं, आज़ाद रहने की, है ना ?'

'हाँ, यह तुमने सही कहा,' डर्क ने भारीपन से कहा। 'पूरा मंत्रालय और उसके सारे जासूस हैरी पॉटर की तलाश में लगे हैं। मुझे तो लग रहा था कि अब तक उसे पकड़ा जाना चाहिए था। कहीं ऐसा तो नहीं कि उन्होंने उसे पकड़ लिया हो और मार डाला हो, लेकिन इस बात का प्रचार न किया हो ?'

'ओह, ऐसा मत कहो, डर्क,' टेड बुदबुदाया।

लंबे समय तक ख़ामोशी छाई रही, जो चाकू-छुरियों की खन-खन से ही टूटती थी। जब वे दोबारा बोले, तो उन्होंने इस बारे में बातचीत की कि उन्हें नदी किनारे ही सो जाना चाहिए या फिर दोबारा ऊपर जाकर पेड़ों से घिरी जगह पर शरण लेना चाहिए। आख़िरकार वे इस नतीजे पर पहुँचे कि पेड़ों से उन्हें ज़्यादा अच्छी सुरक्षा मिलेगी। उन्होंने आग बुझाई और चढ़ाई चढ़ने लगे। उनकी आवाज़ें दूर होने लगीं।

हैरी, रॉन और हर्माइनी ने अपने विस्तारित कान खींचकर लपेट लिए। बाहर की आवाज़ें ख़त्म होने तक हैरी के लिए ख़ामोश रहना बहुत मुश्किल था। लेकिन अब वह मुश्किल से इतना ही कह पाया, 'जिनी –

तलवार –'

'मैं जानती हूँ!' हर्माइनी ने कहा।

वह अपने छोटे बैग की तरफ़ लपकी। इस बार उसने अपनी पूरी बाँह अंदर डाल दी।

'यह ... रही ...' वह दाँत भींचकर बोली और बैग की गहराई में से कोई चीज़ निकालने लगी। धीरे-धीरे एक सजावटी तस्वीर के फ्रेम का कोना दिखने लगा। हैरी उसकी मदद करने के लिए जल्दी से आगे आया। जब बैग में से फ़िनीज़ नाइजेलस की ख़ाली तस्वीर बाहर निकल आई, तो हर्माइनी ने इसकी ओर अपनी छड़ी तानी और किसी भी पल मंत्र मारने के लिए तैयार हो गई।

उन्होंने तस्वीर को टेंट से टिकाकर रख दिया और हर्माइनी हाँफते हुए बोली, 'अगर किसी ने डम्बलडोर के ऑफ़िस में असली तलवार की जगह नक़ली तलवार रखी है, तो फ़िनीज़ नाइजेलस ने यह होते हुए देखा होगा। उसकी तस्वीर केस के बिलकुल पास टँगी है!'

'बशर्ते वह सो न रहा हो,' हैरी ने कहा, लेकिन उसने अपनी साँस रोक ली, जब हर्माइनी छड़ी तानकर ख़ाली कैनवास के सामने झुकी और गला साफ़ करके बोली, 'अर – फ़िनीज़ ? फ़िनीज़ नाइजेलस ?'

कुछ नहीं हुआ।

'फ़िनीज़ नाइजेलस ?' हर्माइनी एक बार फिर बोली। 'प्रोफ़ेसर ब्लैक ? प्लीज़, क्या हम आपसे बात कर सकते हैं, प्लीज़ ?'

' "प्लीज़" से हमेशा फ़ायदा होता है,' एक ठंडी, ताने भरी आवाज़ आई और फ़िनीज़ नाइजेलस अपनी तस्वीर में आ गया। एकाएक हर्माइनी चिल्लाई, *'अंधकार-पट्टिका!'*

फ़िनीज़ नाइजेलस की चालाक, काली आँखों के ऊपर एक काली पट्टी बँध गई, जिस कारण वह फ्रेम से टकरा गया और दर्द से बिलबिला उठा।

'क्या – तुम्हारी इतनी हिम्मत – तुम कौन हो – ?'

'मुझे बहुत अफ़सोस है, प्रोफ़ेसर ब्लैक,' हर्माइनी ने कहा, 'लेकिन यह सावधानी ज़रूरी है!'

'इस घटिया पट्टी को फ़ौरन हटाओ! मैंने कहा, हटाओ इसे! इतनी अच्छी कलाकृति को बर्बाद मत करो! मैं कहाँ हूँ ? हो क्या रहा है ?'

'इस बात की चिंता न करें कि हम कहाँ हैं,' हैरी ने कहा। उसकी आवाज़ सुनकर फ़िनीज़ नाइजेलस जैसे जम गया और उसने पट्टी हटाने की कोशिश छोड़ दी।

'क्या यह भगोड़े मि. पॉटर की आवाज़ है?'

'शायद,' हैरी ने कहा। वह जानता था कि इससे फ़िनीज़ नाइजेलस की दिलचस्पी बनी रहेगी। 'हम आपसे कुछ सवाल पूछना चाहते हैं – गरुड़द्वार की तलवार के बारे में।'

'ओह,' फ़िनीज़ नाइजेलस ने कहा। अब वह अपना सिर इधर-उधर घुमाकर हैरी की झलक पाने की कोशिश कर रहा था, 'हाँ। उस मूर्ख लड़की जिनी ने स्कूल में बड़ी नादानी का काम किया था –'

'मेरी बहन के बारे में चुप रहो,' रॉन रूखेपन से बोला। फ़िनीज़ नाइजेलस ने अपनी दंभी भौंहें उठाईं।

'यहाँ और कौन है?' उसने अपने सिर को इधर से उधर घुमाते हुए कहा। 'तुम्हारे लहज़े से मैं ख़ुश नहीं हूँ। लड़की और उसके साथी बहुत मूर्ख थे। हेडमास्टर का सामान चुरा रहे थे!'

'वे लोग चोरी नहीं कर रहे थे,' हैरी ने कहा। 'वह तलवार स्नेप की नहीं है।'

'वह प्रोफ़ेसर स्नेप के स्कूल की है,' फ़िनीज़ नाइजेलस ने कहा। 'वास्तव में वीज़्ली लड़की का इस पर क्या हक़ था? उसे सज़ा मिलनी ही चाहिए थी, जैसी कि उस बेवकूफ़ लॉंगबॉटम और पागल लवगुड को मिलनी चाहिए थी!'

'नेविल बेवकूफ़ नहीं है और लूना पागल नहीं है!' हर्माइनी ने कहा।

'मैं कहाँ हूँ?' फ़िनीज़ नाइजेलस ने दोहराया और दोबारा पट्टी हटाने की कोशिश करने लगा। 'तुम लोग मुझे कहाँ ले आए हो? तुम लोगों ने मुझे मेरे पुरखों के मकान से क्यों हटा दिया है?'

'उसे छोड़िए! स्नेप ने जिनी, नेविल और लूना को क्या सज़ा दी?' हैरी ने व्यग्रता से पूछा।

'*प्रोफ़ेसर* स्नेप ने उन्हें अँधेरे जंगल में भेज दिया, ताकि वे वहाँ उस गँवार हैग्रिड के लिए कुछ काम करें।'

'हैग्रिड गँवार नहीं है!' हर्माइनी ने तीखी आवाज़ में कहा।

'स्नेप को यह सज़ा लगी थी,' हैरी ने कहा, 'लेकिन जिनी, नेविल

और लूना ने शायद हैग्रिड के साथ हँसी-मज़ाक़ किया होगा। अँधेरा जंगल ... उन लोगों ने अँधेरे जंगल से ज़्यादा बुरी चीज़ों का सामना किया है! कोई बड़ी बात नहीं थी!'

उसे राहत महसूस हो रही थी। पहले तो उसके मन में दहशत भरी कल्पनाएँ आ रही थीं; कम से कम पीड़ीकृत शाप।

'प्रोफ़ेसर ब्लैक, दरअसल हम यह जानना चाहते थे कि इससे पहले किसी और ने तो तलवार बाहर नहीं निकाली थी ? शायद साफ़-सफ़ाई के लिए इसे कहीं और ले जाया गया हो ?'

फ़िनीज़ नाइजेलस ने अपनी आँखों से पट्टी हटाने का संघर्ष छोड़ दिया और व्यंग्य से मुस्कराया।

'*मगलू परिवार के जादूगर* ही ऐसा सोच सकते हैं,' उसने कहा। 'पिशाचों के बनाए हथियारों को सफ़ाई की ज़रूरत नहीं होती है, नादान लड़की। पिशाचों की चाँदी धूल को ग्रहण नहीं करती है। यह सिर्फ़ उन्हीं चीज़ों को ग्रहण करती है, जिनसे इसे शक्ति मिलती है।'

'हर्माइनी को नादान मत कहो,' हैरी ने कहा।

'मैं अपनी बात काटे जाने से उकता गया हूँ,' फ़िनीज़ नाइजेलस ने कहा। 'शायद अब मुझे हेडमास्टर के ऑफ़िस में लौट जाना चाहिए ?'

उसकी आँखों पर अब भी पट्टी बँधी थी, इसलिए वह फ्रेम के हिस्से में टटोलते हुए हॉगवर्ट्स वाली तस्वीर में लौटने की कोशिश करने लगा। हैरी के मन में अचानक एक ख़्याल आया।

'डम्बलडोर! क्या आप डम्बलडोर को अपने साथ ला सकते हैं ?'

'माफ़ करना ?' फ़िनीज़ नाइजेलस ने पूछा।

'प्रोफ़ेसर डम्बलडोर की तस्वीर - क्या आप उन्हें भी अपनी तस्वीर में नहीं ला सकते ?'

फ़िनीज़ नाइजेलस ने अपना चेहरा हैरी की आवाज़ की दिशा में किया।

'इसका मतलब है कि सिर्फ़ मगलू परिवारों में पैदा हुए जादूगर ही अज्ञानी नहीं होते हैं, पॉटर। हॉगवर्ट्स की तस्वीरें एक-दूसरे के साथ संप्रेषण कर सकती हैं, लेकिन दूसरी जगह पर टँगी अपनी तस्वीरों के अलावा वे महल से बाहर यात्रा नहीं कर सकती हैं। डम्बलडोर यहाँ मेरे साथ नहीं आ सकते हैं और तुम लोगों ने मेरे साथ जिस तरह का सलूक

किया है, उसके बाद मैं तुम्हें बताए देता हूँ कि मैं भी यहाँ दोबारा नहीं आऊँगा!'

थोड़े निराश होकर हैरी ने देखा कि फ़िनीज़ फ़्रेम से निकलने की अब और ज़्यादा कोशिश कर रहा था।

'प्रोफ़ेसर ब्लैक,' हर्माइनी ने कहा, 'क्या आप हमें इतना बता सकते हैं, *प्लीज़*, कि आख़िरी बार तलवार को इसके केस में से कब बाहर निकाला गया था? मेरा मतलब है, जिनी के निकालने से पहले?'

फ़िनीज़ ने अधीरता से ताने भरी हँसी निकाली।

'मुझे लगता है, आख़िरी बार मैंने गरुड़द्वार की तलवार तब बाहर निकलते देखी थी, जब प्रोफ़ेसर डम्बलडोर ने अँगूठी खोलने के लिए इसका इस्तेमाल किया था।'

हर्माइनी ने मुड़कर हैरी को देखा। उनमें से कोई भी फ़िनीज़ नाइजेलस के सामने ज़्यादा कुछ कहने की हिम्मत नहीं कर सकता था, जो अब निकलने की जगह खोज चुका था।

'अच्छा, तो शुभरात्रि,' उसने थोड़ी चुभती आवाज़ में कहा और ओझल होने लगा। सिर्फ़ उसके हैट का कोना दिखाई दे रहा था, जब हैरी अचानक चिल्लाया।

'ज़रा ठहरें! क्या आपने स्नेप को यह बात बताई है?'

फ़िनीज़ नाइजेलस ने अपना पट्टी बँधा सिर दोबारा तस्वीर में डाला।

'प्रोफ़ेसर स्नेप के पास एल्बस डम्बलडोर की अजीब हरकतों को जानने से ज़्यादा महत्वपूर्ण काम हैं। *अलविदा*, पॉटर!'

इसके साथ ही वह पूरी तरह ग़ायब हो गया और अपने पीछे दाग़-धब्बे भरी पृष्ठभूमि छोड़ गया।

'हैरी!' हर्माइनी चिल्लाई।

'मैं जानता हूँ!' हैरी चिल्लाया। अब वह ख़ुद पर क़ाबू नहीं रख पाया और उसने हवा में मुक्का मारा। उसे तो इसकी उम्मीद तक नहीं थी। वह तंबू में इधर से उधर चलने लगा। उसे लगा कि वह एक मील दौड़ सकता है। अब उसे भूख नहीं लग रही थी। हर्माइनी अब फ़िनीज़ नाइजेलस की तस्वीर को दोबारा अपने बैग में रख रही थी। बैग का बटन लगाकर उसे एक तरफ़ फेंकने के बाद वह दमकते चेहरे के साथ हैरी की

तरफ़ देखने लगी।

'तलवार होरक्रक्स को नष्ट कर सकती है! पिशाचों के बनाए हथियार सिर्फ़ उन्हीं चीज़ों को ग्रहण करते हैं, जिनसे उन्हें शक्ति मिलती है – हैरी, उस तलवार में कालदृष्टि के ज़हर की शक्ति है!'

'और डम्बलडोर ने वह मुझे इसलिए नहीं दी थी, क्योंकि उन्हें इसकी ज़रूरत थी। वे लॉकेट पर इसका इस्तेमाल करना चाहते थे –'

'– और उन्हें ज़रूर यह एहसास होगा कि अगर उन्होंने अपनी वसीयत में तलवार तुम्हें दे भी दी, तो भी मंत्रालय इसे तुम तक पहुँचने नहीं देगा –'

'– इसलिए उन्होंने उसकी नक़ल बनवा ली –'

'– और काँच के केस में नक़ली तलवार रख दी –'

'– और उन्होंने असली तलवार रख दी ... कहाँ ?'

वे एक-दूसरे की तरफ़ देखने लगे। हैरी को महसूस हुआ कि जवाब उनके ऊपर हवा में ही कहीं पर लटक रहा था। यह बहुत क़रीब लग रहा था। डम्बलडोर ने उसे क्यों नहीं बताया ? या फिर उन्होंने दरअसल हैरी को बताया तो था, लेकिन उसे उस वक़्त इस बात का एहसास नहीं हुआ था ?

'सोचो!' हर्माइनी फुसफुसाई। 'सोचो! उन्होंने इसे कहाँ छोड़ा होगा ?'

'हॉगवर्ट्स में तो नहीं,' हैरी ने दोबारा चहलक़दमी शुरू करते हुए कहा।

'या फिर हॉग्समीड में कहीं पर ?' हर्माइनी ने सुझाव दिया।

'चीख़ती हवेली में ?' हैरी ने कहा। 'वहाँ कोई नहीं जाता है।'

'लेकिन स्नेप उसके अंदर जाने का तरीक़ा जानता है। क्या इसमें थोड़ा जोखिम नहीं होता ?'

'डम्बलडोर स्नेप पर भरोसा करते थे,' हैरी ने उसे याद दिलाया।

'इतना नहीं कि उसे तलवार बदलने के बारे में बता देते,' हर्माइनी ने कहा।

'हाँ, तुम सही कहती हो!' हैरी ने कहा। उसे इस बात से बहुत ख़ुशी हो रही थी कि स्नेप की विश्वसनीयता को लेकर डम्बलडोर के मन में कुछ शंकाएँ तो थीं। 'तो फिर क्या उन्होंने हॉग्समीड से दूर तलवार छिपाई होगी ? तुम्हें क्या लगता है, रॉन ? रॉन ?'

हैरी ने चारों तरफ़ देखा। एक पल के लिए तो उसने सोचा कि रॉन टेंट से बाहर चला गया है। फिर उसे एहसास हुआ कि रॉन अँधेरे में पलंग के नीचे वाली बर्थ पर किसी पत्थर की तरह स्थिर लेटा था।

'ओह, मेरी याद आ गई, है ना ?' उसने कहा।

'क्या ?'

रॉन ने साँस छोड़ते हुए ऊपर वाली बर्थ के निचले हिस्से को घूरा।

'तुम दोनों बातें करते रहो। मुझे तुम्हारा मज़ा ख़राब नहीं करना है।'

हैरी ने परेशान होकर मदद के लिए हर्माइनी की तरफ़ देखा, लेकिन वह अपना सिर हिलाने लगी। स्पष्ट रूप से रॉन के अजीबोग़रीब व्यवहार से वह भी हैरी जितनी ही हैरान थी।

'क्या समस्या है ?' हैरी ने पूछा।

'समस्या ? कोई समस्या नहीं है,' रॉन ने हैरी से नज़रें चुराते हुए कहा। 'तुम्हारे हिसाब से तो बिलकुल भी नहीं है।'

उनके सिर के ऊपर कैनवास पर *टप-टप* की आवाज़ें आईं। बारिश होने लगी थी।

'देखो, स्पष्ट रूप से तुम्हें कोई समस्या है,' हैरी ने कहा। 'उसे बोल दो।'

रॉन ने अपने लंबे पैर पलंग से नीचे किए और बैठ गया। वह आज अजीब दिख रहा था; वह घटिया दिख रहा था।

'ठीक है, मैं बोल देता हूँ। मुझसे यह उम्मीद मत करो कि मैं टेंट में इधर से उधर फुदकता फिरूँ, क्योंकि हमें एक और चीज़ खोजने को मिल गई है। इसे बस उस सामान की सूची में जोड़ लो, जिसे तुम नहीं जानते हो।'

'मैं नहीं जानता हूँ ?' हैरी ने दोहराया। '*मैं* नहीं जानता हूँ ?'

टप, टप, टप : बारिश पहले से ज़्यादा तेज़ हो रही थी। यह उनके चारों तरफ़ पत्तियों से भरे किनारे पर और अँधेरे में कलकल बहती नदी में शोर मचा रही थी। हैरी का उल्लास दहशत में बदल गया। रॉन दरअसल वही कह रहा था, जिसका उसे शक और डर था।

'ऐसा नहीं है कि यहाँ मुझे बड़ा मज़ा आ रहा है,' रॉन ने कहा, 'जानते हो, मेरी बाँह बुरी तरह घायल है और खाने के लिए कुछ नहीं है।

हर रात को ठंड के मारे मेरी कमर की कुल्फ़ी जम जाती है। देखो, मुझे उम्मीद थी कि कई हफ़्तों की दौड़-धूप के बाद हमें कुछ नतीजा हासिल होगा।'

'रॉन,' हर्माइनी ने कहा, लेकिन इतनी धीमी आवाज़ में कि रॉन यह नाटक कर सके कि वह टेंट पर गिरती बारिश की तेज़ आवाज़ में उसकी बात नहीं सुन पाया था।

हैरी बोला, 'मुझे लगा था कि तुमने सब कुछ समझने के बाद ही अभियान में शामिल होने के लिए हाँ की थी।'

'हाँ, मुझे भी ऐसा ही लगा था।'

'तो फिर कौन सी बात तुम्हारी उम्मीदों के अनुरूप नहीं है?' हैरी ने पूछा। अब ग़ुस्सा उसकी रक्षा करने के लिए आगे आ रहा था। 'क्या तुमने सोचा था कि हम फ़ाइव स्टार होटलों में ठहरेंगे? हर दूसरे दिन होरक्रक्स खोज लेंगे? या फिर तुमने सोचा था कि तुम क्रिसमस तक मम्मी के पास पहुँच जाओगे?'

'हमने सोचा था, तुम्हें पता होगा, तुम क्या कर रहे हो!' रॉन खड़े होकर चिल्लाया और उसके शब्द गर्म चाकुओं की तरह हैरी को बेध गए। 'हमने सोचा था, डम्बलडोर ने तुम्हें बता दिया है कि क्या करना है। हमने सोचा था, तुम्हारे पास पक्की योजना है!'

'रॉन!' हर्माइनी ने कहा। इस बार उसकी आवाज़ टेंट की छत पर गिरती बारिश की आवाज़ के बावजूद स्पष्ट सुनाई दे रही थी, लेकिन एक बार फिर रॉन ने उसे नज़रअंदाज़ कर दिया।

'माफ़ करना, तुम्हारी उम्मीद पूरी नहीं कर पाया,' हैरी ने कहा, जिसकी आवाज़ बहुत शांत थी, हालाँकि वह टूटा हुआ और अक्षम महसूस कर रहा था। 'मैंने शुरू से ही तुम्हें हर बात बताई है। मैंने तुम्हें डम्बलडोर द्वारा कही हर बात बताई है। और अगर तुमने ध्यान दिया हो, तो हम एक होरक्रक्स खोज भी चुके हैं -'

'हाँ, और हम इसे नष्ट करने के उतने ही क़रीब हैं, जितने कि बाक़ी होरक्रक्सों को खोजने के - यानी दूर-दूर तक कोई आसार नज़र नहीं आता है!'

'लॉकेट उतार दो, रॉन,' हर्माइनी ने कहा और उसकी आवाज़ असामान्य रूप से तीखी थी। 'प्लीज़ इसे उतार दो। अगर तुम इसे दिन भर नहीं पहनते, तो इस तरह नहीं बोलते।'

'तब भी वह इसी तरह बोलता,' हैरी ने कहा, जो रॉन को बचाने के बहाने नहीं सुनना चाहता था। 'तुम्हें क्या लगता है, मैंने यह नहीं देखा कि तुम दोनों मेरी पीठ पीछे फुसफुसाकर बातें करते रहते थे? तुम्हें क्या लगता है, मुझे अंदाज़ा नहीं था कि तुम यही सब सोच रहे होगे?'

'हैरी, हम नहीं –'

'झूठ मत बोलो!' रॉन हर्माइनी पर चिल्लाया। 'तुमने भी तो यही कहा था। तुमने भी तो कहा था कि तुम निराश हो। तुमने कहा था कि तुम्हें लग रहा था कि उसके पास थोड़ी ज़्यादा जानकारी होगी –'

'मैंने इस तरह से नहीं कहा था – हैरी, मैंने ऐसा नहीं कहा था!' वह चिल्लाई।

बारिश टेंट पर झमाझम गिर रही थी। उधर हर्माइनी के चेहरे पर आँसू बह रहे थे। कुछ मिनट पहले का रोमांच ग़ायब हो गया था, जैसे यह कभी था ही नहीं – थोड़ी देर की आतिशबाज़ी, जो झिलमिलाकर राख हो चुकी थी। अब हर चीज़ अँधेरी, गीली और ठंडी थी। गरुड़द्वार की तलवार कहीं छिपी थी, लेकिन उन्हें उस जगह का ज़रा भी अंदाज़ा नहीं था। वे एक टेंट में छिपे हुए थे और उनकी एकमात्र उपलब्धि यह थी कि वे ज़िंदा थे।

'तो फिर तुम अब भी यहाँ क्यों हो?' हैरी ने रॉन से पूछा।

'मुझे नहीं मालूम,' रॉन ने कहा।

'तो फिर घर लौट जाओ,' हैरी बोला।

'हाँ, शायद मुझे ऐसा ही करना चाहिए!' रॉन चिल्लाया और उसने हैरी की तरफ़ कुछ क़दम बढ़ाए, जो अपनी जगह पर स्थिर खड़ा रहा। 'क्या तुमने नहीं सुना कि वे लोग मेरी बहन के बारे में क्या कह रहे थे? लेकिन तुम्हें तो उसकी मरे चूहे जितनी भी परवाह नहीं है, है ना, सिर्फ़ अँधेरे जंगल में ही तो गई थी। *मैंने-बहुत-बुरे-का-सामना-किया-है* मानने वाले हैरी पॉटर को रत्ती भर भी परवाह नहीं है कि जिनी के साथ वहाँ क्या होता है। लेकिन मुझे परवाह है! वहाँ दैत्याकार मकड़ियाँ और बहुत सारी ख़तरनाक चीज़ें हैं –'

'मैं तो बस यह कह रहा था – वह बाक़ी लोगों के साथ थी, वह हैग्रिड के साथ थी –'

'– हाँ, मैं समझ गया, तुम्हें परवाह नहीं है! और मेरे बाक़ी परिवार का क्या? क्या तुमने सुना नहीं, "वीज़्ली परिवार के किसी और बच्चे को

घायल नहीं होना चाहिए?"'

'हाँ, मैंने –'

'इसका मतलब समझने का कष्ट नहीं किया, है ना?'

'रॉन!' हर्माइनी ने उन दोनों के बीच में आते हुए कहा, 'मुझे नहीं लगता है कि इसका मतलब यह है कि कोई नई घटना हुई है, जो हमें नहीं मालूम। रॉन, ज़रा सोचो, बिल के चेहरे पर घावों के निशान हैं। बहुत से लोगों को अब तक पता चल गया होगा कि जॉर्ज का एक कान भी चला गया है। इसके अलावा, लोग सोचते हैं कि तुम स्पैटरग्रॉइट के शिकार होकर मृत्युशैया पर पड़े हो। मुझे यक़ीन है कि उसका यही मतलब था –'

'ओह, तुम इतने विश्वास से कैसे कह सकती हो? ठीक है? मैं उनके बारे में सोचने की ज़हमत नहीं उठाऊँगा। तुम दोनों के लिए यह बिलकुल ठीक है, है ना, क्योंकि तुम्हारे माता-पिता सुरक्षित हैं – तुम्हें उनकी चिंता करने की ज़रूरत नहीं है!'

'मेरे माता-पिता *मर चुके हैं!'* हैरी गरजा।

'और मेरे भी शायद उसी रास्ते जा रहे होंगे!' रॉन चिल्लाया।

'तो फिर **जाओ!'** हैरी गरजा। 'उनके पास लौट जाओ। यह नाटक करना कि तुम्हारा स्पैटरग्रॉइट ठीक हो चुका है। मम्मी तुम्हें पेट भरकर खाना खिलाएँगी और –'

रॉन का हाथ अचानक अपनी छड़ी की ओर बढ़ा। हैरी ने प्रतिक्रिया की, लेकिन इससे पहले कि उनमें से किसी की भी छड़ी जेब से बाहर निकल पाती, हर्माइनी ने अपनी छड़ी उठा दी।

वह चिल्लाई, *'रक्षाकवच!'* तत्काल एक अदृश्य दीवार बन गई, जिसके एक तरफ़ हर्माइनी और हैरी थे, दूसरी तरफ़ रॉन था। मंत्र की शक्ति के कारण उन सभी को कुछ क़दम पीछे हटना पड़ा। हैरी और रॉन पारदर्शी अवरोध के दोनों ओर खड़े होकर ग़ुस्से से घूरते रहे, जैसे एक-दूसरे को पहली बार स्पष्ट रूप से देख रहे हों। हैरी को रॉन के प्रति भयंकर नफ़रत महसूस हुई : उनके बीच कोई चीज़ तड़क गई थी।

'होरक्रक्स छोड़ जाना,' हैरी ने कहा।

रॉन ने अपने सिर के ऊपर से चेन उतारी और लॉकेट पास वाली कुर्सी पर रख दिया। फिर वह हर्माइनी की ओर मुड़ा।

'तुम क्या कर रही हो?

'मतलब ?'

'तुम रुक रही हो, या ?'

'मैं ...' उसके चेहरे पर पीड़ा साफ़ झलक रही थी। 'हाँ - हाँ, मैं रुक रही हूँ। रॉन, हमने वादा किया था कि हम हैरी का साथ देंगे, हमने वादा किया था कि हम उसकी मदद करेंगे -'

'मैं समझ गया। तुम उसे चुन रही हो।'

'रॉन, नहीं - प्लीज़ - वापस लौट आओ, वापस लौट आओ!'

वह आगे बढ़ी, लेकिन अपने ही कवच सम्मोहन से टकरा गई। जब तक उसने इसे हटाया, तब तक रॉन रात के अँधेरे में ग़ुम हो चुका था। हैरी बिलकुल स्थिर और ख़ामोश खड़ा रहा। उसे हर्माइनी की सुबकियाँ सुनाई दे रही थीं और यह भी कि वह पेड़ों के बीच रॉन का नाम चिल्ला रही थी।

कुछ मिनट बाद जब वह लौटी, तो उसके गीले बाल उसके चेहरे पर चिपके हुए थे।

'वह च - च - चला गया! अंतर्ध्यान हो गया!'

हर्माइनी एक कुर्सी पर पैर ऊपर करके बैठ गई और घुटनों पर सिर रखकर रोने लगी।

हैरी सदमे में था। उसने झुककर होरक्रक्स उठाया और अपने गले में लटका लिया। उसने रॉन की बर्थ से कंबल खींचकर हर्माइनी पर डाल दिए। फिर वह अपनी बर्थ पर चढ़ गया और स्याह कैनवास की छत को घूरते हुए बारिश की टप-टप की आवाज़ें सुनता रहा।

अध्याय सोलह

गॉडरिक्स हॉलो

अगले दिन जब हैरी जागा, तो उसे बीते दिन की घटनाएँ याद आने में कुछ पल लग गए। फिर उसने बचकानी उम्मीद की कि यह ज़रूर बुरा सपना होगा और रॉन अब भी वहीं होगा, घर नहीं गया होगा। मगर, तकिए पर सिर घुमाते ही उसे रॉन का ख़ाली बिस्तर दिख गया। यह किसी मुर्दा शरीर की तरह उसकी आँखों को खींच रहा था। हैरी अपनी बर्थ से नीचे कूदा और उसने रॉन के बिस्तर से अपनी आँखें दूर रखीं। हर्माइनी पहले ही किचन में व्यस्त थी। उसने हैरी से गुड मॉर्निंग नहीं कहा, बल्कि उसके पास से गुज़रते समय जल्दी से अपना चेहरा घुमा लिया।

वह चला गया है, हैरी ख़ुद से बोला। *वह चला गया है।* नहाते और कपड़े पहनते समय वह बार-बार यही बात सोचता रहा, जैसे बार-बार दोहराने से इसका सदमा कम हो जाएगा। *वह चला गया है और वापस नहीं लौट रहा है।* हैरी जानता था कि सच्चाई यही थी, क्योंकि उनके सुरक्षात्मक सम्मोहनों के कारण एक बार इस जगह से दूर जाने के बाद रॉन उन्हें फिर नहीं खोज पाएगा।

उसने और हर्माइनी ने ख़ामोशी में नाश्ता किया। हर्माइनी की आँखें फूली हुई और लाल थीं। ऐसा लग रहा था, जैसे वह रात को सोई नहीं थी। उन्होंने अपना सामान पैक किया, हालाँकि हर्माइनी टालमटोल कर रही थी। हैरी जानता था कि वह नदी किनारे के इस पड़ाव से जाने में इतना समय क्यों लगा रही है। उसने कई बार हर्माइनी को उत्सुकता से ऊपर ताकते हुए देखा। हैरी जानता था कि वह यह सोचकर ख़ुद को मुग़ालते में रख रही है कि भारी बारिश में उसे क़दमों की आहट सुनाई दी थी, लेकिन पेड़ों के बीच में लाल बालों वाली कोई आकृति नज़र नहीं

आई। हर्माइनी की देखादेखी हैरी भी बार-बार जंगल की तरफ़ देख रहा था (क्योंकि वह ख़ुद भी यही उम्मीद कर रहा था)। बहरहाल, उसे बारिश भरे जंगल के सिवाय कुछ नहीं दिखा। उसके भीतर आवेश की एक और लहर उठी। उसे रॉन की बात सुनाई दे रही थी, *'हमने सोचा था, तुम्हें पता होगा, तुम क्या कर रहे हो!'* सीने पर बोझ महसूस करते हुए वह दोबारा पैकिंग करने लगा।

उनके पास वाली कीचड़ भरी नदी तेज़ी से चढ़ रही थी और वे जानते थे कि जल्दी ही यह किनारे के ऊपर बहने लगेगी। सामान्य स्थिति में वे इस जगह से जिस वक़्त रवाना होते, उसके लगभग एक घंटे बाद तक टालमटोल करते रहे। आख़िरकार, अपने बैग को तीन बार पूरी तरह ख़ाली और पैक करने के बाद हर्माइनी को देर करने का और कोई बहाना नहीं सूझा। वह और हैरी हाथ पकड़कर अंतर्ध्यान हो गए। अब वे झाड़ियों से ढँकी एक हवादार पहाड़ी पर पहुँच गए थे।

वहाँ पहुँचते ही हर्माइनी ने फ़ौरन हैरी का हाथ छोड़ दिया और उससे दूर जाकर एक बड़ी चट्टान पर बैठ गई। उसका चेहरा घुटनों के बीच छिपा था और वह हिल रही थी, जिससे हैरी समझ गया कि वह सुबक रही है। वह उसे देखता रहा। उसे लग रहा था कि उसे जाकर हर्माइनी को तसल्ली देनी चाहिए, लेकिन किसी कारण वह वहीं रुका रहा। उसके भीतर की हर चीज़ ठंडी और जकड़न भरी लग रही थी। एक बार फिर उसे रॉन के चेहरे पर मौजूद हिक़ारत का भाव याद आ गया। हैरी उठ खड़ा हुआ और हर्माइनी के चारों तरफ़ एक बड़े गोले में चलने लगा। वह उन सुरक्षात्मक मंत्रों को पढ़ रहा था, जिन्हें आम तौर पर हर्माइनी पढ़ती थी।

अगले कुछ दिनों तक उन्होंने रॉन का ज़िक्र तक नहीं किया। हैरी ने ठान लिया था कि अब वह उसका नाम नहीं लेगा। शायद हर्माइनी जानती थी कि इस मुद्दे पर बहस करने से कोई फ़ायदा नहीं होगा। कई बार रात को हैरी को उसके रोने की आवाज़ सुनाई देती थी, जब हर्माइनी को लगता था कि हैरी सो गया होगा। इस दौरान, हैरी हॉगवर्ट्स का नक़्शा निकालकर छड़ी की रोशनी में उसे बार-बार देखने लगा। वह उस पल का इंतज़ार कर रहा था, जब रॉन के नाम वाला बिंदु हॉगवर्ट्स के गलियारों में नज़र आए, जिससे यह साबित हो जाए कि शुद्ध-ख़ून वाला होने के नाते वह सुरक्षित रूप से आरामदेह महल में लौट गया है। बहरहाल, रॉन नक़्शे में नज़र नहीं आया। कुछ समय बाद हैरी ने पाया कि वह लड़कियों के कमरे में जिनी के

नाम को घूर रहा है। वह सोच रहा था कि जिस शिद्दत से वह इसकी ओर घूर रहा है, क्या उससे जिनी की नींद टूट जाएगी। क्या उसे किसी तरह यह पता चल जाएगा कि वह उसके बारे में सोच रहा है और उसके सही-सलामत होने की उम्मीद कर रहा है।

दिन में वे यह तय करने की कोशिश करते थे कि गरुड़द्वार की तलवार कहाँ छिपी हो सकती है। डम्बलडोर ने इसे कहाँ छिपाया होगा, इस बारे में वे जितनी ज़्यादा बातें करते थे, उनके अनुमान उतने ही ज़्यादा बेतुके और हवाई लगते थे। अपने दिमाग़ पर पूरा ज़ोर डालने के बाद भी हैरी को याद नहीं आया कि डम्बलडोर ने किसी ऐसी जगह का ज़िक्र किया हो, जहाँ वे कोई चीज़ छिपा सकते हैं। ऐसे कई मौक़े आए, जब वह यह तय नहीं कर पाता था कि वह रॉन पर ज़्यादा ग़ुस्सा है या डम्बलडोर पर। *हमने सोचा था, तुम्हें पता होगा, तुम क्या कर रहे हो ... हमने सोचा था, डम्बलडोर ने तुम्हें बता दिया है कि क्या करना है ... हमने सोचा था, तुम्हारे पास पक्की योजना है!*

वह ख़ुद से यह बात नहीं छिपा पाया : रॉन ने शायद सही कहा था। डम्बलडोर ने उसके लिए एक भी सुराग़ नहीं छोड़ा था। उन लोगों ने एक होरक्रक्स खोज लिया था, लेकिन उनके पास इसे नष्ट करने का कोई साधन नहीं था। बाक़ी होरक्रक्सों तक पहुँचना पहले जितना ही असंभव लग रहा था। निराशा उस पर हावी होने लगी। अब वह इस बात पर हैरान होने लगा कि उसने इस भटकने वाली, निरर्थक यात्रा में अपने दोस्तों को शामिल करने की हिमाकत कर ली थी। वह कुछ भी नहीं जानता था। उसके पास कोई विचार नहीं था, कोई पक्की योजना नहीं थी। और अब तो उसे रह-रहकर यह डर भी सताने लगा था कि हर्माइनी भी किसी भी पल उससे कह सकती है कि अब बहुत हो चुका, वह भी जा रही है।

वे लगभग ख़ामोशी में रातें गुज़ार रहे थे। हर्माइनी फ़िनीज़ नाइजेलस की तस्वीर को बार-बार निकालकर एक कुर्सी पर रखने लगी थी, जैसे इससे रॉन की कमी पूरी हो जाएगी। हालाँकि फ़िनीज़ नाइजेलस ने दोबारा कभी न आने की धमकी दी थी, लेकिन शायद वह हैरी की योजनाओं के बारे में जानकारी हासिल करने के प्रलोभन को नहीं छोड़ पाया, इसलिए वह हर कुछ दिनों में आँखों पर पट्टी बाँधकर आने के लिए तैयार हो गया। हैरी को भी उसे देखकर ख़ुशी होती थी, क्योंकि उसके आने से बोरियत दूर होती थी, हालाँकि वह थोड़े ताने भी मारता था। वे हॉगवर्ट्स में होने वाली घटनाओं की ख़बर पाकर ख़ुश होते थे, हालाँकि

फ़िनीज़ नाइजेलस आदर्श ख़बरी नहीं था। वह स्नेप का सम्मान करता था, जो उसके बाद नागशक्ति हाउस का स्कूल का पहला हेडमास्टर था। इसके अलावा, उन्हें यह सावधानी भी रखनी पड़ती थी कि वे स्नेप की आलोचना न करें या उसके बारे में अनुचित सवाल न पूछें, क्योंकि इस पर फ़िनीज़ नाइजेलस नाराज़ होकर फ़ौरन तस्वीर से चला जाता था।

बहरहाल, फ़िनीज़ नाइजेलस से उन्हें कुछ महत्वपूर्ण जानकारियाँ मिलीं। कुछ विद्यार्थी स्नेप के ख़िलाफ़ लगातार बग़ावत कर रहे थे। जिनी के हॉग्समीड जाने पर प्रतिबंध लगा दिया गया था। स्नेप ने अंबरिज के पुराने आदेश को दोबारा लागू कर दिया था, जिसके तहत तीन या अधिक विद्यार्थियों के एक साथ होने और किसी भी तरह की अनाधिकारिक विद्यार्थी सभाओं के आयोजन पर प्रतिबंध लगा दिया गया था।

यह सब सुनकर हैरी इस नतीजे पर पहुँचा कि जिनी, और शायद उसके साथ नेविल और लूना भी, डम्बलडोर की सेना के काम को अच्छे ढंग से आगे बढ़ा रहे थे। इस छोटी सी ख़बर से हैरी के मन में जिनी को देखने की इतनी प्रबल इच्छा हुई कि उसके सीने में दर्द सा होने लगा। बहरहाल, इससे उसे दोबारा रॉन, डम्बलडोर और हॉगवर्ट्स की याद आ गई, जिससे बिछड़ने का उसे उतना ही अफ़सोस था, जितना कि अपनी पूर्व-गर्लफ्रेंड से बिछड़ने का था। जब फ़िनीज़ नाइजेलस ने स्नेप की सज़ाओं की ख़बर सुनाई, तो हैरी के मन में एक दीवानगी भरी कल्पना आई कि वह स्नेप के प्रशासन को अस्थिर करने के लिए दोबारा स्कूल पहुँच जाए : अच्छा खाना, नर्म बिस्तर और दूसरे लोगों पर ज़िम्मेदारी होना उस पल दुनिया की सबसे बढ़िया संभावना लग रही थी। लेकिन फिर उसे याद आया कि वह अवांछित क्रमांक एक था, उसके सिर पर दस हज़ार गैलियन का पुरस्कार था और इन दिनों हॉगवर्ट्स में क़दम रखना जादू मंत्रालय में क़दम रखने जितना ही ख़तरनाक था। फ़िनीज़ नाइजेलस ने अनजाने में ही इस बात की पुष्टि कर दी, जब उसने हैरी और हर्माइनी के पते-ठिकाने के बारे में सवाल किए। जब भी वह ऐसा करता था, हर्माइनी उसकी तस्वीर को वापस अपने बैग में ठूँस देती थी और इस अप्रत्याशित विदाई से नाराज़ फ़िनीज़ नाइजेलस कुछ दिनों तक दोबारा प्रकट नहीं होता था।

मौसम अब ज़्यादा ठंडा होता जा रहा था। वे किसी एक इलाक़े में बहुत ज़्यादा समय तक रुकने की हिम्मत नहीं कर सकते थे, इसलिए पाले से भरे दक्षिण इंग्लैंड में रुके रहने के बजाय वे इधर से उधर भटकते रहे। कभी वे पहाड़ पर पहुँच जाते थे, जहाँ बर्फ़ उनके टेंट पर प्रहार करती थी,

तो कभी चौड़े बंजर इलाक़े में टेंट लगाते थे, जहाँ टेंट पर ठंडे पानी की बाढ़ आ जाती थी, तो कभी वे स्कॉटिश झील के बीच के छोटे टापू पर पहुँच जाते थे, जहाँ बर्फ़ रात में उनके टेंट को आधा दफ़न कर देती थी।

आते-जाते हुए उन्हें सिटिंग रूम की कई खिड़कियों में जगमगाते क्रिसमस ट्री दिखने लगे। इसके कुछ समय बाद एक शाम को हैरी ने यह सुझाव देने का फ़ैसला किया कि शायद उन्हें उस जगह पर खोज करनी चाहिए, जिसे उन्होंने अब तक नज़रअंदाज़ किया था। उन्होंने अभी-अभी असामान्य रूप से अच्छा खाना खाया था। हर्माइनी अदृश्य चोगे में सुपरमार्केट गई थी (वहाँ से लौटते समय वह एक खुले ड्रॉअर में ईमानदारी से पैसे डाल आई थी) और हैरी ने सोचा था कि भरपेट अच्छा खाना खाने के बाद हर्माइनी से अपनी बात मनवाना ज़्यादा आसान होगा। उसने दूरदर्शिता से यह सुझाव भी दिया कि वे कुछ घंटे तक होरक्रक्स न पहनें और इसे क़रीब वाली बर्थ के सिरे पर लटका दें।

'हर्माइनी ?'

'हूँ ?' वह *बीडल की कहानियाँ* पुस्तक लेकर हत्थे वाली कुर्सी पर बैठी थी। हैरी यह कल्पना नहीं कर पाया कि वह इस पुस्तक को कितने समय तक पढ़ेगी, जो आख़िरकार ज़्यादा बड़ी नहीं थी। बहरहाल, वह अब भी इसमें किसी चीज़ को खोजने की कोशिश कर रही थी, क्योंकि कुर्सी के हत्थे पर *स्पैलमेन्स सिलेबरी* खुली थी।

हैरी ने खंखारकर अपना गला साफ़ किया। उसे वैसा ही महसूस हुआ, जैसा कुछ साल पहले तब हुआ था, जब उसने प्रोफ़ेसर मैक्गॉनेगल से पूछा था कि क्या वह डर्स्ली दंपति की इजाज़त के बिना हॉग्समीड जा सकता है।

'हर्माइनी, मैं सोच रहा हूँ –'

'हैरी, क्या तुम मेरी मदद कर सकते हो ?'

ज़ाहिर है, वह उसकी बात नहीं सुन रही थी। उसने आगे झुककर *बीडल की कहानियाँ* पुस्तक हैरी की ओर बढ़ाई।

'इस प्रतीक को देखो,' उसने एक पन्ने की तरफ़ इशारा करते हुए कहा। हैरी को वहाँ कहानी का शीर्षक दिखा (चूँकि उसे पुरातन लिपियाँ पढ़ना नहीं आता था, इसलिए वह यह बात पक्के तौर पर नहीं कह सकता था)। वहाँ पर एक त्रिकोणीय आँख की तस्वीर भी दिख रही थी, जिसकी पुतली पर ऊपर से नीचे की तरफ़ एक रेखा थी।

'मैंने कभी पुरातन लिपि का अध्ययन नहीं किया, हर्माइनी।'

'मैं जानती हूँ, लेकिन यह पुरातन लिपि नहीं है और यह सिलेबरी में भी नहीं है। मुझे लगता था कि यह आँख की तस्वीर है, लेकिन अब मुझे ऐसा नहीं लगता! इसे स्याही से बनाया गया है, देखो, किसी ने इसे यहाँ बनाया है। यह दरअसल किताब का हिस्सा नहीं है। सोचो, क्या तुमने इसे पहले कभी देखा है?'

'नहीं ... नहीं, एक मिनट रुकना।' हैरी ने ज़्यादा ग़ौर से देखा। 'कहीं यह वही प्रतीक तो नहीं है, जिसे लूना के डैडी अपने गले में लटकाकर रखते हैं?'

'मैंने भी यही सोचा था!'

'फिर तो यह ग्रिन्डेलवाल्ड का निशान है।'

हर्माइनी का मुँह खुला रह गया।

'क्या?'

'क्रम ने मुझे बताया था ...'

उसने हर्माइनी को वह सब बता दिया, जो विक्टर क्रम ने उसे शादी में बताया था। हर्माइनी हैरान रह गई।

'*ग्रिन्डेलवाल्ड* का निशान?'

उसने हैरी को, फिर अजीब प्रतीक को देखा और फिर हैरी को देखने लगी। 'मैंने कभी नहीं सुना कि ग्रिन्डेलवाल्ड का कोई निशान भी था। मैंने उसके बारे में जितना भी पढ़ा है, उसमें ऐसा कोई ज़िक्र नहीं है।'

'देखो, जैसा मैंने कहा, क्रम ने बताया था कि यह प्रतीक डर्मस्ट्रैंग की दीवार पर बना था और इसे ग्रिन्डेलवाल्ड ने वहाँ बनाया था।'

हर्माइनी दोबारा कुर्सी पर बैठ गई और उसने त्योरियाँ चढ़ा लीं।

'बड़ी अजीब बात है। अगर यह काले जादू का प्रतीक है, तो यह बच्चों की कहानियों की पुस्तक में क्या कर रहा है?'

'हाँ, यह अजीब है,' हैरी ने कहा। 'और स्क्रिमग्योर इसे क्यों नहीं पहचान पाया। वह मंत्री था, उसे तो काले जादू का विशेषज्ञ होना चाहिए था।'

'मैं जानती हूँ ... शायद मेरी तरह उसने भी सोचा होगा कि यह आँख है। बाक़ी सभी कहानियों के शीर्षक के ऊपर छोटी तस्वीरें हैं।'

वह कुछ नहीं बोली, बल्कि अजीब निशान को देखती रही। हैरी ने दोबारा कोशिश की।

'हर्माइनी ?'

'हूँ ?'

'मैं सोच रहा हूँ। मैं – मैं गॉडरिक्स हॉलो जाना चाहता हूँ।'

हर्माइनी ने उसकी तरफ़ देखा, लेकिन उसकी आँखें उस पर केंद्रित नहीं थीं। हैरी को यक़ीन था कि वह अब भी पुस्तक के रहस्यमय निशान के बारे में सोच रही थी।

वह बोली, 'हाँ, मैं भी इसी बारे में सोच रही थी। दरअसल मुझे भी लगता है कि हमें जाना चाहिए।'

'क्या तुमने मेरी बात सही सुनी है ?' उसने पूछा।

'ज़ाहिर है, मैंने सही सुनी है। तुम गॉडरिक्स हॉलो जाना चाहते हो। मैं सहमत हूँ, मुझे लगता है कि हमें ऐसा करना चाहिए। मेरा मतलब है, मैं किसी और जगह के बारे में नहीं सोच सकती, जहाँ यह हो सकती है। काम तो ख़तरनाक है, लेकिन मैं इस बारे में जितना ज़्यादा सोचती हूँ, इस बात की उतनी ही ज़्यादा संभावना नज़र आती है कि यह वहीं होगी।'

'अर – *क्या* वहाँ होगी ?' हैरी ने पूछा।

इस पर हर्माइनी भी हैरी जितनी ही चकराई हुई दिखने लगी।

'तलवार, हैरी! डम्बलडोर ज़रूर जानते होंगे कि तुम वहाँ जाना चाहोगे। इसके अलावा, गॉडरिक्स हॉलो गौरव गरुड़द्वार का जन्मस्थान भी है –'

'क्या ? गौरव गरुड़द्वार गॉडरिक्स हॉलो में पैदा हुए थे ?'

'हैरी, तुमने *जादू का इतिहास* पुस्तक कभी खोली भी है ?'

'हाँ,' उसने कहा और महीनों बाद शायद पहली बार मुस्कराया। उसे अपने चेहरे की मांसपेशियाँ अजीब तरह से सख़्त महसूस हुईं। 'मैंने इसे ज़रूर खोला होगा, ख़रीदते समय ... बस एक बार ...'

'देखो, चूँकि इस गाँव का नाम उनके नाम पर रखा गया है, इसलिए मैंने सोचा था कि तुम संबंध जोड़ लोगे,' हर्माइनी ने कहा। काफ़ी समय बाद वह अपने पुराने स्वरूप में दिख रही थी। हैरी को लग रहा था कि अब शायद वह यह कहेगी कि वह लाइब्रेरी जा रही है। '*जादू का इतिहास* पुस्तक में इस गाँव का ज़िक्र है, ज़रा ठहरो ...'

हर्माइनी ने बैग खोला और कुछ देर तक टटोलती रही। आख़िरकार उसने बाथिल्डा बैगशॉट की पुस्तक *जादू का इतिहास* निकाली। वह इसे तब तक पलटती रही, जब तक कि मनचाहे पन्ने पर नहीं पहुँच गई।

'1689 में अंतर्राष्ट्रीय गोपनीयता अधिनियम पर हस्ताक्षर होने के बाद जादूगर छिपकर रहने लगे। वे मगलू समुदाय के भीतर अपने छोटे-छोटे समुदाय बनाकर रहने लगे। आपसी सहारे और सुरक्षा की ख़ातिर कई छोटे गाँवों में कई जादूगर परिवार एक साथ रहने लगे। कॉर्नवाल में टिनवर्थ, यॉर्कशायर में अपर फ़्लेजली और इंग्लैंड के दक्षिणी किनारे पर ओटरी सेंट कैचपोल के गाँव जादूगर परिवारों के प्रमुख ठिकाने बन गए, जो सहिष्णु और कई बार सम्मोहित मगलुओं के बीच रहते थे। इन अर्ध-जादुई निवास स्थानों में गॉडरिक्स हॉलो शायद सबसे मशहूर है। यह वेस्ट कंट्री का वह गाँव है, जहाँ महान जादूगर गौरव गरुड़द्वार पैदा हुए थे और यहीं पर लुहार जादूगर बाउमैन राइट ने पहली सुनहरी गेंद बनाई थी। क़ब्रिस्तान में प्राचीन जादूगर परिवारों के नाम भरे हुए हैं और निस्संदेह इसी वजह से यहाँ के छोटे से चर्च के भुतहा होने की कहानियाँ कई सदियों से फैली हुई हैं।'

'तुम्हारा और तुम्हारे माता-पिता का कोई ज़िक्र नहीं है,' हर्माइनी ने पुस्तक बंद करते हुए कहा, 'क्योंकि प्रोफ़ेसर बैगशॉट उन्नीसवीं सदी के अंत के बाद की किसी चीज़ का उल्लेख नहीं करती हैं। लेकिन तुमने देखा ? गॉडरिक्स हॉलो, गौरव गरुड़द्वार, गरुड़द्वार की तलवार; तुम्हें नहीं लगता कि डम्बलडोर को यह उम्मीद होगी कि तुम यह संबंध जोड़ लोगे ?'

'ओह, हाँ ...'

हैरी यह स्वीकार नहीं करना चाहता था कि गॉडरिक्स हॉलो जाने का सुझाव देते समय वह तलवार के बारे में ज़रा भी नहीं सोच रहा था। उसके लिए तो उस गाँव का आकर्षण उसके माता-पिता की क़ब्रों में था, उस मकान में था, जहाँ वह मौत से बाल-बाल बचा था और बाथिल्डा बैगशॉट में था।

'याद है, मुरियल ने क्या कहा था ?' उसने अंततः पूछा।

'कौन ?'

वह झिझका, क्योंकि वह रॉन का नाम नहीं लेना चाहता था। 'जिनी की ग्रेट आंट। शादी में। जिन्होंने कहा था कि तुम्हारे टखने बहुत पतले हैं।'

'ओह,' हर्माइनी ने कहा।

यह बहुत उलझन भरा पल था। हैरी जानता था, हर्माइनी को यह एहसास हो गया था कि वह रॉन का नाम लेने वाला था। हैरी आगे बोला, 'उन्होंने कहा था कि बाथिल्डा बैगशॉट अब भी गॉडरिक्स हॉलो में रहती है।'

'बाथिल्डा बैगशॉट,' हर्माइनी बुदबुदाई और *जादू का इतिहास* के सामने वाले कवर पर उभरे बाथिल्डा के नाम पर उँगली फेरी। 'अच्छा, मुझे लगता है –'

उसने इतने नाटकीय तरीक़े से आह भरी कि हैरी का दिल धक्क रह गया। वह अपनी छड़ी निकालकर टेंट के दरवाज़े की तरफ़ घूम गया। उसे आशंका थी कि वहाँ उसे कोई हाथ दिखेगा, जो अंदर घुसने की कोशिश कर रहा होगा, लेकिन वहाँ कुछ भी नहीं था।

'क्या?' उसने आधे ग़ुस्से और आधी राहत से कहा। 'तुमने ऐसा क्यों किया? मुझे तो लगा था कि तुमने किसी प्राणभक्षी को टेंट में घुसते देख लिया है –'

'हैरी, *अगर बाथिल्डा के पास तलवार हुई, तो?* अगर डम्बलडोर ने तलवार उसके पास रख दी हो, तो?'

हैरी ने इस संभावना पर विचार किया। बाथिल्डा अब तक बहुत बूढ़ी हो चुकी होगी और मुरियल के अनुसार 'सठिया' चुकी थी। क्या इस बात की संभावना थी कि डम्बलडोर ने गरुड़द्वार की तलवार उसके पास छिपाई होगी? हैरी ने महसूस किया कि अगर ऐसा है, तो डम्बलडोर ने बहुत कुछ भाग्य के भरोसे छोड़ दिया था। डम्बलडोर ने उसे यह कभी नहीं बताया था कि उन्होंने असली तलवार की जगह पर नक़ली तलवार रख दी थी। उन्होंने बाथिल्डा के साथ अपनी दोस्ती का ज़िक्र तक नहीं किया था। बहरहाल, यह समय हर्माइनी के सुझाव पर शंका ज़ाहिर करने का नहीं था, तब तो बिलकुल नहीं, जब वह हैरी की सबसे प्रिय हसरत को मानने के लिए आश्चर्यजनक रूप से इच्छुक थी।

'हाँ, वे ऐसा कर सकते थे! तो क्या हम गॉडरिक्स हॉलो चलें?'

'हाँ, लेकिन हमें इस बारे में सावधानी से सोचना होगा, हैरी।' हर्माइनी अब बैठ रही थी और हैरी जानता था कि दोबारा योजना बनाने की संभावना से उसकी तरह ही हर्माइनी का मूड भी ठीक हो गया था। 'इसके लिए सबसे पहले हमें अदृश्य चोगे के नीचे साथ-साथ अंतर्ध्यान होने

का अभ्यास करना होगा। और शायद विभ्रम सम्मोहन के प्रयोग में भी समझदारी होगी, जब तक कि हम भेसबदल काढ़े का दोबारा इस्तेमाल न करना चाहें। ऐसा करने के लिए हमें किसी के बाल हासिल करने होंगे। शायद यही करना बेहतर होगा, हैरी। हमारा हुलिया जितना ज़्यादा अलग होगा, उतना ही बढ़िया है ...'

हैरी ने हर्माइनी को बोलने दिया। जब भी वह थोड़ा ठहरती थी, तो वह सिर हिलाकर सहमति जताने लगता था, लेकिन उसका दिमाग़ हर्माइनी की बातों में नहीं था। ग्रिनगॉट में नक़ली तलवार है, यह पता लगने के बाद वह पहली बार रोमांचित महसूस कर रहा था।

वह घर जाने वाला था। वह उस जगह लौटने वाला था, जहाँ उसका परिवार रहता था। अगर वोल्डेमॉर्ट नहीं होता, तो वह गॉडरिक्स हॉलो में ही बड़ा होता और वहीं स्कूल की हर छुट्टी बिताता। वह अपने घर पर दोस्तों को बुला सकता था ... उसके भाई-बहन हो सकते थे ... उसके सत्रहवें जन्मदिन का केक उसकी अपनी मम्मी ने बनाया होता। जो ज़िंदगी उसने खो दी थी, वह इस पल जितनी वास्तविक लग रही थी, उतनी कभी नहीं लगी थी। वह उस जगह को देखने वाला था, जहाँ उससे इस सुखद ज़िंदगी की संभावना को छीन लिया गया था। जब उस रात को हर्माइनी सोने चली गई, तो हैरी ने धीरे से उसके हैंडबैग में से अपना बैग निकाला और उसके भीतर से वह फ़ोटो एलबम निकाला, जो हैग्रिड ने उसे काफ़ी समय पहले दिया था। महीनों बाद पहली बार हैरी ने अपने माता-पिता की पुरानी तस्वीरें देखीं, जो उसकी तरफ़ हाथ हिला रहे थे और मुस्करा रहे थे। अब उनकी बस यही निशानियाँ बची थीं।

हैरी अगले ही दिन ख़ुशी-ख़ुशी गॉडरिक्स हॉलो की तरफ़ चल देता, लेकिन हर्माइनी का विचार कुछ और था। उसे यक़ीन था कि वोल्डेमॉर्ट को उम्मीद होगी कि हैरी अपने माता-पिता की क़ब्रों को देखने जाएगा, इसलिए हर्माइनी ने संकल्प कर लिया था कि वे सबसे अच्छे वेश में छिपने के बाद ही वहाँ से जाएँगे। उन्होंने क्रिसमस की ख़रीदारी में जुटे मगलुओं के बाल चुपके से हासिल कर लिए और अदृश्य चोगे के नीचे एक साथ अंतर्ध्यान होना सीख लिया। एक सप्ताह बाद जाकर हर्माइनी ने यात्रा के लिए हाँ भरी।

उनकी योजना यह थी कि वे अँधेरे में अंतर्ध्यान होकर गाँव में पहुँचें, इसलिए उन्होंने देर शाम को आख़िरकार भेसबदल काढ़ा पिया। हैरी फ़ौरन एक अधगंजे अधेड़ मगलू में बदल गया। हर्माइनी उसकी नाटी और थोड़ी

सहमी हुई पत्नी में बदल गई। उन्होंने अपना सारा सामान बैग में रख लिया (होरक्रक्स को छोड़कर, जिसकी चेन हैरी गले में डाले था) और उस बैग को हर्माइनी ने अपने कोट की भीतर वाली जेब में रख लिया। हैरी ने दोनों पर अदृश्य चोगा डाला और वे घूमकर दमघोंटू अँधेरे में खो गए।

जब हैरी ने आँखें खोलीं, तो उसका दिल उछलकर गले में पहुँच गया था। वे लोग एक-दूसरे का हाथ पकड़े एक बर्फ़ भरी गली में खड़े थे। ऊपर गहरा नीला आसमान था, जिसमें रात के पहले सितारे धुँधले से चमकने लगे थे। सँकरी सड़क के दोनों ओर मकान थे, जिनकी खिड़कियों में क्रिसमस की सजावट नज़र आ रही थी। उनके सामने सुनहरी स्ट्रीटलाइट्स की रोशनी में थोड़ी दूरी पर गाँव का चौक दिख रहा था।

'इतनी सारी बर्फ़!' हर्माइनी चोगे के नीचे फुसफुसाई। 'हमने बर्फ़ के बारे में क्यों नहीं सोचा ? इतनी सारी सावधानियों के बावजूद हमारे पैरों के निशान पीछे छूट जाएँगे! हमें उन्हें मिटाना होगा - तुम आगे-आगे चलो, मैं निशान मिटाती चलती हूँ -'

हैरी पैंटोमाइम करने वाले घोड़े की तरह गाँव में दाख़िल नहीं होना चाहता था और अदृश्य रहकर जादू से निशान भी नहीं मिटाना चाहता था।

हैरी बोला, 'हम चोगा उतार देते हैं।' यह सुनकर जब हर्माइनी के होश फाख़्ता हो गए, तो वह फ़ौरन बोला, 'ओह, छोड़ो भी, हम अपने असली रूप में तो हैं नहीं। वैसे भी आस-पास कोई नहीं दिख रहा है।'

उसने चोगा अपनी जैकेट में रख लिया और वे आगे की तरफ़ चल दिए। जब वे घरों के पास से गुज़रे, तो बर्फ़ीली हवा उनके चेहरे पर चाबुक की तरह पड़ी। उनमें से कोई सा भी घर वह हो सकता था, जिसमें जेम्स और लिली कभी रहे थे या जहाँ बाथिल्डा इस वक़्त रहती होगी। हैरी ने पास के घरों के दरवाज़ों, बर्फ़ के बोझ से दबती छतों और सामने वाले पोर्चों को निहारा। वह सोच रहा था कि क्या इन्हें देखकर उसे कुछ याद आता है। मन ही मन वह जानता था कि यह असंभव है, क्योंकि जब वह यहाँ से हमेशा-हमेशा के लिए गया था, तब उसकी उम्र लगभग एक साल थी। उसे तो यह यक़ीन भी नहीं था कि वह मकान उसे नज़र आएगा। उसे पता नहीं था कि रहस्य-रक्षकों के मरने के बाद क्या होता है। जिस छोटी सी गली में वे चल रहे थे, कुछ समय बाद वह घूमकर बाईं ओर मुड़ गई और उन्हें गाँव के बीच का छोटा चौक दिखने लगा।

चौक के चारों तरफ़ रंगीन रोशनियाँ थीं। इसके बीच में युद्ध का

स्मारक लगा था, जो हवा में लहरा रहे क्रिसमस ट्री से थोड़ा ढँका था। कई दुकानें थीं, एक पोस्ट ऑफ़िस, एक शराबख़ाना और एक छोटा चर्च, जिसकी काँच की खिड़कियाँ चौक के पार चमक रही थीं।

यहाँ बर्फ़ पर काफ़ी सारे निशान थे। लोग इस पर दिन भर चले थे, जिस वजह से बर्फ़ सख़्त और फिसलन भरी हो गई थी। गाँव वाले उनके सामने इधर से उधर जा रहे थे। स्ट्रीटलाइट्स की रोशनी उनकी आकृतियों पर पड़ रही थी। जब शराबख़ाने का दरवाज़ा खुला और बंद हुआ, तो उन्हें अचानक हँसी और पॉप म्यूज़िक की धुन सुनाई दी। फिर उन्होंने छोटे चर्च के भीतर क्रिसमस के भजन शुरू होने की आवाज़ सुनी।

'हैरी, मुझे लगता है कि आज क्रिसमस ईव है!' हर्माइनी ने कहा।

'क्या सचमुच ?'

उसे तारीख़ पता नहीं थी। उन्होंने कई हफ़्तों से अख़बार की झलक तक नहीं देखी थी।

'मुझे यक़ीन है आज क्रिसमस ईव है,' हर्माइनी ने चर्च पर आँखें टिकाते हुए कहा। 'वे ... वे लोग वहाँ होंगे, है ना? तुम्हारे मम्मी-डैडी? मुझे इसके पीछे क़ब्रिस्तान नज़र आ रहा है।'

हैरी को ऐसा रोमांच महसूस हुआ, जो रोमांच से परे था। एक तरह से इसे डर की संज्ञा दी जा सकती थी। अब इतने क़रीब आने पर वह सोचने लगा कि क्या वह सचमुच देखना चाहता है। शायद हर्माइनी उसकी भावनाओं को समझ गई, क्योंकि उसने हैरी का हाथ पकड़ लिया और पहली बार उसके आगे चलकर उसे खींचने लगी। बहरहाल, आधा चौक पार करने के बाद वह रुक गई।

'हैरी, देखो!'

वह युद्ध के स्मारक की तरफ़ इशारा कर रही थी। जब वे इसके पास से गुज़रे थे, तो इसका रूप बदल गया था। नामों से ढँके स्मारक की जगह अब वहाँ तीन लोगों की मूर्तियाँ दिख रही थीं : बिखरे बालों और चश्मे वाला एक आदमी, लंबे बालों वाली एक सुंदर औरत और उसकी गोद में बैठा एक बच्चा। बर्फ़ उन सभी के सिर पर रोएँदार, सफ़ेद टोपियों की तरह जमी थी।

हैरी ने ज़्यादा क़रीब जाकर अपने मम्मी-डैडी के चेहरों को देखा। उसने कभी कल्पना भी नहीं की थी कि यहाँ एक मूर्ति होगी ... अपनी पत्थर की मूर्ति देखना कितना अजीब था – एक ख़ुश बच्चा, जिसके माथे

पर कोई निशान नहीं था ...

'चलो,' हैरी ने कहा, जब उसने जी भरकर देख लिया। वे दोबारा चर्च की ओर चल दिए। सड़क पार करते समय उन्होंने पीछे मुड़कर देखा। मूर्ति एक बार फिर युद्ध के स्मारक में बदल गई थी।

जैसे-जैसे वे चर्च के पास पहुँचे, भजनों की आवाज़ ज़्यादा तेज़ होती गई। हैरी का गला रुँध गया। इसने उसे हॉगवर्ट्स की याद दिला दी, जहाँ पीव्ज़ कवचों के भीतर से भजनों के बदतमीज़ी भरे संस्करण गाता था, जहाँ बड़े हॉल में बारह क्रिसमस ट्री लगते थे, जहाँ डम्बलडोर ने एक बार पटाख़े में जीता हैट पहना था, जहाँ रॉन हाथ से बुना स्वेटर पहने था ...

क़ब्रिस्तान के प्रवेश द्वार में एक छोटा गेट था। हर्माइनी ने इसे बहुत धीरे से खोला और वे चुपके से भीतर पहुँच गए। चर्च के दरवाज़ों की तरफ़ जाने वाले फिसलन भरे रास्ते के दोनों तरफ़ जमी बर्फ़ मोटी और अनछुई थी। वे बर्फ़ पर चलकर अपने पीछे गहरे निशान छोड़ते गए, जब वे इमारत के पास से गोल घूमे और चमकती खिड़कियों के नीचे की छाया में छिपते हुए आगे चलते गए।

चर्च के पीछे क़ब्र के पत्थर बर्फ़ के नीले कंबल में से बाहर निकलते दिख रहे थे, क्योंकि जहाँ भी खिड़की के काँच से आती रोशनी बर्फ़ से टकराती थी, यह लाल, सुनहरे और हरे रंगों की छटा बिखेरने लगती थी। हाथ को जैकेट की जेब में रखी छड़ी पर जमाते हुए हैरी सबसे क़रीबी क़ब्र की ओर बढ़ा।

'यहाँ देखो। यह एबॉट है, हान्ना का दूर का कोई रिश्तेदार हो सकता है!'

'अपनी आवाज़ नीची रखो,' हर्माइनी ने उससे विनती की।

वे क़ब्रिस्तान में और अंदर चलते चले गए तथा अपने पीछे बर्फ़ में गहरे निशान छोड़ते गए। वे पुराने पत्थरों पर लिखे शब्द पढ़ने के लिए झुकते थे और बीच-बीच में आस-पास के अँधेरे में आँखें गड़ाकर यह सुनिश्चित करते थे कि वे बिलकुल अकेले हैं।

'हैरी, यहाँ!'

हर्माइनी दो क़तार दूर थी। हैरी जब उसके पास गया, तो उसका दिल उछल रहा था।

'क्या मेरे मम्मी-डैडी – ?'

'नहीं, लेकिन देखो तो सही!'

उसने स्याह पत्थर की ओर इशारा किया। हैरी ने नीचे झुककर जमे हुए, काईदार पत्थर को देखा, जिस पर *केंड्रा डम्बलडोर* लिखा था। उसके नीचे जन्म और मृत्यु की तारीख़ें लिखी थीं। उनके भी थोड़े नीचे लिखा था, *और उनकी बेटी एरियाना।* एक कोटेशन भी था :

जहाँ तुम्हारा ख़ज़ाना है, वहीं तुम्हारा दिल भी होगा।

इसका मतलब है, रीटा स्कीटर और मुरियल की कुछ बातें सच थीं। डम्बलडोर परिवार सचमुच यहाँ रहता था और उसके कुछ सदस्य यहाँ मरे भी थे।

क़ब्र को देखना उसके बारे में सुनने से भी ज़्यादा बुरा था। हैरी यह सोचे बिना नहीं रह सका कि इस क़ब्रिस्तान में उसकी और डम्बलडोर की गहरी जड़ें थीं और डम्बलडोर को उसे यह बात बता देनी चाहिए थी, लेकिन उन्होंने उसे अपने इस आपसी संबंध को बताने के बारे में कभी सोचा तक नहीं। वे एक साथ यहाँ आ सकते थे। एक पल के लिए हैरी ने डम्बलडोर के साथ यहाँ आने की कल्पना की। अगर ऐसा होता, तो उनके बीच कितना गहरा बंधन जुड़ जाता और उसके लिए यह कितना मायने रखता। लेकिन ऐसा लग रहा था कि डम्बलडोर के लिए यह तथ्य एक महत्वहीन संयोग था कि उनके परिवार एक ही क़ब्रिस्तान में पास-पास विश्राम कर रहे थे। या फिर यह बताना शायद उस काम के लिए ज़रूरी नहीं था, जो वे हैरी से कराना चाहते थे।

हर्माइनी हैरी को देख रही थी। हैरी को इस बात की ख़ुशी हुई कि उसका चेहरा अँधेरे में छिपा था। उसने एक बार फिर पत्थर पर लिखे शब्द पढ़े। *जहाँ तुम्हारा ख़ज़ाना है, वहीं तुम्हारा दिल भी होगा।* वह इन शब्दों का मतलब नहीं समझ पाया। निश्चित रूप से डम्बलडोर ने ही इन्हें चुना था, क्योंकि माँ की मौत के बाद वे ही परिवार के सबसे बड़े सदस्य थे।

'क्या तुम्हें यक़ीन है कि उन्होंने कभी इसका ज़िक्र नहीं किया – ?' हर्माइनी ने बात शुरू की।

'नहीं,' हैरी ने रूखा जवाब दिया और फिर बोला, 'चलो, आगे देखते हैं।' फिर वह दूर मुड़ गया और सोचने लगा कि काश उसने वह पत्थर नहीं देखा होता। वह नहीं चाहता था कि उसके रोमांचपूर्ण भय की भावना में द्वेष भी शामिल हो जाए।

'यह रहा!' हर्माइनी कुछ पल बाद अँधेरे में से एक बार फिर चिल्लाई। 'ओह नहीं, माफ़ करना! मुझे लगा था कि इस पर पॉटर लिखा है।'

वह एक काई लगे जर्जर पत्थर को मल रही थी और त्योरी चढ़ाकर उसे घूर रही थी।

'हैरी, ज़रा एक मिनट आना।'

वह दोबारा नहीं पलटना चाहता था, लेकिन मन मारकर बर्फ़ में उसकी तरफ़ गया।

'क्या ?'

'इसे देखो!'

यह क़ब्र बहुत पुरानी थी। हैरी को नाम पढ़ने में काफ़ी मुश्किल आ रही थी। हर्माइनी इसके नीचे बने प्रतीक की तरफ़ इशारा कर रही थी।

'हैरी, यह तो वही पुस्तक वाला निशान है!'

उसने उस जगह को देखा, जहाँ हर्माइनी इशारा कर रही थी। पत्थर इतना पुराना हो चुका था कि यह पता लगाना मुश्किल था कि वहाँ क्या उकेरा गया था, हालाँकि अस्पष्ट नाम के नीचे त्रिकोणीय निशान दिख रहा था।

'हाँ ... हो सकता है ...'

हर्माइनी ने अपनी छड़ी रोशन करके पत्थर पर लिखे नाम को ग़ौर से देखा।

'इस पर लिखा है इग - मुझे लगता है इग्नोटस ...'

'मैं अपने मम्मी-डैडी की तलाश में जा रहा हूँ, ठीक है ?' हैरी ने उससे कहा और उसकी आवाज़ में थोड़ी चिढ़ झलक रही थी। वह हर्माइनी को पुरानी क़ब्र के पास झुका छोड़कर दोबारा चल दिया।

बीच-बीच में उसे कोई ऐसा सरनेम दिख जाता था, जिससे वह एबॉट की तरह हॉगवर्ट्स में मिल चुका था। कई बार उसी जादूगर परिवार की कई पीढ़ियाँ क़ब्रिस्तान में नज़र आईं। हैरी तारीख़ों से समझ सकता था कि वह ख़ानदान या तो ख़त्म हो गया था या फिर उसके जीवित लोग गॉडरिक्स हॉलो से कहीं दूर रहने चले गए थे। वह क़ब्रों के बीच होता हुआ और अंदर चला गया। जब भी वह किसी क़ब्र के पत्थर के पास पहुँचता था, उसे डर और उम्मीद का झटका महसूस होता था।

अँधेरा और ख़ामोशी अचानक ज़्यादा गहरा गए। हैरी को फ़ौरन दमपिशाचों की याद आई और उसने चारों तरफ़ देखा। फिर उसे एहसास हुआ कि भजन ख़त्म हो गए थे। चर्च के सदस्य अब चौक की ओर जा रहे थे और उनकी बातचीत की आवाज़ अब दूर हो रही थी। हुआ सिर्फ़ इतना था कि चर्च में किसी ने अभी-अभी भीतर की बत्तियाँ बुझाई थीं।

फिर हर्माइनी की आवाज़ अँधेरे में कुछ गज़ दूर से तीसरी बार आई। यह आवाज़ स्पष्ट और तीखी थी।

'हैरी, वे यहाँ हैं ... बिलकुल यहीं।'

हर्माइनी के अंदाज़ से वह जान गया कि इस बार वह उसके मम्मी-डैडी का ज़िक्र कर रही थी। वह इस एहसास के साथ उसकी ओर बढ़ा, जैसे कोई भारी चीज़ उसके सीने पर दबाव डाल रही हो। यह वैसा ही एहसास था, जैसा उसे डम्बलडोर की मौत के बाद हुआ था, एक ऐसा दुख जो उसके दिल और फेफड़ों पर भारी पड़ रहा था।

क़ब्र का यह पत्थर केंड्रा और एरियाना की क़ब्र से सिर्फ़ दो क़तार पीछे था। डम्बलडोर की क़ब्र की तरह ही यह क़ब्र भी सफ़ेद संगमरमर से बनी थी। इस वजह से इस पर लिखी इबारत को पढ़ना आसान था, क्योंकि यह अँधेरे में चमकती लग रही थी। हैरी को इस पर उकेरे गए शब्दों को पढ़ने के लिए झुकने या बहुत ज़्यादा क़रीब जाने की ज़रूरत नहीं पड़ी।

जेम्स पॉटर, जन्म 27 मार्च 1960, मृत्यु 31 अक्टूबर 1981
लिली पॉटर, जन्म 30 जनवरी 1960, मृत्यु 31 अक्टूबर 1981

जो अंतिम शत्रु नष्ट होगा, वह मृत्यु है।

हैरी ने इन शब्दों को धीरे-धीरे पढ़ा, जैसे उसे उनका मतलब समझने का सिर्फ़ एक ही मौक़ा मिलेगा। फिर उसने आख़िरी शब्दों को ज़ोर से पढ़ा।

'*"जो अंतिम शत्रु नष्ट होगा, वह मृत्यु है" ...*' उसके मन में एक भयंकर विचार आया और दहशत भी। 'क्या यह प्राणभक्षी जैसा विचार नहीं है? इसे यहाँ क्यों लिखा गया है?'

'हैरी, इसका मतलब मौत को उस तरह हराना नहीं है, जिस तरह से प्राणभक्षी सोचते हैं,' हर्माइनी ने कहा और उसकी आवाज़ में कोमलता का भाव था। 'जानते हो ... इसका मतलब है ... मौत के पार जीना। मौत के बाद जीना।'

लेकिन वे जीवित नहीं थे, हैरी ने सोचा। वे तो चले गए थे। खोखले शब्द इस सच्चाई को नहीं झुठला सकते थे कि उसके माता-पिता के अवशेष बर्फ़ और पत्थर के नीचे बेजान पड़े थे। इससे पहले कि वह रोक पाता, उसकी आँखों में आँसू आ गए। उसके ठंडे चेहरे पर गर्म आँसू बहने लगे। उन्हें पोंछने या नाटक करने से क्या फ़ायदा था? उसने उन्हें बहने दिया। उसके होंठ कसकर बंद थे। वह उस मोटी बर्फ़ की ओर देख रहा था, जो उसकी आँखों से उस जगह को छिपा रही थी, जहाँ लिली और जेम्स के अंतिम अवशेष दफ़न थे, जो अब तक हड्डियों या मिट्टी में बदल चुके होंगे। उसके मम्मी-डैडी को तो इस बात की जानकारी या परवाह भी नहीं होगी कि उनका बेटा इतने क़रीब खड़ा था और उसका दिल अब भी धड़क रहा था। वह उनके बलिदान के कारण ज़िंदा था और इस पल यह सोच रहा था कि काश वह भी इस वक़्त बर्फ़ के नीचे उनके साथ सो रहा होता।

हर्माइनी ने दोबारा उसका हाथ पकड़ लिया था, इस बार थोड़ा कसकर। हैरी ने उसकी ओर नहीं देखा, लेकिन उसने भी उसका हाथ दबा दिया। ख़ुद को सँभालने और क़ाबू में करने के लिए वह रात की हवा में हाँफ़ते हुए गहरी साँसें ले रहा था। उसे उनके लिए कुछ लाना चाहिए था, लेकिन उसे ख़्याल ही नहीं आया था। उसने इधर-उधर देखा : क़ब्रिस्तान के किसी पौधे में कोई पत्ती या फूल नहीं थे। तभी हर्माइनी ने अपनी छड़ी उठाकर हवा में गोला बनाया; क्रिसमस का गुलाबों वाला हार उनके सामने आ गया। हैरी ने उसे लेकर अपने माता-पिता की क़ब्र पर चढ़ा दिया।

इसके बाद वह वहाँ से फ़ौरन चल देना चाहता था। वह अब वहाँ एक पल भी और खड़े रहना बर्दाश्त नहीं कर सकता था। उसने हर्माइनी के कंधों पर अपनी बाँह रखी और हर्माइनी ने उसकी कमर में हाथ डाल दिया। वे ख़ामोशी में बर्फ़ पर चलने लगे। वे डम्बलडोर की माँ और बहन के पास से निकले। अब वे अँधेरे चर्च और उस छोटे से गेट की ओर बढ़ रहे थे, जो अभी नज़र नहीं आ रहा था।

अध्याय सत्रह

बाथिल्डा का रहस्य

'हैरी, रुको।'

'क्या हुआ ?'

वे अनजान एबॉट की क़ब्र के पास थे।

'कोई वहाँ है। कोई हमें देख रहा है। मुझे यक़ीन है। वहाँ, झाड़ियों के पीछे।'

वे बिलकुल स्थिर खड़े रहे और एक-दूसरे का हाथ पकड़कर क़ब्रिस्तान की काली चहारदीवारी को देखते रहे। हैरी को वहाँ कुछ नहीं दिखा।

'तुम्हें पक्का यक़ीन है ?'

'मुझे वहाँ कोई चीज़ हिलती दिखी थी। मैं क़सम खा सकती हूँ कि मुझे दिखी थी ...'

हर्माइनी ने अपना छड़ी वाला हाथ हैरी के हाथ से छुड़ा लिया।

'हम मगलू जैसे दिख रहे हैं,' हैरी ने कहा।

'ऐसे मगलू, जो अभी-अभी तुम्हारे मम्मी-डैडी की क़ब्र पर फूलों का हार चढ़ा रहे थे! हैरी, मुझे यक़ीन है, वहाँ कोई था!'

हैरी को *जादू का इतिहास* पुस्तक के शब्द याद आ गए। इस क़ब्रिस्तान को भुतहा माना जाता था। क्या होगा अगर – ? लेकिन उसे एक सरसराहट सुनाई दी और उसने उस झाड़ी में बर्फ़ के टुकड़ों को थोड़ा हटा हुआ देखा, जिस तरफ़ हर्माइनी ने इशारा किया था। भूत बर्फ़ नहीं हटा सकते।

'बिल्ली होगी,' हैरी ने एक-दो सेकंड बाद कहा, 'या कोई पक्षी। अगर वहाँ कोई प्राणभक्षी होता, तो हम अब तक मर चुके होते। लेकिन अब यहाँ से जल्दी से निकल लेना चाहिए। फिर हम दोबारा चोगा ओढ़ लेंगे।'

क़ब्रिस्तान से बाहर निकलते समय वे बार-बार पीछे मुड़कर देखते रहे। हैरी उतना आशावादी महसूस नहीं कर रहा था, जितना हर्माइनी को तसल्ली देने के लिए नाटक कर रहा था। क़ब्रिस्तान के गेट और फिर फिसलन भरे फ़ुटपाथ पर पहुँचकर उसे ख़ुशी हुई। उन्होंने चोगा अपने ऊपर डाल लिया। शराबख़ाना पहले से ज़्यादा भरा था। इसके भीतर कई लोग वह भजन गा रहे थे, जो उन्होंने चर्च के पास से गुज़रते समय सुना था। एक पल के लिए हैरी ने सोचा कि क्या उन्हें भी इसके भीतर शरण लेनी चाहिए, लेकिन इससे पहले कि वह कुछ बोल पाता, हर्माइनी बुदबुदाई, 'चलो, इस रास्ते से चलते हैं।' हर्माइनी ने उसे उस अँधेरी सड़क पर खींचा, जो गाँव के बाहर जाती थी और जिस दिशा से वे आए थे, उससे विपरीत दिशा में जाती थी। हैरी को वह जगह दिख रही थी, जहाँ मकान ख़त्म हो गए थे और जंगल शुरू हो गया था। वे पूरी तेज़ी से चलने लगे। वे रंग-बिरंगी रोशनियों से चमकती खिड़कियों के पास से गुज़रे, जिनके पर्दों के पार क्रिसमस ट्री की आकृतियाँ साफ़ दिखाई दे रही थीं।

'हम बाथिल्डा का मकान कैसे खोजेंगे?' हर्माइनी ने पूछा, जो थोड़ा काँप रही थी और पीछे मुड़-मुड़कर देख रही थी। 'हैरी? तुम्हें क्या लगता है? हैरी?'

हर्माइनी ने उसकी बाँह खींची, लेकिन हैरी उधर ध्यान नहीं दे रहा था। वह तो उस स्याह खंडहर की तरफ़ देख रहा था, जो मकानों की इस क़तार के बिलकुल अंत में था। अगले ही पल उसने अपनी रफ़्तार तेज़ कर दी और हर्माइनी को भी अपने साथ खींचकर ले जाने लगा, जिससे वह बर्फ़ पर थोड़ी फिसल गई।

'हैरी -'

'देखो ... इसकी तरफ़ देखो, हर्माइनी ...'

'मैं यह नहीं समझ ... ओह!'

वह इसे देख सकता था। रहस्य-रक्षक सम्मोहन जेम्स और लिली की मौत के साथ ही ख़त्म हो गया होगा। हैग्रिड हैरी को इस खंडहर में से निकालकर ले गया था, जिसका मलबा कमर तक ऊँची घास में बिखरा

पड़ा था। उस घटना को सोलह साल हो चुके थे और इस दौरान बागड़ काफ़ी बेक़ाबू होकर फैल चुकी थी। मकान का ज़्यादातर हिस्सा अब भी सही-सलामत था, हालाँकि यह गहरे रंग की बेलों और बर्फ़ से ढँक चुका था। ऊपर वाली मंज़िल का दाहिना हिस्सा पूरी तरह उड़ गया था। हैरी को यक़ीन था कि यहीं पर वोल्डेमॉर्ट का शाप उलट गया होगा। वह और हर्माइनी गेट पर खड़े होकर उस खंडहर को निहारते रहे, जो कभी इसके पास वाले मकान जैसा ही दिखता होगा।

'मैं सोच रही हूँ कि किसी ने इसे दोबारा क्यों नहीं बनाया?' हर्माइनी ने फुसफुसाकर पूछा।

'शायद इसे दोबारा नहीं बनाया जा सकता हो?' हैरी ने जवाब दिया। 'शायद यह काले जादू की चोटों जैसा हो और आप नुक़सान को ठीक नहीं कर सकते हों?'

उसने चोगे के नीचे से हाथ बाहर निकालकर बर्फ़ से ढँके, काफ़ी ज़ंग लगे गेट को पकड़ लिया। वह इसे खोलना नहीं चाहता था, वह तो बस इस घर के किसी हिस्से को छूना भर चाहता था।

'तुम अंदर तो नहीं जाना चाहते हो? यह काफ़ी असुरक्षित लगता है, हो सकता है यह - ओह हैरी, देखो!'

लगता था, उसके गेट को छूने से यह हो गया था। सामने बिच्छूबूटी और जंगली झाड़ियों के बीच किसी अजीब और तेज़ी से उगने वाले फूल की तरह लकड़ी का एक साइनबोर्ड प्रकट हो गया, जिस पर सुनहरे अक्षर लिखे हुए थे :

इस जगह पर 31 अक्टूबर 1981 की रात को,
लिली और जेम्स पॉटर की जान गई थी।
उनका बेटा हैरी मारक शाप से
बचने वाला इकलौता जादूगर है।
यह घर मगलुओं के लिए अदृश्य है और इसे
खंडहर जैसी हालत में छोड़ दिया गया है
पॉटर परिवार के स्मारक के रूप में
और उस हिंसा की स्मृति में,
जिसने उनके परिवार को बिखरा दिया।

इन शब्दों के चारों ओर दूसरे जादूगरों और जादूगरनियों ने अपनी भावनाएँ व्यक्त की थीं, जो उस जगह को देखने आए थे, जहाँ हैरी पॉटर ज़िंदा बच गया था। कुछ ने अमिट स्याही से अपने हस्ताक्षर किए थे। कुछ ने लकड़ी पर अपने नाम उकेर दिए थे। कुछ ने संदेश छोड़े थे। सोलह साल की जादुई इबारत के ऊपर कुछ नए संदेश चमक रहे थे, जिनमें एक ही बात लिखी थी।

'गुड लक, हैरी, चाहे तुम जहाँ भी हो।' 'हैरी, अगर तुम इसे पढ़ो, तो यह जान लो कि हम सब तुम्हारे साथ हैं!' 'हैरी पॉटर अमर रहे।'

'उन्हें इस साइनबोर्ड पर कुछ नहीं लिखना चाहिए था!' हर्माइनी ग़ुस्से में बोली।

लेकिन हैरी उसकी तरफ़ देखकर मुस्कराया।

'यह बहुत अच्छा है। मुझे ख़ुशी है कि उन्होंने ऐसा किया। मैं ...'

वह बीच वाक्य में ही रुक गया। बहुत सारे कपड़ों में लिपटी एक आकृति गली में धीरे-धीरे चलती हुई उनकी तरफ़ आ रही थी। दूर वाले चौक में जल रही स्ट्रीटलाइट्स में उसकी आकृति साफ़ दिख रही थी। हालाँकि अनुमान लगाना मुश्किल था, लेकिन हैरी ने सोचा कि यह आकृति महिला की होगी। वह धीरे-धीरे चल रही थी, शायद बर्फ़ीली सड़क पर फिसलने से डर रही थी। उसकी झुकी कमर, हुलिया और धीमी चाल से लगता था कि वह बहुत बूढ़ी होगी। वे ख़ामोशी में उसे पास आते देखते रहे। हैरी यह देखने का इंतज़ार कर रहा था कि क्या वह रास्ते में पड़ने वाले किसी मकान में जाएगी, लेकिन उसे यह आभास हो गया था कि वह ऐसा नहीं करेगी। आख़िरकार वह उनसे कुछ गज़ दूर रुक गई और बर्फ़ जमी सड़क के बीच में उनके सामने खड़ी हो गई।

हैरी को हर्माइनी के बाँह पर चिकोटी काटने की ज़रूरत नहीं थी। इस बात की कोई संभावना नहीं थी कि यह औरत मगलू हो सकती है। वह वहाँ खड़ी-खड़ी एक ऐसे मकान को निहार रही थी, जो मगलुओं को दिखाई नहीं दे सकता था। बहरहाल, अगर यह मान भी लिया जाए कि वह जादूगरनी थी, तो भी यह बड़ी अजीब बात थी कि वह इतनी ठंडी रात को सिर्फ़ एक पुराने खंडहर को देखने आई थी। जादू के सभी सामान्य नियमों के अनुसार उसे हर्माइनी और हैरी नज़र नहीं आने चाहिए थे। बहरहाल, हैरी को यह बहुत अजीब एहसास हुआ कि वह जानती थी कि वे वहाँ थे और यह भी कि वे कौन थे। जैसे ही वह इस परेशानी भरे निष्कर्ष पर

पहुँचा, उस महिला ने दस्ताने वाला हाथ उठाकर इशारा किया।

हर्माइनी चोगे के नीचे हैरी के क़रीब आई और उसके हाथ से अपना हाथ सटा दिया।

'उसे कैसे मालूम ?'

हैरी ने सिर हिला दिया। औरत ने दोबारा इशारा किया, इस बार थोड़ी ज़ोर से। वे लोग वीरान सड़क पर आमने-सामने खड़े थे। हैरी के मन में कई कारण आए कि उसे उस औरत के पास क्यों नहीं जाना चाहिए। इसके अलावा, उस औरत के बारे में उसके शक हर पल बढ़ते जा रहे थे।

क्या यह संभव था कि वह महीनों से उन्हीं का इंतज़ार कर रही थी ? क्या डम्बलडोर ने उससे इंतज़ार करने को कहा था और यह भी कि अंत में हैरी यहाँ ज़रूर आएगा ? कहीं ऐसा तो नहीं था कि अँधेरे क़ब्रिस्तान में वही हिली हो और उनका पीछा करते-करते यहाँ तक आ गई हो ? उसने डम्बलडोर की तरह उनकी उपस्थिति को भाँप लिया था और उसकी यह क्षमता इतनी अद्‌भुत थी कि इससे हैरी का पहले कभी पाला नहीं पड़ा था।

आख़िरकार हैरी बोला, जिससे हर्माइनी उछल पड़ी।

'तुम बाथिल्डा हो ?'

कपड़ों में लिपटी आकृति ने हाँ में सिर हिलाया और दोबारा क़रीब आने का इशारा किया।

चोगे के नीचे हैरी और हर्माइनी ने एक-दूसरे की तरफ़ देखा। हैरी ने भौंहें उठाईं। हर्माइनी ने घबराकर धीरे से सिर हिलाया।

वे उस औरत की तरफ़ बढ़ने लगे। वह फ़ौरन मुड़कर उस रास्ते पर धीरे-धीरे चलने लगी, जिधर से वे आए थे। कई मकानों के पास से गुज़रने के बाद वह एक गेट में घुस गई। वे उसके पीछे-पीछे सामने वाले बगीचे में पहुँचे, जिसकी हालत भी उस बगीचे जितनी ही ख़स्ता थी, जिसे वे अभी-अभी देखकर आए थे। वह सामने वाले दरवाज़े पर चाबी लगाने के लिए एक पल ठहरी। फिर उसने दरवाज़ा खोल दिया और उन्हें निकलने की जगह देने के लिए पीछे खड़ी हो गई।

उसके पास से बदबू आ रही थी या फिर शायद मकान में से आ रही थी। उसके पास से गुज़रते समय हैरी ने अपनी नाक सिकोड़ी और चोगा उतार दिया। उसके क़रीब पहुँचने पर हैरी को एहसास हुआ कि वह कितनी नाटी थी। उम्र के साथ उसकी कमर बहुत झुक गई थी। वह मुश्किल से

उसके सीने तक आ रही थी। उसने दरवाज़ा बंद कर दिया। उसकी उँगलियों की गाँठें उखड़ते हुए पेंट पर नीली और रंग-बिरंगी दिख रही थीं। फिर उसने मुड़कर हैरी के चेहरे को घूरा। उसकी आँखें मोतियाबिंद के कारण जालीदार थीं और पारदर्शी त्वचा की झुर्रियों में धँसी हुई थीं। उसका पूरा चेहरा टूटी हुई नसों और भूरे धब्बों से भरा था। हैरी ने सोचा कि क्या वह उसे देख सकती है। अगर वह देख भी सकती हो, तो भी उसे वह अधगंजा मगलू दिखेगा, जिसका भेस हैरी ने चुरा लिया था।

बुढ़ापे, धूल, बिना धुले कपड़ों और बासे खाने की बदबू बढ़ गई, जब उस औरत ने दीमक खाया काला शॉल उतारा। सफ़ेद बालों वाला सिर नज़र आया, जिसमें से खोपड़ी साफ़ दिख रही थी।

'बाथिल्डा ?' हैरी ने दोहराया।

उसने दोबारा सिर हिलाया। हैरी को अपनी चमड़ी पर लॉकेट का स्पर्श महसूस हुआ। लॉकेट के भीतर की चीज़ धड़कने लगी थी, जैसे जाग गई हो। ठंडे सोने के भीतर की उसकी धड़कन को हैरी महसूस कर सकता था। क्या यह जानता था, क्या इसे एहसास हो गया था कि इसे नष्ट करने वाली चीज़ क़रीब थी ?

बाथिल्डा उनके पास से गई और उसने हर्माइनी को एक तरफ़ धकाया, जैसे उसने उसे देखा ही नहीं हो। फिर वह सिटिंग रूम में ओझल हो गई।

'हैरी, मुझे इस बारे में यक़ीन नहीं है,' हर्माइनी ने धीरे से कहा।

'उसकी हालत तो देखो। मुझे लगता है कि मौक़ा पड़ने पर हम उसे आसानी से क़ाबू में कर सकते हैं,' हैरी ने कहा। 'सुनो, मुझे तुम्हें बता देना चाहिए था। मैं जानता था कि उसकी दिमाग़ी हालत बहुत अच्छी नहीं है। मुरियल ने कहा था कि वह "सठिया" गई है।'

'आओ!' बाथिल्डा ने अगले कमरे से कहा।

हर्माइनी उछली और उसने हैरी की बाँह पकड़ ली।

'सब **ठीक** है,' हैरी ने तसल्ली देते हुए कहा और वह हर्माइनी के आगे चलकर सिटिंग रूम में पहुँच गया।

बाथिल्डा धीरे-धीरे चलती हुई मोमबत्तियाँ जला रही थी, लेकिन अब भी बहुत अँधेरा था और बहुत गंदगी तो थी ही। उनके पैरों के नीचे मोटी धूल कसकसाई। हैरी की नाक में सीलन और फफूँद के साथ ही कोई

और बदबू भी आई, जैसे मांस सड़ गया हो। वह सोचने लगा कि पिछली बार कब किसी ने बाथिल्डा के मकान में आकर देखा होगा कि वह किस हाल में रह रही है। लगता था, वह यह भूल गई थी कि वह जादू भी कर सकती है, क्योंकि वह हाथ से मोमबत्तियाँ जला रही थी, जिससे उसके हाथ के लेस में आग लगने का ख़तरा पैदा हो गया था।

'यह काम मैं करता हूँ,' हैरी ने उससे माचिस लेते हुए कहा। वह खड़ी-खड़ी देखती रही, जब हैरी ने तश्तरियों में रखे मोमबत्तियों के ठूँठ जलाए। ये तश्तरियाँ पुस्तकों के ढेर पर और साइड टेबलों पर रखी थीं, जिन पर टूटे तथा गंदे कप रखे थे।

हैरी को आख़िरी मोमबत्ती एक अलमारी पर दिखी। अलमारी पर बहुत से फ़्रेम किए हुए फ़ोटो रखे थे। मोमबत्ती जलने के बाद लपट का प्रतिबिंब फ़्रेमों के धूल भरे काँच और चाँदी पर लहराता नज़र आया। उसने फ़ोटो के भीतर के लोगों को हिलते-डुलते देखा। जब बाथिल्डा आग के लट्ठों को हाथ से सही करने लगी, तो वह बुदबुदाया, *'स्वच्छो।'* तस्वीरों से धूल ग़ायब हो गई और उसने तत्काल देख लिया कि सबसे बड़े और सजावटी आधा दर्जन फ़्रेमों से तस्वीरें ग़ायब थीं। वह सोचने लगा कि इन्हें बाथिल्डा ने हटाया होगा या किसी और ने। फिर उसकी निगाह उस संग्रह के पीछे वाली तस्वीर पर पड़ी और उसने उसे उठा लिया।

यह सुनहरे बालों वाले, हँसते हुए चोर की तस्वीर थी - वह युवक जो ग्रेगरोविच की खिड़की की मुँडेर पर बैठा था। वह चाँदी के फ़्रेम में से हैरी की तरफ़ आलस से मुस्करा रहा था। हैरी को तत्काल याद आ गया कि उसने इस लड़के को पहले कहाँ देखा था : *एल्बस डम्बलडोर का जीवन और झूठ का सिलसिला* पुस्तक में, जहाँ यह किशोर डम्बलडोर का हाथ पकड़े था। वह जानता था कि बाक़ी ग़ायब तस्वीरें भी रीटा की पुस्तक में ही होंगी।

'मिसेज़ - मिस - बैगशॉट ?' उसने कहा और उसकी आवाज़ हल्की सी काँपी। 'यह कौन है ?'

बाथिल्डा कमरे के बीच में खड़ी होकर हर्माइनी को आग जलाते हुए देख रही थी।

'मिस बैगशॉट ?' हैरी ने दोहराया और तस्वीर हाथ में उठाकर आगे बढ़ा। अँगीठी में लपटें उठने लगीं। बाथिल्डा ने हैरी की आवाज़ सुनकर ऊपर देखा और होरक्रक्स उसके सीने पर ज़्यादा तेज़ी से धड़कने लगा।

'यह कौन है ?' हैरी ने तस्वीर आगे बढ़ाते हुए उससे पूछा।

बाथिल्डा ने इसकी तरफ़ देखा और फिर हैरी को देखने लगी।

'क्या आप जानती हैं कि यह कौन है ?' उसने सामान्य से ज़्यादा तेज़ आवाज़ में दोहराया। 'यह युवक ? क्या आप इसे जानती हैं ? इसका नाम क्या है ?'

बाथिल्डा थोड़ी चकराई हुई दिखने लगी। हैरी को भयंकर कुंठा महसूस हुई। रीटा स्कीटर ने बाथिल्डा की यादों को बाहर कैसे निकाला होगा ?

'यह युवक कौन है ?' उसने ज़ोर से एक बार फिर पूछा।

'हैरी, तुम क्या कर रहे हो ?' हर्माइनी ने कहा।

'हर्माइनी, यह तस्वीर उस चोर की है, जिसने ग्रेगरोविच के यहाँ चोरी की थी! प्लीज़!' उसने बाथिल्डा से पूछा। 'यह कौन है ?'

लेकिन वह सिर्फ़ उसे घूरती रही।

'आपने हमें यहाँ क्यों बुलाया, मिसेज़ – मिस – बैगशॉट ?' हर्माइनी ने अपनी आवाज़ ऊँची करते हुए कहा। 'क्या आप हमें कुछ बताना चाहती थीं ?'

बाथिल्डा के चेहरे पर ऐसा कोई भाव नहीं था, जिससे यह पता चले कि उसने हर्माइनी की बात सुन ली थी। वह कुछ क़दम चलकर हैरी के क़रीब आई और अपना सिर हल्के से झटककर हॉल की तरफ़ इशारा किया।

हैरी ने पूछा, 'आप चाहती हैं कि हम चले जाएँ ?'

बाथिल्डा ने दोबारा वही हरकत की, इस बार पहले उसकी तरफ़, फिर अपनी तरफ़ और फिर छत की तरफ़ इशारा किया।

'ओह, ठीक है ... हर्माइनी, मुझे लगता है कि वह मुझे ऊपर की मंज़िल पर ले जाना चाहती है।'

'ठीक है,' हर्माइनी ने कहा, 'चलो, चलते हैं।'

लेकिन जब हर्माइनी हिली, तो बाथिल्डा ने आश्चर्यजनक तेज़ी से अपना सिर हिलाया और एक बार फिर पहले हैरी की तरफ़ इशारा करने के बाद अपनी तरफ़ इशारा किया।

'वह चाहती है कि मैं उसके साथ अकेला जाऊँ।'

'क्यों ?' हर्माइनी ने पूछा। उसकी आवाज़ मोमबत्तियों से रोशन कमरे में तेज़ी से गूँजी। इस तेज़ आवाज़ पर बूढ़ी औरत ने अपना सिर हिलाया।

'शायद डम्बलडोर ने उससे कहा हो कि वह तलवार मुझे और सिर्फ़ मुझे ही दे ?'

'क्या तुम्हें सचमुच लगता है कि वह तुम्हें पहचानती है ?'

'हाँ,' हैरी ने उन दूधिया आँखों में देखते हुए कहा, जो उसकी अपनी आँखों पर जमी हुई थीं, 'मुझे लगता है कि वह मुझे पहचानती है।'

'अच्छा, तो फिर **ठीक** है, लेकिन जल्दी आना, हैरी।'

'आगे चलिए,' हैरी ने बाथिल्डा से कहा।

लगता था, वह उसकी बात समझ गई, क्योंकि वह उसके पास से होकर दरवाज़े की तरफ़ चल दी। हैरी हर्माइनी को तसल्ली देने के लिए मुस्कराया, लेकिन उसे यक़ीन नहीं था कि हर्माइनी ने इसे देखा था। वह अपने सीने पर हाथ बाँधकर अटाले के बीच में खड़ी थी और किताबों की अलमारी को निहार रही थी। जब हैरी कमरे से बाहर निकला, तो उसने हर्माइनी और बाथिल्डा की नज़र बचाकर अनजान चोर का चाँदी के फ्रेम वाला फ़ोटो अपनी जैकेट के भीतर रख लिया।

सीढ़ियाँ ऊँची और सँकरी थीं। हैरी बाथिल्डा की पीठ पर हाथ रखकर यह तसल्ली करना चाहता था कि वह लड़खड़ाकर उसके ऊपर न गिर जाए, जिसकी काफ़ी संभावना लग रही थी। धीरे-धीरे, गहरी साँसें लेते हुए वह ऊपर पहुँच गई। फिर वह तुरंत दाहिनी तरफ़ मुड़ी और हैरी को नीची छत वाले बेडरूम में ले गई।

यहाँ घुप्प अँधेरा था और भयंकर बदबू आ रही थी। हैरी को पलंग के नीचे रखा यूरिन पॉट नज़र आया। फिर बाथिल्डा ने दरवाज़ा बंद कर दिया, जिससे पॉट भी अँधेरे में डूब गया।

'प्रकाशित भव,' हैरी ने कहा और उसकी छड़ी की नोक पर रोशनी हो गई। वह चौंक गया। अँधेरे के उन चंद पलों में बाथिल्डा अचानक बहुत क़रीब आ गई थी, हालाँकि हैरी को उसके आने की आवाज़ सुनाई नहीं दी थी।

'तुम पॉटर हो ?' वह फुसफुसाई।

'हाँ।'

बाथिल्डा ने गंभीरतापूर्वक धीरे-धीरे सिर हिलाया। हैरी को महसूस हुआ कि होरक्रक्स उसके दिल से ज़्यादा तेज़ी से धड़क रहा था। यह बहुत अप्रिय एहसास था।

'क्या आप मुझे कुछ देना चाहती हैं?' हैरी ने पूछा, लेकिन वह उसकी छड़ी की रोशनी से विचलित दिख रही थी।

'क्या आप मुझे कुछ देना चाहती हैं?' उसने दोहराया।

फिर बाथिल्डा ने अपनी आँखें बंद कर लीं और एक साथ कई चीज़ें हुईं : हैरी के निशान में दर्द की तेज़ लहर उठी; होरक्रक्स के हिलने से उसके स्वेटर का अगला हिस्सा हिलने लगा; अँधेरा, बदबूदार कमरा पल भर के लिए ओझल हो गया। उसे ख़ुशी की लहर महसूस हुई और वह ऊँची, ठंडी आवाज़ में बोला : *उसे पकड़ लो!*

हैरी जहाँ खड़ा था, वहीं लहराया : अँधेरा, बदबूदार कमरा एक बार फिर उस पर हावी हो रहा था। वह नहीं जानता था कि अभी-अभी क्या हुआ था।

'क्या आप मुझे कुछ देना चाहती हैं?' उसने तीसरी बार ज़्यादा ज़ोर से पूछा।

'वहाँ पर,' वह कोने की तरफ़ इशारा करते हुए फुसफुसाई। हैरी ने अपनी छड़ी उठाई और पर्दे लगी खिड़की के नीचे सामान से लदी ड्रेसिंग टेबल की आकृति को देखा।

इस बार वह उसके आगे नहीं गई। हैरी छड़ी उठाकर उसके और पलंग के बीच से उस तरफ़ गया। वह बाथिल्डा पर से नज़रें नहीं हटाना चाहता था।

'यह क्या है?' उसने पूछा, जब वह ड्रेसिंग टेबल तक पहुँच गया, जहाँ पर गंदे कपड़ों का ढेर बहुत ऊँचा लगा था।

'वहाँ,' उसने निराकार ढेर की तरफ़ इशारा किया।

जिस पल उसने दूर देखा, जिस पल उसकी आँखें उस ढेर में तलवार की मूठ या माणिक की तलाश करने लगीं, बाथिल्डा अजीब तरीक़े से हिली। हैरी ने अपनी आँख के कोने से उसे देखा। दहशत के कारण वह मुड़ा और डर के कारण उसे जैसे लक़वा मार गया, जब उसने देखा कि बूढ़ा शरीर लुढ़क गया था और बाथिल्डा की गर्दन से एक बड़ा साँप निकल रहा था।

जैसे ही उसने अपनी छड़ी उठाई, साँप ने वार कर दिया। साँप ने हैरी की बाँह पर इतनी ज़ोर से काटा कि उसकी छड़ी छूटकर छत की तरफ़ उड़ गई। इसकी लहराती हुई रोशनी कमरे पर पड़ी और फिर छड़ी बुझ गई। फिर हैरी की कमर में पूँछ कसकर पड़ी, जिससे उसका दम निकल गया। वह पीछे की तरफ़ ड्रेसिंग टेबल पर, गंदे कपड़ों के ढेर पर गिर गया –

वह तिरछा हुआ और साँप की पूँछ से बाल-बाल बचा, जो उस टेबल पर कसकर पड़ी, जहाँ वह एक पल पहले था। जब हैरी फ़र्श पर गिरा, तो उस पर काँच के टुकड़ों की बारिश हो गई। नीचे से हर्माइनी की आवाज़ आई, 'हैरी ?'

हर्माइनी को जवाब देने के लिए वह फेफड़ों में पर्याप्त साँस नहीं भर पाया। फिर किसी भारी चिकनी चीज़ ने उसे तेज़ी से फ़र्श पर गिरा दिया – कोई सशक्त, मांसपेशियों से भरी चीज़ –

'नहीं!' वह फ़र्श पर पड़े-पड़े हाँफते हुए चिल्लाया।

'हाँ,' आवाज़ फुसफुसाई। *'हाँ ... तुम्हें पकड़े रहना है ... तुम्हें पकड़े रहना है ...'*

'आगमनो ... आगमनो छड़ी ...'

लेकिन कुछ नहीं हुआ। साँप को दूर हटाने के लिए उसे अपने हाथों की ज़रूरत थी, क्योंकि अब यह उसके धड़ पर लिपट रहा था और उसकी बची-खुची हवा बाहर निकाल रहा था। यही नहीं, यह उसके सीने के होरक्रक्स को दबा रहा था, जो अब बर्फ़ के गोले की तरह जीवन से धड़क रहा था और उसके धड़कते दिल से बस कुछ इंच दूर था। उसके दिमाग़ में ठंडी, सफ़ेद रोशनी की बाढ़ आ गई। सारे विचार ग़ुम हो गए थे, उसकी साँस डूब गई थी, दूर से आते क़दमों की आहट सुनाई दे रही थी, हर चीज़ ख़त्म हो चुकी थी ...

धातु का दिल उसके सीने के बाहर धड़क रहा था और अब वह उड़ रहा था, सीने में विजय के उल्लास के साथ, झाड़ू या थेस्ट्रॉल के बिना ...

वह बदबूदार अँधेरे में अचानक जाग गया। नागिनी ने उसे छोड़ दिया था। वह उठा और बाहर से आती रोशनी में साँप की आकृति को देखा। इसने प्रहार किया और हर्माइनी ने चीख़कर एक तरफ़ छलाँग लगा दी। उसका निशाना चूक गया और मंत्र पर्दे वाली खिड़की से टकराया, जो टूट गई। कमरे में ठंडी हवा भर गई, जब हैरी टूटे काँच की एक और

बारिश से बचने के लिए झुका। उसका पैर किसी पेंसिल जैसी चीज़ पर पड़कर फिसल गया - उसकी छड़ी -

उसने झुककर तेज़ी से छड़ी उठा ली। अब साँप पूरे कमरे में हंगामा मचा रहा था और तेज़ी से पूँछ लहराकर वार कर रहा था। हर्माइनी कहीं नज़र नहीं आ रही थी। एक पल के लिए तो हैरी के मन में यह भयंकर विचार आया कि कहीं उसका काम तमाम तो नहीं हो गया। लेकिन तभी एक ज़ोरदार धमाका हुआ और लाल रोशनी की चमक के साथ साँप हवा में उड़ गया। उड़ते-उड़ते साँप ने हैरी के चेहरे पर इतनी तेज़ी से पूँछ मारी कि वह उछलकर छत तक पहुँच गया। हैरी ने अपनी छड़ी उठाई, लेकिन तभी उसका निशान बहुत तेज़ी से दर्द करने लगा। इसमें इस वक़्त जितना दर्द हो रहा था, उतना बरसों से नहीं हुआ था।

'वह आ रहा है! *हर्माइनी, वह आ रहा है!'*

उसके चिल्लाने की आवाज़ सुनकर साँप ज़ोर से फुफकारा। हर चीज़ अस्त-व्यस्त थी। इसने दीवार पर लगी अलमारियों के काँच को चकनाचूर कर दिया था। काँच के टूटे हुए टुकड़े हर जगह उड़ने लगे, जब हैरी ने पलंग के ऊपर से कूदकर हर्माइनी की स्याह आकृति को पकड़ लिया -

हर्माइनी दर्द से चीख़ी, जब वह उसे खींचकर पलंग के पार ले गया। साँप दोबारा उठा, लेकिन हैरी जानता था कि साँप से भी ज़्यादा बुरी चीज़ आ रही थी, शायद गेट पर पहुँच चुकी थी। निशान के दर्द के कारण उसके सिर का अब भी बहुत बुरा हाल था -

साँप तेज़ी से आगे बढ़ा, लेकिन हैरी एक तेज़ छलाँग मारकर हर्माइनी को उससे दूर ले गया। जब साँप ने वार किया, तो हर्माइनी चिल्लाई, *'अग्निविस्फोट!'* उसका मंत्र कमरे में चारों तरफ़ उड़ने लगा। कपड़ों की अलमारी में लगे आईने में विस्फोट हो गया। उससे टकराकर मंत्र उनकी तरफ़ लौटा, फिर यह फ़र्श से छत के बीच उछलने लगा। हैरी ने महसूस किया कि इसकी गर्मी से उसके हाथ का पिछला हिस्सा जल गया था। काँच के कारण उसके गाल पर भी घाव हो गया, जब वह हर्माइनी को अपने साथ खींचते हुए पलंग से टूटी हुई ड्रेसिंग टेबल पर कूदा और फिर उन्होंने टूटी हुई खिड़की से हवा में छलाँग लगा दी। जब वे हवा में घूमे, तो हर्माइनी की चीख़ रात के अँधेरे में गूँजती रही ...

फिर उसका निशान खुल गया और वह वोल्डेमॉर्ट बन गया। वह

बदबूदार बेडरूम में भाग रहा था। उसके लंबे सफ़ेद हाथ खिड़की की मुँडेर पर रखे थे, जब उसने गंजे आदमी और नाटी औरत को घूमते तथा ओझल होते देखा। फिर वह ग़ुस्से से चीख़ा। उसकी चीख़ भी लड़की की चीख़ से मिल गई और अँधेरे बगीचों के पार क्रिसमस के मौक़े पर बजती चर्च की घंटियों के ऊपर सुनाई दी ...

और उसकी चीख़ हैरी की चीख़ थी। उसका दर्द हैरी का दर्द था ... उसे यक़ीन नहीं हो रहा था कि यह एक बार फिर वहीं हो गया था, जहाँ यह पहले हो चुका था ... यहाँ, उस मकान के पास, जहाँ वह मौत के बिलकुल क़रीब पहुँच गया था ... मौत ... दर्द इतना भयंकर था ... अपने शरीर से अलग हो जाना ... लेकिन अगर उसके पास शरीर नहीं था, तो फिर उसका सिर इतनी बुरी तरह क्यों दुख रहा था। अगर वह मर चुका था, तो उसे इसका इतना असहनीय एहसास कैसे हो सकता था। क्या दर्द मौत के साथ ख़त्म नहीं हो जाता है, क्या यह चला नहीं जाता है ...

रात नम और हवादार थी। दो बच्चे कद्दुओं के भेस में चौक के पार इठलाकर चल रहे थे और दुकान की विंडोज़ में भरी काग़ज़ की मकड़ियों को देख रहे थे। भड़कीली मगलू वस्तुओं की ऐसी दुनिया, जिसमें वे यक़ीन नहीं करते थे ... और वह चला जा रहा था, उसके भीतर उद्देश्य, शक्ति और सब कुछ सही होने का एहसास था, जो उसे हमेशा ऐसे मौक़ों पर होता था ... ग़ुस्सा नहीं ... यह तो कमज़ोर लोगों को आता था ... लेकिन विजय, हाँ ... उसने इसके लिए इंतज़ार किया था, उसने इसकी उम्मीद की थी ...

'अच्छी पोशाक है!'

उसने छोटे बच्चे की मुस्कराहट ग़ायब होते देखी, जब क़रीब आने पर बच्चे ने नक़ाब के नीचे देखा। अब बच्चे के चेहरे पर डर का भाव आ गया। फिर बच्चा मुड़ा और दूर भागने लगा ... दुशाले के नीचे उसने अपनी छड़ी की मूठ पर उँगलियाँ फेरीं ... इसे थोड़ा सा हिला दिया, तो बच्चा अपनी माँ के पास नहीं पहुँच पाएगा ... लेकिन अनावश्यक, बहुत अनावश्यक ...

फिर वह एक नई और अँधेरे में डूबी सड़क पर पहुँच गया। अब उसे अपनी मंज़िल नज़र आने लगी थी। रहस्य-रक्षक सम्मोहन टूट गया था, हालाँकि उन्हें यह बात अब तक पता नहीं थी ... उसके क़दमों की आहट फ़ुटपाथ पर पत्तियों के सरकने की आवाज़ से भी धीमी थी। वह अँधेरे में डूबी बागड़ के क़रीब आया और उसने इसके पार देखा ...

उन्होंने पर्दे बंद नहीं किए थे। वे छोटे सिटिंग रूम में साफ़ दिख रहे थे। लंबा, काले बालों वाला आदमी, जिसने चश्मा लगा रखा था। वह अपनी छड़ी से रंगीन धुआँ निकालकर नीले पाजामे और काले बालों वाले छोटे लड़के का दिल बहला रहा था। बच्चा हँस रहा था और धुएँ को अपनी नन्ही मुट्ठी में पकड़ने की कोशिश कर रहा था ...

एक दरवाज़ा खुला और माँ अंदर आई। उसने कुछ कहा, जिसे वह सुन नहीं पाया। उसके लंबे, गहरे लाल बाल उसके चेहरे पर आ रहे थे। अब पिता ने बच्चे को उठाकर माँ को थमा दिया और अपनी छड़ी सोफ़े पर फेंककर जम्हाई तथा अँगड़ाई लेने लगा ...

खुलते समय गेट थोड़ा सा चरमराया, लेकिन जेम्स पॉटर को इसकी आवाज़ सुनाई नहीं दी। उसके सफ़ेद हाथ ने चोगे के नीचे से छड़ी बाहर निकाली और दरवाज़े की तरफ़ तान दी, जो खुल गया।

उसके चौखट पार करते ही जेम्स तेज़ी से हॉल में आया। यह आसान था, बहुत आसान था, उसने अपनी छड़ी भी नहीं उठाई थी ...

'लिली, हैरी को लेकर चली जाओ! वह आ गया है! जाओ! भागो! मैं उसे रोकता हूँ –'

उसे रोकता हूँ, छड़ी के बिना! ... शाप देने से पहले वह हँसा ...

'मृत्युदंशम्!'

हरी रोशनी उस छोटे गलियारे में भर गई। इससे दीवार से टिकी बच्चागाड़ी चमकने लगी। सीढ़ियों की रेलिंग ट्यूबलाइट की तरह चमकने लगी और जेम्स पॉटर ऐसी कठपुतली की तरह गिर गया, जिसकी रस्सियाँ कट गई हों ...

उसे ऊपर की मंज़िल से औरत के चीख़ने की आवाज़ सुनाई दी। वह फँस गई थी, लेकिन अगर वह समझदारी दिखाए, तो कम से कम उसे कोई ख़तरा नहीं था ... वह सीढ़ियाँ चढ़ा और थोड़े आनंद के साथ उसका रास्ता रोकने की कोशिशों को सुना ... उसके पास भी छड़ी नहीं थी ... वे कितने मूर्ख थे, जो अपने दोस्तों पर मूर्खतापूर्ण भरोसा करते थे और यह सोचते थे कि हथियार कुछ पलों के लिए भी छोड़े जा सकते हैं ...

उसने अपनी छड़ी हल्के से लहराकर दरवाज़ा खोला। फिर उसने इससे टिकाकर रखी गई कुर्सियों और बक्सों को जल्दी से हटाया। सामने वह खड़ी थी। बच्चा उसकी बाँहों में था। उसे देखते ही उसने अपने बेटे को अपने पीछे पालने में डाला और अपनी बाँहें चौड़ी फैला लीं, जैसे इससे

मदद मिलेगी, जैसे उसकी नज़रों से ओझल करने पर वह बच्चे के बजाय उसे मार डालेगा ...

'हैरी को नहीं, हैरी को नहीं, मेहरबानी करके, हैरी को नहीं!'

'एक तरफ़ हट जाओ, मूर्ख लड़की ... एक तरफ़ हट जाओ, अभी ...'

'हैरी को नहीं, प्लीज़ नहीं, मुझे ले लो, उसके बजाय मुझे मार डालो -'

'यह मेरी आख़िरी चेतावनी है -'

'हैरी को नहीं! प्लीज़ ... रहम करो ... रहम करो ... हैरी को नहीं! हैरी को नहीं! प्लीज़ - मैं कुछ भी करने को तैयार हूँ -'

'एक तरफ़ हट जाओ - एक तरफ़ हट जाओ, लड़की -'

वह उसे पालने से ज़बर्दस्ती भी दूर हटा सकता था, लेकिन उन सबको एक साथ मारने में ज़्यादा समझदारी नज़र आ रही थी ...

कमरे में हरी रोशनी चमकी और अपने पति की तरह ही वह भी गिर गई। बच्चा इस दौरान रोया नहीं था। वह खड़ा हो गया था और अपने पालने की छड़ें पकड़कर दिलचस्पी से घुसपैठिए को देख रहा था। शायद वह सोच रहा था कि यह उसके पिता हैं, जो चोगे के नीचे छिपे हैं और रंगीन रोशनियाँ दिखा रहे हैं तथा उसकी मम्मी किसी भी पल हँसती हुई खड़ी हो जाएँगी -

उसने अपनी छड़ी बहुत सावधानी से लड़के के चेहरे की तरफ़ की। वह इसे होते देखना चाहता था - इस रहस्यमय ख़तरे का ख़ात्मा। बच्चे ने रोना शुरू कर दिया। उसने देख लिया था कि वह जेम्स नहीं था। उसे रोना अच्छा नहीं लगा। वह अनाथालय में छोटे बच्चों के रोने को कभी बर्दाश्त नहीं कर पाया था -

'मृत्युदंशम्!'

और फिर वह ग़ायब हो गया : वह कुछ नहीं था, दर्द और दहशत के सिवा कुछ नहीं। उसे ख़ुद को छिपाना होगा, इस उजाड़ खंडहर के मलबे में नहीं, जहाँ बच्चा फँस गया था और चीख़ रहा था, बल्कि कहीं दूर ... बहुत दूर ...

'नहीं,' वह कराहा।

साँप अस्त-व्यस्त गंदे फ़र्श पर फिसला। उसने बच्चे को मार डाला

था, लेकिन इसके बावजूद बच्चा ज़िंदा बच गया था ...

'नहीं ...'

और अब वह बाथिल्डा के घर की टूटी खिड़की पर खड़ा था और अपने सबसे बड़े नुक़सान की यादों में डूबा था। उसके पैरों के पास विशाल साँप टूटे काँच पर फिसल रहा था ... उसने नीचे देखा और उसे कुछ दिख गया ... कुछ अविश्वसनीय ...

'नहीं ...'

'हैरी, सब ठीक है, तुम बिलकुल ठीक हो!'

वह नीचे झुका और उसने चकनाचूर फ़ोटो उठा लिया। उसमें अनजान चोर था, वह चोर जिसकी उसे तलाश थी ...

'नहीं ... मैंने इसे गिरा दिया था ... मैंने इसे गिरा दिया था ...'

'हैरी, सब **ठीक** है, जाग जाओ, जाग जाओ!'

वह हैरी था ... वोल्डेमॉर्ट नहीं, हैरी था ... और जो चीज़ फिसल रही थी, वह साँप नहीं थी ...

उसने अपनी आँखें खोलीं।

'हैरी,' हर्माइनी फुसफुसाई। 'क्या तुम बिलकुल – बिलकुल ठीक हो?'

'हाँ,' उसने झूठ बोल दिया।

वह टेंट में था और कंबलों के ढेर के नीचे बर्थ पर लेटा हुआ था। शांति और ठंड के एहसास से वह समझ गया कि भोर अभी हुई ही होगी, क्योंकि कैनवास की छत पर ठंडी, सीधी रोशनी पड़ रही थी। वह पसीने में नहा रहा था। वह इसे चादरों और कंबलों पर भी महसूस कर रहा था।

'हम बच गए।'

'हाँ,' हर्माइनी ने कहा। 'मुझे तुम्हें बर्थ पर लिटाने के लिए वायु-विचरण मंत्र का इस्तेमाल करना पड़ा। मैं तुम्हें उठा नहीं पाई। तुम ... देखो, तुम बिलकुल भी ...'

हर्माइनी की भूरी आँखों के नीचे बैंगनी छायाएँ थीं और उसके हाथ में एक छोटा स्पंज था : वह उसका चेहरा पोंछ रही थी।

'तुम बीमार थे,' उसने बात पूरी की। 'बहुत बीमार।'

'हम कितने समय पहले आए थे?'

'घंटों पहले। अब सुबह होने वाली है।'

'और मैं ... बेहोश था?'

'पूरी तरह नहीं,' हर्माइनी ने परेशानी से कहा। 'तुम चिल्ला रहे थे और कराह रहे थे और ... ऐसी ही चीज़ें,' उसने ऐसे अंदाज़ में कहा, जिससे हैरी परेशान हो गया। उसने क्या किया था? वोल्डेमॉर्ट की तरह शाप दिए थे। पालने में पड़े बच्चे की तरह रोया था?

'मैं तुम्हारे शरीर से होरक्रक्स नहीं उतार पाई,' हर्माइनी ने कहा और वह जान गया कि वह विषय बदलना चाहती थी। 'यह चिपक गया था, तुम्हारे सीने से चिपक गया था। मुझे अफ़सोस है, वहाँ पर निशान रह गया है। इसे निकालने के लिए मुझे विच्छेद सम्मोहन का इस्तेमाल करना पड़ा। साँप ने तुम्हें काट भी लिया था, लेकिन मैंने घाव साफ़ करके डिटैनी लगा दी है ...'

हैरी ने अपनी पसीने से तरबतर टीशर्ट उतारी और अपने सीने की तरफ़ देखा। वहाँ पर लाल अंडाकार निशान था, जहाँ लॉकेट ने उसे जला दिया था। इसके अलावा बाँह पर साँप के दाँतों के निशान भी दिख रहे थे, जो अब आधे ठीक हो चुके थे।

'तुमने होरक्रक्स कहाँ रखा है?'

'मेरे बैग में। मुझे लगता है कि हमें इसे कुछ समय के लिए दूर ही रखना चाहिए।'

वह अपने तकियों पर लेट गया और हर्माइनी के तनावपूर्ण सफ़ेद चेहरे को देखने लगा।

'हमें गॉडरिक्स हॉलो नहीं जाना चाहिए था। यह मेरी ग़लती है, पूरी तरह से मेरी ग़लती है, हर्माइनी, मुझे अफ़सोस है।'

'यह तुम्हारी ग़लती नहीं है। मैं भी तो जाना चाहती थी। मुझे सचमुच लगा था कि डम्बलडोर ने वहाँ तुम्हारे लिए तलवार छोड़ी होगी।'

'हाँ, देखो ... हमने ग़लत सोच लिया था, है ना?'

'हुआ क्या था, हैरी? जब वह तुम्हें ऊपर की मंज़िल पर ले गई थी, तो उसके बाद क्या हुआ था? क्या साँप कहीं छिपा था? क्या वह बाहर निकला और उसे मारने के बाद तुम पर हमला कर दिया?'

'नहीं,' उसने कहा। '*बाथिल्डा* ही साँप थी ... या साँप ही बाथिल्डा था ... पूरे समय।'

'क - क्या ?'

हैरी ने अपनी आँखें बंद कर लीं। वह अब भी अपने शरीर पर बाथिल्डा के मकान की बदबू महसूस कर सकता था। इससे हर चीज़ भयंकर रूप से स्पष्ट हो गई।

'बाथिल्डा को मरे काफ़ी समय हो गया होगा। साँप उसके ... उसके भीतर था। तुम-जानते-हो-कौन ने उसे गॉडरिक्स हॉलो में इंतज़ार करने के लिए छोड़ दिया होगा। तुमने सही कहा था। वह जानता था कि मैं वहाँ जाऊँगा।'

'साँप उसके *भीतर* था ?'

हैरी ने अपनी आँखें दोबारा खोलीं : हर्माइनी के चेहरे पर वितृष्णा और घिन का भाव था।

'ल्यूपिन ने सही कहा था कि हमारा मुक़ाबला ऐसे जादू से होगा, जिसकी हमने कभी कल्पना भी नहीं की होगी,' हैरी ने कहा। 'वह तुम्हारे सामने इसलिए बात नहीं करना चाहती थी, क्योंकि वह सर्पभाषा में बात कर रही थी। मुझे इस बात का एहसास नहीं हुआ, क्योंकि मैं उसकी बात समझ सकता था। कमरे में पहुँचने के बाद साँप ने तुम-जानते-हो-कौन को संदेश भेजा। मैंने इसे अपने दिमाग़ में महसूस किया। मैंने महसूस किया कि वह रोमांचित हो रहा था, उसने साँप से कहा कि वह मुझे वहीं रोके रहे ... और फिर ...'

हैरी को याद आया कि साँप बाथिल्डा की गर्दन में से बाहर आ रहा था : लेकिन हर्माइनी को सारी बातें बताने की ज़रूरत नहीं थी।

'... उसने रूप बदल लिया, वह साँप में बदल गई और उसने हमला कर दिया।'

उसने अपने हाथ पर दाँत के निशान देखे।

'साँप का मक़सद मुझे मारना नहीं था, बल्कि तुम-जानते-हो-कौन के वहाँ आने तक मुझे रोके रखना था।'

अगर वह साँप को मार डालने में कामयाब हो जाता, तो यह पूरा अभियान सार्थक हो जाता ... वह निराशा से उठा और उसने चादर फेंक दी।

'हैरी, नहीं, मुझे लगता है कि तुम्हें आराम करना चाहिए!'

'नींद की ज़रूरत तो तुम्हें है। बुरा मत मानना, पर तुम्हारी हालत

बहुत बुरी दिख रही है। मैं ठीक हूँ। अब कुछ समय के लिए मैं रखवाली करता हूँ। मेरी छड़ी कहाँ है?'

हर्माइनी ने जवाब नहीं दिया, सिर्फ़ उसकी तरफ़ देखती रही।

'मेरी छड़ी कहाँ है, हर्माइनी?'

वह अपना होंठ काट रही थी और उसकी आँखों में आँसू तैर रहे थे।

'हैरी ...'

'मेरी छड़ी कहाँ है?'

वह पलंग के पास नीचे झुकी और छड़ी हैरी की तरफ़ बढ़ा दी।

हॉली और फ़ीनिक्स की छड़ी के लगभग दो टुकड़े हो चुके थे। फ़ीनिक्स के पंख का एक कमज़ोर हिस्सा दोनों टुकड़ों को जोड़े हुए था, लेकिन लकड़ी पूरी तरह टूट गई थी। हैरी ने इसे इस तरह अपने हाथों में लिया, जैसे यह कोई जीवित वस्तु हो, जिसे गंभीर चोट लगी हो। वह सही तरीक़े से नहीं सोच पाया। दहशत और डर के कारण उसे हर चीज़ घूमती हुई लग रही थी। उसने हर्माइनी की तरफ़ छड़ी बढ़ाई।

'इसे जोड़ दो। प्लीज़।'

'हैरी, मुझे नहीं लगता। यह इतनी बुरी तरह से टूटी है –'

'प्लीज़, हर्माइनी, कोशिश तो करो!'

'म – मरम्मतो।'

छड़ी थोड़ी सी जुड़ गई। हैरी ने उसे ऊपर उठाया।

'प्रकाशित भव!'

छड़ी से हल्की सी चिंगारी निकली, फिर बुझ गई। हैरी ने उसे हर्माइनी की तरफ़ ताना।

'निरस्त्र भव!'

हर्माइनी की छड़ी हल्के से हिली, लेकिन उसके हाथ से नहीं छूटी। जादू की यह कमज़ोर कोशिश भी हैरी की छड़ी को भारी पड़ गई और वह दोबारा टूट गई। हैरी ने स्तब्धता से छड़ी को घूरा और उसकी आँखें जो देख रही थीं, उसे वह बर्दाश्त नहीं कर पाया ... जिस छड़ी ने इतना कुछ सहन किया था ...

'हैरी,' हर्माइनी इतनी धीरे से फुसफुसाई कि उसकी बात बहुत

मुश्किल से सुनाई दी। 'मुझे बहुत, बहुत अफ़सोस है। मुझे लगता है, यह मेरी ग़लती से हुआ है। जब हम निकल रहे थे, तो साँप हमारी तरफ़ आने लगा, इसलिए मैंने विस्फोटक शाप मार दिया। वह शाप पूरे कमरे में टकराकर उछलता रहा और इसने ही – इसने ही तुम्हारी छड़ी को –'

'यह संयोग था,' हैरी मशीनी अंदाज़ में बोला। वह खोखला और स्तब्ध महसूस कर रहा था। 'हम इसकी मरम्मत करने का कोई न कोई तरीक़ा खोज लेंगे।'

'हैरी, मुझे नहीं लगता कि हम कभी ऐसा कर पाएँगे,' हर्माइनी ने कहा और उसके चेहरे पर आँसू बह रहे थे। 'याद है ... रॉन की छड़ी याद है ? जब उसकी छड़ी उस कार दुर्घटना में टूटी थी ? वह दोबारा कभी पहले जैसी नहीं हो पाई थी। उसे नई छड़ी लेनी पड़ी थी।'

हैरी ने ऑलिवैन्डर के बारे में सोचा, जिसे वोल्डेमॉर्ट ने अपहरण करके क़ैद कर रखा था। उसने ग्रेगरोविच के बारे में भी सोचा, जो मर चुका था। वह अपने लिए नई छड़ी कहाँ से लाएगा ?

उसने नाटक करते हुए उदासीन आवाज़ में कहा, 'ठीक है, हाल-फ़िलहाल मैं तुम्हारी छड़ी उधार ले लेता हूँ। पहरेदारी के लिए।'

हर्माइनी का चेहरा आँसुओं से सना था, जब उसने हैरी को अपनी छड़ी थमा दी। हैरी उसे पलंग के पास बैठा हुआ छोड़ गया। उसके मन में इस वक़्त हर्माइनी से दूर जाने की जितनी इच्छा थी, उतनी किसी चीज़ की नहीं थी।

अध्याय अठारह

एल्बस डम्बलडोर का जीवन और झूठ का सिलसिला

सूरज ऊपर चढ़ रहा था। विशाल रंगहीन आसमान उसके ऊपर फैला था, जो उसके दुख के प्रति उदासीन था। हैरी टेंट के प्रवेशद्वार पर बैठ गया और उसने साफ़ हवा की गहरी साँस भरी। बर्फ़ भरी चमकती पहाड़ी के ऊपर से उगते सूरज को देखना दुनिया की सबसे बड़ी नियामत होती है, लेकिन वह इसका आनंद नहीं ले पाया। छड़ी टूटने से जैसे उसकी एहसास करने की शक्ति ही ख़त्म हो गई थी। उसने बर्फ़ से ढँकी घाटी को देखा और ख़ामोशी में दूर बजती चर्च की घंटियों की आवाज़ सुनी।

उसे इस बात का एहसास ही नहीं हुआ कि वह अपनी उँगलियाँ अपनी बाँहों में गड़ा रहा था, जैसे शारीरिक दर्द रोकने की कोशिश कर रहा हो। उसका ख़ून इतनी बार बहा था कि वह गिनती ही भूल गया था। एक बार तो उसके दाहिने हाथ की सारी हड्डियाँ ही ग़ायब हो गई थीं। इस यात्रा में उसके सीने और बाँह पर घाव हुए थे, जो उसके हाथ और माथे के निशानों के साथ जुड़ गए थे। बहरहाल, पहले कभी उसने ख़ुद को इतना ज़्यादा कमज़ोर, ख़ाली, खोखला महसूस नहीं किया था, जैसे उसकी जादुई शक्ति का सबसे अच्छा हिस्सा उससे छीन लिया गया हो। वह जानता था कि अगर वह यह बोलेगा, तो हर्माइनी क्या कहेगी। वह कहेगी कि छड़ी बस उतनी ही अच्छी होती है, जितना कि उसका इस्तेमाल करने वाला जादूगर। लेकिन यह बात सही नहीं है। उसका मामला अलग था। हर्माइनी ने छड़ी को किसी कम्पास की सुई की तरह घूमते और दुश्मन की तरफ़ सुनहरी लपटें मारते महसूस नहीं किया था। वह छड़ियों के फ़ीनिक्स के

जुड़वाँ बाल के संरक्षण को खो चुका था। छड़ी के नष्ट होने के बाद ही उसे यह एहसास हुआ था कि वह उस पर कितना निर्भर था।

उसने अपनी जेब से टूटी हुई छड़ी के टुकड़े निकाले और उनकी तरफ़ देखे बिना उन्हें गले में लटके हैग्रिड के पाउच में रख लिया। पाउच अब बहुत सारी टूटी और निरर्थक चीज़ों से पूरी तरह भर चुका था। हैरी का हाथ पुरानी सुनहरी गेंद से टकराया और एक पल के लिए तो उसका मन हुआ कि वह उसे निकालकर फेंक दे। यह भी अभेद्य थी, मददगार नहीं थी, बेकार थी, जैसी कि डम्बलडोर की छोड़ी हर चीज़ थी।

अब उसके मन में डम्बलडोर के प्रति ग़ुस्सा लावे की तरह उबलने लगा और उसके भीतर की हर चीज़ को जलाने लगा। उसके मन से बाक़ी सभी भावनाएँ बाहर निकल गईं। हताशा में उन्होंने यह सोचा था कि गॉडरिक्स हॉलो में जवाब मिलेंगे। उन्होंने ख़ुद को यक़ीन दिलाया था कि उन लोगों को वहाँ जाना चाहिए। उन्होंने सोचा था कि यह डम्बलडोर द्वारा चुने किसी रहस्यमय रास्ते का हिस्सा था, लेकिन कोई नक़्शा नहीं था, कोई योजना नहीं थी। डम्बलडोर ने उन्हें अँधेरे में भटकने के लिए छोड़ दिया था, ताकि वे लोग बिना किसी मदद के अकेले ही अनजान ख़तरों से जूझते रहें, जिनकी उन्होंने सपने में भी कल्पना नहीं की थी। डम्बलडोर ने कुछ भी स्पष्ट नहीं किया था, कोई भी चीज़ नहीं दी थी। उन लोगों के पास तलवार नहीं थी और अब तो हैरी के पास छड़ी भी नहीं थी। यही नहीं, उसके पास से चोर की तस्वीर भी गिर गई थी और निश्चित रूप से अब वोल्डेमॉर्ट के लिए उसका पता लगाना आसान हो जाएगा ... वोल्डेमॉर्ट के पास अब सारी जानकारी थी ...

'हैरी ?'

हर्माइनी डर रही थी कि हैरी कहीं उसी की छड़ी से उसे शाप न मार दे। उसके चेहरे पर आँसुओं के निशान थे। वह हैरी के पास झुककर बैठ गई। उसके हाथ में चाय के दो कप काँप रहे थे और उसकी बाँह के नीचे कोई भारी चीज़ थी।

'धन्यवाद,' हैरी ने एक कप लेते हुए कहा।

'अगर मैं तुमसे बात करूँ, तो तुम्हें दिक्क़त तो नहीं है ?'

'नहीं,' उसने कहा, क्योंकि वह उसकी भावनाओं को चोट नहीं पहुँचाना चाहता था।

'हैरी, तुम जानना चाहते हो कि तस्वीर वाला लड़का कौन था। देखो

... मेरे पास यह पुस्तक है।'

सहमते हुए उसने पुस्तक हैरी की गोद में रख दी। यह *एल्बस डम्बलडोर का जीवन और झूठ का सिलसिला* पुस्तक की नई प्रति थी।

'कहाँ – कैसे – ?'

'यह बाथिल्डा के सिटिंग रूम में पड़ी हुई थी ... इसके ऊपर यह चिट्ठी चिपकी थी।'

हर्माइनी ने नुकीली, हरी लिखाई की कुछ पंक्तियों को ज़ोर से पढ़ा।

' "प्रिय बाथिल्डा, तुम्हारी मदद के लिए धन्यवाद। पुस्तक की एक प्रति भेज रही हूँ। उम्मीद है तुम्हें पसंद आएगी। तुमने सब कुछ बता दिया, हालाँकि तुम्हें यह याद नहीं होगा। रीटा।" मुझे लगता है कि यह वास्तव में तब आई होगी, जब असली बाथिल्डा ज़िंदा होगी, लेकिन शायद वह इसे पढ़ने की अवस्था में नहीं होगी!'

'नहीं, बिलकुल नहीं होगी।'

हैरी ने डम्बलडोर के चेहरे की तरफ़ देखा और उसके मन में वहशी आनंद का ज्वार उठने लगा। अब उसे वे सारी बातें पता चल जाएँगी, जो डम्बलडोर ने उसे बताना उचित नहीं समझा था।

'तुम अब भी मुझसे नाराज़ हो, है ना?' हर्माइनी ने कहा। हैरी ने नज़र उठाकर देखा कि उसकी आँखों से दोबारा आँसू निकल रहे थे। वह समझ गया कि उसका ग़ुस्सा उसके चेहरे पर झलक गया होगा।

'नहीं,' उसने धीरे से कहा। 'नहीं हर्माइनी, मैं जानता हूँ कि यह बस एक दुर्घटना थी। तुम हम दोनों को वहाँ से ज़िंदा निकालने की कोशिश कर रही थीं और तुमने कमाल का काम किया था। अगर तुम मेरी मदद के लिए वहाँ नहीं आई होतीं, तो मैं तो मर गया होता।'

उसने उसकी फीकी मुस्कान लौटाने की कोशिश की, फिर पुस्तक की तरफ़ देखने लगा। इसकी जिल्द सख़्त थी। इससे यह स्पष्ट था कि इसे खोला नहीं गया था। वह पन्ने पलटकर तस्वीरें देखने लगा। लगभग तत्काल ही उसे अपनी मनचाही तस्वीर मिल गई : युवा डम्बलडोर और उनका आकर्षक साथी, जो किसी मज़ाक़ पर बेतहाशा हँस रहा था। हैरी ने कैप्शन पर निगाह डाली।

एल्बस डम्बलडोर, अपनी माँ की मृत्यु के कुछ समय बाद, अपने मित्र गेलेर्ट ग्रिन्डेलवाल्ड के साथ।

हैरी कुछ पलों तक कैप्शन को घूरता रहा। ग्रिन्डेलवाल्ड। उनका मित्र, ग्रिन्डेलवाल्ड। फिर उसने कनखियों से हर्माइनी को देखा, जो अब भी नाम को इस तरह देख रही थी, जैसे उसे अपनी आँखों पर यक़ीन नहीं हो रहा हो। धीरे-धीरे उसने हैरी की तरफ़ नज़रें उठाईं।

'ग्रिन्डेलवाल्ड ?'

बाक़ी तस्वीरों को नज़रअंदाज़ करते हुए हैरी ने उस तस्वीर के आस-पास के पन्नों पर नज़र डाली, ताकि उन पर ग्रिन्डेलवाल्ड का नाम देख सके। जल्दी ही उसे यह मिल गया और उसने इसे भूखी निगाहों से पढ़ा, लेकिन यह ग़ुम गया। पूरी बात समझने के लिए पीछे जाना ज़रूरी था और अंततः वह उस अध्याय के शुरू में पहुँच गया, जिसका शीर्षक था, 'बहुसंख्यक लोगों की भलाई।' वह और हर्माइनी इसे एक साथ पढ़ने लगे :

शीघ्र ही अपना अठारहवाँ जन्मदिन मनाने जा रहे डम्बलडोर जब हॉगवर्ट्स से निकले, तो वे प्रशंसा के गुब्बारे पर उड़ रहे थे - हेडबॉय, प्रिफ़ेक्ट, बेहतरीन मंत्र-मारण बार्नाबस फ़िंकले पुरस्कार के विजेता, जादूगर न्यायसभा में ब्रिटेन के युवा प्रतिनिधि, कैरो में हुए अंतर्राष्ट्रीय कीमियागर सम्मेलन में क्रांतिकारी योगदान के लिए स्वर्ण-पदक विजेता। इसके बाद डम्बलडोर एल्फ़ियस डोज के साथ दुनिया के भ्रमण पर जाना चाहते थे, जो उनका बुद्धू, लेकिन समर्पित चमचा था, जिसे उन्होंने स्कूल में चुना था।

दोनों युवक लंदन में रिसती कड़ाही में रुके और अगली सुबह ग्रीस जाने की तैयारी कर रहे थे, लेकिन तभी एक उल्लू डम्बलडोर की माँ की मौत की ख़बर लेकर आ गया। इस पुस्तक के लिए इंटरव्यू देने से इंकार करने वाले डोज ने जनता को इस घटना का भावुक वर्णन बताया है। उसके अनुसार केंड्रा की मौत एक दुखद सदमा थी और विश्व-भ्रमण छोड़ने का डम्बलडोर का निर्णय बड़ा ही त्यागपूर्ण कार्य था।

निश्चित रूप से, डम्बलडोर तत्काल गॉडरिक्स हॉलो लौट आए, शायद अपने छोटे भाई-बहन की 'देखभाल' के लिए। लेकिन सवाल यह है कि वास्तव में उन्होंने उनकी कितनी देखभाल की ?

'एबरफ़ोर्थ तो सिरफिरा था,' एनिड स्मीक ने कहा, जिसका

परिवार उस वक़्त गॉडरिक्स हॉलो के बाहरी इलाक़े में रहता था। 'आवारागर्दी करता रहता था। ज़ाहिर है, मम्मी-डैडी के गुज़रने के बाद उसके लिए अफ़सोस होना चाहिए, लेकिन वह मेरे सिर पर बकरी की लेंडियाँ मारता रहता था। मुझे नहीं लगता कि एल्बस उसकी ज़्यादा परवाह करते थे। चाहे जो हो, मैंने उन दोनों को कभी साथ नहीं देखा।'

अगर एल्बस अपने आवारा छोटे भाई को सांत्वना नहीं दे रहे थे, तो फिर क्या कर रहे थे? ऐसा लगता है कि वे अपनी बहन की क़ैद को सुनिश्चित कर रहे थे। पहली जेलर यानी केंड्रा के मरने के बाद भी एरियाना डम्बलडोर की दयनीय दशा में कोई फ़र्क़ नहीं आया। उसके ज़िंदा होने के बारे में डोज जैसे चुनिंदा बाहरी लोगों को ही मालूम था, जो उसकी 'बीमारी' की कहानी पर यक़ीन करते थे।

मशहूर जादुई इतिहासकार बाथिल्डा बैगशॉट ने भी इस बात पर यक़ीन कर लिया, जो डम्बलडोर परिवार की पुरानी मित्र है और काफ़ी समय से गॉडरिक्स हॉलो में रह रही है। ज़ाहिर है, जब बाथिल्डा ने डम्बलडोर परिवार के गाँव आने पर उन लोगों से शुरुआत में मेल-जोल बढ़ाने की कोशिश की थी, तो केंड्रा ने बाथिल्डा को झिड़क दिया था। बहरहाल, कई साल बाद बाथिल्डा ने हॉगवर्ट्स में एल्बस को उल्लू भेजकर उनकी प्रशंसा की, क्योंकि वह रूपांतरण आज में अंतर्प्रजातीय रूपांतरण पर छपे उनके शोधपत्र से काफ़ी प्रभावित हुई थी। इसके बाद बाथिल्डा का पूरे डम्बलडोर परिवार से परिचय हो गया। केंड्रा की मौत के वक़्त गॉडरिक्स हॉलो में सिर्फ़ बाथिल्डा से ही डम्बलडोर की माँ की बातचीत होती थी।

दुर्भाग्य से, बाथिल्डा ने अपने जीवन की शुरुआत में जो बुद्धिमत्ता की चमक दिखाई थी, अब वह फीकी पड़ चुकी है। 'आग जल रही है, लेकिन कड़ाही ख़ाली है,' जैसा आइवर डिलॉन्सबाई ने मुझे बताया या एनिड स्मीक के थोड़े ज़मीन से जुड़े वाक्यांश में, 'वह गिलहरी जितनी पागल है।' बहरहाल, आज़माई हुई पत्रकारिता तकनीकों से मैंने पर्याप्त सच्चाइयों को बाहर निकाल लिया, जिनसे पूरी सनसनीख़ेज़ घटना का ख़ुलासा हो गया।

बाक़ी जादूगर दुनिया की तरह ही बाथिल्डा भी 'सम्मोहन के पलटवार' को केंड्रा की असमय मृत्यु का कारण मानती है। यही बात एल्बस और एबरफ़ोर्थ ने बाद के सालों में दोहराई है। बाथिल्डा एरियाना को 'कमज़ोर' और 'नाज़ुक' कहकर पारिवारिक टिप्पणी का प्रचार करती है। बहरहाल, इस बारे में मैंने बाथिल्डा पर सत्यद्रव का इस्तेमाल किया और यह बहुत ही लाभदायक रहा, क्योंकि वह, और सिर्फ़ वह, एल्बस डम्बलडोर की ज़िंदगी के सबसे अच्छी तरह से छिपाए गए रहस्य की पूरी कहानी जानती है। अब पहली बार उस रहस्य का खुलासा होगा, जिससे हर उस चीज़ पर सवाल खड़े होंगे, जो डम्बलडोर के प्रशंसक उनके बारे में मानते थे : गुप्त कलाओं के प्रति उनकी नफ़रत, मगलुओं के दमन के प्रति उनका विरोध, यहाँ तक कि अपने परिवार के प्रति उनकी निष्ठा भी।

गर्मियों में जब डम्बलडोर गॉडरिक्स हॉलो के अपने घर लौटे, तो वे अनाथ हो चुके थे और परिवार के मुखिया बन गए थे। उसी साल गर्मी में बाथिल्डा बैगशॉट के घर पर उनकी बहन का नाती गेलेर्ट ग्रिन्डेलवाल्ड घूमने के लिए आया।

ग्रिन्डेलवाल्ड का नाम कुख्यात है। उसका नाम सबसे ख़तरनाक शैतानी जादूगरों की सूची में है। उसका नाम सबसे ऊपर इसलिए नहीं है, क्योंकि उससे एक पीढ़ी बाद तुम-जानते-हो-कौन ने आकर उसके सिंहासन पर क़ब्ज़ा कर लिया था। चूँकि ग्रिन्डेलवाल्ड ने अपने आतंक का साम्राज्य ब्रिटेन में कभी नहीं फैलाया, इसलिए उसके शक्तिशाली बनने के वर्णन यहाँ ज़्यादा नहीं जाने जाते हैं।

ग्रिन्डेलवाल्ड की शिक्षा-दीक्षा डर्मस्ट्रैंग स्कूल में हुई थी, जो गुप्त कलाओं के प्रति दुर्भाग्यपूर्ण सहिष्णुता के लिए तब भी कुख्यात था। ग्रिन्डेलवाल्ड भी डम्बलडोर जितना ही प्रतिभाशाली था। बहरहाल, अपनी प्रतिभा के दम पर पुरस्कार जीतने के बजाय गेलेर्ट ग्रिन्डेलवाल्ड ने उसका दूसरा इस्तेमाल किया। जब वह सोलह साल का था, तब डर्मस्ट्रैंग जैसे स्कूल ने भी यह महसूस किया कि यह गेलेर्ट ग्रिन्डेलवाल्ड के ख़तरनाक प्रयोगों को नज़रअंदाज़ नहीं कर सकता, इसलिए उसे स्कूल से निकाल दिया गया।

इसके बाद ग्रिन्डेलवाल्ड कुछ समय के लिए कहीं चला गया। जानकारों का दावा है कि वह 'कुछ महीनों के लिए बाहर चला गया था।' अब यह रहस्य उजागर किया जा सकता है कि उस दौरान ग्रिन्डेलवाल्ड गॉडरिक्स हॉलो में अपनी नानी की बहन के यहाँ रह रहा था। यह सुनकर बहुत से लोगों को गहरा सदमा लगेगा कि यहाँ एल्बस डम्बलडोर से उसकी गहरी दोस्ती हो गई।

'बड़ा ही प्यारा लड़का था,' बाथिल्डा ने बताया, 'चाहे बाद में वह जो भी बना हो। ज़ाहिर है, मैंने उसे बेचारे एल्बस से मिलवा दिया, क्योंकि यहाँ पर उनकी उम्र के दोस्त नहीं थे। दोनों ही एक-दूसरे को फ़ौरन पसंद करने लगे।'

यह सच है। बाथिल्डा ने मुझे एक चिट्ठी भी बताई, जो एल्बस डम्बलडोर ने गेलेर्ट ग्रिन्डेलवाल्ड को देर रात भेजी थी।

'जबकि उन्होंने दिन भर बातचीत की थी - दोनों बहुत प्रतिभाशाली थे और एक-दूसरे से ऐसे चिपके रहते थे, जैसे आग से कड़ाही। कई बार मुझे गेलेर्ट के बेडरूम की खिड़की पर उल्लू के पंजों की आवाज़ सुनाई देती थी, जो एल्बस की चिट्ठी देने आता था! उनके मन में कोई विचार आ जाता था और वे उसे गेलेर्ट को तत्काल बताना चाहते थे!'

और वे विचार क्या थे। हालाँकि एल्बस डम्बलडोर के प्रशंसकों को यह जानकर बहुत सदमा लगेगा, लेकिन यहाँ पर उनके सत्रह साल के हीरो के विचार बताए जा रहे हैं, जो उन्होंने अपने सबसे अच्छे दोस्त को लिखकर भेजे थे (मूल पत्र की प्रति पृष्ठ 463 पर देखी जा सकती है) :

गेलेर्ट -

***मगलुओं की भलाई के लिए** जादूगरों के उन पर आधिपत्य का तुम्हारा तर्क - मुझे लगता है कि यही सबसे महत्वपूर्ण मुद्दा है। हाँ, हमें शक्ति दी गई है और, हाँ, वह शक्ति हमें शासन करने का अधिकार देती है, लेकिन यह शासित लोगों की ज़िम्मेदारी भी देती है। हमें इस मुद्दे पर ज़ोर देना चाहिए। यही वह नींव का पत्थर होगा, जिस पर*

हम नए समाज का निर्माण करेंगे। जहाँ हमारा विरोध होगा, जो निश्चित रूप से होगा, वहाँ यह हमारे सभी तर्कों का आधार होगा। हम ***बहुसंख्यक लोगों की भलाई के लिए*** *सत्ता अपने हाथ में लेंगे। इससे यह निष्कर्ष निकलता है कि जहाँ भी हमारा प्रतिरोध होगा, वहाँ हम सिर्फ़ उतनी ही शक्ति का इस्तेमाल करेंगे, जितनी आवश्यक हो; उससे ज़्यादा नहीं। (डर्मस्ट्रैंग में तुमने यही ग़लती की थी! लेकिन उसका मुझे कोई गिला नहीं है, क्योंकि अगर तुम्हें स्कूल से नहीं निकाला जाता, तो हमारी कभी मुलाक़ात ही नहीं हो पाती।)*

एल्बस

उनके कई प्रशंसक हैरान और हतप्रभ होंगे, लेकिन यह पत्र इस बात का सबूत है कि एल्बस डम्बलडोर ने कभी गोपनीयता अधिनियम की धज्जियाँ उड़ाने और मगलुओं पर जादूगरों का शासन स्थापित करने का सपना देखा था। यह उन लोगों के लिए कितना बड़ा आघात है, जो डम्बलडोर को हमेशा मगलुओं का सबसे बड़ा हितैषी मानते थे! इस नए सबूत की रोशनी में मगलू अधिकारों के समर्थन में दिए गए उनके भाषण कितने खोखले लगते हैं! एल्बस डम्बलडोर बहुत घिनौने नज़र आते हैं, क्योंकि जब उन्हें अपनी माँ की मौत पर दुख मनाना चाहिए था और अपनी बहन की देखभाल करनी चाहिए थी, उस वक़्त वे दुनिया पर शासन करने की योजना बना रहे थे!

बेशक डम्बलडोर को उनके बेदाग़ सिंहासन पर क़ायम रखने के लिए संकल्पवान लोग यह चिल्लाएँगे कि उन्होंने अपनी योजनाओं पर अमल नहीं किया था, कि उनका हृदय परिवर्तन हो गया था, कि वे बाद में होश में आ गए थे, बहरहाल, सच्चाई बिलकुल ही अलग और बड़ी सनसनीख़ेज़ है।

दोस्ती होने के दो महीने बाद ही डम्बलडोर और ग्रिन्डेलवाल्ड अलग-अलग हो गए। इसके बाद उनकी मुलाक़ात तब तक नहीं हुई, जब तक कि उनमें ऐतिहासिक द्वंद्वयुद्ध नहीं हुआ (इस बारे में विस्तार से जानने के लिए अध्याय 22 पढ़ें)। अचानक

दोस्ती टूटने का क्या कारण था? क्या डम्बलडोर होश में आ गए थे? क्या उन्होंने ग्रिन्डेलवाल्ड से साफ़ कह दिया था कि वे उसकी योजनाओं में हिस्सा नहीं लेना चाहते? नहीं, अफ़सोस कि ऐसा कुछ नहीं था।

'मुझे लगता है कि यह बेचारी एरियाना की मौत के कारण हुआ था,' बाथिल्डा कहती है। 'यह बहुत भयंकर सदमा था। जब यह हुआ, उस वक़्त गेलेर्ट उन्हीं के घर पर था। एक रात को वह बहुत परेशान हालत में घर लौटा और मुझसे बोलने लगा कि वह अगले ही दिन घर जाना चाहता है। वह बहुत दुखी दिख रहा था। मैंने एक आवागमन कुंजी से उसे भिजवा दिया और उसके बाद मैंने उसे कभी नहीं देखा।

'एल्बस डम्बलडोर एरियाना की मौत से बड़े दुखी थे। यह उन दोनों भाइयों के लिए बहुत बुरी घटना थी। अब दुनिया में उनका एक-दूसरे के सिवाय और कोई नहीं था। कोई हैरानी नहीं कि वे आवेश में थे। जानते हैं, एबरफ़ोर्थ ने एल्बस को दोष दिया, जैसा लोग इन भयंकर परिस्थितियों में अक्सर करते हैं। बेचारा एबरफ़ोर्थ हमेशा थोड़ी पागलपन भरी हरकतें करता था। चाहे जो हो, अंत्येष्टि के समय एल्बस की नाक तोड़ना अच्छी बात नहीं थी। इस बात से केंड्रा का दिल टूट जाता कि उसके बेटे अपनी बहन की लाश के ऊपर लड़े थे। कितने अफ़सोस की बात है कि गेलेर्ट अंत्येष्टि के लिए भी नहीं रुका ... इससे कम से कम एल्बस को तसल्ली मिल जाती ...'

कफ़न के पास हुई इस लड़ाई की जानकारी सिर्फ़ उन्हीं लोगों को है, जो एरियाना डम्बलडोर की अंत्येष्टि में गए थे। बहरहाल, इससे कई सवाल खड़े होते हैं। आख़िर एबरफ़ोर्थ डम्बलडोर ने अपनी बहन की मौत के लिए एल्बस को दोष क्यों दिया? क्या इसका कारण सिर्फ़ गहरा दुख था, जैसा बाथिल्डा सोचती है? या फिर उसके ग़ुस्से का कोई ज़्यादा ठोस कारण था? ग्रिन्डेलवाल्ड, जिसे साथी विद्यार्थियों पर घातक हमलों के कारण डर्मस्ट्रैंग से निकाल दिया गया था, एरियाना की मौत के चंद घंटों बाद ही देश छोड़कर चला गया (शर्म या डर के कारण?) और एल्बस ने उसे दोबारा तब तक नहीं देखा, जब तक कि जादूगर समुदाय के आग्रहों के कारण वे उससे लड़ने के

लिए मजबूर नहीं हो गए।

न तो डम्बलडोर, न ही ग्रिन्डेलवाल्ड ने बाद में अपनी किशोरावस्था की इस संक्षिप्त दोस्ती का ज़िक्र किया। बहरहाल, इसमें कोई शक नहीं कि डम्बलडोर ने गेलेर्ट ग्रिन्डेलवाल्ड से द्वंद्वयुद्ध करने के लिए पाँच साल तक टालमटोल की, जिस दौरान बहुत सारी मौतें हुईं, लोग लापता हुए, और भी कई भयंकर घटनाएँ हुईं। क्या डम्बलडोर की झिझक का कारण यह था कि वे उससे प्यार करते थे या फिर अपने पुराने दोस्त का भेद नहीं खोलना चाहते थे? क्या सिर्फ़ अनिच्छा से ही डम्बलडोर उस व्यक्ति को पकड़ने गए थे, जिससे मिलकर वे कभी ख़ुश हुए थे?

और एरियाना की रहस्यमय मौत कैसे हुई? क्या वह किसी शैतानी कर्मकांड की अनजान शिकार थी? क्या वह कोई ऐसी बात जान चुकी थी, जो उसे नहीं जाननी चाहिए थी, जब दोनों युवक शोहरत और आधिपत्य की अपनी कोशिशों का अभ्यास कर रहे थे? क्या यह संभव है कि एरियाना डम्बलडोर वह पहली शख़्स थी, जिसने 'बहुसंख्यक लोगों की भलाई' के लिए अपनी जान दी थी?

अध्याय यहाँ समाप्त हो गया और हैरी ने ऊपर देखा। हर्माइनी उससे पहले ही पूरा पेज पढ़ चुकी थी। उसने हैरी के हाथों से पुस्तक ली और उसके चेहरे का भाव देखकर थोड़ी दहशत में दिखने लगी। उसने पुस्तक की तरफ़ देखे बिना इसे बंद कर दिया, जैसे किसी भद्दी चीज़ को छिपा रही हो।

'हैरी –'

लेकिन हैरी ने अपना सिर हिला दिया। उसके भीतर की निश्चितता ख़त्म हो गई थी। उसे ठीक वैसा ही लग रहा था, जैसा रॉन के जाने के बाद महसूस हुआ था। उसे डम्बलडोर पर भरोसा था। वह उन्हें अच्छाई और बुद्धिमत्ता का प्रतीक मानता था। लेकिन अब सब कुछ राख हो गया था। उसे अभी और कितना खोना पड़ेगा? रॉन, डम्बलडोर, मायापंछी की छड़ी ...

'हैरी।' हर्माइनी ने जैसे उसके इन विचारों को पढ़ लिया था। 'मेरी बात सुनो। यह – यह पढ़ने में अच्छा नहीं लगता है –'

'– हाँ, तुम ऐसा कह सकती हो –'

'– लेकिन यह बात मत भूलो, हैरी, इसे रीटा स्कीटर ने लिखा है।'

'तुमने ग्रिन्डेलवाल्ड को लिखा वह पत्र पढ़ा था, है ना?'

'हाँ, मैंने – मैंने पढ़ा था।' वह परेशान दिखती हुई थोड़ी झिझकी और चाय के कप को अपने ठंडे हाथों में झुलाने लगी। 'मुझे लगता है कि वह सबसे बुरा हिस्सा था। बाथिल्डा के हिसाब से ये सिर्फ़ बातें थीं, लेकिन "बहुसंख्यक लोगों की भलाई" बाद में ग्रिन्डेलवाल्ड का सूत्रवाक्य बन गया, उसके अत्याचारों को सही ठहराने का तर्क बन गया। और ... उस चिट्ठी से ... ऐसा लगता है कि डम्बलडोर ने ही उसे यह विचार दिया था। नर्मनगार्ड के प्रवेशद्वार के ऊपर भी "बहुसंख्यक लोगों की भलाई" लिखा हुआ है।'

'नर्मनगार्ड क्या है?'

'वह जेल, जो ग्रिन्डेलवाल्ड ने अपने विरोधियों को क़ैद करने के लिए बनाई थी। डम्बलडोर ने जब उसे पकड़ लिया, तो अंततः वह ख़ुद भी वहीं पहुँच गया। ख़ैर, यह – यह बड़ा भयंकर विचार है कि डम्बलडोर के विचारों के कारण ग्रिन्डेलवाल्ड को शक्तिशाली बनने में मदद मिली। लेकिन दूसरी तरफ़, रीटा भी यह नहीं कह सकती थी कि उनकी जान-पहचान चंद महीनों से ज़्यादा समय तक रही थी। तब उनकी उम्र बहुत कम थी और –'

'मैं जानता था, तुम यही कहोगी,' हैरी ने कहा। वह अपना ग़ुस्सा हर्माइनी पर नहीं उतारना चाहता था, लेकिन उसके लिए अपनी आवाज़ को सामान्य रखना मुश्किल था। 'मैं जानता था, तुम यही कहोगी, "वे छोटे थे।" हर्माइनी, उनकी उम्र उतनी ही थी, जितनी इस वक़्त हमारी है। हमें देखो, हम यहाँ गुप्त कलाओं से लड़ने के लिए अपनी जान जोखिम में डाल रहे हैं, जबकि वे अपने नए दोस्त के साथ मिलकर मगलुओं पर शासन करने की योजना बना रहे थे।'

उसका ग़ुस्सा ज़्यादा समय तक क़ाबू में नहीं रहेगा। इसे कुछ हद तक कम करने के लिए वह उठकर टहलने लगा।

हर्माइनी ने कहा, 'मैं डम्बलडोर की लिखी बातों का बचाव करने की कोशिश नहीं कर रही हूँ। "शासन करने का अधिकार" वाली बात बकवास है। यह "जादू ही शक्ति है" वाली बात है। लेकिन हैरी, उनकी माँ की मौत कुछ ही समय पहले हुई थी, वे घर में बहुत अकेले थे –'

'अकेले ? वे अकेले नहीं थे! उनके साथ उनके भाई-बहन थे, लेकिन उन्होंने अपनी नाकारा बहन को क़ैद कर रखा था –'

'मुझे इस बात पर यक़ीन नहीं होता,' हर्माइनी ने भी खड़े होते हुए कहा। 'चाहे उस लड़की के साथ जो भी गड़बड़ हो, मुझे नहीं लगता कि वह नाकारा थी। जिस डम्बलडोर को हम जानते थे, वे कभी भी ऐसा नहीं होने देते –'

'जिस डम्बलडोर को हम जानते थे, वे मगलुओं पर शक्ति से शासन भी नहीं करना चाहते थे!' हैरी चिल्लाया। उसकी आवाज़ ख़ाली पहाड़ी पर गूँजी और कुछ काले पक्षी चीख़ते हुए हवा में उठे और मोती जैसे आसमान में उड़ गए।

'वे बदल गए थे, हैरी, वे बदल गए थे! बस यही बात है! हो सकता है, सत्रह साल की उम्र में वे इन बातों पर यक़ीन करते हों, लेकिन बाद में ज़िंदगी भर उन्होंने गुप्त कलाओं के ख़िलाफ़ लड़ाई की! डम्बलडोर ने ही ग्रिन्डेलवाल्ड को रोका था, उन्होंने ही मगलू संरक्षण और मगलू परिवार के जादूगरों के हक़ों की पैरवी की थी, उन्होंने शुरू से ही तुम-जानते-हो-कौन से संघर्ष किया था और उसे हराने की कोशिश में अपनी जान दी थी!'

रीटा की पुस्तक उन दोनों के बीच ज़मीन पर पड़ी रही, जिसके कवर पर छपा एल्बस डम्बलडोर का चेहरा उनकी तरफ़ मुस्कराता रहा।

'हैरी, माफ़ करना, लेकिन मुझे लगता है कि तुम्हारी नाराज़गी का असली कारण यह है कि डम्बलडोर ने तुम्हें ये सारी बातें कभी ख़ुद नहीं बताईं।'

'शायद!' हैरी गरजा और उसने अपने हाथ सिर के ऊपर उछाल दिए। वह यह नहीं जानता था कि वह अपने ग़ुस्से को रोकने की कोशिश कर रहा था या फिर अपने मोहभंग के भार से ख़ुद की रक्षा करने की कोशिश कर रहा था। 'देखो तो सही, उन्होंने मुझसे क्या माँगा है, हर्माइनी! अपनी जान जोखिम में डालो, हैरी! बार-बार! हर बार! लेकिन मुझसे यह उम्मीद मत करो कि मैं हर चीज़ स्पष्ट करूँगा। बस मुझ पर अंधों की तरह भरोसा करो, भरोसा करो कि मैं जानता हूँ कि मैं क्या कर रहा हूँ! मुझ पर अंधा भरोसा करो, भले ही मैं तुम पर भरोसा नहीं करता हूँ! कभी पूरी सच्चाई नहीं बताई! कभी नहीं!'

उसकी आवाज़ तनाव के मारे टूट गई। वे निरर्थकता के एहसास के साथ एक-दूसरे को देखते हुए खड़े हो गए। हैरी को महसूस हुआ कि उस

विशाल आसमान के नीचे वे कीड़े-मकोड़ों जितने महत्वहीन थे।

'वे तुमसे प्यार करते थे,' हर्माइनी फुसफुसाई। 'मैं जानती हूँ, वे तुमसे प्यार करते थे।'

हैरी ने अपनी बाँहें नीचे गिरा लीं।

'मैं यह तो नहीं जानता कि वे किससे प्यार करते थे, हर्माइनी, लेकिन मुझसे तो कभी नहीं करते थे। वे मुझे जिस उलझन में छोड़कर गए हैं, उसे प्रेम नहीं कहा जा सकता। उन्होंने मुझे अपने असली विचार बहुत कम बताए हैं, उससे बहुत ज़्यादा विचार तो उन्होंने गेलेर्ट ग्रिन्डेलवाल्ड को बताए थे।'

हैरी ने बर्फ़ पर गिरी हर्माइनी की छड़ी उठा ली और फिर से टेंट के प्रवेश द्वार पर बैठ गया।

'चाय के लिए धन्यवाद। मैं पहरेदारी का काम पूरा करूँगा। तुम अंदर गर्मी में चली जाओ।'

हर्माइनी झिझकी, लेकिन समझ गई कि हैरी उसे अंदर भेजना चाहता है। उसने पुस्तक उठाई और उसके पास से होती हुई टेंट में चली गई। जाते-जाते उसने हैरी के सिर के ऊपरी हिस्से पर हल्के से हाथ फेरा। हैरी ने हर्माइनी के स्पर्श पर अपनी आँखें बंद कर लीं और यह सोचने के लिए ख़ुद से नफ़रत करने लगा कि हर्माइनी की बात सच थी और डम्बलडोर सचमुच उसकी परवाह करते थे।

अध्याय उन्नीस

सफ़ेद हिरणी

जब हर्माइनी ने आधी रात को पहरेदारी सँभाली, तब तक बर्फ़ गिरने लगी थी। उस रात हैरी को बुरे-बुरे सपने आए। उनमें नागिनी बार-बार आती-जाती रही। पहले तो वह एक टूटी हुई बड़ी अँगूठी में से निकली, फिर क्रिसमस के गुलाबों के हार में से। हैरी दहशत में आकर बार-बार जागा। उसे लग रहा था कि कोई उसे दूर से आवाज़ दे रहा है। वह यह कल्पना कर रहा था कि टेंट के फड़फड़ाने की आवाज़ लोगों या उनके क़दमों की आवाज़ें हैं।

अंततः वह अँधेरे में उठ खड़ा हुआ और हर्माइनी के पास पहुँच गया, जो टेंट के प्रवेशद्वार पर बैठकर छड़ी की रोशनी में *जादू का इतिहास* पुस्तक पढ़ रही थी। बर्फ़ अब काफ़ी ज़्यादा गिर रही थी और हर्माइनी ने राहत के साथ उसके सुझाव को स्वीकार कर लिया कि वे जल्दी से पैकिंग करके कहीं और चले जाएँ।

काँपती हुई हर्माइनी ने पाजामे के ऊपर शर्ट पहनते हुए कहा, 'हमें किसी ज़्यादा सुरक्षित जगह की तलाश करनी चाहिए। मुझे बार-बार बाहर लोगों के चलने की आवाज़ आई थी। ऐसा भी लगा था, जैसे एक-दो बार किसी की झलक दिखी हो।'

हैरी स्वेटर पहनते-पहनते रुक गया और टेबल पर रखे ख़ामोश, स्थिर मुख़बिर यंत्र को देखने लगा।

'मुझे यक़ीन है कि यह मेरे मन का वहम रहा होगा,' हर्माइनी ने घबराए से स्वर में कहा, 'अँधेरे में बर्फ़ के कारण आँखों को अक्सर धोखा हो जाता है ... लेकिन शायद हमें अदृश्य चोगे के नीचे अंतर्ध्यान होना

चाहिए। अगर कोई आस-पास हुआ, तो अच्छा रहेगा।'

आधा घंटे बाद टेंट पैक हो गया। हैरी ने होरक्रक्स पहन लिया और हर्माइनी ने बैग पकड़ लिया। फिर वे अंतर्ध्यान हो गए। दमघोंटू एहसास ने उन्हें जकड़ लिया। हैरी के पैर बर्फ़ भरी ज़मीन से दूर हुए और पत्तियों से ढँकी हुई ज़मीन पर तेज़ी से टकराए।

'हम कहाँ हैं ?' हैरी ने आस-पास बहुत से पेड़ों को देखते हुए कहा, जब हर्माइनी ने बैग खोला और उसमें से टेंट बाहर निकालने लगी।

'हम डीन जंगल में हैं,' उसने कहा। 'मैंने एक बार अपने मम्मी-डैडी के साथ यहाँ कैंपिंग की थी।'

यहाँ भी चारों तरफ़ के पेड़ों पर बर्फ़ पड़ी थी और बहुत ज़्यादा ठंड थी, लेकिन कम से कम वे हवा से सुरक्षित थे। उन्होंने ज़्यादातर दिन टेंट के भीतर गुज़ारा और गर्मी के लिए चमकदार नीली लपटों के पास रहे, जिन्हें उत्पन्न करने में हर्माइनी बहुत माहिर थी और जिन्हें जार में कहीं भी ले जाया जा सकता था। हैरी को महसूस हुआ, जैसे वह किसी कम अवधि की गंभीर बीमारी से ठीक हो रहा हो। हर्माइनी की चिंता से उसे यह एहसास बार-बार हो रहा था। दोपहर को आसमान से फिर बर्फ़ गिरने लगी। अब उनकी छायादार ख़ाली जगह पर भी बर्फ़ आ गई थी।

दो रात की थोड़ी सी नींद के बाद हैरी की इंद्रियाँ सामान्य से ज़्यादा चौकस थीं। गॉडरिक्स हॉलो में वे इतने बाल-बाल बचे थे कि वोल्डेमॉर्ट पहले से ज़्यादा क़रीब, ज़्यादा ख़तरनाक लगने लगा था। जब अँधेरा दोबारा गहराने लगा, तो हैरी ने हर्माइनी के पहरेदारी करने के प्रस्ताव को नकार दिया और उसे सोने जाने को कहा।

हैरी टेंट के दरवाज़े पर एक पुराना तकिया लगाकर बैठ गया। उसने अपने सभी स्वेटर पहन रखे थे, लेकिन इसके बावजूद वह काँप रहा था। समय गुज़रने के साथ-साथ अँधेरा गहराने लगा और अब कुछ भी दिखाई नहीं दे रहा था। जिनी के बिंदु को देखने के लिए वह हॉगवर्ट्स का नक़्शा बाहर निकालने वाला था, लेकिन तभी उसे याद आया कि क्रिसमस की छुट्टियाँ चल रही थीं, इसलिए वह घर पर होगी।

जंगल इतना विशाल था कि छोटी से छोटी सी हलचल भी बड़ी लग रही थी। हैरी जानता था कि उसमें बहुत से जीव-जंतु होंगे, लेकिन वह चाहता था कि वे सभी स्थिर और ख़ामोश रहें, ताकि वह उनकी मासूम हरकतों को दुष्ट लोगों की हलचलों से अलग कर सके। उसे कई साल

पहले गिरी हुई पत्तियों पर चोगे के सरसराने की आवाज़ याद आ गई। एक बार तो उसने सोचा कि यह उसे दोबारा सुनाई दी थी, लेकिन उसने ख़ुद को सँभाल लिया। उनके सुरक्षात्मक सम्मोहन कई हफ़्तों से काम कर रहे थे, वे अब क्यों टूटेंगे ? बहरहाल, वह इस अनुभूति को नकार नहीं पाया कि आज की रात कुछ अलग है।

उसने कई बार उठकर शरीर को सीधा किया। उसकी गर्दन दुख रही थी, क्योंकि वह टेंट से एक अजीब कोण पर टिककर सो गया था। रात इतनी गहरी मख़मली काली हो चुकी थी कि उसे लगा, जैसे वह अंतर्ध्यान होते समय के अँधेरे में हो। उसने अपनी उँगलियों को देखने के लिए अभी हाथ चेहरे के सामने उठाया ही था कि तभी एक अजीब चीज़ हुई।

एक चमकती सफ़ेद रोशनी उसके ठीक सामने दिखने लगी और पेड़ों के बीच चलने लगी। इसका स्रोत चाहे जो हो, यह बिना आवाज़ किए चल रही थी। रोशनी उसकी तरफ़ तैरती नज़र आ रही थी।

वह उछलकर खड़ा हो गया, उसकी आवाज़ उसके गले में जम गई और उसने हर्माइनी की छड़ी उठा ली। जब रोशनी से उसकी आँखें चौंधियाने लगीं, तो उसने आँखें सिकोड़ लीं। इसके सामने के पेड़ बिलकुल काले नज़र आ रहे थे और वह चीज़ ज़्यादा क़रीब आती जा रही थी ...

फिर बलूत के पेड़ के पीछे से रोशनी का स्रोत बाहर निकला। यह चाँदी जैसी सफ़ेद हिरणी थी, चाँद जितनी चमकदार और चौंधियाने वाली। वह ज़मीन पर ख़ामोशी से चल रही थी और बर्फ़ के कणों पर उसके पंजों के निशान नहीं दिख रहे थे। वह जब उसकी तरफ़ बढ़ी, तो उसका सुंदर सिर उसकी चौड़ी, लंबी पलकों वाली आँखों के साथ ऊपर उठा हुआ था।

हैरी हिरणी को हैरानी से घूरने लगा। वह इस बात पर हैरान नहीं था, क्योंकि वह बहुत अजीब लग रही थी, बल्कि इसलिए हैरान था, क्योंकि न जाने क्यों वह जानी-पहचानी लग रही थी। उसे महसूस हुआ जैसे वह उसी के आने का इंतज़ार कर रहा था, लेकिन वह भूल गया था कि उन्होंने मुलाक़ात तय की थी। एक पल पहले तक वह हर्माइनी को आवाज़ लगाना चाहता था, लेकिन अब इसका कोई सवाल नहीं था। वह जानता था कि चाहे जो हो, यह हिरणी उसके और सिर्फ़ उसी के लिए आई थी।

वे कई लंबे पलों तक एक-दूसरे को निहारते रहे और फिर वह मुड़कर दूर जाने लगी।

'नहीं,' हैरी ने कहा और उसकी आवाज़ कम इस्तेमाल होने के

कारण टूट गई। 'लौट आओ!'

वह धीरे-धीरे पेड़ों के बीच चलती रही और जल्दी ही उसकी चमक पेड़ों के मोटे, काले तनों के बीच नज़र आने लगी। पल भर के लिए हैरी डरकर झिझका। उसके अंदर की सावधानी ने बुदबुदाकर कहा : यह कोई चाल, प्रलोभन या जाल हो सकता है। लेकिन उसकी सहज भावना, मन की भावना ने उससे कहा कि यह शैतानी जादू नहीं है। वह उसके पीछे चल दिया।

बर्फ़ उसके पैरों के नीचे चरमराई, लेकिन पेड़ों के बीच से गुज़रते समय हिरणी ने कोई आवाज़ नहीं की, क्योंकि वह सिर्फ़ रोशनी थी। वह उसे जंगल के अंदर, और अंदर ले गई और हैरी जल्दी-जल्दी चलता रहा। उसे पूरा भरोसा था कि रुकने पर वह उसे अपने क़रीब आने देगी। फिर वह बोलेगी और वह सब बता देगी, जो वह जानना चाहता था।

आख़िरकार वह रुक गई। उसने अपना सुंदर सिर एक बार फिर उसकी तरफ़ घुमाया। हैरी तेज़ी से दौड़ने लगा। उसके मन में एक सवाल घुमड़ रहा था, लेकिन जैसे ही उसने इसे पूछने के लिए अपना मुँह खोला, हिरणी ग़ायब हो गई।

हालाँकि अँधेरे ने उसे पूरी तरह निगल लिया था, लेकिन उसकी चमकती छवि अब भी उसकी आँखों की पुतलियों पर मौजूद थी। इससे उसकी दृष्टि थोड़ी धुँधली हो गई। जब उसने अपनी पलकें झुकाईं, तो उसे चौंधियाने जैसा एहसास हुआ। अब उसे डर लगने लगा। हिरणी की उपस्थिति में वह ख़ुद को सुरक्षित समझ रहा था।

'प्रकाशित भव!' वह फुसफुसाया और छड़ी की नोक पर रोशनी हो गई।

उसकी पलकों के झपकने के साथ हिरणी की छवि धुँधली होती जा रही थी। वह जंगल की आवाज़ों को सुनने लगा। दूर टहनियाँ टकरा रही थीं और बर्फ़ गिर रही थी। क्या उस पर हमला होने वाला है ? क्या हिरणी उसे ललचाकर यहाँ तक लाई थी ? क्या यह महज़ उसकी कल्पना थी कि कोई छड़ी की रोशनी से दूर खड़ा-खड़ा उसे देख रहा था ?

उसने अपनी छड़ी ऊँची की। कोई भी उसकी तरफ़ नहीं दौड़ा। किसी पेड़ के पीछे से हरी रोशनी की कोई चमक नहीं निकली। फिर वह उसे यहाँ क्यों लाई थी ?

छड़ी की रोशनी में कोई चीज़ चमकी और हैरी घूमा, लेकिन वहाँ पर सिर्फ़ एक छोटा, जमा हुआ कुंड था। जब उसने इसे ग़ौर से देखने के लिए

छड़ी ज़्यादा ऊँची उठाई, तो इसकी चटकी हुई, काली सतह चमकने लगी।

वह थोड़ी सावधानी से आगे बढ़ा और नीचे देखने लगा। बर्फ़ में उसका प्रतिबिंब दिखा और छड़ी की रोशनी का भी। मोटी सफ़ेद बर्फ़ के नीचे गहराई में कोई चीज़ चमक रही थी। एक बड़ा सा चाँदी का क्रॉस ...

उसका दिल उछलकर मुँह तक आ गया। वह कुंड के किनारे घुटनों के बल बैठ गया और अपनी छड़ी तिरछी कर ली, ताकि कुंड की तलहटी में ज़्यादा से ज़्यादा रोशनी पहुँच सके। गहरे लाल रंग की चमक ... यह तो तलवार थी, जिसकी मूठ में चमकते माणिक थे ... गरुड़द्वार की तलवार इस जंगल के कुंड की तलहटी में पड़ी थी।

मुश्किल से साँस लेते हुए उसने इसकी तरफ़ घूरा। क्या यह संभव था? यह जंगल के कुंड में कैसे पड़ी रह सकती थी, उस जगह के इतनी क़रीब, जहाँ वे लोग कैंपिंग कर रहे थे? क्या किसी अनजान जादू ने हर्माइनी को इस जगह तक खींचा था, या फिर वह हिरणी, जिसे उसने पितृदेव समझा था, इस कुंड की संरक्षक थी? या फिर वह तलवार कुंड में उनके आने के बाद रखी गई थी, सिर्फ़ इसलिए क्योंकि वे वहाँ पर थे? अगर ऐसा था, तो वह कौन था, जो हैरी तक तलवार पहुँचाना चाहता था? एक बार फिर उसने अपनी छड़ी पास के झाड़-पेड़ों की तरफ़ करके किसी इंसान, किसी आँख की चमक की तलाश की, लेकिन उसे कोई नहीं दिखा। बहरहाल, उल्लास के साथ-साथ उसे थोड़ा डर भी लगने लगा, जब उसने अपना ध्यान उस तलवार की ओर मोड़ा, जो जमे हुए कुंड की तलहटी में पड़ी थी।

चाँदी की तलवार की तरफ़ छड़ी तानकर वह बुदबुदाया, *'आगमनो तलवार।'*

यह हिली तक नहीं। उसे इसकी उम्मीद भी नहीं थी। अगर यह काम इतना आसान होता, तो तलवार जमे हुए कुंड की गहराई के बजाय ज़मीन पर पड़ी होती, जहाँ से वह इसे आसानी से उठा लेता। वह बर्फ़ पर गोल-गोल घूमते हुए सोचने लगा कि आख़िरी बार तलवार उसके सामने कैसे प्रकट हुई थी। तब वह भयंकर ख़तरे में था और उसने मदद माँगी थी।

'मदद करो,' वह बुदबुदाया, लेकिन तलवार हिली तक नहीं और कुंड की तलहटी में ही पड़ी रही।

हैरी ने चलते हुए दोबारा ख़ुद से पूछा कि जब उसने तलवार का इस्तेमाल किया था, तो डम्बलडोर ने उसे क्या बताया था? *सिर्फ़ सच्चा*

गरुड़द्वार ही तलवार को टोपी से बाहर निकाल सकता है। और सच्चे गरुड़द्वार में कौन से गुण होते हैं? हैरी के दिमाग़ के भीतर एक धीमी आवाज़ ने इसका जवाब दे दिया : *साहस, हिम्मत और बहादुरी गरुड़द्वार के लोगों को बाक़ी लोगों से अलग करती है।*

हैरी ने चलना छोड़ दिया और एक लंबी आह निकाली। उसकी गर्म साँस का धुआँ जमी हुई हवा में तेज़ी से बिखर गया। वह जानता था कि उसे क्या करना है। अगर वह ख़ुद के साथ ईमानदार होता, तो तलवार को देखते ही समझ जाता कि बात यहाँ तक आने वाली है।

उसने एक बार फिर आस-पास के पेड़ों को देखा, लेकिन उसे भरोसा हो चुका था कि अब कोई उस पर हमला नहीं करेगा। अगर कोई हमला करना ही चाहता, तो उसके पास बहुत से मौक़े थे। जब वह जंगल में अकेला चल रहा था या कुंड को देख रहा था, तो उस पर बड़ी आसानी से हमला किया जा सकता था। इस बिंदु पर देर करने का इकलौता कारण यही था कि आगे का काम बहुत आरामदेह नहीं था।

काँपती उँगलियों से हैरी अपने कपड़े उतारने लगा। उसने दुख से सोचा कि जहाँ तक 'बहादुरी' का सवाल था, आज उसने ऐसा कोई काम नहीं किया था, सिवाय इसके कि उसने यह काम करने के लिए हर्माइनी को आवाज़ नहीं दी थी।

उसके कपड़े उतारते समय कहीं पर एक उल्लू बोला, जिससे उसे हेडविग की याद आ गई। वह अब काँप रहा था और उसके दाँत बुरी तरह किटकिटा रहे थे, लेकिन इसके बावजूद वह कपड़े उतारता रहा। आख़िरकार वह अपने अंडरवियर में बर्फ़ पर नंगे पैर खड़ा था। उसने अपनी छड़ी, अपनी मम्मी की चिट्ठी, सिरियस के आईने के टुकड़े और पुरानी सुनहरी गेंद वाले पाउच को अपने कपड़ों के ऊपर रख दिया। इसके बाद उसने हर्माइनी की छड़ी बर्फ़ की तरफ़ तानी।

'विभक्तो।'

ख़ामोशी में गोली चलने जैसी आवाज़ आई। कुंड की सतह टूट गई और बर्फ़ के टुकड़े पानी में जा गिरे। हैरी ने देखा कि कुंड गहरा नहीं था, लेकिन तलवार को उठाने के लिए उसे पानी में डुबकी लगानी होगी।

उसने सोचा, ठंडे पानी के बारे में सोचने से काम आसान नहीं हो जाएगा या पानी गर्म नहीं हो जाएगा। वह कुंड के किनारे तक आया और हर्माइनी की रोशन छड़ी को ज़मीन पर रख दिया। फिर यह कल्पना किए

बिना कि उसे कितनी ठंड लगेगी या वह कितनी बुरी तरह काँपेगा, उसने छलाँग लगा दी।

उसके शरीर का रोम-रोम विरोध में चीख़ने लगा : जब वह जमे हुए पानी में कंधे तक डूब गया, तो उसके फेफड़ों की हवा जमकर ठोस लगने लगी। उसे साँस लेने में मुश्किल हो रही थी। वह इतनी बुरी तरह काँप रहा था कि पानी कुंड के कोनों पर से छिटकने लगा। उसने अपने सुन्न पैरों से तलवार को छूने की कोशिश की। वह सिर्फ़ एक बार डुबकी लगाना चाहता था।

हाँफता-काँपता हैरी डुबकी लगाने के पल को टालने की कोशिश करता रहा, जब तक कि उसने ख़ुद से यह नहीं कहा कि अब इस काम को कर ही देना चाहिए। फिर उसने पूरी हिम्मत बटोरकर डुबकी लगा दी।

ठंड बहुत दर्दनाक थी। इसने आग की तरह उस पर हमला कर दिया। उसका मस्तिष्क जैसे जम सा गया, जब वह स्याह पानी को धकाते हुए तलहटी तक पहुँचा और तलवार को टटोलने लगा। उसकी उँगलियाँ मूठ के चारों ओर कस गईं और उसने इसे ऊपर की तरफ़ खींचा।

तभी अचानक कोई चीज़ उसकी गर्दन पर कस गई। उसने पानी के पौधों के बारे में सोचा, हालाँकि डुबकी लगाते समय वह किसी पौधे या बेल से नहीं टकराया था। ख़ुद को छुड़ाने के लिए उसने अपना ख़ाली हाथ उठाया। कसने वाली चीज़ पौधा नहीं, बल्कि होरक्रक्स की चेन थी, जो अब उसकी साँस की नली को दबा रही थी।

हैरी ने ज़ोर से पैर चलाए और सतह पर पहुँचने की कोशिश की, लेकिन वह सिर्फ़ कुंड के पथरीले सिरे तक ही पहुँच पाया। हाथ-पैर मारते हुए उसने गला घोंटती चेन पर हाथ मारा, मगर उसकी जमी हुई उँगलियाँ उसे ढीला नहीं कर पाईं। अब उसके सिर के भीतर छोटे सितारे नाचने लगे थे और वह डूबने वाला था। अब कुछ नहीं बचा था, अब वह कुछ नहीं कर सकता था और जो बाँहें उसके सीने के चारों ओर कस गई थीं, वे निश्चित रूप से मौत की थीं ...

घुटते हुए गले से साँस छोड़ते हुए और ज़िंदगी में सबसे ज़्यादा ठंडक महसूस करते हुए वह ऊपर आया। उसका चेहरा बर्फ़ पर नीचे की तरफ़ था। पास में ही एक और व्यक्ति हाँफ रहा था, खाँस रहा था और चल रहा था। हर्माइनी एक बार फिर आ गई थी, जैसे वह साँप के हमला करते वक़्त आई थी ... लेकिन यह आवाज़ तो उसके जैसी नहीं थी, न ही उसकी गहरी

खाँसी, न ही क़दमों की आहट का वज़न ...

हैरी में इतनी ताक़त नहीं थी कि अपना सिर उठाकर ख़ुद को बचाने वाले का चेहरा देख सके। उसने तो बस काँपता हुआ हाथ उठाकर गले की उस जगह को छुआ, जहाँ लॉकेट ने उसके मांस में घाव कर दिया था। लॉकेट चला गया था। किसी ने उसे काटकर खोल दिया था। फिर एक हाँफती हुई आवाज़ उसके सिर के ऊपर बोली।

'क्या – तुम – *पागल* – हो – गए – थे ?'

उस आवाज़ को सुनने के सदमे के अलावा कोई चीज़ हैरी को उठने की शक्ति नहीं दे सकती थी। बुरी तरह काँपते हुए वह अपने पैरों पर खड़ा हुआ। उसके सामने रॉन खड़ा था, जिसने पूरे कपड़े पहन रखे थे, लेकिन वह बुरी तरह गीला था। उसके बाल उसके चेहरे पर चिपक गए थे। गरुड़द्वार की तलवार उसके एक हाथ में थी और टूटी चेन से लटकता होरक्रक्स दूसरे हाथ में था।

'आख़िर तुमने,' रॉन ने हाँफते हुए होरक्रक्स को उठाया, जो अपनी छोटी चेन में आगे-पीछे झूलता रहा, 'गोता लगाने से पहले इसे उतार क्यों नहीं दिया ?'

हैरी ने जवाब नहीं दिया। रॉन के दोबारा आने की तुलना में चाँदी जैसी हिरणी का आना कुछ भी नहीं था। वह इस पर यक़ीन नहीं कर पाया। ठंड से ठिठुरते हुए वह उन कपड़ों को उठाकर पहनने लगा, जो अब भी पानी के किनारे पर पड़े थे। अपने सिर के ऊपर स्वेटर के बाद स्वेटर डालते वक़्त हैरी ने रॉन को घूरा। उसे लग रहा था कि नज़रों से दूर होने पर कहीं वह ग़ायब न हो जाए, लेकिन वह असली दिख रहा था। उसने अभी-अभी कुंड में कूदकर हैरी की जान बचाई थी।

'यह तु – तुम थे ?' हैरी ने आख़िरकार कहा। उसके दाँत बज रहे थे और गला दबने के कारण उसकी आवाज़ सामान्य से ज़्यादा धीमी थी।

'हाँ,' रॉन ने कहा, जो थोड़ी दुविधा में दिख रहा था।

'तु – तुमने वह हिरणी भेजी थी ?'

'क्या ? नहीं, ज़ाहिर है नहीं! मैंने सोचा था कि यह तुमने किया होगा!'

'मेरा पितृदेव मृग है।'

'ओह हाँ। मुझे यह थोड़ा अलग लगा भी था। सींग नहीं थे।'

हैरी ने हैग्रिड के पाउच को दोबारा अपनी गर्दन में लटकाया,

आख़िरी स्वेटर पहना, झुककर हर्माइनी की छड़ी उठाई और एक बार फिर रॉन की तरफ़ चेहरा घुमाया।

'तुम यहाँ कैसे आ गए?'

स्पष्ट रूप से रॉन को उम्मीद थी कि अगर यह सवाल पूछा भी गया, तो बाद में पूछा जाएगा।

'देखो, मैं – तुम जानते हो – मैं लौट आया हूँ। अगर –' उसने अपना गला साफ़ किया। 'अगर तुम अब भी मेरा साथ चाहते हो।'

पल भर ख़ामोशी छाई रही, जिसमें रॉन के जाने का विषय उनके बीच दीवार की तरह उठता हुआ लगा। बहरहाल, वह यहाँ आ गया था। वह लौट आया था। उसने अभी-अभी हैरी की जान बचाई थी।

रॉन ने अपने हाथों की तरफ़ देखा। पल भर के लिए वह हैरान नज़र आया कि वह अपने हाथ में कौन सी चीज़ें पकड़े था।

'ओह हाँ, मैंने इसे बाहर निकाल लिया,' उसने अनावश्यक रूप से कहा और हैरी के सामने तलवार को ऊपर उठाया। 'तुम इसीलिए कूदे थे, है ना?'

'हाँ,' हैरी ने कहा। 'लेकिन मैं समझ नहीं पाया। तुम यहाँ कैसे आ गए? तुमने हमें कैसे ढूँढ़ लिया?'

'लंबी कहानी है,' रॉन ने कहा। 'मैं घंटों से तुम्हारी तलाश कर रहा था। यह काफ़ी बड़ा जंगल है, है ना? मैं सोचने लगा था कि किसी पेड़ के नीचे बैठकर सुबह होने का इंतज़ार करता हूँ, तभी मैंने हिरणी को और उसके पीछे तुम्हें आते देखा।'

'तुम्हें कोई और नहीं दिखा?'

'नहीं,' रॉन ने कहा। 'मुझे –'

लेकिन वह झिझका और कुछ गज़ दूरी पर लगे दो पेड़ों की तरफ़ देखने लगा।

'– मुझे कोई चीज़ वहाँ हिलती दिखी थी, लेकिन मैं उस वक़्त कुंड की तरफ़ भाग रहा था, क्योंकि तुम पानी के नीचे चले गए थे और ऊपर नहीं आए थे, इसलिए मैं उस तरफ़ नहीं गया – वहाँ!'

रॉन ने जिधर इशारा किया था, हैरी जल्दी से वहाँ पहुँच गया।

बलूत के दो पेड़ बहुत पास-पास लगे थे। उनके तनों के बीच आँख की ऊँचाई पर सिर्फ़ कुछ इंचों का छेद था। यह जासूसी के लिए आदर्श

जगह थी, क्योंकि कोई आपको देख नहीं सकता था। बहरहाल, पेड़ों के आस-पास की ज़मीन पर बर्फ़ नहीं होने के कारण हैरी पैरों के निशान नहीं देख पाया। वह उस जगह पर लौट आया, जहाँ रॉन खड़ा-खड़ा इंतज़ार कर रहा था। उसके हाथ में तलवार और होरक्रक्स अब भी थे।

'कुछ मिला ?' रॉन ने पूछा।

'नहीं,' हैरी ने कहा।

'तो तलवार उस कुंड में कैसे पहुँची ?'

'जिसने भी पितृदेव उत्पन्न किया था, उसी ने रखी होगी।'

उन दोनों ने चाँदी की सुंदर तलवार को देखा। इसकी माणिक वाली मूठ हर्माइनी की छड़ी की रोशनी में हल्की-हल्की चमक रही थी।

'तुम्हें लगता है कि यह असली है ?' रॉन ने पूछा।

'इसका पता लगाने का एक ही तरीक़ा है, है ना ?' हैरी ने पूछा।

होरक्रक्स अब भी रॉन के हाथ में झूल रहा था। लॉकेट हल्के से काँप रहा था। हैरी जानता था कि इसके भीतर की चीज़ एक बार फिर विचलित हो गई है। इसे तलवार की मौजूदगी का एहसास हो गया था और इसने हैरी को तलवार पकड़ने देने के बजाय उसे मारने की कोशिश की थी। यह लंबी बातचीत का वक़्त नहीं था। यह तो लॉकेट को हमेशा-हमेशा के लिए नष्ट करने का वक़्त था। हैरी ने हर्माइनी की छड़ी ऊँची उठाकर चारों तरफ़ देखा। उसे गूलर के पेड़ के नीचे एक समतल सी चट्टान दिखी।

'यहाँ आओ,' उसने आगे चलते हुए कहा। फिर उसने चट्टान के ऊपर की बर्फ़ साफ़ की और होरक्रक्स लेने के लिए अपना हाथ बढ़ाया। बहरहाल, जब रॉन ने तलवार देने की कोशिश की, तो हैरी ने सिर हिला दिया।

'नहीं, यह काम तुम्हें करना चाहिए।'

'मुझे ?' रॉन ने सदमे में कहा। 'क्यों ?'

'क्योंकि तलवार को कुंड में से तुमने बाहर निकाला था। मुझे लगता है कि यह काम तुम्हारे ही हाथों होना चाहिए।'

वह दयालुता या उदारता नहीं दिखा रहा था। जितनी निश्चितता से उसे यह मालूम चला था कि हिरणी मासूम थी, उतनी ही निश्चितता से वह यह भी जानता था कि तलवार रॉन को ही चलाना चाहिए। डम्बलडोर ने हैरी को जादू के कुछ रहस्यों के बारे में, कुछ कामों की अतुलनीय शक्ति के

बारे में सिखा दिया था।

हैरी ने कहा, 'मैं इसे खोलता हूँ, तुम इस पर तलवार से वार करना। तत्काल, **ठीक** है? क्योंकि इसके अंदर जो भी है, वह संघर्ष करेगा। डायरी के भीतर मौजूद रिडल ने मुझे मारने की कोशिश की थी।'

'तुम इसे खोलोगे कैसे?' रॉन ने दहशत में पूछा।

'सर्पभाषा का इस्तेमाल करके,' हैरी ने कहा। जवाब इतनी जल्दी उसके होंठों तक आ गया, जैसे मन ही मन यह उसे हमेशा से मालूम था। शायद नागिनी के साथ हुई हाल की मुठभेड़ की वजह से उसे इस बात का एहसास हो गया था। उसने सर्पाकार 'एस' को देखा, जिस पर सुनहरे हरे पत्थर चमक रहे थे। यह कल्पना करना आसान था कि यह छोटा सा साँप है, जो ठंडी चट्टान पर कुंडली मारकर लेटा है।

'नहीं!' रॉन ने कहा, 'नहीं, इसे मत खोलो! मैं सच कह रहा हूँ!'

'क्यों नहीं?' हैरी ने पूछा। 'चलो, हम इस कमबख़्त चीज़ से छुटकारा पा लेते हैं। महीनों हो चुके हैं –'

'मैं नहीं कर सकता, हैरी, मैं सच कह रहा हूँ – यह काम तुम करो –'

'लेकिन क्यों?'

'क्योंकि वह चीज़ मेरे लिए बुरी है!' रॉन ने कहा और चट्टान पर रखे लॉकेट से दूर हट गया। 'मैं इससे नहीं लड़ सकता! हैरी, मैं अपने पुराने व्यवहार के लिए बहाने नहीं बना रहा हूँ, लेकिन इसका तुम पर और हर्माइनी पर जितना असर होता था, उससे ज़्यादा बुरा असर मुझ पर होता था। इसकी वजह से मेरे मन में बहुत बुरे-बुरे विचार आते थे और हर चीज़ ज़्यादा बुरी बन जाती थी। मैं इसे स्पष्ट नहीं कर सकता, लेकिन इसे उतारने के बाद मेरा दिमाग़ सही हो जाता था – मैं यह काम नहीं कर सकता, हैरी!'

वह पीछे हटकर सिर हिलाने लगा। तलवार उसके एक तरफ़ लटक रही थी।

'तुम यह काम कर सकते हो,' हैरी ने कहा, 'तुम कर सकते हो! तुमने अभी-अभी तलवार निकाली है। मुझे लगता है कि इसलिए तुम्हीं को इसका इस्तेमाल करना चाहिए। प्लीज़, इससे छुटकारा पा लो, रॉन।'

अपना नाम सुनकर जैसे रॉन को प्रेरणा मिल गई। उसने थूक निगला, फिर अपनी लंबी नाक से तेज़ी से साँस लेते हुए चट्टान की तरफ़

बढ़ा।

उसने धीमी आवाज़ में कहा, 'मुझे बता देना कि कब।'

'तीन की गिनती पर,' हैरी ने कहा। उसने लॉकेट की तरफ़ देखा और अपनी आँखें सिकोड़कर 'एस' अक्षर पर केंद्रित कीं। उसने साँप की कल्पना की, जब लॉकेट के अंदर वाली चीज़ फँसे हुए कॉकरोच की तरह खड़खड़ाने लगी। इस पर तरस खाना आसान होता, लेकिन हैरी की गर्दन का घाव अब भी जल रहा था, इसलिए तरस खाने का सवाल ही नहीं था।

'एक ... दो ... तीन ... *खुलो।*'

आख़िरी शब्द हिस्स की आवाज़ में आया और हल्की सी क्लिक के साथ लॉकेट के सुनहरे दरवाज़े चौपट खुल गए।

काँच की दोनों खिड़कियों के पीछे एक-एक ज़िंदा आँख झपकी। ये आँखें काली और सुंदर थीं, जैसी टॉम रिडल की तब थीं, जब वे लाल और छेद जैसी पुतलियों में नहीं बदली थीं।

'तलवार मारो,' हैरी ने लॉकेट को चट्टान पर पकड़े हुए कहा।

रॉन ने अपने काँपते हाथों से तलवार उठाई। इसकी नोक तेज़ी से घूमती आँखों पर झुक गई और हैरी ने कसकर लॉकेट को जकड़ लिया। उसने ख़ुद को तैयार कर लिया और वह खुली खिड़कियों से ख़ून बहने की कल्पना करने लगा।

तभी होरक्रक्स में से हिस्स की एक आवाज़ आई।

'मैंने तुम्हारा दिल देख लिया है और यह मेरा है।'

'इसकी बात मत सुनो!' हैरी ने रूखेपन से कहा। 'तलवार से वार करो!'

'मैंने तुम्हारे सपने देख लिए हैं, रोनाल्ड वीज़्ली, और तुम्हारे डर भी। तुम जो चाहते हो, वह संभव है, लेकिन तुम जिससे डरते हो, वह भी संभव है ...'

'मारो!' हैरी चिल्लाया। उसकी आवाज़ पास के पेड़ों से टकराकर गूँजी, तलवार की नोक काँपी और रॉन ने रिडल की आँखों में देखा।

'माँ का प्यार हमेशा सबसे कम मिला, जिसे बेटी की हसरत थी ... उस लड़की का प्यार भी सबसे कम मिला, जो तुम्हारे दोस्त को ज़्यादा पसंद करती है ... हमेशा दूसरे नंबर पर रहे हो, हमेशा किसी से पीछे रहे हो ...'

'रॉन, फ़ौरन वार करो!' हैरी गरजा। वह महसूस कर सकता था कि

लॉकेट उसकी पकड़ में काँप रहा था और उसे डर था कि इसके अगले शब्द क्या होंगे। रॉन ने तलवार ऊपर उठाई और ऐसा करते समय रिडल की आँखें लाल चमकने लगीं।

लॉकेट की दो खिड़कियों में से, दोनों आँखों से, दो अजीब से बुलबुले फूलकर बाहर निकले – हैरी और हर्माइनी के विकृत से सिर।

उन आकृतियों को लॉकेट से निकलता देखकर रॉन सदमे में चीख़ा और पीछे हट गया। पहले तो लॉकेट से आकृतियों के सीने निकले, फिर कमर, फिर पैर, जब तक कि वे लॉकेट में एक ही जड़ वाले दो पेड़ों की तरह पास-पास खड़े नहीं हो गए। ये आकृतियाँ रॉन और असली हैरी के ऊपर लहरा रही थीं, जिसने अपनी उँगलियाँ लॉकेट से दूर कर ली थीं, क्योंकि यह अचानक दहकने लगा था।

'रॉन!' वह चिल्लाया, लेकिन रिडल-हैरी अब वोल्डेमॉर्ट की आवाज़ में बोल रहा था और रॉन मंत्रमुग्ध होकर उसके चेहरे को निहार रहा था।

'तुम क्यों लौटे? हम तुम्हारे बग़ैर ज़्यादा अच्छे थे, तुम्हारे बग़ैर ज़्यादा ख़ुश थे, तुम्हारे जाने से हम बहुत प्रसन्न थे ... हम तुम्हारी मूर्खता, तुम्हारी कायरता, तुम्हारी हिमाक़त पर हँसे थे –'

'हिमाक़त!' रिडल-हर्माइनी बोली, जो असली हर्माइनी से ज़्यादा सुंदर, लेकिन भयंकर भी दिख रही थी। वह रॉन के सामने हँसते हुए लहराई, जो दहशत में दिख रहा था और तलवार उसके बग़ल में लटक रही थी। *'जब हैरी पॉटर पास में हो, तो तुम्हारी तरफ़ कौन देख सकता है, तुम्हारी तरफ़ कौन देखेगा? चुनिंदा जादूगर की तुलना में तुमने आख़िर किया ही क्या है? वह लड़का जो ज़िंदा बच गया की तुलना में तुम हो ही क्या?'*

'रॉन, इस पर तलवार भोंक दो, **तलवार भोंक दो!'** हैरी चिल्लाया, लेकिन रॉन हिला तक नहीं। उसकी आँखें फैली हुई थीं और उनमें रिडल-हैरी तथा रिडल-हर्माइनी के प्रतिबिंब दिखाई दे रहे थे। उनके बाल लपटों की तरह घुमड़ रहे थे, उनकी आँखें लाल चमक रही थीं, उनकी आवाज़ें किसी दुष्ट युगल गीत की तरह ऊँचे सुर में उठ रही थीं।

रिडल-हैरी ने व्यंग्य से कहा, जबकि रिडल-हर्माइनी मुस्कराई, *'तुम्हारी माँ ने कहा था कि वे बेटे के रूप में मुझे ज़्यादा पसंद करतीं, उन्हें बेटे बदलकर ख़ुशी होती ...'*

'उसे कौन ज़्यादा पसंद नहीं करेगा? कौन सी औरत तुम्हें चाहेगी?

तुम कुछ नहीं हो, उसकी तुलना में कुछ नहीं हो, कुछ भी नहीं,' रिडल-हर्माइनी ने गुनगुनाते हुए कहा। फिर वह साँप की तरह रिडल-हैरी के चारों तरफ़ लिपट गई और उसे कसकर आलिंगन में बाँध लिया : उनके होंठ मिल गए।

रॉन का चेहरा दर्द से भर गया : उसने काँपते हाथों से तलवार ऊँची उठाई।

'मारो, रॉन!' हैरी चिल्लाया।

रॉन ने उसकी तरफ़ देखा और हैरी को उसकी आँखों में लाली नज़र आई।

'रॉन – ?'

तलवार चमकी और जमकर पड़ी : हैरी तेज़ी से दूर हट गया। तलवार के धातु से टकराने की आवाज़ आई और एक लंबी चीख़ निकली। हैरी बर्फ़ में फिसलते हुए घूमकर मुड़ा। उसने रक्षा करने के लिए छड़ी तैयार रखी थी, लेकिन वहाँ लड़ने के लिए कुछ था ही नहीं।

उसके और हर्माइनी के राक्षसी संस्करण जा चुके थे। वहाँ सिर्फ़ रॉन था, जो हाथ में तलवार पकड़े खड़ा था और समतल चट्टान पर पड़े लॉकेट के टूटे अवशेषों को देख रहा था।

धीरे-धीरे हैरी उसके पास आया। वह समझ नहीं पा रहा था कि क्या कहे या करे। रॉन गहरी साँसें ले रहा था। उसकी आँखें अब लाल नहीं, बल्कि सामान्य नीली थीं। वे गीली भी थीं।

हैरी ने ऐसा जताया, जैसे उसने यह देखा ही नहीं हो। उसने झुककर टूटे हुए होरक्रक्स को उठा लिया। रॉन ने दोनों खिड़कियों के काँच को भेद दिया था। रिडल की आँखें ग़ायब हो चुकी थीं और लॉकेट की धब्बेदार रेशमी किनारी से हल्का-हल्का धुआँ निकल रहा था। होरक्रक्स के अंदर की ज़िंदा चीज़ अब ग़ायब हो चुकी थी। रॉन को सताना इसका आख़िरी काम था।

रॉन के हाथ से तलवार छूट गई। वह सिर को हाथों में पकड़कर घुटनों के बल बैठ गया। वह काँप रहा था, लेकिन हैरी समझ गया कि ऐसा ठंड के कारण नहीं था। हैरी ने टूटे हुए लॉकेट को अपनी जेब में रखा और रॉन के पास झुककर धीरे से उसके कंधे पर हाथ रख दिया। उसने इसे अच्छी निशानी समझी कि रॉन ने हाथ नहीं हटाया।

'तुम्हारे जाने के बाद,' उसने धीमी आवाज़ में कहा और इस बात के लिए कृतज्ञ हुआ कि रॉन का चेहरा छिपा हुआ था, 'वह हफ़्ते भर तक रोती रही। शायद उससे भी ज़्यादा समय तक, लेकिन वह नहीं चाहती थी कि मुझे पता चले। ज़्यादातर रातों को हमने बात तक नहीं की। तुम्हारे जाने के बाद ...'

उसने अपना वाक्य पूरा नहीं किया। रॉन के दोबारा आने के बाद ही हैरी को पूरा एहसास हुआ था कि उसके न रहने की उन्होंने कितनी क़ीमत चुकाई थी।

'वह मेरी बहन जैसी है,' हैरी ने आगे कहा। 'मैं उसे बहन की तरह चाहता हूँ और मुझे लगता है कि वह भी मेरे बारे में ऐसा ही सोचती है। यह हमेशा ऐसा ही था। मुझे लगता है कि तुम यह जानते हो।'

रॉन ने प्रतिक्रिया नहीं की, लेकिन अपना चेहरा हैरी से दूर घुमा लिया और आवाज़ करते हुए अपनी आस्तीन पर नाक पोंछी। हैरी दोबारा उठकर खड़ा हो गया और कुछ गज़ दूर चलकर रॉन के बड़े बैग के पास पहुँचा, जिसे पटककर वह हैरी को डूबने से बचाने के लिए कुंड की तरफ़ भागा था। उसने इसे अपनी पीठ पर लाद लिया और वापस रॉन के पास पहुँचा। हैरी के आते समय रॉन उठकर खड़ा हो गया। उसकी आँखें अब लाल थीं, लेकिन सिर्फ़ इसे छोड़कर वह सामान्य नज़र आ रहा था।

'मुझे अफ़सोस है,' उसने भारी आवाज़ में कहा। 'मुझे अफ़सोस है कि मैं चला गया था। मैं जानता हूँ कि मैं एक - एक -'

उसने अँधेरे में चारों तरफ़ घूमकर देखा, जैसे उम्मीद कर रहा हो कि कोई पर्याप्त बुरा शब्द उड़कर आ जाएगा और उसका वाक्य पूरा कर देगा।

'तुमने आज रात को एक तरह से उसकी भरपाई कर दी है,' हैरी ने कहा। 'तलवार निकालकर। होरक्रक्स नष्ट करके। मेरी जान बचाकर।'

'इससे मैं बहुत बहादुर लगता हूँ, असलियत से ज़्यादा,' रॉन बुदबुदाया।

'इस तरह की चीज़ हमेशा असलियत से ज़्यादा बहादुरी भरी लगती है,' हैरी ने कहा। 'मैं बरसों से तुम्हें यही समझाने की कोशिश कर रहा हूँ।'

वे एक साथ आगे बढ़े और गले लग गए। हैरी ने रॉन की जैकेट के गीले पिछले हिस्से को पकड़ लिया।

'और अब,' हैरी ने कहा, जब वे दोनों अलग हुए, 'हमें दोबारा टेंट खोजना है।'

लेकिन यह मुश्किल नहीं था। जंगल के अँधेरे में हिरणी के साथ चलना लंबा लग रहा था, जबकि रॉन के साथ लौटते समय यात्रा में आश्चर्यजनक रूप से बहुत कम समय लगा। हैरी हर्माइनी को जगाने के लिए बेताब था और बढ़ते रोमांच के साथ टेंट में दाख़िल हुआ। रॉन थोड़ा पीछे रह गया।

कुंड और जंगल की ठंडक के बाद अंदर का माहौल काफ़ी गर्म लग रहा था। अंदर फ़र्श पर एक प्याले में नीली लपटों की रोशनी थी। हर्माइनी कंबलों के नीचे गहरी नींद में सोई थी और तब तक नहीं हिली, जब तक हैरी ने उसका नाम कई बार नहीं पुकारा।

'हर्माइनी!'

वह हिली, फिर जल्दी से उठकर बैठ गई और अपने चेहरे से बाल हटाने लगी।

'क्या गड़बड़ हो गई? हैरी? तुम ठीक तो हो?'

'**ठीक** हूँ, मैं ठीक हूँ। ठीक से भी ज़्यादा अच्छा हूँ। मैं बहुत बढ़िया हूँ। कोई आया है।'

'तुम्हारा क्या मतलब है? कौन – ?'

उसने रॉन को देखा, जो वहाँ तलवार थामे खड़ा था और उधड़ते कालीन पर पानी टपका रहा था। हैरी एक अँधेरे कोने में पीछे हट गया। उसने रॉन का बैग नीचे रखा और कैनवास में ओझल होने की कोशिश करने लगा।

हर्माइनी अपनी बर्थ से फिसलकर उतरी और किसी नींद में चलने वाले की तरह रॉन की तरफ़ बढ़ी। उसकी नज़रें रॉन के पीले चेहरे पर जमी थीं। वह उसके ठीक सामने जाकर रुकी। उसके होंठ थोड़े खुले थे और आँखें फैली हुई थीं। रॉन ने एक कमज़ोर, आशा भरी मुस्कान दी और अपनी बाँहें आधी ऊँचाई तक उठाईं।

हर्माइनी ने उस पर छलाँग लगा दी और उसके पूरे शरीर पर मुक्के मारने लगी।

'आउच – आऊ – दूर हटो! यह क्या – ? हर्माइनी – **ओह!'**

'तुम – *बेवकूफ़* – रोनाल्ड – वीज़्ली!'

उसने हर शब्द के साथ एक मुक्का मारा। हर्माइनी के आगे बढ़ते समय रॉन पीछे हट गया और अपना सिर बचाने लगा।

'तुम – यहाँ – हफ़्तों – बाद – लौट – रहे – हो – ओह, *मेरी छड़ी कहाँ है?'*

वह इस तरह दिख रही थी, जैसे इसे हैरी के हाथ से छीनने को तैयार हो। हैरी ने सहज भाव से प्रतिक्रिया की।

'रक्षाकवच!'

रॉन और हर्माइनी के बीच अदृश्य दीवार बन गई। इसकी शक्ति से वह फ़र्श पर पीछे की तरफ़ गिर पड़ी। अपने मुँह से बालों पर फूँक मारते हुए वह दोबारा उछलकर खड़ी हो गई।

'हर्माइनी!' हैरी ने कहा। 'शांत –'

'मैं शांत नहीं रहूँगी!' वह चीख़ी। हैरी ने इससे पहले उसे कभी इतना बेक़ाबू होते नहीं देखा था। वह बहुत संकल्पवान दिख रही थी।

'मुझे मेरी छड़ी वापस दो! *मेरी छड़ी वापस दो!'*

'हर्माइनी, क्या तुम मेहरबानी करके –'

'मुझे मत बताओ कि मुझे क्या करना चाहिए, हैरी पॉटर!' वह चिल्लाई। 'तुम यह ज़ुर्रत मत करो! इसे अभी वापस दो! और **तुम!'**

वह रॉन की तरफ़ गंभीर आरोप भरी उँगली उठा रही थी। यह किसी शाप की तरह था और हैरी रॉन को दोष नहीं दे सकता था कि वह कई क़दम पीछे हट गया।

'मैं भागकर तुम्हारे पीछे गई थी! मैंने तुम्हें आवाज़ें लगाई थीं! मैंने तुमसे गिड़गिड़ाकर लौटने की भीख माँगी थी!'

'मैं जानता हूँ,' रॉन ने कहा। 'हर्माइनी, मुझे अफ़सोस है, मुझे सचमुच –'

'ओह, तुम्हें *अफ़सोस है!'*

वह तीखी और बेक़ाबू आवाज़ में हँसी। रॉन ने मदद के लिए हैरी की तरफ़ देखा, लेकिन हैरी ने कंधे उचकाकर जताया कि वह क्या कर सकता है।

'तुम हफ़्तों बाद वापस लौट रहे हो – *हफ़्तों* बाद – तुम सोचते हो कि बस *अफ़सोस* जताने से ही सब कुछ ठीक हो जाएगा?'

'देखो, मैं और क्या कह सकता हूँ?' रॉन चिल्लाया और हैरी को ख़ुशी हुई कि रॉन संघर्ष कर रहा था।

'ओह, मैं नहीं जानती!' हर्माइनी व्यंग्य भरी आवाज़ में चिल्लाई। 'अपने दिमाग़ को टटोलो, रॉन, इसमें सिर्फ़ दो सेकंड का समय लगना चाहिए –'

'हर्माइनी,' हैरी बीच में बोला, क्योंकि उसे यह बहुत संवेदनशील हमला लगा, 'उसने अभी-अभी मेरी जान बचाई है –'

'मुझे परवाह नहीं है!' वह चीख़ी। 'मुझे परवाह नहीं है कि उसने क्या किया है! कई हफ़्ते गुज़र गए हैं। अगर हम *मर* भी जाते, तो भी उसे पता नहीं चलता –'

'मैं जानता था कि तुम लोग मरे नहीं हो!' रॉन गरजा और पहली बार उसकी आवाज़ हर्माइनी की आवाज़ से ज़्यादा तेज़ थी। वह इतने क़रीब आया, जितना कवच सम्मोहन के बावजूद आ सकता था। 'हैरी के बारे में *दैनिक जादूगर* में, रेडियो पर सारी ख़बरें आती रहती हैं। वे हर जगह तुम्हारी तलाश कर रहे हैं। बहुत सारी अफ़वाहें और पागलपन भरी ख़बरें फैली हुई हैं। अगर तुम मर जाते, तो मुझे ख़बर मिल जाती। तुम नहीं जानते हो कि क्या हुआ था –'

'*तुम्हारे* साथ क्या हुआ था?'

हर्माइनी की आवाज़ अब इतनी तीखी थी कि अगर वह इससे ज़्यादा तीखी आवाज़ में बोलती, तो सिर्फ़ चमगादड़ ही उसकी बात सुन पाते। बहरहाल, अब वह ग़ुस्से के उस स्तर पर पहुँच गई थी कि कुछ समय के लिए अवाक रह गई थी और रॉन ने लपककर इस मौक़े का फ़ायदा उठा लिया।

'जिस पल मैं अंतर्ध्यान हुआ था, उसी पल वापस लौटना चाहता था, लेकिन धरपकड़ गैंग ने मुझे पकड़ लिया था, हर्माइनी। मैं हिल भी नहीं सकता था!'

'किस गैंग ने?' हैरी ने पूछा, जब हर्माइनी ने एक कुर्सी पर बैठकर अपने हाथ-पैर इतनी कसकर बाँध लिए, जैसे कई सालों तक उन्हें नहीं खोलेगी।

'धरपकड़ गैंग,' रॉन बोला। 'वे हर जगह हैं। ये गैंग मगलू परिवार में पैदा जादूगरों और ख़ून के गद्दारों को पकड़कर इनाम में सोना पाना चाहते हैं। मंत्रालय ने पकड़े जाने वाले हर व्यक्ति पर इनाम देने की घोषणा

की है। मैं अकेला था और स्कूल जाने की उम्र का दिख रहा था। वे सचमुच रोमांचित हो गए। उन्होंने सोचा कि मैं मगलू परिवार का जादूगर हूँ और छिपने की कोशिश कर रहा हूँ। मंत्रालय जाने से बचने के लिए मुझे बहुत दिमाग़ लड़ाना पड़ा।'

'तुमने उनसे क्या कहा ?'

'मैंने कहा कि मैं स्टैन शनपाइक हूँ। मेरे दिमाग़ में सबसे पहला नाम उसी का आया था।'

'और उन्होंने इस पर यक़ीन कर लिया ?'

'देखो, वे ज़्यादा बुद्धिमान तो थे नहीं। उनमें से एक का दिमाग़ तो निश्चित रूप से दैत्य जैसा था, उसकी बदबू ...'

रॉन ने हर्माइनी की तरफ़ नज़र डाली। स्पष्ट रूप से उसे उम्मीद थी कि इस हल्के मज़ाक़ से वह नरम पड़ सकती है, लेकिन कसकर बँधे हाथ-पैरों के ऊपर उसके चेहरे का भाव पथरीला ही बना रहा।

'ख़ैर, उनके बीच इस बारे में बहस हुई कि मैं स्टैन था या नहीं। सच कहा जाए, तो यह बड़ा ही कमज़ोर दृश्य था, लेकिन इसके बावजूद वे पाँच थे, जबकि मैं अकेला था और उन्होंने मेरी छड़ी भी छीन ली थी। फिर उनमें से दो लड़ने लगे और बाक़ी का ध्यान भटक गया। जिसने मुझे पकड़ रखा था, मैंने उसके पेट में घूँसा मार दिया और उसकी छड़ी उठा ली। जिस जादूगर के पास मेरी छड़ी थी, मैंने उसे निरस्त्र किया और अंतर्ध्यान हो गया। मैं इस काम को ज़्यादा अच्छी तरह नहीं कर पाया, दोबारा विभक्त हो गया –' रॉन ने अपना दाहिना हाथ ऊपर उठाकर दो ग़ायब नाख़ून दिखाए। हर्माइनी ने अपनी भौंहें ठंडेपन से उठाईं '– और मैं तुमसे मीलों दूर पहुँच गया। जब तक मैं नदी के उस किनारे पर वापस पहुँचा, जहाँ हम लोगों ने डेरा डाला था ... तब तक तुम लोग जा चुके थे।'

'ओह, कितनी दिलचस्प कहानी है,' हर्माइनी ने ऊँची आवाज़ में कहा, जिसमें वह तब बोलती थी, जब वह चोट पहुँचाना चाहती थी। 'तब तो तुम दहशत में आ गए होगे। इस दौरान हम गॉडरिक्स हॉलो गए थे और, मुझे सोचने दो, वहाँ क्या हुआ था, हैरी ? ओह हाँ, तुम-जानते-हो-कौन का साँप आ गया था। उसने हम दोनों को लगभग मार ही डाला था और फिर तुम-जानते-हो-कौन ख़ुद आया और हम उसके आने के बस पल भर पहले ही भागकर उससे बच पाए।'

'क्या ?' रॉन ने मुँह फाड़कर कभी हर्माइनी को, तो कभी हैरी को

देखा, लेकिन हर्माइनी ने उसे नज़रअंदाज़ कर दिया।

'हैरी, ज़रा सोचो, उसके नाखून चले गए हैं! उसकी तुलना में हमारा कष्ट तो कुछ भी नहीं है, है ना?'

'हर्माइनी,' हैरी ने धीरे से कहा, 'रॉन ने अभी-अभी मेरी जान बचाई है।'

ऐसा लग रहा था, जैसे हर्माइनी ने हैरी की बात सुनी ही नहीं हो।

'वैसे मैं एक बात जानना चाहूँगी,' हर्माइनी ने अपनी आँखें रॉन के सिर के एक फ़ुट ऊपर जमाते हुए कहा। 'तुमने आज रात हमें कैसे खोजा? यह महत्वपूर्ण है। इससे हमें यह सुनिश्चित करने में मदद मिलेगी कि कोई ऐसा व्यक्ति यहाँ नहीं आ पाए, जिसे हम देखना नहीं चाहते हैं।'

रॉन ने ग़ुस्से से उसे घूरा, फिर अपनी जीन्स की जेब में से चाँदी की एक छोटी चीज़ निकाली।

'यह।'

हर्माइनी ने रॉन की तरफ़ देखा कि वह उन्हें क्या दिखा रहा था।

'बत्तीबंद यंत्र?' उसने पूछा और वह इतनी हैरान थी कि भावहीन तथा नाराज़ दिखना भूल गई।

'यह सिर्फ़ रोशनियों को जलाता-बुझाता ही नहीं है,' रॉन ने कहा। 'मैं नहीं जानता कि यह कैसे काम करता है या यह सिर्फ़ उसी वक़्त क्यों हुआ और किसी दूसरे समय क्यों नहीं हुआ, क्योंकि जाने के बाद से ही मैं लौटकर आना चाहता था। लेकिन मैं क्रिसमस की सुबह रेडियो सुन रहा था और मैंने ... मैंने तुम्हारी आवाज़ सुनी।'

उसने हर्माइनी की तरफ़ देखा।

'तुमने रेडियो पर मेरी आवाज़ सुनी?' हर्माइनी ने हैरानी से पूछा।

'नहीं, मैंने तुम्हारी आवाज़ अपनी जेब में से आती हुई सुनी। तुम्हारी आवाज़,' उसने एक बार फिर बत्तीबंद यंत्र दिखाया, 'इसमें से आ रही थी।'

'और मैंने क्या कहा था?' हर्माइनी ने पूछा। उसका अंदाज़ संदेह और उत्सुकता के बीच का था।

'मेरा नाम। "रॉन।" और तुमने ... छड़ी के बारे में भी कुछ कहा था ...'

हर्माइनी का चेहरा लाल हो गया। हैरी को याद आ गया। रॉन के जाने के बाद पहली बार उनमें से किसी ने रॉन का नाम ज़ोर से लिया था। हर्माइनी ने इसका ज़िक्र उस वक़्त किया था, जब वह हैरी की छड़ी ठीक करने के बारे में बोल रही थी।

'तो मैंने इसे बाहर निकाला,' रॉन ने आगे कहा और बत्तीबंद यंत्र की तरफ़ देखा, 'और हालाँकि यह पहले जैसा ही लग रहा था, लेकिन मुझे यक़ीन था कि मैंने तुम्हारी आवाज़ सुनी है। मैंने इसे क्लिक किया। इससे मेरे कमरे की बत्ती बुझ गई, लेकिन खिड़की के ठीक बाहर दूसरी रोशनी नज़र आई।'

रॉन ने अपना ख़ाली हाथ उठाकर सामने की तरफ़ इशारा किया। उसकी नज़रें किसी ऐसी चीज़ पर केंद्रित थीं, जिसे हैरी या हर्माइनी नहीं देख सकते थे।

'यह रोशनी का गोला था, एक तरह की नीली, धड़कती रोशनी, जैसी आवागमन-कुंजी के आस-पास रहती है, तुम जानते हो ना?'

'हाँ,' हैरी और हर्माइनी ने अपने आप कहा।

'मैं जान गया कि यह वही थी,' रॉन ने कहा। 'मैंने अपना सामान पैक किया और फिर बैग लेकर बगीचे में पहुँच गया।

'रोशनी वाली छोटी गेंद वहाँ मँडरा रही थी, मेरा इंतज़ार कर रही थी और जब मैं बाहर निकला, तो यह चलने लगी। मैं शेड के पीछे तक इसके पीछे-पीछे गया और फिर यह ... यह मेरे भीतर चली गई।

'क्या कहा?' हैरी ने कहा। उसे विश्वास नहीं था कि उसने ठीक सुना था।

'यह एक तरह से मेरी तरफ़ तैरती हुई आई,' रॉन ने कहा और अपनी उँगली से इशारा किया, 'सीधे मेरे सीने की तरफ़ और फिर - फिर यह पार निकल गई। यहाँ,' उसने अपने दिल की तरफ़ इशारा किया, 'मैं इसे महसूस कर सकता था, यह गर्म थी। इसके भीतर पहुँचने के बाद मैं जान गया कि मुझे क्या करना था। मैं जान गया कि यह मुझे वहाँ ले जाएगी, जहाँ मैं जाना चाहता था। तो मैं अंतर्ध्यान होकर एक पहाड़ी पर पहुँच गया। वहाँ हर तरफ़ बर्फ़ थी ...'

'हम वहाँ रहे थे,' हैरी ने कहा। 'हमने वहाँ दो रातें गुज़ारी थीं और दूसरी रात को मुझे अँधेरे में किसी के चलने और पुकारने की आवाज़ें सुनाई भी दी थीं!'

'हाँ, देखो, वह मैं ही था,' रॉन ने कहा। 'तुम्हारे सुरक्षात्मक सम्मोहन कारगर हैं, क्योंकि मैं न तो तुम्हें देख पाया, न ही तुम्हारी आवाज़ सुन पाया। मुझे यक़ीन था कि तुम लोग आस-पास ही हो, इसलिए अंत में मैं अपने स्लीपिंग बैग में घुसकर तुम लोगों के दिखने का इंतज़ार करता रहा। मैंने सोचा था कि टेंट पैक करते समय तो तुम दोनों दिख जाओगे।'

'नहीं,' हर्माइनी ने कहा। 'हम लोग अतिरिक्त सावधानी के तौर पर अदृश्य चोगे के नीचे अंतर्ध्यान हुए थे। और हम सचमुच जल्दी चले गए थे, क्योंकि जैसा हैरी ने कहा, हमें वहाँ किसी के भटकने की आवाज़ सुनाई दी थी।'

'मैं दिन भर पहाड़ी पर ही रुका रहा,' रॉन ने कहा। 'मैं उम्मीद करता रहा कि तुम नज़र आओगे। लेकिन जब अँधेरा होने लगा, तो मैं समझ गया कि तुम लोग कहीं और चले गए हो, इसलिए मैंने दोबारा बत्तीबंद यंत्र को क्लिक किया। नीली रोशनी बाहर निकली और मेरे भीतर चली गई। मैं अंतर्ध्यान होकर इस जंगल में आ गया। अब भी मैं तुम्हें नहीं देख सकता था, इसलिए मैंने बस यह उम्मीद की कि तुममें से कोई नज़र आ जाए - और हैरी नज़र आ गया। ज़ाहिर है, हिरणी को मैंने उससे पहले देखा था।'

'तुमने किसे देखा था?' हर्माइनी ने तीखी आवाज़ में पूछा।

उन्होंने स्पष्ट किया कि क्या हुआ था। जब सफ़ेद हिरणी और कुंड की तलवार वाली कहानी आगे बढ़ी, तो हर्माइनी उन दोनों की तरफ़ बारी-बारी से त्योरी चढ़ाकर देखती रही। उसका ध्यान अब इतना ज़्यादा केंद्रित था कि वह अपने हाथ-पैर बाँधे रखना भूल गई।

'लेकिन वह तो पितृदेव होगा!' उसने कहा। 'क्या तुम यह नहीं देख पाए कि उसे किसने उत्पन्न किया था? क्या तुम्हें कोई नहीं दिखा? और हिरणी तुम्हें तलवार तक ले गई! मुझे भरोसा नहीं हो रहा है! फिर क्या हुआ?'

रॉन ने स्पष्ट किया कि किस तरह उसने हैरी को कुंड में छलाँग लगाते देखा और उसके दोबारा सतह पर लौटने का इंतज़ार करने लगा। फिर उसे एहसास हुआ कि कोई चीज़ गड़बड़ हो गई थी, इसलिए उसने गोता लगाकर पहले हैरी को बचाया, फिर तलवार निकालने गया। लॉकेट को खोलने तक की बात बताने के बाद वह झिझका और हैरी ने आगे कहा।

'– और रॉन ने तलवार से उस पर वार कर दिया।'

'और ... और वह नष्ट हो गया? बस इसी तरह?' हर्माइनी ने फुसफुसाकर पूछा।

'उसमें से – उसमें से चीख़ सुनाई दी थी,' हैरी ने रॉन को कनखियों से देखते हुए कहा। 'यह देखो।'

हैरी ने लॉकेट हर्माइनी की गोद में फेंक दिया। हर्माइनी ने उसे सावधानी से उठाकर उसकी खिड़कियों के छेदों की जाँच की।

हैरी ने फ़ैसला किया कि अब आख़िरकार यह करना सुरक्षित था। उसने हर्माइनी की छड़ी लहराकर कवच सम्मोहन हटा दिया और रॉन की ओर मुड़ा।

'तुमने अभी-अभी कहा था कि तुमने धरपकड़ गैंग से एक अतिरिक्त छड़ी छीन ली थी?'

'क्या?' रॉन ने कहा, जो अब भी हर्माइनी को लॉकेट की जाँच करते हुए देख रहा था। 'ओह – ओह हाँ।'

उसने अपने बैग का एक कुंदा खोलकर इसकी जेब से एक छोटी, गहरे रंग की छड़ी बाहर निकाली। 'यह लो। मैंने सोचा था कि अतिरिक्त छड़ी पास में रखना अच्छा रहेगा।'

'तुमने सही सोचा था,' हैरी ने अपना हाथ बढ़ाते हुए कहा। 'मेरी छड़ी टूट गई है।'

'तुम मज़ाक़ कर रहे हो?' रॉन ने कहा, लेकिन उसी पल हर्माइनी उठकर खड़ी हो गई, जिससे वह दोबारा दहशत में दिखने लगा।

हर्माइनी ने नष्ट होरक्रक्स को अपने बैग में डाल लिया और फिर अपनी बर्थ पर चढ़कर चुपचाप लेट गई।

रॉन ने हैरी को नई छड़ी दे दी।

हैरी बुदबुदाया, 'मुझे लगता है कि इससे अच्छी चीज़ की तो मैं कल्पना भी नहीं कर सकता था।'

'हाँ,' रॉन ने कहा। 'इससे भी ज़्यादा बुरा हो सकता था। उन पक्षियों को भूल गए, जो उसने मुझ पर छोड़े थे?'

'मैंने अब भी वह इरादा छोड़ा नहीं है,' कंबलों के नीचे से हर्माइनी की दबी हुई आवाज़ आई, लेकिन हैरी ने देखा कि अपने बैग से मैरून पाजामा निकालते समय रॉन हल्के से मुस्करा रहा था।

अध्याय बीस

ज़ेनोफ़िलियस लवगुड

हैरी को उम्मीद नहीं थी कि हर्माइनी का ग़ुस्सा रात भर में ख़त्म हो जाएगा, इसलिए उसे यह देखकर कोई हैरानी नहीं हुई कि अगली सुबह भी वह चुप-चुप थी और उन्हें क़हर ढाती नज़रों से देख रही थी। रॉन भी हर्माइनी के सामने असामान्य रूप से उदास था, ताकि हर्माइनी को उसके पछतावे का एहसास हो जाए। दरअसल माहौल इतना गंभीर था कि हैरी को लगा, जैसे कोई अंत्येष्टि हो रही हो, जिसमें सिर्फ़ वही दुखी नहीं था। वैसे हैरी के साथ अकेले रहने पर (पानी लाने और झाड़ियों में मशरूम खोजने जाते समय) रॉन काफ़ी ख़ुश दिखता था।

'किसी ने हमारी मदद की,' वह बार-बार कहता रहा। 'किसी ने उस हिरणी को भेजा था। कोई हमारी तरफ़ है। एक होरक्रक्स तो कम हुआ, दोस्त!'

लॉकेट के नष्ट होने से उनका उत्साह बढ़ गया था। अब वे बाक़ी होरक्रक्सों की संभावित जगहों के बारे में बहस करने लगे थे। हालाँकि वे इस विषय पर पहले भी कई बार बातचीत कर चुके थे, लेकिन हैरी अब आशावादी महसूस कर रहा था। उसे यक़ीन था कि एक सफलता मिलने के बाद आगे और सफलताएँ ज़रूर मिलेंगी। हर्माइनी का चिड़चिड़ापन भी उसके उत्साह को कम नहीं कर पाया। क़िस्मत के अचानक पलटने, रहस्यमयी हिरणी के आने, गरुड़द्वार की तलवार मिलने और सबसे बढ़कर रॉन के लौटने से हैरी इतना ख़ुश था कि मुँह लटकाकर नहीं बैठ सकता था।

शाम के आते-आते वह और रॉन निराशा फैलाती हर्माइनी के पास

से भागने में कामयाब हो गए। इसके लिए उन्होंने बिना पत्तियों की झाड़ियों में काली बेरियाँ खोजने का बहाना बनाया था, जो वहाँ थीं ही नहीं। बहरहाल, उनका असली मक़सद ख़बरों का आदान-प्रदान करना था। हैरी ने रॉन को अपने और हर्माइनी के तमाम रोमांचक अभियानों के बारे में सब कुछ बता दिया तथा गॉडरिक्स हॉलो में हुई घटनाओं की पूरी जानकारी भी दे दी। अब रॉन हैरी को बता रहा था कि कुछ सप्ताह बाहर रहने के दौरान उसे जादूगर दुनिया के बारे में क्या-क्या पता चला था।

रॉन ने बताया कि मगलू परिवार में पैदा जादूगर मंत्रालय से बचने के लिए कैसी-कैसी हताशापूर्ण कोशिशें कर रहे थे। फिर उसने हैरी से पूछा, '... और तुम्हें प्रतिबंधित शब्द के बारे में कैसे पता चला?'

'क्या?'

'तुमने और हर्माइनी ने तुम-जानते-हो-कौन का नाम लेना बंद कर दिया है!'

हैरी बोला, 'ओह, हाँ। बस बुरी आदत पड़ गई है। व्यक्तिगत रूप से तो मुझे तो कोई दिक्क़त नहीं है कि मैं उसे वोल-'

'नहीं!' रॉन इतनी तेज़ी से गरजा कि हैरी उछलकर झाड़ी में गिर पड़ा और हर्माइनी (जिसकी नाक टेंट के प्रवेशद्वार पर एक पुस्तक पर झुकी थी) ने त्योरियाँ चढ़ाकर उनकी तरफ़ देखा। 'माफ़ करना,' रॉन ने हैरी को कँटीली झाड़ियों से बाहर निकालते हुए कहा, 'लेकिन उस नाम पर सम्मोहन किया गया है, हैरी। प्राणभक्षी इसी तरह अपने दुश्मनों का पता लगाते हैं! उसका नाम लेने से रक्षात्मक सम्मोहन टूट जाते हैं। इससे किसी तरह की जादुई हलचल होती है - टोटेनहैम कोर्ट रोड में उन्हें हमारा पता इसी तरह चला था!'

'क्योंकि हमने उसका *नाम* लिया था?'

'बिलकुल! इस बात के लिए उनकी तारीफ़ करनी चाहिए; इसमें समझदारी लगती है। सिर्फ़ वे लोग ही उसका नाम लेने की हिम्मत करते हैं, जो उससे टकराने के बारे में गंभीर होते हैं, जैसे डम्बलडोर। अब उन्होंने इस नाम को प्रतिबंधित कर दिया है। इस नाम को लेने वाले हर व्यक्ति को खोजा जा सकता है - मायापंछी के समूह के सदस्यों का तुरंत पता लगाने का आसान तरीक़ा! इसी कारण किंग्सले भी पकड़ में आते-आते बचा था -'

'तुम मज़ाक़ कर रहे हो?'

'नहीं, बिल ने मुझे बताया था कि कुछ प्राणभक्षियों ने किंग्सले को घेर लिया था, लेकिन वह लड़कर बच निकला। वह भी अब हमारी तरह ही छिपा हुआ है।' रॉन ने सोचते हुए छड़ी की नोक से अपनी ठुड्डी खुजलाई। 'तुम्हें ऐसा तो नहीं लगता कि वह हिरणी किंग्सले ने ही भेजी होगी?'

'उसका पितृदेव वनबिलाव है। हमने शादी में देखा था, याद है?'

'ओह हाँ ...'

वे बागड़ के किनारे-किनारे आगे बढ़े और हर्माइनी तथा टेंट से दूर हो गए।

'हैरी ... तुम्हें यह तो नहीं लगता कि यह डम्बलडोर ने किया होगा?'

'डम्बलडोर ने क्या किया होगा?'

रॉन थोड़ा झिझका, लेकिन फिर धीमी आवाज़ में बोला, 'डम्बलडोर ... हिरणी? मेरा मतलब है,' रॉन हैरी को कनखियों से देख रहा था, 'आख़िरी बार असली तलवार उन्हीं के पास थी, है ना?'

हैरी रॉन की बात पर हँसा नहीं। इस सवाल के पीछे छिपी हसरत को वह बहुत अच्छी तरह समझ सकता था। यह बहुत राहत भरा विचार था कि डम्बलडोर उनके पास लौट आए हैं, कि वे उन पर नज़र रख रहे हैं।

'डम्बलडोर मर चुके हैं,' उसने अपना सिर हिलाते हुए कहा। 'मैंने उन्हें मरते देखा था। मैंने उनकी लाश देखी थी। वे यक़ीनन चले गए हैं। वैसे भी, उनका पितृदेव हिरणी नहीं, मायापंछी था।'

'पितृदेव बदल सकता है, है ना?' रॉन ने कहा। 'टौंक्स का पितृदेव नहीं बदला क्या?'

'हाँ, लेकिन अगर डम्बलडोर ज़िंदा होते, तो सामने क्यों नहीं आते? वे हमें अपने हाथों से तलवार क्यों नहीं देते?'

'क्या पता,' रॉन ने कहा। 'शायद उसी कारण, जिस कारण उन्होंने ज़िंदा रहते समय तुम्हें तलवार नहीं दी थी? शायद उसी कारण, जिस कारण उन्होंने तुम्हें एक पुरानी सुनहरी गेंद और हर्माइनी को बच्चों की कहानियों की पुस्तक दी?'

'यानी?' हैरी ने रॉन पर गहरी नज़र डालते हुए पूछा। वह उसके जवाब का बेसब्री से इंतज़ार कर रहा था।

'पता नहीं,' रॉन ने कहा। 'पहले मैं सोचता था कि वे मज़ाक़ कर रहे

थे या – या वे इस काम को ज़्यादा मुश्किल बनाना चाहते थे। लेकिन अब मुझे ऐसा नहीं लगता। देखो, जब उन्होंने मुझे बत्तीबंद यंत्र दिया था, तो वे जानते थे कि वे क्या कर रहे हैं, है ना ? उन्हें –' रॉन के कान अचानक लाल हो गए और वह अपने पैरों के नीचे के घास के टुकड़े को देखने लगा, जिसे वह अपने अँगूठे से कुरेद रहा था, 'उन्हें पता होगा कि मैं तुम लोगों को छोड़कर चला जाऊँगा।'

'नहीं,' हैरी ने उसकी बात को सही किया। 'उन्हें ज़रूर पता होगा कि तुम हमारे पास लौटकर आना चाहोगे।'

रॉन कृतज्ञ, लेकिन अजीब सा दिखने लगा। कुछ हद तक विषय बदलने की ख़ातिर हैरी बोला, 'डम्बलडोर की बात चली है, तो क्या तुमने सुना कि स्कीटर ने उनके बारे में क्या लिखा है ?'

'ओह हाँ,' रॉन ने तत्काल कहा, 'लोग इस बारे में काफ़ी बातें कर रहे हैं। ज़ाहिर है, अगर माहौल अलग होता, तो यह बहुत बड़ी ख़बर होती कि डम्बलडोर की ग्रिन्डेलवाल्ड से दोस्ती थी, लेकिन अब यह डम्बलडोर को नापसंद करने वालों के लिए हँसने की बात है और उन्हें अच्छा समझने वाले लोगों के चेहरे पर एक तरह से तमाचा है। वैसे मुझे नहीं लगता कि यह कोई इतनी बड़ी बात है। वे बहुत छोटे थे, जब उन्होंने –'

'वे हमारी उम्र के थे,' हैरी बोला, जैसा उसने हर्माइनी से कहा था। उसके चेहरे के भाव से रॉन समझ गया कि इस विषय पर आगे कुछ बोलना उचित नहीं है।

एक बड़ी मकड़ी झाड़ियों में बुने जाले के बीच में बैठी थी। हैरी ने इस पर उस छड़ी से निशाना साधा, जो रॉन ने उसे पिछली रात को दी थी। हर्माइनी ने सुबह उसकी जाँच करके बताया था कि यह ब्लैकथॉर्न लकड़ी से बनी है।

'*वृहदो*।'

जाले में बैठी मकड़ी हल्के से काँपी और हिली। हैरी ने दोबारा कोशिश की। इस बार मकड़ी थोड़ी बड़ी हो गई।

'मत करो,' रॉन तीखी आवाज़ में चिल्लाया। 'मुझे अफ़सोस है कि मैंने यह कहा था कि डम्बलडोर उस वक़्त छोटे थे। **अब तो ठीक है ?'**

हैरी भूल गया था कि रॉन मकड़ियों से नफ़रत करता था।

'माफ़ करना – *लघुतो*।'

मकड़ी छोटी नहीं हुई। हैरी ने अपनी ब्लैकथॉर्न लकड़ी की छड़ी को देखा। उस दिन अब तक उसने इससे जो भी मंत्र मारा था, उसका प्रभाव मायापंछी वाली छड़ी से कमज़ोर था। नई छड़ी अपरिचित सी लग रही थी। ऐसा लग रहा था, जैसे उसकी बाँह के सिरे पर किसी दूसरे का हाथ चिपका दिया गया हो।

'तुम्हें बस अभ्यास की ज़रूरत है,' हर्माइनी ने कहा, जो बिना आवाज़ किए उनके पीछे आ गई थी और खड़े होकर मकड़ी को बड़ा-छोटा करने की हैरी की कोशिशों को चिंता से देख रही थी। 'सब कुछ आत्मविश्वास पर निर्भर करता है, हैरी।'

वह जानता था कि हर्माइनी इस तरह क्यों बोल रही थी। उसकी छड़ी तोड़ने के मामले में वह अब भी ख़ुद को अपराधी मान रही थी। हैरी ने उस ताने को रोका, जो उसके होंठों तक आ गया था। वह बोलने वाला था कि अगर इससे कोई फ़र्क़ नहीं पड़ता है, तो हर्माइनी अपनी छड़ी हैरी को देकर ख़ुद ब्लैकथॉर्न लकड़ी की छड़ी का इस्तेमाल करके देखे। बहरहाल, वह उससे दोस्ती क़ायम रखना चाहता था, इसलिए चुप रह गया। मगर जब रॉन ने हर्माइनी को संकोच के साथ थोड़ा मुस्कराकर देखा, तो वह तेज़ी से चली गई और एक बार फिर अपनी पुस्तक के पीछे ओझल हो गई।

अँधेरा घिरने पर वे तीनों टेंट में लौट आए। हैरी ने पहरेदारी की पहली पाली सँभाली। प्रवेशद्वार पर बैठकर वह ब्लैकथॉर्न छड़ी से अभ्यास करने लगा। उसने छड़ी हिलाकर अपने पैरों के पास पड़े कुछ छोटे पत्थरों को उठाने की कोशिश की, लेकिन उसका जादू अब भी पुरानी छड़ी की तुलना में बहुत अटपटा और कमज़ोर लग रहा था। हर्माइनी अपनी बर्थ पर लेटकर पढ़ रही थी। रॉन ने उसकी तरफ़ कई बार घबराकर देखने के बाद अपने बैग में से लकड़ी का एक छोटा सा रेडियो निकाला और स्टेशन पकड़ने की कोशिश करने लगा।

उसने हैरी से धीमी आवाज़ में कहा, 'इसमें एक कार्यक्रम आता है, जो सही ख़बरें देता है। बाक़ी सब तो तुम-जानते-हो-कौन की तरफ़ हैं और मंत्रालय के निर्देशों का पालन कर रहे हैं, लेकिन यह कार्यक्रम ... जब तुम सुनोगे, तो ख़ुद समझ जाओगे। यह बहुत बढ़िया है। दिक्क़त सिर्फ़ इतनी है कि वे हर रात को प्रसारण नहीं कर सकते। वे लगातार अपनी जगह बदलते रहते हैं, ताकि छापा न पड़ जाए। इसे सुनने के लिए पासवर्ड की ज़रूरत पड़ती है ... दिक्क़त यह है कि मैं पासवर्ड भूल गया हूँ ...'

उसने रेडियो के ऊपरी हिस्से को अपनी छड़ी से ड्रम की तरह बजाया और कुछ बुदबुदाने लगा। बीच-बीच में वह हर्माइनी को कनखियों से देखता जा रहा था। ज़ाहिर है, उसे डर लग रहा था कि वह ग़ुस्से में कुछ बोलेगी, लेकिन हर्माइनी ने उसे इस तरह नज़रअंदाज़ कर दिया, जैसे वह वहाँ हो ही नहीं। लगभग दस मिनट तक रॉन छड़ी ठोंकता रहा और बुदबुदाता रहा, हर्माइनी अपनी पुस्तक के पन्ने पलटती रही और हैरी ब्लैकथॉर्न छड़ी से अभ्यास करता रहा।

आख़िरकार हर्माइनी बर्थ से नीचे उतरी। रॉन ने तत्काल छड़ी ठोंकना बंद कर दिया।

'अगर तुम्हें दिक़्क़त हो रही हो, तो मैं बंद कर देता हूँ!' उसने हर्माइनी से घबराकर कहा।

हर्माइनी ने उसकी बात का कोई जवाब नहीं दिया, बल्कि हैरी के पास गई।

उसने कहा, 'मुझे तुमसे कुछ बात करनी है।'

हैरी ने उस पुस्तक को देखा, जो अब भी हर्माइनी के हाथ में थी। इसका शीर्षक था - *एल्बस डम्बलडोर का जीवन और झूठ का सिलसिला।*

'क्या ?' उसने सहमकर पूछा। उसके दिमाग़ में तुरंत यह बात आई कि इस पुस्तक में एक अध्याय उस पर भी था। वह डम्बलडोर के साथ अपने संबंधों के बारे में रीटा की कहानी सुनने के मूड में नहीं था। बहरहाल, हर्माइनी का जवाब बिलकुल अप्रत्याशित था।

'मैं ज़ेनोफ़िलियस लवगुड से मिलने जाना चाहती हूँ।'

हैरी ने उसकी तरफ़ घूरकर देखा।

'क्या कहा ?'

'ज़ेनोफ़िलियस लवगुड। लूना के डैडी। मैं जाकर उनसे बात करना चाहती हूँ।'

'अर - क्यों ?'

हर्माइनी ने गहरी साँस ली, जैसे ख़ुद को तैयार कर रही हो। फिर वह बोली, 'निशान के बारे में! *बीडल की कहानियाँ* पुस्तक के निशान के बारे में। यह देखो!'

उसने *एल्बस डम्बलडोर का जीवन और झूठ का सिलसिला* पुस्तक हैरी की अनिच्छुक आँखों के नीचे रख दी। हैरी ने देखा, वहाँ पर

ग्रिन्डेलवाल्ड को लिखे डम्बलडोर के मूल पत्र की छायाप्रति थी। हैरी इस पतली, तिरछी लिखाई को अच्छी तरह पहचानता था। यह अकाट्य प्रमाण था। यह सबूत देखकर उसे अच्छा नहीं लगा कि डम्बलडोर ने सचमुच वे शब्द लिखे थे और रीटा की कहानी मनगढ़ंत नहीं थी।

'दस्तख़त,' हर्माइनी बोली। 'दस्तख़त देखो, हैरी!'

उसने ऐसा ही किया। एक पल को तो उसे समझ में नहीं आया कि हर्माइनी क्या कहना चाह रही थी। बहरहाल, अपनी रोशन छड़ी क़रीब लाकर जब उसने ग़ौर से देखा, तो उसे हर्माइनी की बात समझ में आ गई। डम्बलडोर ने एल्बस के 'ए' की जगह पर वही त्रिकोणीय निशान बना दिया था, जो *बीडल की कहानियाँ* में बना था।

'अर – तुम क्या – ?' रॉन ने हल्के से पूछा, लेकिन हर्माइनी ने उस पर क़हर ढाती नज़र डाली और हैरी की तरफ़ मुड़ गई।

'यह निशान बार-बार आ जाता है, है ना ?' उसने कहा। 'मैं जानती हूँ, विक्टर ने कहा था, यह ग्रिन्डेलवाल्ड का निशान है, लेकिन यह निश्चित रूप से गॉडरिक्स हॉलो में उस पुरानी क़ब्र पर बना था और क़ब्र के पत्थर की तारीख़ें ग्रिन्डेलवाल्ड से बहुत पहले की थीं! और निशान इस पुस्तक में भी है! देखो, डम्बलडोर या ग्रिन्डेलवाल्ड से तो हम अब इसका मतलब नहीं पूछ सकते हैं, मुझे तो यह भी नहीं मालूम कि ग्रिन्डेलवाल्ड ज़िंदा भी है या नहीं, लेकिन हम मि. लवगुड से ज़रूर पूछ सकते हैं। शादी में यह निशान उनके गले में लटक रहा था। मुझे यक़ीन है कि यह महत्वपूर्ण है, हैरी!'

हैरी ने तत्काल जवाब नहीं दिया। उसने हर्माइनी के उत्सुक चेहरे को देखा और फिर आस-पास के अँधेरे को देखते हुए सोचने लगा। काफ़ी देर सोचने के बाद वह बोला, 'हर्माइनी, हमें एक और गॉडरिक्स हॉलो की ज़रूरत नहीं है। हम इसी तरह की बातचीत करके वहाँ गए थे और –'

'लेकिन यह निशान बार-बार टपक पड़ता है, हैरी! डम्बलडोर मेरे लिए *बीडल की कहानियाँ* छोड़कर गए थे। तुम्हें कैसे मालूम कि हमें इस निशान के बारे में पता नहीं लगाना चाहिए ?'

'लो, एक बार फिर वही मामला आ गया!' हैरी को थोड़ी चिढ़ महसूस हुई। 'हम ख़ुद को यक़ीन दिलाने की कोशिश कर रहे हैं कि डम्बलडोर ने हमारे लिए गोपनीय निशान और सुराग़ छोड़े हैं –'

'वैसे बत्तीबंद यंत्र काफ़ी उपयोगी साबित हुआ,' रॉन बोला। 'मुझे लगता है कि हर्माइनी सही कह रही है। मुझे लगता है कि हमें लवगुड से

मिलने चलना चाहिए।'

हैरी उसे ग़ुस्से से देखने लगा। उसे पूरा यक़ीन था कि रॉन हर्माइनी की बात का समर्थन सिर्फ़ इसलिए नहीं कर रहा था, क्योंकि वह उस त्रिकोणीय निशान का मतलब समझना चाहता था।

'यह गॉडरिक्स हॉलो जैसा नहीं है,' रॉन ने आगे कहा, 'लवगुड तुम्हारी तरफ़ है, हैरी! *क्विबलर* लगातार तुम्हारी पैरवी कर रहा है। इसमें हर बार लोगों से कहा जाता है कि उन्हें तुम्हारी मदद करनी चाहिए!'

'मुझे लगता है कि यह महत्वपूर्ण है!' हर्माइनी गंभीरता से बोली।

'लेकिन अगर यह महत्वपूर्ण होता, तो डम्बलडोर ने मरने से पहले मुझे इसके बारे में क्यों नहीं बताया ?'

'हो सकता है ... हो सकता है यह ऐसी चीज़ हो, जो तुम्हें ख़ुद खोजनी हो,' हर्माइनी ने तिनके का सहारा लेते हुए कहा।

'हाँ,' रॉन ने चमचागिरी करते हुए कहा, 'यह समझदारी की बात है।'

'नहीं, यह नहीं है,' हर्माइनी ने तमककर कहा, 'लेकिन मुझे अब भी लगता है कि हमें जाकर मि. लवगुड से बात करनी चाहिए। एक ऐसा प्रतीक, जो डम्बलडोर, ग्रिन्डेलवाल्ड और गॉडरिक्स हॉलो को जोड़ता है ? हैरी, मुझे यक़ीन है कि हमें इसके बारे में जानना चाहिए!'

'चलो, इस पर वोटिंग कर लेते हैं,' रॉन ने कहा। 'जो लोग लवगुड से मिलने जाने के पक्ष में हैं, वे अपने हाथ उठा दें –'

रॉन ने हर्माइनी से भी पहले हाथ उठा दिया। हर्माइनी के होंठ संदेह से काँपे, जब उसने भी अपना हाथ उठा दिया।

'तुम हार गए, हैरी, माफ़ करना,' रॉन ने उसकी पीठ पर धौल जमाते हुए कहा।

'ठीक है,' हैरी ने कहा। एक तरफ़ तो उसे यह देखकर थोड़ा मज़ा आया था और दूसरी तरफ़ थोड़ी चिढ़ भी हुई थी। 'बस एक बार लवगुड से मिलने के बाद हमें होरक्रक्सों की तलाश में जुटना चाहिए, ठीक है ? वैसे लवगुड का घर है कहाँ ? क्या तुममें से किसी को पता है ?'

'हाँ, मेरे घर से ज़्यादा दूर नहीं है,' रॉन बोला। 'मुझे उनका घर ठीक-ठीक तो नहीं मालूम, लेकिन उनका ज़िक्र करते समय मम्मी-डैडी हमेशा पहाड़ियों की तरफ़ इशारा करते हैं। उनका घर खोजना मुश्किल

नहीं होना चाहिए।'

जब हर्माइनी अपनी बर्थ की ओर लौटी, तो हैरी ने अपनी आवाज़ नीची कर ली।

'तुमने सिर्फ़ उससे संबंध सुधारने के लिए हाँ की है।'

'प्यार और जंग में सब जायज़ है,' रॉन ने उत्साह से कहा, 'और इस वक़्त तो दोनों ही चल रहे हैं। ख़ुश हो जाओ, क्रिसमस की छुट्टियाँ चल रही हैं। लूना घर पर ही होगी!'

अगली सुबह वे लोग अंतर्ध्यान होकर हवादार पहाड़ी पर पहुँचे। वहाँ से ओटरी सेंट कैचपोल गाँव का बहुत बढ़िया नज़ारा दिख रहा था। इतनी ऊँचाई से गाँव के घर खिलौने जैसे दिख रहे थे। बादलों के बीच से निकलती धूप की किरणें उन पर तिरछी पड़ रही थीं। उन्होंने अपनी आँखों पर हाथ से छाँव करके एक-दो मिनट तक रॉन के घर की तलाश की, लेकिन उन्हें घर नहीं दिख पाया। उन्हें सिर्फ़ बगीचे की ऊँची बागड़ और पेड़ ही दिखाई दिए, जिनके कारण वह अजीब सा घर मगलुओं को दिखाई नहीं देता था।

रॉन उदासी से बोला, 'कितनी अजीब बात है कि इतने क़रीब होकर भी घर नहीं जा सकता।'

'देखो, ऐसी बात तो है नहीं कि तुमने उन्हें काफ़ी अरसे से नहीं देखा हो। तुम क्रिसमस पर तो वहाँ गए थे,' हर्माइनी ने ठंडेपन से कहा।

'मैं अपने घर नहीं गया था!' रॉन हैरानी से हँसते हुए बोला। 'तुम्हें क्या लगता है, वहाँ जाकर मैं सबको यह बता सकता था कि मैं तुम्हारा साथ छोड़ आया हूँ? हाँ, फ़्रेड और जॉर्ज तो यह सुनकर बड़े ख़ुश होते। और जिनी तो इसे बहुत समझदारी का काम मानती।'

'तो फिर तुम कहाँ गए थे?' हर्माइनी ने हैरानी से पूछा।

'बिल और फ़्लर के नए घर। शेल कॉटेज। बिल मेरे साथ अच्छा व्यवहार करता है। मेरी हरक़त के बारे में जानकर वह ख़ुश तो नहीं हुआ, लेकिन उसने इस बारे में लगातार बड़बड़ भी नहीं की। वह जानता था कि मुझे सचमुच अपनी ग़लती पर अफ़सोस है। परिवार में बाक़ी किसी को भी मेरे वहाँ होने का पता नहीं था। बिल ने मम्मी से कह दिया कि वह और फ़्लर क्रिसमस पर घर नहीं आएँगे, क्योंकि वे इसे अकेले मनाना चाहते हैं। पता है, शादी के बाद वे पहली बार अकेले छुट्टियाँ मना रहे थे। मुझे नहीं लगता कि फ़्लर को इससे दिक़्क़त हुई। तुम लोग तो जानते ही हो, वह

सेलेस्टिना वारबेक से कितना चिढ़ती है।'

रॉन ने अपने घर की तरफ़ पीठ कर ली।

उसने पहाड़ी के शिखर की ओर सबसे आगे जाते हुए कहा, 'यहाँ कोशिश करते हैं।'

वे कुछ घंटों तक तलाश करते रहे। हर्माइनी के ज़ोर देने पर हैरी अदृश्य चोगे के नीचे ही छिपा रहा। नीचे की पहाड़ियों पर कोई नहीं रहता था। बस एक छोटा सा घर था, जो ख़ाली नज़र आ रहा था।

'तुम्हें क्या लगता है, कहीं यह उन्हीं का घर तो नहीं है? शायद वे क्रिसमस पर कहीं बाहर चले गए हों?' हर्माइनी ने खिड़की से झाँककर देखते हुए पूछा। अंदर छोटा सा साफ़ किचन दिख रहा था, जिसकी खिड़की की चौखट पर गमले रखे थे। रॉन हँस पड़ा।

'देखो, मुझे लगता है कि लवगुड परिवार की खिड़की में से झाँकते ही समझ में आ जाएगा कि वहाँ कौन रहता है। चलो, अगली पहाड़ी पर तलाश करते हैं।'

वे अंतर्ध्यान होकर उत्तर दिशा में कुछ मील आगे पहुँच गए।

हवा से उनके बाल और कपड़े उड़ रहे थे। तभी रॉन चिल्लाया, 'आहा!' वह उस पहाड़ी की चोटी की तरफ़ इशारा कर रहा था, जिस पर वे अभी-अभी प्रकट हुए थे। वहाँ एक बहुत अजीब सा मकान था। ऐसा लग रहा था, जैसे एक बड़ा काला बेलन आसमान की तरफ़ उठ रहा था। उसके पीछे दोपहर के आसमान में भुतहा सा चाँद लटका हुआ था। 'यही लूना का घर होना चाहिए। और कौन ऐसी जगह पर रह सकता है? यह तो किसी बड़े "कैसल" जैसा दिखता है!'

'यह महल जैसा नहीं दिखता है,' हर्माइनी ने त्योरी चढ़ाकर इसकी मीनार को देखते हुए कहा।

'मैं महल की नहीं, शतरंज के हाथी की बात कर रहा था,' रॉन बोला।

रॉन के पैर सबसे लंबे थे, इसलिए पहाड़ी की चोटी पर सबसे पहले वही पहुँचा। जब हैरी और हर्माइनी उसके पास पहुँचे, तो वे हाँफ रहे थे और पसलियों पर हाथ रखे थे। रॉन खुलकर मुस्करा रहा था।

'यह उन्हीं का घर है,' रॉन बोला। 'देखो।'

एक टूटे-फूटे गेट पर हाथ से पेंट करके लिखे गए तीन साइनबोर्ड

लगे थे। पहले पर लिखा था, *'द क्विबलर। संपादक : एक्स. लवगुड।'* दूसरे साइनबोर्ड पर लिखा था, *'अपने मिसलटो ख़ुद चुनें।'* तीसरे पर लिखा था, *'डिरिजिबल प्लम्स से दूर रहें।'*

जब उन्होंने गेट खोला, तो यह चरमराया। सामने वाले दरवाज़े तक जाने वाले टेढ़े-मेढ़े रास्ते में बहुत से अजीब पौधे लगे थे। एक झाड़ी पर नारंगी और गाजर जैसे फल भी लगे थे, जिन्हें लूना कई बार ईयररिंग की तरह कानों में पहनती थी। हैरी एक अम्लरस झाड़ी को पहचान गया और उसने इसके सूखे तने को थोड़ी दूर से पार किया। दो उम्रदराज़ क्रैब-एप्पल पेड़ हवा में झुक गए थे और उनकी पत्तियाँ झड़ गई थीं, हालाँकि उन पर बेरी के आकार के लाल फूल लगे थे। सफ़ेद मनकेदार मिसलटो सामने वाले दरवाज़े के दोनों तरफ़ जैसे पहरा दे रहे थे। बाज़ जैसे थोड़े चपटे सिर वाले एक छोटे उल्लू ने मिसलटो की एक शाखा से उन्हें घूरकर देखा।

'हैरी, अच्छा रहेगा कि तुम अदृश्य चोगा उतार दो,' हर्माइनी ने कहा। 'मि. लवगुड हमारी नहीं, तुम्हारी मदद करना चाहते हैं।'

हैरी ने हर्माइनी का कहना मान लिया और चोगा बैग में रखने के लिए उसे दे दिया। फिर हर्माइनी ने मोटे, काले दरवाज़े को तीन बार खटखटाया, जिस पर लोहे की कीलें लगी थीं और उसकी साँकल चील के आकार की थी।

दस सेकंड में ही दरवाज़ा खुल गया और वहाँ पर ज़ेनोफ़िलियस लवगुड नंगे पैर खड़े थे। वे दाग़दार नाइटशर्ट जैसी कोई ड्रेस पहने हुए थे। उनके लंबे, सफ़ेद बाल गंदे और बिखरे हुए थे। इसकी तुलना में बिल और फ़्लर की शादी में उनका हुलिया काफ़ी अच्छा था।

'क्या ? क्या है ? तुम लोग कौन हो ? क्या चाहते हो ?' ज़ेनोफ़िलियस ने तीखी, चिड़चिड़ी आवाज़ में चिल्लाकर पूछा। उन्होंने सबसे पहले हर्माइनी को, फिर रॉन को और आख़िर में हैरी को देखा। उसे देखते ही उनका मुँह मज़ेदार गोल आकार में खुल गया।

'हैलो, मि. लवगुड,' हैरी ने अपना हाथ आगे बढ़ाया। 'मैं हैरी हूँ, हैरी पॉटर।'

ज़ेनोफ़िलियस ने हैरी से हाथ नहीं मिलाया, हालाँकि जो आँख उनकी नाक की तरफ़ नहीं थी, वह सीधे हैरी के माथे के निशान पर पहुँच गई थी।

'क्या हम अंदर आ सकते हैं ?' हैरी ने पूछा। 'हम आपसे कुछ पूछना

चाहते हैं।'

'मुझे ... मुझे नहीं लगता कि ऐसा करना ठीक होगा,' ज़ेनोफ़िलियस ने फुसफुसाकर कहा। उन्होंने थूक गुटका और बगीचे में चारों ओर तेज़ी से नज़र दौड़ाई। 'यह तो सदमे वाली बात है ... हे भगवान ... मुझे ... मुझे सचमुच नहीं लगता है कि मुझे ऐसा करना चाहिए –'

'इसमें ज़्यादा वक़्त नहीं लगेगा,' हैरी ने कहा, जो अपने इस फीके स्वागत से थोड़ा निराश हुआ था।

'मैं – ओह, तो ठीक है। जल्दी से अंदर आ जाओ। *जल्दी!'*

वे लोग मुश्किल से चौखट के पार निकले ही थे कि ज़ेनोफ़िलियस ने पीछे तेज़ी से दरवाज़ा बंद कर लिया। वे किचन में खड़े थे। हैरी ने आज तक इतना अजीब किचन नहीं देखा था। यह बिलकुल गोलाकार था। ऐसा लग रहा था, जैसे वे किसी बड़ी नमकदानी में खड़े हों। दीवारों पर फ़िट होने के लिए हर चीज़ घुमावदार थी : स्टोव, सिंक और अलमारियाँ। उन सभी पर फूल, कीड़े-मकोड़ों और चिड़ियों की भड़कीले रंग की तस्वीरें बनी थीं। हैरी लूना की शैली पहचान गया। इतनी छोटी जगह पर इसका प्रभाव कुछ ज़्यादा ही ज़ोरदार था।

फ़र्श के बीच में लोहे की एक घुमावदार सीढ़ी थी, जो मकान के ऊपरी हिस्से की तरफ़ जाती थी। ऊपर से काफ़ी खड़खड़ और धमधम की आवाज़ें आ रही थीं। हैरी सोचने लगा कि लूना जाने क्या कर रही है।

'तुम लोग ऊपर आ जाओ,' ज़ेनोफ़िलियस ने कहा, जो अब भी बहुत परेशान दिख रहे थे और सबसे आगे चल रहे थे।

ऊपर का कमरा लिविंग रूम और वर्कशॉप का मिला-जुला रूप था। यहाँ किचन से ज़्यादा सामान भरा था। यह कमरा आवश्यकता कक्ष से कहीं ज़्यादा छोटा और बिलकुल गोल था, लेकिन लगता वैसा ही था। हॉगवर्ट्स का आवश्यकता कक्ष किसी विशाल भूलभुलैया की तरह था, जिसमें सदियों से चीज़ें छिपी हुई थीं। कुछ उसी तरह यहाँ भी हर जगह किताबों और काग़ज़ों के ढेर लगे थे। कुछ प्राणियों के मॉडल भी थे, जिन्हें हैरी पहचान नहीं पाया। वे सभी छत से लटके हुए थे और पंख फड़फड़ा रहे थे या जबड़े हिला रहे थे।

लूना वहाँ नहीं थी। आवाज़ लकड़ी की एक मशीन से आ रही थी, जिसके पहिए जादू से घूम रहे थे। यह काम करने वाली टेबल और पुरानी अलमारी की संतान लग रही थी, लेकिन एक पल बाद हैरी इस नतीजे पर

पहुँचा कि यह पुराने ज़माने की प्रिंटिंग मशीन होगी, क्योंकि यह *क्विबलर* उगल रही थी।

'माफ़ करना,' ज़ेनोफ़िलियस ने मशीन के पास जाते हुए कहा। उन्होंने बहुत सारी किताबों और काग़ज़ों के नीचे से एक गंदा सा टेबलक्लॉथ निकाला, जिससे कई किताबें फ़र्श पर गिर गईं। उन्होंने टेबलक्लॉथ को प्रिंटिंग मशीन पर ढँक दिया, जिससे खड़खड़ की आवाज़ थोड़ी कम हो गई। इसके बाद वे हैरी की ओर मुड़े।

'तुम यहाँ क्यों आए हो?'

बहरहाल, हैरी कुछ बोल पाता, इसके पहले ही हर्माइनी ने सदमे भरी चीख़ निकाली।

'मि. लवगुड – वह क्या है?'

वह एक बड़े, भूरे सीढ़ीदार सींग की तरफ़ इशारा कर रही थी। यह काफ़ी हद तक यूनिकॉर्न के सींग जैसा दिखता था, जो दीवार पर मढ़ा था और कमरे में कई फ़ुट आगे तक निकल आया था।

'यह क्रंपल-हॉर्न्ड स्नोरकैक का सींग है,' ज़ेनोफ़िलियस ने कहा।

'नहीं, यह नहीं है!' हर्माइनी ने कहा।

'हर्माइनी,' हैरी संकोच से बुदबुदाया, 'यह वक़्त नहीं है –'

'लेकिन हैरी, यह महाविस्फोटक सींग है! यह क्लास बी की प्रतिबंधित सामग्री है और इसे मकान में रखना बहुत ही ख़तरनाक है।

'इसका वर्णन *विचित्र जानवर और उन्हें कहाँ खोजा जाए* में दिया गया है! मि. लवगुड, इसे तत्काल घर से बाहर कर दें। क्या आप नहीं जानते हैं कि इसे छूते ही विस्फोट हो सकता है?'

'क्रंपल-हॉर्न्ड स्नोरकैक,' ज़ेनोफ़िलियस ने बहुत स्पष्टता और ज़िद के साथ कहा, 'क्रंपल-हॉर्न्ड स्नोरकैक एक शर्मीला और बहुत ही जादुई प्राणी है और इसका सींग –'

'मि. लवगुड, मैं इसके नीचे बने चारों तरफ़ के खाँचेदार निशान पहचानती हूँ। यह महाविस्फोटक सींग है और बेहद ख़तरनाक है – मैं नहीं जानती कि यह आपको कहाँ मिला –'

ज़ेनोफ़िलियस ने उसी ज़िद्दी अंदाज़ में आगे कहा, 'मैंने इसे दो हफ़्ते पहले एक बहुत ही ख़ुशमिज़ाज युवा जादूगर से ख़रीदा है, जो स्नोरकैक में मेरी दिलचस्पी के बारे में जानता था। मेरी लूना के लिए

क्रिसमस का तोहफ़ा है। अब,' उन्होंने हैरी की ओर मुड़ते हुए कहा, 'तुम यहाँ किसलिए आए हो, मि. पॉटर ?'

'हमें मदद की ज़रूरत है,' हैरी ने हर्माइनी के दोबारा शुरू होने से पहले ही कहा।

'आह,' ज़ेनोफ़िलियस ने कहा। 'मदद। हूँ।' उनकी निगाह दोबारा हैरी के निशान की तरफ़ गई। वे आतंकित, लेकिन थोड़े मंत्रमुग्ध दिख रहे थे। 'देखो, बात यह है ... हैरी पॉटर की मदद करना ... थोड़ा ख़तरनाक है ...'

'क्या आप सबसे यह नहीं कह रहे हैं कि हैरी की मदद करना उनका पहला कर्तव्य होना चाहिए ?' रॉन बोला। 'अपनी पत्रिका में ?'

ज़ेनोफ़िलियस ने टेबलक्लॉथ के नीचे छिपी हुई प्रिंटिंग मशीन की तरफ़ नज़र डाली, जो अब भी खड़खड़ कर रही थी।

'अर - हाँ, मैंने यह विचार व्यक्त किया है। बहरहाल -'

'-यह दूसरे लोगों को करना चाहिए, आपको नहीं ?' रॉन ने कहा।

ज़ेनोफ़िलियस ने जवाब नहीं दिया। वे थूक गुटकते रहे। उनकी आँखें उन्हीं तीनों के बीच घूमती रहीं। हैरी को लगा कि उनके भीतर कोई दर्द भरा आंतरिक संघर्ष चल रहा था।

'लूना कहाँ है ?' हर्माइनी ने पूछा। 'देखते हैं कि वह क्या सोचती है।'

ज़ेनोफ़िलियस का मुँह खुल गया। वे जैसे ख़ुद को मज़बूत बना रहे थे। आख़िरकार उन्होंने काँपती आवाज़ में कहा, जो प्रिंटिंग मशीन के शोर के कारण मुश्किल से सुनाई दी, 'लूना मछलियाँ पकड़ने के लिए नदी तक गई है। वह ... वह तुम्हें देखकर ख़ुश होगी। मैं उसे बुलाकर लाता हूँ - हाँ, बहुत बढ़िया। मैं तुम्हारी मदद करने की कोशिश करूँगा।'

वे घुमावदार सीढ़ियों पर उतरकर ओझल हो गए। उन लोगों को बाहर का दरवाज़ा खुलने और बंद होने की आवाज़ सुनाई दी। उन्होंने एक-दूसरे की तरफ़ देखा।

'डरपोक बुड्ढा,' रॉन ने कहा। 'लूना में उससे दस गुना हिम्मत है।'

'वह शायद चिंता कर रहा है कि अगर प्राणभक्षियों को मेरे यहाँ आने का पता चल गया, तो उसके साथ क्या होगा,' हैरी ने कहा।

'देखो, मैं रॉन से सहमत हूँ,' हर्माइनी ने कहा। 'बहुत पाखंडी बुड्ढा है! हर एक को तुम्हारी मदद करने की सलाह देता है और ख़ुद इससे बचने

की कोशिश कर रहा है। और भगवान के लिए उस सींग से दूर रहना।'

हैरी कमरे के दूर वाले सिरे की खिड़की तक गया। उसे पहाड़ी के नीचे एक पतली सी नदी दिखी, जो चमकते रिबन जैसी दिख रही थी। वे बहुत ऊँचाई पर थे। जब उसने रॉन के घर की तरफ़ देखा, जो बीच की पहाड़ियों के कारण अदृश्य था, तो एक चिड़िया खिड़की के पास से उड़कर निकल गई। जिनी वहीं कहीं पर थी। बिल और फ़्लर की शादी के बाद आज वे एक-दूसरे के जितने क़रीब थे, उतने इस दौरान कभी नहीं रहे थे। बहरहाल, जिनी को तो ज़रा भी अंदाज़ा नहीं होगा कि वह इस वक़्त उसकी तरफ़ देख रहा है, उसके बारे में सोच रहा है। वह सोचने लगा कि उसे इस दूरी पर ख़ुश होना चाहिए। उसके संपर्क में आने वाला हर व्यक्ति ख़तरे में था। ज़ेनोफ़िलियस का नज़रिया इस बात का सबूत था।

वह खिड़की से दूर मुड़ा और उसकी निगाह एक अजीब चीज़ पर पड़ी, जो सामान से अटे साइडबोर्ड पर रखी थी। यह एक सुंदर, लेकिन गंभीर दिखने वाली जादूगरनी की पत्थर की अर्धप्रतिमा थी, जो सिर पर बड़ी अजीब सी चीज़ पहने थी। इस मुकुट जैसी चीज़ के दोनों तरफ़ सुनहरे ईयर-ट्रम्पेट जैसी दो चीज़ें थीं। सिर के ऊपर वाले चमड़े के पट्टे पर चमकदार नीले पंखों का जोड़ा लगा था, जबकि माथे पर बँधे दूसरे पट्टे में नारंगी गाजर फँसी थी।

'इसकी तरफ़ देखो,' हैरी ने कहा।

'मनमोहक है,' रॉन ने कहा। 'हैरान हूँ कि वह इसे शादी में पहनकर क्यों नहीं आया।'

उन्हें सामने वाले दरवाज़े के बंद होने की आवाज़ सुनाई दी और एक पल बाद ही ज़ेनोफ़िलियस घुमावदार सीढ़ियों पर चढ़ते हुए कमरे में आ गए। उनके पतले पैर वेलिंगटन जूतों में थे। वे अलग-अलग डिज़ाइन वाले चाय के कपों की ट्रे और धुआँ निकालते टीपॉट को लेकर आ रहे थे।

'ओह, तुमने मेरी प्रिय खोज को देख ही लिया,' उन्होंने ट्रे हर्माइनी के हाथ में पकड़ाते हुए कहा और मूर्ति के बग़ल में खड़े हैरी के पास पहुँच गए। 'ज़ाहिर है, मैंने सुंदर चंद्रिका चीलघात का मुकुट बनाया है। *बुद्धि इंसान का सबसे बड़ा ख़ज़ाना है!*'

उन्होंने ईयर-ट्रम्पेट्स जैसी चीज़ों की ओर इशारा किया।

'ये चकरघिन्नी क़ीट चूसक हैं - सोचने वाले के आस-पास से विचलित करने वाली सभी चीज़ों को हटा देते हैं। यह,' उन्होंने छोटे पंखों

की तरफ़ इशारा किया, 'जादुई कीट-उत्थानक है, ताकि दिमाग़ ऊँचा उठ सके। आख़िर में,' उन्होंने नारंगी गाजर की तरफ़ इशारा किया, 'यह डिरिजिबल प्लम है, ताकि असाधारण चीज़ों को स्वीकार करने की क्षमता बढ़ सके।'

ज़ेनोफ़िलियस ने ट्रे तक क़दम बढ़ाए, जिसे हर्माइनी ने एक भरी हुई साइड टेबल पर जमाने में कामयाबी पा ली थी।

'क्या मैं तुम लोगों को गर्डीरूट का रस पिला सकता हूँ ?' ज़ेनोफ़िलियस ने कहा। 'हम इसे ख़ुद बनाते हैं।' चुकंदर के रस जैसे बैंगनी रस को कपों में डालते हुए वे आगे बोले, 'लूना नीचे पुल के पास है। वह तुम लोगों के आने की ख़बर सुनकर बहुत रोमांचित है। उसे ज़्यादा वक़्त नहीं लगना चाहिए। उसने इतनी मछलियाँ पकड़ ली हैं कि हम सभी के लिए सूप बन सकता है। बैठ जाओ और शकर मिला लो।

'अब,' उन्होंने एक कुर्सी पर रखे क़ागज़ों के गट्ठर को हटाकर बैठते हुए कहा और वेलिंगटन जूते वाले पैर एक-दूसरे पर रख लिए, 'मैं तुम्हारी क्या मदद कर सकता हूँ, मि. पॉटर ?'

'देखिए,' हैरी ने हर्माइनी की तरफ़ देखते हुए कहा, जिसने सिर हिलाकर उसका उत्साह बढ़ाया, 'मि. लवगुड, हमें उस प्रतीक के बारे में पूछना है, जिसे आप बिल और फ़्लर की शादी में अपने गले में पहनकर आए थे। हम यह जानना चाहते हैं कि उसका मतलब क्या है ?'

ज़ेनोफ़िलियस ने अपनी भौंहें उठाईं।

'क्या तुम्हारा इशारा मौत के तोहफ़ों के निशान की तरफ़ है ?'

अध्याय इक्कीस

तीन भाइयों की कहानी

हैरी ने रॉन और हर्माइनी की तरफ़ देखा। हैरी की तरह वे दोनों भी ज़ेनोफ़िलियस की बात का मतलब नहीं समझ पाए थे।

'मौत के तोहफ़े ?'

'सही कहा,' ज़ेनोफ़िलियस ने कहा। 'तुमने उनके बारे में नहीं सुना ? इससे मुझे कोई हैरानी नहीं हुई। बहुत कम जादूगर इसमें यक़ीन करते हैं। तुमने अपने भाई की शादी में उस बददिमाग़ युवक को देखा था,' उन्होंने रॉन की तरफ़ सिर हिलाया, 'जिसने मुझ पर यह आरोप लगाया था कि मैं एक कुख्यात शैतानी जादूगर का प्रतीक पहने हूँ! वह कितना अज्ञानी था! मौत के तोहफ़े शैतानी चीज़ नहीं हैं – कम से कम, सामान्य तौर पर। आप इस प्रतीक को सिर्फ़ इसलिए पहनते हैं, ताकि दूसरे विश्वास करने वाले लोग आपको पहचान लें और उनकी खोज में आपकी मदद करें।'

उन्होंने अपने गर्डीरूट के रस में थोड़ी शकर डालकर उसे पिया।

'माफ़ कीजिए,' हैरी ने कहा। 'मैं अब भी कुछ नहीं समझ पाया।'

विनम्र दिखने के लिए उसने भी अपने कप से एक घूँट पिया। तत्काल उसका गला रुँध गया। रस बहुत ही बुरा था। ऐसा लग रहा था, जैसे किसी ने मलीदे की हर स्वाद वाली टॉफ़ी का घोल तैयार किया हो।

'देखो, जो लोग मौत के तोहफ़ों में विश्वास करते हैं, वे उनकी खोज करते हैं,' ज़ेनोफ़िलियस ने गर्डीरूट के रस को चटखारे लेते हुए पिया और अपने होंठ चाटे।

'लेकिन मौत के तोहफ़े आख़िर हैं क्या ?' हर्माइनी ने पूछा।

ज़ेनोफ़िलियस ने अपना ख़ाली कप एक तरफ़ रख दिया।

'मुझे लगता है कि तुम लोगों ने "तीन भाइयों की कहानी" ज़रूर सुनी होगी?'

हैरी ने कहा, 'नहीं,' जबकि रॉन और हर्माइनी दोनों ने 'हाँ' कर दी।

ज़ेनोफ़िलियस ने गंभीरता से सिर हिलाया।

'देखो मि. पॉटर, सारी बात "तीन भाइयों की कहानी" से शुरू होती है ... मेरे पास कहीं पर वह किताब है ...'

उन्होंने कमरे में चर्मपत्रों और पुस्तकों के अस्त-व्यस्त ढेरों पर एक उड़ती नज़र डाली, लेकिन तभी हर्माइनी बोल पड़ी, 'मेरे पास किताब है, मि. लवगुड। यहीं है।'

उसने अपने छोटे बैग में से *बीडल की कहानियाँ* बाहर निकाली।

'मूल प्रति?' ज़ेनोफ़िलियस ने तीखे अंदाज़ में पूछा और हर्माइनी के सिर हिलाने पर बोले, 'तो फिर ठीक है, इसे ज़ोर से पढ़ो, ताकि हम सभी अच्छी तरह समझ जाएँ।'

'अर ... ठीक है,' हर्माइनी घबराते हुए बोली। उसने पुस्तक खोली। हैरी ने देखा, पन्ने के सबसे ऊपर वही प्रतीक बना था, जिसका मतलब वे जानना चाहते थे। हल्के से खँखारने के बाद हर्माइनी पढ़ने लगी।

'एक बार की बात है। तीन भाई शाम के समय वीरान, घुमावदार सड़क पर यात्रा कर रहे थे –'

'हमारी मम्मी ने तो हमें बताया था, आधी रात को,' रॉन ने कहा, जिसने सुनते समय अपने सिर के पीछे हाथ रख लिए थे। हर्माइनी उसकी तरफ़ चिढ़कर देखने लगी।

'माफ़ करना, मुझे लगा था कि अगर आधी रात होती, तो ज़्यादा डर लगता!' रॉन बोला।

'हाँ, क्योंकि हमारी ज़िंदगी में तो डर की बहुत कमी है,' हैरी यह कहने से ख़ुद को रोक नहीं पाया। ज़ेनोफ़िलियस उनकी तरफ़ ज़्यादा ध्यान नहीं दे रहे थे, बल्कि खिड़की के बाहर के आसमान को ताक रहे थे। 'आगे पढ़ो, हर्माइनी।'

'तीनों भाई एक नदी के किनारे पर पहुँचे। नदी इतनी गहरी थी कि वे इसे चलकर पार नहीं कर सकते थे और तैरकर पार करना भी बहुत ही ख़तरनाक था। बहरहाल, ये तीनों भाई जादू में माहिर थे। उन्होंने अपनी छड़ियाँ लहराकर ख़तरनाक दिख रही नदी पर पुल बना लिया। वे उस पर

आधी दूर ही पहुँचे थे कि एक नक़ाबपोश आकृति ने उनका रास्ता रोक लिया।

'और मौत उनसे बातचीत करने लगी –'

'क्या कहा,' हैरी बीच में बोला, '*मौत* उनसे बातचीत करने लगी ?'

'यह कहानी है, हैरी!'

'माफ़ करना। आगे पढ़ो।'

'और मौत उनसे बातचीत करने लगी। वह नाराज़ थी कि उसके तीन नए शिकार उसके चंगुल से बचकर जा रहे हैं, क्योंकि आम तौर पर यात्री उस नदी को पार करते समय डूब जाते थे। लेकिन मौत बड़ी चालाक थी। उसने तीनों भाइयों की जादुई निपुणता पर उन्हें बधाई दी। वह बोली कि चूँकि उन्होंने अपनी चतुराई से उसे हरा दिया है, इसलिए वह उन्हें एक-एक पुरस्कार देना चाहती है।

'सबसे बड़ा भाई लड़ाकू प्रवृत्ति का था। उसने मौत से दुनिया की सबसे ताक़तवर छड़ी माँगी : ऐसी छड़ी जो इसके मालिक को द्वंद्वयुद्ध में हमेशा जिताए, जो मौत को हराने वाले जादूगर के क़ाबिल हो! यह सुनकर मौत नदी किनारे लगे एल्डर वृक्ष तक गई और उसने उसकी एक शाखा तोड़कर अजेय छड़ी बनाई तथा सबसे बड़े भाई को दे दी।

'दूसरा भाई घमंडी था। उसने मौत को थोड़ा ज़्यादा अपमानित करने का फ़ैसला किया। उसने कहा कि उसे मुर्दा लोगों को इस दुनिया में वापस बुलाने की शक्ति चाहिए। मौत ने नदी किनारे से एक पत्थर उठाकर दूसरे भाई को दे दिया और कहा कि इस पत्थर में मरे हुए लोगों को वापस बुलाने की शक्ति है।

'इसके बाद मौत ने तीसरे और सबसे छोटे भाई से पूछा कि उसे क्या चाहिए। यह भाई तीनों में सबसे विनम्र और समझदार था। उसे मौत पर ज़रा भी भरोसा नहीं था। उसने कहा कि उसे ऐसी चीज़ चाहिए, जिसकी बदौलत वह वहाँ से इस तरह जा सके, ताकि मौत उसका पीछा न कर पाए। बड़ी अनिच्छा से मौत ने उसे अपना अदृश्य चोगा दे दिया।'

'मौत के पास अदृश्य चोगा है ?' हैरी एक बार फिर बीच में बोल पड़ा।

'ताकि वह चुपके से लोगों के पास आ सके,' रॉन ने कहा। 'कई बार वह उनकी तरफ़ दौड़ने, बाँहें फैलाने और चीख़ने से बोर हो जाती होगी ... माफ़ करना, हर्माइनी।'

'फिर मौत एक तरफ़ हट गई और तीनों भाइयों को अपने रास्ते आगे जाने दिया। चलते-चलते वे तीनों भाई इस रोमांचक अद्भुत घटना के बारे में बातें करते जा रहे थे और मौत के तोहफ़ों का गुणगान कर रहे थे।

'समय के साथ तीनों भाई अलग हो गए और अपनी-अपनी दिशा में चल दिए।

'सबसे बड़ा भाई हफ़्ते भर की यात्रा के बाद एक गाँव में पहुँचा। वहाँ उसने उस जादूगर को ढूँढ़ा, जिससे उसकी पुरानी दुश्मनी थी। ज़ाहिर है, जब हथियार के रूप में अजेय छड़ी उसके पास थी, तो दुश्मन जादूगर से हुए द्वंद्वयुद्ध में वह कैसे नहीं जीतता ? अपने दुश्मन को ज़मीन पर मरा हुआ छोड़कर सबसे बड़ा भाई एक शराबख़ाने में जाकर शराब पीने लगा, जहाँ उसने चिल्ला-चिल्लाकर अपनी शक्तिशाली छड़ी की डींग हाँकी। वह ज़ोर-ज़ोर से सबको बता रहा था कि यह छड़ी मौत का दिया तोहफ़ा है और इससे वह अजेय बन गया है।

'उसी रात को सबसे बड़े भाई के कमरे में एक जादूगर चुपके से घुस आया। बड़ा भाई शराब के नशे में धुत्त होकर बिस्तर पर सोया था। चोर ने उसकी छड़ी चुरा ली और एहतियात के तौर पर उसका गला भी काट दिया।

'इस तरह मौत ने पहले भाई को हरा दिया।

'इसी दौरान दूसरा भाई यात्रा करके अपने घर पहुँच गया, जहाँ वह अकेला रहता था। यहाँ उसने उस पत्थर को बाहर निकाला, जिसमें मरे लोगों को वापस बुलाने की शक्ति थी। उसने उस पत्थर को तीन बार अपने हाथ में घुमाया। उसे हैरानी और ख़ुशी हुई कि उसकी मरी हुई प्रेमिका, जिससे वह शादी करना चाहता था, तत्काल उसके सामने प्रकट हो गई।

'बहरहाल, प्रेमिका दुखी और भावहीन थी। ऐसा लग रहा था, जैसे उनके बीच कोई पर्दा हो और उसके कारण वे दूर हों। हालाँकि वह इस दुनिया में लौट ज़रूर आई थी, लेकिन दरअसल वह यहाँ की नहीं थी, इसलिए उसे बहुत कष्ट हो रहा था। अंत में, अपनी हताशा भरी हसरत से दूसरा भाई पागल हो गया और उसने अपनी प्रेमिका के पास सचमुच पहुँचने के लिए आत्महत्या कर ली।

'इस तरह मौत ने दूसरे भाई को भी हरा दिया।

'फिर मौत तीसरे भाई की कई सालों तक तलाश करती रही, लेकिन वह उसे कहीं नहीं मिला। जब सबसे छोटा भाई बहुत बूढ़ा हो गया,

तब जाकर उसने अपना अदृश्य चोगा उतारा और अपने बेटे को दे दिया। फिर उसने मौत का स्वागत किसी पुराने दोस्त की तरह किया और उसके साथ ख़ुशी-ख़ुशी, बराबर वालों की तरह इस दुनिया को छोड़कर गया।'

हर्माइनी ने पुस्तक बंद कर दी। ज़ेनोफ़िलियस को एक-दो पल बाद एहसास हुआ कि उसने पढ़ना बंद कर दिया था। उन्होंने खिड़की से निगाह हटाई और बोले, 'तो यह मामला है।'

'क्या ?' हर्माइनी ने दुविधा में कहा।

'मौत के तोहफ़े यही हैं,' ज़ेनोफ़िलियस ने कहा।

उन्होंने अपनी कोहनी के पास वाली भरी टेबल से एक क़लम उठाई और पुस्तकों के बीच से एक फटा हुआ चर्मपत्र खींचा।

'अजेय छड़ी,' उन्होंने चर्मपत्र पर ऊपर से नीचे तक सीधी लकीर खींचते हुए कहा। 'पुनर्जीवन पत्थर,' उन्होंने उस लकीर के ऊपर एक गोला जोड़ दिया। 'अदृश्य चोगा,' उन्होंने लकीर और गोले को त्रिकोण के अंदर रख दिया, जिससे वह प्रतीक बन गया, जो हर्माइनी को इतना परेशान कर रहा था। फिर वे बोले, 'इन्हीं तीनों को मौत के तोहफ़े कहते हैं।'

'लेकिन कहानी में तो "मौत के तोहफ़े" का कोई ज़िक्र ही नहीं है,' हर्माइनी बोली।

'ज़ाहिर है, नहीं हैं,' ज़ेनोफ़िलियस ने गर्व से कहा, जिससे हर्माइनी पगला गई। 'यह बच्चों की कहानी है। यह सिखाने के बजाय मनोरंजन करने के लिए लिखी गई है। हममें से जो लोग इन मामलों को समझते हैं, वे जानते हैं कि यह प्राचीन कहानी तीन वस्तुओं या तोहफ़ों की तरफ़ इशारा करती है, जिन्हें एक साथ हासिल करने वाला व्यक्ति मौत का मालिक बन जाएगा।'

थोड़ी देर ख़ामोशी छाई रही, जिस दौरान ज़ेनोफ़िलियस खिड़की के बाहर देखते रहे। आसमान में सूरज ढल रहा था।

'लूना के पास जल्दी ही पर्याप्त मछलियाँ हो जानी चाहिए,' उन्होंने धीरे से कहा।

'"मौत का मालिक" से आपका क्या मतलब है -' रॉन बोला।

'मालिक,' ज़ेनोफ़िलियस ने उसकी बात पर अपना हाथ लहराते हुए कहा। 'विजेता। स्वामी। तुम इसे चाहे जो नाम दे सकते हो।'

'लेकिन ... क्या आपका मतलब है ...' हर्माइनी ने धीरे से कहा और

हैरी जान गया कि वह अपने शक को प्रकट नहीं करना चाहती थी, 'आपको यक़ीन है कि ये वस्तुएँ - ये तोहफ़े - इस दुनिया में सचमुच मौजूद हैं?'

ज़ेनोफ़िलियस ने अपनी भौंहें एक बार फिर उठाईं।

'ज़ाहिर है, हाँ।'

'लेकिन,' हर्माइनी ने कहा और हैरी को उसका संयम टूटता सा महसूस हुआ, 'मि. लवगुड, आप यह यक़ीन कैसे कर सकते हैं - ?'

'लूना ने मुझे तुम्हारे बारे में बताया है, लड़की,' ज़ेनोफ़िलियस ने कहा, 'मुझे लगता है कि तुममें बुद्धि तो है, लेकिन बहुत सीमित है। संकीर्ण। दिमाग़ बंद है।'

'शायद तुम्हें वह हैट पहनना चाहिए, हर्माइनी,' रॉन ने उस बदसूरत मुकुट की तरफ़ सिर हिलाया। उसकी आवाज़ काँप रही थी, जिससे साफ़ लग रहा था कि वह अपनी हँसी रोकने की कोशिश कर रहा था।

'मि. लवगुड,' हर्माइनी ने दोबारा कहा, 'हम सभी जानते हैं कि अदृश्य चोगों जैसी चीज़ें होती हैं। वे दुर्लभ हैं, लेकिन दुनिया में हैं। लेकिन -'

'आह, लेकिन तीसरा तोहफ़ा *सच्चा* अदृश्य चोगा है, मिस ग्रेंजर! मेरे कहने का मतलब यह है कि यह कोई यात्री चोगा नहीं है, जिस पर विभ्रम या चकाचौंध सम्मोहन किया गया हो। यह अर्ध-पारदर्शी बालों से बुना चोगा भी नहीं है, जो किसी को शुरू में तो छिपा लेगा, लेकिन कई साल बाद धुँधला हो जाएगा और फिर बेअसर हो जाएगा। हम ऐसे चोगे के बारे में बात कर रहे हैं, जो इसे ओढ़ने वाले को पूरी तरह अदृश्य बना देता है और अनंत काल तक ऐसा करता है। इस पर चाहे जितने मंत्र मारे जाएँ, यह उस व्यक्ति को छिपाए रखता है। तुमने *ऐसे* कितने चोगे देखे हैं, मिस ग्रेंजर?'

हर्माइनी ने जवाब देने के लिए अपना मुँह खोला, फिर बंद कर लिया। अब वह पहले से ज़्यादा दुविधा में दिखने लगी। हर्माइनी, हैरी और रॉन ने एक-दूसरे को देखा। हैरी जानता था कि वे सभी एक ही बात सोच रहे थे। ज़ेनोफ़िलियस ने जिस तरह के चोगे का वर्णन किया था, ठीक उसी तरह का एक चोगा इस समय उनके पास था।

'देखा,' ज़ेनोफ़िलियस ने कहा, जैसे वे उन लोगों को किसी तार्किक बहस में हरा चुके हों। 'तुममें से किसी ने भी कभी ऐसी चीज़ नहीं देखी है। इसका मालिक बहुत ज़्यादा अमीर होगा, है ना?'

ज़ेनोफ़िलियस एक बार फिर खिड़की के बाहर देखने लगे। आसमान में अब गुलाबी रंग की हल्की चमक थी।

'ठीक है,' हर्माइनी ने विचलित होते हुए कहा। 'मान लें कि अदृश्य चोगा होता है ... लेकिन पत्थर, मि. लवगुड ? जिसे आप पुनर्जीवन पत्थर कहते हैं ?'

'इसके बारे में क्या ?'

'यह असली कैसे हो सकता है ?'

'साबित करो कि यह असली नहीं है,' ज़ेनोफ़िलियस ने कहा।

हर्माइनी ताव में आ गई।

'लेकिन – मुझे अफ़सोस है, लेकिन यह बात तो बिलकुल मूर्खतापूर्ण है! मैं यह कैसे साबित कर सकती हूँ कि इसका अस्तित्व नहीं है ? क्या आप यह उम्मीद करते हैं कि मैं दुनिया के सारे पत्थरों की जाँच करूँगी ? मेरा मतलब है, इस तरह तो आप *किसी भी बात को* सच मान सकते हैं। अगर किसी चीज़ के असली होने का आधार सिर्फ़ इतना हो कि किसी ने इसे झूठ *साबित* नहीं किया है, तब तो फिर कोई भी कैसा भी दावा कर सकता है।'

'हाँ, कैसा भी दावा किया जा सकता है,' ज़ेनोफ़िलियस ने कहा। 'मुझे यह देखकर ख़ुशी हुई कि तुम्हारा दिमाग़ अब थोड़ा खुल रहा है।'

हर्माइनी के ग़ुस्से भरे जवाब के आने से पहले ही हैरी जल्दी से बोल पड़ा, 'अजेय छड़ी! आपको लगता है कि यह भी दुनिया में मौजूद है ?'

'ओह हाँ, इस मामले में तो बहुत सारे सबूत हैं,' ज़ेनोफ़िलियस ने कहा। 'तीनों तोहफ़ों में अजेय छड़ी का पता सबसे आसानी से चल जाता है। एक मालिक से दूसरे मालिक तक पहुँचने का इसका तरीक़ा अजीब है।'

'यानी ?'

'यानी अगर कोई इस छड़ी का सच्चा मालिक बनना चाहता है, तो उसे पुराने मालिक से छड़ी शक्ति से छीननी पड़ती है,' ज़ेनोफ़िलियस ने कहा। 'निश्चित रूप से तुमने सुना होगा कि दुष्ट एमरिक को मारने के बाद यह छड़ी बड़बोले एबगर्ट के पास कैसे पहुँची ? किस तरह गोडलाट अपनी कोठरी में मरा, जब उसके बेटे हेरेवर्ड ने छड़ी उससे ले ली ? भयंकर लोक्सियस के बारे में, जिसने बार्नाबास डेवरिल को मारने के बाद उससे छड़ी छीन ली ? अजेय छड़ी का ख़ून भरा सफ़र जादूगरों के इतिहास के पन्नों पर बिखरा हुआ है।'

हैरी ने हर्माइनी पर निगाह डाली। वह ज़ेनोफ़िलियस को त्योरियाँ चढ़ाकर देख रही थी, लेकिन उसने उनकी बात का विरोध नहीं किया।

रॉन ने पूछा, 'तो आपको क्या लगता है, अजेय छड़ी इस वक़्त कहाँ होगी ?'

'आह, कौन जाने ?' ज़ेनोफ़िलियस ने एक बार फिर खिड़की से बाहर निगाह डालते हुए कहा। 'कौन जाने अजेय छड़ी कहाँ छिपी है ? आर्कस और लिवियस के बाद इसका सुराग़ ग़ायब हो गया। कौन जाने, उनमें से किसने लोक्सियस को हराकर उससे छड़ी ली थी ? और कौन जाने, उन्हें किसने हराया होगा ? दुर्भाग्य से, इतिहास में हमें यह जानकारी नहीं मिलती है।'

थोड़ी देर ख़ामोशी छाई रही। आख़िरकार हर्माइनी ने पूछा, 'मि. लवगुड, क्या मौत के तोहफ़ों से पेवरेल परिवार का कोई संबंध है ?'

ज़ेनोफ़िलियस सदमे में दिखने लगे। इसी वक़्त हैरी को कोई चीज़ याद आई, हालाँकि पूरी तरह याद नहीं आ पाई। पेवरेल ... उसने यह नाम पहले कहीं सुना था ...

'तो तुम मुझे ग़ुमराह कर रही थीं, लड़की!' ज़ेनोफ़िलियस ने कहा, जो अब अपनी कुर्सी पर ज़्यादा सीधे बैठकर हर्माइनी को देख रहे थे। 'मुझे लगा था कि तुम लोग तोहफ़ों की खोज में नए हो! लेकिन तुम तो बहुत कुछ जानते हो। हममें से कई खोजियों को यक़ीन है कि पेवरेल परिवार का मौत के तोहफ़ों से पूरा – *पूरा संबंध है!*'

'पेवरेल परिवार कहाँ है ?' रॉन ने पूछा।

'यह नाम गॉडरिक्स हॉलो में क़ब्र के पत्थर पर लिखा था, जिसके नीचे यह निशान बना था,' हर्माइनी ने कहा, जो अब भी ज़ेनोफ़िलियस को देख रही थी। 'इग्नोटस पेवरेल।'

'बिलकुल,' ज़ेनोफ़िलियस ने समझाने के अंदाज़ में उँगली उठाते हुए कहा। 'इग्नोटस की क़ब्र पर मौत के तोहफ़ों का निशान निर्णायक सबूत है!'

'किस बात का ?' रॉन ने पूछा।

'किस बात का ? इस बात का कि कहानी के तीनों भाई दरअसल पेवरेल भाई ही थे : एंटियोक, कैडमस और इग्नोटस! वे मौत के तोहफ़ों के पहले मालिक थे!'

खिड़की पर एक और नज़र डालने के बाद ज़ेनोफ़िलियस उठे और

ट्रे लेकर घुमावदार सीढ़ियों की ओर चल दिए।

'तुम लोग डिनर करोगे?' उन्होंने दोबारा नीचे जाते हुए पूछा। 'हमारे यहाँ आने वाला हर व्यक्ति हमसे मछलियों के सूप की विधि पूछता है।'

'शायद सेंट मंगोज़ अस्पताल के विष प्रकोष्ठ में दिखाने के लिए,' रॉन ने दबे स्वर में कहा।

हैरी ने कुछ कहने से पहले तब तक इंतज़ार किया, जब तक उसे नीचे किचन में ज़ेनोफ़िलियस के चलने-फिरने की आवाज़ें नहीं आने लगीं।

उसने हर्माइनी से पूछा, 'तुम्हें क्या लगता है?'

'ओह हैरी,' उसने थके अंदाज़ में कहा, 'यह बकवास का पुलिंदा है। प्रतीक का असली मतलब यह नहीं हो सकता। उसके बारे में इस आदमी का नज़रिया अजीबोग़रीब है। हमने ख़ामख़्वाह अपना समय बर्बाद किया!'

'मुझे लगता है कि इसी आदमी ने हमें क्रंपल-हॉर्न्ड स्नोरकैक्स का काल्पनिक विचार दिया है,' रॉन बोला।

'तो तुम्हें भी इस बात पर यक़ीन नहीं है?' हैरी ने रॉन से पूछा।

रॉन बोला, 'नहीं है। यह कहानी तो बच्चों को नैतिक शिक्षा देने के लिए है, है ना? "मुश्किल की तलाश में मत जाओ, लड़ाई-झगड़े मत करो, फटे में टाँग मत अड़ाओ। विनम्र रहो, अपने काम से काम रखो। अगर ऐसा करोगे, तो तुम्हारी ज़िंदगी अच्छे से गुज़र जाएगी।" ज़रा सोचो,' रॉन ने आगे कहा, 'शायद इसी वजह से एल्डर वृक्ष की छड़ियों को बदक़िस्मत माना जाता है।'

'तुम यह क्या बोल रहे हो?'

'एक अंधविश्वास है, है ना? "मई में पैदा जादूगरनियों की शादी मगलुओं से होगी।" "शाम के धुँधलके में किया जादू आधी रात तक ख़त्म हो जाएगा।" "एल्डर वृक्ष की छड़ी होगी, तो कभी सफलता नहीं मिलेगी।" तुमने इन बातों को सुना होगा। मेरी मम्मी को ऐसी बहुत सी कहावतें आती हैं।'

'हैरी और मैं मगलुओं के बीच बड़े हुए हैं,' हर्माइनी ने उसे याद दिलाया, 'हमें अलग अंधविश्वास सिखाए गए थे।' उसने गहरी आह भरी, जब थोड़ी कसैली गंध किचन से उड़कर ऊपर तक आई। ज़ेनोफ़िलियस से हर्माइनी के नाराज़ होने का इकलौता फ़ायदा यह हुआ था कि इससे वह भूल गई थी कि वह रॉन से बात नहीं कर रही थी। 'मुझे लगता है कि तुम

सही कह रहे हो,' उसने रॉन से कहा। 'यह सिर्फ़ नैतिक शिक्षा देने वाली कहानी है। वैसे यह स्पष्ट है कि सबसे अच्छा तोहफ़ा कौन सा है। तुम कौन सा चुनोगे –'

'तीनों एक साथ बोल पड़े; हर्माइनी ने कहा, "चोगा;" रॉन बोला, "छड़ी;" और हैरी ने कहा, "पत्थर।" '

तीनों ने थोड़ी हैरानी और थोड़ी दिलचस्पी के साथ एक-दूसरे को देखा।

रॉन ने हर्माइनी से कहा, 'चोगा वैसे तो सबसे अच्छा है, लेकिन अगर आपके पास छड़ी होगी, तो आपको अदृश्य होने की ज़रूरत ही नहीं पड़ेगी। *अजेय छड़ी*, हर्माइनी!'

'हमारे पास अदृश्य चोगा पहले से ही है,' हैरी ने कहा।

'और अगर तुमने ध्यान दिया हो, तो इसने हमारी बहुत मदद की है!' हर्माइनी बोली। 'जबकि यह तय है कि छड़ी अपने साथ बहुत सी परेशानियाँ भी लाएगी –'

'– वह तो सिर्फ़ तभी होगा, जब आप इसके बारे में डींग हाँकेंगे,' रॉन ने तर्क दिया। 'तभी, जब आप इसे बचकाने ढंग से अपने सिर के ऊपर घुमाकर नाचेंगे-गाएँगे। "मेरे पास अजेय छड़ी है। अगर दम है, तो मुझसे लड़कर दिखाओ।" अगर कोई व्यक्ति अपना मुँह बंद रखे –'

'हाँ, लेकिन क्या कोई अपना मुँह बंद रख *सकता* है ?' हर्माइनी ने संदेह से कहा। 'देखो, इस आदमी ने हमें जो इकलौती सच्ची बात बताई है, वह यह है कि सैकड़ों सालों से अतिरिक्त शक्तिशाली छड़ियों के बारे में कहानियाँ फैली हैं।'

'सचमुच ?' हैरी ने पूछा।

हर्माइनी चिढ़ गई। उसके चेहरे का यह भाव इतना जाना-पहचाना था कि हैरी और रॉन एक-दूसरे की तरफ़ देखकर मुस्कराने लगे।

'मौत की छड़ी, क़िस्मत की छड़ी, वे सदियों से अलग-अलग नामों से मशहूर हैं। आम तौर पर वे किसी शैतानी जादूगर के पास होती हैं, जो उनके बारे में डींगें हाँकता है। प्रोफ़ेसर बिन्स ने उनमें से कुछ का ज़िक्र किया है, लेकिन – ओह, यह सब बकवास है। छड़ियाँ उतनी ही शक्तिशाली होती हैं, जितना कि उनका इस्तेमाल करने वाले जादूगर होते हैं। कुछ जादूगर बस यह डींग हाँकना पसंद करते हैं कि उनकी छड़ी बाक़ी लोगों की छड़ियों

से ज़्यादा शक्तिशाली और बेहतर है।'

हैरी ने कहा, 'लेकिन तुम्हें कैसे पता कि ये छड़ियाँ - मौत की छड़ी और क़िस्मत की छड़ी - एक ही छड़ी नहीं हैं, जो अलग-अलग नामों से सदियों से प्रकट होती आ रही है?'

'क्या? और वे सभी दरअसल एल्डर वृक्ष से बनी छड़ी हैं, जिसे मौत ने बनाया था?' रॉन ने कहा।

हैरी हँसा : उसके मन में अभी-अभी जो विचार आया था, वह मूर्खतापूर्ण था। उसे ख़ुद को याद दिलाना पड़ा कि उसकी छड़ी एल्डर की नहीं, हॉली की थी और उसे ऑलिवैंडर ने बनाया था, चाहे इसने उस रात को जो भी चमत्कार किया हो, जब वोल्डेमॉर्ट ने आसमान में उसका पीछा किया था। इसके अलावा, अगर यह अजेय होती, तो टूट कैसे सकती थी?

'तुम पत्थर क्यों लेना चाहते हो?' रॉन ने उससे पूछा।

'देखो, अगर हम मुर्दा लोगों को वापस बुला सकेंगे, तो सिरियस ... बावरे-नैन ... डम्बलडोर ... मेरे माता-पिता हमारे पास लौट आएँगे।'

रॉन और हर्माइनी मुस्कराए तक नहीं।

'लेकिन बीडल के अनुसार वे लौटकर नहीं आना चाहेंगे, है ना?' हैरी ने अभी-अभी सुनी कहानी के बारे में सोचते हुए कहा। 'मुझे नहीं लगता कि मुर्दों को दोबारा ज़िंदा कर सकने वाले पत्थर के बारे में इतिहास में बहुत से प्रसंग होंगे, है ना?' उसने हर्माइनी से पूछा।

'नहीं,' हर्माइनी ने दुखी अंदाज़ में जवाब दिया। 'मुझे नहीं लगता कि मि. लवगुड के अलावा कोई इतना मूर्ख हो सकता है कि इसे संभव मान ले। बीडल ने शायद यह विचार पारस पत्थर से लिया है। अमर बनाने वाले पत्थर के बजाय मुर्दे को ज़िंदा करने वाला पत्थर।'

किचन से आती बदबू अब ज़्यादा तीखी हो गई थी। ऐसा लग रहा था, मानो किसी का अंडरवियर जल रहा हो। हैरी ने सोचा कि ज़ेनोफ़िलियस जो भी पका रहे हैं, क्या उनका मन रखने के लिए उसे थोड़ा-बहुत खाया जा सकता है।

'और चोगे के बारे में?' रॉन ने धीरे से कहा। 'क्या तुम्हें एहसास नहीं है, उन्होंने सही कहा है? मैं हैरी के चोगे का आदी हो चुका हूँ और मैंने इसके बारे में कभी ठीक से नहीं सोचा, लेकिन यह कमाल का है। मैंने कभी हैरी के चोगे जैसे दूसरे चोगे के बारे में नहीं सुना। इसमें कोई कमी या दोष

नहीं है। हम इसके नीचे कभी पकड़े नहीं गए –'

'ज़ाहिर है – रॉन, जब हम इसके नीचे होते हैं, तो अदृश्य होते हैं!'

'लेकिन उन्होंने बाक़ी चोगों के बारे में बिलकुल सच कहा है – और वे भी कोई बहुत सस्ते नहीं मिलते हैं! मुझे यह पहले कभी लगा ही नहीं, लेकिन मैंने सुना है कि पुराने होने पर ऐसे चोगों का सम्मोहन ख़त्म हो जाता है या मंत्रों के कारण उनमें छेद हो जाते हैं। हैरी का चोगा पहले उसके डैडी के पास था। यह बहुत पुराना है, लेकिन ... आदर्श है!'

'हाँ, ठीक है, लेकिन रॉन, *पत्थर* ...'

जब वे फुसफुसाकर बहस कर रहे थे, तो हैरी कमरे में घूमने लगा। उनकी बातों पर वह आधा-अधूरा ध्यान दे रहा था। घुमावदार सीढ़ियों तक पहुँचकर उसने यूँ ही ऊपर वाली मंज़िल की तरफ़ देखा। उसका ध्यान एकाएक भटक गया। ऊपर वाले कमरे की छत पर उसे अपना चेहरा नज़र आया था।

एक पल चकराने के बाद उसे एहसास हुआ कि वहाँ आईना नहीं, बल्कि तस्वीर लगी थी। उत्सुकतावश वह सीढ़ियाँ चढ़ने लगा।

'हैरी, तुम क्या कर रहे हो ? मुझे नहीं लगता कि उनके न रहने पर तुम्हें इस तरह इधर-उधर ताक-झाँक करना चाहिए!'

लेकिन तब तक हैरी अगली मंज़िल पर पहुँच चुका था।

लूना ने अपने बेडरूम की छत को पाँच चेहरों की सुंदर तस्वीरों से सज़ाया था : हैरी, रॉन, हर्माइनी, जिनी और नेविल। वे लोग हॉगवर्ट्स की तस्वीरों की तरह हिल तो नहीं रहे थे, लेकिन इसके बावजूद जादुई लग रहे थे : हैरी को लगा, जैसे वे साँस ले सकते हों। तस्वीरों के चारों ओर सुनहरी ज़ंजीरों जैसी चीज़ें नज़र आ रही थीं, जो उन्हें साथ जोड़े थीं, लेकिन एकाध मिनट तक उन्हें देखने के बाद हैरी को एहसास हुआ कि ज़ंजीरें दरअसल एक शब्द थीं, जिसे सुनहरी स्याही में हज़ार बार लिखा गया था : *दोस्त ... दोस्त ... दोस्त ...*

हैरी के मन में लूना के प्रति असीम प्रेम उमड़ आया। उसने कमरे में चारों तरफ़ देखा। पलंग के पास एक बड़ा फ़ोटो रखा था। इसमें लूना एक महिला के गले लगी हुई थी, जिसकी शक्ल लूना से काफ़ी मिलती थी। इस तस्वीर में लूना का हुलिया जितना अच्छा था, उतना हैरी ने ज़िंदगी में कभी नहीं देखा था। फ़ोटो पर धूल जमी थी। यह बात हैरी को थोड़ी अजीब लगी। उसने चारों तरफ़ घूरा।

कुछ गड़बड़ थी। हल्के नीले गलीचे पर भी धूल की मोटी परत जमी थी। कपड़ों की अलमारी का दरवाज़ा थोड़ा खुला था, जिसमें झाँकने पर उसने देखा कि उसमें कपड़े नहीं थे। बिस्तर को देखकर ऐसा लग रहा था, जैसे कोई उस पर हफ़्तों से नहीं सोया हो। सबसे पास वाली खिड़की पर एक बड़ा जाला लगा हुआ था, जिसमें से लाल आसमान दिख रहा था।

जब हैरी सीढ़ियों से उतरा, तो उसका चेहरा देखकर हर्माइनी ने पूछा, 'क्या गड़बड़ है ?' लेकिन उसके जवाब देने से पहले ही ज़ेनोफ़िलियस किचन से सीढ़ियों के ऊपर आ गए। वे एक ट्रे में प्याले रखकर लाए थे।

'मि. लवगुड ?' हैरी ने कहा। 'लूना कहाँ है ?'

'क्या ?'

'लूना कहाँ है ?'

ज़ेनोफ़िलियस सबसे ऊपर की सीढ़ी पर रुक गए।

'मैं - मैं तुम्हें पहले ही बता चुका हूँ। वह नीचे पुल पर मछली पकड़ने गई है।'

'तो फिर आप ट्रे में चार प्याले ही क्यों लाए हैं ?'

ज़ेनोफ़िलियस ने बोलने की कोशिश की, लेकिन आवाज़ बाहर नहीं निकली। इस वक़्त सिर्फ़ प्रिंटिंग मशीन की आवाज़ ही सुनाई दे रही थी और ट्रे की खनखन भी, क्योंकि ज़ेनोफ़िलियस के हाथ काँपने लगे थे।

'मुझे नहीं लगता कि लूना कई सप्ताह से यहाँ है ?' हैरी ने कहा। 'उसके कपड़े भी नहीं हैं, वह अपने पलंग पर हफ़्तों से सोई नहीं है। वह है कहाँ ? और आप बार-बार खिड़की से बाहर क्यों देख रहे थे ?'

ज़ेनोफ़िलियस के हाथ से ट्रे छूट गई। प्याले उछले और टूट गए। हैरी, रॉन और हर्माइनी ने अपनी छड़ियाँ निकाल लीं। ज़ेनोफ़िलियस मूर्ति की तरह स्थिर खड़े रहे, हालाँकि उनका हाथ अपनी जेब में जाने ही वाला था। उसी पल, प्रिंटिंग मशीन ने ज़ोरदार आवाज़ की और *क्विबलर* पत्रिका के बहुत से अंक टेबलक्लॉथ के नीचे से फ़र्श पर बिखर गए। प्रिंटिंग मशीन आख़िरकार ख़ामोश हो गई।

हर्माइनी ने नीचे झुककर एक पत्रिका उठाई, हालाँकि वह अब भी अपनी छड़ी मि. लवगुड की तरफ़ ताने हुए थी।

'हैरी, इसकी तरफ़ देखो।'

अटाले के बीच से हैरी उसके पास जितनी जल्दी पहुँच सकता था,

पहुँच गया। *क्विबलर* के कवर पर हैरी की तस्वीर छपी थी। तस्वीर पर *अवांछित क्रमांक एक* लिखा था और उसके नीचे घोषित पुरस्कार राशि भी लिखी थी।

'तो *क्विलबर* बदल गया है?' हैरी ने ठंडेपन से पूछा और उसका दिमाग़ बहुत तेज़ी से काम कर रहा था। 'तो आप बगीचे में यही करने गए थे, मि. लवगुड? उल्लू भेजकर मंत्रालय को ख़बर भेज रहे थे?'

ज़ेनोफ़िलियस ने अपने होंठों पर जीभ फेरी।

'वे मेरी लूना को पकड़कर ले गए,' उसने फुसफुसाकर कहा। 'क्योंकि मैं उनके ख़िलाफ़ लिख रहा था। वे मेरी लूना को पकड़कर ले गए और मैं नहीं जानता कि वह कहाँ है या उन्होंने उसके साथ कैसा सलूक किया है। लेकिन वे उसे लौटा देंगे, अगर मैं – अगर मैं –'

'हैरी को पकड़वा दूँ?' हर्माइनी ने उसकी बात पूरी की।

'बिलकुल नहीं,' रॉन ने सपाट अंदाज़ में कहा। 'रास्ते से हट जाओ, हम जा रहे हैं।'

ज़ेनोफ़िलियस को काटो तो ख़ून नहीं था। वह सौ साल बूढ़ा दिख रहा था और उसके होंठ भयंकर मुस्कान में फैल गए।

'वे लोग किसी भी पल यहाँ आ सकते हैं। मुझे लूना को बचाना है। मैं उसे नहीं खो सकता। मैं तुम्हें यहाँ से नहीं जाने दूँगा।'

वह सीढ़ियों के सामने हाथ फैलाकर खड़ा हो गया। हैरी को अचानक याद आ गया कि उसकी माँ ने भी उसके पालने के सामने यही किया था।

'ऐसा कुछ न करें, जिससे हमें आपको चोट पहुँचानी पड़े,' हैरी ने कहा। 'रास्ते से हट जाएँ, मि. लवगुड।'

'हैरी!' हर्माइनी चिल्लाई।

झाड़ुओं पर सवार दो आकृतियाँ खिड़कियों के पास से उड़ती हुई निकलीं। उन तीनों का ध्यान हटते ही ज़ेनोफ़िलियस ने अपनी छड़ी निकाल ली। हैरी को समय रहते अपनी ग़लती का एहसास हो गया। वह एक तरफ़ हो गया और उसने रॉन तथा हर्माइनी को भी दूर कर दिया, जब ज़ेनोफ़िलियस का स्तब्धीकरण मंत्र कमरे में उड़ा और महाविस्फोटक सींग से टकराया।

ज़ोरदार विस्फोट हुआ। कमरा जैसे ढह सा गया : लकड़ी, काग़ज़

और मलबा हर दिशा में उड़ने लगा। हर तरफ़ सफ़ेद धूल के मोटे-मोटे बादल तैर रहे थे। हैरी हवा में उड़कर फ़र्श पर गिर गया। गिरते हुए मलबे के कारण वह कुछ देख नहीं सकता था। उसने अपने सिर पर हाथ रख लिए। तभी उसने हर्माइनी की चीख़ और रॉन के चिल्लाने की आवाज़ सुनी। फिर उसे एक के बाद एक धातु के धमाकों की आवाज़ें आईं, जिससे उसे पता चला कि ज़ेनोफ़िलियस भी घुमावदार सीढ़ियों पर नीचे की तरफ़ गिर गया था।

मलबे में आधे दफ़न हैरी ने उठने की कोशिश की। धूल के कारण वह बमुश्किल साँस ले पा रहा था और देख पा रहा था। आधी छत गिर गई थी और छेद में से लूना के पलंग का सिरा नज़र आ रहा था। चंद्रिका चीलघात की अर्धप्रतिमा उसके क़रीब पड़ी थी और अब उसका आधा चेहरा ग़ायब था। फटे चर्मपत्र के टुकड़े हवा में उड़ रहे थे और प्रिंटिंग मशीन का ज़्यादातर हिस्सा भी अपनी जगह से हट गया था, जिससे किचन की तरफ़ जाने वाली सीढ़ियों का ऊपरी हिस्सा बंद हो गया था। एक सफ़ेद आकृति हैरी के क़रीब आई। वह मूर्ति की तरह धूल में लिपटी हुई थी और उसकी उँगली होंठों पर थी।

नीचे दरवाज़ा टूटने की आवाज़ आई।

'मैंने तुमसे कहा था ना, ट्रैवर्स, जल्दी करने की कोई ज़रूरत नहीं है?' एक रूखी आवाज़ आई। 'मैंने तुमसे कहा था ना कि यह पागल हमेशा की तरह बकवास कर रहा होगा?'

एक धमाका हुआ और ज़ेनोफ़िलियस की दर्द भरी चीख़ सुनाई दी।

'नहीं ... नहीं ... ऊपर की मंज़िल पर ... पॉटर!'

'लवगुड, मैंने तुम्हें पिछले हफ़्ते ही बताया था, हम पक्की जानकारी के अलावा किसी चीज़ के लिए नहीं लौटेंगे? पिछले हफ़्ते की बात याद है? जब तुमने अपनी बेटी के बदले में मूर्खतापूर्ण मुकुट देने का प्रस्ताव रखा था? और उसके एक हफ़्ते पहले –' एक और धमाका, एक और चीख़ '– जब तुमने सोचा था कि हम उसे लौटा देंगे, अगर तुम हमें इस बात का सबूत दे दोगे कि क्रंपल–' *धमाका* '– हेडेड –' *धमाका* '– स्नोरकैक्स होते हैं?'

'नहीं – नहीं – मैं रहम की भीख माँगता हूँ!' ज़ेनोफ़िलियस सुबकते हुए बोला। 'यह सचमुच पॉटर है! सचमुच!'

'और अब यह नज़र आता है कि तुमने हमें यहाँ सिर्फ़ इसलिए बुलाया है, ताकि तुम अपने घर के साथ हमें भी उड़ा सको!' प्राणभक्षी

गरजा और कई धमाकों की आवाज़ आई, जिस दौरान ज़ेनोफ़िलियस दर्द से चीख़ता-चिल्लाता रहा।

'सेल्विन, इस जगह को देखकर तो ऐसा लगता है, जैसे यह गिरने वाली है,' दूसरी ठंडी आवाज़ टूटी सीढ़ियों से गूँजती हुई ऊपर पहुँची। 'ऊपर का रास्ता पूरी तरह से बंद है। मलबा साफ़ करने की कोशिश करें ? कहीं पूरा मकान ही न गिर जाए।'

'झूठे कहीं के,' सेल्विन नाम का जादूगर चिल्लाया। 'तुमने अपनी ज़िंदगी में पॉटर को कभी देखा भी नहीं होगा, है ना ? सोचा होगा, तुम हमें यहाँ लालच देकर बुलाओगे और धोखे से मार डालोगे, है ना ? तुम्हें क्या लगता है, इस तरह तुम्हें अपनी बेटी वापस मिल जाएगी ?'

'मैं क़सम खाता हूँ ... मैं क़सम खाता हूँ ... पॉटर ऊपर की मंज़िल पर है!'

'मानव प्रकटो,' सीढ़ियों के नीचे से आवाज़ आई।

हैरी ने हर्माइनी की आह सुनी। उसे यह अजीब एहसास हुआ कि कोई चीज़ उस पर झुक रही है और उसके शरीर से टकरा रही है।

'कोई सचमुच ऊपर है, सेल्विन,' दूसरे आदमी ने तीखी आवाज़ में कहा।

'मैं कब से कह रहा हूँ, वह पॉटर है, वह पॉटर है!' ज़ेनोफ़िलियस ने सुबकते हुए कहा। 'प्लीज़ ... प्लीज़ ... मुझे लूना दे दो, बस मुझे मेरी लूना दे दो ...'

'तुम्हें तुम्हारी बेटी वापस मिल जाएगी, लवगुड,' सेल्विन ने कहा, 'अगर तुम उन सीढ़ियों से ऊपर जाकर हैरी पॉटर को लाकर दे दो। लेकिन अगर यह कोई साज़िश हुई, कोई चाल हुई, अगर तुम्हारा कोई साथी ऊपर हम पर हमला करने के लिए घात लगाए बैठा हुआ, तो हम तुम्हारी बेटी के टुकड़े-टुकड़े कर देंगे और थोड़े से टुकड़े तुम्हें दफ़नाने के लिए दे देंगे।'

ज़ेनोफ़िलियस ने डर और हताशा भरी चीख़ निकाली। खरोंचने और हटाने की आवाज़ें आईं। ज़ेनोफ़िलियस सीढ़ियों के मलबे में से निकलकर ऊपर आने की कोशिश कर रहा था।

'चलो,' हैरी फुसफुसाया, 'हमें यहाँ से बाहर निकलना होगा।'

वह उस शोर के बीच बाहर निकलने लगा, जो ज़ेनोफ़िलियस सीढ़ियों पर कर रहा था। रॉन सबसे गहराई में दफ़न था। हैरी और

हर्माइनी ने बिना आवाज़ किए उसके ऊपर का मलबा हटाया और उसके पैरों पर गिरी भारी अलमारी को हटाने की कोशिश की। जब ज़ेनोफ़िलियस के धमाकों और खरोंचने की आवाज़ें क़रीब आईं, तो हर्माइनी ने वायु-विचरण मंत्र का इस्तेमाल करके रॉन को आज़ाद कर लिया।

'ठीक है,' हर्माइनी फुसफुसाई, जब सीढ़ियों के रास्ते को रोकने वाली टूटी प्रिंटिंग मशीन काँपने लगी। ज़ेनोफ़िलियस अब उनसे बस कुछ ही फ़ुट दूर था। हर्माइनी अब भी धूल के कारण सफ़ेद थी। 'क्या तुम्हें मुझ पर भरोसा है, हैरी?'

हैरी ने सिर हिलाया।

'तो फिर **ठीक** है,' हर्माइनी फुसफुसाई, 'मुझे अदृश्य चोगा दे दो। रॉन, तुम इसे पहन लो।'

'मैं? लेकिन हैरी -'

'प्लीज़ रॉन! हैरी, मेरा हाथ कसकर पकड़ लो! और रॉन, तुम मेरा कंधा पकड़ लो।'

हैरी ने अपना बायाँ हाथ बढ़ाया। रॉन चोगे के नीचे घुसकर अदृश्य हो गया। सीढ़ियों का रास्ता रोकने वाली प्रिंटिंग मशीन काँप रही थी : ज़ेनोफ़िलियस वायु-विचरण मंत्र का इस्तेमाल करके उसे हटाने की कोशिश कर रहा था। हैरी नहीं जानता था कि हर्माइनी किस चीज़ का इंतज़ार कर रही है।

'कसकर पकड़ना,' वह फुसफुसाई। 'कसकर पकड़ना ... किसी भी पल ...'

ज़ेनोफ़िलियस का काग़ज़ जैसा सफ़ेद चेहरा साइडबोर्ड के ऊपर नज़र आया।

'विस्मृतो!' हर्माइनी उसके चेहरे की तरफ़ अपनी छड़ी करके चिल्लाई, फिर अपने नीचे के फ़र्श पर छड़ी तानकर बोली, *'भूतल-प्रहारम्!'*

उसने सिटिंग रूम की छत में छेद कर दिया था। वे चट्टानों की तरह गिरे। अपनी जान बचाने की ख़ातिर हैरी अब भी हर्माइनी का हाथ थामे हुए था। नीचे से एक चीख़ सुनाई दी और उसने दो लोगों को रास्ते से हटते देखा, जब टूटी छत से उन पर ढेर सारे मलबे और टूटे फ़र्नीचर की बारिश होने लगी। तभी हर्माइनी अंतर्ध्यान होने के लिए हवा में ही घूम गई और अँधेरे में खोते समय हैरी के कानों में ढहते मकान की आवाज़ गूँजने लगी।

अध्याय बाईस

मौत के तोहफ़े

हैरी हाँफता हुआ घास पर गिरा और तत्काल खड़ा हो गया। वे सूरज के ढलते समय एक खेत के कोने में उतरे थे। हर्माइनी तत्काल छड़ी हिलाती हुई उनके चारों तरफ़ दौड़ते हुए गोला बनाने लगी।

'रक्षाकवच संपूर्णम् ... शाप-अप्रभावितो ...'

'गद्दार कहीं का!' रॉन ने हाँफते हुए कहा और अदृश्य चोगे के नीचे से निकलकर उसे हैरी की ओर उछाल दिया। 'हर्माइनी, तुम कमाल की हो! तुमने तो सचमुच कमाल कर दिया! मुझे यक़ीन नहीं हो रहा है कि हम वहाँ से सही-सलामत निकल आए!'

'शत्रु-अदृश्यो ... मैंने *कहा* नहीं था कि वह महाविस्फोटक सींग है ? मैंने उसे बताया नहीं था क्या ? और अब उसका घर तबाह हो गया है!'

'उसे अपनी करनी का फल मिल गया,' रॉन ने अपनी फटी जीन्स और पैर के घावों को ग़ौर से देखते हुए कहा। 'तुम्हें क्या लगता है, वे उसके साथ क्या करेंगे ?'

'ओह, मुझे उम्मीद है कि वे उसे जान से नहीं मारेंगे!' हर्माइनी ने कराहते हुए कहा। 'इसीलिए तो मैं चाहती थी कि हमारे वहाँ से आने से पहले प्राणभक्षी हैरी की एक झलक देख लें, ताकि उन्हें पता चल जाए कि ज़ेनोफ़िलियस झूठ नहीं बोल रहा था!'

'लेकिन मुझे क्यों छिपाया ?' रॉन ने पूछा।

'रॉन, उनके ख़्याल से तुम इस वक़्त स्पैटरग्रॉइट बीमारी के कारण बिस्तर पर पड़े हो! लूना के पिता तो बस हैरी का समर्थन कर रहे थे, इसलिए उन्होंने लूना का अपहरण कर लिया! अगर उन्हें यह मालूम चल

जाता कि तुम हैरी के साथ हो, तो तुम्हारे परिवार का क्या होता?'

'लेकिन *तुम्हारे* मम्मी-डैडी?'

'वे ऑस्ट्रेलिया में हैं,' हर्माइनी ने कहा। 'वे ठीक-ठाक रहेंगे। उन्हें कुछ नहीं मालूम।'

'तुम कमाल की हो,' रॉन ने प्रशंसा भरी नज़रों से देखते हुए दोहराया।

'हाँ हर्माइनी, सचमुच,' हैरी ने उत्साह से कहा। 'मैं नहीं जानता कि तुम्हारे बिना हमारा क्या होता?'

वह मुस्कराई, लेकिन तत्काल गंभीर हो गई।

'लूना का क्या होगा?'

'देखो, अगर वे सच बोल रहे हैं और वह अब तक ज़िंदा है -' रॉन ने बोलना शुरू किया।

'ऐसा मत कहो, ऐसा मत कहो!' हर्माइनी चिल्लाई। 'वह ज़रूर ज़िंदा होगी, ज़रूर ज़िंदा होगी!'

'तो फिर मुझे लगता है, वह अज़्काबान में होगी,' रॉन ने कहा। 'वैसे क्या पता, वह उस जगह से बच भी पाएगी या नहीं ... बहुत से लोग नहीं झेल पाते हैं ...'

'वह झेल जाएगी,' हैरी ने कहा। वह इसके अलावा कुछ सोचना गवारा नहीं कर पाया। 'लूना सख़्तजान है, तुम जितना सोचते हो उससे ज़्यादा सख़्तजान है। वह शायद क़ैदियों को चकरघिन्नी कीटों और नार्गल्स के बारे में सिखा रही होगी।'

'काश तुम्हारी बात सही हो,' हर्माइनी ने कहा। उसने अपनी आँखों पर हाथ फेरा। 'मुझे ज़ेनोफ़िलियस की हालत पर तरस आता, अगर -'

'- अगर उसने हमें प्राणभक्षियों के हाथों बेचने की कोशिश नहीं की होती,' रॉन ने कहा।

उन्होंने टेंट लगाया और उसके भीतर चले गए, जहाँ रॉन ने सबके लिए चाय बनाई। बाल-बाल बचने के बाद उन्हें ठंडी और सीलन भरी पुरानी जगह घर जैसी सुरक्षित, परिचित तथा आरामदेह महसूस हुई।

'ओह, हम वहाँ गए ही क्यों?' हर्माइनी ने कुछ मिनट की ख़ामोशी के बाद दुखी स्वर में कहा। 'हैरी, तुमने ठीक ही कहा था। यह तो एक बार फिर गॉडरिक्स हॉलो जैसी बात हो गई, समय की बर्बादी! मौत के तोहफ़े

... इतनी बकवास ... हालाँकि दरअसल,' उसके मन में अचानक एक विचार आया, 'हो सकता है, उसने यह कहानी गढ़ ली हो, है ना? वह शायद मौत के तोहफ़ों में बिलकुल भी यक़ीन नहीं करता हो, लेकिन वह प्राणभक्षियों के आने तक हमें बस बातों में उलझाए रखना चाहता था!'

'मुझे नहीं लगता,' रॉन ने कहा। 'तनाव में कहानी गढ़ना बहुत मुश्किल होता है, इतना मुश्किल कि तुम सोच भी नहीं सकतीं। मुझे यह बात तब पता चली, जब धरपकड़ गैंग ने मुझे पकड़ लिया था। किसी बिलकुल नए व्यक्ति को गढ़ने के बजाय मेरे लिए स्टैन होने का नाटक करना ज़्यादा आसान था, क्योंकि मैं उसके बारे में थोड़ा-बहुत जानता था। लवगुड काफ़ी दबाव में था और हमें हर हाल में रोके रखना चाहता था। मुझे लगता है कि उसने हमें बातों में लगाए रखने के लिए सच्चाई बताई थी, या कम से कम वह चीज़ बताई थी, जिसे वह सच्चाई मानता है।'

'देखो, मुझे नहीं लगता कि इससे कोई फ़र्क़ पड़ता है,' हर्माइनी ने आह भरते हुए कहा। 'भले ही वह सच बोल रहा हो, लेकिन मैंने अपनी ज़िंदगी में इतनी बकवास पहले कभी नहीं सुनी।'

'वैसे ठहरो,' रॉन ने कहा। 'रहस्यमय तहख़ाने को भी तो किंवदंती ही माना जाता था, है ना?'

'लेकिन मौत के तोहफ़ों का अस्तित्व हो ही *नहीं सकता*, रॉन!'

'तुम चाहे जो कहती रहो, उनमें से एक का हो सकता है,' रॉन ने कहा। 'हैरी का अदृश्य चोगा -'

' "तीन भाइयों की कहानी" सिर्फ़ एक कहानी है,' हर्माइनी ने दृढ़ता से कहा। 'इसमें बताया गया है कि इंसान मौत से किस क़दर डरते हैं। अगर मौत से बचना अदृश्य चोगे के नीचे छिपने जितना ही आसान होता, तो वह चीज़ तो हमारे पास पहले से ही है!'

'मुझे नहीं मालूम। वैसे हमारे पास अजेय छड़ी होती, तो ज़्यादा अच्छा होता,' हैरी ने कहा और ब्लैकथॉर्न छड़ी को उँगलियों में उलट-पलट कर देखने लगा, जिसे वह बहुत नापसंद करता था।

'इस तरह की कोई चीज़ नहीं होती, हैरी!'

'तुमने कहा था कि ऐसी कई छड़ियाँ थीं - मौत की छड़ी या चाहे उनके जो भी नाम हों -'

'ठीक है, अगर तुम ख़ुद को झूठी तसल्ली देना चाहते हो कि अजेय

छड़ी असली है, तो मान लेते हैं। लेकिन पुनर्जीवन पत्थर?' उसकी उँगलियाँ नाम के चारों ओर कोटेशन मार्क सा बनाती रहीं और वह ताने भरे अंदाज़ में बोल रही थी। 'मुर्दे किसी तरह के जादू से नहीं लौटते हैं और यह अटल सत्य है!'

'जब मेरी छड़ी तुम-जानते-हो-कौन की छड़ी के साथ जुड़ गई थी, तो मेरे मम्मी-डैडी नज़र आए थे ... और सेडरिक ...'

'लेकिन वे मौत से सचमुच तो वापस नहीं आए थे, है ना?' हर्माइनी ने कहा। 'इस तरह की फीकी नक़ल का मतलब दोबारा ज़िंदा होना तो नहीं है।'

'लेकिन वह कहानी वाली लड़की भी तो सचमुच नहीं लौटी थी, है ना? कहानी में बताया गया है कि मरने के बाद लोग मुर्दालोक के हो जाते हैं। लेकिन इसके बावजूद दूसरा भाई उसे देख पाया और उससे बात कर पाया, है ना? यहाँ तक कि वह उसके साथ कुछ समय तक रहा भी था ...'

उसे हर्माइनी के चेहरे पर चिंता के साथ ही एक और भाव दिखा, जिसे वह समझ नहीं पाया। जब हर्माइनी ने रॉन को देखा, तो हैरी को एहसास हुआ कि वह डर का भाव था। मुर्दा लोगों के साथ ज़िंदगी बिताने की बात सुनकर वह डर गई थी।

हैरी ने जल्दी से कहा और पूरे होशोहवास में दिखने की कोशिश की, 'तो तुम गॉडरिक्स हॉलो में दफ़न पेवरेल के बारे में कुछ नहीं जानतीं?'

'नहीं,' वह बोली और विषय बदलने पर राहत में नज़र आई। 'उसकी क़ब्र पर निशान देखने के बाद मैंने उसके बारे में जानकारी खोजी थी। अगर वह कोई मशहूर व्यक्ति होता या उसने कोई महत्वपूर्ण काम किया होता, तो मुझे यक़ीन है कि उसका नाम हमारी किसी पुस्तक में ज़रूर होता। मुझे "पेवरेल" नाम सिर्फ़ *अभिजात्य वर्ग : जादूगरों की वंशावली* पुस्तक में ही मिला। वह पुस्तक मैंने क्रीचर से उधार ली थी,' उसने स्पष्ट किया, जब रॉन ने अपनी भौंहें उठाईं। 'उसमें शुद्ध ख़ून वाले उन परिवारों की सूची दी गई है, जिनकी पुरुष वंशावली नष्ट हो चुकी है। स्पष्ट है कि पेवरेल परिवार सबसे शुरुआती परिवारों में से रहा होगा, जिनका नामोनिशान ख़त्म हो गया।'

'"पुरुष वंशावली नष्ट हो चुकी है"?' रॉन ने कहा।

'इसका मतलब है कि यह नाम सदियों पहले ख़त्म हो चुका है,' हर्माइनी ने कहा, 'पेवरेल के मामले में। हो सकता है उनके वंशज अब भी

हों, हालाँकि उनके नाम कुछ अलग होंगे।'

यह सुनकर हैरी को अचानक वह याद आ गई, जो पेवरेल नाम सुनकर ज़ेनोफ़िलियस के घर पर कसमसाई थी : एक गंदा बूढ़ा आदमी मंत्रालय के एक अधिकारी के चेहरे के सामने बदसूरत अँगूठी लहरा रहा था और ज़ोर से चिल्ला रहा था, 'मारवोलो गॉन्ट!'

'क्या कहा ?' रॉन और हर्माइनी ने एक साथ कहा।

'*मारवोलो गॉन्ट!* तुम-जानते-हो-कौन का नाना! स्मृतिपात्र में! डम्बलडोर के साथ! मारवोलो गॉन्ट ने कहा था कि पेवरेल उसका पुरखा है!'

रॉन और हर्माइनी हैरान दिखने लगे।

'वह अँगूठी, वह अँगूठी जो होरक्रक्स बनी। मारवोलो गॉन्ट ने कहा था कि उस पर पेवरेल का निशान है! मैंने उसे मंत्रालय के आदमी के चेहरे के सामने अँगूठी लहराते हुए देखा था। वह तो इसे जैसे उसकी नाक में घुसाना चाहता था!'

'पेवरेल का निशान ?' हर्माइनी ने तीखेपन से पूछा। 'क्या तुमने उसे देखा था ? यह कैसा दिखता था ?'

'मैं दरअसल ठीक से नहीं देख पाया,' हैरी ने याद करने की कोशिश करते हुए कहा। 'जहाँ तक मैं देख सकता था, वहाँ कोई आकर्षक चीज़ नहीं थी, शायद कुछ खरोंचें थीं। मैंने इसे सचमुच क़रीब से सिर्फ़ तभी देखा, जब यह चटककर खुल गया था।'

हैरी ने देखा कि हर्माइनी की आँखें अचानक फैल गई थीं, जैसे वह कुछ समझ गई हो। रॉन हैरान होकर उन दोनों की तरफ़ देख रहा था।

'ओह ... तुम्हें लगता है कि यह मौत का दूसरा तोहफ़ा था ? मौत का तोहफ़ा ?'

'क्यों नहीं ?' हैरी ने रोमांचित होकर कहा। 'मारवोलो गॉन्ट अज्ञानी बूढ़ा था, जो सुअर की तरह रहता था। उसे बस अपने ख़ानदान का घमंड था। अगर अँगूठी सदियों से परिवार में थी, तो हो सकता है, उसे इसका महत्व या असलियत मालूम ही न हो। मकान में एक भी पुस्तक नहीं थी और मेरा विश्वास करो, वह उस क़िस्म का आदमी नहीं था कि बच्चों को कहानियाँ सुनाता। वह तो उस पत्थर पर पेवरेल के निशान से ही ख़ुश था, क्योंकि जहाँ तक उसका सवाल था, शुद्ध ख़ून का होने से आप शहंशाह

बन जाते हैं!'

'हाँ ... और यह सब बहुत दिलचस्प है,' हर्माइनी ने सावधानीपूर्वक कहा, 'लेकिन हैरी, अगर तुम वही सोच रहे हो, जो मेरे हिसाब से तुम सोच रहे –'

'देखो, क्यों नहीं? *क्यों नहीं?'* हैरी ने कहा और सारी सावधानी छोड़ दी। 'वह एक पत्थर था, है ना?' उसने समर्थन पाने के लिए रॉन की तरफ़ देखा। 'अगर वही पुनर्जीवन पत्थर हुआ?'

रॉन का मुँह खुल गया। 'हे भगवान – लेकिन क्या यह डम्बलडोर के तोड़ने के बाद भी काम करेगा –'

'काम? *काम?* रॉन, यह कभी काम नहीं करता था! *पुनर्जीवन पत्थर जैसी कोई चीज़ होती ही नहीं है!'* हर्माइनी उछलकर खड़ी हो गई और चिड़चिड़ी तथा नाराज़ दिखने लगी। 'हैरी, तुम हर चीज़ को तोहफ़ों की कहानी में जोड़ने की कोशिश कर रहे हो –'

'जोड़ने की कोशिश कर रहा हूँ?' उसने दोहराया। 'हर्माइनी, सब कुछ अपने आप जुड़ रहा है! मैं जानता हूँ कि उस पत्थर पर मौत के तोहफ़ों का निशान था। गॉन्ट ने कहा था कि वह पेवरेल का वंशज है!'

'एक मिनट पहले तो तुम कह रहे थे कि तुमने पत्थर के निशान को ठीक से नहीं देखा था!'

'तुम्हें क्या लगता है, अँगूठी इस वक़्त कहाँ है?' रॉन ने हैरी से पूछा। 'जब डम्बलडोर ने अँगूठी तोड़कर पत्थर निकाल लिया, तो इसके बाद उन्होंने इसका क्या किया?'

लेकिन हैरी की कल्पना सरपट भाग रही थी, रॉन और हर्माइनी की कल्पना से बहुत आगे ...

तीन वस्तुएँ या तोहफ़े, जिन्हें एक साथ हासिल करने वाला व्यक्ति मौत का मालिक ... विजेता ... स्वामी बन जाएगा ... जो आख़िरी दुश्मन नष्ट होगा, वह मौत है ...

उसने कल्पना की कि वह मौत के तोहफ़ों का मालिक बन गया है और वोल्डेमॉर्ट के सामने पहुँच गया है, जिसके होरक्रक्स उसकी तुलना में कुछ नहीं थे ... *एक के ज़िंदा रहते दूसरा ज़िंदा नहीं रह सकता* ... क्या यही जवाब है? मौत के तोहफ़े बनाम होरक्रक्स? आख़िरकार, क्या यह उसकी जीत को पक्का करने का रास्ता था? मौत के तोहफ़ों का मालिक बनने के

बाद क्या वह वोल्डेमॉर्ट से बच पाएगा?

'हैरी?'

लेकिन उसे हर्माइनी की बात जैसे सुनाई ही नहीं दी। उसने अपना अदृश्य चोगा बाहर निकाला और उस पर अपनी उँगलियाँ फेरीं। कपड़ा पानी जैसा मुलायम और हवा जैसा हल्का था। वह जादूगर दुनिया में लगभग सात साल से रह रहा था, लेकिन उसने इस दौरान ऐसा चोगा कभी नहीं देखा था। यह चोगा हूबहू वैसा ही था, जैसा ज़ेनोफ़िलियस ने वर्णन किया था : *हम ऐसे चोगे के बारे में बात कर रहे हैं, जो इसे पहनने वाले को पूरी तरह अदृश्य बना देता है और अनंत काल तक ऐसा करता है। इस पर चाहे जितने मंत्र मारे जाएँ, यह उस व्यक्ति को छिपाए रखता है ...*

और फिर एक उफ़् के साथ उसे याद आया –

'जिस रात को मेरे माता-पिता की मौत हुई थी, यह चोगा डम्बलडोर के पास था!'

उसकी आवाज़ काँपी और उसका चेहरा लाल होने लगा, लेकिन उसे परवाह नहीं थी। 'मेरी मम्मी ने सिरियस को चिट्ठी में लिखा था कि डम्बलडोर ने चोगा उधार लिया था! इसीलिए लिया था! वे इसकी जाँच करना चाहते थे, क्योंकि उन्हें लगा था कि यह मौत का तीसरा तोहफ़ा है! इग्नोटस पेवरेल गॉडरिक्स हॉलो में दफ़न है ...' हैरी अब टेंट में अंधों की तरह चल रहा था और उसे महसूस हो रहा था, जैसे सच्चाई के नए रहस्य अब उसके चारों तरफ़ खुल रहे हैं। 'वही मेरे पूर्वज हैं! मैं तीसरे भाई का वंशज हूँ! यह सब समझदारी भरा लगता है!'

मौत के तोहफ़ों पर विश्वास के कारण उसे निश्चितता का एहसास हो रहा था, जैसे सिर्फ़ उनका मालिक बनने के विचार से ही उसे सुरक्षा मिल रही हो। वह ख़ुश होकर बाक़ी दोनों की तरफ़ मुड़ा।

'हैरी,' हर्माइनी ने एक बार फिर कहा, लेकिन वह अपनी गर्दन में लटके पाउच को खोलने में व्यस्त था। उसकी उँगलियाँ बुरी तरह काँप रही थीं।

'इसे पढ़ो,' उसने हर्माइनी के हाथ में अपनी मम्मी की चिट्ठी देते हुए कहा। 'इसे पढ़ो! उस वक़्त यह चोगा डम्बलडोर के पास था, हर्माइनी! उन्होंने इसे क्यों लिया होगा? उन्हें चोगे की ज़रूरत नहीं थी। वे इतना सशक्त विभ्रम सम्मोहन कर सकते थे कि चोगे के बिना ही अदृश्य हो

सकते थे!'

कोई चमकती हुई चीज़ फ़र्श पर गिरी और लुढ़ककर कुर्सी के नीचे पहुँच गई। चिट्ठी निकालते समय हैरी से सुनहरी गेंद हिल गई थी। वह इसे उठाने के लिए झुका और तभी रहस्यमय खोजों के ख़ज़ाने में उसे एक और उपहार मिला। उसके भीतर सदमे और हैरानी का विस्फोट सा हुआ तथा वह चिल्लाने लगा।

'पत्थर इसके अंदर है! वे मेरे लिए अँगूठी छोड़कर गए हैं – यह सुनहरी गेंद में है!'

'तुम्हें – तुम्हें ऐसा लगता है ?'

वह यह नहीं समझ पाया कि रॉन इतना हैरान क्यों दिख रहा था। हैरी के सामने सब कुछ इतना साफ़, इतना स्पष्ट था : हर चीज़ फ़िट हो रही थी ... उसका चोगा मौत का तीसरा तोहफ़ा था ... और जब वह सुनहरी गेंद खोलने का तरीक़ा मालूम कर लेगा, तो उसके पास मौत का दूसरा तोहफ़ा हो जाएगा ... और अब उसे सिर्फ़ मौत के पहले तोहफ़े यानी अजेय छड़ी को खोजने की ज़रूरत है, और फिर –

लेकिन ऐसा लगा, जैसे रोशन मंच पर पर्दा गिर गया हो : उसका सारा रोमांच, आशा और ख़ुशी एक झटके में किसी बत्ती की तरह बुझ गई। उसे लगा, जैसे वह अँधेरे में अकेला खड़ा हो। ख़ुशी का सम्मोहन टूट चुका था।

'वह इसी को हासिल करना चाहता है।'

उसकी आवाज़ में बदलाव से रॉन और हर्माइनी पहले से भी ज़्यादा डरे दिखने लगे।

'तुम-जानते-हो-कौन अजेय छड़ी को हासिल करना चाहता है।'

उसने उनके तनावपूर्ण, हैरान चेहरों की ओर पीठ घुमा दी। वह जानता था कि यही सच है। इसमें समझदारी लग रही थी। वोल्डेमॉर्ट नई छड़ी नहीं खोज रहा था। वह तो एक पुरानी छड़ी को खोज रहा था, दरअसल बहुत ही पुरानी छड़ी। हैरी टेंट के दरवाज़े तक गया और रॉन तथा हर्माइनी के बारे में सब कुछ भूल गया, जब वह रात के अँधेरे में बाहर देखते हुए सोचने लगा ...

वोल्डेमॉर्ट मगलू अनाथालय में बड़ा हुआ था। बचपन में किसी ने भी उसे *बीडल की कहानियाँ* नहीं सुनाई होंगी, जिस तरह हैरी को नहीं सुनाई

गई थीं। यही नहीं, बहुत कम जादूगर मौत के तोहफ़ों में यक़ीन करते थे। कहीं ऐसा तो नहीं कि वोल्डेमॉर्ट उनके बारे में जानता हो?

हैरी ने अँधेरे में घूरा ... अगर वोल्डेमॉर्ट को मौत के तोहफ़ों के बारे में पता होता, तो वह निश्चित रूप से उनका मालिक बनना चाहता, उन्हें पाने के लिए कुछ भी करने को तैयार रहता : तीन वस्तुएँ, जो उसे मौत का मालिक बना देतीं? अगर उसे मौत के तोहफ़ों के बारे में मालूम होता, तो उसे होरक्रक्सों की ज़रूरत ही नहीं थी। उसने पत्थर वाले तोहफ़े को होरक्रक्स में बदला था, क्या इसी बात से यह पता नहीं चलता था कि वह इस अंतिम महान जादुई रहस्य को नहीं जानता था?

इसका मतलब यह था कि वोल्डेमॉर्ट अजेय छड़ी चाहता तो था, लेकिन उसे इसकी पूरी शक्ति का एहसास नहीं था। वह नहीं जानता था कि यह मौत के तीन तोहफ़ों में से एक है ... क्योंकि छड़ी वह तोहफ़ा थी, जिसे छिपाया नहीं जा सकता था, जिसके अस्तित्व का सबसे आसानी से पता चल सकता था ... *अजेय छड़ी का ख़ून भरा सफ़र जादूगरों के इतिहास के पन्नों पर बिखरा हुआ है ...*

हैरी ने मटमैले बादलों से भरे आसमान को देखा, जो सफ़ेद चाँद के चेहरे पर फिसल रहे थे। अपनी खोजों पर हैरानी के कारण उसका सिर घूमने लगा।

वह टेंट में लौट आया। उसे यह देखकर सदमा लगा कि रॉन और हर्माइनी उसी जगह खड़े थे, जहाँ वह उन्हें छोड़कर गया था। हर्माइनी अब भी लिली की चिट्ठी थामे थी और रॉन थोड़ा चिंतित दिख रहा था। क्या उन्हें एहसास नहीं था कि पिछले कुछ मिनटों में वे कितने आगे पहुँच गए हैं।

'देखा?' हैरी ने उन्हें भी विश्वास दिलाने की कोशिश करते हुए कहा। 'इससे हर चीज़ स्पष्ट हो गई। मौत के तोहफ़े असली हैं और मेरे पास एक है - शायद दो हैं -'

उसने सुनहरी गेंद उठाई।

'- और तुम-जानते-हो-कौन तीसरे तोहफ़े के पीछे पड़ा है, लेकिन उसे यह पता नहीं है ... वह तो इसे सिर्फ़ एक ताक़तवर छड़ी मानता है -'

'हैरी,' हर्माइनी ने पास आकर उसे लिली की चिट्ठी लौटाते हुए कहा, 'मुझे अफ़सोस है, लेकिन मुझे लगता है कि तुम इसे ग़लत समझे हो, सरासर ग़लत समझे हो।'

'लेकिन क्या तुम्हें यह नज़र नहीं आता है ? यह बिलकुल फ़िट बैठ रहा है –'

'नहीं, यह फ़िट नहीं बैठ रहा है,' उसने कहा। 'ऐसा *नहीं है*, हैरी, तुम तो बस जोश में कुछ भी सोच रहे हो। प्लीज़,' हर्माइनी ने कहा, जब हैरी बीच में बोलने को हुआ, 'प्लीज़, बस मेरी एक बात का जवाब दे दो। अगर मौत के तोहफ़े सचमुच मौजूद होते और डम्बलडोर उनके बारे में जानते, यह जानते कि उन तीनों का मालिक मौत का मालिक बन जाएगा – तो उन्होंने तुम्हें यह बात क्यों नहीं बताई, हैरी ? क्यों ?'

उसके पास जवाब तैयार था।

'लेकिन इसका जवाब तुम्हीं ने तो दे दिया था, हर्माइनी! मुझे उनके बारे में ख़ुद पता लगाना होगा! यह एक खोज है!'

'मैंने तो वह बात सिर्फ़ इसलिए कही थी, ताकि तुम्हें लवगुड के घर चलने के लिए तैयार कर सकूँ!' हर्माइनी चिढ़कर चिल्लाई। 'मैं सचमुच ऐसा नहीं मानती हूँ!'

हैरी ने उसकी बात पर कोई ध्यान नहीं दिया।

'डम्बलडोर आम तौर पर मुझे ख़ुद चीज़ें खोजने देते थे। वे मुझे मेरी शक्तियाँ आज़माने देते थे, जोखिम लेने देते थे। ऐसा लगता है कि वे इसी तरह का काम करते।'

'हैरी, यह कोई खेल नहीं है, कोई अभ्यास नहीं है! यह असली चीज़ है और डम्बलडोर ने तुम्हारे लिए बहुत स्पष्ट निर्देश छोड़े हैं : होरक्रक्स खोजो और उन्हें नष्ट करो! इस निशान का कोई मतलब नहीं है। मौत के तोहफ़ों को भूल जाओ। हमें दिशा से नहीं भटकना चाहिए –'

हैरी जैसे उसकी बात सुन ही नहीं रहा था। वह तो सुनहरी गेंद को अपने हाथों में उलट-पुलट रहा था। उसे हल्की उम्मीद थी कि यह खुल जाएगी और इसमें से पुनर्जीवन पत्थर प्रकट हो जाएगा, जिससे वह हर्माइनी के सामने यह साबित कर सकेगा कि उसकी बात सही है और मौत के तोहफ़े असली हैं।

हर्माइनी ने रॉन से आग्रह किया।

'तुम्हें तो इस पर यक़ीन नहीं है, है ना ?'

हैरी ने सिर उठाकर रॉन को देखा, जो थोड़ा झिझक रहा था।

'पता नहीं ... मेरा मतलब है ... इसके कुछ हिस्से फ़िट होते हैं,' रॉन

ने अजीब अंदाज़ में कहा। 'लेकिन जब आप पूरी चीज़ की तरफ़ देखते हैं ...' उसने गहरी साँस ली। 'हैरी, मुझे लगता है कि हमें होरक्रक्सों को नष्ट करने में जुटना चाहिए। डम्बलडोर ने हमें यही काम सौंपा था। शायद ... शायद हमें मौत के तोहफ़ों वाले मामले को भूल जाना चाहिए।'

'धन्यवाद, रॉन,' हर्माइनी बोली। 'पहरेदारी की पहली पाली मैं सँभालती हूँ।'

वह हैरी के पास से गुज़री और जाकर टेंट के प्रवेशद्वार पर बैठ गई, जिससे उनकी बहस ख़त्म हो गई।

लेकिन हैरी उस रात बहुत कम सो पाया। मौत के तोहफ़ों के विचार ने उसे जकड़ लिया था और यह लगातार उसके दिमाग़ में घुमड़ रहा था, इसलिए वह सो नहीं सकता था : छड़ी, पत्थर और चोगा, काश वह उन तीनों का मालिक बन सके ...

मैं अंत में खुलती हूँ ... लेकिन अंत क्या था? उसे पत्थर अभी क्यों नहीं मिल सकता? अगर उसके पास पत्थर होता, तो वह डम्बलडोर को बुलाकर उनसे ये सवाल पूछ सकता था ... और हैरी ने अँधेरे में सुनहरी गेंद के सामने कुछ शब्द बोले, हर चीज़ आज़माकर देखी, यहाँ तक कि सर्पभाषा भी, लेकिन सुनहरी गेंद नहीं खुली ...

और छड़ी, अजेय छड़ी, यह कहाँ छिपी है? वोल्डेमॉर्ट इस वक़्त इसे कहाँ खोज रहा है? हैरी सोचने लगा कि काश उसका निशान टीस मारे और उसे वोल्डेमॉर्ट के विचार दिखाए, क्योंकि पहली बार वह और वोल्डेमॉर्ट एक ही चीज़ पाना चाहते थे ... ज़ाहिर है, हर्माइनी को यह विचार पसंद नहीं आएगा ... लेकिन हर्माइनी को तो इस पर यक़ीन ही नहीं था ... ज़ेनोफ़िलियस ने एक तरह से सही कहा था ... *सीमित। संकीर्ण। बंद दिमाग़।* सच्चाई तो यह थी कि वह मौत के तोहफ़ों के विचार से ही डर रही थी, ख़ासकर पुनर्जीवन पत्थर के विचार से ... और हैरी ने अपना मुँह एक बार फिर सुनहरी गेंद पर लगाकर उसे चूमा, लगभग निगल ही लिया, लेकिन वह नहीं खुली ...

भोर होने पर उसे लूना की याद आई, जो अज़्काबान की कोठरी में अकेली दमपिशाचों से घिरी होगी। उसे अचानक ख़ुद पर शर्म आई। मौत के तोहफ़ों के बारे में अपनी कल्पना की उड़ान में वह उसके बारे में तो बिलकुल ही भूल गया था। काश वे लोग उसे बचा सकें! लेकिन इतने सारे दमपिशाचों को हराया नहीं जा सकता। इससे उसे अचानक याद आया कि

उसने अब तक ब्लैकथॉर्न छड़ी से पितृदेव उत्पन्न करने की कोशिश नहीं की है ... सुबह यह करके देखना होगा ...

अगर बेहतर छड़ी पाने का कोई तरीक़ा हो ...

और अपराजेय, अजेय छड़ी, मौत की छड़ी का विचार एक बार फिर उस पर हावी हो गया ...

उन्होंने अगली सुबह टेंट पैक किया और बारिश की बौछारों में पहुँच गए। बारिश समुद्र तट तक उनके पीछे गई, जहाँ उन्होंने उस रात को टेंट लगाया। पूरे हफ़्ते बारिश होती रही। आस-पास का माहौल गीला था, जो हैरी को निराशाजनक लग रहा था। उसके विचार सिर्फ़ मौत के तोहफ़ों के आस-पास ही घूम रहे थे। ऐसा लगता था, जैसे उसके भीतर एक लौ जल गई हो, जिसे कोई भी चीज़ - हर्माइनी का अविश्वास या रॉन की लगातार शंका - नहीं बुझा सकती थी। तोहफ़ों के लिए उसकी हसरत जितनी बढ़ती गई, वह उतना ही कम ख़ुश रहने लगा। इसके लिए उसने रॉन और हर्माइनी को दोष दिया। उनकी उदासीनता लगातार हो रही बारिश जितनी ही बुरी थी। इसी कारण उसका उत्साह कम हो रहा था, लेकिन इन दोनों ही चीज़ों से उसका दृढ़ विश्वास कमज़ोर नहीं हुआ। तोहफ़ों के प्रति हैरी का विश्वास और हसरत उस पर इतनी हावी थी कि वह बाक़ी दोनों से और होरक्रक्सों के प्रति उनके जुनून से ख़ुद को अलग-थलग महसूस करने लगा।

'जुनून ?' हर्माइनी ने आवेश भरी आवाज़ में कहा, जब एक शाम को हैरी ने लापरवाही से यह शब्द उस समय बोल दिया, जब हर्माइनी उस पर यह आरोप लगा रही थी कि वह होरक्रक्स खोजने में रुचि नहीं ले रहा है। 'जुनून हमें नहीं है, हैरी! हम तो वही करने की कोशिश कर रहे हैं, जो डम्बलडोर हमसे करवाना चाहते थे!'

लेकिन इस छिपी आलोचना से भी हैरी पर कोई फ़र्क़ नहीं पड़ा। डम्बलडोर ने मौत के तोहफ़ों का सुराग़ इसलिए छोड़ा था, ताकि हर्माइनी उसे समझ ले। हैरी को पूरा यक़ीन था कि डम्बलडोर ने सुनहरी गेंद में पुनर्जीवन पत्थर छोड़ा होगा। *एक के रहते दूसरा ज़िंदा नहीं रह सकता ... मौत का मालिक ...* रॉन और हर्माइनी क्यों नहीं समझते हैं ?

'जो आख़िरी दुश्मन नष्ट होगा, वह मौत है,' हैरी ने शांति से कहा।

'मुझे लगता है कि हम तुम-जानते-हो-कौन से लड़ रहे हैं ?' हर्माइनी ने जवाब दिया और हैरी ने उसे समझाने की कोशिश में हार मान

ली।

रॉन और हर्माइनी सफ़ेद हिरणी के रहस्य पर बातें करना चाहते थे, लेकिन अब हैरी को यह कम महत्वपूर्ण और एक अस्पष्ट सी दिलचस्प घटना लग रही थी। उसके लिए मौत के तोहफ़ों के अलावा एकमात्र महत्वपूर्ण चीज़ यह थी कि उसके माथे के निशान में अब दोबारा दर्द होने लगा था, हालाँकि उसने बाक़ी दोनों से यह बात छिपाने की पूरी कोशिश की। जब भी उसे दर्द होता था, वह उनसे दूर चला जाता था, लेकिन जो उसे दिखता था, उससे वह निराश था। वोल्डेमॉर्ट की तस्वीरें पहले जितनी साफ़ नहीं दिख रही थीं। वे धुँधली हो गई थीं और बदल गई थीं। वे कभी दिखती थीं, तो कभी ओझल हो जाती थीं। हैरी खोपड़ी जैसी दिखने वाली वस्तु और पहाड़ जैसी चीज़ की अस्पष्ट छवि का मतलब मुश्किल से समझ पाया। साफ़ तस्वीरें देखने का आदी होने के कारण हैरी इस बदलाव से परेशान हो गया। उसे चिंता थी कि उसके और वोल्डेमॉर्ट के बीच का संबंध कमज़ोर हो रहा था - एक ऐसा संबंध, जिससे वह घबराता भी था, और जैसा कि उसने हर्माइनी को बताया था, जिसे वह बनाए भी रखना चाहता था। हैरी ने किसी तरह इन निराशाजनक अस्पष्ट छवियों को अपनी छड़ी के नष्ट होने से जोड़ लिया, जैसे यह ब्लैकथॉर्न छड़ी की ग़लती हो कि वह वोल्डेमॉर्ट के दिमाग़ में पहले जितनी अच्छी तरह नहीं देख पा रहा हो।

कई सप्ताह बाद हैरी का ध्यान इस तरफ़ गया कि वह पूरी तरह अपनी दुनिया में खोया हुआ था, इसलिए अब रॉन ने कमान सँभाल ली थी। शायद वह उनका साथ छोड़कर जाने की भरपाई करना चाहता था या फिर शायद हैरी की उदासीनता से उसके भीतर के लीडरशिप के सोए गुण जाग उठे थे? चाहे जो हो, अब रॉन उन दोनों को सक्रिय होने के लिए प्रोत्साहित और प्रेरित कर रहा था।

वह बार-बार कहता था, 'तीन होरक्रक्स बचे हैं। हमें योजना बनाना चाहिए, चलो! हमने कहाँ नहीं खोजा है? एक बार फिर सूची पर नज़र डालते हैं। अनाथालय ...'

छूमंतर गली, हॉगवर्ट्स, रिडल हाउस, बोर्गिन एंड बर्क्स दुकान, अल्बानिया, इस सूची में हर वह जगह थी, जहाँ उनकी जानकारी के हिसाब से टॉम रिडल कभी रहा था या जहाँ उसने कभी काम किया था, जहाँ वह गया था, जहाँ उसने यात्रा या हत्या की थी। रॉन और हर्माइनी ने दोबारा उन जगहों के बारे में बातचीत की। हैरी इस बातचीत में सिर्फ़ इसलिए शामिल होता था, ताकि हर्माइनी उसे ताने मारकर तंग न करे। ख़ामोशी में

अकेले बैठने से उसे ज़्यादा ख़ुशी मिलती। वह वोल्डेमॉर्ट के विचारों को पढ़ने की कोशिश करना चाहता था, अजेय छड़ी के बारे में ज़्यादा पता लगाना चाहता था, लेकिन रॉन ने कई अन्य संभावित जगहों की यात्रा करने पर ज़ोर दिया। हैरी जानता था कि वह ऐसा सिर्फ़ इसलिए कर रहा था, ताकि उन्हें आगे बढ़ते रहने का एहसास हो।

रॉन लगातार इसी तरह की बात कहता था, 'अपर फ़्लेजली जादूगरों का गाँव है। हो सकता है, वह वहाँ रहना चाहता हो। चलो, चलकर वहाँ नज़र डालते हैं।'

जादूगर इलाक़ों में अक्सर आने-जाने पर उन्हें कई बार धरपकड़ गैंग नज़र आए।

रॉन ने कहा, 'उनमें से कुछ तो प्राणभक्षियों जितने बुरे हैं। मुझे पकड़ने वाले तो कमज़ोर थे, लेकिन बिल का अनुमान है कि उनमें से कुछ सचमुच ख़तरनाक हैं। *पॉटरवाच* कार्यक्रम में कहा गया था –'

'किसमें ?' हैरी ने कहा।

'*पॉटरवाच,* क्या मैंने तुम्हें इसका नाम नहीं बताया था? इसी कार्यक्रम को तो मैं रेडियो पर सुनने की कोशिश कर रहा था, इकलौता कार्यक्रम है, जो सच्ची जानकारी देता है! बाक़ी के सारे कार्यक्रम तुम-जानते-हो-कौन के निर्देशों पर चल रहे हैं, *पॉटरवाच* को छोड़कर। मैं चाहता हूँ कि तुम इसे सुनो, लेकिन इसका स्टेशन पकड़ना मुश्किल है ...'

रॉन हर शाम अपनी छड़ी से रेडियो पर धुनें निकालने की कोशिश करता रहा और डायल घुमाता रहा। कभी-कभार वे इस तरह की सलाह सुनते थे कि ड्रैगन पॉक्स का उपचार कैसे किया जाए। एक बार तो उन्होंने 'कड़ाही भरकर गर्म, सशक्त प्रेम' की लाइनें भी सुनीं। रेडियो पर छड़ी ठोंकते समय रॉन सही पासवर्ड याद करने की कोशिश करता रहा और मन में आए शब्द धीरे-धीरे बोलता रहा।

'आम तौर पर पासवर्ड मायापंछी के समूह से संबंधित होते हैं,' उसने उन्हें बताया। 'बिल उनका अनुमान लगाने में माहिर था। अंत में मुझे भी इसमें कामयाबी मिल ही जाएगी ...'

मार्च में जाकर क़िस्मत ने रॉन का साथ दिया। हैरी टेंट के दरवाज़े पर बैठकर पहरा दे रहा था और ठंडी ज़मीन से संघर्ष करके उगी झाड़ी को यूँ ही घूर रहा था, तभी टेंट के भीतर से रॉन की रोमांचित चीख़ सुनाई दी।

'मुझे पासवर्ड मिल गया, मुझे मिल गया! पासवर्ड "एल्बस" था!

अंदर आ जाओ, हैरी!'

मौत के तोहफ़े के बारे में हफ़्तों तक लगातार सोचने के बाद हैरी पहली बार जाग्रत महसूस करने लगा। वह जल्दी से टेंट के भीतर गया। वहाँ रॉन और हर्माइनी छोटे रेडियो के पास फ़र्श पर घुटनों के बल बैठे थे। सिर्फ़ कुछ न कुछ करने के लिए हर्माइनी गरुड़द्वार की तलवार को चमका रही थी। वह इस वक़्त मुँह खोलकर छोटे से स्पीकर को देख रही थी, जिसमें से एक बहुत जानी-पहचानी आवाज़ निकल रही थी।

'... प्रसारण में विलंब के लिए माफ़ी चाहते हैं। ऐसा इसलिए हुआ, क्योंकि प्यारे प्राणभक्षी हमारे इलाक़े के घरों में तलाशी लेने आ गए थे।'

'यह तो ली जॉर्डन है!' हर्माइनी ने कहा।

'जानता हूँ!' रॉन मुस्कराया। 'शानदार, है ना ?'

'... अब हमने एक नई सुरक्षित जगह खोज ली है,' ली कह रहा था, 'और मुझे आप लोगों को यह बताते हुए ख़ुशी हो रही है कि हमारे दो नियमित विशेषज्ञ आज शाम को मेरे साथ हैं। गुड ईवनिंग!'

'हाय।'

'ईवनिंग, रिवर।'

'"रिवर," वह ली है,' रॉन ने स्पष्ट किया। 'उन सभी ने गुप्त नाम रख लिए हैं, लेकिन आम तौर पर पता चल जाता है –'

'श्श्श!' हर्माइनी ने कहा।

'लेकिन रॉयल और रोम्युलस की बात सुनने से पहले,' ली ने आगे कहा, 'आइए एक नज़र उन मौतों पर डालते हैं, जिन्हें *जादूगर रेडियो नेटवर्क न्यूज़* और *दैनिक जादूगर* ने इतना महत्वपूर्ण नहीं समझा कि उनका ज़िक्र किया जाए। बेहद अफ़सोस के साथ हमें अपने श्रोताओं को सूचित करना पड़ रहा है कि टेड टौंक्स और डर्क क्रेसवेल की हत्या हो गई है।'

हैरी को पेट में मतली जैसा एहसास हुआ। उसने, रॉन और हर्माइनी ने दहशत के साथ एक-दूसरे की तरफ़ देखा।

'गोरनक नाम का पिशाच भी मारा गया। माना जाता है कि मगलू परिवार का डीन थॉमस और एक अन्य पिशाच बच निकले हैं, जो शायद टौंक्स, क्रेसवेल और गोरनक के साथ यात्रा कर रहे थे। अगर डीन सुन रहा हो या किसी को उसका पता-ठिकाना मालूम हो, तो उसके माता-पिता और बहन उसकी सलामती की ख़बर सुनने के लिए बेताब हैं।

'इस दौरान गैडली में एक मगलू परिवार के सभी पाँच लोग अपने घर में मरे पाए गए। मगलू अधिकारियों के अनुसार ये मौतें गैस रिसने के कारण हुईं, लेकिन मायापंछी के समूह के सदस्यों ने मुझे बताया है कि ये मारक शाप से हुई थीं। यह इस बात का सबूत है कि अब नए शासनकाल में मगलुओं की हत्या करना मनोरंजक खेल बनता जा रहा है।

'अंततः, हमें दुख के साथ अपने श्रोताओं को यह सूचित करना पड़ रहा है कि गॉडरिक्स हॉलो में बाथिल्डा बैगशॉट के अवशेष मिले हैं। सबूतों से पता चला है कि उसकी मौत कई महीने पहले हो गई थी। मायापंछी के समूह के सदस्यों ने हमें जानकारी दी है कि उसके शरीर पर शैतानी जादू की चोटों के स्पष्ट निशान हैं।

'श्रोताओ, अब मैं आपको प्राणभक्षियों के हाथों मरने वाले टेड टौंक्स, डर्क क्रेसवेल, बाथिल्डा बैगशॉट, गोरनक और अनाम मगलुओं की याद में एक मिनट का मौन रखने के लिए आमंत्रित करता हूँ।'

ख़ामोशी छा गई और हैरी, रॉन तथा हर्माइनी कुछ नहीं बोले। हैरी का आधा मन आगे भी सुनना चाहता था, जबकि उसका आधा मन डर रहा था कि आगे न जाने क्या सुनने को मिलेगा। उसे महसूस हुआ कि काफ़ी समय बाद वह बाहरी दुनिया से पूरी तरह जुड़ा है।

'धन्यवाद,' ली की आवाज़ आई। 'और अब हम अपने नियमित विशेषज्ञ रॉयल से ताज़ा जानकारी लेते हैं कि नई जादूगर सरकार मगलू दुनिया पर किस तरह असर छोड़ रही है।'

'धन्यवाद, रिवर,' गहरी, संतुलित, आश्वस्त करने वाली आवाज़ आई, जिसे पहचानने में कोई ग़लती नहीं हो सकती थी।

'किंग्सले!' रॉन चिल्लाया।

'हमें पता है!' हर्माइनी ने उसे चुप रहने का इशारा करते हुए कहा।

'मगलुओं को उनके कष्टों का कारण मालूम नहीं है, लेकिन उन्हें भयंकर तबाही का सामना करना पड़ रहा है,' किंग्सले ने कहा। 'बहरहाल, हमें उन जादूगरों और जादूगरनियों की सच्ची प्रेरक कहानियाँ सुनने को मिली हैं, जिन्होंने अपनी जान जोखिम में डालकर मगलू दोस्तों तथा पड़ोसियों की रक्षा की, हालाँकि मगलुओं को इसका पता तक नहीं चला। मैं अपने सभी श्रोताओं से इन जादूगरों की मिसाल का अनुसरण करने का आग्रह करना चाहता हूँ। आप भी अपनी सड़क के मगलू मकानों पर सुरक्षात्मक सम्मोहन कर सकते हैं। अगर इस तरह के आसान क़दम उठाए

जाएँ, तो कई जानें बच सकती हैं।'

'और रॉयल, आप उन श्रोताओं से क्या कहेंगे, जो इस ख़तरनाक समय में यह जवाब देते हैं कि "जादूगर पहले" का सिद्धांत सही है?' ली ने पूछा।

'मैं तो कहूँगा कि "जादूगर पहले" के बाद "शुद्ध ख़ून पहले," और फिर "प्राणभक्षी पहले" के बीच बस एक क़दम का ही फ़ासला है,' किंग्सले ने जवाब दिया। 'हम सभी इंसान हैं, है ना? हर इंसान का जीवन समान रूप से महत्वपूर्ण है और उसे बचाया जाना चाहिए।'

ली ने कहा, 'बहुत बढ़िया बात कही, रॉयल। अगर हम कभी इस गड़बड़झाले में से बाहर निकलते हैं, तो मैं जादू मंत्री के लिए आपको अपना वोट देता हूँ। और अब, रोम्युलस के पास चलते हैं हमारे लोकप्रिय कार्यक्रम के साथ : पॉटर के दोस्त।'

'धन्यवाद, रिवर,' एक और जानी-पहचानी आवाज़ सुनाई दी। रॉन बोलने को हुआ, लेकिन हर्माइनी ने फुसफुसाकर उसे रोक दिया।

'हम जानते हैं कि यह ल्यूपिन की आवाज़ है!'

'रोम्युलस, क्या आप अब भी मानते हैं, जैसा आप हर बार हमारे कार्यक्रम में कहते हैं कि हैरी पॉटर अब भी ज़िंदा है?'

'हाँ,' ल्यूपिन ने दृढ़ता से कहा। 'मेरे मन में किसी तरह की कोई शंका नहीं है। अगर वह मर जाता, तो प्राणभक्षी उसकी मौत का ज़्यादा से ज़्यादा प्रचार करते, क्योंकि इससे नए शासन का विरोध करने वाले लोगों का मनोबल बुरी तरह टूट जाता। "वह लड़का जो ज़िंदा बच गया" हर उस चीज़ का प्रतीक है, जिसके लिए हम संघर्ष कर रहे हैं : अच्छाई की विजय, मासूमियत की शक्ति, प्रतिरोध करते रहने की आवश्यकता।'

हैरी को कृतज्ञता और शर्म का मिला-जुला एहसास हुआ। तो क्या ल्यूपिन ने उन भयंकर बातों के लिए उसे माफ़ कर दिया था, जो उसने पिछली मुलाक़ात में उनसे कही थीं?

'और अगर आपको पता हो कि हैरी सुन रहा हो, तो आप उससे क्या कहेंगे, रोम्युलस?'

'मैं उससे कहूँगा कि हम सभी दिलोजान से उसके साथ हैं,' ल्यूपिन ने कहा, फिर थोड़ा झिझके। 'और मैं उससे कहूँगा कि वह अपनी सहज भावना के अनुसार चले, जो अच्छी और लगभग हमेशा सही होती है।'

हैरी ने हर्माइनी की तरफ़ देखा, जिसकी आँखों में आँसू तैर रहे थे।

हर्माइनी ने दोहराया, 'लगभग हमेशा सही।'

'ओह, क्या मैंने तुम लोगों को नहीं बताया?' रॉन ने हैरानी से कहा। 'बिल ने मुझे बताया था कि ल्यूपिन दोबारा टौंक्स के साथ रहने लगे हैं! वह माँ बनने वाली है। उसका पेट फूलने लगा है।'

'... और हैरी पॉटर के उन दोस्तों के बारे में ताज़ा जानकारी, जो उसका समर्थन करने की वजह से कष्ट उठा रहे हैं?' ली कह रहा था।

'हाँ, तो जैसा कि हमारे नियमित श्रोता जानते होंगे, हैरी पॉटर के कुछ ज़्यादा मुखर समर्थकों को अब क़ैद कर लिया गया है, जिनमें *द क्विबलर* के संपादक ज़ेनोफ़िलियस लवगुड भी शामिल हैं –' ल्यूपिन ने कहा।

'कम से कम वह अब भी ज़िंदा तो है!' रॉन बुदबुदाया।

'हमने पिछले कुछ घंटों में यह भी सुना है कि रूबियस हैग्रिड –' उन तीनों की आह निकल गई, जिस वजह से वे वाक्य के आख़िरी हिस्से को बड़ी मुश्किल से सुन पाए '– हॉगवर्ट्स स्कूल का मशहूर गेमकीपर हॉगवर्ट्स के मैदान में गिरफ़्तार होने से बाल-बाल बचा है। ऐसी अफ़वाह है कि वह अपने मकान में "हैरी पॉटर का साथ दो" पार्टी आयोजित कर रहा था। बहरहाल, हैग्रिड को हिरासत में नहीं लिया जा सका और हमारा मानना है कि वह कहीं छिप गया है।'

ली ने पूछा, 'मुझे लगता है, प्राणभक्षियों से भागते समय इस बात से मदद मिलती है कि सोलह फ़ुट का दैत्य आपका सौतेला भाई हो?' ली ने पूछा।

'निश्चित रूप से इससे मदद मिलती है,' ल्यूपिन ने गंभीरता से कहा। 'और मैं यह भी कहना चाहूँगा कि हालाँकि *पॉटरवाच* में हम लोग हैग्रिड की भावनाओं की क़द्र करते हैं, लेकिन हम हैरी के सबसे प्रबल समर्थकों से भी यह आग्रह करते हैं कि वे हैग्रिड का अनुसरण न करें। "हैरी पॉटर का साथ दो" पार्टियाँ आज के माहौल में समझदारीपूर्ण नहीं हैं।'

'सही कहा, रोम्युलस,' ली ने कहा, 'तो हम सुझाव देते हैं कि आप बिजली के निशान वाले लड़के के प्रति अपनी निष्ठा दिखाने के लिए *पॉटरवाच* सुनते रहें! और अब उस जादूगर के बारे में ख़बर देने का वक़्त है, जो हैरी पॉटर की तरह ही लापता है। हम उसे प्रमुख प्राणभक्षी नाम से बुलाना चाहेंगे और आपको उसके बारे में फैली कुछ पागलपन भरी

अफ़वाहों पर अपने विचार बताना चाहेंगे। इसके लिए मैं अपने नए संवाददाता रोडेन्ट को बुलाना चाहूँगा।'

'*"रोडेन्ट" ?'* एक और परिचित आवाज़ आई, जिसे सुनकर हैरी, रॉन तथा हर्माइनी एक साथ चिल्लाए, 'फ़्रेड!'

'नहीं - शायद जॉर्ज है!'

'मुझे लगता है, यह फ़्रेड ही है,' रॉन ने ज़्यादा क़रीब आते हुए कहा, जब जुड़वाँ भाइयों में से एक बोला, 'मैं "रोडेन्ट" नहीं हूँ। बिलकुल नहीं! मैंने आप लोगों से कहा था कि मुझे "रेपियर" नाम से पुकारें!'

'ओह, तो फिर ठीक है, "रेपियर", क्या आप हमें प्रमुख प्राणभक्षी के बारे में फैली अफ़वाहों के बारे में कुछ बता सकते हैं ?'

'हाँ रिवर, मैं बता सकता हूँ,' फ़्रेड ने कहा। 'अगर हमारे श्रोता बगीचे के कुंड या ऐसी ही किसी जगह पर न छिपे हों तो वे जानते होंगे, कि तुम-जानते-हो-कौन की अँधेरे में रहने की रणनीति से दहशत फैल रही है। देखिए, अगर उसके दिखने के सारे दावे सच हैं, तो इस वक़्त उन्नीस तुम-जानते-हो-कौन दुनिया भर में घूम रहे हैं।'

'ज़ाहिर है, यह उसके लिए अच्छा है,' किंग्सले ने कहा। 'खुलकर सामने आने के बजाय छिपने से ज़्यादा दहशत फैल रही है।'

'सही कहा,' फ़्रेड ने कहा। 'तो लोगो, थोड़े शांत रहें। स्थिति पहले ही बहुत ख़राब है, कपोल-कल्पनाओं से इसे और ख़राब करने की ज़रूरत नहीं है। उदाहरण के लिए, एक नई अफ़वाह यह है कि तुम-जानते-हो-कौन की आँखों में देखने से इंसान मर सकता है। श्रोताओ, ऐसा *कालदृष्टि साँप* की आँखों में देखने से होता है। इसकी आसानी से जाँच की जा सकती है। यह देखें कि आपको घूरने वाली चीज़ के पैर हैं या नहीं। अगर हैं, तो उसकी आँखों में देखने में कोई ख़तरा नहीं है। वैसे अगर वह सचमुच तुम-जानते-हो-कौन ही हुआ, तब भी शायद यह आपकी ज़िंदगी का आख़िरी काम होगा।'

कई हफ़्तों बाद हैरी पहली बार हँसा। उसे लग रहा था कि उसके मन से तनाव का बोझ हट रहा था।

'और उसे विदेश में देखे जाने की अफ़वाहों के बारे में आप क्या कहना चाहेंगे ?' ली ने पूछा।

'देखिए, उसने इतनी मेहनत की है, इसके बाद छुट्टियाँ कौन नहीं

मनाना चाहेगा ?' फ़्रेड ने कहा। 'लोगो, यह सोचकर सुरक्षा का भ्रम न पालें कि वह देश से बाहर है। हो सकता है वह बाहर गया हो, हो सकता है नहीं गया हो। सच तो यह है कि वह बहुत तेज़ी से भाग सकता है, सीवियरस स्नेप से भी ज़्यादा तेज़, जो शैंपू सामने आते ही दौड़ लगा देता है। अगर आप कोई जोखिम भरी योजना बना रहे हों, तो इस बात पर भरोसा न करें कि वह बहुत दूर होगा। मैंने कभी सोचा भी नहीं था कि मेरे मुँह से यह बात ज़िंदगी में कभी निकलेगी, लेकिन मेरी सलाह है : सुरक्षा सबसे बढ़कर है!'

'इन बुद्धिमत्तापूर्ण शब्दों के लिए बहुत-बहुत धन्यवाद, रेपियर,' ली ने कहा। 'श्रोताओं, हमारा *पॉटरवाच* कार्यक्रम अब यहीं समाप्त होता है। हम नहीं जानते कि दोबारा प्रसारण करना कब संभव होगा, लेकिन आप यक़ीन रखें, हम वापस ज़रूर लौटेंगे। डायल करते रहें। अगला पासवर्ड "बावरे-नैन" है। एक-दूसरे को सुरक्षित रखें : विश्वास रखें। शुभ रात्रि।'

रेडियो का डायल घूमा और ट्यूनिंग पैनल के पीछे की रोशनी ग़ायब हो गई। हैरी, रॉन और हर्माइनी के चेहरे अब भी खिले हुए थे। परिचित, दोस्ताना आवाज़ों को सुनना बहुत स्फूर्तिदायक था। हैरी अकेलेपन का इतना आदी हो चुका था कि लगभग भूल ही गया था कि दूसरे लोग भी वोल्डेमॉर्ट की ख़िलाफ़त कर रहे हैं। यह एक तरह से लंबी नींद से जागने जैसा था।

'अच्छा था, है ना ?' रॉन ने चहकते हुए कहा।

'बहुत बढ़िया,' हैरी ने कहा।

'वे लोग बहादुरी का काम कर रहे हैं,' हर्माइनी ने प्रशंसा भरे स्वर में आह भरते हुए कहा। 'अगर वे पकड़ में आ गए ...'

'देखो, वे लगातार जगह बदलते रहते हैं, है ना ?' रॉन ने कहा। 'हमारी तरह।'

'लेकिन क्या तुमने सुना, फ़्रेड ने क्या कहा था ?' हैरी ने रोमांचित होकर कहा। प्रसारण ख़त्म होने के बाद उसके विचार उसकी प्रबल हसरत की ओर दोबारा मुड़ने लगे थे। 'वह विदेश में है! मैं जानता हूँ, वह अब भी छड़ी की तलाश कर रहा है!'

'हैरी -'

'छोड़ो भी, हर्माइनी, तुम इस बात को क्यों नहीं मानती हो ? वोल्-'

'हैरी, नहीं!'

'–डेमॉर्ट अजेय छड़ी के पीछे पड़ा है!'

'यह नाम प्रतिबंधित है!' रॉन दहाड़ा और उछलकर खड़ा हो गया, जब टेंट के बाहर एक ज़ोरदार *खट्ट* सुनाई दी। 'हैरी, मैंने तुमसे कहा था, मैंने तुमसे कहा था, हम अब यह नाम नहीं ले सकते – हमें अपने चारों ओर दोबारा सुरक्षा करनी पड़ेगी – जल्दी – उन्हें हमारा पता चल जाएगा –'

लेकिन रॉन की बोलती बंद हो गई थी और हैरी इसका कारण जानता था। टेबल पर रखे मुख़बिर यंत्र में अब रोशनी हो गई थी और यह घूमने लगा था। उन्हें क़रीब आती आवाज़ें सुनाई दे रही थीं : रूखी, रोमांचित आवाज़ें। रॉन ने अपनी जेब से बत्तीबंद यंत्र निकालकर उसे क्लिक किया। बत्तियाँ बुझ गईं।

'हाथ ऊपर करके बाहर निकल आओ!' अँधेरे में से एक खरखराती आवाज़ आई। 'हम जानते हैं कि तुम अंदर हो! आधा दर्जन छड़ियाँ तुम्हारी तरफ़ तनी हुई हैं और हमें इस बात से फ़र्क़ नहीं पड़ता है कि हम किसे शाप दे रहे हैं!'

अध्याय तेईस

मैल्फ़ॉय महल

हैरी ने मुड़कर बाक़ी दोनों की तरफ़ देखा। अँधेरे में बस उनकी आकृतियाँ ही दिख रही थीं। उसने देखा कि हर्माइनी ने अचानक अपनी छड़ी तान दी, बाहर की तरफ़ नहीं, बल्कि उसके चेहरे की तरफ़। फिर एक धमाका हुआ और सफ़ेद रोशनी निकली। वह दर्द से दोहरा हो गया। उसे कुछ दिखाई नहीं दे रहा था। उसे अपना चेहरा हाथों के नीचे तेज़ी से सूजता महसूस हुआ। तभी भारी क़दमों की आवाज़ें उनके चारों तरफ़ गूँजने लगीं।

'उठो, कीड़े कहीं के।'

अनजान हाथों ने हैरी को ज़मीन से उठाकर घसीटा। इससे पहले कि वह उन्हें रोक पाए, किसी ने उसकी जेब की तलाशी लेकर ब्लैकथॉर्न छड़ी निकाल ली। हैरी ने अपने दर्द भरे चेहरे को पकड़ा, जो उसकी उँगलियों के नीचे अनजाना लग रहा था। यह सख़्त, सूजा हुआ और फूला हुआ था, जैसे वह किसी भयंकर एलर्जी का शिकार हो गया हो। उसकी आँखें छेद जितनी छोटी हो गई थीं, जिनमें से उसे बड़ी मुश्किल से दिखाई दे रहा था। टेंट में से घसीटकर बाहर ले जाते समय उसका चश्मा गिर गया। उसे बस चार-पाँच लोगों की धुँधली आकृतियाँ दिख रही थीं, जो बाहर रॉन और हर्माइनी से जूझ रहे थे।

'उससे - दूर - हटो!' रॉन चिल्लाया। मुक्कों के शरीर पर पड़ने की स्पष्ट आवाज़ आई। रॉन दर्द से कराहने लगा और हर्माइनी चीख़ी, 'नहीं! उसे मत मारो, उसे मत मारो!'

'तुम्हारे बॉयफ्रेंड का नाम अगर मेरी सूची में हुआ, तो उसका और भी बुरा हाल होगा,' एक भयंकर खरखराती आवाज़ आई, जो जानी-पहचानी

लग रही थी। 'ज़ायक़ेदार लड़की ... कितना स्वाद आएगा ... मुझे नरम चमड़ी बहुत अच्छी लगती है ...'

हैरी का पेट हिचकोले खाने लगा। वह जान गया कि यह कौन था : फ़ेनरिर ग्रेबैक नामक नरभेड़िया, जिसकी क्रूरता के बदले में उसे प्राणभक्षी का दुशाला पहनने की इजाज़त दे दी गई थी।

'टेंट की तलाशी लो!' एक और आवाज़ आई।

हैरी को चेहरे के बल ज़मीन पर पटक दिया गया। एक धम्म की आवाज़ से उसे समझ में आ गया कि रॉन को भी उसके पास ही फेंक दिया गया था। उन्हें क़दमों की आवाज़ें और धमाके सुनाई दे रहे थे। तलाशी लेते समय प्राणभक्षी टेंट के अंदर की कुर्सियाँ इधर-उधर फेंक रहे थे।

'अब देखते हैं कि हमें कौन मिला है,' ग्रेबैक की ख़ुश आवाज़ सिर के ऊपर से आई और हैरी लुढ़ककर पीठ के बल लेट गया। उसके चेहरे पर छड़ी की रोशनी हुई और ग्रेबैक हँसने लगा।

'मुझे इसे गले से उतारने के लिए बटरबियर पीनी पड़ेगी। तुम्हें क्या हुआ है, बदसूरत ?'

हैरी ने तत्काल जवाब नहीं दिया।

'मैंने *पूछा,*' ग्रेबैक ने हैरी के पेट में लात मारते हुए दोहराया, जिससे वह दर्द से बिलबिलाने लगा, 'तुम्हें क्या हुआ है ?'

'किसी ने काट लिया,' हैरी बुदबुदाया। 'किसी कीड़े ने काट लिया।'

'हाँ, लग रहा है,' दूसरी आवाज़ आई।

'तुम्हारा नाम क्या है ?' ग्रेबैक गुर्राया।

'डडली,' हैरी ने कहा।

'पहला नाम क्या है ?'

'मैं – वरनॉन। वरनॉन डडली।'

'सूची में देखो, स्कैबियर,' ग्रेबैक ने कहा और हैरी ने अब उसे रॉन के पास जाते देखा। 'और ललमुँहे बंदर, तुम्हारा नाम क्या है ?'

'स्टैन शनपाइक,' रॉन ने कहा।

'हो ही नहीं सकता,' स्कैबियर नाम का आदमी बोला। 'हम स्टैन शनपाइक को जानते हैं। उसने हमारे लिए कुछ समय काम किया है।'

लात के शरीर से टकराने की एक और आवाज़ आई।

'मैं बार्डी हूँ,' रॉन ने कहा और हैरी समझ गया कि उसके मुँह में ख़ून भरा हुआ था। 'बार्डी वीडली।'

'वीज़्ली ?' ग्रेबैक चिल्लाया। 'तो तुम बदज़ात नहीं, ख़ून के गद्दारों के रिश्तेदार हो। और अंत में, तुम्हारी सुंदर दोस्त ...' उसकी आवाज़ के भूखे अंदाज़ से हैरी सिहर गया।

'आराम से, ग्रेबैक,' स्कैबियर ने दूसरों की ताने भरी हँसी के ऊपर कहा।

'ओह, मैं उसे अभी नहीं काटूँगा। देखते हैं, क्या वह बार्नी से जल्दी अपना नाम याद कर सकती है। तुम कौन हो, लड़की ?'

'पेनीलोप क्लियरवाटर,' हर्माइनी ने कहा। वह दहशत में, लेकिन विश्वसनीय लग रही थी।

'तुम्हारा ख़ून का दर्जा क्या है ?'

'मिश्रित ख़ून,' हर्माइनी ने कहा।

'इसकी जाँच करना आसान है,' स्कैबियर ने कहा। 'लेकिन तुम तीनों की उम्र तो हॉगवर्ट्स जाने लायक़ लगती है –'

'हम हॉगवर्ट्स छोड़ चुके हैं,' रॉन बोला।

'हॉगवर्ट्स छोड़ चुके हो, ललमुँहे बंदर ?' स्कैबियर ने कहा। 'और तुमने कैंपिंग करने का फ़ैसला कर लिया ? और तुमने मज़े के लिए शैतानी शहंशाह का नाम ले लिया ?'

'मज़े के लिए नहीं ?' रॉन बोला। 'ग़लती से।'

'ग़लती से ?' ताने भरी हँसी दोबारा सुनाई दी।

'तुम्हें पता है, शैतानी शहंशाह का नाम कौन लेता था, वीज़्ली ?' ग्रेबैक गुर्राया। 'मायापंछी का समूह। इसके बारे में सुना है ?'

'नहीं।'

'अच्छा, वे शैतानी शहंशाह के प्रति सम्मान नहीं दिखाते थे, इसलिए इस नाम को प्रतिबंधित कर दिया गया है। इस तरकीब से समूह के कुछ सदस्य पकड़ में भी आ चुके हैं। तुम्हें भी देखते हैं। इन लोगों को बाक़ी दोनों क़ैदियों के साथ बाँध दो!'

किसी ने हैरी के बाल पकड़कर उसे उठाया और थोड़ी दूर घसीटकर ले गया। वहाँ उन्होंने उसे बैठने की स्थिति में धकेला, फिर दूसरे लोगों की

पीठ की तरफ़ पीठ करके बाँध दिया। हैरी अब भी आधा अंधा था। अपनी फूली हुई आँखों के कारण उसे मुश्किल से दिखाई दे रहा था। जब आख़िरकार उन्हें बाँधने वाला आदमी दूर चला गया, तो हैरी ने बाक़ी क़ैदियों से फुसफुसाकर पूछा।

'किसी के पास अभी भी छड़ी है ?'

'नहीं,' रॉन और हर्माइनी ने उसके दोनों ओर से कहा।

'सब मेरी ग़लती की वजह से हुआ। मैंने नाम लिया था, मुझे अफ़सोस है –'

'हैरी ?'

यह एक नई, लेकिन जानी-पहचानी आवाज़ थी और यह हैरी के ठीक पीछे से आई थी, हर्माइनी के बाईं तरफ़ बँधे व्यक्ति की ओर से।

'डीन ?'

'तो यह तुम हो! अगर उन्हें पता चल गया कि उनकी पकड़ में कौन आ गया है –! वे धरपकड़ गैंग के सदस्य हैं, वे भगोड़ों को पकड़कर मंत्रालय से इनाम में सोना लेना चाहते हैं –'

'एक रात के हिसाब से सौदा बुरा नहीं है,' ग्रेबैक कह रहा था, जब कील जड़े जूते हैरी के पास से गुज़रे और उन्हें टेंट के भीतर से कई धमाके सुनाई दिए। 'एक बदज़ात, एक भगोड़ा पिशाच और तीन भगोड़े बच्चे। तुमने उनके नाम सूची में देखे, स्कैबियर ?' वह गरजा।

'हाँ। ग्रेबैक, इसमें किसी वरनॉन डडली का नाम नहीं है।'

'दिलचस्प है,' ग्रेबैक ने कहा। 'यह तो दिलचस्प है।'

वह हैरी के पास उकड़ूँ बैठा। हैरी ने अपनी फूली पलकों के बीच की बहुत छोटी दरार में से एक चेहरा देखा, जिस पर सफ़ेद बाल और मूँछें थीं। उसके दाँत नुकीले और भूरे थे तथा उसके मुँह के कोनों पर घाव थे। ग्रेबैक के पास से अभी भी वैसी ही बदबू आ रही थी, जैसी मीनार के ऊपर डम्बलडोर के मरते वक़्त आई थी : धूल, पसीने और ख़ून की।

'तो तुम्हारी तलाश नहीं हो रही है, वरनॉन ? या तुम्हारा नाम तो सूची में है, लेकिन तुम अपना असली नाम नहीं बता रहे हो ? तुम हॉगवर्ट्स में किस हाउस में थे ?'

'नागशक्ति में,' हैरी ने अपने आप कह दिया।

स्कैबियर ने अँधेरे में से ताना मारते हुए कहा, 'अजीब बात है, सभी

यही जवाब देते हैं, क्योंकि उन्हें लगता है कि हम यही सुनना चाहते हैं। लेकिन उनमें से कोई भी हमें यह नहीं बता पाता है कि नागशक्ति का कॉमन रूम कहाँ है।'

'तहख़ाने में,' हैरी ने स्पष्टता से कहा। 'दीवार में से दाख़िल होना पड़ता है। इसमें खोपड़ियाँ और ऐसी ही चीज़ें भरी हैं। यह झील के नीचे है, इसलिए इसमें हरी रोशनी रहती है।'

थोड़ी देर ख़ामोशी छाई रही।

'अरे, अरे, लगता है हमने सचमुच नागशक्ति वाले को पकड़ लिया है,' स्कैबियर ने कहा। 'तुम्हारे लिए अच्छा है, वरनॉन, क्योंकि नागशक्ति के ज़्यादातर लोग बदज़ात नहीं हैं। तुम्हारे पिता कौन हैं?'

'वे मंत्रालय में काम करते हैं,' हैरी ने झूठ बोल दिया। वह जानता था कि ज़रा सी जाँच से उसकी पूरी कहानी बिखर जाएगी, लेकिन दूसरी तरफ़ उसके पास उतना ही समय था, जितना उसके हुलिए के सामान्य होने में लगता। इसके बाद उसका भांडा वैसे भी फूट जाएगा। 'जादुई दुर्घटना और विनाश विभाग में।'

'जानते हो ग्रेबैक,' स्कैबियर ने कहा। 'मुझे लगता है कि वहाँ एक डडली काम करता है।'

हैरी की साँस अटक गई। क्या क़िस्मत, सिर्फ़ क़िस्मत उसे इस झमेले से सही-सलामत निकाल सकती है?

'ओह, ओह,' ग्रेबैक ने कहा और हैरी को उसकी बेरहम आवाज़ में हल्के से डर का एहसास हुआ। वह जानता था, ग्रेबैक सोच रहा होगा कि कहीं उसने सचमुच मंत्रालय के किसी अधिकारी के बेटे पर हमला करके उसे बाँध तो नहीं दिया था। हैरी का दिल उसकी पसलियों पर बँधी रस्सियों से टकरा रहा था। उसे लग रहा था कि यह ग्रेबैक को दिख सकता है। 'बदसूरत लड़के, अगर तुम सच बोल रहे हो, तो तुम्हें मंत्रालय जाने में नहीं घबराना चाहिए। मुझे उम्मीद है कि तुम्हारे पिता तुम्हें उनके पास पहुँचाने के लिए हमें इनाम देंगे।'

'लेकिन,' हैरी ने कहा और उसका मुँह सूख चुका था, 'अगर आप हमें छोड़ दें -'

'सुनो!' टेंट के भीतर से चिल्लाने की आवाज़ आई। 'ज़रा यहाँ आकर तो देखो, ग्रेबैक!'

एक स्याह आकृति भागती हुई उनकी तरफ़ आई। हैरी ने उन लोगों की छड़ियों की रोशनी में चाँदी की चमक देखी। उन्हें गरुड़द्वार की तलवार मिल गई थी।

'ब-हु-त सुंदर,' ग्रेबैक ने इसे अपने साथी से लेते हुए प्रशंसा भरे स्वर में कहा। 'ओह, सचमुच बहुत ही सुंदर। पिशाचों की बनाई लगती है। तुम्हें इतनी बेहतरीन चीज़ मिली कहाँ?'

'यह मेरे पिता की है,' हैरी ने झूठ बोल दिया। वह उम्मीद के विपरीत उम्मीद कर रहा था कि इतने अँधेरे में ग्रेबैक मूठ के ठीक नीचे लिखे नाम को नहीं देख पाएगा। 'हम इसे जलाऊ लकड़ी काटने के लिए लाए थे -'

'एक मिनट रुको, ग्रेबैक! इसकी तरफ़ देखो, *दैनिक जादूगर* में यह क्या है!'

जब स्कैबियर ने यह बात कही, तो हैरी का निशान, जो उसके फूले हुए माथे पर नज़र नहीं आ रहा था, बुरी तरह दुखने लगा। हैरी अपने आस-पास की चीज़ों को उतना साफ़ नहीं देख पा रहा था, जितना कि एक ऊँची इमारत को। यह भयंकर किले जैसी लग रही थी, बिलकुल काली और डरावनी। वोल्डेमॉर्ट के विचार अचानक एक बार फिर ब्लेड की तरह पैने हो गए थे। वह उस ऊँची इमारत की तरफ़ बड़ी ख़ुशी से उड़कर जा रहा था ...

इतने क़रीब ... इतने क़रीब ...

ज़बर्दस्त इच्छाशक्ति का इस्तेमाल करके हैरी ने अपने दिमाग़ को वोल्डेमॉर्ट के विचारों से दूर किया और ख़ुद को वहाँ खींचा, जहाँ वह बैठा था। वह अँधेरे में रॉन, हर्माइनी, डीन और ग्रिपहुक से एकदम सटकर बँधा हुआ था तथा ग्रेबैक और स्कैबियर की बातें सुन रहा था।

'हर्माइनी ग्रेंजर,' स्कैबियर कह रहा था, 'वह बदज़ात, जो हैरी पॉटर के साथ यात्रा कर रही है।'

हैरी का निशान ख़ामोशी में दुखने लगा, लेकिन उसने वोल्डेमॉर्ट के मन में न जाने और वर्तमान में बने रहने की पूरी कोशिश की। उसे ग्रेबैक के जूतों की चरमराहट सुनाई दी, जब वह हर्माइनी के सामने उकड़ूँ बैठा।

'जानती हो लड़की? यह तस्वीर तो तुम्हारे जैसी लगती है।'

'यह नहीं है! यह मेरी नहीं है!'

हर्माइनी की दहशत भरी चीख़ एक तरह से स्वीकृति ही थी।

'... हैरी पॉटर के साथ यात्रा कर रही है,' ग्रेबैक ने धीरे से दोहराया।

चारों तरफ़ ख़ामोशी छा गई। हैरी का निशान बहुत तेज़ी से दुख रहा था, लेकिन वह वोल्डेमॉर्ट के विचारों की ओर खिंचाव के ख़िलाफ़ पूरी ताक़त से जूझ रहा था। अपने दिमाग़ को सही रखना उसके लिए पहले कभी इतना महत्वपूर्ण नहीं था।

'तो, इससे तो स्थिति बदल जाती है, है ना?' ग्रेबैक फुसफुसाया।

कोई कुछ नहीं बोला। हैरी को एहसास हुआ कि पूरा धरपकड़ गैंग स्तब्ध होकर देख रहा था। उसे अपनी बाँह पर हर्माइनी की बाँह काँपती महसूस हुई। ग्रेबैक उठकर खड़ा हुआ और हैरी की दिशा में दो क़दम आगे बढ़ा। वह एक बार फिर उकड़ूँ बैठकर हैरी के विकृत चेहरे को ग़ौर से देखने लगा।

'तुम्हारे माथे पर यह क्या है, वरनॉन?' उसने धीरे से पूछा। उसकी साँस की बदबू हैरी के नथुनों में भर रही थी, जब उसने हैरी के निशान पर अपनी गंदी उँगली दबाई।

'उसे मत छुओ!' हैरी चिल्लाया। वह ख़ुद को रोक नहीं पाया। उसे लग रहा था कि इसके दर्द के मारे उसे मतली आ जाएगी।

'तुम तो शायद चश्मा पहनते हो, पॉटर?' ग्रेबैक बोला।

'मुझे चश्मा भी मिला था!' धरपकड़ गैंग का पीछे मँडराता एक सदस्य बोला। 'ग्रेबैक, टेंट में चश्मा था, ज़रा ठहरो –'

और कुछ ही पल बाद हैरी का चश्मा उसके चेहरे पर झटके से लगा दिया गया। धरपकड़ गैंग के सभी सदस्य अब क़रीब आकर उसे घूर रहे थे।

'वही है!' ग्रेबैक खरखराती आवाज़ में बोला। 'हमने पॉटर को पकड़ लिया है!'

वे सभी कुछ क़दम पीछे हट गए और इस बात पर हैरान होने लगे कि उन्होंने क्या कमाल कर दिया है। हैरी अब भी अपने निशान के दर्द से बचकर वर्तमान में बने रहने के लिए जूझ रहा था, इसलिए कुछ नहीं कह पाया। उसके दिमाग़ की सतह पर टूटी तस्वीरें घुमड़ रही थीं –

... वह काले किले की ऊँची दीवारों के चारों तरफ़ उड़ रहा था –

नहीं, वह हैरी था, जो बँधा हुआ था, जिसके पास छड़ी नहीं थी और जो भयंकर ख़तरे में था –

... ऊपर, सबसे ऊपर की खिड़की, सबसे ऊँची मीनार –

वह हैरी था और धरपकड़ गैंग के सदस्य धीमी आवाज़ों में बातचीत कर रहे थे कि उसका क्या किया जाए –

... उड़कर अंदर जाने का समय –

'... मंत्रालय चलें ?'

'मंत्रालय जाए भाड़ में,' ग्रेबैक गुर्राया। 'वे इसका श्रेय ले लेंगे और हमें कुछ नहीं मिलेगा। मैं तो कहता हूँ कि हम इसे सीधे तुम-जानते-हो-कौन के पास ले चलते हैं।'

'क्या तुम उन्हें बुला सकते हो ? *यहाँ ?'* स्कैबियर ने श्रद्धा और भय के साथ दहशत में पूछा।

'नहीं,' ग्रेबैक गुर्राया। 'मैं नहीं – लोगों का कहना है कि वे मैल्फ़ॉय महल में डेरा डाले हैं। हम लड़के को वहीं ले चलते हैं।'

हैरी जानता था कि ग्रेबैक ने वोल्डेमॉर्ट को क्यों नहीं बुलाया था। नरभेड़िए की सेवाएँ लेते समय उसे प्राणभक्षी के दुशाले पहनने की इजाज़त तो दी जा सकती थी, लेकिन सिर्फ़ वोल्डेमॉर्ट के विश्वसनीय सेवकों को ही शैतानी निशान से गोदा जाता था : ग्रेबैक को अभी यह सबसे ऊँचा सम्मान हासिल नहीं हुआ था।

हैरी के निशान में एक बार फिर दर्द की लहर उठी –

... और वह रात के अँधेरे में ऊपर उठा तथा सीधे मीनार की सबसे ऊँची खिड़की की तरफ़ उड़ने लगा –

'... पूरा यक़ीन है कि वही है ? अगर यह पॉटर नहीं हुआ, ग्रेबैक, तो हमारी जान चली जाएगी।'

'यहाँ मुखिया कौन है ?' ग्रेबैक दहाड़ा और तुम-जानते-हो-कौन को बुलाने की अपनी असमर्थता को छिपाने की कोशिश की। 'मैं कहता हूँ कि यह पॉटर ही है। उसके और उसकी छड़ी के बदले में दो लाख गैलियन का इनाम मिलेगा! लेकिन अगर तुम लोग इतने डरपोक हो कि साथ चलने में घबरा रहे हो, तो यह सारा इनाम मुझ अकेले को मिल जाएगा। इसके अलावा, अगर क़िस्मत अच्छी रही, तो यह लड़की भी मुझे मिल जाएगी!'

... काली चट्टान में बहुत छोटी सी खिड़की थी, इतनी छोटी कि

कोई आदमी उसमें से नहीं निकल सके ... खिड़की के अंदर एक कंकाल जैसी आकृति नज़र आ रही थी, जो कंबल के नीचे दुबकी थी ... यह पक्का नहीं था कि वह आकृति मरी हुई थी या सोई हुई थी ...

'ठीक है!' स्कैबियर ने कहा। 'ठीक है, हम भी चलते हैं! और इन बाक़ी लोगों का क्या करें, ग्रेबैक ?'

'सभी को ले चलते हैं। हमारे पास दो बदज़ात हैं, यानी दस गैलियन और मिलेंगे। इसके साथ ही मुझे तलवार भी दे दो। अगर ये माणिक हुए, तो हमारी क़िस्मत चमक जाएगी।'

क़ैदियों को उठाकर खड़ा कर दिया गया। हैरी को हर्माइनी की तेज़-तेज़ और दहशत भरी साँस लेने की आवाज़ सुनाई दे रही थी।

'कसकर पकड़ना। मैं पॉटर को पकड़ता हूँ!' ग्रेबैक ने कहा और हैरी के बाल अपनी मुट्ठी में कसकर पकड़ लिए। उसके लंबे, पीले नाख़ून हैरी की खोपड़ी में चुभ रहे थे। 'तीन की गिनती पर! एक - दो - तीन -'

वे अंतर्ध्यान हो गए और अपने साथ क़ैदियों को खींचकर ले गए। हैरी जूझा। उसने ग्रेबैक का हाथ झटककर ख़ुद को आज़ाद करने की कोशिश की, लेकिन यह कोशिश बेकार थी, क्योंकि रॉन और हर्माइनी उसके दोनों तरफ़ इतने कसकर बँधे थे कि वह उनसे अलग नहीं हो सकता था। जब उसका दम घुटने लगा, तो उसके निशान का दर्द और तेज़ हो गया -

... वह साँप की तरह खिड़की के छेद में से अंदर घुसा और कोठरी जैसे कमरे के भीतर धुएँ की तरह हल्के से नीचे उतरा -

देहाती इलाक़े की गली में पहुँचकर क़ैदी एक-दूसरे से टकराए। हैरी की आँखें अब भी सूजी हुई थीं, इसलिए उसे नए माहौल को समझने में कुछ समय लगा। फिर उसे एक लंबे रास्ते के आख़िर में लोहे का गेट दिखा। उसे हल्की सी राहत महसूस हुई। सबसे बुरी चीज़ अब तक नहीं हुई थी : वोल्डेमॉर्ट यहाँ नहीं था। हैरी जानता था कि वोल्डेमॉर्ट किसी किले जैसी जगह पर मीनार के ऊपर था, क्योंकि वह उसकी तस्वीर को अपने दिमाग़ से बाहर रखने के लिए जूझ रहा था। जब वोल्डेमॉर्ट को हैरी के यहाँ होने का पता चलेगा, तो उसे यहाँ पहुँचने में कितना वक़्त लगेगा, यह दीगर बात है ...

धरपकड़ गैंग के एक सदस्य ने गेट के पास जाकर उसे हिलाया।

'हम अंदर कैसे जाएँगे ? ताला लगा है, ग्रेबैक। मैं इसे खोल नहीं -

ओह!'

उसने डरकर अपने हाथ दूर हटा लिए। लोहा सिकुड़ रहा था और एक डरावने चेहरे में बदल रहा था, जिसने गूँजती आवाज़ में कहा : 'काम बताओ!'

'हम पॉटर को लाए हैं!' ग्रेबैक ने विजय के उल्लास में गरजते हुए कहा। 'हमने हैरी पॉटर को पकड़ लिया है!'

गेट खुल गया।

'चलो!' ग्रेबैक ने अपने आदमियों से कहा और क़ैदियों को धकाता हुआ गेट के अंदर वाले रास्ते पर आगे ले गया। वे ऊँची बागड़ों के बीच चल रहे थे, जिससे उनके क़दमों की आहट दब रही थी। हैरी को अपने ऊपर एक भुतहा सफ़ेद आकृति दिखाई दी और उसे एहसास हुआ कि वह एक मोर है। वह गिर गया और उसे ग्रेबैक ने उठाकर खड़ा किया। अब उसे लड़खड़ाकर तिरछा चलना पड़ रहा था, क्योंकि वह चार क़ैदियों की पीठ से बँधा हुआ था। अपनी फूली आँखें बंद करके उसने अपने निशान के दर्द को एक पल हावी होने का मौक़ा दिया। वह जानना चाहता था कि वोल्डेमॉर्ट क्या कर रहा है, क्या वह जानता था कि हैरी पकड़ा गया है –

... पतले कंबल के नीचे कंकाल जैसी आकृति हिली और उसकी तरफ़ पलटी। कंकाल जैसे चेहरे की आँखें खुलीं ... दुबला कमज़ोर आदमी उठकर बैठ गया, उसकी धँसी हुई आँखें वोल्डेमॉर्ट पर जमी थीं और फिर वह मुस्कराया। उसके ज़्यादातर दाँत टूट चुके थे ...

'तो तुम आ गए। मैं सोचता था कि तुम आओगे ... किसी दिन। लेकिन तुम्हारी यात्रा बेकार गई। मेरे पास वह कभी थी ही नहीं।'

'झूठ मत बोलो!'

जब वोल्डेमॉर्ट का ग़ुस्सा उसके भीतर धधकने लगा, तो हैरी के निशान का दर्द असहनीय हो गया। हैरी ने अपना दिमाग़ खींचकर अपने शरीर में लौटाया और वर्तमान में रहने के लिए संघर्ष करने लगा। ग्रेबैक और उसके साथी क़ैदियों को छोटी गिट्टियों के ऊपर धकाकर ले जा रहे थे।

उन सभी पर रोशनी पड़ी।

एक औरत की ठंडी आवाज़ आई, 'यह सब क्या है ?'

'हम तुम-जानते-हो-कौन से मिलने आए हैं!' ग्रेबैक ने खरखराती

आवाज़ में कहा।

'तुम कौन हो ?'

'आप मुझे जानती तो हैं!' नरभेड़िए की आवाज़ में द्वेष था, 'फ़ेनरिर ग्रेबैक! हम हैरी पॉटर को पकड़कर लाए हैं!'

ग्रेबैक ने हैरी को पकड़ा और घुमाकर रोशनी में कर दिया, जिससे बाक़ी के क़ैदियों को इधर-उधर होना पड़ा।

'हालाँकि उसका चेहरा सूजा हुआ है, मैडम, लेकिन यह वही है!' स्कैबियर ने कहा। 'अगर आप थोड़े क़रीब से देखेंगी, तो उसका निशान दिख जाएगा। और इस लड़की को देखिए ? मैडम, यह वही बदज़ात है, जो उसके साथ यात्रा कर रही थी। इस बारे में कोई शक नहीं कि यह वही है। और हमारे पास उसकी छड़ी भी है! यह देखिए, मैडम –'

हैरी ने देखा, नार्सिसा मैल्फ़ॉय उसके सूजे चेहरे को ग़ौर से देख रही थी। स्कैबियर ने ब्लैकथॉर्न छड़ी उसकी तरफ़ बढ़ा दी। नार्सिसा ने अपनी भौंहें उठाईं।

उसने कहा, 'उन्हें अंदर ले आओ।'

हैरी सहित सभी क़ैदियों को धक्के और लातें मारकर पत्थर की चौड़ी सीढ़ियों के ऊपर और फिर तस्वीरों से भरे गलियारे में ले जाया गया।

'मेरे पीछे आओ,' नार्सिसा ने हॉल के पार आगे चलते हुए कहा। 'मेरा बेटा ड्रेको ईस्टर की छुट्टियों में घर आया हुआ है। अगर यह हैरी पॉटर हुआ, तो वह पहचान लेगा।'

बाहर के अँधेरे के बाद ड्रॉइंग रूम की रोशनी में आँखें चौंधिया रही थीं। आँखें लगभग बंद होने के बावजूद हैरी कमरे की चौड़ाई देख सकता था। छत से काँच का फ़ानूस लटका था। गहरी बैंगनी दीवारों पर जादूगरों की तस्वीरें लगी थीं। जब धरपकड़ गैंग के सदस्य क़ैदियों को धक्का देकर अंदर ले गए, तो संगमरमर की अँगीठी के सामने की कुर्सियों से दो आकृतियाँ उठीं।

'यह क्या है ?' लूसियस मैल्फ़ॉय की जानी-पहचानी, धीमी आवाज़ हैरी के कानों में पड़ी। अब वह दहशत में आ रहा था। बाहर निकलने का कोई रास्ता नज़र नहीं आ रहा था। जब उसका डर बढ़ने लगा, तो वोल्डेमॉर्ट के विचारों को रोकना ज़्यादा आसान था, हालाँकि उसका निशान

अब भी बहुत दर्द कर रहा था।

'ये लोग कहते हैं कि इन्होंने पॉटर को पकड़ लिया है,' नार्सिसा की ठंडी आवाज़ आई। 'ड्रेको, यहाँ आओ।'

हैरी ने ड्रेको से सीधे नज़रें मिलाने की हिम्मत नहीं की, बल्कि उसकी तरफ़ कनखियों से देखा। उससे थोड़ा लंबा ड्रेको कुर्सी से उठा। सफ़ेद-सुनहरे बालों के नीचे उसका चेहरा पीला था।

हैरी को फ़ानूस के ठीक नीचे करने के लिए ग्रेबैक ने क़ैदियों को फिर घुमा दिया।

'पहचाना ?' नरभेड़िए ने खरखराती आवाज़ में पूछा।

हैरी अब अँगीठी के पार एक आईने के सामने था, जो बारीक नक़्क़ाशी वाले फ्रेम में जड़ा था। अपनी आँखों के छेद से उसने आईने में अपना हुलिया देखा। ग्रिमॉल्ड चौक छोड़ने के बाद वह पहली बार अपना प्रतिबिंब देख रहा था।

उसका चेहरा फूला हुआ, चमकदार और गुलाबी था। हर्माइनी के मंत्र की वजह से उसका पूरा चेहरा विकृत हो गया था। उसके काले बाल कंधों तक पहुँच रहे थे और जबड़े के चारों ओर काली छाया थी। अगर वह यह नहीं जानता कि वहाँ कौन खड़ा था, तो इस बात पर हैरान होता कि उसका चश्मा कौन पहने है। उसने चुप रहने का संकल्प किया, क्योंकि उसकी आवाज़ निश्चित रूप से उसका भाँडा फोड़ देगी। बहरहाल, ड्रेको के पास आने पर उसने उससे नज़रें नहीं मिलाईं।

'तो ड्रेको ?' लूसियस मैल्फ़ॉय ने उत्सुकता से पूछा। 'क्या वही है ? क्या यही हैरी पॉटर है ?'

'मैं – मैं पक्का नहीं कह सकता,' ड्रेको बोला। वह ग्रेबैक से दूरी बनाए हुए था और हैरी से नज़रें मिलाने में उसके जितना ही घबरा रहा था।

'उसे ग़ौर से देखो, देखो! क़रीब जाओ!'

हैरी ने लूसियस मैल्फ़ॉय को पहले कभी इतना रोमांचित नहीं देखा था।

'ड्रेको, अगर हम शैतानी शहंशाह को पॉटर सौंप देते हैं, तो हर चीज़ माफ़ कर दी जाएगी –'

'देखिए मि. मैल्फ़ॉय, मुझे उम्मीद है कि आप यह नहीं भूलेंगे कि उसे

दरअसल किसने पकड़ा है?' ग्रेबैक ख़तरनाक अंदाज़ में बोला।

'ज़ाहिर है नहीं, ज़ाहिर है नहीं!' लूसियस ने बेचैनी से कहा। अब वह ख़ुद हैरी के क़रीब आ गया, इतने क़रीब कि हैरी को अपनी सूजी हुई आँखों से भी उसका आम तौर पर उदासीन, पीला चेहरा साफ़ दिखने लगा। सूजे हुए चेहरे के कारण हैरी को ऐसा लग रहा था, जैसे वह पिंजरे की छड़ों के बीच से देख रहा हो।

'तुमने उसके साथ क्या किया?' लूसियस ने ग्रेबैक से पूछा। 'उसकी यह हालत कैसे हुई?'

'हमने कुछ नहीं किया।'

'मुझे तो दंश शाप जैसा लगता है,' लूसियस ने कहा।

उसकी भूरी आँखों ने हैरी के माथे को टटोला।

'वहाँ पर कुछ है,' लूसियस फुसफुसाया, 'निशान भी हो सकता है, शायद थोड़ा फैल गया है ... ड्रेको, यहाँ आओ, ठीक से देखो! तुम क्या सोचते हो?'

हैरी ने ड्रेको के चेहरे को क़रीब आते देखा, उसके पिता के चेहरे के ठीक पास। उनमें आश्चर्यजनक समानता थी, फ़र्क़ सिर्फ़ इतना था कि उसके पिता का चेहरा रोमांच से थिरक रहा था, जबकि ड्रेको के चेहरे पर अनिच्छा, यहाँ तक कि डर का भाव था।

'मैं नहीं जानता,' उसने कहा और अँगीठी के पास खड़ी अपनी माँ की तरफ़ चल दिया।

'लूसियस, अच्छा यही रहेगा कि हम पक्का कर लें,' नार्सिसा ने ठंडी, स्पष्ट आवाज़ में अपने पति से कहा। 'शैतानी शहंशाह को बुलाने से पहले बिलकुल पक्का कर लें कि यही पॉटर है ... इन लोगों का कहना है कि यह पॉटर है,' वह ग़ौर से ब्लैकथॉर्न छड़ी को देख रही थी, 'लेकिन यह तो ऑलिवैन्डर के बताए छड़ी के वर्णन से मेल नहीं खा रही है ... अगर हम ग़लत हुए, अगर हमने शैतानी शहंशाह को ख़ामख़्वाह यहाँ बुला लिया ... तो याद है, उन्होंने राउल और डोलोहोव के साथ क्या किया था?'

'और यह बदज़ात?' ग्रेबैक गुर्राया। हैरी गिरते-गिरते बचा, जब धरपकड़ गैंग ने क़ैदियों को एक बार फिर धक्का दिया, ताकि रोशनी उसके बजाय हर्माइनी पर पड़े।

'ठहरो,' नार्सिसा ने तीखी आवाज़ में कहा। 'हाँ – हाँ, यह लड़की

मैडम मैल्किन की दुकान में पॉटर के साथ थी! मैंने *दैनिक जादूगर* में इसकी तस्वीर भी देखी थी! ड्रेको, देखो, क्या यह ग्रेंजर लड़की नहीं है?'

'मैं ... शायद ... हाँ।'

'लेकिन फिर तो यह वीज़्ली लड़का होगा!' लूसियस चिल्लाया और बँधे क़ैदियों के पास से घूमते हुए रॉन के सामने पहुँच गया। 'ये पॉटर के दोस्त हैं – ड्रेको, इसे देखो! क्या यह आर्थर वीज़्ली का बेटा नहीं है? क्या नाम है इसका – ?'

'हाँ,' ड्रेको ने दोबारा क़ैदियों की तरफ़ पीठ घुमाकर कहा। 'हो सकता है।'

हैरी के पीछे ड्रॉइंग रूम का दरवाज़ा खुला। एक औरत बोली, जिसकी आवाज़ सुनकर हैरी का डर और बढ़ गया।

'क्या हो रहा है? क्या हुआ, नार्सिसा?'

बेलाट्रिक्स लेस्ट्रेंज धीरे-धीरे क़ैदियों के पास से आई और हैरी की दाईं तरफ़ रुककर अपनी भारी पलकों वाली आँखों से हर्माइनी को घूरने लगी।

उसने धीरे से कहा, 'लेकिन यक़ीनन यह तो बदज़ात लड़की है? यह तो ग्रेंजर है?'

'हाँ, हाँ, यह ग्रेंजर है!' लूसियस चिल्लाया। 'और उसके बग़ल में, हमें लगता है, पॉटर भी है! आख़िरकार पॉटर और उसके दोस्त पकड़ में आ ही गए!'

'पॉटर?' बेलाट्रिक्स चीख़ी और हैरी को अच्छी तरह देखने के लिए पीछे हट गई। 'क्या तुम्हें यक़ीन है? अच्छा, तो शैतानी शहंशाह को फ़ौरन ख़बर करनी चाहिए!'

उसने अपनी बाईं आस्तीन हटाई। हैरी को उसकी बाँह पर शैतानी निशान दिखने लगा। वह जानता था कि बेलाट्रिक्स इसे छूकर अपने प्यारे मालिक को बुलाने वाली थी –

'उन्हें मैं बुलाने वाला था!' लूसियस ने कहा और उसका हाथ बेलाट्रिक्स की कलाई पर कस गया, ताकि वह निशान न छू पाए। 'बेला, उन्हें *मैं* बुलाऊँगा। पॉटर को मेरे मकान में लाया गया है और इसलिए यह मेरा अधिकार है –'

'तुम्हारा अधिकार!' बेलाट्रिक्स ने ताना मारते हुए अपना हाथ

छुड़ाने की कोशिश की। 'लूसियस, तुमने अपना अधिकार उसी समय खो दिया था, जब तुमने अपनी छड़ी गँवा दी थी! तुम्हारी हिम्मत कैसे हुई! मेरा हाथ छोड़ो!'

'इसका तुमसे कोई लेना-देना नहीं है, लड़के को तुमने नहीं पकड़ा है -'

'माफ़ करना, *मि.* मैल्फ़ॉय,' ग्रेबैक बीच में बोल पड़ा, 'लेकिन पॉटर को हम लोगों ने पकड़ा है और इनाम में मिलने वाले सोने पर भी हम लोगों का ही हक़ है -'

'सोना!' बेलाट्रिक्स हँसी, जो अब भी अपनी बहन के पति से हाथ छुड़ाने की कोशिश कर रही थी। उसका ख़ाली हाथ जेब में रखी छड़ी को खोज रहा था। 'गंदे लालची आदमी, इनाम वाला सोना तुम ही रखना। मुझे सोना नहीं चाहिए! मुझे तो सिर्फ़ उनकी प्रशंसा चाहिए -'

उसने जूझना छोड़ दिया। उसकी गहरी आँखें किसी चीज़ पर जम गई थीं। वह कौन सी चीज़ थी, यह हैरी नहीं देख पाया। बेलाट्रिक्स को ठंडा पड़ता देखकर लूसियस ख़ुश हो गया और उसने उसका हाथ छोड़कर अपनी आस्तीन खोल ली -

'ठहरो!' बेलाट्रिक्स चीख़ी। 'उसे मत छूना। अगर शैतानी शहंशाह इस वक़्त आ गए, तो हम सबकी जान चली जाएगी!'

लूसियस ठहर गया। उसकी तर्जनी उँगली उसके निशान के ऊपर मँडरा रही थी। बेलाट्रिक्स तेज़ी से हैरी के देखने के सीमित दायरे से बाहर निकल गई।

'वह क्या है?' उसने उसकी आवाज़ सुनी।

'तलवार,' धरपकड़ गैंग का आदमी बुदबुदाया।

'तलवार मुझे दो।'

'यह आपकी नहीं है, मैडम। यह मेरी है, यह मुझे मिली है।'

एक धमाका और लाल रोशनी की चमक हुई। हैरी जानता था कि उस आदमी को स्तब्ध कर दिया गया है। उसके साथी ग़ुस्से से गरजे। स्कैबियर ने अपनी छड़ी निकाल ली।

'औरत, तुम कर क्या रही हो?'

'स्तब्धो,' वह चीख़ी, *'स्तब्धो!'*

हालाँकि वे चार थे और वह अकेली थी, लेकिन वे लोग उसके मुक़ाबले बहुत कमज़ोर थे। जैसा कि हैरी जानता था, वह बहुत ही निपुण

और बिलकुल बेरहम जादूगरनी थी। वे लोग जहाँ खड़े थे, वहीं गिर गए – सभी, ग्रेबैक को छोड़कर। बेलाट्रिक्स ने ग्रेबैक को शाप देकर झुकी हुई मुद्रा में खड़ा कर दिया था और उसके हाथ फैले थे। अपनी आँखों के कोनों से हैरी ने बेलाट्रिक्स को नरभेड़िए की तरफ़ झुकते देखा। गरुड़द्वार की तलवार उसके हाथ में कसकर जकड़ी हुई थी और उसका चेहरा मोम जैसा था।

'तुम्हें यह तलवार कहाँ से मिली?' उसने ग्रेबैक के सुन्न हाथों से उसकी छड़ी निकालते हुए फुसफुसाकर पूछा।

'तुम्हारी हिम्मत कैसे हुई?' वह गुर्राया। पूरे शरीर में वह सिर्फ़ अपना मुँह ही हिला सकता था। बेलाट्रिक्स की तरफ़ देखकर उसने अपने नुकीले दाँत दिखाए। 'मुझे छोड़ दो, औरत!'

'तुम्हें यह तलवार कहाँ से मिली?' बेलाट्रिक्स ने तलवार को उसके चेहरे के सामने लहराते हुए दोबारा पूछा। 'स्नेप ने इसे ग्रिनगॉट में मेरी तिजोरी में रखवाया था!'

'यह उनके टेंट में मिली थी,' ग्रेबैक ने कर्कश स्वर में कहा। 'मैं कहता हूँ, मुझे छोड़ दो!'

बेलाट्रिक्स ने अपनी छड़ी लहराई और नरभेड़िया उछलकर खड़ा हो गया, हालाँकि वह एहतियात के तौर पर बेलाट्रिक्स के पास नहीं गया। वह एक कुर्सी के पीछे खड़ा हो गया और उसने अपने गंदे, मुड़े नाख़ूनों से इसके पिछले हिस्से को पकड़ लिया।

'ड्रेको, इस कचरे को बाहर ले जाओ,' बेलाट्रिक्स ने धरपकड़ गैंग के स्तब्ध सदस्यों की तरफ़ इशारा करते हुए कहा। 'अगर तुममें उन्हें ख़त्म करने की हिम्मत न हो, तो आँगन में ही पड़ा छोड़ देना। मैं आकर उन्हें ख़त्म कर दूँगी।'

'तुम ड्रेको से इस तरह बात करने की ज़ुर्रत मत करो –' नार्सिसा ने ग़ुस्से में कहा, लेकिन बेलाट्रिक्स चिल्लाई, 'चुप रहो! नार्सिसा, तुम कल्पना भी नहीं कर सकतीं कि स्थिति कितनी गंभीर है! हमारे सामने बहुत गंभीर समस्या है!'

वह हाँफ रही थी और तलवार की मूठ को ग़ौर से देख रही थी। फिर वह ख़ामोश क़ैदियों की ओर मुड़ी।

'अगर यह सचमुच पॉटर है, तो उसे कोई नुक़सान नहीं होना चाहिए,' वह बुदबुदाई और ऐसा लग रहा था, जैसे वह यह बात दूसरों के

बजाय ख़ुद को बता रही हो। 'शैतानी शहंशाह पॉटर को ख़ुद ख़त्म करना चाहते हैं ... लेकिन अगर उन्हें पता चल गया ... मुझे ... मुझे मालूम करना ही होगा ...'

उसने दोबारा अपनी बहन की तरफ़ चेहरा घुमाया।

'क़ैदियों को तहख़ाने में पहुँचवा दो। तब तक मैं सोचती हूँ कि क्या करना है!'

'बेला, यह मेरा घर है। तुम मेरे घर में आदेश मत दो –'

'यह काम कर दो! तुम्हें अंदाज़ा भी नहीं है कि हम कितने बड़े ख़तरे में हैं!' बेलाट्रिक्स चिल्लाई। वह डरी और पगलाई हुई दिख रही थी। उसकी छड़ी से आग की हल्की सी लहर निकली, जिससे गलीचे में छेद हो गया।

नार्सिसा ने एक पल झिझकने के बाद नरभेड़िए से कहा।

'ग्रेबैक, क़ैदियों को नीचे तहख़ाने में ले जाओ।'

'ठहरो,' बेलाट्रिक्स तीखी आवाज़ में बोली। 'सिवाय ... सिवाय बदज़ात लड़की के।'

ग्रेबैक ने ख़ुशी की हुंकार भरी।

'नहीं!' रॉन चिल्लाया। 'उसकी जगह मुझे रख लो!'

बेलाट्रिक्स ने उसे चाँटा मारा, जिसकी आवाज़ पूरे कमरे में गूँज गई।

'अगर वह पूछताछ में मर जाती है, तो उसके बाद मैं तुम्हीं से पूछताछ करूँगी,' बेलाट्रिक्स ने कहा। 'मेरे लिए बदज़ात के बाद ख़ून के गद्दार ही आते हैं। ग्रेबैक, उन्हें नीचे ले जाओ और अच्छी तरह बाँधकर रखना। लेकिन उनके साथ और कुछ मत करना – कम से कम अभी।'

बेलाट्रिक्स ने ग्रेबैक की छड़ी उसकी तरफ़ उछाल दी। फिर उसने अपने दुशालों के नीचे से चाँदी का एक छोटा सा चाकू निकाला। बेलाट्रिक्स ने हर्माइनी की रस्सियाँ काटकर उसे बाक़ी क़ैदियों से अलग कर दिया और उसके बाल पकड़कर कमरे के बीच में ले गई, जबकि ग्रेबैक बाक़ी सभी क़ैदियों को दूसरे दरवाज़े के पार एक अँधेरे गलियारे में ले गया। उसकी छड़ी सामने की ओर थी और अदृश्य शक्ति की तरह उन्हें खींच रही थी।

'लगता है, लड़की से पूछताछ पूरी करने के बाद वह मुझे उसे काटने का मौक़ा देगी?' ग्रेबैक उन्हें गलियारे में आगे ले जाते हुए बोला। 'मुझे एक-दो स्वादिष्ट टुकड़े खाने को मिल जाएँगे, है ना, ललमुँहे बंदर?'

हैरी रॉन की कँपकँपी महसूस कर सकता था। उन लोगों को सीढ़ियों से नीचे ले जाया जा रहा था। अब भी उनकी पीठ से पीठ बँधी थी और यह डर था कि किसी भी पल फिसलने पर गर्दन टूट सकती है। सबसे नीचे एक भारी दरवाज़ा था। ग्रेबैक ने अपनी छड़ी ठोंककर इसे खोला। इसके बाद वह उन्हें एक अँधेरे और सीलन भरे कमरे में छोड़कर लौट गया। तहख़ाने के दरवाज़े के बंद होने की गूँज अभी ख़त्म भी नहीं हुई थी कि उनके ठीक ऊपर से एक भयंकर लंबी चीख़ सुनाई दी।

'हर्माइनी!' रॉन गरजा और बँधी हुई रस्सियों से आज़ाद होने के लिए कसमसाने लगा, जिससे हैरी लड़खड़ा गया। **'हर्माइनी!'**

'चुप रहो!' हैरी ने कहा। 'चुप रहो, रॉन, हमें कोई तरीक़ा खोजना होगा –'

'हर्माइनी! हर्माइनी!'

'हमें योजना बनानी होगी। चिल्लाना बंद करो – हमें इन रस्सियों को खोलना होगा –'

'हैरी?' अँधेरे में किसी के फुसफुसाने की आवाज़ आई। 'रॉन? क्या तुम लोग हो?'

रॉन ने चिल्लाना छोड़ दिया। उनके क़रीब कुछ हलचल हुई। फिर हैरी ने एक छाया को क़रीब आते देखा।

'हैरी, रॉन?'

'लूना?'

'हाँ, मैं ही हूँ! ओह नहीं, मैं नहीं चाहती थी कि तुम पकड़े जाओ!'

'लूना, क्या तुम इन रस्सियों को खोलने में हमारी मदद कर सकती हो?' हैरी ने कहा।

'ओह हाँ, मुझे लगता तो है ... एक पुरानी कील है, जिसका इस्तेमाल हम चीज़ों को तोड़ने के लिए करते हैं ... एक मिनट रुको ...'

ऊपर हर्माइनी एक बार फिर चीख़ी। साथ ही बेलाट्रिक्स के चिल्लाने की आवाज़ भी आई, हालाँकि वे उसके शब्द नहीं सुन पाए, क्योंकि उसी समय रॉन दोबारा चिल्लाने लगा, **'हर्माइनी! हर्माइनी!'**

'मि. ऑलिवैन्डर?' हैरी ने लूना को कहते हुए सुना। 'मि. ऑलिवैन्डर, क्या आपके पास कील है? अगर आप बस थोड़ा सा उधर खिसक जाएँ ... मुझे लगता है कि यह पानी के जग के पास थी ...'

कुछ ही पलों में वह लौट आई।

उसने कहा, 'तुम लोग स्थिर रहना।'

वह गाँठों को खोलने के लिए रस्सी के सख़्त रेशों पर कील चलाने लगी। उन्हें ऊपर से आती बेलाट्रिक्स की आवाज़ सुनाई दी।

'मैं तुमसे एक बार फिर पूछ रही हूं! तुम्हें तलवार कहाँ मिली? *कहाँ?'*

'हमें यह पड़ी मिली थी – हमें यह पड़ी मिली थी – **प्लीज़!'** हर्माइनी एक बार फिर चीख़ी। रॉन पहले से ज़्यादा तेज़ी से कसमसाने लगा और ज़ंग लगी कील हैरी की कलाई पर गिर गई।

'रॉन, प्लीज़, हिलो मत!' लूना फुसफुसाई। 'मुझे अँधेरे में कुछ नहीं दिख रहा है कि मैं क्या कर रही हूँ –'

'मेरी जेब!' रॉन बोला। 'मेरी जेब में एक बत्तीबंद यंत्र है और उसमें रोशनी भरी है!'

कुछ पल बाद एक क्लिक हुई। बत्तीबंद यंत्र ने टेंट में लैंपों से जो बत्तियाँ चूसी थीं, वे छत की ओर उड़ने लगीं। चूँकि उन्हें अपना स्रोत नहीं मिल पाया, इसलिए वे छोटे सूरजों की तरह कमरे में ऊपर लटकी रहीं। तहख़ाने में रोशनी की बाढ़ आ गई। हैरी ने लूना को देखा, जिसके सफ़ेद चेहरे पर आँखें ही चमक रही थीं। इसके अलावा उसे छड़ियाँ बनाने वाले ऑलिवैन्डर की आकृति दिखी, जो एक कोने में फ़र्श पर स्थिर पड़ा हुआ था। हैरी ने गर्दन मोड़कर अपने साथी क़ैदियों को देखा : डीन था और ग्रिपहुक नामक पिशाच भी था, जो बेहोशी की कगार पर दिख रहा था और बाक़ी लोगों के साथ रस्सियों से बँधे होने के कारण अपने पैरों पर खड़ा था।

'ओह, इससे काम आसान हो गया। धन्यवाद, रॉन,' लूना बोली और दोबारा उनकी गठानें काटने लगी। 'हैलो, डीन!'

ऊपर से बेलाट्रिक्स की आवाज़ आई।

'तुम झूठ बोल रही हो, गंदी बदज़ात, और मैं यह बात जानती हूँ! तुम ग्रिनगॉट की मेरी तिजोरी में घुसी थीं! सच्चाई बताओ, *सच्चाई बताओ!'*

एक और भयंकर चीख़ सुनाई दी –

'हर्माइनी!'

'तुमने वहाँ से और क्या उठाया? तुमने और क्या उठाया? मुझे सच-सच बताओ, वरना मैं क़सम खाती हूँ, छुरा भोंक दूँगी!'

'यह लो!'

हैरी को रस्सियाँ गिरती महसूस हुईं। अपनी कलाइयों को मलते हुए वह मुड़ा और उसने देखा कि रॉन तहख़ाने में भाग रहा था और नीची छत को देखते हुए कोई चोर दरवाज़ा खोज रहा था। घाव और ख़ून से भरे चेहरे वाले डीन ने लूना को 'धन्यवाद' दिया और काँपता हुआ खड़ा हो गया। लेकिन ग्रिपहुक शराबी की तरह डगमगाकर तहख़ाने के फ़र्श पर लुढ़क गया। उसके साँवले चेहरे पर कई घाव नज़र आ रहे थे।

रॉन अब बिना छड़ी के अंतर्ध्यान होने की कोशिश कर रहा था।

'कोई रास्ता नहीं है, रॉन,' लूना ने उसकी बेकार कोशिशों को देखते हुए कहा। 'तहख़ाने से बच निकलने का कोई उपाय नहीं है। पहले मैंने भी कोशिश की थी। मि. ऑलिवैन्डर काफ़ी समय से यहाँ हैं। उन्होंने हर चीज़ आज़माकर देख ली है।'

हर्माइनी दोबारा चीख़ रही थी। उसकी आवाज़ हैरी को शारीरिक दर्द की तरह बेध गई। अपने निशान की बुरी टीस के बावजूद वह तहख़ाने में भागा और दीवारों को टटोलने लगा, हालाँकि वह जानता था कि वह ख़ामख़्वाह कोशिश कर रहा है।

'तुमने वहाँ से और क्या लिया? और क्या? **मेरी बात का जवाब दो! पीड़ितो!'**

हर्माइनी की चीख़ें ऊपर की मंज़िल की दीवारों से टकराकर गूँज रही थीं। रॉन सुबक रहा था और दीवार पर मुक्के मार रहा था। हैरी ने हताशा में अपनी गर्दन में लटका हैग्रिड का दिया पाउच निकाला और उसमें टटोलने लगा। उसने डम्बलडोर की सुनहरी गेंद निकालकर हिलाई। उसे उम्मीद थी कि कुछ होगा - लेकिन कुछ नहीं हुआ। उसने मायापंछी की छड़ी के टूटे टुकड़े लहराए, लेकिन वे बेजान थे - आईने का टुकड़ा चमकता हुआ फ़र्श पर गिर गया और उसे बहुत नीली चमक दिखी -

आईने में से डम्बलडोर की आँख उसे घूर रही थी।

'हमारी मदद करो!' वह पागलपन भरी हताशा में इससे चीख़ते हुए बोला। 'हम लोग मैल्फ़ॉय महल के तहख़ाने में हैं। हमारी मदद करो!'

आँख झपकी और ग़ायब हो गई।

हैरी को यक़ीन भी नहीं था कि उसे सचमुच आँख दिखी थी। उसने आईने के टुकड़े को इधर-उधर घुमाया, लेकिन उसमें उनकी जेल की दीवारों और छत के सिवाय कुछ नज़र नहीं आया। ऊपर की मंज़िल पर हर्माइनी पहले से ज़्यादा बुरी तरह चीख़ रही थी और हैरी के बग़ल में रॉन गरज रहा था, **'हर्माइनी! हर्माइनी!'**

'तुम मेरी तिजोरी में घुसीं कैसे?' उन्होंने बेलाट्रिक्स को चीख़ते सुना। 'क्या तहख़ाने वाले गंदे पिशाच ने तुम्हारी मदद की थी?'

'हम उससे आज रात को ही मिले हैं!' हर्माइनी सुबकी। 'हम आपकी तिजोरी के भीतर कभी नहीं गए ... यह असली तलवार नहीं है! यह तो असली तलवार की नक़ल है, बस नक़ल है!'

'नक़ल?' बेलाट्रिक्स चीख़ी। 'ओह, इस कहानी में ज़्यादा दम नहीं लगता है!'

'लेकिन हम आसानी से इसका पता लगा सकते हैं!' लूसियस की आवाज़ आई। 'ड्रेको, पिशाच को ले आओ। वह हमें बता देगा कि तलवार असली है या नहीं!'

हैरी तहख़ाने के पार भागा, जहाँ ग्रिपहुक फ़र्श पर पड़ा था।

'ग्रिपहुक,' उसने पिशाच के नुकीले कान में फुसफुसाकर कहा, 'तुम्हें उन्हें बताना होगा कि यह तलवार नक़ली है। उन्हें पता नहीं लगना चाहिए कि यही असली तलवार है, ग्रिपहुक, प्लीज़ -'

उसे किसी के तहख़ाने की सीढ़ियाँ उतरने की आवाज़ सुनाई दी। अगले ही पल दरवाज़े के पीछे से ड्रेको की काँपती आवाज़ सुनाई दी।

'पीछे हट जाओ। दीवार से टिककर लाइन में खड़े हो जाओ। कोई गड़बड़ मत करना, वरना मैं तुम्हें मार दूँगा।'

उन्होंने ऐसा ही किया। जब ताला खुला, तो रॉन ने बत्तीबंद यंत्र को क्लिक कर दिया और रोशनी वापस उसकी जेब में पहुँच गई तथा तहख़ाने में अँधेरा हो गया। दरवाज़ा खुला और मैल्फ़ॉय अंदर आया। उसकी छड़ी उसके सामने थी और उसका पीला चेहरा संकल्पवान दिख रहा था। उसने पिशाच की बाँह पकड़ी और उसे घसीटता हुआ वापस चला गया। दरवाज़ा तेज़ी से बंद हो गया और उसी पल तहख़ाने के भीतर *कड़ाक* की ज़ोरदार आवाज़ सुनाई दी।

रॉन ने बत्तीबंद यंत्र को क्लिक किया। रोशनी के तीन गोले उसकी

जेब से निकलकर हवा में उड़ने लगे। रोशनी होते ही उन्हें डॉबी नाम का घरेलू जिन्न नज़र आया, जो उनके बीच अभी-अभी प्रकट हुआ था।

'डॉ-!'

हैरी ने रॉन की बाँह पर हाथ मारा, ताकि उसे चिल्लाने से रोक सके। रॉन ख़ुद भी अपनी ग़लती पर बुरी तरह पछता रहा था। ऊपर की तरफ़ छत के पार क़दमों की आहट हुई। ड्रेको ग्रिपहुक को बेलाट्रिक्स के पास ले जा रहा था।

डॉबी की बड़ी-बड़ी, टेनिस की गेंद के आकार की आँखें फैली थीं। वह पैरों से लेकर कान की नोक तक काँप रहा था। वह अपने पुराने मालिक के घर में लौट आया था और साफ़ दिख रहा था कि वह दहशत में था।

'हैरी पॉटर,' वह चूँ-चूँ करती आवाज़ में बोला, 'डॉबी आपको बचाने आया है।'

'लेकिन तुम्हें कैसे - ?'

एक भयंकर चीख़ ने हैरी के शब्दों को दबा दिया : हर्माइनी को दोबारा यातना दी जा रही थी। वह मुद्दे की बात पर आ गया।

'तुम इस तहख़ाने से अंतर्ध्यान होकर बाहर जा सकते हो ?' उसने डॉबी से पूछा, जिसने कान फड़फड़ाकर सहमति में सिर हिलाया।

'और तुम इंसानों को भी ले जा सकते हो ?'

डॉबी ने दोबारा सिर हिलाया।

'ठीक है। डॉबी, मैं चाहता हूँ कि तुम लूना, डीन और मि. ऑलिवैन्डर को ले जाओ - उन्हें ले जाओ -'

'बिल और फ़्लर के घर,' रॉन बोला। 'टिनवर्थ के बाहरी इलाक़े में बने शेल कॉटेज में!'

घरेलू जिन्न ने तीसरी बार सिर हिलाया।

'और फिर वापस लौट आना,' हैरी ने कहा। 'क्या तुम यह काम कर सकते हो, डॉबी ?'

'बिलकुल, हैरी पॉटर ?' छोटा जिन्न फुसफुसाकर बोला। वह जल्दी से मि. ऑलिवैन्डर के पास गया, जो बमुश्किल होश में दिख रहे थे। उसने उनका हाथ अपने हाथ में लिया, फिर दूसरा हाथ लूना और डीन की ओर

बढ़ाया, लेकिन उनमें से कोई नहीं हिला।

'हैरी, हम तुम्हारी मदद करना चाहते हैं!' लूना फुसफुसाई।

'हम तुम्हें यहाँ छोड़कर नहीं जा सकते,' डीन बोला।

'तुम दोनों जाओ! हम तुमसे बिल और फ़्लर के घर पर मिलते हैं।'

यह बोलते समय हैरी के निशान में पहले से ज़्यादा दर्द होने लगा और कुछ पल तक उसे ऑलिवैन्डर नहीं, बल्कि दूसरा आदमी दिखा, जो उतना ही बूढ़ा और दुबला था, लेकिन व्यंग्य से हँस रहा था।

'तो मुझे मार डालो, वोल्डेमॉर्ट! मैं मौत का स्वागत करता हूँ! लेकिन मेरी मौत से तुम्हें अपनी मनचाही चीज़ नहीं मिलेगी ... ऐसी बहुत सी चीज़ें हैं, जो तुम नहीं समझते हो ...'

उसे वोल्डेमॉर्ट का ग़ुस्सा महसूस हुआ, लेकिन जब हर्माइनी दोबारा चीख़ी, तो वह इसे बंद करके तहख़ाने में अपनी वर्तमान की दहशत में लौट आया।

'जाओ!' हैरी ने लूना और डीन से आग्रह करते हुए कहा। 'जाओ! हम आते हैं, जाओ!'

उन दोनों ने घरेलू जिन्न की फैली उँगलियाँ पकड़ लीं। *खट्ट* की तेज़ आवाज़ के साथ डॉबी, लूना, डीन और ऑलिवैन्डर अंतर्ध्यान हो गए।

'यह कैसी आवाज़ थी?' ऊपर से लूसियस मैल्फ़ॉय के चिल्लाने की आवाज़ आई। 'तुमने सुनी? तहख़ाने से यह कैसी आवाज़ आई थी?'

हैरी और रॉन ने एक-दूसरे को घूरा।

'ड्रेको - नहीं, नहीं, वर्मटेल को बुलाओ! उससे जाकर देखने को कहो!'

ऊपर के कमरे में क़दमों की आहट हुई, फिर ख़ामोशी छा गई। हैरी जानता था कि ड्रॉइंग रूम के लोग तहख़ाने से आने वाली अन्य आवाज़ों को सुनने के लिए कान लगाए होंगे।

'हमें उससे लड़ना होगा,' उसने रॉन से फुसफुसाकर कहा। उनके पास इसके अलावा कोई विकल्प था भी नहीं। कमरे में दाख़िल होते ही आने वाले को तीन क़ैदियों के ग़ायब होने के बारे में पता चल जाएगा और उनका खेल ख़त्म हो जाएगा। 'रोशनी मत बुझाना,' हैरी ने आगे कहा। जब उन्होंने दरवाज़े के बाहर किसी के सीढ़ियाँ उतरने की आवाज़ सुनी, तो हैरी दरवाज़े के एक तरफ़ खड़ा हो गया और रॉन दूसरी तरफ़।

'पीछे खड़े रहना,' वर्मटेल की आवाज़ आई। 'दरवाज़े से दूर खड़े रहो। मैं अंदर आ रहा हूँ।'

दरवाज़ा खुल गया। पल भर के लिए वर्मटेल ख़ाली तहख़ाने को घूरता रहा, जिसमें हवा में लटकते तीन छोटे सूरजों की रोशनी भरी थी। फिर हैरी और रॉन ने उस पर छलाँग लगा दी। रॉन ने वर्मटेल की छड़ी वाली बाँह पकड़कर ऊपर की तरफ़ मोड़ दी। हैरी ने उसके मुँह पर हाथ रख दिया, ताकि उसकी आवाज़ दब जाए। वे बिना आवाज़ किए संघर्ष कर रहे थे। वर्मटेल की छड़ी से चिंगारियाँ निकल रही थीं। उसका चाँदी वाला हाथ हैरी के गले पर कस गया।

'क्या है, वर्मटेल?' लूसियस मैल्फ़ॉय ने ऊपर से कहा।

'कुछ नहीं!' रॉन ने वर्मटेल की घरघराती आवाज़ की नक़ल करते हुए कहा। 'सब ठीक है!'

हैरी मुश्किल से साँस ले पा रहा था।

'तुम मुझे मारोगे?' हैरी ने उसकी धातु की उँगलियों को हटाने की कोशिश करते हुए रुँधे गले से कहा। 'भूल गए, मैंने तुम्हारी जान बचाई थी? तुम पर मेरा एहसान है, वर्मटेल!'

चाँदी की उँगलियों की पकड़ ढीली हो गई। हैरी को इसकी उम्मीद नहीं थी : उसने हैरानी से अपनी गर्दन छुड़ा ली, हालाँकि उसने वर्मटेल के मुँह से अपना हाथ नहीं हटाया। उसने देखा कि चूहे जैसे आदमी की छोटी, पानीदार आँखें डर और हैरानी से फैल गई थीं। अपने हाथ की क्षणिक दयालुता पर वह भी हैरी जितना ही सदमे में दिख रहा था। अब वह पहले से ज़्यादा ताक़त से जूझ रहा था, ताकि कमज़ोरी के उस पल की भरपाई कर सके।

'और हम यह भी ले लेते हैं,' रॉन ने वर्मटेल के दूसरे हाथ से छड़ी छीनते हुए फुसफुसाकर कहा।

बिना छड़ी के असहाय पेटिग्रू की पुतलियाँ दहशत में फैलने लगीं। उसकी आँखें हैरी के चेहरे से किसी दूसरी चीज़ पर पहुँच गईं। उसकी चाँदी की उँगलियाँ उसी के गले की तरफ़ निर्ममता से बढ़ रही थीं।

'नहीं –'

सोचने के लिए रुके बिना हैरी ने पेटिग्रू के हाथ को पीछे लौटाने की कोशिश की, लेकिन इसके रुकने का सवाल ही नहीं था। वोल्डेमॉर्ट ने अपने

सबसे डरपोक सेवक को चाँदी का जो हाथ दिया था, अब वही अपने निहत्थे और निकम्मे मालिक का दुश्मन बन गया था। पेटिग्रू अपनी पल भर की झिझक और दया की सज़ा भुगत रहा था। उनकी आँखों के सामने उसका गला घोंटा जा रहा था।

'नहीं!'

रॉन ने वर्मटेल को छोड़ दिया। उसने और हैरी ने मिलकर वर्मटेल के गले से धातु की उँगलियों को खींचने की कोशिश की, लेकिन कोई फ़ायदा नहीं हुआ। पेटिग्रू का चेहरा नीला पड़ रहा था।

'पृथको!' रॉन ने अपनी छड़ी चाँदी के हाथ की तरफ़ तानते हुए कहा, लेकिन कुछ नहीं हुआ। पेटिग्रू लुढ़क गया और उसी पल ऊपर से हर्माइनी की भयंकर चीख़ सुनाई दी। वर्मटेल की आँखें नीले चेहरे पर ऊपर की तरफ़ हुईं। उसका शरीर आख़िरी बार झटके से हिला और फिर स्थिर हो गया।

हैरी और रॉन ने एक-दूसरे को देखा। फिर वर्मटेल की लाश को फ़र्श पर पड़ा छोड़कर उन्होंने सीढ़ियों पर दौड़ लगा दी। वे जल्दी ही ड्रॉइंग रूम की ओर जाने वाले अँधेरे गलियारे में पहुँच गए। सावधानी से चलते हुए वे ड्रॉइंग रूम के अधखुले दरवाज़े तक पहुँचे। अब उन्हें साफ़ दिख रहा था कि ग्रिपहुक अपनी लंबी उँगलियों वाले हाथों में गरुड़द्वार की तलवार थामे था और बेलाट्रिक्स उसे ग़ौर से देख रही थी। हर्माइनी बेलाट्रिक्स के क़दमों में लेटी थी। वह मुश्किल से हिल पा रही थी।

'तो?' बेलाट्रिक्स ने ग्रिपहुक से पूछा। 'क्या यह असली तलवार है?'

हैरी ने साँस रोककर इंतज़ार किया और अपने निशान के दर्द से संघर्ष करने लगा।

'नहीं,' ग्रिपहुक ने कहा। 'यह नक़ली है।'

'क्या तुम्हें यक़ीन है?' बेलाट्रिक्स ने हाँफते हुए कहा। 'पूरा यक़ीन है?'

'हाँ,' पिशाच ने कहा।

बेलाट्रिक्स के चेहरे पर राहत का भाव आ गया और उसका सारा तनाव ग़ायब हो गया।

'अच्छी बात है,' उसने कहा और अपनी छड़ी हल्के से लहराकर

पिशाच के चेहरे पर एक और गहरा घाव कर दिया, जिससे वह चीख़कर उसके क़दमों के पास गिर गया। बेलाट्रिक्स ने लात मारकर उसे दूर किया और विजयी अंदाज़ में बोली, 'अब हम शैतानी शहंशाह को बुलाते हैं!'

उसने अपनी आस्तीन पीछे की और अपनी उँगली से शैतानी निशान को दबा दिया।

तत्काल हैरी के निशान में जैसे विस्फोट हो गया। आँखों के सामने का दृश्य बदल गया : वह वोल्डेमॉर्ट था और उसके सामने मौजूद कंकाल जैसा पोपले मुँह वाला जादूगर उस पर हँस रहा था। उसे ग़ुस्सा आ रहा था कि उन्होंने उसे फिर बुलाया था – उसने उन्हें चेतावनी दे दी थी। उसने उन्हें बता दिया था कि वे पॉटर से कम किसी चीज़ के लिए न बुलाएँ। अगर वे ग़लत हुए ...

'तो मुझे मार डालो!' बूढ़े आदमी ने कहा। 'तुम जीत नहीं पाओगे, तुम जीत नहीं सकते! वह छड़ी कभी, कभी तुम्हारी नहीं हो पाएगी –'

वोल्डेमॉर्ट का ग़ुस्सा लावे की तरह बाहर निकला। जेल की कोठरी में हरी रोशनी का विस्फोट हुआ और कमज़ोर बूढ़ा शरीर बिस्तर से उड़ा तथा बेजान होकर गिर पड़ा। वोल्डेमॉर्ट खिड़की के पास लौटा। उसका ग़ुस्सा अब बेक़ाबू था ... अगर उनके पास उसे बुलाने का अच्छा कारण नहीं हुआ, तो वह उन्हें इसका मज़ा चखाएगा ...

'और मुझे लगता है,' बेलाट्रिक्स की आवाज़ आई, 'हम बदज़ात को मार डालते हैं। ग्रेबैक, अगर तुम उसे चाहो, तो ले लो।'

'नहींहींहींहींहींहींहींहींहींहीं!'

रॉन ने ड्रॉइंग रूम में दौड़ लगा दी थी। बेलाट्रिक्स ने घूमकर देखा और सदमे में आ गई। उसने अपनी छड़ी रॉन की तरफ़ तानी –

'निरस्त्र भव!' रॉन ने वर्मटेल की छड़ी बेलाट्रिक्स पर तानते हुए कहा। बेलाट्रिक्स की छड़ी हवा में उड़ गई और हैरी ने उसे पकड़ लिया, जो रॉन के पीछे-पीछे कमरे में घुस गया था। लूसियस, नार्सिसा, ड्रेको और ग्रेबैक मुड़े। हैरी चिल्लाया, *'स्तब्धो!'* लूसियस मैल्फ़ॉय क़ालीन पर गिर गया। ड्रेको, नार्सिसा और ग्रेबैक की छड़ियों से रोशनी की लहरें उड़ने लगीं। उनसे बचने के लिए हैरी ने फ़र्श पर छलाँग लगा दी और लुढ़कता हुआ एक सोफ़े के पीछे पहुँच गया।

'रुक जाओ, वरना इसकी जान चली जाएगी!'

हाँफते हुए हैरी ने सोफ़े के पीछे से झाँका। बेलाट्रिक्स बेहोश सी हर्माइनी को उठाए थी और उसका चाँदी का छोटा चाकू हर्माइनी के गले पर सटा था।

'अपनी छड़ियाँ फेंक दो,' उसने फुसफुसाकर कहा। 'उन्हें फेंक दो, वरना हम देखेंगे कि इसका ख़ून कितना गंदा है!'

रॉन सख़्ती से खड़ा हुआ, हालाँकि वर्मटेल की छड़ी अब भी उसके हाथ में थी। हैरी भी सीधा खड़ा हो गया, हालाँकि वह भी बेलाट्रिक्स की छड़ी पकड़े था।

'मैंने कहा, छड़ियाँ नीचे फेंक दो!' वह चीख़ी और उसने चाकू की नोक हर्माइनी के गले पर गड़ा दी। हैरी को वहाँ ख़ून की बूँदें नज़र आने लगीं।

'ठीक है!' वह चिल्लाया और उसने बेलाट्रिक्स की छड़ी फ़र्श पर अपने पैरों के पास पटक दी। रॉन ने भी वर्मटेल की छड़ी के साथ ऐसा ही किया। दोनों ने अपने हाथ कंधे तक ऊपर उठा दिए।

'अच्छी बात है!' वह बोली। 'ड्रेको, उन्हें उठा लो! हैरी पॉटर, शैतानी शहंशाह आ रहे हैं! तुम्हारी मौत आ रही है!'

हैरी यह बात जानता था। इसके दर्द के मारे उसका निशान फटा जा रहा था। वह महसूस कर सकता था कि वोल्डेमॉर्ट आसमान में उड़ता हुआ आ रहा है, एक काले और तूफ़ानी समुद्र के ऊपर। जल्दी ही वह इतने क़रीब आ जाएगा कि अंतर्ध्यान होकर यहाँ आ सके। हैरी को बाहर निकलने का कोई रास्ता नहीं सूझ रहा था।

'अब,' बेलाट्रिक्स ने धीरे से कहा, जब ड्रेको छड़ियाँ उठाकर जल्दी से ले गया। 'नार्सिसा, मुझे लगता है कि हमें इन बहादुर बच्चों को दोबारा बाँध देना चाहिए। और इस बदज़ात लड़की को हम ग्रेबैक के हवाले कर देते हैं। ग्रेबैक, मुझे यक़ीन है कि तुम्हें यह लड़की देने पर शैतानी शहंशाह नाराज़ नहीं होंगे, क्योंकि आज रात तुमने बहुत अच्छा काम किया है।'

आख़िरी शब्द पर ऊपर से एक अजीब सी सरसराहट सुनाई दी। उन सभी ने काँच के फ़ानूस को काँपते हुए देखा। फिर तड़ाक की आवाज़ के साथ यह नीचे गिरने लगा। बेलाट्रिक्स इसके ठीक नीचे थी। हर्माइनी को पटककर वह चीख़ी और एक तरफ़ छलाँग लगा दी। फ़र्श पर काँच और ज़ंजीरों के टकराने से विस्फोट हुआ। टूटे फ़ानूस के टुकड़े हर्माइनी और पिशाच पर गिरे, जो अब भी गरुड़द्वार की तलवार पकड़े था। काँच के

चमकते टुकड़े सभी दिशाओं में उड़ने लगे। ड्रेको दोहरा हो गया। उसके हाथ उसके ख़ून से सने चेहरे पर थे।

जब रॉन हर्माइनी को मलबे में से बाहर निकालने के लिए भागा, तो हैरी ने अपना मौक़ा ताड़ा। उसने एक कुर्सी लाँघकर ड्रेको की पकड़ से तीन छड़ियाँ छुड़ा लीं और उन्हें ग्रेबैक की तरफ़ तानकर चिल्लाया : *'स्तब्धो!'* तीन गुने मंत्र के कारण नरभेड़िया उड़कर छत तक पहुँचा और धम्म से ज़मीन पर गिर गया।

नार्सिसा ने ड्रेको को अपनी ओर खींचकर नुक़सान से बचाया। तब तक बेलाट्रिक्स खड़ी हो गई थी। उसके बाल उड़ रहे थे और वह चाँदी का चाकू लहरा रही थी। लेकिन नार्सिसा ने अपनी छड़ी दरवाज़े की तरफ़ कर ली थी।

'डॉबी!' वह चीख़ी और यहाँ तक कि बेलाट्रिक्स भी बुत जैसी खड़ी रह गई। 'तुम! फ़ानूस *तुमने* गिराया था – ?'

छोटा सा घरेलू जिन्न कमरे में आया। उसकी काँपती उँगली उसकी पुरानी मालकिन की तरफ़ थी।

'आप हैरी पॉटर को नुक़सान न पहुँचाएँ,' वह चीख़ा।

'उसे मार डालो, नार्सिसा!' बेलाट्रिक्स चीख़ी, लेकिन एक ज़ोरदार *खट्ट* के साथ नार्सिसा की छड़ी भी हवा में उड़कर कमरे की दूसरी तरफ़ पहुँच गई।

'गंदे बंदर,' बेलाट्रिक्स गरजी। 'तुम्हारी यह ज़ुर्रत कि तुम एक जादूगरनी की छड़ी ले लो? तुम्हारी यह ज़ुर्रत कि तुम अपने मालिकों पर हमला करो?'

'डॉबी का कोई मालिक नहीं है!' जिन्न चिल्लाया। 'डॉबी एक आज़ाद जिन्न है और डॉबी हैरी पॉटर तथा उसके दोस्तों को बचाने आया है!'

हैरी का निशान अब दर्द के कारण उसे अंधा किए दे रहा था। उसे हल्का सा एहसास था कि वोल्डेमॉर्ट के यहाँ तक आने में अब कुछ ही पल, कुछ ही सेकंड बचे होंगे।

'रॉन, पकड़ो – और **जाओ!'** वह उसकी तरफ़ एक छड़ी फेंकते हुए चिल्लाया। फिर उसने फ़ानूस के नीचे से ग्रिपहुक को खींचा। कराहते पिशाच को एक कंधे पर उठाकर, जिसने अब भी तलवार को कसकर

पकड़ रखा था, हैरी ने डॉबी का हाथ पकड़ा और अंतर्ध्यान होने के लिए उसी जगह पर घूम गया।

अँधेरे में पहुँचते समय उसे ड्रॉइंग रूम की आख़िरी झलक दिखी : नार्सिसा और ड्रेको की पीली स्तब्ध आकृतियाँ, रॉन के बालों की लाल लकीर और उड़ती चाँदी की झलक, जब बेलाट्रिक्स का चाकू कमरे के पार उड़कर उस जगह तक आया, जहाँ से वे लोग अंतर्ध्यान हो रहे थे –

बिल और फ़्लर का मकान ... शेल कॉटेज ... बिल और फ़्लर का मकान ...

वह अनजान जगह पर अंतर्ध्यान हो रहा था। वह बस अपने ठिकाने का नाम दोहरा सकता था और यह उम्मीद कर सकता था कि वहाँ पहुँचने के लिए इतना ही काफ़ी होगा। उसके माथे का दर्द उसे बुरी तरह सता रहा था और उस पर लदे पिशाच का वज़न उसे दबा रहा था। गरुड़द्वार की तलवार की धार उसकी पीठ में चुभ रही थी। तभी डॉबी का हाथ उसके हाथ में काँपा। वह सोचने लगा कि क्या जिन्न उसे सही दिशा में खींचना चाहता है। उसने उँगलियाँ दबाकर यह बताने की कोशिश की कि उसे इससे कोई फ़र्क़ नहीं पड़ता ...

और फिर वे ठोस धरती पर पहुँच गए। नमकीन हवा की महक आने लगी। हैरी घुटनों के बल गिर गया। उसने डॉबी का हाथ छोड़ दिया और ग्रिपहुक को ज़मीन पर धीरे से लिटा दिया।

'तुम ठीक हो ?' उसने ग्रिपहुक के हिलने पर पूछा, लेकिन जवाब में पिशाच कराहने लगा।

हैरी ने अँधेरे में नज़र डाली। तारे भरे विशाल आसमान के नीचे कुछ दूरी पर एक मकान दिख रहा था और उसे इसके बाहर हलचल दिखी।

'डॉबी, क्या यही शेल कॉटेज है ?' वह फुसफुसाया और उन छड़ियों को पकड़ा, जो वह मैल्फ़ॉय परिवार के यहाँ से लाया था। ज़रूरत पड़ने पर वह लड़ने के लिए तैयार था। 'क्या हम सही जगह पर आ गए हैं ? डॉबी ?'

वह मुड़ा। छोटा घरेलू जिन्न उससे कुछ फ़ुट दूर खड़ा था।

'डॉबी!'

घरेलू जिन्न थोड़ा लहराया। उसकी चौड़ी, चमकती आँखों में सितारों का प्रतिबिंब नज़र आ रहा था। एक साथ उसने और हैरी ने नीचे झुककर चाकू की चाँदी की मूठ देखी, जो जिन्न के धड़कते सीने से बाहर

निकली थी।

'डॉबी - नहीं - **मदद करो!'** हैरी मकान की तरफ़ ज़ोर से चिल्लाया, जिसमें से लोग बाहर निकल रहे थे। **'मदद करो!'**

वह नहीं जानता था और उसे परवाह भी नहीं थी कि वे जादूगर थे या मगलू, दोस्त थे या दुश्मन। उसे तो बस इस बात की परवाह थी कि डॉबी के सीने पर एक गहरा निशान फैल रहा था और वह हैरी की तरफ़ याचना भरे अंदाज़ में अपनी दुबली बाँहें फैला रहा था। हैरी ने उसे पकड़ा और ठंडी घास पर लिटा दिया।

'डॉबी, नहीं, मरना नहीं, मरना नहीं -'

घरेलू जिन्न की आँखें उस पर टिक गईं और उसके होंठ कुछ बोलने के लिए काँपे।

'हैरी ... पॉटर ...'

और फिर हल्की सी कँपकँपी के साथ घरेलू जिन्न बिलकुल स्थिर हो गया। उसकी आँखें अब काँच के गोलों से ज़्यादा कुछ नहीं थीं, जिन पर सितारों की रोशनी चमक रही थी, हालाँकि अब वे आँखें सितारों को देख नहीं सकती थीं।

अध्याय चौबीस

छड़ीसाज़

ऐसा लग रहा था, जैसे वह दोबारा वही पुराना बुरा सपना देख रहा हो। फ़र्क़ सिर्फ़ इतना था कि पहले वह हॉगवर्ट्स की सबसे ऊँची मीनार के नीचे डम्बलडोर के शरीर के पास घुटनों के बल बैठा था, जबकि इस बार घास पर पड़े छोटे से शरीर को घूर रहा था, जिसके सीने में बेलाट्रिक्स का चाँदी का चाकू धँसा हुआ था। हैरी की आवाज़ अब भी कह रही थी, 'डॉबी ... *डॉबी* ...' हालाँकि वह जानता था कि जिन्न अब वहाँ पहुँच चुका था, जहाँ से वह लौटकर नहीं आ सकता था।

घरेलू जिन्न के ऊपर झुकने के एकाध मिनट बाद उसे एहसास हुआ कि आख़िरकार वे सही जगह आ गए थे, क्योंकि बिल, फ़्लर, डीन और लूना उसके आस-पास आ गए थे।

'हर्माइनी ?' उसने अचानक पूछा। 'हर्माइनी कहाँ है ?'

'रॉन उसे भीतर ले गया है,' बिल ने कहा। 'वह बिलकुल ठीक हो जाएगी।'

हैरी ने डॉबी की तरफ़ देखा। उसने एक हाथ बढ़ाकर जिन्न के शरीर से तेज़ धार वाला चाकू निकाल दिया। फिर उसने अपनी जैकेट उठाकर डॉबी पर कंबल की तरह डाल दी।

पास ही कहीं चट्टान से टकराती समुद्री लहरों की आवाज़ आ रही थी। हैरी इसी की आवाज़ सुनता रहा, जबकि बाक़ी लोग बातें करते रहे और निर्णय लेते रहे, जिनमें उसकी ज़रा भी रुचि नहीं थी। डीन घायल ग्रिपहुक को मकान के भीतर ले गया। फ़्लर तेज़ी से उनके पीछे अंदर गई। अब बिल जिन्न को दफ़नाने का सुझाव दे रहा था। बिल क्या कह रहा था,

यह जाने बिना ही हैरी सहमत हो गया और डॉबी के छोटे शरीर को देखने लगा। तभी उसका निशान दुखने और जलने लगा। उसके दिमाग़ के एक हिस्से ने दृश्य को इस तरह देखा, जैसे किसी लंबे टेलीस्कोप के ग़लत सिरे से देख रहा हो। उसने देखा कि मैल्फ़ॉय महल में वोल्डेमॉर्ट पीछे छूट गए लोगों को सज़ा दे रहा था। वह बहुत ग़ुस्से में था, मगर डॉबी के दुख के कारण हैरी को यह ज़्यादा महसूस नहीं हुआ। यह एक तरह से दूर का तूफ़ान था और विशाल शांत समुद्र के पार हैरी तक पहुँच रहा था।

दुखद घटना के बाद हैरी ने पहली बार सोच-समझकर कुछ कहा, 'मैं क़ब्र जादू से नहीं, हाथों से खोदना चाहता हूँ। तुम्हारे यहाँ फावड़ा है?'

कुछ समय बाद वह अकेला काम में जुट गया। बिल ने उसे झाड़ियों के बीच बगीचे के सिरे पर एक जगह बता दी थी और वह वहीं पर पर क़ब्र खोद रहा था। वह जैसे आवेश में मेहनत का आनंद ले रहा था। उसे संतोष था कि उसने यह काम जादू से नहीं किया था, क्योंकि उसके पसीने की हर बूँद और हाथ का हर छाला उस जिन्न के प्रति कृतज्ञता व्यक्त कर रहा था, जिसने उनकी जान बचाई थी।

उसका निशान जलने लगा, लेकिन वह दर्द का मालिक था। उसे दर्द महसूस तो हुआ, लेकिन यह उस पर हावी नहीं हो पाया। उसने आख़िरकार वोल्डेमॉर्ट के प्रति अपना दिमाग़ बंद करना और उस पर नियंत्रण करना सीख लिया था - वह चीज़ जो डम्बलडोर उसे स्नेप से सिखलाना चाहते थे। पहले जब हैरी सिरियस के कारण दुखी था, तब वोल्डेमॉर्ट हैरी पर क़ब्ज़ा नहीं जमा पाया था। उसी तरह आज भी उसके विचार हैरी पर हावी नहीं हो सकते थे, जब वह डॉबी के लिए दुखी हो रहा था। ऐसा लग रहा था कि दुख वोल्डेमॉर्ट को दूर भगाता है ... हालाँकि, ज़ाहिर है, डम्बलडोर निश्चित रूप से कहते कि यह प्रेम है ...

हैरी सख़्त ठंडी ज़मीन को लगातार गहरा और गहरा खोदता गया। वह पसीने में अपने दुख को डुबाता रहा और अपने निशान के दर्द को नज़रअंदाज़ करता रहा। अँधेरे में उसकी साँसों और समुद्र की लहरों के अलावा उसके आस-पास कोई आवाज़ नहीं थी। मैल्फ़ॉय परिवार में हुई घटनाएँ उस पर हावी हो गईं। उसने वहाँ सुनी बातें याद कीं और अँधेरे में उसे समझ की रोशनी दिख गई ...

उसके हाथ एक लय में काम कर रहे थे, जिससे उसके विचार क्रमबद्ध हो रहे थे। मौत के तोहफ़े ... होरक्रक्स ... मौत के तोहफ़े ... होरक्रक्स ... बहरहाल, उसके मन में अब उस भयंकर, दीवानगी भरी

हसरत की आग नहीं धधक रही थी। दुख और डर ने उसे बुझा दिया था। उसे महसूस हुआ, जैसे किसी ने तमाचा मारकर उसे जगा दिया हो।

हैरी क़ब्र के गड्ढे में उतरता गया। वह जानता था कि आज रात को वोल्डेमॉर्ट कहाँ गया था और नर्मनगार्ड की सबसे ऊँची कोठरी में उसने किसे और क्यों मारा था ...

उसने वर्मटेल के बारे में सोचा, जो दया के एक छोटे, अचेतन भाव की वजह से मारा गया था ... डम्बलडोर को यह पहले से ही पता था ... उन्हें और क्या-क्या पता था?

हैरी को समय का भान नहीं रहा। वह तो सिर्फ़ इतना जानता था कि अँधेरा थोड़ा कम हो गया था, जब रॉन और डीन उसके क़रीब आए।

'हर्माइनी कैसी है?'

'बेहतर है,' रॉन बोला। 'फ़्लर उसकी देखभाल कर रही है।'

अगर वे लोग उससे पूछते कि उसने अपनी छड़ी से आदर्श क़ब्र तैयार क्यों नहीं की, तो उसके पास सटीक जवाब तैयार था, लेकिन उसे इसकी ज़रूरत नहीं पड़ी। वे उसके बनाए गड्ढे में अपने फावड़े लेकर कूद पड़े और ख़ामोशी में काम करते रहे, जब तक कि गड्ढा पर्याप्त गहरा नहीं हो गया।

हैरी ने जिन्न को अच्छी तरह से अपनी जैकेट में लपेटा। रॉन ने क़ब्र के किनारे पर बैठकर अपने मोज़े उतारे और जिन्न के नंगे पैरों पर रख दिए। डीन ने ऊन का हैट उतारा, जिसे हैरी ने सावधानी से डॉबी के सिर पर रख दिया, जिससे उसके चमगादड़ जैसे कान छिप गए।

'हमें उसकी आँखें बंद कर देना चाहिए।'

हैरी ने और लोगों के आने की आवाज़ नहीं सुनी थी। बिल एक यात्री चोगा पहने था। फ़्लर एक सफ़ेद एप्रन में थी, जिसकी जेब में से अस्थिवर्धक काढ़े की बोतल झाँक रही थी। हर्माइनी फ़्लर का ड्रेसिंग गाउन पहने थी। उसका चेहरा पीला था और वह लड़खड़ा रही थी। उसके क़रीब आने पर रॉन ने उसे सहारा दिया। लूना जो फ़्लर का कोट पहने थी, झुक गई और उसने अपनी उँगलियाँ कोमलता से जिन्न की दोनों पलकों पर रखकर उन्हें काँच जैसी पुतलियों के ऊपर सरका दिया।

वह धीरे से बोली, 'अब ऐसा लगता है, जैसे वह सो रहा हो।'

हैरी ने जिन्न को क़ब्र में ऐसी मुद्रा में लिटाया, जैसे वह आराम कर

रहा हो। फिर उसने क़ब्र से बाहर निकलकर उस छोटे शरीर को आख़िरी बार देखा। उसने दृढ़ता से अपने आँसू रोके, जब उसे डम्बलडोर की अंत्येष्टि याद आई, जहाँ सुनहरी कुर्सियों की कई क़तारें थीं, जादू मंत्री सामने वाली क़तार में बैठे थे, डम्बलडोर की उपलब्धियों का गुणगान हो रहा था, सफ़ेद संगमरमर की समाधि भव्य लग रही थी। उसे महसूस हुआ कि डॉबी भी उतनी ही शानदार अंत्येष्टि का हक़दार था, लेकिन इस वक़्त वह झाड़ियों के बीच हाथ से खोदे गए गड्ढे में पड़ा था।

'मुझे लगता है कि हमें कुछ कहना भी चाहिए,' लूना ने कहा। 'सबसे पहले मैं बोलती हूँ, ठीक है?'

हर व्यक्ति उसे देखने लगा, जब उसने क़ब्र में लेटे मृत जिन्न को संबोधित किया।

'डॉबी, मुझे उस तहख़ाने से बचाने के लिए बहुत-बहुत धन्यवाद। यह बहुत बड़ा अन्याय है कि तुम्हें मरना पड़ा, जबकि तुम इतने अच्छे और बहादुर थे। तुमने हमारे लिए जो किया है, वह मुझे हमेशा याद रहेगा। मुझे उम्मीद है कि तुम जहाँ भी रहोगे, ख़ुश रहोगे।'

वह मुड़ी और उसने उम्मीद के साथ रॉन की तरफ़ देखा, जिसने अपना गला साफ़ किया और भारी आवाज़ में बोला, 'हाँ ... धन्यवाद डॉबी।'

'शुक्रिया,' डीन बुदबुदाया।

हैरी ने थूक निगला।

'अलविदा, डॉबी,' उसने कहा। उसके मुँह से इससे ज़्यादा शब्द नहीं निकल पाए, लेकिन लूना ने उसकी भावनाएँ बयान कर दी थीं। बिल ने अपनी छड़ी लहराई, जिससे क़ब्र के पास पड़े मिट्टी के ढेर ने उड़कर लाश को अच्छी तरह ढँक दिया। वहाँ एक छोटा, लाल टीला बन गया।

हैरी ने बाक़ी लोगों से कहा, 'बुरा मत मानना, मैं थोड़ी देर यहीं रुकना चाहता हूँ!'

उन्होंने कुछ शब्द बुदबुदाए, जिन्हें वह सुन नहीं पाया। सभी लोग उसकी पीठ थपथपाकर मकान के अंदर चले गए और हैरी जिन्न की क़ब्र के पास अकेला रह गया।

उसने चारों तरफ़ देखा : क्यारियाँ बड़े, सफ़ेद पत्थरों से बनी थीं, जो समुद्र के कारण चिकने हो गए थे। उसने एक बड़ा पत्थर उठाया और तकिए की तरह उस जगह के ऊपर रख दिया, जहाँ इस वक़्त डॉबी का सिर रखा था। फिर उसने अपनी जेब में छड़ी टटोली।

उसमें दो छड़ियाँ थीं। वह भूल ही गया था। उसे अब याद नहीं आ रहा था कि वे किसकी छड़ियाँ थीं। उसे तो बस इतना याद था कि उसने उन्हें किसी के हाथ से छुड़ाया था। उसने उनमें से ज़्यादा छोटी को चुना, जो उसके हाथ में ज़्यादा दोस्ताना लग रही थी। फिर उसने छड़ी पत्थर की तरफ़ तान दी।

धीरे-धीरे उसके निर्देशों के अनुसार पत्थर की सतह पर गहरे निशान बनने लगे। वह जानता था कि हर्माइनी इस काम को ज़्यादा सफ़ाई से और जल्दी कर सकती थी, लेकिन क़ब्र खोदने की तरह इस काम को भी वह ख़ुद ही करना चाहता था। जब हैरी दोबारा खड़ा हुआ, तो पत्थर पर लिखा था :

यहाँ पर स्वतंत्र घरेलू जिन्न डॉबी आराम कर रहा है।

वह कुछ पल तक पत्थर पर लिखी इबारत को देखता रहा और फिर वहाँ से चल दिया। उसका निशान अब भी थोड़ा दुख रहा था और उसके मन में बहुत सी बातें भरी थीं, जो क़ब्र खोदते समय सूझी थीं। अँधेरे में कई विचारों ने आकार ले लिया था, जो मंत्रमुग्ध भी कर रहे थे और भयंकर भी लग रहे थे।

जब वह छोटे हॉल में पहुँचा, तो उसने देखा कि बाक़ी लोग लिविंग रूम में थे। सभी का ध्यान बिल पर केंद्रित था, जो कुछ बोल रहा था। कमरा हल्के रंग का और सुंदर था, जिसकी अँगीठी में आग जल रही थी। हैरी गलीचे पर कीचड़ नहीं टपकाना चाहता था, इसलिए दरवाज़े पर खड़े होकर सुनता रहा।

'... क़िस्मत अच्छी है कि जिनी की छुट्टियाँ चल रही हैं। अगर वह हॉगवर्ट्स में होती, तो हमारे उस तक पहुँचने से पहले ही वे उसे पकड़ लेते। अब हम जानते हैं कि वह भी सुरक्षित है।'

उसने मुड़कर चारों तरफ़ देखा और हैरी को दरवाज़े पर खड़ा पाया।

'मैं परिवार के सभी लोगों को घर से दूर पहुँचा रहा था,' उसने स्पष्ट किया। 'उन्हें मुरियल के यहाँ पहुँचा दिया। प्राणभक्षी अब जान गए हैं कि रॉन तुम्हारे साथ है, इसलिए वे परिवार को निशाना ज़रूर बनाएँगे – माफ़ी मत माँगो,' उसने हैरी के चेहरे के भाव देखकर कहा। 'यह तो देर-सबेर होना ही था। डैडी महीनों से कह रहे हैं, हमारा परिवार ख़ून का सबसे बड़ा गद्दार है।'

'उन्हें सुरक्षित कैसे रखा जा रहा है?' हैरी ने पूछा।

'रहस्य रक्षक सम्मोहन से। डैडी रहस्य रक्षक हैं। हमने इस मकान पर भी रहस्य रक्षक सम्मोहन कर रखा है। यहाँ पर मैं रहस्य रक्षक हूँ। हममें से कोई भी ऑफ़िस नहीं जा सकता, लेकिन अब यह ज़्यादा मायने नहीं रखता है। ऑलिवैन्डर और ग्रिपहुक के ठीक होते ही उन्हें भी मुरियल के यहाँ पहुँचा देंगे। यहाँ पर ज़्यादा जगह नहीं है, जबकि मुरियल के यहाँ बहुत सारी जगह है। ग्रिपहुक के पैर ठीक हो रहे हैं। फ़्लर ने उसे अस्थिवर्धक काढ़ा पिला दिया है। हम शायद उन्हें एकाध घंटे में वहाँ पहुँचा सकते हैं –'

'नहीं,' हैरी ने कहा और बिल हैरान दिखने लगा। 'मुझे उन दोनों की यहाँ ज़रूरत है। मुझे उनसे बातचीत करनी है। यह महत्वपूर्ण है।'

उसे अपनी आवाज़ में सत्ता और विश्वास का अंदाज़ सुनाई दिया। उसमें उद्देश्य का एहसास भी था, जो उसे डॉबी की क़ब्र खोदते समय महसूस हुआ था। सभी चेहरे मुड़कर उसकी तरफ़ हो गए थे और वे हैरान दिख रहे थे।

'मैं हाथ-पैर धोकर आता हूँ,' हैरी ने बिल से कहा और अपने हाथों की तरफ़ देखा, जो अब भी कीचड़ और डॉबी के ख़ून से सने थे। 'फिर मैं सीधे उनसे बात करना चाहूँगा।'

वह छोटे से किचन में गया, जिसकी खिड़की के नीचे बेसिन था। यहाँ से समुद्र दिख रहा था। आसमान में सुबह की लाली छा रही थी - गुलाबी और हल्की सुनहरी। हाथ धोते समय एक बार फिर विचारों का वही सिलसिला शुरू हो गया, जो अँधेरे बगीचे में चल रहा था ...

डॉबी उन्हें यह कभी नहीं बता पाएगा कि उसे तहख़ाने में किसने भेजा था, लेकिन हैरी जानता था कि उसने क्या देखा था। आईने के टुकड़े में एक नीली आँख दिखी थी और फ़ौरन मदद मिल गई थी। *मदद माँगने वालों को हॉगवर्ट्स में मदद हमेशा मिलेगी।*

हैरी ने अपने हाथ पोंछे। उसे खिड़की के बाहर के दृश्य की सुंदरता या सिटिंग रूम में बैठे लोगों की बुदबुदाहटों से कोई फ़र्क़ नहीं पड़ रहा था। उसने समुद्र को देखा और महसूस किया कि इस सुबह वह रहस्य को समझने के ज़्यादा क़रीब पहुँच गया था।

और फिर उसका निशान टीस मारने लगा। हैरी जानता था कि वोल्डेमॉर्ट भी वहीं जा रहा था। हैरी समझ गया, लेकिन फिर भी विचलित नहीं हुआ। उसका सहज भाव उसे एक रास्ते पर चलने की सलाह दे रहा

था, उसका दिमाग़ बिलकुल दूसरे रास्ते पर। हैरी के दिमाग़ में डम्बलडोर मुस्करा रहे थे और उसे अपनी जुड़ी हुई उँगलियों की नोक के ऊपर से देख रहे थे, जो जैसे प्रार्थना में जुड़ी थीं।

आपने रॉन को बत्तीबंद यंत्र दिया था। आप उसे समझते थे ... आपने उसे लौटने का रास्ता दिखा दिया ...

और आप वर्मटेल को भी समझते थे ... आप जानते थे कि उसके दिल में कहीं पर थोड़ा सा पछतावा था ...

अगर आप उन्हें जानते थे ... तो आप मेरे बारे में क्या जानते थे, डम्बलडोर ?

क्या मेरे लिए यह है कि मुझे जानकारी तो हो, लेकिन मैं उसे खोजूँ नहीं ? क्या आप जानते थे कि यह मेरे लिए कितना मुश्किल होगा ? क्या इसीलिए आपने इसे इतना मुश्किल बनाया है ? ताकि मेरे पास यह समझने का समय रहे ?

हैरी बिलकुल स्थिर खड़ा रहा। उसकी आँखें चमक रही थीं। वह उस जगह को देखता रहा, जहाँ उगते हुए सूरज की चमकती सुनहरी किनारी क्षितिज में ऊपर उठ रही थी। फिर उसने अपने साफ़ हाथों को देखा और पल भर के लिए उस कपड़े को देखकर हैरान रह गया, जिसे वह पकड़े था। इसे नीचे रखकर वह हॉल में लौट आया। उसी समय उसके निशान ने जमकर टीस मारी। उसके दिमाग़ में एक कौंध इतनी तेज़ी से आई, जैसे पानी पर ड्रैगनफ़्लाई का प्रतिबिंब आता है – एक इमारत की आकृति, जिसे वह बहुत अच्छी तरह पहचानता था।

बिल और फ़्लर सीढ़ियों के नीचे खड़े थे।

'मुझे ग्रिपहुक और ऑलिवैन्डर से बातचीत करनी है,' हैरी ने कहा।

'नहीं,' फ़्लर ने कहा। 'तुम्हें इंतज़ार करना होगा, हैरी। वे दोनों बीमार और थके हुए हैं –'

'माफ़ करना,' उसने बिना आवेश के कहा, 'लेकिन इंतज़ार नहीं किया जा सकता। मुझे इसी वक़्त उनसे बातचीत करनी है। अकेले में – और अलग-अलग। यह बेहद ज़रूरी है।'

'हैरी, आख़िर हो क्या रहा है ?' बिल ने पूछा। 'तुम यहाँ पर एक मरे हुए घरेलू जिन्न और आधे बेहोश पिशाच के साथ आए हो। और हर्माइनी को देखकर ऐसा लगता है, जैसे उसे यातना दी गई हो तथा रॉन ने

मुझे कुछ भी बताने से साफ़ इंकार कर दिया –'

'हम तुम्हें यह नहीं बता सकते कि हम क्या कर रहे हैं,' हैरी ने सपाट स्वर में कह दिया। 'बिल, तुम तो मायापंछी के समूह में हो। तुम जानते हो कि डम्बलडोर हमारे लिए एक काम छोड़कर गए हैं और हमें इस बारे में किसी से भी बात करने की इजाज़त नहीं है।'

फ़्लर ने अधीरता भरी आवाज़ निकाली, लेकिन बिल ने उसकी तरफ़ नहीं देखा। वह हैरी को घूर रहा था। उसके गहरे निशानों वाले चेहरे को पढ़ना मुश्किल था। आख़िरकार बिल बोला, 'ठीक है। तुम पहले किससे बात करना चाहते हो?'

हैरी झिझका। वह जानता था कि उसके इस निर्णय पर बहुत कुछ निर्भर था। अब बहुत कम समय बचा था : उसे इसी वक़्त यह फ़ैसला करना था : होरक्रक्स या मौत के तोहफ़े?

'ग्रिपहुक,' हैरी ने कहा। 'मैं पहले ग्रिपहुक से बात करूँगा।'

उसका दिल सरपट भाग रहा था, जैसे उसने दौड़ते-दौड़ते अभी-अभी एक बड़ी बाधा को पार किया हो।

'तो फिर इधर चलो,' बिल ने आगे चलते हुए कहा।

हैरी कई सीढ़ियाँ चढ़कर रुक गया और फिर उसने मुड़कर देखा।

'तुम दोनों भी चलो,' उसने रॉन और हर्माइनी से कहा, जो सिटिंग रूम के दरवाज़े पर थोड़े छिपे खड़े थे।

दोनों रोशनी में आगे आ गए और उनके चेहरे पर अजीब तरह के राहत के भाव नज़र आने लगे।

'तुम कैसी हो?' हैरी ने हर्माइनी से पूछा। 'तुमने कमाल का काम किया – जब वह तुम्हें इतनी बुरी तरह यातना दे रही थी, तब भी तुमने इतनी अच्छी कहानी गढ़ ली –'

हर्माइनी कमज़ोर अंदाज़ में मुस्कराई, जब रॉन ने एक बाँह से उसकी बाँह दबाई।

हर्माइनी ने पूछा, 'अब हम क्या करने जा रहे हैं, हैरी?'

'तुम्हें अभी पता चल जाएगा। चलो।'

हैरी, रॉन और हर्माइनी बिल के पीछे-पीछे सीढ़ियाँ चढ़कर ऊपर पहुँच गए। वहाँ तीन दरवाज़े थे।

'यहाँ अंदर,' बिल ने कहा और अपने तथा फ़्लर के कमरे का दरवाज़ा खोल दिया। यहाँ से भी समुद्र का नज़ारा दिखता था, जो अब सूर्योदय की वजह से सुनहरा चमक रहा था। हैरी खिड़की के पास पहुँचा, इस शानदार दृश्य की तरफ़ पीठ फेरी और सीने पर हाथ बाँधकर इंतज़ार करने लगा। उसके निशान में दर्द की लहरें उठ रही थीं। हर्माइनी ड्रेसिंग टेबल के पास वाली कुर्सी पर बैठ गई और रॉन उसी कुर्सी के हत्थे पर बैठ गया।

बिल छोटे पिशाच को उठाकर लाया, जिसे उसने धीरे से पलंग पर लिटा दिया। ग्रिपहुक ने बुदबुदाकर धन्यवाद दिया और बिल दरवाज़ा बंद करके बाहर चला गया।

'मुझे अफ़सोस है कि मैंने आपको आराम नहीं करने दिया,' हैरी ने कहा। 'आपके पैर कैसे हैं?'

'काफ़ी दर्द है,' पिशाच ने जवाब दिया। 'लेकिन सुधार हो रहा है।'

वह अब भी गरुड़द्वार की तलवार को जकड़े हुए था और उसके चेहरे पर अजीब सा भाव था : आधी बग़ावत का, आधी दिलचस्पी का। हैरी ने पिशाच की पीली चमड़ी, लंबी पतली उँगलियों और काली आँखों को देखा। फ़्लर ने उसके जूते उतार दिए थे। उसके लंबे पैर गंदे थे। वह घरेलू जिन्न से थोड़ा बड़ा था, लेकिन ज़्यादा नहीं। उसका गुंबद जैसा सिर इंसान के सिर से बहुत बड़ा था।

'आपको शायद याद नहीं होगा -' हैरी ने कहना शुरू किया।

'- कि तुम्हारे पहली बार ग्रिनगॉट आने पर मैं ही तुम्हें तिजोरी तक ले गया था?' ग्रिपहुक ने कहा। 'मुझे याद है, हैरी पॉटर। पिशाचों में भी तुम बहुत मशहूर हो।'

हैरी और पिशाच एक-दूसरे को देखते हुए तौलते रहे। हैरी का निशान अब भी दुख रहा था। वह ग्रिपहुक के साथ जल्दी से जल्दी बातचीत ख़त्म करना चाहता था, लेकिन डर भी रहा था कि कहीं ग़लत क़दम न उठा ले। जब वह यह सोच रहा था कि आग्रह करने का सबसे अच्छा तरीक़ा कौन सा होगा, तो पिशाच ने ख़ामोशी तोड़ी।

'तुमने घरेलू जिन्न को दफ़नाया,' उसने कहा और उसकी आवाज़ अप्रत्याशित रूप से उलाहना देती हुई लग रही थी। 'मैंने पास वाले बेडरूम की खिड़की से तुम्हें यह करते देखा था।'

'हाँ,' हैरी ने कहा।

ग्रिपहुक ने अपनी तिरछी काली आँखों के कोनों से उसे देखा।

'तुम बहुत असाधारण जादूगर हो, हैरी पॉटर।'

'किस मायने में?' हैरी ने पूछा और अनजाने में ही अपने निशान को मलने लगा।

'तुमने क़ब्र हाथों से खोदी।'

'तो?'

ग्रिपहुक ने कोई जवाब नहीं दिया। हैरी को लगा कि वह मगलुओं की तरह काम करने के लिए उस पर ताना मार रहा है, लेकिन इस बात से उसे ज़्यादा फ़र्क़ नहीं पड़ता था कि ग्रिपहुक डॉबी की क़ब्र की प्रशंसा करता था या नहीं। उसने ख़ुद को हमले के लिए तैयार किया।

'ग्रिपहुक, मुझे यह पूछना है –'

'तुमने एक पिशाच को भी बचाया।'

'क्या?'

'तुम मुझे यहाँ लाए। मुझे बचाया।'

'देखो, मुझे लगता है कि इस बात पर तुम्हें अफ़सोस तो नहीं होगा?' हैरी ने थोड़ी अधीरता से कहा।

'नहीं, हैरी पॉटर,' ग्रिपहुक ने कहा और अपनी ठुड्डी की पतली, काली दाढ़ी पर एक उँगली घुमाई, 'लेकिन तुम बहुत अजीब जादूगर हो।'

'ठीक है,' हैरी ने कहा। 'देखो ग्रिपहुक, मुझे थोड़ी मदद की ज़रूरत है और तुम मेरी मदद कर सकते हो।'

पिशाच ने उत्साह बढ़ाने वाली कोई प्रतिक्रिया नहीं की, बल्कि हैरी को त्योरियाँ चढ़ाकर इस तरह देखता रहा, जैसे उसने उस जैसा व्यक्ति पहले कभी नहीं देखा हो।

'मुझे ग्रिनगॉट की एक तिजोरी में घुसना है।'

हैरी यह बात इतनी स्पष्टता से नहीं बोलना चाहता था, लेकिन उसके मुँह से ये शब्द अचानक निकल गए, जब उसके बिजली जैसे निशान में तेज़ दर्द हुआ और उसे एक बार फिर हॉगवर्ट्स की आकृति दिखी। उसने अपना दिमाग़ दृढ़ता से बंद कर लिया। उसे पहले ग्रिपहुक से निबटना था। रॉन और हर्माइनी हैरी को इस तरह घूर रहे थे, जैसे वह पागल हो गया हो।

'हैरी –' हर्माइनी ने कहा, लेकिन ग्रिपहुक ने उसकी बात बीच में

काट दी।

'ग्रिनगॉट की एक तिजोरी में घुसना है?' पिशाच बुदबुदाया और दर्द से थोड़ा कराहा, जब उसने पलंग पर अपने शरीर का कोण बदला। 'यह असंभव है।'

'नहीं, यह असंभव नहीं है,' रॉन ने उसकी बात का विरोध किया। 'यह पहले भी हो चुका है।'

'हाँ,' हैरी ने कहा। 'उसी दिन, जब मैं तुमसे पहली बार मिला था, ग्रिपहुक। मेरे जन्मदिन पर, सात साल पहले।'

'वह तिजोरी ख़ाली थी,' पिशाच ने कहा। हैरी समझ गया कि हालाँकि ग्रिपहुक ग्रिनगॉट छोड़ आया था, लेकिन वह इसकी सुरक्षा तोड़े जाने के विचार से बुरा मान गया था। 'उसकी सुरक्षा बड़ी मामूली थी।'

'देखो, हम जिस तिजोरी में घुसना चाहते हैं, वह ख़ाली नहीं है। मुझे लगता है कि उसकी सुरक्षा काफ़ी तगड़ी होगी,' हैरी ने कहा। 'लेस्ट्रेंज परिवार की तिजोरी।'

उसने हर्माइनी और रॉन को हैरानी से एक-दूसरे से नज़रें मिलाते देखा, लेकिन ग्रिपहुक के जवाब देने के बाद उन्हें समझाने के लिए काफ़ी वक़्त रहेगा।

'कोई संभावना नहीं है,' ग्रिपहुक ने सपाट अंदाज़ में कहा। 'ज़रा सी भी संभावना नहीं है। *"अगर आप खोज रहे हों हमारे फ़र्श के नीचे वह ख़ज़ाना, जो आपका नहीं है –"'*

'"तो चोर महाशय, आपको चेतावनी दे दी गई है, रहना सावधान –" हाँ, मैं जानता हूँ, मुझे याद है,' हैरी ने कहा। 'लेकिन मैं अपने फ़ायदे के लिए किसी का ख़ज़ाना लूटने नहीं जा रहा हूँ। मैं व्यक्तिगत लाभ के लिए कुछ लेने नहीं जा रहा हूँ। क्या तुम्हें इस बात पर यक़ीन है?'

पिशाच ने कनखियों से हैरी को देखा और हैरी के माथे का निशान एक बार फिर दुखा, लेकिन उसने इसे नज़रअंदाज़ कर दिया और इसके दर्द या आमंत्रण को स्वीकार नहीं किया।

'अगर कोई ऐसा जादूगर है, जिसके बारे में मुझे यक़ीन है कि वह व्यक्तिगत लाभ नहीं चाहता है,' ग्रिपहुक ने आख़िरकार कहा, 'तो वह तुम हो, हैरी पॉटर। पिशाच और घरेलू जिन्न उस सुरक्षा या सम्मान के आदी नहीं हैं, जो तुमने आज रात उनके प्रति दिखाया है। छड़ी-वाहकों से नहीं।'

'छड़ी-वाहक,' हैरी ने दोहराया। यह वाक्यांश उसे बहुत अजीब लगा, जब उसका निशान दुखा। वोल्डेमॉर्ट के विचार उत्तर दिशा में केंद्रित थे और हैरी अगले कमरे में लेटे ऑलिवैन्डर से सवाल पूछने के लिए छटपटा रहा था।

'छड़ी रखने का अधिकार,' पिशाच धीरे से बोला, 'इस मामले में जादूगरों और पिशाचों के बीच लंबे समय से विवाद रहा है।'

'देखो, पिशाच छड़ियों के बिना भी जादू कर सकते हैं,' रॉन बोला।

'इससे फ़र्क़ नहीं पड़ता है! जादूगर अन्य जादुई प्राणियों को छड़ियों के रहस्य नहीं बताते हैं। वे हमें अपनी शक्तियाँ नहीं बढ़ाने देते हैं!'

'देखो, पिशाच भी तो अपने जादू के बारे में किसी को नहीं बताते हैं,' रॉन ने कहा। 'आप लोग हमें यह नहीं सिखाते हैं कि आप किस तरीक़े से तलवार और हथियार बनाते हैं। पिशाच धातु को इस तरह ढाल सकते हैं, जो जादूगर कभी नहीं कर सकते -'

'इससे कोई फ़र्क़ नहीं पड़ता है,' हैरी ने ग्रिपहुक के ग़ुस्से से लाल होते चेहरे को देखते हुए कहा। 'यह जादूगर बनाम पिशाच या किसी दूसरे जादुई प्राणी के बारे में नहीं है -'

पिशाच कुटिलता से हँसा।

'लेकिन यह इसी, इसी बारे में है! शैतानी शहंशाह के ज़्यादा शक्तिशाली बनने पर तुम्हारी जाति मेरी जाति से ज़्यादा ऊपर हो जाती है। जादूगर ग्रिनगॉट पर शासन करने लगते हैं, घरेलू जिन्नों का क़त्ल किया जाता है और कौन सा छड़ी-वाहक इस बात का विरोध करता है ?'

'हम करते हैं!' हर्माइनी ने कहा। वह तनकर बैठ गई थी और उसकी आँखें चमक रही थीं। 'हम इसका विरोध करते हैं! ग्रिपहुक, मुझे भी किसी पिशाच या जिन्न जितना ही सताया जा रहा है! मैं बदज़ात हूँ!'

'ऐसा मत बोलो -' रॉन बुदबुदाया।

'क्यों न बोलूँ ?' हर्माइनी ने कहा। 'बदज़ात हूँ तो हूँ, और मुझे इस बात पर गर्व है! इस नए शासन में मेरी स्थिति तुमसे ज़्यादा अच्छी नहीं है, ग्रिपहुक! मैल्फ़ॉय महल में उन्होंने यातना देने के लिए मुझे ही चुना था!'

यह बोलते समय उसने अपने ड्रेसिंग गाउन का गला एक तरफ़ सरकाया। बेलाट्रिक्स के चाकू का पतला घाव उसके गले पर लाल चमक रहा था।

'क्या तुम जानते हो कि हैरी ने ही डॉबी को आज़ाद कराया था?' हर्माइनी ने पूछा। 'क्या तुम जानते हो कि हम बरसों से जिन्नों को आज़ाद करवाना चाहते हैं?' (रॉन हर्माइनी की कुर्सी के हत्थे पर परेशानी से कसमसाया।) 'तुम-जानते-हो-कौन की हार जितनी हम चाहते हैं, उतनी तुम नहीं चाह सकते, ग्रिपहुक!'

पिशाच ने हर्माइनी को भी हैरी जितनी ही जिज्ञासा से देखा।

'तुम लेस्ट्रेंज परिवार की तिजोरी में से क्या निकालना चाहते हो?' उसने अचानक पूछा। 'उसके भीतर जो तलवार है, वह नक़ली है। असली तलवार यह है।' उसने उनकी तरफ़ बारी-बारी से देखा। 'मुझे लगता है कि तुम यह बात पहले से ही जानते हो। तुमने मुझसे वहाँ इस बारे में झूठ बोलने को कहा था।'

'लेकिन नक़ली तलवार के अलावा भी उस तिजोरी में कई चीज़ें होंगी, है ना?' हैरी ने पूछा। 'शायद तुमने वहाँ रखी दूसरी चीज़ें देखी होंगी?'

उसका दिल पहले से ज़्यादा तेज़ी से धड़कने लगा। उसने अपने निशान के दर्द को नज़रअंदाज़ करने की कोशिश दुगुनी कर दी।

पिशाच ने एक बार फिर अपनी दाढ़ी में चारों ओर उँगली घुमाई।

'ग्रिनगॉट के रहस्यों को उजागर करना हमारी आचरण संहिता के ख़िलाफ़ है। हम बेशक़ीमती ख़ज़ाने के संरक्षक हैं। हमारी हिफ़ाज़त में रखे सामानों के प्रति हमारा कर्तव्य है, जो अक्सर हमारे बनाए होते हैं।'

पिशाच ने तलवार को थपथपाया। फिर उसकी काली आँखें हैरी, हर्माइनी और रॉन की ओर मुड़ीं।

आख़िरकार वह बोला, 'इतने छोटे होकर इतने सारे लोगों से लड़ रहे हो।'

'तुम हमारी मदद करोगे?' हैरी ने कहा। 'किसी पिशाच की मदद के बिना अंदर घुसने की कोई संभावना नहीं है। तुम ही हमारी इकलौती आशा हो।'

'मैं ... इस बारे में सोचूँगा,' ग्रिपहुक ने पागल करने वाले अंदाज़ में कहा।

'लेकिन -' रॉन ग़ुस्से से कहने लगा, परंतु हर्माइनी ने उसकी पसलियों पर कोहनी मारी।

'धन्यवाद,' हैरी ने कहा।

पिशाच ने अपना बड़ा, गुंबद जैसा सिर हिलाया और फिर अपने छोटे पैर हिलाए।

फिर वह बिल और फ़्लर के पलंग पर अच्छी तरह से बैठते हुए बोला, 'मुझे लगता है कि अस्थिवर्धक काढ़े ने अपना काम पूरा कर दिया है। अब मुझे नींद आ रही है। माफ़ करना ...'

'हाँ, ज़ाहिर है,' हैरी ने कहा, लेकिन कमरे से निकलने से पहले उसने झुककर पिशाच के पास से गरुड़द्वार की तलवार उठा ली। ग्रिपहुक ने प्रतिरोध नहीं किया, लेकिन हैरी को लगा कि दरवाज़ा बंद करते समय उसे पिशाच की आँखों में द्वेष की झलक दिखी थी।

'सिरफिरा कहीं का,' रॉन फुसफुसाया। 'हमें अधर में लटकाकर मज़े ले रहा है।'

'हैरी,' हर्माइनी फुसफुसाकर बोली और उन दोनों को दरवाज़े से खींचकर अँधेरी सीढ़ियों के ऊपरी मुहाने पर ले गई, 'क्या तुम वही कह रहे थे, जो मैं सोच रही हूँ? क्या तुम्हें यह लगता है कि लेस्ट्रेंज की तिजोरी में होरक्रक्स रखा है?'

'हाँ,' हैरी ने कहा। 'हमारे तिजोरी में घुसने की बात सोचकर ही बेलाट्रिक्स दहशत में आ गई थी। वह पगला गई थी। क्यों? उसने क्या सोचा था कि हमने वहाँ क्या देखा होगा या कौन सी दूसरी चीज़ उठाई होगी? किस चीज़ के बारे में वह दहशत में थी कि तुम-जानते-हो-कौन को उसका पता न लग जाए।'

'लेकिन मुझे लगता था कि हम उन जगहों की तलाश कर रहे थे, जहाँ तुम-जानते-हो-कौन रहा था या जहाँ उसने कोई महत्त्वपूर्ण काम किया था,' रॉन ने उलझन में दिखते हुए कहा। 'क्या वह कभी लेस्ट्रेंज दंपति की तिजोरी में गया था?'

'मुझे नहीं पता कि वह कभी ग्रिनगॉट के अंदर गया भी था या नहीं,' हैरी ने कहा। 'कम उम्र में उसके पास सोना रहा ही नहीं होगा, क्योंकि कोई उसके नाम सोना छोड़कर नहीं गया था। वैसे जब वह पहली बार छूमंतर गली गया होगा, तो उसने बैंक को बाहर से ज़रूर देखा होगा।'

हैरी का निशान फड़कने लगा, लेकिन उसने इसे नज़रअंदाज़ कर दिया। वह चाहता था कि ऑलिवैन्डर से बात करने से पहले रॉन और हर्माइनी ग्रिनगॉट के बारे में समझ लें।

'मैं सोचता हूँ कि उसे हर उस व्यक्ति से ईर्ष्या हुई होगी, जिसके पास ग्रिनगॉट की तिजोरी की चाबी होगी। मुझे लगता है कि उसने इसे जादूगर दुनिया में शामिल होने का असली प्रतीक माना होगा। और यह मत भूलो, उसे बेलाट्रिक्स और उसके पति पर भरोसा था। उसके पतन से पहले वे उसके सबसे वफ़ादार सेवक थे और उसके ग़ायब होने के बाद उन्होंने ही उसकी तलाश की थी। वह जिस रात को वापस लौटा था, उसने यह ख़ुद कहा था। मैंने अपने कानों से सुना था।'

हैरी ने अपना निशान मला।

'वैसे मुझे नहीं लगता कि उसने बेलाट्रिक्स को बताया होगा कि यह होरक्रक्स है। उसने लूसियस मैल्फ़ॉय को डायरी की सच्चाई कभी नहीं बताई थी। उसने शायद बेलाट्रिक्स को यह बताया होगा कि यह एक बेशक़ीमती वस्तु है और उसे इसे अपनी तिजोरी में सुरक्षित रखना होगा। हैग्रिड ने मुझे बताया था कि ग्रिनगॉट किसी चीज़ को छिपाने के लिए दुनिया में सबसे सुरक्षित जगह है ... हॉगवर्ट्स को छोड़कर।'

हैरी की बात पूरी होने पर रॉन ने अपना सिर हिलाया।

'तुम सचमुच उसे समझते हो।'

'कुछ हिस्से,' हैरी ने कहा। 'कुछ हिस्से ... काश मैं डम्बलडोर को भी इतना ही समझ पाता। लेकिन देखते हैं। चलो – अब ऑलिवैन्डर से बात करते हैं।'

रॉन और हर्माइनी हैरान लेकिन प्रभावित दिख रहे थे, जब वे उसके पीछे-पीछे बिल और फ़्लर के कमरे के सामने वाले कमरे का दरवाज़ा खटखटाने लगे। भीतर से 'अंदर आ जाओ' की कमज़ोर आवाज़ आई।

ऑलिवैन्डर डबल बेड पर खिड़की से दूर वाले पलंग पर लेटा था। वह एक साल से ज़्यादा समय तक तहख़ाने में बंद रहा था। हैरी जानता था कि उसे कम से कम एक बार यातना दी गई थी। वह दुबला हो गया था और उसके चेहरे की हड्डियाँ पीली चमड़ी में काफ़ी उभरी दिख रही थीं। उसकी बड़ी-बड़ी सफ़ेद आँखें कोटरों में धँस गई थीं। कंबल पर पड़े हाथ किसी कंकाल के भी हो सकते थे। हैरी ख़ाली पलंग पर रॉन और हर्माइनी के पास बैठ गया। यहाँ से उगता हुआ सूरज नहीं दिख रहा था। यह कमरा बगीचे और हाल ही में ख़ुदी क़ब्र के सामने था।

'मि. ऑलिवैन्डर, आपको तकलीफ़ देने के लिए माफ़ी चाहता हूँ,' हैरी ने कहा।

'प्यारे लड़के,' ऑलिवैन्डर ने धीमी आवाज़ में कहा। 'तुमने हम लोगों की जान बचाई है। मुझे तो लग रहा था कि हम उसी जगह पर मर जाएँगे। मैं तुम्हें जितना भी धन्यवाद दूँ ... *जितना भी* दूँ ... कम है।'

'हमें ऐसा करके ख़ुशी हुई।'

हैरी का निशान फड़कने लगा। वह जानता था, उसे पूरा यक़ीन था कि अब वोल्डेमॉर्ट को उसकी मंज़िल तक पहुँचने से रोकने का समय नहीं बचा था। इतना भी समय नहीं बचा था कि उसे रोकने की कोशिश भी की जा सके। उसे दहशत का एहसास हुआ ... बहरहाल, उसने यह फ़ैसला तभी कर लिया था, जब उसने पहले ग्रिपहुक से बात करने का विकल्प चुना था। उसने ऊपर से शांत रहने का नाटक किया, हालाँकि भीतर से वह ज़रा भी शांत नहीं था। फिर उसने अपने गले में लटके पाउच में से अपनी टूटी छड़ी के दो आधे हिस्से बाहर निकाले।

'मि. ऑलिवैन्डर, मुझे कुछ मदद चाहिए।'

'कुछ भी। कुछ भी,' छड़ीसाज़ ने कमज़ोरी से कहा।

'क्या आप इसे ठीक कर सकते हैं ? क्या यह संभव है ?'

ऑलिवैन्डर ने अपना काँपता हुआ हाथ आगे बढ़ाया और हैरी ने दो मुश्किल से जुड़े आधे हिस्सों को उसकी हथेली पर रख दिया।

'हॉली और फ़ीनिक्स का पंख,' ऑलिवैन्डर ने काँपती आवाज़ में कहा। 'ग्यारह इंच। अच्छी और लचीली।'

'हाँ,' हैरी ने कहा। 'क्या आप – ?'

'नहीं,' ऑलिवैन्डर ने फुसफुसाकर कहा। 'मुझे अफ़सोस है, बहुत अफ़सोस है, लेकिन जहाँ तक मैं जानता हूँ, जिस छड़ी को इतना ज़्यादा नुक़सान हुआ हो, उसे किसी तरीक़े से नहीं जोड़ा जा सकता।'

हैरी यह सुनने के लिए तैयार था, लेकिन फिर भी उसे झटका लगा। उसने छड़ी के दोनों आधे हिस्से वापस लेकर अपने गले में लटके पाउच में रख लिए। ऑलिवैन्डर उस जगह को घूरता रहा, जहाँ टूटी छड़ी ग़ायब हुई थी। उसकी नज़रें वहाँ से तभी हटीं, जब हैरी ने अपनी जेब से दो छड़ियाँ बाहर निकालीं, जिन्हें वह मैल्फ़ॉय महल से लाया था।

'क्या आप इन्हें पहचान सकते हैं ?' हैरी ने पूछा।

छड़ीसाज़ ने पहली छड़ी ली और उसे अपनी धुँधली आँखों के क़रीब रखकर उँगलियों के बीच घुमाया और हल्के से हिलाया।

'अखरोट की लकड़ी और ड्रैगन के दिल का रेशा,' उसने कहा। 'पौने तेरह इंच। बिलकुल सख़्त। यह बेलाट्रिक्स लेस्ट्रेंज की छड़ी थी।'

'और यह वाली ?'

ऑलिवैन्डर ने पिछली छड़ी की तरह ही इसकी भी जाँच की।

'हॉथोर्न लकड़ी और यूनिकॉर्न का बाल। ठीक दस इंच। पर्याप्त लचकदार। यह ड्रेको मैल्फ़ॉय की छड़ी थी।'

'थी ?' हैरी ने दोहराया। 'क्या यह अब भी उसकी नहीं है ?'

'शायद नहीं। अगर तुमने उससे छीन ली है –'

'– मैंने छीन ली है –'

'– तो फिर यह तुम्हारी हो सकती है। ज़ाहिर है, लेने के तरीक़े से फ़र्क़ पड़ता है। छड़ी पर भी बहुत कुछ निर्भर करता है। बहरहाल, सामान्य तौर पर अगर छड़ी जीती जाती है, तो इसकी वफ़ादारी बदल जाती है।'

कमरे में ख़ामोशी छा गई। सिर्फ़ दूर से समुद्र की लहरों की आवाज़ें आ रही थीं।

'आप छड़ियों के बारे में ऐसे बात कर रहे हैं, जैसे उनमें भावनाएँ होती हों,' हैरी ने कहा, 'जैसे वे ख़ुद सोच सकती हों।'

'छड़ी ही जादूगर को चुनती है,' ऑलिवैन्डर ने कहा। 'छड़ीशास्त्र का अध्ययन करने वाला हर व्यक्ति यह बात जानता है।'

'कोई व्यक्ति उस छड़ी का भी इस्तेमाल कर सकता है, जिसने उसे नहीं चुना हो ?' हैरी ने पूछा।

'ओह हाँ, अगर आप जादूगर हैं, तो आप किसी भी साधन से अपने जादू का प्रयोग कर सकते हैं। बहरहाल, सबसे अच्छे परिणाम तभी मिलते हैं, जब जादूगर और छड़ी के बीच प्रबल सामंजस्य होता है। यह संबंध जटिल होता है। शुरुआती आकर्षण और फिर अनुभव की साझी खोज ज़रूरी है। छड़ी जादूगर से सीखती है, जादूगर छड़ी से सीखता है।'

समुद्र आगे-पीछे हिलोरें मारता रहा। इसकी आवाज़ दुख भरी लग रही थी।

'मैंने यह छड़ी ड्रेको मैल्फ़ॉय से छीनी थी,' हैरी ने कहा। 'क्या मैं इसका इस्तेमाल कर सकता हूँ ?'

'मुझे ऐसा ही लगता है। छड़ी के मालिकाना हक़ के नियम बहुत

सूक्ष्म हैं, लेकिन जीती गई छड़ी आम तौर पर नए मालिक की इच्छा को स्वीकार कर लेती है।'

'तो मुझे इस वाली का इस्तेमाल करना चाहिए?' रॉन ने अपनी जेब से वर्मटेल की छड़ी निकालकर ऑलिवैन्डर को थमाते हुए कहा।

'चेस्टनट और ड्रैगन के दिल का रेशा। सवा नौ इंच। भंगुर। यह छड़ी मुझसे दबाव में बनवाई गई थी। इसे मैंने अपने अपहरण के कुछ समय बाद पीटर पेटिग्रू के लिए बनाया था। हाँ, अगर तुमने इसे जीता है, तो इस बात की ज़्यादा संभावना है कि किसी अपरिचित छड़ी के बजाय यह तुम्हारे आदेश का ज़्यादा अच्छी तरह पालन करेगी।'

'और यह सभी छड़ियों के बारे में सही है, है ना?' हैरी ने पूछा।

'मुझे ऐसा ही लगता है,' ऑलिवैन्डर ने जवाब दिया, उसकी बाहर निकलती आँखें हैरी के चेहरे पर जम गई थीं। 'तुम बड़े गहरे सवाल पूछते हो, मि. पॉटर। छड़ीशास्त्र जादू की एक जटिल और रहस्यमयी शाखा है।'

'तो किसी छड़ी का सच्चा मालिक बनने के लिए पुराने मालिक को जान से मारना ज़रूरी नहीं है?' हैरी ने पूछा।

ऑलिवैन्डर ने थूक गुटका।

'ज़रूरी? नहीं, क़तई ज़रूरी नहीं है।'

'वैसे कुछ किंवदंतियाँ हैं,' हैरी ने कहा और तभी उसके माथे के निशान का दर्द बढ़ गया और उसके दिल की धड़कन तेज़ हो गई। उसे यक़ीन था कि वोल्डेमॉर्ट ने अपने विचार पर काम करने का फ़ैसला कर लिया है। 'एक छड़ी – या कई छड़ियों – के बारे में किंवदंतियाँ हैं, जो हत्या के माध्यम से एक से दूसरे हाथ में पहुँच रही है।'

ऑलिवैन्डर का चेहरा पीला हो गया। बर्फ़ से सफ़ेद तकिए पर वह हल्का भूरा दिख रहा था। उसकी बड़ी-बड़ी आँखें लाल थीं और डर के मारे बाहर निकली पड़ रही थीं।

'मुझे लगता है, सिर्फ़ एक ही छड़ी?' उसने फुसफुसाकर कहा।

'और तुम-जानते-हो-कौन की इसमें दिलचस्पी है, है ना?' हैरी ने पूछा।

'मैं – कैसे?' ऑलिवैन्डर ने कहा और मदद के लिए रॉन तथा हर्माइनी की तरफ़ देखा। 'तुम यह बात कैसे जानते हो?'

'उसने आपसे यह बताने को कहा था कि हमारी छड़ियों के बीच के

संबंध को कैसे पार किया जा सकता है,' हैरी ने कहा।

ऑलिवैन्डर आतंकित नज़र आने लगा।

'तुम्हें समझना चाहिए, उसने मुझे यातना दी थी! पीड़ीकृत शाप दिया था। मेरे - मेरे पास उसे बताने के अलावा कोई चारा नहीं था, इसलिए मैंने उसे बता दिया, जो मैं जानता था, जो मेरा अनुमान था!'

'मैं समझ सकता हूँ,' हैरी ने कहा। 'आपने उसे जुड़वाँ मूल वस्तु के बारे में बता दिया? आपने उसे किसी दूसरे जादूगर की छड़ी उधार लेने की सलाह दी थी?'

ऑलिवैन्डर इस बात पर दहशत में नज़र आने लगा कि हैरी इतना कुछ जानता था। उसने धीरे से हाँ में सिर हिलाया।

'लेकिन उससे काम नहीं बना,' हैरी ने आगे कहा। 'उसके बाद भी मेरी छड़ी ने उधार की छड़ी को हरा दिया। क्या आप जानते हैं कि ऐसा क्यों हुआ?'

ऑलिवैन्डर ने अपना सिर इंकार में भी उतनी ही धीरे हिलाया, जितनी धीरे उसने थोड़ी देर पहले हाँ में हिलाया था।

'मैंने ... कभी ऐसी चीज़ नहीं सुनी। तुम्हारी छड़ी ने उस रात एक अनूठा काम किया था। जुड़वाँ मूल वस्तुओं का संबंध अविश्वसनीय रूप से दुर्लभ होता है। बहरहाल, मैं यह नहीं जानता कि तुम्हारी छड़ी ने उधार की छड़ी क्यों तोड़ दी ...'

'हम दूसरी छड़ी के बारे में बात कर रहे हैं - उस छड़ी के बारे में, जो हत्या के माध्यम से भावी मालिक तक पहुँचती है। जब तुम-जानते-हो-कौन को यह एहसास हो गया कि मेरी छड़ी ने कोई अजीब काम कर दिया है, तो उसने लौटकर आपसे उसी छड़ी के बारे में पूछा था, है ना?'

'तुम्हें यह बात कैसे पता है?'

हैरी ने जवाब नहीं दिया।

'हाँ, उसने पूछा था,' ऑलिवैन्डर ने फुसफुसाकर कहा। 'वह उस छड़ी के बारे में मुझसे हर बात जानना चाहता था, जिसे मौत की छड़ी, क़िस्मत की छड़ी या अजेय छड़ी जैसे अलग-अलग नामों से पुकारा जाता है।'

हैरी ने कनखियों से हर्माइनी को देखा, जो बौखलाई हुई दिख रही थी।

'शैतानी शहंशाह,' ऑलिवैन्डर ने सहमे और ख़ामोश अंदाज़ में कहा, 'मेरी बनाई छड़ी से हमेशा ख़ुश थे - सदाबहार की लकड़ी और

मायापंछी का पंख, साढ़े तेरह इंच लंबी – जब तक कि उन्हें जुड़वाँ मूल वस्तुओं के संबंध के बारे में पता नहीं चला। अब वे ज़्यादा ताक़तवर छड़ी चाहते हैं, क्योंकि उन्हें लगता है कि तुम्हारी छड़ी को जीतने का यही एकमात्र तरीक़ा है।'

'लेकिन अगर उसे अब तक पता नहीं चला है, तो जल्दी ही उसे पता चल जाएगा कि मेरी छड़ी टूट चुकी है,' हैरी ने धीरे से कहा।

'नहीं!' हर्माइनी ने भयभीत दिखते हुए कहा। 'उसे पता नहीं पड़ सकता, हैरी, उसे कैसे – ?'

'पूर्वमंत्र,' हैरी ने कहा। 'हर्माइनी, हम तुम्हारी छड़ी और ब्लैकथॉर्न छड़ी मैल्फ़ॉय महल में ही छोड़ आए हैं। अगर वे छड़ियों की ठीक से जाँच करेंगे और उनके द्वारा पूर्व में किए गए मंत्रों को देखेंगे, तो उन्हें दिख जाएगा कि तुम्हारी छड़ी ने मेरी छड़ी को तोड़ दिया है। वे देख लेंगे कि तुमने मेरी छड़ी सुधारने की कोशिश की थी और उसमें कामयाब नहीं हुई थीं। उन्हें यह एहसास भी होगा कि उसके बाद से मैं ब्लैकथॉर्न छड़ी का इस्तेमाल कर रहा हूँ।'

यहाँ आने के बाद हर्माइनी के चेहरे की जो थोड़ी-बहुत रंगत लौटकर आई थी, वह भी तत्काल चली गई। रॉन ने हैरी को झिड़कने वाले अंदाज़ में देखा और कहा, 'इस वक़्त उसके बारे में चिंता करने की कोई ज़रूरत नहीं है –'

लेकिन मि. ऑलिवैन्डर ने बीच में दख़ल दिया।

'शैतानी शहंशाह अजेय छड़ी को सिर्फ़ तुम्हारे विनाश के लिए नहीं चाहते हैं, मि. पॉटर। वे इसके मालिक बनने के लिए दृढ़ संकल्पित हैं, क्योंकि उन्हें यक़ीन है कि इससे वे अजेय बन जाएँगे।'

'क्या ऐसा होगा ?'

'अजेय छड़ी के मालिक को हमेशा हमले का डर होता है,' ऑलिवैन्डर ने कहा, 'लेकिन मेरे हिसाब से शैतानी शहंशाह के पास मौत की छड़ी होने का विचार ... भयंकर है।'

हैरी को अचानक याद आया कि पहली मुलाक़ात में वह तय नहीं कर पाया था कि उसे ऑलिवैन्डर कितना पसंद आया था। वोल्डेमॉर्ट की यातना और क़ैद भोगने के बाद भी शैतानी शहंशाह के पास इस छड़ी के होने से उसे जितनी नफ़रत हो रही थी, उतना ही सम्मोहन भी हो रहा था।

'आप – आप सचमुच सोचते हैं कि यह छड़ी इस दुनिया में है, मि. ऑलिवैन्डर ?' हर्माइनी ने पूछा।

'ओह हाँ,' ऑलिवैन्डर ने कहा। 'हाँ, इतिहास में इस छड़ी के सफ़र को आसानी से खोजा जा सकता है। ज़ाहिर है, बीच में कई अंतराल रहे हैं और काफ़ी लंबे अंतराल रहे हैं, जब यह नज़रों से खो गई, कुछ समय के लिए ग़ुम गई या छिप गई, लेकिन यह हमेशा वापस लौट आती है। इसकी पहचान के कुछ निश्चित लक्षण हैं, जिन्हें छड़ीशास्त्र में निपुण लोग पहचान लेते हैं। कुछ गूढ़ लिखित वर्णन भी हैं, जिनका अध्ययन मैं और अन्य छड़ीसाज़ काफ़ी ध्यान से करते हैं। उनमें वास्तविकता का पुट है।'

'तो आपको – आपको यह नहीं लगता कि यह परीकथा या मिथक है ?' हर्माइनी ने उम्मीद से पूछा।

'नहीं,' ऑलिवैन्डर ने कहा। 'मैं नहीं जानता कि इसका हत्या द्वारा दूसरे हाथ में पहुँचना *ज़रूरी* है या नहीं। बहरहाल, इसका इतिहास ख़ून-ख़राबे वाला है, लेकिन ऐसा इस कारण भी हो सकता है, क्योंकि यह इतनी मूल्यवान वस्तु है कि हर व्यक्ति इसका मालिक बनना चाहता है और हर जादूगर के मन में इसे पाने की बहुत प्रबल इच्छा जाग जाती है। बेहद सशक्त और ग़लत हाथों में ख़तरनाक यह छड़ी छड़ीशास्त्र के हम सभी विद्यार्थियों के लिए अद्‌भुत वस्तु रही है।'

'मि. ऑलिवैन्डर,' हैरी ने कहा, 'आपने तुम-जानते-हो-कौन को बता दिया कि ग्रेगरोविच के पास अजेय छड़ी है, है ना ?'

ऑलिवैन्डर का चेहरा पहले से ज़्यादा पीला हो गया। वह भुतहा दिख रहा था, जब उसने थूक गुटका।

'लेकिन कैसे – तुम्हें कैसे – ?'

'इसकी परवाह न करें कि मुझे यह बात कैसे मालूम है,' हैरी ने कहा और अपनी आँखें पल भर के लिए बंद कर लीं, जब उसका निशान जला और कुछ पल के लिए उसे हॉग्समीड की मुख्य सड़क की झलक दिखी, जहाँ अब भी अँधेरा था, क्योंकि यह उत्तर दिशा में बहुत दूर थी। 'आपने तुम-जानते-हो-कौन को बता दिया कि ग्रेगरोविच के पास छड़ी थी ?'

'ऐसी एक अफ़वाह थी,' ऑलिवैन्डर ने फुसफुसाकर कहा। 'एक अफ़वाह फैली थी, बरसों पहले, तुम्हारे पैदा होने से भी पहले! मेरा मानना है कि ग्रेगरोविच ने इसे ख़ुद फैलाया था। तुम देख सकते हो कि यह उसके धंधे के लिए कितना अच्छा था : वह अजेय छड़ी के गुणों का अध्ययन कर

रहा था और उसकी नक़ल कर रहा था!'

'हाँ, मैं देख सकता हूँ,' हैरी ने कहा। वह खड़ा हो गया। 'मि. ऑलिवैन्डर, आख़िरी बात, इसके बाद हम आपको आराम करने देंगे। आप मौत के तोहफ़ों के बारे में क्या जानते हैं?'

'क्या?' छड़ीसाज़ ने पूरी तरह चकराते हुए पूछा।

'मौत के तोहफ़े।'

'मुझे नहीं पता, तुम किस बारे में बात कर रहे हो। क्या इसका छड़ियों से कोई लेना-देना है?'

हैरी ने धँसे हुए चेहरे में देखा और उसे यक़ीन हो गया कि ऑलिवैन्डर नाटक नहीं कर रहा था। वह मौत के तोहफ़ों के बारे में सचमुच कुछ नहीं जानता था।

'शुक्रिया,' हैरी ने कहा। 'बहुत-बहुत शुक्रिया। अब हम जाते हैं, ताकि आप आराम कर सकें।'

ऑलिवैन्डर बहुत सदमे में दिख रहा था।

उसने कराहते हुए कहा, 'वे मुझे यातना दे रहे थे! पीड़ीकृत शाप ... तुम्हें तो इसका अंदाज़ा भी नहीं होगा ...'

'मुझे अंदाज़ा है,' हैरी ने कहा। 'सचमुच है। अब आप आराम करें। मुझे यह सब बताने के लिए धन्यवाद।'

वह रॉन और हर्माइनी के पहले सीढ़ियाँ उतर गया। हैरी को किचन की टेबल पर बैठे बिल, फ़्लर, लूना और डीन की झलक दिखी, जिनके सामने चाय के कप रखे थे। उन सभी ने हैरी को देखा, जब वह दरवाज़े पर नज़र आया, लेकिन वह उनकी तरफ़ सिर हिलाकर बगीचे में चला गया। रॉन और हर्माइनी उसके पीछे-पीछे थे। हैरी के सिर का दर्द तेज़ हो रहा था, जब वह मिट्टी के उस लाल चबूतरे के पास पहुँचा, जिसके नीचे डॉबी लेटा था। अब उसे वोल्डेमॉर्ट की छवियों को बाहर रखने में बहुत कोशिश करनी पड़ रही थी, जो उस पर हावी होना चाहती थीं। लेकिन वह जानता था कि उसे सिर्फ़ कुछ समय तक विरोध करना है। वह बहुत जल्दी ही समर्पण कर देगा, ताकि उसे यह पता चल जाए कि उसका अंदाज़ा सही था या नहीं। इससे पहले उसे बस रॉन और हर्माइनी के सामने स्थिति स्पष्ट करनी थी।

'काफ़ी समय पहले ग्रेगरोविच के पास अजेय छड़ी थी,' उसने कहा।

'मैंने तुम-जानते-हो-कौन को उसकी तलाश करते देखा। ग्रेगरोविच को खोजने पर उसे पता चला कि वह छड़ी अब ग्रेगरोविच के पास नहीं है : ग्रिन्डेलवाल्ड ने उसे चुरा लिया था। मुझे यह तो नहीं मालूम कि ग्रिन्डेलवाल्ड को यह कैसे पता चला कि यह ग्रेगरोविच के पास थी – लेकिन अगर ग्रेगरोविच इतना मूर्ख था कि अफ़वाह उसी ने फैलाई थी, तो यह काम ज़्यादा मुश्किल नहीं होगा।'

वोल्डेमॉर्ट हॉगवर्ट्स के प्रवेश द्वार पर था। हैरी देख सकता था कि वोल्डेमॉर्ट वहाँ खड़ा था। वह भोर के हल्के-हल्के उजाले को भी देख सकता था।

'ग्रिन्डेलवाल्ड अजेय छड़ी की मदद से शक्तिशाली बन गया। वह शक्ति के शिखर पर पहुँच गया। डम्बलडोर जानते थे कि सिर्फ़ वही उसे रोक सकते हैं, इसलिए उन्होंने ग्रिन्डेलवाल्ड से द्वंद्वयुद्ध करके उसे हरा दिया और उससे अजेय छड़ी ले ली।'

'*डम्बलडोर* के पास अजेय छड़ी थी!' रॉन ने कहा। 'लेकिन तब तो – वह इस वक़्त कहाँ है?'

'हॉगवर्ट्स में,' हैरी ने कहा और रॉन तथा हर्माइनी के साथ बगीचे में बने रहने के लिए जूझा।

'लेकिन तब तो हमें वहीं चलना चाहिए!' रॉन ने तेज़ी से कहा। 'हैरी, चलो चलते हैं और उसे ले लेते हैं, इससे पहले कि वह उसे हथिया ले!'

'अब उसके लिए बहुत देर हो चुकी है,' हैरी ने कहा। वह ख़ुद को रोक नहीं पाया, लेकिन उसने अपना सिर पकड़ा और प्रतिरोध करने की कोशिश की। 'वह जानता है कि छड़ी कहाँ है। वह इस वक़्त वहीं है।'

'हैरी!' रॉन ने आवेश में कहा। 'तुम्हें यह बात कब से मालूम है – तुमने वक़्त क्यों बर्बाद किया? तुमने ग्रिपहुक से पहले बात क्यों की? हम जा सकते थे – हमारे पास उस वक़्त समय था –'

'नहीं,' हैरी ने कहा और घास पर घुटनों के बल बैठ गया। 'हर्माइनी ने सही कहा था। डम्बलडोर नहीं चाहते थे कि वह छड़ी मेरे पास आए। वे नहीं चाहते थे कि मैं इसका मालिक बनूँ। वे चाहते थे कि मैं होरक्रक्सों को खोजूँ।'

'अजेय छड़ी, हैरी!' रॉन बुदबुदाया।

'मेरा काम उसे खोजना नहीं था ... मेरा काम तो होरक्रक्सों को

खोजना था ...'

अब हर चीज़ ठंडी और अँधेरी हो गई। सूरज अभी क्षितिज पर मुश्किल से दिखा ही था, जब वह स्नेप के साथ मैदान से झील की ओर चला।

'मैं कुछ देर बाद तुमसे महल में मिलता हूँ,' उसने अपनी ऊँची, ठंडी आवाज़ में कहा। 'इस वक़्त मुझे अकेला छोड़ दो।'

स्नेप ने सिर झुकाया और वापस चला गया। उसका काला चोगा उसके पीछे लहरा रहा था। हैरी धीरे-धीरे चला और स्नेप की आकृति के ग़ायब होने का इंतज़ार करता रहा। वह कहाँ जा रहा है, यह स्नेप को पता नहीं चलना चाहिए, किसी को भी पता नहीं चलना चाहिए। महल की खिड़कियों में कोई रोशनी नहीं थी और वह ख़ुद को छिपा सकता था ... एक ही पल में उसने ख़ुद पर विभ्रम सम्मोहन कर लिया, जिससे वह ख़ुद की नज़रों से भी ओझल हो गया।

वह झील के किनारे-किनारे प्यारे महल की आकृति को देखते हुए चलने लगा - उसका पहला साम्राज्य, उसका जन्मसिद्ध अधिकार ...

और यह वहाँ थी, झील के पास। अँधेरे पानी में इसका प्रतिबिंब दिख रहा था। सफ़ेद संगमरमर की समाधि, जो परिचित माहौल में बदनुमा दाग़ जैसी लग रही था। उसे एक बार फिर नियंत्रित उल्लास और विनाश के उत्साहपूर्ण उद्देश्य का एहसास हुआ। उसने अपनी सदाबहार लकड़ी की छड़ी उठाई : कितना उचित था कि यह इसका आख़िरी महान काम होगा।

समाधि ऊपर से नीचे तक खुल गई। कफ़न वाली आकृति हमेशा जितनी ही लंबी और दुबली थी।

कफ़न खुल गया। चेहरा थोड़ा चमकदार, पीला, धँसा हुआ था, लेकिन बिलकुल सलामत था। लोगों ने उनकी टूटी नाक पर चश्मा भी छोड़ दिया था; वोल्डेमॉर्ट को यह देखकर मज़ा आ गया। डम्बलडोर के हाथ सीने पर बँधे थे और यह वहाँ पड़ी थी, हाथों के नीचे, उनके साथ दफ़न।

क्या उस मूर्ख बुड्ढे ने यह कल्पना की थी कि संगमरमर की समाधि या मौत छड़ी को सुरक्षित रख लेगी? क्या उन्होंने सोचा था कि शैतानी शहंशाह उनकी समाधि को तोड़ने की जुर्रत नहीं करेगा? मकड़ी जैसा हाथ नीचे झुका और इसने डम्बलडोर की पकड़ से छड़ी खींच ली। ऐसा करते ही इसकी नोक से चिंगारियों की बौछार हुई, जो इसके पिछले मालिक की लाश पर चमकी। अब यह छड़ी आख़िरकार अपने नए मालिक की सेवा करने के लिए तैयार थी।

अध्याय पच्चीस

शेल कॉटेज

बिल और फ़्लर का घर चट्टानों से भरे इलाक़े में अकेला बना था। यहाँ से समुद्र दिखता था। घर की सफ़ेद दीवारों पर शंख लगे थे। यह वीरान और सुंदर जगह थी। हैरी छोटे घर या इसके बगीचे में जहाँ भी रहता था, उसे समुद्र की लहरों की आवाज़ें लगातार सुनाई देती थीं, जैसे कोई विशालकाय जानवर नींद में साँस ले रहा हो। अगले कुछ दिनों तक वह ज़्यादातर समय भीड़ भरे घर से बाहर रहने के बहाने बनाता रहा। वह चट्टान पर बैठकर खुले आसमान और चौड़े समुद्र को देखता था तथा अपने चेहरे पर ठंडी, नमकीन हवा को महसूस करता था।

वोल्डेमॉर्ट से पहले छड़ी पर क़ब्ज़ा न करने के निर्णय की गंभीरता हैरी को अब भी सता रही थी। उसे याद नहीं था कि उसने पहले कभी कोई काम *नहीं* करने का निर्णय लिया हो। उसके मन में बहुत सी शंकाएँ थीं और जब भी वह रॉन के साथ होता था, रॉन उन शंकाओं को हवा देता रहता था।

'कहीं डम्बलडोर यह तो नहीं चाहते थे कि हम प्रतीक को समझकर छड़ी हासिल कर लें?' 'कहीं उस प्रतीक को समझने का मतलब यह तो नहीं था कि तुम मौत के तोहफ़ों को पाने के "हक़दार" हो?' 'हैरी, अगर वह सचमुच अजेय छड़ी है, तो हम तुम-जानते-हो-कौन को कैसे ख़त्म कर सकते हैं?'

हैरी के पास इन सवालों का कोई जवाब नहीं था। कई बार वह सोचता था कि वोल्डेमॉर्ट को समाधि तोड़ने से रोकने की कोशिश न करना सरासर पागलपन था। वह इस बात का भी कोई संतोषजनक जवाब नहीं दे पाया कि उसने ऐसा न करने का फ़ैसला क्यों किया था। जब भी उसने

मन ही मन इस निर्णय के पीछे के तर्क खोजने की कोशिश की, तो वे तर्क उसे बहुत लचर लगे।

अजीब बात यह थी कि हर्माइनी के समर्थन से भी वह उतनी ही दुविधा महसूस करता था, जितनी कि रॉन की शंकाओं से। हालाँकि हर्माइनी ने मजबूरन यह तो मान लिया था कि अजेय छड़ी असली है, लेकिन वह इसे बुरी चीज़ मानती थी। इसके अलावा उसका यह भी कहना था कि वोल्डेमॉर्ट ने बड़े ही घिनौने तरीक़े से इसे हासिल किया था, जिस पर विचार करने का सवाल ही नहीं था।

'तुम ऐसा कभी नहीं कर सकते थे, हैरी,' वह बार-बार यह कहती थी। 'तुम डम्बलडोर की समाधि कभी नहीं तोड़ सकते थे।'

लेकिन डम्बलडोर की लाश के विचार से हैरी को उतना डर नहीं लग रहा था, जितना कि इस संभावना से कि कहीं उसने डम्बलडोर के इरादों को ग़लत तो नहीं समझ लिया था। उसे महसूस हुआ, जैसे वह अब भी अँधेरे में भटक रहा हो। उसने अपना रास्ता चुन लिया था, लेकिन वह बार-बार पीछे मुड़कर देखता रहा और सोचता रहा कि कहीं उसने दिशानिर्देशों को ग़लत तो नहीं पढ़ लिया था तथा कहीं उसे दूसरे रास्ते पर तो नहीं जाना चाहिए था। समय-समय पर उसे डम्बलडोर पर उतना ही तेज़ ग़ुस्सा आया, जितनी तेज़ी से लहरें घर के नीचे की चट्टानों से टकरा रही थीं। वह इस बात पर नाराज़ था कि डम्बलडोर ने मरने से पहले कुछ भी स्पष्ट क्यों नहीं किया था।

जब उन्हें वहाँ रहते हुए तीन दिन हो गए, तो रॉन बोला, 'क्या वे सचमुच मर चुके हैं?' रॉन और हर्माइनी जिस वक़्त हैरी के पास आए थे, उस वक़्त हैरी उस दीवार को घूर रहा था, जो बगीचे को चट्टान से अलग करती थी। हैरी को उनका आना अच्छा नहीं लगा। वह उनकी बहस में शामिल नहीं होना चाहता था।

'हाँ, यह सच है, रॉन, *प्लीज़,* इसे दोबारा शुरू मत करो!'

'तथ्यों को देखो, हर्माइनी,' रॉन ने हैरी की ओर देखते हुए कहा, जो लगातार आसमान को घूर रहा था। 'सफ़ेद हिरणी। तलवार। वह आँख, जिसे हैरी ने आईने में देखा था -'

'हैरी स्वीकार करता है कि यह उसका वहम भी हो सकता है! है ना, हैरी?'

'हो सकता है,' हैरी ने उसकी तरफ़ देखे बिना कहा।

'लेकिन तुम्हें लगता नहीं है कि यह तुम्हारा वहम है, है ना ?' रॉन ने पूछा।

'नहीं, मुझे नहीं लगता,' हैरी ने कहा।

'देखा!' रॉन ने हर्माइनी के कुछ कहने के पहले ही जल्दी से बोल दिया। 'अगर वे डम्बलडोर नहीं थे, तो बताओ, डॉबी को कैसे मालूम चला कि हम कोठरी में हैं, हर्माइनी ?'

'मैं नहीं बता सकती – लेकिन क्या तुम यह बता सकते हो कि अगर डम्बलडोर हॉगवर्ट्स की समाधि में थे, तो वे उसे हमारे पास कैसे भेज सकते थे ?'

'मुझे नहीं पता, हो सकता है यह उनका भूत हो!'

'डम्बलडोर भूत के रूप में वापस नहीं लौटेंगे,' हैरी ने कहा। अब हैरी को डम्बलडोर के बारे में बहुत कम चीज़ों पर भरोसा रह गया था, लेकिन इस बात पर उसे पूरा भरोसा था। 'वे आगे चले गए होंगे।'

' "आगे" से तुम्हारा क्या मतलब है ?' रॉन ने पूछा, लेकिन इससे पहले कि हैरी कोई जवाब दे पाता, पीछे से एक आवाज़ आई, 'हैरी ?'

फ़्लर आ रही थी। उसके चाँदी जैसे रंग के लंबे बाल सुबह की हवा में लहरा रहे थे।

'हैरी, ग्रिपहुक तुमसे कुछ बात करना चाहता है। वह सबसे छोटे बेडरूम में है। उसका कहना है कि वह नहीं चाहता कि कोई उसकी बात सुन पाए।'

यह स्पष्ट था कि फ़्लर को पिशाच की यह बात पसंद नहीं आई थी कि वह उसे लोगों को बुलाने भेजे। घर लौटते समय वह चिड़चिड़ी दिख रही थी।

जैसा फ़्लर ने कहा था, ग्रिपहुक घर के तीन बेडरूमों में से सबसे छोटे वाले बेडरूम में उनका इंतज़ार कर रहा था, जिसमें रात को हर्माइनी और लूना सोती थीं। चमकते, बादल भरे आसमान के सामने लाल सूती पर्दे लगे थे, जिससे कमरा आग जैसा चमक रहा था। यह कमरा बाक़ी के हवादार, रोशन घर से अलग दिख रहा था।

'मैंने फ़ैसला कर लिया है, हैरी पॉटर,' पिशाच ने कहा, जो एक नीची कुर्सी पर पैर बाँधकर बैठा था और इसके हत्थों पर अपनी लंबी उँगलियाँ बजा रहा था। 'हालाँकि ग्रिनगॉट के पिशाच इसे गद्दारी

समझेंगे, लेकिन मैंने तुम्हारी मदद करने का फ़ैसला कर लिया है –'

'बहुत बढ़िया!' हैरी ने कहा और उसे बहुत राहत मिली। 'ग्रिपहुक, शुक्रिया, हम सचमुच –'

पिशाच ने दृढ़ता से आगे कहा, 'भुगतान के बदले में।'

थोड़ा सा हैरान हैरी झिझका।

'तुम्हें कितना चाहिए ? मेरे पास सोना है।'

'सोना नहीं,' ग्रिपहुक ने कहा। 'सोना तो मेरे पास भी है।'

उसकी काली आँखें चमकने लगीं। उसकी आँखों में कोई सफ़ेद हिस्सा नहीं दिख रहा था।

'मैं बदले में तलवार चाहता हूँ। गौरव गरुड़द्वार की तलवार।'

हैरी का उत्साह ठंडा हो गया।

'तुम्हें वह नहीं मिल सकती,' उसने कहा। 'मुझे अफ़सोस है।'

पिशाच धीरे से बोला, 'तब तो हमारे सामने बड़ी समस्या है।'

'हम तुम्हें कुछ और दे सकते हैं,' रॉन उत्सुकता से बोला। 'मैं शर्त लगाता हूँ कि लेस्ट्रेंज दंपति की तिजोरी में बहुत सा सामान होगा। तिजोरी में पहुँचने के बाद तुम अपनी मनचाही चीज़ उठा सकते हो।'

उसने ग़लत बात कह दी थी। ग्रिपहुक का चेहरा ग़ुस्से से लाल हो गया।

'लड़के, मैं चोर नहीं हूँ! मैं उन ख़ज़ानों को हासिल करने की कोशिश नहीं कर रहा हूँ, जिन पर मेरा कोई हक़ नहीं है!'

'तलवार हमारी है –'

'नहीं है,' पिशाच बोला।

'हम गरुड़द्वार के हैं और यह तलवार गौरव गरुड़द्वार की है –'

'और गौरव गरुड़द्वार से पहले यह किसकी थी ?' पिशाच ने तनकर बैठते हुए कहा।

'किसी की नहीं,' रॉन बोला, 'यह उनके लिए बनाई गई थी, है ना ?'

'नहीं!' पिशाच चिल्लाया और ग़ुस्से से काँपने लगा, जब उसने रॉन की तरफ़ लंबी उँगली दिखाई। 'एक बार फिर जादूगरों का घमंड! तलवार रैगनक प्रथम की थी और गौरव गरुड़द्वार ने यह उनसे ली थी! यह एक ग़ुम ख़ज़ाना है, पिशाचों की कला का बेजोड़ नमूना! यह तलवार पिशाचों की है!

तलवार मेरी मदद की क़ीमत है, चाहो तो स्वीकार करो, चाहो तो मत करो!'

ग्रिपहुक ने उन्हें ग़ुस्से से घूरा। हैरी ने बाक़ी दोनों पर नज़र डाली और फिर बोला, 'ग्रिपहुक, अगर तुम्हें ठीक लगता हो, तो हम इस बारे में थोड़ी बातचीत करके आते हैं। क्या तुम हमें कुछ मिनट का समय दे सकते हो?'

पिशाच ने सिर हिलाकर हाँ कर दी, हालाँकि वह अब भी चिड़चिड़ा दिख रहा था।

नीचे ख़ाली सिटिंग रूम में हैरी अँगीठी के पास गया। उसकी त्योरियाँ चढ़ी हुई थीं और वह सोचने की कोशिश कर रहा था कि क्या करे। उसके पीछे रॉन बोला, 'वह मज़ाक़ कर रहा है। हम उसे तलवार नहीं दे सकते।'

'क्या यह सच है?' हैरी ने हर्माइनी से पूछा। 'क्या गौरव गरुड़द्वार ने तलवार चुराई थी?'

'मुझे नहीं मालूम,' उसने निराशा से कहा। 'जादूगरों का इतिहास अक्सर इस बात को नज़रअंदाज़ कर देता है कि जादूगरों ने दूसरे जादुई प्राणियों के साथ क्या किया है, लेकिन मैंने आज तक यह कहीं नहीं पढ़ा है कि गरुड़द्वार ने तलवार चुराई थी।'

'यह पिशाचों की उन मनगढ़ंत कहानियों में से एक होगी,' रॉन ने कहा, 'कि जादूगर किस तरह हमेशा उन्हें धोखा देने की कोशिश करते हैं। मुझे तो लगता है कि हमें ख़ुद को ख़ुशक़िस्मत समझना चाहिए कि उसने हममें से किसी की छड़ी नहीं माँगी।'

'पिशाचों के पास जादूगरों से नफ़रत करने के बहुत से जायज़ कारण हैं, रॉन,' हर्माइनी ने कहा। 'उनके साथ अतीत में अत्याचार हुआ है।'

'पिशाच भी तो कोई नन्हे-मुन्ने मासूम प्राणी नहीं हैं, है ना?' रॉन ने कहा। 'उन्होंने बहुत से जादूगरों को मारा है। उन्होंने भी गंदा खेल खेला है।'

'लेकिन किसकी जाति ज़्यादा बुरी और हिंसक है, इस बारे में ग्रिपहुक के साथ बहस करने से क्या फ़ायदा होगा? इससे वह हमारी मदद करने के लिए तैयार तो नहीं हो जाएगा, है ना?'

जब उन्होंने समस्या का समाधान खोजने की कोशिश की, तो ख़ामोशी छा गई। हैरी ने खिड़की से डॉबी की क़ब्र देखी। लूना क़ब्र के पत्थर के पास जैम के एक जार में समुद्री लैवेंडर के फूल जमा रही थी।

'ठीक है,' रॉन बोला और हैरी ने उसकी तरफ़ चेहरा घुमाया, 'यह कैसा रहेगा? हम ग्रिपहुक से कह देते हैं कि तिजोरी के भीतर पहुँचने तक हमें तलवार की ज़रूरत है और उसके बाद हम उसे तलवार दे देंगे। तिजोरी में एक नक़ली तलवार भी है, है ना? हम तलवारें बदल देंगे और उसे नक़ली तलवार दे देंगे।'

'रॉन, उसे असली और नक़ली का अंतर हमसे ज़्यादा अच्छी तरह समझ में आ जाएगा!' हर्माइनी ने कहा। 'सिर्फ़ उसी को एहसास है कि तलवारें बदली गई हैं!'

'हाँ, लेकिन उसे पता चले, इससे पहले हम तेज़ी से काम कर सकते हैं –'

रॉन हर्माइनी की निगाह से सहम गया।

हर्माइनी धीरे से बोली, 'यह घिनौना है। उसकी मदद माँगो, फिर उसे धोखा दो? और रॉन, इसके बाद तुम इस बात पर हैरान होते हो कि पिशाच जादूगरों को पसंद क्यों नहीं करते हैं?'

रॉन के कान लाल हो गए।

'ठीक है, ठीक है! मैं बस यही उपाय सोच सकता था! तो, तुम्हारा सुझाव क्या है?'

'हमें उसके सामने किसी और चीज़ का प्रस्ताव रखना होगा, कोई इतनी ही मूल्यवान चीज़।'

'बहुत बढ़िया। हमारे पास पिशाचों की बनाई बहुत सी प्राचीन तलवारें हैं। मैं जाकर उन्हें ले आता हूँ और तुम उन्हें सुंदर काग़ज़ में लपेटकर उसे दे देना।'

उनके बीच एक बार फिर ख़ामोशी छा गई। हैरी को यक़ीन था कि पिशाच तलवार के अलावा किसी चीज़ पर राज़ी नहीं होगा, भले ही उनके पास उतनी ही मूल्यवान कोई दूसरी चीज़ हो। बहरहाल, तलवार होरक्रक्सों के ख़िलाफ़ उनका एकमात्र, अनिवार्य हथियार थी।

उसने एक-दो पल के लिए अपनी आँखें बंद कीं और समुद्री लहरों की आवाज़ें सुनने लगा। गौरव गरुड़द्वार ने तलवार चुराई है, यह विचार

उसे अच्छा नहीं लगा था। उसे गरुड़द्वार हाउस का होने पर हमेशा गर्व होता था। गौरव गरुड़द्वार मगलू परिवारों में पैदा लोगों के रक्षक थे और उन्होंने शुद्ध ख़ून के हिमायती नागशक्ति के साथ संघर्ष किया था ...

'हो सकता है वह झूठ बोल रहा हो,' हैरी ने दोबारा अपनी आँखें खोलते हुए कहा। 'ग्रिपहुक। हो सकता है गरुड़द्वार ने तलवार नहीं चुराई हो। हमें क्या मालूम कि इतिहास के बारे में पिशाचों का दावा सही है या नहीं ?'

'इससे क्या फ़र्क़ पड़ता है ?' हर्माइनी ने कहा।

'इससे मेरी भावनाओं पर फ़र्क़ पड़ता है,' हैरी बोला।

उसने एक गहरी साँस ली।

'हम उससे कह देंगे कि तिजोरी तक पहुँचने के बाद उसे तलवार मिल जाएगी – लेकिन हम उसे यह नहीं बताएँगे कि उसे तलवार *किस वक़्त* मिलेगी।'

रॉन के चेहरे पर हल्की-हल्की मुस्कान आ गई। बहरहाल, हर्माइनी दहशत में नज़र आने लगी।

'हैरी, हम ऐसा नहीं कर सकते –'

'यह उसे मिल जाएगी,' हैरी ने कहा, 'लेकिन सभी होरक्रक्सों पर इसका इस्तेमाल करने के बाद। तब मैं उसे यह ज़रूर दे दूँगा। मैं अपना वादा निभाऊँगा।'

'लेकिन उसमें तो कई साल लग सकते हैं!' हर्माइनी बोली।

'मैं जानता हूँ, लेकिन *उसे* जानने की ज़रूरत नहीं है। एक तरह से मैं ... झूठ नहीं बोल रहा हूँ।'

हैरी ने चुनौती और शर्म के मिले-जुले भाव से हर्माइनी से नज़रें मिलाईं। उसे नर्मनगार्ड के प्रवेशद्वार के ऊपर लिखे शब्द याद आ गए थे : *बहुसंख्यक लोगों के हित के लिए।* उसने इस विचार को दूर धकेला। उनके पास और चारा भी क्या था ?

'मुझे यह अच्छा नहीं लगता है,' हर्माइनी ने कहा।

'मुझे भी ज़्यादा अच्छा नहीं लगता है,' हैरी ने स्वीकार किया।

'देखो, मुझे तो यह विचार कमाल का लगता है,' रॉन ने दोबारा खड़े होते हुए कहा। 'चलो, चलकर उसे बता देते हैं।'

सबसे छोटे बेडरूम में वापस पहुँचकर हैरी ने प्रस्ताव को स्वीकार कर लिया, लेकिन सावधानी बरतते हुए तलवार देने का निश्चित समय नहीं बताया। उसके बोलते समय हर्माइनी त्योरियाँ चढ़ाकर फ़र्श की तरफ़ देख रही थी। हैरी मन ही मन उससे चिढ़ रहा था, क्योंकि उसे डर लग रहा था कि कहीं उसकी वजह से उन लोगों का भांडा न फूट जाए। बहरहाल, ग्रिपहुक की निगाह तो बस हैरी पर ही टिकी थी।

'हैरी पॉटर, तो तुम वादा करते हो कि अगर मैं तुम्हारी मदद करता हूँ, तो तुम मुझे गरुड़द्वार की तलवार दे दोगे?'

'हाँ,' हैरी ने कहा।

'तो फिर हाथ मिलाओ,' पिशाच ने अपना हाथ बढ़ाते हुए कहा।

हैरी ने हाथ मिला लिया। उसने सोचा कि कहीं पिशाच की काली आँखों ने उसकी आँखों में शंका का भाव तो नहीं देख लिया होगा। फिर ग्रिपहुक ने उसका हाथ छोड़ दिया और ताली बजाकर बोला, 'तो, अब हम काम शुरू करते हैं!'

यह काम मंत्रालय में चोरी से घुसने की योजना बनाने जैसा था। वे सबसे छोटे बेडरूम में काम करने लगे, जिसे ग्रिपहुक की इच्छा के मुताबिक़ हल्के अँधेरे में रखा गया था।

'मैं सिर्फ़ एक बार लेस्ट्रेंज परिवार की तिजोरी में गया हूँ,' ग्रिपहुक ने उन्हें बताया, 'जब मुझे इसके भीतर नक़ली तलवार रखने को कहा गया था। यह सबसे प्राचीन तिजोरियों में से एक है। सबसे पुराने जादूगर परिवार अपने ख़ज़ाने सबसे गहराई में रखते हैं, जहाँ की तिजोरियाँ सबसे बड़ी और सबसे ज़्यादा सुरक्षित होती हैं ...'

वे अलमारी जैसे कमरे में घंटों बंद रहते थे। दिन धीरे-धीरे हफ़्तों में बदल गए। एक के बाद एक समस्याएँ सामने आ रही थीं, जिनका समाधान खोजना था। एक बड़ी समस्या यह भी थी कि उनके पास अब बहुत कम भेसबदल काढ़ा बचा था।

'दरअसल अब हममें से एक के लिए ही बचा है,' हर्माइनी ने लैंप की रोशनी में कीचड़ जैसे काढ़े को देखते हुए कहा।

'इतना ही काफ़ी होगा,' हैरी ने कहा, जो ग्रिपहुक के बनाए सबसे गहरे गलियारों के नक़्शे को देख रहा था।

हैरी, रॉन और हर्माइनी सिर्फ़ खाने के वक़्त ही नज़र आते थे,

इसलिए शेल कॉटेज के बाक़ी लोगों का ध्यान इस तरफ़ जाना ही था कि कोई योजना बन रही है। किसी ने सवाल नहीं पूछे, हालाँकि हैरी को अक्सर टेबल पर बिल की नज़रें उन तीनों पर पड़ती दिखीं। वह विचारमग्न और चिंतित दिख रहा था।

उन्होंने साथ में जितना ज़्यादा समय गुज़ारा, हैरी को उतना ही ज़्यादा एहसास हुआ कि पिशाच भला नहीं था। ग्रिपहुक अप्रत्याशित रूप से ख़ून का प्यासा था। वह छोटे प्राणियों को दर्द पहुँचाने के विचार पर हँस पड़ता था और इस संभावना पर ख़ुश होता था कि लेस्ट्रेंज परिवार की तिजोरी तक पहुँचने के लिए उन्हें अन्य जादूगरों को घायल करना पड़ सकता है। हैरी जानता था कि बाक़ी दोनों भी उससे चिढ़ रहे थे, लेकिन उन्होंने इस बारे में बातचीत नहीं की : उन्हें ग्रिपहुक की ज़रूरत थी।

पिशाच उन लोगों के साथ मन मारकर खाना खाता था। उसके पैर ठीक होने के बाद भी वह चाहता था कि कमज़ोर ऑलिवैन्डर की तरह ही उसके कमरे में भी खाने की ट्रे भेजी जाए। यह सिलसिला तब तक चलता रहा, जब तक कि बिल ने (फ़्लर को ग़ुस्से से भड़कता देखकर) उसे यह नहीं बता दिया कि यह व्यवस्था अब नहीं चल सकती। इसके बाद ग्रिपहुक भीड़ भरी टेबल पर उनके साथ बैठने लगा, हालाँकि उसने बाक़ी लोगों जैसा खाना खाने से इंकार कर दिया। इसके बजाय वह कच्चा गोश्त, जड़ें और कई तरह के मशरूम खाने पर ज़ोर देता था।

हैरी इसके लिए ख़ुद को ज़िम्मेदार समझने लगा। आख़िरकार उसी ने तो इस बात पर ज़ोर दिया था कि पिशाच शेल कॉटेज में रहे, ताकि वह उससे पूछताछ कर सके। उसी की ग़लती थी कि पूरे वीज़्ली परिवार को मजबूरन छिपना पड़ रहा था। उसी की ग़लती थी कि बिल, फ़्रेड, जॉर्ज और मिस्टर वीज़्ली काम पर नहीं जा सकते थे।

'मुझे अफ़सोस है,' उसने फ़्लर से अप्रैल की एक आँधी भरी शाम को कहा, जब वह डिनर तैयार करने में उसकी मदद कर रहा था। 'मैं नहीं चाहता था कि तुम्हें इतना कुछ झेलना पड़े।'

फ़्लर ने अभी-अभी कुछ चाकुओं को काम पर लगाया था, जो ग्रिपहुक और बिल के लिए स्टीक काट रहे थे। जब से ग्रेबैक ने बिल पर हमला किया था, बिल को ख़ून लगा गोश्त पसंद आने लगा था। हैरी की बात सुनकर फ़्लर के चेहरे का थोड़ा चिड़चिड़ा भाव नर्म हो गया।

'हैरी, मैं यह बात नहीं भूली हूँ कि तुमने मेरी बहन की जान बचाई

थी।'

सही मायनों में यह सच नहीं था, लेकिन हैरी ने उसे याद नहीं दिलाया कि गैब्रील दरअसल कभी भी ख़तरे में थी ही नहीं।

'ख़ैर,' फ़्लर ने अपनी छड़ी स्टोव पर रखे सॉस के बर्तन की तरफ़ की, जिससे उसमें तत्काल बुलबुले उठने लगे, 'मि. ऑलिवैन्डर आज शाम को मुरियल के यहाँ रहने जा रहे हैं। इससे स्थिति काफ़ी सुधर जाएगी। वह पिशाच,' उसने थोड़ी त्योरी चढ़ाते हुए कहा, 'नीचे की मंज़िल पर रह सकता है। उसके नीचे आ जाने के बाद तुम, रॉन और डीन उसके कमरे में पहुँच जाना।'

'हमें लिविंग रूम में सोने में कोई दिक्क़त नहीं है,' हैरी ने कहा। वह जानता था कि ग्रिपहुक को सोफ़े पर सोना पसंद नहीं आएगा और ग्रिपहुक को ख़ुश रखना उनकी योजनाओं के लिए अनिवार्य था। 'हमारी चिंता मत करो।' जब वह प्रतिरोध करने की कोशिश करने लगी, तो हैरी ने आगे जोड़ दिया, 'हम लोग भी जल्दी ही यहाँ से चले जाएँगे - रॉन, हर्माइनी और मैं। हमें यहाँ ज़्यादा समय तक रुकने की ज़रूरत नहीं है।'

'तुम कहना क्या चाहते हो?' फ़्लर ने उसकी तरफ़ त्योरियाँ चढ़ाकर पूछा और अपनी छड़ी कैसेरोल डिश की तरफ़ की, जो अब बीच हवा में थी। 'ज़ाहिर है, तुम्हें कहीं नहीं जाना चाहिए, तुम यहाँ सुरक्षित हो!'

यह कहते समय वह काफ़ी कुछ मिसेज़ वीज़्ली जैसी दिख रही थी। हैरी को ख़ुशी हुई कि उसी पल पीछे का दरवाज़ा खुल गया। लूना और डीन अंदर आ गए। बाहर हो रही बारिश के कारण उनके बाल भीग गए थे और उनके हाथों में लकड़ियाँ थीं, जो वे समुद्र किनारे से बीनकर लाए थे।

'... और छोटे कान,' लूना कह रही थी, 'कुछ हद तक हिप्पो जैसे। डैडी कहते हैं, सिर्फ़ बैंगनी और बाल वाले। और अगर तुम उन्हें बुलाना चाहो, तो तुम्हें गुनगुनाना पड़ता है। वे वाल्ट्ज़ की धुन पसंद करते हैं, ज़्यादा तेज़ कुछ नहीं ...'

डीन ने परेशान होकर हैरी की तरफ़ कंधे उचकाए, जब वह पास से गुज़रा और लूना के पीछे-पीछे डाइनिंग-सिटिंग रूम में चला गया, जहाँ रॉन और हर्माइनी डिनर टेबल लगा रहे थे। फ़्लर के सवालों से बचने का मौक़ा लपककर हैरी ने कद्दू के जूस के दो जग उठा लिए और उनके पीछे-पीछे चल दिया।

'... और अगर तुम कभी हमारे घर आओगे, तो मैं तुम्हें वह सींग

दिखा सकती हूँ। डैडी ने उसके बारे में मुझे चिट्ठी में बताया है, लेकिन मैं उसे अब तक नहीं देख पाई हूँ, क्योंकि प्राणभक्षियों ने मुझे हॉगवर्ट्स एक्सप्रेस से उतार लिया था और मैं क्रिसमस पर घर नहीं जा पाई थी,' लूना कह रही थी, जब उसने और डीन ने आग में लकड़ियाँ डालकर उसे दोबारा सही किया।

'लूना, हमने तुम्हें बताया था,' हर्माइनी ने उससे कहा। 'उस सींग में विस्फोट हो गया था। वह क्रंपल-हॉर्न्ड स्नोरकैक का सींग नहीं था, बल्कि महाविस्फोटक सींग था –'

'नहीं, वह निश्चित रूप से स्नोरकैक का सींग था,' लूना ने शांति से कहा। 'डैडी ने मुझे बताया था। वह शायद अब तक ठीक हो गया होगा। जानती हो, वे ख़ुदबख़ुद अपना उपचार कर लेते हैं।'

हर्माइनी ने अपना सिर हिलाया और काँटे रखने लगी, जब बिल एक बड़े सूटकेस के साथ दिखा। वह मि. ऑलिवैन्डर को सीढ़ियों से नीचे ला रहा था। छड़ीसाज़ अब भी काफ़ी कमज़ोर दिख रहा था और सहारे के लिए बिल की बाँह थामे था।

'मुझे आपकी याद आएगी, मि. ऑलिवैन्डर,' लूना ने बूढ़े आदमी के पास पहुँचते हुए कहा।

'मुझे भी, प्यारी बच्ची,' ऑलिवैन्डर ने उसका कंधा थपथपाते हुए कहा। 'उस भयंकर जगह में तुम्हारे होने से मुझे बड़ी तसल्ली मिली थी।'

'तो *फिर मिलते हैं,* मि. ऑलिवैन्डर,' फ़्लर ने उनके दोनों गाल चूमते हुए कहा। 'क्या आप बिल की मुरियल आंटी को एक पैकेट दे सकते हैं? मैं शादी के बाद उनका मुकुट नहीं लौटा पाई।'

'यह मेरे लिए बड़े सम्मान की बात होगी,' ऑलिवैन्डर ने हल्के से सिर झुकाकर कहा, 'आपकी उदार मेहमाननवाज़ी के बदले में मुझे एक छोटा सा काम करने का मौक़ा तो मिलेगा।'

फ़्लर ने मख़मल का एक पुराना केस निकाला, जिसे उसने ऑलिवैन्डर को दिखाने के लिए खोला था। काफ़ी नीचे लटके लैंप की रोशनी में मुकुट चमकने लगा।

'मूनस्टोन और हीरे,' ग्रिपहुक ने कहा, जो हैरी को दिखे बिना कमरे में आ गया था। 'मुझे लगता है कि इसे पिशाचों ने बनाया है?'

'और जादूगरों ने इसकी क़ीमत चुकाई है,' बिल ने धीरे से कहा।

यह सुनकर पिशाच ने उसे गोपनीय और चुनौतीपूर्ण निगाह से देखा।

जब बिल और ऑलिवैन्डर रात के अँधेरे में बाहर चले गए, तो तेज़ हवा मकान की खिड़कियों से टकराने लगी। बाक़ी लोग कोहनी से कोहनी सटाकर टेबल के चारों तरफ़ बैठे रहे। हालाँकि हाथ हिलाने के लिए बहुत कम जगह थी, लेकिन वे किसी तरह खाना खाने लगे। पास की अँगीठी में आग अच्छी तरह जल रही थी। हैरी ने देखा कि फ़्लर ठीक से नहीं खा रही थी, वह तो जैसे अपने खाने से खेल रही थी और हर पल, दो पल में खिड़की की तरफ़ देख रही थी। बहरहाल, उनके खाने का पहला दौर पूरा होने से पहले ही बिल लौट आया। उसके लंबे बाल हवा के कारण बिखरे हुए थे।

'सब ठीक है,' उसने फ़्लर से कहा। 'ऑलिवैन्डर को पहुँचा दिया। मम्मी-डैडी ने हैलो कहा है। जिनी ने तुम्हें प्यार भेजा है। फ़्रेड और जॉर्ज मुरियल की नाक में दम किए हैं। वे उनके पीछे वाले कमरे से उल्लू पहुँच सेवा बिज़नेस चला रहे हैं। मुकुट वापस पाकर वे ख़ुश हुईं। उन्हें लग रहा था कि हम उसे कभी लौटाएँगे ही नहीं।'

'ओह, तुम्हारी मुरियल आंटी *बहुत मज़ेदार* हैं,' फ़्लर ने चिढ़कर कहा और अपनी छड़ी लहराई, जिससे गंदी प्लेटें ऊपर उठीं और हवा में एक के ऊपर एक जम गईं। वह उन्हें लेकर कमरे से बाहर निकल गई।

'डैडी ने एक मुकुट बनाया है,' लूना ने कहा। 'दरअसल, यह मुकुट से बढ़कर है।'

रॉन की निगाह हैरी से मिली और वह मुस्कराया। हैरी जानता था कि उसे ज़ेनोफ़िलियस के यहाँ दिखा अजीब सा मुकुट याद आ गया था।

'हाँ, वे चीलघात के खोए किरीट को दोबारा बनाने की कोशिश कर रहे हैं। वे सोचते हैं कि उन्होंने अब ज़्यादातर मुख्य तत्वों को पहचान लिया है। बिलीविग के पंख जोड़ने से सचमुच फ़र्क़ पड़ा है –'

सामने वाले दरवाज़े पर एक धमाका हुआ। सबके सिर उसी ओर मुड़ गए। फ़्लर किचन में से भागती हुई बाहर आई। वह डरी हुई दिख रही थी। बिल उछलकर खड़ा हो गया और अपनी छड़ी दरवाज़े की तरफ़ तान दी। हैरी, रॉन और हर्माइनी ने भी ऐसा ही किया। ग्रिपहुक धीरे से टेबल के नीचे छिप गया।

'कौन है ?' बिल ने पूछा।

'मैं रीमस जॉन ल्यूपिन हूँ!' गरजती हवा के ऊपर एक आवाज़

सुनाई दी। हैरी को डर के साथ रोमांच महसूस हुआ, आख़िर क्या हो गया था? 'मैं एक नरभेड़िया हूँ, जिसकी शादी निम्फ़ैडोरा टौंक्स से हुई है। तुम शेल कॉटेज के रहस्य-रक्षक हो और तुम्हीं ने मुझे यहाँ का पता बताया है और विशेष परिस्थितियों में आने की इजाज़त दी है!'

'ल्यूपिन,' बिल बुदबुदाया और भागकर दरवाज़ा खोल दिया।

ल्यूपिन चौखट पर लड़खड़ा गए। उनका चेहरा सफ़ेद था। वे एक यात्री चोगा ओढ़े थे और उनके सफ़ेद होते बाल हवा में बिखर गए थे। वे सीधे खड़े हुए, कमरे में चारों तरफ़ देखकर यह सुनिश्चित किया कि वहाँ कौन-कौन था, फिर ज़ोर से चिल्लाए, 'लड़का हुआ है! हमने उसका नाम टेड रखा है, डोरा के पिता के नाम पर!'

हर्माइनी चीख़ी।

'क्या- ? टौंक्स - टौंक्स को लड़का हुआ है?'

'हाँ, हाँ, उसे लड़का हुआ है!' ल्यूपिन चिल्लाए। टेबल के चारों तरफ़ से ख़ुशी भरी आवाज़ें और राहत की आहें सुनाई देने लगीं। हर्माइनी और फ़्लर दोनों चिल्लाईं, 'बधाइयाँ!' रॉन ने कहा, 'वाह, लड़का!' जैसे उसने ऐसी बात पहले कभी सुनी ही नहीं हो।

'हाँ - हाँ - लड़का,' ल्यूपिन ने दोबारा कहा, जो ख़ुशी से बौराए दिख रहे थे। वे टेबल के चारों तरफ़ भागे और हैरी को गले लगा लिया। ऐसा लग रहा था, जैसे ग्रिमॉल्ड चौक के बेसमेंट में हुआ विवाद कभी हुआ ही न हो।

'तुम उसके गॉडफ़ादर बनोगे?' उन्होंने हैरी को छोड़ते हुए कहा।

'म - मैं?' हैरी हकलाया।

'हाँ, तुम, ज़ाहिर है - डोरा भी तैयार है, तुमसे अच्छा कौन हो सकता है -'

'मैं - हाँ - वाह -'

हैरी को आश्चर्य, ख़ुशी और हैरानी का एहसास हुआ। अब बिल शराब लेने चला गया था और फ़्लर ल्यूपिन को ड्रिंक के लिए रोक रही थी।

'मैं ज़्यादा देर तक नहीं रुक सकता, मुझे वापस लौटना होगा,' ल्यूपिन ने कहा और उन सभी की ओर एक बार फिर मुस्कराकर देखा। ल्यूपिन की उम्र बरसों कम लग रही थी। 'धन्यवाद, धन्यवाद, बिल।'

बिल ने जल्दी ही उन सभी के प्याले भर दिए। सबने खड़े होकर

बच्चे की सेहत के नाम पर जाम उठाए।

'टेडी रीमस ल्यूपिन के नाम,' ल्यूपिन ने कहा, 'जो आगे चलकर एक महान जादूगर बनेगा!'

'वह दिखता कैसा है ?' फ़्लर ने पूछा।

'मुझे लगता है कि वह डोरा जैसा दिखता है, लेकिन उसके ख़्याल से वह मेरे जैसा दिखता है। ज़्यादा बाल नहीं हैं। जब वह पैदा हुआ था, तो उसके बाल काले दिख रहे थे, लेकिन क़सम से एक घंटे में ही उनका रंग लाल हो गया। शायद मेरे लौटने तक वे सुनहरे हो जाएँगे। एंड्रोमीडा कहती है कि टौंक्स के बालों का रंग भी पैदा होते ही बदलने लगा था।' उन्होंने अपना प्याला ख़ाली कर दिया। 'ओह, तो फिर ठीक है, बस एक और,' उन्होंने मुस्कराते हुए कहा, जब बिल इसे दोबारा भरने लगा।

हवा छोटे मकान से टकराती रही। आग की लपटें उछलती रहीं तथा लकड़ियाँ तड़कती रहीं। जल्दी ही बिल शराब की एक और बोतल खोल रहा था। ल्यूपिन की ख़बर सुनकर वे सभी आपे से बाहर हो गए थे। कुछ समय के लिए वे अपनी नज़रबंद हालत से बाहर निकल आए थे। नए जीवन की ख़बर आनंददायक थी। इस जश्न के माहौल का असर सिर्फ़ पिशाच पर ही नहीं पड़ा था और कुछ समय बाद वह छिपकर अपने बेडरूम की तरफ़ चला गया, जिसमें अब वह अकेला रहता था। हैरी ने सोचा कि सिर्फ़ उसी ने यह देखा था, जब तक कि उसने बिल की नज़रों को भी पिशाच के पीछे-पीछे जाते नहीं देखा।

'नहीं ... नहीं ... मुझे अब सचमुच जाना चाहिए,' आख़िरकार ल्यूपिन ने शराब के एक और गिलास से इंकार करते हुए कहा। वे उठकर खड़े हुए और अपना यात्री चोगा दोबारा ओढ़ लिया। 'अलविदा, अलविदा – मैं कुछ दिनों में उसकी तस्वीरें लाने की कोशिश करूँगा – वे सभी यह जानकर बहुत ख़ुश होंगे कि मैं तुमसे मिल लिया हूँ –'

उन्होंने अपना चोगा पहना और विदा ली, महिलाओं को गले लगाया, पुरुषों से हाथ मिलाया और मुस्कराते हुए अँधेरी रात में खो गए।

'गॉडफ़ादर, हैरी!' बिल ने कहा, जब वे एक साथ किचन में गए और टेबल साफ़ करने में मदद करने लगे। 'सचमुच सम्मान की बात है! बधाइयाँ!'

जब हैरी अपने हाथ के ख़ाली प्याले नीचे रख रहा था, तो बिल ने अंदर आते हुए दरवाज़ा बंद कर दिया। इससे बाक़ी लोगों की आवाज़ें

आना बंद हो गईं, जो ल्यूपिन के जाने के बाद भी जश्न मनाए जा रहे थे।

'मैं अकेले में तुमसे बात करना चाहता था, हैरी। जब घर में इतने सारे लोग रह रहे हों, तो मौक़ा मिलना आसान नहीं होता है।'

बिल झिझका।

'हैरी, तुम ग्रिपहुक के साथ कोई योजना बना रहे हो।'

यह एक बात थी, सवाल नहीं, इसलिए हैरी ने इससे इंकार नहीं किया। वह सिर्फ़ बिल की ओर देखता रहा और इंतज़ार करता रहा।

'मैं पिशाचों को जानता हूँ,' बिल ने कहा। 'हॉगवर्ट्स से निकलने के बाद से मैं ग्रिनगॉट में काम करता रहा हूँ। जहाँ तक जादूगरों और पिशाचों के बीच दोस्ती हो सकती है, मेरे पिशाच दोस्त हैं – या, कम से कम, मैं कुछ पिशाचों को अच्छी तरह जानता हूँ।' एक बार फिर बिल झिझका। 'हैरी, तुम ग्रिपहुक से क्या चाहते हो और तुमने बदले में उसे क्या देने का वादा किया है?'

'मैं तुम्हें यह नहीं बता सकता,' हैरी ने कहा। 'माफ़ करना, बिल।'

उनके पीछे किचन का दरवाज़ा खुल गया। फ़्लर कुछ और ख़ाली प्याले अंदर रखने आ रही थी।

'ज़रा ठहरो,' बिल ने उससे कहा। 'बस एक मिनट।'

वह वापस बाहर चली गई और बिल ने दोबारा दरवाज़ा बंद कर दिया।

'मुझे तुमसे यह कहना है,' बिल ने आगे कहा। 'अगर तुमने ग्रिपहुक के साथ किसी तरह का सौदा किया है और ख़ासकर अगर इसमें ख़ज़ाना शामिल है, तो तुम्हें बेहद सावधान रहना चाहिए। स्वामित्व, भुगतान और देनदारी के मामले में पिशाचों के विचार इंसानों जैसे नहीं होते हैं।'

हैरी थोड़ा परेशान हो गया, जैसे उसके भीतर कोई छोटा साँप जाग गया हो।

'तुम्हारा क्या मतलब है?' उसने पूछा।

'हम अलग तरह के प्राणियों के बारे में बात कर रहे हैं,' बिल ने कहा। 'जादूगरों और पिशाचों के बीच सदियों से बहुत सारी घटनाएँ हुई हैं – लेकिन *जादू का इतिहास* पुस्तक में तुम्हें वे सब बातें मिल जाएँगी। ग़लती दोनों तरफ़ से हुई है और मैं कभी यह दावा नहीं करूँगा कि जादूगर बेक़सूर हैं। बहरहाल, कुछ पिशाच ऐसा सोचते हैं, और ग्रिनगॉट में काम

करने वाले पिशाच तो ख़ास तौर पर ऐसा सोचते हैं, कि सोने तथा ख़ज़ाने के मामले में जादूगरों पर भरोसा नहीं किया जा सकता। उनके हिसाब से जादूगर जाति पिशाच स्वामित्व का सम्मान नहीं करती है।'

'मैं सम्मान करता हूँ –' हैरी ने कहना शुरू किया, लेकिन बिल ने अपना सिर हिलाया।

'तुम समझ नहीं रहे हो, हैरी। कोई भी नहीं समझ सकता, जब तक कि वह पिशाचों के साथ न रहा हो। पिशाचों के लिए किसी वस्तु का सही मालिक उसे ख़रीदने वाला नहीं, बल्कि बनाने वाला होता है। इस तरह पिशाचों के हिसाब से उनके द्वारा बनाई सारी चीज़ें उनकी हैं।'

'लेकिन अगर उन्हें ख़रीदा गया हो –'

'– तो वे मानते हैं कि उन्होंने वह चीज़ ख़रीदने वाले को किराए पर दी है। बहरहाल, पिशाचों की बनाई चीज़ें एक पीढ़ी से दूसरी पीढ़ी तक हस्तांतरित होने से उन्हें बहुत चिढ़ होती है। तुमने ग्रिपहुक का चेहरा देखा था, जब मुकुट उसकी आँखों के नीचे था। उसे यह पसंद नहीं आया। शायद वह सोचता है, जैसा उसके जैसे अतिवादी लोग सोचते हैं, कि मूल ख़रीदार के मरने के बाद इसे पिशाचों को लौटा देना चाहिए था। वे मानते हैं कि अगर हम और ज़्यादा धन दिए बिना पिशाचों की बनाई चीज़ें रखते हैं और दूसरी पीढ़ी तक पहुँचाते हैं, तो यह चोरी है।'

हैरी को अब भयंकर एहसास हो रहा था। वह सोच रहा था कि बिल जो कह रहा था, क्या उसने उससे ज़्यादा अंदाज़ा लगा लिया था।

'हैरी, मैं बस इतना कह रहा हूँ,' बिल ने सिटिंग रूम में जाने वाले दरवाज़े पर हाथ रखते हुए कहा, 'कि तुम्हें पिशाचों से वादा करते समय बहुत सावधान रहना चाहिए। ग्रिनगॉट में घुसकर चोरी करना कम ख़तरनाक है, किसी पिशाच से किया गया वादा तोड़ना ज़्यादा ख़तरनाक है!'

'ठीक है,' हैरी ने कहा, जब बिल ने दरवाज़ा खोला। 'हाँ। धन्यवाद। मैं यह बात याद रखूँगा।'

जब वह बिल के पीछे-पीछे बाक़ी लोगों के पास जाने लगा, तो उसके दिमाग़ में एक अजीब विचार आया, जो निश्चित रूप से शराब पीने के कारण आया होगा। वह टेडी ल्यूपिन का उतना ही दुस्साहसी गॉडफ़ादर बनने जा रहा था, जितना कि सिरियस ब्लैक उसका था।

अध्याय छब्बीस

ग्रिनगॉट

उनकी योजनाएँ बन चुकी थीं, उनकी तैयारियाँ पूरी हो चुकी थीं। सबसे छोटे बेडरूम में मैंटलपीस पर काँच की एक छोटी शीशी रखी थी। उसमें एक लंबा, रूखा, काला बाल रखा था (जिसे हर्माइनी ने उस स्वेटर से निकाला था, जो वह मैल्फ़ॉय महल में पहने थी)।

'और तुम उसकी असली छड़ी का इस्तेमाल करोगी,' हैरी ने अखरोट की लकड़ी की छड़ी की तरफ़ इशारा करते हुए कहा, 'मुझे लगता है कि तुम बहुत असली लगोगी।'

छड़ी उठाते समय हर्माइनी डरी-डरी लग रही थी, जैसे यह उसे काट लेगी।

'मैं इस छड़ी से नफ़रत करती हूँ,' वह धीमी आवाज़ में बोली। 'मैं इससे सचमुच नफ़रत करती हूँ। यह बिलकुल ग़लत महसूस होती है। यह मेरे लिए ठीक से काम नहीं करती है ... यह कुछ हद तक *उसकी* तरह है।'

हैरी को बरबस याद आ गया कि जब उसने ब्लैकथॉर्न छड़ी के बारे में कहा था कि यह सही काम नहीं करती है, तो हर्माइनी ने इस बात को मानने से इंकार कर दिया था। उसने ज़ोर देकर कहा था कि वह अभ्यास करता रहे, क्योंकि यह हैरी का वहम था कि यह छड़ी उसकी पुरानी छड़ी जितनी अच्छी तरह काम नहीं कर रही है। बहरहाल, हैरी ने हर्माइनी को उसी की सलाह वापस न लौटाने का फ़ैसला किया। ग्रिनगॉट पर हमला करने के ठीक पहले वाली शाम को उसे दुश्मन बनाना ठीक नहीं था।

'शायद इससे तुम्हें उसकी भूमिका निभाने में मदद मिलेगी,' रॉन ने कहा। 'सोचो तो सही, इस छड़ी ने कितना कुछ किया है!'

'यही तो मैं कह रही हूँ!' हर्माइनी ने कहा। 'यही वह छड़ी है, जिसने नेविल के मम्मी-डैडी और न जाने कितने लोगों को यातना दी है? यही वह छड़ी है, जिसने सिरियस की हत्या की है!'

हैरी ने इसके बारे में नहीं सोचा था। उसने छड़ी को देखा और उसके मन में इसे तोड़ने की क्रूर इच्छा हुई। वह गरुड़द्वार की तलवार से इसके दो टुकड़े करना चाहता था, जो उसके पास की दीवार से टिकी हुई थी।

'मुझे *मेरी* छड़ी की कमी खलती है,' हर्माइनी ने दुखी स्वर में कहा। 'काश मि. ऑलिवैन्डर मेरे लिए भी नई छड़ी बना देते!'

मि. ऑलिवैन्डर ने उसी सुबह लूना के लिए नई छड़ी भेजी थी। लूना इस वक़्त पीछे वाले लॉन में थी और शाम के सूरज में नई छड़ी की क्षमताओं की जाँच कर रही थी। डीन, जिसकी छड़ी धरपकड़ गिरोह ने ले ली थी, थोड़ी निराशा से देख रहा था।

हैरी ने हॉथोर्न छड़ी की तरफ़ देखा, जो कभी ड्रेको मैल्फ़ॉय की थी। उसे यह जानकर हैरानी हुई और ख़ुशी भी कि उसके लिए यह हर्माइनी की पुरानी छड़ी जितनी ही अच्छी तरह काम कर रही थी। ऑलिवैन्डर ने उन्हें छड़ियों की गुप्त कार्यविधि के बारे में जो बताया था, उसे याद करके हैरी ने सोचा कि हर्माइनी की समस्या यह थी कि उसने अखरोट की छड़ी को जीता नहीं था। उसने इसे बेलाट्रिक्स से ख़ुद नहीं छीना था।

बेडरूम का दरवाज़ा खुला और ग्रिपहुक दाख़िल हुआ। हैरी का हाथ अपने आप तलवार की मूठ पर पहुँच गया और उसने इसे अपने क़रीब खींच लिया, लेकिन फ़ौरन ही वह ऐसा करने पर अफ़सोस करने लगा। उसने देखा कि पिशाच ने यह देख लिया था। इस उलझन भरे पल से ध्यान हटाने के लिए वह बोला, 'हम आख़िरी मिनट की तैयारी कर रहे हैं, ग्रिपहुक। हमने बिल और फ़्लर को बता दिया है कि हम कल जा रहे हैं। हमने उनसे यह भी कह दिया है कि वे हमें विदा करने के लिए सुबह न उठें।'

वे इस बात पर दृढ़ थे, क्योंकि जाने से पहले हर्माइनी को बेलाट्रिक्स का भेस बनाना था। बिल और फ़्लर उनके भावी काम के बारे में जितना कम जानें या शक करें, उतना ही अच्छा था। उन्होंने यह भी स्पष्ट कर दिया था कि वे वापस नहीं लौटेंगे। चूँकि पर्किन्स का पुराना टेंट उस रात उनके पास से चला गया था, जब धरपकड़ गिरोह ने उन्हें पकड़ा था, इसलिए बिल ने उन्हें एक और टेंट दे दिया। यह अब उस बैग में पैक हो चुका था, जिसे हर्माइनी ने मोज़े में ठूँसकर धरपकड़ गिरोह से सुरक्षित रखा था। हैरी

यह जानकर काफ़ी प्रभावित हुआ था।

यह तय था कि उन्हें बिल, फ़्लर, लूना और डीन की कमी खलेगी, साथ ही घर के आराम की भी, जिसका आनंद उन्होंने पिछले कुछ हफ़्तों में लिया था। इसके बावजूद हैरी शेल कॉटेज के बंधन से आज़ाद होना चाहता था। वह चोरी-छिपे बात करते-करते और छोटे से अँधेरे बेडरूम में बंद रहते-रहते उकता चुका था। सबसे बढ़कर, वह ग्रिपहुक से छुटकारा पाना चाहता था। लेकिन वे गरुड़द्वार की तलवार दिए बिना उससे कैसे और कब छुटकारा पाएँगे, इस सवाल का अब भी हैरी के पास कोई जवाब नहीं था। वे लोग ऐसा कैसे करेंगे, यह फ़ैसला करना असंभव था, क्योंकि पिशाच हैरी, रॉन और हर्माइनी को एक बार में पाँच मिनट से ज़्यादा समय तक शायद ही कभी अकेला छोड़ता था। रॉन गुर्राया, 'मेरी मम्मी को उससे सीखना चाहिए,' जब पिशाच की लंबी उँगलियाँ दरवाज़ों के कोनों पर बार-बार प्रकट होती रहीं। बिल की चेतावनी को ध्यान में रखते हुए हैरी को शक हुआ कि ग्रिपहुक संभावित धोखेबाज़ी के प्रति सतर्क है। हर्माइनी उसे धोखा देने के इतनी ख़िलाफ़ थी कि हैरी ने उससे कोई सलाह ही नहीं माँगी कि पिशाच को धोखा देने का सबसे अच्छा तरीक़ा क्या हो सकता है। ग्रिपहुक उन्हें बहुत कम अकेला छोड़ता था और एक ऐसे ही दुर्लभ मौक़े पर रॉन ने कहा, 'हमें किसी तरह उससे पिंड छुड़ाना होगा, दोस्त।' वह इससे ज़्यादा अच्छी सलाह नहीं दे पाया।

हैरी को उस रात ठीक से नींद नहीं आई। वह कई घंटों तक जागता रहा और उसने सोचा कि इसी तरह वह जादू मंत्रालय में घुसपैठ करने से पहले वाली रात को जागा था। बहरहाल, उस वक़्त उसके मन में संकल्प, थोड़ा-बहुत रोमांच था, जबकि इस वक़्त तनाव और शंका के झटके लग रहे थे। वह अपने मन से यह डर नहीं निकाल पा रहा था कि सब कुछ गड़बड़ हो जाएगा। वह ख़ुद को बार-बार बताता रहा कि उनकी योजना अच्छी है, कि ग्रिपहुक उनकी राह में आने वाली बाधाओं को बख़ूबी जानता है, कि वे अपने सामने आने वाली मुश्किलों का सामना करने के लिए अच्छी तरह तैयार हैं। बहरहाल, इसके बावजूद वह परेशानी महसूस करने लगा। एक-दो बार उसे रॉन के हिलने की आवाज़ सुनाई दी। उसे यक़ीन था कि वह भी जाग रहा होगा, लेकिन डीन भी उनके ही कमरे में सो रहा था, इसलिए हैरी रॉन से कोई बातचीत नहीं कर पाया।

छह बजने पर उन दोनों ने राहत की साँस ली और अपने स्लीपिंग बैग से बाहर निकले। वे आधे अँधेरे में तैयार हुए, फिर चुपचाप बगीचे में

पहुँच गए, जहाँ हर्माइनी और ग्रिपहुक मिलने वाले थे। सुबह ठंडी थी, लेकिन हवा बहुत कम चल रही थी, क्योंकि मई का महीना था। हैरी ने ऊपर सितारों को देखा, जो अँधेरे आसमान में हल्के-हल्के चमक रहे थे। उसने समुद्र की लहरों के चट्टान से टकराने और पीछे लौटने की आवाज़ सुनी। वह जानता था कि उसे इस आवाज़ की कमी खलेगी।

अब डॉबी की क़ब्र की लाल मिट्टी में छोटी हरी कोंपलें फूट रही थीं। एक साल के भीतर यह टीला फूलों से ढँक जाएगा। जिस सफ़ेद पत्थर पर घरेलू जिन्न का नाम लिखा था, वह अभी से पुराना दिखने लगा था। उसे अब एहसास हुआ कि डॉबी को दफ़नाने के लिए शायद इससे ज़्यादा सुंदर जगह नहीं मिल सकती थी, लेकिन हैरी उसे पीछे छोड़ने की बात सोचकर दुखी हो गया। क़ब्र को देखकर उसने एक बार फिर सोचा कि जिन्न को किसने बताया होगा कि उसे उन्हें बचाने कहाँ आना है। उसकी उँगलियाँ अनजाने में ही अपनी गर्दन में बँधे पाउच पर पहुँच गईं। वह आईने के उस टूटे हुए टुकड़े को महसूस कर सकता था, जिसमें उसने डम्बलडोर की आँख देखी थी। फिर दरवाज़ा खुलने की आवाज़ से वह घूम गया।

लॉन के पार से बेलाट्रिक्स लेस्ट्रेंज धड़धड़ाती हुई उनकी तरफ़ आ रही थी। उसके साथ ग्रिपहुक था। चलते-चलते बेलाट्रिक्स ने अपने छोटे हैंडबैग को पुराने दुशाले की भीतरी जेब में रख लिया, जिसे वे ग्रिमॉल्ड चौक से लाए थे। हालाँकि हैरी बहुत अच्छी तरह जानता था कि यह बेलाट्रिक्स नहीं, हर्माइनी थी, लेकिन फिर भी वह नफ़रत की कँपकँपी को रोक नहीं पाया। वह हैरी से लंबी थी। उसके लंबे, काले बाल पीठ पर लहरा रहे थे। उसकी भारी पलकों वाली आँखें हिक़ारत से भरी थीं, जब वे हैरी पर पड़ीं। फिर हैरी ने हर्माइनी को बेलाट्रिक्स की धीमी आवाज़ में बोलते सुना।

'उसका स्वाद *बहुत बुरा* था, गर्डीरूट से भी ज़्यादा बुरा! **ठीक है,** रॉन, यहाँ आओ, मैं तुम्हारा हुलिया बदल देती हूँ ...'

'ठीक है, लेकिन याद रहे, मुझे ज़्यादा लंबी दाढ़ी पसंद नहीं है -'

'ओह, भगवान के लिए, सुंदर दिखने की परवाह मत करो -'

'वह बात नहीं है, लेकिन यह रास्ते में आ जाती है! मेरी नाक थोड़ी छोटी कर देना। इसे उसी तरह कर दो, जिस तरह पिछली बार किया था।'

हर्माइनी आह भरते हुए काम करने लगी। रॉन के अंगों का रूप बदलते समय वह धीरे-धीरे बुदबुदाने लगी। रॉन को बिलकुल ही नक़ली

हुलिया दिया जा रहा था और उन्हें यक़ीन था कि बेलाट्रिक्स की दुष्ट छवि उसे बचाने का काम कर लेगी। हैरी और ग्रिपहुक अदृश्य चोगे के नीचे छिपने वाले थे।

'यह लो,' हर्माइनी ने कहा, 'वह कैसा दिख रहा है, हैरी?'

बदले हुए हुलिए के बावजूद रॉन कुछ-कुछ पहचान में आ रहा था, लेकिन हैरी को लगा, ऐसा शायद इसलिए है, क्योंकि वह उसे बहुत अच्छी तरह पहचानता था। रॉन के बाल अब लंबे और लहरदार थे। उसकी मोटी, भूरी दाढ़ी-मूँछें थीं। उसके चेहरे पर एक भी चकत्ता नहीं था। छोटी, चौड़ी नाक और भारी भौंहें थीं।

'देखो, यह मेरी पसंद का तो नहीं है, लेकिन चलेगा,' हैरी ने कहा। 'तो फिर चलें?'

उन तीनों ने मुड़कर शेल कॉटेज को देखा, जो धुँधलाते सितारों के नीचे अँधेरे में ख़ामोश था। फिर वे मुड़े और बाउंड्री वाल के पार जाने लगे, ताकि रहस्य रक्षक सम्मोहन के प्रभाव से दूर पहुँचकर अंतर्ध्यान हो सकें। गेट के पार पहुँचने के बाद ग्रिपहुक बोला।

'हैरी पॉटर, मुझे लगता है, अब मुझे चढ़ जाना चाहिए?'

हैरी झुक गया और पिशाच उसकी पीठ पर सवार हो गया। उसने अपने हाथ हैरी के गले के सामने बाँध लिए। वह भारी नहीं था, लेकिन हैरी को पिशाच का स्पर्श नापसंद था, जो उसे बड़ी ताक़त से पकड़े था। हर्माइनी ने अपने बैग में से अदृश्य चोगा निकालकर उन दोनों पर डाल दिया।

'बहुत बढ़िया,' उसने कहा और हैरी के पैरों को देखने के लिए झुकी। 'मुझे कुछ नहीं दिख रहा है। चलो चलते हैं।'

हैरी ग्रिपहुक को कंधों पर बैठाए हुए अपनी जगह पर घूमा और पूरी ताक़त से *रिसती कड़ाही* नामक सराय के बारे में सोचा, जहाँ से छूमंतर गली का रास्ता जाता था। जब वे दमघोंटू अँधेरे में पहुँचे, तो पिशाच ने उसे और कसकर पकड़ लिया। कुछ पल बाद हैरी के पैर फ़ुटपाथ से टकराए। उसने आँखें खोलकर देखा कि वे चेअरिंग क्रॉस रोड पर थे। मगलू सुबह के चिड़चिड़े भाव लेकर तेज़ी से पास से गुज़र रहे थे। उन्हें छोटी सराय की मौजूदगी का एहसास भी नहीं था।

रिसती कड़ाही का बार लगभग पूरा ख़ाली था। झुकी कमर और पोपले मुँह वाला टॉम इस बार का मालिक था और इस वक़्त बार के काउंटर के पीछे गिलास चमका रहा था। दो जादूगर दूर वाले कोने में धीरे-धीरे

बातचीत कर रहे थे। हर्माइनी को देखते ही वे अँधेरे में छिप गए।

'मैडम लेस्ट्रेंज,' टॉम बुदबुदाया और हर्माइनी के पास से गुज़रते समय उसने अपना सिर झुकाया।

'गुड मॉर्निंग,' हर्माइनी ने जवाब दिया। जब हैरी ग्रिपहुक के साथ चोगे के नीचे आगे बढ़ा, तो उसने देखा कि टॉम हर्माइनी के अभिवादन पर हैरान दिख रहा था।

'कुछ ज़्यादा ही विनम्रता दिखा दी,' हैरी हर्माइनी के कान में फुसफुसाया, जब वे सराय से होते हुए पीछे वाले छोटे अहाते में पहुँचे। 'तुम्हें तो लोगों के साथ इस तरह बर्ताव करना चाहिए, जैसे वे कीड़े-मकोड़े हों!'

'ठीक है, ठीक है!'

हर्माइनी ने बेलाट्रिक्स की छड़ी बाहर निकाली और सामने वाली दीवार की एक ईंट ठोंकी। तत्काल ईंटें हिलने और घूमने लगीं। उनके बीच में एक छेद नज़र आने लगा, जो चौड़ा होने लगा। आख़िरकार एक तरह का मेहराबदार दरवाज़ा बन गया, जिससे वे उस पैबंद लगी सँकरी सड़क पर पहुँच सकते थे, जो छूमंतर गली थी।

वहाँ बहुत शांत माहौल था। दुकानें खुलने का समय अभी हुआ ही था और ख़रीदार नज़र नहीं आ रहे थे। घुमावदार, पथरीली सड़क अब काफ़ी बदल चुकी थी। जब हैरी हॉगवर्ट्स में अपने पहले साल के शुरू में यहाँ आया था, तब यहाँ काफ़ी भीड़ रहती थी। अब तो बहुत सी दुकानें बंद हो चुकी थीं, हालाँकि गुप्त कलाओं के प्रति समर्पित कई नई दुकानें खुल गई थीं। कई खिड़कियों के ऊपर चिपके पोस्टरों से हैरी का चेहरा घूर रहा था, जिस पर लिखा था *अवांछित क्रमांक एक।*

दरवाज़े के पास कई फटेहाल लोग बैठे थे। वे गुज़रने वालों से सोने की भीख माँग रहे थे और यह दावा कर रहे थे कि वे सचमुच जादूगर हैं। एक आदमी की आँख पर ख़ून से सनी पट्टी बँधी थी।

जब वे सड़क पर आगे पहुँचे, तो भिखारियों ने हर्माइनी को देखा। वे उसके सामने जैसे पिघल से गए और अपने चेहरे पर नक़ाब खींचकर जितनी तेज़ी से भाग सकते थे, भागने लगे। हर्माइनी ने उनकी तरफ़ हैरानी से देखा, जब तक कि ख़ून से सनी पट्टी वाला व्यक्ति लड़खड़ाता हुआ उसके रास्ते में नहीं आ गया।

'मेरे बच्चे!' वह उसकी तरफ़ उँगली उठाकर गरजा। उसकी आवाज़ तीखी थी और वह बेहाल लग रहा था। 'मेरे बच्चे कहाँ हैं? उसने

उनके साथ क्या किया ? तुम जानती हो, *तुम जानती हो!'*

'मैं – मैं सचमुच –' हर्माइनी हकलाई।

वह आदमी उस पर कूदा और उसके गले की तरफ़ हाथ बढ़ाने लगा। तभी एक धमाका हुआ और लाल रोशनी के विस्फोट के साथ वह पीछे की तरफ़ ज़मीन पर गिरा और बेहोश हो गया। रॉन की छड़ी अब भी तनी हुई थी और उसकी दाढ़ी के पीछे सदमे की झलक दिख रही थी। सड़क के दोनों तरफ़ खिड़कियों पर चेहरे नज़र आ रहे थे, हालाँकि समृद्ध दिख रहे कुछ पास से गुज़रने वालों ने अपने दुशाले समेटे और धीरे-धीरे वहाँ से चल दिए, जैसे उस जगह से दूर जाने के लिए उत्सुक हों।

छूमंतर गली में उनका प्रवेश इससे ज़्यादा नाटकीय नहीं हो सकता था। एक पल के लिए तो हैरी ने सोचा कि इस वक़्त यहाँ से वापस लौट जाना चाहिए, ताकि वे कोई अलग योजना सोच सकें। बहरहाल, इससे पहले कि वे हिल पाएँ या आपस में बात कर पाएँ, उन्हें पीछे से एक चीख़ सुनाई दी।

'अरे, मैडम लेस्ट्रेंज!'

हैरी घूमा और ग्रिपहुक ने हैरी के गले पर अपनी पकड़ मज़बूत कर दी। झबरीले सफ़ेद बालों वाला एक ऊँचा, दुबला जादूगर उनकी ओर डग भरता आ रहा था। उसकी लंबी नाक नुकीली थी।

'यह ट्रैवर्स है,' पिशाच हैरी के कान में फुसफुसाकर बोला, लेकिन उस पल हैरी यह नहीं सोच पाया कि ट्रैवर्स कौन था। हर्माइनी पूरी तरह तनकर खड़ी हुई और जितनी हिक़ारत से बोल सकती थी, बोली, 'और तुम क्या चाहते हो ?'

ट्रैवर्स जहाँ का तहाँ रुक गया। ज़ाहिर है, उसे बुरा लग गया था।

'यह प्राणभक्षी है!' ग्रिपहुक ने कहा और हैरी ने हर्माइनी के कान में यह जानकारी दे दी।

'मैं तो सिर्फ़ तुम्हारा अभिवादन करना चाहता था,' ट्रैवर्स ने ठंडेपन से कहा, 'लेकिन अगर मेरी मौजूदगी से तुम्हें दिक्क़त हो रही हो ...'

हैरी ने अब उसकी आवाज़ पहचान ली। ट्रैवर्स उन प्राणभक्षियों में से एक था, जो ज़ेनोफ़िलियस के मकान में आए थे।

'नहीं, नहीं, बिलकुल नहीं, ट्रैवर्स,' हर्माइनी ने जल्दी से कहा और अपनी ग़लती ढँकने की कोशिश की। 'तुम कैसे हो ?'

'तुम्हें इस तरह बाहर घूमते देखकर मैं हैरान हूँ, बेलाट्रिक्स।'

'सचमुच ? क्यों ?' हर्माइनी ने पूछा।

ट्रैवर्स ने खाँसते हुए कहा, 'देखो, मैंने *सुना था* कि मैल्फ़ॉय महल में रहने वालों को वहीं क़ैद करके रखा गया है, वहाँ से ... वहाँ से ... उसके *भागने* के बाद।'

हैरी प्रार्थना करने लगा कि हर्माइनी अपने दिमाग़ का इस्तेमाल करे। अगर ट्रैवर्स की बात सच थी, तो बेलाट्रिक्स इस तरह सरेआम नहीं घूम सकती थी –

'शैतानी शहंशाह उन लोगों को माफ़ कर देते हैं, जिन्होंने अतीत में उनकी बहुत वफ़ादारी से सेवा की है,' हर्माइनी ने बेलाट्रिक्स के लच्छेदार अंदाज़ की शानदार नक़ल करते हुए कहा। 'ट्रैवर्स, शायद तुम्हारे बारे में उनके विचार उतने अच्छे नहीं होंगे, जितने कि मेरे बारे में हैं।'

हालाँकि प्राणभक्षी आहत दिख रहा था, लेकिन यह सुनकर उसका शक कम हो गया। उसने उस आदमी की तरफ़ देखा, जिसे रॉन ने अभी-अभी स्तब्ध किया था।

'वह तुम्हें क्यों परेशान कर रहा था ?'

हर्माइनी ठंडेपन से बोली, 'इससे कोई फ़र्क़ नहीं पड़ता है। अब वह दोबारा ऐसा नहीं करेगा।'

'इस तरह के छड़ीविहीन लोग काफ़ी मुश्किल खड़ी कर सकते हैं,' ट्रैवर्स ने कहा। 'मुझे उनके भीख माँगने से दिक्क़त नहीं है, लेकिन उनमें से एक ने पिछले सप्ताह मुझसे आग्रह किया कि मैं मंत्रालय में उसके मामले की पैरवी करूँ। वह कहने लगी, *"मैं एक जादूगरनी हूँ, सर, मैं एक जादूगरनी हूँ, मैं आपके सामने साबित करती हूँ!"* ' उसने चिंचियाकर उस जादूगरनी की नक़ल की और फिर आगे अपनी आवाज़ में बोला, 'उसे लग रहा था, जैसे मैं उसे अपनी छड़ी दे दूँगा –,' ट्रैवर्स ने जिज्ञासा से पूछा, 'वैसे तुम इस वक़्त किसकी छड़ी का इस्तेमाल कर रही हो, बेलाट्रिक्स ? मैंने तो सुना था कि तुम्हारी छड़ी –'

'मेरी छड़ी मेरे ही पास है,' हर्माइनी ने ठंडेपन से बेलाट्रिक्स की छड़ी उठाते हुए कहा। 'ट्रैवर्स, मैं नहीं जानती कि तुमने ये अफ़वाहें कहाँ से सुनी हैं, लेकिन तुम्हें बहुत ग़लत जानकारी दी गई है।'

यह सुनकर ट्रैवर्स थोड़ा चौंक गया और रॉन की तरफ़ मुड़ा।

'तुम्हारा दोस्त कौन है ? मैं पहचान नहीं पाया।'

'यह ड्रेगोमिर डेस्पार्ड है,' हर्माइनी ने कहा। उन्होंने यह फ़ैसला किया था कि रॉन को विदेशी बनाना सबसे सुरक्षित रहेगा। 'वह बहुत कम अँग्रेजी बोल पाता है, लेकिन शैतानी शहंशाह के इरादों का क़ायल है। वह ट्रांसिल्वेनिया से हमारा नया प्रशासन देखने आया है।'

'सचमुच ? आप कैसे हैं, ड्रेगोमिर ?'

'आप कैसे ?' रॉन ने हाथ बढ़ाते हुए कहा।

ट्रैवर्स ने अपनी दो उँगलियाँ बढ़ाईं और रॉन से इस तरह हाथ मिलाया, जैसे अपने हाथ गंदे होने का डर हो।

फिर ट्रैवर्स ने पूछा, 'इतनी सुबह-सुबह कौन सी चीज़ तुम्हें और तुम्हारे – आह – क़ायल दोस्त को छूमंतर गली में लाई है ?'

'मुझे ग्रिनगॉट जाना है,' हर्माइनी ने कहा।

'ओह, मुझे भी वहीं जाना है,' ट्रैवर्स बोला। 'सोना, गंदा सोना! हम इसके बिना ज़िंदा नहीं रह सकते। बहरहाल, मुझे लंबी उँगलियों वाले दोस्तों से संबंध बनाने की ज़रूरत पर अफ़सोस अवश्य होता है।'

हैरी को महसूस हुआ कि यह सुनने के बाद ग्रिपहुक के हाथ उसके गले पर और ज़्यादा कस गए।

'तो चलें ?' ट्रैवर्स ने हर्माइनी को आगे बढ़ने का इशारा करते हुए कहा।

हर्माइनी के पास उसके साथ चलने के सिवा और कोई चारा नहीं था। वह घुमावदार सड़क पर उस तरफ़ चल दी, जहाँ ग्रिनगॉट की बर्फ़ सी सफ़ेद इमारत बाक़ी छोटी दुकानों की तुलना में बहुत ऊँची दिख रही थी। रॉन उनके बग़ल में चलने लगा और हैरी तथा ग्रिपहुक पीछे-पीछे चल दिए।

उन्हें यह उम्मीद भी नहीं थी कि ग्रिनगॉट जाते समय एक सतर्क प्राणभक्षी उनके साथ लग जाएगा। और सबसे बुरी बात यह थी कि ट्रैवर्स बेलाट्रिक्स के भेस वाली हर्माइनी की बग़ल में चल रहा था, इसलिए हैरी हर्माइनी या रॉन से कोई बातचीत नहीं कर सकता था। जल्दी ही वे संगमरमर की सीढ़ियों के नीचे पहुँच गए, जो काँसे के बड़े दरवाज़ों की ओर जाती थीं। पहले यहाँ प्रवेश द्वार के दोनों तरफ़ पिशाच यूनिफ़ॉर्म में खड़े रहते थे, लेकिन जैसी कि ग्रिपहुक ने उन्हें पहले ही चेतावनी दे दी थी, अब उनकी जगह पर दो जादूगर खड़े थे, जिनके हाथों में लंबी, पतली सुनहरी

छड़ें थीं।

'आह, वास्तविकता-जाँच छड़ें,' ट्रैवर्स ने नाटकीय अंदाज़ में आह भरी, 'कितनी बचकानी – लेकिन असरदार!'

उसने सीढ़ियों के ऊपर जाकर दोनों जादूगरों को देखकर सिर हिलाया, जिन्होंने सुनहरी छड़ें उठाकर उसके शरीर के दोनों तरफ़ फेरीं। हैरी जानता था कि ये छड़ें छिपे सम्मोहन और जादुई वस्तुओं को पकड़ लेती हैं। हैरी जानता था कि उसके पास सिर्फ़ कुछ सेकंड थे, इसलिए ड्रेको की छड़ी बारी-बारी से दोनों पहरेदारों की ओर करते हुए वह बुदबुदाया, '*चकरघिन्नी।*' ट्रैवर्स का ध्यान इस तरफ़ नहीं गया। वह तो इस वक़्त काँसे के दरवाज़ों के भीतर वाले हॉल की तरफ़ देख रहा था। मंत्र टकराने पर दोनों पहरेदार हल्के से हिले।

सीढ़ियाँ चढ़ते वक़्त हर्माइनी के लंबे, काले बाल उसके पीछे लहराए।

'एक मिनट, मैडम,' पहरेदार ने अपनी छड़ ऊपर उठाते हुए कहा।

'लेकिन तुमने अभी तो जाँच की है!' हर्माइनी ने बेलाट्रिक्स की घमंडी आवाज़ में कहा। ट्रैवर्स ने त्योरियाँ चढ़ाकर देखा। पहरेदार दुविधा में नज़र आने लगा। उसने पतली, सुनहरी छड़ को घूरा और फिर अपने साथी को, जिसने थोड़ी चकराई आवाज़ में कहा, 'हाँ मैरियस, तुमने अभी-अभी इनकी जाँच की है।'

हर्माइनी रॉन के साथ तेज़ी से आगे निकल गई। हैरी और ग्रिपहुक उनके पीछे अदृश्य होकर चल रहे थे। चौखट पार करते वक़्त हैरी ने पीछे मुड़कर देखा। दोनों जादूगर अपने सिर खुजा रहे थे।

दो पिशाच अंदर के चाँदी के उन दरवाज़ों के सामने खड़े थे, जिन पर वह कविता लिखी थी, जो संभावित चोरों को गंभीर प्रतिशोध की चेतावनी देती थी। हैरी ने इसकी तरफ़ देखा और अचानक उसके मन में चाकू जितनी पैनी याद उभर आई। जिस दिन वह ग्यारह साल का हुआ था और उसने अपनी ज़िंदगी का सबसे अद्भुत जन्मदिन मनाया था, उसी दिन ठीक इसी जगह पर हैग्रिड ने उसके पास खड़े होकर कहा था, '*इसे लूटने की कोशिश करना पागलपन होगा।*' उस दिन ग्रिनगॉट उसे बड़ी अलौकिक जगह लगी थी। जादूगरों के इस बैंक में उसका ढेर सारा सोना रखा था, जिसके बारे में उसे पता भी नहीं था कि वह उसका मालिक है। उस दिन वह एक पल के लिए भी यह कल्पना नहीं कर सकता था कि किसी दिन वह

कोई चीज़ चुराने के लिए यहाँ आएगा ... कुछ ही पलों में वे बैंक के संगमरमर के विशाल हॉल में खड़े थे।

लंबे काउंटर पर पिशाच ऊँचे स्टूलों पर बैठकर शुरुआती ग्राहकों की सेवा कर रहे थे। हर्माइनी, रॉन और ट्रैवर्स एक बूढ़े पिशाच की तरफ़ गए, जो चश्मा लगाकर सोने के एक मोटे सिक्के की जाँच कर रहा था। हर्माइनी रॉन को हॉल की ख़ूबियाँ समझाने के बहाने से पीछे रुक गई और ट्रैवर्स को अपने आगे जाने दिया।

पिशाच जिस सिक्के की जाँच कर रहा था, उसे एक तरफ़ रखते हुए ख़ुद से बोला, 'नक़ली है।' फिर उसने ट्रैवर्स का अभिवादन किया, जिसने एक छोटी सुनहरी चाबी दी। पिशाच ने जाँच करने के बाद चाबी लौटा दी।

हर्माइनी ने क़दम आगे बढ़ाए।

'मैडम लेस्ट्रेंज!' पिशाच ने स्पष्ट रूप से हैरान दिखते हुए कहा। 'हे भगवान! मैं आज – आज आपकी क्या मदद कर सकता हूँ ?'

'मैं अपनी तिजोरी में जाना चाहती हूँ ?' हर्माइनी बोली।

बूढ़ा पिशाच थोड़ा बिचक सा गया। हैरी ने चारों तरफ़ देखा। न सिर्फ़ ट्रैवर्स रुककर देखने लगा था, बल्कि कई दूसरे पिशाच भी अपना काम छोड़कर हर्माइनी को घूरने लगे थे।

'आपके पास ... पहचान है ?' पिशाच ने कहा।

हर्माइनी आवेश में बोली, 'पहचान ? मुझसे – मुझसे आज तक कभी पहचान नहीं पूछी गई!'

'वे जानते हैं!' ग्रिपहुक हैरी के कान में बुदबुदाया। *'उन्हें ज़रूर चेतावनी दे दी गई होगी कि कोई बहुरूपिया आ सकता है!'*

'आपकी छड़ी से काम बन जाएगा, मैडम,' पिशाच ने कहा। उसने थोड़ा काँपता हुआ हाथ आगे बढ़ाया। एक भयंकर एहसास के साथ हैरी जान गया कि ग्रिनगॉट के पिशाचों को बेलाट्रिक्स की छड़ी के चोरी होने की बात मालूम है।

'तत्काल क़दम उठाओ, तत्काल क़दम उठाओ,' ग्रिपहुक हैरी के कान में फुसफुसाया, *'सम्मोहन शाप!'*

हैरी ने चोगे के नीचे हॉथोर्न छड़ी उठाकर बूढ़े पिशाच की तरफ़ तानी और ज़िंदगी में पहली बार फुसफुसाया, *'सम्मोहितो!'*

हैरी की बाँह में एक अजीब सी सनसनी फैल गई। एक तरह की

गर्मी, जो उसके दिमाग़ से मांसपेशियों और नसों तक होती हुई छड़ी तक पहुँची। यह गर्मी उस शाप की थी, जो उसने अभी-अभी दिया था।

पिशाच ने बेलाट्रिक्स की छड़ी लेकर उसकी ग़ौर से जाँच की और फिर बोला, 'ओह, आपने नई छड़ी बनवा ली है, मैडम लेस्ट्रेंज!'

'क्या ?' हर्माइनी ने कहा, 'नहीं, नहीं, यह मेरी है –'

'नई छड़ी ?' ट्रैवर्स ने कहा, जो दोबारा काउंटर के पास आ रहा था। अब भी चारों तरफ़ के पिशाच उधर ही देख रहे थे। 'लेकिन तुमने यह कैसे किया ? तुमने किस छड़ीसाज़ से छड़ी बनवाई ?'

हैरी ने बिना सोचे काम कर दिया। अपनी छड़ी ट्रैवर्स की तरफ़ करके वह एक बार फिर बुदबुदाया, *'सम्मोहितो!'*

'ओह हाँ, नई छड़ी,' ट्रैवर्स ने बेलाट्रिक्स की छड़ी को देखते हुए कहा, 'हाँ, बहुत सुंदर। और क्या यह अच्छी तरह काम कर रही है ? मुझे हमेशा लगता है कि नई छड़ियों को साधने में थोड़ा वक़्त लगता है, है ना ?'

हर्माइनी पूरी तरह चकराई हुई दिख रही थी, लेकिन हैरी को बहुत राहत मिली कि उसने बिना कुछ कहे इन अजीब घटनाओं को स्वीकार कर लिया।

काउंटर के पीछे बैठे बूढ़े पिशाच ने ताली बजाई, जिसकी आवाज़ पर एक युवा पिशाच वहाँ आ गया।

'रुनझुन यंत्र लेकर आओ,' उसने युवा पिशाच से कहा, जो भागता हुआ गया और पल भर में चमड़े का बैग लेकर आ गया, जिसे उसने बूढ़े पिशाच को दे दिया। खनखनाता बैग धातु के टुकड़ों से भरा लग रहा था। 'ठीक है, ठीक है! मेरे पीछे आएँ, मैडम लेस्ट्रेंज,' बूढ़े पिशाच ने कहा और अपने स्टूल से उतरकर नज़रों से ओझल हो गया। 'मैं आपको आपकी तिजोरी तक ले चलता हूँ।'

वह काउंटर के सिरे पर प्रकट हुआ। उनकी तरफ़ आते समय वह ख़ुशी से फुदक रहा था। चमड़े के बैग में भरा सामान अब भी खनखन कर रहा था। ट्रैवर्स अब मुँह फाड़े बिलकुल स्थिर खड़ा था। रॉन दुविधा में ट्रैवर्स को देख रहा था, जिससे सबका ध्यान इस अजीब दृश्य की ओर आकर्षित हो रहा था।

'ठहरो – बोग्रोड!'

एक और पिशाच काउंटर के पास से दौड़ता हुआ आया।

'हमें निर्देश दिए गए हैं,' उसने हर्माइनी को झुककर सलाम करते हुए कहा, 'माफ़ कीजिए, मैडम लेस्ट्रेंज, लेकिन लेस्ट्रेंज परिवार की तिजोरी के बारे में विशेष आदेश हैं।'

उसने तत्काल बोग्रोड के कान में फुसफुसाकर कुछ कहा, लेकिन सम्मोहित शाप के अधीन होने के कारण बूढ़े पिशाच ने उसे दूर हटा दिया।

'मुझे निर्देश मालूम हैं। मैडम लेस्ट्रेंज अपनी तिजोरी में जाना चाहती हैं ... बहुत पुराना परिवार है ... पुराने ग्राहक हैं ... कृपया इस तरफ़ आएँ ...'

हॉल से अंदर जाने के कई दरवाज़े थे और वह खनखन करते बैग के साथ जल्दी से उनमें से एक की तरफ़ चल दिया। हैरी ने मुड़कर ट्रैवर्स की तरफ़ देखा, जो सपाट तथा भावहीन चेहरा लिए अब भी उसी जगह पर खड़ा था। उसने फ़ौरन फ़ैसला कर लिया। उसने अपनी छड़ी लहराकर ट्रैवर्स को अपने क़रीब बुलाया, जो आज्ञाकारी कुत्ते की तरह उनके पीछे-पीछे चलने लगा। वे दरवाज़े को पार करके पत्थर के गलियारे में पहुँच गए, जहाँ मशालों की रोशनी हो रही थी।

जैसे ही दरवाज़ा बंद हुआ, हैरी अपना अदृश्य चोगा उतारते हुए बोला, 'हम मुश्किल में हैं। लगता है, उन्हें शक हो गया है।' ग्रिपहुक उसके कंधों से नीचे कूद गया। ट्रैवर्स या बोग्रोड ने हैरी पॉटर के अचानक अपने बीच प्रकट होने पर ज़रा भी हैरानी नहीं दिखाई। जब हर्माइनी और रॉन उनकी भावहीन प्रतिक्रिया से दुविधा में नज़र आए, तो हैरी आगे बोला, 'वे सम्मोहित हैं। वैसे मुझे नहीं लगता है कि मैंने पर्याप्त शक्तिशाली सम्मोहन किया है ...'

उसके दिमाग़ में एक और याद कौंधी। यह याद असली बेलाट्रिक्स लेस्ट्रेंज की थी। जब हैरी ने पहली बार अक्षम्य शाप देने की कोशिश की थी, तो बेलाट्रिक्स ने उससे चीख़ते हुए कहा था : *'उसके लिए सच्ची इच्छा होनी चाहिए, पॉटर!'*

'अब हम क्या करें ?' रॉन ने कहा। 'क्या वापस चलें ? इस समय तो हम वापस लौट सकते हैं।'

'अगर हम लौट सकें,' हर्माइनी ने कहा और मुख्य हॉल में जाने वाले दरवाज़े की तरफ़ देखा, जिसके पीछे जाने क्या हो रहा होगा।

'हम इतनी दूर तक तो आ ही गए हैं। मैं तो कहता हूँ कि आगे चलना चाहिए,' हैरी बोला।

'अच्छी बात है!' ग्रिपहुक ने कहा। 'हमें गाड़ी चलाने के लिए बोग्रोड

की ज़रूरत है। मेरे पास अब इसका अधिकार नहीं है। लेकिन जादूगर के लिए जगह नहीं होगी।'

हैरी ने अपनी छड़ी ट्रैवर्स की तरफ़ तानी।

'सम्मोहितो!'

जादूगर मुड़ा और तेज़ गति से अँधेरे रास्ते पर चल दिया।

'तुम उससे क्या करवा रहे हो?'

'उसे छिपा रहा हूँ,' हैरी ने कहा, जब उसने अपनी छड़ी बोग्रोड की तरफ़ की। बोग्रोड ने फ़ौरन सीटी बजाकर एक छोटी गाड़ी बुलाई, जो अँधेरे में से निकलकर पटरियों पर धड़धड़ाती हुई आ गई। इसमें बैठते समय हैरी को पीछे मुख्य हॉल से चिल्लाने की दबी हुई आवाज़ें सुनाई दीं। वे ठसाठस बैठे थे और बोग्रोड ग्रिपहुक, हैरी, रॉन तथा हर्माइनी के आगे बैठा था।

एक तेज़ झटके के साथ गाड़ी चलने लगी और इसने रफ़्तार पकड़ ली। वे ट्रैवर्स के पास से धड़धड़ाते हुए निकले, जो दीवार की एक दरार में घुस रहा था। फिर गाड़ी भूलभुलैया जैसे गलियारों में घूमती हुई नीचे की तरफ़ चलने लगी। पटरियों पर गाड़ी की खड़खड़ के कारण हैरी को कुछ सुनाई नहीं दे रहा था। उसके बाल पीछे उड़ रहे थे, जब वे छत से लटकते चूने के खंभों के बीच से मुड़कर और गहराई में गए। लेकिन हैरी आगे नहीं, पीछे देख रहा था। हो सकता है, उनका भेद खुल गया हो। उसने इस बारे में जितना सोचा, उसे यह उतना ही ज़्यादा मूर्खतापूर्ण लगा कि वे हर्माइनी को बेलाट्रिक्स के भेस में लाए थे। यही नहीं, वे बेलाट्रिक्स की छड़ी भी लाए थे, जबकि प्राणभक्षी जानते थे कि यह चोरी हो चुकी है -

ग्रिनगॉट में पहली बार आने पर हैरी जितनी गहराई में गया था, इस बार उससे भी ज़्यादा गहराई में पहुँच गया। गाड़ी तेज़ी से एक अंधे मोड़ पर मुड़ी और उनके ठीक सामने पटरियों पर एक जलप्रपात दिखने लगा। हैरी को ग्रिपहुक के चिल्लाने की आवाज़ आई, 'नहीं!' लेकिन गाड़ी में ब्रेक नहीं थे। वे ऊपर से गिरती पानी की धारा में से होते हुए पार निकल गए। हैरी की आँखों और मुँह में पानी भर गया। वह देख नहीं सकता था और साँस भी नहीं ले सकता था। फिर एक ज़ोरदार झटके के साथ गाड़ी लुढ़क गई और वे सभी इसमें से गिर गए। गलियारे की दीवार से टकराकर गाड़ी टुकड़े-टुकड़े हो गई, जिसकी आवाज़ हैरी को साफ़ सुनाई दी। उसे हर्माइनी के चिल्लाने की आवाज़ भी सुनाई दी। वह हल्का होकर

ज़मीन की ओर उड़ने लगा और चट्टानी गलियारे के फ़र्श पर बिना दर्द के गिर गया।

'ग – गद्दीदार सम्मोहन,' हर्माइनी ने थूक उड़ाते हुए कहा, जब रॉन ने हर्माइनी को उसके पैरों पर खड़ा किया। लेकिन हैरी यह देखकर दहशत में आ गया कि अब हर्माइनी बेलाट्रिक्स के भेस में नहीं थी। इसके बजाय वह ज़रूरत से ज़्यादा बड़े दुशालों में बिलकुल गीली थी और अपने असली रूप में आ गई थी। रॉन के बाल एक बार फिर लाल हो गए थे और उसकी दाढ़ी चली गई थी। जब उन दोनों ने एक-दूसरे को देखा और अपने चेहरों पर हाथ फेरे, तो उन्हें भी इस बात का एहसास हो गया।

'चोर का पतन!' ग्रिपहुक ने खड़े होते हुए कहा और मुड़कर पटरियों पर गिरते जलप्रपात को देखा। हैरी अब समझ गया था कि यह सिर्फ़ पानी ही नहीं था। 'यह प्रपात सारे सम्मोहन, सारे जादुई छिपाव को धो डालता है! वे जानते हैं कि ग्रिनगॉट में बहुरूपिए घुस आए हैं। उन्होंने हमारे ख़िलाफ़ सुरक्षात्मक इंतज़ाम सक्रिय कर दिए हैं!'

हर्माइनी टटोलकर देखने लगी कि क्या उसके पास अब भी उसका बैग है। हैरी ने भी जल्दी से अपनी जैकेट में हाथ डालकर देखा कि कहीं उसका अदृश्य चोगा तो ग़ायब नहीं हो गया है। फिर उसने मुड़कर देखा कि बोग्रोड हैरानी में अपना सिर हिला रहा है : चोर के पतन ने सम्मोहन शाप को भी ख़त्म कर दिया था।

'हमें उसकी ज़रूरत है,' ग्रिपहुक ने कहा, 'हम ग्रिनगॉट के पिशाच के बिना तिजोरी में नहीं घुस सकते। और हमें रुनझुन यंत्र की भी ज़रूरत है!'

'सम्मोहितो!' हैरी ने एक बार फिर कहा। उसकी आवाज़ पत्थर के गलियारे में गूँजी, जब उसने दिमाग़ से छड़ी तक प्रवाहित होते नियंत्रण के एहसास को दोबारा महसूस किया। बोग्रोड एक बार फिर उसकी इच्छा के अनुरूप काम करने लगा। उसके चेहरे का हैरानी का भाव विनम्र उदासीनता में बदल गया। रॉन धातु के औज़ारों के थैले को उठाने के लिए लपका।

'हैरी, मुझे लगता है कि लोगों के आने की आवाज़ें आ रही हैं!' हर्माइनी बोली और बेलाट्रिक्स की छड़ी जलप्रपात की तरफ़ तानकर चिल्लाई, *'रक्षाकवच!'* कवच सम्मोहन उड़ता हुआ गया और जादुई पानी के प्रवाह को तोड़ता हुआ निकल गया।

'अच्छा सोचा,' हैरी ने कहा, 'आगे चलकर रास्ता बताओ, ग्रिपहुक!'

'हम बाहर कैसे निकलेंगे?' रॉन ने पूछा, जब वे पिशाच के पीछे

अँधेरे में तेज़ी से चले। बोग्रोड किसी वफ़ादार कुत्ते की तरह उनके साथ हाँफता हुआ चल रहा था।

'उस बारे में हम वक़्त आने पर चिंता करेंगे,' हैरी ने कहा। वह सुनने की कोशिश कर रहा था। उसे पास में किसी चीज़ के हिलने और टकराने की आवाज़ आ रही थी। 'ग्रिपहुक, और कितनी दूर है?'

'ज़्यादा दूर नहीं है, हैरी पॉटर, ज़्यादा दूर नहीं है ...'

एक मोड़ मुड़ते ही उन्हें वह चीज़ दिख गई, जिसके लिए हैरी तैयार था, लेकिन इसके बावजूद वे सभी रुक गए।

उनके सामने एक दैत्याकार ड्रैगन ज़मीन से बँधा हुआ था। वह वहाँ की चार-पाँच सबसे गहरी तिजोरियों का रास्ता रोके था। ज़मीन के नीचे लंबे समय तक रहने के कारण उसकी चमड़ी पीली और पपड़ीदार हो गई थी। उसकी आँखें दूधिया गुलाबी थीं। दोनों पिछले पैर भारी ज़ंजीरों से चट्टानी फ़र्श पर गहरे गड़े विशाल खूँटों से बँधे थे। उसके विशाल, नुकीले पंख इसके शरीर के क़रीब थे। अगर वह अपने पंख फैलाता, तो पूरा कमरा भर जाता। उनकी तरफ़ अपना बदसूरत सिर उठाकर ड्रैगन गरजा, जिससे चट्टान काँपने लगी। उसने अपना मुँह खोलकर आग उगली, जिससे वे सभी गलियारे में पीछे भागने लगे।

'यह थोड़ा अंधा है,' ग्रिपहुक ने हाँफते हुए कहा, 'लेकिन इस कारण ज़्यादा दुष्ट है। बहरहाल, हमारे पास इसे क़ाबू में करने का उपाय है। इसे पता है कि रुनझुन यंत्र की आवाज़ सुनने पर इसे क्या करना चाहिए। बैग मुझे दो।'

रॉन ने बैग ग्रिपहुक को दे दिया और पिशाच ने उसमें से धातु के कुछ छोटे औज़ार बाहर निकाले। उन औज़ारों को हिलाने पर ऐसी तेज़ आवाज़ हुई, जैसे लोहे की किसी चीज़ पर छोटे हथौड़े मारे जा रहे हों। ग्रिपहुक ने उन्हें आगे बढ़ाया : बोग्रोड ने औज़ारों को विनम्रता से ले लिया।

'तुम जानते हो, क्या करना है,' ग्रिपहुक ने हैरी, रॉन और हर्माइनी से कहा। 'इस आवाज़ को सुनते ही वह यातना की उम्मीद करेगा और पीछे हट जाएगा। उसी समय बोग्रोड को अपनी हथेली तिजोरी के दरवाज़े पर रखनी होगी।'

वे रुनझुन यंत्र हिलाते हुए दोबारा मोड़ मुड़े। चट्टानी दीवारों में यह शोर कई गुना बढ़कर गूँजा, जिससे हैरी की खोपड़ी काँपने लगी। ड्रैगन भर्राए अंदाज़ में गरजा और फ़ौरन पीछे हट गया। वह काँप रहा था।

ज़्यादा क़रीब जाने पर हैरी ने देखा कि ड्रैगन के चेहरे पर कई बुरे घाव थे। उसने अंदाज़ा लगा लिया कि रुनझुन यंत्र की आवाज़ पर ड्रैगन को गर्म तलवारों से दाग़ा जाता होगा, इसलिए वह उस आवाज़ से डरने लगा था।

'बोग्रोड से दरवाज़े पर हथेली रखवाओ!' ग्रिपहुक ने हैरी से आग्रह किया, जिसने अपनी छड़ी एक बार फिर बोग्रोड की तरफ़ की। बूढ़े पिशाच ने आदेश मानते हुए अपनी हथेली लकड़ी पर रख दी। तिजोरी का दरवाज़ा पिघल गया और सामने एक गुफा जैसी जगह दिखने लगी। अंदर बहुत सारा सामान ठसाठस भरा था। फ़र्श से छत तक सोने के सिक्के और प्याले, चाँदी के रक्षाकवच, विचित्र प्राणियों की खालें (जिनमें से कुछ के लंबे काँटे थे, कुछ के झुके हुए पंख थे), रत्न जड़े पात्रों में काढ़े और मुकुट पहने खोपड़ी रखी थी।

जब वे सभी तेज़ी से तिजोरी के भीतर घुसे, तो हैरी बोला, 'खोजो, जल्दी!'

उसने रॉन और हर्माइनी को मेहनतकश के कप का वर्णन बता दिया था, लेकिन अगर इस तिजोरी में कोई अनजान होरक्रक्स हुआ, तो उसे नहीं मालूम था कि वह कैसा दिखता होगा। बहरहाल, उसे चारों तरफ़ नज़रें दौड़ाने का समय ही नहीं मिला। पीछे से एक दबी हुई आवाज़ आई। दरवाज़ा दोबारा प्रकट हो गया था और वे तिजोरी के भीतर बंद हो गए थे। वे घुप्प अँधेरे में खड़े थे।

रॉन हैरानी से चिल्लाया, लेकिन ग्रिपहुक बोला, 'कोई बात नहीं, बोग्रोड हमें बाहर निकाल देगा! क्या तुम लोग अपनी छड़ियों से रोशनी नहीं कर सकते? जल्दी करो, हमारे पास वक़्त बहुत कम है!'

'प्रकाशित भव!'

हैरी ने अपनी छड़ी की नोक पर रोशनी करके तिजोरी में चारों तरफ़ देखा। उसे चमकते रत्न दिखे। उसे गरुड़द्वार की नक़ली तलवार ज़ंजीरों के बीच एक ऊँची अलमारी पर रखी दिखी। रॉन और हर्माइनी ने भी अपनी छड़ियाँ रोशन कर ली थीं। अब वे अपने आस-पास की चीज़ों के ढेरों को देख रहे थे।

'हैरी, क्या यह हो - ? ओह!'

हर्माइनी दर्द से चिल्लाई और हैरी ने समय रहते अपनी छड़ी उसकी ओर घुमाई। रत्नों वाला एक प्याला हर्माइनी की पकड़ से छूट गया था। गिरते ही यह कई प्यालों में बदल गया और प्यालों की बरसात करने लगा।

एक पल बाद ज़ोरदार खड़खड़ के साथ फ़र्श पर उसी जैसे प्याले हर दिशा में लुढ़कने लगे, जिससे असली प्याले को खोजना असंभव हो गया।

'इसने मुझे जला दिया!' हर्माइनी ने कराहते हुए कहा और अपनी जली हुई उँगलियाँ चूसीं।

'उन्होंने बहुलो और ज्वलंत शापों को मिला दिया है!' ग्रिपहुक ने कहा। 'तुम जिस भी चीज़ को छुओगे, वह जलने लगेगी और कई गुना होने लगेगी, लेकिन नक़ली सामान बेकार है - और अगर तुम उस क़ीमती चीज़ को पकड़े रहोगे, तो अंततः चीज़ों के वज़न से दबकर मर जाओगे!'

'ठीक है, कुछ मत छूना!' हैरी ने हताशा में कहा, लेकिन उसकी बात पूरी हुई ही थी कि संयोग से रॉन का पैर एक गिरे प्याले से टकरा गया, जिससे बीस और प्याले गिरने लगे। रॉन उसी जगह पर फुदकने लगा, क्योंकि गर्म धातु के कारण उसके जूते का सामने वाला हिस्सा जलने लगा था।

'स्थिर खड़े रहना, हिलना मत!' हर्माइनी ने रॉन को पकड़ते हुए कहा।

'बस चारों तरफ़ देखो!' हैरी बोला। 'याद रखो, कप छोटा और सुनहरा है, इस पर एक बिज्जू उकेरा गया है, दो हैंडल हैं - अगर वह न दिखे, तो किसी चीज़ पर चील बनी होगी, जो चीलघात का प्रतीक है -'

उन्होंने अपनी छड़ियाँ हर कोने और दरार की तरफ़ घुमाईं और उसी जगह पर सावधानी से घूमे। इतनी छोटी जगह पर किसी चीज़ को छुए बिना इधर-उधर घूमना असंभव था। हैरी ने ज़मीन पर बहुत से नक़ली गैलियनों की बौछार कर दी, जो प्यालों के ऊपर पहुँच गए। अब पैर रखने की भी जगह नहीं बची थी। चमचमाता सोना दहक रहा था, इसलिए तिजोरी अँगीठी की तरह तप रही थी। हैरी की छड़ी की रोशनी कवचों और पिशाचों के बनाए शिरस्त्राणों पर से गुज़री, जो छत तक ऊँची अलमारियों पर रखे थे। उसने रोशनी और ज़्यादा ऊपर की, जब तक कि उसे वह चीज़ नहीं दिख गई, जिससे उसका दिल धक्क रह गया और हाथ काँपने लगा।

'यह वहाँ है, वहाँ ऊपर!'

रॉन और हर्माइनी ने भी अपनी छड़ियाँ उसी तरफ़ कर दीं। छोटा सुनहरा कप तीन तरफ़ से आती रोशनी में चमकने लगा : वह कप जो कभी माया मेहनतकश का था, जो हेपज़िबा स्मिथ को विरासत में मिला था और जिससे उसे टॉम रिडल ने चुरा लिया था।

रॉन ने पूछा, 'हम बिना किसी चीज़ को छुए वहाँ तक पहुँचेंगे कैसे ?'

'आगमनो कप!' हर्माइनी चिल्लाई, जो अपनी हताशा में वह बात भूल गई थी, जो ग्रिपहुक ने योजना बनाते समय उन्हें बताई थी।

'कोई फ़ायदा नहीं होगा, कोई फ़ायदा नहीं होगा!' पिशाच गुर्राया।

'तो फिर क्या करें ?' हैरी ने ग़ुस्से से पिशाच से पूछा। 'ग्रिपहुक, अगर तुम तलवार चाहते हो, तो तुम्हें हमारी मदद करनी चाहिए - ज़रा ठहरो! क्या मैं उसे तलवार से छू सकता हूँ ? हर्माइनी, तलवार तो देना!'

हर्माइनी ने अपने दुशाले में हाथ डालकर बैग बाहर निकाला। कुछ पल तक टटोलने के बाद उसने चमकती तलवार निकाली। हैरी ने इसकी माणिकदार मूठ को पकड़ा और इसकी नोक पास की चाँदी की सुराही से छुआई। सुराही कई गुना नहीं हुई।

'काश मैं तलवार को हैंडल में डाल सकूँ - लेकिन मैं इतनी ऊपर पहुँचूँगा कैसे ?'

जिस अलमारी पर कप रखा था, वह उनमें से किसी की भी पहुँच से दूर थी - सबसे लंबे रॉन की भी। जादुई ख़ज़ाने से गर्मी की लपटें उठ रही थीं। हैरी के चेहरे और पीठ पर पसीना बह रहा था, लेकिन उसका पूरा ध्यान कप तक पहुँचने की तरकीब सोचने पर केंद्रित था। तभी उसे तिजोरी के दरवाज़े के दूसरी तरफ़ ड्रैगन के दहाड़ने की आवाज़ सुनाई दी। रुनझुन यंत्र की आवाज़ भी लगातार तेज़ होती जा रही थी।

अब वे सचमुच फँस चुके थे। दरवाज़े के अलावा बाहर निकलने का और कोई रास्ता नहीं था और उधर पिशाचों का झुंड आ रहा था। हैरी ने रॉन और हर्माइनी की तरफ़ देखा। उनके चेहरे पर दहशत थी।

'हर्माइनी,' हैरी ने कहा, जब रुनझुन यंत्र की आवाज़ ज़्यादा तेज़ हो गई, 'मुझे वहाँ ऊपर पहुँचना होगा, हमें इसे नष्ट करना होगा -'

हर्माइनी ने अपनी छड़ी उठाकर हैरी की तरफ़ तानी और फुसफुसाई, *'ऊर्ध्वगामी।'*

हवा में घुटनों से ऊपर उठते समय हैरी सूट ऑफ़ आर्मर से टकराया और इसके कई गर्म संस्करण प्रकट हो गए, जिससे ठसाठस भरी जगह पहले से ज़्यादा भर गई। दर्द भरी चीख़ों के साथ रॉन, हर्माइनी और दोनों पिशाच कई चीज़ों से टकरा गए। वे चीज़ें भी कई गुना होने लगीं। अब वे गर्म ख़ज़ाने में आधे दफ़न हो चुके थे। वे जूझे और चिल्लाए, जब हैरी ने

तलवार मेहनतकश के कप के हैंडल में घुसाई और उसे धार पर जमा लिया।

'अप्रभावितो!' हर्माइनी गर्म धातु से अपनी, रॉन और पिशाचों की रक्षा करने की कोशिश में चीख़ी।

फिर सबसे बुरी चीख़ आई। हैरी ने नीचे देखा। रॉन और हर्माइनी ख़ज़ाने में कमर तक धँसे थे और बोग्रोड को ऊपर उठते ख़ज़ाने में धँसने से रोक रहे थे, लेकिन ग्रिपहुक ओझल हो चुका था और सिर्फ़ उसकी लंबी उँगलियाँ ही नज़र आ रही थीं।

हैरी ने ग्रिपहुक की उँगलियों को पकड़कर खींचा। जला हुआ पिशाच विलाप करता हुआ धीरे-धीरे ऊपर आया।

'अधोगामी!' हैरी चिल्लाया। एक झटके के साथ वह और ग्रिपहुक उफनते ख़ज़ाने की सतह पर आ गए और हैरी के हाथ से तलवार छूट गई।

'इसे पकड़ो!' हैरी गर्म धातु से चमड़ी जलने के दर्द के बावजूद चिल्लाया। जलती हुई वस्तुओं से बचने के लिए ग्रिपहुक फिर उसके कंधों पर सवार हो गया। हैरी ने कहा, 'तलवार कहाँ है ? इस पर कप था!'

दरवाज़े की दूसरी तरफ़ रुनझुन यंत्र की आवाज़ अब कानफोड़ू हो चुकी थी – बहुत देर हो चुकी थी –

'वहाँ!'

ग्रिपहुक ने इसे देख लिया और फ़ौरन इसकी तरफ़ छलाँग लगा दी। उसी पल हैरी समझ गया कि पिशाच को कभी यह उम्मीद नहीं थी कि वे अपना वादा निभाएँगे। सोने की गर्म वस्तुओं के बीच गिरने से बचने के लिए ग्रिपहुक ने एक हाथ से हैरी के बाल कसकर पकड़ लिए और दूसरे हाथ से तलवार की मूठ पकड़कर उसे हैरी की पहुँच से दूर ऊपर उठा लिया।

तलवार के हैंडल पर टिका छोटा सुनहरा कप हवा में उड़ने लगा। हालाँकि पिशाच अब भी हैरी पर सवार था, लेकिन इसके बावजूद हैरी ने गोता लगाकर कप को पकड़ लिया। हालाँकि कप के कारण उसकी चमड़ी जल रही थी, लेकिन उसने कप को नहीं छोड़ा, तब भी नहीं, जब मेहनतकश के अनगिनत कप उसकी मुट्ठी से निकले और उसके शरीर पर गिरने लगे। तभी तिजोरी का दरवाज़ा एक बार फिर खुल गया। उसने ख़ुद को तपते सोने और चाँदी पर फिसलता हुआ पाया। फिसलते हुए वह, रॉन और हर्माइनी बाहर के रास्ते तक पहुँच गए।

उसके शरीर पर छाले और फोड़े हो चुके थे। उसे भयंकर दर्द हो रहा था। बहरहाल, हैरी को इस बात की परवाह नहीं थी। अब भी कई गुना होते ख़ज़ाने की बाढ़ में बहते हुए हैरी ने कप को अपनी जेब में रखा और तलवार को लेने के लिए हाथ बढ़ाया, लेकिन ग्रिपहुक जा चुका था। पहला मौक़ा मिलते ही वह हैरी के कंधों से फिसला और तलवार लहराता हुआ पास खड़े पिशाचों के बीच भागा। वह चिल्लाता जा रहा था, 'चोर! चोर! मदद करो! चोर!' वह सामने से आती भीड़ में ग़ुम हो गया, जो सभी खंजर थामे थे और जिन्होंने कोई सवाल किए बिना उसकी बात पर विश्वास कर लिया था।

गर्म धातु पर फिसलता हैरी बड़ी मुश्किल से अपने पैरों पर खड़ा हुआ। वह जानता था कि बचने का इकलौता रास्ता संघर्ष करना है।

'स्तब्धो!' वह गरजा। रॉन और हर्माइनी ने भी ऐसा ही किया। लाल रोशनी की लपटें पिशाचों की भीड़ की तरफ़ उड़ीं। कुछ पिशाच लुढ़क गए, लेकिन बाक़ी आगे बढ़ते रहे। हैरी ने देखा कि मोड़ पर कई जादूगर पहरेदार भी आ रहे थे।

बँधा ड्रैगन गरजा और पिशाचों की तरफ़ आग उगलने लगा। जादूगर पहरेदार जिस रास्ते से आए थे, उसी रास्ते वापस भाग गए। अचानक हैरी के मन में एक प्रेरणा या पागलपन भरा विचार आया। उसने अपनी छड़ी उन मोटी ज़ंजीरों की तरफ़ की, जिनसे वह जानवर फ़र्श में गड़े खूँटों से बँधा था। हैरी ज़ोर से चिल्लाया, *'विभक्तो!'*

ज़ंजीरें तेज़ धमाके के साथ टूट गईं।

'इस तरफ़!' हैरी चिल्लाया और आने वाले पिशाचों पर स्तब्धीकरण मंत्र मारते हुए अंधे ड्रैगन की तरफ़ भागा।

'हैरी – हैरी – तुम क्या कर रहे हो?' हर्माइनी चिल्लाई।

'ऊपर आओ, ऊपर चढ़ जाओ, जल्दी –'

ड्रैगन को यह एहसास ही नहीं हुआ था कि अब वह आज़ाद है। हैरी उसकी पीठ पर चढ़ गया। ड्रैगन की खाल लोहे जितनी सख़्त थी। उसे तो हैरी का वज़न महसूस भी नहीं हुआ होगा। हैरी ने एक हाथ आगे बढ़ाकर हर्माइनी को भी ऊपर खींच लिया। रॉन भी उनके पीछे चढ़ गया और इसके पल भर बाद ड्रैगन को एहसास हुआ कि अब वह आज़ाद हो चुका है।

तेज़ी से गरजते हुए ड्रैगन झुका। हैरी ने अपने घुटने सटा लिए और तेज़ी से जकड़ लिए, जब पंख खुले और चीख़ते पिशाचों को कीड़े-मकोड़ों

की तरह तितर-बितर करते हुए ड्रैगन हवा में उड़ने लगा। हैरी, रॉन और हर्माइनी इसकी पीठ पर पूरी तरह झुके थे, लेकिन उनके शरीर के ऊपरी हिस्से छत से टकरा रहे थे। जब ड्रैगन गलियारे की तरफ़ बढ़ा, तो पिशाच खंजर फेंकने लगे, लेकिन वे उसकी खाल से टकराकर गिर गए।

'हम कभी बाहर नहीं निकल पाएँगे, इसका शरीर बहुत बड़ा है!' हर्माइनी चीख़ी, लेकिन ड्रैगन ने अपना मुँह खोलकर आग उगली। सुरंग में विस्फोट हो गया, जिससे छत और फ़र्श तड़ककर टूट गए। सिर्फ़ अपनी ताक़त के दम पर ड्रैगन रास्ता बना रहा था। हैरी की आँखें गर्मी और धूल के कारण कसकर बंद थीं। चट्टान के तड़कने और ड्रैगन के गरजने की आवाज़ों के कारण उसके कान के पर्दे फटे जा रहे थे। वह तो उसकी पीठ कसकर पकड़े था और किसी भी पल गिरने की उम्मीद कर रहा था। तभी उसने हर्माइनी को चिल्लाते सुना, *'विस्तारितो!'*

हर्माइनी गलियारे के रास्ते को बड़ा करने में ड्रैगन की मदद कर रही थी। वह छत को चौड़ा कर रही थी, जब ड्रैगन चीख़ते और रुनझुन यंत्र बजाते पिशाचों से दूर ऊपर की तरफ़, ताज़ी हवा की तरफ़ उड़ने लगा। हैरी और रॉन ने हर्माइनी की नक़ल करके वही मंत्र दोहराया। मंत्रों से छत में विस्फोट हो गया। भूमिगत जलप्रपात पार करने पर गुर्राते भीमकाय जानवर को आज़ादी का पूरा एहसास हो गया। ड्रैगन की काँटेदार पूँछ पीछे लहरा रही थी। बड़ी-बड़ी चट्टानों के साथ ही छत से लटकते चूने के खंभे भी टूट गए थे। पिशाचों के रुनझुन यंत्र की आवाज़ अब काफ़ी धीमी हो गई थी, जबकि ड्रैगन की आग के कारण आगे उनका रास्ता साफ़ नज़र आ रहा था –

आख़िरकार, उनके मंत्रों और ड्रैगन की अमानवीय शक्ति की बदौलत वे गलियारे से विस्फोट करते हुए संगमरमर के हॉल में पहुँच गए। वहाँ मौजूद जादूगर और पिशाच चिल्लाकर सुरक्षित जगह पर भागे। अंततः ड्रैगन को अपने पंख फैलाने की जगह मिल गई। उसने अपना सींगदार सिर बाहर की ठंडी हवा की ओर किया, जिसकी ख़ुशबू उसे दरवाज़े के पार से आ रही थी। पीठ पर सवार हैरी, रॉन और हर्माइनी के साथ वह उड़ने लगा। ड्रैगन ने ज़ोरदार टक्कर मारकर धातु के दरवाज़ों को पार किया। छूमंतर गली में पहुँचकर ऊपर उड़ते समय हैरी ने देखा कि पीछे धातु के दरवाज़े अपनी चूलों पर झूल रहे थे।

अध्याय सत्ताईस

छिपने की आख़िरी जगह

दिशा बदलने का कोई उपाय नहीं था। ड्रैगन यह नहीं देख सकता था कि वह कहाँ जा रहा है। हैरी जानता था कि अगर ड्रैगन तेज़ी से मुड़ा या बीच हवा में गुलाँटियाँ खाने लगा, तो उसकी चौड़ी पीठ से चिपके रहना असंभव होगा। बहरहाल, जब वे ऊँचे और ऊँचे उड़ने लगे, तो नीचे लंदन किसी भूरे और हरे नक़्शे जैसा दिखने लगा। हैरी के मन में इस समय कृतज्ञता भरी थी, क्योंकि उस जगह से सही-सलामत निकलना असंभव लग रहा था। ड्रैगन की गर्दन पर नीचे झुककर वह इसकी सख़्त खाल को कसकर जकड़े रहा। ठंडी हवा से हैरी की जली और फफोलों से भरी चमड़ी को राहत मिल रही थी। ड्रैगन के पंख पवनचक्की के पंखों की तरह हवा काट रहे थे। पीछे रॉन अनाप-शनाप बके जा रहा था और हर्माइनी सुबक रही थी। हैरी नहीं जानता था कि वे ख़ुशी के कारण ऐसा कर रहे थे या डर के कारण।

पाँच मिनट बाद हैरी का यह डर थोड़ा कम हुआ कि ड्रैगन उन्हें फेंक देगा, क्योंकि ड्रैगन का इरादा तो सिर्फ़ यह लगता था कि वह अपनी भूमिगत जेल से ज़्यादा से ज़्यादा दूर पहुँच जाए। बहरहाल, हैरी के मन में अब भी यह डरावना सवाल था कि वे ज़मीन पर कैसे और कब उतरेंगे। उसे ज़रा भी अंदाज़ा नहीं था कि ड्रैगन बिना रुके कितनी दूर तक उड़ सकते हैं। उसे यह भी पता नहीं था कि यह ख़ास ड्रैगन, जिसे बहुत कम दिखाई देता था, नीचे उतरने की अच्छी जगह कैसे खोजेगा। वह लगातार चारों तरफ़ देखता रहा और कल्पना करता रहा कि उसके निशान में दर्द हो रहा है ...

वोल्डेमॉर्ट को कितनी देर बाद पता चलेगा कि वे लेस्ट्रेंज परिवार

की तिजोरी में घुस गए थे? ग्रिनगॉट के पिशाच कितनी जल्दी बेलाट्रिक्स को यह जानकारी देंगे? उन्हें कितनी जल्दी एहसास होगा कि वे लोग क्या ले गए हैं? और फिर, उन्हें कब पता चलेगा कि सुनहरा कप ग़ायब है? आख़िरकार वोल्डेमॉर्ट को पता चल जाएगा कि वे होरक्रक्स खोज रहे हैं ...

लगता था, ड्रैगन ज़्यादा ठंडी और ताज़ी हवा चाहता था। वह लगातार ऊँचा उड़ता रहा, जब तक कि वे ठंडे बादलों के बीच नहीं उड़ने लगे। हैरी को अब लंदन के अंदर और बाहर जाती कारों के छोटे रंगीन बिंदु नहीं दिख रहे थे। वे आगे और आगे उड़ते रहे। वे गाँवों के ऊपर से उड़े, जो हरे और भूरे टुकड़ों जैसे दिख रहे थे। वे सड़कों और नदियों के ऊपर से उड़े, जो काली लकीरों और काँच के फीतों की तरह नज़र आ रही थीं।

जब वे उत्तर दिशा में और आगे बढ़ने लगे, तो रॉन चिल्लाया, 'तुम्हें क्या लगता है, यह किसकी तलाश कर रहा है?'

'क्या पता,' हैरी गरजा। उसके हाथ ठंड के मारे सुन्न हो चुके थे, लेकिन वह उन्हें हिलाने का जोखिम नहीं ले सकता था। वह कुछ समय से सोच रहा था कि अगर ड्रैगन समुद्र की तरफ़ गया और उन्हें किनारा दिखा, तो वे क्या करेंगे। उसका पूरा शरीर ठंडा और सुन्न था। वह बहुत भूखा और प्यासा भी था। फिर उसके मन में विचार आया कि इस जानवर ने आख़िरी बार खाना कब खाया होगा? निश्चित रूप से इसे जल्दी ही भूख लगेगी? और उस वक़्त क्या होगा, जब इसे यह एहसास होगा कि इसकी पीठ पर तीन बहुत ही खाने योग्य इंसान बैठे हैं?

नीले आसमान में सूरज नीचे होने लगा। ड्रैगन अब भी उड़ता रहा। शहर और क़स्बे उनके नीचे ओझल होते रहे। ड्रैगन की विशाल छाया किसी बड़े, काले बादल की तरह धरती पर सरक रही थी। ड्रैगन की पीठ पकड़े रखने की कोशिश में हैरी का अंग-अंग दुख रहा था।

'क्या यह मेरी कल्पना है,' रॉन काफ़ी देर की ख़ामोशी के बाद चिल्लाया, 'या फिर हम सचमुच नीचे आ रहे हैं?'

हैरी ने नीचे देखा। नीचे गहरे हरे रंग के पहाड़ और झीलें थीं, जो सूर्यास्त में ताँबे जैसे रंग की दिख रही थीं। उसने एक तरफ़ झुककर देखा, नीचे का दृश्य अब ज़्यादा बड़ा और साफ़ होता जा रहा था। उसने सोचा कि क्या ड्रैगन ने सूरज की रोशनी के प्रतिबिंब से ताज़े पानी की मौजूदगी को

भाँप लिया था।

ड्रैगन घुमावदार गोलों में उड़ता हुआ लगातार नीचे आने लगा। ऐसा लग रहा था कि यह एक छोटी झील पर उतरने वाला था।

'मेरा सुझाव तो यह है कि जब यह पर्याप्त नीचे आ जाए, तो हमें कूद जाना चाहिए!' हैरी ने उन दोनों से कहा। 'इससे पहले कि इसे हमारे होने का पता चले, हमें पानी में छलाँग लगा देनी चाहिए!'

वे दोनों इस बात के लिए तैयार हो गए, हालाँकि हर्माइनी की आवाज़ थोड़ी सहमी हुई थी। अब हैरी को पानी की सतह पर ड्रैगन के चौड़े पीले पेट का प्रतिबिंब दिख रहा था।

'कूदो!'

वह ड्रैगन के एक तरफ़ से फिसला और पैर नीचे करके झील में कूद गया। दूरी उसकी उम्मीद से ज़्यादा थी, इसलिए वह तेज़ी से पानी पर गिरा। किसी भारी पत्थर की तरह वह बहुत ठंडी, हरी, पानी के पौधों से भरी दुनिया में नीचे पहुँच गया। पैर चलाकर वह सतह पर आया और हाँफता हुआ ऊपर निकला। उसने रॉन और हर्माइनी के कूदने की जगह पर विशाल बुलबुले निकलते देखे। लगता था, ड्रैगन कुछ नहीं देख पाया। वह तो अब तक पचास फ़ुट दूर पहुँच चुका था। वह झील पर इतनी नीचे झुका कि अपनी घायल थूथन से पानी पी सके। जब रॉन और हर्माइनी झील की गहराइयों से हाँफते तथा पानी उड़ाते हुए बाहर निकले, तब भी ड्रैगन आगे उड़ता जा रहा था। वह अपने पंख तेज़ी से फड़फड़ा रहा था और आख़िरकार वह दूर वाले किनारे पर उतर गया।

हैरी, रॉन और हर्माइनी ड्रैगन के दूसरी ओर वाले किनारे की तरफ़ तैरने लगे। झील ज़्यादा गहरी नहीं लग रही थी। जल्दी ही उन्हें तैरना छोड़कर जलीय पौधों और कीचड़ के बीच से रास्ता बनाना पड़ रहा था। आख़िरकार जब वे फिसलन भरी घास पर पहुँच गए, तो वे पूरे गीले थे, हाँफ रहे थे और थक चुके थे।

हर्माइनी खाँसती और काँपती हुई ज़मीन पर लुढ़क गई। हालाँकि हैरी ख़ुशी-ख़ुशी वहीं लेटकर सोना चाहता था, लेकिन वह उठकर खड़ा हुआ और अपनी छड़ी निकालकर चारों तरफ़ रक्षात्मक सम्मोहन करने लगा, जो वे हर जगह डेरा डालने से पहले आम तौर पर करते थे।

यह काम पूरा करने के बाद वह उन दोनों के पास पहुँचा। तिजोरी से भागने के बाद वह पहली बार उन्हें सही तरीक़े से देख रहा था। दोनों के

चेहरों और बाँहों पर जलने के गहरे लाल निशान थे। उनके कपड़े कई जगह जल चुके थे। अपने बहुत से घावों पर डिटैनी का सार लगाते समय वे दर्द से कराहे। हर्माइनी ने हैरी को शीशी थमाई। फिर उसने कद्दू के जूस की तीन बोतलें निकालीं, जो वह शेल कॉटेज से लाई थी। साथ ही उसने उन सभी के लिए साफ़ और सूखे दुशाले भी बाहर निकाले। कपड़े बदलकर वे जूस पीने लगे।

आख़िरकार रॉन अपने हाथों की चमड़ी को दोबारा उगते देखकर बोला, 'अच्छी बात यह है कि हमें होरक्रक्स मिल गया। बुरी बात यह है कि –'

'– तलवार चली गई,' हैरी ने दाँत भींचकर कहा, जब उसने डिटैनी के सार को अपनी जीन्स के जले हुए छेद में नीचे के जले हुए घाव पर टपकाया।

'तलवार चली गई,' रॉन ने दोहराया। 'चालाक झूठा गंदा पिशाच ...'

हैरी ने अभी-अभी अपनी गीली जैकेट उतारी थी और अब उसने इसकी जेब से होरक्रक्स बाहर निकालकर सामने घास पर रख दिया। जब वे जूस पी रहे थे, तो सूरज की रोशनी में चमकते इस कप ने उनका ध्यान खींचा।

'कम से कम हमें इसे हर वक़्त नहीं पहनना होगा। गले में इसे लटकाकर घूमना थोड़ा अजीब दिखेगा,' रॉन ने कहा, जो अपने हाथ के पिछले हिस्से से मुँह पोंछ रहा था।

हर्माइनी ने झील के पार दूर वाले किनारे की तरफ़ देखा, जहाँ ड्रैगन अब भी पानी पी रहा था।

'तुम्हें क्या लगता है, इसका क्या होगा?' उसने पूछा। 'क्या यह ठीक-ठाक रहेगा?'

'तुम तो हैग्रिड की तरह बात कर रही हो,' रॉन बोला। 'हर्माइनी, वह ड्रैगन है, वह अपनी देखभाल ख़ुद कर सकता है। हमें तो अपनी चिंता करनी चाहिए।'

'तुम्हारा क्या मतलब है?'

'देखो, मैं नहीं जानता कि मैं तुम्हें कैसे बताऊँ,' रॉन ने कहा, 'लेकिन मुझे लगता है कि उनका ध्यान इस तरफ़ ज़रूर गया होगा कि हम ग्रिनगॉट में चोरी से घुस गए थे।'

वे तीनों हँसने लगे और एक बार शुरू होने के बाद रुकना मुश्किल

था। हैरी की पसलियाँ दुखने लगीं। भूख के कारण उसका सिर चकरा रहा था, लेकिन वह लाल होते आसमान के नीचे घास पर लेट गया और तब तक हँसता रहा, जब तक कि उसका गला नहीं दुखने लगा।

'वैसे अब हम क्या करेंगे?' हर्माइनी ने आख़िरकार कहा और हिचकियाँ लेते हुए गंभीर मुद्रा में आ गई। 'उसे पता चल जाएगा, है ना? तुम-जानते-हो-कौन को पता चल जाएगा कि हम उसके होरक्रक्सों के बारे में जानते हैं!'

'शायद पिशाच इतने डरे होंगे कि उसे बताएँगे ही नहीं?' रॉन ने आशा भरे स्वर में कहा। 'शायद वे लोग इस बात को छिपा लेंगे –'

आसमान, झील के पानी की बदबू, रॉन की आवाज़ – हर चीज़ ग़ायब हो गई। हैरी के सिर में इतना तेज़ दर्द हुआ, जैसे किसी ने तलवार से इसके दो टुकड़े कर दिए हों। वह हल्की रोशनी वाले कमरे में खड़ा था। उसके सामने जादूगर आधा गोल घेरा बनाकर खड़े थे और फ़र्श पर उसके क़दमों के पास एक छोटी, काँपती आकृति घुटनों के बल बैठी थी।

'तुमने क्या कहा?' उसकी आवाज़ ऊँची और ठंडी थी, लेकिन उसके भीतर आवेश तथा डर उबल रहा था। जिस चीज़ का उसे डर था – लेकिन यह सच नहीं हो सकता। उसे समझ में नहीं आ रहा था कि ऐसा कैसे हो सकता है ...

पिशाच काँप रहा था और उसकी लाल आँखों से नज़रें नहीं मिला पा रहा था।

'दोबारा बताओ!' वोल्डेमॉर्ट बुदबुदाया। *'दोबारा बताओ!'*

'मा – मालिक,' पिशाच हकलाया और उसकी काली आँखें दहशत से चौड़ी हो गईं, 'मा – मालिक ... हमने – उन्हें – रोकने की को – कोशिश की थी ... ब – बहुरूपिए, मालिक ... लेस्ट्रेंज परिवार की ... ति – तिजोरी ... में घु – घुस गए ...'

'बहुरूपिए? कौन से बहुरूपिए? मुझे लगता था कि ग्रिनगॉट के पास बहुरूपियों को पहचानने के तरीक़े हैं? वे कौन थे?'

'वह ... वह ... पॉटर ल – लड़का और उसके द – दो साथी ...'

'और वे क्या ले गए?' उसने ऊँची आवाज़ में पूछा; उसके मन में एक भयंकर डर हिलोरें मार रहा था। *'मुझे बताओ! वे क्या ले गए?'*

'एक ... एक छो – छोटा सुनहरा क – कप, मालिक ...'

ग़ुस्से भरी तेज़ चीख़ निकली, जैसे कोई अजनबी चीख़ा हो। वह ग़ुस्से से पगला गया। यह सच नहीं हो सकता था, यह असंभव था, किसी को भी ज़रा भी पता नहीं था। यह कैसे संभव था कि उस लड़के को उसका रहस्य पता चल गया?

अजेय छड़ी हवा में लहराई और कमरे में हरी रोशनी का विस्फोट हुआ। घुटनों के बल बैठा पिशाच लाश बनकर फ़र्श पर लुढ़क गया। आस-पास खड़े जादूगर दहशत में तितर-बितर होने लगे। दरवाज़े की तरफ़ हुई दौड़ में बेलाट्रिक्स और लूसियस मैल्फ़ॉय ने बाक़ी सबको पीछे छोड़ दिया। वोल्डेमॉर्ट की छड़ी बार-बार लहराई और बचे हुए लोग मर गए, सुनहरे कप की ख़बर सुनाने के कारण, इसके बारे में सुनने के कारण –

वह लाशों के बीच अकेला घूमता रहा। वे उसकी आँखों के सामने तैरते रहे : उसके ख़ज़ाने, उसकी सुरक्षा, अमरता के उसके लंगर – डायरी नष्ट हो गई थी और कप चोरी हो गया था। *अगर* लड़का बाक़ी होरक्रक्सों के बारे में भी जानता हो, तो *क्या* होगा? क्या वह जान सकता है? कहीं वह बाक़ी होरक्रक्सों को पहले ही तो नष्ट नहीं कर चुका है? क्या वह और चीज़ों तक पहुँच चुका है? क्या इसकी जड़ में डम्बलडोर हैं – डम्बलडोर, जिन्होंने हमेशा उस पर शक किया था; डम्बलडोर, जो उसके आदेश पर मारे गए थे; डम्बलडोर, जिनकी छड़ी अब उसके पास थी? बहरहाल, वे मौत के बावजूद लड़के के माध्यम से ज़िंदा थे, *लड़का* –

लेकिन निश्चित रूप से अगर लड़का किसी होरक्रक्स को नष्ट करता, तो उसे, लॉर्ड वोल्डेमॉर्ट को ज़रूर पता चल जाता, ज़रूर महसूस होता? वह दुनिया का सबसे महान, सबसे ताक़तवर जादूगर था। वह डम्बलडोर के अलावा और भी न जाने कितने निर्दोष, ग़ुमनाम लोगों का हत्यारा था। लॉर्ड वोल्डेमॉर्ट को कैसे पता नहीं चलता, अगर उस पर, दुनिया के सबसे महत्वपूर्ण और बेशक़ीमती जादूगर पर, हमला होता और उसकी आत्मा का टुकड़ा नष्ट हो जाता?

यह सच है कि जब डायरी नष्ट हुई थी, तो उसे पता नहीं चला था, लेकिन उसने सोचा था कि ऐसा इसलिए था, क्योंकि उसके पास महसूस करने के लिए शरीर ही नहीं था। वह तो भूत से भी गई-गुज़री हालत में था ... नहीं, निश्चित रूप से, बाक़ी होरक्रक्स सुरक्षित होंगे ... बाक़ी होरक्रक्स सही-सलामत होंगे ...

लेकिन उसे मालूम करना होगा, उसे पक्का करना होगा ... उसने कमरे में चहलक़दमी की और पास से गुज़रते समय पिशाच की लाश को

लात मारी। तस्वीरें घुमड़ने लगीं और उसके उबलते दिमाग़ में जलने लगीं : झील, मकान और हॉगवर्ट्स –

अब उसका ग़ुस्सा ठंडा हो रहा था : लड़का कैसे जान सकता है कि उसने अँगूठी गॉन्ट के खंडहर में छिपाई थी? किसी को भी यह पता नहीं था कि गॉन्ट से उसका कोई रिश्ता है। उसने संबंध छिपा दिया था। उन मौतों के पीछे उसका हाथ था, यह किसी को पता नहीं चल पाया था : निश्चित रूप से अँगूठी सुरक्षित थी।

और लड़का या कोई और उस गुफा के बारे में कैसे जान सकता है या उसकी सुरक्षा को कैसे भेद सकता है? लॉकेट को चुराने का विचार ही मूर्खतापूर्ण था ...

जहाँ तक स्कूल का सवाल था : सिर्फ़ वही जानता था कि हॉगवर्ट्स में उसने होरक्रक्स कहाँ छिपाया था, क्योंकि सिर्फ़ वही उस जगह के सबसे गहरे रहस्य जानता था ...

लेकिन नागिनी तो अब भी बची थी, जो अब हमेशा क़रीब रहेगी। वह उसे आदेश के पालन के लिए कहीं नहीं भेजेगा। नागिनी अब उसकी सुरक्षा में रहेगी ...

लेकिन पक्का करने के लिए, पूरी तरह से पक्का करने के लिए उसे हर उस जगह जाना होगा, जहाँ उसने होरक्रक्स छिपाया था। उसे अपने हर होरक्रक्स की सुरक्षा को दुगुना करना होगा ... अजेय छड़ी को पाने की तरह यह काम भी उसे अकेले ही करना होगा ...

उसे सबसे पहले कहाँ जाना चाहिए? कौन सा होरक्रक्स सबसे ज़्यादा ख़तरे में था? एक पुरानी दुविधा उसके मन में लहराई। डम्बलडोर को उसका बीच का नाम मालूम था ... डम्बलडोर गॉन्ट परिवार के साथ उसके रिश्ते का अंदाज़ा लगा सकते थे ... गॉन्ट परिवार का खंडहर मकान शायद होरक्रक्स छिपाने की जगहों में सबसे कम सुरक्षित था, इसलिए वह सबसे पहले वहीं जाएगा ...

झील, निश्चित रूप से असंभव ... हालाँकि इस बात की थोड़ी सी संभावना थी कि अनाथालय वालों ने डम्बलडोर को उसकी पुरानी ग़लत हरकतों के बारे में बता दिया हो।

और हॉगवर्ट्स ... लेकिन वह जानता था कि उसका होरक्रक्स वहाँ सुरक्षित था। स्कूल की बात तो रहने ही दें, पॉटर के लिए तो हॉग्समीड में भी क़दम रखना असंभव था, क्योंकि वह तत्काल पकड़ा जाएगा। बहरहाल,

स्नेप को यह चेतावनी देने में समझदारी होगी कि लड़का महल में घुसने की कोशिश कर सकता है ... ज़ाहिर है, स्नेप को लड़के के लौटने का कारण बताना मूर्खतापूर्ण होगा। बेलाट्रिक्स और मैल्फ़ॉय पर भरोसा करके उसने बहुत बड़ी ग़लती की थी। क्या उनकी मूर्खता और लापरवाही से यह साबित नहीं हो जाता है कि कभी भी, किसी पर भी विश्वास करना कितना मूर्खतापूर्ण है ?

वह सबसे पहले गॉन्ट परिवार के खंडहर मकान में जाएगा और नागिनी को अपने साथ ले जाएगा। अब वह साँप से पल भर के लिए भी दूर नहीं होगा ... वह कमरे से निकलकर हॉल में गया और अँधेरे बगीचे में बाहर निकला, जहाँ फव्वारा चल रहा था। उसने सर्पभाषा में साँप को बुलाया। नागिनी लंबी छाया की तरह उसके पास आ गई ...

हैरी की आँखें खुल गईं, जब वह ख़ुद को खींचकर वर्तमान में ले आया : वह डूबते सूरज की रोशनी में झील किनारे लेटा था और रॉन तथा हर्माइनी उसे झुककर देख रहे थे। उनकी चिंता भरी नज़रों को देखकर और उसके निशान की लगातार टीस से उसने अंदाज़ा लगा लिया कि वोल्डेमॉर्ट के दिमाग़ में उसके अचानक चले जाने से उनका ध्यान आकर्षित हुआ होगा। वह काँपता हुआ उठा और इस बात पर थोड़ा हैरान हुआ कि उसका शरीर अब भी गीला था। उसने अपने सामने कप को मासूमियत से घास पर पड़े देखा। डूबते सूरज की रोशनी में झील गहरी नीली थी, जिस पर सुनहरा रंग था।

'उसे पता चल गया है,' वोल्डेमॉर्ट की ऊँची चीख़ों के बाद उसकी अपनी आवाज़ अजीब और धीमी लग रही थी। 'उसे पता चल गया है और अब वह यह देखने जा रहा है कि बाक़ी होरक्रक्स सुरक्षित हैं या नहीं। और आख़िरी होरक्रक्स,' वह खड़ा हो गया, 'हॉगवर्ट्स में है। मैं जानता था। मैं *जानता था।*'

'क्या ?'

रॉन उसे घूरे जा रहा था। हर्माइनी चिंता में घुटनों के बल बैठ गई।

'लेकिन तुमने क्या देखा ? तुम्हें कैसे मालूम चला ?'

'मैंने देखा कि उसे कप के बारे में मालूम चल गया है। मैं – मैं उसके दिमाग़ में था, वह –' हैरी को हत्याओं की याद आई, 'वह बहुत ग़ुस्सा है और डरा हुआ भी है। उसे समझ में नहीं आ रहा है कि हमें कैसे पता चला और अब वह यह देखने जा रहा है कि बाक़ी होरक्रक्स तो सुरक्षित हैं –

सबसे पहले अँगूठी। वह सोचता है कि हॉगवर्ट्स वाला होरक्रक्स सबसे सुरक्षित है, क्योंकि वहाँ स्नेप है, क्योंकि बिना दिखे हॉगवर्ट्स के भीतर पहुँचना बहुत मुश्किल है। मुझे लगता है कि वह वहाँ सबसे अंत में जाएगा, लेकिन फिर भी वह कुछ घंटों में ही वहाँ पहुँच सकता है –'

'क्या तुमने देखा कि यह हॉगवर्ट्स में कहाँ है?' रॉन ने कहा, जो अब उठकर खड़ा हो रहा था।

'नहीं, उसका ध्यान तो स्नेप को चेतावनी देने पर केंद्रित था। उसने यह नहीं सोचा कि वह होरक्रक्स वास्तव में कहाँ पर था –'

'ठहरो, *ठहरो!'* हर्माइनी चिल्लाई, जब रॉन ने होरक्रक्स पकड़ा और हैरी ने दोबारा अदृश्य चोगा निकाला। 'हम इस तरह नहीं *चल* सकते। हमारे पास कोई योजना नहीं है। हमें –'

'हमें तत्काल चलना होगा,' हैरी ने दृढ़ता से कहा। वोल्डेमॉर्ट के दिमाग़ में जाने से पहले वह नए टेंट में अच्छी नींद लेने का सपना देख रहा था, लेकिन अब यह असंभव था। 'जब उसे इस बात का एहसास होगा कि अँगूठी और लॉकेट चले गए हैं, तो क्या तुम कल्पना कर सकती हो कि वह क्या करेगा? अगर उसे लगा कि हॉगवर्ट्स वाला होरक्रक्स सुरक्षित नहीं है और उसने उसे वहाँ से हटा दिया, तो क्या होगा?'

'लेकिन हम वहाँ पहुँचेंगे कैसे?'

हैरी बोला, 'हमें हॉग्समीड जाना होगा और कोई रास्ता निकालना होगा। स्कूल के चारों तरफ़ की सुरक्षा देखने के बाद ही हम कुछ तय करेंगे। चोगे के नीचे आ जाओ, हर्माइनी, इस बार हम तीनों एक साथ अंतर्ध्यान होंगे।'

'लेकिन हम लोग इसके नीचे एक साथ नहीं समा पाएँगे –'

'अभी अँधेरा है, किसी का ध्यान हमारे पैरों की तरफ़ नहीं जाएगा।'

काले पानी के पार विशाल पंखों के फड़फड़ाने की आवाज़ आई। ड्रैगन ने जी भरकर पानी पी लिया था और दोबारा हवा में उड़ने लगा था। वे अपनी तैयारी करते हुए ठहरे तथा उसे ऊँचा उड़ते देखते रहे। तेज़ी से काले होते आसमान में वह भी काला नज़र आ रहा था और फिर वह पास के पहाड़ के पीछे ग़ायब हो गया। फिर हर्माइनी आकर उन दोनों के बीच में खड़ी हो गई। हैरी ने चोगा नीचे खींचा, जितना उसे खींचा जा सकता था। फिर वे उसी जगह पर एक साथ घूमकर दमघोंटू अँधेरे में पहुँच गए।

अध्याय अट्ठाईस

गुम आईना

हैरी के पैर सड़क से टकराए। उसने हॉग्समीड की जानी-पहचानी हाई स्ट्रीट को हसरत से देखा : दुकानों के सामने के अँधेरे हिस्से, काले पहाड़ों की दूर दिखती आकृतियाँ, सामने हॉगवर्ट्स की ओर जाने वाला सड़क का मोड़ और थ्री ब्रूमस्टिक्स की खिड़कियों से आती रोशनी। दिल उछलने के साथ उसे बहुत स्पष्टता से याद आया कि वह लगभग एक साल पहले अंतर्ध्यान होकर यहीं प्रकट हुआ था, जब वह बहुत कमज़ोर डम्बलडोर को सहारा देकर लाया था। उतरने के एक पल के भीतर ही उसे यह सब याद आ गया – और फिर, जब उसने रॉन और हर्माइनी की बाँहों पर अपनी पकड़ ढीली की, तभी यह हो गया।

हवा में एक चीख़ सुनाई दी। कप की चोरी का पता लगने पर वोल्डेमॉर्ट जिस तरह चीख़ा था, यह चीख़ भी वैसी ही थी। इसने हैरी के शरीर की रग-रग को हिला दिया और वह तत्काल समझ गया कि यह उनके आने के कारण ही हुआ है। जब वह चोगे के नीचे बाक़ी दोनों की तरफ़ देख रहा था, तभी थ्री ब्रूमस्टिक्स का दरवाज़ा खुला और नक़ाब पहने एक दर्जन प्राणभक्षी अपनी छड़ियाँ तानकर सड़क पर आ गए।

जब रॉन ने अपनी छड़ी उठाई, तो हैरी ने उसकी कलाई पकड़ ली। वे इतने सारे थे कि उन्हें स्तब्ध नहीं किया जा सकता था। इसकी कोशिश करना भी बेवकूफ़ी थी, क्योंकि इससे प्राणभक्षियों को उनकी जगह का पता चल जाता। एक प्राणभक्षी ने अपनी छड़ी लहराई, जिससे चीख़ रुक गई, हालाँकि अब भी यह दूर पहाड़ों पर गूँज रही थी।

'आगमनो चोगा!' एक प्राणभक्षी गरजा।

हैरी ने चोगे को कसकर पकड़ लिया, लेकिन चोगे ने प्राणभक्षी के पास जाने की कोई कोशिश भी नहीं की। इस पर आव्हान सम्मोहन का असर नहीं हुआ था।

'पॉटर, अपने चोगे में हो ?' आव्हान सम्मोहन करने वाला प्राणभक्षी चिल्लाया और फिर अपने साथियों से बोला, 'फैल जाओ। वह यहीं है।'

छह प्राणभक्षियों ने उनकी तरफ़ दौड़ लगा दी। हैरी, रॉन और हर्माइनी जल्दी से पीछे हटे। वे सबसे क़रीब वाली गली में पहुँच गए और प्राणभक्षी उनसे कुछ इंच दूर से निकल गए। वे तीनों अँधेरे में इंतज़ार कर रहे थे और क़दमों की आहट सुनने के लिए कान लगाए थे। प्राणभक्षियों की छड़ियों से सड़क पर रोशनी हो रही थी।

'चलो!' हर्माइनी फुसफुसाई। 'अब अंतर्ध्यान हो जाते हैं!'

'बहुत बढ़िया विचार है,' रॉन ने कहा, लेकिन इससे पहले कि हैरी कुछ बोल सके, एक प्राणभक्षी चिल्लाया, 'हम जानते हैं कि तुम यहाँ हो, पॉटर और तुम बच नहीं सकते! हम तुम्हें खोज ही लेंगे!'

'वे लोग हमारे लिए तैयार थे,' हैरी फुसफुसाया। 'उन्होंने वह जादू इसलिए किया था, ताकि उन्हें हमारे आने का पता चल जाए। मुझे लगता है कि उन्होंने हमें यहाँ फँसाए रखने के लिए कुछ किया है –'

'दमपिशाचों को बुला लें ?' एक और प्राणभक्षी ने कहा। 'हम उन्हें खुली छूट दे देते हैं। वे उसे बहुत जल्दी खोज लेंगे!'

'शैतानी शहंशाह यह नहीं चाहते हैं कि पॉटर को उनके अलावा कोई और मारे –'

'– दमपिशाच उसे मारेंगे नहीं! शैतानी शहंशाह पॉटर की आत्मा नहीं, जान लेना चाहते हैं। वैसे भी, दमपिशाचों के चुंबन के बाद उसे मारना ज़्यादा आसान होगा!'

सहमति की आवाज़ें हुईं। हैरी के मन में दहशत भर गई। दमपिशाचों को दूर भगाने के लिए पितृदेव उत्पन्न करना होगा, जिससे उनका भेद तत्काल खुल जाएगा।

'हमें अंतर्ध्यान होने की कोशिश करनी चाहिए, हैरी!' हर्माइनी ने फुसफुसाकर कहा।

तभी अचानक हैरी को सड़क पर अस्वाभाविक ठंडक महसूस हुई। माहौल से रोशनी चूस ली गई थी। सितारे तक ओझल हो गए। घुप्प अँधेरे

में उसे महसूस हुआ कि हर्माइनी उसकी बाँह पकड़ रही थी और वे उसी जगह पर एक साथ घूमे।

घूमने के लिए उन्हें जिस हवा की ज़रूरत थी, वह जैसे ठोस बन गई थी। वे अंतर्ध्यान नहीं हो पाए। प्राणभक्षियों ने अच्छा सम्मोहन किया था। ठंड हैरी के भीतर गहरी और गहरी धँसती गई। वह, रॉन और हर्माइनी बग़ल वाली गली में मुड़े। वे दीवार के किनारे टटोलकर रास्ता खोजने लगे और आवाज़ न करने की कोशिश करते रहे। तभी मोड़ पर बिना आवाज़ के उड़ते हुए लगभग दस दमपिशाच आ गए। वे इसलिए दिख रहे थे, क्योंकि वे आस-पास के माहौल से ज़्यादा काले थे। उन्होंने काले चोगे पहन रखे थे, जिसके नीचे उनके सड़े-गले हाथ थे। क्या उन्हें माहौल में डर का एहसास हो गया था? हैरी को इस बात का यक़ीन था। अब वे तेज़ी से क़रीब आ रहे थे और लंबी, खड़खड़ाती साँसें ले रहे थे। हवा में उन्हें निराशा की ख़ुशबू आ रही थी। वे अब बहुत क़रीब आ गए थे :

उसने अपनी छड़ी को ऊपर किया : बाद में चाहे जो हो, पर वह दमपिशाचों के चुंबन को बर्दाश्त नहीं कर सकता। उसने रॉन और हर्माइनी के बारे में सोचा, जब वह फुसफुसाकर बोला, *'पितृदेव संरक्षणम्!'*

उसकी छड़ी से सफ़ेद मृग निकलकर आगे बढ़ा। दमपिशाच तितर-बितर हो गए और दूर कहीं से विजयी चीख़ सुनाई दी।

'वही है! वहाँ पर! वहाँ पर है! मैंने उसका पितृदेव देखा था! यह एक मृग था!'

दमपिशाच चले गए थे। सितारे दोबारा दिखने लगे थे और प्राणभक्षियों के क़दमों की आहट क़रीब आ रही थी। इससे पहले कि हैरी दहशत में यह फ़ैसला कर पाए कि क्या करना है, क़रीब ही साँकल खुलने की आवाज़ आई। सँकरी सड़क पर बाईं तरफ़ एक दरवाज़ा खुला और एक रूखी आवाज़ आई, 'पॉटर, जल्दी से अंदर आ जाओ!'

उसने बिना झिझके आदेश का पालन किया : वे तीनों खुले दरवाज़े से अंदर घुस गए।

'ऊपर की मंज़िल पर चले जाओ। चोगा ओढ़े रहना और चुप रहना!' एक लंबी आकृति ने बुदबुदाकर कहा, जो उनके पास से गुज़रकर सड़क पर पहुँच गई और अपने पीछे दरवाज़ा धड़ाम से बंद कर गई।

हैरी को ज़रा भी अंदाज़ा नहीं था कि वे कहाँ पर थे, लेकिन अब उसने एक अकेली मोमबत्ती की लहराती रोशनी में हॉग्स हेड का धूल से

भरा गंदा बार देखा। वे भागकर काउंटर के पीछे गए और वहाँ बने दरवाज़े के पार पहुँच गए। सामने लकड़ी की जर्जर सीढ़ियाँ थीं। वे दौड़ते हुए उन पर जितनी तेज़ी से चढ़ सकते थे, चढ़ गए। सीढ़ियाँ ऊपर सिटिंग रूम में जाकर खुलीं, जहाँ एक फटा-पुराना क़ालीन और एक छोटी अँगीठी थी। अँगीठी के ऊपर एक बड़ी ऑइल पेंटिंग लगी थी। इसमें सुनहरे बालों वाली एक लड़की सूनी आँखों से कमरे को निहार रही थी।

नीचे सड़क से आती आवाज़ें उन तक पहुँचीं। अदृश्य चोगे के नीचे ही वे गंदी खिड़की के पास पहुँचे और नीचे देखने लगे। वहाँ पर हैरी को वह व्यक्ति दिखा, जिसने उन्हें बचाया था। यह हॉग्स हेड का बारमैन था और वहाँ पर वही इकलौता व्यक्ति था, जिसने नक़ाब नहीं पहन रखा था।

'तो क्या ?' वह एक नक़ाबपोश के सामने गरजा। 'तो क्या ? तुम मेरी गली में दमपिशाच भेजोगे, तो मैं उन पर पितृदेव छोड़ूँगा! मैं तुम्हें बताए देता हूँ, मैं उन्हें अपने पास नहीं आने दूँगा। मैं उन्हें बर्दाश्त नहीं करूँगा!'

'वह तुम्हारा पितृदेव नहीं था!' एक प्राणभक्षी ने कहा। 'वह मृग था, वह पॉटर का पितृदेव था!'

'मृग!' बारमैन एक छड़ी बाहर निकालते हुए गरजा। 'मृग! मूर्ख कहीं के – *पितृदेव संरक्षणम्!*'

छड़ी की नोक से एक बड़ा और सींग वाला जानवर निकला : सिर नीचा करके यह हाई स्ट्रीट पर गया और ओझल हो गया।

'मैंने यह नहीं देखा था –' प्राणभक्षी ने कहा, हालाँकि अब उसे अपनी बात पर कम विश्वास था।

'कर्फ़्यू का उल्लंघन हुआ है, तुमने आवाज़ सुनी थी,' उसके एक साथी ने बारमैन से कहा। 'कोई नियमों के ख़िलाफ़ सड़क पर आया था –'

'अगर मैं अपनी बिल्ली बाहर निकालना चाहता हूँ, तो मैं ज़रूर निकालूँगा। तुम्हारा कर्फ़्यू जाए भाड़ में!'

'तो रुदन सम्मोहन *तुम्हारे* कारण बजा था ?'

'अगर बजा था, तो उससे क्या ? मुझे अज़्काबान भेज दोगे ? अपने ही घर से अपनी नाक बाहर निकालने के लिए मेरी जान ले लोगे ? अगर तुम्हारी इच्छा हो, तो ऐसा शौक से कर दो! लेकिन तुम्हारी भलाई की ख़ातिर मैं उम्मीद करता हूँ कि तुमने अपने शैतानी निशानों को दबाकर उसे

नहीं बुलाया होगा। वह मेरी और मेरी बिल्ली की ख़ातिर यहाँ बुलाया जाना पसंद नहीं करेगा, है ना ?'

'तुम हमारी चिंता मत करो,' एक प्राणभक्षी ने कहा, 'अपनी चिंता करो, क्योंकि तुमने कर्फ़्यू तोड़ा है!'

'लेकिन यह तो बताओ, जब मेरा शराबख़ाना बंद हो जाएगा, तो तुम काढ़ों और ज़हरों का व्यापार कहाँ करोगे ? तुम्हारी अतिरिक्त आमदनी का क्या होगा ?'

'क्या तुम धमकी दे रहे हो – ?'

'मैं अपना मुँह बंद रखता हूँ, इसीलिए तो तुम यहाँ आते हो, है ना ?'

'मैं अब भी कहता हूँ कि मैंने मृग देखा था!' पहला प्राणभक्षी चिल्लाया।

'मृग ?' बारमैन गरजा। 'मूर्ख, तुमने *बकरी* देखी थी!'

'ठीक है, हमसे ग़लती हो गई,' दूसरा प्राणभक्षी बोला। 'दोबारा कर्फ़्यू तोड़ा, तो हम तुम्हें नहीं छोड़ेंगे!'

प्राणभक्षी हाई स्ट्रीट की तरफ़ लौट गए। हर्माइनी ने राहत की साँस ली, चोगे से बाहर निकली और हिलते-डुलते पायों वाली कुर्सी पर बैठ गई। हैरी ने अच्छी तरह पर्दे डालने के बाद अपने और रॉन पर से चोगा उतार दिया। नीचे हो रही आवाज़ से उन्हें पता चल गया कि बारमैन बाहर के दरवाज़े पर साँकल लगा रहा है। फिर उन्हें उसके सीढ़ियों पर चढ़ने की आवाज़ सुनाई दी।

तभी हैरी का ध्यान मैंटलपीस पर रखी एक चीज़ पर गया : लड़की की तस्वीर के ठीक नीचे एक छोटा, आयताकार आईना टिका था।

बारमैन कमरे में दाख़िल हुआ।

'तुम मूर्खों,' उसने रूखे अंदाज़ में कहा और एक के बाद एक उन्हें देखा। 'तुम क्या सोचकर यहाँ आए थे ?'

'धन्यवाद,' हैरी ने कहा। 'हम आपका शुक्रिया कैसे अदा कर सकते हैं ? आपने हमारी जान बचाई है।'

बारमैन ने हुँकार भरी। हैरी उसके पास पहुँचा और उसके चेहरे को देखा। वह उसके लंबे भूरे बालों और दाढ़ी के पार देखने की कोशिश कर रहा था। बारमैन ने चश्मा पहन रखा था। गंदे काँच के पीछे आँखें चमकदार

नीली थीं।

'मैंने आईने में आपकी ही आँख देखी थी।'

कमरे में ख़ामोशी छा गई। हैरी और बारमैन एक-दूसरे को देखते रहे।

'डॉबी को आपने भेजा था?'

बारमैन ने सिर हिलाया और जिन्न की तलाश में चारों तरफ़ देखा।

'सोचा था, वह तुम्हारे साथ ही होगा। तुम उसे कहाँ छोड़ आए?'

'वह मर गया,' हैरी ने कहा। 'बेलाट्रिक्स लेस्ट्रेंज ने उसे मार डाला।'

बारमैन का चेहरा भावहीन था। कुछ पल बाद वह बोला, 'सुनकर अफ़सोस हुआ। मुझे वह घरेलू जिन्न पसंद था।'

वह उनमें से किसी की तरफ़ देखे बिना मुड़ा और अपनी छड़ी से कुरेदकर लैंप जलाने लगा।

'आप एबरफ़ोर्थ हैं,' हैरी ने उसकी पीठ को देखते हुए कहा।

उसने इस बात पर हाँ या ना नहीं की, बल्कि चुपचाप आग जलाता रहा।

'आपको यह कैसे मिला?' हैरी ने सिरियस के आईने के पास पहुँचकर पूछा। यह उन जुड़वाँ आईनों में से एक था, जिसे उसने लगभग दो साल पहले तोड़ दिया था।

'एक साल पहले डंग से ख़रीदा था,' एबरफ़ोर्थ ने कहा। 'एल्बस ने मुझे इसकी ख़ूबी बता दी थी। मैं तुम पर नज़र रखने की कोशिश कर रहा था।'

रॉन की आह निकल गई।

'सफ़ेद हिरणी!' उसने रोमांच से कहा। 'क्या वह काम भी आपने ही किया था?'

'तुम किस बारे में बात कर रहे हो?' एबरफ़ोर्थ ने कहा।

'किसी ने हमारे पास हिरणी का पितृदेव भेजा था!'

'बेटा, इस तरह का दिमाग़ हो, तो तुम आसानी से प्राणभक्षी बन सकते हो। क्या मैंने अभी-अभी साबित नहीं किया है कि मेरा पितृदेव बकरी है?'

'ओह,' रॉन ने कहा। 'हाँ ... देखिए, मुझे भूख लगी है!' उसने

रक्षात्मक अंदाज़ में आगे कहा, जब उसके पेट में बहुत ज़ोर से गुड़गुड़ हुई।

'मैं खाना लेकर आता हूँ,' एबरफ़ोर्थ ने कहा और कमरे से बाहर चला गया। कुछ पल बाद वह ब्रेड, चीज़ और शराब का एक बड़ा जग लेकर लौटा। उसने खाने-पीने का सारा सामान आग के सामने वाली छोटी टेबल पर रख दिया। वे बहुत भूखे थे, इसलिए उन्होंने जमकर खाया-पिया। कुछ समय तक आग के तड़कने, प्यालों के खनकने और चबाने की आवाज़ के अलावा ख़ामोशी छाई रही।

खाना ख़त्म करने के बाद जब हैरी तथा रॉन आराम से अपनी कुर्सियों पर पीछे टिक गए, तो एबरफ़ोर्थ बोला, 'तो ठीक है। हमें अब तुम्हें यहाँ से बाहर निकालने का सबसे अच्छा तरीक़ा सोचना है। रात को यह काम नहीं किया जा सकता। तुमने देख ही लिया है कि अगर कोई अँधेरे में बाहर निकलता है, तो क्या होता है। रुदन सम्मोहन सक्रिय हो जाता है। वे तुम पर उसी तरह झपट पड़ेंगे, जिस तरह काष्ठजीव नन्हे पिशाचों के अंडों पर झपटते हैं। मुझे नहीं लगता कि मैं दूसरी बार मृग को बकरी साबित कर पाऊँगा। सुबह होने का इंतज़ार करो, जब कर्फ़्यू उठ जाता है। फिर तुम अपना चोगा ओढ़ लेना और यहाँ से पैदल-पैदल बाहर निकल जाना। हॉग्समीड से बाहर निकलकर पहाड़ों पर पहुँच जाना। वहाँ तुम अंतर्ध्यान हो सकते हो। हो सकता है, वहाँ हैग्रिड भी मिल जाए। प्राणभक्षियों ने जब उसे गिरफ़्तार करने की कोशिश की थी, उसके बाद से वह पहाड़ों की एक गुफा में ग्रॉप के साथ छिपा है।'

'हम कहीं नहीं जा रहे हैं,' हैरी ने कहा। 'हमें हॉगवर्ट्स जाना है।'

'मूर्ख मत बनो, लड़के,' एबरफ़ोर्थ ने कहा।

'हमें जाना ही होगा,' हैरी ने कहा।

एबरफ़ोर्थ ने आगे झुकते हुए कहा, 'तुम्हें सिर्फ़ यहाँ से ज़्यादा से ज़्यादा दूर जाना चाहिए।'

'आप समझते नहीं हैं। अब ज़्यादा वक़्त नहीं है। हमें महल में जाना है। डम्बलडोर - मेरा मतलब है, आपके भाई - चाहते थे कि हम -'

एबरफ़ोर्थ के चश्मे के गंदे काँच पर आग की रोशनी पड़ी, जिससे एक पल के लिए उसकी आँखें धुँधली हो गईं। हैरी को दैत्याकार मकड़े एरेगॉग की अंधी आँखों की याद आ गई।

'मेरा भाई एल्बस बहुत सी चीज़ें चाहता था,' एबरफ़ोर्थ ने कहा, 'और उसकी महान योजनाओं को पूरा करते समय लोगों को हमेशा

नुक़सान होता था। पॉटर, तुम इस स्कूल से दूर चले जाओ। अगर हो सके, तो देश के बाहर चले जाओ। मेरे भाई और उसकी चतुर योजनाओं को भूल जाओ। वह वहाँ पहुँच गया है, जहाँ इससे उसे कोई नुक़सान नहीं हो सकता और तुम्हें उसकी कोई बात मानने की ज़रूरत नहीं है।'

'आप समझते नहीं हैं,' हैरी ने एक बार फिर कहा।

'ओह, मैं नहीं समझता हूँ?' एबरफ़ोर्थ ने धीरे से कहा। 'तुम्हें लगता है कि मैं अपने भाई को नहीं समझता हूँ? तुम्हें लगता है कि तुम एल्बस को मुझसे ज़्यादा अच्छी तरह से जानते हो?'

'मेरा यह मतलब नहीं था,' हैरी ने कहा, जिसका दिमाग़ थकान, भोजन तथा शराब की अधिकता के कारण कुंद पड़ गया था। 'बात यह है ... वे मेरे लिए एक काम छोड़ गए हैं।'

'अच्छा?' एबरफ़ोर्थ ने कहा। 'मुझे उम्मीद है, अच्छा काम होगा? सुखद? आसान? इस तरह का काम, जो कोई ग़ैर-निपुण जादूगर बच्चा आसानी से कर सकता होगा?'

रॉन हल्के से हँस दिया। हर्माइनी तनाव में दिख रही थी।

'य - यह आसान नहीं है, नहीं,' हैरी ने कहा। 'लेकिन मुझे यह करना होगा -'

' "करना होगा"? क्यों *"करना होगा?"* वह मर गया है, है ना?' एबरफ़ोर्थ ने रूखे अंदाज़ में कहा। 'उसे छोड़ दो, लड़के, वरना तुम भी उसके पीछे-पीछे वहीं पहुँच जाओगे! ख़ुद को बचाओ!'

'मैं नहीं बचा सकता।'

'क्यों नहीं?'

'मैं -' हैरी स्पष्ट नहीं कर सकता था, इसलिए उसने हमला करने का निश्चय किया। 'लेकिन आप भी तो संघर्ष कर रहे थे! आप भी तो मायापंछी के समूह में थे -'

'मैं था,' एबरफ़ोर्थ ने कहा। 'लेकिन अब मायापंछी का समूह ख़त्म हो चुका है। तुम-जानते-हो-कौन जीत चुका है। सब ख़त्म हो गया है और जो भी यह नहीं मानता है, वह मूर्ख है। तुम्हारे लिए यह जगह कभी सुरक्षित नहीं रहेगी, पॉटर। वह तुम्हें बहुत बुरी तरह खोज रहा है। इसलिए बाहर चले जाओ, छिप जाओ, ख़ुद को बचाओ। सबसे अच्छा तो यही रहेगा कि तुम इन दोनों को भी अपने साथ ले जाओ।' उसने रॉन और

हर्माइनी की तरफ़ अँगूठा हिलाते हुए कहा। 'ये लोग ज़िंदगी भर ख़तरे में रहेंगे, क्योंकि सबको पता है कि ये तुम्हारा साथ दे रहे हैं।'

'मैं नहीं जा सकता,' हैरी ने कहा। 'मुझे एक काम करना है –'

'वह काम किसी और को दे दो!'

'मैं ऐसा नहीं कर सकता। यह मुझे ही करना होगा, डम्बलडोर ने सब कुछ स्पष्ट कर दिया था –'

'ओह, ऐसा क्या? और क्या उसने तुम्हें सब कुछ बता दिया था? क्या वह तुम्हारे साथ पूरी तरह ईमानदार रहा था?'

हैरी पूरे दिल से 'हाँ' कहना चाहता था, लेकिन न जाने क्यों यह छोटा सा शब्द उसके होंठों पर नहीं आ पाया। एबरफ़ोर्थ जानता था कि वह क्या सोच रहा है।

'मैं अपने भाई को जानता था, पॉटर। उसने गोपनीयता का सबक़ माँ की गोद में ही सीख लिया था। हम रहस्य और झूठ के माहौल में बड़े हुए थे और एल्बस ... वह तो पैदाइशी जीनियस था।'

बूढ़े आदमी की आँख मैंटलपीस के ऊपर टँगी लड़की की तस्वीर पर पहुँच गई। जब हैरी ने चारों तरफ़ सही तरीक़े से देखा, तो उसे एहसास हुआ कि कमरे में यह इकलौती तस्वीर थी। एल्बस डम्बलडोर या किसी और की कोई भी तस्वीर नहीं लगी थी।

'मि. डम्बलडोर?' हर्माइनी ने थोड़े सहमे अंदाज़ में पूछा। 'क्या यह आपकी बहन है? एरियाना?'

'हाँ,' एबरफ़ोर्थ ने कहा। 'लड़की, लगता है, तुम रीटा स्कीटर की किताब पढ़ रही हो?'

आग की गुलाबी रोशनी में भी यह स्पष्ट दिख रहा था कि हर्माइनी का चेहरा लाल हो गया था।

'एल्फ़ियस डोज ने हमसे उसका ज़िक्र किया था,' हैरी ने हर्माइनी का बचाव करने की कोशिश की।

'वह पागल बूढ़ा,' एबरफ़ोर्थ शराब का एक और घूँट लेते हुए बुदबुदाया। 'सोचता था कि सूरज मेरे भाई के मुँह से ही उगता है। बहुत से लोग ऐसा सोचते थे – ऐसा लगता है कि तुम तीनों भी।'

हैरी चुप रहा। वह डम्बलडोर के बारे में वे शंकाएँ और अनिश्चितताएँ उजागर नहीं करना चाहता था, जो उसे महीनों से सता रही थीं। उसने

डॉबी की क़ब्र खोदते समय ही यह विकल्प चुन लिया था। उसने यह फ़ैसला कर लिया था कि वह एल्बस डम्बलडोर के बताए घुमावदार, ख़तरनाक रास्ते पर चलता रहेगा। वह यह स्वीकार करने का निश्चय कर चुका था कि उसे हर चीज़ नहीं बताई गई थी, लेकिन इसके बावजूद उसे बस भरोसा करना था। दोबारा शंका करने की उसकी कोई इच्छा नहीं थी। वह ऐसी कोई बात नहीं सुनना चाहता था, जो उसे उसके उद्देश्य से भटका दे। उसने एबरफ़ोर्थ से निगाहें मिलाईं, जो हूबहू उसके भाई जैसी थीं : चमकदार नीली आँखों से उसे ऐसा लग रहा था, जैसे उसका एक्सरे हो रहा है। हैरी को लग रहा था कि एबरफ़ोर्थ को उसके विचारों का अंदाज़ा है और इसके लिए उससे नफ़रत कर रहा था।

'प्रोफ़ेसर डम्बलडोर हैरी की परवाह करते थे, बहुत ज़्यादा,' हर्माइनी ने धीमी आवाज़ में कहा।

'ऐसा क्या ?' एबरफ़ोर्थ ने कहा। 'अजीब बात है कि मेरा भाई जिन लोगों की बहुत ज़्यादा परवाह करता था, उन सभी का अंत बहुत बुरा हुआ। अगर वह उनके मामलों में दख़ल नहीं देता, तो उनका हाल इतना बुरा नहीं होता।'

'आप कहना क्या चाहते हैं ?' हर्माइनी ने तेज़ी से साँस लेते हुए कहा।

'तुम्हें उससे क्या ?' एबरफ़ोर्थ ने कहा।

'लेकिन यह सचमुच गंभीर बात है!' हर्माइनी ने कहा। 'क्या आपका – क्या आपका इशारा अपनी बहन की ओर है ?'

एबरफ़ोर्थ ने उसे ग़ुस्से से देखा। उसके होंठ हिल रहे थे, जैसे वह उन शब्दों को चबा रहा हो, जिन्हें वह बरसों से रोके हुए था। फिर वह एकदम से बोलने लगा।

'जब मेरी बहन छह साल की थी, तो तीन मगलू लड़कों ने उस पर हमला कर दिया। वे हमारे पीछे के बगीचे की बागड़ से जासूसी कर रहे थे और उन्होंने उसे जादू करते देख लिया। वह बच्ची थी और इस पर क़ाबू नहीं कर सकती थी। उस उम्र में कोई जादूगरनी या जादूगर नहीं कर सकता। मुझे लगता है कि मगलुओं ने जो देखा, उससे वे डर गए। वे बागड़ में से घुसकर अंदर आ गए और जब वह उन्हें भी वैसा ही करने का तरीक़ा नहीं बता पाई, तो उन्होंने उसे जादू करने से रोकने के लिए घटिया तरीक़े आज़माए।'

आग की रोशनी में हर्माइनी की आँखें फैल गई थीं। रॉन का चेहरा थोड़ा पीला दिखने लगा था। एबरफ़ोर्थ उठकर खड़ा हुआ। वह भी एल्बस जितना ही लंबा था और अपने दर्द की गहराई तथा ग़ुस्से में वह अचानक भयंकर लगने लगा था।

'इससे वह तबाह हो गई, बर्बाद हो गई। दोबारा कभी सही नहीं रह पाई। वह जादू का इस्तेमाल नहीं कर सकती थी, लेकिन उससे छुटकारा भी नहीं पा सकती थी। जादू की दिशा अंदर की तरफ़ हो गई और वह पागल हो गई। जब वह इसे क़ाबू में नहीं रख पाती थी, तो यह विस्फोट के माध्यम से बाहर निकल आता था। कई मौक़ों पर वह ख़तरनाक हो जाती थी, लेकिन ज़्यादातर वक़्त उसका स्वभाव बहुत अच्छा रहता था और वह हानिरहित थी।

'मेरे पिता उन मगलू बच्चों के पीछे गए, जिन्होंने यह किया था,' एबरफ़ोर्थ ने कहा, 'और उन पर हमला कर दिया। इसके लिए उन्हें अज़्काबान में क़ैद कर दिया गया। उन्होंने यह कभी नहीं बताया कि उन्होंने ऐसा क्यों किया था, क्योंकि अगर मंत्रालय को एरियाना की हालत पता चल जाती, तो उसे हमेशा के लिए सेंट मंगोज़ में नज़रबंद कर दिया जाता। वे उसे अंतर्राष्ट्रीय गोपनीयता संहिता के लिए गंभीर ख़तरा मानते, क्योंकि वह असंतुलित थी और जादू पर क़ाबू नहीं रखने के कारण कभी भी जादू से विस्फोट कर सकती थी।

'हमें उसे सुरक्षित और सबसे छिपाकर रखना था। हमने मकान बदल लिया, उसकी बीमारी की ख़बर फैला दी। माँ ने उसकी देखभाल की और उसे शांत तथा ख़ुश रखने की कोशिश की।

'*मैं* उसे सबसे प्रिय था,' उसने कहा और यह कहते समय एबरफ़ोर्थ की झुर्रियों और उलझी दाढ़ी के पीछे से एक छोटा स्कूली लड़का दिखने लगा। 'एल्बस नहीं। वह तो जब घर पर होता था, तो हमेशा अपने बेडरूम में बंद रहता था। अपनी किताबें पढ़ता रहता था और अपने इनाम गिनता रहता था और "अपने समय के सबसे उल्लेखनीय जादूगरों" के साथ पत्राचार करता रहता था,' एबरफ़ोर्थ ने व्यंग्य से कहा, '*एल्बस* उसकी देखभाल करने के चक्कर में नहीं फँसना चाहता था। वह मुझे सबसे ज़्यादा पसंद करती थी। जब वह माँ के हाथ से खाना नहीं खाती थी, तब भी मैं उसे खाना खिला सकता था। जब वह ग़ुस्से में होती थी, तब भी मैं उसे शांत कर सकता था और जब वह शांत होती थी, तो वह बकरियों को चारा खिलाने में मेरी मदद करती थी।

'फिर, जब वह चौदह साल की हुई ... देखो, तब मैं वहाँ नहीं था,' एबरफ़ोर्थ ने कहा। 'अगर मैं वहाँ होता, तो उसे शांत कर देता। उसे ग़ुस्से का दौरा पड़ा और मेरी माँ पहले जितनी युवा नहीं थीं, और ... दुर्घटना हो गई। एरियाना जादू को क़ाबू में नहीं रख पाई। इस हादसे में मेरी माँ की जान चली गई।'

हैरी को सहानुभूति और वितृष्णा का मिला-जुला भयंकर एहसास हुआ। वह आगे कुछ नहीं सुनना चाहता था, लेकिन एबरफ़ोर्थ बोलता रहा। हैरी सोचने लगा कि वह कितने लंबे समय बाद इस बारे में बोल रहा था। क्या पता, शायद वह इसके बारे में पहली बार ही बोल रहा हो।

'तो इससे डोज के साथ एल्बस के विश्व-भ्रमण की योजना खटाई में पड़ गई। माँ की अंत्येष्टि के लिए दोनों घर आए और फिर डोज अकेला भ्रमण करने चला गया तथा एल्बस परिवार का मुखिया बन गया। हा!'

एबरफ़ोर्थ ने आग में थूका।

'मैंने उससे कहा कि मैं एरियाना की देखभाल करूँगा। मुझे स्कूल जाने की परवाह नहीं थी, मैं घर पर रुककर यह काम करने को तैयार था। उसने मुझसे कहा कि मुझे अपनी पढ़ाई पूरी करनी है और *वह* मेरी माँ का काम सँभालेगा। प्रतिभाशाली व्यक्ति के लिए यह बहुत छोटा काम था। अपनी आधी पागल बहन की देखभाल करने के लिए कोई इनाम नहीं मिलता है। हर दूसरे दिन उसे घर उड़ाने से रोकने के लिए वाहवाही नहीं मिलती है। लेकिन उसने कुछ हफ़्तों तक बिलकुल ठीक काम किया ... जब तक कि वह नहीं आ गया।'

अब एबरफ़ोर्थ के चेहरे पर बहुत ही ख़तरनाक भाव दिखने लगा।

'ग्रिन्डेलवाल्ड। आख़िरकार, मेरे भाई को बात करने के लिए *बराबरी* वाला मिल गया, जो *उसके* जितना ही निपुण और प्रतिभाशाली था। वे नए जादूगर प्रशासन की योजनाएँ बनाने लगे, *मौत के तोहफ़ों* की तलाश करने लगे और अपनी दिलचस्पी के बहुत से काम करने लगे। ज़ाहिर है, इस दौरान एरियाना की देखभाल ठंडे बस्ते में चली गई। जादूगर समाज के लाभ की बड़ी योजनाएँ बन रही थीं और अगर एक छोटी लड़की नज़रअंदाज़ होती है, तो इससे क्या फ़र्क़ पड़ता है? आख़िरकार, एल्बस *बहुसंख्यक लोगों की भलाई* के लिए काम कर रहा था।

'लेकिन इसके कुछ सप्ताह बाद मेरा पारा गरम हो गया। मेरे हॉगवर्ट्स लौटने का समय आ गया था, इसलिए मैंने उन दोनों के सामने

जाकर कहा, जैसे मैं अभी तुम्हारे सामने हूँ,' एबरफ़ोर्थ ने हैरी की तरफ़ देखते हुए कहा। हैरी को बहुत कम कल्पना करने की ज़रूरत पड़ी कि किशोर अवस्था में एबरफ़ोर्थ ग़ुस्से में अपने बड़े भाई का सामना कर रहा है। 'मैंने उससे कहा कि तुम इसी समय यह काम छोड़ दो। तुम एरियाना को कहीं और नहीं रख सकते, उसकी हालत ठीक नहीं है, तुम उसे अपने साथ नहीं ले जा सकते, चाहे तुम जहाँ भी जाकर चतुर भाषण देने और अपने समर्थक बनाने की योजना बना रहे हो। उसे यह पसंद नहीं आया,' एबरफ़ोर्थ ने कहा और उसकी आँखें कुछ समय के लिए उसके चश्मे पर पड़ती आग की रोशनी के कारण दिखाई नहीं दीं। वे एक बार फिर सफ़ेद दिख रही थीं। 'ग्रिन्डेलवाल्ड को यह ज़रा भी पसंद नहीं आया। वह नाराज़ हो गया। उसने कहा कि मैं मूर्ख लड़का हूँ, अपने प्रतिभाशाली भाई और उसकी राह में रोड़ा बनने की कोशिश कर रहा हूँ ... क्या मैं यह नहीं *समझता* हूँ कि जब वे दुनिया बदल देंगे, छिपे हुए जादूगरों को खुले में ले आएँगे और मगलुओं को उनकी सही औक़ात दिखा देंगे, तो मेरी बहन को छिपाने की ज़रूरत नहीं *होगी*?

'हमारे बीच बहस होने लगी ... मैंने अपनी छड़ी निकाल ली और उसने अपनी छड़ी निकाल ली। मेरे भाई के सबसे अच्छे दोस्त ने मुझ पर पीड़ीकृत शाप का इस्तेमाल किया। एल्बस उसे रोकने की कोशिश कर रहा था और हम तीनों द्वंद्वयुद्ध करने लगे। चमकती रोशनी और धमाकों की आवाज़ से वह शुरू हो गई, वह इसे बर्दाश्त नहीं कर पाई –'

एबरफ़ोर्थ के चेहरे का रंग उड़ गया, जैसे उसे घातक घाव लगा हो।

'– मुझे लगता है वह मदद करना चाहती थी, लेकिन दरअसल वह नहीं जानती थी कि वह क्या कर रही है। मुझे नहीं मालूम कि यह हममें से किसने किया, हममें से कोई भी हो सकता था – लेकिन वह मर गई।'

उसकी आवाज़ आख़िरी शब्दों पर आकर टूट गई और वह सबसे पास वाली कुर्सी पर लुढ़क गया। हर्माइनी का चेहरा आँसुओं से तर था और रॉन का चेहरा भी एबरफ़ोर्थ जितना ही पीला था। हैरी को वितृष्णा के सिवा कुछ महसूस नहीं हुआ। वह सोच रहा था कि काश उसने यह नहीं सुना होता, काश वह इसे अपने दिमाग़ से धोकर साफ़ कर सकता।

'मुझे बहुत ... मुझे बहुत अफ़सोस है,' हर्माइनी फुसफुसाकर बोली।

'चली गई,' एबरफ़ोर्थ बोला। 'हमेशा के लिए चली गई।'

उसने आस्तीन से नाक पोंछी और फिर गला साफ़ किया।

'ज़ाहिर है, ग्रिन्डेलवाल्ड भाग खड़ा हुआ। उसके देश में उसका रिकॉर्ड पहले से ही थोड़ा ख़राब था और वह नहीं चाहता था कि इसमें एरियाना का मामला भी जुड़ जाए। और एल्बस आज़ाद हो गया, है ना? अपनी बहन के बोझ से आज़ाद, दुनिया का सबसे बड़ा जादूगर बनने के लिए आज़ाद –'

'वे कभी आज़ाद नहीं हो पाए,' हैरी ने कहा।

'क्या कहा?' एबरफ़ोर्थ बोला।

'कभी नहीं,' हैरी ने कहा। 'जिस रात को आपके भाई की मौत हुई थी, उस रात उन्होंने एक काढ़ा पिया था, जिससे उनका दिमाग़ चकरा गया था। वे चीख़ने लगे थे और किसी से विनती करने लगे थे, जो वहाँ मौजूद ही नहीं था। *'उन्हें चोट मत पहुँचाओ, प्लीज़ ... उनके बजाय मुझे चोट पहुँचाओ।'*

रॉन और हर्माइनी हैरी को घूर रहे थे। उसने उन्हें कभी विस्तार से नहीं बताया था कि झील वाले टापू पर क्या हुआ था। दरअसल, उसके और डम्बलडोर के हॉगवर्ट्स लौटने के बाद जो घटनाएँ हुई थीं, वे ज़्यादा भयंकर थीं।

'वे सोच रहे थे कि वे आपके और ग्रिन्डेलवाल्ड के साथ हैं। मुझे पता है कि वे यही सोच रहे थे,' हैरी ने डम्बलडोर के कराहने और गिड़गिड़ाने को याद करते हुए कहा। 'वे सोच रहे थे कि ग्रिन्डेलवाल्ड आपको और एरियाना को चोट पहुँचा रहा है ... यह उनके लिए यातना थी। अगर आपने उन्हें उस वक़्त देखा होता, तो आप उन्हें कभी आज़ाद नहीं कहते।'

एबरफ़ोर्थ अपने जुड़े और नसों से भरे हाथों को खोए अंदाज़ में देख रहा था। काफ़ी देर बाद वह बोला, 'तुम यक़ीन के साथ कैसे कह सकते हो, पॉटर, कि मेरे भाई की दिलचस्पी तुममें ज़्यादा है और बहुसंख्यक लोगों की भलाई में कम है? तुम इतने यक़ीन के साथ कैसे कह सकते हो कि मेरी छोटी बहन की तरह तुम्हारी भी बलि नहीं दी जा रही है?'

बर्फ़ का एक टुकड़ा हैरी के दिल को बेध गया।

'मुझे इस बात पर यक़ीन नहीं है। डम्बलडोर हैरी से प्यार करते थे,' हर्माइनी बोली।

'तो फिर उसने इसे छिपने को क्यों नहीं कहा?' एबरफ़ोर्थ ने चिल्लाकर कहा। 'उसने इससे यह क्यों नहीं कहा, अपनी परवाह करो,

बचने का तरीक़ा यह है?'

'क्योंकि,' हर्माइनी के जवाब देने से पहले ही हैरी बोल उठा, 'कई बार आपको अपनी सुरक्षा से आगे तक सोचना *पड़ता* है! कई बार आपको बहुसंख्यक लोगों की भलाई के बारे में सोचना *पड़ता* है! यह जंग है!'

'तुम सत्रह साल के हो, लड़के!'

'मैं बालिग़ हूँ और भले ही आपने हार मान ली हो, लेकिन मैं लड़ता रहूँगा!'

'कौन कहता है कि मैंने हार मान ली है?'

'मायापंछी का समूह ख़त्म हो चुका है,' हैरी ने दोहराया। 'तुम-जानते-हो-कौन जीत गया है। सब ख़त्म हो गया है और जो भी यह नहीं मानता है, वह मूर्ख है।'

'मुझे यह कहते हुए अच्छा नहीं लगता है, लेकिन सच्चाई यही है!'

'नहीं, सच्चाई यह नहीं है,' हैरी ने कहा। 'आपके भाई तुम-जानते-हो-कौन को ख़त्म करने का तरीक़ा जानते थे और उन्होंने मुझे वह तरीक़ा बता दिया है। मैं इस कोशिश में तब तक लगा रहूँगा, जब तक मैं सफल नहीं हो जाता - या मर नहीं जाता। यह न सोचें कि मुझे अंदाज़ा नहीं है कि इसका क्या अंजाम हो सकता है। मैं बरसों से यह बात जानता हूँ।'

उसने एबरफ़ोर्थ के ताने या बहस का इंतज़ार किया, लेकिन एबरफ़ोर्थ ने ऐसा कुछ नहीं किया, बल्कि त्योरी चढ़ाकर देखता रहा।

'हमें हॉगवर्ट्स में दाख़िल होना है,' हैरी ने दोबारा कहा। 'अगर आप हमारी मदद नहीं कर सकते, तो हम सुबह होने का इंतज़ार करेंगे और फिर आपको शांति में छोड़कर अपना रास्ता ख़ुद खोजने की कोशिश करेंगे। अगर आप हमारी मदद कर *सकते* हैं, तो ऐसा करने का सबसे अच्छा समय यही है।'

एबरफ़ोर्थ अपनी कुर्सी पर स्थिर बैठकर हैरी को उन आँखों से देखता रहा, जो असाधारण रूप से उसके भाई जैसी दिखती थीं। अंततः उसने अपना गला साफ़ किया, चलकर छोटी टेबल के पार गया और एरियाना की तस्वीर के पास पहुँच गया।

'तुम जानती हो कि क्या करना है,' उसने कहा।

वह मुस्कराई और मुड़कर दूर चली गई। आम तौर पर तस्वीरों के

लोग फ्रेम के कोनों से बाहर निकल जाते थे, लेकिन एरियाना ने ऐसा नहीं किया। वह अपने पीछे दिख रही पेंट की हुई एक लंबी सुरंग में जाने लगी। उन्होंने उसकी पतली आकृति को पीछे जाते देखा, जब तक कि वह अंततः अँधेरे में नहीं खो गई।

'अर - क्या - ?' रॉन ने कहना शुरू किया।

'अब अंदर जाने का एक ही रास्ता है,' एबरफ़ोर्थ ने कहा। 'तुम्हें पता होना चाहिए कि उन्होंने सारे पुराने ख़ुफ़िया गलियारे दोनों तरफ़ से बंद कर दिए हैं। चहारदीवारी के चारों तरफ़ दमपिशाच पहरा दे रहे हैं। जैसी कि मेरे सूत्रों ने ख़बर दी है, स्कूल के भीतर नियमित पहरेदारी हो रही है। इस जगह की पहले कभी इतनी ज़्यादा पहरेदारी नहीं हुई। तुम इसके भीतर पहुँचने के बाद कुछ करने की उम्मीद कैसे कर सकते हो, जब स्नेप यहाँ का हेडमास्टर है और कैरो भाई-बहन उसके सहायक हैं ... लेकिन इसकी चिंता तुम्हें करनी है, है ना? तुम कहते हो कि तुम मरने के लिए तैयार हो।'

'लेकिन क्या ...?' हर्माइनी ने एरियाना की तस्वीर को त्योरियाँ चढ़ाकर देखते हुए कहा।

एक छोटा सफ़ेद बिंदु तस्वीर की सुरंग के आख़िर में दोबारा प्रकट हो गया था। अब एरियाना उनकी तरफ़ चलकर वापस आ रही थी और ज़्यादा बड़ी होती जा रही थी। लेकिन उसके साथ अब कोई और भी था। उससे ज़्यादा लंबा एक लड़का, जो अब लँगड़ा रहा था, लेकिन रोमांचित दिख रहा था। उस लड़के के बाल इतने लंबे थे, जितने हैरी ने पहले कभी नहीं देखे थे। उसके चेहरे पर कई घाव थे और उसके कपड़े फटे थे। धीरे-धीरे दोनों आकृतियाँ बड़ी होती गईं, जब तक कि उनके सिर और कंधों ने तस्वीर को पूरा नहीं भर लिया। फिर पूरी चीज़ किसी छोटे दरवाज़े की तरह दीवार पर आगे की तरफ़ झूली और असली सुरंग का दरवाज़ा नज़र आया। उसमें से असली नेविल लाँगबॉटम बाहर निकला, जिसके बाल बहुत बड़े थे, चेहरे पर घाव थे और कपड़े फटे थे। नेविल मैंटलपीस से कूदा और ख़ुशी से चिल्लाया, 'मैं जानता था, तुम ज़रूर आओगे! *मैं जानता था, हैरी!*'

अध्याय उनतीस

खोया किरीट

'नेविल – क्या – कैसे – ?'

लेकिन तब तक नेविल को रॉन और हर्माइनी दिख गए थे तथा वह ख़ुशी से चीख़ते हुए उन्हें भी गले लगाने लगा था। हैरी ने नेविल को जितना ज़्यादा देखा, उसे उसका हाल उतना ही बुरा नज़र आया। उसकी एक आँख सूजी, पीली और बैंगनी थी। उसके चेहरे पर घावों के गहरे गोल निशान थे। उसका हुलिया बता रहा था कि उसने बहुत यातना सही थी। बहरहाल, उसका कटा-पिटा चेहरा ख़ुशी से दमक रहा था, जब उसने हर्माइनी को छोड़ते हुए दोबारा कहा, 'मैं जानता था, तुम ज़रूर आओगे! सीमस से हमेशा कहता था कि यह तो सिर्फ़ वक़्त की बात है!'

'नेविल, तुम्हें क्या हुआ?'

'क्या? यह?' नेविल ने अपना सिर हिलाकर अपनी चोटों को नज़रअंदाज़ कर दिया। 'यह कुछ नहीं है। सीमस की हालत तो मुझसे भी ज़्यादा ख़राब है। तुम ख़ुद देख लेना। तो हम चलें? ओह,' वह एबरफ़ोर्थ की ओर मुड़ा, 'एब, दो और लोग आ सकते हैं।'

'दो और?' एबरफ़ोर्थ ने ख़तरनाक अंदाज़ में कहा। 'दो और से तुम्हारा क्या मतलब है, लॉंगबॉटम? कर्फ़्यू चल रहा है और पूरे गाँव पर रुदन सम्मोहन है!'

'मैं जानता हूँ, इसीलिए वे अंतर्ध्यान होकर सीधे बार में प्रकट होंगे,' नेविल ने कहा। 'जब वे यहाँ आ जाएँ, तो उन्हें गलियारे में भेज देना, ठीक है? बहुत-बहुत धन्यवाद।'

नेविल ने हर्माइनी की तरफ़ हाथ बढ़ाकर मैंटलपीस तथा फिर सुरंग

में चढ़ने में उसकी मदद की। रॉन उसके पीछे चढ़ा, फिर नेविल। हैरी ने एबरफ़ोर्थ को संबोधित किया।

'समझ में नहीं आता कि मैं आपका शुक्रिया कैसे अदा करूँ। आपने दो बार हमारी जान बचाई है।'

'उनका ध्यान रखना,' एबरफ़ोर्थ ने रूखे स्वर में कहा। 'मैं तीसरी बार उन्हें नहीं बचा पाऊँगा।'

हैरी मैंटलपीस पर चढ़ा और एरियाना की तस्वीर के पीछे की सुरंग में पहुँच गया। दूसरी तरफ़ पत्थर की समतल सीढ़ियाँ थीं। ऐसा लग रहा था, जैसे यह गलियारा यहाँ बरसों से था। दीवारों पर पीतल के लैंप लटक रहे थे और मिट्टी का फ़र्श समतल था। चलते समय उनकी छायाएँ पंखे की तरह दीवार पर लहराईं।

जब वे आगे चलने लगे, तो रॉन ने पूछा, 'यह रास्ता कब से है ? यह तो हॉगवर्ट्स के नक़्शे में नहीं है, है ना हैरी ? मुझे लगा था कि स्कूल के अंदर-बाहर सिर्फ़ सात गलियारे जाते हैं ?'

'यह सत्र शुरू होने से पहले उन सभी को बंद कर दिया गया है,' नेविल ने कहा। 'अब उनमें से किसी से भी अंदर घुसने की कोई संभावना नहीं है। अंदर जाने के रास्ते पर शाप लगा दिए गए हैं और बाहर निकलने के रास्ते पर प्राणभक्षी तथा दमपिशाच इंतज़ार कर रहे हैं।' वह मुस्कराते हुए पीछे हुआ, जैसे आँखों में उनकी छवि बसाना चाहता हो। 'यह सब छोड़ो ... क्या यह सच है ? क्या तुम लोग ग्रिनगॉट में घुसे थे ? क्या तुम ड्रैगन पर बैठकर बचे थे ? यह बात हर जगह फैली है। सभी लोग यही बात कर रहे हैं। डिनर पर बड़े हॉल में टेरी बूट इस बारे में चिल्लाया था, जिसके लिए कैरो ने उसकी पिटाई कर दी!'

'हाँ, यह सच है,' हैरी ने कहा।

नेविल ख़ुशी से हँसा।

'तुमने ड्रैगन का क्या किया ?'

'जंगल में खुला छोड़ दिया,' रॉन बोला। 'वैसे हर्माइनी तो उसे पालतू बनाना चाहती थी –'

'बढ़ा-चढ़ाकर मत बोलो, रॉन –'

'लेकिन तुम कर क्या रहे थे ? लोग कह रहे थे कि तुम कहीं छिप गए हो, हैरी, लेकिन मुझे ऐसा नहीं लगता। मुझे लगता है कि तुम कुछ न

कुछ ज़रूर कर रहे होगे।'

'तुम्हें सही लगता है,' हैरी ने कहा, 'लेकिन हमें हॉगवर्ट्स के हाल-चाल बताओ, नेविल। हमने यहाँ की कोई ख़बर नहीं सुनी है।'

'यह ... देखो, अब यह हॉगवर्ट्स जैसा बिलकुल नहीं रहा,' नेविल ने कहा और यह बोलते समय उसके चेहरे की मुस्कान ग़ायब हो गई। 'क्या तुम कैरो भाई-बहन के बारे में जानते हो?'

'वे प्राणभक्षी, जो यहाँ पढ़ाते हैं?'

'वे यहाँ पढ़ाने से ज़्यादा करते हैं,' नेविल ने कहा। 'वे अनुशासन के प्रभारी हैं। वे दोनों सज़ा देना पसंद करते हैं।'

'अंबरिज की तरह?'

'नहीं, अंबरिज तो उनके सामने गाय लगती है। बाक़ी टीचर्स से कहा गया है कि अगर हम कोई ग़लती करें, तो हमें कैरो भाई-बहन के पास भेज दिया जाए। जहाँ तक संभव होता है, टीचर्स ऐसा नहीं करते हैं। साफ़ नज़र आता है कि वे भी उनसे उतनी ही नफ़रत करते हैं, जितनी कि हम करते हैं।

'एमिकस गुप्त कलाओं से रक्षा विषय पढ़ाने आया है, लेकिन अब वह गुप्त कलाएँ पढ़ा रहा है। जिन लोगों को सज़ा दी जाती है, उन पर हमें पीड़ीकृत शाप का अभ्यास करना होता है -'

'क्या?'

हैरी, रॉन और हर्माइनी की आवाज़ें एक साथ गलियारे में गूँजीं।

'हाँ,' नेविल ने कहा। 'इसी कारण मुझे यह घाव मिला है,' उसने अपने गाल के एक गहरे घाव की तरफ़ इशारा किया। 'मैंने पीड़ीकृत शाप देने से इंकार कर दिया था। वैसे कुछ विद्यार्थी इसे पसंद करते हैं। क्रैब और गॉइल तो इसके दीवाने हैं। मुझे लगता है, वे पहली बार किसी चीज़ में माहिर हुए हैं।

'एमिकस की बहन अलेक्टो मगलू अध्ययन पढ़ाती है, जिसे पढ़ना सभी विद्यार्थियों के लिए अनिवार्य कर दिया गया है। हमें उसकी बातें सुननी पड़ती हैं कि मगलू लोग जानवरों जितने मूर्ख और गंदे होते हैं। वह बताती है कि मगलुओं ने किस तरह जादूगरों के साथ दुष्टता करके उन्हें छिपने के लिए मजबूर कर दिया है और प्राकृतिक व्यवस्था किस तरह दोबारा स्थापित हो रही है। मुझे यह चोट मिली,' उसने अपने चेहरे के एक

और घाव की तरफ़ इशारा किया, 'जब मैंने उससे पूछा कि उसमें और उसके भाई में कितना मगलू ख़ून है।'

'ओह, नेविल,' रॉन ने कहा। 'मुँह खोलने का भी कोई वक़्त और जगह होती है।'

'तुमने उसकी बातें सुनी नहीं हैं,' नेविल ने कहा। 'तुम भी इसे बर्दाश्त नहीं करते। मुद्दे की बात यह है कि जब कोई ऐसे लोगों के ख़िलाफ़ खड़ा होता है, तो इससे हर एक की हिम्मत बढ़ती है। हैरी, जब तुम ऐसा करते थे, तब मैंने इस बात पर ग़ौर किया था।'

'लेकिन वे तुम पर अपने चाकू की धार तेज़ कर रहे हैं,' रॉन ने थोड़ा कराहते हुए कहा, जब वे एक लैंप के पास से गुज़रे और नेविल के घाव साफ़ दिखने लगे।

नेविल ने कंधे उचकाए।

'कोई फ़र्क़ नहीं पड़ता। वे शुद्ध ख़ून ज़्यादा नहीं बहाना चाहते थे, इसलिए मुँह खोलने पर हमें थोड़ी यातना ज़रूर दी, लेकिन इतनी नहीं कि हमारी जान चली जाए।'

हैरी नहीं जानता था कि क्या ज़्यादा बुरा था, नेविल की कही बातें या इन चीज़ों के बारे में उसका हल्का-फुल्का अंदाज़।

'असली ख़तरे में तो वे लोग हैं, जिनके दोस्त और रिश्तेदार बाहर मुश्किलें खड़ी कर रहे हैं। उन्हें बंधक बना लिया गया है। ज़ेनो लवगुड अपनी पत्रिका *द क्विबलर* में काफ़ी मुँह खोल रहा था, इसलिए उन्होंने क्रिसमस पर लूना को ट्रेन से उतारकर पकड़ लिया था।'

'नेविल, लूना बिलकुल ठीक है, हम उससे मिल चुके हैं –'

'हाँ, जानता हूँ, उसने मुझे संदेश भेजा था।'

उसने अपनी जेब से एक सुनहरा सिक्का निकाला। हैरी पहचान गया कि यह उन्हीं नक़ली गैलियनों में से एक था, जिनके माध्यम से डम्बलडोर की सेना के सदस्य एक-दूसरे को संदेश भेजते थे।

'इन्होंने बहुत बढ़िया साथ दिया,' नेविल ने हर्माइनी की ओर देखकर मुस्कराते हुए कहा। 'कैरो भाई-बहन को कभी पता ही नहीं चला कि हम आपस में कैसे संदेश भेजते हैं। इससे वे पगला गए। हम रात को चोरी से बाहर निकलते थे और दीवारों पर संदेश लिख देते थे : *डम्बलडोर की सेना, चाहिए नए सदस्य!* इसी तरह की बातें। इससे स्नेप चिढ़ जाता

था।'

'*करते थे* यानी?' हैरी ने कहा, जिसने उस वाक्य के भूतकाल में होने पर ग़ौर किया था।

'देखो, कुछ समय बाद यह काम ज़्यादा मुश्किल हो गया,' नेविल ने कहा। 'क्रिसमस पर लूना को बंधक बना लिया गया और जिनी ईस्टर के बाद हॉगवर्ट्स नहीं लौटी। एक तरह से हम तीनों ही इस गैंग के लीडर थे। कैरो भाई-बहन को शक हो गया कि इन ख़ुराफ़ातों के पीछे मैं हूँ, इसलिए वे मुझ पर काफ़ी सख़्ती करने लगे। इसके अलावा, जब माइकल कॉर्नर ने जंज़ीरों से बँधे फ़र्स्ट ईयर के एक लड़के को छुड़ाने की कोशिश की, तो उसे पकड़कर बहुत बुरी तरह यातना दी गई। इससे बाक़ी विद्यार्थी डर गए।'

'सारी शरारतें बंद,' रॉन बुदबुदाया, जब गलियारे में चढ़ाई आ गई।

'हाँ, देखो, मैं लोगों से माइकल जैसी यातना सहने को तो नहीं कह सकता था, इसलिए हमने इस तरह की हरकतें छोड़ दीं। लेकिन इसके बावजूद कुछ हफ़्ते पहले तक हम लोग संघर्ष कर रहे थे और छिपकर काम कर रहे थे। मुझे लगता है, तब उन्होंने फ़ैसला किया कि मुझे रोकने का एक ही तरीक़ा है और उन्होंने दादी पर धावा बोल दिया।'

'*क्या?*' हैरी, रॉन और हर्माइनी ने एक साथ कहा।

'हाँ,' नेविल ने कहा, जो अब थोड़ा हाँफ रहा था, क्योंकि गलियारे की चढ़ाई अब काफ़ी खड़ी हो चुकी थी, 'देखो, उनके सोचने का तरीक़ा स्पष्ट था और यह काफ़ी अच्छी तरह काम कर चुका था। देखो, वे बच्चों का अपहरण इसलिए करते थे, ताकि उनके रिश्तेदार सही रास्ते पर चलें। यह तो सिर्फ़ वक़्त की बात ही थी कि वे इसके विपरीत तरीक़े का इस्तेमाल करें। वैसे सच तो यह था,' उसने अपना चेहरा उनकी तरफ़ घुमाया और हैरी यह देखकर हैरान रह गया कि वह मुस्करा रहा था, 'कि उन्होंने दादी के मामले को कुछ ज़्यादा ही आसान समझ लिया था। बूढ़ी जादूगरनी, जो अकेली रहती थी। उन्होंने शायद सोचा होगा कि किसी दमदार जादूगर को भेजने की ज़रूरत नहीं है। ख़ैर,' नेविल हँसा, 'डॉलिश अब भी सेंट मंगोज़ अस्पताल में है और दादी भागकर छिप गई हैं। उन्होंने मुझे एक चिट्ठी भेजी है,' उसने अपने दुशाले के सीने की जेब पर हाथ मारा, 'जिसमें उन्होंने लिखा है कि उन्हें मुझ पर गर्व है और मैं अपने माता-पिता की सच्ची संतान हूँ और मैं आगे भी इसी तरह काम करता रहूँ।'

'बहुत बढ़िया,' रॉन ने कहा।

'हाँ,' नेविल ने ख़ुशी से कहा। 'बात सिर्फ़ यह है कि जब प्राणभक्षियों को यह एहसास हो गया कि उनकी मेरे ऊपर कोई पकड़ नहीं है, तो उन्होंने फ़ैसला किया कि हॉगवर्ट्स में अब मुझे सहन नहीं किया जा सकता। मैं नहीं जानता कि वे मुझे मारने की योजना बना रहे थे या अज़्काबान भेजने की, लेकिन इनमें से जो भी होता, मेरे लिए अच्छा नहीं होता। मैंने फ़ौरन ग़ायब होने का फ़ैसला कर लिया।'

'लेकिन,' रॉन ने पूरी तरह दुविधा में नज़र आते हुए कहा, 'क्या – क्या हम हॉगवर्ट्स नहीं जा रहे हैं?'

नेविल ने कहा, 'देखते जाओ। हम यहाँ हैं।'

एक मोड़ मुड़ते ही गलियारा ख़त्म हो गया। एक छोटी सीढ़ी उस दरवाज़े की ओर ले जाती थी, जो एरियाना की तस्वीर के पीछे छिपे दरवाज़े जैसा था। नेविल ने इसे धकाकर खोला और अंदर चला गया। अंदर घुसते समय हैरी ने सुना कि नेविल कुछ लोगों से कह रहा था : देखो तो सही, कौन आया है! मैंने तुमसे नहीं कहा था?'

जब हैरी गलियारे के पार वाले कमरे में पहुँचा, तो ज़बर्दस्त चीख़-पुकार सुनाई दी –

'हैरी!'

'यह तो पॉटर है, यह तो **पॉटर** है!'

'रॉन!'

'हर्माइनी!'

उसे रंगीन पर्दों, लैंपों और कई चेहरों का हल्का सा एहसास हुआ। अगले ही पल बीस-पच्चीस लोगों ने हैरी, रॉन और हर्माइनी पर छलाँग लगा दी, उनकी पीठ ठोंकी, उन्हें गले लगाया, उनके बाल बिखेरे और उनसे हाथ मिलाया। ऐसा लग रहा था, जैसे उन्होंने अभी-अभी क्विडिच कप का फ़ाइनल जीता हो।

नेविल बोला, '**ठीक है**, **ठीक है**, अब शांत हो जाओ!' भीड़ के पीछे हटने पर हैरी ने आस-पास के माहौल को अच्छी तरह देखा।

वह उस कमरे को बिलकुल भी नहीं पहचान पाया। यह बहुत बड़ा था और किसी बड़े ट्री हाउस या शायद किसी विशाल जहाज़ के केबिन जैसा लग रहा था। कई रंगों के झूले वाले पलंग छत और बालकनी से बँधे

थे। गहरे रंग के लकड़ी के पैनल थे, बिना खिड़कियों की दीवारें थीं और चमकती दीवारदरी थी। वहाँ पर हैरी ने गरुड़द्वार का सुनहरा शेर देखा, जो लाल रंग से चमक रहा था। पास में ही पीले पर्दे पर मेहनतकश का काला बिज्जू दिख रहा था। नीले पर्दे पर चीलघात की काँसे के रंग की चील भी थी। सिर्फ़ नागशक्ति के हरे और सफ़ेद रंग नज़र नहीं आ रहे थे। वहाँ पर पुस्तकों की अलमारियाँ थीं, दीवारों से कुछ झाड़ुएँ टिकी थीं और कोने में लकड़ी का एक बड़ा रेडियो था।

'हम कहाँ हैं ?'

'ज़ाहिर है, आवश्यकता कक्ष में!' नेविल ने कहा। 'इसने कमाल कर दिया, है ना ? कैरो भाई-बहन मेरा पीछा कर रहे थे और मैं जानता था कि मेरे पास छिपने का बस एक ही मौक़ा है। मैं एक दरवाज़े के पार निकलने में कामयाब हो गया और यहाँ आ गया! वैसे जब मैं आया था, तो इसका हुलिया ऐसा नहीं था। उस वक़्त यह काफ़ी छोटा था। सिर्फ़ एक पलंग और गरुड़द्वार के पर्दे थे। लेकिन जैसे-जैसे डम्बलडोर की सेना के बाक़ी साथी आते गए, यह फैलता गया।

'क्या कैरो भाई-बहन इसके अंदर नहीं आ सकते ?' हैरी ने दरवाज़े को तलाशते हुए कहा।

'नहीं,' सीमस फ़िनिगन ने कहा, जिसे हैरी उसके बोलने के बाद ही पहचान पाया; सीमस के सूजे हुए चेहरे पर इतने घाव थे कि वह पहचान में ही नहीं आ रहा था। 'यह छिपने की आदर्श जगह है। जब तक हममें से एक भी व्यक्ति अंदर है, तब तक वे हमारे पास नहीं आ सकते। दरवाज़ा खुलेगा ही नहीं। सब कुछ नेविल ने किया है। वह सचमुच इस कमरे का मालिक है। आपको इससे बस *ठीक* वही माँगना होता है, जिसकी आपको ज़रूरत है - जैसे, "मैं नहीं चाहता कि कैरो भाई-बहन का कोई समर्थक इसके अंदर आ सके" - और यह आपके आदेश का पालन करता है! आपको तो बस यह पक्का करना होता है कि आपके शब्द सही हों और ग़लती की कोई गुंजाइश न रहे! नेविल इसमें बहुत माहिर है!'

'दरअसल बात बिलकुल सीधी है,' नेविल ने विनम्रता से कहा। 'मैं यहाँ डेढ़ दिन तक रहा। जब मुझे बहुत भूख लगने लगी, तो मैंने इच्छा की कि मुझे कुछ खाने को मिल जाए। तत्काल मेरे सामने गलियारा खुल गया, जिसमें होकर मैं हॉग्स हेड पहुँच गया और वहाँ मुझे एबरफ़ोर्थ मिल गया। वही हमें खाना खिलाता है, क्योंकि न जाने क्यों कमरा हमारे लिए खाने की

व्यवस्था नहीं करता है।'

'देखो, ऐसा इसलिए है, क्योंकि भोजन गैंप के मूलभूत रूपांतरण के नियम के पाँच अपवादों में से एक है,' रॉन ने कहा, जिसके मुँह से इतनी ज्ञान भरी बात सुनकर सब हैरान रह गए।

'हम लगभग दो हफ़्तों से यहाँ छिपे हैं,' सीमस ने कहा, 'जब हमें और पलंगों की ज़रूरत होती है, तो कमरे में अपने आप पलंग आ जाते हैं। जब लड़कियाँ आ गईं, तो यहाँ अच्छा बाथरूम भी प्रकट हो गया –'

'– क्योंकि लड़कियाँ नहाना चाहती थीं, है ना,' लैवेंडर ब्राउन ने कहा, जिस पर हैरी ने अब तक ध्यान नहीं दिया था।

चारों तरफ़ नज़र डालने पर उसे बहुत से जाने-पहचाने चेहरे दिखे। जुड़वाँ पाटिल बहनें वहाँ थीं। साथ ही टेरी बूट, अर्नी मैकमिलन, एंथनी गोल्डस्टीन और माइकल कॉर्नर भी थे।

'हमें बताओ, तुमने क्या-क्या किया है,' अर्नी ने कहा, 'इतनी सारी अफ़वाहें फैली हुई हैं। हम *पॉटरवाच* में तुम्हारे बारे में ताज़ा जानकारी हासिल करने की कोशिश करते हैं।' उसने रेडियो की तरफ़ इशारा किया। 'तुम ग्रिनगॉट में तो नहीं घुसे होगे?'

'घुसे थे!' नेविल बोला। 'और ड्रैगन वाली बात भी सच है!'

तालियों और ख़ुशी की चीख़ों की आवाज़ें सुनाई दीं। रॉन ने सिर झुकाकर इस अभिवादन को स्वीकार किया।

'तुम लोग कौन सी चीज़ चुराने के लिए वहाँ गए थे?' सीमस ने उत्सुकता से पूछा।

इससे पहले कि उन तीनों में से कोई इस सवाल से बचने के लिए पलटकर सवाल पूछता, हैरी के बिजली जैसे निशान में भयंकर दर्द होने लगा। जैसे ही उसने जल्दी से उत्सुक तथा ख़ुश चेहरों की तरफ़ पीठ घुमाई, आवश्यकता कक्ष ग़ायब हो गया। वह पत्थर की एक खंडहर इमारत के भीतर खड़ा था और उसके पैरों के पास सड़ी लकड़ी के पटिए उखड़े पड़े थे। गड्ढे के पास एक ख़ाली सुनहरा बॉक्स खुला पड़ा था। वोल्डेमॉर्ट की आवेश भरी चीख़ उसके दिमाग़ में गूँज रही थी।

बेहद कोशिश करके वह वोल्डेमॉर्ट के दिमाग़ में से बाहर निकला और लहराता हुआ आवश्यकता कक्ष में लौटा। उसके चेहरे पर पसीना बह रहा था और रॉन उसे पकड़े था।

'तुम ठीक तो हो, हैरी?' नेविल कह रहा था। 'बैठना चाहोगे? मुझे लगता है, तुम थक गए हो, है ना – ?'

'नहीं,' हैरी ने कहा। उसने रॉन और हर्माइनी की तरफ़ देखकर बिना बोले उन्हें यह बताने की कोशिश की कि वोल्डेमॉर्ट को अपने एक होरक्रक्स के जाने का पता चल गया है। समय बहुत तेज़ी से गुज़र रहा था। अगर वोल्डेमॉर्ट इसके बाद हॉगवर्ट्स आने का फ़ैसला कर लेगा, तो मौक़ा उनके हाथ से निकल जाएगा।

'हमें चलना चाहिए,' उसने कहा और उन दोनों के चेहरे के भावों से पता चल गया कि वे उसकी बात समझ गए थे।

'तुम क्या करने जा रहे हो, हैरी?' सीमस ने कहा। 'योजना क्या है?'

'योजना?' हैरी ने दोहराया। वह वोल्डेमॉर्ट के आवेश को महसूस न करने के लिए अपनी पूरी इच्छाशक्ति का इस्तेमाल कर रहा था। उसका निशान अब भी बुरी तरह जल रहा था। 'देखो, एक ऐसा काम है, जो हमें – रॉन, हर्माइनी और मुझे – करना है। इसके बाद हम यहाँ से चले जाएँगे।'

अब कोई भी हँस नहीं रहा था या तालियाँ नहीं बजा रहा था। नेविल दुविधा में नज़र आ रहा था।

'तुम्हारा क्या मतलब है, "यहाँ से चले जाएँगे।"'

'हम यहाँ रुकने के लिए नहीं आए हैं,' हैरी ने अपना निशान मलकर दर्द को कम करने की कोशिश करते हुए कहा। 'हमें एक महत्वपूर्ण काम करना है –'

'क्या काम करना है?'

'मैं – मैं तुम्हें नहीं बता सकता।'

इस पर बुदबुदाहटें शुरू हो गईं। : नेविल की भौंहें सिकुड़ गईं।

'तुम हमें क्यों नहीं बता सकते? यह तुम-जानते-हो-कौन से लड़ने के बारे में है, है ना?'

'हाँ –'

'तो फिर हम तुम्हारी मदद करेंगे।'

डम्बलडोर की सेना के बाक़ी सदस्य सिर हिला रहे थे : कुछ उत्साह से, कुछ गंभीरता से। उनमें से कुछ अपनी कुर्सियों से उठे, जिससे इस काम में तत्काल जुटने की उनकी इच्छा साफ़ ज़ाहिर हो रही थी।

'तुम लोग समझते नहीं हो।' हैरी ने आख़िरी कुछ घंटों में बहुत कुछ कह दिया था। 'हम - हम तुम्हें नहीं बता सकते। हमें यह काम - अकेले करना है।'

'क्यों ?' नेविल ने पूछा।

'क्योंकि ...' हैरी बड़ी हताशा से छिपे होरक्रक्स की तलाश शुरू करना चाहता था। कम से कम वह रॉन और हर्माइनी से अकेले में बातचीत करना चाहता था कि उन्हें अपनी खोज कहाँ से शुरू करनी चाहिए। इस उधेड़बुन में हैरी के लिए अपने विचारों को एकत्रित करना मुश्किल था। उसका निशान अब भी दर्द से फटा जा रहा था। 'डम्बलडोर हम तीनों के लिए एक काम छोड़ गए हैं,' उसने सावधानी से कहा, 'और हमें वह काम किसी को बताना नहीं है - मेरा मतलब है, वे चाहते थे कि हम इसे करें, बस हम तीनों।'

'हम भी तो उनकी सेना में हैं,' नेविल ने कहा। 'डम्बलडोर की सेना। हम सब इसमें एक साथ हैं। हम लोगों ने इसे क़ायम रखा है, हालाँकि तुम तीनों ने अपनी अलग सेना बना ली है -'

'यह पिकनिक नहीं है, दोस्त,' रॉन ने कहा।

'मैंने कभी नहीं कहा कि यह पिकनिक है, लेकिन मैं यह नहीं समझ पा रहा हूँ कि तुम हम पर भरोसा क्यों नहीं कर रहे हो। इस कमरे में मौजूद हर व्यक्ति संघर्ष कर रहा था, इसी कारण उन्हें यहाँ छिपना पड़ रहा है, क्योंकि कैरो भाई-बहन उनकी तलाश कर रहे हैं। यहाँ मौजूद हर व्यक्ति ने साबित कर दिया है कि वे डम्बलडोर के प्रति वफ़ादार हैं - तुम्हारे प्रति वफ़ादार हैं।'

'देखो,' हैरी ने कहना शुरू किया, बिना यह जाने कि वह क्या कहने वाला है, लेकिन इससे कोई फ़र्क़ नहीं पड़ा, क्योंकि तभी उसके पीछे सुरंग का दरवाज़ा खुल गया।

'हमें तुम्हारा संदेश मिल गया, नेविल! हैलो, तुम तीनों, मैंने सोचा था कि तुम यहाँ पर ज़रूर मिलोगे!'

लूना और डीन आ गए थे। सीमस ख़ुशी के मारे तेज़ी से गरजा और अपने सबसे अच्छे दोस्त से गले मिलने भागा।

'हाय, सभी लोग!' लूना चहकते हुए बोली। 'ओह, वापस लौटना बहुत अच्छा लगा!'

'लूना,' हैरी ने बेध्यानी से कहा, 'तुम यहाँ क्या कर रही हो? तुम्हें कैसे – ?'

'मैंने संदेश भेजा था,' नेविल ने नक़ली गैलियन को ऊपर उठाते हुए कहा। 'मैंने उससे और जिनी से वादा किया था कि अगर तुम लोग यहाँ आए, तो मैं उन्हें ख़बर कर दूँगा। हम सभी ने सोचा था कि अगर तुम लौट आते हो, तो इसका मतलब क्रांति है। फिर हम स्नेप और कैरो भाई-बहन को यहाँ से खदेड़ देंगे।'

'ज़ाहिर है, इसका यही मतलब है,' लूना ने चहकते हुए कहा। 'है ना, हैरी? हम लड़कर उन्हें हॉगवर्ट्स से बाहर खदेड़ देंगे?'

'सुनो,' हैरी ने दहशत के बढ़ते एहसास के साथ कहा, 'मुझे अफ़सोस है, लेकिन हम इसलिए नहीं लौटे हैं। हमें एक काम करना है और फिर –'

'तुम हमें इसी हाल में छोड़कर चले जाओगे?' माइकल कॉर्नर ने पूछा।

'नहीं!' रॉन ने कहा। 'हम जो कर रहे हैं, उससे अंत में हर एक को फ़ायदा होगा। इससे तुम-जानते-हो-कौन से छुटकारा मिल सकता है –'

'तो फिर हम भी मदद करते हैं!' नेविल ने ग़ुस्से से कहा। 'हम इसमें शामिल होना चाहते हैं!'

उनके पीछे एक और आवाज़ आई और हैरी मुड़ा। उसके दिल ने जैसे धड़कना बंद कर दिया। जिनी दीवार के छेद में से अंदर आ रही थी। उसके पीछे फ्रेड, जॉर्ज और ली जॉर्डन थे। जिनी ने हैरी को प्यारी मुस्कान दी। वह भूल गया था या उसने पहले कभी ठीक से ध्यान नहीं दिया था कि वह कितनी सुंदर है, लेकिन इसके बावजूद इस वक़्त वह उसे देखकर जितना कम ख़ुश हुआ, उतना पहले कभी नहीं हुआ था।

'एबरफ़ोर्थ थोड़ा चिढ़ने लगा है,' फ्रेड ने अभिवादन की कई चिल्लाहटों के जवाब में अपना हाथ उठाते हुए कहा। 'उसका बार रेलवे स्टेशन बन गया है।'

हैरी का मुँह खुला रह गया। ली जॉर्डन के ठीक पीछे हैरी की पुरानी गर्लफ्रेंड चो चैंग आ गई। वह उसकी तरफ़ देखकर मुस्कराई।

'मुझे संदेश मिल गया,' उसने अपना नक़ली गैलियन उठाते हुए कहा और माइकल कॉर्नर के पास बैठने चली गई।

'तो योजना क्या है, हैरी ?' जॉर्ज ने कहा।

'कोई योजना नहीं है,' हैरी ने कहा, जिसके विचार इतने सारे लोगों के अचानक आ जाने से उथल-पुथल हो गए थे। वह ज़्यादा कुछ समझ नहीं पा रहा था, क्योंकि उसका निशान अब भी बुरी तरह जल रहा था।

'काम करते-करते योजना बन जाएगी, है ना ? मेरी प्रिय आदत ?' फ्रेड ने कहा।

'तुम्हें यह रोकना होगा!' हैरी ने नेविल से कहा। 'तुमने इन सबको यहाँ क्यों बुलाया ? यह पागलपन है -'

'हम लड़ रहे हैं, है ना ?' डीन ने अपना नक़ली गैलियन निकालते हुए कहा। 'संदेश में लिखा था कि हैरी लौट आया है और हम लड़ने वाले हैं! वैसे मेरे पास छड़ी नहीं है -'

'तुम्हारे पास *छड़ी* क्यों नहीं है - ?' सीमस ने पूछना शुरू किया।

रॉन अचानक हैरी की ओर मुड़ा।

'ये लोग मदद क्यों नहीं कर सकते ?'

'क्या ?'

'वे मदद कर सकते हैं।' रॉन ने अपनी आवाज़ धीमी की, ताकि उनके बीच में खड़ी हर्माइनी को छोड़कर और कोई उनकी बात न सुन सके। 'हम नहीं जानते हैं कि यह कहाँ है। हमें इसे बहुत जल्दी खोजना है। बस हम उन्हें यह नहीं बताएँगे कि यह होरक्रक्स है।'

हैरी ने रॉन के बाद हर्माइनी की तरफ़ देखा, जो बुदबुदाई, 'मुझे लगता है, रॉन ठीक कह रहा है। हमें तो यह भी नहीं पता कि हम किस चीज़ की तलाश कर रहे हैं। हमें उनकी ज़रूरत है।' जब हैरी अनिश्चित दिखने लगा, तो वह आगे बोली, 'तुम्हें हर काम अकेले करने की ज़रूरत नहीं है, हैरी।'

हैरी तेज़ी से सोचने लगा। उसका निशान अब भी दुख रहा था और उसका सिर दर्द से जैसे फटा जा रहा था। डम्बलडोर ने उसे चेतावनी दे दी थी कि वह रॉन और हर्माइनी के अलावा किसी को होरक्रक्सों के बारे में न बताए। *हम रहस्य और झूठ के माहौल में बड़े हुए थे और एल्बस ... वह तो पैदाइशी जीनियस था ...* क्या वह डम्बलडोर जैसा काम कर रहा था, जो अपने रहस्य अपने सीने में छिपाकर रखते थे और किसी पर भरोसा करने से डरते थे ? लेकिन डम्बलडोर ने स्नेप पर भरोसा किया था, और उसका

अंजाम क्या हुआ ? सबसे ऊँची मीनार के ऊपर हत्या ...

'ठीक है,' उसने बाक़ी दोनों से धीरे से कहा। फिर उसने पूरे कमरे से कहा, '**ठीक है**।' तत्काल शोर बंद हो गया। फ्रेड और जॉर्ज, जो चुटकुले सुनाकर अपने क़रीब के लोगों का मनोरंजन कर रहे थे, ख़ामोश हो गए। सभी लोग चौकस और रोमांचित दिख रहे थे।

'हमें एक चीज़ खोजनी है,' हैरी ने कहा। 'एक ऐसी चीज़, जो तुम-जानते-हो-कौन को नष्ट करने में हमारी मदद करेगी। यह हॉगवर्ट्स में है, लेकिन हम नहीं जानते हैं कि कहाँ। हो सकता है, यह चीलघात की हो। क्या किसी ने ऐसी चीज़ के बारे में सुना है ? मसलन किसी ने कभी कोई ऐसी चीज़ देखी हो, जिस पर चील बनी हो ?'

उसने आशा भरी निगाहों से चीलघात हाउस के छोटे समूह की तरफ़ देखा, जिसमें पद्मा, माइकल, टेरी और चो शामिल थे, लेकिन जवाब लूना ने दिया, जो जिनी की कुर्सी के हत्थे पर बैठी थी।

'देखो, उनका खोया किरीट है। याद है, हैरी, मैंने तुम्हें इसके बारे में बताया था ? चीलघात का खोया किरीट ? डैडी इसकी नक़ल बनाने की कोशिश कर रहे हैं।'

'हाँ, लेकिन खोया किरीट,' माइकल कॉर्नर ने अपनी आँखें गोल-गोल घुमाते हुए कहा, '*खो चुका* है, लूना। मुद्दे की बात यही है।'

'यह कब खोया था ?' हैरी ने पूछा।

'लोगों का कहना है, सदियों पहले,' चो ने कहा, जिसे सुनकर हैरी का दिल डूब गया। 'प्रोफ़ेसर फ़्लिटविक कहते हैं कि किरीट चीलघात के साथ ही ग़ायब हो गया था। लोगों ने तलाश की, लेकिन,' उसने अपने साथ के चीलघात के साथियों को आग्रह भरी नज़रों से देखा, 'किसी को भी इसका सुराग़ तक नहीं मिला, है ना ?'

उन सभी ने सहमति में अपने सिर हिलाए।

'माफ़ करना, लेकिन किरीट क्या *होता* है ?' रॉन ने पूछा।

'यह एक तरह का मुकुट होता है,' टेरी बूट ने कहा। 'माना जाता है कि चीलघात के मुकुट में जादुई ख़ूबियाँ हैं। कहा जाता है कि इसे पहनने से बुद्धि बढ़ जाती है।'

'हाँ, डैडी के चकरघिन्नी कीट चूसक विचलित करने वाली चीज़ों को चूस लेते हैं -'

लेकिन हैरी ने लूना की बात बीच में ही काट दी।

'क्या तुममें से किसी ने ऐसी कोई चीज़ देखी है?'

उन सभी ने दोबारा अपने सिर इंकार में हिलाए। हैरी ने रॉन और हर्माइनी की तरफ़ देखा। उसकी निराशा उनके चेहरों पर भी साफ़ झलक रही थी। मुकुट बहुत समय पहले खोया था और इसका सुराग़ तक नहीं मिला था। यह महल में छिपा होरक्रक्स कैसे हो सकता था ... बहरहाल, इससे पहले कि वह अगला सवाल पूछ पाए, चो दोबारा बोली।

'हैरी, अगर तुम देखना चाहो कि किरीट कैसा दिखता है, तो मैं तुम्हें हमारे कॉमन रूम में ले जाकर दिखा सकती हूँ! वहाँ चीलघात की मूर्ति लगी है, जिसमें वे इसे पहने हैं।'

हैरी का निशान एक बार फिर जलने लगा। पल भर के लिए उसकी नज़रों से आवश्यकता कक्ष ओझल हो गया। अब उसे अपने नीचे काली ज़मीन दिखी और कंधों पर बड़े साँप के लिपटने का एहसास हुआ। वोल्डेमॉर्ट दोबारा उड़ रहा था। हैरी को पता नहीं था कि वह भूमिगत झील की तरफ़ जा रहा था या फिर महल की तरफ़ आ रहा था। दोनों में से चाहे जो हो, अब समय बहुत कम बचा था।

'वह चल दिया है,' उसने धीरे से रॉन और हर्माइनी से कहा। उसने चो की तरफ़ देखने के बाद उन दोनों को देखा। 'सुनो, मैं जानता हूँ कि इससे ज़्यादा फ़ायदा नहीं होगा, लेकिन मैं जाकर मूर्ति देख आता हूँ। कम से कम यह तो पता चल जाएगा कि किरीट दिखता कैसा है। मेरा यहीं इंतज़ार करना और एक-दूसरे की सुरक्षा करना।'

चो उठकर खड़ी हो गई, लेकिन तभी जिनी थोड़े तैश में बोली, 'नहीं, हैरी को लूना ले जाएगी, है ना लूना?'

'ऊऊह, अगर तुम चाहती हो, तो मैं चली जाती हूँ,' लूना ने चहकते हुए कहा। चो निराश होकर बैठ गई।

'बाहर कैसे निकलते हैं?' हैरी ने नेविल से पूछा।

'यहाँ से।'

वह हैरी और लूना को एक कोने में ले गया, जहाँ एक छोटी अलमारी सीढ़ियों पर खुलती थी।

'यह हर दिन बदल जाती है, ताकि वे इसे कभी खोज न पाएँ,' उसने कहा। 'इकलौती दिक़्क़त यह है कि बाहर निकलने पर हमें कभी पता नहीं

होता है कि हम अंत में कहाँ पहुँचेंगे। सावधान रहना, हैरी, रात को गलियारों में पहरेदारी होती है।'

'कोई दिक़्क़त नहीं,' हैरी ने कहा। 'थोड़ी देर में मिलते हैं।'

वह और लूना जल्दी से सीढ़ियों की तरफ़ गए, जो बहुत सारी थीं। रास्ते में मशालें जली थीं और अप्रत्याशित जगहों पर मोड़ थे। आख़िरकार वे ठोस दीवार जैसी चीज़ के पास पहुँच गए।

'नीचे झुक जाओ,' हैरी ने लूना से कहा और अपना अदृश्य चोगा निकालकर उन दोनों पर डाल दिया। फिर उसने दीवार को हल्के से धक्का दिया।

यह उसके छूते ही पिघल गई और वे बाहर पहुँच गए। हैरी ने मुड़कर देखा, दीवार दोबारा बंद हो गई थी। वे एक अँधेरे गलियारे में खड़े थे। हैरी ने लूना को अँधेरे में खींचा और अपनी गर्दन के पाउच में से हॉगवर्ट्स का नक़्शा निकाला। उसे अपनी नाक के क़रीब लाकर उसने आख़िरकार अपने और लूना के बिंदुओं को खोज लिया।

'हम पाँचवीं मंज़िल पर हैं,' वह फुसफुसाया और उसने फ़िल्च को एक गलियारे आगे दूर जाते देखा। 'इस तरफ़ से चलते हैं।'

वे धीरे-धीरे चलने लगे।

हैरी पहले भी कई बार महल में रात को चोरी से घूम चुका था, लेकिन उसका दिल पहले कभी इतनी ज़ोर से नहीं धड़का था। पहले कभी यहाँ उसकी सुरक्षित यात्रा पर इतना कुछ निर्भर नहीं रहा था। चाँदनी के चौकोर टुकड़े सूट्स ऑफ़ आर्मर के पार फ़र्श पर पड़ रहे थे। उनके क़दमों की आहट सुनकर सूट्स ऑफ़ आर्मर के हेलमेट चरमराए। वे दोनों उन मोड़ों के पार गए, जिनके पार न जाने क्या था। हैरी और लूना चलते रहे। जहाँ भी उन्हें रोशनी मिलती थी, वे हॉगवर्ट्स का नक़्शा देख लेते थे। दो बार उन्होंने रुककर भूतों को गुज़र जाने दिया, ताकि उनका भेद न खुल जाए। हैरी किसी भी पल बाधा आने की उम्मीद कर रहा था। उसे सबसे ज़्यादा डर पीव्ज़ का था और हर क़दम पर वह कान लगाकर सुनता था कि कहीं उसके आने का संकेत तो नहीं हो रहा है।

'इस रास्ते, हैरी,' लूना धीरे से बोली और उसकी आस्तीन पकड़कर उसे घुमावदार सीढ़ियों की तरफ़ खींचकर ले गई।

वे सँकरी घुमावदार सीढ़ियों में गोल-गोल घूमते हुए नीचे उतरे। हैरी पहले कभी यहाँ नहीं आया था। आख़िरकार वे एक दरवाज़े के सामने

पहुँच गए। वहाँ कोई हैंडल या कीहोल नहीं था। सिर्फ़ लकड़ी का पुराना दरवाज़ा था और चील की आकृति वाली काँसे की साँकल थी।

लूना ने अदृश्य चोगे के नीचे से पीला हाथ बढ़ाया, जो बीच हवा में तैरता लग रहा था और बाँह या शरीर से जुड़ा नहीं दिख रहा था। उसने एक बार साँकल खटखटाई। एकदम शांत माहौल में हैरी को यह आवाज़ तोप चलने जैसी लगी। तत्काल चील की चोंच खुल गई, लेकिन चील की आवाज़ की जगह एक धीमी, संगीतमयी आवाज़ सुनाई दी, 'कौन पहले आया, मायापंछी या लपट ?'

'हूँ ... तुम क्या सोचते हो, हैरी ?' लूना ने सोचते हुए पूछा।

'क्या ? क्या कोई पासवर्ड नहीं है ?'

'ओह नहीं, आपको सवाल का जवाब देना पड़ता है,' लूना बोली।

'अगर जवाब ग़लत हुआ, तो क्या होगा ?'

'तो किसी और का इंतज़ार करना पड़ेगा, जो सही जवाब दे सके,' लूना ने कहा। 'इस तरह से इंसान कुछ सीखता है, है ना ?'

'हाँ ... दिक्क़त यह है कि हमारे पास दरअसल किसी और का इंतज़ार करने का वक़्त नहीं है, लूना।'

'मैं तुम्हारा मतलब समझती हूँ,' लूना ने गंभीरता से कहा। 'अच्छा, तो मेरे हिसाब से जवाब है कि वृत्त या गोले की कोई शुरुआत नहीं होती है।'

'अच्छा तर्क दिया,' आवाज़ बोली और दरवाज़ा खुल गया।

चीलघात का वीरान कॉमन रूम चौड़ा और गोलाकार था। हॉगवर्ट्स में हैरी ने जितने भी कॉमन रूम देखे थे, यह उनमें सबसे ज़्यादा हवादार था। दीवारों में सुंदर खिड़कियाँ लगी थीं, जिन पर नीले और काँसे के रंग के रेशमी पर्दे थे। दिन में चीलघात के लोगों को आस-पास के पहाड़ों का सुंदर नज़ारा दिखता था। छत गुंबददार थी और उस पर सितारे पेंट किए हुए थे, जो आधी रात जैसे नीले गलीचे के प्रतिबिंब लगते थे। वहाँ टेबलें, कुर्सियाँ और किताबों की अलमारियाँ भी थीं। और दरवाज़े के सामने एक कोने में सफ़ेद संगमरमर की एक ऊँची मूर्ति खड़ी थी।

लूना के मकान में देखी अर्धप्रतिमा के कारण हैरी चंद्रिका चीलघात को फ़ौरन पहचान गया। मूर्ति एक दरवाज़े के पास खड़ी थी, जो शायद ऊपर के कमरों की तरफ़ जाता होगा। वह सीधे संगमरमर की मूर्ति के पास

पहुँच गया। चीलघात के चेहरे पर एक अजीब सी मुस्कान थी। चेहरा सुंदर, लेकिन थोड़ा रौबदार था। उनके सिर के ऊपर संगमरमर का एक नाज़ुक सा दिखने वाला गोला था। यह उस टायरा से बहुत मिलता-जुलता था, जिसे फ़्लर ने अपनी शादी में पहना था। इस पर छोटे शब्द उकेरे गए थे। हैरी चोगे के नीचे से बाहर निकला और उन्हें पढ़ने के लिए चीलघात की मूर्ति के चबूतरे पर चढ़ गया।

'बुद्धि इंसान की सबसे बड़ी संपत्ति है।'

'जिससे यह साबित होता है कि तुम मूर्ख हो,' एक किलकारी भरी आवाज़ आई।

हैरी घूमा और चबूतरे से फिसलकर फ़र्श पर गिर गया। अलेक्टो कैरो की झुके कंधों वाली आकृति उसके सामने खड़ी थी और हैरी के छड़ी उठाने से पहले ही अलेक्टो ने अपनी बाँह पर बने खोपड़ी और साँप के निशान पर अपनी गाँठदार उँगली दबा दी।

अध्याय तीस

सीवियरस स्नेप का भागना

जिस पल अलेक्टो ने अपनी बाँह के निशान को उँगली से दबाया, हैरी के माथे का निशान बुरी तरह जलने लगा। तारों भरा कमरा ओझल हो गया। अब वह चट्टान के पास खड़ा था और उसके चारों तरफ़ समुद्र हिलोरें मार रहा था। उसके दिल में विजय का उल्लास था – *उन्होंने लड़के को पकड़ लिया।*

एक ज़ोरदार *धमाके* की आवाज़ हैरी को उस जगह लौटा लाई, जहाँ वह खड़ा था। उसने अपनी छड़ी उठाई, लेकिन अलेक्टो कैरो पहले ही आगे की तरफ़ गिर रही थी। वह इतनी ज़ोर से ज़मीन पर गिरी कि किताबों की अलमारियों के काँच खड़खड़ाने लगे।

'मैंने डीए की प्रैक्टिस के अलावा कभी किसी को स्तब्ध नहीं किया,' लूना ने कहा, जो थोड़ी दिलचस्पी भरे अंदाज़ में बोल रही थी। 'इसमें मेरी उम्मीद से ज़्यादा शोर हुआ।'

और निश्चित रूप से, छत काँपने लगी थी। ऊपर के कमरों की तरफ़ जाने वाले दरवाज़े के पीछे क़दमों की आवाज़ तेज़ होती जा रही थी। ऊपर सोने वाले चीलघात के विद्यार्थी अलेक्टो के गिरने की आवाज़ से जाग गए थे।

'लूना, तुम कहाँ हो ? मुझे चोगे के नीचे छिपाओ!'

लूना ने चोगा थोड़ा ऊपर कर लिया, जिससे उसके पैर दिखने लगे। हैरी जल्दी से उसके पास पहुँच गया और लूना ने चोगा दोनों पर डाल लिया। तभी दरवाज़ा खुला और चीलघात के विद्यार्थी रात के कपड़ों में कॉमन रूम में आ गए। अलेक्टो को बेहोश पड़ा देखकर हैरानी भरी आहों

और चिल्लाने की आवाज़ें आने लगीं। धीरे-धीरे वे अलेक्टो के पास पहुँच गए। ऐसा लग रहा था, जैसे वे किसी जंगली जानवर के पास जा रहे हों, जो किसी भी पल जागकर उन पर हमला कर सकता था। फिर फ़र्स्ट ईयर का एक बहादुर लड़का हिम्मत करके उसके पास गया और अपने पैर से उसकी कमर को कुरेदने लगा।

'मुझे लगता है, वह मर गई है!' वह ख़ुशी से चिल्लाया।

'ओह, देखो,' लूना ख़ुशी से फुसफुसाई, जब चीलघात के विद्यार्थी अलेक्टो को घेरकर खड़े हो गए। 'वे कितने ख़ुश हैं!'

'हाँ ... बहुत बढ़िया ...'

हैरी ने अपनी आँखें बंद कीं और जब उसका निशान फड़का, तो उसने वोल्डेमॉर्ट के दिमाग़ में दोबारा घुसने का फ़ैसला किया ... वह पहली गुफा की सुरंग में आगे बढ़ रहा था ... हॉगवर्ट्स जाने से पहले वह लॉकेट को देखना चाहता था ... लेकिन उसमें ज़्यादा वक़्त नहीं लगेगा ...

कॉमन रूम के दरवाज़े पर दस्तक हुई और चीलघात का हर विद्यार्थी अपनी जगह पर मूर्ति की तरह जम सा गया। हैरी को दूसरी तरफ़ से धीमी, संगीतमयी आवाज़ सुनाई दी, जो चील वाली साँकल से निकली थी। 'ग़ायब वस्तुएँ कहाँ जाती हैं?'

'मुझे नहीं पता। इसे बंद करो!' एक रूखी आवाज़ गुर्राई, जो हैरी जानता था कि एमिकस कैरो की थी। 'अलेक्टो? *अलेक्टो?* क्या तुम वहाँ हो? क्या तुमने उसे पकड़ लिया है? दरवाज़ा खोलो!'

चीलघात के विद्यार्थी अब दहशत में फुसफुसाकर बातें कर रहे थे। फिर बिना किसी चेतावनी के ज़ोरदार धमाके होने लगे, जैसे कोई दरवाज़े पर गोलियाँ बरसा रहा हो।

'अलेक्टो! अगर शैतानी शहंशाह आ गए और हमारे पास पॉटर नहीं हुआ, तो क्या होगा? क्या तुम यह चाहती हो कि हमारा हाल भी वैसा ही हो, जैसा मैल्फ़ॉय परिवार का हुआ है? **मेरी बात का जवाब दो!'** एमिकस गरजा और उसने दरवाज़े को पूरी ताक़त से हिलाया, लेकिन यह नहीं खुला। चीलघात के सभी विद्यार्थी पीछे हट रहे थे और उनमें से सबसे ज़्यादा डरे कुछ विद्यार्थी तो सीढ़ियों पर चढ़कर अपने कमरों की तरफ़ जाने भी लगे थे। हैरी के दिमाग़ में विचार आया कि वह दरवाज़ा धड़ाम से खोलकर एमिकस को स्तब्ध कर दे। लेकिन इससे पहले कि हैरी या एमिकस और कुछ कर पाए, दरवाज़े के पार से एक और बहुत जानी-पहचानी

आवाज़ सुनाई दी।

'क्या मैं पूछ सकती हूँ कि आप क्या कर रहे हैं, प्रोफ़ेसर कैरो ?'

'इस कमबख़्त – दरवाज़े – को – खोलने की कोशिश – कर रहा हूँ!' एमिकस चिल्लाया। 'जाकर फ़्लिटविक को बुला लाओ! उससे दरवाज़ा खुलवाओ – अभी!'

'लेकिन तुम्हारी बहन तो अंदर होगी ?' प्रोफ़ेसर मैक्गॉनेगल ने पूछा। 'क्या प्रोफ़ेसर फ़्लिटविक ने तुम्हारे बहुत आग्रह करने पर आज शाम उसे अंदर नहीं घुसाया था ? वह तुम्हारे लिए दरवाज़ा खोल देगी। फिर तुम्हें आधे महल को जगाने की ज़रूरत नहीं पड़ेगी!'

'मूर्ख औरत, वह जवाब नहीं दे रही है! तुम इसे खोलो! ओह! इसे खोलो, अभी!'

'निश्चित रूप से, अगर तुम ऐसा चाहते हो,' प्रोफ़ेसर मैक्गॉनेगल ने काफ़ी ठंडेपन से कहा। उन्होंने साँकल से हल्की सी दस्तक दी और संगीतमयी आवाज़ ने दोबारा पूछा, 'ग़ायब वस्तुएँ कहाँ जाती हैं ?'

'अस्तित्वहीनता में, यानी हर चीज़ में,' प्रोफ़ेसर मैक्गॉनेगल ने जवाब दिया।

'बहुत अच्छे तरीक़े से कहा,' चील की साँकल ने जवाब दिया और दरवाज़ा खुल गया।

चीलघात के बचे-खुचे विद्यार्थी सीढ़ियों की तरफ़ भागे, जब एमिकस अपनी छड़ी लहराता हुआ चौखट के पार आया। उसके कंधे भी उसकी बहन की तरह झुके हुए थे। उसका मोटा चेहरा पीला था। उसकी छोटी आँखें तत्काल फ़र्श पर पसरी अलेक्टो पर पड़ीं। उसने ग़ुस्से और डर भरी चीख़ निकाली।

'इन शैतान विद्यार्थियों ने क्या कर डाला ?' वह चीख़ा। 'मैं उन सभी को यातना दूँगा, जब तक कि वे मुझे यह नहीं बता देते कि यह किसने किया है – और शैतानी शहंशाह क्या कहेंगे ?' वह चिल्लाया और अपनी बहन के पास खड़े होकर अपना माथा पीटने लगा। 'हमारे पास पॉटर नहीं है और इन लोगों ने मेरी बहन को मार डाला है!'

'वह सिर्फ़ स्तब्ध हुई है,' प्रोफ़ेसर मैक्गॉनेगल ने अधीरता से कहा, जो अलेक्टो की जाँच करने के लिए झुक गई थीं। 'वह बिलकुल सही-सलामत है।'

'नहीं, वह बिलकुल सही-सलामत नहीं है!' एमिकस गरजा। 'शैतानी शहंशाह के आने के बाद तो बिलकुल नहीं! उसने उन्हें बुलाया है, मुझे अपना निशान जलता महसूस हुआ। शैतानी शहंशाह को लग रहा होगा कि हमने पॉटर को पकड़ लिया है!'

'पॉटर को पकड़ लिया?' प्रोफ़ेसर मैक्गॉनेगल ने तीखे लहज़े में पूछा। 'तुम्हारा क्या मतलब है, "पॉटर को पकड़ लिया?"'

'शैतानी शहंशाह ने हमें बताया था कि पॉटर चीलघात की मीनार में घुसने की कोशिश कर सकता है। उन्होंने यह भी कहा था कि अगर हम पॉटर को पकड़ लें, तो उन्हें ख़बर कर दें!'

'हैरी पॉटर चीलघात की मीनार में घुसने की कोशिश क्यों करेगा? पॉटर मेरे हाउस में है!'

हैरी को उनकी आवाज़ में अविश्वास और ग़ुस्से के नीचे थोड़े से गर्व की खनक भी सुनाई दी। उसके मन में मिनर्वा मैक्गॉनेगल के प्रति स्नेह उमड़ने लगा।

'हमें बताया गया था कि वह यहाँ आ सकता है!' एमिकस ने कहा। 'मैं नहीं जानता कि क्यों।'

प्रोफ़ेसर मैक्गॉनेगल उठकर खड़ी हुईं और उनकी मनकेदार आँखें कमरे में चारों तरफ़ घूमीं। दो बार वे उस जगह पर से गुज़रीं, जहाँ हैरी और लूना खड़े थे।

'हम इसका दोष बच्चों पर मढ़ सकते हैं,' एमिकस ने कहा, जिसके सुअर जैसे चेहरे पर अचानक चालाकी का भाव आ गया था। 'हाँ, हम यही करेंगे। हम कहेंगे कि अलेक्टो को बच्चों ने घेर लिया था, ऊपर वाले बच्चों ने,' उसने ऊपर तारों भरी छत की तरफ़ देखकर कमरों की तरफ़ इशारा किया, 'और हम कहेंगे कि उन्होंने उसे अपना निशान दबाने के लिए मजबूर कर दिया और इसीलिए उन्हें यह झूठी ख़बर मिली है ... वे उन बच्चों को सज़ा दे सकते हैं। दो-चार बच्चों के कम या ज़्यादा होने से क्या फ़र्क़ पड़ता है?'

'फ़र्क़ सिर्फ़ सच और झूठ का है, बहादुरी और कायरता का है,' प्रोफ़ेसर मैक्गॉनेगल ने कहा, जिनका चेहरा पीला पड़ गया था, 'संक्षेप में, यह ऐसा फ़र्क़ है, जिसे तुम या तुम्हारी बहन नहीं समझ सकते हैं। लेकिन मैं एक चीज़ बिलकुल साफ़-साफ़ बता देना चाहती हूँ। तुम अपनी अयोग्यता का दोष हॉगवर्ट्स के विद्यार्थियों पर नहीं मढ़ सकते। मैं इसकी इजाज़त

नहीं दूँगी।'

'क्या कहा ?'

एमिकस आगे बढ़ा, जब तक कि वह आक्रामक रूप से प्रोफ़ेसर मैक्गॉनेगल के बिलकुल क़रीब नहीं पहुँच गया। अब उसका चेहरा उनके चेहरे से बस कुछ इंच दूर था। वे पीछे नहीं हटीं, बल्कि उसकी तरफ़ ऐसे देखा, जैसे वह कोई गंदी चीज़ हो, जो उन्हें लैट्रिन की सीट में फँसी दिखी हो।

'इस मामले में *तुम्हारी* इजाज़त माँग कौन रहा है, मिनर्वा मैक्गॉनेगल ? तुम्हारा दौर ख़त्म हो चुका है। अब यहाँ हमारा शासन चलता है। अब या तो तुम मेरा साथ दोगी या फिर तुम्हें इसकी क़ीमत चुकानी होगी।'

और फिर उसने उनके चेहरे पर थूक दिया।

हैरी चोगे में से बाहर निकला और अपनी छड़ी उठाकर बोला, 'तुम्हें ऐसा नहीं करना चाहिए था।'

जैसे ही एमिकस घूमा, हैरी चिल्लाया, *'पीड़ितो!'*

प्राणभक्षी फ़र्श से ऊपर उठ गया। डूबते हुए आदमी की तरह वह हवा में तड़पते हुए दर्द से कराहने और बिलबिलाने लगा। फिर काँच के टूटने की आवाज़ के साथ वह किताबों की एक अलमारी के सामने वाले हिस्से से टकराया और बेहोश होकर फ़र्श पर गिर पड़ा।

'अब समझा कि बेलाट्रिक्स का क्या मतलब था,' हैरी ने कहा और उसके दिमाग़ में ख़ून तेज़ रफ़्तार से दौड़ रहा था, 'आपके मन में सचमुच चोट पहुँचाने की इच्छा होनी चाहिए।'

'पॉटर!' प्रोफ़ेसर मैक्गॉनेगल अपने सीने पर हाथ रखते हुए फुसफुसाईं। 'पॉटर – तुम यहाँ! क्या – ? कैसे – ?' उन्होंने ख़ुद को सँभालने की कोशिश की। 'पॉटर, यह मूर्खतापूर्ण है!'

'उसने आप पर थूका था,' हैरी ने कहा।

'पॉटर, मैं – तुम्हारी बहादुरी *क़ाबिलेतारीफ़* है – लेकिन क्या तुम्हें एहसास नहीं है – ?'

'हाँ, मुझे है,' हैरी ने उन्हें तसल्ली देते हुए कहा। न जाने क्यों उन्हें दहशत में देखकर वह सँभल गया था। 'प्रोफ़ेसर मैक्गॉनेगल, वोल्डेमॉर्ट आ रहा है।'

'ओह, तो क्या अब हमें उसका नाम लेने की इजाज़त है ?' लूना ने थोड़ी दिलचस्पी के साथ पूछा और अदृश्य चोगा उतार दिया। दूसरे भगोड़े

के दिखने से प्रोफ़ेसर मैक्गॉनेगल चकरा गईं और लड़खड़ाकर पास वाली कुर्सी पर लुढ़क गईं। उन्होंने अपने पुराने चौकड़ी वाले ड्रेसिंग गाउन के गले को पकड़ रखा था।

'मुझे नहीं लगता कि अब इससे कोई फ़र्क़ पड़ता है कि हम उसे किस नाम से पुकारते हैं,' हैरी ने लूना से कहा, 'वह पहले से ही जानता है कि मैं यहाँ हूँ।'

हैरी के दिमाग़ का एक दूर वाला हिस्सा, जो उस जलते निशान से जुड़ा था, वोल्डेमॉर्ट को भुतहा हरी नाव में तेज़ी से अँधेरी झील में जाते देख रहा था ... वह उस टापू पर पहुँचने ही वाला था, जहाँ पत्थर का पात्र रखा था ...

'तुम्हें भागना होगा,' प्रोफ़ेसर मैक्गॉनेगल ने फुसफुसाकर कहा। 'अभी, पॉटर, तुम जितनी जल्दी हो सके, यहाँ से भाग जाओ!'

'मैं नहीं भाग सकता,' हैरी ने कहा। 'मुझे कुछ करना है। प्रोफ़ेसर, क्या आप जानती हैं कि चीलघात का किरीट कहाँ है?'

'चीलघात का कि - किरीट? ज़ाहिर है, नहीं - वह तो सदियों पहले खो गया था!' वे थोड़ी सीधी हुईं। 'पॉटर, यह पागलपन है, सरासर पागलपन है कि तुम महल में घुस आए -'

'मुझे आना पड़ा,' हैरी ने कहा। 'प्रोफ़ेसर, यहाँ ऐसी कोई चीज़ छिपी है, जो मुझे खोजनी है और यह किरीट हो *सकता* है - काश मैं प्रोफ़ेसर फ़्लिटविक से बात कर सकूँ -'

किसी के हिलने की झलक दिखी और काँच टूटने की आवाज़ आई : एमिकस होश में आ रहा था। इससे पहले कि हैरी या लूना कुछ कर सके, प्रोफ़ेसर मैक्गॉनेगल उठ खड़ी हुईं और अपनी छड़ी शिथिल प्राणभक्षी की तरफ़ करके बोलीं, *'सम्मोहितो।'*

एमिकस उठकर अपनी बहन के पास गया और उसकी छड़ी उठाकर प्रोफ़ेसर मैक्गॉनेगल को थमा दी। साथ ही उसने अपनी छड़ी भी उनके हवाले कर दी। इसके बाद वह अलेक्टो के पास फ़र्श पर लेट गया। प्रोफ़ेसर मैक्गॉनेगल ने दोबारा छड़ी लहराई। हवा में से चमकती चाँदी की रस्सी प्रकट हुई, जिसने कैरो भाई-बहन को कसकर बाँध दिया।

'पॉटर,' प्रोफ़ेसर मैक्गॉनेगल ने कैरो भाई-बहन को बहुत उदासीनता से देखने के बाद उसकी ओर मुड़ते हुए कहा, 'अगर तुम-जानते-हो-कौन को सचमुच मालूम है कि तुम यहाँ हो -'

उसी समय हैरी के दिमाग़ में दर्द भरा ग़ुस्सा धधकने लगा, जिससे उसका निशान बुरी तरह जलने लगा। पल भर के लिए, वह पात्र को देख रहा था, जिसका काढ़ा साफ़ हो गया था और पात्र की सतह में नीचे रखा सुनहरा लॉकेट ग़ायब हो चुका था –

'पॉटर, तुम ठीक तो हो?' एक आवाज़ आई और हैरी वापस माहौल में लौट आया। ख़ुद को सँभालने के लिए उसने लूना का कंधा पकड़ लिया था।

'समय ख़त्म हो रहा है। वोल्डेमॉर्ट क़रीब आ रहा है। प्रोफ़ेसर, मैं डम्बलडोर के आदेश पर काम कर रहा हूँ। मुझे वह चीज़ खोजनी है, जिसे खोजने का काम उन्होंने मुझे सौंपा है। लेकिन जब मैं महल की तलाशी लूँगा, तो हमें विद्यार्थियों को यहाँ से बाहर निकालना होगा। वोल्डेमॉर्ट मेरी जान लेना चाहता है, लेकिन कुछ और लोगों के मरने से उसे कोई फ़र्क़ नहीं पड़ेगा, इस वक़्त नहीं –' *जब वह जानता है कि मैं होरक्रक्सों पर हमला कर रहा हूँ*, हैरी ने अपने दिमाग़ में वाक्य पूरा किया।

'तुम *डम्बलडोर के* आदेश पर काम कर रहे हो?' उन्होंने हैरानी से दोहराया। फिर वे पूरी तरह तनकर खड़ी हो गईं।

'जब तुम इस चीज़ की तलाश करोगे, तब तक हम स्कूल को तुम-जानते-हो-कौन से सुरक्षित रखेंगे।'

'क्या यह संभव है?'

'लगता तो है,' प्रोफ़ेसर मैक्गॉनेगल ने रूखेपन से कहा, 'देखो, हम टीचर भी जादू करने के मामले में अनाड़ी नहीं हैं। मुझे यक़ीन है कि अगर हम सब पूरी कोशिश करेंगे, तो उसे कुछ समय तक रोक सकते हैं। ज़ाहिर है, प्रोफ़ेसर स्नेप का कुछ करना होगा –'

'मुझे –'

'– और अगर हॉगवर्ट्स की घेराबंदी करना है और शैतानी शहंशाह से लड़ना है, तो अच्छा यही रहेगा कि ज़्यादा से ज़्यादा मासूम बच्चों को यहाँ से बाहर निकाल दिया जाए। लेकिन कैसे? छू नेटवर्क मंत्रालय की निगरानी में है और हॉगवर्ट्स के मैदान में अंतर्ध्यान होना असंभव है –'

'एक तरीक़ा है,' हैरी ने जल्दी से कहा और हॉग्स हेड में जाने वाले गलियारे के बारे में बता दिया।

'पॉटर, हम सैकड़ों विद्यार्थियों के बारे में बात कर रहे हैं –'

'मैं जानता हूँ, प्रोफ़ेसर, लेकिन अगर वोल्डेमॉर्ट और प्राणभक्षियों का ध्यान स्कूल की सीमाओं पर केंद्रित है, तो उनकी रुचि हॉग्स हेड से अंतर्ध्यान होने वाले बच्चों में नहीं होगी।'

'यह बात तो ठीक है,' उन्होंने सहमत होते हुए कहा। उन्होंने अपनी छड़ी कैरो भाई-बहन की तरफ़ की। तत्काल उनके बँधे शरीरों पर एक सफ़ेद जाल गिरा, जिसने उन्हें चारों तरफ़ से बाँधकर हवा में उठा दिया। अब वे दो बड़े, गंदे समुद्री प्राणियों की तरह नीली और सुनहरी छत से लटक रहे थे। 'चलो। हम हाउस प्रमुखों को चेतावनी दे देते हैं। अच्छा रहेगा कि तुम चोगा पहन लो।'

वे दरवाज़े की तरफ़ बढ़ीं और ऐसा करते समय उन्होंने अपनी छड़ी तानकर हिलाई। छड़ी की नोक से तीन सफ़ेद बिल्लियाँ निकलीं, जिनकी आँखों के चारों तरफ़ चश्मे के निशान थे। पितृदेव बिना आवाज़ किए आगे दौड़ते रहे और घुमावदार सीढ़ी पर उजाला करते रहे। प्रोफ़ेसर मैक्गॉनेगल, हैरी और लूना तेज़ी से नीचे उतरने लगे।

वे गलियारों में भागे। एक-एक करके पितृदेव उनसे अलग हो गए। प्रोफ़ेसर मैक्गॉनेगल का चौकड़ी वाला ड्रेसिंग गाउन फ़र्श पर सरसराने लगा। हैरी और लूना चोगा ओढ़कर उनके पीछे भाग रहे थे।

दो और मंज़िल उतरने के बाद उन्हें अपने क़रीब धीमे क़दमों की आवाज़ सुनाई देने लगी। यह आवाज़ सबसे पहले हैरी को सुनाई दी, जिसका निशान अब भी टीस मार रहा था। उसने गले में बँधे पाउच में से हॉगवर्ट्स का नक़्शा निकालने के बारे में सोचा, लेकिन इससे पहले ही मैक्गॉनेगल को भी क़दमों की आहट सुनाई दे गई। वे रुकीं और शाप देने के लिए अपनी छड़ी उठाकर बोलीं, 'कौन है ?'

'मैं हूँ,' एक धीमी आवाज़ आई।

एक सूट ऑफ़ आर्मर के पीछे से सीवियरस स्नेप बाहर निकला।

उसे देखते ही हैरी के अंदर नफ़रत उबलने लगी। स्नेप के भयंकर अपराधों को याद करने के चक्कर में वह उसके हुलिए का विस्तृत वर्णन भूल ही गया था। वह भूल गया था कि किस तरह उसके तेल से सने काले बाल पर्दों की तरह उसके दुबले चेहरे पर झूलते थे और किस तरह उसकी काली आँखों में एक बेजान, ठंडा भाव रहता था। स्नेप रात के कपड़ों के बजाय जाने-पहचाने काले चोगे में था। उसने भी लड़ने के लिए अपनी छड़ी उठा रखी थी।

उसने धीरे से पूछा, 'कैरो भाई-बहन कहाँ हैं?'

'सीवियरस, मुझे लगता है, वहीं होंगे, जहाँ तुमने उन्हें रहने को कहा होगा,' प्रोफ़ेसर मैक्गॉनेगल बोलीं।

स्नेप क़रीब आया और उसकी निगाह प्रोफ़ेसर मैक्गॉनेगल के ऊपर से होती हुई उनके आस-पास की हवा पर पड़ी, जैसे वह जानता हो कि हैरी वहीं कहीं होगा। हैरी ने भी अपनी छड़ी उठा ली और हमले के लिए तैयार हो गया।

'मुझे लग रहा था,' स्नेप ने कहा, 'कि अलेक्टो ने एक घुसपैठिए को पकड़ लिया था।'

'सचमुच?' प्रोफ़ेसर मैक्गॉनेगल ने कहा। 'और तुम्हें यह कैसे पता चला?'

स्नेप ने अपनी बाईं बाँह हल्के से हिलाई, जहाँ उसकी चमड़ी पर शैतानी निशान बना था।

'ओह, ज़ाहिर है,' प्रोफ़ेसर मैक्गॉनेगल ने कहा। 'मैं तो भूल ही गई थी कि तुम प्राणभक्षियों के पास संप्रेषण के गोपनीय साधन हैं।'

स्नेप ने उनकी बात अनसुनी करने का नाटक किया। उसकी निगाहें अब भी उनके आस-पास की हवा को टटोल रही थीं। वह धीरे-धीरे क़रीब आ रहा था, जैसे इस तरफ़ उसका ध्यान ही नहीं हो कि वह क्या कर रहा है।

'मुझे पता नहीं था कि आज रात को गलियारों में पहरेदारी करने की तुम्हारी बारी थी, मिनर्वा।'

'तुम्हें कोई आपत्ति है?'

'मैं सोच रहा हूँ कि इतनी रात को आख़िर कौन सी चीज़ तुम्हें बिस्तर से बाहर ला सकती है?'

'मुझे लगा था कि मैंने कोई शोर सुना है,' प्रोफ़ेसर मैक्गॉनेगल ने कहा।

'अच्छा? लेकिन सब कुछ शांत लगता है।'

स्नेप ने उनकी आँखों में देखा।

'क्या तुमने हैरी पॉटर को देखा है, मिनर्वा? क्योंकि अगर तुमने देखा हो, तो मैं इस बात पर ज़ोर देना चाहूँगा -'

प्रोफ़ेसर मैक्गॉनेगल ने इतनी तेज़ी से हरकत की कि हैरी को अपनी आँखों पर यक़ीन नहीं हुआ। उनकी छड़ी हवा में लहराई और एक

पल के लिए तो हैरी ने सोचा कि स्नेप बेहोश होकर गिर जाएगा, लेकिन उसने इतनी फ़ुर्ती से कवच सम्मोहन मारा कि मैक्गॉनेगल का संतुलन गड़बड़ा गया। मैक्गॉनेगल ने अपनी छड़ी दीवार पर टँगी मशाल की तरफ़ की और मशाल अपने खाँचे से उड़कर बाहर आ गई। हैरी स्नेप को शाप देने वाला था, लेकिन लूना ने उसे पकड़कर नीचे आती लपटों के रास्ते से दूर कर लिया, जो आग के गोले में बदलकर गलियारे में भर गईं, फिर वे रस्सी की तरह स्नेप की ओर उड़ीं –

लेकिन आग बड़े काले साँप में बदल चुकी थी, जिसे मैक्गॉनेगल ने धमाका करके धुएँ में बदल दिया, जो कुछ ही पलों में रूप बदलकर ठोस बन गया और उड़ते खंजरों में बदल गया। स्नेप ने उन खंजरों से बचने के लिए सूट ऑफ़ आर्मर को अपने सामने कर लिया और गूँजती खन्न की आवाज़ों के साथ खंजर एक के बाद एक आर्मर के सीने में घुस गए –

'मिनर्वा!' एक चिंचियाती आवाज़ आई और हैरी ने मुड़कर देखा। वह अब भी उड़ते मंत्रों से लूना को बचाने की कोशिश कर रहा था। हैरी ने देखा कि प्रोफ़ेसर फ़्लिटविक और स्प्राउट रात के कपड़ों में गलियारे में भागते हुए आ रहे हैं। उनके पीछे भारी-भरकम प्रोफ़ेसर स्लगहॉर्न भी हाँफते हुए चले आ रहे थे।

'नहीं!' फ़्लिटविक अपनी छड़ी उठाते हुए चिल्लाए। 'अब तुम हॉगवर्ट्स में और हत्याएँ नहीं कर सकोगे!'

फ़्लिटविक का मंत्र उस सूट ऑफ़ आर्मर से टकराया, जिसके पीछे स्नेप ने शरण ली थी। ज़ोरदार आवाज़ के साथ यह सजीव हो गया। स्नेप जूझकर इसकी कसती बाँहों से आज़ाद हुआ और उसने इसे अपने पर हमला करने वालों की तरफ़ उड़ाकर भेज दिया। हैरी और लूना को इससे बचने के लिए एक तरफ़ गोता लगाना पड़ा, जब यह दीवार से टकराकर टूट गया। जब हैरी ने दोबारा ऊपर देखा, तब स्नेप पूरी तेज़ी से भाग रहा था। मैक्गॉनेगल, फ़्लिटविक और स्प्राउट उसके पीछे दौड़ रहे थे। स्नेप एक क्लासरूम के दरवाज़े के अंदर गया और कुछ पल बाद हैरी को मैक्गॉनेगल के चिल्लाने की आवाज़ सुनाई दी, 'डरपोक! ***डरपोक!'***

'क्या हुआ, क्या हुआ ?' लूना ने पूछा।

हैरी ने उसे उठाकर खड़ा किया और वे गलियारे में भागे। अदृश्य चोगा उनके पीछे सरसरा रहा था। वे उस वीरान क्लासरूम में पहुँच गए, जहाँ प्रोफ़ेसर मैक्गॉनेगल, फ़्लिटविक और स्प्राउट टूटी खिड़की के पास

खड़े थे।

'वह कूद गया,' प्रोफ़ेसर मैक्गॉनेगल ने कहा, जब हैरी और लूना दौड़ते हुए कमरे में घुसे।

'आपका मतलब है, वह *मर गया?*' हैरी ने दौड़कर खिड़की के पास पहुँचते हुए कहा और उसके अचानक दिखने पर निकलीं फ़्लिटविक और स्प्राउट की सदमे भरी चीख़ों को नज़रअंदाज़ कर दिया।

'नहीं, वह मरा नहीं है,' मैक्गॉनेगल ने कटुता से कहा। 'गिरते समय डम्बलडोर के पास छड़ी नहीं थी, लेकिन उसके पास थी ... और ऐसा लगता है कि उसने अपने मालिक से कुछ चालें सीख ली हैं।'

दहशत की सुरसुरी के साथ हैरी ने दूरी पर विशाल चमगादड़ जैसे आकार को देखा, जो अँधेरे में उड़ता हुआ हॉगवर्ट्स महल की सीमाओं की ओर आ रहा था।

पीछे भारी क़दमों और हाँफने की आवाज़ सुनाई दी : स्लगहॉर्न अभी-अभी वहाँ आए थे।

'हैरी!' वे पन्ने जैसे हरे रेशमी चोगे के नीचे अपने विशाल सीने को मलते और हाँफते हुए बोले। 'मेरे प्यारे बच्चे ... कितने आश्चर्य की बात है ... मिनर्वा, कृपया बताएँ ... सीवियरस ... क्या ... ?'

'हमारा हेडमास्टर छुट्टी मनाने चला गया है,' प्रोफ़ेसर मैक्गॉनेगल ने खिड़की में स्नेप के आकार के छेद की तरफ़ इशारा करते हुए कहा।

'प्रोफ़ेसर!' हैरी अपने माथे पर हाथ रखकर चिल्लाया। वह अब अपने नीचे सजीव लाशों से भरी झील को फिसलते देख सकता था। उसने भुतहा हरी नाव को किनारे से टकराते महसूस किया और वोल्डेमॉर्ट उसमें से उछला और उसके दिल में हत्या का विचार था –

'प्रोफ़ेसर, हमें स्कूल की घेराबंदी करनी होगी, वह इसी समय आ रहा है!'

'बहुत बढ़िया। तुम-जानते-हो-कौन आ रहा है,' प्रोफ़ेसर मैक्गॉनेगल ने बाक़ी टीचर्स से कहा। स्प्राउट और फ़्लिटविक के मुँह से आह निकल गई; स्लगहॉर्न ने हल्की सी दर्द भरी कराह निकाली। 'पॉटर को डम्बलडोर के आदेश पर महल में कुछ काम करना है। हमें इस जगह पर हर वह सुरक्षात्मक इंतज़ाम करना है, जो हम कर सकते हैं। तब तक पॉटर वह काम कर लेगा, जो वह करना चाहता है।'

'ज़ाहिर है, तुम्हें एहसास है कि हम चाहे जो करें, पर तुम-जानते-हो-कौन को हमेशा के लिए बाहर नहीं रख सकते?' फ़्लिटविक ने कहा।

'लेकिन हम उसे कुछ समय तक रोक तो सकते हैं,' प्रोफ़ेसर स्प्राउट ने कहा।

'धन्यवाद, पोमोना,' प्रोफ़ेसर मैक्गॉनेगल ने कहा और दोनों जादूगरनियों के बीच गंभीर समझ भरी नज़रों का आदान-प्रदान हुआ। 'मेरा सुझाव है कि हम इस जगह के चारों ओर मूलभूत सुरक्षा लगा दें और फिर विद्यार्थियों को इकट्ठा करके बड़े हॉल में मिलें। ज़्यादातर विद्यार्थियों को यहाँ से निकालना पड़ेगा, हालाँकि अगर बालिग़ विद्यार्थी रुककर लड़ना चाहें, तो मुझे लगता है कि उन्हें मौक़ा दिया जाना चाहिए।'

'ठीक कहा,' प्रोफ़ेसर स्प्राउट ने कहा, जो दरवाज़े की तरफ़ तेज़ी से चल दी थीं। 'मैं अपने हाउस के विद्यार्थियों के साथ बीस मिनट में बड़े हॉल में मिलती हूँ।'

जब वे दौड़ती हुई ओझल हुईं, तो उन्हें उनके बुदबुदाने की आवाज़ सुनाई दी, 'ज़हरीला टेंटेकुला। लड़ाकू पेड़। और अम्लरस कंद ... हाँ, मैं प्राणभक्षियों को इनसे लड़ते देखना चाहूँगी।'

'मैं यहाँ से काम कर सकता हूँ,' फ़्लिटविक ने कहा और हालाँकि वे टूटी खिड़की के बाहर मुश्किल से देख सकते थे, लेकिन उन्होंने अपनी छड़ी उसमें से बाहर निकाली और बहुत जटिल मंत्र बुदबुदाने लगे। हैरी को अजीब सी आवाज़ आई, जैसे फ़्लिटविक मैदान में हवा की शक्ति को प्रवाहित कर रहे हों।

'प्रोफ़ेसर,' हैरी ने सम्मोहन विषय के बौने टीचर के पास पहुँचते हुए कहा, 'प्रोफ़ेसर, बीच में बोलने के लिए माफ़ी चाहता हूँ, लेकिन यह महत्वपूर्ण है। क्या आपको पता है कि चीलघात का किरीट कहाँ है?'

'... *रक्षाकवच भयंकरतम* - चीलघात का किरीट?' फ़्लिटविक बोले। 'थोड़ी ज़्यादा बुद्धि होने से हमेशा फ़ायदा होता है, पॉटर, लेकिन मुझे नहीं लगता कि इस स्थिति में इससे ज़्यादा फ़ायदा हो सकता है!'

'मेरा मतलब सिर्फ़ यह है - क्या आप जानते हैं कि यह कहाँ है? क्या आपने इसे कभी देखा है?'

'देखा है? किसी भी जीवित व्यक्ति ने इसे नहीं देखा है! यह बहुत समय पहले खो गया था, लड़के!'

हैरी को गहरी निराशा और दहशत का मिला-जुला एहसास हुआ। तो फिर होरक्रक्स कौन सी चीज़ हो सकती है ?

'हम तुमसे और तुम्हारे चीलघात के विद्यार्थियों से बड़े हॉल में मिलते हैं, फ़िलियस!' प्रोफ़ेसर मैक्गॉनेगल ने कहा और हैरी तथा लूना को अपने पीछे आने का इशारा किया।

वे अभी दरवाज़े तक ही पहुँचे थे कि तभी स्लगहॉर्न की आवाज़ आई।

उनका चेहरा पीला और पसीने से भरा था और उनकी भारी मूँछ थिरक रही थी। वे बोले, 'ओहो, क्या हो रहा है ? मुझे तो इसमें समझदारी नहीं लगती है, मिनर्वा। जानती हो, वह अंदर आने का कोई न कोई रास्ता खोज ही लेगा और जो भी उसे रोकने की कोशिश करेगा, वह बहुत गंभीर ख़तरे में होगा –'

'मैं आपसे उम्मीद करती हूँ कि आप नागशक्ति के विद्यार्थियों को लेकर बीस मिनट में बड़े हॉल में आ जाएँ,' प्रोफ़ेसर मैक्गॉनेगल ने कहा। 'अगर आप भी अपने विद्यार्थियों के साथ यहाँ से जाना चाहते हैं, तो हम आपको नहीं रोकेंगे। लेकिन अगर आपमें से किसी ने भी हमारे काम में अड़ंगा डालने की कोशिश की या इस महल के भीतर हमारे ख़िलाफ़ हथियार उठाए, तो होरेस, हमें जानलेवा द्वंद्वयुद्ध करना होगा।'

'मिनर्वा!' स्लगहॉर्न ने भौंचक्के दिखते हुए कहा।

'अब समय आ गया है कि नागशक्ति हाउस को अपनी वफ़ादारी के बारे में फ़ैसला कर लेना चाहिए,' प्रोफ़ेसर मैक्गॉनेगल ने बीच में टोकते हुए कहा। 'होरेस, जाकर अपने विद्यार्थियों को जगाएँ।'

हैरी स्लगहॉर्न को थूक उड़ाते देखने के लिए नहीं रुका। वह और लूना प्रोफ़ेसर मैक्गॉनेगल के पीछे भागे, जिन्होंने गलियारे के बीच में अपनी जगह ले ली थी और अपनी छड़ी ऊपर उठा ली थी।

'समस्त-मूर्ति – ओह, भगवान के लिए फ़िल्च, *अभी* नहीं –'

बूढ़ा चौकीदार लँगड़ाता हुआ आ रहा था और चिल्ला रहा था, 'विद्यार्थी कमरों से बाहर हैं! विद्यार्थी गलियारों में हैं!'

'उन्हें वहीं होना चाहिए, मूर्ख!' मैक्गॉनेगल चिल्लाईं। 'अब जाकर कोई अच्छा काम करो! पीव्ज़ को खोजो!'

'पी – पीव्ज़ ?' फ़िल्च बुदबुदाया, जैसे उसने यह नाम पहले कभी नहीं सुना हो।

'हाँ, *पीव्ज़*, मूर्ख, *पीव्ज़!* क्या तुम पच्चीस सालों से उसके बारे में शिकायत नहीं कर रहे हो? उसे तत्काल बुलाकर आओ!'

फ़िल्च को निश्चित रूप से लगा कि प्रोफ़ेसर मैक्गॉनेगल का दिमाग़ चल गया है, लेकिन वह कंधे झुकाकर बड़बड़ाता हुआ वहाँ से चल दिया।

'और अब - *समस्त-मूर्ति-चलितो!'* प्रोफ़ेसर मैक्गॉनेगल चिल्लाईं।

गलियारे की सभी मूर्तियाँ और सूट ऑफ़ आर्मर अपने चबूतरे से नीचे कूद गए। ऊपर-नीचे के गूँजते धमाकों से हैरी समझ गया कि पूरे महल में ऐसा ही हुआ है।

'हॉगवर्ट्स ख़तरे में है!' प्रोफ़ेसर मैक्गॉनेगल चिल्लाईं। 'सीमाओं पर पहरा दो, हमारी रक्षा करो, स्कूल के प्रति अपने कर्तव्य का पालन करो!'

खड़खड़ करती और चिल्लाती मूर्तियों का झुंड हैरी के पास से निकल गया। कुछ मूर्तियाँ बहुत छोटी थीं, तो कुछ इंसानों से भी कहीं बड़े आकार की थीं। कुछ मूर्तियाँ जानवरों की भी थीं। यहाँ तक कि सूट ऑफ़ आर्मर भी तलवारें चमका रहे थे और ज़ंजीरों पर लगी नुकीली गेंदें लहरा रहे थे।

मैक्गॉनेगल ने कहा, 'पॉटर, अब अच्छा यही रहेगा कि तुम और मिस लवगुड जाकर अपने दोस्तों को बड़े हॉल में ले आओ - मैं जाकर गरुड़द्वार के विद्यार्थियों को जगाती हूँ।'

वे आगे वाली सीढ़ियों पर पहुँचकर अलग-अलग रास्ते चल दिए। हैरी और लूना आवश्यकता कक्ष के छिपे दरवाज़े की तरफ़ भागे। भागते समय रास्ते में उन्हें विद्यार्थियों की भीड़ मिली। ज़्यादातर विद्यार्थी पाजामे के ऊपर यात्री चोगे पहने थे और टीचर्स तथा प्रिफ़ेक्ट्स उन्हें बड़े हॉल की तरफ़ ले जा रहे थे।

'वह पॉटर है!'

'हैरी पॉटर!'

'वही था। मैं क़सम खाता हूँ, मैंने अभी-अभी उसे देखा है!'

लेकिन हैरी ने पलटकर नहीं देखा और आख़िरकार वे आवश्यकता कक्ष के सामने पहुँच गए। हैरी सम्मोहित दीवार से टिका, जिसने हटकर उन्हें रास्ता दे दिया। वह और लूना सीढ़ियों की तरफ़ लपके।

'क्या - ?'

जब कमरा दिखने लगा, तो हैरी सदमे में कुछ सीढ़ियाँ फिसल गया।

कमरा अब काफ़ी भर चुका था। जब वह यहाँ से गया था, उसके मुक़ाबले अब यहाँ पहले से ज़्यादा भीड़ थी। किंग्सले और ल्यूपिन उसकी तरफ़ देख रहे थे। साथ ही ऑलिवर वुड, केटी बेल, एंजेलिना जॉनसन, एलिसिया स्पिनेट, बिल, फ़्लर तथा मिस्टर और मिसेज़ वीज़्ली भी आ गए थे।

'हैरी, क्या हो रहा है?' ल्यूपिन ने सीढ़ियों के मुहाने पर उसके पास आते हुए पूछा।

'वोल्डेमॉर्ट रास्ते में है, टीचर्स स्कूल की घेराबंदी कर रहे हैं – स्नेप भाग गया है – आप यहाँ क्या कर रहे हैं? आपको कैसे पता चला?'

'हमने डम्बलडोर की सेना के बाक़ी सदस्यों को संदेश भेजे थे,' फ्रेड ने स्पष्ट किया। 'हैरी, तुम यह तो नहीं सोच सकते कि कोई इस मज़े को छोड़ना चाहेगा। डम्बलडोर की सेना ने मायापंछी के समूह को ख़बर कर दी और इस तरह सभी लोग आ गए।'

'पहले क्या करना है, हैरी?' जॉर्ज ने पूछा। 'क्या हो रहा है?'

'टीचर्स छोटे बच्चों को बाहर निकाल रहे हैं और सभी लोग बड़े हॉल में योजना बनाने के लिए मिल रहे हैं,' हैरी ने कहा। 'हम लड़ रहे हैं।'

ज़ोरदार शोर हुआ और लोग तेज़ी से सीढ़ियों के मुहाने की तरफ़ दौड़ने लगे। जब वे उसके पास से निकले, तो वह दीवार से टिक गया : मायापंछी के समूह के सदस्य, डम्बलडोर की सेना और हैरी की पुरानी क्विडिच टीम के बहुत सारे सदस्य आ चुके थे। सबकी छड़ियाँ बाहर थीं और वे बड़े हॉल की तरफ़ जा रहे थे।

'चलो लूना,' पास से गुज़रते समय डीन ने हाथ बढ़ाते हुए कहा। लूना ने उसका हाथ पकड़ लिया और उसके पीछे-पीछे सीढ़ियाँ चढ़ने लगी।

भीड़ अब छँट गई थी। आवश्यकता कक्ष में सिर्फ़ मुट्ठी भर लोग ही बचे थे। क़रीब पहुँचने पर हैरी ने देखा कि मिसेज़ वीज़्ली जिनी से जूझ रही थीं। उनके आस-पास ल्यूपिन, फ्रेड, जॉर्ज, बिल और फ़्लर खड़े थे।

'तुम नाबालिग़ हो!' मिसेज़ वीज़्ली अपनी बेटी पर चिल्ला रही थीं। 'मैं इसकी इजाज़त नहीं दूँगी! लड़के तो कर सकते हैं, लेकिन तुम, तुम्हें घर जाना होगा!'

'मैं नहीं जाऊँगी!'

जिनी के बाल लहराए, जब उसने अपनी माँ की पकड़ से बाँह छुड़ाई। 'मैं डम्बलडोर की सेना में हूँ –'

'– किशोरों का गैंग!'

फ्रेड बोला, 'किशोरों का गैंग ही अब उसे हराने वाला है, जिसकी आज तक किसी ने हिम्मत नहीं की है!'

'वह सोलह साल की है!' मिसेज़ वीज़्ली चिल्लाईं। 'वह बालिग़ नहीं हुई है! तुम दोनों क्या सोचकर उसे अपने साथ लाए थे –'

फ्रेड और जॉर्ज थोड़े शर्मिंदा दिखने लगे।

'मम्मी ठीक कह रही हैं, जिनी,' बिल ने धीरे से कहा। 'तुम यह नहीं कर सकतीं। हर नाबालिग़ को यहाँ से जाना होगा।'

'मैं घर नहीं जाऊँगी!' जिनी चिल्लाई और उसकी आँखों में ग़ुस्से के आँसू चमकने लगे। 'मेरा पूरा परिवार यहाँ है। मैं वहाँ अकेले इंतज़ार नहीं कर सकती, मुझे कुछ भी पता नहीं चलेगा और –'

उसकी नज़रें हैरी से पहली बार मिलीं। उसने आग्रह भरी निगाहों से हैरी की तरफ़ देखा, लेकिन हैरी ने अपना सिर हिला दिया, जिससे जिनी ने कटुता से चेहरा घुमा लिया।

'ठीक है,' उसने हॉग्स हेड की सुरंग के दरवाज़े को घूरते हुए कहा। 'तो फिर मैं जाती हूँ और –'

धम्म की आवाज़ आई। सुरंग में से आ रहा कोई व्यक्ति लड़खड़ाकर गिर गया था। उसने सबसे नज़दीक की कुर्सी का सहारा लेकर ख़ुद को उठाया और सींग के फ्रेम वाले तिरछे चश्मे से चारों तरफ़ देखते हुए बोला, 'मुझे ज़्यादा देर तो नहीं हुई? लड़ाई शुरू तो नहीं हुई? मुझे अभी-अभी पता चला है, इसलिए मैं – मैं –'

पर्सी ख़ामोश हो गया। ज़ाहिर है, उसे अपने परिवार के ज़्यादातर सदस्यों के यहाँ मिलने की उम्मीद नहीं थी। हैरानी का लंबा पल तभी टूटा, जब फ़्लर ने ल्यूपिन की ओर मुड़कर तनाव कम करने की स्पष्ट कोशिश करते हुए उनसे पूछा, 'तो – नन्हा टेडी कैसा है?'

ल्यूपिन ने हैरान होकर पलकें झपकाईं। वीज़्ली परिवार की ख़ामोशी बर्फ़ की तरह सख़्त होने लगी थी।

'मैं – ओह हाँ – वह अच्छा है!' ल्यूपिन ने ज़ोर से कहा। 'हाँ, टौंक्स उसके पास है – उसकी माँ के यहाँ।'

पर्सी और वीज़्ली परिवार के बाक़ी सदस्य स्थिर होकर एक-दूसरे को घूर रहे थे।

'यह देखो, मेरे पास तस्वीर है!' ल्यूपिन चिल्लाए और अपनी जैकेट के भीतर से एक फ़ोटो निकालकर फ़्लर और हैरी को दिखाई। उसमें चमकते फ़ीरोज़ी बालों वाला एक छोटा बच्चा कैमरे की तरफ़ मोटी मुट्ठियाँ लहरा रहा था।

'मैं मूर्ख था!' पर्सी इतनी तेज़ी से गरजा कि ल्यूपिन के हाथ से फ़ोटो छूटते-छूटते बची। 'मैं मूर्ख था, मैं घमंडी बड़बोला था, मैं -'

'मंत्रालय-प्रेमी, परिवार-विरोधी, शक्ति-लोभी गधा था,' फ़्रेड ने कहा।

पर्सी ने थूक निगला।

'हाँ, मैं यह सब था!'

'तो फिर ठीक है! तुम इससे ज़्यादा क्या कह सकते हो ?' फ़्रेड ने पर्सी की तरफ़ हाथ बढ़ाते हुए कहा।

मिसेज़ वीज़्ली फूट-फूट कर रोने लगीं। वे आगे की तरफ़ भागीं और फ़्रेड को एक तरफ़ हटाकर पर्सी को कसकर गले लगा लिया। पर्सी उनकी पीठ थपथपाने लगा, लेकिन उसकी नज़रें अपने पिता पर टिकी हुई थीं।

'मुझे अफ़सोस है, डैडी,' पर्सी ने कहा।

मिस्टर वीज़्ली जल्दी-जल्दी पलकें झपकाने लगे। फिर वे भी अपने बेटे को गले लगाने चल दिए।

'तुम्हें समझ कैसे आई, पर्सी ?' जॉर्ज ने पूछा।

'समझ तो काफ़ी समय पहले ही आ गई थी,' पर्सी ने यात्री चोगे के कोने से आँखें पोंछते हुए कहा। 'लेकिन मुझे बाहर निकलने का तरीक़ा खोजना था। मंत्रालय में रहकर यह करना आसान नहीं था। वे लोग गद्दारों को क़ैद कर रहे थे। मैं एबरफ़ोर्थ से संपर्क करने में कामयाब हो गया और उसने मुझे दस मिनट पहले ख़बर दी कि हॉगवर्ट्स में जंग शुरू हो रही है, इसलिए मैं यहाँ आ गया।'

'ऐसे समय हम अपने प्रिफ़ेक्ट्स से नेतृत्व की उम्मीद करते हैं,' जॉर्ज ने पर्सी के लच्छेदार लहज़े की नक़ल करते हुए कहा। 'अब हम ऊपर चलते हैं और लड़ते हैं, वरना सभी अच्छे प्राणभक्षियों को कोई और पकड़ लेगा।'

'तो तुम मेरी भाभी हो ?' पर्सी ने फ़्लर से हाथ मिलाते हुए कहा, जब वे जल्दी से बिल, फ़्रेड और जॉर्ज के साथ सीढ़ियों की तरफ़ जाने लगे।

'जिनी!' मिसेज़ वीज़्ली गरजीं।

समझौते की आड़ में जिनी चोरी से ऊपर की मंज़िल पर जाने की कोशिश कर रही थी।

'मॉली, यह कैसा रहेगा,' ल्यूपिन ने कहा। 'जिनी यहाँ क्यों नहीं रुक सकती? इससे वह कम से कम घटनास्थल पर ही रहेगी और उसे पूरी जानकारी रहेगी, लेकिन वह लड़ाई के बीच में नहीं रहेगी?'

'मैं –'

'अच्छा विचार है,' मिस्टर वीज़्ली दृढ़ता से बोले। 'जिनी, तुम इसी कमरे में रहना, ठीक है?'

जिनी को यह विचार ज़्यादा पसंद नहीं आया, लेकिन अपने पिता की असामान्य रूप से सख़्त नज़र को देखते हुए उसने सिर हिलाकर हाँ कर दी। मिस्टर और मिसेज़ वीज़्ली तथा ल्यूपिन भी सीढ़ियों की तरफ़ चल दिए।

'रॉन कहाँ है?' हैरी ने पूछा। 'हर्माइनी कहाँ है?'

'लगता है, वे लोग पहले ही बड़े हॉल में चले गए होंगे,' मिस्टर वीज़्ली ने पीछे मुड़कर कहा।

हैरी बोला, 'मैंने उन्हें अपने पास से गुज़रते नहीं देखा।'

'वे लोग किसी बाथरूम का ज़िक्र कर रहे थे,' जिनी ने कहा, 'तुम्हारे जाने के तत्काल बाद ही।'

'बाथरूम?'

हैरी कमरे के पार के एक खुले दरवाज़े की ओर भागा। उसने बाथरूम में झाँककर देखा। वह ख़ाली था।

'तुम्हें यक़ीन है कि उन्होंने बाथरूम कहा – ?'

लेकिन तभी उसका निशान दुखने लगा और आवश्यकता कक्ष ग़ायब हो गया। वह लोहे के ऊँचे गेट के सामने खड़ा था, जिसके दोनों तरफ़ के स्तंभों पर पंखदार वराह लगे थे। वह अँधेरे मैदान के पार रोशनी से चमकते महल की ओर देख रहा था। नागिनी उसके कंधों पर लिपटी हुई थी। उसके भीतर उद्देश्य का वही ठंडा, क्रूर एहसास था, जो हत्या से पहले हमेशा होता था।

अध्याय इकतीस

हॉगवर्ट्स की जंग

बड़े हॉल की जादुई छत अँधेरे और सितारों से भरी थी। इसके नीचे चार लंबी हाउस टेबलों पर अस्त-व्यस्त विद्यार्थी बैठे थे, जिनमें से कुछ यात्री चोगे पहने थे और बाक़ी ड्रेसिंग गाउनों में थे। यहाँ-वहाँ स्कूल के भूतों की मोती जैसी सफ़ेद आकृतियाँ चमक रही थीं। हर ज़िंदा या मुर्दा आँख प्रोफ़ेसर मैक्गॉनेगल पर टिकी थी, जो हॉल के ऊँचे मंच से बोल रही थीं। उनके पीछे बाक़ी टीचर्स खड़े थे, जिनमें फ़िरेंज नाम का सेनटॉर और मायापंछी के समूह के सदस्य भी थे, जो लड़ने के लिए वहाँ आए थे।

'... बाहर निकलने की प्रक्रिया की देखरेख मि. फ़िल्च और मैडम पॉमफ्री करेंगे। प्रिफ़ेक्ट्स, मेरा आदेश मिलते ही आप लोग अपने हाउस के विद्यार्थियों को व्यवस्थित करेंगे और क्रमबद्ध तरीक़े से निकासी बिंदु से उन्हें निकालने का काम करेंगे।'

कई विद्यार्थी दहशत में नज़र आ रहे थे। बहरहाल, जब हैरी ने रॉन और हर्माइनी को देखने के लिए दीवार के पास से गरुड़द्वार की टेबल पर निगाह डाली, तो मेहनतकश का अर्नी मैकमिनल खड़े होकर चिल्लाया, 'और अगर हम रुककर लड़ना चाहें?'

प्रशंसा की बुदबुदाहटें सुनाई दीं।

'अगर तुम बालिग़ हो, तो रुक सकते हो,' प्रोफ़ेसर मैक्गॉनेगल ने कहा।

'और हमारा सामान?' चीलघात टेबल से एक लड़की बोली। 'हमारे संदूक, हमारे उल्लू?'

'हमारे पास सामान बटोरने का वक़्त नहीं है,' प्रोफ़ेसर मैक्गॉनेगल

ने कहा। 'महत्वपूर्ण बात यह है कि तुम लोग यहाँ से सुरक्षित बाहर निकल जाओ।'

'प्रोफ़ेसर स्नेप कहाँ हैं?' नागशक्ति की टेबल से एक लड़की चिल्लाई।

'अगर सामान्य भाषा में कहा जाए, तो वे नौ दो ग्यारह हो चुके हैं,' प्रोफ़ेसर मैक्गॉनेगल ने जवाब दिया और गरुड़द्वार, मेहनतकश तथा चीलघात हाउसों की टेबलों से हर्षध्वनि सुनाई दी।

हैरी गरुड़द्वार की टेबल के पास से होता हुआ हॉल में आगे बढ़ा। वह अब भी रॉन और हर्माइनी की तलाश कर रहा था। उसके गुज़रते समय चेहरे उसकी दिशा में मुड़े और फुसफुसाहटें शुरू हो गईं।

'हम पहले ही महल के चारों तरफ़ सुरक्षात्मक इंतज़ाम कर चुके हैं,' प्रोफ़ेसर मैक्गॉनेगल ने कहा, 'लेकिन वे ज़्यादा समय तक कारगर नहीं रहेंगे, जब तक कि हम उन्हें दोबारा न करें। इसलिए मैं विद्यार्थियों से आग्रह करती हूँ कि वे जल्दी और शांति से यहाँ से चले जाएँ। और हाँ, जैसा तुम्हारे प्रिफ़ेक्ट्स कहें, वैसा ही करना –'

लेकिन उनके आख़िरी शब्द डूब गए, क्योंकि हॉल में किसी और की आवाज़ गूँजने लगी थी। यह आवाज़ ऊँची, ठंडी और स्पष्ट थी। यह कहना मुश्किल था कि यह कहाँ से आ रही थी। यह दीवारों से आती लग रही थी। भयंकर कालदृष्टि की तरह यह आवाज़ भी जैसे सदियों से वहीं बंद थी।

'मैं जानता हूँ, तुम लोग लड़ने की तैयारी कर रहे हो।' विद्यार्थियों के चीख़ने-चिल्लाने की आवाज़ सुनाई दी, जिनमें से कुछ एक-दूसरे को पकड़ रहे थे और दहशत में आवाज़ के स्रोत की तलाश कर रहे थे। 'तुम्हारी कोशिशें बेकार हैं। तुम मुझसे नहीं लड़ सकते। मैं तुम्हें नहीं मारना चाहता हूँ। मैं हॉगवर्ट्स के टीचर्स का बहुत सम्मान करता हूँ। मैं जादुई ख़ून नहीं बहाना चाहता हूँ।'

हॉल में अब ख़ामोशी छा गई थी। यह ख़ामोशी कान के पर्दों पर दबाव डाल रही थी और इतनी विराट थी कि दीवारों में नहीं समा सकती थी।

'हैरी पॉटर को मेरे हवाले कर दोगे,' वोल्डेमॉर्ट की आवाज़ आई, 'तो मैं किसी को भी नुक़सान नहीं पहुँचाऊँगा। हैरी पॉटर को मेरे हवाले कर दोगे, तो मैं स्कूल को छुऊँगा तक नहीं। हैरी पॉटर को मेरे हवाले कर दोगे, तो मैं तुम्हें पुरस्कार दूँगा।

'तुम्हारे पास आधी रात तक का समय है।'

ख़ामोशी एक बार फिर छा गई। वहाँ मौजूद हर सिर और हर आँख हैरी की ओर मुड़ी। उसे लग रहा था कि वह हज़ारों अदृश्य नज़रों से जकड़ा हुआ था। फिर नागशक्ति की टेबल से एक आकृति उठी और हैरी पहचान गया कि वह पैन्सी पार्किन्सन थी। वह काँपता हुआ हाथ उठाकर चिल्लाई, 'वह वहाँ है! पॉटर *वहाँ* है! कोई उसे पकड़ लो!'

हैरी कुछ बोल पाए, इससे पहले ही काफ़ी हलचल हो गई। उसके सामने के गरुड़द्वार के विद्यार्थी उठकर खड़े हो गए थे और उनके मुँह हैरी की तरफ़ नहीं, बल्कि नागशक्ति के विद्यार्थियों की ओर थे। फिर मेहनतकश के विद्यार्थी खड़े हुए और लगभग उसी समय चीलघात के विद्यार्थी भी। उन सभी की पीठ हैरी की तरफ़ थी और वे सभी पैन्सी की ओर देख रहे थे। हैरी यह देखकर हैरान और अभिभूत हो गया कि चोगों या आस्तीनों के नीचे से हर तरफ़ छड़ियाँ निकल रही थीं।

'धन्यवाद, मिस पार्किन्सन,' प्रोफ़ेसर मैक्गॉनेगल ने रूखी आवाज़ में कहा। 'तुम सबसे पहले मि. फ़िल्च के साथ बाहर जाओ। तुम्हारा बाक़ी का हाउस तुम्हारे पीछे जा सकता है।'

हैरी को बेंच सरकने की आवाज़ आई। नागशक्ति के विद्यार्थी हॉल के दूसरे सिरे पर लाइन बनाकर बाहर निकल रहे थे।

'चीलघात के विद्यार्थियो, अब तुम्हारी बारी है!' प्रोफ़ेसर मैक्गॉनेगल चिल्लाईं।

धीरे-धीरे चारों टेबलें ख़ाली हो गईं। नागशक्ति की टेबल बिलकुल ख़ाली थी। चीलघात के कुछ बड़े विद्यार्थी अपनी जगह पर बैठे रहे, हालाँकि उनके काफ़ी सारे साथी बाहर निकल गए। मेहनतकश के तो और ज़्यादा विद्यार्थी पीछे रुके रहे। गरुड़द्वार के तो आधे विद्यार्थी अपनी जगह पर बैठे रहे, जिस वजह से प्रोफ़ेसर मैक्गॉनेगल को नाबालिग़ों को बाहर भेजने के लिए टीचर्स के मंच से उतरकर नीचे आना पड़ा।

'बिलकुल नहीं, क्रीवी, जाओ! *और* तुम भी, पीक्स!'

हैरी जल्दी से वीज़्ली परिवार के पास पहुँच गया, जो गरुड़द्वार की टेबल पर बैठा था।

'रॉन और हर्माइनी कहाँ हैं?'

'तुम्हें नहीं मिले – ?' मिस्टर वीज़्ली ने चिंतित दिखते हुए कहा।

लेकिन वे चुप हो गए, जब किंग्सले रुके लोगों को संबोधित करने के लिए ऊँचे मंच पर आगे बढ़ा।

'आधी रात में आधे घंटे का ही समय बचा है, इसलिए हमें तेज़ी से काम करना होगा! हॉगवर्ट्स के टीचर्स और मायापंछी के समूह ने मिलकर युद्ध की योजना बना ली है। प्रोफ़ेसर फ़्लिटविक, स्प्राउट और मैक्गॉनेगल योद्धाओं के समूहों को सबसे ऊँची तीन मीनारों - चीलघात, खगोलशास्त्र और गरुड़द्वार - पर ले जा रहे हैं - वहाँ से उन्हें हर तरफ़ का अच्छा दृश्य दिखेगा और इतनी ऊँचाई से वे मंत्रों का अच्छा प्रयोग कर सकते हैं। इस दौरान, रीमस,' उन्होंने ल्यूपिन की ओर इशारा किया, 'आर्थर,' उन्होंने गरुड़द्वार की टेबल पर बैठे मिस्टर वीज़्ली की ओर इशारा किया, 'और मैं समूहों को मैदान में ले जाएँगे। स्कूल के छिपे प्रवेश द्वारों की सुरक्षा करने के लिए हमें किसी की ज़रूरत है -'

'- ऐसा लगता है कि यह काम हमें करना होगा,' फ्रेड ने अपनी और जॉर्ज की तरफ़ इशारा करते हुए कहा। इस बात पर किंग्सले ने सिर हिलाकर अपनी सहमति दे दी।

'ठीक है, लीडर्स यहाँ ऊपर आ जाएँ। हम समूहों में बँट जाते हैं!'

'पॉटर,' प्रोफ़ेसर मैक्गॉनेगल ने उसकी ओर जल्दी से बढ़ते हुए कहा, जब निर्देश लेने के लिए उत्सुक विद्यार्थी मंच की तरफ़ तेज़ी से बढ़ने लगे, *'तुम्हें किसी चीज़ को खोजना था ?'*

'क्या ? ओह,' हैरी ने कहा। 'ओह हाँ।'

वह तो होरक्रक्स के बारे में भूल ही गया था। वह तो यह भी भूल गया था कि यह जंग इसीलिए हो रही थी, ताकि वह होरक्रक्स की तलाश कर सके। रॉन और हर्माइनी की समझ में न आने वाली अनुपस्थिति से पल भर के लिए उसके दिमाग़ से हर बात उड़ गई थी।

'तो जाओ, पॉटर, जल्दी जाओ!'

'ठीक है - हाँ -'

बड़े हॉल से बाहर भागते समय उसे एहसास हुआ कि बहुत से लोग उसे देख रहे थे। वह प्रवेश हॉल में पहुँचा, जहाँ अब भी हॉगवर्ट्स से बाहर निकलते विद्यार्थियों की भीड़ लगी थी। वह उनके साथ संगमरमर की सीढ़ियों पर चढ़ा, लेकिन ऊपर पहुँचकर वह जल्दी से एक वीरान गलियारे में चला गया। दहशत और डर उसकी सोचने-समझने की ताक़त को कमज़ोर कर रहे थे। उसने ख़ुद को शांत रखने और होरक्रक्स खोजने पर

ध्यान केंद्रित करने की कोशिश की, लेकिन उसके विचार उतनी ही तेज़ी और निरर्थकता से घूमते रहे, जितनी तेज़ी से काँच की बोतल में क़ैद मधुमक्खियाँ घूमती हैं। रॉन और हर्माइनी उसकी मदद के लिए नहीं थे और ऐसा लग रहा था कि उनके बिना वह अपने विचारों को क्रमबद्ध नहीं जमा सकता था। उसने अपनी चाल धीमी की और एक ख़ाली गलियारे में आधी दूर पर रुक गया। यहाँ उसने एक मूर्ति के ख़ाली चबूतरे पर बैठकर अपने गले में लटके पाउच से हॉगवर्ट्स का नक़्शा बाहर निकाला। उसे इसमें रॉन या हर्माइनी के नाम कहीं नहीं दिख रहे थे। उसे लगा, इस समय आवश्यकता कक्ष की ओर जाते ढेर सारे बिंदुओं की भीड़ के कारण शायद वे नज़र नहीं आ रहे होंगे। उसने नक़्शा दूर हटाया, अपने हाथ चेहरे पर दबाए और आँखें बंद करके ध्यान केंद्रित करने की कोशिश करने लगा ...

वोल्डेमॉर्ट ने सोचा था, मैं चीलघात मीनार में जाऊँगा।

तो यह एक ठोस तथ्य था, जहाँ से शुरुआत की जा सकती थी। वोल्डेमॉर्ट ने अलेक्टो कैरो को चीलघात के कॉमन रूम में तैनात किया था और इसका सिर्फ़ एक ही मतलब हो सकता था : वोल्डेमॉर्ट को डर था कि हैरी पहले से ही जानता था कि उसके होरक्रक्स का संबंध उस हाउस से है।

लेकिन चीलघात के साथ जुड़ी चीज़ों में इकलौती वस्तु उसका खोया हुआ किरीट ही हो सकती थी ... लेकिन किरीट होरक्रक्स कैसे हो सकता था? नागशक्ति के वोल्डेमॉर्ट को वह कैसे मिल सकता था, जो चीलघात की पीढ़ियों को सदियों की खोज के बाद भी नहीं मिला था? उसे कौन बता सकता था कि वह कहाँ खोजे, जबकि किसी भी जीवित व्यक्ति ने किरीट को नहीं देखा था?

जीवित व्यक्ति ने ...

उँगलियों के नीचे हैरी की आँखें एक बार फिर खुल गईं। वह चबूतरे से उछला और तेज़ी से उसी रास्ते चल दिया, जिधर से आया था। अब वह अपनी आख़िरी उम्मीद को टटोलने जा रहा था। आवश्यकता कक्ष की ओर जाते सैकड़ों लोगों की आवाज़ें तेज़ होती जा रही थीं, जब वह संगमरमर की सीढ़ियों की ओर मुड़ा। प्रिफ़ेक्ट्स चिल्लाकर निर्देश दे रहे थे और अपने हाउस के विद्यार्थियों पर नज़र रखने की कोशिश कर रहे थे। बहुत धक्का-मुक्की हो रही थी। हैरी ने देखा कि ज़कारियस स्मिथ चिल्लाकर फ़र्स्ट-ईयर के विद्यार्थियों को क़तार में आने के लिए कह रहा था। यहाँ-वहाँ छोटे बच्चे रो रहे थे, जबकि बड़े बच्चे हताशा से अपने

दोस्तों या भाई-बहनों को आवाज़ लगा रहे थे ...

हैरी को नीचे प्रवेश हॉल के पार मोती जैसी सफ़ेद आकृति नज़र आई और वह पूरी ताक़त से शोरगुल के ऊपर चिल्लाया।

'निक! **निक!** मुझे तुमसे बात करनी है!'

उसने विद्यार्थियों के रेले के बीच से रास्ता बनाया और आख़िरकार सीढ़ियों के नीचे पहुँच गया, जहाँ गरुड़द्वार मीनार का भूत लगभग सिरकटा निक उसका इंतज़ार कर रहा था।

'हैरी! मेरे प्यारे बच्चे!'

निक ने हैरी के हाथ अपने दोनों हाथों में थामने की कोशिश की। हैरी को ऐसा महसूस हुआ, जैसे उन्हें बर्फ़ीले पानी में डाल दिया गया हो।

'निक, तुम्हें मेरी मदद करनी होगी। चीलघात मीनार का भूत कौन है?'

लगभग सिरकटा भूत निक हैरान और थोड़ा चिढ़ा हुआ दिखने लगा।

'ज़ाहिर है, गोरी औरत, लेकिन अगर तुम्हें किसी भूत की सेवाओं की ज़रूरत हो, तो मैं - ?'

'नहीं, मुझे उसी की मदद चाहिए - क्या तुम जानते हो कि वह कहाँ है?'

'देखता हूँ ...'

निक का सिर अपने गुलूबंद पर थोड़ा लड़खड़ाया, जब वह मुड़कर विद्यार्थियों के सिर के ऊपर से घूरने लगा।

'हैरी, वह वहाँ पर है, लंबे बालों वाली युवा औरत।'

हैरी ने निक की इशारा करती पारदर्शी उँगली की दिशा में देखा। लंबी भूतनी ने हैरी को अपनी ओर देखते देखा और अपनी भौंहें उठाकर एक ठोस दीवार में से तैरती हुई चली गई।

हैरी उसके पीछे भागा। जिस तरफ़ वह ओझल हुई थी, उस गलियारे में दौड़ लगाने पर हैरी को वह गलियारे के बिलकुल आख़िरी छोर पर दिखी। वह अब भी उड़कर उससे दूर जा रही थी।

'सुनो - ठहरो - वापस आओ!'

वह रुक गई और ज़मीन से कुछ इंच ऊपर तैरने लगी। हैरी को वह सुंदर लगी। उसके बाल कमर तक लंबे थे और चोगा फ़र्श तक लंबा था,

लेकिन वह घमंडी भी दिख रही थी। क़रीब आने पर हैरी ने उसे पहचान लिया। वह गलियारों में कई बार उसके पास से गुज़रा था, हालाँकि आज तक उसने उससे बात नहीं की थी।

'आप ही गोरी औरत हैं?'

उसने सिर हिलाया, लेकिन कुछ नहीं बोली।

'चीलघात मीनार की भूतनी?'

'हाँ।'

उसका अंदाज़ बहुत उत्साहवर्धक नहीं था।

'प्लीज़, मेरी मदद कीजिए। मुझे हर वह चीज़ जाननी है, जो आप मुझे खोए मुकुट के बारे में बता सकती हैं।'

गोरी औरत के होंठों पर एक ठंडी मुस्कान आ गई।

उसने चलने के लिए मुड़ते हुए कहा, 'अफ़सोस, मैं तुम्हारी मदद नहीं कर सकती।'

'ठहरो!'

वह चिल्लाना नहीं चाहता था, लेकिन दहशत और ग़ुस्सा उस पर हावी होने लगे थे। हैरी ने अपनी घड़ी देखी, जब वह उसके सामने मँडराने लगी। आधी रात होने में सिर्फ़ पंद्रह मिनट बचे थे।

'यह बहुत ज़रूरी है,' उसने आवेश से कहा। 'अगर वह मुकुट हॉगवर्ट्स में है, तो मुझे उसे खोजना है – बहुत जल्दी।'

'तुम मुकुट की चाहत रखने वाले पहले विद्यार्थी नहीं हो,' वह हिक़ारत से बोली। 'विद्यार्थियों की कई पीढ़ियों ने मुझे इसके लिए परेशान किया है –'

'यह ज़्यादा नंबर लाने के बारे में नहीं है!' हैरी उस पर चिल्लाया। 'यह वोल्डेमॉर्ट के बारे में है – वोल्डेमॉर्ट को हराने के बारे में – या फिर तुम्हारी उसमें भी दिलचस्पी नहीं है?'

वह शर्मा नहीं सकती थी, लेकिन उसके पारदर्शी गाल अपारदर्शी हो गए और उसने थोड़ी तैश में जवाब दिया, 'ज़ाहिर है मैं – तुमने यह कहने की हिम्मत कैसे की – ?'

'तो फिर मेरी मदद करो!'

गोरी औरत के चेहरे का शांत भाव ग़ायब हो रहा था।

'यह – यह मदद करने का सवाल नहीं है –' वह अटकते हुए बोली। 'मेरी माँ का मुकुट –'

'तुम्हारी *माँ का?*'

वह जैसे ख़ुद से नाराज़ दिखने लगी।

उसने मुश्किल से कहा, 'जब मैं ज़िंदा थी, तो मेरा नाम हेलेना चीलघात था।'

'तुम उनकी *बेटी* हो? लेकिन तब तो तुम्हें पता होना चाहिए कि इसके साथ क्या हुआ!'

'हालाँकि मुकुट बुद्धि बढ़ाता है,' उसने ख़ुद को सँभालने की कोशिश करते हुए कहा, 'लेकिन मुझे नहीं लगता कि इससे उस जादूगर को हराने की तुम्हारी संभावनाएँ बढ़ जाएँगी, जो ख़ुद को शहंशाह कहता है –'

'मैंने तुम्हें अभी बताया था ना कि मेरी दिलचस्पी उसे पहनने में नहीं है!' हैरी ने तैश में आते हुए कहा। 'समझाने के लिए वक़्त नहीं है – लेकिन अगर तुम हॉगवर्ट्स की परवाह करती हो, अगर तुम वोल्डेमॉर्ट का ख़ात्मा होते देखना चाहती हो, तो तुम्हें मुझे मुकुट के बारे में वह सब कुछ बता देना चाहिए, जो तुम जानती हो!'

वह हवा में झूलती हुई बिलकुल स्थिर हो गई और उसे घूरती रही। हैरी पर निराशा हावी हो गई। ज़ाहिर है, अगर उसे कुछ मालूम होता, तो वह अब तक फ़्लिटविक या डम्बलडोर को बता चुकी होती, जिन्होंने निश्चित रूप से उससे यही सवाल पूछा होगा। वह अपना सिर हिलाकर मुड़ने लगा, जब वह धीमी आवाज़ में बोली।

'मैंने अपनी माँ का मुकुट चुरा लिया था।'

'तुमने – तुमने क्या किया था?'

'मैंने मुकुट चुरा लिया था,' हेलेना चीलघात ने बहुत धीरे से दोहराया। 'मैं अपनी माँ से ज़्यादा चतुर और ज़्यादा महत्वपूर्ण बनना चाहती थी। मैं उसे लेकर भाग गई।'

हैरी नहीं जानता था कि उसने किस तरह उसका विश्वास जीत लिया था, लेकिन उसने यह पूछना ठीक भी नहीं समझा। वह तो बस पूरा ध्यान लगाकर सुनता रहा, जब वह आगे बोली, 'लोग कहते हैं कि मेरी माँ ने कभी मुकुट के चले जाने की बात किसी को नहीं बताई, बल्कि यह नाटक किया कि यह उन्हीं के पास है। उन्होंने अपने नुक़सान और मेरे भयंकर

धोखे को हॉगवर्ट्स के अन्य संस्थापकों से भी छिपाकर रखा।

'फिर मेरी माँ बीमार पड़ गईं – बहुत बीमार। मेरे इतने बड़े धोखे के बावजूद वे मुझे एक बार देखने के लिए व्याकुल थीं। उन्होंने एक आदमी को मेरी तलाश में भेजा, जो काफ़ी समय से मुझसे प्यार करता था, हालाँकि मैंने उसके प्रस्ताव को ठुकरा दिया था। मेरी माँ जानती थीं कि वह जब तक मुझे खोज नहीं लेगा, तब तक चैन से नहीं बैठेगा।'

हैरी ने इंतज़ार किया। हेलेना ने एक गहरी साँस खींची और अपना सिर पीछे झटका।

'उसने मुझे उस जंगल में खोज लिया, जहाँ मैं छिपी हुई थी। जब मैंने उसके साथ लौटने से इंकार कर दिया, तो वह हिंसा पर उतर आया। नवाब हमेशा से गर्ममिज़ाज था। मेरे इंकार पर नाराज़ होकर और मेरी आज़ादी से ईर्ष्या करके उसने मुझे खंजर मार दिया।'

'*नवाब?* तुम्हारा मतलब है – ?'

'हाँ, ख़ूनी नवाब,' गोरी औरत ने कहा और अपने चोगे को एक तरफ़ हटाकर अपने सफ़ेद सीने का गहरा घाव दिखाया। 'बहरहाल, जब उसने देखा कि उसने क्या कर डाला है, तो वह पश्चाताप की आग में जलने लगा। जिस खंजर से उसने मेरी जान ली थी, उसी खंजर से उसने अपनी जान भी ले ली। इतनी सदियों बाद भी वह पश्चाताप के लिए ज़ंजीरें पहनता है ... जैसा उसे करना भी चाहिए,' उसने कटुता से आगे कहा।

'और ... और मुकुट?'

'वह उसी जगह रखा रहा, जहाँ मैंने उसे तब छिपाया था, जब मुझे ख़ूनी नवाब के जंगल में अपनी ओर आने की आवाज़ सुनाई दी थी। मैंने मुकुट को एक खोखले पेड़ के भीतर छिपाया था।'

'खोखला पेड़?' हैरी ने दोहराया। 'कौन सा पेड़? यह कहाँ पर है?'

'अल्बानिया के एक जंगल में। एक वीरान जगह, जो मैंने सोचा था कि मेरी माँ की पहुँच से बहुत दूर होगी।'

'अल्बानिया,' हैरी ने दोहराया। दुविधा के बाद अब समझ चमत्कारिक रूप से आ रही थी। अब वह समझ गया कि वह उसे वह बात क्यों बता रही है, जो उसने डम्बलडोर और फ़्लिटविक को नहीं बताई थी। 'तुम यह कहानी किसी और को भी पहले बता चुकी हो, है ना? एक और विद्यार्थी को?'

उसने अपनी आँखें बंद कर लीं और सिर हिलाया।

'मुझे ... ज़रा भी अंदाज़ा नहीं था ... वह बहुत अच्छी ... चापलूसी कर रहा था। लगता था, वह ... सब कुछ समझता था ... सहानुभूति रखता था ...'

हाँ, हैरी ने सोचा, टॉम रिडल निश्चित रूप से हेलेना चीलघात की अनमोल वस्तुओं की मालकिन बनने की इच्छा को समझता था, जिन पर उसका कोई हक़ नहीं था।

'देखो, तुम पहली शख़्स नहीं थीं, जिससे रिडल ने चीज़ें उगलवाई थीं,' हैरी बुदबुदाया। 'ज़रूरत पड़ने पर वह मनमोहक हो सकता था ...'

तो वोल्डेमॉर्ट गोरी औरत से खोए मुकुट का पता-ठिकाना उगलवाने में सफल हो गया था। वह उस दूर-दराज़ के जंगल में गया था और उसने मुकुट को निकाल लिया था। उसने शायद यह काम हॉगवर्ट्स से निकलते ही और बोर्गिन एंड बर्क्स में नौकरी करने जाने से पहले कर दिया होगा।

अल्बानिया का वीरान जंगल उसे छिपने के लिए बहुत अच्छा लगा होगा, क्योंकि सालों बाद जब वोल्डेमॉर्ट को दस साल तक छिपने की जगह चाहिए थी, तो वह वहीं जाकर रहा था।

लेकिन अनमोल होरक्रक्स बनने के बाद मुकुट उस खोखले पेड़ में नहीं रह सकता था ... नहीं, मुकुट को चुपके से इसके सच्चे घर में लौटा दिया गया था और वोल्डेमॉर्ट ने इसे वहाँ ख़ुद रखा होगा –

'– जिस रात वह नौकरी माँगने आया था!' हैरी ने अपने विचार को पूरा किया।

'क्या कहा?'

'उसने मुकुट महल में छिपा दिया था, जिस रात को वह डम्बलडोर से टीचर की नौकरी माँगने आया था!' हैरी ने कहा। ज़ोर से बोलने पर उसे सब कुछ साफ़ समझ आने लगा। 'उसने डम्बलडोर के ऑफ़िस जाते या आते समय मुकुट छिपा दिया होगा! लेकिन इसके बावजूद नौकरी पाने की कोशिश करने लायक़ थी – क्योंकि तब उसे गरुड़द्वार की तलवार चुराने का मौक़ा भी मिल सकता था – शुक्रिया, शुक्रिया!'

हैरी उसे वहीं तैरती छोड़कर चल दिया। वह पूरी तरह चकराई हुई दिख रही थी। प्रवेश हॉल में दोबारा मुड़ते समय उसने अपनी घड़ी देखी। आधी रात होने में अभी पाँच मिनट का समय बाक़ी था। हालाँकि अब वह

जान गया था कि आख़िरी होरक्रक्स *क्या* था, लेकिन वह यह बिलकुल भी नहीं जानता था कि यह *कहाँ* था ...

विद्यार्थियों की कई पीढ़ियाँ मुकुट खोजने में असफल रही थीं। इससे लगता है कि यह चीलघात मीनार में नहीं होगा – लेकिन अगर यह वहाँ नहीं था, तो फिर कहाँ था ? टॉम रिडल ने हॉगवर्ट्स महल के भीतर सामान छिपाने की ऐसी कौन सी जगह खोजी होगी, जिसके बारे में उसे यक़ीन था कि वह हमेशा गोपनीय बनी रहेगी ?

हताशा भरी अटकलों में खोया हैरी एक मोड़ मुड़ा, लेकिन अभी वह नए गलियारे में कुछ क़दम ही आगे बढ़ा था कि तभी उसकी बाईं तरफ़ की खिड़की ज़ोरदार धमाके के साथ टूट गई। जब वह एक तरफ़ को उछला, तो एक विशालकाय शरीर खिड़की में से उड़ता हुआ अंदर आया और सामने वाली दीवार से टकराया। बड़ी और बालों वाली कोई चीज़ विशालकाय शरीर से अलग हुई और उसने हैरी पर छलाँग लगा दी।

'हैग्रिड!' हैरी गरजा और फ़ैंग नाम के कुत्ते से पीछा छुड़ाने लगा, जब दाढ़ी वाली विशाल आकृति उठकर खड़ी हुई। 'क्या – ?'

'हैरी, तुम यहाँ! *तुम यहाँ!'*

हैग्रिड नीचे झुका और हैरी को हल्के से, लेकिन पसली तोड़ने वाले आलिंगन में बाँध लिया। फिर वह भागकर टूटी खिड़की के पास गया।

'शाबाश, ग्रॉपी!' वह खिड़की के छेद में से दहाड़ा। 'हम तुमसे एक मिनट में मिलते हैं। बहुत अच्छा लड़का है!'

हैग्रिड के पार, अँधेरी रात में हैरी ने दूरी पर रोशनी के धमाके देखे और एक अजीब सी चीख़ सुनी। उसने अपनी घड़ी देखी। आधी रात हो चुकी थी। जंग शुरू हो गई थी।

'ओह, हैरी,' हैग्रिड ने हाँफते हुए कहा, 'तो यह बात है, हैं ? लड़ने का समय है ?'

'हैग्रिड, तुम कहाँ से आ रहे हो ?'

'हमने पहाड़ की अपनी गुफा में तुम-जानते-हो-कौन की आवाज़ सुनी,' हैग्रिड ने गंभीरता से कहा। 'आवाज़ गूँज रही थी, है ना ? "तुम लोगों के पास पॉटर को हवाले करने के लिए आधी रात तक का समय है।" जानते थे कि तुम यहीं पर होगे, जानते थे कि क्या हो रहा होगा। *नीचे* उतरो, फ़ैंग। तो हम भी शामिल होने आ गए, हम और ग्रॉपी और फ़ैंग।

जंगल के पास वाली दीवार को तोड़ दिया, ग्रॉपी हमें और फ़ैंग को उठाकर लाया था। उसे बता दिया था कि वह हमें महल के भीतर उतार दे, इसलिए उसने हमें उठाकर खिड़की में से फेंक दिया। ज़ाहिर है, हमारा यह मतलब नहीं था, लेकिन फिर भी – अच्छा, रॉन और हर्माइनी कहाँ हैं?'

हैरी ने कहा, 'यह बहुत बढ़िया सवाल है। चलो।'

वे जल्दी से गलियारे में चल दिए। उनके साथ फ़ैंग भी था। हैरी को आस-पास के गलियारों में हलचल की आवाज़ें सुनाई दे रही थीं : भागते हुए क़दम और चिल्लाहटें। खिड़कियों से उसे अँधेरे मैदान में रोशनी की लपटें दिख रही थीं।

'हम कहाँ जा रहे हैं?' हैग्रिड ने कहा, जो हैरी के ठीक पीछे भाग रहा था और उसकी वजह से लकड़ी के पटिए काँप रहे थे।

'मुझे ठीक-ठीक नहीं पता,' हैरी ने एक और मोड़ पर मुड़ते हुए कहा, 'लेकिन रॉन और हर्माइनी यहीं-कहीं होने चाहिए।'

युद्ध की पहली क्षति आगे के गलियारे में ज़मीन पर पड़ी थी : आम तौर पर स्टाफ़ रूम के दरवाज़े पर पहरा देने वाले पत्थर के दो गारगॉइल चूर-चूर हो गए थे, जब टूटी खिड़की से अंदर आया शाप उनसे टकराया। उनके अवशेष फ़र्श पर हल्के से हिल रहे थे और जब हैरी ने उनके टूटे हुए सिर को लाँघा, तो गारगॉइल ने धीरे से कराहते हुए कहा, 'ओह, मेरी परवाह मत करो ... मैं यहीं पड़ा रहूँगा और बिखर जाऊँगा ...'

पत्थर के इस बदसूरत चेहरे को देखकर हैरी को अचानक ज़ेनोफ़िलियस की बनाई चंद्रिका चीलघात की संगमरमर की अर्धप्रतिमा याद आ गई, जो अजीब सा मुकुट पहने थी – और फिर चीलघात मीनार की मूर्ति की, जिसके सफ़ेद घुँघराले बालों पर पत्थर का मुकुट रखा था ...

जब वह गलियारे के छोर पर पहुँचा, तो उसके दिमाग़ में पत्थर की एक तीसरी मूर्ति की याद आई। यह एक बदसूरत बूढ़े जादूगर की मूर्ति थी, जिसके सिर पर हैरी ने ख़ुद एक विग और एक घिसा-पिटा, पुराना मुकुट रखा था। सदमा फ़ायरव्हिस्की की गर्मी की तरह हैरी की रगों में बहने लगा और इसके ज़ोरदार झटके की वजह से वह गिरते-गिरते बचा।

आख़िरकार अब वह जान गया था कि होरक्रक्स कहाँ पर उसका इंतज़ार कर रहा है ...

टॉम रिडल किसी पर भरोसा नहीं करता था और अकेले ही काम करता था। वह इतना घमंडी था कि यह मानता था कि वह, और सिर्फ़ वही,

हॉगवर्ट्स के सबसे गहरे रहस्यों को जानता है। ज़ाहिर है, डम्बलडोर और फ़्लिटविक आदर्श लोग थे और उन्होंने उस जगह पर कभी क़दम नहीं रखा था, लेकिन हैरी स्कूल में हमेशा घिसे-पिटे रास्तों से दूर भटकता रहा था। यह एक ऐसा रहस्य था, जो वह और वोल्डेमॉर्ट दोनों जानते थे, लेकिन डम्बलडोर कभी नहीं जान पाए थे -

उसे प्रोफ़ेसर स्प्राउट ने उसके विचारों से जगा दिया, जो पास से तेज़ी से गुज़रीं। उनके पीछे नेविल और आधा दर्जन अन्य विद्यार्थी थे। वे सभी कानरक्षक लगाए थे और बड़े गमले में पौधे लेकर जा रहे थे।

'मंत्रकवच!' नेविल भागते-भागते पीछे मुड़कर ज़ोर से बोला। 'उन्हें दीवारों के ऊपर से दुश्मनों पर उछाल देंगे - उन्हें यह पसंद नहीं आएगा!'

हैरी अब जानता था कि उसे कहाँ जाना है। वह तेज़ी से चल दिया। हैग्रिड और फ़ैंग उसके पीछे दौड़ रहे थे। वे एक के बाद दूसरी तस्वीर के पास से गुज़रे और तस्वीरों के लोग उनके साथ-साथ भागने लगे। जादूगर और जादूगरनियाँ कॉलर और पाजामों, कवच और चोगों में एक-दूसरे के कैनवास में ठँस रहे थे और चीख़-चीख़कर महल के बाक़ी हिस्सों की ख़बर दे रहे थे। जैसे ही वे गलियारे के अंत में पहुँचे, पूरा महल हिल गया। जब एक भयंकर विस्फोट की शक्ति से विशालकाय फूलदान अपने चबूतरे से उड़ गया, तो हैरी समझ गया कि शापों की शक्ति टीचर्स और मायापंछी के समूह के जादू से ज़्यादा दुष्टतापूर्ण थी।

'कोई बात नहीं, फ़ैंग - कोई बात नहीं!' हैग्रिड चीख़ा, लेकिन जब चीनी मिट्टी के टुकड़े चाकुओं की तरह हवा में उड़ने लगे, तो बड़ा कुत्ता दुम दबाकर भाग खड़ा हुआ। हैग्रिड दहशतज़दा कुत्ते के पीछे भागा और हैरी को अकेला छोड़ गया।

हैरी ने लड़खड़ाते हुए गलियारों के बीच रास्ता बनाया और अपनी छड़ी तैयार रखी। एक गलियारे में तस्वीर का योद्धा सर केडोगन पूरे रास्ते उसके पास इस तस्वीर से उस तस्वीर में भागता रहा और अपने कवच की आवाज़ करता रहा तथा उसे प्रोत्साहित करता रहा। उसका मोटा खच्चर उसके पीछे भाग रहा था।

'दुष्ट लोग हैं, कमीने, कुत्ते, नीच हैं, उन्हें बाहर निकाल दो, हैरी पॉटर, उन्हें भगा दो!'

हैरी तेज़ी से मोड़ मुड़ा। उसे फ़्रेड और कुछ विद्यार्थियों का छोटा समूह दिखा, जिनमें ली जॉर्डन और हान्ना एबॉट भी थे। वे एक ख़ाली

चबूतरे के पास खड़े थे, जिसकी मूर्ति के पीछे एक ख़ुफ़िया रास्ता था। उनकी छड़ियाँ तैयार थीं और वे छिपे हुए छेद के पीछे की आवाज़ें सुन रहे थे।

'बड़ी अच्छी रात है!' फ्रेड चिल्लाया, जब महल दोबारा काँपा और हैरी तेज़ी से भागा। उसे ख़ुशी और दहशत दोनों का मिला-जुला एहसास हो रहा था। उसने एक और गलियारे को भागकर पार किया। वहाँ हर जगह उल्लू ही उल्लू दिख रहे थे। मिसेज़ नॉरिस गुर्रा रही थी और उन्हें अपने पंजों में दबोचने की कोशिश कर रही थी, ज़ाहिर है, उन्हें सही जगह पर पहुँचाने के लिए ...

'पॉटर!'

एबरफ़ोर्थ डम्बलडोर आगे वाले गलियारे को रोके खड़ा था और उसकी छड़ी तैयार थी।

'आज सैकड़ों बच्चे मेरे शराबख़ाने से गुज़रे हैं, पॉटर!'

'मैं जानता हूँ, हम स्कूल ख़ाली कर रहे थे,' हैरी ने कहा। 'वोल्डेमॉर्ट -'

'- हमला कर रहा है, क्योंकि उन्होंने तुम्हें उसके हवाले नहीं किया है,' एबरफ़ोर्थ ने कहा। 'मैं बहरा नहीं हूँ, पूरे हॉग्समीड को उसकी आवाज़ सुनाई दे गई होगी। और यह तुममें से किसी के भी दिमाग़ में नहीं आया कि नागशक्ति के कुछ विद्यार्थियों को बंधक बनाकर रख लो? तुमने अभी-अभी जिन विद्यार्थियों को सुरक्षित बाहर निकाला है, उनमें कुछ प्राणभक्षियों की संतानें भी थीं। क्या उन्हें यहाँ रोककर रखना ज़्यादा चतुराई नहीं होती?'

'इससे वोल्डेमॉर्ट नहीं रुकता,' हैरी ने कहा, 'और तुम्हारे भाई ऐसा कभी नहीं करते।'

एबरफ़ोर्थ ने हुंकार भरी और विपरीत दिशा में चला गया।

'तुम्हारे भाई ऐसा कभी नहीं करते ...' हाँ, यह सच था, हैरी ने आगे भागते हुए सोचा। डम्बलडोर, जिन्होंने स्नेप की इतने लंबे समय तक रक्षा की थी, कभी भी विद्यार्थियों को बंधक नहीं बनाते ...

फिर वह आख़िरी मोड़ पर मुड़ा और उसके मुँह से राहत तथा तैश की मिली-जुली चीख़ निकल गई। रॉन और हर्माइनी दोनों के हाथों में बड़ी, मुड़ी हुई, गंदी पीली चीज़ें थीं। रॉन की बाँह के नीचे एक झाड़ू भी थी।

'तुम लोग कहाँ गए थे?' हैरी चिल्लाया।

'रहस्यमय तहख़ाने में,' रॉन ने कहा।

'तहख़ाने में – *क्या?*' हैरी ने कहा और उनके सामने अचानक रुक गया।

'यह रॉन का, रॉन का सुझाव था!' हर्माइनी ने हाँफते हुए कहा। 'कितना बेहतरीन था, है ना? तुम्हारे चीलघात मीनार में जाने के बाद मैंने रॉन से कहा, अगर हम दूसरे होरक्रक्स को खोज भी लेते हैं, तो हम उससे छुटकारा कैसे पाएँगे। हम कप को भी तो नष्ट नहीं कर पाए थे! और फिर उसने इसके बारे में सोच लिया! कालदृष्टि!'

'क्या – ?'

'होरक्रक्स को नष्ट करने के लिए,' रॉन ने आराम से कहा।

हैरी की आँखें उन चीज़ों पर पड़ीं, जो रॉन और हर्माइनी की बाँहों में दबी थीं : बड़े, मुड़े हुए दाँत। अब जाकर उसे एहसास हुआ कि वे इन्हें मरे हुए कालदृष्टि की खोपड़ी से उखाड़कर लाए हैं।

'लेकिन तुम लोग अंदर कैसे घुसे?' उसने दाँतों के बाद रॉन को देखते हुए पूछा। 'उसमें तो सर्पभाषा की ज़रूरत पड़ती थी!'

'उसने सर्पभाषा बोली थी!' हर्माइनी फुसफुसाई। 'हैरी को दिखाओ, रॉन!'

रॉन ने एक भयंकर, दबी हुई फुफकार निकाली।

'तुमने जब लॉकेट खोला था, तो ऐसी ही आवाज़ निकाली थी,' उसने हैरी से माफ़ी माँगने के अंदाज़ में कहा। 'मुझे कई बार कोशिश करनी पड़ी, तब जाकर यह सही निकली, लेकिन,' उसने विनम्रता से कंधे उचकाते हुए कहा, 'हम अंत में वहाँ पहुँच ही गए।'

'रॉन *अद्भुत* था!' हर्माइनी ने कहा। 'अद्भुत!'

'तो ...' हैरी अब समझने के लिए जूझ रहा था। 'तो ...'

'तो एक और होरक्रक्स नष्ट हो गया,' रॉन ने कहा और अपनी जैकेट के नीचे से मेहनतकश के कप के बर्बाद अवशेष को खींचा। 'इस पर हर्माइनी ने वार किया था। मुझे लगा कि उसे करना चाहिए। उसे अभी तक यह ख़ुशी हासिल नहीं हुई थी।'

'जीनियस!' हैरी चिल्लाया।

'कुछ ख़ास नहीं,' रॉन ने कहा, हालाँकि वह बहुत ख़ुश नज़र आ रहा था। 'तुम्हें कोई नई बात पता चली?'

जैसे ही उसके मुँह से यह निकला, ऊपर कहीं एक विस्फोट हुआ। वे

तीनों ऊपर देखने लगे, जब छत से धूल गिरी और उन्हें दूर से आती चीख़ सुनाई दी।

'मैं जानता हूँ कि किरीट कैसा दिखता है और मैं जानता हूँ कि यह कहाँ है,' हैरी तेज़ी से बोला। 'उसने इसे ठीक वहीं छिपाया है, जहाँ मैंने अपनी काढ़े की पुस्तक छिपाई थी, जहाँ हर कोई सदियों से सामान छिपा रहा था। उसने सोचा था कि उस जगह का पता सिर्फ़ उसे ही है। चलो।'

जब दीवारें दोबारा काँपीं, तो वह बाक़ी दोनों को छिपे हुए दरवाज़े से आवश्यकता कक्ष में जाने वाली सीढ़ियों तक ले गया। आवश्यकता कक्ष ख़ाली था। वहाँ बस तीन औरतें थीं : जिनी, टौंक्स और एक बूढ़ी जादूगरनी, जो दीमक खाया हैट पहने थीं। हैरी तत्काल पहचान गया कि वे नेविल की दादी थीं।

'आह, पॉटर,' उन्होंने फ़ुर्ती से कहा, जैसे वे उसी का इंतज़ार कर रही हों। 'हमें बताओ कि क्या हो रहा है।'

'सब **ठीक** हैं?' जिनी और टौंक्स ने एक साथ पूछा।

'जहाँ तक हमें मालूम है, सब ठीक हैं,' हैरी ने कहा। 'क्या लोग हॉग्स हेड से अब भी आ रहे हैं?'

वह जानता था कि जब तक कमरे में लोग रहेंगे, तब तक यह रूप नहीं बदल पाएगा।

'मैं सबसे आख़िर में आई थी,' मिसेज़ लाँगबॉटम बोलीं। 'मैंने इसे बंद कर दिया। मुझे लगा कि जब एबरफ़ोर्थ शराबख़ाना छोड़कर यहाँ आ गया है, तो इसे खुला रखना समझदारी नहीं है। तुम्हें मेरा पोता दिखा क्या?'

'वह लड़ रहा है,' हैरी बोला।

'ज़ाहिर है,' बूढ़ी औरत ने गर्व से कहा। 'अच्छा, मैं जाकर उसकी मदद करती हूँ।'

वे आश्चर्यजनक तेज़ी से पत्थर की सीढ़ियों की तरफ़ चल दीं।

हैरी ने टौंक्स की तरफ़ देखा।

'मुझे तो लगा था कि तुम टेडी के साथ अपनी माँ के घर हो?'

'मैं यह नहीं झेल पाई कि मुझे पता न चले -' टौंक्स ने दुखी होकर कहा। 'माँ उसकी देखभाल कर लेंगी - क्या तुम्हें रीमस दिखा?'

'वे मैदान में योद्धाओं के समूह का नेतृत्व करने वाले थे -'

एक शब्द कहे बिना टौंक्स तेज़ी से चल दी।

'जिनी,' हैरी ने कहा, 'मुझे अफ़सोस है, लेकिन हम चाहते हैं कि तुम भी यहाँ से चली जाओ। बस थोड़ी देर के लिए। फिर तुम अंदर आ जाना।'

क़ैद से छूटने की बात सुनकर जिनी ख़ुश हो गई।

'फिर तुम अंदर ज़रूर आ जाना!' हैरी ने पीछे से चिल्लाकर कहा, जब जिनी टौंक्स के पीछे-पीछे सीढ़ियों की तरफ़ भागी। *'तुम लौटकर ज़रूर अंदर आ जाना!'*

'एक पल रुको!' रॉन ने तेज़ी से कहा। 'हम किसी को भूल गए हैं!'

'कौन?' हर्माइनी ने कहा।

'घरेलू जिन्न, वे सभी किचन में होंगे, है ना?'

'तुम्हारा मतलब है, हमें उनसे भी युद्ध करने को कहना चाहिए?' हैरी ने पूछा।

'नहीं,' रॉन ने गंभीरता से कहा, 'मेरा मतलब है, हमें उन्हें बाहर निकलने का मौक़ा देना चाहिए। हम यह नहीं चाहते कि उनका हाल भी डॉबी जैसा हो, है ना? हम उन्हें अपने लिए मरने का आदेश नहीं दे सकते –'

हर्माइनी के हाथों से कालदृष्टि के दाँत छूटकर ज़मीन पर गिर गए। रॉन की तरफ़ भागते हुए उसने उसकी गर्दन में बाँहें डालीं और उसके होंठों पर होंठ रखकर उसे चूम लिया। रॉन ने भी अपने हाथ में पकड़े दाँत और झाड़ू फेंक दिए और इतने उत्साह से प्रतिक्रिया की कि उसने हर्माइनी को पूरा उठा लिया।

'क्या यह इसके लिए सही समय है?' हैरी ने कमज़ोरी से पूछा। उसके कहने से कोई फ़ायदा नहीं हुआ, क्योंकि यह सुनकर रॉन और हर्माइनी ने एक-दूसरे को और कसकर जकड़ लिया। जब वे उसी जगह पर हिलते रहे, तो हैरी ने ऊँची आवाज़ में कहा, **'ओए!** जंग हो रही है!'

रॉन और हर्माइनी अलग-अलग हुए, हालाँकि उनकी बाँहें अब भी एक-दूसरे के गले में थीं।

'जानता हूँ, दोस्त,' रॉन ने कहा, जिसे देखकर ऐसा लग रहा था, जैसे किसी ने उसके सिर के पिछले हिस्से पर अभी-अभी पहलवान नाम की गेंद मारी हो, 'यह अभी या कभी नहीं वाला मामला भी हो सकता है, है ना?'

'उसे छोड़ो, होरक्रक्स की चिंता करो,' हैरी चिल्लाया। 'क्या तुम्हें लगता है कि तुम बस – इसे कुछ देर रहने दो, जब तक कि हमें किरीट न मिल जाए ?'

'हाँ – ठीक है – माफ़ करना –' रॉन ने कहा। वह और हर्माइनी गिरे हुए दाँत उठाने लगे। दोनों के चेहरे गुलाबी थे।

जब तीनों ऊपरी मंज़िल के गलियारे में पहुँचे, तो यह स्पष्ट हो गया कि उन्होंने आवश्यकता कक्ष में जो कुछ मिनट गुज़ारे थे, उनमें महल के भीतर की हालत बुरी तरह बिगड़ गई थी। दीवारें और छत पहले से ज़्यादा बुरी तरह काँप रही थीं। हवा में धूल भरी थी और सबसे क़रीब की खिड़की से हैरी ने हरी और लाल रोशनियों को महल के बहुत पास देखा। वह समझ गया कि प्राणभक्षी अंदर घुसने ही वाले होंगे। नीचे देखने पर हैरी ने देखा कि ग्रॉप दानव पास से गुज़र रहा है। उसने छत से पत्थर के एक गारगॉइल को उठा लिया था और वह उसे लहराकर तथा गरजकर अपना ग़ुस्सा दिखा रहा था।

'उम्मीद करते हैं कि वह उनमें से कुछ पर पैर रख देगा!' रॉन ने कहा, जब पास से और चीख़ें सुनाई दीं।

'जब तक वह हमारे दल का कोई न हो!' एक आवाज़ आई : हैरी मुड़ा और उसने जिनी तथा टौंक्स को देखा, जिन्होंने अपनी छड़ियाँ अगली खिड़की पर तान रखी थीं, जिसके कई काँच ग़ायब थे। जब वे देख रहे थे, तो जिनी ने निशाना साधकर नीचे लड़ने वालों की भीड़ पर शाप मारा।

'शाबाश लड़की!' एक आकृति ने गरजते हुए कहा, जो धूल के बीच उनकी तरफ़ भागती हुई आ रही थी। हैरी ने एबरफ़ोर्थ को दोबारा देखा। उसके सफ़ेद बाल उड़ रहे थे, जब वह कुछ विद्यार्थियों के आगे-आगे पास से जा रहा था। 'उन्हें देखकर लगता है, जैसे वे किसी देश पर हमला कर रहे हों। वे अपने दानव भी ले आए हैं!'

'तुमने रीमस को देखा ?' टौंक्स ने पीछे से पूछा।

'वह डोलोहोव के साथ लड़ रहा था,' एबरफ़ोर्थ चिल्लाया, 'उसके बाद से नहीं दिखा!'

'टौंक्स,' जिनी बोली, 'टौंक्स, मुझे यक़ीन है कि वे **ठीक** होंगे –'

लेकिन टौंक्स धूल में एबरफ़ोर्थ के पीछे भाग गई।

असहाय जिनी हैरी, रॉन और हर्माइनी की ओर मुड़ी।

'वे बिलकुल सुरक्षित रहेंगे,' हैरी ने कहा, हालाँकि वह जानता था कि ये खोखले शब्द थे। 'जिनी, हम पल भर में लौटते हैं। बस रास्ते से दूर रहना, सुरक्षित रहना – चलो!' उसने रॉन और हर्माइनी से कहा तथा उस दीवार की ओर भागा, जिसके पार आवश्यकता कक्ष अगले आने वाले के आदेश का इंतज़ार कर रहा था।

मुझे उस जगह की ज़रूरत है जहाँ हर चीज़ छिपी है, हैरी ने उससे मन ही मन आग्रह किया। सामने से तीसरी बार भागने पर दरवाज़ा प्रकट हो गया।

जैसे ही उन्होंने चौखट पार की और दरवाज़ा बंद किया, युद्ध की आवाज़ें थम गईं। ख़ामोशी छा गई। वे किसी गिरजाघर जितनी बड़ी जगह पर थे, जो शहर जैसी दिख रही थी। इसकी ऊँची दीवारें हज़ारों पुराने विद्यार्थियों की छिपाई वस्तुओं से भरी पड़ी थीं।

'और उसे कभी एहसास भी नहीं हुआ कि *कोई भी* अंदर घुस सकता है ?' रॉन ने कहा और उसकी आवाज़ ख़ामोशी में गूँज रही थी।

'उसने सोचा था कि यह सिर्फ़ उसी को मालूम है,' हैरी ने कहा। 'उसके लिए यह बहुत बुरा हुआ कि मैं भी अपना सामान छिपाने के लिए यहीं आया था ...,' उसने आगे जोड़ा, 'मुझे लगता है कि यह यहाँ पर है ...'

वह भुस भरे दैत्य के पास से गुज़रा। फिर वह उस ओझल होने वाली अलमारी के पास से निकला, जिसे ड्रेको मैल्फ़ॉय ने पिछले साल सुधारा था और जिसके इतने भयंकर परिणाम निकले थे। फिर वह झिझका और अटाले में ऊपर-नीचे देखने लगा। उसे याद नहीं आ रहा था कि आगे कहाँ जाना है ...

'आगमनो मुकुट,' हर्माइनी ने हताशा में कहा, लेकिन कोई चीज़ उड़कर नहीं आई। ऐसा लग रहा था कि ग्रिनगॉट की तिजोरी की तरह ही यह कमरा भी इतनी आसानी से अपने भीतर छिपी वस्तुओं को प्रकट नहीं करता है।

'चलो, अलग-अलग हो जाते हैं,' हैरी ने बाक़ी दोनों से कहा। 'एक बूढ़े आदमी की पत्थर की अर्धप्रतिमा को देखो, जो विग और मुकुट पहने है! यह किसी अलमारी पर रखी है और निश्चित रूप से आस-पास ही कहीं पर है ...'

वे पास की गलियों में तलाश करने चले गए। हैरी को अटाले, बोतलों, टोपियों, संदूकों, कुर्सियों, किताबों, हथियारों, झाड़ुओं, चमगादड़ों

के ऊँचे-ऊँचे ढेरों के बीच उनके क़दमों की आहट सुनाई दे रही थी ...

'यहीं कहीं पास में,' हैरी ख़ुद से बुदबुदाकर बोला। 'यहीं कहीं ... यहीं कहीं ...'

वह इस भूलभुलैया में गहराई तक चला गया और ऐसी चीज़ों की तलाश करने लगा, जिनसे इस कमरे की पिछली यात्रा में उसका सामना हुआ हो। उसकी साँस की आवाज़ उसके कानों में ज़ोर से आ रही थी और उसकी आत्मा काँपती हुई लग रही थी। ठीक सामने वह पुरानी अलमारी थी, जिसमें उसने अपनी काढ़ों की किताब छिपाई थी और इसके ऊपर चेचक के दाग़ वाला पत्थर का जादूगर था, जो एक धूल भरी, पुरानी विग पहने था और एक पुराना, रंग उड़ा मुकुट भी।

दस फ़ुट दूर से ही उसने अपना हाथ आगे बढ़ा दिया, लेकिन तभी पीछे से एक आवाज़ आई, 'रुक जाओ, पॉटर।'

वह फिसलते हुए रुका और पीछे मुड़ा। क्रैब और गॉइल उसके पीछे कंधे से कंधे मिलाकर खड़े थे। उनकी छड़ियाँ सीधे हैरी की तरफ़ तनी हुई थीं। उनके व्यंग्य भरे चेहरों के बीच की छोटी जगह से उसे ड्रेको मैल्फ़ॉय नज़र आया।

'तुम्हारे हाथ में मेरी छड़ी है, पॉटर,' मैल्फ़ॉय ने क्रैब और गॉइल के बीच की जगह से अपनी छड़ी तानते हुए कहा।

'अब यह तुम्हारी नहीं है,' हैरी ने हाँफते हुए कहा और हॉथोर्न छड़ी पर अपनी पकड़ मज़बूत कर दी। 'छड़ी जीतने वाले की होती है, मैल्फ़ॉय। तुम किसकी छड़ी लाए हो ?'

'अपनी माँ की,' ड्रेको ने कहा।

हैरी हँसा, हालाँकि इस स्थिति में हँसने की बहुत ज़्यादा गुंजाइश नहीं थी। उसे अब रॉन या हर्माइनी की आवाज़ नहीं आ रही थी। लगता था कि वे मुकुट की तलाश करते-करते काफ़ी दूर निकल गए थे।

'तुम तीनों वोल्डेमॉर्ट के पास क्यों नहीं गए ?' हैरी ने पूछा।

'हमें इनाम मिलेगा,' क्रैब ने कहा। इतने डील-डौल वाले व्यक्ति के हिसाब से उसकी आवाज़ आश्चर्यजनक रूप से धीमी थी। हैरी ने उसे बोलते हुए कम ही सुना था। क्रैब इस तरह मुस्करा रहा था, जैसे किसी छोटे बच्चे से टॉफ़ियों का बड़ा बैग देने का वादा किया गया हो। 'हम रुक गए थे, पॉटर। हमने फ़ैसला किया कि हम बाहर नहीं जाएँगे। हमने फ़ैसला किया कि हम तुम्हें उन तक पहुँचाएँगे।'

'अच्छी योजना है,' हैरी ने नक़ली प्रशंसा भरे स्वर में कहा। वह यक़ीन नहीं कर सकता था कि मंज़िल के इतने क़रीब आने पर मैल्फ़ॉय, क्रैब और गॉइल उसका रास्ता रोक लेंगे। वह धीरे-धीरे उस जगह की तरफ़ पीछे बढ़ने लगा, जहाँ होरक्रक्स अर्धप्रतिमा पर तिरछा रखा था। अगर वह लड़ाई शुरू होने से पहले उस तक अपने हाथ पहुँचा सके ...

'तुम लोग अंदर कैसे आए?' उसने उनका ध्यान भटकाने की कोशिश करते हुए पूछा।

'मैं पिछले पूरे साल दरअसल छिपी चीज़ों के कमरे में ही रहा था,' मैल्फ़ॉय ने काँपती आवाज़ में कहा। 'मैं इसके अंदर घुसने का तरीक़ा जानता हूँ।'

'हम बाहर गलियारे में छिपे थे,' गॉइल बुदबुदाया। 'हम अब विभ्रम सम्मोहन कर सकते हैं! और फिर,' उसके चेहरे पर कुटिल मुस्कराहट आ गई, 'तुम हमारे ठीक सामने आ गए और बोले कि तुम किरीट की तलाश कर रहे हो! वैसे किरीट होता क्या है?'

'हैरी?' रॉन की आवाज़ हैरी के दाहिनी तरफ़ की दीवार के पार से अचानक गूँजी। 'तुम किससे बात कर रहे हो?'

क्रैब ने तेज़ी से अपनी छड़ी पचास फ़ुट ऊँचे पुराने फ़र्नीचर, टूटे संदूकों, पुरानी पुस्तकों और दुशालों के अटाले की तरफ़ तानी और चिल्लाया, *'धरा अवरोहितो!'*

दीवार डगमगाने लगी और फिर उस गलियारे में गिर गई, जहाँ रॉन खड़ा था।

'रॉन!' हैरी गरजा, जब हर्माइनी की चीख़ सुनाई दी और हैरी को गिरी दीवार के दूसरी तरफ़ असंख्य चीज़ों के फ़र्श से टकराने की आवाज़ सुनाई दी। उसने अपनी छड़ी दीवार की तरफ़ तानी और चिल्लाया, *'स्थिरो!'* दीवार फ़ौरन स्थिर हो गई।

'नहीं!' मैल्फ़ॉय चिल्लाया और क्रैब का हाथ पकड़ लिया, जो अपने मंत्र को दोहराने की कोशिश कर रहा था। 'अगर तुम कमरे को तबाह कर दोगे, तो किरीट दफ़न हो जाएगा!'

'उससे क्या फ़र्क़ पड़ता है?' क्रैब ने अपना हाथ छुड़ाते हुए कहा। 'शैतानी शहंशाह को तो पॉटर चाहिए। किरीट की परवाह किसे है?'

'पॉटर किरीट को लेने के लिए ही यहाँ आया है,' मैल्फ़ॉय ने अपने साथियों की मंद बुद्धि पर अधीरता दिखाते हुए कहा, 'तो ज़रूर इसका

मतलब यह है –'

'इसका मतलब?' क्रैब तैश में मैल्फ़ॉय की तरफ़ मुड़ा। 'किसे परवाह है कि तुम क्या सोचते हो? *ड्रेको*, अब मैं तुम्हारे आदेश नहीं मानूँगा। तुम और तुम्हारे डैडी अब ख़त्म हो चुके हो।'

'हैरी?' अटाले की दीवार के पार से रॉन दोबारा चिल्लाया। 'क्या हो रहा है?'

'हैरी?' क्रैब ने नक़ल की। 'क्या हो रहा – *नहीं*, पॉटर! *पीड़ितो!*'

हैरी ने मुकुट की तरफ़ छलाँग लगा दी थी। क्रैब का शाप उसके पास से निकलकर पत्थर की अर्धप्रतिमा से टकराया, जो हवा में उड़ गई। मुकुट ऊँचा उड़कर उन चीज़ों के ढेर में ओझल हो गया, जिन पर अर्धप्रतिमा रखी थी।

'**रुक जाओ!**' मैल्फ़ॉय क्रैब पर चिल्लाया और उसकी आवाज़ विशाल कमरे में गूँज उठी। 'शैतानी शहंशाह उसे ज़िंदा चाहते हैं –'

'तो? मैं उसे मार तो नहीं रहा हूँ, है ना?' क्रैब मैल्फ़ॉय के हाथ को झटकते हुए चिल्लाया, जिसने उसका हाथ पकड़ लिया था, 'लेकिन अगर मैं ऐसा कर सकूँ, तो कर दूँगा। शैतानी शहंशाह अंत में तो उसे मारना ही चाहते हैं, तो क्या फ़र्क़ – ?'

लाल रोशनी की एक लपट हैरी के कुछ इंच दूर से निकल गई। हर्माइनी उसके पीछे गलियारे के मोड़ पर आ गई थी और उसने क्रैब के सिर पर स्तब्धीकरण मंत्र मारा था। क्रैब बच गया, क्योंकि मैल्फ़ॉय ने उसे खींचकर रास्ते से हटा लिया था।

'यह तो बदज़ात है! *मृत्युदंशम्!*'

हैरी ने हर्माइनी को तिरछा गोता लगाते देखा। क्रैब ने मारक शाप दिया था, इस बात पर हैरी इतना ग़ुस्सा हो गया कि उसके दिमाग़ से बाक़ी सारी चीज़ें निकल गईं। उसने क्रैब पर एक स्तब्धीकरण मंत्र मारा, लेकिन वह रास्ते से हट गया। बहरहाल, उसके हटने की हड़बड़ी में मैल्फ़ॉय की छड़ी उसके हाथ से छूट गई तथा टूटे फ़र्नीचर और बक्सों के पहाड़ के नीचे लुढ़ककर ओझल हो गई।

'उसे मत मारना! **उसे मत मारना!**' मैल्फ़ॉय क्रैब और गॉइल से चिल्लाकर बोला, जो हैरी पर निशाना साध रहे थे। हैरी को इस पल भर की झिझक की ही ज़रूरत थी।

'निरस्त्र भव!'

गॉइल की छड़ी उसके हाथ से उड़ गई और उसके पास के अटाले में ग़ायब हो गई। गॉइल ने मूर्खों की तरह उछलकर उसे पकड़ने की कोशिश की। मैल्फ़ॉय ने हर्माइनी के दूसरे स्तब्धीकरण मंत्र से बचने के लिए छलाँग लगा दी। रॉन ने अचानक गलियारे के सिरे से निकलते हुए क्रैब पर पूर्ण शरीर-बंधन शाप मार दिया, जिससे वह बाल-बाल बचा।

क्रैब घूमा और दोबारा *'मृत्युदंशम्!'* चिल्लाया। हरी रोशनी की लपट से बचने के लिए रॉन छलाँग मारकर ओझल हो गया। जब हर्माइनी उनकी तरफ़ बढ़ी और उसने गॉइल पर एक स्तब्धीकरण मंत्र मार दिया, तो छड़ीविहीन मैल्फ़ॉय तीन पैरों वाली अलमारी के पीछे दुबक गया।

'मुकुट यहीं कहीं है!' हैरी हर्माइनी से चिल्लाकर बोला और उस अटाले के ढेर की तरफ़ इशारा किया, जिसमें पुराना मुकुट गिर गया था। 'उसकी तलाश करो, तब तक मैं जाकर रॉन की मदद –'

'हैरी!' वह चीख़ी।

हैरी के पीछे हुई तेज़, गरजती आवाज़ ने उसे एक पल की चेतावनी दे दी। वह मुड़ा और उसने देखा कि रॉन और क्रैब उनकी तरफ़ तेज़ी से दौड़ते हुए आ रहे थे।

'गर्मी चाहिए, कचरे ?' क्रैब दौड़ते हुए गरजा।

लेकिन लगता था, क्रैब ने जो किया था, उसे वह क़ाबू में नहीं रख पा रहा था। उसने एक मंत्र मारा था, जिससे आग की अजीब सी लपटें उठने लगी थीं। बहरहाल, क्रैब की लपटें सामान्य लपटों की तरह बुझी नहीं, बल्कि बढ़ने लगीं। असामान्य आकार की लपटें क्रैब और रॉन का पीछा कर रही थीं। ये लपटें अटाले से जब टकराती थीं, तो उनके छूते ही हर चीज़ टूट जाती थी।

'जलधारा!' हैरी चीख़ा, लेकिन उसकी छड़ी की नोक से जो पानी की धारा निकली थी, वह फ़ौरन भाप बन गई।

'भागो।'

मैल्फ़ॉय ने स्तब्ध गॉइल को पकड़ा और उसे घसीटने लगा। क्रैब अब दहशत में दिख रहा था और उन सबसे आगे निकल गया था। हैरी, रॉन और हर्माइनी भागने लगे। आग उनका पीछा कर रही थी। यह सामान्य आग नहीं थी। क्रैब ने जिस शाप का इस्तेमाल किया था, उसका

हैरी को कोई ज्ञान नहीं था। जब वे एक मोड़ पर मुड़े, तो लपटों ने उनका इस तरह पीछा किया, जैसे वे जीवित हों, समझ सकती हों और उनकी जान लेने पर आमादा हों। अब आग विभाजित हो रही थी और अग्निजीवों का विशाल समूह उत्पन्न कर रही थी : लपट वाले साँप, सिंह के सिर और सर्प की पूँछ वाले शिमेरा तथा ड्रैगन निकल रहे थे। यह आग सदियों के कचरे को जला रही थी और जलने से पहले सारी चीज़ें हवा में उड़कर जानवरों के दाँत वाले मुँह में जा रही थीं।

मैल्फ़ॉय, क्रैब और गॉइल नज़रों से ओझल हो गए। हैरी, रॉन और हर्माइनी एकदम रुक गए। आग के जानवर उनके चारों तरफ़ चक्कर लगा रहे थे। वे क़रीब आते जा रहे थे। वे पंजे, सींग और पूँछें हिला रहे थे। उनके चारों तरफ़ आग ने जैसे एक ठोस दीवार खड़ी कर दी थी।

'हम क्या कर सकते हैं ?' हर्माइनी ने आग की कानफोड़ू गर्जना के ऊपर चीख़ते हुए पूछा। 'हम क्या कर सकते हैं ?'

'यह!'

हैरी ने अटाले के सबसे क़रीबी ढेर से दो भारी झाड़ुएँ उठाईं और उनमें से एक रॉन की तरफ़ उछाल दी, जिसने हर्माइनी को अपने पीछे बैठा लिया। हैरी ने दूसरी झाड़ू पर पैर डाला और ज़मीन पर पैर मारकर वे हवा में उठ गए। वे लपट वाले एक शिकारी पक्षी की सींगदार चोंच से कुछ फ़ुट से बचे, जिसने उन पर अपना जबड़ा मारा। धुआँ और गर्मी अब बहुत बढ़ चुके थे। उनके नीचे शापित आग विद्यार्थियों, हज़ारों प्रतिबंधित प्रयोगों के परिणामों तथा अनगिनत लोगों के रहस्यों को चाट रही थी, जो इस कमरे में छिपे थे। हैरी को कहीं पर भी मैल्फ़ॉय, क्रैब या गॉइल का नामोनिशान नहीं दिख रहा था। वह उन्हें खोजने की कोशिश में हमलावर अग्निजीवों के ऊपर से जितने पास से उड़ सकता था, उड़ा, लेकिन आग के सिवा कहीं कुछ नहीं दिख रहा था। मरने का कितना भयंकर तरीक़ा था ... वह ऐसा कभी नहीं चाहता था ...

'हैरी, चलो बाहर निकलते हैं, चलो बाहर निकलते हैं!' रॉन चिल्लाया, हालाँकि काले धुएँ के बीच दरवाज़ा दिखना मुश्किल था।

और तभी भयंकर हलचल के बीच, भूखी आग की लपट की गरज के बीच हैरी को एक पतली, करुण मानवीय चीख़ सुनाई दी।

'यह – बहुत – ख़तरनाक है –!' रॉन चिल्लाया, लेकिन हैरी हवा में मुड़ा। चश्मे के कारण उसकी आँख को धुएँ से थोड़ी राहत मिल रही थी।

उसने नीचे आग को देखा और जीवन का कोई चिन्ह, अंग या चेहरा देखने की कोशिश की, जो लकड़ी की तरह जला न हो ...

और उसे वे दिख गए : मैल्फ़ॉय बेहोश गॉइल के चारों तरफ़ बाँहें लपेटे था। वे दोनों जली डेस्कों के कमज़ोर ढेर पर बैठे थे और हैरी ने गोता लगा दिया। मैल्फ़ॉय ने उसे आते देखकर एक हाथ उठाया, लेकिन इसे पकड़ते ही हैरी को तत्काल पता चल गया कि इससे कोई फ़ायदा नहीं होना था। गॉइल बहुत भारी था और मैल्फ़ॉय का हाथ पसीने में लथपथ होने के कारण हैरी के हाथ से फ़ौरन फिसल गया –

'अगर उनकी ख़ातिर हमारी जान चली जाएगी, तो मैं तुम्हें मार डालूँगा, हैरी!' रॉन की आवाज़ आई, जब आग उगलता एक बड़ा शिमेरा उन पर हमला करने आया। रॉन और हर्माइनी गॉइल को अपनी झाड़ू पर घसीटकर ले गए। उधर हैरी मैल्फ़ॉय को बैठाकर उड़ने लगा।

'दरवाज़े तक, दरवाज़े तक, दरवाज़े तक पहुँचो!' मैल्फ़ॉय हैरी के कान में चिल्लाया। हैरी उठते काले धुएँ के बीच रॉन, हर्माइनी और गॉइल के पीछे तेज़ी से चल दिया। साँस लेना मुश्किल था। लपटों से बच गई कुछ वस्तुएँ हवा में उड़ रही थीं, जबकि शापित आग द्वारा उत्पन्न जानवर उन्हें जश्न में ऊँचा उड़ा रहे थे : कप और कवच, चमकता हार और एक पुराना, रंग उड़ा मुकुट –

'तुम यह क्या कर रहे हो, तुम यह क्या कर रहे हो? दरवाज़ा उस तरफ़ है!' मैल्फ़ॉय चिल्लाया, लेकिन हैरी ने एकाएक दिशा बदलकर तेज़ गोता लगा दिया। चमकता हुआ मुकुट घूम रहा था और अग्निसर्प के मुँह में धीमी गति में गिर रहा था। लेकिन हैरी ने इसे बीच में ही पकड़ लिया और अपनी कलाई के चारों तरफ़ जकड़ लिया –

अग्निसर्प ने उस पर प्रहार किया, लेकिन तब तक हैरी तेज़ी से दिशा बदल चुका था। वह ऊपर की तरफ़ उठा और सीधे उस जगह की तरफ़ चल दिया, जहाँ उसकी प्रार्थना के अनुरूप दरवाज़ा खुला हुआ था। रॉन, हर्माइनी और गॉइल ग़ायब हो चुके थे। मैल्फ़ॉय चीख़ रहा था और हैरी को इतनी कसकर पकड़े था कि उसे दर्द होने लगा था। फिर धुएँ के बीच हैरी को दीवार पर एक आयताकार टुकड़ा दिखा और उसने अपनी झाड़ू उस ओर घुमा दी। कुछ पल बाद साफ़ हवा उसके फेफड़ों में भर गई और वे बाहर के गलियारे की दीवार से टकरा गए।

मैल्फ़ॉय झाड़ू से चेहरे के बल गिरकर लेट गया। वह हाँफते हुए खाँस रहा था। हैरी लुढ़ककर बैठ गया। आवश्यकता कक्ष का दरवाज़ा

ग़ायब हो गया था। रॉन और हर्माइनी बेहोश गॉइल के पास फ़र्श पर हाँफते हुए बैठे थे।

'क्र – क्रैब,' मैल्फ़ॉय ने कहा, जैसे ही वह बोलने की स्थिति में आया। 'क्र – क्रैब ...'

'वह मर गया,' रॉन ने रूखेपन से कहा।

हाँफने और खाँसने की आवाज़ों के अलावा ख़ामोशी छाई रही। फिर कई तेज़ धमाकों ने महल को हिलाकर रख दिया। पारदर्शी आकृतियों का एक बड़ा झुंड घोड़ों पर उनके पास से निकला। उन्होंने अपने सिर अपनी बाँहों के नीचे पकड़ रहे थे, जो ख़ून की प्यास के बारे में चीख़ रहे थे। सिरकटों के झुंड के गुज़रने के बाद हैरी ने चारों तरफ़ देखा। उसके चारों तरफ़ युद्ध अब भी चल रहा था। भागते भूतों के अलावा भी उसे कई और चीख़ें सुनाई दे रही थीं। उसके अंदर दहशत भरने लगी।

'जिनी कहाँ है?' उसने तीखी आवाज़ में पूछा। 'वह यहीं थी। उसे तो आवश्यकता कक्ष के अंदर लौटना था।'

'ओह, क्या तुम्हें लगता है कि इस आग के बाद भी यह काम करेगा?' रॉन ने पूछा, लेकिन वह भी खड़े होकर अपना सीना मलते हुए दाएँ-बाएँ देखने लगा। 'क्या हम अलग-अलग होकर तलाश – ?'

'नहीं,' हर्माइनी भी खड़े होते हुए बोली। मैल्फ़ॉय और गॉइल गलियारे के फ़र्श पर लुढ़के रहे। दोनों ही के पास छड़ी नहीं थी। 'हमें एक साथ रहना चाहिए। चलो – हैरी, तुम्हारी बाँह पर क्या है?'

'क्या? ओह, हाँ –'

हैरी ने अपनी कलाई से मुकुट को खींचकर ऊपर उठाया। यह अब भी गर्म था और राख से काला था, लेकिन जब उसने मुकुट को ग़ौर से देखा, तो उस पर लिखे छोटे शब्द दिखाई दिए : *बुद्धि इंसान की सबसे बड़ी संपत्ति है।*

मुकुट से डामर और ख़ून जैसी चीज़ रिस रही थी। अचानक मुकुट बुरी तरह काँपा और फिर उसके हाथों में ही यह टूट गया। ऐसा होते समय दर्द की बहुत धीमी, बहुत दूर से आती चीख़ सुनाई दी, जो मैदान या महल से नहीं गूँज रही थी, बल्कि उस चीज़ में से आ रही थी, जो अभी-अभी उसकी उँगलियों में टुकड़े-टुकड़े हुई थी।

'यह ज़रूर शैतानी आग होगी!' हर्माइनी ने टूटे टुकड़ों को देखते हुए

कहा।

'क्या कहा ?'

'शैतानी आग – शापित आग – यह भी उन चीज़ों में से है, जो होरक्रक्सों को नष्ट कर देती हैं, लेकिन मैं कभी इसका प्रयोग करने की हिम्मत नहीं करती। यह बहुत ख़तरनाक है। क्रैब को कैसे पता चला कि इसे कैसे – ?'

'उसने कैरो भाई-बहन से सीखा होगा,' हैरी ने कहा।

'अफ़सोस कि जब वे इसे रोकने का तरीक़ा बता रहे होंगे, तो उसने ध्यान नहीं दिया होगा,' रॉन बोला, जिसके बाल भी हर्माइनी की तरह ही जले हुए थे और चेहरा काला था। 'अगर उसने हमें मारने की कोशिश नहीं की होती, तो मुझे उसकी मौत पर अफ़सोस होता।'

'लेकिन क्या तुम्हें एहसास नहीं है ?' हर्माइनी ने फुसफुसाकर कहा। 'इसका मतलब है, अब सिर्फ़ साँप बचा है –'

लेकिन उसकी बात अधूरी रह गई, क्योंकि गलियारे में लड़ाई की चिल्लाहट और शोर भर गया। हैरी ने चारों तरफ़ देखा और उसके दिल ने जैसे धड़कना बंद कर दिया। प्राणभक्षी हॉगवर्ट्स में घुस आए थे। फ़्रेड और पर्सी अभी-अभी नज़र आए थे और वे नक़ाबपोश लोगों से लड़ रहे थे।

हैरी, रॉन और हर्माइनी मदद करने के लिए आगे भागे। लाल रोशनी की लपटें हर दिशा में उड़ रही थीं। पर्सी से लड़ने वाला आदमी तेज़ी से पीछे हटा। इस कारण उसका नक़ाब फिसल गया और उन्हें एक ऊँचा माथा तथा सफ़ेद बाल दिखे –

'हैलो, मंत्रीजी!' पर्सी गरजा और थिकनेस पर एक अच्छा मंत्र मारा, जिससे उसकी छड़ी छूट गई और उसने अपने दुशाले के सामने वाले हिस्से को पकड़ लिया। ज़ाहिर है, थिकनेस काफ़ी परेशान था। 'क्या मैंने बताया था कि मैं इस्तीफ़ा दे रहा हूँ ?'

'तुम मज़ाक़ कर रहे हो, पर्सी!' फ़्रेड चिल्लाया, जब उससे लड़ रहा प्राणभक्षी तीन अलग-अलग स्तब्धीकरण मंत्रों के कारण गिर गया। थिकनेस भी ज़मीन पर गिर गया और उसके पूरे शरीर पर छोटे-छोटे काँटे उगने लगे। वह किसी तरह के समुद्री जानवर में बदलता दिख रहा था। फ़्रेड ने ख़ुशी से पर्सी को देखा।

'तुम मज़ाक़ कर रहे हो, पर्सी ... मुझे नहीं लगता कि मैंने तुम्हें कभी

मज़ाक़ करते सुना है, जब से –'

तभी हवा में विस्फोट हो गया। हैरी, रॉन, हर्माइनी, फ्रेड और पर्सी एक साथ थे। दो प्राणभक्षी उनके क़दमों के पास लेटे थे, जिनमें से एक स्तब्ध था और दूसरे का रूपांतरण कर दिया गया था। बहरहाल, जब उन्हें लग रहा था कि फ़िलहाल ख़तरा टल गया है, तभी जैसे पूरी दुनिया टूटकर उन पर आ गिरी। हैरी ने ख़ुद को हवा में उड़ता हुआ महसूस किया। वह लकड़ी की उस पतली छड़ी को पूरी ताक़त से पकड़े रहा, जो उसका एकमात्र हथियार थी। अपने सिर को बचाने के लिए उसने अपनी बाँहें उठा ली थीं। उसने अपने साथियों के चिल्लाने की आवाज़ें सुनीं और उसे यह पता नहीं था कि उनका क्या हुआ –

और फिर दुनिया दर्द व आधे अंधकार में दोबारा प्रकट हुई। वह एक गलियारे के मलबे में आधा दफ़न था, जिस पर भयंकर हमला हुआ था। ठंडी हवा से उसे पता चला कि महल का वह हिस्सा उड़ चुका था। उसके गाल के गर्म चिपचिपे एहसास ने उसे बता दिया कि उसका काफ़ी ख़ून बह रहा था। फिर उसे एक भयंकर चीख़ सुनाई दी, जिसने उसके दिल को छलनी कर दिया, जिसने ऐसा कष्ट पहुँचाया, जो लपट या शाप से नहीं हो सकता था। वह डगमगाते हुए खड़ा हुआ। उसे आज जितना डर लग रहा था, उतना पहले कभी नहीं लगा था, शायद पूरी ज़िंदगी में नहीं ...

हर्माइनी मलबे में खड़ी होने के लिए जूझ रही थी और लाल बालों वाले तीन आदमी ज़मीन पर एक साथ थे, जहाँ दीवार में विस्फोट हुआ था। हैरी ने हर्माइनी का हाथ पकड़ लिया, जब वे पत्थर और लकड़ी के ऊपर से लड़खड़ाते हुए निकले।

'नहीं – नहीं – नहीं!' कोई चिल्ला रहा था। 'नहीं! फ्रेड! नहीं!'

पर्सी अपने भाई के बेजान शरीर को हिला रहा था। रॉन घुटने टेके पास बैठा था और फ्रेड की आँखें बिना देखे घूर रही थीं। उसकी आख़िरी हँसी का भूत अब भी उसके चेहरे पर दिख रहा था।

अध्याय बत्तीस

अजेय छड़ी

दुनिया ख़त्म हो गई थी, तो फिर युद्ध क्यों नहीं रुका था? महल दहशत में ख़ामोश क्यों नहीं हुआ था? हर योद्धा ने अपने हथियार नीचे क्यों नहीं फेंक दिए थे? हैरी का दिमाग़ बुरी तरह चकरा रहा था, बेक़ाबू होकर घूम रहा था, इस असंभव बात को स्वीकार नहीं कर पा रहा था, क्योंकि फ्रेड वीज़्ली मर नहीं सकता था : उसकी आँखों का सबूत झूठ था –

तभी एक शरीर उस छेद में से आया, जो स्कूल की एक तरफ़ की दीवार में हुए विस्फोट से बना था। शाप अँधेरे से उनकी तरफ़ उड़ने लगे, जो उनके पीछे की दीवार से टकराए।

'नीचे झुक जाओ!' हैरी चिल्लाया, जब और शाप उड़कर आने लगे। उसने और रॉन ने हर्माइनी को पकड़कर फ़र्श पर खींच लिया था, लेकिन पर्सी फ्रेड के शरीर पर लेटकर उसे और नुक़सान से बचाने लगा। हैरी चिल्लाया, 'पर्सी चलो, हमें आगे बढ़ना है!' लेकिन पर्सी ने इंकार में अपना सिर हिला दिया।

'पर्सी!' हैरी ने रॉन के चेहरे पर जमी राख में आँसुओं के निशान देखे, जब उसने अपने बड़े भाई के कंधे पकड़कर उसे खींचा, लेकिन पर्सी हिला तक नहीं। 'पर्सी, तुम उसके लिए कुछ नहीं कर सकते! हम अब –'

तभी हर्माइनी चीख़ी और हैरी पलटा। उसे यह पूछने की ज़रूरत नहीं पड़ी कि वह क्यों चिल्लाई थी। छोटी कार जितनी बड़ी एक दैत्याकार मकड़ी दीवार में हुए बड़े छेद में से अंदर घुसने की कोशिश कर रही थी। एरेगॉग का एक वंशज लड़ाई में शामिल हो गया था।

रॉन और हैरी एक साथ चिल्लाए। उनके मंत्रों के कारण मकड़ी पीछे

की तरफ़ उड़ गई। इसके पैर भयंकर तरीक़े से झटके खा रहे थे और यह अँधेरे में ग़ायब हो गई।

'यह अपने दोस्तों को भी साथ लाई है!' हैरी ने बाक़ी लोगों से कहा और दीवार के छेद से महल के कोने को देखा। इमारत पर बहुत सी विशाल मकड़ियाँ चढ़ रही थीं। निश्चित रूप से अँधेरे जंगल में प्राणभक्षियों के पहुँचने के कारण वे यहाँ आई थीं। हैरी ने उन पर स्तब्धीकरण मंत्र मारे और सबसे आगे चलने वाली मकड़ी को उसके साथियों पर गिरा दिया, ताकि वे इमारत से लुढ़क जाएँ और यहाँ से चली जाएँ। तभी हैरी के सिर के ऊपर से कई शाप उड़ते हुए गए, इतने क़रीब से कि उनकी शक्ति से उसके बाल उड़ने लगे।

'चलो, चलते हैं, **अभी!'**

हैरी ने हर्माइनी को रॉन के साथ अपने आगे धकाया। फिर वह फ्रेड के शरीर को बाँह के नीचे से पकड़ने के लिए झुका। पर्सी को एहसास हो गया कि हैरी क्या करने की कोशिश कर रहा है। उसने फ्रेड के शरीर पर अपनी पकड़ ढीली कर दी और मदद करने लगा। मैदान से उड़कर आते शापों से बचने के लिए वे नीचे झुके रहे और फ्रेड को रास्ते से दूर खींचकर ले गए।

'यहाँ,' हैरी ने कहा और उन्होंने फ्रेड की लाश एक कोने में रख दी, जहाँ पहले एक सूट ऑफ़ आर्मर खड़ा रहता था। वह फ्रेड की ओर एक पल भी देखना गवारा नहीं कर सकता था। उसकी लाश की सुरक्षा को पक्का करने के बाद वह रॉन और हर्माइनी के पीछे पहुँच गया। मैल्फ़ॉय और गॉइल ग़ायब हो गए थे। गलियारा अब धूल और मलबे से भरा था। खिड़कियों के काँच काफ़ी पहले ही टूट चुके थे। हैरी ने गलियारे में कई लोगों को आगे-पीछे भागते देखा। वह नहीं जानता था कि वे दोस्त हैं या दुश्मन। मोड़ पर मुड़ते हुए पर्सी साँड की तरह गरजा, **'रुकवुड!'** फिर वह एक लंबे आदमी की दिशा में भागा, जो दो विद्यार्थियों का पीछा कर रहा था।

'हैरी, यहाँ अंदर!' हर्माइनी चिल्लाई।

उसने रॉन को एक दीवारदरी के पीछे खींच लिया। ऐसा लग रहा था, जैसे वे कुश्ती लड़ रहे हों। एक पल के लिए तो हैरी ने सोचा कि वे दोबारा गले मिल रहे हैं। फिर उसने देखा कि हर्माइनी रॉन को रोकने की कोशिश कर रही थी, जो भागकर पर्सी के पीछे जाना चाहता था।

'मेरी बात सुनो – ***सुनो, रॉन!***'

'मैं मदद करना चाहता हूँ – मैं प्राणभक्षियों को मारना चाहता हूँ –'

उसका चेहरा विकृत था और धूल तथा धुएँ से लथपथ था। वह बहुत ग़ुस्से और दुख के मारे काँप रहा था।

'रॉन, सिर्फ़ हम लोग ही इसे ख़त्म कर सकते हैं! प्लीज़ – रॉन – हमें साँप तक पहुँचना होगा। हमें साँप को मारना होगा!' हर्माइनी ने कहा।

लेकिन हैरी जानता था कि रॉन को कैसा महसूस हो रहा होगा। आख़िरी होरक्रक्स नष्ट करने से उसे प्रतिशोध की संतुष्टि नहीं मिलेगी। हैरी ख़ुद भी फ्रेड की जान लेने वाले लोगों से लड़ना चाहता था, उन्हें सज़ा देना चाहता था। वह वीज़्ली परिवार के बाक़ी सदस्यों को खोजना चाहता था और सबसे बढ़कर यह सुनिश्चित करना चाहता था कि जिनी को कुछ न हुआ हो – लेकिन वह इस विचार को अपने दिमाग़ में नहीं आने देगा –

'हम *लड़ेंगे!*' हर्माइनी ने कहा। 'हमें उस साँप तक पहुँचने के लिए लड़ना ही पड़ेगा! लेकिन हमें इस वक़्त लक्ष्य पर से नज़रें नहीं हटाना चाहिए! सिर्फ़ हम लोग ही इस लड़ाई को ख़त्म कर सकते हैं!'

वह रो रही थी और बोलते समय उसने अपना चेहरा अपनी फटी और जली आस्तीन पर पोंछा। उसने ख़ुद को शांत करने के लिए गहरी साँसें लीं। फिर वह रॉन को कसकर पकड़ती हुई हैरी की तरफ़ मुड़ी।

'तुम्हें यह पता लगाना है कि वोल्डेमॉर्ट कहाँ है, क्योंकि साँप भी उसी के पास होगा, है ना? पता लगाओ, हैरी – उसके भीतर देखो!'

यह इतना आसान क्यों था? क्योंकि उसका निशान घंटों से जल रहा था और उसे वोल्डेमॉर्ट के विचार दिखाने के लिए उत्सुक था? उसने हर्माइनी के कहने पर अपनी आँखें बंद कर लीं। तत्काल युद्ध की चीख़ें, धमाके और बाक़ी सारी आवाज़ें डूब गईं तथा धीमी हो गईं, जैसे वह दूर खड़ा हो, उनसे बहुत दूर ...

वह एक वीरान, लेकिन जाने-पहचाने कमरे में खड़ा था, जिसकी दीवारों से वॉल पेपर उखड़ रहा था और एक को छोड़कर बाक़ी सभी खिड़कियाँ पटियों से बंद थीं। महल पर हमले की आवाज़ें दबी हुई और दूर थीं। इकलौती खुली खिड़की से महल में होने वाले रोशनी के धमाके दिख रहे थे। कमरे के भीतर अँधेरा था और वहाँ तेल का सिर्फ़ एक दीया जल रहा था।

वह अपनी छड़ी उँगलियों के बीच घुमा रहा था और उसे देख रहा था। वह महल के एक कमरे के बारे में सोच रहा था, ख़ुफ़िया कमरे के बारे में, जिसे सिर्फ़ उसी ने खोजा था। वह कमरा, जिसे तहख़ाने की तरह खोजने के लिए आपको चतुर और चालाक होना होता है ... उसे यक़ीन था कि लड़का कभी मुकुट नहीं खोज पाएगा ... हालाँकि डम्बलडोर की कठपुतली उसकी उम्मीद से आगे तक पहुँच गई थी ... बहुत आगे तक ...

'मालिक,' एक हताश और टूटी हुई आवाज़ आई। वह मुड़ा। लूसियस मैल्फ़ॉय सबसे अँधेरे कोने में बैठा था। वह फटेहाल था और उसके शरीर पर सज़ा के निशान अब भी दिख रहे थे, जो उसे हैरी के उसके घर से भागने के बाद मिली थी। उसकी एक आँख बंद और फूली दिख रही थी। 'मालिक ... प्लीज़ ... मेरा बेटा ...'

'लूसियस, अगर तुम्हारा बेटा मर जाता है, तो इसमें मेरी कोई ग़लती नहीं है। नागशक्ति हाउस के बाक़ी विद्यार्थियों की तरह वह मेरे पास नहीं आया और मेरे दल में शामिल नहीं हुआ। शायद उसने हैरी पॉटर से दोस्ती करने का फ़ैसला कर लिया होगा?'

'नहीं – कभी नहीं,' मैल्फ़ॉय ने फुसफुसाकर कहा।

'ऐसी ही उम्मीद करो।'

'मालिक, क्या आपको – क्या आपको यह डर नहीं है कि पॉटर आपके बजाय किसी और के हाथों मर सकता है?' मैल्फ़ॉय ने काँपती आवाज़ में पूछा। 'क्या इसमें ... मुझे माफ़ कीजिए ... ज़्यादा समझदारी नहीं होगी कि हम इस लड़ाई को रोक दें और आप ख़ुद महल में दाख़िल होकर उसे खोजें?'

'नाटक मत करो, लूसियस। तुम लड़ाई इसलिए रुकवाना चाहते हो, ताकि तुम अपने बेटे के हालचाल मालूम कर सको। देखो, मुझे पॉटर को खोजने की ज़रूरत नहीं है। रात ख़त्म होने से पहले पॉटर मुझे खोजता हुआ ख़ुद आएगा।'

वोल्डेमॉर्ट ने एक बार फिर अपनी उँगलियों में पकड़ी छड़ी को देखा। इससे वह परेशान हो रहा था ... और जो चीज़ें लॉर्ड वोल्डेमॉर्ट को परेशान करती हैं, उन्हें ठीक कर दिया जाता है ...

'जाकर स्नेप को बुला लाओ।'

'स्नेप, मालिक?'

'स्नेप को अभी बुलाकर लाओ। मुझे उसकी ज़रूरत है। मुझे उससे एक - सेवा - चाहिए। जाओ।'

डरा हुआ लूसियस धुँधली रोशनी में थोड़ा लड़खड़ाता हुआ कमरे से बाहर चला गया। वोल्डेमॉर्ट वहीं खड़ा रहा और अपनी उँगलियों के बीच छड़ी घुमाकर उसकी तरफ़ देखता रहा।

'यही इकलौता तरीक़ा है, नागिनी,' उसने धीरे से कहा और मुड़कर देखा। वहाँ एक बड़ा, मोटा साँप अब हवा में लटका हुआ था और अपने लिए वोल्डेमॉर्ट द्वारा जादू से बनाई सुरक्षित जगह पर आराम से अपना शरीर हिला रहा था। यह सितारे भरी, पारदर्शी जगह पिंजरे से थोड़ी बड़ी थी।

आह भरते हुए हैरी अपनी दुनिया में वापस लौटा और उसने अपनी आँखें खोलीं। उसके कानों में तत्काल युद्ध के धमाकों, विस्फोटों और चीख़ने-चिल्लाने की आवाज़ें आने लगीं।

'वह चीख़ती हवेली में है। साँप उसके साथ है। साँप के चारों तरफ़ जादुई सुरक्षा है। उसने अभी-अभी लूसियस मैल्फ़ॉय को भेजकर स्नेप को बुलवाया है।'

'वोल्डेमॉर्ट चीख़ती हवेली में बैठा है?' हर्माइनी तैश में बोली। 'वह - वह *लड़* भी नहीं रहा है?'

'उसे नहीं लगता है कि उसे लड़ने की ज़रूरत है,' हैरी ने कहा। 'वह सोचता है कि मैं ख़ुद उसके पास जाऊँगा।'

'लेकिन क्यों?'

'वह जानता है कि मैं होरक्रक्सों के पीछे पड़ा हूँ - वह नागिनी को अपने क़रीब रख रहा है। साफ़ ज़ाहिर है कि नागिनी तक पहुँचने के लिए मुझे उसके पास जाना होगा -'

'ठीक है,' रॉन ने अपने कंधे तानते हुए कहा, 'तो तुम मत जाओ, क्योंकि वह यही चाहता है। उसे इसी की उम्मीद है। तुम यहीं रुककर हर्माइनी को सँभालो। मैं जाकर उसे सँभालता हूँ -'

हैरी रॉन के आगे निकला।

'तुम दोनों यहीं रुको। मैं चोगे के नीचे जाता हूँ और फ़ौरन लौटता हूँ -'

'नहीं,' हर्माइनी ने कहा, 'इसमें ज़्यादा समझदारी लगती है कि मैं

चोगा ओढ़ लूँ और –'

'इसके बारे में सोचना भी मत,' रॉन ने उससे गुर्राकर कहा।

हर्माइनी बोली, 'रॉन, मुझमें भी उतनी ही क़ाबिलियत है –' लेकिन इससे पहले कि हर्माइनी आगे कुछ कह पाए, सीढ़ियों के ऊपर की जिस दीवारदरी के पास वे खड़े थे, वह फट गई।

'पॉटर!'

दो नक़ाबपोश प्राणभक्षी वहाँ खड़े थे, लेकिन उनकी छड़ियाँ तन पातीं, इससे पहले ही हर्माइनी चिल्लाई, *'सीढ़ी-ढाल!'*

उनके पैर के नीचे की सीढ़ी ढाल में बदल गई और हर्माइनी, हैरी तथा रॉन इस पर सरसराते हुए नीचे पहुँच गए। वे अपनी गति पर क़ाबू नहीं कर पाए, लेकिन इसके बावजूद इतनी तेज़ी से फिसले कि प्राणभक्षियों के स्तब्धीकरण मंत्र उनके सिर के बहुत ऊपर से गुज़रे। वे नीचे की छिपी दीवारदरी से निकले और सामने वाली दीवार से टकरा गए।

'पाषाणो!' हर्माइनी चिल्लाई और दीवारदरी की तरफ़ इशारा किया। वहाँ पर टकराने की दो तेज़ आवाज़ें आईं। दीवारदरी पत्थर की बन गई थी, इसलिए उनका पीछा कर रहे प्राणभक्षी इससे टकराकर गिर गए।

'पीछे हटो!' रॉन चिल्लाया। वह, हैरी और हर्माइनी एक दरवाज़े से टिककर बाल-बाल बचे। धड़धड़ाती डेस्कों का रेवड़ उनके पास से तेज़ी से निकल रहा था, जिसे प्रोफ़ेसर मैक्गॉनेगल निर्देश देकर भगा रही थीं। प्रोफ़ेसर मैक्गॉनेगल का ध्यान उन तीनों की तरफ़ नहीं गया। उनके बाल खुल गए थे और उनके गाल पर एक घाव था। मोड़ पर पहुँचकर वे चिल्लाईं : **'हमला करो!'**

'हैरी, तुम चोगा ओढ़ लो,' हर्माइनी ने कहा। 'हमारी चिंता छोड़ो –'

लेकिन हैरी ने चोगा तीनों पर डाल लिया। हालाँकि चोगे के हिसाब से अब वे ज़्यादा बड़े हो गए थे, लेकिन उसे नहीं लगता था कि हवा में भरी इतनी सारी धूल, गिरते पत्थरों और मंत्रों की चकाचौंध में किसी को उनके पैर दिख सकते हैं।

वे अगली सीढ़ियों पर नीचे की ओर भागे तथा योद्धाओं से भरे गलियारे में पहुँच गए। योद्धाओं के दोनों तरफ़ लगी तस्वीरें सलाह और प्रोत्साहन दे रही थीं। नक़ाब या बिना नक़ाब वाले प्राणभक्षी विद्यार्थियों

और टीचर्स से लड़ रहे थे। डीन ने एक छड़ी जीत ली थी और उससे डोलोहोव का सामना कर रहा था, जबकि पार्वती ट्रैवर्स के सामने थी। हैरी, रॉन और हर्माइनी ने तत्काल अपनी छड़ियाँ उठा लीं। वे वार करने के लिए तैयार थे, लेकिन योद्धा इतने ज़्यादा हिल रहे थे कि शाप मारने पर अपने ही पक्ष के व्यक्ति के घायल होने की प्रबल संभावना थी। जब वे वहाँ खड़े होकर सही मौक़े की राह देख रहे थे, तो एक तेज़ *'व्हीहीहीही!'* सुनाई दी। हैरी ने ऊपर देखा। पीव्ज़ उनके ऊपर उड़ रहा था और प्राणभक्षियों पर अम्लरस कंद गिरा रहा था, जिनके सिर पर अचानक हरे कंद मोटे कीड़ों की तरह कसमसाने लगते थे।

'आह!'

मुट्ठी भर हरे कंद रॉन के सिर से टकराए। कीचड़ जैसी हरी जड़ें बीच हवा में स्थिर दिखने लगीं, जब रॉन ने उन्हें झटकने की कोशिश की।

एक नक़ाबपोश प्राणभक्षी उधर इशारा करके चिल्लाया, 'कोई वहाँ पर अदृश्य है!'

प्राणभक्षी के ध्यान भटकने का पूरा फ़ायदा उठाते हुए डीन ने उसे स्तब्धीकरण मंत्र मारकर गिरा दिया। डोलोहोव ने बदला लेने की कोशिश की, लेकिन पार्वती ने उस पर पूर्ण शरीर-बंधन शाप मार दिया।

'आओ चलें!' हैरी चिल्लाया। उसने, रॉन और हर्माइनी ने चोगे को अपने चारों ओर कसकर पकड़ा तथा तेज़ी से सिर झुकाकर योद्धाओं के बीच से भागने लगे। ज़मीन पर कई जगह स्नार्गलफ़ का रस जमा हो गया था, जिस पर थोड़े फिसलते हुए वे प्रवेश हॉल में जाने वाली संगमरमर की सीढ़ियों के ऊपर पहुँच गए।

'मैं ड्रेको मैल्फ़ॉय हूँ। मैं ड्रेको हूँ। मैं तुम्हारी तरफ़ हूँ!'

ड्रेको सीढ़ियों के ऊपर एक नक़ाबपोश प्राणभक्षी से विनती कर रहा था। पास से गुज़रते समय हैरी ने प्राणभक्षी को स्तब्ध कर दिया। जब मैल्फ़ॉय मुस्कराते हुए अपने रक्षक को देखने की कोशिश करने लगा, तो रॉन ने चोगे के नीचे से उसे मुक्का मार दिया। मैल्फ़ॉय पीछे की तरफ़ प्राणभक्षी के ऊपर गिर गया। उसके मुँह से ख़ून निकल रहा था और वह बुरी तरह चकरा गया था।

रॉन चिल्लाया, 'आज रात को दूसरी बार हमने तुम्हारी जान बचाई है, दोगले कहीं के!'

सीढ़ियों और हॉल में हर तरफ़ बहुत से योद्धा थे। जहाँ भी हैरी की

नज़र गई, वहाँ उसे प्राणभक्षी नज़र आए। याक्सले सामने वाले दरवाज़े के पास फ़्लिटविक से लड़ रहा था। उनके ठीक पास एक नक़ाबपोश प्राणभक्षी किंग्सले से लड़ रहा था। विद्यार्थी हर दिशा में भाग रहे थे, जिनमें से कुछ अपने घायल दोस्तों को उठाकर या घसीटकर ले जा रहे थे। हैरी ने नक़ाबपोश प्राणभक्षी पर स्तब्धीकरण मंत्र मारा, लेकिन उसका निशाना चूक गया और यह नेविल पर पड़ते-पड़ते बचा। नेविल न जाने कहाँ से ज़हरीले टेंटेकुला के ढेर को लहराता हुआ सामने आ गया था, जो सबसे क़रीब के प्राणभक्षी से लिपटकर उसे जकड़ने लगा।

हैरी, रॉन और हर्माइनी तेज़ी से संगमरमर की सीढ़ियाँ उतरे। उनकी बाईं तरफ़ काँच टूटने की आवाज़ आई। हाउस पॉइंट्स का रिकॉर्ड रखने वाला नागशक्ति का अवरग्लास टूट गया था। उसके भीतर भरे पन्ने के रत्न पूरे फ़र्श पर बिखर गए, जिससे भागते समय लोग फिसलने और गिरने लगे। जब वे बाहर पहुँचे, तो ऊपर की बालकनी से दो शरीर नीचे गिरे। तभी हॉल के भीतर एक हरी झलक दिखी। हैरी समझा कि चार पैरों वाला कोई जानवर एक गिरने वाले के शरीर में अपने दाँत गड़ाने के लिए तेज़ी से जा रहा है।

'नहीं!' हर्माइनी चीख़ी। उसकी छड़ी के कानफोड़ू धमाके से फ़ेनरिर ग्रेबैक लैवेंडर के हिलते शरीर से दूर फिंका गया। वह संगमरमर के जंगले से टकराया और खड़ा होने के लिए संघर्ष करने लगा। तभी एक सफ़ेद चमक हुई और एक कड़ाक की आवाज़ आई। उसके सिर पर एक काँच की गेंद गिरी और वह ज़मीन पर लुढ़ककर बेहोश हो गया।

'मेरे पास और हैं!' प्रोफ़ेसर ट्रिलोनी ने जंगले के ऊपर से चीख़ते हुए कहा, 'किसको चाहिए! यहाँ आओ –'

और टेनिस सर्व करने जैसे अंदाज़ में उन्होंने अपने बैग में से काँच का एक और बड़ा गोला निकाल लिया और हवा में अपनी छड़ी लहराकर उसे खिड़की तोड़कर बाहर भेज दिया। उसी पल लकड़ी का भारी दरवाज़ा धमाके के साथ खुल गया। ढेर सारी दैत्याकार मकड़ियाँ प्रवेश हॉल में आ रही थीं।

दहशत भरी चीख़ें हवा में तैरने लगीं। सभी प्राणभक्षी और हॉगवर्ट्स के योद्धा तितर-बितर हो गए। हरी और लाल रोशनी की लपटें आने वाली मकड़ियों के बीच उड़ीं, जो सिहरकर पीछे हट गईं। उन्हें देखकर पहले से ज़्यादा दहशत हो रही थी।

'हम बाहर कैसे निकलें?' रॉन चीख़-पुकार के बीच चिल्लाया, लेकिन हैरी या हर्माइनी के जवाब देने से पहले ही किसी ने उन्हें धकाकर एक तरफ़ हटा दिया। हैग्रिड सीढ़ियों के नीचे धड़धड़ाता हुआ उतर रहा था और अपनी फूलों वाली गुलाबी छतरी लहरा रहा था।

'उन्हें चोट मत पहुँचाओ, उन्हें चोट मत पहुँचाओ!' वह चिल्लाया।

'हैग्रिड, नहीं!'

हैरी सब कुछ भूल गया। वह चोगे के नीचे से निकलकर भागा। पूरे हॉल में मँडराते शापों से बचने के लिए वह काफ़ी झुककर दौड़ रहा था।

'हैग्रिड, लौट आओ!'

लेकिन वह अभी हैग्रिड के पास आधी दूरी तक भी नहीं पहुँच पाया था कि उसने इसे होते देख लिया। हैग्रिड मकड़ियों के बीच ओझल हो गया और बड़ी तेज़ी के साथ कुलबुलाती और झुंड बनाती मकड़ियाँ मंत्रों के आक्रमण से पीछे हट गईं। हैग्रिड उनके बीच दिखाई नहीं दे रहा था।

'हैग्रिड!'

हैरी ने किसी को अपना नाम पुकारते सुना। उसे परवाह नहीं थी कि वह दोस्त था या दुश्मन। वह तो सामने वाली सीढ़ियों पर भागता हुआ अँधेरे मैदान में जा रहा था। मकड़ियाँ अपने शिकार के चारों तरफ़ घेरा कस रही थीं और उसे हैग्रिड ज़रा भी नज़र नहीं आ रहा था।

'हैग्रिड!'

मकड़ियों के झुंड के बीच से उसे एक विशाल बाँह लहराती हुई दिखी, लेकिन जैसे ही वह उस तरफ़ भागने को हुआ, अँधेरे में झूलते हुए एक विशालकाय पैर ने उसका रास्ता रोक लिया। ज़मीन काँप गई। हैरी ने ऊपर देखा। उसके सामने एक दानव खड़ा था। बीस फ़ुट ऊँचे इस दानव का सिर अँधेरे में नहीं दिख रहा था। महल के दरवाज़े से आती रोशनी में सिर्फ़ इसकी पेड़ जैसी, बालों वाली जाँघें दिख रही थीं। इसने बड़ी क्रूरता से ऊपर की एक खिड़की पर अपना विशाल मुक्का मारा, जिससे हैरी पर काँच की बारिश हो गई और वह दरवाज़े की शरण में जाने के लिए मजबूर हो गया।

'ओह –!' हर्माइनी चिल्लाई, जब वह और रॉन हैरी के पास आए। उन्होंने सिर उठाकर दानव को देखा, जो ऊपर की खिड़की से लोगों को पकड़ने की कोशिश कर रहा था।

जब हर्माइनी ने अपनी छड़ी उठाई, तो रॉन उसका हाथ पकड़कर चिल्लाया, **'मत करो!** उसे स्तब्ध करने की कोशिश की, तो वह आधे महल को चकनाचूर कर देगा –'

'हैगर ?'

ग्रॉप लड़खड़ाता हुआ महल के सामने वाले मोड़ पर आ रहा था। अब जाकर हैरी को एहसास हुआ कि ग्रॉप सचमुच छोटे आकार का दानव है। ऊपरी मंज़िलों पर लोगों को दबोचने की कोशिश कर रहा विशाल दानव ग्रॉप को देखकर गरजा। जब वह अपने नाटे साथी की तरफ़ बढ़ा, तो पत्थर की सीढ़ियाँ काँपने लगीं। ग्रॉप का तिरछा मुँह खुल गया और आधी ईंट के आकार के पीले दाँत दिखने लगे। फिर वे भूखे शेरों जैसे हिंसक अंदाज़ में एक-दूसरे पर झपट पड़े।

'भागो!' हैरी चिल्लाया। दानवों की कुश्ती के कारण अँधेरे में भयंकर गर्जना और मुक्कों की आवाज़ें गूँजने लगीं। हैरी ने हर्माइनी का हाथ पकड़ा और मैदान में जाने वाली सीढ़ियों पर दौड़ने लगा। रॉन सबसे पीछे था। हैरी ने हैग्रिड को खोजने और बचाने की उम्मीद नहीं छोड़ी थी। वह इतनी तेज़ी से भागा कि अचानक रुकने से पहले वे जंगल की तरफ़ आधी दूर तक पहुँच गए थे।

उनके चारों तरफ़ की हवा स्थिर सी हो गई थी। हैरी की साँस उसके सीने में ही अटक गई और ठोस बन गई। अँधेरे में से काली आकृतियाँ निकल रही थीं और महल की तरफ़ एक विशाल झोंके में उड़कर जा रही थीं। उनके चेहरे पर नक़ाब थे और उनकी साँसों की खड़खड़ाती आवाज़ें आ रही थीं ...

रॉन और हर्माइनी उसके क़रीब आ गए, जब उनके पीछे लड़ने की आवाज़ें अचानक मंद और ख़त्म हो गईं। रात में ऐसी ख़ामोशी छा गई थी, जो सिर्फ़ दमपिशाच ही उत्पन्न कर सकते थे ...

'चलो हैरी!' हर्माइनी की आवाज़ जैसे बहुत दूर से आई, 'पितृदेव उत्पन्न करो, हैरी, चलो!'

उसने अपनी छड़ी उठाई, लेकिन उसके भीतर निराशा भरी हुई थी : फ्रेड चला गया था और हैग्रिड या तो मर रहा था या मर चुका था। और कितने लोग मरे थे, इसका उसे अंदाज़ा नहीं था। उसे लग रहा था, जैसे उसकी आत्मा उसके शरीर से पहले ही आधी निकल चुकी हो ...

'हैरी, जल्दी!' हर्माइनी चिल्लाई।

सौ दमपिशाच उनकी तरफ़ उड़ते हुए आ रहे थे। वे हवा को चूसते हुए हैरी की निराशा के क़रीब आ रहे थे, जो उन्हें जश्न की तरह लग रही थी ...

उसने रॉन के पितृदेव यानी सफ़ेद टेरियर कुत्ते को हवा में निकलते देखा, जो हल्के से टिमटिमाया और बुझ गया। उसने हर्माइनी के ऊदबिलाव को बीच हवा में उड़ते और ओझल होते देखा। उसकी ख़ुद की छड़ी उसके हाथ में काँपी और उसने आने वाली मौत का स्वागत किया, सब कुछ भुलाने का वादा, कोई एहसास नहीं ...

तभी सफ़ेद ख़रगोश, लोमड़ी और वराह हैरी, रॉन तथा हर्माइनी के सिरों के पास से गुज़रे। इन प्राणियों के सामने आने पर दमपिशाच पीछे हो गए। तीन और लोग अँधेरे से निकलकर उनके पास आ गए थे, जिनकी छड़ियाँ तनी हुई थीं और वे अपने पितृदेव छोड़ चुके थे : लूना, अर्नी और सीमस।

'यह सही है,' लूना ने उत्साह बढ़ाते हुए कहा, जैसे वे आवश्यकता कक्ष में हों और डीए में मंत्रों का सामान्य अभ्यास कर रहे हों। 'यह सही है, हैरी ... चलो, कोई ख़ुशी भरी चीज़ सोचो ...'

'कोई ख़ुशी भरी चीज़ ?' हैरी ने कहा और उसकी आवाज़ टूट गई थी।

'हम अब भी यहाँ हैं,' वह फुसफुसाई, 'हम अब भी लड़ रहे हैं। चलो, जल्दी सोचो ...'

एक सफ़ेद चिंगारी निकली, फिर एक काँपती रोशनी और फिर बहुत ज़्यादा कोशिश के बाद हैरी की छड़ी के सिरे से मृग निकला। मृग आगे की तरफ़ बढ़ा। अब दमपिशाच सचमुच तितर-बितर होने लगे और रात एक बार फिर शांत हो गई, लेकिन आस-पास चलते युद्ध की तेज़ आवाज़ें उसके कानों में पड़ने लगीं।

'तुम्हारा शुक्रिया कैसे अदा कर सकते हैं,' रॉन ने लूना, अर्नी और सीमस की ओर मुड़कर काँपती आवाज़ में कहा, 'तुमने अभी-अभी हमारी जान –'

गर्जना और भूकंप जैसी हलचल के साथ जंगल की तरफ़ से एक और दानव बाहर निकला। वह एक लंबा मुद्‌गर लहरा रहा था, जो उन सभी से ज़्यादा लंबा था।

'भागो!' हैरी दोबारा चिल्लाया। बाक़ी लोगों को इस चेतावनी की

ज़रूरत नहीं थी। वे सभी तितर-बितर हो गए। यह अच्छा ही हुआ, क्योंकि अगले ही पल उस प्राणी का विशाल पैर ठीक उसी जगह पर पड़ा, जहाँ वे खड़े थे। हैरी ने पलटकर देखा। रॉन और हर्माइनी उसके पीछे आ रहे थे, लेकिन बाक़ी तीनों युद्ध करने के लिए वापस लौट गए थे।

'हम इसकी पहुँच से दूर हो जाते हैं!' रॉन चिल्लाया, जब दानव ने अपना मुद्‌गर दोबारा लहराया और उसकी गर्जना रात के अँधेरे में उस मैदान में गूँजने लगी, जहाँ लाल और हरी रोशनी की लपटें अँधेरे को चमका रही थीं।

'लड़ाकू पेड़,' हैरी ने कहा। 'चलो!'

किसी तरह उसने अपने दिमाग़ में उन सारी चीज़ों को बंद और दफ़न कर दिया था, जिनके बारे में वह इस वक़्त नहीं सोचना चाहता था : फ्रेड और हैग्रिड की चिंता, महल के बाहर-भीतर अपने सभी प्रियजनों के लिए दहशत। इन चीज़ों की चिंता वह बाद में करेगा, क्योंकि उन्हें दौड़ना था, साँप और वोल्डेमॉर्ट तक पहुँचना था। जैसा हर्माइनी ने कहा था, यह जंग ख़त्म करने का इकलौता तरीक़ा था -

वह दौड़ा और उसे लग रहा था कि वह मौत से भी तेज़ भाग सकता है। उसने अपने चारों तरफ़ अँधेरे में उड़ती रोशनी की लपटों और समुद्र जैसी लहराती झील की आवाज़ को नज़रअंदाज़ किया। हालाँकि हवा नहीं चल रही थी, लेकिन अँधेरे जंगल में से चरमराने की आवाज़ें आ रही थीं। ऐसा लग रहा था, जैसे पूरा मैदान विद्रोह में खड़ा हो गया था। वह इतनी तेज़ी से भागा, जितनी तेज़ी से ज़िंदगी में कभी नहीं भागा था। विशाल पेड़ उसी को सबसे पहले दिखा, जो चाबुक जैसी लहराती शाखाओं से अपनी जड़ों के रहस्य की रक्षा करता था।

हाँफता हुआ हैरी धीमा हो गया, पेड़ की प्रहार करती शाखाओं से बचा और अँधेरे में इसके मोटे तने की ओर देखने लगा। वह इस पुराने पेड़ के तने के इकलौते गूमड़ को देखने की कोशिश कर रहा था, जिसे दबाने पर पेड़ स्थिर हो जाता था। रॉन और हर्माइनी भी आ गए। हर्माइनी इतनी बुरी तरह हाँफ रही थी कि बोल भी नहीं सकती थी।

'कैसे - हम अंदर कैसे जाएँ?' रॉन ने हाँफते हुए कहा। 'मैं उस जगह को - देख सकता हूँ - काश हमारे पास - एक बार फिर क्रुकशैंक्स होती -'

'क्रुकशैंक्स?' हर्माइनी झुककर अपने सीने को पकड़ते हुए आह

भरकर बोली। *'तुम जादूगर हो या घसियारे?'*

'ओह - ठीक है - हाँ -'

रॉन ने चारों तरफ़ देखा और फिर अपनी छड़ी ज़मीन पर पड़ी एक लकड़ी की तरफ़ करते हुए बोला, *'विंगार्डियम लेवियोसा!'* लकड़ी ज़मीन से ऊपर उठकर हवा में घूमी, जैसे आँधी में उड़ रही हो, फिर यह पेड़ की ख़तरनाक तरीक़े से लहराती शाखाओं के बीच से तने की तरफ़ उड़ने लगी। यह जड़ों के पास वाली जगह से टकराई और पेड़ फ़ौरन स्थिर हो गया।

'बहुत बढ़िया!' हर्माइनी ने हाँफते हुए कहा।

'ठहरो।'

एक पल के लिए तो हैरी झिझका, जब हवा में युद्ध के धमाके और आवाज़ें भर गईं। वोल्डेमॉर्ट चाहता था कि वह यह काम करे, वोल्डेमॉर्ट चाहता था कि हैरी उसके पास जाए ... क्या वह रॉन और हर्माइनी को वोल्डेमॉर्ट के जाल में फँसाने ले जा रहा है?

लेकिन तभी बेरहम सच्चाई ने उस पर प्रहार किया। आगे बढ़ने का इकलौता तरीक़ा नागिनी को मारना था और नागिनी वहीं थी, जहाँ वोल्डेमॉर्ट था और वोल्डेमॉर्ट इस सुरंग के आख़िर में था ...

'हैरी, हम आ रहे हैं, बस अंदर पहुँच जाओ!' रॉन ने उसे आगे धकाते हुए कहा।

हैरी पेड़ की जड़ों में छिपे मिट्टी के गलियारे में रेंगकर घुसा। आज यह पिछली बार से ज़्यादा सँकरा लग रहा था। सुरंग की छत नीची थी। उन्हें चार साल पहले इसमें से झुककर चलना पड़ा था। अब इसमें रेंगने से ज़्यादा कुछ नहीं किया जा सकता था। हैरी सबसे पहले अंदर गया। उसने अपनी छड़ी प्रकाशित कर ली थी। वह किसी भी पल बाधाओं की उम्मीद कर रहा था, लेकिन राह में कोई बाधा नहीं आई। वे ख़ामोशी में आगे बढ़ते रहे। हैरी की निगाह अपने हाथ की छड़ी की लहराती रोशनी पर जमी थी।

आख़िरकार सुरंग ऊपर की तरफ़ होने लगी और हैरी को सामने रोशनी का टुकड़ा दिखा। हर्माइनी ने उसके टखने को खींचा।

'चोगा!' वह फुसफुसाई। 'चोगा ओढ़ लो!'

हैरी ने अपने पीछे हाथ बढ़ाया और हर्माइनी ने उसके हाथ में चिकना चोगा थमा दिया। उसने इसे मुश्किल से अपने ऊपर डाला और

बुदबुदाया, *'अंधकारो।'* उसकी छड़ी की रोशनी बुझ गई। उसने चोगे को अपने हाथों और घुटनों पर यथासंभव बिना आवाज़ किए ओढ़ लिया। उसकी सभी इंद्रियाँ तनाव में थीं। हर पल उसे लग रहा था कि उसका भेद खुल जाएगा, उसे एक ठंडी स्पष्ट आवाज़ सुनाई देगी और हरी रोशनी की चमक दिखाई देगी।

फिर उसे ठीक सामने के कमरे से आवाज़ें सुनाई दीं। वे थोड़ी दबी थीं, क्योंकि सुरंग के सिरे पर खुलने वाली जगह पर एक पुराने बक्से जैसी चीज़ से रास्ता रुका हुआ था। मुश्किल से साँस लेते हुए हैरी उस जगह के पास पहुँच गया और बक्से तथा दीवार के बीच की छोटी सी दरार में से झाँकने लगा।

सामने वाले कमरे में हल्की रोशनी थी, लेकिन वह नागिनी को देख सकता था, जो पानी के साँप की तरह लहरा रही थी और बल खा रही थी। वह सितारों भरे, हवा में तैरते जादुई गोले में सुरक्षित थी। हैरी को एक टेबल का किनारा दिख रहा था और लंबी उँगलियों वाला एक सफ़ेद हाथ, जो छड़ी से खेल रहा था। फिर स्नेप बोला, जिससे हैरी का दिल उछल पड़ा। स्नेप उस जगह से सिर्फ़ कुछ इंच दूर था, जहाँ वह छिपकर उकड़ूँ बैठा हुआ था।

'... मालिक, उनका विरोध ख़त्म हो रहा है –'

'– और यह तुम्हारी मदद के बिना हो रहा है,' वोल्डेमॉर्ट ने अपनी ऊँची, स्पष्ट आवाज़ में कहा। 'सीवियरस, हालाँकि तुम बहुत निपुण जादूगर हो, लेकिन मुझे नहीं लगता कि अब तुमसे ज़्यादा फ़र्क़ पड़ेगा। हम अब लगभग वहाँ पहुँच चुके हैं ... लगभग।'

'मुझे लड़के की तलाश करने दें। मैं पॉटर को आपके सामने लेकर आता हूँ। मैं जानता हूँ कि मैं उसे ला सकता हूँ, मालिक। प्लीज़।'

स्नेप उस छेद के पास से चलकर गया और हैरी थोड़ा पीछे हट गया, लेकिन नागिनी पर आँखें जमाए रहा। वह कोई ऐसा मंत्र सोच रहा था, जो नागिनी के चारों ओर के सुरक्षा कवच को भेद सके, लेकिन उसे ऐसा कोई मंत्र याद नहीं आया। अगर उसकी एक भी कोशिश असफल रही, तो वोल्डेमॉर्ट को उसके छिपने की जगह का पता चल जाएगा ...

वोल्डेमॉर्ट उठकर खड़ा हुआ। हैरी अब उसे देख सकता था। वह उसकी लाल आँखों और उसके साँप जैसे चपटे चेहरे को देख सकता था। उसके चेहरे का पीलापन आधे अँधेरे में हल्का-हल्का चमक रहा था।

'एक समस्या है, सीवियरस,' वोल्डेमॉर्ट ने धीरे से कहा।

'मालिक?' स्नेप ने कहा।

वोल्डेमॉर्ट ने अजेय छड़ी उठाई और उसे किसी संगीत निर्देशक की छड़ी जितनी नज़ाकत से पकड़ा।

'यह मेरे लिए काम क्यों नहीं करती है, सीवियरस?'

ख़ामोशी में हैरी ने कल्पना की कि उसे साँप के कुंडली बदलने पर हल्के से फुफकारने की आवाज़ आई थी या फिर यह वोल्डेमॉर्ट की आह थी, जो हवा में उड़ती हुई आई थी?

'मेरे - मेरे मालिक?' स्नेप ने सूनेपन से कहा। 'मैं समझा नहीं। आपने - आपने इस छड़ी से असाधारण जादू किया है।'

'नहीं,' वोल्डेमॉर्ट बोला। 'मैंने अपना सामान्य जादू किया है। मैं असाधारण हूँ, लेकिन यह छड़ी ... नहीं है। इसने वे अद्‌भुत चमत्कारी काम नहीं किए हैं, जिनका दावा किया जाता है। मुझे इस छड़ी और बरसों पहले ऑलिवैन्डर से मिली छड़ी में कोई फ़र्क़ महसूस नहीं होता है।'

वोल्डेमॉर्ट का अंदाज़ शांत था, लेकिन हैरी का निशान फड़क रहा था। उसके माथे का दर्द बढ़ रहा था और उसे एहसास था कि वोल्डेमॉर्ट अपने भीतर के प्रबल आवेश को क़ाबू में रख रहा है।

'कोई फ़र्क़ नहीं,' वोल्डेमॉर्ट ने दोबारा कहा।

स्नेप कुछ नहीं बोला। हैरी उसका चेहरा नहीं देख पा रहा था। उसने सोचा कि क्या स्नेप ने ख़तरे को भाँप लिया था? क्या वह अपने मालिक को तसल्ली देने के लिए सही शब्द खोजने की कोशिश कर रहा था?

वोल्डेमॉर्ट कमरे में चारों तरफ़ टहलने लगा। चहलक़दमी करते वक़्त कुछ पलों के लिए वह हैरी को दिखाई नहीं दिया। वह उसी संयत अंदाज़ में बोल रहा था, हालाँकि हैरी के भीतर दर्द और दहशत बढ़ रही थी।

'मैंने काफ़ी समय तक सोचा है, सीवियरस ... क्या तुम जानते हो कि मैंने तुम्हें युद्ध से यहाँ क्यों बुलाया है?'

और एक पल के लिए हैरी को स्नेप की आकृति दिख गई। उसकी आँखें सम्मोहित पिंजरे में बल खाते साँप पर जमी थीं।

'नहीं, मालिक, लेकिन मैं आपसे विनती करता हूँ कि आप मुझे लौटने दें। मैं पॉटर को पकड़कर लाता हूँ।'

'तुम भी लूसियस की तरह बोल रहे हो। तुममें से कोई भी पॉटर को उतनी अच्छी तरह नहीं समझता है, जितनी अच्छी तरह मैं समझता हूँ। उसे खोजने जाने की ज़रूरत नहीं है। पॉटर ख़ुद चलकर मेरे पास आएगा। मैं उसकी इस कमज़ोरी को जानता हूँ, उसकी भयंकर ग़लती। उसे इस बात से नफ़रत होगी कि उसके आस-पास के लोग मर रहे हैं और यह सब उसी के कारण हो रहा है। वह इसे किसी भी क़ीमत पर रोकना चाहेगा। वह ज़रूर आएगा।'

'लेकिन मेरे मालिक, हो सकता है दुर्घटनावश उसे आपके बजाय कोई और मार दे -'

'मेरे प्राणभक्षियों को मैंने बिलकुल स्पष्ट निर्देश दिए थे। पॉटर को ज़िंदा पकड़ना है। उसके दोस्तों को मार डालो - जितने ज़्यादा मार सको, उतना ही अच्छा है - लेकिन उसे मत मारना।

'लेकिन सीवियरस, मैं तुमसे हैरी पॉटर के बारे में नहीं, बल्कि तुम्हारे बारे में बात करना चाहता था। तुम मेरे लिए काफ़ी मूल्यवान रहे हो। बहुत मूल्यवान।'

'मालिक जानते हैं कि मैं सिर्फ़ उनकी सेवा करना चाहता हूँ। लेकिन - मुझे जाकर लड़के को पकड़ने दें, मालिक। मैं उसे आपके पास लेकर आता हूँ। मैं जानता हूँ कि मैं यह काम कर सकता हूँ -'

'मैंने तुमसे कहा ना, नहीं!' वोल्डेमॉर्ट ने कहा और जब वह मुड़ा, तो हैरी को उसकी आँखों में लाल चमक दिखाई दी। साँप के सरकने की तरह उसका चोगा लहराया और उसे अपने जलते निशान में वोल्डेमॉर्ट की अधीरता महसूस हुई। 'सीवियरस, इस पल मेरी चिंता यह है कि आख़िरकार जब उस लड़के से मेरा सामना होगा, तो क्या होगा!'

'मालिक, इस बारे में तो कोई सवाल ही नहीं उठता है, निश्चित रूप से - ?'

'- लेकिन एक सवाल है, सीवियरस। वह सवाल यह है।'

वोल्डेमॉर्ट रुका और हैरी ने उसे एक बार फिर साफ़ देखा, जब उसने अजेय छड़ी को अपनी सफ़ेद उँगलियों में घुमाया और स्नेप की तरफ़ घूरा।

'मैंने जिन दो छड़ियों का इस्तेमाल किया है, वे हैरी पॉटर पर तानते ही नाकामयाब क्यों हो गईं?'

'मैं - मैं इसका जवाब नहीं दे सकता, मेरे मालिक।'

'नहीं क्या ?'

ग़ुस्सा भाले की तरह हैरी के सिर में इधर-उधर भागने लगा। उसने अपनी मुट्ठी अपने मुँह में भर ली, ताकि दर्द से चिल्लाने न लगे। उसने अपनी आँखें बंद कर लीं और अचानक वह वोल्डेमॉर्ट बन गया था तथा स्नेप के पीले चेहरे को देख रहा था।

'मेरी सदाबहार लकड़ी की छड़ी ने मेरे हर आदेश का पालन किया, सीविरयस, सिवा हैरी पॉटर को मारने के। दो बार यह नाकाम रही। ऑलिवैन्डर ने यातना के बाद जुड़वाँ मूल तत्वों के बारे में बताया और मुझे किसी दूसरे जादूगर की छड़ी का इस्तेमाल करने की सलाह दी। मैंने ऐसा ही किया, लेकिन पॉटर की छड़ी के सामने आते ही लूसियस की छड़ी टूट गई।'

'मैं - मैं इसका कोई कारण नहीं बता सकता, मालिक।'

स्नेप अब वोल्डेमॉर्ट की तरफ़ नहीं देख रहा था। उसकी काली आँखें अब भी बल खाते साँप पर जमी थीं, जो अपने सुरक्षात्मक गोले में था।

'मैंने तीसरी छड़ी को खोजा, सीवियरस। अजेय छड़ी, क़िस्मत की छड़ी, मृत्यु की छड़ी। मैंने इसे इसके पुराने मालिक से ले लिया। मैंने इसे एल्बस डम्बलडोर की क़ब्र में से निकाल लिया।'

अब स्नेप ने वोल्डेमॉर्ट की तरफ़ देखा। स्नेप का चेहरा मौत के मुखौटे की तरह था। यह संगमरमर जैसा सफ़ेद और इतना स्थिर था कि जब वह बोला, तो यह देखकर सदमा लगा कि उन सूनी आँखों के पीछे कोई ज़िंदा था।

'मेरे मालिक - मुझे लड़के के पास जाने दें -'

'इस लंबी रात में, जब मैं जीत की कगार पर हूँ, मैंने यहाँ बैठकर काफ़ी सोचा है,' वोल्डेमॉर्ट ने कहा और उसकी आवाज़ अब फुसफुसाहट में बदल गई थी, 'काफ़ी सोचा है कि अजेय छड़ी उस तरह काम क्यों नहीं कर रही है, जैसी कि इसकी शोहरत है। ऐसा माना जाता है कि यह अपने सही मालिक के लिए चमत्कारी काम करती है, फिर यह मेरे लिए क्यों नहीं कर रही है ... मुझे लगता है कि अब मुझे इसका जवाब मिल गया है।'

स्नेप कुछ नहीं बोला।

'शायद तुम यह बात पहले से ही जानते हो? सीविरयस, आख़िर तुम काफ़ी चतुर और समझदार हो। तुम एक अच्छे और वफ़ादार सेवक

रहे हो। जो होने वाला है, उसके लिए मुझे सचमुच अफ़सोस है।'

'मालिक –'

'सीवियरस, अजेय छड़ी सही तरीक़े से मेरी सेवा इसलिए नहीं कर सकती, क्योंकि मैं इसका सच्चा मालिक नहीं हूँ। अजेय छड़ी उस जादूगर की होती है, जो इसके पिछले मालिक को मारता है। तुमने एल्बस डम्बलडोर को मारा था। सीविरयस, जब तक तुम ज़िंदा रहोगे, तब तक अजेय छड़ी कभी भी सही मायनों में मेरी नहीं हो सकती।'

'मेरे मालिक!' स्नेप ने अपनी छड़ी ऊपर करते हुए प्रतिरोध किया।

'इसके अलावा और कोई चारा नहीं है,' वोल्डेमॉर्ट ने कहा। 'मुझे छड़ी का मालिक बनना ही होगा, सीविरयस। पहले छड़ी को जीतूँगा, फिर पॉटर को जीतूँगा।'

वोल्डेमॉर्ट ने अजेय छड़ी हवा में लहराई। स्नेप को कुछ नहीं हुआ और उसने एक पल के लिए सोचा कि उसे माफ़ कर दिया गया है, लेकिन तभी वोल्डेमॉर्ट का इरादा स्पष्ट हो गया। नागिनी का पिंजरा हवा में लुढ़क रहा था और इससे पहले कि स्नेप चिल्लाने से ज़्यादा कुछ कर पाए, उसका सिर और कंधे पिंजरे में बंद हो गए थे। फिर वोल्डेमॉर्ट सर्पभाषा में बोला।

'जान से मार दो।'

एक भयंकर चीख़ सुनाई दी। हैरी ने देखा कि स्नेप के चेहरे का बचा-खुचा रंग भी उड़ गया था। यह सफ़ेद हो गया और उसकी काली आँखें फैल गईं। नागिनी के दाँत उसकी गर्दन में गड़े। वह सम्मोहित पिंजरे को दूर नहीं हटा पाया। उसके घुटने लड़खड़ाए और वह फ़र्श पर गिर गया।

'मुझे इसके लिए अफ़सोस है,' वोल्डेमॉर्ट ने ठंडेपन से कहा।

वह मुड़ा। उसके चेहरे पर कोई दुख, कोई पश्चाताप नहीं था। अब वह इस जगह से बाहर निकलकर मोर्चा सँभालेगा। आख़िर अब उसके पास एक ऐसी छड़ी थी, जो उसके हर आदेश का पालन करेगी। उसने अपनी छड़ी नागिनी के पिंजरे की ओर की, जो स्नेप को छोड़कर ऊपर उठ गया। स्नेप फ़र्श पर गिर गया। उसकी गर्दन के घाव से ख़ून बह रहा था। वोल्डेमॉर्ट बिना पीछे देखे कमरे से चला गया और नागिनी अपने विशाल सुरक्षात्मक गोले में उसके पीछे तैरने लगी।

वापस सुरंग में और अपने दिमाग़ में लौटकर हैरी ने अपनी आँखें

खोलीं। उसके हाथ में ख़ून निकल आया था। ख़ुद को चिल्लाने से रोकने की कोशिश में वह अपनी उँगलियाँ चबा रहा था। उसने बक्से और दीवार के बीच की छोटी दरार में से झाँककर देखा। फ़र्श पर काले जूते में एक पैर काँप रहा था।

'हैरी!' हर्माइनी उसके पीछे धीरे से बोली, लेकिन वह पहले ही उस बक्से पर अपनी छड़ी तान चुका था, जो रास्ता रोके हुए था। बक्सा हवा में एक इंच उठा और ख़ामोशी से एक तरफ़ हो गया। हैरी जितनी ख़ामोशी से हो सकता था, बग़ैर आवाज़ किए कमरे में पहुँच गया।

हैरी नहीं जानता था कि वह ऐसा क्यों कर रहा था और मरते हुए आदमी के पास क्यों जा रहा था। उसे नहीं मालूम था कि उसे कैसा महसूस हुआ, जब उसने स्नेप के सफ़ेद चेहरे को देखा। स्नेप की उँगलियाँ उसकी गर्दन के घाव से बहते ख़ून को रोकने की कोशिश कर रही थीं। हैरी ने अदृश्य चोगा उतार दिया और उस आदमी की तरफ़ देखा, जिससे वह नफ़रत करता था। स्नेप की चौड़ी होती काली आँखें हैरी पर पड़ीं और उसने बोलने की कोशिश की। हैरी उसके ऊपर झुका और स्नेप ने उसके दुशाले के सामने वाले हिस्से को पकड़कर उसे क़रीब खींचा।

स्नेप के गले से एक भयंकर कर्कश आवाज़ निकली।

'इसे ... ले ... लो ... इसे ... ले ... लो ...'

स्नेप के शरीर से ख़ून के अलावा भी कुछ रिस रहा था। चाँदी जैसा नीला, न गैस, न द्रव। यह उसके मुँह, कानों और आँखों से बाहर निकल रहा था। हैरी जानता था कि यह क्या है, लेकिन यह नहीं जानता था कि वह क्या करे –

हर्माइनी ने हवा में से एक पतली गर्दन वाली बोतल उत्पन्न की और हैरी के काँपते हाथों में थमा दी। हैरी ने चाँदी जैसे रंग के पदार्थ को अपनी छड़ी से उठाकर इसमें डाला। जब बोतल पूरी भर गई और स्नेप को देखकर ऐसा लगने लगा कि उसमें अब ख़ून नहीं बचा है, तो हैरी के दुशाले पर उसकी पकड़ ढीली हो गई।

वह फुसफुसाकर बोला, 'मुझे ... देखना ...'

हरी आँखें काली आँखों से मिलीं, लेकिन एक पल बाद ही काली आँखों की गहराइयों में कोई चीज़ ग़ायब हो गई, जिससे वे सूनी और ख़ाली हो गईं। हैरी के हाथ को थामने वाला हाथ फ़र्श पर गिर गया और स्नेप दोबारा नहीं हिला।

अध्याय तैंतीस

प्रिंस की कहानी

हैरी अभी भी स्नेप के बग़ल में घुटनों के बल बैठा रहा। वह बस उसकी तरफ़ घूरे जा रहा था। तभी अचानक एक ऊँची, ठंडी आवाज़ इतने क़रीब से आती सुनाई दी कि हैरी उछलकर खड़ा हो गया। बोतल को उसने अपने हाथों में कसकर पकड़ लिया। उसे लगा, वोल्डेमॉर्ट दोबारा कमरे में आ गया था।

वोल्डेमॉर्ट की आवाज़ दीवारों और फ़र्श से टकराकर गूँज रही थी। पल भर में ही हैरी समझ गया कि वोल्डेमॉर्ट जादू से अपनी आवाज़ ऊँची करके हॉगवर्ट्स और आस-पास के इलाक़े के लोगों से कुछ कह रहा है। हॉग्समीड और महल में लड़ने वाले लोग उसकी बात इतनी स्पष्टता से सुन सकते थे, जैसे वह उनके पास ही खड़ा हो और उसकी साँस उनकी गर्दन पर महसूस हो रही हो, यानी कि वे मौत से सिर्फ़ एक धक्के की दूरी पर खड़े हों।

उसकी ऊँची ठंडी आवाज़ आई, 'तुम लोग बहादुरी से लड़े हो। लॉर्ड वोल्डेमॉर्ट बहादुरी की क़द्र करना जानते हैं।

'तुम लोगों को भारी नुक़सान हुआ है। अगर तुम लोग आगे भी मेरा विरोध करोगे, तो तुम सभी एक-एक करके मारे जाओगे। मैं ऐसा नहीं करना चाहता हूँ। जादुई ख़ून का एक भी क़तरा बहना नुक़सान और बर्बादी है।

'लॉर्ड वोल्डेमॉर्ट दयालु हैं। मैं अपनी सेना को तत्काल पीछे हटने का आदेश देता हूँ।

'तुम्हारे पास एक घंटे का वक़्त है। अपने मृत लोगों को सम्मान के

साथ दफ़नाओ। अपने घायलों का इलाज करो।

'हैरी पॉटर, अब मैं सीधे तुमसे बोलता हूँ। तुमने ख़ुद मेरा सामना करने के बजाय अपने दोस्तों को अपनी ख़ातिर मरने दिया है। मैं अँधेरे जंगल में एक घंटे तक इंतज़ार करूँगा। उस एक घंटे में अगर तुम मेरे पास नहीं आए, अगर तुमने ख़ुद को मेरे हवाले नहीं किया, तो युद्ध दोबारा शुरू हो जाएगा। हैरी पॉटर, इस बार मैं ख़ुद लड़ने आऊँगा और तुम्हें पकड़ लूँगा। फिर मैं हर उस बचे हुए आदमी, औरत और बच्चे को सज़ा दूँगा, जिसने तुम्हें मुझसे बचाने की कोशिश की थी। एक घंटे।'

रॉन और हर्माइनी दोनों ने ही तेज़ी से अपने सिर हिलाकर हैरी को देखा।

रॉन बोला, 'उसकी बात पर ध्यान मत दो।'

हर्माइनी ने उग्रता के साथ कहा, 'सब ठीक हो जाएगा। चलो – महल में चलते हैं। अगर वह जंगल में चला गया है, तो हमें कोई नई योजना सोचनी होगी –'

हर्माइनी ने स्नेप की लाश को देखा, फिर तेज़ी से सुरंग के मुहाने तक पहुँची। रॉन उसके पीछे गया। हैरी ने अदृश्य चोगा उठाकर स्नेप की तरफ़ देखा। वह नहीं जानता था कि क्या महसूस करे। उसे तो सिर्फ़ इस बात का सदमा लगा था कि स्नेप को इस तरीक़े से, इस वजह से मारा गया था ...

वे सुरंग में से रेंगते हुए लौटे। उनमें से कोई भी कुछ नहीं बोला। हैरी सोच रहा था कि क्या रॉन और हर्माइनी के दिमाग़ में भी वोल्डेमॉर्ट की आवाज़ उसी तरह गूँज रही थी, जिस तरह उसके कान में गूँज रही थी।

तुमने ख़ुद मेरा सामना करने के बजाय अपने दोस्तों को अपनी ख़ातिर मरने दिया है। मैं अँधेरे जंगल में एक घंटे तक इंतज़ार करूँगा ... एक घंटे ...

महल के सामने की लॉन पर छोटे-छोटे से ढेर दिख रहे थे। भोर होने में लगभग एक घंटा था, लेकिन अभी भी गहरा अँधेरा था। वे तीनों जल्दी से पत्थर की सीढ़ियों की तरफ़ गए। छोटी नाव के आकार का एक डंडा उनके सामने पड़ा था। इसके अलावा ग्रॉप या उसके हमलावर का कोई निशान नहीं था।

महल में असामान्य ख़ामोशी छाई थी। अब वहाँ रोशनी की चमक, धमाके या चीख़-पुकार कुछ भी नहीं था। वीरान प्रवेश हॉल का फ़र्श ख़ून

से लथपथ था। संगमरमर तथा लकड़ी के टुकड़ों के साथ पन्ने के रत्न अभी भी फ़र्श पर चारों तरफ़ बिखरे पड़े थे। जंगले का कुछ हिस्सा भी टूट गया था।

'सब लोग कहाँ चले गए ?' हर्माइनी ने फुसफुसाकर पूछा।

रॉन बड़े हॉल तक जाने वाले रास्ते पर सबसे आगे गया। हैरी दरवाज़े पर ही रुक गया।

हाउस टेबलें नहीं थीं और कमरे में भीड़ थी। बचे हुए लोग समूहों में एक-दूसरे के गले में बाँहें डालकर खड़े थे। मैडम पॉमफ़्री और उनके सहायक ऊँचे मंच पर घायलों का इलाज कर रहे थे। फ़िरेंज भी घायलों में शामिल था और उसके पुट्ठों से ख़ून बह रहा था। वह लेटा हुआ काँप रहा था और उठ नहीं पा रहा था।

हॉल के बीच में एक क़तार में लाशें रखी थीं। हैरी फ़्रेड की लाश को नहीं देख पाया, क्योंकि उसका परिवार उसे घेरे था। जॉर्ज उसके सिर के पास घुटनों के बल झुककर बैठा था। मिसेज़ वीज़्ली फ़्रेड के सीने पर लेटी थीं और उनका शरीर काँप रहा था। मिस्टर वीज़्ली अपनी पत्नी के बाल सहला रहे थे और ख़ुद उनके गालों पर आँसू बह रहे थे।

हैरी से एक शब्द भी कहे बिना रॉन और हर्माइनी दूर चले गए। हैरी ने हर्माइनी को जिनी के पास जाकर उसे गले लगाते देखा, जिसका चेहरा सूजा हुआ और आँसुओं से सना था। रॉन बिल, फ़्लर और पर्सी के पास पहुँच गया, जिसने रॉन के गले में बाँहें डाल दीं। जब जिनी और हर्माइनी बाक़ी परिवार के ज़्यादा क़रीब पहुँचीं, तो हैरी को फ़्रेड की बग़ल में पड़ी अन्य लाशें दिखीं : रीमस और टौंक्स। वे पीले, स्थिर और शांत दिख रहे थे, जैसे अँधेरी, सम्मोहित छत के नीचे सो रहे हों।

जब हैरी लड़खड़ाते हुए दरवाज़े से दूर गया, तो बड़ा हॉल दूर उड़ता, छोटा होता और सिकुड़ता हुआ लगा। वह साँस नहीं ले सकता था। वह किसी और लाश की तरफ़ देखना गवारा नहीं कर सकता था। वह नहीं देखना चाहता था कि उसकी ख़ातिर और किस-किस ने अपनी जान दी है। वह वीज़्ली परिवार के पास जाने या उनसे नज़रें मिलाने की हिम्मत नहीं कर सकता था। अगर वह ख़ुद को पहले ही वोल्डेमॉर्ट के हवाले कर देता, तो फ़्रेड कभी नहीं मरता ...

वह मुड़ा और संगमरमर की सीढ़ियों पर दौड़ लगाकर ऊपर जाने लगा। ल्यूपिन, टौंक्स ... उसने महसूस न करने की कोशिश की ... वह

चाहता था कि वह अपने दिल को फाड़ दे। वह अपने अंदर के हर उस हिस्से से छुटकारा पाना चाहता था, जो बुरी तरह चीख़ रहा था ...

महल बिलकुल ख़ाली था। ऐसा लगता था कि भूत भी दुखी लोगों के पास बड़े हॉल में चले गए थे। हैरी बिना रुके भागा। उसके हाथ में स्नेप के आख़िरी विचारों से भरी काँच की बोतल थी। उसने तब तक अपनी गति धीमी नहीं की, जब तक कि वह हेडमास्टर के ऑफ़िस के सामने पहरा दे रहे पत्थर के गारगॉइल के पास नहीं पहुँच गया।

'पासवर्ड ?'

'डम्बलडोर!' हैरी ने बिना सोचे बोल दिया, क्योंकि वह उनसे ही मिलना चाहता था। उसे हैरानी हुई, जब गारगॉइल एक तरफ़ हट गया और उसने अपने पीछे की घुमावदार सीढ़ियों को प्रकट कर दिया।

जब हैरी तेज़ी से गोलाकार ऑफ़िस में घुसा, तो उसे एक बदलाव दिखा। दीवारों के चारों तरफ़ जो फ्रेम टँगे रहते थे, वे अब ख़ाली थे। एक भी हेडमास्टर या हेडमिस्ट्रेस वहाँ नहीं थे। ऐसा लग रहा था कि होने वाली घटनाओं को स्पष्टता से देखने के लिए वे सभी महल में लगी दूसरी पेंटिंगों में चले गए थे।

हैरी ने हताशा से डम्बलडोर की तस्वीर के ख़ाली फ्रेम को निहारा, जो हेडमास्टर की कुर्सी के ठीक पीछे टँगा था। फिर उसने उसकी तरफ़ पीठ घुमा ली। पत्थर का स्मृति पात्र उसी अलमारी में रखा था, जहाँ वह हमेशा रखा रहता था। हैरी उसे उठाकर डेस्क तक लाया और स्नेप की यादों को चौड़े पात्र में डाल लिया, जिसकी किनारी पर पुरातन लिपियों के चिन्ह थे। किसी दूसरे के दिमाग़ में जाना बहुत राहत की बात होगी ... स्नेप ने उसके लिए जो भी छोड़ा होगा, वह उसके अपने विचारों से ज़्यादा बुरा नहीं हो सकता। चाँदी जैसी सफ़ेद यादें घुमड़ने लगीं। साहसी पलायन की भावना के साथ हैरी ने बिना झिझके गोता लगा दिया, जैसे इससे उसका दुख कम हो जाएगा।

वह धूप में पहुँच गया और उसके पैर गर्म ज़मीन पर पड़े। सीधे खड़े होने पर उसने देखा कि वह एक खेल के मैदान में है, जो लगभग वीरान है। दूर आसमान में एक बड़ी चिमनी दिख रही थी। दो लड़कियाँ आगे-पीछे झूल रही थीं और एक दुबला-पतला लड़का झाड़ियों के पीछे से उन्हें देख रहा था। उसके काले बाल बहुत लंबे और कपड़े भदरंगे थे : बहुत छोटी जीन्स, गंदा और बहुत बड़ा कोट, जो किसी बड़े आदमी के नाप का था,

कुर्ते जैसी एक अजीब सी शर्ट।

हैरी लड़के के क़रीब पहुँचा। स्नेप नौ-दस साल से ज़्यादा बड़ा नहीं दिख रहा था : पीला, छोटा, दुबला। उसके पतले चेहरे पर लालच साफ़ झलक रहा था, जब वह छोटी लड़की को उसकी बड़ी बहन से ज़्यादा ऊँचाई तक झूलते देख रहा था।

'लिली, ऐसा मत करो!' बड़ी बहन चिल्लाई।

लेकिन लड़की ने झूले को पींग में पूरी ऊँचाई पर ले जाकर छोड़ दिया और ज़ोर से हँसती हुई हवा में आसमान की तरफ़ उड़ने लगी। वह हँसती जा रही थी और ज़मीन पर गिरने के बजाय वह सर्कस के किसी कलाकार की तरह हवा में उड़ी और काफ़ी देर बाद बहुत हल्के से ज़मीन पर उतरी।

'मम्मी ने तुमसे कहा था कि ऐसा मत करना!'

पेटूनिया ने सैंडल के हील ज़मीन पर घसीटकर अपना झूला रोका, जिससे घिसटने की कर्कश आवाज़ हुई। फिर वह अपने पुट्ठों पर हाथ रखकर कूदी।

'मम्मी ने कहा था कि तुम्हें इसकी इजाज़त नहीं है, लिली!'

'लेकिन मुझे तो कुछ नहीं हुआ,' लिली ने अब भी हँसते हुए कहा। 'ट्यूनी, इसे देखो। देखो मैं क्या कर सकती हूँ।'

पेटूनिया ने चारों तरफ़ देखा। खेल के मैदान में उनके अलावा और कोई नहीं था, सिवाय स्नेप के, लेकिन लड़कियों को यह बात मालूम नहीं थी। लिली ने उसी झाड़ी से गिरा एक फूल उठाया, जिसके पीछे स्नेप छिपा था। पेटूनिया आगे आई। यह साफ़ था कि वह जिज्ञासा और नापसंदगी के बीच झूल रही थी। लिली ने इंतज़ार किया, जब तक कि पेटूनिया इतनी क़रीब नहीं आ गई कि साफ़ देख सके, फिर उसने अपनी हथेली आगे बढ़ा दी। फूल वहाँ पर रखा था, लेकिन अब वह कई होंठ वाले यीस्टर की तरह अपनी पंखुड़ियाँ खोल रहा था और बंद कर रहा था।

'इसे छोड़ो!' पेटूनिया चिल्लाई।

'इससे तुम्हें क्या कष्ट हो रहा है,' लिली बोली, लेकिन उसने फूल को अपने हाथ में बंद करके उसे वापस ज़मीन पर फेंक दिया।

'यह सही नहीं है,' पेटूनिया ने कहा, लेकिन उसकी आँखें फूल के पीछे-पीछे ज़मीन तक गईं और उसी पर टिकी रहीं। 'तुम यह कैसे करती

हो?' उसने कहा और उसकी आवाज़ में हसरत साफ़ झलक रही थी।

'यह स्पष्ट है, है ना?' स्नेप अब ख़ुद को रोक नहीं पाया और झाड़ियों के पीछे से कूदकर बाहर आ गया। पेटूनिया चिल्लाती हुई झूलों की तरफ़ भागी, लेकिन लिली हैरान होने के बावजूद वहीं खड़ी रही। लग रहा था, अब स्नेप को अफ़सोस हो रहा था कि वह सामने क्यों आ गया। उसके पीले गालों पर थोड़ा सा लाल रंग आ गया, जब उसने लिली की ओर देखा।

'क्या स्पष्ट है?' लिली ने पूछा।

स्नेप के चेहरे पर घबराए हुए रोमांच का भाव था। झूलों के पास चक्कर काटती पेटूनिया पर एक निगाह डालने के बाद उसने धीमी आवाज़ में कहा, 'मैं जानता हूँ कि तुम क्या हो।'

'तुम्हारा क्या मतलब है?'

'तुम ... तुम जादूगरनी हो,' स्नेप फुसफुसाकर बोला।

वह बुरा मान गई।

'किसी के बारे में *यह* कहना अच्छी बात नहीं है!'

वह मुड़ी और हवा में नाक ऊँची करके अपनी बहन की तरफ़ चल दी।

'नहीं!' स्नेप बोला। उसका चेहरा अब ज़्यादा लाल हो गया था। हैरी ने सोचा कि वह अपना मूर्खतापूर्ण बड़ा कोट उतार क्यों नहीं रहा है, शायद इसलिए, क्योंकि वह इसके नीचे के कुर्ते को प्रकट नहीं करना चाहता था। वह लड़कियों के पीछे गया। इस वक़्त वह चमगादड़ जैसा दिख रहा था, जैसा कुछ समय पहले महल से भागते समय दिखा था।

दोनों बहनों ने उसे ग़ौर से देखा। दोनों को वह पसंद नहीं आया और दोनों झूले के एक खंभे को पकड़े थीं, जैसे वही सबसे सुरक्षित जगह हो।

'तुम *हो*,' स्नेप ने लिली से कहा। 'तुम जादूगरनी *हो।* मैं तुम्हें कुछ समय से देख रहा हूँ। लेकिन इसमें कोई ग़लत बात नहीं है। मेरी मम्मी भी जादूगरनी हैं और मैं जादूगर हूँ।'

पेटूनिया की हँसी ठंडे पानी जैसी थी।

'जादूगर!' वह चीख़ी। उसकी हिम्मत अब लौट आई थी, क्योंकि वह उसके अप्रत्याशित आगमन के सदमे से उबर चुकी थी। '*मैं* जानती हूँ कि *तुम* कौन हो। तुम स्नेप लड़के हो! यह नदी किनारे स्पिनर्स एंड में रहता

है,' उसने लिली से कहा और उसके अंदाज़ से यह स्पष्ट था कि स्नेप के रहने की जगह ख़ास अच्छी नहीं थी। 'तुम हमारी जासूसी क्यों कर रहे हो?'

'जासूसी नहीं कर रहा हूँ,' गंदे बालों वाला स्नेप तेज़ धूप में परेशान दिख रहा था। 'तुम पर तो जासूसी करने का सवाल ही नहीं है,' उसने द्वेष से कहा, '*तुम* मगलू *हो*।'

हालाँकि पेटूनिया इस शब्द का मतलब नहीं समझी, लेकिन स्नेप के बोलने के अंदाज़ को समझने में कोई ग़लती नहीं हो सकती थी।

'लिली, चलो, हम चलते हैं!' उसने तीखी आवाज़ में कहा। लिली ने तुरंत अपनी बहन का कहना माना और चलते-चलते स्नेप को ग़ुस्से से देखा। जब वे मैदान के गेट से बाहर निकलीं, तो स्नेप वहाँ खड़ा-खड़ा उन्हें देखता रहा। अब स्नेप के आस-पास हैरी के अलावा और कोई नहीं बचा था। वह स्नेप की निराशा को समझ सकता था। वह समझ गया कि स्नेप कुछ समय से इस पल की योजना बना रहा था, लेकिन सब कुछ गड़बड़ हो गया था ...

दृश्य ओझल हो गया और इससे पहले कि हैरी जान पाता, दूसरा दृश्य प्रकट हो गया। अब वह पेड़ों के छोटे झुरमुट में था। वह पेड़ों के बीच से धूप में चमकती नदी को बहते देख रहा था। पेड़ों की छाया से नीचे ठंडी, हरी छायादार जगह बन गई थी। दोनों बच्चे ज़मीन पर एक-दूसरे के सामने पैर बाँधकर बैठे थे। स्नेप ने अब अपना कोट उतार दिया था। उसका अजीब कुर्ता कम रोशनी में उतना अजीब नहीं दिख रहा था।

'... और अगर कोई स्कूल के बाहर जादू करता है, तो मंत्रालय उसे सज़ा दे सकता है, उसे चिट्ठियाँ मिलती हैं।'

'लेकिन मैंने स्कूल से बाहर जादू किया है!'

'हमने कोई ग़लत काम नहीं किया है। हमारे पास अब तक छड़ी नहीं है। बचपन की बातों को वे माफ़ कर देते हैं, क्योंकि तब कोई ख़ुद को रोक नहीं सकता है। लेकिन ग्यारह साल का होने के बाद,' उसने महत्वपूर्ण अंदाज़ में सिर हिलाया, 'जब वे जादू सिखाने लगते हैं, तो बहुत सावधान रहना पड़ता है।'

हल्की ख़ामोशी छाई रही। लिली ने एक टूटी टहनी उठाकर हवा में घुमाई। हैरी जानता था कि लिली इससे चिंगारियाँ निकलने की कल्पना कर रही होगी। फिर उसने टहनी गिरा दी और लड़के की तरफ़ झुककर

बोली, 'यह सच है, है ना ? यह मज़ाक़ तो नहीं है ? पेटूनिया कहती है कि तुम मुझसे झूठ बोल रहे हो। पेटूनिया कहती है कि हॉगवर्ट्स जैसी कोई जगह नहीं है। यह असली है, है ना ?'

'यह हमारे लिए असली है,' स्नेप बोला। 'उसके लिए नहीं। हमें चिट्ठी ज़रूर मिलेगी, तुम्हें और मुझे।'

'सचमुच ?' लिली फुसफुसाई।

'यक़ीनन,' स्नेप ने कहा। ख़राब तरीक़े से कटे बालों और अजीब कपड़ों के बावजूद वह प्रभावशाली दिख रहा था और उसे अपनी क़िस्मत पर पूरा भरोसा लग रहा था।

'और क्या यह चिट्ठी उल्लू लेकर आएगा ?' लिली ने धीरे से पूछा।

'आम तौर पर उल्लू ही चिट्ठी लाता है,' स्नेप ने कहा। 'लेकिन तुम मगलू परिवार में पैदा हुई हो, इसलिए स्कूल से कोई आकर तुम्हारे माता-पिता को समझाएगा।'

'क्या मगलू परिवार में पैदा होने से फ़र्क़ पड़ता है ?'

स्नेप झिझका। उसकी काली आँखें उत्सुकता से पीले चेहरे और गहरे लाल बालों पर घूमीं।

'नहीं,' उसने कहा। 'इससे कोई फ़र्क़ नहीं पड़ता है।'

'अच्छी बात है,' लिली ने राहत की साँस लेते हुए कहा। यह स्पष्ट था कि वह इस बारे में चिंता कर रही थी।

'तुममें बहुत जादू है,' स्नेप ने कहा। 'मैंने देखा है। मैं सारे समय तुम्हें देखता रहा हूँ ...'

उसकी आवाज़ खो गई। लिली उसकी बात नहीं सुन रही थी, बल्कि पत्तियों से भरे मैदान में पसरकर सिर के ऊपर पत्तियों की छत को निहार रही थी। स्नेप ने उसे वैसी ही ललचाई निगाह से देखा, जैसी निगाह से मैदान में देखा था।

'और तुम्हारे घर में कैसी स्थिति है ?' लिली ने पूछा।

स्नेप की आँखों के बीच में हल्की सी सिलवट आ गई।

'अच्छी ही है,' उसने कहा।

'अब वे इस बारे में बहस नहीं कर रहे हैं ?'

'ओह हाँ, वे अब भी बहस कर रहे हैं,' स्नेप ने कहा। उसने मुट्ठी भर पत्तियाँ उठाईं और उन्हें अलग-अलग तोड़ने लगा, हालाँकि उसे पता नहीं था कि वह क्या कर रहा था। 'लेकिन इसमें ज़्यादा वक़्त नहीं लगेगा और मैं चला जाऊँगा।'

'क्या तुम्हारे डैडी को जादू पसंद नहीं है?'

'उन्हें कोई भी चीज़ ज़्यादा पसंद नहीं है,' स्नेप बोला।

'सीवियरस?'

लिली के मुँह से अपना नाम सुनकर स्नेप के चेहरे पर हल्की सी मुस्कान आ गई।

'हाँ?'

'मुझे दमपिशाचों के बारे में फिर से बताओ।'

'तुम उनके बारे में क्यों जानना चाहती हो?'

'अगर मैं स्कूल से बाहर जादू करती हूँ –'

'उसके लिए तुम्हें दमपिशाचों के हवाले नहीं किया जाएगा! दमपिशाच तो उन लोगों के लिए होते हैं, जो सचमुच बुरे काम करते हैं। वे जादूगरों की जेल अज़्काबान के पहरेदार हैं। तुम अज़्काबान थोड़े ही जाओगी, तुम तो बहुत –'

उसका चेहरा एक बार फिर लाल हो गया और वह फिर से पत्तियाँ तोड़ने लगा। तभी पीछे एक हल्की सी सरसराहट हुई, जिसे सुनकर स्नेप घूम गया। पेटूनिया एक पेड़ के पीछे खड़ी थी और उसके पैर के नीचे का पत्थर सरक गया था।

'ट्यूनी!' लिली ने कहा और उसकी आवाज़ में हैरानी तथा स्वागत का अंदाज़ था, लेकिन स्नेप उछलकर खड़ा हो गया।

'अब जासूसी कौन कर रहा है?' वह चिल्लाया। 'तुम क्या चाहती हो?'

पेटूनिया पकड़े जाने पर दहशत में आ गई थी और हाँफ रही थी। हैरी देख सकता था कि वह कोई चुभता ताना मारने के लिए छटपटा रही है।

'वैसे तुम यह क्या पहने हो?' उसने स्नेप के सीने की तरफ़ इशारा करते हुए कहा। 'अपनी मम्मी का कुर्ता?'

कड़ाक की आवाज़ आई। पेटूनिया के सिर के ऊपर लगी एक डाल टूटकर गिर गई। लिली चीख़ी। डाल पेटूनिया के कंधे पर पड़ी, जिससे वह पीछे की तरफ़ गिर गई और रोने लगी।

'ट्यूनी!'

लेकिन तब तक पेटूनिया ने दौड़ लगा दी थी। लिली स्नेप की ओर मुड़ी।

'यह काम तुमने किया था ?'

'नहीं।' वह नाराज़ भी था और डरा हुआ भी दिख रहा था।

'तुम्हीं ने किया था!' वह उससे दूर जा रही थी। 'तुम्हीं ने *किया था!* तुमने उसे चोट पहुँचाई!'

'नहीं - नहीं, मैंने नहीं किया!'

लेकिन इस झूठ पर लिली को भरोसा नहीं हुआ। स्नेप पर ग़ुस्से भरी आख़िरी नज़र डालने के बाद वह अपनी बहन के पीछे उस छोटे झुरमुट से दूर भाग गई। स्नेप दुखी और दुविधा में दिखने लगा ...

दृश्य एक बार फिर बदल गया। हैरी ने चारों तरफ़ देखा। वह प्लेटफ़ॉर्म नंबर पौने दस पर था। स्नेप उसके पास कंधे झुकाए खड़ा था। वह एक पतली, पीले चेहरे वाली और बदमिज़ाज दिखने वाली औरत के पास खड़ा था, जिसकी शक्ल स्नेप से काफ़ी मिलती थी। स्नेप कुछ दूर खड़े चार सदस्यों वाले परिवार को घूर रहा था। दोनों बहनें अपने माता-पिता से थोड़ी दूर खड़ी थीं। लिली अपनी बहन से आग्रह कर रही थी। हैरी सुनने के लिए ज़्यादा क़रीब पहुँच गया।

'... मुझे अफ़सोस है, ट्यूनी, मुझे अफ़सोस है! सुनो -' उसने अपनी बहन का हाथ पकड़ लिया और उसे कसकर पकड़े रही, हालाँकि पेटूनिया ने इसे छुड़ाने की कोशिश की। 'एक बार मैं वहाँ पहुँच जाऊँ - नहीं, सुनो, ट्यूनी! एक बार मैं वहाँ पहुँच जाऊँ, तो मैं प्रोफ़ेसर डम्बलडोर के पास जाकर उनसे कहूँगी कि वे अपना फ़ैसला बदल लें!'

'मैं - नहीं - जाना - चाहती!' पेटूनिया ने कहा और उसने अपनी बहन की पकड़ से हाथ छुड़ा लिया। 'तुम सोचती हो कि मैं किसी मूर्खतापूर्ण महल में जाना चाहती हूँ और यह पागलपन भरा -'

पेटूनिया की पीली आँखें प्लेटफ़ॉर्म पर चारों तरफ़ घूमीं। बिल्लियाँ अपने मालिकों की बाँहों में म्याऊँ-म्याऊँ कर रही थीं। पिंजरे में बंद उल्लू

एक-दूसरे को देखकर फड़फड़ा रहे थे और शोर मचा रहे थे। उसने विद्यार्थियों को देखा, जिनमें से कुछ लंबे, काले दुशालों में थे और लाल भाप के इंजन वाली ट्रेन में संदूक रख रहे थे या गर्मी की छुट्टियों के बाद ख़ुशी भरी चिल्लाहटों से अपने दोस्तों का स्वागत कर रहे थे।

'तुम्हें लगता है कि मैं भी पागल बनना चाहती हूँ?'

लिली की आँखें आँसुओं से भर गईं, जब पेटूनिया अपने हाथ को छुड़ाने में कामयाब हो गई।

'मैं पागल नहीं हूँ,' लिली ने कहा। 'कितनी भयंकर बात कही है!'

'तुम वहीं जा रही हो,' पेटूनिया ने मज़े लेते हुए कहा। 'पागलों के ख़ास स्कूल में। तुम और वह स्नेप लड़का ... पागल हो, अजीब हो, तुम दोनों ही। यह अच्छी बात है कि तुम्हें सामान्य लोगों से अलग किया जा रहा है। हमारी सुरक्षा के लिए अच्छा है।'

लिली ने अपने माता-पिता की तरफ़ देखा, जो प्लेटफ़ॉर्म पर चारों तरफ़ आनंद से देख रहे थे और इस दृश्य को अपने मन में सँजोकर रख रहे थे। फिर उसने अपनी बहन की तरफ़ देखा और इस बार उसकी आवाज़ धीमी तथा आवेश से भरी थी।

'यह तुम्हें तब तो पागलों का स्कूल नहीं लगा था, जब तुमने इसके हेडमास्टर को चिट्ठी लिखकर आग्रह किया था कि वे तुम्हें भी दाख़िला दे दें।'

पेटूनिया का चेहरा लाल हो गया।

'आग्रह! मैंने आग्रह नहीं किया था!'

'मैंने उनका जवाब देखा था। वह बहुत दयालुतापूर्ण था।'

'तुम्हें नहीं पढ़ना चाहिए था -' पेटूनिया ने धीमी आवाज़ में कहा। 'वह मेरी निजी चिट्ठी थी - तुमने कैसे - ?'

लिली ने पास खड़े स्नेप की तरफ़ आधी निगाह डालकर भेद खोल दिया। पेटूनिया ने आह भरी।

'उस लड़के को पता चला! तुम और वह लड़का मेरे कमरे में जासूसी कर रहे थे!'

'नहीं - जासूसी नहीं -' अब लिली रक्षात्मक अंदाज़ में बोल रही थी। 'सीवियरस ने जब लिफ़ाफ़ा देखा, तो उसे यक़ीन ही नहीं हुआ कि एक मगलू हॉगवर्ट्स से संपर्क कर सकता है, बस इतनी सी बात है! वह कहता

है कि ज़रूर डाक विभाग में भी जादूगर छिपकर काम कर रहे होंगे, तभी ऐसा हुआ होगा –'

'यह स्पष्ट है कि जादूगर हर जगह अपनी नाक घुसाते हैं!' पेटूनिया ने कहा, जिसका चेहरा अब जितना पीला था, उतना ही लाल भी था। *'पागल!'* उसने अपनी बहन से तेज़ी से कहा और अपने माता-पिता के पास चली गई ...

दृश्य दोबारा बदल गया। स्नेप हॉगवर्ट्स एक्सप्रेस के गलियारे में तेज़ी से जा रहा था, जब यह देहात में धड़धड़ाती हुई जा रही थी। उसने स्कूल के दुशाले पहन लिए थे और शायद अपने भयंकर मगलू कपड़ों को उतारने के पहले मौक़े का फ़ायदा उठा लिया था। आख़िरकार वह एक कम्पार्टमेंट के बाहर रुक गया, जिसमें कुछ ऊधमी लड़के बैठकर बातें कर रहे थे। खिड़की के पास वाली कोने की सीट पर लिली झुकी बैठी थी। उसका चेहरा खिड़की के काँच से टिका था।

स्नेप ने कम्पार्टमेंट का दरवाज़ा खोला और लिली के सामने बैठ गया। लिली ने उसकी तरफ़ देखा और फिर खिड़की के बाहर देखने लगी। वह रो रही थी।

'मैं तुमसे बात नहीं करना चाहती,' उसने रुँधी आवाज़ में कहा।

'क्यों नहीं ?'

'ट्यूनी मुझसे ग़ु – ग़ुस्सा है, क्योंकि हमने डम्बलडोर की चिट्ठी देख ली थी।'

'तो क्या हुआ ?'

उसने गहरी नापसंदगी से उसे देखा।

'वह मेरी बहन है!'

'वह तो बस एक मग–' वह तत्काल सँभल गया। लिली अपनी आँखें पोंछने में इतनी व्यस्त थी कि उसने उसकी बात नहीं सुनी।

'लेकिन हम वहाँ जा रहे हैं!' उसने कहा और अपनी आवाज़ के उल्लास को दबा नहीं पाया। 'कितना बढ़िया है! हम हॉगवर्ट्स जा रहे हैं!'

लिली ने सिर हिलाया, अपनी आँखें पोंछीं और दुखी होने के बावजूद मुस्कराई।

'तुम नागशक्ति हाउस में रहोगी, तो अच्छा रहेगा,' स्नेप ने कहा। अब उसका उत्साह बढ़ गया था, क्योंकि लिली का मूड थोड़ा ठीक हो गया

था।

'नागशक्ति ?'

कम्पार्टमेंट में बैठे एक लड़के ने अभी तक लिली या स्नेप में ज़रा सी भी दिलचस्पी नहीं दिखाई थी, लेकिन यह शब्द सुनकर वह मुड़ा। अब तक हैरी का पूरा ध्यान खिड़की के पास बैठे लोगों पर ही केंद्रित था, इसलिए अब उसने पहली बार अपने डैडी को देखा। उनका क़द ख़ास लंबा नहीं था और उनके बाल स्नेप जैसे ही काले थे, लेकिन उन्हें देखकर लगता था, जैसे उनकी काफ़ी परवाह और प्रशंसा हो रही हो, जिसका स्नेप आदी नहीं था।

'नागशक्ति में कौन रहना चाहता है ? नागशक्ति में चुने जाने पर मैं तो स्कूल ही छोड़कर चला आऊँगा। और तुम ?' जेम्स ने अपने सामने की सीट पर बैठे लड़के से पूछा। एक झटके के साथ हैरी को एहसास हुआ कि वह सिरियस था। सिरियस नहीं मुस्कराया।

'मेरा पूरा परिवार नागशक्ति में है,' उसने कहा।

'ओहो,' जेम्स ने कहा, 'और मुझे तो लगा था कि तुम बिलकुल ठीक-ठाक हो!'

सिरियस मुस्कराया।

'शायद मैं परंपरा तोड़ दूँ। वैसे अगर तुम्हें विकल्प चुनने का मौक़ा मिले, तो तुम कहाँ जाना चाहोगे ?'

जेम्स ने एक अदृश्य तलवार उठाई।

'*"गरुड़द्वार में, जहाँ बहादुर हृदय वाले रहते हैं!"* मेरे डैडी की तरह।'

स्नेप ने एक हल्की सी, अप्रिय आवाज़ निकाली। जेम्स उसकी तरफ़ मुड़ा।

'कोई दिक़्क़त ?'

'नहीं,' स्नेप ने कहा, हालाँकि उसकी हल्की व्यंग्यात्मक मुस्कान कुछ और ही कह रही थी। 'अगर तुम दिमाग़ वाले के बजाय ताक़त वाले बनना चाहते हो –'

'तुम्हारे पास तो दोनों ही नहीं हैं। तुम कहाँ जाने की उम्मीद कर रहे हो ?' सिरियस ने बीच में कहा।

जेम्स हँसते-हँसते दोहरा हो गया। लिली तनकर बैठ गई और उसका चेहरा थोड़ा लाल हो गया। वह जेम्स और सिरियस को नापसंदगी

से घूरने लगी।

'चलो सीवियरस, किसी दूसरे कम्पार्टमेंट में चलते हैं।'

'ऊऊऊऊ ...'

जेम्स और सिरियस ने उसकी तीखी आवाज़ की नक़ल की। जेम्स ने पास से गुज़रते स्नेप को टाँग अड़ाकर गिराने की कोशिश की।

'मिलते हैं, स्नाइवेलस!' एक आवाज़ आई, जब कम्पार्टमेंट का दरवाज़ा धड़ाम से बंद हुआ ... और दृश्य एक बार फिर बदल गया ...

हैरी स्नेप के ठीक पीछे खड़ा था, जब सभी विद्यार्थी उत्सुकता से मोमबत्तियों से रोशन हाउस टेबलों के सामने क़तार में खड़े थे। फिर प्रोफ़ेसर मैक्गॉनेगल बोलीं, 'इवान्स, लिली!'

उसने अपनी माँ को काँपते क़दमों से आगे बढ़ते और जर्जर स्टूल पर बैठते देखा। प्रोफ़ेसर मैक्गॉनेगल ने लिली के सिर पर बोलती टोपी रख दी। गहरे लाल बालों को छूने के एक पल के भीतर ही टोपी चिल्लाई, *'गरुड़द्वार!'*

हैरी ने स्नेप की हल्की कराह सुनी। लिली ने टोपी उतारकर प्रोफ़ेसर मैक्गॉनेगल की ओर बढ़ा दी। फिर वह तालियाँ बजा और ख़ुशी का इज़हार कर रहे गरुड़द्वार वालों की तरफ़ बढ़ी। चलते-चलते लिली ने स्नेप की तरफ़ देखा और लिली के चेहरे पर दुख भरी फीकी मुस्कान थी। हैरी ने देखा कि सिरियस सरककर लिली के लिए बेंच पर जगह बना रहा था। लिली ने उसे एक नज़र देखा और पहचान गई कि यह ट्रेन वाला लड़का है। वह अपने हाथ बाँधकर उससे दूर चली गई।

प्रोफ़ेसर मैक्गॉनेगल नाम लेती रहीं। हैरी ने ल्यूपिन, पेटिग्रू और अपने डैडी को गरुड़द्वार टेबल पर लिली और सिरियस के पास आते देखा। आख़िरकार जब चुनने के लिए सिर्फ़ एक दर्जन विद्यार्थी ही बचे थे, तब प्रोफ़ेसर मैक्गॉनेगल ने स्नेप का नाम लिया।

हैरी उसके साथ चलकर स्टूल तक गया और उसे सिर पर टोपी रखते देखा। बोलती टोपी चिल्लाई, *'नागशक्ति!'*

सीवियरस स्नेप हॉल की दूसरी तरफ़ चल दिया, लिली से दूर। वह उस तरफ़ जा रहा था, जहाँ नागशक्ति वाले ख़ुशी मना रहे थे, जहाँ लूसियस मैल्फ़ॉय अपने सीने पर प्रिफ़ेक्ट का चमकता बैज लगाए बैठा था। मैल्फ़ॉय ने अपने क़रीब बैठते स्नेप की पीठ थपथपाई ...

और दृश्य बदल गया ...

लिली और स्नेप महल के अहाते में टहल रहे थे तथा स्पष्ट रूप से बहस कर रहे थे। उनकी बातें सुनने के लिए हैरी जल्दी से उनकी तरफ़ गया। पास पहुँचने के बाद उसे एहसास हुआ कि वे दोनों पहले से काफ़ी लंबे हो गए थे। ऐसा लग रहा था कि चुनने की रस्म के बाद कई साल गुज़र चुके थे।

'... सोचा था कि हम दोस्त हैं?' स्नेप कह रहा था। 'सबसे अच्छे दोस्त?'

'हम दोस्त हैं, सीवियरस। लेकिन मुझे वे लोग पसंद नहीं हैं, जिनके साथ तुम रहते हो! मुझे एवरी और मल्सिबर से सख़्त नफ़रत है! *मल्सिबर!* तुम्हें उसमें कौन सी ख़ूबी नज़र आती है, सीविरयस? वह डरावना है, घिनौना है! क्या तुम्हें पता है, उसने कुछ समय पहले मैरी मैक्डॉनल्ड के साथ क्या करने की कोशिश की थी?'

लिली एक खंभे तक पहुँच गई थी और उससे टिककर स्नेप के दुबले, पीले चेहरे की तरफ़ देख रही थी।

'उसमें कोई ग़लत बात नहीं थी,' स्नेप ने कहा। 'वह तो बस हँसी-मज़ाक़ की बात थी -'

'वह काला जादू था, और अगर तुम इसे सिर्फ़ हँसी-मज़ाक़ की बात मानते हो -'

'और वह चीज़, जो पॉटर और उसके दोस्त करते हैं?' स्नेप ने कहा। यह कहते समय उसके चेहरे का रंग लाल हो गया और ऐसा लग रहा था कि वह अपने द्वेष को छिपा नहीं पा रहा था।

'पॉटर का इससे क्या लेना-देना है?' लिली बोली।

'वे रात को चोरी से घूमते हैं। ल्यूपिन के मामले में कुछ गड़बड़ है। वह कहाँ जाता है?'

'वह बीमार है,' लिली बोली। 'लोग कहते हैं कि वह बीमार रहता है -'

'हर महीने की पूर्णिमा को?' स्नेप ने कहा।

'मैं तुम्हारे अंदाज़े के बारे में जानती हूँ,' लिली ने कहा और उसकी आवाज़ ठंडी थी। 'तुम उनके बारे में इतने उत्सुक क्यों हो? तुम इतनी परवाह क्यों करते हो कि वे रात को क्या करते हैं?'

'मैं तो सिर्फ़ तुम्हें यह बताने की कोशिश कर रहा हूँ कि वे उतने अद्भुत नहीं हैं, जितना कि हर कोई उन्हें मानता है।'

उसकी निगाह की प्रबल भावना के कारण लिली शर्मा गई।

'वैसे वे लोग काले जादू का इस्तेमाल नहीं करते हैं।' उसने अपनी आवाज़ नीची की। 'और तुम दरअसल एहसानफ़रामोशी कर रहे हो। कुछ समय पहले रात को जो घटना हुई थी, वह मुझे पता चल गई है। तुम लड़ाकू पेड़ की सुरंग में घुस गए थे और जेम्स पॉटर ने तुम्हें अंदर मौजूद भयंकर चीज़ से बचाया था –'

स्नेप का पूरा चेहरा विकृत हो गया और वह थूक उड़ाते हुए बोला, 'बचाया था? बचाया था? तुम उसे हीरो मानती हो? वह अपनी और अपने दोस्तों की गर्दन भी बचा रहा था! तुम कहीं – मैं तुम्हें ऐसा करने की इजाज़त नहीं दूँगा –'

'मुझे इजाज़त? मुझे इजाज़त?'

लिली की चमकती हरी आँखें अब सिकुड़कर छेद जितनी बड़ी हो गई थीं। स्नेप एक बार फिर रक्षात्मक हो गया।

'मेरा मतलब यह नहीं था – मैं तो चाहता था कि तुम कहीं बेवकूफ़ी न कर बैठो। उसका तुम पर दिल आ गया है। जेम्स पॉटर तुम्हें चाहने लगा है!' ये शब्द उसकी इच्छा के ख़िलाफ़ उसके मुँह से निकल रहे थे। 'और वह इतना अच्छा नहीं है ... हर कोई सोचता है ... बड़ा क्विडिच हीरो –' स्नेप की कटुता और नापसंदगी के कारण उसके मुँह से निकलते शब्द समझ में नहीं आ रहे थे और लिली की भौंहें उसके माथे पर ऊपर और ऊपर उठती जा रही थीं।

'मैं जानती हूँ कि जेम्स पॉटर घमंडी है,' उसने स्नेप की बात काटते हुए कहा। 'तुम्हें मुझे यह बात बताने की ज़रूरत नहीं है। लेकिन मल्सिबर और एवरी का हँसी-मज़ाक़ का अंदाज़ बहुत बुरा है। सचमुच *बुरा,* सीविरयस। मैं यह नहीं समझ पाई हूँ कि तुम उनसे दोस्ती क्यों रखते हो।'

हैरी को लग रहा था कि स्नेप ने मल्सिबर और एवरी के बारे में लिली की बातें सुनी ही नहीं थीं। जिस पल लिली ने जेम्स पॉटर की बुराई की, स्नेप का पूरा शरीर आराम की मुद्रा में आ गया और जब वे दोनों दोबारा चलने लगे, तो स्नेप के क़दमों में एक नई लचक थी ...

और दृश्य बदल गया ...

हैरी ने एक बार फिर देखा, जब स्नेप बड़े हॉल से उठकर गया, जहाँ वह गुप्त कलाओं से रक्षा में **ओ.डब्ल्यू.एल.** के पेपर दे रहा था। हैरी ने स्नेप को अनजाने में महल से दूर उस पेड़ के पास जाते देखा, जहाँ जेम्स, सिरियस, ल्यूपिन और पेटिग्रू एक साथ बैठे थे। लेकिन हैरी ने इस बार दूरी बनाए रखी, क्योंकि वहाँ जो हुआ था, उसे मालूग था। वहाँ पर जेम्स ने सीवियरस को हवा में लटका दिया था और उसे ताने मारे थे। वह जानता था कि क्या किया और कहा गया था। उसे इसे दोबारा सुनने में कोई ख़ुशी नहीं मिली। उसने लिली को आते और स्नेप की रक्षा करते हुए देखा। दूर से उसने सुना कि अपमान और ग़ुस्से से भरा स्नेप लिली को अक्षम्य ग़ाली दे रहा था : *'बदज़ात।'*

दृश्य बदल गया ...

'मुझे अफ़सोस है।'

'मेरी कोई दिलचस्पी नहीं है।'

'मुझे अफ़सोस है!'

'अपना अफ़सोस अपने पास ही रखो।'

रात का वक़्त था। लिली ड्रेसिंग गाउन में थी और अपनी बाँहें बाँधकर मोटी औरत की तस्वीर के सामने खड़ी थी, जिसके पीछे गरुड़द्वार के हॉल का दरवाज़ा था।

'मैं यहाँ सिर्फ़ इसलिए आई हूँ, क्योंकि मैरी ने मुझे बताया था कि तुम रात को यहीं सोने की धमकी दे रहे हो।'

'मैंने दी थी। मैं ऐसा ही करने वाला था। मेरा इरादा तुम्हें बदज़ात कहने का नहीं था, यह तो –'

'मुँह से निकल गया?' लिली की आवाज़ में कोई करुणा नहीं थी। 'अब बहुत देर हो चुकी है। मैं बरसों से तुम्हारे लिए बहाने बना रही हूँ। मेरी सहेलियों को यह समझ में नहीं आता है कि मैं तुमसे बात भी क्यों करती हूँ। तुम और तुम्हारे प्यारे प्राणभक्षी दोस्त – देखा, तुम इससे इंकार भी नहीं कर रहे हो! तुम इंकार भी नहीं कर रहे हो कि तुम्हारा लक्ष्य यही बनने का है! तुम-जानते-हो-कौन के दल में शामिल होने के लिए बेताबी से इंतज़ार कर रहे हो, है ना?'

स्नेप ने अपना मुँह खोला, लेकिन बिना कुछ बोले उसे बंद कर लिया।

'मैं अब और नाटक नहीं कर सकती। तुमने अपना रास्ता चुन

लिया है। मैंने अपना रास्ता चुन लिया है।'

'नहीं - सुनो, मेरा मतलब यह नहीं था -'

'- कि मुझे बदज़ात कहो ? लेकिन सीवियरस, तुम मगलू परिवार में पैदा हर व्यक्ति को तो बदज़ात कहते हो। फिर मेरे मामले में अलग व्यवहार क्यों ?'

वह कुछ बोलने के लिए संघर्ष करने लगा, लेकिन तभी हिक़ारत भरी नज़र डालने के बाद लिली मुड़ी और तस्वीर के छेद में से अंदर चली गई ...

गलियारा ओझल हो गया और एक नया दृश्य आ गया, जिसे बनने में थोड़ा ज़्यादा समय लगा। हैरी बदलती आकृतियों और रंगों के बीच उड़ता रहा, जब तक कि उसके आस-पास का माहौल एक बार फिर ठोस नहीं हो गया। अब वह एक निर्जन ठंडी पहाड़ी पर अँधेरे में अकेला खड़ा था। कुछ पेड़ों की बिना पत्तियों की शाखाओं के बीच से हवा सीटियाँ बजाती निकल रही थी। वयस्क स्नेप हाँफ रहा था। वह उसी जगह पर घूमा और अपनी छड़ी को ज़ोर से पकड़कर किसी व्यक्ति या वस्तु का इंतज़ार करने लगा ... उसका डर हैरी पर भी हावी हो गया, हालाँकि वह जानता था कि उसे कोई नुक़सान नहीं हो सकता है। उसने अपने कंधे के पीछे देखा और सोचा कि स्नेप न जाने किसका इंतज़ार कर रहा है -

फिर अंधी करती सफ़ेद रोशनी की लहर हवा में उड़ी। हैरी को लगा कि बिजली गिरी थी, लेकिन स्नेप अपने घुटनों के बल बैठ गया और उसकी छड़ी हाथ से उड़ गई।

'मुझे मत मारना!'

'मेरा यह इरादा भी नहीं है।'

डम्बलडोर के प्रकट होने की आवाज़ पेड़ों की डालों से टकराती हवा की आवाज़ में डूब गई थी। वे स्नेप के सामने खड़े थे। उनके दुशाले लहरा रहे थे और उनका चेहरा उनकी छड़ी की रोशनी में चमक रहा था।

'तो, सीवियरस ? लॉर्ड वोल्डेमॉर्ट ने मेरे लिए क्या संदेश भेजा है ?'

'नहीं - कोई संदेश नहीं है - मैं यहाँ ख़ुद अपनी इच्छा से आया हूँ!'

स्नेप अब अपने हाथ मल रहा था। चारों तरफ़ उड़ते झूलते काले बालों के बीच वह थोड़ा पगलाया दिख रहा था।

'मैं - मैं एक चेतावनी देने आया हूँ - नहीं, एक आग्रह करने -

प्लीज़ –'

डम्बलडोर ने अपनी छड़ी लहराई। हालाँकि पत्तियाँ और शाखाएँ अब भी रात की हवा में उड़ रही थीं, लेकिन जहाँ डम्बलडोर और स्नेप आमने-सामने खड़े थे, वहाँ ख़ामोशी हो गई।

'एक प्राणभक्षी मुझसे क्या आग्रह कर सकता है?'

'भविष्यवाणी ... भविष्यकथन ... ट्रिलोनी ...'

'ओह, हाँ,' डम्बलडोर ने कहा। 'तुमने लॉर्ड वोल्डेमॉर्ट को कितना बताया?'

'सब कुछ – सब कुछ, जो भी मैंने सुना था!' स्नेप ने कहा। 'इसीलिए – इसी कारण – उसे लगता है कि इसका इशारा लिली इवान्स की तरफ़ है!'

'भविष्यवाणी में किसी महिला की ओर इशारा नहीं किया गया था,' डम्बलडोर ने कहा। 'यह तो एक लड़के के बारे में थी, जो जुलाई के अंत में पैदा हुआ था –'

'आप जानते हैं, मैं क्या कहना चाह रहा हूँ! वह सोचता है कि इसका मतलब लिली का बेटा है। वह लिली का पीछा करेगा – उन सभी को मार डालेगा –'

'अगर वह तुम्हारे लिए इतनी ज़्यादा महत्वपूर्ण है,' डम्बलडोर ने कहा, 'तो निश्चित रूप से लॉर्ड वोल्डेमॉर्ट उसे छोड़ देगा? क्या तुम बेटे की जान के बदले माँ की जान के लिए रहम की भीख नहीं माँग सकते?'

'मैंने माँगी थी – मैंने उनसे विनती की थी –'

'मुझे तुमसे नफ़रत हो रही है,' डम्बलडोर ने कहा। हैरी ने उनकी आवाज़ में पहले कभी इतनी भर्त्सना नहीं सुनी थी। स्नेप थोड़ा सिमट सा गया। 'तो तुम्हें उसके पति और बच्चे की मौत की ज़रा भी परवाह नहीं है? वे लोग मरते हैं तो मरें, लेकिन तुम्हें अपनी मनचाही चीज़ मिल जानी चाहिए?'

स्नेप कुछ नहीं बोला, बस डम्बलडोर को देखता रहा।

'तो उन सभी को बचा लें,' वह टूटी आवाज़ में बोला। 'उसे – उन्हें – सुरक्षित रखें। प्लीज़।'

'और इसके बदले में तुम मुझे क्या दोगे, सीवियरस?'

'बदले – में?' स्नेप ने डम्बलडोर को मुँह फाड़कर देखा और हैरी

उम्मीद कर रहा था कि वह प्रतिरोध करेगा, लेकिन पल भर बाद वह बोला, 'कुछ भी।'

पहाड़ी ओझल हो गई और हैरी डम्बलडोर के ऑफ़िस में खड़ा था। कोई चीज़ भयंकर आवाज़ कर रही थी, किसी घायल जानवर की तरह। स्नेप एक कुर्सी में आगे लुढ़का हुआ था और डम्बलडोर उसके पास गंभीर मुद्रा में खड़े थे। एक-दो पल बाद स्नेप ने अपना चेहरा उठाया। उसे देखकर लग रहा था, जैसे जंगल की पहाड़ी छोड़ने के बाद से वह सौ साल का दुख भोग चुका है।

'मुझे लगा था ... आप उसे ... सुरक्षित ... रखेंगे ...'

'लिली और जेम्स ने ग़लत आदमी पर भरोसा कर लिया,' डम्बलडोर ने कहा। 'कुछ हद तक तुम्हारी तरह, सीवियरस। क्या तुम उम्मीद नहीं कर रहे थे कि लॉर्ड वोल्डेमॉर्ट उसे छोड़ देगा?'

स्नेप की साँस उथली हो गई।

'उसका बच्चा बच गया है,' डम्बलडोर ने कहा।

हल्के से सिर झटककर स्नेप ने जैसे किसी चिढ़ाने वाली मक्खी को दूर हटाया।

'उसका बच्चा ज़िंदा है। उसकी आँखें हूबहू लिली जैसी हैं। मुझे लगता है, तुम्हें लिली इवान्स की आँखों का आकार और रंग तो याद होगा?'

'मत कीजिए!' स्नेप ने विलाप करते हुए कहा। 'चली गई ... मर गई ...'

'क्या यह पश्चाताप है, सीवियरस?'

'काश ... काश *मैं* भी मर जाऊँ ...'

'उससे किसी को क्या फ़ायदा होगा?' डम्बलडोर ने ठंडेपन से कहा। 'अगर तुम लिली इवान्स से प्यार करते थे, अगर तुम उससे सचमुच प्यार करते थे, तो तुम्हारा आगे का रास्ता स्पष्ट है।'

ऐसा लग रहा था, जैसे स्नेप दर्द की धुंध में से देख रहा था और डम्बलडोर के शब्दों को उस तक पहुँचने में काफ़ी समय लग रहा था।

'क्या – क्या मतलब है आपका?'

'तुम जानते हो कि वह कैसे और क्यों मरी। यह सुनिश्चित करो कि उसकी मौत बेकार न जाए। लिली के बेटे को सुरक्षित रखने में मेरी मदद

करो।'

'उसे सुरक्षित रखने की क्या ज़रूरत है ? शैतानी शहंशाह जा चुके हैं –'

'– शैतानी शहंशाह लौटेगा और जब ऐसा होगा, तो हैरी पॉटर भयंकर ख़तरे में होगा।'

एक लंबा विराम हुआ और धीरे-धीरे स्नेप ने ख़ुद पर क़ाबू पाया तथा अपनी साँस दुरुस्त की। आख़िरकार वह बोला, 'ठीक है। ठीक है। लेकिन कभी भी – कभी भी किसी को भी यह बात मत बताना, डम्बलडोर! यह रहस्य हमारे बीच ही रहना चाहिए! आप क़सम खाएँ! मैं बर्दाश्त नहीं कर सकता ... ख़ास तौर पर पॉटर का बेटा ... मुझे आपका वादा चाहिए!'

'यह वादा, सीवियरस, कि मैं तुम्हारे बारे में सबसे अच्छी बात किसी को न बताऊँ ?' डम्बलडोर ने आह भरी और स्नेप के आवेश भरे, दर्द भरे चेहरे को देखा। 'ख़ैर, अगर तुम यही चाहते हो ...'

ऑफ़िस ओझल हो गया, लेकिन तत्काल दोबारा लौट आया। स्नेप डम्बलडोर के सामने तेज़ी से चहलक़दमी कर रहा था।

'– औसत दर्जे का, अपने पिता जैसा घमंडी, नियम तोड़ने वाला, शोहरत का भूखा, ध्यान चाहने वाला और अनुशासनहीन –'

'सीवियरस, तुमने वही देखा, जो तुम देखना चाहते थे,' डम्बलडोर अपनी नज़रें *रूपांतरण आज* की प्रति से उठाए बिना बोले। 'बाक़ी टीचर्स का कहना है कि लड़का संकोची, पसंद आने वाला और सामान्य रूप से प्रतिभाशाली है। व्यक्तिगत रूप से वह मुझे काफ़ी रोचक बच्चा लगा।'

डम्बलडोर ने एक पन्ना पलटा और बिना नज़र उठाए कहा, 'क्विरिल पर नज़र रखना, ठीक है ?'

रंगों का झोंका एक बार फिर आया और अब हर चीज़ अँधेरे में डूब गई। स्नेप और डम्बलडोर प्रवेश हॉल में थोड़ी दूर खड़े थे, जब यूल बॉल के आख़िरी बचे लोग सोने के लिए जाते समय उनके पास से गुज़रे।

'तो ?' डम्बलडोर ने बुदबुदाकर पूछा।

'कारकारोफ़ का निशान भी गहरा होता जा रहा है। वह दहशत में आ रहा है। उसे प्रतिशोध का डर है। आप जानते ही हैं कि शैतानी शहंशाह के पतन के बाद उसने मंत्रालय की कितनी मदद की है।' स्नेप ने कनखियों से डम्बलडोर की मुड़ी नाक वाली आकृति को देखा। 'अगर निशान जलने लगता है, तो कारकारोफ़ का इरादा भागने का है।'

'क्या वह सचमुच भाग जाएगा?' डम्बलडोर ने धीरे से कहा, जब फ़्लर डेलाकोर और रॉजर डेवीज़ खिलखिलाते हुए मैदान से अंदर आए। 'और तुम?'

'नहीं,' स्नेप ने कहा और उसकी काली आँखें फ़्लर तथा रॉजर की जाती आकृतियों पर टिकी थीं। 'मैं इतना कायर नहीं हूँ।'

'नहीं,' डम्बलडोर ने सहमत होते हुए कहा। 'तुम आइगॉर कारकारोफ़ से बहुत ज़्यादा बहादुर हो। जानते हो, कई बार मुझे लगता है कि हाउसों में चुनने की रस्म बहुत जल्दी हो जाती है ...'

वे हैरान स्नेप को अकेला छोड़कर दूर चले गए ...

अब हैरी एक बार फिर से हेडमास्टर के ऑफ़िस में खड़ा था। रात का वक़्त था और डम्बलडोर डेस्क के पीछे सिंहासन जैसी कुर्सी में एक तरफ़ लुढ़के हुए थे। वे आधे बेहोश दिख रहे थे। उनका एक तरफ़ लटकता दायाँ हाथ काला और जला हुआ था। स्नेप मंत्र बुदबुदा रहा था और अपनी छड़ी उस हाथ की कलाई की तरफ़ ताने था, जबकि बाएँ हाथ से वह डम्बलडोर के गले में गाढ़ा सुनहरा काढ़ा डाल रहा था। एक-दो पल बाद डम्बलडोर की पलकें मिचमिचाईं और खुल गईं।

'क्यों,' स्नेप ने बिना किसी भूमिका के कहा, 'आपने यह अँगूठी *क्यों* पहनी? इस पर शाप है! निश्चित रूप से आपको इस बात का एहसास हो गया होगा? इसे छुआ भी क्यों?'

मारवोलो गॉन्ट की अँगूठी डम्बलडोर के सामने डेस्क पर पड़ी थी। यह चटकी हुई थी। गरुड़द्वार की तलवार इसके पास रखी थी।

डम्बलडोर ने मुँह बिचकाया।

'मैं ... मूर्ख था। बहुत लालच आ गया था ...'

'किस चीज़ का लालच?'

डम्बलडोर ने कोई जवाब नहीं दिया।

'यह चमत्कार ही है कि आप यहाँ लौटने में कामयाब हो गए!' स्नेप नाराज़ लग रहा था। 'अँगूठी पर असाधारण रूप से शक्तिशाली शाप था। हम बस यही उम्मीद कर सकते हैं कि यह शाप इसी जगह तक ही रुका रहे। हाल-फ़िलहाल मैंने शाप को एक ही हाथ में रोक दिया है -'

डम्बलडोर ने अपना काला, बेकार हाथ उठाया और उसे इस तरह देखने लगे, जैसे किसी रोचक विचित्र चीज़ को देख रहे हों।

'तुमने बहुत अच्छा काम किया, सीवियरस। तुम्हारे हिसाब से मेरे पास कितना समय है?'

डम्बलडोर का अंदाज़ सामान्य बातचीत का था। ऐसा लग रहा था, जैसे वे मौसम का हाल जानना चाहते हों। स्नेप झिझका, फिर बोला, 'मैं नहीं बता सकता। शायद एक साल। इस तरह के मंत्र को हमेशा के लिए रोकने का कोई उपाय नहीं है। यह अंततः फैलने लगेगा। इस तरह के शाप समय के साथ ज़्यादा ताक़तवर होते जाते हैं।'

डम्बलडोर मुस्कराए। उनके पास एक साल से भी कम ज़िंदगी है, यह बात उन्हें ज़्यादा महत्वपूर्ण या चिंताजनक नहीं लग रही थी।

'मैं ख़ुशक़िस्मत हूँ, बहुत ख़ुशक़िस्मत कि तुम मेरे पास हो, सीवियरस।'

'अगर आपने मुझे थोड़ी और जल्दी बुला लिया होता, तो मैं ज़्यादा कर सकता था, आपके लिए ज़्यादा समय हासिल कर सकता था!' स्नेप ने ग़ुस्से से कहा। उसने टूटी अँगूठी और तलवार की तरफ़ देखा। 'आपको क्या लगता था, अँगूठी तोड़ने से शाप भी टूट जाएगा?'

'ऐसी ही बात है ... बेशक मैं होश में नहीं था ...' डम्बलडोर ने कहा। कोशिश करके वे अपनी कुर्सी पर सीधे बैठे। 'अच्छा, इससे मामला ज़्यादा सीधा बन जाता है।'

स्नेप पूरी तरह चकराया हुआ दिख रहा था। डम्बलडोर मुस्कराए।

'मैं उस योजना का ज़िक्र कर रहा हूँ, जो लॉर्ड वोल्डेमॉर्ट मेरे लिए बना रहा है। उसकी योजना यह है कि बेचारा मैल्फ़ॉय लड़का मेरी हत्या करे।'

स्नेप डम्बलडोर की डेस्क के सामने रखी कुर्सी पर बैठ गया, जिस पर हैरी अक्सर बैठता था। हैरी जानता था कि स्नेप डम्बलडोर के शापित हाथ के बारे में और बात करना चाहता था, लेकिन डम्बलडोर ने विनम्रतापूर्वक इंकार करके उस बातचीत की संभावना को ख़त्म कर दिया। स्नेप त्योरी चढ़ाते हुए बोला, 'शैतानी शहंशाह को ड्रेको के कामयाब होने की उम्मीद नहीं है। यह तो बस लूसियस की हाल की असफलताओं की सज़ा है। ड्रेको को असफल होते देखकर उसके माता-पिता पल-पल सज़ा भुगतेंगे और क़ीमत चुकाएँगे।'

'संक्षेप में, उस लड़के को भी मेरी ही तरह निश्चित मृत्युदंड मिला है,' डम्बलडोर ने कहा। 'मुझे लगता है कि ड्रेको के नाकामयाब होने के बाद यह काम तुम्हें सौंप दिया जाएगा?'

थोड़ी देर ख़ामोशी छाई रही।

'मुझे शैतानी शहंशाह की योजना तो यही लगती है।'

'लॉर्ड वोल्डेमॉर्ट निकट भविष्य में ऐसे समय की कल्पना कर रहा है, जब उसे हॉगवर्ट्स में जासूस की ज़रूरत नहीं होगी?'

'हाँ, उन्हें यक़ीन है कि जल्दी ही स्कूल उनकी मुट्ठी में होगा।'

'और अगर यह उसकी मुट्ठी में आ जाता है,' डम्बलडोर ने कहा, जैसे वे ख़ुद से बात कर रहे हों, 'तो तुम मुझसे वादा करते हो कि तुम हॉगवर्ट्स के विद्यार्थियों की रक्षा करने की पूरी कोशिश करोगे?'

स्नेप ने सख़्ती से सिर हिलाकर हाँ की।

'अच्छा। तो फिर। तुम्हारी पहली प्राथमिकता यह पता लगाना है कि ड्रेको के इरादे क्या हैं। डरा हुआ किशोर लड़का दूसरों के लिए भी उतना ही बड़ा ख़तरा है, जितना कि ख़ुद के लिए। उसे मदद और मार्गदर्शन देने का प्रस्ताव रखो। वह इसके लिए हाँ कर देगा, आख़िर वह तुम्हें पसंद करता है –'

'– तब से नापसंद करने लगा है, जब से उसके पिता की स्थिति गड़बड़ हुई है। इसके लिए ड्रेको मुझे दोष देता है। वह सोचता है कि मैंने लूसियस की जगह हथिया ली है।'

'चाहे जो हो, कोशिश तो करो। मुझे अपनी चिंता नहीं है। चिंता तो लड़के के दिमाग़ में आई योजनाओं के कारण मासूम लोगों के शिकार बनने की है। ज़ाहिर है, अगर हम उसे लॉर्ड वोल्डेमॉर्ट के ग़ुस्से से बचाना चाहते हैं, तो अंत में सिर्फ़ एक ही काम किया जा सकता है।'

स्नेप ने अपनी भौंहें उठाईं और व्यंग्यात्मक आवाज़ में पूछा, 'क्या आप उसके हाथों मरना चाहेंगे?'

'बिलकुल नहीं। मुझे *तुम* मारोगे।'

एक लंबी ख़ामोशी छा गई, जो बीच-बीच में आती कुटकुट की आवाज़ से ही टूटी। ज्वाला नाम का फ़ीनिक्स समुद्रफ़ेनी की हड्डी के टुकड़े पर चोंच मार रहा था।

'क्या आप मुझसे यह काम अभी करवाना चाहेंगे?' स्नेप ने व्यंग्य भरी आवाज़ में कहा। 'या फिर आप समाधि-लेख लिखने के लिए कुछ पल रुकना पसंद करेंगे?'

'ओह, अभी नहीं,' डम्बलडोर ने मुस्कराते हुए कहा। 'मुझे लगता है

कि सही समय पर वह पल अपने आप प्रकट हो जाएगा। आज रात को जो हुआ है,' उन्होंने अपने सिकुड़े हुए हाथ की तरफ़ इशारा किया, 'उसके बाद हम यह बात तो यक़ीन से कह सकते हैं कि यह एक साल के भीतर हो जाएगा।'

'अगर आपको मरने में दिक्क़त नहीं है,' स्नेप ने रूखे अंदाज़ में कहा, 'तो फिर ड्रेको को ही यह काम क्यों नहीं करने देते?'

'उस लड़के की आत्मा अभी तक क्षतिग्रस्त नहीं हुई है,' डम्बलडोर ने कहा। 'मैं अपने कारण उसे विभक्त नहीं होने दूँगा।'

'और मेरी आत्मा, डम्बलडोर? मेरी आत्मा?'

'सिर्फ़ तुम ही जानते हो कि एक बूढ़े आदमी को दर्द और अपमान से बचाने में तुम्हारी आत्मा को कितना नुक़सान होगा,' डम्बलडोर ने कहा। 'मैं तुमसे यह बहुत बड़ा एहसान चाहता हूँ, सीवियरस, क्योंकि मौत मेरी तरफ़ उतनी ही निश्चितता से आ रही है, जितनी निश्चितता से इस साल लीग में चडली कैनन्स की टीम आख़िरी नंबर पर आएगी। मैं जल्दी और दर्दरहित तरीक़े से मरना ज़्यादा पसंद करूँगा। मैं नहीं चाहूँगा कि मेरी मौत लंबी और घिसट-घिसट कर हो, जो ग्रेबैक के इसमें शामिल होने पर होगी - मैंने सुना है कि वोल्डेमॉर्ट ने उसे शामिल कर लिया है? - या प्यारी बेलाट्रिक्स, जो अपने शिकार को खाने से पहले उसके साथ खेलना पसंद करती है।'

उनका अंदाज़ हल्का-फुल्का था, लेकिन उनकी नीली आँखें स्नेप को बेध गईं, जिस तरह वे अक्सर हैरी को बेधती थीं, जैसे वे जिस आत्मा के बारे में बात कर रहे थे, वह उन्हें दिख रही हो। आख़िरकार स्नेप ने हल्के से सिर हिला दिया।

डम्बलडोर संतुष्ट दिखने लगे।

'धन्यवाद, सीवियरस ...'

ऑफ़िस ग़ायब हो गया। अब स्नेप और डम्बलडोर शाम के धुँधलके में महल के वीरान मैदान में एक साथ टहल रहे थे।

'आप पॉटर के साथ कई शामों को कमरे में बंद रहते हैं। आप करते क्या हैं?' स्नेप ने अचानक पूछा।

डम्बलडोर थके हुए दिख रहे थे।

'क्यों? तुम कहीं उसे *और* सज़ा तो नहीं देना चाहते हो, सीवियरस? अगर ऐसा है, तो बेचारे लड़के को अपना ज़्यादातर समय सज़ा में काटना

पड़ेगा।'

'वह बिलकुल अपने पिता की तरह है –'

'शायद दिखने में है, लेकिन उसका दिल उसकी माँ जैसा है। मैं हैरी के साथ इसलिए समय बिताता हूँ, क्योंकि मुझे उससे कुछ बातें करनी हैं, कुछ जानकारी देनी है, इससे पहले कि ज़्यादा देर हो जाए।'

'जानकारी,' स्नेप ने दोहराया। 'आप उस पर भरोसा करते हैं ... मुझ पर नहीं करते हैं।'

'यह भरोसे का सवाल नहीं है। जैसा हम दोनों जानते हैं, मेरे पास समय कम बचा है। यह अनिवार्य है कि मैं लड़के को पर्याप्त जानकारी दे दूँ, ताकि वह उस काम को कर सके, जो उसे करना है।'

'आप वही जानकारी मुझे क्यों नहीं दे सकते?'

'मैं अपने सभी रहस्य एक ही टोकरी में रखना पसंद नहीं करता हूँ, ख़ास तौर पर ऐसी टोकरी में, जो अक्सर लॉर्ड वोल्डेमॉर्ट की बाँह पर लटकी रहती है।'

'जो मैं आपके आदेश पर करता हूँ!'

'और तुम इस काम को बहुत अच्छी तरह करते हो। सीवियरस, यह मत सोचना कि मैं उस ख़तरे को कम आँकता हूँ, जिसका सामना तुम मेरे कारण करते हो। वोल्डेमॉर्ट को महत्वपूर्ण लगने वाली जानकारी देना और ज़रूरी बातें छिपाना एक ऐसा काम है, जिसके लिए मैं तुम्हारे अलावा किसी पर भरोसा नहीं कर सकता।'

'लेकिन इसके बावजूद आप मुझसे ज़्यादा भरोसा उस लड़के पर कर रहे हैं, जो गुप्तविद्या में असमर्थ है, जिसकी जादुई योग्यता औसत है और जिसका शैतानी शहंशाह के दिमाग़ से सीधा संबंध है!'

'वोल्डेमॉर्ट को उस संबंध से डर लगता है,' डम्बलडोर ने कहा। 'कुछ समय पहले ही उसने हैरी के दिमाग़ में रहने का स्वाद चख लिया है। इस तरह का दर्द उसे पहले कभी नहीं हुआ था। मुझे यक़ीन है कि वह हैरी पर दोबारा क़ब्ज़ा जमाने की कभी कोशिश नहीं करेगा। उस तरह से तो नहीं।'

'मैं समझा नहीं।'

'लॉर्ड वोल्डेमॉर्ट की आत्मा विभक्त है, इसलिए हैरी जैसी आत्मा के साथ क़रीबी संबंध बर्दाश्त नहीं कर सकती। एकदम ठंडे स्टील पर जीभ की तरह, लपट से छूते मांस की तरह –'

'आत्माएँ ? हम तो दिमाग़ों के बारे में बात कर रहे थे!'

'हैरी और लॉर्ड वोल्डेमॉर्ट के मामले में एक के बारे में बात करना दूसरे के बारे में बात करना है।'

डम्बलडोर ने चारों तरफ़ नज़र डालकर यह सुनिश्चित कर लिया कि वे अकेले थे। वे अब अँधेरे जंगल के क़रीब थे, लेकिन आस-पास कोई नहीं दिख रहा था।

'सीवियरस, जब तुम मुझे मार दोगे –'

'आप मुझे हर चीज़ बताने से इंकार कर रहे हैं, लेकिन फिर भी मुझसे इस छोटी सेवा की उम्मीद करते हैं!' स्नेप गुर्राया और अब उसके पतले चेहरे पर असली ग़ुस्सा दिख रहा था। 'आप बहुत सी चीज़ों को मनचाहे ढंग से सोचते हैं, डम्बलडोर! शायद मैंने अपना इरादा बदल लिया हो!'

'तुमने मुझसे वादा किया था, सीवियरस। तुम मेरी वह सेवा ज़रूर करोगे, हालाँकि मैंने सोचा था कि तुम नागशक्ति के हमारे युवा दोस्त पर क़रीबी नज़र रखने के लिए भी सहमत हुए थे ?'

स्नेप नाराज़ और बग़ावत पर आमादा दिख रहा था। डम्बलडोर ने आह भरी।

'सीवियरस, आज रात ग्यारह बजे मेरे ऑफ़िस में आना। फिर तुम्हें कोई शिकायत नहीं होगी कि मुझे तुम पर ज़रा भी भरोसा नहीं है ...'

वे लोग डम्बलडोर के ऑफ़िस में लौट आए थे। खिड़कियों के बाहर अँधेरा था और ज्वाला ख़ामोश बैठा था। स्नेप बिलकुल स्थिर बैठा था, जबकि डम्बलडोर बातचीत करते हुए चारों तरफ़ घूम रहे थे।

'हैरी को पता नहीं चलना चाहिए, बिलकुल आख़िरी मिनट तक, तब तक नहीं जब तक कि यह ज़रूरी न हो, वरना उसके पास वह करने की शक्ति कैसे होगी, जो उसे करना ही है ?'

'लेकिन उसे करना क्या है ?'

'वह हैरी और मेरे बीच का मामला है। अब ग़ौर से सुनो, सीवियरस। एक वक़्त ऐसा आएगा – मेरी मौत के बाद – बहस मत करना, बीच में मत बोलना! एक वक़्त ऐसा आएगा, जब लॉर्ड वोल्डेमॉर्ट अपने साँप की जान बचाने के लिए दहशत में होगा।'

'नागिनी की ?' स्नेप हैरान नज़र आने लगा।

'बिलकुल। अगर ऐसा वक़्त आता है, जब लॉर्ड वोल्डेमॉर्ट साँप को अपने काम करवाने के लिए भेजना बंद कर देता है, बल्कि अपने पास जादुई सुरक्षा में रखता है, तो मुझे लगता है कि हैरी को बताना सुरक्षित रहेगा।'

'क्या बताना सुरक्षित रहेगा?'

डम्बलडोर ने गहरी साँस ली और अपनी आँखें बंद कर लीं।

'उसे बता देना कि जब लॉर्ड वोल्डेमॉर्ट ने उसे मारने की कोशिश की थी और लिली ने उनके बीच कवच के रूप में अपनी जान रख दी थी, तो वह मारक शाप लॉर्ड वोल्डेमॉर्ट पर पलट गया था और वोल्डेमॉर्ट की आत्मा का एक टुकड़ा टूटकर उस ढहती इमारत में जीवित बची इकलौती आत्मा से चिपक गया था। लॉर्ड वोल्डेमॉर्ट का एक हिस्सा हैरी के भीतर ज़िंदा है। इसी कारण हैरी को सर्पभाषा की क्षमता मिली है और लॉर्ड वोल्डेमॉर्ट के दिमाग़ के साथ ऐसा संबंध मिला है, जिसे वोल्डेमॉर्ट कभी नहीं समझ पाया। जब तक आत्मा का वह टुकड़ा, जिसका वोल्डेमॉर्ट को भी पता नहीं है, हैरी की आत्मा से जुड़ा है और हैरी उसकी रक्षा कर रहा है, तब तक लॉर्ड वोल्डेमॉर्ट नहीं मर सकता।'

हैरी जैसे लंबी सुरंग के एक सिरे से दोनों आदमियों को देख रहा था। वे उससे बहुत दूर थे, उनकी आवाज़ें उसके कानों में अजीब तरह से गूँज रही थीं।

'तो लड़के को ... लड़के को मरना होगा?' स्नेप ने शांति से पूछा।

'और वोल्डेमॉर्ट को यह काम ख़ुद करना होगा, सीवियरस। यह अनिवार्य है।'

एक और लंबी खामोशी। फिर स्नेप बोला, 'मैंने सोचा था ... इतने सालों तक ... कि हम उसकी रक्षा कर रहे हैं। लिली की ख़ातिर।'

'हमने उसकी रक्षा इसलिए की, क्योंकि उसे सिखाना, बड़ा करना, ताक़त आज़माने के मौक़े देना अनिवार्य था,' डम्बलडोर ने कहा और उनकी आँखें अभी भी कसकर बंद थीं। 'इस दौरान, उनके बीच का संबंध ज़्यादा शक्तिशाली बनता रहा, मुझे लगता है अमरबेल की तरह। शायद कई बार उसे भी इसका शक हुआ है। अगर मैं उसे जानता हूँ, तो वह इस तरह की व्यवस्था कर देगा, ताकि जब वह अपनी मौत से मिलने जाए, तो इससे सचमुच वोल्डेमॉर्ट का अंत हो जाए।'

डम्बलडोर ने अपनी आँखें खोलीं। स्नेप दहशत में नज़र आ रहा था।

'आपने उसे इसलिए ज़िंदा रखा, ताकि वह सही समय पर मर सके?'

'सदमे में मत आओ, सीवियरस। तुमने कितने आदमियों और औरतों को मरते देखा है?'

'कुछ समय से, सिर्फ़ उन्हीं लोगों को, जिन्हें मैं बचा नहीं सकता था,' स्नेप ने कहा। वह उठकर खड़ा हो गया। 'आपने मेरा इस्तेमाल किया है।'

'मतलब?'

'मैंने आपके लिए जासूसी की, आपके लिए झूठ बोला, आपके लिए अपनी जान ख़तरे में डाली। लिली पॉटर के बेटे को सुरक्षित रखने के लिए हर काम किया। अब आप मुझसे कह रहे हैं कि आप उसे क़त्ल करवाने के लिए सुअर की तरह पाल रहे थे –'

'यह तो मर्मस्पर्शी है, सीवियरस,' डम्बलडोर ने गंभीरता से कहा। 'क्या आख़िरकार अब तुम उसकी परवाह करने लगे हो?'

'उसकी?' स्नेप ने चिल्लाकर कहा। *'पितृदेव संरक्षणम्!'*

उसकी छड़ी के कोने से सफ़ेद हिरणी निकली। वह ऑफ़िस के फ़र्श पर उतरी और ऑफ़िस के पार भागती हुई खिड़की से बाहर चली गई। डम्बलडोर ने उसे उड़कर दूर जाते देखा और जब उसकी सफ़ेद चमक धुँधली हो गई, तो वे स्नेप की ओर मुड़े। डम्बलडोर की आँखों में आँसू भरे थे।

'इतने समय बाद भी?'

'हमेशा,' स्नेप ने कहा।

एक बार फिर दृश्य बदल गया। अब हैरी ने देखा कि स्नेप अपनी डेस्क के पीछे लगी डम्बलडोर की तस्वीर से बात कर रहा था।

'तुम वोल्डेमॉर्ट को हैरी के अंकल-आंटी के यहाँ से उसके जाने की सही तारीख़ ज़रूर बताना,' डम्बलडोर ने कहा। 'ऐसा नहीं करने पर उसे शक हो सकता है, क्योंकि वोल्डेमॉर्ट मानता है कि तुम्हें इस बारे में अच्छी जानकारी है। बहरहाल, हैरी की सुरक्षा सुनिश्चित करने के लिए तुम्हें बहुरूपियों का विचार देना चाहिए। मेरे ख़्याल से इससे हैरी की सुरक्षा सुनिश्चित हो जाएगी। मंडंगस फ़्लेचर को चकरघिन्नी शाप देने की कोशिश करो। और सीवियरस, अगर तुम्हें हैरी को पकड़ने वाले दल में जबरन शामिल किया जाए, तो अपनी भूमिका विश्वसनीय ढंग से निभाना ... मैं तुम्हारे भरोसे हूँ कि तुम लॉर्ड वोल्डेमॉर्ट के विश्वास को ज़्यादा से ज़्यादा समय तक क़ायम रखो, वरना हॉगवर्ट्स कैरो भाई-बहन के रहमोकरम पर निर्भर होगा ...'

अब स्नेप मंडंगस के साथ एक अपरिचित सराय में बैठा था। मंडंगस का चेहरा अजीब तरीक़े से सूना था, जबकि स्नेप एकाग्रता में त्योरी चढ़ाए था।

'तुम मायापंछी के समूह को,' स्नेप ने फुसफुसाकर कहा, 'बहुरूपियों का इस्तेमाल करने का सुझाव दोगे। भेसबदल काढ़ा। एक जैसे कई पॉटर। यही इकलौती तरक़ीब है, जो सफल हो सकती है। तुम भूल जाओगे कि मैंने तुम्हें यह सुझाव दिया है। तुम इस तरह बताओगे, जैसे यह तुम्हीं ने सोचा है। समझ गए?'

'समझ गया,' मंडंगस बुदबुदाया, उसकी आँखें अब भी तिरछी थीं ...

अब अँधेरी रात में हैरी झाड़ू पर उड़ता हुआ स्नेप के पास से गुज़र रहा था। स्नेप के साथ कई नक़ाबपोश प्राणभक्षी थे। उसके सामने ल्यूपिन और बहुरूपिया हैरी थे, जो दरअसल जॉर्ज था ... एक प्राणभक्षी स्नेप के आगे निकला और उसने अपनी छड़ी ल्यूपिन की पीठ की तरफ़ तान दी –

'सेक्टमसेम्परा!' स्नेप चिल्लाया।

स्नेप ने यह मंत्र प्राणभक्षी के छड़ी वाले हाथ पर मारा था, लेकिन निशाना चूककर जॉर्ज को लग गया –

इसके बाद एक और दृश्य आ गया। स्नेप सिरियस के पुराने बेडरूम में झुका था। लिली की पुरानी चिट्ठी पढ़ते समय उसकी मुड़ी नाक के सिरे से आँसू टपक रहे थे। चिट्ठी के दूसरे पेज पर सिर्फ़ कुछ शब्द लिखे थे :

की गेलेर्ट ग्रिन्डेलवाल्ड से दोस्ती हो सकती थी। व्यक्तिगत तौर पर मुझे तो लगता है कि उसका दिमाग़ चल गया है।

बहुत-बहुत प्यार,
लिली

स्नेप ने लिली के हस्ताक्षर और उसके प्यार के इज़हार को उठाकर अपने दुशाले के भीतर रख लिया। फिर उसने अपने हाथ में पकड़ी तस्वीर के दो टुकड़े कर दिए, ताकि वह हँसती हुई लिली वाला हिस्सा अपने पास रख सके। उसने जेम्स और हैरी वाले तस्वीर के टुकड़े को फ़र्श पर अलमारी के

नीचे फेंक दिया ...

और अब स्नेप एक बार फिर हेडमास्टर की स्टडी में खड़ा था, जब फ़िनीज़ नाइजेलस तेज़ी से अपनी तस्वीर में आया।

'हेडमास्टर! वे डीन जंगल में हैं! बदज़ात –'

'इस शब्द का इस्तेमाल मत करो!'

'– ग्रेंजर लड़की ने बैग खोलते समय उस जगह का नाम लिया था और मैंने उसकी बात सुन ली!'

'अच्छा। बहुत अच्छा!' हेडमास्टर की कुर्सी के पीछे से डम्बलडोर की तस्वीर चिल्लाई। 'अब सीवियरस, तलवार! यह मत भूलना कि यह उसे आवश्यकता और बहादुरी की स्थितियों में ही हासिल करनी होगी – और उसे यह पता नहीं चलना चाहिए कि यह तुमने दी है! अगर वोल्डेमॉर्ट हैरी का दिमाग़ पढ़ ले, तो उसे यह नहीं दिखना चाहिए कि तुम उसका साथ दे रहे हो –'

'मैं जानता हूँ,' स्नेप ने रूखेपन से कहा। वह डम्बलडोर की तस्वीर के पास गया और उसे एक तरफ़ खींचा। यह आगे की तरफ़ झूल गई। इसके पीछे एक ख़ाली जगह थी, जिसमें से स्नेप ने गरुड़द्वार की तलवार निकाली।

'आप मुझे अब भी यह नहीं बताएँगे कि पॉटर को तलवार देना इतना महत्वपूर्ण क्यों है?' स्नेप ने अपने दुशालों पर यात्री चोगा डालते हुए कहा।

'नहीं, मुझे नहीं लगता,' डम्बलडोर की तस्वीर ने कहा। 'वह जान जाएगा कि इससे क्या करना है। और सीवियरस, बहुत सावधान रहना। जॉर्ज वीज़्ली के साथ हुई दुर्घटना के बाद तुम्हारे प्रति उनकी भावनाएँ ज़्यादा अच्छी नहीं होंगी –'

स्नेप दरवाज़े पर मुड़ा।

'चिंता न करें, डम्बलडोर,' उसने ठंडेपन से कहा। 'मैंने योजना बना ली है ...'

और स्नेप कमरे से चला गया। हैरी स्मृति पात्र से बाहर निकला और कुछ पल बाद वह उसी कमरे के कालीन वाले फ़र्श पर लेटा था। उसे लग रहा था, जैसे स्नेप अभी-अभी दरवाज़ा बंद करके बाहर गया हो।

अध्याय चौंतीस

दोबारा जंगल में

आख़िरकार, सच्चाई पता चल ही गई। उसका चेहरा ऑफ़िस के धूल भरे गलीचे पर टिका था। अतीत में उसे यहीं पर कभी लगा था कि वह विजय के रहस्य सीख रहा है। हैरी आख़िरकार समझ गया कि उसका काम ज़िंदा बचना नहीं था। उसका काम तो मौत की स्वागत करती बाँहों में शांति से जाना था। रास्ते में उसे वोल्डेमॉर्ट को जीवन से जोड़ने वाली सारी कड़ियों को नष्ट करना था, ताकि जब आख़िरकार वह ख़ुद वोल्डेमॉर्ट के रास्ते से हट जाए और अपनी रक्षा करने के लिए छड़ी भी न उठाए, तो अंत साफ़ हो जाए और गॉडरिक्स हॉलो में अधूरा रह गया काम पूरा हो जाए : दोनों में से कोई भी ज़िंदा न बचे, कोई न बच सके।

उसे महसूस हुआ कि उसका दिल सीने में बहुत तेज़ी से धड़क रहा था। कितनी अजीब बात थी कि मौत की दहशत में यह और तेज़ी से धड़क रहा था और उसे बहादुरी से ज़िंदा रखने की कोशिश कर रहा था। लेकिन इसे रुकना होगा – जल्दी ही। इसकी धड़कनें अब गिनती की बची हैं। महल से आख़िरी बार निकलकर जंगल पहुँचने के लिए कितनी धड़कनें काफ़ी होंगी?

फ़र्श पर लेटे-लेटे दहशत उस पर हावी हो गई। उसके भीतर अंत्येष्टि का संगीत बज रहा था। क्या मरने में दर्द होगा? पहले कई बार उसे लगा था कि वह मरने वाला है, लेकिन बच गया था। बहरहाल, उस वक़्त उसने कभी सचमुच मौत के बारे में नहीं सोचा था – उसकी ज़िंदा रहने की इच्छा हमेशा मौत के डर से ज़्यादा प्रबल थी। लेकिन अब उसके मन में बचने की कोशिश करने, वोल्डेमॉर्ट को हराने का विचार ही नहीं था। वह जानता था कि सब कुछ ख़त्म हो चुका है। अब सिर्फ़ एक ही चीज़ बची थी :

मरना।

काश वह उस रात को ही मर जाता, जब वह प्रिविट ड्राइव के मकान नंबर चार से आख़िरी बार निकला था, जब फ़ीनिक्स के पंख की छड़ी ने उसे बचाया था! काश वह हेडविग की तरह ही मर जाता, इतनी जल्दी कि उसे पता भी नहीं चलता! या फिर काश वह अपने किसी प्रियजन को बचाने के लिए छड़ी के सामने आ जाता ... उसे अब अपने माता-पिता की मौत से ईर्ष्या हो रही थी। शांति से अपनी मौत की तरफ़ बढ़ने के लिए एक अलग क़िस्म की बहादुरी की ज़रूरत होगी। उसे अपनी उँगलियाँ थोड़ी काँपती महसूस हुईं। हालाँकि आस-पास कोई नहीं था, लेकिन उसने ख़ुद पर क़ाबू करने की कोशिश की। दीवारों पर लगी सभी तस्वीरें ख़ाली थीं।

धीरे-धीरे, बहुत धीरे-धीरे, वह उठकर बैठा और ऐसा करते समय ख़ुद को ज़्यादा जीवंत महसूस करने लगा। उसने अपने शरीर पर पहले से ज़्यादा ध्यान दिया। उसे कभी इस बात का एहसास क्यों नहीं हुआ था कि वह एक चमत्कार है - मस्तिष्क और हिम्मत और धड़कता दिल? यह सब चला जाएगा ... या कम से कम, वह इस शरीर से चला जाएगा। उसकी साँस धीमी और गहरी हो गई। उसका मुँह तथा गला पूरी तरह सूख गए, और उसकी आँखें भी।

डम्बलडोर का धोखा कोई बड़ी बात नहीं थी। ज़ाहिर है, यह एक बड़ी योजना थी। हैरी को अब जाकर इस बात का एहसास हुआ कि वह तो बस इतना मूर्ख था कि इसे पहले नहीं समझ पाया था। उसने कभी अपनी इस धारणा पर सवाल नहीं किया था कि डम्बलडोर उसे ज़िंदा रखना चाहते हैं। अब उसे समझ आया कि उसका जीवन सिर्फ़ इस बात पर निर्भर था कि उसे सभी होरक्रक्सों को ख़त्म करने में कितना समय लगेगा। डम्बलडोर ने उन्हें नष्ट करने का काम उसे सौंपा था और उनके आदेश का पालन करके वह उन सभी बंधनों को तोड़ रहा था, जो न सिर्फ़ वोल्डेमॉर्ट को, बल्कि उसे भी ज़िंदगी से जोड़े हुए थे! कितना साफ़-सुथरा, कितना बढ़िया तरीक़ा था कि दूसरों की जान जोखिम में न डाली जाए, बल्कि यह ख़तरनाक काम उसी लड़के को दे दिया जाए, जिसे पहले ही बलि के लिए चुना जा चुका है। उस लड़के को, जिसकी मौत से कोई नुक़सान नहीं होगा, बल्कि जो वोल्डेमॉर्ट के लिए एक और झटका होगी।

डम्बलडोर जानते थे कि हैरी इससे बचने की कोशिश नहीं करेगा। वे जानते थे कि वह अंत तक चलता रहेगा, भले ही यह *उसका* भी अंत हो। वे यह बात इसलिए जानते थे, क्योंकि उन्होंने उसे समझने की जहमत

उठाई थी। डम्बलडोर जानते थे, ठीक उसी तरह, जिस तरह वोल्डेमॉर्ट जानता था, कि हैरी अपनी ख़ातिर किसी को मरने नहीं देगा, बशर्ते उसे पता हो कि इसे रोकना उसके हाथ में है। बड़े हॉल में फ्रेड, ल्यूपिन और टौंक्स की लेटी लाशों की छवियाँ उसके दिमाग़ में आईं। एक पल के लिए तो वह मुश्किल से साँस ले पाया : मौत बेचैन थी ...

लेकिन डम्बलडोर ने उसकी क्षमता को ज़रूरत से ज़्यादा आँक लिया था। वह पूरी तरह कामयाब नहीं हो पाया था : साँप बच गया था। हैरी के मरने के बाद भी एक होरक्रक्स वोल्डेमॉर्ट को ज़मीन से जोड़े था। वैसे इस एक काम को कोई दूसरा आसानी से कर लेगा। उसने सोचा इसे कौन करेगा ... ज़ाहिर है, रॉन और हर्माइनी जानते थे कि क्या करना है ... शायद इसीलिए डम्बलडोर चाहते थे कि वह उन्हें हर बात बता दे ... ताकि अगर वह कुछ जल्दी अपनी नियति तक पहुँच जाए, तो वे काम आगे जारी रख सकें ...

ठंडी खिड़की पर बारिश की बूँदों की तरह ये विचार स्पष्ट सच्चाई की सख़्त सतह पर टकराए। हैरी को इस सत्य का प्रबल एहसास हो गया कि उसे मरना ही है। *मुझे मरना ही होगा।* इसे ख़त्म करना ही होगा।

रॉन और हर्माइनी जैसे बहुत दूर थे, किसी दूर-दराज़ के देश में थे। उसे महसूस हुआ, जैसे वह बहुत पहले ही उनसे जुदा हो चुका है। उसने दृढ़ संकल्प कर लिया था : कोई अलविदा और स्पष्टीकरण नहीं। यह एक ऐसी यात्रा थी, जो वे एक साथ नहीं कर सकते थे। वे उसे रोकने की कोशिश करेंगे, जिसमें क़ीमती समय बर्बाद होगा। उसने अपनी घिसी-पिटी सुनहरी घड़ी को देखा, जो उसे सत्रह साल का होने पर मिली थी। उसे सौंपने के लिए वोल्डेमॉर्ट द्वारा घोषित युद्धविराम का आधा घंटा ख़त्म हो चुका था।

वह उठकर खड़ा हो गया। उसका दिल किसी दहशतज़दा पक्षी की तरह उसकी पसलियों से टकराए जा रहा था। शायद यह जानता था कि इसके पास बहुत कम समय बचा है। शायद यह अंत से पहले ज़िंदगी भर की धड़कनों को पूरा कर लेना चाहता था। ऑफ़िस का दरवाज़ा बंद करते समय उसने पलटकर नहीं देखा।

महल ख़ाली था। इसमें अकेले चलते समय उसे भुतहा एहसास हो रहा था, जैसे वह पहले ही मर चुका हो। तस्वीरों के लोग अब भी अपने फ्रेमों से ग़ायब थे। हर तरफ़ डरावनी ख़ामोशी थी, जैसे महल की सारी बची-खुची ज़िंदगी बड़े हॉल में हो, जहाँ लाशें और रोने वाले लोग मौजूद

थे।

हैरी अपने ऊपर अदृश्य चोगा डालकर उतरने लगा। आख़िरकार वह प्रवेश हॉल में जाने वाली संगमरमर की सीढ़ियों से नीचे जाने लगा। उसका एक बहुत छोटा हिस्सा यह उम्मीद कर रहा था कि कोई उसकी उपस्थिति को भाँपेगा, उसे देखेगा, उसे रोकेगा, लेकिन चोगा हमेशा की तरह आदर्श तथा दोषरहित था और हैरी आसानी से सामने वाले दरवाज़े तक पहुँच गया।

तभी वह नेविल से टकराते-टकराते बचा। नेविल किसी के साथ मैदान से एक लाश उठाकर ला रहा था। हैरी ने नीचे देखा और उसे पेट में एक और झटका महसूस हुआ : नाबालिग़ कॉलिन क्रीवी ज़रूर चोरी से महल में ही छिप गया था, जैसा मैल्फ़ॉय, क्रैब और गॉइल ने किया था। मरने के बाद वह बहुत छोटा दिख रहा था।

'सुनो! मैं उसे अकेला सँभाल सकता हूँ, नेविल,' ऑलिवर वुड ने कहा और कॉलिन को कंधे पर उठाकर बड़े हॉल में ले गया।

नेविल दरवाज़े की चौखट से एक पल टिका रहा और अपने हाथ के पिछले हिस्से से माथा पोंछने लगा। वह किसी बूढ़े आदमी की तरह दिख रहा था। फिर वह दोबारा सीढ़ियाँ उतरकर दूसरी लाशों को लेने के लिए अँधेरे में चल दिया।

हैरी ने बड़े हॉल के दरवाज़े को पलटकर एक नज़र देखा। चारों तरफ़ लोग चल रहे थे, एक-दूसरे को तसल्ली देने की कोशिश कर रहे थे, लाशों के पास झुके थे, लेकिन उसे अपने प्रियजन नहीं दिख रहे थे। हर्माइनी, रॉन, जिनी या वीज़्ली परिवार का कोई नहीं दिख रहा था, लूना भी नहीं। उसे महसूस हुआ कि वह सिर्फ़ उनकी आख़िरी झलक देखने के लिए अपने पास का बचा-खुचा समय भी देने को तैयार था। लेकिन फिर क्या उसमें कभी नज़रें हटाने की शक्ति रहेगी? यह इसी तरह ज़्यादा अच्छा था।

वह सीढ़ियाँ उतरकर बाहर अँधेरे में पहुँच गया। सुबह के लगभग चार बजे थे और मैदान में मौत जैसी ख़ामोशी थी, जैसे सभी अपनी साँस रोककर इंतज़ार कर रहे हों कि क्या वह उस काम को कर सकता है, जो उसे करना ही है।

हैरी नेविल की ओर बढ़ा, जो एक और लाश पर झुक रहा था।

'नेविल।'

'ओह हैरी, तुमने तो मुझे डरा ही दिया! मुझे हार्ट अटैक होते-होते बचा!'

हैरी ने अपना चोगा उतार दिया। उसके मन में न जाने कहाँ से यह विचार आ गया था। वह इसे पूरी तरह पक्का करना चाहता था।

'तुम अकेले कहाँ जा रहे हो?' नेविल ने शंका से पूछा।

'यह सब योजना का हिस्सा है,' हैरी ने कहा। 'मुझे कुछ करना है। सुनो – नेविल –'

'हैरी!' नेविल अचानक डरा हुआ दिखने लगा। 'हैरी, कहीं तुम ख़ुद को उसके हवाले करने तो नहीं जा रहे हो?'

'नहीं,' हैरी ने आसानी से झूठ बोल दिया। 'ज़ाहिर है, नहीं ... दूसरा काम है। लेकिन मैं कुछ समय तक ओझल रह सकता हूँ। तुम वोल्डेमॉर्ट के साँप के बारे में जानते हो, नेविल? उसके पास एक बड़ा साँप है ... उसका नाम नागिनी है ...'

'हाँ, मैंने सुना है ... तो?'

'उसे मारना है। रॉन और हर्माइनी यह बात जानते हैं, लेकिन अगर वे –'

इस संभावना की भयंकरता उस पर एक पल के लिए हावी हुई, जिस वजह से बात करना असंभव हो गया। लेकिन फिर उसने ख़ुद को दोबारा सँभाला। यह अनिवार्य था। उसे डम्बलडोर की तरह होना चाहिए। उसे अपने दिमाग़ को ठंडा रखकर यह पक्का करना चाहिए कि विकल्प मौजूद हों और दूसरे लोग काम को कर सकें। मरते समय डम्बलडोर जानते थे कि तीन लोग अब भी होरक्रक्सों के बारे में जानते थे। अब नेविल हैरी की जगह पर आ जाएगा। अब भी तीन लोगों को यह रहस्य मालूम होगा।

'अगर किसी कारण वे व्यस्त हों – और तुम्हें मौक़ा मिल जाए –'

'साँप को मार डालना है?'

'साँप को मार डालना है,' हैरी ने दोहराया।

'ठीक है, हैरी। तुम **ठीक** तो हो?'

'मैं ठीक हूँ। धन्यवाद, नेविल।'

लेकिन जब हैरी ने आगे बढ़ने की कोशिश की, तो नेविल ने उसकी कलाई पकड़ ली।

'हम लड़ रहे हैं, हैरी। तुम यह बात जानते हो?'

'हाँ, मैं –'

दमघोंटू भावना के कारण उसका वाक्य अधूरा ही रह गया। वह आगे कुछ नहीं बोल पाया। नेविल को यह अजीब नहीं लगा। उसने हैरी का कंधा थपथपाया। और उसे छोड़कर दूसरी लाशों की खोज में चल दिया।

हैरी ने दोबारा चोगा ओढ़ा और चलने लगा। कोई और भी पास ही चल रहा था। यह आकृति ज़मीन पर लेटी एक और आकृति पर झुकी थी। उससे कुछ फ़ुट दूर पहुँचने पर उसे एहसास हुआ कि वह जिनी है।

वह रुक गया। वह एक लड़की पर झुकी थी, जो अपनी माँ को याद कर रही थी।

'सब ठीक है,' जिनी कह रही थी। 'सब **ठीक** है। तुम्हें अंदर ले चलते हैं।'

'लेकिन मैं *घर* जाना चाहती हूँ,' लड़की फुसफुसाई। 'मैं अब और नहीं लड़ना चाहती!'

'मैं जानती हूँ,' जिनी ने कहा और उसकी आवाज़ टूट गई। 'सब कुछ ठीक हो जाएगा।'

हैरी पर ठंडी हवा के थपेड़े पड़े। वह चिल्लाकर जिनी को बताना चाहता था कि वह वहाँ है, वह उसे बताना चाहता था कि वह कहाँ जा रहा है। वह चाहता था कि जिनी उसे रोके, उसे घसीटकर वापस ले जाए, उसे घर भेज दे ...

लेकिन वह घर पर ही *था*। उसकी याददाश्त में हॉगवर्ट्स उसका पहला और सबसे अच्छा घर था। वह, वोल्डेमॉर्ट और स्नेप – सभी बिखरे हुए परिवारों वाले लड़कों को यहीं पर घर का एहसास हुआ था ...

जिनी अब घायल लड़की के पास घुटने टेके बैठी थी और उसका हाथ थामे थी। बहुत कोशिश करके हैरी आगे चल दिया। उसने सोचा कि उसके गुज़रते समय जिनी ने पलटकर देखा था और सोचा था कि शायद उसे पास से किसी के चलने की आवाज़ आई थी, लेकिन वह कुछ नहीं बोला और उसने पलटकर भी नहीं देखा।

अँधेरे में हैग्रिड की झोपड़ी नज़र आई। वहाँ कोई रोशनी नहीं दिख रही थी। फ़ैंग के दरवाज़ा खरोंचने या उसके स्वागत में भौंकने की आवाज़ भी नहीं सुनाई दे रही थी। हैरी को अचानक हैग्रिड के यहाँ की सारी यात्राएँ

याद हो आईं : आग पर ताँबे की केतली की चमक, रॉक केक, दैत्याकार लार्वा और हैग्रिड का दाढ़ी वाला बड़ा चेहरा, रॉन की घोंघे की उल्टी और नॉरबर्ट को बचाने में हर्माइनी द्वारा हैग्रिड की मदद ...

वह आगे बढ़ा और जंगल के कोने पर पहुँचकर रुक गया।

दमपिशाचों का झुंड पेड़ों के बीच से उड़ रहा था। उसे उनकी ठंडक महसूस हो रही थी और उसे यक़ीन नहीं था कि वे उसे वहाँ से सुरक्षित गुज़र जाने देंगे। उसके पास पितृदेव उत्पन्न करने की शक्ति नहीं थी। वह अब अपनी कँपकँपी पर क़ाबू नहीं रख पा रहा था। आख़िरकार मरना इतना आसान नहीं होता है। हर पल बेशक़ीमती था, जिसमें वह साँस लेता था, घास की ख़ुशबू सूँघता था, चेहरे पर ठंडी हवा महसूस करता था। उसने सोचा कि बाक़ी लोगों के पास बरसों का समय है, जिसे वे बर्बाद कर सकते हैं, इतना ज़्यादा समय कि काटे नहीं कटता, जबकि वह हर पल को पकड़ रहा था। उसी समय उसने सोचा कि वह आगे नहीं जा पाएगा, लेकिन जानता था कि उसे यह करना ही होगा। लंबा खेल अब ख़त्म हो गया था, सुनहरी गेंद पकड़ ली गई थी, अब हवा से उतरने का समय था ...

सुनहरी गेंद। उसकी काँपती उँगलियाँ एक पल के लिए गले में लटके पाउच में टटोलने लगीं और उसने इसे बाहर निकाल लिया।

मैं अंत में खुलती हूँ।

तेज़ और गहरी साँस लेते हुए उसने इसे घूरा। अब जब वह चाहता था कि समय बहुत धीरे चले, तो यह जैसे ज़्यादा तेज़ी से चलने लगा था। उसके भीतर समझ विचार की गति से भी ज़्यादा तेज़ी से आ रही थी। यही वह अंत था। यही वह पल था।

उसने सुनहरी गेंद अपने होंठों पर दबाई और फुसफुसाकर बोला, 'मैं मरने वाला हूँ।'

धातु का खोल खुल गया। उसने अपना काँपता हाथ नीचे किया और चोगे के नीचे ड्रेको की छड़ी उठाकर बुदबुदाया, *'प्रकाशित भव।'*

सुनहरी गेंद के दोनों हिस्सों के बीच में तड़का हुआ काला पत्थर रखा था। पुनर्जीवन पत्थर ने अजेय छड़ी का प्रतिनिधित्व करने वाली ऊपर से नीचे जाती रेखा को तोड़ दिया था। चोगे तथा पत्थर का प्रतिनिधित्व करने वाला त्रिकोण और गोला अब भी मौजूद थे।

एक बार फिर, हैरी बिना सोचे समझ गया। उन्हें एक साथ करना महत्वपूर्ण नहीं है, क्योंकि वह उनमें जुड़ने वाला है। वह दरअसल उन्हें नहीं

पकड़ रहा था : वे उसे पकड़ रहे थे।

उसने अपनी आँखें बंद कीं और पत्थर को तीन बार अपने हाथ में घुमाया।

वह जान गया कि यह हो गया था, क्योंकि उसने अपने चारों ओर हल्की हलचल सुनी। ऐसा लगा, जैसे कमज़ोर शरीरों ने मिट्टी और टहनी भरे मैदान में पैर हिलाए हों, जो जंगल के बाहरी किनारे पर था। उसने आँखें खोलकर चारों ओर देखा।

वे न तो भूत थे, न ही जीवित इंसान थे। वे बहुत हद तक उस रिडल की तरह दिख रहे थे, जो बहुत समय पहले डायरी से बाहर निकला था, जो लगभग ठोस याद था। जीवित शरीरों से कम ठोस, लेकिन भूतों से ज़्यादा। वे उसकी ओर आगे बढ़े और हर चेहरे पर प्रेमपूर्ण मुस्कान थी।

जेम्स हैरी जितने ही लंबे थे। वे वही कपड़े पहने थे, जिनमें वे मरे थे। उनके बाल बिखरे तथा उलझे हुए थे। मिस्टर वीज़्ली की तरह ही उनका चश्मा भी एक तरफ़ को झुका था।

सिरियस ज़्यादा लंबा और आकर्षक था। हैरी ने आज से पहले उसे कभी इतना युवा नहीं देखा था। उसका आरामदेह आकर्षण साफ़ झलक रहा था। उसके हाथ जेब में थे और चेहरे पर मुस्कान थी।

ल्यूपिन ज़्यादा युवा और कम गंदे दिख रहे थे। उनके बाल ज़्यादा मोटे और काले थे। वे इस परिचित जगह पर ख़ुश नज़र आ रहे थे, जहाँ वे किशोरावस्था में इतना घूमे थे।

लिली की मुस्कान सबसे चौड़ी थी। हैरी के क़रीब आते समय लिली ने अपने लंबे बाल पीछे झटके। लिली की हरी आँखें, जो हैरी जैसी ही थीं, हैरी के चेहरे को भूखे अंदाज़ में देखने लगीं, जैसे उसे दोबारा कभी अच्छी तरह नहीं देख पाएँगी।

'तुम बहुत बहादुर हो।'

वह बोल नहीं पाया। उसने अपनी माँ को जी भरकर देखा और सोचने लगा कि काश वह हमेशा इसी तरह खड़ा-खड़ा उन्हें देखता रहे!

'तुम लगभग वहाँ पहुँच चुके हो,' जेम्स ने कहा। 'बहुत क़रीब। हमें ... तुम पर नाज़ है।'

'क्या इसमें दर्द होता है ?'

इससे पहले कि वह रोक पाए, यह बचकाना सवाल हैरी के होंठों से

फिसल ही गया।

'मरने में? बिलकुल नहीं,' सिरियस ने कहा। 'सोने से ज़्यादा जल्दी और आसान होता है।'

'और वह इसे जल्दी से करना चाहेगा। वह इसे ख़त्म करना चाहता है,' ल्यूपिन ने कहा।

'मैं आपकी मौत नहीं चाहता था,' हैरी ने कहा। ये शब्द बिना उसकी इच्छा के आ गए। 'आपमें से किसी की भी। मुझे अफ़सोस है –'

उसने बाक़ी किसी के बजाय ल्यूपिन को देखकर यह बात कही और आग्रहपूर्ण दृष्टि से उन्हें देखा।

'– बेटा होने के ठीक बाद ... रीमस, मुझे अफ़सोस है –'

'मुझे भी अफ़सोस है,' ल्यूपिन ने कहा। 'मुझे अफ़सोस है कि मैं उसे कभी नहीं जान पाऊँगा ... लेकिन वह जान जाएगा कि मैं क्यों मरा था और मुझे उम्मीद है कि वह समझ जाएगा। मैं एक ऐसी दुनिया बनाने की कोशिश कर रहा था, जिसमें वह ज़्यादा सुखी ज़िंदगी बिता सके।'

जंगल के बीच चलती ठंडी हवा ने हैरी की भौंह के बाल उठा दिए। वह जानता था कि वे उसे जाने को क्यों नहीं कह रहे थे। यह उसका ख़ुद का फ़ैसला होना चाहिए।

'आप मेरे साथ रहेंगे?'

'बिलकुल अंत तक,' जेम्स ने कहा।

'वे लोग आपको नहीं देख पाएँगे?' हैरी ने पूछा।

'हम तुम्हारा हिस्सा हैं,' सिरियस ने कहा। 'किसी और को नज़र नहीं आएँगे।'

हैरी ने अपनी माँ को देखा।

फिर वह धीरे से बोला, 'मेरे क़रीब ही रहना।'

फिर वह चल दिया। दमपिशाचों की ठंड का उस पर कोई असर नहीं हुआ। वह अपने साथियों के साथ दमपिशाचों के बीच से गुज़र गया और उसके साथियों ने उसके लिए पितृदेवों का काम किया। एक साथ वे क़रीब लगे पुराने पेड़ों के बीच से गुज़रे। उनकी शाखाएँ उलझी थीं, उनकी जड़ें गाँठदार तथा मुड़ी हुई थीं और चलते वक़्त पैरों में अड़ रही थीं। हैरी ने अँधेरे में चोगे को कसकर लपेट लिया तथा जंगल के भीतर और भीतर चलता चला गया। हैरी को पता नहीं था कि वोल्डेमॉर्ट कहाँ है, लेकिन उसे

यक़ीन था कि वह वोल्डेमॉर्ट को ज़रूर खोज लेगा। जेम्स, सिरियस, ल्यूपिन और लिली बिना आवाज़ किए उसके साथ चल रहे थे। उनके पास रहने से उसे हिम्मत मिल रही थी और इसी कारण वह एक क़दम को दूसरे के सामने रख पा रहा था।

उसका दिमाग़ और शरीर अब अजीब तरीक़े से जैसे अलग-अलग हो गए थे। उसके अंग बिना किसी चेतन निर्देश के काम कर रहे थे, जैसे जिस शरीर को वह छोड़ने वाला था, उसका वह चालक नहीं, बल्कि सवारी हो। जो मुर्दा लोग जंगल में उसके साथ चल रहे थे, वे उसके लिए महल में बचे ज़िंदा लोगों की तुलना में ज़्यादा असली थे : रॉन, हर्माइनी, जिनी और बाक़ी सभी लोग उसे भूतों जैसे लग रहे थे, जब वह लड़खड़ाता हुआ अपनी ज़िंदगी के अंत की ओर जा रहा था, वोल्डेमॉर्ट की ओर जा रहा था ...

एक धम्म और एक फुसफुसाहट : कोई और जीवित प्राणी उसके क़रीब ही हिला। हैरी चोगे के नीचे रुक गया और मुड़कर चारों तरफ़ देखने-सुनने लगा। उसके मम्मी-डैडी, ल्यूपिन और सिरियस भी रुक गए।

'वहाँ कोई है,' एक हाथ दूर से एक रूखी फुसफुसाहट आई। 'उसके पास अदृश्य चोगा है। कहीं पॉटर तो नहीं - ?'

दो आकृतियाँ पास वाले पेड़ के पीछे से निकलीं। उनकी छड़ियाँ रोशन थीं। हैरी ने देखा कि याक्सले और डोलोहोव अँधेरे में ठीक उसी जगह देख रहे थे, जिस जगह पर हैरी, उसके मम्मी-डैडी, सिरियस और ल्यूपिन खड़े थे। उन्हें कुछ नज़र नहीं आया।

'निश्चित रूप से कोई आवाज़ तो आई थी,' याक्सले ने कहा। 'तुम्हें क्या लगता है, जानवर रहा होगा?'

'उस पागल हैग्रिड ने यहाँ बहुत से जानवर पाल रखे हैं,' डोलोहोव ने सिर घुमाकर पीछे देखते हुए कहा।

याक्सले ने अपनी घड़ी पर नज़र डाली।

'समय लगभग ख़त्म होने वाला है। पॉटर को दिया गया एक घंटे का समय पूरा हो चुका है। वह नहीं आ रहा है।'

'लेकिन मालिक को तो यक़ीन था कि वह ज़रूर आएगा! वे ख़ुश नहीं होंगे।'

'बेहतर होगा कि वापस चलें,' याक्सले ने कहा। 'पता लगाते हैं कि

अब क्या योजना है।'

याक्सले और डोलोहोव मुड़कर जंगल की गहराई में जाने लगे। हैरी उनके पीछे चलने लगा। वह जानता था कि वे उसे ठीक उसी जगह तक ले जाएँगे, जहाँ वह जाना चाहता था। उसने अग़ल-बग़ल देखा। उसकी माँ उसकी तरफ़ देखकर मुस्कराई और उसके डैडी ने उत्साह बढ़ाने वाले अंदाज़ में सिर हिलाया।

कुछ मिनट तक यात्रा करने के बाद हैरी को आगे रोशनी दिखी। याक्सले और डोलाहोव एक खुली जगह पर पहुँच गए थे। हैरी जानता था कि यह वही जगह थी, जहाँ कभी एरेगॉग नाम का भयंकर मकड़ा रहता था। उसके विशाल क़बीले के बचे हुए मकड़े अब भी वहीं रहते थे, लेकिन प्राणभक्षियों ने उन्हें अपनी ओर से लड़ने के लिए यहाँ से खदेड़ दिया था।

खुली जगह के बीच में आग जल रही थी और आग की लहराती रोशनी बिलकुल ख़ामोश, चौकस प्राणभक्षियों की भीड़ पर पड़ रही थी। उनमें से कुछ अब भी नक़ाब पहने थे, बाक़ी के चेहरे दिख रहे थे। समूह के बाहरी हिस्से में दो दानव बैठे थे और पूरे दृश्य पर विशाल परछाईं डाल रहे थे। उनके चेहरे क्रूर और चट्टान जैसे खुरदुरे थे। हैरी ने फ़ेनरिर को दुबकते और लंबे नाख़ून चबाते हुए देखा। भारी-भरकम, सुनहरे बालों वाला राउल अपने ख़ून बहते होंठ को दबा रहा था। हैरी ने लूसियस मैल्फ़ॉय को देखा, जो डरा हुआ और आतंकित दिख रहा था। और नार्सिसा को भी, जिसकी आँखें धँसी हुईं और डर से भरी थीं।

हर निगाह वोल्डेमॉर्ट पर टिकी थी, जो सिर झुकाकर खड़ा था। उसके सफ़ेद हाथ सामने की तरफ़ अजेय छड़ी के ऊपर बँधे थे। उसे देखकर लगता था, जैसे वह प्रार्थना कर रहा हो या मन ही मन गिनती गिन रहा हो। हैरी अब भी वहीं स्थिर खड़ा रहा। उसे वोल्डेमॉर्ट बड़े ही मूर्ख बच्चे जैसा लगा, जो लुका-छिपी के खेल में गिनती गिन रहा था। उसके सिर के पीछे चमकते, सम्मोहित पिंजरे में लहराती और बल खाती बड़ी नागिन तैर रही थी। वह किसी भयंकर आभामंडल जैसी लग रही थी।

डोलोहोव और याक्सले के दायरे में शामिल होने पर वोल्डेमॉर्ट ने ऊपर देखा।

'वह नहीं आया, मालिक,' डोलोहोव ने कहा।

वोल्डेमॉर्ट के चेहरे का भाव नहीं बदला। उसकी लाल आँखें आग की रोशनी में जलती नज़र आ रही थीं। धीरे-धीरे उसने अपनी लंबी

उँगलियों के बीच अजेय छड़ी को उठाया।

'मालिक –'

वोल्डेमॉर्ट के सबसे क़रीब बैठी बेलाट्रिक्स बोली थी। उसके बाल बिखरे थे और उसके चेहरे पर थोड़ा ख़ून दिख रहा था, लेकिन इसके अलावा उसे कोई नुक़सान नहीं हुआ था।

वोल्डेमॉर्ट ने हाथ उठाकर उसे चुप कर दिया और वह एक शब्द भी नहीं बोली, बल्कि आराधना के भाव से उसे देखती रही।

'मैंने सोचा था कि वह आएगा,' वोल्डेमॉर्ट ने अपनी ऊँची, स्पष्ट आवाज़ में कहा और उसकी आँखें उठती हुई लपटों पर थीं। 'मुझे उम्मीद थी कि वह आएगा।'

कोई नहीं बोला। वे भी हैरी जितने ही डरे हुए लग रहे थे, जिसका दिल अब उसकी पसलियों पर इतनी तेज़ी से उछल रहा था, जैसे उस शरीर से दूर चला जाना चाहता हो, जिसे वह छोड़ने वाला था। उसके हाथ में पसीना निकल रहा था, जब उसने अपना अदृश्य चोगा खींचा और उसे अपने दुशाले के नीचे रख लिया। उसकी लड़ने की कोई इच्छा नहीं थी।

'ऐसा लगता है कि मैंने ... ग़लत सोचा था,' वोल्डेमॉर्ट ने कहा।

'नहीं, तुमने ग़लत नहीं सोचा था।'

हैरी ने यह बात अपना पूरा ज़ोर लगाकर कही। वह अपने डर को प्रकट नहीं करना चाहता था। पुनर्जीवन पत्थर उसकी सुन्न उँगलियों के बीच से फिसल गया और आग की रोशनी में आगे बढ़ते समय उसने अपने माता-पिता, सिरियस तथा ल्यूपिन को ग़ायब होते देखा। उस पल उसे महसूस हुआ कि वोल्डेमॉर्ट के अलावा कोई भी महत्वपूर्ण नहीं था। जो भी होना था, उन दोनों के बीच ही होना था।

यह भ्रम उतनी ही जल्दी चला गया, जितनी जल्दी आया था। दानव चिंघाड़े और उसी समय प्राणभक्षी भी आगे बढ़े। चिल्लाने, आह भरने और हँसी की भी आवाज़ें सुनाई दीं। वोल्डेमॉर्ट जहाँ खड़ा था, वहीं जैसे जम गया, लेकिन उसकी लाल आँखों ने हैरी को खोज लिया और वह आगे बढ़ते हैरी को घूरता रहा। उनके बीच आग के सिवाय कुछ नहीं था।

फिर एक आवाज़ चिल्लाई –

'हैरी! नहीं!'

वह मुड़ा। हैग्रिड क़रीब के एक पेड़ से बँधा था। आज़ाद होने की

कोशिश में जूझते समय उसके विशाल शरीर के कारण पेड़ चरमराने लगा।

'नहीं! नहीं! हैरी, तुम क्या कर – ?'

'चुप रहो!' राउल चिल्लाया और छड़ी लहराकर हैग्रिड का मुँह बंद कर दिया।

बेलाट्रिक्स उठकर खड़ी हो गई थी और कभी वोल्डेमॉर्ट को, तो कभी हैरी को देख रही थी। उसका सीना ऊपर-नीचे हो रहा था। सिर्फ़ लपटें और साँप ही हिल रहे थे, जो वोल्डेमॉर्ट के सिर के पीछे चमकते पिंजरे में बल खा रहा था।

हैरी को अपने सीने पर छड़ी का एहसास हुआ, लेकिन उसने इसे बाहर निकालने की कोई कोशिश नहीं की। वह जानता था कि साँप बहुत सुरक्षित था। वह जानता था कि अगर उसने अपनी छड़ी नागिनी की तरफ़ तान भी दी, तो भी उसके शाप देने से पहले ही पचास शाप उसे पड़ जाएँगे। अब भी वोल्डेमॉर्ट और हैरी एक-दूसरे को देखते रहे। फिर वोल्डेमॉर्ट ने अपने सिर को थोड़ा सा तिरछा किया और अपने सामने खड़े लड़के को तौला। उसके बिना होंठों के मुँह पर बेरहम मुस्कान आ गई।

'हैरी पॉटर,' उसने बहुत धीमी आवाज़ में कहा, जो लकड़ियों के तड़कने जितनी धीमी थी। 'वह लड़का जो ज़िंदा बच गया था।'

एक भी प्राणभक्षी नहीं हिला। वे इंतज़ार कर रहे थे। हर चीज़ इंतज़ार कर रही थी। हैग्रिड जूझ रहा था और बेलाट्रिक्स हाँफ रही थी। न जाने क्यों हैरी ने जिनी और उसकी दहकती निगाह के बारे में सोचा और अपने होंठों पर उसके होंठों को महसूस किया –

वोल्डेमॉर्ट ने अपनी छड़ी ऊँची कर ली। किसी उत्सुक बच्चे की तरह उसका सिर अब भी एक तरफ़ को था, जैसे सोच रहा हो कि आगे बढ़ने पर क्या होगा। हैरी ने दोबारा उन लाल आँखों में देखा और वह चाहता था कि यह जल्दी से हो जाए, जब वह खड़ा रह सकता था, इससे पहले कि वह नियंत्रण खो दे, इससे पहले कि उसका डर प्रकट हो जाए –

उसने मुँह को हिलते और हरी रोशनी को चमकते देखा, और फिर हर चीज़ ग़ायब हो गई।

अध्याय पैंतीस

किंग्स क्रॉस

वह मुँह के बल लेटा हुआ ख़ामोशी में सुन रहा था। वह बिलकुल अकेला था। वहाँ और कोई भी नहीं था। उसे तो यह भी पूरा यक़ीन नहीं था कि वह ख़ुद भी वहाँ था।

एक लंबे समय बाद, या शायद तत्काल बाद ही, उसे यह लगा कि उसका अस्तित्व है। वह किसी भूत या विचार की तरह अमूर्त या बिना शरीर का नहीं हो सकता। क्योंकि वह लेटा हुआ था, निश्चित रूप से किसी सतह पर लेटा हुआ था। इसका मतलब यह था कि उसकी इंद्रियाँ स्पर्श को महसूस कर रही थीं। इसका यह भी मतलब था कि जिस चीज़ पर वह लेटा था, उसका भी अस्तित्व होगा।

जैसे ही हैरी इस नतीजे पर पहुँचा, उसका ध्यान इस बात की तरफ़ गया कि वह नंगा था। चूँकि वह बिलकुल अकेला था, इसलिए इस बात से उसे चिंता नहीं हुई, हालाँकि वह थोड़ा चौंक ज़रूर गया। उसने सोचा कि अगर वह महसूस कर सकता है, तो देख भी सकता होगा। आँखें खोलने पर उसे पता चला कि वे भी काम कर रही थीं।

वह चमकीली धुंध में लेटा था, हालाँकि इस तरह की धुंध उसने पहले कभी महसूस नहीं की थी। उसके आस-पास का माहौल बादल जैसे धुएँ में नहीं छिपा था, बल्कि ऐसा लग रहा था जैसे बादलों से बना हो। जिस फ़र्श पर वह लेटा था, वह सफ़ेद लग रहा था, न गर्म, न ही ठंडा। वहाँ पर बस एक समतल, ख़ाली चीज़ थी।

वह उठकर बैठ गया। उसके शरीर पर कोई घाव नहीं था। उसने अपना चेहरा छुआ। उसके चेहरे पर चश्मा नहीं था।

फिर एक आवाज़ आस-पास के शून्य से उस तक पहुँची। किसी चीज़ के हल्के-हल्के टकराने की आवाज़, जो जूझ रही थी, फड़फड़ा रही थी, तड़प रही थी। यह एक करुण आवाज़ थी, थोड़ी भद्दी भी। उसे यह अप्रिय एहसास हुआ कि वह किसी गोपनीय या शर्मनाक चीज़ को चुपके से सुन रहा था।

पहली बार उसकी इच्छा हुई कि काश वह कपड़े पहने होता।

उसके दिमाग़ में यह इच्छा आते ही तत्काल थोड़ी दूर पर दुशाले प्रकट हो गए। उसने उन्हें पहन लिया। वे नरम, साफ़ और गर्म थे। यह अजीब बात थी कि उसके इच्छा करते ही वे प्रकट हो गए थे ...

उसने खड़े होकर चारों तरफ़ देखा। क्या वह किसी बड़े आवश्यकता कक्ष में था? उसने जितनी ज़्यादा दूर तक देखा, उसे उतनी ही ज़्यादा चीज़ें दिखीं। काँच की एक बड़ी, गुंबद वाली छत धूप में उसके ऊपर चमक रही थी। शायद यह एक महल था। हर चीज़ शांत और स्थिर थी, सिवाय टकराने और सुबकने की उन अजीब सी आवाज़ों के, जो धुंध में क़रीब से ही आ रही थीं ...

हैरी अपनी जगह पर धीरे से घूमा और आस-पास का माहौल उसकी आँखों के सामने बदलने लगा। एक चौड़ी खुली जगह, चमकदार और साफ़, हॉगवर्ट्स के बड़े हॉल से भी ज़्यादा बड़ा हॉल। यह बिलकुल ख़ाली था। वहाँ वह इकलौता व्यक्ति था, सिवाय –

वह चिहुँक गया। उसे वह चीज़ दिख गई, जो आवाज़ें कर रही थी। बच्चे जैसा एक छोटा प्राणी ज़मीन पर नंगा लेटा था। इसकी चमड़ी रूखी और पपड़ीदार दिख रही थी। यह प्राणी उस सीट के नीचे पड़ा-पड़ा काँप रहा था, जहाँ इसे छोड़ दिया गया था। इसे कोई नहीं चाहता था और इसे कोई चोरी से छोड़ गया था। अब यह साँस लेने के लिए जूझ रहा था।

हैरी को डर लगने लगा। हालाँकि प्राणी छोटा, कमज़ोर और घायल था, लेकिन हैरी उसके पास नहीं जाना चाहता था। बहरहाल, वह क़रीब गया और किसी भी पल पीछे कूदने के लिए तैयार था। जल्दी ही वह इतने क़रीब पहुँच गया कि इसे छू सके, लेकिन वह ऐसा करने की हिम्मत नहीं जुटा पाया। वह ख़ुद को डरपोक समझ रहा था। उसे इस प्राणी को तसल्ली देनी चाहिए, लेकिन इससे उसे नफ़रत हुई।

'तुम कोई मदद नहीं कर सकते।'

उसने पलटकर देखा। एल्बस डम्बलडोर उसकी तरफ़ चलकर आ

रहे थे। वे उमंग से तनकर चल रहे थे और उन्होंने नीले दुशाले पहन रखे थे।

'हैरी,' उन्होंने अपनी बाँहें फैलाईं और उनके दोनों हाथ सफ़ेद और सही-सलामत थे। 'अद्‌भुत लड़के। बहादुर, बहादुर आदमी। चलो घूमते हैं।'

हैरान हैरी डम्बलडोर के पीछे चल दिया। वे पपड़ीदार प्राणी से दूर जाने लगे। डम्बलडोर उसे ऊँची चमकती छत के नीचे दो सीटों की तरफ़ ले गए, जिनकी तरफ़ हैरी का पहले ध्यान नहीं गया था। डम्बलडोर उनमें से एक पर बैठ गए और हैरी दूसरी पर बैठकर अपने पुराने हेडमास्टर का चेहरा घूरने लगा। डम्बलडोर के लंबे, सफ़ेद बाल और दाढ़ी पहले जैसे ही थे। उनकी पैनी नीली आँखें आधे चाँद के आकार के चश्मे के पीछे चमक रही थीं। उनकी नाक पहले जैसी ही मुड़ी हुई थी। हर चीज़ वैसी ही थी, जैसी उसे याद थी। लेकिन फिर भी ...

'लेकिन आप तो मर चुके हैं?' हैरी।

'ओह हाँ,' डम्बलडोर ने सामान्य आवाज़ में कहा।

'तो क्या ... मैं भी मर चुका हूँ?'

'आह,' डम्बलडोर ने कहा और अब वे ज़्यादा खुलकर मुस्करा रहे थे। 'यही तो सवाल है, है ना? कुल मिलाकर, प्यारे बच्चे, मुझे लगता है नहीं।'

उन्होंने एक-दूसरे को देखा। डम्बलडोर अब भी मुस्करा रहे थे।

'नहीं?' हैरी ने दोहराया।

'नहीं,' डम्बलडोर बोले।

'लेकिन ...' हैरी ने अपना हाथ बिजली के निशान की तरफ़ उठाया, परंतु वहाँ निशान नहीं था। 'लेकिन मुझे तो मर जाना चाहिए था - मैंने ख़ुद को नहीं बचाया था! मैं चाहता था कि वह मुझे मार डाले!'

डम्बलडोर ने कहा, 'मैं सोचता हूँ कि इसी से सारा फ़र्क़ पड़ा।'

ख़ुशी रोशनी की तरह, आग की तरह डम्बलडोर से प्रवाहित हो रही थी। हैरी ने पहले कभी उन्हें इतना ज़्यादा संतुष्ट नहीं देखा था।

'समझाएँ,' हैरी ने कहा।

'लेकिन तुम पहले से ही जानते हो,' डम्बलडोर ने अपने अँगूठे आपस में चटकाते हुए कहा।

'मैंने उसे ख़ुद को मारने दिया,' हैरी ने कहा। 'है ना?'

'तुमने ऐसा ही किया,' डम्बलडोर ने सिर हिलाते हुए कहा। 'आगे कहो!'

'तो उसकी आत्मा का जो हिस्सा मुझमें था ...'

डम्बलडोर ने और भी उत्साह से सिर हिलाया तथा हैरी को आगे बोलने के लिए प्रेरित किया। उनके चेहरे पर प्रोत्साहन भरी चौड़ी मुस्कान थी।

'... क्या यह हिस्सा चला गया है?'

'ओह हाँ!' डम्बलडोर ने कहा। 'हाँ, उसने इसे नष्ट कर दिया है। हैरी, तुम्हारी आत्मा समूची है और अब वह पूरी तरह तुम्हारी है।'

'लेकिन फिर ...'

हैरी ने अपने कंधे के पीछे देखा, जहाँ घायल छोटा प्राणी कुर्सी के नीचे काँपा।

'वह क्या है, प्रोफ़ेसर?'

'एक ऐसी चीज़, जो हम दोनों की मदद से परे है,' डम्बलडोर ने कहा।

'लेकिन अगर वोल्डेमॉर्ट ने मारक शाप का इस्तेमाल किया था,' हैरी ने दोबारा कहना शुरू किया, 'और इस बार मेरी ख़ातिर कोई भी नहीं मरा – तो फिर मैं ज़िंदा कैसे बच सकता हूँ?'

'मुझे लगता है कि तुम जानते हो,' डम्बलडोर ने कहा। 'अतीत को याद करते हुए सोचो। याद करो कि उसने अपने अज्ञान में, लालच में, क्रूरता में क्या किया था।'

हैरी ने सोचते हुए अपने आस-पास के माहौल पर नज़र डाली। वे जहाँ बैठे थे, वह सचमुच किसी महल जैसा लग रहा था। हालाँकि यह अजीब सा महल था, क्योंकि इसमें थोड़ी-थोड़ी दूर पर कुर्सियाँ क़तार में लगी थीं और रेलिंग भी थी। वहाँ हैरी, डम्बलडोर और कुर्सी के नीचे पड़े सुबकते प्राणी के सिवाय कोई नहीं था। फिर जवाब उसके होंठों तक आसानी से, बिना किसी कोशिश के आ गया।

हैरी बोला, 'उसने मेरा ख़ून लिया था।'

'बिलकुल!' डम्बलडोर ने कहा। 'उसने तुम्हारा ख़ून लिया था और उससे अपने शरीर को दोबारा बनाया था! तुम्हारा ख़ून उसकी रगों में बह

रहा था, हैरी। लिली की सुरक्षा तुम दोनों के भीतर थी! वोल्डेमॉर्ट ने यह इंतज़ाम कर दिया था कि उसके ज़िंदा रहने तक तुम भी ज़िंदा रहो!'

'मैं ज़िंदा रहूँ ... जब तक वह ज़िंदा रहे ? लेकिन मैंने तो सोचा था ... मैंने तो सोचा था कि मामला उल्टा था! मैंने तो सोचा था कि हम दोनों को मरना होगा ? या फिर यह एक ही बात है ?'

दर्द से कराहते प्राणी के सुबकने और हाथ पटकने से उसका ध्यान भटक गया। वह एक बार फिर पीछे मुड़कर उसकी तरफ़ देखने लगा।

'आपको यक़ीन है कि हम कुछ नहीं कर सकते ?'

'कोई मदद संभव नहीं है।'

'तो फिर और ज़्यादा ... स्पष्ट करें,' हैरी ने कहा। डम्बलडोर मुस्कराए।

'तुम सातवें होरक्रक्स थे, हैरी। वह होरक्रक्स, जिसे वह बनाना नहीं चाहता था। उसने अपनी आत्मा को इतना अस्थिर कर दिया था कि जब उसने तुम्हारे माता-पिता की हत्या करने और छोटे से बच्चे की जान लेने की घिनौनी कोशिश करने का जघन्य अपराध किया, तो यह टूटकर अलग हो गई। लेकिन उसकी आत्मा का जितना हिस्सा उस कमरे में आया था, उतना बाहर नहीं गया, हालाँकि वह यह बात नहीं जानता था। वह अपने पीछे तुम्हारे शरीर के अलावा भी कुछ छोड़कर गया था। उसकी आत्मा का टुकड़ा तुमसे जुड़ गया था - वह संभावित शिकार, जो बच गया था।

'लेकिन उसका ज्ञान दुखद रूप से अधूरा था, हैरी! वोल्डेमॉर्ट जिसे महत्वपूर्ण नहीं मानता है, उसे समझने की कोशिश भी नहीं करता है। घरेलू जिन्नों और बच्चों की कहानियों, प्रेम, वफ़ादारी या मासूमियत के बारे में वोल्डेमॉर्ट कुछ नहीं जानता और समझता है। *कुछ भी नहीं।* इन सबमें उसकी शक्ति से परे भी कोई शक्ति है, जादू की पहुँच से परे भी कोई शक्ति है, इस सच्चाई को वह कभी नहीं समझ पाया।

'उसने तुम्हारा ख़ून इस विश्वास से लिया कि इससे वह शक्तिशाली बन जाएगा। उसने अपने शरीर में उस जादू का छोटा सा हिस्सा भी ले लिया, जो तुम्हारी माँ के बलिदान के कारण तुम्हारी सुरक्षा कर रहा था। उसके शरीर में लिली का बलिदान ज़िंदा रहता और जब तक वह सम्मोहन बरक़रार रहता, तब तक तुम भी ज़िंदा रहते और वोल्डेमॉर्ट की आख़िरी उम्मीद भी बाक़ी रहती।'

डम्बलडोर हैरी को देखकर मुस्कराए। हैरी उन्हें घूरता रहा।

'और आप यह बात जानते थे? आप – हमेशा जानते थे?'

'मैंने अंदाज़ा लगाया था। लेकिन मेरे अंदाज़े आम तौर पर सही होते हैं,' डम्बलडोर ने ख़ुशी से चहकते हुए कहा। वे दोनों काफ़ी समय तक ख़ामोशी में बैठे रहे, जिस दौरान उनके पीछे का प्राणी लगातार काँपता और सुबकता रहा।

'और भी कुछ है,' हैरी ने कहा। 'इसमें और भी कुछ है। मेरी छड़ी ने उसकी उधार वाली छड़ी को क्यों तोड़ दिया था?'

'उस बारे में मुझे पक्का पता नहीं है।'

'तो फिर अंदाज़ा ही बताएँ,' हैरी ने कहा और डम्बलडोर हँस दिए।

'हैरी, तुम्हें यह समझना होगा कि तुम और लॉर्ड वोल्डेमॉर्ट जादू की ऐसी सरहदों तक पहुँच गए हो, जो अनजान और अपरिचित हैं। यह अभूतपूर्व है, इसलिए मुझे यह लगता है कि कोई भी छड़ीसाज़ इसकी भविष्यवाणी नहीं कर सकता था या वोल्डेमॉर्ट को नहीं बता सकता था। लेकिन मुझे लगता है कि यह हुआ होगा।

'जैसा कि तुम अब जानते हो, इंसानी शरीर वापस पाते समय अनजाने में ही लॉर्ड वोल्डेमॉर्ट ने तुम दोनों के बीच के बंधन को दुगुना कर दिया। वह नहीं जानता था कि उसकी आत्मा का एक टुकड़ा तुम्हारे साथ जुड़ गया था। उसने ख़ुद को शक्तिशाली बनाने के इरादे से तुम्हारी माँ के बलिदान का एक अंश अपने भीतर ले लिया। अगर वह उस बलिदान की ज़बर्दस्त शक्ति को समझ सकता, तो शायद वह तुम्हारे ख़ून को छूने की भी हिम्मत नहीं करता ... लेकिन अगर वह समझ सकता, तो वह लॉर्ड वोल्डेमॉर्ट नहीं होता और कभी किसी की हत्या नहीं करता।

'इस दोतरफ़ा संबंध के सुनिश्चित होने के बाद तुम दोनों की क़िस्मत एक साथ गुँथ गई, जो आज तक के इतिहास में कभी दो जादूगरों के साथ नहीं हुआ है। इसके बाद वोल्डेमॉर्ट ऐसी छड़ी से तुम पर हमला करने गया, जिसका मूल तत्व तुम्हारी छड़ी के मूल तत्व का जुड़वाँ था। और जैसा कि हम जानते हैं, इसकी वजह से बहुत ही अजीब घटना हुई। दोनों मूल तत्वों ने ऐसे तरीक़े से प्रतिक्रिया की, जिसकी लॉर्ड वोल्डेमॉर्ट कभी उम्मीद भी नहीं कर सकता था, क्योंकि वह नहीं जानता था कि तुम्हारी और उसकी छड़ी जुड़वाँ हैं।

'हैरी, उस रात को वह तुमसे ज़्यादा डरा हुआ था। तुमने तो मौत की संभावना को स्वीकार कर लिया था, यहाँ तक कि गले भी लगा लिया

था। यह एक ऐसी चीज़ थी, जो लॉर्ड वोल्डेमॉर्ट कभी नहीं कर सकता था। तुम्हारी हिम्मत जीत गई। तुम्हारी छड़ी ने उसकी छड़ी को हरा दिया। और ऐसा करते समय दोनों छड़ियों के बीच ऐसा कुछ हुआ, जो उनके मालिकों के आपसी संबंध को दर्शाता था।

'मेरा मानना है कि उस रात तुम्हारी छड़ी ने वोल्डेमॉर्ट की छड़ी की कुछ शक्तियाँ और गुण ले लिए, जिसका मतलब यह है कि इसमें थोड़ा सा वोल्डेमॉर्ट ख़ुद आ गया। यही वजह है कि जब वह तुम्हारा पीछा कर रहा था, तो तुम्हारी छड़ी ने उसे पहचान लिया। छड़ी ने पहचान लिया कि वह परिचित और कट्टर दुश्मन है। इसके बाद तुम्हारी छड़ी ने उसी के जादू का इस्तेमाल उस पर किया। वह जादू इतना सशक्त था कि लूसियस की छड़ी ने पहले कभी नहीं किया था। तुम्हारी छड़ी में तुम्हारे प्रबल साहस और वोल्डेमॉर्ट की घातक योग्यता की शक्तियाँ थीं। लूसियस मैल्फ़ॉय की छड़ी के पास बचने का मौक़ा ही कहाँ था?'

'लेकिन अगर मेरी छड़ी इतनी शक्तिशाली थी, तो फिर हर्माइनी ने उसे कैसे तोड़ दिया?' हैरी ने पूछा।

'मेरे प्यारे लड़के, उस छड़ी के उल्लेखनीय परिणाम सिर्फ़ वोल्डेमॉर्ट के मामले तक सीमित थे, जिसने जादू के सबसे गहरे नियमों के साथ ग़लत ढंग से छेड़खानी की थी। सिर्फ़ उसके लिए ही वह छड़ी असामान्य रूप से शक्तिशाली थी। वरना तो वह बाक़ी छड़ियों जैसी ही थी ... हालाँकि मुझे यक़ीन है कि अच्छी थी,' डम्बलडोर ने दयालुता से बात पूरी की।

हैरी लंबे समय तक या कुछ पलों तक विचार में डूबा रहा। यहाँ पर समय जैसी चीज़ों के बारे में पक्के तौर पर कुछ कहना बहुत मुश्किल था।

'उसने मुझे आपकी छड़ी से मारा।'

'वह तुम्हें मेरी छड़ी से *नहीं* मार पाया,' डम्बलडोर ने हैरी की बात सही की। 'मुझे लगता है कि हम इस बात पर सहमत हो सकते हैं कि तुम मरे नहीं हो - हालाँकि ज़ाहिर है,' उन्होंने आगे कहा, जैसे उन्हें डर हो कि उन्होंने ग़लत बात कह दी है, 'मैं तुम्हारे कष्टों को कम नहीं आँक रहा हूँ, जो मुझे लगता है कि बहुत गंभीर थे।'

'मैं इस वक़्त बहुत अच्छा महसूस कर रहा हूँ,' हैरी ने अपने साफ़, बेदाग़ हाथों को देखते हुए कहा। 'हम कहाँ हैं?'

'यही तो मैं तुमसे पूछना चाह रहा हूँ,' डम्बलडोर ने चारों तरफ़ देखते हुए कहा। 'तुम्हें क्या लगता है?'

जब तक डम्बलडोर ने यह नहीं पूछा, हैरी को पता नहीं था। बहरहाल, अब उसने पाया कि उसके पास जवाब तैयार था।

हैरी ने धीरे से कहा, 'यह तो किंग्स क्रॉस स्टेशन जैसा लगता है। फ़र्क़ सिर्फ़ इतना है कि यह बहुत ज़्यादा साफ़ और ख़ाली है और जहाँ तक मैं देख सकता हूँ, कोई ट्रेन भी नहीं दिख रही है।'

'किंग्स क्रॉस स्टेशन!' डम्बलडोर हँस रहे थे। 'अच्छा, सचमुच ?'

'तो आपके हिसाब से हम कहाँ हैं ?' हैरी ने थोड़े रक्षात्मक अंदाज़ में कहा।

'मेरे प्यारे बच्चे, मुझे ज़रा भी अंदाज़ा नहीं है। यह तो *तुम्हारी* पार्टी है।'

हैरी को पता नहीं था कि इसका क्या मतलब है। डम्बलडोर उसे ग़ुस्सा दिला रहे थे। उसने उनकी तरफ़ घूरा, फिर उसे याद आया कि उसे वर्तमान जगह का पता लगाने से ज़्यादा ज़रूरी सवाल पूछना है।

'मौत के तोहफ़े,' उसने कहा और यह देखकर ख़ुश हुआ कि इन शब्दों से डम्बलडोर के चेहरे की मुस्कान उड़ गई।

'ओह हाँ,' उन्होंने थोड़ा चिंतित दिखते हुए कहा।

'तो ?'

हैरी जब से डम्बलडोर से मिला था, तब से पहली बार वे बूढ़े के बजाय युवा दिख रहे थे। पल भर के लिए तो वे उस छोटे बच्चे जैसे लगे, जिसे ग़लती करते हुए पकड़ लिया गया हो।

'क्या तुम मुझे माफ़ कर सकते हो ?' उन्होंने कहा। 'क्या तुम इस बात के लिए मुझे माफ़ कर सकते हो कि मैंने तुम पर पूरा भरोसा नहीं किया ? मैंने तुम्हें पूरी बात नहीं बताई ? हैरी, मुझे डर था कि मेरी ही तरह तुम भी नाकामयाब हो जाओगे। मुझे डर था कि तुम भी मेरे जैसी ग़लतियाँ करोगे। मैं तुमसे माफ़ी चाहता हूँ, हैरी। अब मैं जान गया हूँ कि तुम मुझसे ज़्यादा अच्छे आदमी हो।'

'आप किस बारे में बोल रहे हैं ?' हैरी ने डम्बलडोर के बोलने के अंदाज़ और उनकी आँखों के आँसुओं से हैरान होकर कहा।

'मौत के तोहफ़े, मौत के तोहफ़े,' डम्बलडोर बुदबुदाए। 'हताश व्यक्ति का सपना!'

'वे असली हैं!'

'असली और ख़तरनाक। मूर्खों के लिए लालच का जाल,' डम्बलडोर ने कहा। 'और मैं कितना मूर्ख था! लेकिन तुम जानते हो, है ना ? अब तुमसे कोई बात नहीं छिपी है। तुम सब कुछ जानते हो।'

'मैं क्या जानता हूँ ?'

डम्बलडोर ने अपना पूरा शरीर हैरी की तरफ़ घुमाया और उनकी चमकदार नीली आँखों में आँसू अब भी चमक रहे थे।

'मौत का मालिक, हैरी, मौत का मालिक! क्या मैं वोल्डेमॉर्ट से ज़्यादा अच्छा था ?'

'ज़ाहिर है आप थे,' हैरी ने कहा। 'ज़ाहिर है – आप यह बात सोच भी कैसे सकते हैं ? आपने कभी किसी को नहीं मारा, जब आपके पास विकल्प मौजूद थे!'

'सच है, सच है,' डम्बलडोर ने कहा। इस वक़्त वे तसल्ली चाहने वाले बच्चे की तरह दिख रहे थे। 'फिर भी मैंने मौत को जीतने का एक तरीक़ा खोजना चाहा, हैरी।'

'उस तरीक़े से नहीं, जिस तरीक़े से उसने किया था,' हैरी ने कहा। डम्बलडोर पर उसके इतने ग़ुस्से के बाद यह अजीब था कि वह ऊँची छत के नीचे बैठकर डम्बलडोर को ख़ुद उन्हीं के हमले से बचा रहा था। 'होरक्रक्स नहीं, मौत के तोहफ़े।'

'बिलकुल। होरक्रक्स नहीं, मौत के तोहफ़े,' डम्बलडोर बुदबुदाए।

ख़ामोशी छा गई। उनके पीछे का प्राणी सुबक रहा था, लेकिन हैरी ने पीछे पलटकर नहीं देखा।

'ग्रिन्डेलवाल्ड भी उनकी तलाश कर रहा था ?' उसने पूछा।

डम्बलडोर ने एक पल के लिए अपनी आँखें बंद कीं और सिर हिला दिया।

'सबसे बढ़कर इसी बात ने हम दोनों को एक-दूसरे की ओर खींचा था,' उन्होंने धीरे से कहा। 'दो चतुर, घमंडी लड़के, जिनकी लालसा एक ही थी। मुझे यक़ीन है, तुमने अंदाज़ा लगा लिया होगा कि वह गॉडरिक्स हॉलो क्यों आना चाहता था। क्योंकि वहीं पर इग्नोटस पेवरेल की क़ब्र थी। वह उस जगह पर अच्छी तरह खोज करना चाहता था, जहाँ तीसरा भाई मरा था।'

'तो यह सच है ?' हैरी ने पूछा। 'वह कहानी ? पेवरेल भाई –'

'- कहानी में तीन भाई थे,' डम्बलडोर ने सिर हिलाते हुए कहा। 'ओह हाँ, मुझे ऐसा ही लगता है। वे वीरान रास्ते में मौत से मिले थे ... इस बारे में मुझे ज़्यादा संभव यह लगता है कि पेवरेल भाई बहुत ही प्रतिभाशाली और ख़तरनाक जादूगर थे तथा अपने जादू से उन्होंने इन शक्तिशाली वस्तुओं को उत्पन्न किया था। मुझे लगता है कि इनके बारे में मौत के तोहफ़ों की कहानी किंवदंती के रूप में गढ़ ली गई होगी।

'जैसा कि तुम अब जानते हो, चोगा सदियों तक पिता से बेटे, माता से बेटी तक हस्तांतरित होता आया है। इस वक़्त यह चोगा इग्नोटस के आख़िरी जीवित वंशज के पास है, जो इग्नोटस की तरह ही गॉडरिक्स हॉलो गाँव में पैदा हुआ था।'

डम्बलडोर हैरी की तरफ़ देखकर मुस्कराए।

'मैं?'

'हाँ, तुम। मैं जानता हूँ, तुमने अंदाज़ा लगा लिया होगा कि जिस रात तुम्हारे माता-पिता मरे थे, उस रात को यह चोगा मेरे पास क्यों था। जेम्स ने मुझे वह चोगा कुछ दिन पहले ही दिखाया था। इससे यह स्पष्ट हो गया कि स्कूल में उसकी ज़्यादातर ग़लत हरकतें पकड़ में क्यों नहीं आई थीं! मैं जो देख रहा था, उस पर मुझे यक़ीन नहीं हुआ। मैंने उसकी जाँच करने के लिए उसे कुछ समय के लिए माँग लिया। मैंने मौत के तीनों तोहफ़ों को एक साथ करने का अपना सपना काफ़ी समय पहले ही छोड़ दिया था, लेकिन मैं उसे क़रीब से देखने के लोभ को नहीं छोड़ पाया .... मैंने ऐसा चोगा पहले कभी नहीं देखा था, बहुत ही पुराना, हर तरह से आदर्श ... फिर तुम्हारे पिता की मौत हो गई और मेरे पास आख़िरकार मौत के दो तोहफ़े हो गए!'

उनके बोलने का अंदाज़ असहनीय रूप से कटु था।

'चोगे से उन्हें बचने में मदद नहीं मिलती,' हैरी ने जल्दी से कहा। 'वोल्डेमॉर्ट जानता था कि मेरे मम्मी-डैडी कहाँ छिपे हैं। चोगा उन्हें शाप से नहीं बचा पाता।'

'सच है,' डम्बलडोर ने आह भरते हुए कहा। 'सच है।'

हैरी ने इंतज़ार किया, लेकिन डम्बलडोर कुछ नहीं बोले, इसलिए उसने उन्हें उकसाया।

'तो जब यह चोगा आपको दिखा, तब तक आप मौत के तोहफ़ों की तलाश छोड़ चुके थे?'

'ओह हाँ,' डम्बलडोर ने हल्के से कहा। ऐसा लग रहा था कि वे मजबूरी में हैरी से नज़रें मिला रहे थे। 'तुम जानते हो क्या हुआ था। तुम जानते हो। तुम मुझसे उससे ज़्यादा नफ़रत नहीं कर सकते, जितनी कि मैं ख़ुद से करता हूँ।'

'लेकिन मैं आपसे नफ़रत नहीं करता हूँ –'

'तो तुम्हें करनी चाहिए,' डम्बलडोर ने कहा और गहरी साँस ली। 'तुम मेरी बहन की बीमारी का रहस्य जानते हो। यह भी जानते हो कि उन मगलुओं ने क्या किया और वह क्या बन गई। तुम जानते हो कि मेरे पिता ने बदला लेना चाहा और उसकी क़ीमत चुकाते हुए अज़्काबान में मर गए। तुम जानते हो कि एरियाना की देखभाल के दौरान मेरी माँ की जान चली गई।

'मैं इससे चिढ़ता था, हैरी।'

डम्बलडोर ने इसे स्पष्टता से, ठंडे स्वर में कह दिया था। अब वे हैरी के सिर के ऊपर कहीं दूर देख रहे थे।

'मैं प्रतिभाशाली था, चतुर था। मैं ज़िम्मेदारियों से बचना चाहता था। मैं नाम कमाना चाहता था। मैं शोहरत पाना चाहता था।

'मुझे ग़लत मत समझो,' डम्बलडोर ने दर्द भरे भाव से कहा, जिससे वे दोबारा बूढ़े दिखने लगे। 'मैं उनसे प्यार करता था। मैं अपने माता-पिता से प्यार करता था। मैं अपने भाई-बहन से प्यार करता था। लेकिन मैं स्वार्थी था, हैरी। तुम तो बहुत ही निस्वार्थ हो, इसलिए तुम यह कल्पना भी नहीं कर सकते कि मैं कितना स्वार्थी था।

'जब मेरी माँ मर गईं और मुझ पर मेरी बीमार बहन तथा आवारा भाई की ज़िम्मेदारी आ गई, तो मैं ग़ुस्से और कटुता के साथ अपने गाँव लौटा। मैंने सोचा, मैं फँस गया हूँ, बर्बाद हो गया हूँ! और फिर, ज़ाहिर है, वह आ गया ...'

डम्बलडोर दोबारा हैरी की आँखों में देखने लगे।

'ग्रिन्डेलवाल्ड। हैरी, तुम कल्पना भी नहीं कर सकते कि किस तरह उसके विचार मुझ पर हावी हो गए, मुझे सम्मोहित करने लगे। हम शक्ति से मगलुओं को अपने अधीन कर लेंगे। जादूगर जाति विजेता होगी। ग्रिन्डेलवाल्ड और मैं इस क्रांति के मशहूर युवा नायक होंगे।

'ओह, मेरे मन में कुछ नैतिक शंकाएँ थीं, लेकिन मैंने अपनी

अंतरात्मा को खोखले शब्दों से शांत कर दिया। यह सब बहुसंख्यक लोगों की भलाई के लिए होगा और जो भी नुक़सान होगा, जादूगरों को उससे सौ गुना ज़्यादा फ़ायदा होगा। क्या मैं अपने दिल में गेलेर्ट ग्रिन्डेलवाल्ड की हक़ीक़त जानता था? मुझे लगता है कि मैं जानता था, लेकिन मैंने अपनी आँखें मूँद ली थीं। मैं तो बस यह सोच रहा था कि हमारी योजनाएँ अगर साकार हो गईं, तो मेरे सारे सपने सच हो जाएँगे।

'और हमारी योजनाओं के केंद्र में थे मौत के तोहफ़े! उन्होंने हमें मंत्रमुग्ध कर दिया था, हम दोनों पर जादू कर दिया था! अजेय छड़ी, वह हथियार जो हमें सत्ता दिलाएगा! पुनर्जीवन पत्थर - उसके लिए इसका मतलब सजीव-लाशों की सेना तैयार करना था, हालाँकि मैंने यह बात नहीं जानने का नाटक किया! मेरे लिए इसका मतलब मेरे माता-पिता को वापस धरती पर लाना था, ताकि मेरे कंधों से ज़िम्मेदारी का बोझ हट जाए।

'और अदृश्य चोगा ... हैरी न जाने क्यों हमने चोगे के बारे में कभी ज़्यादा बात नहीं की। हम दोनों ही चोगे के बिना ख़ुद को अच्छी तरह छिपा सकते थे। ज़ाहिर है, चोगे का सच्चा जादू यह है कि इसका प्रयोग मालिक के साथ-साथ दूसरों को छिपाने और उनकी रक्षा करने के लिए भी किया जा सकता है। मैंने सोचा कि अगर हमें कभी चोगा मिला, तो यह एरियाना को छिपाने के काम आएगा। बहरहाल, चोगे में हमारी दिलचस्पी मुख्य रूप से इसलिए थी, क्योंकि इससे मौत के तोहफ़ों की तिकड़ी पूरी होती थी। ऐसी मान्यता थी कि जो भी व्यक्ति तीनों चीज़ों का मालिक बन जाएगा, वह मौत को सचमुच जीत लेगा। इसका मतलब हमने यह निकाला कि वह व्यक्ति अजेय बन जाएगा।

'मौत के अजेय मालिक, ग्रिन्डेलवाल्ड और डम्बलडोर! दो महीने का पागलपन, क्रूर सपने और मेरे परिवार के दोनों बचे सदस्यों की उपेक्षा।

'और फिर ... तुम जानते ही हो कि क्या हुआ। सच्चाई मेरे भाई के रूप में सामने आई, जो सामान्य, औसत लेकिन बहुत प्रशंसनीय इंसान है। वह जिन सच्चाइयों को चिल्ला-चिल्लाकर कह रहा था, उन्हें मैं सुनना भी नहीं चाहता था। मैं यह नहीं सुनना चाहता था कि मैं एक कमज़ोर और दिमाग़ी रूप से अस्थिर बहन को साथ लेकर मौत के तोहफ़ों की तलाश करने नहीं जा सकता था।

'बहस झगड़े में बदल गई। ग्रिन्डेलवाल्ड ने संयम खो दिया। मैं उसके भीतर की जिस क्रूरता को अनदेखा करने का नाटक कर रहा था, वह अब

भयंकर तरीक़े से सामने आ गई। मेरी माँ की तमाम देखभाल और सावधानी के बाद ... एरियाना ... मर गई।'

डम्बलडोर ने हल्के से आह भरी और सचमुच रोने लगे। हैरी ने हाथ बढ़ाया और उसे यह जानकर ख़ुशी हुई कि वह उन्हें छू सकता है। उसने उनकी बाँह कसकर पकड़ ली और डम्बलडोर ने धीरे-धीरे ख़ुद पर क़ाबू पा लिया।

'तो, ग्रिन्डेलवाल्ड भाग गया, जैसा कि मेरे अलावा कोई भी भविष्यवाणी कर सकता था। वह ग़ायब हो गया, शक्ति हासिल करने और मगलुओं को यातना देने की अपनी योजनाओं के साथ। वह भाग गया, मौत के तोहफ़ों के अपने सपनों के साथ, जिनमें मैंने उसका उत्साह बढ़ाया था और उसकी मदद की थी। वह भाग गया और मैं अपनी बहन को दफ़न करने के लिए पीछे रह गया। अपराधबोध, भयंकर दुख और शर्म - मैंने अपनी ग़लती की बहुत बड़ी क़ीमत चुकाई है।

'बरसों गुज़र गए। ग्रिन्डेलवाल्ड के बारे में बहुत सारी अफ़वाहें उड़ रही थीं। लोग कहते थे कि उसने असीमित शक्ति वाली एक छड़ी हासिल कर ली थी। इस दौरान मेरे सामने एक बार नहीं, कई बार जादू मंत्री बनने का प्रस्ताव रखा गया। ज़ाहिर है, मैंने इंकार कर दिया। मैं सीख चुका था कि शक्ति के मामले में मैं भरोसे के क़ाबिल नहीं हूँ।

'लेकिन आप फ़ज या स्क्रिमग्योर से ज़्यादा अच्छे रहते, बहुत ज़्यादा अच्छे रहते!' हैरी के मुँह से निकल गया।

'क्या सचमुच ?' डम्बलडोर ने भारीपन से कहा। 'मुझे इतना यक़ीन नहीं है। बहुत छोटी उम्र में मैं साबित कर चुका था कि शक्ति मेरी कमज़ोरी, मेरा प्रलोभन थी। यह एक अजीब बात है, हैरी, लेकिन शक्ति के लिए सबसे उपयुक्त लोग वे होते हैं, जिन्होंने इसे कभी नहीं चाहा। तुम्हारी तरह के लोग। जिन पर लीडरशिप थोपी जाती है और जो मजबूरी में बोझ उठाते हैं, उन्हें यह जानकर हैरानी होती है कि वे इसे सबसे अच्छी तरह उठा सकते हैं।

'मैं हॉगवर्ट्स में ज़्यादा सुरक्षित था। मुझे लगता है कि मैं एक अच्छा टीचर था -'

'आप सबसे अच्छे थे -'

'धन्यवाद, हैरी। लेकिन जब मैंने ख़ुद को युवा जादूगरों को प्रशिक्षण देने में व्यस्त कर लिया था, तब ग्रिन्डेलवाल्ड सेना इकट्ठी करने में जुटा

था। लोग कहते हैं कि वह मुझसे डरता था और शायद यह सच हो, लेकिन मुझे लगता है कि मैं उससे ज़्यादा डरता था।

'ओह, मौत नहीं,' डम्बलडोर ने हैरी की सवालिया निगाह के जवाब में कहा। 'इसलिए नहीं कि वह मेरे साथ जादू द्वारा क्या कर सकता है। मैं जानता था कि हमारे बीच बराबरी का मुक़ाबला है, शायद मैं उससे थोड़ा ज़्यादा निपुण था। मैं तो सच्चाई से डर रहा था। देखो, मैं कभी नहीं जान पाया कि उस आख़िरी, भयंकर लड़ाई में हममें से किसने वह शाप दिया था, जिससे मेरी बहन की मौत हुई थी। तुम मुझे डरपोक कह सकते हो। मैं डरपोक ही था। हैरी, मुझे सारी चीज़ों से परे यह जानने का डर था कि कहीं मैंने ही तो अपनी बहन को नहीं मारा था, अपने घमंड और मूर्खता से नहीं, बल्कि कहीं मैंने ही तो दरअसल वह वार नहीं किया था, जिसने उसकी जान ली थी।

'मैं सोचता हूँ कि वह यह बात जानता था। मुझे लगता है, वह जानता था कि मुझे किससे डर लगता है। मैं उसके साथ द्वंद्वयुद्ध करने को टालता रहा, जब तक कि आख़िरकार टालना शर्मनाक नहीं हो गया। लोग मर रहे थे, वह रोके नहीं रुक रहा था और मुझे पूरी कोशिश करनी ही थी।

'तुम जानते ही हो कि इसके बाद क्या हुआ। मैंने द्वंद्वयुद्ध जीत लिया। मैंने छड़ी जीत ली।'

एक और ख़ामोशी। हैरी ने यह नहीं पूछा कि डम्बलडोर को क्या कभी यह पता चला कि एरियाना को किसने मारा था। वह जानना भी नहीं चाहता था। वह यह तो और भी नहीं चाहता था कि डम्बलडोर उसे यह बताएँ। आख़िरकार वह जान गया कि शहिवाख़ के दर्पण में डम्बलडोर ने क्या देखा होगा और डम्बलडोर दर्पण के बारे में हैरी के आकर्षण को क्यों समझते थे।

वे काफ़ी देर तक ख़ामोशी में बैठे रहे। पीछे के प्राणी के सुबकने से अब हैरी ज़रा भी विचलित नहीं हो रहा था।

आख़िर वह बोला, 'ग्रिन्डेलवाल्ड ने वोल्डेमॉर्ट को छड़ी के पीछे जाने से रोका था। उसने झूठ बोला था। यह नाटक किया था कि वह छड़ी उसके पास कभी थी ही नहीं।'

डम्बलडोर ने सिर हिलाते हुए अपनी गोद की तरफ़ देखा। उनकी मुड़ी हुई नाक पर अब भी आँसू चमक रहे थे।

'लोग कहते हैं कि बाद के सालों में नर्मनगार्ड में अकेले रहते समय

उसे पछतावा हुआ था। मुझे उम्मीद है कि यह सच होगा। मैं यह सोचना चाहूँगा कि उसे अपनी कारगुज़ारियों पर दहशत और शर्म महसूस हुई थी। शायद वोल्डेमॉर्ट से बोला गया झूठ अपने पापों का प्रायश्चित करने की कोशिश थी ... वोल्डेमॉर्ट को मौत के तोहफ़े तक पहुँचने से रोकने की कोशिश थी ...'

'... या शायद आपकी क़ब्र तोड़ने से रोकने की कोशिश थी?' हैरी ने सुझाव दिया और डम्बलडोर ने अपनी आँखें पोंछ लीं।

थोड़ी देर ख़ामोश रहने के बाद हैरी बोला, 'आपने पुनर्जीवन पत्थर का प्रयोग करने की कोशिश की थी।'

डम्बलडोर ने सिर हिलाया।

'यह मुझे बरसों बाद गॉन्ट परिवार के खंडहर मकान में दफ़न मिला। मौत के इसी तोहफ़े को हासिल करने की मुझे सबसे ज़्यादा तमन्ना थी, हालाँकि युवावस्था में मैं इसे बिलकुल अलग कारणों से हासिल करना चाहता था। इसे देखते ही मेरा दिमाग़ घूम गया, हैरी। मैं बिलकुल ही भूल गया कि अब यह एक होरक्रक्स था, इसलिए अँगूठी में निश्चित रूप से शाप होगा। मैंने अँगूठी उठाकर पहन ली और पल भर के लिए सोचा कि मैं एरियाना और अपने माता-पिता को देख सकूँगा और उन्हें बता सकूँगा कि मैं कितना ज़्यादा, कितना ज़्यादा दुखी था ...

'मैं कितना मूर्ख था, हैरी। इतने साल बाद भी मैंने कुछ नहीं सीखा था। मैं मौत के तोहफ़ों को इकट्ठा करने के क़ाबिल नहीं था। मैंने यह बार-बार साबित किया था और यह अंतिम सबूत था।'

'क्यों,' हैरी ने कहा। 'यह स्वाभाविक था! आप अपने परिवार को दोबारा देखना चाहते थे। इसमें क्या ग़लत था?'

'शायद करोड़ों में एक आदमी ही मौत के तोहफ़ों को दोबारा इकट्ठा कर सकता था, हैरी। मैं उनमें से सबसे तुच्छ वस्तु को पाने क़ाबिल था, जो सबसे कम असाधारण थी। मैं सिर्फ़ अजेय छड़ी का मालिक बनने के क़ाबिल था, जब तक कि मैं इसके बारे में डींगें न हाँकूँ और इससे किसी की जान न लूँ। मुझे इसका इस्तेमाल करने की अनुमति इसलिए दी गई थी, क्योंकि मैंने इसे अपने लाभ के लिए नहीं, बल्कि दूसरों को बचाने के लिए हासिल किया था।

'चोगा मैंने सिर्फ़ दिलचस्पी के लिए लिया था, इसलिए यह मेरे लिए कभी उस तरह काम नहीं कर सकता था, जिस तरह इसने तुम्हारे लिए,

अपने सच्चे मालिक के लिए किया है। पत्थर का उपयोग मैंने तुम्हारी तरह बलिदान के लिए नहीं, बल्कि दूसरी दुनिया में शांति से रह रहे लोगों को वापस बुलाने के लिए किया होता। तुम ही मौत के तोहफ़ों के सबसे उपयुक्त मालिक हो।'

डम्बलडोर ने हैरी का हाथ थपथपाया और हैरी उनकी तरफ़ देखकर हँस दिया। वह ख़ुद को रोक नहीं पाया। अब वह डम्बलडोर से नाराज़ कैसे रह सकता था?

'आपने इसे इतना मुश्किल क्यों बनाया?'

डम्बलडोर की मुस्कान थिरकी।

'हैरी, मुझे मिस ग्रेंजर पर भरोसा था कि वह तुम्हें धीमा कर देगी। मुझे डर था कि तुम्हारा गरम दिमाग़ तुम्हारे अच्छे दिल पर हावी हो जाएगा। मैं डर रहा था कि अगर इन ललचाने वाली वस्तुओं के बारे में मैं तुम्हें सीधे सच्चाई बता दूँगा, तो मेरी तरह तुम भी मौत के तोहफ़ों का पीछा करने लगोगे, ग़लत समय पर, ग़लत कारणों से। मैं चाहता था कि अगर वे तुम्हें मिलें, तो सुरक्षित तरीक़े से मिलें। तुम मौत के सच्चे मालिक थे, क्योंकि सच्चा मालिक मौत से भागना नहीं चाहता है। वह स्वीकार करता है कि उसे मरना होगा और वह समझता है कि दुनिया में मरने से भी बहुत, बहुत ज़्यादा बुरी चीज़ें हैं।'

'और वोल्डेमॉर्ट को मौत के तोहफ़ों के बारे में कभी पता नहीं चला?'

'मुझे नहीं लगता, क्योंकि वह पुनर्जीवन पत्थर को नहीं पहचान पाया और उसने इसे होरक्रक्स बना दिया। लेकिन हैरी, अगर उसे इनके बारे में पता होता, तब भी शायद उसकी दिलचस्पी पहले तोहफ़े के अलावा किसी में नहीं होती। वोल्डेमॉर्ट को चोगे की कोई ख़ास ज़रूरत नहीं थी और जहाँ तक पत्थर का सवाल है, वह मौत के मुँह से किसे वापस बुलाना चाहता? उसे मुर्दा लोगों से डर लगता है। वह प्यार नहीं करता है।'

'लेकिन आपको यह उम्मीद थी कि वह छड़ी हासिल करना चाहेगा?'

'जब लिटिल हैंगलटन के क़ब्रिस्तान में तुम्हारी छड़ी ने वोल्डेमॉर्ट की छड़ी को हराया, तभी मुझे यक़ीन हो गया था कि वह इसके लिए कोशिश ज़रूर करेगा। पहले तो उसे डर था कि तुम बेहतर योग्यता के कारण उससे जीत गए हो। लेकिन ऑलिवैन्डर का अपहरण करने के बाद उसे जुड़वाँ मूल तत्वों के बारे में पता चल गया। उसने सोचा कि किसी दूसरी छड़ी के

इस्तेमाल से काम बन जाएगा, लेकिन उधार की छड़ी भी तुम पर नाकाम रही! यहाँ वोल्डेमॉर्ट ने ख़ुद से यह नहीं पूछा कि तुममें ऐसा कौन सा गुण है, जो तुम्हारी छड़ी को इतना सशक्त बनाता है; तुममें ऐसी कौन सी प्रतिभा है, जो उसमें नहीं है। इसके बजाय वह उस ताक़तवर छड़ी को खोजने चल दिया, जो लोगों के अनुसार हर छड़ी को हरा देती है। अजेय छड़ी का मालिक बनना उसके लिए एक तरह का जुनून बन गया, जो तुम्हें मारने के उसके जुनून के बराबर ही था। उसे यक़ीन है कि अजेय छड़ी उसकी आख़िरी कमज़ोरी को ख़त्म कर देती है और उसे सचमुच अजेय बना देती है। बेचारा सीवियरस ...'

'अगर आपने स्नेप के साथ अपनी मौत की योजना बनाई थी, तो आप चाहते थे कि अजेय छड़ी स्नेप के पास पहुँचे, है ना?'

'मैं स्वीकार करता हूँ कि यह मेरा इरादा ज़रूर था,' डम्बलडोर ने कहा, 'लेकिन यह मेरे मनचाहे तरीक़े से नहीं हो पाया, है ना?'

'नहीं,' हैरी ने कहा। 'यह नहीं हो पाया।'

उनके पीछे का प्राणी उछलता और कराहता रहा, लेकिन हैरी तथा डम्बलडोर अब तक की सबसे लंबी ख़ामोशी में बैठे रहे। इस दौरान धीमी गिरती बर्फ़ की तरह हैरी को यह एहसास होने लगा कि आगे क्या होगा।

'मुझे वापस जाना होगा, है ना?'

'यह तुम पर है।'

'मेरे पास विकल्प है?'

'ओह हाँ।' डम्बलडोर उसकी तरफ़ देखकर मुस्कराए। 'तुम कहते हो कि हम किंग्स क्रॉस स्टेशन में हैं? मैं सोचता हूँ कि अगर तुम वापस न लौटने का फ़ैसला करो, तो तुम ... ट्रेन में बैठ सकते हो।'

'और यह मुझे कहाँ ले जाएगी?'

'आगे,' डम्बलडोर ने कहा।

एक बार फिर ख़ामोशी।

'वोल्डेमॉर्ट के पास अजेय छड़ी है।'

'सही कहा। वोल्डेमॉर्ट के पास अजेय छड़ी है।'

'लेकिन आप चाहते हैं कि मैं लौटकर जाऊँ?'

डम्बलडोर ने कहा, 'मैं सोचता हूँ कि अगर तुम लौटकर जाने का

चुनाव करते हो, तो इस बात की संभावना है कि वह हमेशा-हमेशा के लिए ख़त्म हो जाएगा। मैं इस बात का वादा नहीं कर सकता। लेकिन हैरी, मैं इतना ज़रूर जानता हूँ कि अगर तुम वहाँ जाओगे, तो तुमसे ज़्यादा डर उसे होगा।'

हैरी ने एक बार फिर उस अजीब सी चीज़ की तरफ़ देखा, जो दूर की कुर्सी के नीचे की छाया में काँप और कराह रही थी।

'मरे हुए लोगों पर दया मत दिखाओ, हैरी। जीवित लोगों पर दया दिखाओ। और सबसे बड़ी बात, उन लोगों पर दया दिखाओ, जो बिना प्रेम के जी रहे हैं। लौटकर तुम यह पक्का कर सकोगे कि कम लोग मरें, कम परिवार बिखरें। अगर तुम्हें यह लक्ष्य महत्वपूर्ण लगता है, तो हाल-फ़िलहाल हम विदा लेते हैं।'

हैरी ने आह भरकर सिर हिलाया। इस जगह को छोड़कर जाना उतना मुश्किल नहीं था, जितना कि पहले जंगल में चलकर जाना था, लेकिन यहाँ पर गर्मी, रोशनी और शांति थी। वह जानता था कि वह दर्द और मौत के डर की ओर वापस लौट रहा है। वह उठकर खड़ा हुआ। डम्बलडोर ने भी ऐसा ही किया और एक लंबे पल तक वे एक-दूसरे को देखते रहे।

'मुझे एक आख़िरी बात बताएँ,' हैरी ने कहा। 'क्या यह असली है ? या फिर यह मेरे दिमाग़ में हो रहा है ?'

डम्बलडोर उसकी तरफ़ देखकर मुस्कराए और उनकी आवाज़ हैरी के कानों में तेज़ी से आ रही थी, हालाँकि चमकती धुंध एक बार फिर आ गई थी, जिससे उनकी आकृति अस्पष्ट हो गई थी।

'ज़ाहिर है, यह तुम्हारे दिमाग़ में हो रहा है, हैरी, लेकिन इसका यह मतलब तो नहीं कि यह असली नहीं है!'

अध्याय छत्तीस

योजना की ख़ामी

वह एक बार फिर मुँह के बल ज़मीन पर लेटा था। जंगल की ख़ुशबू उसकी नाक में भर रही थी। उसे अपने गाल के नीचे सख़्त ठंडी ज़मीन और अपने चश्मे की गड़ती नोक महसूस हो रही थी। नीचे गिरने के कारण चश्मे की नोक तिरछी हो गई थी और इसने उसकी कनपटी पर घाव कर दिया था। उसका अंग-अंग दुख रहा था और जिस जगह मारक शाप उससे टकराया था, वहाँ किसी लोहे के मुक्के के घाव जैसा महसूस हो रहा था। वह जहाँ गिरा था, वहाँ से ज़रा भी नहीं हिला, बल्कि बिलकुल स्थिर पड़ा रहा। उसकी बाईं बाँह एक अजीब कोण पर झुकी थी और उसका मुँह खुला था।

उसे उम्मीद थी कि प्राणभक्षी उसकी मौत पर जश्न मनाएँगे और ख़ुशी से चीख़ने-चिल्लाने लगेंगे। लेकिन इसके बजाय उसे कई तेज़ क़दमों, फुसफुसाहटों और चिंता भरी बुदबुदाहटों की आवाज़ सुनाई दी।

'मालिक ... *मालिक ...*'

यह बेलाट्रिक्स की आवाज़ थी और वह इस अंदाज़ में बोल रही थी, जैसे अपने प्रेमी से बोल रही हो। हैरी अपनी आँखें खोलने की हिम्मत नहीं कर सकता था, लेकिन उसने अपनी बाक़ी की इंद्रियों से माहौल को टटोलने की कोशिश की। वह जानता था कि उसकी छड़ी अब भी उसके दुशाले के नीचे फँसी थी, क्योंकि वह इसे अपने सीने और ज़मीन के बीच दबी हुई महसूस कर सकता था। उसके पेट के इलाक़े में हल्के से गद्देदार एहसास ने उसे बताया कि अदृश्य चोगा भी जगह पर ही था और छिपा हुआ था।

'मालिक ...'

'बस काफ़ी है।' वोल्डेमॉर्ट की आवाज़ आई।

कुछ और क़दमों की आवाज़ें। कई लोग वोल्डेमॉर्ट से दूर हट रहे थे। क्या हो रहा है, यह देखने के लिए बेचैन हैरी ने अपनी आँखें एक मिलीमीटर खोल लीं।

वोल्डेमॉर्ट उठकर खड़ा हो रहा था। कई प्राणभक्षी जल्दी से उससे दूर हुए और क़तारबद्ध खड़ी भीड़ में अपनी ख़ाली जगह पर लौटने लगे। अकेली बेलाट्रिक्स पीछे रही, जो वोल्डेमॉर्ट के पास झुकी थी।

हैरी ने अपनी आँखें दोबारा खोलीं और जो दृश्य देखा था, उस पर विचार करने लगा। प्राणभक्षी वोल्डेमॉर्ट के चारों तरफ़ जमा थे, जो ऐसा लगता था कि ज़मीन पर गिर गया था। जब उसने हैरी पर मारक शाप मारा था, तो कुछ हुआ था। क्या वोल्डेमॉर्ट भी गिर गया था? ऐसा ही लगता है। शायद दोनों ही कुछ समय के लिए बेहोश रहे थे और अब दोनों ही होश में आ गए थे ...

'मालिक, क्या मैं मदद –'

'मुझे किसी की मदद नहीं चाहिए,' वोल्डेमॉर्ट ने ठंडे स्वर में कहा और हालाँकि हैरी इसे नहीं देख पाया, लेकिन उसके दिमाग़ में तस्वीर आई कि बेलाट्रिक्स मदद के लिए बढ़ाए हाथ को पीछे खींच रही है। 'लड़का ... क्या वह मर गया?'

अचानक वहाँ ख़ामोशी छा गई। कोई भी हैरी के पास नहीं गया, लेकिन उसे उनकी निगाहें अपने ऊपर महसूस हुईं। ऐसा लग रहा था कि उन निगाहों के कारण वह ज़मीन में और गहरा दब गया था। वह इस दहशत में था कि कहीं उसकी कोई उँगली या पलक हिल न जाए।

'तुम,' वोल्डेमॉर्ट ने कहा और एक धमाके के साथ दर्द भरी चीख़ सुनाई दी। 'जाकर उसकी जाँच करो। मुझे बताओ कि वह मर गया है या नहीं।'

हैरी नहीं जानता था कि उसकी जाँच करने के लिए किसे भेजा गया था। वह तो सिर्फ़ वहीं पड़ा रह सकता था, हालाँकि उसका दिल गद्दारी करता हुआ तेज़ी से धड़क रहा था। वह जाँच किए जाने का इंतज़ार कर सकता था, लेकिन साथ ही उसे यह तसल्ली भी थी कि वोल्डेमॉर्ट उसके क़रीब आने से घबरा रहा है, कि वोल्डेमॉर्ट को शक हो गया है कि सब कुछ योजना के अनुसार नहीं हुआ है ...

हैरी को जितनी उम्मीद थी, उससे कहीं नरम हाथ ने उसका चेहरा छुआ और उसकी एक पलक खोलकर देखी। वही नरम हाथ उसकी शर्ट के

नीचे रेंगा, उसके सीने पर नीचे गया और उसके दिल तक पहुँचा। उसे किसी औरत की तेज़-तेज़ साँसों की आवाज़ सुनाई दे रही थी। उसके लंबे बाल हैरी के चेहरे पर गुदगुदी कर रहे थे। वह जानता था कि वह उसके दिल की धड़कन को महसूस कर सकती है।

'क्या ड्रेको ज़िंदा है? क्या वह महल में है?'

फुसफुसाहट मुश्किल से सुनाई दी। उसके होंठ हैरी के कान से एक इंच दूर थे। उसका सिर इतनी नीचे झुका हुआ था कि उसके लंबे बाल हैरी के चेहरे को बाक़ी लोगों से छिपा रहे थे।

'हाँ,' हैरी ने फुसफुसाकर जवाब दिया।

उसे अपने सीने पर रखा हाथ सिकुड़ता महसूस हुआ। औरत के नाख़ून उसे खरोंच गए। फिर हाथ चला गया। वह उठकर बैठ गई।

'वह मर गया है!' नार्सिसा मैल्फ़ॉय ने देखने वालों से कहा।

और अब वे चिल्ला रहे थे। अब वे विजय के उल्लास में चीख़ रहे थे। अपने पैर पटक रहे थे। हैरी ने अपनी पलकों के बीच से देखा कि जश्न में वे हवा में लाल और सफ़ेद रोशनियों का विस्फोट कर रहे थे।

वह अब भी मौत का नाटक करते हुए ज़मीन पर पड़ा रहा और मामला उसकी समझ में आ गया। नार्सिसा जानती थी कि उसे हॉगवर्ट्स में सिर्फ़ तभी दाख़िल होने और अपने बेटे को खोजने की इजाज़त दी जाएगी, जब वह विजेता सेना का हिस्सा होगी। उसे अब ज़रा भी परवाह नहीं थी कि वोल्डेमॉर्ट जीतता है या नहीं।

'देखा?' वोल्डेमॉर्ट कोलाहल के ऊपर चिल्लाया। 'हैरी पॉटर मेरे हाथों मर चुका है और कोई भी जीवित व्यक्ति अब मेरे लिए ख़तरा नहीं बन सकता! देखो! *पीड़ितो!'*

हैरी को इसी बात की उम्मीद थी। वह जानता था कि उसके शरीर को जंगल की ज़मीन पर शांति से पड़ा नहीं रहने दिया जाएगा। वोल्डेमॉर्ट की विजय को साबित करने के लिए इसका अपमान होना ही था। वह हवा में उठ गया और बेजान दिखने के लिए उसे अपने सारे संकल्प की ज़रूरत पड़ी। बहरहाल, जिस दर्द की वह उम्मीद कर रहा था, वह नहीं हुआ। उसे एक, दो, तीन बार हवा में उछाला गया। उसका चश्मा उड़ गया और उसे अपनी छड़ी दुशाले के नीचे हल्की सी फिसलती महसूस हुई, लेकिन वह स्थिर और बेजान ही बना रहा। जब वह आख़िरी बार ज़मीन पर गिरा, तो ख़ाली जगह पर हँसी की चीख़ें और चिल्लाहटें गूँजने लगीं।

वोल्डेमॉर्ट ने कहा, 'अब हम महल में चलते हैं और उन लोगों को दिखाते हैं कि उनके हीरो का क्या हाल हुआ है। लाश को कौन घसीटकर ले जाएगा? नहीं - ठहरो -'

हँसी का एक और ठहाका सुनाई दिया तथा कुछ पल बाद हैरी को अपने नीचे की ज़मीन काँपती महसूस हुई।

'तुम उसे लेकर चलो,' वोल्डेमॉर्ट ने कहा। 'वह तुम्हारी बाँहों में साफ़ दिखेगा, है ना? अपने छोटे दोस्त को उठा लो, हैग्रिड। और उसे चश्मा - चश्मा भी पहना दो - इससे वह पहचान में आ जाएगा।'

किसी ने हैरी का चश्मा ज़ोर से उसके चेहरे पर लगा दिया, लेकिन उसे जिन विशाल हाथों ने उठाया, वे बहुत ही नरम थे। हैरी को महसूस हुआ कि हैग्रिड के हाथ उसकी ज़बर्दस्त सुबकियों के कारण काँप रहे थे। जब हैग्रिड ने उसे अपनी बाँहों में उठाया, तो हैरी के शरीर पर उसके बड़े-बड़े आँसू गिरने लगे। हैरी हिलकर या कुछ बोलकर हैग्रिड को यह जताने की हिम्मत नहीं कर पाया कि अब भी सब कुछ ख़त्म नहीं हुआ है।

'चलो,' वोल्डेमॉर्ट ने कहा और हैग्रिड लड़खड़ाया। क़रीब उग रहे पेड़ों के बीच से वह जंगल में मजबूरन चलने लगा। शाखाएँ हैरी के बालों और दुशालों में उलझ रही थीं, लेकिन वह स्थिर रहा। उसका मुँह खुला था और आँखें बंद थीं। प्राणभक्षी उसके चारों तरफ़ ख़ुशी मना रहे थे और हैग्रिड अंधों की तरह चलते हुए सुबक रहा था। अँधेरे में किसी ने भी यह नहीं देखा कि हैरी पॉटर के खुले गले की एक नस फड़क रही थी ...

प्राणभक्षियों के पीछे दोनों दानव भी आवाज़ें करते हुए चलने लगे। हैरी को उनके गुज़रते समय पेड़ों के चरमराने और गिरने की आवाज़ आ रही थी। वे इतना शोर कर रहे थे कि चिड़ियाँ चीख़ती हुई आसमान में उड़ने लगीं और इसमें प्राणभक्षियों की विजयी चीख़-पुकार भी डूब गई। विजयी क़ाफ़िला खुले मैदान की तरफ़ गया और कुछ समय बाद हैरी को लगा कि उसकी बंद पलकों पर पड़ने वाला अँधेरा कम हो रहा है। वह समझ गया कि पेड़ों के बीच का फ़ासला बढ़ रहा था।

'बेन!'

हैग्रिड की अप्रत्याशित दहाड़ ने हैरी को आँखें खोलने के लिए मजबूर कर दिया। 'अब तो ख़ुश हो कि तुम नहीं लड़े, डरपोक कहीं के? क्या तुम ख़ुश हो कि हैरी पॉटर - म - मर गया ...?'

हैग्रिड आगे नहीं बोल पाया, बल्कि फिर से फूट-फूटकर रोने लगा।

हैरी ने सोचा कि कितने सेनटॉर्स उनके क़ाफ़िले को गुज़रते देख रहे होंगे। वह आँखें खोलकर उन्हें देखने की हिम्मत नहीं कर सकता था। कुछ प्राणभक्षियों ने सेनटॉर्स का अपमान किया, जब वे सेनटॉर्स को पीछे छोड़कर आगे निकल गए। कुछ समय बाद हवा की ताज़गी से हैरी को एहसास हुआ कि वे जंगल के किनारे पर पहुँच रहे हैं।

'रुक जाओ।'

हैरी ने सोचा कि हैग्रिड वोल्डेमॉर्ट का आदेश मानने के लिए विवश हुआ होगा, क्योंकि वह थोड़ा लड़खड़ाया। अब जहाँ वे खड़े थे, वहाँ अजीब सी ठंडक का एहसास होने लगा। हैरी को दमपिशाचों की खड़खड़ाती साँसों की आवाज़ सुनाई दी, जो बाहरी पेड़ों की पहरेदारी कर रहे थे। अब उनका उस पर कोई प्रभाव नहीं पड़ सकता था। उसकी अपनी जान बचने की सच्चाई किसी मशाल की तरह उसके भीतर जल रही थी और दमपिशाचों के ख़िलाफ़ काम कर रही थी। ऐसा लग रहा था, जैसे उसके पिता का मृग उसके दिल में रक्षक बना हुआ था।

कोई हैरी के पास से गुज़रा। हैरी जानता था कि यह स्वयं वोल्डेमॉर्ट था, क्योंकि एक पल बाद ही वह बोलने लगा। उसकी आवाज़ जादू से कई गुना बढ़कर मैदान में गूँज रही थी और हैरी के कान के पर्दे फाड़ रही थी।

'हैरी पॉटर मर गया है। जब तुम लोग उसकी ख़ातिर अपनी जान दे रहे थे, तब वह चुपके से भागकर ख़ुद को बचाने की कोशिश कर रहा था। उसके भागते समय हमने उसे मार दिया। हम उसकी लाश को सबूत के तौर पर लाए हैं। आकर देखो, तुम्हारा हीरो चला गया है।

'हमने जंग जीत ली है। तुमने अपने आधे योद्धा खो दिए हैं। मेरे प्राणभक्षी तुमसे संख्या में ज़्यादा हैं और वह लड़का जो ज़िंदा था, अब मर चुका है। अब कोई युद्ध नहीं होगा। जो भी आदमी, औरत या बच्चा प्रतिरोध करेगा, उसे और उसके पूरे परिवार को मार डाला जाएगा। अब महल से बाहर निकलो और मेरे सामने घुटने टेको। मैं तुम्हें बख़्श दूँगा। तुम्हारे माता-पिता और बच्चे, तुम्हारे भाई-बहन ज़िंदा रहेंगे। मैं सबको माफ़ कर दूँगा और हम सब मिलकर एक नई दुनिया बनाएँगे, जिसमें हम ख़ुशी-ख़ुशी रहेंगे।'

मैदान और महल में ख़ामोशी छा गई। वोल्डेमॉर्ट अब उसके इतना क़रीब था कि हैरी दोबारा आँखें खोलने की हिम्मत नहीं कर सकता था।

'आओ,' वोल्डेमॉर्ट ने कहा। हैरी को सुनाई दिया कि वोल्डेमॉर्ट आगे

बढ़ रहा है और हैग्रिड को उसके पीछे चलने के लिए विवश कर रहा है। अब हैरी ने अपनी आँखें एक पल के लिए खोलीं। उसने देखा कि वोल्डेमॉर्ट उनके सामने चल रहा था। वह नागिनी को अपने कंधों के चारों ओर लपेटे हुए था, जिसका सम्मोहित पिंजरा अब ग़ायब हो चुका था। बहरहाल, हैरी दुशालों के नीचे से अपनी छड़ी नहीं निकाल सकता था, क्योंकि अँधेरा कम हो रहा था और प्राणभक्षी उसके दोनों तरफ़ चल रहे थे, जो उसे ऐसा करते देख सकते थे ...

'हैरी,' हैग्रिड सुबका। 'ओह, हैरी ... हैरी ...'

हैरी ने अपनी आँखें दोबारा बंद कर लीं। वह जानता था कि वे महल के क़रीब पहुँच रहे हैं। उसने अपने कान उस तरफ़ लगा लिए, ताकि वह प्राणभक्षियों के हल्ले और उनके क़दमों की तेज़ आवाज़ों के पार महल के भीतर के ज़िंदा लोगों की आवाज़ें सुन सके।

'ठहरो।'

प्राणभक्षी एकाएक रुक गए। आवाज़ों से हैरी को पता चला कि वे स्कूल के सामने वाले दरवाज़े के सामने क़तार में खड़े हो गए हैं। उसे अपनी बंद पलकों पर रोशनी का एहसास हुआ, जो निश्चित रूप से प्रवेश हॉल से आ रही होगी। वह इंतज़ार करने लगा। किसी भी पल वे लोग बाहर निकल आएँगे, जिनकी ख़ातिर उसने अपनी जान देने की कोशिश की थी। वे उसे हैग्रिड की बाँहों में बेजान देखेंगे।

'नहीं!'

यह एक चीख़ बहुत भयंकर थी, क्योंकि उसने कभी यह उम्मीद नहीं की थी या सपने में भी नहीं सोचा था कि प्रोफ़ेसर मैक्गॉनेगल इतनी बुरी तरह चीख़ सकती हैं। उसने पास ही में एक औरत को हँसते सुना और समझ गया कि बेलाट्रिक्स मैक्गॉनेगल की हताशा पर ख़ुश हो रही थी। हैरी ने एक पल के लिए दोबारा ज़रा सी आँख खोलकर देखा। खुले दरवाज़े से लोग अपने विजेताओं के सामने आ रहे थे। युद्ध में बचे लोग सामने वाली सीढ़ियों से उतरकर ख़ुद अपनी आँखों से हैरी की मौत की सच्चाई की जाँच करने आ रहे थे। वोल्डेमॉर्ट उसके थोड़ा सामने खड़ा था और सफ़ेद उँगली से नागिनी का सिर सहला रहा था। उसने अपनी आँखें दोबारा बंद कर लीं।

'नहीं!'

'नहीं!'

'हैरी! **हैरी!'**

रॉन, हर्माइनी और जिनी की आवाज़ें मैक्गॉनेगल से भी ज़्यादा बुरी थीं। हैरी उन्हें चिल्लाकर जवाब देने के लिए बेताब था, लेकिन वह ख़ामोश लेटा रहा। उनकी चिल्लाहटों ने जैसे ट्रिगर दबा दिया। बचे हुए योद्धाओं की भीड़ प्राणभक्षियों पर अपमानजनक शब्दों की बौछार करने लगी, जब तक –

'ख़ामोश!' वोल्डेमॉर्ट चिल्लाया और एक धमाके के साथ तेज़ रोशनी की चमक हुई। हर तरफ़ ख़ामोशी छा गई। 'तुम्हारा खेल ख़त्म हो चुका है! उसे नीचे रख दो, हैग्रिड, मेरे क़दमों के पास, जो उसकी सही जगह है!'

हैरी ने महसूस किया कि उसे नीचे घास पर लिटाया जा रहा है।

'देखा?' वोल्डेमॉर्ट ने उस जगह के पास चहलक़दमी करते हुए कहा। 'हैरी पॉटर मर गया है! नादान लोगो, अब तुम्हें समझ में आया? उसमें ज़रा भी दम नहीं था। वह तो एक ऐसा लड़का था, जो दूसरों के बलिदानों के कारण ज़िंदा था!'

'उसने तुम्हें हरा दिया!' रॉन चिल्लाया और सम्मोहन टूट गया। हॉगवर्ट्स के रक्षक दोबारा चीख़ने-चिल्लाने लगे, जब तक कि एक और सशक्त धमाके ने उनकी आवाज़ें दोबारा बंद नहीं कर दीं।

'वह मारा गया, जब वह चोरी छिपे महल से भागने की कोशिश कर रहा था,' वोल्डेमॉर्ट ने कहा और उसकी आवाज़ इस झूठ पर ख़ुश हो रही थी, 'ख़ुद को बचाने की कोशिश में मारा गया –'

लेकिन वोल्डेमॉर्ट रुक गया। हैरी को झूमाझटकी और चिल्लाहट सुनाई दी। फिर एक और धमाका, रोशनी की चमक और दर्द की हुंकार। उसने अपनी आँख ज़रा सी खोली। कोई भीड़ से आज़ाद हो गया था और वोल्डेमॉर्ट पर हमला करने के लिए आगे आ रहा था। हैरी ने उस आकृति को ज़मीन पर गिरते और निरस्त्र होते देखा। वोल्डेमॉर्ट हमलावर की छड़ी एक तरफ़ फेंक रहा था और हँस रहा था।

'और यह कौन है?' उसने साँप सी धीमी हिस्स में पूछा। 'किसने यह दर्शाने की नादान कोशिश की है कि युद्ध हारने के बाद भी लड़ने का क्या अंजाम होता है?'

बेलाट्रिक्स ख़ुशी से हँसी।

'यह नेविल लाँगबॉटम है, मालिक! वह लड़का, जिसने कैरो भाई-बहन के सामने बहुत सी मुश्किलें खड़ी की थीं! याद है, ऑररर्स का बेटा?'

'ओह हाँ, मुझे याद है,' वोल्डेमॉर्ट ने नेविल को देखते हुए कहा, जो वापस खड़े होने के लिए जूझ रहा था। वह निहत्था और असुरक्षित था तथा बचे हुए योद्धाओं और प्राणभक्षियों के ठीक बीच वाली जगह में खड़ा था। 'लेकिन तुम शुद्ध ख़ून के हो, है ना, बहादुर लड़के?' वोल्डेमॉर्ट ने नेविल से पूछा, जो उसके सामने खड़ा था और उसके ख़ाली हाथों की मुट्ठी बँधी थी।

'उससे क्या?' नेविल ज़ोर से बोला।

'तुममें जोश है, तुममें बहादुरी है और तुम ऊँचे ख़ानदान के हो। तुम बहुत अच्छे प्राणभक्षी बनोगे। हमें तुम्हारे जैसे लोगों की ज़रूरत है, नेविल लाँगबॉटम।'

'जब नरक में बर्फ़ जम जाएगी, तब मैं तुम्हारे दल में शामिल होने के बारे में सोचूँगा,' नेविल ने कहा। 'डम्बलडोर की सेना!' वह चिल्लाया, और भीड़ ने शोर मचाकर उसका उत्साह बढ़ाया, जिसे वोल्डेमॉर्ट का ख़ामोशी सम्मोहन रोक नहीं पाया।

'बहुत बढ़िया,' वोल्डेमॉर्ट ने कहा और हैरी को उसकी आवाज़ की रेशमी कोमलता बेहद ख़तरनाक लगी, जो सबसे शक्तिशाली शाप से भी ज़्यादा ख़तरनाक थी। 'लाँगबॉटम, अगर तुम्हारा चुनाव यही है, तो हम अपनी मूल योजना पर वापस लौटते हैं,' उसने धीरे से कहा, 'यह तुम्हारे सिर पर है।'

अभी भी अपनी पलकों के बीच से देख रहे हैरी ने वोल्डेमॉर्ट को छड़ी लहराते देखा। कुछ पल बाद महल की टूटी खिड़की से एक अजीब से आकार की चिड़िया जैसी चीज़ आधी रोशनी में उड़ी और वोल्डेमॉर्ट के हाथ में आ गई। उसने उस फटी-पुरानी चीज़ को इसके नोकदार सिरे से हिलाया। यह ख़ाली चिथड़े की तरह लटकने लगी : बोलती टोपी।

'हॉगवर्ट्स स्कूल में अब विद्यार्थियों को हाउसों में बाँटने की रस्म नहीं होगी,' वोल्डेमॉर्ट ने कहा। 'कोई हाउस नहीं होंगे। मेरे महान पूर्वज नागेश नागशक्ति के प्रतीक, मोहर और रंग सबके लिए पर्याप्त होंगे, है ना, नेविल लाँगबॉटम?'

उसने अपनी छड़ी नेविल की ओर की, जो सख़्त और स्थिर हो गया। फिर वोल्डेमॉर्ट ने टोपी नेविल के सिर पर रखी, जिससे यह

फिसलकर उसकी आँखों के नीचे तक पहुँच गई। महल के सामने से देख रही भीड़ में हलचल हुई और प्राणभक्षियों ने हॉगवर्ट्स के योद्धाओं को दूर रखने के लिए एक साथ अपनी छड़ियाँ उठा लीं।

'यहाँ पर नेविल यह दिखा रहा है कि उन लोगों का क्या अंजाम होता है, जो मेरा विरोध करने की मूर्खता करते हैं,' वोल्डेमॉर्ट ने कहा और छड़ी लहराकर बोलती टोपी में लपटें उत्पन्न कर दीं।

भोर की हल्की रोशनी में चीख़ें गूँजने लगीं। नेविल लपटों में घिरा हुआ था। वह अपनी जगह पर जमा था और हिल नहीं पा रहा था। हैरी इसे बर्दाश्त नहीं कर पाया। उसे कुछ करना होगा -

और फिर उसी पल एक साथ कई चीज़ें हुईं।

उन्हें स्कूल की दूर वाली सीमा से एक शोर सुनाई दिया। ऐसा लग रहा था, जैसे सैकड़ों लोग ओझल दीवारों के पार इकट्ठे हो गए थे और युद्ध के नारे लगाते हुए महल की ओर आ रहे थे। उसी वक़्त ग्रॉप महल के पास से निकलकर चिल्लाया, **'हैगर!'** वोल्डेमॉर्ट के दानवों ने उसकी चिल्लाहट का जवाब दिया। वे हाथियों की तरह ग्रॉप की ओर भागे, जिससे ज़मीन काँपने लगी। फिर खुरों और धनुषों की आवाज़ आई तथा प्राणभक्षियों पर अचानक तीर गिरने लगे, जो तितर-बितर हो गए और हैरानी से चिल्लाने लगे। हैरी ने अपने दुशाले के भीतर से अदृश्य चोगा निकाला और उसे अपने ऊपर डालकर खड़ा हो गया। नेविल भी हिला।

एक तेज़ हरकत करके नेविल ने अपने शरीर-बंधन शाप से मुक्ति पाई। जलती हुई टोपी उससे दूर गिर गई और उसने इसकी गहराई से चाँदी की चमकती, माणिक की मूठ वाली एक चीज़ बाहर निकाली -

आने वाली भीड़ या लड़ते दानवों या दौड़ते सेनटॉर्स की आवाज़ों की गरज के ऊपर चाँदी की तलवार की आवाज़ नहीं सुनी जा सकती थी, लेकिन इसके बावजूद हर आँख इस पर टिक गई। एक झटके में नेविल ने बड़े साँप का सिर काट डाला, जो हवा में ऊपर उठा और प्रवेश हॉल से आती रोशनी में चमका। वोल्डेमॉर्ट का मुँह आवेश भरी चीख़ में खुला, जो किसी ने नहीं सुनी और साँप का बेजान शरीर उसके क़दमों के पास धम्म से गिर गया -

इससे पहले कि वोल्डेमॉर्ट अपनी छड़ी उठा पाए, अदृश्य चोगे के नीचे छिपे हैरी ने नेविल और वोल्डेमॉर्ट के बीच कवच सम्मोहन कर दिया। फिर चिल्लाहटों और लड़ते दानवों के तेज़ क़दमों की आवाज़ों के ऊपर

हैग्रिड की चीख़ सुनाई दी।

'हैरी!' हैग्रिड चिल्लाया, **'हैरी – हैरी कहाँ गया?'**

खलबली मच गई। ज़ोरदार आक्रमण कर रहे सेनटॉर्स प्राणभक्षियों को तितर-बितर कर रहे थे। सभी लोग दानवों के लहराते क़दमों से बच रहे थे और एक नई सेना क़रीब आती जा रही थी। हैरी ने बड़े पंख वाले प्राणियों को वोल्डेमॉर्ट के दानवों के सिर पर मँडराते देखा। थेस्ट्रॉल और बकबीक नामक गरुड़अश्व उनकी आँखों पर वार कर रहे थे, जबकि ग्रॉप उन पर मुक्के बरसा रहा था। अब हॉगवर्ट्स के रक्षक जादूगरों और वोल्डेमॉर्ट के प्राणभक्षियों दोनों को ही महल के भीतर जाने के लिए मजबूर किया जा रहा था। हैरी हर दिखने वाले प्राणभक्षी पर शाप मार रहा था और वे ज़मीन पर गिर रहे थे, बिना यह जाने कि उन्हें किसने मारा है। पीछे हटती भीड़ उनके गिरे हुए शरीरों को कुचल रही थी।

अब भी अदृश्य चोगे के नीचे छिपे हैरी को भीड़ के धक्के प्रवेश हॉल में ले गए। वह वोल्डेमॉर्ट की तलाश कर रहा था और वह उसे कमरे के पार दिख गया। बड़े हॉल में पीछे हटते हुए वोल्डेमॉर्ट अपनी छड़ी से मंत्र बरसा रहा था। शाप इधर-उधर मारने के साथ ही वह अपने समर्थकों को चीख़कर निर्देश दे रहा था। हैरी ने और कवच सम्मोहन किए, जिससे वोल्डेमॉर्ट के संभावित शिकार सीमस फ़िनिगन और हान्ना एबॉट उसके पास से सुरक्षित निकलकर बड़े हॉल में पहुँच गए, जहाँ वे युद्ध में शामिल हो गए।

अब सामने वाली सीढ़ियों पर और लोग आ गए थे। हैरी ने देखा कि चार्ली वीज़्ली होरेस स्लगहॉर्न से आगे निकल रहा था, जो अब भी अपना पन्ने जैसा हरा पाजामा पहने थे। हॉगवर्ट्स में रुकने और लड़ने का फ़ैसला करने वाले हर विद्यार्थी के साथ उसके परिवार वाले और दोस्त भी थे। हॉग्समीड के दुकानदार और निवासी भी थे। सेनटॉर बेन, रॉनन और मैगोरियन खुरों की तेज़ आवाज़ों के साथ हॉल में घुस गए, जब हैरी के पीछे किचन की ओर जाने वाला दरवाज़ा टूटकर चूलों पर झूलने लगा।

हॉगवर्ट्स के घरेलू जिन्न चीख़ते हुए प्रवेश हॉल में आए। वे छुरी-काँटे और मीट काटने वाले चाकू लहरा रहे थे। उनका नेतृत्व क्रीचर कर रहा था, जिसकी मेंढक जैसी आवाज़ इस कोलाहल के बावजूद सुनाई दे रही थी। क्रीचर के सीने पर रेग्युलस ब्लैक का लॉकेट उछल रहा था और वह चिल्लाकर कह रहा था : 'लड़ो! लड़ो! मेरे मालिक के लिए लड़ो, जो

घरेलू जिन्नों के संरक्षक हैं! शैतानी शहंशाह से लड़ो! बहादुर रेग्युलस के नाम पर लड़ो! लड़ो!'

वे लोग प्राणभक्षियों के टखनों और जाँघों पर काट रहे थे और चाकू भोंक रहे थे। उनके छोटे चेहरों पर दुर्भावना झलक रही थी। हैरी ने देखा कि सिर्फ़ संख्या के कारण प्राणभक्षी हर तरफ़ हार रहे थे। उन पर मंत्र पड़ रहे थे, सेनटॉर्स तीरों से वार कर रहे थे और घरेलू जिन्न पैरों में चाकू भोंक रहे थे। सिर्फ़ बचने की कोशिश में वे आने वाले झुंड में खो रहे थे।

लेकिन युद्ध अभी ख़त्म नहीं हुआ था। हैरी लड़ने वालों के बीच में तेज़ी से भागा और जूझते योद्धाओं के बीच से निकलकर बड़े हॉल में पहुँच गया।

वोल्डेमॉर्ट हॉल के बीच में खड़ा था और अपने आस-पास मौजूद हर व्यक्ति पर प्रहार कर रहा था। हैरी उसे स्पष्ट नहीं देख सकता था, लेकिन वह उसके क़रीब पहुँचता गया। वह अब भी अदृश्य था। बड़े हॉल में भीड़ जमा हो गई, क्योंकि सभी वहीं आ रहे थे।

हैरी ने देखा कि जॉर्ज और ली जॉर्डन ने याक्सले को फ़र्श पर गिरा दिया। फ़्लिटविक ने डोलोहोव पर वार किया, जिससे वह चीख़ता हुआ गिर गया। वाल्डेन मैकनेअर को हैग्रिड ने कमरे के पार फेंक दिया। वह पत्थर की दीवार से टकराकर बेहोश हो गया। हैरी ने देखा कि रॉन और नेविल फ़ेनरिर ग्रेबैक को हरा रहे थे। एबरफ़ोर्थ रुकवुड को स्तब्ध कर रहा था। आर्थर और पर्सी थिकनेस को ज़मीन पर गिरा रहे थे। लूसियस और नार्सिसा मैल्फ़ॉय भीड़ के बीच भाग रहे थे। वे लड़ने की कोशिश नहीं कर रहे थे, बल्कि अपने बेटे का नाम लेकर चिल्ला रहे थे।

वोल्डेमॉर्ट अब मैक्गॉनेगल, स्लगहॉर्न और किंग्सले से एक साथ लड़ रहा था। उसके चेहरे पर ठंडी नफ़रत थी, जब वे उसके क़रीब आए, लेकिन वे उसे मार नहीं पा रहे थे –

वोल्डेमॉर्ट से पचास गज़ दूर बेलाट्रिक्स अभी भी लड़ रही थी। अपने मालिक की तरह ही वह भी एक साथ तीन लोगों से लड़ रही थी। हर्माइनी, जिनी और लूना अपनी पूरी ताक़त से लड़ रही थीं, लेकिन बेलाट्रिक्स की निपुणता साफ़ दिख रही थी। हैरी का ध्यान भटका, जब उसने देखा कि एक मारक शाप जिनी के इतने क़रीब से गुज़रा कि वह सिर्फ़ एक इंच से मरते-मरते बची –

हैरी ने दिशा बदली और वोल्डेमॉर्ट के बजाय बेलाट्रिक्स की तरफ़

भागा, लेकिन तभी किसी ने उसे धक्का देकर एक तरफ़ हटा दिया।

'चुड़ैल कहीं की, मेरी बेटी को नहीं!'

मिसेज़ वीज़्ली ने अपना चोगा फेंक दिया, जब उन्होंने भागते हुए अपनी बाँहें आज़ाद कीं। बेलाट्रिक्स अपनी जगह पर घूमी और नई चुनौती देने वाली को देखकर ख़ुशी से गरजी।

'मेरे रास्ते से हट जाओ!' मिसेज़ वीज़्ली ने तीनों लड़कियों से चिल्लाकर कहा और छड़ी लहराकर युद्ध करने लगीं। हैरी ने दहशत और उल्लास से देखा, जब मॉली वीज़्ली की छड़ी तेज़ी से लहराने लगी। बेलाट्रिक्स लेस्ट्रेंज की मुस्कान फीकी पड़ गई और गुर्राहट में बदल गई। दोनों छड़ियों से रोशनी की लपटें उड़ रही थीं। दोनों जादूगरनियों के पैरों के आस-पास का फ़र्श गरम होकर तड़क गया था। दोनों औरतें एक-दूसरे की जान लेने के लिए लड़ रही थीं।

'नहीं!' मिसेज़ वीज़्ली चिल्लाईं, जब कुछ विद्यार्थी उनकी मदद करने के लिए आगे आए। 'पीछे हट जाओ! *पीछे हट जाओ!* वह मेरी शिकार है!'

सैकड़ों लोग अब दीवारों के पास क़तार लगाकर दोनों युद्धों को देख रहे थे। वोल्डेमॉर्ट अपने तीन विरोधियों से लड़ रहा था। बेलाट्रिक्स मॉली से लड़ रही थी। हैरी दोनों के बीच अदृश्य खड़ा था। वह हमला करना चाहता था, लेकिन ग़लत व्यक्ति पर वार नहीं करना चाहता था। युद्ध इतनी तेज़ी से हो रहा था कि उसे यक़ीन नहीं था कि उसका निशाना सही लगेगा।

'जब मैं तुम्हें मार दूँगी, तो तुम्हारे बच्चों का क्या होगा?' बेलाट्रिक्स ने ताना मारा, जो अपने मालिक जितनी ही तेज़ी से घूम रही थी, हालाँकि मॉली के शाप उसके चारों तरफ़ नाच रहे थे। 'जब मम्मी भी वहीं चली जाएगी, जहाँ फ्रेडी गया है?'

'तुम - मेरे - बच्चों - को - अब - छू - भी - नहीं - सकतीं!' मिसेज़ वीज़्ली चिल्लाईं।

बेलाट्रिक्स हँसी। यह उसी तरह की उल्लासपूर्ण हँसी थी, जो पर्दे में पीछे गिरने से ठीक पहले उसके कज़िन सिरियस के चेहरे पर दिखी थी। अचानक हैरी जान गया कि इसके बाद क्या होगा - और वही हुआ।

मॉली का शाप बेलाट्रिक्स की खुली बाँह के नीचे से उड़कर निकला और उसके सीने पर पड़ा - उसके दिल के ठीक ऊपर।

बेलाट्रिक्स की दंभी हँसी ठहर सी गई। उसकी आँखें बाहर निकल आईं। पल भर के लिए वह जान गई कि क्या हुआ था और फिर वह गिर गई। देखने वालों की भीड़ शोर मचाने लगी और वोल्डेमॉर्ट चीख़ा।

हैरी को महसूस हुआ, जैसे वह धीमी गति में घूमा। अपनी आख़िरी और सबसे अच्छी सेनापति के पतन पर वोल्डेमॉर्ट का आवेश बम की तरह फटा। मैक्गॉनेगल, किंग्सले और स्लगहॉर्न धमाके से उड़कर पीछे पहुँच गए और हवा में तड़पने लगे। वोल्डेमॉर्ट ने अपनी छड़ी मॉली वीज़्ली की तरफ़ तान दी।

'रक्षाकवच!' हैरी गरजा और सम्मोहन हॉल के बीच में कवच बना दिया। वोल्डेमॉर्ट ने चारों तरफ़ देखा कि यह आवाज़ कहाँ से आई थी। हैरी ने आख़िरकार अदृश्य चोगा उतार दिया।

सदमे, ख़ुशी और चिल्लाहटों की आवाज़ें हर तरफ़ आने लगीं, 'हैरी! **वह ज़िंदा है!'** बहरहाल, आवाज़ें थम गईं। डरी हुई भीड़ तत्काल ख़ामोश हो गई, जब वोल्डेमॉर्ट और हैरी ने नज़रें मिलाईं तथा एक-दूसरे के चारों तरफ़ घूमने लगे।

'मैं नहीं चाहता कि कोई और मदद करने की कोशिश करे,' हैरी ने ज़ोर से कहा और पूरी ख़ामोशी में उसकी आवाज़ किसी बिगुल की तरह गूँजी। 'यह इसी तरह होना है। यह काम मुझे ही करना है।'

वोल्डेमॉर्ट ने हिस्स की आवाज़ निकाली।

'पॉटर का यह मतलब नहीं है,' उसने कहा और उसकी लाल आँखें फैली हुई थीं। 'वह इस तरह से काम नहीं करता है, है ना? तुम आज किसे ढाल बनाओगे, पॉटर?'

'किसी को नहीं,' हैरी ने कहा। 'अब एक भी होरक्रक्स नहीं बचा है। अब मामला तुम्हारे और मेरे बीच है। एक के ज़िंदा रहते दूसरा ज़िंदा नहीं रह सकता और हममें से एक हमेशा के लिए इस दुनिया से चला जाएगा ...'

'हममें से एक?' वोल्डेमॉर्ट ने ताना मारा और उसका पूरा शरीर सख़्त था। उसकी लाल आँखों ने हैरी को उस साँप की तरह घूरा, जो वार करने वाला हो। 'तुम्हें लगता है कि तुम फिर बच जाओगे। तुम पहले संयोग से बच गए थे और इसलिए क्योंकि डम्बलडोर तुम्हें रास्ता दिखा रहे थे?'

'जब मेरी माँ ने मुझे बचाने के लिए अपनी जान दी, तो यह संयोग था?' हैरी ने पूछा। वे अब भी एक-दूसरे के पास गोलाई में घूम रहे थे और

एक-दूसरे से बराबरी की दूरी रखे हुए थे। हैरी की निगाहें वोल्डेमॉर्ट पर टिकी थीं। 'जब मैंने उस क़ब्रिस्तान में लड़ने का फ़ैसला किया, तो यह संयोग था? क्या यह संयोग है कि आज रात को मैंने अपनी रक्षा करने की कोशिश नहीं की और फिर भी बच गया, ताकि दोबारा लड़ने के लिए लौट सकूँ?'

'संयोग!' वोल्डेमॉर्ट चीख़ा, लेकिन उसने अब भी वार नहीं किया और देखने वाले लोग जम गए, जैसे बेजान हों। हॉल में सैकड़ों लोग थे, लेकिन उनके अलावा कोई भी साँस लेता नहीं दिख रहा था। 'संयोग, क़िस्मत और यह सच्चाई कि तुम अपने से ज़्यादा बड़े आदमियों और औरतों के पीछे छिप गए और मुझे उनकी जान लेनी पड़ी!'

'तुम आज रात किसी और को नहीं मार पाओगे,' हैरी ने कहा, जब उन्होंने गोल घूमते हुए एक-दूसरे की आँखों में देखा। लाल और हरी नज़रें आपस में मिल रही थीं। 'अब तुम कभी भी उनमें से किसी को नहीं मार पाओगे। क्या तुम इसे समझ नहीं पाए? मैं मरने के लिए तैयार था, ताकि तुम इन लोगों को नुक़सान न पहुँचाओ -'

'लेकिन तुम मरे नहीं!'

'- मैं मरना चाहता था और इसी कारण यह हुआ। मैंने वही किया, जो मेरी माँ ने किया था। वे तुमसे सुरक्षित हैं। क्या तुमने ध्यान नहीं दिया कि तुमने उन पर जो मंत्र मारे थे, वे अटूट नहीं हैं? तुम उन्हें यातना नहीं पहुँचा सकते। तुम उन्हें छू नहीं सकते। तुम अपनी ग़लतियों से नहीं सीखते हो, रिडल, है ना?'

'तुम्हारी इतनी हिम्मत -'

'हाँ, मेरी इतनी हिम्मत,' हैरी ने कहा, 'मैं ऐसी बातें जानता हूँ, जो तुम नहीं जानते, टॉम रिडल। मैं बहुत सी महत्वपूर्ण बातें जानता हूँ, जो तुम नहीं जानते। एक और बड़ी ग़लती करने से पहले कुछ बातें सुनना चाहोगे?'

वोल्डेमॉर्ट कुछ नहीं बोला, बल्कि गोलाई में चलता रहा। हैरी जानता था कि उसने कुछ समय के लिए उसे मंत्रमुग्ध कर दिया था। वोल्डेमॉर्ट सोच रहा था कि इस बात की धूमिल संभावना थी कि हैरी सचमुच अंतिम रहस्य जानता होगा ...

'क्या यह प्रेम है?' वोल्डेमॉर्ट का साँप जैसा चेहरा हँसी उड़ाने के अंदाज़ में बोला, 'डम्बलडोर का प्रिय समाधान प्रेम, जिसके बारे में उनका

दावा था कि यह मौत को भी जीत सकता है। हालाँकि प्रेम उन्हें मीनार से गिरने से नहीं बचा पाया, जब वे किसी बूढ़े गुड्डे की तरह ज़मीन पर गिरकर टूट गए? *प्रेम,* जो मुझे तुम्हारी बदज़ात माँ को कॉकरोच की तरह मारने से नहीं रोक पाया, पॉटर - कोई भी तुमसे इतना प्रेम नहीं करता है कि वह इस बार भागकर आगे आए और मेरा शाप झेले। तो मेरे वार पर अब तुम्हें मरने से कौन बचाएगा?'

'बस एक चीज़,' हैरी ने कहा। वे अब भी एक-दूसरे के आस-पास गोल-गोल घूम रहे थे तथा सिर्फ़ आख़िरी रहस्य के कारण एक-दूसरे से दूर थे।

'प्रेम नहीं, तो तुम्हें इस बार और कौन सी चीज़ बचाएगी,' वोल्डेमॉर्ट बोला, 'तुम्हें या तो यह यक़ीन होगा कि तुम्हें ऐसा जादू आता है, जो मुझे नहीं आता या फिर तुम्हारे पास मुझसे ज़्यादा शक्तिशाली हथियार है?'

'मुझे दोनों बातों पर यक़ीन है,' हैरी ने कहा। साँप जैसे चेहरे पर सदमे का भाव दिखा, हालाँकि यह तत्काल ही ग़ायब हो गया। वोल्डेमॉर्ट हँसने लगा और यह आवाज़ उसकी चीख़ों से ज़्यादा डरावनी थी। बिना ख़ुशी की और पागलों जैसी यह हँसी ख़ामोश हॉल में चारों तरफ़ गूँजने लगी।

'तुम सोचते हो कि *तुम* मुझसे ज़्यादा जादू जानते हो?' उसने कहा। '*मुझसे* ज़्यादा, लॉर्ड वोल्डेमॉर्ट से ज़्यादा, जिसने ऐसा जादू किया है, जिसके बारे में डम्बलडोर ने कभी सपने में भी नहीं सोचा था?'

'ओह, उन्होंने इसके बारे में सपने में सोचा था,' हैरी ने कहा, 'लेकिन वे तुमसे ज़्यादा जानते थे, इतना ज़्यादा कि उन्होंने वह काम नहीं किया, जो तुमने किया।'

'तुम्हारा मतलब है, वे कमज़ोर थे!' वोल्डेमॉर्ट चीख़ा। 'इतने कमज़ोर कि उनमें वह करने की हिम्मत नहीं थी, इतने कमज़ोर कि उन्होंने वह नहीं लिया, जो उनका हो सकता था, जो अब मेरा होगा!'

'नहीं, वे तुमसे ज़्यादा चतुर थे,' हैरी ने कहा, 'बेहतर जादूगर, बेहतर आदमी।'

'मैंने एल्बस डम्बलडोर को मरवाया था!'

'तुम्हें ऐसा लगता है,' हैरी ने कहा, 'लेकिन तुम ग़लत हो।'

देख रही भीड़ पहली बार हिली, जैसे चारों ओर दीवारों के पास खड़े सैकड़ों लोगों ने एक साथ साँस खींची हो।

'डम्बलडोर मर चुके हैं!' वोल्डेमॉर्ट ने शब्द हैरी की तरफ़ ऐसे उछाले, जैसे उनसे उसे असहनीय दर्द होगा। 'उनका शरीर इस महल के मैदान में बनी संगमरमर की समाधि में सड़ रहा है। मैंने इसे देखा है, पॉटर, और वे नहीं लौटेंगे!'

'हाँ, डम्बलडोर मर चुके हैं,' हैरी ने शांति से कहा, 'लेकिन तुमने उन्हें नहीं मारा है। उन्होंने अपनी मौत से कई महीने पहले ही अपने मरने का तरीक़ा चुन लिया था और उस आदमी के साथ पूरी योजना बना ली थी, जिसे तुम अपना सेवक मानते थे।'

'यह कैसी बेतुकी बात है ?' वोल्डेमॉर्ट ने कहा, लेकिन अब भी उसने वार नहीं किया और उसकी लाल आँखें हैरी की नज़रों पर से नहीं हटीं।

'सीवियरस स्नेप तुम्हारे दल में नहीं थे,' हैरी ने कहा। 'स्नेप तो डम्बलडोर के साथ थे। उसी पल से डम्बलडोर के साथ थे, जब तुमने मेरी माँ को मारना चाहा था। और तुम्हें कभी इस बात का एहसास नहीं हुआ, क्योंकि उस चीज़ को तुम समझ नहीं सकते थे। तुमने कभी स्नेप का पितृदेव नहीं देखा, है ना, रिडल ?'

वोल्डेमॉर्ट ने जवाब नहीं दिया। वे चीरफाड़ करने पर उतारू भेड़ियों की तरह एक-दूसरे के चक्कर काटते रहे।

'स्नेप का पितृदेव हिरणी थी,' हैरी ने कहा, 'मेरी माँ जैसा, क्योंकि वे ज़िंदगी भर उनसे प्यार करते रहे, बचपन से। तुम्हें एहसास हो जाना चाहिए था,' उसने कहा, जब उसने वोल्डेमॉर्ट के नथुनों को फड़कते देखा, 'स्नेप ने तुमसे मेरी माँ की ज़िंदगी बख़्शने को कहा था, है ना ?'

'वह तो बस उसके साथ मज़े करना चाहता था,' वोल्डेमॉर्ट ने व्यंग्य किया, 'लेकिन जब वह मर गई, तो वह सहमत हो गया कि बाक़ी औरतें भी थीं, जो शुद्ध ख़ून की थीं और उसके ज़्यादा क़ाबिल थीं –'

'ज़ाहिर है, स्नेप ने तुमसे यही कहा होगा,' हैरी ने कहा, 'लेकिन जिस पल से तुमने मेरी माँ को धमकी दी, उसी पल से वे डम्बलडोर के जासूस बन गए थे और तभी से वे तुम्हारे ख़िलाफ़ काम करने लगे! जब स्नेप ने डम्बलडोर को मारा, तब डम्बलडोर वैसे भी मौत के क़रीब थे!'

'इससे कोई फ़र्क़ नहीं पड़ता है!' वोल्डेमॉर्ट चिल्लाया, जो पूरे ध्यान से हर शब्द को सुन रहा था, लेकिन अब वह पागलपन भरी हँसी हँसा।

'इससे कोई फ़र्क़ नहीं पड़ता है कि स्नेप मेरे दल में था या डम्बलडोर के दल में या उन दोनों ने मेरे रास्ते में कितनी छोटी-मोटी बाधाएँ खड़ी करने की कोशिश की थी! मैंने उन्हें मसल डाला, जिस तरह मैंने तुम्हारी माँ यानी स्नेप के महान *प्यार* को मसल डाला! ओह, लेकिन इससे बात समझ में आती है, पॉटर, और इस तरह से समझ आती है, जिसे तुम नहीं समझते हो!

'डम्बलडोर अजेय छड़ी को मुझसे दूर रखने की कोशिश कर रहे थे! उनका इरादा था कि स्नेप छड़ी का सच्चा मालिक बन जाए! लेकिन मैं इस मामले में तुमसे आगे निकल गया, लड़के - मैं छड़ी तक पहुँच गया, इससे पहले कि तुम उसे हथिया सको। मैं तुमसे पहले सच्चाई समझ गया था। मैंने तीन घंटे पहले सीवियरस स्नेप को मार डाला और अजेय छड़ी, मौत की छड़ी, क़िस्मत की छड़ी अब सचमुच मेरी है! डम्बलडोर की आख़िरी योजना गड़बड़ा गई, हैरी पॉटर!'

'हाँ, यह गड़बड़ा गई,' हैरी ने कहा। 'तुमने सही कहा। लेकिन तुम मुझे मारने की कोशिश करो, इससे पहले मैं तुम्हें सलाह दूँगा कि तुम अपनी करतूतों के बारे में सोचो ... सोचो और पश्चाताप करने की कोशिश करो, रिडल ...'

'यह क्या कह रहे हो ?'

हैरी ने उससे जितनी भी बातें कही थीं, रहस्य उजागर किए थे या ताने मारे थे, वोल्डेमॉर्ट को इससे ज़्यादा सदमा किसी और बात से नहीं लगा। हैरी ने देखा कि उसकी पुतलियाँ पतले छेदों की तरह सिकुड़ गईं। उसने वोल्डेमॉर्ट की आँखों के आस-पास की चमड़ी को सफ़ेद होते देखा।

'यह तुम्हारा आख़िरी मौक़ा है,' हैरी ने कहा, 'तुम्हारे पास अब यही एक मौक़ा बचा है ... मैं जानता हूँ कि इसके बिना तुम्हारा क्या हाल होगा ... मर्द बनो ... पश्चाताप की कोशिश करो ... कोशिश करो ...'

'तुम्हारी यह ज़ुर्रत - ?' वोल्डेमॉर्ट ने कहा।

'हाँ, मेरी यह ज़ुर्रत,' हैरी ने कहा, 'क्योंकि डम्बलडोर की आख़िरी योजना के गड़बड़ाने से मुझे कोई नुक़सान नहीं हुआ। नुक़सान तो तुम्हें हुआ है, रिडल।'

वोल्डेमॉर्ट का हाथ अजेय छड़ी पर काँप रहा था। हैरी ने ड्रेको की छड़ी को कसकर पकड़ लिया। वह जानता था कि निर्णायक पल बस कुछ ही पल दूर था।

'वह छड़ी तुम्हारे लिए सही तरीक़े से काम नहीं कर रही है, क्योंकि तुमने ग़लत आदमी को मार डाला। सीवियरस स्नेप अजेय छड़ी का सच्चा मालिक था ही नहीं। उसने कभी डम्बलडोर को हराया ही नहीं था।'

'उसने डम्बलडोर को मारा था –'

'क्या तुम सुन नहीं रहे हो ? *स्नेप ने कभी डम्बलडोर को हराया नहीं था!* डम्बलडोर की मौत की योजना उन दोनों के बीच बनी थी! छड़ी के आख़िरी सच्चे मालिक डम्बलडोर बिना हारे मरना चाहते थे! अगर सब कुछ योजना के अनुसार होता, तो छड़ी की शक्ति भी उनके साथ ख़त्म हो जाती, क्योंकि इसे कोई उनसे नहीं जीत पाता!'

'लेकिन फिर तो पॉटर, डम्बलडोर ने एक तरह से छड़ी मुझे दे दी है!' वोल्डेमॉर्ट की आवाज़ दुर्भावनापूर्ण हँसी से काँप रही थी। 'मैंने इसे इसके आख़िरी मालिक की क़ब्र से चुराया था! मैंने इसे इसके आख़िरी मालिक की इच्छा के ख़िलाफ़ हटाया था! इसकी शक्ति मेरी है!'

'तुम अब भी नहीं समझे, रिडल, है ना ? छड़ी को हासिल करना ही काफ़ी नहीं है! इसे पकड़ने, इसका इस्तेमाल करने से यह तुम्हारी नहीं बन जाती है। क्या तुमने ऑलिवैन्डर की बात नहीं सुनी थी ? *छड़ी जादूगर को चुनती है* ... डम्बलडोर के मरने से पहले अजेय छड़ी ने एक नया मालिक चुन लिया था, हालाँकि उसने इसे छुआ तक नहीं था। नए मालिक ने डम्बलडोर की इच्छा के ख़िलाफ़ उनकी छड़ी गिरवा दी थी और उसे कभी यह एहसास ही नहीं हुआ कि उसने कितना बड़ा काम किया था या दुनिया की सबसे ख़तरनाक छड़ी ने उसे अपना मालिक मान लिया था ...'

वोल्डेमॉर्ट का सीना तेज़ी से ऊपर-नीचे हुआ और हैरी को शाप आता महसूस हुआ। उसे अपने चेहरे की तरफ़ तनी छड़ी के भीतर शाप बनता महसूस हुआ।

'अजेय छड़ी का सच्चा मालिक ड्रेको मैल्फ़ॉय था।'

एक पल के लिए वोल्डेमॉर्ट के चेहरे पर सदमा दिखा, लेकिन फिर यह चला गया।

'पर इससे क्या फ़र्क़ पड़ता है ?' उसने धीरे से कहा। 'पॉटर, अगर तुम्हारी बात सही भी है, तब भी इससे तुम्हें और मुझे कोई फ़र्क़ नहीं पड़ता है। तुम्हारे पास फ़ीनिक्स की छड़ी नहीं है। हम अब सिर्फ़ क्षमताओं के आधार पर युद्ध करेंगे ... और तुम्हें मारने के बाद मैं ड्रेको मैल्फ़ॉय को देख लूँगा ...'

'लेकिन तुम्हें बहुत देर हो चुकी है,' हैरी ने कहा। 'तुमने अपना मौक़ा गँवा दिया है। मैं वहाँ तुमसे पहले पहुँच गया। मैंने कई हफ़्तों पहले ड्रेको को हराकर उससे यह छड़ी ले ली थी।'

हैरी ने हॉथोर्न की छड़ी को घुमाया और उसे महसूस हुआ कि हॉल में मौजूद हर व्यक्ति की आँख उसी छड़ी पर टिकी थी।

'तो मामला यह है, है ना?' हैरी फुसफुसाया। 'क्या तुम्हारे हाथ की छड़ी यह जानती है कि इसके आख़िरी मालिक को निरस्त्र किया गया था? क्योंकि अगर यह जानती है ... तो अजेय छड़ी का सच्चा मालिक मैं हूँ।'

उनके ऊपर के सम्मोहित आसमान के पार अचानक एक लाल-सुनहरी चमक दिखने लगी और सबसे क़रीब की खिड़की की चौखट के ऊपर चौंधियाते सूरज की किनारी आ गई। रोशनी उन दोनों के ही चेहरों से टकराई, जिससे वोल्डेमॉर्ट का चेहरा अचानक लपट भरे झोंके की तरह दिखने लगा। हैरी को उसकी ऊँची आवाज़ की चीख़ सुनाई दी, जब हैरी भी ईश्वर से प्रार्थना करते हुए ड्रेको की छड़ी तानकर चिल्लाया :

'मृत्युदंशम!'

'निरस्त्र भव!'

तोप के गोले की तरह धमाका हुआ और उनके बीच सुनहरी लपटें दिखने लगीं। जिस गोले में वे घूम रहे थे, उसके ठीक बीच में उनके मंत्र आपस में टकराए। हैरी ने वोल्डेमॉर्ट की हरी लपट को अपने मंत्र से टकराते देखा। उसने देखा कि अजेय छड़ी ऊपर उड़ रही थी। यह सूर्योदय में काली दिख रही थी और नागिनी के सिर की तरह सम्मोहित छत की तरफ़ जा रही थी। यह हवा में उस मालिक की तरफ़ जा रही थी, जिसे यह मार नहीं सकती थी, जिसने आख़िरकार इस पर असली हक़ जमा लिया था। हैरी ने खोजी की अचूक कुशलता के साथ छड़ी अपने ख़ाली हाथ में पकड़ ली। वोल्डेमॉर्ट पीछे की तरफ़ गिर गया। उसकी बाँहें फैली थीं और उसकी लाल आँखों की छेद जैसी पुतलियाँ ऊपर की तरफ़ घूम गई थीं। टॉम रिडल आख़िरकार हमेशा के लिए ज़मीन से टकराया, उसका शरीर बेजान और सिकुड़ा हुआ था। उसके हाथ ख़ाली थे और साँप जैसा चेहरा सूना था। वोल्डेमॉर्ट अपने ही शाप के पलटने से मर गया था और हैरी दो छड़ियाँ हाथ में लिए अपने दुश्मन की लाश को घूर रहा था।

पल भर के लिए ख़ामोशी और सदमा। और फिर हैरी के चारों तरफ़ शोरगुल का विस्फोट हो गया, जब देखने वालों की चीख़ें, किलकारियाँ

और चिल्लाने की आवाज़ें हवा में भर गईं। उगता सूरज खिड़कियों को चौंधिया रहा था, जब लोग उसकी ओर आने लगे। रॉन और हर्माइनी सबसे पहले उस तक पहुँचे। उनकी बाँहें उसके चारों तरफ़ लिपट गईं। उनकी अस्पष्ट चिल्लाहटों ने उसे बहरा कर दिया। फिर जिनी, नेविल और लूना आ गए। फिर वीज़्ली परिवार, हैग्रिड, किंग्सले, मैक्गॉनेगल, फ़्लिटविक और स्प्राउट। हैरी उनका बोला एक शब्द भी नहीं सुन पा रहा था। उसे यह भी पता नहीं था कि किसके हाथ उसे पकड़ रहे थे, खींच रहे थे, गले लगाने की कोशिश कर रहे थे। सैकड़ों लोग उसे दबा रहे थे और उसे छूने की कोशिश कर रहे थे - उस लड़के को, जो ज़िंदा बच गया, जिसके कारण आख़िरकार यह ख़त्म हो गया -

सूरज धीरे-धीरे हॉगवर्ट्स के ऊपर उठा और बड़ा हॉल जीवन तथा रोशनी से चमकने लगा। हैरी जश्न और विलाप, ख़ुशी और दुख की मिली-जुली बातों का अनिवार्य हिस्सा था। सब लोग चाहते थे कि वह उनके साथ रहे, उनका नायक और प्रतीक, उनका रक्षक और मार्गदर्शक। किसी को भी यह एहसास नहीं हुआ कि वह सोया नहीं था या वह सिर्फ़ चुनिंदा लोगों का साथ चाहता था। उसे दुखी लोगों से सांत्वना भरी बातें बोलनी थीं, उनके हाथ थामने थे, उनके आँसू देखने थे, उनके धन्यवाद लेने थे, हर ओर से आती ख़बर सुननी थी। उसी दिन कुछ समय बाद यह पता चला कि देश भर में सम्मोहन शाप के अधीन काम कर रहे लोग अब दोबारा होश में आ गए थे। यह भी पता चला कि प्राणभक्षी भाग रहे थे या पकड़े जा रहे थे और अज़्काबान के मासूमों को इसी पल छोड़ा जा रहा था और किंग्सले शैकलबोल्ट को अस्थायी रूप से जादू मंत्री बना दिया गया था ...

उन्होंने वोल्डेमॉर्ट की लाश हटाकर हॉल से दूर एक कमरे में रख दी - फ़्रेड, टौंक्स, ल्यूपिन, कॉलिन क्रीवी और पचास अन्य लोगों की लाशों से दूर, जिन्होंने उससे लड़ते हुए अपनी जान दी थी। मैक्गॉनेगल ने हाउस टेबलें दोबारा लगा दी थीं, लेकिन कोई भी अब हाउस के हिसाब से नहीं बैठ रहा था। वे सब एक साथ बैठे थे - शिक्षक और शिष्य, भूत और माता-पिता, सेनटॉर और घरेलू जिन्न। फ़िरेंज एक कोने में था और उसकी हालत सुधर रही थी। ग्रॉप एक टूटी खिड़की में से अंदर झाँक रहा था और लोग उसके हँसते मुँह में खाना फेंक रहे थे। कुछ समय बाद थके हुए हैरी ने ख़ुद को लूना के पास एक बेंच पर बैठा पाया।

'अगर मैं तुम्हारी जगह होती, तो थोड़ी शांति पसंद करती,' लूना ने

कहा।

'मुझे भी अच्छी लगेगी,' हैरी ने जवाब दिया।

'मैं उनका ध्यान बँटाती हूँ,' उसने कहा। 'अपने चोगे का इस्तेमाल करना।'

हैरी के कुछ कहने से पहले ही वह खिड़की के बाहर इशारा करके चिल्लाई, 'ऊऊऊह, देखो, ब्लिबरिंग हमडिंगर!' हर सुनने वाला पलटकर देखने लगा और हैरी चोगा ओढ़कर खड़ा हो गया।

अब वह बिना रुकावट के हॉल में घूम सकता था। उसने दो टेबल दूर बैठी जिनी को देखा। वह अपनी माँ के कंधे पर सिर रखकर बैठी थी। उससे बात करने के लिए बाद में समय रहेगा - बहुत सारे घंटे, दिन और शायद कई साल। उसने नेविल को देखा। खाना खाते समय गरुड़द्वार की तलवार उसकी प्लेट के पास रखी थी और वह कई उत्साही प्रशंसकों से घिरा बैठा था। टेबलों के बीच के रास्ते में चलते समय उसने मैल्फ़ॉय परिवार के तीनों सदस्यों को देखा, जो एक साथ बैठे थे, जैसे यह तय नहीं कर पा रहे हों कि उन्हें वहाँ रहना चाहिए या नहीं। बहरहाल, कोई भी उनकी तरफ़ ध्यान नहीं दे रहा था। उसने जहाँ भी देखा, उसे हर तरफ़ परिवारों का मिलन दिखा। अंततः उसे वे दोनों दिख गए, जिनका साथ वह सबसे ज़्यादा चाहता था।

'मैं हूँ,' वह उनके पास झुकते हुए बुदबुदाया। 'मेरे साथ चलो!'

वे दोनों तत्काल उठकर खड़े हो गए। हैरी, रॉन और हर्माइनी एक साथ बड़े हॉल से बाहर चल दिए। ऊपर चढ़ते समय उन्होंने देखा कि संगमरमर की सीढ़ियों से बड़े टुकड़े ग़ायब थे, जंगले का हिस्सा उड़ गया था और कुछ सीढ़ियाँ छोड़कर बाक़ी पर मलबा या ख़ून के निशान नज़र आ रहे थे।

उन्हें सुनाई दिया कि दूर कहीं पर पीव्ज़ गलियारों में उड़कर अपना ख़ुद का बनाया विजयी गीत गा रहा था :

हमने यह कर दिया, हमने उन्हें पीट डाला, पॉटर का कमाल,
वोल्डी मर गया है, तो आओ अब करते हैं धमाल!

'वाक़ई सच्चाई और त्रासदी का अच्छा वर्णन है, है ना?' रॉन ने कहा और एक दरवाज़ा खोला, ताकि हैरी तथा हर्माइनी भीतर जा सकें।

हैरी ने सोचा कि ख़ुशी बाद में महसूस होगी, लेकिन इस पल तो थकान थी। फ्रेड, ल्यूपिन और टोंक्स को खोने का दर्द भी उसे किसी शारीरिक घाव की तरह बेध रहा था। सबसे बढ़कर उसे राहत महसूस हो रही थी और सोने की इच्छा हो रही थी। लेकिन पहले उसे रॉन और हर्माइनी को पूरी बात समझानी होगी, जो इतने लंबे समय से उसके साथ थे और सच्चाई जानने के हक़दार थे। दर्द के साथ हैरी ने उन्हें बताया कि उसने स्मृति पात्र में क्या देखा था और जंगल में क्या हुआ था। वे लोग अभी अपने सदमे और हैरानी को व्यक्त भी नहीं कर पाए थे कि तभी आख़िरकार वे अपनी मंज़िल तक पहुँच गए, हालाँकि उनमें से किसी ने भी इस जगह का ज़िक्र तक नहीं किया था।

हेडमास्टर की स्टडी के दरवाज़े पर पहरा दे रहा गारगॉइल अब एक तरफ़ झुक गया था। यह तिरछा खड़ा था और नशे में थोड़ा झूमता दिख रहा था। हैरी ने सोचा कि क्या यह अब भी पासवर्ड पहचान सकेगा।

'क्या हम ऊपर जा सकते हैं?' उसने गारगॉइल से पूछा।

'शौक़ से जाओ,' मूर्ति ने आह भरते हुए कहा।

वे उसे लाँघकर चले गए और पत्थर की घुमावदार सीढ़ी पर चढ़ गए, जो एस्केलेटर की तरह धीरे-धीरे ऊपर जाती थी। हैरी ने ऊपर पहुँचकर दरवाज़ा धकाया।

उसे उस डेस्क पर पत्थर के स्मृति पात्र की हल्की सी झलक दिखी, जहाँ उसने इसे छोड़ा था। तभी कानफोड़ू आवाज़ से उसकी चीख़ निकल गई। उसने शापों, प्राणभक्षियों और वोल्डेमॉर्ट के पुनर्जन्म के बारे में सोचा –

लेकिन ये ख़ुशी की आवाज़ें थीं। दीवारों पर चारों तरफ़ लगे हॉगवर्ट्स के हेडमास्टर और हेडमिस्ट्रेसेस खड़े होकर उसका स्वागत कर रहे थे। उन्होंने अपने हैट और कुछ मामलों में अपनी विग लहराई। वे अपने फ्रेम से एक-दूसरे की तरफ़ हाथ बढ़ा रहे थे और अपनी तस्वीर में रखी कुर्सियों पर ऊपर-नीचे होकर नाच रहे थे। डिलिस डरवेन्ट बिना संकोच के सुबक रही थी। डेक्स्टर फ़ोर्टेस्क्यू अपना ईयर-ट्रम्पेट लहरा रहा था और फ़िनीज़ नाइजेलस अपनी ऊँची आवाज़ में बोल रहा था, 'और इस बात को भी ध्यान में रखा जाना चाहिए कि नागशक्ति हाउस ने भी मदद की थी! हमारे योगदान को भुलाया नहीं जाना चाहिए!'

लेकिन हैरी की निगाह तो उस व्यक्ति पर थी, जो हेडमास्टर की कुर्सी के ठीक पीछे लगी बड़ी तस्वीर में खड़ा था। आधे चाँद के आकार के

चश्मे के पीछे से आँसू नीचे फिसलकर लंबी सफ़ेद दाढ़ी में जा रहे थे। उनमें भरे गर्व और कृतज्ञता के कारण हैरी को ऐसा लगा, जैसे उसे मायापंछी के गीत का मरहम मिल गया हो।

आख़िरकार, हैरी ने अपने हाथ उठाए और सभी तस्वीरें सम्मान दिखाती हुई ख़ामोश हो गईं। मुस्कराकर उसे देखते हुए उन्होंने अपनी आँखें पोंछीं और उसके बोलने का उत्सुकता से इंतज़ार करने लगे। बहरहाल, उसने अपने शब्द डम्बलडोर से कहे और बहुत चुनकर कहे। हालाँकि वह थका और उनींदा था, लेकिन उसे आख़िरी कोशिश करनी थी, आख़िरी सलाह लेनी थी।

'जो चीज़ सुनहरी गेंद में छिपी थी,' उसने कहा, 'मैंने उसे जंगल में गिरा दिया है। मैं ठीक-ठीक नहीं जानता कि कहाँ, लेकिन मैं दोबारा उसकी तलाश नहीं करूँगा। क्या आप सहमत हैं?'

'मेरे प्यारे लड़के, मैं बिलकुल सहमत हूँ,' डम्बलडोर ने कहा, हालाँकि बाक़ी तस्वीरों के लोग दुविधा और जिज्ञासा में दिख रहे थे। 'समझदारी और बहादुरी भरा निर्णय, लेकिन मुझे तुमसे ऐसी ही उम्मीद थी। क्या कोई और जानता है कि वह चीज़ कहाँ गिरी थी?'

'कोई नहीं जानता,' हैरी ने कहा और डम्बलडोर ने सिर हिलाकर अपनी संतुष्टि जताई।

'हालाँकि मैं इग्नोटस के तोहफ़े को रखना चाहता हूँ,' हैरी ने कहा और डम्बलडोर मुस्कराए।

'बिलकुल हैरी, यह हमेशा तुम्हारा है, जब तक कि तुम इसे विरासत में न दे दो!'

'और फिर यह चीज़।'

हैरी ने अजेय छड़ी को ऊपर उठाया। रॉन और हर्माइनी ने उस छड़ी को इतने सम्मान से देखा कि अपनी दुविधापूर्ण और उनींदी अवस्था में भी हैरी को यह अच्छा नहीं लगा।

'मैं इसे नहीं चाहता,' हैरी ने कहा।

'क्या?' रॉन ने ज़ोर से कहा। 'क्या तुम पागल हो गए हो?'

'मैं जानता हूँ कि यह शक्तिशाली है,' हैरी ने थके अंदाज़ में कहा। 'लेकिन मैं अपनी पुरानी छड़ी के साथ ही ज़्यादा ख़ुश था। इसलिए ...'

उसने अपनी गर्दन में लटक रहे पाउच में से ढूँढ़कर हॉली वाली छड़ी

के दो आधे-आधे टुकड़ों को बाहर निकाला, जो अब भी मायापंछी के पंख के हल्के से रेशे से जुड़े थे। हर्माइनी ने कहा था कि यह सुधर नहीं सकती है, क्योंकि इसे बहुत ज़्यादा नुक़सान हुआ है। वह तो बस इतना जानता था कि अगर इससे काम नहीं बना, तो कभी नहीं बनेगा।

उसने टूटी छड़ी हेडमास्टर की डेस्क पर रख दी और अजेय छड़ी की नोक से उसे छूकर कहा, *'मरम्मतो।'*

जब उसकी छड़ी दोबारा जुड़ी, तो इसकी नोक से लाल चिंगारियाँ निकलने लगीं। हैरी जान गया कि वह कामयाब हो गया था। उसने हॉली और फ़ीनिक्स की छड़ी उठाई। उसकी उँगलियों को अचानक गर्माहट महसूस हुई, जैसे छड़ी और हाथ दोबारा मिलने पर ख़ुश हो रहे हों।

'मैं अजेय छड़ी को उसी जगह रख रहा हूँ,' हैरी ने डम्बलडोर से कहा, जो बहुत प्रेम और प्रशंसा भरी निगाहों से उसे देख रहे थे, 'जहाँ से यह बाहर आई थी। यह वहीं रखी रहेगी। अगर मैं इग्नोटस की तरह स्वाभाविक मौत मरता हूँ, तो इसकी शक्ति ख़त्म हो जाएगी, है ना? पुराना मालिक कभी नहीं हारेगा। यही इसका अंत होगा।'

डम्बलडोर ने सिर हिलाया। वे एक-दूसरे की तरफ़ देखकर मुस्कराए।

'क्या तुम्हें यक़ीन है?' रॉन ने कहा। अजेय छड़ी को देखते समय उसकी आवाज़ में थोड़ी हसरत झलक रही थी।

'मुझे लगता है कि हैरी सही है,' हर्माइनी ने धीरे से कहा।

'वह छड़ी फ़ायदेमंद कम, नुक़सानदेह ज़्यादा है,' हैरी ने कहा। 'और सच कहूँ तो,' वह तस्वीरों से दूर मुड़ा और अब सिर्फ़ उस मसहरीदार पलंग के बारे में सोच रहा था, जो गरुड़द्वार मीनार में उसका इंतज़ार कर रहा था और यह कि क्या क्रीचर उसे वहाँ सैंडविच लाकर दे सकता है, 'मैंने ज़िंदगी भर की मुश्किलें पहले ही भोग ली हैं।'

उन्नीस साल बाद

ऐसा लगता था, जैसे उस साल शरद ऋतु अचानक आ गई थी। एक सितंबर की सुबह सेबफल जैसी कड़क और सुनहरी धूप वाली थी। जब छोटा परिवार धुएँ से भरे बड़े स्टेशन तक पहुँचने के लिए सड़क पार करने लगा, तो कारों का धुआँ और पैदल चलने वाले यात्रियों की साँसें ठंडी हवा में मकड़ी के जालों की तरह चमकने लगीं। भरी हुई ट्रॉलियों के ऊपर रखे दो बड़े पिंजरे खड़खड़ा रहे थे। ट्रॉलियाँ उनके माता-पिता धका रहे थे। पिंजरों के भीतर बैठे उल्लू शोर मचा रहे थे। लाल बालों वाली लड़की आँखों में आँसू लिए अपने भाइयों के पीछे जा रही थी और अपने पिता का हाथ पकड़े हुए थी।

'बस कुछ ही समय की बात है। कुछ समय बाद तुम भी उनके साथ जा सकोगी,' हैरी ने उससे कहा।

'दो साल लगेंगे,' लिली बोली। 'मैं तो *अभी* जाना चाहती हूँ!'

जब परिवार प्लेटफ़ॉर्म नंबर नौ और दस के बीच के बैरियर की तरफ़ जाने लगा, तो यात्री जिज्ञासा से उल्लुओं को देख रहे थे। एल्बस की आवाज़ आस-पास के शोर के ऊपर से हैरी तक आई। उसके बेटे दोबारा वही बहस करने लगे थे, जो कार में शुरू हुई थी।

'मैं *नहीं जाऊँगा!* मैं नागशक्ति में *नहीं जाऊँगा!*'

'जेम्स, छोड़ो!' जिनी बोली।

'मैंने तो सिर्फ़ यह कहा था कि ऐसा *हो सकता है,*' जेम्स ने अपने छोटे भाई की ओर मुस्कराकर देखते हुए कहा। 'इसमें तो कुछ भी ग़लत नहीं है। वह नागशक्ति में जा भी तो *सकता* –'

लेकिन अपनी माँ की घूरती आँखों को देखकर जेम्स ख़ामोश हो गया। पॉटर परिवार के पाँचों सदस्य बैरियर के पास पहुँच गए। अपने पीछे छोटे भाई पर थोड़ी विश्वास भरी निगाह डालने के बाद जेम्स ने अपनी माँ से ट्रॉली ली और दौड़ लगा दी। अगले ही पल वह ग़ायब हो गया।

'आप मुझे चिट्ठी लिखेंगे, है ना?' एल्बस ने अपने भाई की क्षणिक अनुपस्थिति का फ़ायदा उठाते हुए तत्काल अपने माता-पिता से पूछा।

'अगर तुम चाहो, तो हर दिन,' जिनी बोली।

'नहीं, हर दिन नहीं,' एल्बस ने तुरंत कहा। 'जेम्स कहता है कि ज़्यादातर बच्चों के घर वाले महीने में एक बार चिट्ठी लिखते हैं।'

जिनी ने कहा, 'पिछले साल हमने जेम्स को हफ़्ते में तीन चिट्ठियाँ

लिखी थीं।'

'और तुम्हें अपने भाई की हर उस बात पर यक़ीन नहीं करना चाहिए, जो वह तुम्हें हॉगवर्ट्स के बारे में बताता है,' हैरी ने कहा। 'तुम्हारा भाई बहुत मज़ाक़िया है।'

साथ-साथ उन्होंने दूसरी ट्रॉली को आगे धकाया और गति पकड़ी। बैरियर के क़रीब पहुँचकर एल्बस ने घबराकर मुँह बनाया, लेकिन कोई टक्कर नहीं हुई। इसके बजाय परिवार प्लेटफ़ॉर्म नंबर पौने दस पर पहुँच गया, जहाँ लाल हॉगवर्ट्स एक्सप्रेस धुआँ उड़ा रही थी। मोटे, सफ़ेद धुएँ के कारण कोहरा इतना ज़्यादा था कि सब कुछ धुँधला दिख रहा था। अस्पष्ट आकृतियाँ धुएँ में खड़ी थीं, जिनके बीच जेम्स पहले ही ओझल हो चुका था।

'वे कहाँ हैं?' एल्बस ने चिंता से पूछा और धुँधली आकृतियों को घूरने लगा, जब वे प्लेटफ़ॉर्म पर रास्ता बनाते हुए उनके पास से गुज़रे।

जिनी ने तसल्ली देते हुए कहा, 'हम उन्हें ढूँढ़ लेंगे।'

लेकिन धुआँ इतना गहरा था कि किसी को भी पहचान पाना मुश्किल था। धुंध में छिपे लोगों की आवाज़ें अस्वाभाविक रूप से तेज़ लग रही थीं। हैरी ने पर्सी को झाड़ू नियमों के बारे में ज़ोर से भाषण देते सुना और इस बात पर ख़ुश हुआ कि उसे रुककर हैलो नहीं कहना पड़ा ...

'एल्बस, मुझे लगता है कि वे लोग वहाँ हैं,' जिनी ने अचानक कहा।

चार लोगों का समूह धुंध में से निकल रहा था और बिलकुल आख़िरी डिब्बे के पास खड़ा था। उनके चेहरे तभी साफ़ दिखे, जब हैरी, जिनी, लिली और एल्बस उनके ठीक पास पहुँच गए।

'हाय,' एल्बस ने बहुत राहत में दिखते हुए कहा।

रोज़ हॉगवर्ट्स के बिलकुल नए दुशाले पहन चुकी थी। उसने एल्बस को मुस्कराकर देखा।

'तो, गाड़ी ठीक से पार्क कर दी?' रॉन ने हैरी से पूछा। 'मैंने तो कर दी। हर्माइनी को तो यक़ीन ही नहीं था कि मैं मगलू ड्राइविंग टेस्ट में पास हो सकता हूँ, है ना? उसे तो लगा था कि मुझे टेस्ट लेने वाले पर जादू करना पड़ेगा।'

'नहीं, मैंने ऐसा नहीं सोचा था,' हर्माइनी ने कहा, 'मुझे तुम पर पूरा भरोसा था।'

'वैसे सच तो यह है कि मैंने उस पर जादू *किया* था,' रॉन ने हैरी से फुसफुसाकर कहा, जब उन्होंने मिलकर एल्बस का संदूक और उल्लू उठाकर ट्रेन में चढ़ाए। 'मैं सिर्फ़ विंग मिरर में देखना भूल गया था और सच तो यह है कि इसके लिए मैं अतिसंवेदक सम्मोहन का इस्तेमाल कर सकता हूँ।'

संदूक चढ़ाकर प्लेटफ़ॉर्म पर लौटने पर उन्हें रोज़ का छोटा भाई ह्यूगो और लिली मिले, जो इस बारे में रोचक बातचीत कर रहे थे कि जब वे आख़िरकार हॉगवर्ट्स जाएँगे, तो किस हाउस में जाएँगे।

'अगर तुम गरुड़द्वार हाउस में नहीं गए, तो हम तुम्हें ख़ानदान से निकाल देंगे,' रॉन बोला, 'लेकिन कोई दबाव नहीं।'

'रॉन!'

लिली और ह्यूगो हँसे, लेकिन एल्बस और रोज़ गंभीर दिख रहे थे।

'रॉन का यह मतलब नहीं है,' हर्माइनी और जिनी ने कहा, लेकिन रॉन उस तरफ़ ध्यान नहीं दे रहा था। हैरी से नज़रें मिलाकर उसने लगभग पचास गज़ दूर की तरफ़ धीरे से सिर हिलाकर इशारा किया। धुआँ पल भर के लिए हल्का हुआ और वहाँ तीन लोग साफ़ खड़े दिखाई दिए।

'देखो तो सही कौन है?'

वहाँ ड्रेको मैल्फ़ॉय अपनी पत्नी और बेटे के साथ खड़ा था। ड्रेको गले तक बटन लगा गहरे रंग का कोट पहने था। उसके बाल थोड़े कम हो रहे थे, जिससे उसकी ठुड्डी ज़्यादा नुकीली दिख रही थी। नए लड़के की शक्ल ड्रेको से उतनी ही ज़्यादा मिलती थी, जितनी कि एल्बस की हैरी से। ड्रेको ने हैरी, रॉन, हर्माइनी और जिनी को अपनी ओर घूरते देखा तथा हल्के से सिर हिलाकर दूसरी तरफ़ मुड़ गया।

'तो वह स्कॉर्पियस है,' रॉन ने धीरे से कहा। 'रोज़ी, तुम उसे हर टेस्ट में ज़रूर हराना। ईश्वर का शुक्र है कि तुम्हें अपनी माँ का दिमाग़ मिला है।'

'रॉन, भगवान के लिए,' हर्माइनी ने कहा, वह आधी गंभीर और आधी ख़ुश थी। 'स्कूल शुरू करने से पहले ही उन्हें एक-दूसरे के ख़िलाफ़ मत भड़काओ!'

'तुम सही कह रही हो, सॉरी,' रॉन ने कहा, लेकिन वह ख़ुद को रोक

पाए, इससे पहले ही आगे बोल पड़ा, 'वैसे रोज़ी, उसके साथ *ज़्यादा* दोस्ती मत करना। अगर तुम शुद्ध ख़ून वाले से शादी करोगी, तो वीज़्ली दादाजी तुम्हें कभी माफ़ नहीं करेंगे।'

'सुनो!'

जेम्स दोबारा प्रकट हो गया था। वह अपना संदूक, उल्लू और ट्रॉली रख आया था। उसे देखकर लग रहा था कि वह कोई ख़बर सुनाने के लिए बेताब था।

'टेडी वहाँ पर है,' उसने हाँफते हुए कहा और अपने कंधे के पीछे धुएँ के उड़ते बादलों की तरफ़ इशारा किया। 'उसे अभी देखा है! और जानते हैं, वह क्या कर रहा है? *विक्टॉयर को चूम रहा है!*'

उसने वयस्कों की तरफ़ देखा। ज़ाहिर है, उनकी उदासीन प्रतिक्रिया से उसे निराशा हुई थी।

'*हमारा* टेडी! *टेडी ल्यूपिन! हमारी* विक्टॉयर को चूम रहा है! *हमारी* कज़िन को! मैंने टेडी से पूछा था कि वह क्या कर रहा है –'

'तुमने बीच में टाँग अड़ाई?' जिनी ने कहा। 'तुम तो बिलकुल रॉन जैसे हो –'

'– उसने कहा कि वह उसे छोड़ने आया है! और फिर उसने मुझे वहाँ से भगा दिया। वह उसे *चूम रहा था!*' जेम्स ने आगे कहा, जैसे इस बात पर चिंतित हो कि वह अपना मतलब स्पष्ट नहीं कर पा रहा है।

'ओह, अगर उनकी शादी हो जाए, तो यह बहुत अच्छा रहेगा!' लिली ख़ुश होकर बोली। 'टेडी तब *सचमुच* परिवार का हिस्सा बन जाएगा!'

'वह पहले ही हफ़्ते में चार बार डिनर करने आता है,' हैरी ने कहा। 'तो क्यों न हम उसे अपने साथ रहने के लिए आमंत्रित कर लें और यह काम कर ही दें?'

'हाँ!' जेम्स ने उत्साहपूर्वक कहा। 'मुझे एल्बस के साथ एक कमरे में रहने में दिक्क़त नहीं है – टेडी मेरे कमरे में रह सकता है!'

'नहीं,' हैरी ने दृढ़ता से कहा, 'तुम और एल्बस एक कमरे में सिर्फ़ तभी रहोगे, जब मैं घर तुड़वाना चाहूँगा।'

उसने दबी-कुचली, पुरानी घड़ी को देखा, जो कभी फ़ेबियन प्रूएट की थी।

'ग्यारह बजने वाले हैं। जल्दी से चढ़ जाओ।'

'नेविल को हमारा प्यार देना मत भूलना!' जिनी ने जेम्स को गले लगाते हुए कहा।

'मम्मी! मैं प्रोफ़ेसर को *प्यार* कैसे दे सकता हूँ?'

'लेकिन तुम नेविल को *जानते* हो –'

जेम्स ने अपनी आँखें गोल-गोल घुमाईं।

'बाहर तो जानता हूँ, लेकिन स्कूल में तो वे प्रोफ़ेसर लॉंगबॉटम हैं, है ना? मैं जड़ी-बूटी विज्ञान की क्लास में जाकर तो उन्हें *प्यार* नहीं दे सकता ...'

अपनी माँ की मूर्खता पर सिर हिलाते हुए उसने एल्बस को लात मारकर अपनी भड़ास निकाली।

'बाद में मिलते हैं, एल्बस। थेस्ट्रॉल्स से बचकर रहना।'

'मुझे तो लगता था कि वे अदृश्य होते हैं। *तुम्हीं ने तो कहा था कि वे अदृश्य होते हैं!*'

लेकिन जेम्स बस हँस दिया। उसने अपनी माँ को ख़ुद को चूमने दिया और पिता के गले लगा। फिर जेम्स ट्रेन में तेज़ी से चढ़ गया। उन्होंने उसे हाथ हिलाते हुए और फिर अपने दोस्तों को खोजने के लिए गलियारे में आगे जाते हुए देखा।

'थेस्ट्रॉल्स की चिंता करने की ज़रूरत नहीं है,' हैरी ने एल्बस से कहा। 'वे बहुत सीधे होते हैं। बिलकुल भी डरावने नहीं होते हैं। वैसे भी, तुम गाड़ियों में स्कूल नहीं जाओगे। तुम तो नाव में जाओगे।'

जिनी ने एल्बस को चूमकर विदा किया।

'क्रिसमस पर मिलते हैं।'

'बाय, एल्बस,' हैरी ने कहा, जब उसका बेटा उसके गले लगा। 'यह मत भूलना कि हैग्रिड ने तुम्हें अगले शुक्रवार को चाय पर बुलाया है। पीव्ज़ से मत उलझना। किसी से भी द्वंद्वयुद्ध मत करना, जब तक कि तुम द्वंद्वयुद्ध करना सीख न लो। और जेम्स की बातों से दहशत में मत आना।'

'अगर मैं नागशक्ति में पहुँच गया, तो क्या होगा?'

उसकी यह फुसफुसाहट सिर्फ़ उसके पिता के कानों के लिए थी। हैरी जान गया कि विदा होने के पल के कारण एल्बस यह बताने के लिए मजबूर

हो गया था कि उसका डर कितना बड़ा और सच्चा था।

हैरी नीचे झुका, ताकि एल्बस का चेहरा उसके चेहरे से थोड़ा सा ऊपर रहे। हैरी के तीन बच्चों में से सिर्फ़ एल्बस को ही हैरी की माँ लिली की आँखें विरासत में मिली थीं।

'एल्बस सीवियरस,' हैरी ने धीरे से कहा, ताकि जिनी के अलावा कोई उसकी बात नहीं सुन पाए और वह इतनी समझदार थी कि रोज़ को हाथ हिलाने का नाटक कर रही थी, जो इस वक़्त ट्रेन में चढ़ रही थी, 'तुम्हारा नाम हॉगवर्ट्स के दो हेडमास्टरों के नाम पर रखा गया है। उनमें से एक नागशक्ति में थे और मेरी नज़रों में वे सबसे बहादुर इंसान थे।'

'लेकिन *मान लो* –'

'– तो नागशक्ति हाउस को एक बेहतरीन विद्यार्थी मिल जाएगा, है ना ? इससे हमें फ़र्क़ नहीं पड़ता है, एल्बस। लेकिन अगर यह तुम्हारे लिए महत्वपूर्ण है, तो तुम नागशक्ति के बदले गरुड़द्वार को चुन सकते हो। बोलती टोपी हमेशा तुम्हारे चुनाव का ध्यान रखती है।'

'सचमुच ?'

'इसने मेरे चुनाव का ध्यान रखा था,' हैरी ने कहा।

उसने अपने किसी बच्चे को यह बात पहले नहीं बताई थी। जब एल्बस ने यह सुना, तो उसके चेहरे पर हैरानी साफ़ झलक रही थी। लेकिन अब लाल ट्रेन के दरवाज़े बंद होने लगे थे और माता-पिता आख़िरी मिनट में बच्चों को गले लगाने और याद दिलाने के लिए आगे बढ़ रहे थे। एल्बस कूदकर ट्रेन में चढ़ गया और जिनी ने उसके पीछे दरवाज़ा बंद कर दिया। विद्यार्थी अपने क़रीब की खिड़कियों से सिर बाहर निकाल रहे थे। ट्रेन के अंदर और बाहर बहुत सारे चेहरे हैरी की तरफ़ मुड़े हुए थे।

'वे सब घूर क्यों रहे हैं ?' एल्बस ने पूछा, जब वह और रोज़ बाक़ी विद्यार्थियों को देखने के लिए मुड़े।

'तुम उसकी चिंता मत करो,' रॉन बोला। 'वे मुझे देख रहे हैं। मैं बहुत मशहूर हूँ।'

एल्बस, रोज़, ह्यूगो और लिली हँस दिए। ट्रेन चलने लगी और हैरी इसके साथ-साथ चलने लगा। वह अपने बेटे के दुबले-पतले चेहरे को देख रहा था, जो रोमांच से धधकने लगा था। हालाँकि यह थोड़ा दुखद ज़रूर था, लेकिन वह मुस्कराते और हाथ हिलाते हुए अपने बेटे को अपनी

नज़रों से दूर जाते देखता रहा ...

धुएँ के आख़िरी अवशेष शरद ऋतु की हवा में उड़ गए। ट्रेन मोड़ पर मुड़कर ओझल हो गई। हैरी का हाथ अब भी विदा में उठा हुआ था।

'वह बिलकुल ठीक रहेगा,' जिनी बुदबुदाई।

जब हैरी ने उसकी ओर देखा, तो अपना हाथ बेध्यानी में नीचे किया और अपने माथे पर बने बिजली जैसे निशान को छुआ।

'मैं जानता हूँ।'

हैरी के निशान में उन्नीस साल से दर्द नहीं हुआ था। सब कुछ ठीक था।